BIBLIOTHEK
DER
PHANTASTISCHEN
LITERATUR

Herausgegeben von Stefan Bauer

DAVID und LEIGH EDDINGS

POLGARA DIE ZAUBERIN

Roman

Ins Deutsche übertragen
von Susanne Tschirner

Mit Kartenzeichnungen
von Helmut W. Pesch

BASTEI LÜBBE TASCHENBUCH
Band 28 312

1. Auflage: November 1998
2. Auflage: März 2001

Vollständige Paperbackausgabe

Bastei Lübbe Taschenbücher
ist ein Imprint der
Verlagsgruppe Lübbe

Deutsche Erstveröffentlichung
Titel der englischen Originalausgabe:
Polgara the Surceress

Lektorat: Susi Grixa / Stefan Bauer
Titelillustration: Geoff Taylor, by arrangement with
Harper Collins *Publisher*
Kartenzeichnungen: Helmut W. Pesch
Umschlaggestaltung: QuadroGrafik, Bensberg
Satz: KCS GmbH, Bucholz/Hamburg
Druck und Verarbeitung:
Impremerie Hérssey, Évreux Frankreich
Printed in France

ISBN 3-404-28312-0

Sie finden uns im Internet unter
http://www.luebbe.de

Der Preis dieses Bandes versteht sich einschließlich der gesetzlichen Mehrwertsteuer

Nördl. Polarkreis
CHEREK
DRASNIEN
Rheon
Val Alorn
Boktor
Riva
INSEL DER STÜRME
Sendar
SENDARIEN
GAR OK NADRAK
Yar Nadrak
Yar Turak
ALGARIEN
Yar Marak
Vo Wacune
ARENDIEN
ULGOLAND
Thull Dakan
Thull Zelik
Thull Vadit
Die Festung
MISHRAK AC THULL
Prolgu
Thull Mardu
Vo Mimbre
Aldurtal
Tol Vordue
Tol Honeth
Tol Horb
TOLNEDRA
Tol Borune
Tol Rane
Rak Goska
Anadil
Mar-Terrin
Mil.D. GOSKA
Rak Cthol
Äquator
Sthiss Tor
NYISSA
Mil.D. CTHAN
DAS GROSSE WEST-MEER
CTHOL MURGOS
Rak Cthan
Mil.D. ARAGA
Rak Araga
Mil.D. MORCTH
Rak Hagga
Mil.D. HAGGA
Rak Morcth
Mil.D. URGA
Rak Gorut
Mil.D. CTHAKA
Rak Verkat
Mil.D. GORUT
Rak Urga
Mil.D. VERKAT
Rak Cthaka
N
W
O
S
Südl. Polarkreis

Nördl. Polarkreis
Rheon
DIE LAND-BRÜCKE
Cthol Mishrak
Verbotenes Land
GAR OK NADRAK
Yar Nadrak
Yar Turak
Ashaba
Mal Ctho
CAMAT
Mal Camat
Mal Evir
DARIYA
Mal Venn
Mal Yaska
Yar Marak
Mal Dariya
ALT-MALLOREA
VENNA
Thull Dakan
Thull Zelik
Thull Vadit
Mal Abad
Mal Rakuth
MISHRAK AC THULL
Mal Voran
GEMUL
RAKUTH
Thull Mardu
Mal Gemila
Mal Zeth
DIE DALASISCHEN PROTEKTORATE
DAS MEER DES OSTENS
Rak Goska
Mil.D. GOSKA
Rak Cthol
FINDA
Äquator
Dal Finda
Mil.D. CTHAN
EBAL
Dal Zerba
CTHOL MURGOS
Rak Cthan
Dal Tembat
Dal Amba
Mil.D. MORCTH
Dal Borda
DAS TURIM-RIFF
Mil.D. HAGGA
Rak Hagga
Korim
Rak Gorut
Mil.D. GORUT
Rak Verkat
Dal Perivor
Mil.D. VERKAT
PERIVOR
N
W
O
S
SÜDLICHER OZEAN
Südl. Polarkreis

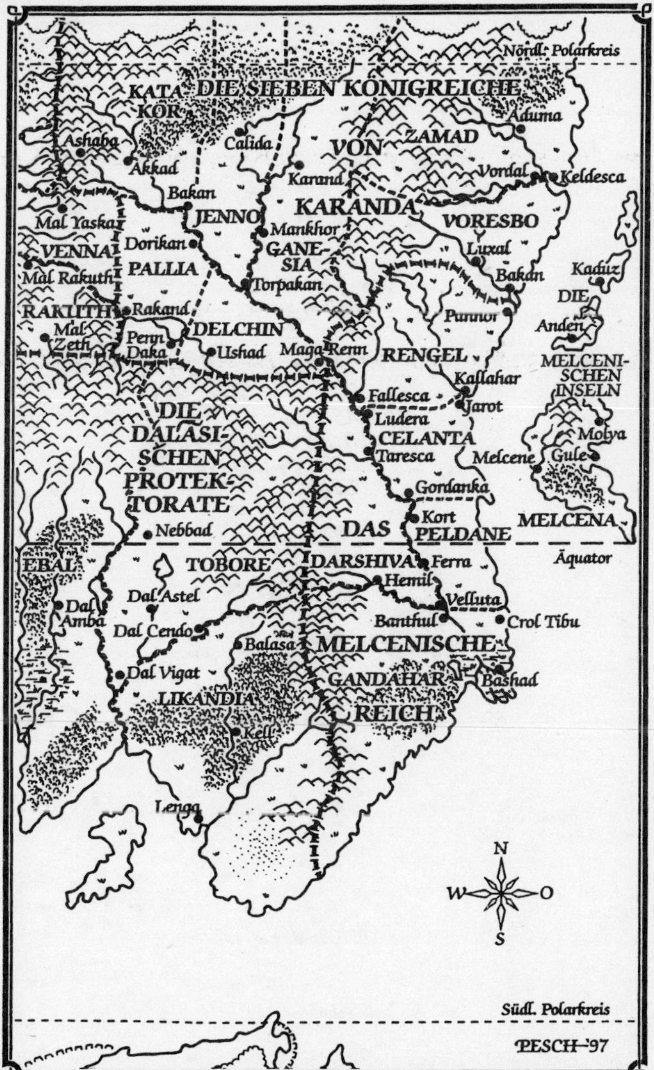

Nördl. Polarkreis
DIE SIEBEN KÖNIGREICHE VON KARANDA
KATA KOR
ZAMAD
Aduma
Ashaba
Calida
Akkad
Karand
Vordal
Keldesca
Bakan
JENNO
Mal Yaska
VORESBO
Mankhor
Dorikan
VENNA
GANESIA
Luxal
PALLIA
Mal Rakuth
Torpakan
Bakan
Kaduz
RAKUTH
Rakand
Punnor
DIE MELCENISCHEN INSELN
Anden
Mal Zeth
Penn Daka
DELCHIN
Ushad
Maga Renn
RENGEL
Kallahar
Fallesca
Jarot
Ludera
CELANTA
Taresca
Melcene
Molya
Gule
DIE DALASISCHEN PROTEKTORATE
Gordanka
Kort
DAS PELDANE
MELCENA
Nebbad
Äquator
EBAL
TOBORE
DARSHIVA
Ferra
Hemil
Dal Astel
Velluta
Dal Amba
Banthul
Crol Tibu
Dal Cendo
Balasa
MELCENISCHE GANDAHAR REICH
Dal Vigat
Bashad
LIKANDIA
Kell
Lenga
N
W
O
S
Südl. Polarkreis
PESCH '97

WIDMUNG

Es ist soweit, nach fünfzehn Jahren können wir dieses Buch unseren Lesern widmen. Es war eine lange Reise, nicht wahr? Für uns erwies es sich als aufwendiges Projekt, und Ihre Geduld und Begeisterung haben uns mehr geholfen, als Sie sich vorstellen können. Danke für Ihre Kraft. Wir hoffen, daß Ihnen das Ergebnis gefällt.

Herzlichst
David & Leigh Eddings

Prolog

Kail, der Wächter von Riva, erhob lebhafte Einwände, als König Belgarion ihm mitteilte, er und seine Königin gedachten, die Reise ans nördliche Ende des Aldurtals ohne Begleitung zu unternehmen, aber Garion sprach, ganz untypisch für ihn, ein Machtwort: »Es ist ein Familientreffen, Kail. Ce'Nedra und ich brauchen keine Schar von Dienern um uns. Sie wären uns doch nur im Wege.«

»Aber es ist gefährlich, Euer Majestät.«

»Ich bezweifle sehr, daß irgend etwas geschehen wird, mit dem ich nicht fertig werde, alter Freund«, beschwichtigte ihn Garion. »Wir reisen allein.« Die rivanische Königin war etwas überrascht über die Bestimmtheit in Garions Stimme.

Dann gab es diese kleine Unstimmigkeit bezüglich der Pelzbekleidung. Königin Ce'Nedra war von Geburt Tolnedrin und von der Abstammung her Dryade. Sie war daher ein Kind des Südens, und bei der Vorstellung, Tierhäute zu tragen, bekam Ce'Nedra eine Gänsehaut. Garion war dagegen zumindest teilweise Alorner und hatte zur Winterzeit schon ausgedehnte Reisen in den Norden unternommen. »Du wirst Pelz tragen, Ce'Nedra«, teilte er seiner zierlichen Gattin mit eiserner Entschlossenheit mit, »denn wenn du dich weigerst, bleiben wir hier, bis es wieder wärmer wird.« Da Garion ihr nur selten ein Ultimatum stellte, war Ce'Nedra so klug, die Angelegenheit nicht weiter zu verfolgen. Gehorsam kleidete sie sich in alornische Pelze, sprach ziemlich lange mit der Kinderfrau, die sich während ihrer Abwesenheit um die königlichen Sprößlinge kümmern würde, und dann verließen sie und ihr Gemahl die Insel der Winde mit der Morgenflut auf dem wenig vertrauenerweckenden Schiff des übel beleumundeten Kapitäns Greldik.

In Camaar kauften sie Pferde und Vorräte und machten sich in Richtung Osten auf den Weg. Die in regelmäßigen Abständen an der Straße nach Muros verteilten Gasthäuser boten ihnen jeden Abend angemessene Unterkunft, doch hinter Muros waren sie weitgehend auf sich selbst gestellt. Für den rivanischen König war das Leben unter freiem Himmel keine neue Erfahrung, und wenn sie abends ihr Lager aufschlugen, mußte seine kleine Frau zugeben, daß er sich geschickt anstellte.

Die rivanische Königin gab sich keinen Illusionen darüber hin, wie lächerlich sie aussah, wenn sie im Umkreis dieser Nachtlager Feuerholz sammelte. In den voluminösen Pelzen, die sie trug, wirkte sie ziemlich plump, das flammend rote Haar fiel ihr lose über den Rücken, und aufgrund ihrer Größe konnte sie immer nur wenige Stöcke auf einmal tragen. Das unerwünschte Bild eines rothaarigen Bibers kam ihr ziemlich oft in den Sinn, während sie durch den Schnee stapfte.

Der Schnee in den sendarischen Bergen war tief, und Ce'Nedra schien es, als würden ihre Füße nie wieder warm werden. Allerdings gönnte sie ihrem Gemahl nicht die Genugtuung, ihm das einzugestehen. Diese Reise war schließlich ihre Idee, und Ce'Nedra wäre lieber gestorben als zuzugeben, möglicherweise einen Fehler begangen zu haben.

Ce'Nedra war manchmal so.

Zarte Schneeflocken fielen, und es war bitterkalt, als sie das Gebirge hinter sich ließen und südwärts über die schneebedeckten Ebenen Algariens ritten. Obwohl es ihrem Naturell gar nicht entsprach, sich so etwas selbst insgeheim einzugestehen, war Ce'Nedra tatsächlich froh, daß ihr Mann bezüglich der Pelzkleidung so viel Standfestigkeit gezeigt hatte.

Und dann, als ein kalter Abend über Südalgarien hereinbrach und niedrig hängende Wolken winzige Schneekügelchen ausspien, erreichten sie eine Anhöhe und erblickten das kleine Seitental am nördlichen Rand des Aldurtals, wo Poledras von Außengebäuden umgebene Hütte lag. Das Blockhaus stand natürlich seit Äonen dort, aber die Scheunen und Schuppen hatte Durnik hinzugefügt, und sie waren es auch, die dem Ganzen das Aussehen eines sendarischen Bauernhofs verliehen.

Ce'Nedra hatte zu diesem Zeitpunkt jedoch wenig Interesse an vergleichender Architekturgeschichte. Alles was sie wollte, war, aus der Kälte heraus und ins Warme zu gelangen. »Wissen sie, daß wir kommen?« fragte sie ihren Mann. Ihr Atem dampfte in der beißenden Kälte.

»Ja«, gab Garion zur Antwort. »Ich habe Tante Pol vor ein paar Tagen mitgeteilt, daß wir auf dem Weg sind.«

»Manchmal seid Ihr ein ziemlich nützlicher Geselle, Euer Majestät«, lächelte Ce'Nedra.

»Euer Majestät sind zu freundlich.« Seine Antwort klang eine Spur unterkühlt.

»O Garion!« Sie lachten beide, als sie den Hang hinunterritten.

Die Hütte – sie hatten sie immer so genannt, obwohl es sich in Wirklichkeit um ein recht großes Haus handelte – schmiegte sich ans Ufer eines zugefrorenen Bächleins, und der Schnee türmte sich bis zu den Fenstersimsen. In der Art, wie das weiche Lampenlicht nach draußen über den Schnee fiel, lag eine goldene Einladung, und die Säule blauen Rauchs aus dem zentralen Schornstein stieg geradewegs in den düster wirkenden Himmel auf. Die rivanische Königin war äußerst glücklich darüber, daß Wärme und Behaglichkeit nicht mehr als eine Viertelmeile entfernt auf sie warteten.

Und dann ging die niedrige Tür auf, und Durnik trat in den Hof heraus. »Wo seid ihr so lange geblieben?« rief er ihnen entgegen. »Wir haben euch schon gegen Mittag erwartet.«

»Wir sind in Tiefschnee geraten«, rief Garion zurück. »Deshalb kamen wir nur langsam voran.«

»Beeil dich, Garion. Sieh zu, daß Ce'Nedra endlich aus der Kälte kommt.« Wie *lieb* er doch war!

Ce'Nedra und ihr Ehemann ritten auf den schneebedeckten Hof und schwangen sich aus den Sätteln.

»Herein mit euch, alle beide«, befahl Durnik. »Ich versorge die Pferde.«

»Ich helfe dir dabei«, erbot sich Garion. »Ich kann ein Pferd beinah genauso schnell wie du absatteln, und außerdem muß ich meine Beine wieder ausstrecken.« Er nahm Ce'Nedra beim Arm und führte sie zur Tür. »Bin gleich zurück, Tante Pol«, rief er nach drinnen. »Ich will nur Durnik bei den Pferden helfen.«

»Wie du möchtest, Liebes«, antwortete Lady Polgara. Ihre Stimme war klangvoll und voller Liebe. »Komm herein, Ce'Nedra. Dir wird schnell wieder warm werden.«

Die rivanische Königin rannte fast ins Haus, warf sich in die Arme von Polgara, der Zauberin, und küßte sie erleichtert.

»Deine Nase ist kalt, Ce'Nedra«, bemerkte Polgara.

»Ihr solltet erst mal meine Füße fühlen, Tante Pol«, gab Ce'Nedra mit einem kleinen Lachen zurück. »Wie steht Ihr diese Winter hier nur durch?«

»Ich bin hier aufgewachsen, Liebes, du erinnerst dich? Ich bin an das Wetter gewöhnt.«

Ce'Nedra sah sich um. »Wo sind die Zwillinge?«

»Sie halten gerade ihr Nachmittagsschläfchen. Wir wecken sie zum Abendessen. Und jetzt raus aus diesen Pelzsachen und an den Kamin. Sobald du dich ein wenig aufgewärmt hast, hab ich das Wasser erhitzt, und du kannst ein schönes heißes Bad nehmen.«

»Oh, *ja*!« entgegnete die rivanische Königin voller Inbrunst.

Die Handhabung alornischer Pelzbekleidung ist nicht einfach, denn sie wird gewöhnlich nicht mit Knöpfen, sondern mit Bändern und Schlaufen zusammengehalten. Vereiste Knoten zu lösen, kann zum Problem werden, vor allem, wenn auch die eigenen Finger steifgefroren sind. Und so kam es, daß Ce'Nedra gezwungen war, sich einfach mit ausgestreckten Armen in die Raummitte zu stellen, während Polgara die äußeren Schichten ihrer Vermummung entfernte. Als die Pelze endlich herunter waren, ging die rivanische Königin zum Kamin und streckte ihre Hände den knisternden Flammen entgegen.

»Nicht zu nah, Liebes«, warnte Polgara sie. »Verbrenne dich nicht. Was hältst du von einem guten heißen Tee?«

»Himmlisch!«

Nachdem Ce'Nedra ihren Tee getrunken und etwa eine halbe Stunde in einer Wanne dampfenden Wassers gelegen hatte, war ihr tatsächlich wieder warm. Dann zog sie sich ein schlichtes Gewand an und kehrte in die Küche zurück, um beim Füttern der Zwillinge zu helfen. Polgaras Kinder waren mittlerweile ein Jahr alt und hatten laufen gelernt – allerdings noch nicht allzu gut. Auch das Handhaben ihrer Löffel schien ihnen noch gewisse Schwierigkeiten zu bereiten, und ein nicht unerheblicher Teil ihres Abendessens landete auf dem Boden. Die Zwillinge hatten flachsfarbenes, lockiges Haar, und sie waren absolut anbetungswürdig. Ihr Vokabular war beschränkt – jedenfalls in den Sprachen, die Ce'Nedra beherrschte. Allerdings unterhielten sie sich untereinander in einer seltsamen Sprache.

»Sie sprechen ›Zwilling‹«, erläuterte Polgara. »Das ist nicht ungewöhnlich. Jedes Zwillingspaar entwickelt seine eigene Sprache. Beldaran und ich haben ›Zwilling‹ gesprochen, bis wir etwa fünf Jahre alt waren. Es hat den armen Onkel Beldin für gewöhnlich schier wahnsinnig gemacht.«

Ce'Nedra sah sich um. »Wo sind Garion und Durnik?«

»Durnik hat noch ein paar Verbesserungen vorgenommen«, antwortete Polgara. »Ich nehme an, er zeigt sie Garion. Er hat mehrere Räume an der Rückseite der Hütte angebaut, so daß du und Garion nicht auf dem Dachboden schlafen müßt.« Behutsam wischte sie einem der Zwillinge das Kinn ab. »Schmutzfink«, tadelte sie ihn sanft. Das Kind kicherte. »Nun, Ce'Nedra, was soll das Ganze? Warum habt ihr diese Reise unbedingt im tiefsten Winter unternehmen müssen?«

»Habt ihr Belgarath' Geschichte schon gelesen?« wollte Ce'Nedra wissen.

»Ja. Ich fand sie ziemlich weitschweifig – typisch für ihn.«

»Darüber enthalte ich mich jeglichen Urteils. Wie hat er es nur geschafft, in weniger als einem Jahr so viel zu schreiben?«

»Vater verfügt über gewisse Fähigkeiten, Ce'Nedra. Hätte er sie tatsächlich *schreiben* müssen, wäre er vermutlich viel, viel länger daran gesessen.«

»Vielleicht hat er deshalb so viele Sachen ausgelassen.«

»Ich kann dir nicht ganz folgen, Liebes.« Polgara säuberte sorgfältig das Gesicht des zweiten Zwillings und stellte die beiden Kleinen auf den Boden.

»Für jemanden, der vorgibt, ein professioneller Geschichtenerzähler zu sein, hat er gewiß eine drittklassige Arbeit abgeliefert.«

»Meines Erachtens hat er mehr oder weniger alles erwähnt, was geschehen ist.«

»In dieser Geschichte gibt es ein paar schrecklich große Lücken, Tante Pol.«

»Vater *ist* siebentausend Jahre alt, Ce'Nedra. In einer so langen Zeitspanne treten zwangsläufig Perioden auf, in denen nicht allzuviel passiert.«

»Aber er hat sich überhaupt nicht darüber ausgelassen, was *Euch* widerfahren ist, Tante Pol. Er hat beinahe nichts über jene Jahre geschrieben, die Ihr in Vo Wacune verbracht habt, oder darüber, was Ihr in Gar og Nadrak gemacht habt oder an irgendeinem dieser anderen Orte. Ich will wissen, was *Ihr* getan habt.«

»Wozu um alles auf der Welt?«

»Ich will die *ganze* Geschichte, Tante Pol. Er hat so viel ausgelassen.«

»Du bist genauso schlimm wie Garion damals. Er hat meinem Vater keine Ruhe gelassen, bis der alte Wolf ihm eine Geschichte erzählte, und dann wollte er immer noch mehr wissen.« Polgara verstummte abrupt. »Weg vom Kamin!« sage sie in scharfem Ton zu den Zwillingen.

Sie kicherten, gehorchten jedoch ihrer Mutter. Ce'Nedra begriff, daß es sich um eine Art Spiel handelte. »Wie dem auch sei«, nahm sie ihren Gedankengang wieder auf, »Belgarath legte ein paar Briefe bei, als er die letzten Kapitel nach Riva übermitteln ließ. Sein Brief an mich brachte mich auf den Gedanken herzukommen und mit Euch zu reden. Zuerst beschuldigte er uns alle, wir hätten uns zusammengetan und ihn so lange drangsaliert, bis er diese Geschichte geschrieben hat. Er gab zu, daß seine Erzählung einige Lücken aufwies, schlug aber vor, daß *Ihr* sie füllt.«

»Typisch«, murmelte Polgara. »Mein Vater ist ein Experte darin, Dinge ins Rollen zu bringen und dann andere zu überreden, sie für ihn zu beenden. Nun, diesmal hat er damit kein Glück. Vergiß es, Ce'Nedra. Ich habe nie von mir behauptet, ich könnte Geschichten erzählen, und außerdem weiß ich etwas Besseres mit meiner Zeit anzufangen.«

»Aber –«

»Kein Aber, Liebes. Und jetzt geh und ruf Garion und Durnik zum Essen.«

Ce'Nedra war klug genug, die Angelegenheit zunächst auf sich beruhen zu lassen, aber in ihrem verschlagenen kleinen Kopf begann sich bereits ein Weg abzuzeichnen, wie man Polgaras Weigerung umgehen könnte.

»Garion, Liebster«, sagte sie, als sie und ihr Ehemann später am Abend in der warmen und gemütlichen Dunkelheit ihres Bettes lagen.

»Ja, Ce'Nedra?«

»Du könntest doch mit deinem Großvater in Verbindung treten und mit ihm sprechen, nicht wahr?«

»Ich vermute, ja. Warum?«

»Würdest du ihn und deine Großmutter nicht gerne wiedersehen? Ich meine nur, wir sind ganz in der Nähe, und es ist wirklich nicht weit von Belgarath' Turm zur Hütte hier, und sie wären doch sicher sehr enttäuscht, wenn wir diese Gelegenheit für einen Besuch verstreichen ließen, oder?«

»Was führst du im Schilde, Ce'Nedra?«

»Warum muß ich immer ›etwas im Schilde führen‹?«

»Für gewöhnlich ist es so.«

»Das ist nicht nett von dir, Garion. Wäre es nicht auch möglich, daß ich einfach nur ein Familientreffen möchte?«

»Tut mir leid. Vielleicht habe ich dir Unrecht getan.«

»Nun – um ehrlich zu sein, deine Tante stellt sich in dieser Angelegenheit ziemlich stur. Ich werde ein wenig Hilfe brauchen, um sie davon zu überzeugen, daß sie ihre Geschichte niederschreiben muß.«

»Großvater wird dir nicht helfen. Das hat er dir bereits in seinem Brief geschrieben.«

»Ich rede nicht von seiner Hilfe. Ich möchte mit Poledra sprechen. Tante Pol wird auf ihre Mutter hören. Bitte, Garion.« Sie sagte es in ihrem gewinnendsten und flehendsten Tonfall.

»Also gut. Ich spreche mit Durnik darüber und bringe in Erfahrung, was er darüber denkt.«

»Warum läßt du mich nicht mit Durnik sprechen? Gewiß kann ich ihn überzeugen, was für eine gute Idee das ist.« Liebevoll rieb sie ihre Nase an Garions Hals. »Mit ist jetzt schön warm, Garion«, gurrte sie verlockend.

»Ja, das ist mir schon aufgefallen.«

»Bist du *sehr* müde?«

»Nicht *so* müde, Liebste«, sagte er, drehte sich ihr zu und nahm sie in die Arme.

Es würde nicht allzu schwer werden, entschied Ce'Nedra. Sie war sehr geschickt darin, ihren Kopf durchzusetzen, und vertraute darauf, daß sie Garion und Durnik dazu bringen konnte, ihrem Plan zuzustimmen. Nur bei Poledra würde sie wohl etwas mehr Überzeugungskraft brauchen.

Garion schlüpfte, wie es seine Art war, noch vor dem

ersten Lichtstrahl lautlos aus dem Bett. Der rivanische König war auf einem Bauernhof aufgewachsen, und Bauern stehen normalerweise früh auf. Ce'Nedra kam zu der Einsicht, daß es keine schlechte Idee wäre, ihn die nächsten Tage über im Auge zu behalten. Eine zufällige Unterhaltung zwischen ihrem Gemahl und Durnik könnte möglicherweise ihren Plan durcheinanderbringen – Ce'Nedra vermied bewußt das Wort ›Intrige‹. Deshalb berührte sie Beldarans Amulett mit den Fingerspitzen ihrer rechten Hand und hielt mit ihrem Geist nach Garion Ausschau.

»Ho, ruhig.« Das war Durniks Stimme, und sie klang ganz besonders sanft. »Ich bin's nur. Geht wieder schlafen. Ich füttere euch später.«

Ein Murmeln war zu hören, ein paar leise, glucksende Geräusche – irgendwelche Vögel, schätzte Ce'Nedra. Dann gackerten sie ein bißchen und legten sich wieder schlafen.

»Redest du immer auf diese Weise mit ihnen?« Das war jetzt Garions Stimme.

»Es verhindert, daß sie aufgeregt in die Dunkelheit davonfliegen und sich verletzen«, meinte Durnik. »Sie haben sich just diesen Baum im Vorgarten zum Schlafbaum erkoren, und ich muß jeden Morgen an eben diesem Baum vorbei. Sie kennen mich mittlerweile, und so kann ich sie für gewöhnlich dazu überreden, sich wieder niederzulassen. Vögel begreifen solche Sachen ziemlich schnell. Rehe brauchen ein bißchen länger, und Kaninchen sind scheu und immer fluchtbreit.«

»Du fütterst sie alle, nicht wahr, Durnik?«

»Sie leben hier, Garion, und der Hof bringt mehr Ertrag, als Pol und ich und die Kleinen essen können. Außerdem ist das doch einer der Gründe, warum wir hier sind, nicht? Vögel, Rehe und Kaninchen können sich im Sommer gut selbst versorgen, aber im Winter ist alles knapp, und dann muß ich ihnen eben ein wenig helfen.«

Er war so ein *guter* Mensch. Ce'Nedra bekam fast

feuchte Augen. Polgara war die mächtigste Frau auf der ganzen Welt, und sie hätte sich jeden König oder Kaiser zum Mann nehmen und in einem Palast leben können. Statt dessen hatte sie einen einfachen Hufschmied gewählt und lebte auf diesem entlegenen Gehöft. Jetzt kannte Ce'Nedra den Grund.

Wie sich herausstellte, war Durnik recht leicht zu manipulieren. Ce'Nedras Vorschlag einer ›kleinen Familienzusammenkunft, wo wir doch jetzt schon alle hier sind‹ brachte ihn fast augenblicklich auf ihre Seite. Durnik war zu arglos, um Hintergedanken bei anderen Menschen zu vermuten. Es war so einfach, daß Ce'Nedra sich fast schämte.

Garion war nicht annähernd so arglos. Schließlich lebte er nun schon eine Weile mit seiner eigensinnigen kleinen Dryadenfrau zusammen. Da aber sowohl Ce'-Nedra als auch Durnik auf die Zusammenkunft drängten, blieb ihm keine Wahl. Dennoch *warf* er einige mißtrauische Blicke in Ce'Nedras Richtung, bevor er seine Gedanken nach seinem Großvater ausschickte.

Belgarath und Poledra trafen etwa einen Tag danach ein, und der Gesichtsausdruck des alten Mannes bei der Begrüßung der rivanischen Königin ließ klar erkennen, daß er wußte, sie ›führte etwas im Schilde‹. Das wiederum bereitete Ce'Nedra keinerlei Kopfzerbrechen. Was sie ›im Schilde führte‹, betraf nicht Belgarath. Sie konzentrierte sich vielmehr auf Poledra.

Es dauerte ein paar Tage, bis Ce'Nedra Gelegenheit erhielt, die Großmutter ihres Mannes zu einem ernsten Gespräch auf die Seite zu ziehen, da ja Familientreffen nun einmal Familientreffen waren. Natürlich standen Polgaras Zwillinge im Mittelpunkt des allgemeinen Interesses. Die Zwillinge genossen es sichtlich, und Ce'Nedra übte sich in Geduld. Der rechte Moment würde kommen, dessen war sie sich gewiß. Also genoß sie einfach die Nähe dieser ganz besonderen Familie, in die sie eingeheiratet hatte, und wartete den passenden Augenblick ab.

Poledra mit ihrem lohfarbenen Haar hatte etwas an sich, was Ce'Nedra ein wenig zögern ließ, sie anzusprechen. Ce'Nedra hatte Belgarath' Geschichte mehrere Male gelesen und war sich sehr wohl Poledras besonderer Herkunft bewußt. Oft ertappte sie sich dabei, wie sie Belgarath' Ehefrau musterte und nach wölfischen Zügen suchte. Vermutlich gab es sie, aber Ce'Nedra war Tolnedrin, und Wölfe sind nicht so verbreitet in Tolnedra, als daß sie diese Züge erkannt hätte, selbst wenn sie offensichtlicher gewesen wären. Was Ce'Nedra an Poledra am meisten störte, war die beunruhigend direkte Art, mit der Poledra jeden ansah. Cyradis hatte Poledra ›die Beobachterin‹ genannt, und besser hätte es die Seherin von Kell nicht ausdrücken können. Poledras goldene Augen schienen in der Lage zu sein, Ce'Nedras Schutzwälle und Tarnung zu durchdringen und geradewegs in jenen geheimen Ort zu sehen, wo die rivanische Königin ihre wahren Beweggründe verbarg. Und die kleine Königin hatte nicht das *geringste* Interesse daran, daß irgend jemand dort herumstöberte.

Doch schließlich nahm sie eines Morgens all ihren Mut zusammen und näherte sich Polgaras goldäugiger Mutter. Garion, Belgarath und Durnik waren draußen unterwegs, um eine ihrer endlosen Besichtigungen des Gehöfts zu unternehmen, und Polgara badete die Zwillinge. »Ich möchte Euch um einen Gefallen bitten, Lady Poledra.« Ce'Nedra war sich unsicher hinsichtlich der korrekten Anrede, und so verfiel sie auf diese gewissermaßen unangemessene Lösung.

»Das habe ich mir schon gedacht«, antwortete Poledra äußerst gelassen. »Du hast dir große Mühe gegeben, dieses Treffen zu arrangieren, und mich die ganzen Tage nicht aus den Augen gelassen. Ich war mir ziemlich sicher, daß du irgendwann mit der Sprache herausrücken würdest. Was hast du auf dem Herzen, Kind?«

»Nun – ›auf dem Herzen haben‹ ist vielleicht nicht der richtige Ausdruck«, wandte Ce'Nedra ein, während sie den Blick kaum merklich abwandte. Diese durchdringenden goldenen Augen machten sie nervös. »Es gibt etwas, was ich von Polgara brauche, und sie stellt sich stur. Ihr wißt ja, wie sie manchmal ist.«

»Ja. Das liegt in der Familie.«

»Ich hab mich ziemlich ungeschickt ausgedrückt, nicht wahr?« entschuldigte Ce'Nedra sich. »Ich liebe sie natürlich, aber –«

»Was willst du von ihr? Red nicht um den heißen Brei herum, Ce'Nedra. Komm zur Sache.«

Ce'Nedra war es nicht gewöhnt, so barsch behandelt zu werden, aber sie entschloß sich, keinen Anstoß daran zu nehmen. Statt dessen schweifte sie ein wenig ab. »Habt Ihr das Geschichtsbuch gelesen, das Euer Gatte gerade zu Ende geschrieben hat?« fragte sie.

»Ich lese nicht viel«, antwortete Poledra. »Ist schlecht für die Augen. Außerdem hat er es nicht geschrieben. Er hat es gesprochen, und während er noch redete, erschien es auf dem Papier. Manchmal mogelt er. Ich habe das meiste davon gehört, während er es vor sich hin gesprochen hat. Es war nicht *allzu* unwahr.«

»Darauf wollte ich hinaus. Er hat eine Menge ausgelassen, nicht?«

»Hier und da, ja.«

»Aber Eure Tochter könnte die Lücken ausfüllen, nicht wahr?«

»Warum sollte sie das tun?«

»Um die Geschichte zu vervollständigen.«

»Geschichten sind eigentlich gar nicht so wichtig, Ce'Nedra. Mir ist aufgefallen, daß das Menschenvolk Geschichten über seinen Bierkrügen erzählt, um die Stunden zwischen dem Abendessen und dem Zubettgehen auszufüllen.« Poledras Blick wirkte amüsiert. »Hast du wirklich den ganzen langen Weg auf dich genommen, nur um eine Geschichte zu hören? Fällt dir nichts Besseres ein – noch ein Kind bekommen oder so etwas?«

Wieder wechselte Ce'Nedra die Richtung des Gesprächs. »Oh, die Geschichte ist nicht für mich«, log sie. »Sie ist für meinen Sohn. Eines Tages wird er der rivanische König sein.«

»Ja, ich weiß. Man hat mir diese Menschensitte erklärt. Sitten sollten für gewöhnlich beachtet werden.«

Ce'Nedra packte die Gelegenheit beim Schopfe. »Mein Sohn Geran wird einmal ein Führer sein, und er muß wissen, wer er ist und wie er dorthin gelangt ist. Die Geschichte wird ihm die Antwort darauf geben.«

Poledra zuckte die Schultern. »Warum ist das so wichtig? Das, was gestern – oder vor tausend Jahren – passiert ist, hat keinen Einfluß auf das, was morgen geschieht, nicht wahr?«

»Vielleicht doch. Belgarath' Geschichte hat anklingen lassen, es seien Dinge geschehen, von denen ich nicht einmal wüßte, daß sie überhaupt geschehen sind. Es gibt zwei Welten da draußen, und sie existieren Seite an Seite. Wenn Geran nicht über beide Bescheid weiß, wird er Fehler machen. Aus diesem Grunde brauche ich Polgaras Geschichte – um meiner Kinder willen – und ihrer.« Ce'Nedra verkniff sich in letzter Sekunde den Begriff ›Welpen‹. »Ist das nicht das Wichtigste, was wir tun, für unsere Kinder zu sorgen?« Dann kam ihr eine Idee. »*Ihr* könntet die Geschichte erzählen, wißt Ihr.«

»Wölfe erzählen keine Geschichten, Ce'Nedra. Wir sind zu sehr damit beschäftigt, Wölfe zu sein.«

»Dann muß Polgara es tun. Mein Sohn *muß* den Rest der Geschichte kennen. Vielleicht hängt das Wohlergehen seines Volkes davon ab, daß er sie kennt. Ich weiß nicht, welche Pläne Aldur für Polgaras Kinder hat, aber es steht zu vermuten, daß *sie* die Geschichte auch brauchen werden.« Ce'Nedra war stolz auf diese überraschende Wendung. Der Appell an Poledras angeborenen Rudelinstinkt war möglicherweise der entscheidende Zug gewesen. »Helft Ihr mir, Polgara zu überzeugen?«

Poledras goldene Augen nahmen einen nachdenklichen Ausdruck an. »Ich werde es mir durch den Kopf gehen lassen«, sagte sie.

Das war nicht ganz das feste Versprechen, das Ce'Nedra sich erhofft hatte, aber in diesem Augenblick brachte Polgara die Zwillinge an die Luft, so daß die rivanische Königin die Sache nicht weiter verfolgen konnte.

Als Ce'Nedra am nächsten Morgen erwachte, war Garion wie üblich schon aufgestanden. Wie üblich hatte er auch vergessen, Feuerholz nachzulegen, und im Zimmer war es ausgesprochen kalt. Fröstelnd stieg Ce'Nedra aus dem Bett und hielt nach etwas Warmem Ausschau. Wenn Garion auf war, so folgerte sie, würde Durnik auch nicht mehr schlafen, und so begab sie sich unverzüglich zu Polgaras Schlafgemach und klopfte sachte an die Tür.

»Ja, Ce'Nedra«, antwortete Tante Pol von drinnen. Sie wußte anscheinend *immer*, wer vor der Tür stand.

»Darf ich hereinkommen?« fragte Ce'Nedra. »Garion hat das Feuer ausgehen lassen, und es ist eisig kalt in meinem Zimmer.«

»Selbstverständlich, Liebes«, entgegnete Tante Pol.

Ce'Nedra öffnete die Tür, hastete zum Bett und kroch zu Tante Pol und den Kleinen unter die Decke. »Das macht er stets«, beschwerte sie sich. »Er ist so sehr beschäftigt damit, sich davonzustehlen, daß er nicht im Traum daran denkt, Holz nachzulegen.«

»Er möchte dich nicht wecken, Liebes.«

»Ich kann jederzeit wieder einschlafen, wenn ich will, und ich *hasse* es, in einem kalten Zimmer aufzuwachen.« Sie nahm einen der Zwillinge in den Arm und drückte ihn fest an sich. Ce'Nedra war selbst Mutter, so daß sie sehr gut im Drücken war. Sie erkannte, daß sie ihre eigenen Kinder wirklich vermißte. Ihr kamen Zweifel, ob es tatsächlich so klug gewesen war, mitten im Winter auf nichts als eine Laune hin diese beschwerliche Reise zu unternehmen.

Eine Weile unterhielten die rivanische Königin und die Tante ihres Ehemanns sich über Belanglosigkeiten, und dann ging die Tür auf, und Polgaras Mutter kam mit einem Tablett herein, auf dem drei Tassen dampfenden Tees standen. »Guten Morgen, Mutter«, sagte Polgara.

»Gar nicht übel, der Morgen«, gab Poledra zurück.

»Ein bißchen kalt allerdings.« Poledra hatte manchmal eine wirklich trockene Art.

»Was treibt das Mannsvolk?« erkundigte sich Tante Pol.

»Garion und Durnik sind draußen und füttern die Vögel und Tiere«, sagte Poledra. »*Er* schläft noch.« Poledra nannte ihren Mann fast nie beim Namen. Sie stellte das Tablett auf einem kleinen Tisch neben dem Kamin ab. »Ich glaube, wir müssen uns unterhalten«, meinte sie. Sie kam ans Bett, hob die Zwillinge hoch und legte sie in die merkwürdige Doppelwiege, die Durnik für seine Kinder gebaut hatte. Dann reichte sie Polgara und Ce'Nedra jeweils eine Teetasse, nahm sich die dritte und ließ sich auf einem Stuhl neben dem Fenster nieder.

»Was ist denn so wichtig, Mutter?« wollte Polgara wissen.

Poledra zeigte mit dem Finger auf Ce'Nedra. »*Sie* hat gestern mit mir gesprochen«, erklärte sie, »und ich denke, sie hat ein Argument, das der Beachtung wert ist.«

»Ach?«

»Sie sagte, daß ihr Sohn – und *seine* Söhne – eines Tages die Rivaner führen werden, und daß sie dann bestimmte Dinge wissen müßten. Das Wohlergehen der Rivaner könnte von ihrem Wissen abhängen. Und das ist die vornehmste Aufgabe eines Führers, nicht wahr – ob er jetzt Wölfe oder Menschen führt.«

Ce'Nedra freute sich insgeheim diebisch. Ihre zusammengewürfelten Argumente vom Vortag hatten Poledra offensichtlich auf ihre Seite gebracht.

»Worauf wollen wir hinaus, Mutter?« fragte Polgara mißtrauisch.

»Du trägst auch eine Verantwortung, Polgara – den Jungen gegenüber«, versetzte ihre Mutter. »Das ist unsere wichtigste Pflicht. Der Meister hat dir eine Aufgabe auferlegt, und du hast sie noch nicht zu Ende gebracht.«

Polgara warf Ce'Nedra einen scharfen Blick zu.

»Ich habe nichts damit zu tun, Tante Pol«, säuselte

Ce'Nedra mit Unschuldsmiene. »Ich habe Eure Mutter lediglich um Rat gefragt, sonst nichts.«

Die beiden Augen – gelbbraun das eine, das andere tiefblau – bohrten sich in sie.

Ce'Nedra wurde wirklich rot.

»Sie will etwas, Polgara«, sagte Poledra. »Gib es ihr. Dir tut es nicht weh, und darüber hinaus ist es ein Bestandteil der Aufgabe, die du freiwillig auf dich genommen hast. Wir Wölfe verlassen uns auf unsere Instinkte; Menschenwesen brauchen Anleitung. Du hast den Großteil deines Lebens damit verbracht, für die Jungen zu sorgen – und sie anzuleiten. Du weißt also, was nötig ist. Schreib einfach nieder, was wirklich geschehen ist, und bring's hinter dich.«

»Aber doch gewiß nicht *alles*!« rief Polgara entsetzt aus. »Manches davon ist nun wirklich zu privat.«

Poledra lachte tatsächlich. »Du hast immer noch eine Menge zu lernen, meine Tochter. Weißt du denn immer noch nicht, daß es unter Wölfen so etwas wie Privatsphäre nicht gibt? Wir teilen alles. Möglicherweise nützt die Information eines Tages dem Führer der Rivaner – und deinen eigenen Kindern ebenso. Also laß uns dafür sorgen, daß sie das bekommen, was sie brauchen. Tu es einfach, Polgara. Du solltest wirklich wissen, daß es sich nicht lohnt, mit mir zu streiten.«

Polgara seufzte. »Ja, Mutter«, erwiderte sie ergeben.

Ce'Nedra hatte in diesem Augenblick eine Art Offenbarung, und sie gefiel ihr ganz und gar nicht. Polgara die Zauberin war die mächtigste Frau der Welt. Sie besaß Titel über Titel, und die gesamte Welt beugte vor ihr das Knie, und trotzdem blieb sie auf eine geheimnisvolle Weise ein Wolf, und wenn das ranghöhere Weibchen – in diesem Fall ihre Mutter – einen Befehl erteilte, gehorchte sie ohne nachzudenken. Ce'Nedras Abstammung war gemischt – teils borunisch, teils dryadisch. Mit ihrem Vater, dem Kaiser von Tolnedra, hatte sie ausgiebig gestritten, aber wenn Xantha, die Königin der Dryaden, ihr etwas befahl, nörgelte Ce'Nedra vielleicht ein bißchen, gehorchte aber. Das hatte sie mit der Muttermilch aufgesogen. Sie begann Polgara in einem etwas anderen Licht und folglich auch sich selbst anders zu sehen.

»Es ist ein Anfang«, sagte Poledra geheimnisvoll. »Also dann, Tochter«, wandte sie sich an Polgara, »so schwierig wird es schon nicht werden. Ich rede mit *ihm,* und er wird dir zeigen, wie man es ohne diese lästigen Federkiele und Tintenfässer macht. Es ist deine Pflicht, also hör auf, dich zu beklagen.«

»Ganz wie meine Mutter es wünscht«, erwiderte Polgara.

»Nun gut«, sagte Poledra, »jetzt, wo *das* erledigt ist, hätten die Damen vielleicht gern noch eine Tasse Tee?«

Polgara und Ce'Nedra tauschten einen raschen Blick.

»Warum nicht«, seufzte Polgara.

Teil eins

Beldaran

Kapitel 1

Dies hier war nicht meine Idee. Das möchte ich von Anfang an klarstellen. Die Vorstellung, irgend jemand könne beschreiben, ›was wirklich geschehen ist‹, ist absurd. Wenn zehn – oder hundert – Leute Zeugen eines Ereignisses werden, dann wird es zehn – oder hundert – verschiedene Versionen dessen geben, was vorgefallen ist. Was wir sehen und wie wir es deuten, hängt völlig von unseren persönlichen Erfahrungen ab, die wir in der Vergangenheit gemacht haben. Meine Mutter hat indes darauf bestanden, daß ich mich dieser lachhaften Aufgabe unterziehe, und ich werde wie immer tun, was sie mir sagt.

Doch je mehr ich darüber nachgedacht habe, desto klarer ist mir geworden, daß Ce'Nedra, als sie das Thema erst mir und dann meiner Mutter gegenüber anschnitt, mit ihrem offensichtlichen Scheinargument bezüglich des ›Wohlergehens der Jungen‹ der Wahrheit näher kam, als das hinterhältige kleine Ding es ahnte. Eines Tages *wird* Geran König von Riva und Hüter des Orb sein, und im Verlauf der Jahrhunderte habe ich die Erfahrung gemacht, daß Menschen mit wenigstens einer leisen Ahnung von der wahren Geschichte die besseren Herrscher abgeben. Zumindest wiederholen sie nicht die Fehler der Vergangenheit.

Wenn Geran und seine Söhne für ihre Herrschaft über die Rivaner wirklich nur eine trockene Wiedergabe der Taten zahlloser Führer, zahlloser Reiche in zahllosen vergangenen Zeitaltern benötigten, dann würde jene ermüdende Wiederholung eines endlosen ›und dann, und dann, und dann‹, wie es die langweiligen Mitglieder

der Tolnedrischen Historischen Gesellschaft so entzückt, mehr als ausreichen.

Wie meine Schwiegertochter indes so klug bemerkte, befassen sich die ›und danns‹ der tolnedrischen Gelehrten nur mit einem Teil der Welt. Da draußen existiert eine andere Welt, und in dieser anderen Welt geschehen Dinge, die zu begreifen die Tolnedrer von ihrer Veranlagung her nicht in der Lage sind. Am Ende wird es aber diese unsichtbare Welt sein, die der rivanische König kennen muß, um seine Aufgabe richtig zu erfüllen.

Dennoch hätte ich gehorsamst behaupten können, meines Vaters langatmige Version der Geschichte unserer spezifischen Welt habe diese Lücke bereits gefüllt. Ja, ich bin sogar so weit gegangen, Vaters ermüdende Erzählung noch einmal zu lesen, wobei ich mir alle Mühe gegeben habe, mir selbst – und meiner Mutter – zu beweisen, daß wirklich nichts hinzuzufügen wäre. Schon bald aber sprangen mir Vaters krasse Auslassungen ins Auge. Der alte Gauner *hatte* nicht die ganze Geschichte erzählt, und Mutter wußte es.

Zu Vaters Verteidigung muß ich allerdings anführen, daß es tatsächlich Ereignisse gab, bei denen er nicht zugegen war, und andere, bei denen er nicht ganz begriff, was *wirklich* vor sich ging. Darüber hinaus hatten einige der Auslassungen, die mich so störten, ihren Ursprung in seinem Bemühen, siebentausend Jahre Geschichte zu einem halbwegs handlichen Umfang zu verdichten. *Die* Fehler hätte ich ihm also noch verziehen, aber hätte er nicht wenigstens Namen und Jahreszahlen korrekt wiedergeben können? Um des lieben Familienfriedens willen werde ich seine mangelhafte Erinnerung, wer in welcher Situation genau was gesagt hat, ein wenig erläutern. Das menschliche Gedächtnis – immer vorausgesetzt, daß mein Vater tatsächlich menschlich ist – ist meiner Ansicht nach nie *so* genau. Warum sagen wir nicht einfach, daß Vater und ich gewisse Dinge eben ein wenig anders in Erinnerung haben, und lassen es dabei bewenden? Versucht das beim Lesen im Gedächtnis zu behalten. Verschwendet nicht eure – und meine – Zeit damit, die sicher häufigen Abweichungen herauszustellen.

Je mehr ich las, desto deutlicher wurde mir bewußt, daß jene Dinge, von denen ich Kenntnis habe und Vater nicht, wesentliche Bestandteile von Gerans Erziehung darstellen würden. Zudem überkam mich ein vermutlich erblich bedingter Drang nach einer vollständigeren Geschichte. Ich versuchte dagegen anzukämpfen, aber es überwältigte mich einfach. Ich entdeckte, daß ich meine Seite der Geschichte wirklich erzählen *wollte.*

Ich hege da einen gewissen Verdacht in bezug auf die Gründe meines Sinneswandels, aber ich denke, daß dies nicht der geeignete Ort ist, um ihn zu äußern.

Der Mittelpunkt meines frühen Lebens war meine Schwester Beldaran. Wir waren Zwillinge, standen uns jedoch in gewisser Hinsicht sogar näher als Zwillinge. Beldaran, die nun schon seit mehr als dreitausend Jahren tot ist, ist immer noch ein Teil von mir. Ich trauere jeden Tag um sie. Das mag erklären, warum ich manchmal so ernst und zurückgezogen wirke. Vaters Erzählung bauscht die Tatsache, daß ich selten lächele, allerdings über Gebühr auf. Was gibt's da zu lachen, alter Wolf?

Wie Vater bereits anführte, habe ich sehr viel gelesen, und dabei ist mir aufgefallen, daß Biographien für gewöhnlich mit der Geburt beginnen. Beldaran und ich hingegen fingen ein klein wenig früher an. Aus Gründen, die nur sie kennt, fügte Mutter es so.

So, warum fangen wir jetzt nicht einfach an?

Es war warm und dunkel, und wir schwebten in vollkommener Zufriedenheit, lauschten dem Herzschlag unserer Mutter und dem Strömen des Bluts durch ihre Adern, während ihr Körper uns ernährte. Das ist meine erste Erinnerung – das und Mutter, die leise zu uns sagte: »Wacht auf.«

Wir haben nie ein Geheimnis aus Mutters Herkunft gemacht. *Nicht* allgemein bekannt jedoch ist die Tatsache, daß der Meister sie rief, so wie er uns alle rief. Sie ist nicht weniger Aldurs Jüngerin als wir anderen. Wir dienen ihm alle auf unsere Art. Mutter jedoch wurde nicht als Mensch geboren, und sie erkannte schon früh während ihrer Schwangerschaft, daß Beldaran und ich nicht jene Instinkte besaßen, die Wölfen angeboren sind. Ich habe später erfahren, daß ihr das große Sorgen bereitete. Sie erörterte das ziemlich lange mit dem Meister, und die Lösung, die sie vorschlug, war durch und durch praktisch. Da Beldaran und ich keine Instinkte besaßen, schlug Mutter dem Meister vor, daß sie bereits in ihrem Leib mit unserer Erziehung begann. Ich könnte mir vorstellen, daß ihr Vorschlag Aldur erschreckte, aber er erkannte bald die Vorteile eines solchen Vorgehens. Und so kam es, daß Mutter Schritte unternahm, um sicherzustellen, daß meine Schwester und ich über bestimmte notwendige Informationen verfügten – noch bevor wir geboren wurden.

Im Verlauf einer normalen menschlichen Schwangerschaft lebt das Ungeborene in einer Welt, die zur Gänze aus Sinneseindrücken besteht. Beldaran und ich hingegen wurden sachte zu mehr angeleitet. Mein Vater behauptet ziemlich hochfahrend, *er* habe nach Beldarans Hochzeit mit meiner Erziehung begonnen, aber das entspricht kaum der Wahrheit. Dachte er wirklich, ich sei davor eine Art Gemüse gewesen? Meine Erziehung – und die Beldarans – begann, bevor wir noch das Licht der Welt erblickt hatten.

Über Vaters Erziehungsmethoden läßt sich streiten. Als erstem Jünger fiel ihm die Aufgabe zu, die anfängliche Ausbildung meiner verschiedenen Onkel zu übernehmen. Um sie auf den dornenreichen Weg des unabhängigen Denkens zu bringen, zwang er sie, ihren Verstand zu benutzen und sich zu streiten – obwohl er es manchmal damit übertrieb. Mutter wurde als Wölfin geboren, und ihre Methoden waren elementarer. Wölfe sind Rudeltiere, sie denken nicht individuell. Mutter sagte Beldaran und mir einfach: »So ist es. So war es immer, und so wird es immer sein.« Vater lehrt dich, alles in Frage zu stellen; Mutter lehrt dich, alles hinzunehmen. Ein interessantes Kontrastprogramm.

Am Anfang waren Beldaran und ich eineiige Zwillinge und einander so nah, wie der Begriff das nahelegt. Als aber Mutters Gedanke uns weckte, begann sie sehr behutsam, uns zu trennen. Ich erhielt bestimmte Anweisungen, die Beldaran nicht erhielt, und sie bekam Lektionen, die *ich* nicht bekam. Ich glaube, ich spürte diesen Trennungsschmerz schärfer als Beldaran. Sie kannte ihre Bestimmung; ich verbrachte Jahre damit, nach meiner zu suchen.

Die Trennung war sehr schmerzhaft für mich. Ich scheine mich daran zu erinnern, daß ich meine Schwester berührte und in unserer eigenen Sprache zu ihr sagte: »Du bist auf einmal so weit weg.« In Wahrheit war sie natürlich alles andere als weit weg. Wir lagen beide noch an jenem engen, warmen Ort unter Mutters Herzen, aber vorher waren unsere Gedanken immer verbunden gewesen, und nun bewegten sie sich unaufhaltsam voneinander fort. Wenn ihr ein wenig darüber nachdenkt, bin ich sicher, ihr werdet es verstehen.

Nach unserem Erwachen waren Mutters Gedanken jederzeit bei uns. Sie klangen ebenso warm und tröstlich wie der Ort, an dem wir trieben, doch der Ort nährte nur unsere Körper. Mutters Gedanken nährten unseren Geist – mit jenen kleinen Abweichungen, die ich eingangs erwähnte. Ich vermute, was ich war und was ich geworden bin, ist das Ergebnis jener leibesdunklen Zeitspanne in meinem Leben, als Beldaran und ich in vollkommener Schwesternschaft dahintrieben – bis Mutters Gedanken uns zu trennen begannen.

Und nach einer gewissen Zeit gab es einen weiteren Gedanken. Mutter hatte uns auf diese Störung unserer sehr privaten kleinen Welt vorbereitet. Nachdem meine Schwester und ich uns unserer Trennung und einiger der Gründe dafür bewußter geworden waren, gesellte sich Aldurs Denken zu dem ihren, um unsere Erziehung fortzuführen. Von Beginn an erklärte er uns geduldig, warum bestimmte Veränderungen notwendig sein würden. Meine Schwester und ich waren anfangs völlig gleich gewesen. Aldur änderte das, und die meisten seiner Veränderungen betrafen *mich*. Einige der Veränderungen waren körperlicher – das Dunklerwerden meiner Haare beispielsweise –, andere geistiger Natur. Mutter hatte jene geistige Trennung begonnen, und Aldur vollendete sie. Beldaran und ich waren nicht mehr eins. Wir waren zwei. Beldarans Reaktion auf unsere allmähliche Trennung bestand aus sanftem Bedauern. Meine aus Wut.

Ich nehme an, daß meine Wut ein Reflex der Reaktion meiner Mutter war, als mein Vagabund von einem Vater und eine Schar von Alornern es vorzogen, sich nach Mallorea davonzustehlen, um Torak den Orb, den dieser dem Meister gestohlen hatte, wieder abzujagen. Jetzt verstehe ich völlig, warum es notwendig war, und warum Vater keine Wahl hatte – und Mutter versteht es ebenso, denke ich. Aber damals versetzte sie dieses Verhalten, das nach wölfischen Maßstäben ein widernatürliches Imstichlassen war, in heiße Wut. Meine in meiner Kindheit etwas merkwürdige Beziehung zu meinem Vater leitete sich wahrscheinlich daraus ab, daß ich Mutters Wut spürte. Beldaran blieb unberührt davon, da Mutter es klugerweise vorzog, sie vor dieser Wut abzuschirmen.

Mir ist gerade ein sprunghafter und recht beunruhigender Gedanke gekommen. Wie ich bereits erwähnte, beinhalten Vaters Erziehungsmethoden vor allem Infragestellen und Streiten, und ich war wohl seine Paradeschülerin. Mutter lehrt Ergebenheit, und Beldaran wurde das ganze Ausmaß *dieses* Ratschlags zuteil. Auf eine seltsame Art und Weise würde das bedeuten, daß ich die wahre Tochter meines Vaters bin, während Beldaran Mutters Tochter war.

Schon gut, alter Wolf. Spar dir dein hämisches Grinsen. Am Ende werden wir alle klug. Eines Tages bist möglicherweise sogar du an der Reihe.

Mutter und der Meister erzählten meiner Schwester und mir behutsam, daß Mutter uns nach unserer Geburt in der Obhut von anderen zurücklassen müßte, damit sie eine notwendige Aufgabe erfüllen konnte. Man versicherte uns, daß gut für uns gesorgt wäre, und darüber hinaus, daß Mutters Gedanken mehr oder weniger beständig bei uns sein würden, genauso wie damals, als wir noch in ihrem Leib waren. Wir akzeptierten das, auch wenn die Vorstellung körperlicher Trennung etwas beängstigend war. Das Wichtigste in unserem Leben war von jenem Moment an, als unser Bewußtsein erwacht war, die Gegenwart von Mutters Gedanken gewesen, und so lange sie bei uns blieben, waren wir sicher, daß alles gut sein würde.

Aus einer Reihe von Gründen war es nötig, daß ich als erste geboren wurde. Aldurs Veränderungen an meinem Geist und meiner Persönlichkeit hatten mich ohnehin unternehmungslustiger als Beldaran gemacht. Deshalb war es wohl ganz natürlich, daß ich die Führung übernahm.

Eigentlich war es eine leichte Geburt, aber das Licht tat meinen Augen zunächst weh, und die noch weiterreichende Trennung von meiner Schwester war außerordentlich schmerzhaft. Nach einer Weile gesellte sie sich jedoch zu mir, und alles war wieder in Ordnung. Mutters Gedanken – und Aldurs – waren noch bei uns, und so dösten wir gemeinsam in vollkommener Zufriedenheit ein.

Ich setze hier voraus, daß die meisten von Ihnen meines Vaters ›Geschichte der Welt‹ gelesen haben. In diesem hin und wieder ziemlich wichtigtuerischen Monolog erwähnt er häufig einen ›humorvollen alten Gesellen in einem klapprigen Karren‹. Nicht lange nach Beldarans und meiner Geburt stattete er uns einen Besuch ab. Obwohl seine Gedanken uns schon seit Monaten begleiteten, war dies unsere erste tatsächliche Begegnung mit dem Meister. Er unterhielt sich eine Zeitlang mit uns, und als ich mich umsah, geriet ich plötzlich in Panik.

Mutter war fort.

»Ist ja gut, Polgara«, erreichte mich Mutters Gedanke. »Es ist notwendig. Der Meister hat jemand damit beauftragt, sich um dich und deine Schwester zu kümmern. Dieser Jemand ist klein, verwachsen und häßlich, aber sein Herz ist gut. Ich fürchte aber, es wird nötig sein, ihn zu täuschen. Er *muß* glauben, daß ich nicht mehr am Leben bin. Niemand – außer dir und Beldaran – darf wissen, daß das nicht die Wahrheit ist. Der, der euch gezeugt hat, wird bald zurückkehren, aber er hat noch einen weiten Weg vor sich. Ohne die Ablenkung durch mich wird er schneller reisen.«

Und so trat Onkel Beldin in unser Leben. Ich weiß nicht genau, was der Meister ihm erzählte, aber er weinte eine Menge während jener ersten Tage. Nachdem er seine Gefühle unter Kontrolle bekommen hatte, unternahm er einige zaghafte Versuche, mit mir und meiner Schwester in Verbindung zu treten. Um ehrlich zu sein, anfangs erwies er sich darin als beklagenswert unfähig, aber der Meister leitete ihn an, und mit der Zeit wurde er geschickter.

In unserem Leben – dem meiner Schwester und meinem – wurde es voller. Zuerst schliefen wir viel. Onkel Beldin war so klug, uns in dieselbe Wiege zu legen, und solange wir zusammen waren, war alles in bester Ordnung. Mutters Gedanken weilten noch bei uns – und Aldurs – und jetzt auch Onkel Beldins, und wir waren noch zufrieden.

Während unserer ersten Monate hatten meine Schwester und ich kein Zeitgefühl. Manchmal war es hell, manchmal dunkel. Beldin war aber immer bei uns, und wir waren zusammen, so daß Zeit uns nicht allzuviel bedeutete.

Dann, nach mehreren Wochen vermutlich, gab es da noch zwei andere, und ihre Gedanken gesellten sich zu denen, die bereits bei uns waren. Unsere beiden anderen Onkel, Beltira und Belkira, waren in unser Leben getreten.

Ich habe nie verstehen können, warum die Leute so große Schwierigkeiten haben, Beltira und Belkira auseinanderzuhalten. Für mich waren sie von Anfang an zwei eigene, leicht zu unterscheidende Persönlichkeiten, aber ich bin ja selbst ein Zwilling, so daß ich wahrscheinlich ein besseres Gefühl für solche Unterschiede habe.

Beldaran und ich wurden mitten im Winter geboren, und Onkel Beldin hatte uns bald darauf in seinen eigenen Turm gebracht, und in diesem Turm verbrachten wir unsere Kindheit. Es war im Hochsommer unseres ersten Jahres, als Vater endlich ins Aldurtal zurückkehrte. Beldaran und ich waren damals erst etwa ein halbes Jahr alt, aber wir erkannten ihn beide auf der Stelle. Mutters Gedanken hatten sein Bild in unseren Geist gepflanzt, noch bevor wir das Licht der Welt erblickt hatten. Die Erinnerung an Mutters Wut war noch immer stark in mir, als Beldin mich aus der Wiege hob und dem Streuner in den Arm legte, der mich gezeugt hatte. Um der Wahrheit die Ehre zu geben, beeindruckte er mich nicht besonders, aber dieses Vorurteil war möglicherweise die Folge von Mutters Verbitterung über die Art und Weise, wie er sie verlassen hatte. Dann legte er mir in einem uralten Segensritual die Hand auf den Kopf, und plötzlich erwachte der Rest meines Geistes, als *seine* Gedanken mich überfluteten. Ich konnte die Macht spüren, die aus seiner Hand floß, und ich ergriff sie voller Eifer. *Darum* war ich von Beldaran getrennt worden! Endlich erkannte ich die Bedeutung dieser Trennung. *Sie* war dazu bestimmt, ein Gefäß der Liebe zu werden; *ich* sollte ein Gefäß der Macht werden!

In gewisser Weise ist der Geist schrankenlos, und so war mein Vater sich vermutlich nicht dessen bewußt, wieviel ich mir in jenem Augenblick, als seine Hand meinen Kopf berührte, von ihm nahm. Ja, ich bin mir ziemlich sicher, daß er *immer noch nicht* ganz begreift, was genau in jenem Moment von ihm zu mir geflossen ist. Das, was ich von ihm nahm, machte ihn in keiner Weise ärmer, aber mich bereicherte es hundertfach.

Dann hob er Beldaran hoch, und auch mein Zorn wuchs um das Hundertfache. Wie konnte dieser Verräter es wagen, meine Schwester anzufassen? Über der ersten Begegnung von Vater und mir stand kein guter Stern.

Und dann kam die Zeit seines Wahnsinns. Ich war immer noch nicht hinreichend mit der menschlichen Sprache vertraut, um zu wissen, was genau Onkel Beldin ihm erzählte, das ihn dann in den Wahnsinn trieb, aber Mutters Gedanken versicherten mir, er werde es – schließlich – überstehen.

Wenn ich jetzt zurückblicke, weiß ich, daß es absolut notwendig für Vater und Mutter war, sich zu trennen.

Damals verstand ich es nicht, aber Mutters Gedanken hatten mich gelehrt, daß Hinnehmen wichtiger als Verstehen ist.

Während der Zeit des Wahnsinns meines Vaters nahmen meine Onkel meine Schwester oft zu Besuchen bei ihm mit, was meine Meinung ihm gegenüber nicht gerade verbesserte. In meinen Augen wurde er zu einem Eindringling, einem bösen Mann, der darauf aus war, mir Beldarans Zuneigung zu stehlen. Eifersucht ist keine besonders nette Gefühlsregung, auch wenn sie bei Kindern völlig natürlich ist. Deshalb möchte ich hier nicht näher ausführen, wie genau ich mich fühlte, wenn meine Onkel mir Beldaran wegnahmen, um diesen schäumenden Verrückten zu besuchen, den man in seinem Turm ans Bett gekettet hatte. Ich erinnere mich aber daran, daß ich meinem Widerwillen lauthals und aus voller Kehle Ausdruck verlieh, wann immer sie Beldaran von meiner Seite nahmen.

Und das war der Zeitpunkt, wo Beldin mich in ›das Puzzle‹ einführte. Für mich war es immer genau das. Auf eine merkwürdige Weise bekam ›das Puzzle‹ für mich beinah ein Eigenleben. Ich weiß nicht genau, wie Beldin es hinbekam, aber ›das Puzzle‹ war eine knorrige und verwachsene Wurzel irgendeines niedrigen Strauchgewächses – Heide vielleicht –, und jedesmal, wenn ich es aufhob, um es zu studieren, schien es sich zu verändern. Das eine Ende konnte ich ziemlich deutlich sehen, das andere aber nie finden. Ich denke, ›das Puzzle‹ trug dazu bei, meine Sicht der Welt und des Lebens selbst zu formen. Wir wissen, wo sich das eine Ende befindet – der Anfang –, aber das andere können wir nie richtig erkennen. Es bereitete mir indes endlose Stunden der Unterhaltung, so daß Onkel Beldin Gelegenheit bekam, sich ein wenig auszuruhen.

Ich studierte gerade ›das Puzzle‹, als Vater zu Onkel Beldins Turm kam, um Lebewohl zu sagen. Beldaran und ich waren vielleicht eineinhalb Jahre alt – vielleicht auch ein wenig jünger –, als er in den Turm kam und

Beldaran küßte. Ich verspürte die gewohnte Aufwallung von Eifersucht, hielt meinen Blick jedoch in der Hoffnung, er möge endlich verschwinden, starr auf ›das Puzzle‹ gerichtet.

Und dann hob er mich hoch und lenkte meine Aufmerksamkeit von dem ab, woran ich gerade arbeitete. Ich versuchte mich ihm zu entziehen, aber er war stärker als ich. Schließlich war ich kaum mehr als ein Säugling, auch wenn ich mich bedeutend älter fühlte. »Hör auf damit«, sagte er zu mir, und sein Tonfall klang gereizt. »Die Vorstellung mag dir nicht behagen, Pol, aber ich bin dein Vater, und du hast mich am Hals.« Und dann küßte er mich, was er vorher nie getan hatte. Einen Augenblick lang – nur einen kurzen Augenblick – spürte ich seinen Schmerz, und mein Herz wurde weich.

›Nein‹, vernahm ich Mutters Gedanken, *›noch nicht.‹* Damals dachte ich, sie sage das, weil sie noch immer zornig auf ihn sei, und daß ich das Gefäß ihres Zorns sein solle. Jetzt weiß ich, daß ich mich irrte. Wölfe vergeuden einfach keine Zeit damit, zornig zu sein. Aber die Reue und Trauer meines Vaters hatten sich noch nicht erschöpft, und der Meister hatte noch viele Aufgaben für ihn. Bis er das, was er für seine Schuld hielt, nicht gesühnt hatte, wäre er nicht bereit für diese Aufgaben. Meine Fehldeutung von Mutters Absichten verleitete mich zu etwas, was ich wohl besser nicht getan hätte. Ich schlug mit ›dem Puzzle‹ auf ihn ein.

»Feurig, die Kleine, nicht wahr?« murmelte er zu Onkel Beldin. Dann setzte er mich ab, gab mir einen leichten Klaps auf den Po, den ich kaum spürte, und sagte, ich solle mich benehmen.

Ganz gewiß wollte ich ihm nicht die Genugtuung geben anzunehmen, seine Züchtigung habe meine Einstellung zu ihm in irgendeiner Weise verändert, und so drehte ich mich herum, ›das Puzzle‹ noch immer in der Hand wie eine Keule, und funkelte ihn wütend an.

»Benimm dich, Polara«, sagte er auf die denkbar sanfteste Art zu mir. »Geh jetzt spielen.«

Er ist sich vermutlich selbst heute noch nicht darüber im klaren, aber in diesem Moment habe ich ihn beinah geliebt – beinah, aber eben nicht ganz. Die Liebe kam später, und es dauerte Jahre.

Nicht lange darauf verließ er das Tal, und wieder bekam ich ihn für eine ziemlich lange Zeit nicht zu Gesicht.

KAPITEL 2

Nichts, was jemals geschieht, ist so unwichtig, daß es den Lauf der Dinge nicht verändert, und Vaters Eindringen in unser Leben konnte man kaum unwichtig nennen. Dieses Mal fand die Veränderung mit meiner Schwester Beldaran statt, und sie gefiel mir überhaupt nicht. Bis mein Vater von seinem Ausflug nach Mallorea zurückkam, gehörte Beldaran fast ausschließlich mir. Vaters Rückkehr änderte das. Nun mußte ich ihre Gedanken, die bis dahin nur mir gegolten hatten, mit jemandem teilen. Sie dachte häufig an diesen alten, bierseligen Strolch, und ich nahm ihr das sehr übel.

Beldaran war, selbst als wir kaum mehr als Babys waren, von Sauberkeit besessen, und meine aggressive Gleichgültigkeit gegenüber meinem Äußeren brachte sie sehr auf.

»Kannst du nicht wenigstens dein Haar kämmen, Pol?« fragte sie eines Abends. Sie sprach ›Zwilling‹, eine Geheimsprache zwischen uns beiden, die sich fast von der Zeit an, als wir noch in der Wiege lagen, entwickelt hatte.

»Wozu? Das ist doch nur Zeitverschwendung.«

»Du siehst fürchterlich aus.«

»Wen kümmert es, wie ich aussehe?«

»Mich. Setz dich hin, und ich richte es dir.«

Und so setzte ich mich auf den Stuhl und ließ meine Schwester an meinen Haaren herumhantieren. Sie nahm das sehr ernst: ihre blauen Augen blickten konzentriert, und ihre noch recht rundlichen Finger waren beschäftigt. Ihre Mühe war natürlich vergeblich, denn niemandes Haar bleibt lange in gekämmtem Zustand. Aber solange es ihr Freude bereitete, war ich willens, mir ihre Aufmerksamkeit gefallen zu lassen. Ja, ich gebe zu, daß ich das, was so etwas wie ein nächtliches Ritual zwischen uns wurde, ziemlich genoß. Wenn sie sich mit meinem Haar beschäftigte, gehörte ihre Aufmerksamkeit *mir*. Wenigstens grübelte sie dann nicht über unseren Vater.

Auf eine gewisse Weise mag meine Abneigung mein ganzes Leben bestimmt haben. Jedesmal, wenn Beldarans Blick sich vernebelte und abwesend wurde, wußte ich, daß sie über unseren Vater grübelte, und ich konnte die Trennung, die dieser leere Blick implizierte, nicht ertragen. Das war wahrscheinlich der Grund, warum ich mich, sobald meine Beine mich trugen, auf Wanderschaft begab. Ich mußte einfach weg von dieser schwermütigen Leere in den Augen meiner Schwester.

Onkel Beldin trieb ich damit fast an den Rand des Wahnsinns, fürchte ich. Er konnte keine Schließvorrichtung an der Tür ersinnen, die den oberen Treppenabsatz im Turm verschloß, die ich nicht öffnen konnte. Onkel Beldins Finger waren schon immer dick und plump gewesen, und seine Schnappschlösser fielen dementsprechend klobig und grob aus. Meine Finger dagegen waren klein und sehr geschickt. Ich konnte seine Vorrichtungen in Minutenschnelle beseitigen, wenn mich die Wanderlust überkam. Ich hatte – na ja, ich nehme an, ich habe es immer noch – ein unabhängiges Wesen, und *niemand* sagt mir, was *ich* tun soll.

Hast du das schon bemerkt, Vater? Mir ist, als hätte ich bemerkt, daß du es bemerkt hast.

Die ersten Male, wenn mir die Flucht gelungen war, suchte Onkel Beldin verzweifelt nach mir und schalt mich ziemlich ausgiebig, wenn er mich schließlich fand. Ich schäme mich ein bißchen, es einzugestehen, aber nach einer Weile wurde es zu einer Art von Spiel für mich. Ich wartete, bis er gänzlich in irgend etwas versunken war, entriegelte in aller Schnelle seine Tür und hüpfte dann die Treppe hinunter. Dann suchte ich mir ein Versteck, aus dem heraus ich seine verzweifelte Suche gut verfolgen konnte. Nach einer gewissen Zeit begann auch er, wie ich glaube, unsere kleine Freizeitbeschäftigung zu genießen, denn seine Standpauken wurden zunehmend gemäßigter. Ich vermute, daß er nach den ersten paar Malen zu der Einsicht gelangte, nichts und niemand könne mich von meinen Ausflügen in die Außenwelt abhalten und ich würde mich außerdem nicht weit vom Fuß des Turms entfernen.

Meine Abenteuerausflüge dienten einer ganzen Reihe von Zwecken. Zuerst war es nur eine Flucht vor dem rührseligen Grübeln meiner Schwester über Vater. Dann wurde es zu einem Spiel, bei dem ich den armen Onkel Beldin quälte, indem ich mir immer neue Verstecke ausdachte. Schließlich war es eine Methode, wenn auch keine sehr nette, *irgend jemand* dazu zu bringen, mir Aufmerksamkeit zu schenken.

Je länger wir unser Spiel spielten, desto lieber gewann ich den häßlichen, verwachsenen Zwerg, der zu meinem Ersatzvater geworden war. Jede Form von Gefühlsäußerung macht Onkel Beldin verlegen, aber ich glaube, ich sage es trotzdem: »Ich liebe dich, du schmutziger, räudiger kleiner Mann, und keine noch so üble Laune oder Gossensprache wird daran jemals etwas ändern.«

Solltest du das hier jemals lesen, Onkel, wirst du bestimmt beleidigt sein. *Zu* schade aber auch!

Es fiele mir leicht, jede Menge ausgefallener Entschuldigungen für die Dinge anzuführen, die ich in meiner Kindheit getan habe, aber um es ohne Umschweife zu sagen, ich war vollkommen davon überzeugt, häßlich zu sein. Beldaran und ich waren Zwillinge, und wir hätten völlig gleich sein sollen. Der Meister hatte das aber geändert. Beldaran war blond, und mein Haar war dunkel. Unsere Züge ähnelten einander, aber wir waren keine Spiegelbilder der jeweils anderen. Es gab mannigfache feine Unterschiede – von denen viele, davon bin ich überzeugt, nur in meiner Phantasie existierten. Zudem hatten meine Ausflüge aus Beldins Turm meine Haut der Sonne ausgesetzt. Beldaran und ich hatten beide sehr helle Haut, so daß ich nicht sogleich jenen gesunden, gebräunten Teint entwickelte, der in manchen Gegenden so geschätzt wird. Vielmehr bekam ich einen Sonnenbrand, und dann pellte ich mich. Häufig glich ich einer Schlange oder Eidechse im Stadium der Häutung. Beldaran blieb drinnen, und ihre Haut war wie Alabaster. Der Vergleich war nicht besonders schmeichelnd für mich.

Dann gab es da noch diese verfluchte silberweiße Locke in meinem Haar, die Vaters erste Berührung mir hatte zuteil werden lassen. Wie ich diese lepröse Haarlocke an meiner linken Schläfe haßte! Einmal versuchte ich sogar, sie mir in einem Anfall von Ärger mit einem Messer abzuschneiden. Es handelte sich um ein sehr scharfes Messer, aber *so* scharf war es nicht. Die Locke widerstand all meinem Schneiden und Säbeln. Aber ich schaffte es, daß Messer stumpf zu machen. Nein, das Messer war nicht schadhaft. Es hinterließ eine nette Schnittwunde an meinem linken Daumen, als meine Anstrengungen verzweifelter wurden.

Also gab ich es auf. Da ich nun einmal zum Häßlichsein verurteilt war, sah ich auch keinen Sinn darin, auf mein Äußeres zu achten. Baden war Zeitverschwendung, und Kämmen hob nur den Kontrast zwischen der Locke und meinem restlichen Haar hervor. Ich fiel oft hin, weil ich in diesem Alter sehr linkisch war, und meine knochigen Knie und Ellbogen waren für gewöhnlich aufgeschürft. Meine Angewohnheit, am Schorf zu knibbeln, hinterließ lange Streifen getrockneten Bluts auf meinen Waden und Unterarmen, und damit nicht genug, kaute ich auch noch unablässig an meinen Fingernägeln.

Um es einfach auszudrücken, ich sah gräßlich aus – und es war mir egal.

Meinem Groll machte ich auf unterschiedliche Weise Luft. Es gab jene unangenehmen Zeitspannen, wenn ich mich zu antworten weigerte, wenn Beldaran etwas zu mir sagte, und jene kindische Handlungsweise, zu warten, bis sie nachts eingeschlafen war, und mich dann genüßlich in unserem Bett herumzuwälzen und ihr die Bettdecke wegzuziehen. Letzteres war immer für einen mindestens halbstündigen Kampf gut. Ich gab es jedoch auf, nachdem Onkel Beldin gedroht hatte, Beltira und Belkira würden uns ein zweites Bett bauen, damit wir getrennt schlafen könnten. Ich grollte zwar, weil meine Schwester sich in Gedanken mit meinem Vater beschäftigte, aber *so* sehr denn doch nicht.

Mit dem Älterwerden erweiterte sich auch das Areal meiner Erkundungszüge. Ich schätze, Onkel Beldin war es müde geworden, mich zu suchen, nachdem ich aus seinem Turm entwischt war – entweder das, oder der Meister hatte ihn angewiesen, mich streunen zu lassen. Das Wachstum meiner Unabhängigkeit war offenbar wichtig. Ich glaube, ich muß an die sechs gewesen sein, als ich schließlich den Baum entdeckte, der in der Mitte des Tals steht. Meine Familie hatte eine besondere Beziehung zu diesem Baum. Als mein Vater das Tal zum erstenmal betrat, war es der Baum, der ihn in einen Zustand der Stasis versetzte, bis das schlechte Wetter ihn zwang, fortzugehen. Ce'Nedra, die schließlich eine Dryade *ist,* war ganz hingerissen von ihm und verbrachte Stunden damit, sich mit ihm zu unterhalten. Garion hat nie etwas über *seine* Reaktion auf den Baum verlauten lassen, aber Garion hatte andere Dinge im Kopf, als er ihn das erste Mal sah. Als Eriond noch ziemlich jung war, unternahmen er und Pferd eine Reise, nur um ihn zu besuchen.

Als ich ihn das erste Mal sah, versetzte er mich in

ehrfürchtiges Staunen. Ich vermochte nicht zu glauben, daß irgend etwas Lebendiges so gewaltig groß sein könnte. Ich erinnere mich sehr gut an den Tag. Es war im Vorfrühling, und ein böiger Wind beugte auf den Hügelkuppen im Tal das Gras in langgestreckten Wellen und jagte schmutziggraue Wolken über den Himmel. Ich fühlte mich ausgezeichnet und merkwürdig frei. Ich hatte mich schon ziemlich weit von Onkel Beldins Turm entfernt, als ich eine langgezogene, grasbewachsene Anhöhe erklomm und den Baum in seiner einsamen, ungeheuren Größe im angrenzenden Tal aufragen sah. Ich will hier keine unbeweisbaren Anschuldigungen erheben, aber der Zufall wollte es, daß just in diesem Moment ein einzelner Sonnenstrahl durch eine kleine Wolkenlücke drang und wie eine goldene Säule auf den Baum fiel.

Das fesselte meine Aufmerksamkeit auf der Stelle.

Der Stamm des Baums war viel größer als Onkel Beldins Turm, seine Zweige reichten Hunderte von Fuß in die Luft, und seine Seitenäste hätten ganze Äcker in Schatten getaucht. Lange starrte ich ihn nur staunend an, und dann hörte – oder fühlte – ich ihn ganz deutlich nach mir rufen.

Ein wenig zögernd kletterte ich daraufhin den Hang hinunter. Ich mißtraute den seltsamen Rufen. Die Büsche sprachen nicht mit mir und das Gras für gewöhnlich auch nicht. Mein noch unfertiger Geist witterte sofort irgend etwas Außergewöhnliches.

Als ich schließlich den Schatten dieser immensen Zweige betrat, legte sich eine Art warmer, glühender Frieden über mich und verscheuchte meine Beklommenheit. Irgendwie wußte ich, daß der Baum mir nichts Böses wollte. Ziemlich entschlossen näherte ich mich diesem gigantischen, knorrigen Stamm.

Und dann streckte ich meine Hand aus und berührte ihn.

Und das war mein zweites Erwachen. Das erste war eingetreten, als Vater seine Hand segnend auf meinen

Scheitel gelegt hatte, doch in gewisser Weise ging *dieses* Erwachen weitaus tiefer.

Der Baum sagte mir – obwohl ›sagen‹ vermutlich nicht der richtige Ausdruck dafür ist, da der Baum nicht wirklich spricht –, daß er das älteste Lebewesen auf der ganzen Welt war – *ist,* vermute ich. Ungezählte Zeitalter haben ihn genährt, und er steht in vollkommener Gemütsruhe im Mittelpunkt des Tals und schüttelt Jahre wie Regentropfen von seinem enormen Blätterdach. Da er älter als wir alle und ein lebendiges Wesen ist, sind wir alle auf eine geheimnisvolle Weise seine Kinder. Die erste Lektion, die er mir beibrachte – die erste Lektion, die er jedem beibringt, der ihn berührt –, bezog sich auf das Wesen der Zeit. Zeit, das langsame, gemessene Dahinschreiten der Jahre, ist nicht ganz das, wofür wir es halten. Die Menschen neigen dazu, die Zeit in handliche kleine Happen aufzuteilen – Tag und Nacht, den Gang der Jahreszeiten, das Vergehen der Jahre, Jahrhunderte, Äonen –, aber in Wahrheit ist die Zeit eins und ungeteilt, ein Strom, der endlos vom Beginn zu einem unbegreifbaren Ziel fließt. Behutsam führte der Baum meinen kindlichen Verstand in dieses ausgesprochen schwer zu erfassende Denkmuster ein.

Ich glaube, wenn ich dem Baum nicht an genau diesem Zeitpunkt begegnet wäre, hätte ich wohl niemals die Bedeutung meiner ungewöhnlichen Lebensspanne ermessen können. Langsam, die Hände immer noch auf der rauhen Rinde, begriff ich, daß ich so lange leben würde, wie es nötig war. Der Baum blieb ziemlich vage in bezug auf die Art der Aufgaben, die vor mir lagen, aber er machte mich mit der Vorstellung vertraut, daß diese Aufgaben eine sehr lange Zeit brauchen würden.

Und dann *hörte* ich eine Stimme – mehrere, um genau zu sein. Der Sinngehalt dessen, was sie mir sagten, war mir vollkommen klar, aber irgendwie wußte ich, daß es sich nicht um menschliche Stimmen handelte. Es dauerte eine Zeitlang, bis ich in der Lage war, ihren Ursprung zu bestimmen, und dann flatterte ein ziemlich frecher Spatz durch diese riesenhaften Zweige herunter, verankerte wenige Fuß von meinem Gesicht entfernt seine winzigen Klauen in der rauhen Baumrinde und betrachtete mich aus seinen glitzernden Äuglein.

»Willkommen, Polgara«, zwitscherte er. »Was hat dich so lange aufgehalten, daß du uns erst jetzt findest?«

Der kindliche Verstand ist im allgemeinen willig, Ungewöhnliches, ja sogar Absonderliches zu akzeptieren, aber das ging ein bißchen zu weit. Ich starrte diesen redseligen Vogel völlig verdutzt an.

»Warum siehst du mich so an?« verlangte er zu wissen.

»Du *sprichst*!« platzte ich los.

»Selbstverständlich. Wir sprechen alle. Du hast nur nicht zugehört. Du solltest dem, was um dich herum vor sich geht, wirklich größere Aufmerksamkeit schenken. Du wirst mir doch nichts tun, oder? Ich flieg weg, wenn du's versuchst, damit du Bescheid weißt.«

»N-nein«, stotterte ich. »Ich tu dir nichts.«

»Gut. Dann können wir uns unterhalten. Hast du zufällig auf dem Weg hierher irgendwelche Körner gesehen?«

»Ich glaube nicht. Aber ich habe auch nicht danach gesucht.«

»Du solltest lernen, darauf acht zu geben. Mein Weibchen hat drei Junge im Nest, und ich soll eigentlich nach Samenkörnern für sie Ausschau halten. Was ist denn das da auf deinem Ärmel?«

Ich besah mir den Ärmel meines Kinderkittels. »Scheint eine Art Samen zu sein – Gras vermutlich.«

»Fein, was stehst du dann noch herum? Gib's mir.«

Ich kratzte die Samen von meinem Ärmel und hielt sie ihm hin. Er hüpfte vom Baumstamm auf meinen Finger, den Kopf auf die Seite gelegt, während seine klaren kleinen Augen meine Gabe kritisch musterten. »Es ist Gras, in Ordnung«, stimmte er mir zu. Dann schien er tatsächlich zu seufzen. »Ich *hasse* es, wenn es nichts zu essen gibt außer unreifem Grassamen. Es ist noch früh im Jahr, und diese Körner sind so winzig.« Er nahm die Samen in den Schnabel. »Geh nicht weg. Ich bin gleich wieder da.« Und mit diesen Worten flog er fort.

Einige Momente lang dachte ich wirklich, ich hätte geträumt. Dann jedoch kehrte mein Spatz zurück, und bei sich hatte er einen zweiten. »Dies ist meine Gemahlin«, stellte er sie mir vor.

»Hallo, Polgara«, sagte sie. »Wo hast du die Samenkörner gefunden? Meine Jungen sind sehr hungrig.«

»Sie müssen da oben auf dem Hügel an meinem Ärmel hängengeblieben sein«, vermutete ich.

»Warum gehst du nicht hoch und siehst nach?« schlug sie vor, während sie unverfroren auf meiner Schulter landete. Der erste Spatz folgte dem Beispiel seiner Brutgefährtin und ließ sich auf meiner anderen Schulter nieder. Völlig verblüfft angesichts dieses Wunders drehte ich mich um und machte mich wieder auf den Weg, diesmal den grasbewachsenen Hügel hinauf.

»Du bist nicht gerade schnell, oder?« bemerkte der erste Spatz kritisch.

»Ich habe keine Flügel«, entgegnete ich.

»Das muß schrecklich beschwerlich sein.«

»Ich komme immer dahin, wo ich hin will.«

»Sobald wir diese Samen gefunden haben, stelle ich dich einigen der anderen vor«, erbot er sich. »Meine Gemahlin und ich werden eine Weile damit beschäftigt sein, die Jungen zu füttern.«

»Könnt ihr wirklich mit anderen Vogelarten sprechen?« Das war eine aufregende Vorstellung.

»Nun«, sagte er entschuldigend, »so in etwa. Die Lerchen versuchen immer, sehr poetisch zu sein, und die Rotkehlchen schwätzen zuviel, und außerdem versuchen sie immer, sich vorzudrängeln, wenn ich irgendwo Futter finde. Auf Rotkehlchen könnte ich verzichten. Sie sind ziemliche Raufbolde.«

Und dann glitt eine Wiesenlerche herbei und

schwebte über meinem Kopf. »Wes Weges, Geselle?« fragte sie meinen Spatzen.

»Dort hinauf«, antwortete der, und wies mit dem Kopf den Hügel hinauf. »Polgara hat da oben ein paar Samenkörner gefunden, und mein Weibchen und ich haben Junge zu füttern. Warum unterhältst du dich nicht mit ihr, solange wir unseren Geschäften nachgehen?«

»Wohl denn«, erklärte die Lerche sich bereit. »Meine Gattin weilet noch auf unseren Eiern und wärmet sie mit der Glut ihres Leibes, so daß mir hinreichend Zeit bleibet, um unserer Schwester hier den Weg zu weisen.«

»Da ist ein Korn!« zwitscherte das Spatzenweibchen aufgeregt und glitt von meiner Schulter herunter, um es sich zu holen. Ihr Gatte erblickte ein zweites, und die beiden flogen gemeinsam fort.

»Mich dünket, als seien Spatzen zuweilen über Gebühr erregbar«, merkte die Lerche an. »Wohin führt dein Weg, Schwester?«

»Das überlasse ich dir«, antwortete ich. »Aber ich würde gern noch andere Vögel kennenlernen.«

Und das war der Anfang meiner vogelkundlichen Bildung. An jenem Morgen traf ich alle möglichen Arten von Vögeln. Die hilfsbereite Lerche führte mich herum und stellte mich vor. Ihre ziemlich lyrischen Ausführungen zu den einzelnen Gattungen erwiesen sich als erstaunlich zutreffend. Wie ich bereits erwähnte, vermittelte sie mir, daß Spatzen geschwätzig und leicht erregbar sind. Rotkehlchen charakterisierte sie als eigenartig aggressiv, um dann hinzuzufügen, daß sie dazu neigten, dieselben Dinge immer und immer wieder zu sagen. Eichelhäher schreien viel. Schwalben geben an. Krähen sind Diebe. Geier stinken. Kolibris haben die Klugheit nicht mit Löffeln gegessen. Wenn der Durchschnittskolibri sich zum Nachdenken gezwungen sieht, verwirrt ihn das so, daß er vergißt, wie man in der Luft stehenbleibt. Eulen sind nicht ganz so weise, wie ihr Ruf es vermuten läßt, und meine Führerin bezeichnete sie ziemlich geringschätzig als ›fliegende Mausefallen‹. Möwen haben eine grotesk übersteigerte Auffassung von ihrem eigenen Stellenwert im Universum. Die gewöhnliche Möwe bringt einen Großteil ihres Lebens damit zu, so zu tun, als sei sie ein Adler. Normalerweise hätte ich im Tal überhaupt keine Möwen zu Gesicht bekommen, aber der stürmische Wind hatte sie landeinwärts getrieben. Die verschiedenen Wasservögel verbringen fast genausoviel Zeit mit Schwimmen wie im Flug, und sie sind sehr stammesbewußt. Enten und Gänse interessierten mich nur am Rande. Sie sind wohl ganz hübsch, aber ihre Stimmen gehen mir stets durch Mark und Bein.

Die Raubvögel sind die Aristokraten unter unseren gefiederten Freunden. Die zahllosen Falken haben, was von ihrer Größe abhängt, eine verwirrende Hierarchie, und den absoluten Gipfel des Vogeltums krönt der Adler.

Den Rest des Tages über unterhielt ich mich mit den verschiedenen Vögeln, und gegen Abend hatten sie sich so gut an mich gewöhnt, daß einige von ihnen sich wie mein frecher Spatz und seine Gattin tatsächlich auf meine Schultern hockten. Als der Abend über das Tal hereinbrach, versprach ich, am nächsten Tag wiederzukommen, und meine lyrische Lerche begleitete mich bis zu Onkel Beldins Turm.

»Was hast du getrieben, Pol?« wollte Beldaran neugierig wissen, als ich die Treppe hinaufkam und mich wieder zu ihr gesellte. Wie üblich, wenn wir uns ungestört unterhielten, sprachen wir ›Zwilling‹.

»Ich habe ein paar Vögel getroffen«, gab ich zur Antwort.

»›Getroffen‹? Wie kann man denn Vögel treffen?«

»Man spricht sie an, Beldaran.«

»Und sie antworten dir dann?« Ihr Blick wirkte amüsiert.

»Ja«, sagte ich wegwerfend, »ja, in der Tat, das tun sie.« Wenn sie schnippisch und überheblich sein wollte – nun gut, das Spiel konnte ich auch spielen.

»Und worüber reden sie so?« Ihre Neugier gewann die

Oberhand über ihren Ärger wegen meiner überheblichen Antwort.

»Oh, Körner und solche Dinge. Vögel interessieren sich enorm fürs Essen. Übers Fliegen reden sie auch. Sie können nicht begreifen, warum ich nicht fliegen kann. Dann reden sie noch über ihre Nester. Ein Vogel lebt nicht richtig in seinem Nest, mußt du wissen. Das ist nur ein Platz, um Eier zu legen und Junge großzuziehen.«

»Das hätte ich nicht gedacht«, räumte meine Schwester ein.

»Ich auch nicht – bis sie es mir gesagt haben. Ein Vogel braucht eigentlich kein Heim, nehme ich an. Außerdem haben sie Vorurteile.«

»Vorurteile?«

»Die eine Vogelart hält nicht viel von anderen Arten. Spatzen können Rotkehlchen nicht ausstehen, und Möwen mögen keine Enten.«

»Wie merkwürdig«, wunderte sich Beldaran.

»Worüber plappert ihr beide denn jetzt schon wieder?« fragte Onkel Beldin, während er von der Schriftrolle aufsah, die er studiert hatte.

»Vögel«, ließ ich ihn wissen.

Er murmelte etwas, was ich hier nicht wiederholen möchte, und begab sich wieder an das Studium besagter Schriftrolle.

»Warum nimmst du nicht ein Bad und wechselst die Kleider, Pol?« schlug Beldaran ein wenig spitz vor. »Du bist von oben bis unten voll mit Vogelkot.«

Ich zuckte die Achsel. »Das läßt sich abbürsten, sobald es getrocknet ist.«

Sie verdrehte die Augen himmelwärts.

Am nächsten Morgen verließ ich den Turm früh und schlich zu dem kleinen Lagerhaus, wo die Zwillinge ihre Vorräte aufbewahrten. Die Zwillinge waren Alorner, und sie *lieben* ihr Bier. Eine der Hauptzutaten für Bier ist Weizen, und ich ging davon aus, daß sie ein oder zwei kleine Säckchen nicht vermissen würden. Ich öffnete den Behälter, wo sie ihren Weizen lagerten, und schaufelte eine ansehnliche Menge in zwei Segeltuchbeutel, die ich an einem Haken auf der Rückseite des Schuppens gefunden hatte. Dann machte ich mich, beladen mit den Früchten meines Mundraubs, wieder auf den Weg zum Baum.

»Wohin des Wegs, Schwester?« Es war wieder meine poetische Lerche. Dazu fällt mir ein, daß meine Vorliebe für die gewählte Förmlichkeit des wacitischen Arendisch sehr wohl ihren Ursprung in den Gesprächen mit jener Lerche haben mag.

»Ich gehe zurück zum Baum«, teilte ich ihr mit.

»Was befindet sich darinnen?« fragte sie, indem sie mit dem Schnabel auf die beiden Beutel zeigte.

»Ein Geschenk für meine neuen Freunde«, antwortete ich.

»Was ist ein Geschenk?«

»Das wirst du gleich sehen.«

Vögel sind manchmal so neugierig wie Katzen, und meine Lerche drängte mich den ganzen Weg zum Baum, ihr zu sagen, was denn in meinen Beuteln sei.

Meine Vögel waren hingerissen vor Begeisterung, als ich meine Beutel öffnete und den Weizen unter dem Baum verstreute, und sie kamen von Meilen im Umkreis zu dem Festmahl. Ich betrachtete sie liebevoll eine Weile, und dann kletterte ich in den Baum und streckte mich auf einem seiner gewaltigen Glieder aus, um meine neuen Freunde zu beobachten. Ich gewann den unbestimmten Eindruck, der Baum würde mein Tun gutheißen.

Ich dachte an jenem Morgen ziemlich lange darüber nach, war aber noch immer verblüfft, wie ich zu dieser ungewöhnlichen Gabe gekommen war.

»Das ist das Geschenk des Baums an dich, Polgara.« Es war die Stimme meiner Mutter, und auf einen Schlag wurde mir alles klar. Natürlich! Warum war ich nicht selbst darauf gekommen?

»Vermutlich, weil du nicht darauf geachtet hast«, merkte Mutter an.

In den folgenden Jahren wurde der Baum zu so etwas wie einem zweiten Heim für mich. Ich verbrachte meine Tage auf meinem Lieblingsausguck, meine knochigen Beine auf dem gewaltigen Ast ausgestreckt, den Rücken an den massiven Stamm gelehnt. Ich fütterte meine Vögel, und wir unterhielten uns. Wir lernten uns immer besser kennen, und sie brachten mir Neuigkeiten über das Wetter, Waldbrände und die seltenen Reisenden, die durchs Tal zogen. Meine Familie nörgelte die ganze Zeit an meinem Äußeren herum, aber den Vögeln schien das nichts auszumachen.

Jene von euch, die mich kennen, werden bezeugen, daß ich gelegentlich eine scharfe Zunge habe. Aufgrund meiner Liebe zu dem Baum und seinen gefiederten Bewohnern blieben meiner Familie jedoch jede Menge Ärger und Beleidigungen erspart.

Die Jahreszeiten gingen ins Land, und Beldaran und ich wuchsen zu unbeholfenen Füllen heran – nichts als Beine und Ellbogen. Und dann entdeckten wir eines Morgens, daß wir über Nacht zu Frauen geworden waren. Auf unserer Bettwäsche fand sich der ziemlich deutlich sichtbare Beweis für diese Tatsache.

»Sterben wir?« fragte mich Beldaran mit zitternder Stimme.

»Sag ihr, sie soll damit aufhören, Polgara!« vernahm ich Mutters scharfe Stimme. Das war etwas, was ich nie verstand. Mit mir sprach Mutter direkt, aber in Beldarans Geist drang sie nie ein. Ich bin sicher, es gab einen Grund dafür, aber Mutter kam nie dazu, es zu erklären.

»Was geschieht mit uns, Mutter?« fragte ich. Um ehrlich zu sein, ängstigte ich mich fast genauso sehr wie meine Schwester.

»Es ist ein ganz natürlicher Vorgang, Polgara. Es widerfährt allen Frauen.«

»Mach, daß es aufhört!«

»Nein. Es muß geschehen. Sag Beldaran, daß es nichts ist, worüber man sich aufregen muß.«

»Mutter sagt, es ist alles in Ordnung«, teilte ich meiner Schwester mit.

»Wie kann es denn in Ordnung sein?«

»Sch! Ich versuche zu verstehen, was Mutter sagt.«

»Wag es nicht, mir den Mund zu verbieten, Polgara!«

»Dann sei endlich still.« Ich richtete meine Aufmerksamkeit nach innen. *»Du erklärst uns das wohl besser, Mutter«,* sagte ich. *»Beldaran steht kurz vor dem Platzen.«* Ich hielt es für überflüssig zuzugeben, daß es auch mit *meiner* Selbstbeherrschung nicht zum Besten bestellt war.

Dann gab Mutter uns eine sachlich-medizinische Erklärung für die Blutflecken auf unserem Bettlaken, und ich übermittelte die Information weiter an meine zutiefst verstörte Schwester.

»Es wird jetzt für immer so weitergehen?« fragte Beldaran mit zitternder Stimme.

»Nein, nur ein paar Tage. Mutter sagt, wir sollten uns dran gewöhnen, weil es jetzt jeden Monat passiert.«

»Jeden Monat?« Beldaran klang außer sich vor Wut.

»Ja, das sagt sie.« Ich setzte mich im Bett auf und sah zu Onkel Beldins Bett herüber – der Quelle lauten Schnarchens. »Laß uns das sauber machen, solange er noch schläft«, schlug ich vor.

»O gütiger Gott, ja!« pflichtete sie mir aus tiefster Seele bei. »Ich würde *sterben,* wenn er das hier erfahren würde.«

Ich bin mir ziemlich sicher, daß unser mißgestalteter Onkel mitbekam, was da vor sich ging, aber aus irgendeinem Grund kam es nie soweit, daß er sich dazu äußerte.

Onkel Beldin hat ausführliche Theorien darüber aufgestellt, wann die Mitglieder meiner Familie das entwickeln, was Vater ›Talent‹ nennt, und er ist zu dem Schluß gelangt, daß es sich mit dem Beginn der Pubertät erstmalig zeigt. *Ich* habe möglicherweise etwas mit diesem Schluß zu tun. Ich glaube, ich muß etwa zwölf gewesen sein. Es war ›die gewisse Zeit im Monat‹ für

Beldaran und mich, und meine Schwester blies Trübsal. Ich hingegen war reizbar. Das alles war ja so lästig! Mutter hatte einmal erwähnt, daß nun, da Beldaran und ich eine bestimmte Reife erlangt hatten, ›etwas passieren‹ könnte, aber sie war ziemlich vage geblieben. Offenbar ist es notwendig, daß der erste Ausflug in der Ausübung unseres ›Talents‹ spontan geschieht. Fragt mich nicht warum, denn ich habe nicht die leiseste Ahnung für eine vernünftige Erklärung dieses Familienbrauchs.

Wenn ich mir die Umstände dieses ersten Vorfalls ins Gedächtnis rufe, sehe ich mich einen großen Sack Weizen zum Baum hinüberschleppen, um meine Vögel zu füttern. Ich murrte vor mich hin. Im Verlauf der Jahre war es soweit gekommen, daß meine Vögel sich völlig auf mich verließen und offenbar nicht darüber erhaben waren, meine Großzügigkeit auszunutzen. Wenn man ihnen nur die kleinste Gelegenheit dazu gibt, neigen Vögel wie alle Lebewesen zur Faulheit. Nicht, daß es mir etwas ausgemacht hätte, sie zu füttern, aber mir wollte es scheinen, als schleppte ich Tag für Tag mehr Weizensäcke vom Turm der Zwillinge zum Baum.

Als ich am Baum ankam, veranstalteten sie alle einen Heidenlärm, um ihr Futter zu bekommen, und das ärgerte mich noch mehr. Soweit ich weiß, hat noch kein Vogel das Wort ›Danke‹ in den Schnabel genommen.

Mittlerweile waren es ganze Schwärme, die sich über meine tägliche Gabe hermachten und sie im Handumdrehen vertilgten. Dann fingen sie an, lärmend mehr zu verlangen.

Ich hockte auf meinem Lieblingsausguck, und die schrille Unverfrorenheit der Vögel brachte mich *noch* mehr auf. Wenn es doch nur *irgendeinen* Weg gäbe, wie ich mir einen unerschöpflichen Körnervorrat beschaffen könnte, um sie zum Schweigen zu bringen.

Die Eichelhäher waren besonders nervtötend. Das Kreischen eines Eichelhähers hat etwas, das mir durch Mark und Bein geht. Schließlich, nachdem die Grenzen meiner Geduld eindeutig überschritten waren, platzte es aus mir heraus: »Mehr Körner!« Ich brüllte fast.

Und mit einemmal waren sie da – haufenweise! Ich war gelähmt vor Schrecken. Selbst die Vögel wirkten aufgeregt. Ich hingegen fühlte mich vollkommen erschöpft.

Vater hat immer den Ausdruck ›der Wille und das Wort‹ benutzt, um das, was wir tun, zu beschreiben, aber ich glaube, das ist ein bißchen zu eng gefaßt. *Meine* Erfahrung geht eher dahin daß *›der Wunsch* und das Wort‹ ebenso gut funktionieren.

Eines Tages müssen er und ich uns darüber unterhalten.

Wie es für gewöhnlich der Fall ist, verursachte mein erstes Experiment auf diesem Gebiet eine Menge Lärm. Ich war noch nicht fertig damit, mich zu beglückwünschen, als ein blaugebänderter Falke und zwei Tauben herbeigesegelt kamen. Nun, Falken und Tauben fliegen meist nicht gemeinsam – außer, wenn der Falke Hunger hat –, so daß ich gleich meinen Verdacht hatte. Alle drei ließen sich auf meinem Seitenast nieder, und dann verschwammen die Umrisse, während sie sich vor meinen Augen verwandelten.

»Körner, Polgara?« sagte Beltira milde. *»Körner?«*

»Die Vögel waren hungrig«, entgegnete ich. Was für eine dumme Ausrede für ein Wunder!

»Entzückend, die Kleine, nicht?« murmelte Belkira in Richtung von Onkel Beldin.

»Wir hätten damit rechnen müssen«, knurrte Beldin. »Pol macht *nie* etwas auf normale Weise.«

»Werde ich das auch eines Tages tun können?« fragte ich die Zwillinge.

»Was, Pol?« fragte Belkira freundlich.

»Das, was du gerade getan hast – dich in einen Vogel verwandeln und wieder zurück.«

»Wahrscheinlich, ja.«

»Fein«, sagte ich, als eine ganze neue Welt voller Möglichkeiten sich vor mir auftat. »Wird Beldaran es auch können?«

Ihr Gesichtsausdruck schien bei meiner Frage ein wenig vage zu werden. »Jetzt ist es aber genug, Pol«, sagte Beldin streng, »erst müssen wir dir einige Sachen erklären. Das hier ist *sehr* gefährlich.«

»Gefährlich?« Das erschreckte mich.

»Du kannst beinah alles tun, worauf du deinen Geist konzentrierst, Pol«, erläuterte Beltira, »aber du *kannst* keine Dinge ungeschehen machen. Sag *niemals:* ›Sei nicht.‹ Wenn du das tust, wird die Macht, die du entfesselt hast, auf dich zurückschlagen, und *du* wirst diejenige sein, die vernichtet wird.«

»Warum sollte ich etwas vernichten wollen?«

»Das kommt vor«, versicherte mir Beldin in jener Knurrstimme, die ihm eigen war. »Du bist fast genauso jähzornig wie ich, und früher oder später wird dich irgend etwas so reizen, daß du es weghaben willst – vernichten willst –, und das wird dich umbringen.«

»Umbringen?«

»Und mehr als das. Der Zweck des Universums ist es, Dinge zu erschaffen. Es wird nicht zulassen, daß du dich in seinen Rücken schleichst und seine Arbeit zunichte machst.«

»Trifft das nicht auch auf das Erschaffen von Dingen zu?« fragte ich schlau.

»Wie kommst du denn auf die Idee?«

»Wenn das Vernichten von Dingen verboten ist, erscheint es mir nur folgerichtig, daß auch das Erschaffen verboten ist.«

»Dinge zu erschaffen, ist in Ordnung«, versicherte mir Beldin. »Du hast gerade eine halbe Tonne Vogelfutter erschaffen und stehst immer noch da, aber versuch nie, etwas, was du gemacht hast, wieder auszulöschen. Falls es nicht gut war – Pech. Sobald du es einmal gemacht hast, hast du es am Hals.«

»Das klingt nicht gerecht!« empörte ich mich.

»Hast du wirklich geglaubt, das Leben sei gerecht, Pol?« versetzte er.

»Aber wenn ich etwas erschaffe, dann gehört es mir, nicht wahr? Ich sollte eigentlich alles mit ihm anstellen dürfen, was ich will, oder?«

»So funktioniert das nicht, Pol«, klärte Beltira mich auf. »Stelle keine Experimente damit an. Wir lieben dich zu sehr, als daß wir dich verlieren möchten.«

»Was darf ich sonst noch nicht tun?«

»Strebe nicht nach dem Unmöglichen«, sagte Belkira. »Wenn du dich einmal einer Sache verschrieben hast, dann *mußt* du sie auch zu Ende bringen. Du kannst den Willen nicht wieder drosseln, sobald du ihn einmal entfesselt hast. Er wird mehr und mehr Substanz aus dir saugen, um die Aufgabe zu erfüllen, und am Ende wird er soviel von dir nehmen, daß dein Herz zu schlagen aufhört, und dann wirst du sterben.«

»Woher soll ich wissen, was unmöglich ist und was nicht?«

»Komm zu einem von uns, bevor du etwas in Angriff nimmst«, riet Beltira. »Besprich es mit uns, und wir sagen dir dann, ob es in Ordnung geht.«

»*Niemand* sagt mir, was ich tun soll!« brauste ich auf.

»Willst du sterben?« entgegnete Beldin schroff.

»Natürlich nicht.«

»Dann tu, was man dir sagt«, knurrte er. »Experimentiere nicht allein herum. Unternimm *nichts* dieser Art, bis du nicht mit einem von uns gesprochen hast. Versuch nicht, einen Berggipfel hochzuheben oder die Sonne in ihrem Lauf anzuhalten. Wir versuchen dich zu schützen, Pol. Sei nicht so halsstarrig.«

»Gibt es sonst noch etwas?« Mittlerweile war ich ein wenig störrisch geworden.

»Du machst sehr viel Lärm«, erklärte Belkira schonungslos.

»Was meinst du damit, ›Lärm‹?«

»Wenn du etwas von dieser Art tust, erzeugst du ein Geräusch, das wir hören können. Als du diese Berge von

Vogelfutter geschaffen hast, klang es wie ein Donnerschlag. Denk immer daran, daß wir nicht die einzigen auf der Welt mit dieser besonderen Gabe sind. Es wird Zeiten geben, wenn du nicht lauthals verkünden willst, daß du in der Gegend bist. Hier, ich zeig's dir.«

Nicht weit vom Baum lag ein großer Stein, und Onkel Belkira sah ihn an und runzelte leicht die Stirn. Dann schien der Stein zu verschwinden, um sogleich hundert Fuß weiter weg wieder aufzutauchen.

Es war weniger ein Geräusch gewesen. Ich *spürte* es mehr, als daß ich es hörte, aber meine Zähne schienen noch immer zu klappern.

»Verstehst du jetzt, was ich meine?« fragte mich Belkira.

»Ja. Das war ein bemerkenswertes Geräusch.«

»Es freut mich, daß es dir gefallen hat.«

Sie fuhren damit fort, mir einige Zeit noch weitere Beschränkungen aufzuerlegen. »Ist das alles?« fragte ich schließlich. Sie ermüdeten mich langsam.

»Es wird mehr davon geben, Pol«, sagte Beltira. »Das sind nur die Dinge, die du sofort wissen mußt. Ob es dir paßt oder nicht, deine Ausbildung hat gerade begonnen. Du mußt lernen, wie man diese Gabe kontrolliert. Studiere hart, Pol. Dein Leben hängt vermutlich davon ab.«

»Lächele einfach und stimme ihnen zu, Polgara«, riet Mutters Stimme mir. *»Ich werde mich selbst um deine Ausbildung kümmern. Lächele und nicke und versuche, Frieden mit ihnen zu halten, wenn sie dich zu unterweisen versuchen, Pol. Bring sie nicht auf, indem du irgend etwas Ungewöhnliches tust, während sie in der Nähe sind.«*

»Was immer du sagst, Mutter«, willigte ich ein.

Und so erhielt ich meine Ausbildung *wirklich.* Meine Onkel staunten oft nicht schlecht, wie rasch ich begriff. Sie hatten eine bestimmte Aufgabe kaum gestellt, als ich sie auch schon ausführte – fehlerlos. Ich bin sicher, sie glaubten alle, sie hätten ein heranreifendes – wenn auch schmutziges – Genie vor sich. Die Wahrheit war, daß

Mutter mir diese grundlegenden Zaubertricks schon beigebracht hatte. Mein Geist und der Geist meiner Mutter waren bereits vor meiner Geburt miteinander verbunden gewesen, und so befand sie sich in einer viel besseren Position, um das Ausmaß meines Verständnisses einzuschätzen. Daher konnte sie mich auch wesentlich besser unterweisen als meine Onkel. Es war ungefähr zu diesem Zeitpunkt, als Onkel Beldin uns verließ, um irgendeinen geheimnisvollen Auftrag zu erledigen, und so ruhte meine Ausbildung ganz auf den Schultern der Zwillinge – zumindest dachten sie das. In Wahrheit brachte Mutter mir das meiste von dem, was ich weiß, bei.

Selbstverständlich erzählte ich meiner Schwester alles. Beldaran und ich hatten wirklich keine Geheimnisse voreinander.

Ihr Gesicht nahm einen wehmütigen Ausdruck an. »Wie war es?« fragte sie mich.

»Ich zeig es dir«, antwortete ich. »Dann kannst du es selbst herausfinden.«

Sie seufzte. »Nein, Pol«, erwiderte sie. »Mutter hat mir gesagt, ich solle es nicht tun.«

»Gesagt? Du meinst, sie spricht endlich mit dir?«

»Nicht, solange ich wach bin«, führte Beldaran aus. »Ihre Stimme kommt zu mir, wenn ich träume.«

»Das ist aber eine gräßlich beschwerliche Art, sich zu verständigen.«

»Ich weiß, aber es gibt einen Grund dafür. Sie hat mir gesagt, du seist dazu bestimmt, Dinge zu *tun*. Ich soll nur *sein.«*

»Was sein?«

»Das hat sie mir noch nicht erzählt. Sie wird es vermutlich in den nächsten Tagen nachholen.«

Ich knurrte ärgerlich vor mich hin und ließ sie stehen.

Mutter hatte mir von mehreren Dingen erzählt, die ich möglicherweise vollbringen konnte, und ich probierte sie alle aus. Translokation machte tatsächlich einen Riesenspaß, und dabei lernte ich, wie man den Lärm dämpft. Ich verbrachte ganze Tage damit, im Tal Steine hierhin und dorthin zu versetzen.

Vieles, was Mutter mir erklärte, konnte ich nicht ausführen, da die Anwesenheit anderer Leute erforderlich gewesen wäre, und abgesehen von den Zwillingen und Beldaran stand niemand zur Verfügung. Mutter untersagte mir in ziemlich strengem Ton, mit Beldaran zu experimentieren.

Das, was meine Onkel ›Ausbildung‹ zu nennen beliebten, entriß mich für längere Zeitspannen meinem Baum und meinen Vögeln, und das gefiel mir überhaupt nicht. Das meiste, was sie mir erzählten, wußte ich ohnehin schon, und so war alles ziemlich langweilig und abwechslungslos für mich.

»Beherrsch dich, Polgara!« befahl Mutter mir bei einer Gelegenheit, als ich kurz vor einem Wutausbruch stand.

»Aber es ist so langweilig!« beschwerte ich mich.

»Dann denk dir etwas anderes aus.«

»Was denn?«

»Laß dir von den Zwillingen das Kochen beibringen«, schlug sie vor. *»Die Menschen mögen es, ihre Nahrung ins Feuer zu stecken, bevor sie sie essen. Mir ist es immer als Zeitverschwendung vorgekommen, aber so sind sie nun einmal.«*

Und so geschah es, daß ich anstatt nur einer Ausbildung zwei erhielt. Beinahe gleichzeitig lernte ich alles über Translokation und Gewürze. Eine der Besonderheiten unserer Gabe ist die Tatsache, daß die Vorstellungskraft dabei eine große Rolle spielt, und ich fand bald heraus, daß ich mir vorstellen konnte, wie ein bestimmtes Gewürz zu der Speise, die ich gerade zubereitete, passen würde. In dieser speziellen Hinsicht übertraf ich bald sogar die Zwillinge. *Sie* wogen alles ziemlich penibel aus. *Ich* würzte instinktiv – eine Prise, ein Schlag oder eine Handvoll von welchem Gewürz auch immer, es schien stets das Richtige dabei herauszukommen.

»Das ist zuviel Salbei, Pol«, wandte Beltira ein, als ich meine Hand in eine seiner Gewürzdosen versenkte.

»Warte, Onkel«, sagte ich. »Mäkel nicht an meinem Essen herum, ehe du es gekostet hast.«

Und, wie üblich, erwies sich der Eintopf, den ich zubereitet hatte, als perfekt.

Beltira schmollte danach ein wenig, ich erinnere mich noch gut daran.

Und dann kam ein überaus wichtiger Tag in meinem Leben. Es war der Tag – die Nacht, um genau zu sein –, als Mutter mir das Geheimnis des Gestaltwandelns enthüllte.

»Es ist wirklich recht einfach, Polgara«, versicherte sie mir. *»Du mußt nur das Bild der anderen Gestalt in deinem Geist entstehen lassen und dich dann selbst diesem Bild anpassen.«*

Mutters und meine Auffassungen von ›einfach‹ lagen jedoch meilenweit auseinander.

»Die Schwanzfedern sind zu kurz«, bemerkte sie kritisch nach meinem dritten Anlauf. *»Versuch es noch mal.«*

Ich brauchte *Stunden,* um der vorgestellten Gestalt gerecht zu werden. Ich war drauf und dran, alles hinzuwerfen. Wenn ich den Schwanz richtig hatte, war der Schnabel falsch – oder die Klauen. Dann waren die Schwungfedern nicht weich genug, die Brust nicht stark genug. Dann waren die Augen zu klein. Ich stand kurz davor, es ganz aufzugeben, als Mutter sagte: *»Das sieht schon besser aus. Jetzt laß dich einfach hineinfließen.«* Mutters Fähigkeit, in meine Gedanken zu sehen, machte sie zur besten Lehrerin, die ich mir hätte wünschen können.

Als ich begann, in das von mir geschaffene Bild hineinzugleiten, fühlte ich mich, als sei mein Körper flüssig geworden – etwa wie Honig. Ich sickerte förmlich in die vorgestellte Gestalt ein.

Und dann war es vollbracht. Ich war eine Schnee-Eule. Wieder einmal vereinfachte Mutters intimer Kontakt mit meinem Geist die Dinge enorm. Beim Fliegen kommen bei weitem zu viele Faktoren zusammen, als daß irgend jemand es sofort begreifen könnte. Deshalb pflanzte Mutter mir all jene winzigen Bewegungen und die Gewandtheit direkt in den Kopf. Ich schlug mit meinen weichen Flügeln und wurde unverzüglich durch die Luft getragen. Ich drehte ein paar Kreise, lernte mit jedem Flügelschlag dazu, und dann wurden meine Kreise unaufhaltsam weiter.

Das Fliegen vermittelte ein Glücksgefühl, das zu beschreiben ich gar nicht erst versuchen werde. Als die Dämmerung den Horizont im Osten zu färben begann, war ich ein geschickter und erfahrener Vogel, und mein Geist war von einer Freude erfüllt, die ich nie zuvor erlebt hatte.

»Du kehrst jetzt besser in den Turm zurück«, riet Mutter mir. *»Eulen pflegen tagsüber nicht umherzufliegen.«*

»Muß ich wirklich schon?«

»Ja. Laß uns unser kleines Geheimnis noch für uns behalten. Außerdem mußt du dich noch in deine eigene Gestalt zurückverwandeln.«

»Mutter!« widersprach ich heftig.

»Morgen nacht können wir weiterspielen, Pol. Und jetzt geh heim und verwandele dich zurück, bevor jemand aufwacht.«

Ich war nicht gerade glücklich darüber, aber ich tat, wie geheißen.

Nicht lange nach diesem Vorfall nahm Beldaran mich beiseite. »Onkel Beldin bringt Vater ins Tal zurück«, teilte sie mir mit.

»Oh? Woher weißt du das?«

»Mutter hat es mir erzählt – in einem Traum.«

»Ein Traum?« Das bestürzte mich.

»Sie spricht immer in meinen Träumen mit mir. Ich habe es dir schon erzählt.«

Ich entschloß mich, kein Aufhebens davon zu machen, nahm mir jedoch vor, mit Mutter darüber zu reden. Zu *mir* kam sie immer, wenn ich hellwach war, meine Schwester dagegen besuchte sie aus irgendeinem Grund in der nebelhaften Welt der Träume. Ich fragte mich, warum sie diesen Unterschied zwischen uns machte. Und ich fragte mich *auch,* warum Mutter Beldaran von der Heimkehr unseres vagabundierenden Vaters erzählt hatte, sich jedoch nicht die Mühe gemacht hatte, *mich* darüber zu informieren.

Es war Frühsommer, als Onkel Beldin Vater schließlich ins Tal zurückbrachte. Über all die Jahre hinweg, nachdem Vater das Aldurtal verlassen hatte, hatte Beldin seine Spur verfolgt und über seine zahlreichen Eskapaden berichtet, so daß ich jetzt nicht allzu gespannt auf seine Heimkehr war. Ich mußte mir eingestehen, daß mein Vater ein mit Bier abgefüllter Wüstling war, und das erschien mir wenig reizvoll.

Er sah gar nicht allzu schlimm aus, als er die letzten Treppenstufen zu Beldins Turm erklomm, aber ich wußte, daß Äußerlichkeiten trügen können.

»Vater!« rief Beldaran aus und flog über den Boden, um sich ihm in die Arme zu werfen. Versöhnlichkeit ist eine Tugend, ich weiß, aber Beldaran übertrieb es manchmal.

Ich tat etwas, was zu diesem Zeitpunkt nicht besonders nett war. Meine einzige Entschuldigung dafür ist in der Tatsache zu suchen, daß ich bei Vater keinesfalls den trügerischen Eindruck erwecken wollte, seine Heimkehr sei Anlaß zu allgemeinem Jubel. Ich *haßte* ihn wohl nicht, aber ich mochte ihn auch nicht sehr. »Nun, alter Wolf«, sagte ich zu ihm in so verletzendem Tonfall, wie ich konnte, »wie ich sehe, hast du dich entschlossen, an den Ort des Verbrechens zurückzukehren.«

Kapitel 3

Anschließend ging ich dazu über, meinem Vater die Meinung zu sagen. Gründlich. Ich ließ ihn – ausführlich – wissen, was ich von ihm hielt, da ich ihn keinesfalls den Eindruck gewinnen lassen wollte, Beldarans zuckersüße Darbietung sei die hier vor Ort vorherrschende Stimmung. Darüber hinaus wollte ich meine Unabhängigkeit beweisen, und ich glaube, *das* ist mir gelungen. Es war alles nicht besonders nett, aber ich war damals ja erst dreizehn und hatte mir gewisse Ecken und Kanten noch nicht abgestoßen.

Also schön, laßt uns gleich hier und jetzt etwas klarstellen. Ich bin keine Heilige, habe nie vorgegeben, eine zu sein. Gelegentlich hat man mich ›heilige Polgara‹ genannt, und das ist das Absurdeste, was ich je gehört habe. Aller Wahrscheinlichkeit nach können nur andere Zwillinge meine Gefühle als Kind richtig verstehen. Beldaran war der absolute Mittelpunkt meines Lebens, sie war es gewesen, noch bevor wir geboren waren. Beldaran gehörte *mir,* und meine Eifersucht und mein Haß kannten keine Grenzen, als Vater mir ihre Zuneigung ›wegnahm‹. Beldaran und all ihre Gedanken gehörten mir, und *er* hatte sie mir gestohlen! Meine höhnische Bemerkung über den ›Ort des Verbrechens‹ setzte etwas in Gang, das sich noch jahrhundertelang fortsetzen sollte. Ich habe ganze Stunden damit zugebracht, diese gehässigen kleinen Bemerkungen zu polieren, und ich bewahre jede einzelne von ihnen als teure Schätze in meinem Gedächtnis auf.

Viele von euch mögen bemerkt haben, daß das Verhältnis zwischen mir und meinem Vater nicht frei von Spannungen ist. Ich gehe aus dem Hinterhalt auf ihn los, und er zuckt zusammen. Das begann, als ich dreizehn Jahre alt war, und es dauerte nicht lange, bis es zu einer Angewohnheit wurde, die mir so in Fleisch und Blut übergegangen ist, daß ich selbst heute noch gelegentlich darauf zurückfalle.

Noch etwas. Diejenigen, die Beldaran und mich als Kinder kannten, haben immer vorausgesetzt, ich sei die Dominierende von uns gewesen, diejenige, die in allen Zwillingsangelegenheiten die Führung übernahm. In Wahrheit jedoch war Beldaran die Dominierende. Ich lebte beinah nur für ihre Zustimmung, ja, in gewisser Weise hat sich daran bis heute nichts geändert. Beldaran hatte eine heitere, fast gleichgültige Gelassenheit an sich, der ich nichts entgegensetzen konnte. Vielleicht kam es daher, daß Mutter ihr noch vor der Geburt ihren Lebenszweck eingeimpft hatte. Beldaran *wußte,* wohin sie ging, ich hingegen hatte nicht die geringste Ahnung von meiner Bestimmung. Sie besaß eine Sicherheit, eine ruhige Selbstgewißheit, mit der ich es nie aufnehmen konnte.

Vater ließ meine Strafpredigt geduldig und mit Gleichmut über sich ergehen, was mich nur noch mehr aufbrachte. Am Ende nahm ich sogar zu einigen der abwechslungsreichsten Teilbereiche von Onkel Beldins Sprachschatz Zuflucht, um meine Mißbilligung zum Ausdruck zu bringen – nicht so sehr, weil ich gerne fluchte, sondern weil ich Vater irgendeine Art von Reaktion entlocken wollte. Seine ruhige Gleichgültigkeit selbst meinen gehässigsten Sticheleien gegenüber begann mich ein wenig zu verstimmen.

Dann verkündete Vater auf die denkbar beiläufigste Weise, daß meine Schwester und ich von nun an bei ihm in seinem Turm wohnen würden.

Meine Wortwahl verschlimmerte sich daraufhin merklich.

Nachdem Vater Onkel Beldins Turm verlassen hatte, unterhielten Beldaran und ich uns ausgiebig in ›Zwilling‹.

»Wenn dieser Idiot auch nur eine Sekunde glaubt, wir würden zu ihm ziehen, dann wird er eine böse Überraschung erleben«, verkündete ich.

»Er ist unser Vater, Polgara«, wies Beldaran mich zurecht.

»Das ist schließlich nicht meine Schuld!«

»Wir müssen ihm gehorchen.«

»Hast du den Verstand verloren?«

»Nein, um die Wahrheit zu sagen, das habe ich nicht.« Sie ließ den Blick durch Onkel Beldins Turm schweifen. »Ich denke, wir fangen jetzt besser mit dem Packen an.«

»*Ich* gehe nirgendwohin«, ließ ich sie wissen.

»Das bleibt natürlich dir überlassen.«

Ich war mehr als nur ein wenig bestürzt. »Du würdest weggehen und mich alleinlassen?« fragte ich ungläubig.

»Du hast *mich* alleingelassen, seit du den Baum gefunden hast, Pol«, rief sie mir ins Gedächtnis. »Packst du jetzt oder nicht?«

Dies war eine der wenigen Gelegenheiten, bei denen Beldaran offen ihre Überlegenheit über mich ausspielte. Für gewöhnlich bekam sie auf subtilere Weise, was sie wollte.

Sie begab sich in eine Art Abstellkammer in Onkel Beldins Turm und begann die leeren Holztruhen zu durchwühlen, die Onkel dort aufgestapelt hatte.

»Dem Tonfall eurer Unterhaltung entnehme ich, daß ihr Mädchen eine kleine Meinungsverschiedenheit hattet«, sprach Onkel mich freundlich an.

»Es ist eher ein dauerhafter Bruch«, entgegnete ich. »Beldaran gehorcht Vater, ich nicht.«

»Ich würde nicht darauf wetten, Pol.« Onkel Beldin

hatte uns schließlich großgezogen. Er verstand unsere interne Machtstruktur.

»Es ist nur recht und billig, Pol«, sagte Beldaran über ihre Schulter. »Achtung, wenn schon nicht Liebe, erzwingt unseren Gehorsam.«

»Achtung? Ich habe keinerlei Achtung vor diesem versoffenen Bettler.«

»Das solltest du aber, Pol. Tu jedoch, was du willst. Ich gehorche ihm jedenfalls. Du mußt deine eigene Entscheidung treffen. Du besuchst mich doch von Zeit zu Zeit?«

Was sollte ich darauf erwidern? Jetzt könnt ihr vielleicht den Grund für Beldarans Macht über mich erkennen. Sie verlor fast nie die Beherrschung, und sie sprach immer in diesem süßen, vernünftigen Tonfall. Aber der Eindruck trog. Ein Ultimatum ist schließlich ein Ultimatum, ganz gleich, wie es gestellt wird.

Ich starrte sie ohnmächtig an.

»Glaubst du nicht, du solltest mit dem Packen anfangen, liebe Schwester?« fragte sie zuckersüß.

Ich stürmte aus Onkel Beldins Turm und lief sofort zum Baum, um zu schmollen. Ein paar kurzangebundene Antworten überzeugten selbst meine Vögel, daß man mich besser allein ließ.

Ich verbrachte die ganze Nacht im Baum in der Hoffnung, die erzwungene Trennung werde Beldaran zur Vernunft bringen. Meine Schwester jedoch barg unter dem liebreizenden, sonnigen Wesen einen eisernen Willen. Sie zog mit Vater in seinen Turm, und nachdem ich mich etwa einen Tag lang unendlich einsam gefühlt hatte, schloß ich mich ihnen mürrisch an.

Das soll nicht heißen, daß ich viel Zeit in Vaters unordentlichem Turm verbracht hätte. Ich schlief dort, und hin und wieder aß ich zusammen mit meinem Vater und meiner Schwester, aber es war Sommer. Mein Baum war das Zuhause, das ich brauchte, und meine Vögel leisteten mir Gesellschaft.

Wenn ich jetzt zurückschaue, entdecke ich eine

eigenartige Zweigleisigkeit in meinen Motiven während jener ›Sommerferien‹ im Astwerk des Baums. Zuallererst wollte ich natürlich Beldaran für ihren Verrat bestrafen. Aber tatsächlich blieb ich in dem Baum, weil es mir dort gefiel. Ich liebte die Vögel, und Mutter war fast unablässig bei mir, während ich durch die Zweige kletterte, wobei ich häufig andere Gestalten als meine eigene annahm. Ich gelangte zu der Einsicht, daß Eichhörnchen sehr agil sind. Natürlich konnte ich mich immer in einen Vogel verwandeln und einfach zu den obersten Zweigen hinauffliegen, aber es liegt eine gewisse Befriedigung darin, wirklich hinaufzuklettern.

Es war Hochsommer, als ich die Gefahren entdeckte, die mit einer Existenz als Nagetier einhergehen. Nahezu alle Tiergattungen in der Welt, vielleicht mit Ausnahme von Goldfischen, betrachten Nagetiere jeglicher Art, von der Maus aufwärts, als reine Futterquelle. Eines strahlenden Sommermorgens hüpfte ich in der Wipfelregion des Baums von Ast zu Ast, als ein vorbeifliegender Falke mich zu seinem Frühstück erkor.

»Laß es lieber bleiben«, warnte ich ihn in verächtlichem Tonfall, als er auf mich herabstürzte.

Er schrak zusammen, seine Augen blickten verblüfft. »Polgara?« fragte er verwundert. »Bist du es wirklich?«

»Natürlich, du Trottel.«

»Es tut mir sehr leid«, entschuldigte er sich. »Ich habe dich nicht erkannt.«

»Du solltest besser aufpassen. Alle möglichen Lebewesen verfangen sich in Schlingen mit Ködern, nur weil sie glauben, es gäbe umsonst etwas zu essen.«

»Wer würde *mir* denn eine Falle stellen wollen?«

»Das möchtest du gewiß gar nicht herausfinden.«

»Hättest du Lust, mit mir zu fliegen?« bot er mir an.

»Woher weißt du, daß ich fliegen kann?«

»Kann das nicht jeder?« gab er zurück. Er klang ein wenig erstaunt. Offensichtlich war er ein sehr junger Falke.

Um der Wahrheit die Ehre zu geben, ich genoß unseren Flug trotzdem. Jeder Vogel fliegt ein wenig anders, aber diese mühelose Art des Dahingleitens, emporgetragen von unsichtbaren, vom Erdboden aufsteigenden Säulen warmer Luft, vermittelt einem ein unglaubliches Gefühl von Freiheit.

Schon gut, ich fliege gerne. Hat jemand etwas dagegen?

Vater hatte sich entschlossen, mich in jenem Sommer mich selbst zu überlassen. Wahrscheinlich, weil ihm der Klang meiner Stimme auf die Nerven ging. Einmal *kam* er jedoch zum Baum – vermutlich auf Beldarans beharrliches Drängen hin. Er unternahm den Versuch, mich zur Rückkehr nach Hause zu überreden. *Er* war allerdings derjenige, der eine starke Dosis meiner Überredungsgabe abbekam. Ich ließ meine Vögel auf ihn los, und sie vertrieben ihn.

Im Verlauf der folgenden Wochen bekam ich meinen Vater und meine Schwester gelegentlich zu Gesicht. In Wahrheit schaute ich hin und wieder vorbei, um zu sehen, ob ich irgendwelche Anzeichen unterdrückten Kummers an meiner Schwester entdecken konnte. Falls Beldaran jedoch Kummer litt, verbarg sie ihn gut. Vater zog sich während meiner Besuche in eine Ecke zurück. Er arbeitete scheinbar an irgend etwas Winzigem, aber ich war im Grunde gar nicht besonders interessiert daran, zu erfahren, worum es sich handelte.

Es war im Frühherbst, als ich schließlich herausfinden sollte, woran er so emsig gearbeitet hatte. Eines Morgens kam er zu meinem Baum, und Beldaran war bei ihm. »Ich habe etwas für dich, Polgara«, sagte er zu mir.

»Ich will es nicht«, ließ ich ihn von meinem sicheren Ausguck herab wissen.

»Benimmst du dich jetzt nicht ein bißchen lächerlich, Pol?« warf Beldaran ein.

»Das liegt in der Familie«, entgegnete ich.

Dann tat Vater etwas, was er mir gegenüber äußerst selten getan hatte. In dem einen Moment kauerte ich noch bequem in meiner hohen Warte zwanzig Fuß *über* dem Erdboden, im nächsten lag ich auch schon der Länge nach *auf* dem Erdboden zu seinen Füßen. Der alte Gauner hatte eine Translokation mit mir durchgeführt! »Schon besser«, urteilte er. »Jetzt können wir uns unterhalten.« Er hielt mir die Hand hin, und von seinen Fingern baumelte ein silbernes Medaillon an einer silbernen Kette. »Das ist für dich«, fuhr er fort.

Ein wenig widerwillig nahm ich es. »Was soll ich damit anfangen?« fragte ich ihn.

»Du sollst es tragen.«

»Warum?«

»Weil der Meister es gesagt hat. Wenn du Ihm widersprechen möchtest, bitte, niemand hält dich auf. Leg es einfach um, Pol, und hör mit dem Unsinn auf. Es ist Zeit, daß wir alle erwachsen werden.«

Ich sah mir das Amulett genauer an und entdeckte, daß es das Abbild einer Eule trug. Mir ging durch den Kopf, daß dies in gewisser Weise sehr passende Geschenk von Aldur und nicht von Vater kam. Zu jenem Zeitpunkt in meinem Leben erschien mir jede erdenkliche Art von Schmuck als unpassend, aber den Nutzen dieses Stücks erkannte ich sogleich. Es trug das Abbild einer Eule, meiner bevorzugten Verwandlungsform – und Mutters ebenso. Ein Teil der Schwierigkeit beim Gestaltwandeln besteht darin, das Bild richtig hinzubekommen, und Vater war offensichtlich ein ausgesprochen begabter Künstler. Die Eule war so lebensecht, daß sie aussah, als könne sie auf der Stelle davonfliegen. Dieses spezielle Schmuckstück würde *sehr* nützlich sein.

Als ich es anlegte, überflutete mich eine überaus seltsame Empfindung. Ich wäre lieber gestorben, als es zuzugeben, aber plötzlich fühlte ich mich vollständig, als habe vorher immer irgend etwas gefehlt.

»Und jetzt sind wir drei«, sagte Beldaran ausdruckslos.

»Erstaunlich«, antwortete ich ein wenig beißend. »Du kannst zählen.« Meine unerwartete Reaktion auf Vaters Geschenk hatte mich aus dem Gleichgewicht geworfen, und ich verspürte das dringende Bedürfnis, irgend jemandem weh zu tun – irgend jemandem.

»Sei nicht so gehässig«, belehrte mich Beldaran. »Ich weiß, daß du klüger bist als ich, Pol. Du mußt es mir nicht immer wieder unter die Nase reiben. Also, warum hörst du jetzt nicht mit all dem Unsinn auf und kommst wieder mit uns nach Hause, wo du hingehörst?«

Der Leitfaden meines gesamten Lebens bis zum damaligen Zeitpunkt war, mir von niemandem Vorschriften machen zu lassen. Beldaran befreite mich dort unter dem Baum von diesem Irrtum. *Sie* konnte mir Vorschriften machen – und sie tat es gelegentlich. Die unausgesprochene Drohung, sie könne mir ihre Liebe entziehen, machte mich sofort kirre.

Wir drei wanderten also zu Vaters Turm zurück. Er wirkte ein wenig erstaunt über meinen plötzlichen Sinneswandel, und ich glaube, er hat bis heute noch nicht ganz verstanden, welche Macht Beldaran über mich besaß.

Vielleicht geschah es, um seine Verwirrung zu verbergen, daß er mir ein paar übriggebliebene Reste des Frühstücks anbot. Ich entdeckte im Handumdrehen, daß der mächtigste Zauberer der Welt in Küchendingen entsetzlich unbedarft war. »Hast du das diesen armen, unschuldigen Nahrungsmitteln absichtlich angetan, Vater?« fragte ich ihn. »Das *muß* wohl so sein. Niemand kann etwas so Gräßliches per Zufall schaffen.«

»Wenn's dir nicht gefällt, Pol, da ist die Küche.«

»Oh, *jetzt* sehe ich, daß du recht hast, Vater«, erwiderte ich mit gespielter Überraschung. »Wie merkwürdig, daß mir das noch nicht aufgefallen war. Möglicherweise hat es etwas damit zu tun, daß die Arbeitsflächen vollkommen unter den Stapeln von Büchern und Schriftrollen verschwunden sind.«

Er zuckte die Schultern. »So habe ich beim Kochen etwas zu lesen.«

»Wußte ich's doch, *irgend etwas* muß dich abgelenkt haben. Du hättest das Essen nicht so verderben können, wenn du aufgepaßt hättest.« Dann legte ich meinen Unterarm auf die Arbeitsfläche und fegte all seine Bücher und Schriftrollen zu Boden. »Von jetzt an haben deine Spielzeuge nichts mehr in meiner Küche zu suchen, Vater. Beim nächsten Mal verbrenne ich sie.«

»*Deine* Küche?«

»*Irgend jemand* muß die Kocherei schließlich besorgen, und du bist so unfähig, daß man dich nicht in die Nähe eines Herdes lassen darf.«

Er war ohnehin zu sehr damit beschäftigt, seine kostbaren Bücher einzusammeln, um mir zu antworten.

Und *das* schuf mir meinen Platz in unserer eigenartigen kleinen Familie. Ich kochte ohnehin liebend gerne, so daß es mir nichts ausmachte, aber nach einer gewissen Zeit begann ich mich zu fragen, ob ich mich dadurch, daß ich die Aufgabe des Kochens übernommen hatte, nicht selbst herabgesetzt hatte. Nach etwa einer Woche – oder drei – nahm alles seinen gewohnten Gang, und unsere Rollen innerhalb der Familie standen fest. Hin und wieder beklagte ich mich, aber in Wirklichkeit war ich nicht allzu unzufrieden mit meiner Situation.

Es gab allerdings etwas, das mir überhaupt nicht zusagte. Bald entdeckte ich, daß ich nicht in der Lage war, das Schloß an dem Amulett zu öffnen, das Vater für mich gefertigt hatte. Aber ich war ja so etwas wie eine Expertin für Schnappschlösser, und bald bekam ich es heraus. Das Geheimnis hatte mit Zeit zu tun, und es war so komplex, daß ich mir ziemlich sicher war, Vater habe es sich nicht allein ausgedacht. Schließlich *hatte* er das Amulett nach Aldurs Anweisung entworfen, und nur ein Gott konnte ein Amulett erdenken, das in zwei verschiedenen Zeiten gleichzeitig existierte.

Warum lassen wir es nicht einfach dabei bewenden? Die ganze Konzeption bereitet mir noch heute Kopfzerbrechen, so daß ich denke, ich werde das Thema hier nicht weiter verfolgen.

Meine Pflichten in der Küche füllten meine Tage nicht wirklich aus. Ich brachte Beldaran bald dazu, nach dem Frühstück das Geschirr abzuwaschen, während ich das Mittagessen – für gewöhnlich irgend etwas Kaltes – vorbereitete. Ein kaltes Mittagessen hat noch niemandem geschadet, und wenn das einmal geschafft war, stand es mir frei, zu meinem Baum und meinen Vögeln zurückzukehren. Weder Vater noch meine Schwester hatten etwas gegen meine täglichen Ausflüge einzuwenden, da ich so weniger Gelegenheit erhielt, meinem Vater gescheite Bemerkungen an den Kopf zu werfen.

Und so gingen die Jahreszeiten ins Land, wie sie es eben zu tun pflegen.

Nach dem ersten Jahr kamen wir gut miteinander zurecht, und Vater hatte seine Brüder zum Abendessen eingeladen. Ich erinnere mich noch genau an jenen Abend, da er mir die Augen für etwas öffnete, das zu akzeptieren ich damals noch nicht völlig bereit war. Ich hatte es immer für gegeben erachtet, daß meine Onkel vernünftige Männer waren, aber meinen ungehörigen Vater behandelten sie, als sei er eine Art minderer Gottheit. Ich war gerade vollauf damit beschäftigt, ein ziemlich aufwendiges Mahl vorzubereiten, als ich zu guter Letzt begriff, wie weit sie sich seinen Urteilen und Wünschen fügten.

Ich weiß nicht mehr genau, worüber sie sprachen – Ctuchik möglicherweise, vielleicht war es auch Zedar –, aber Onkel Beldin fragte meinen Vater ganz beiläufig: »Was *hältst* du davon, Belgarath? Schließlich bist du der erste Jünger, und du kennst die Absichten des Meisters besser als wir.«

Vater knurrte verdrießlich. »Und wenn sich das, was ich denke, als falsch herausstellt, wirfst du es mir umgehend vor, nicht wahr?«

»Selbstverständlich«, grinste Beldin ihn an. »Das ist eine der Freuden des Untergebenen, oder?«

»Ich hasse dich!« sagte Vater.

»Nein, das stimmt doch gar nicht, Belgarath«, widersprach Beldin, dessen Grinsen womöglich noch breiter geworden war. »Das sagst du nur, damit ich mich besser fühle.«

Ich kann mich nicht mehr erinnern, *wie* oft ich diesen speziellen Schlagabtausch zwischen den beiden gehört habe. Aus mir unerfindlichen Gründen halten sie ihn für komisch.

Am folgenden Morgen brach ich wieder zum Baum auf, um über dieses eigenartige Verhalten von seiten meiner Onkel nachzusinnen. Im Dunkel der Vergangenheit hatte Vater offenbar einige ziemlich aufsehenerregende Taten vollbracht. *Meine* Gefühle ihm gegenüber waren wenig schmeichelhaft, um es höflich auszudrücken. In meinen Augen war er faul, mehr als nur ein bißchen töricht und höchst unzuverlässig. Vage begann ich zu begreifen, daß mein Vater ein äußerst vielschichtiges Wesen ist. Auf der einen Seite ist er ein Lügner, ein Dieb, ein Wüstling und Trunkenbold. Andererseits indes ist er Aldurs erster Jünger, und vermutlich könnte er den Lauf der Sonne übers Firmament anhalten, wenn ihm der Sinn danach stünde. Aufgrund meiner Eifersucht hatte ich ganz bewußt nur seine schlechte Seite gesehen. Jetzt hatte ich mich erstmalig ernsthaft mit seiner anderen Seite befassen müssen, und ich verabscheute es zutiefst, daß mir all meine Illusionen in bezug auf ihn geraubt wurden.

Als ich an jenem Tag heimkehrte, begann ich ihn in der Hoffnung, mehr Hinweise auf diese Zwiespältigkeit zu erhalten, genauer zu beobachten – noch mehr jedoch in der Hoffnung, *keine* solchen Hinweise zu entdecken. Es ist immer sehr schmerzhaft, wenn einem der

Boden unter seinen Vorurteilen weggezogen wird. Ich entdeckte jedoch nur einen ziemlich abgerissen wirkenden alten Mann, der eingehend eine Pergamentrolle studierte.

»Tu's nicht, Polgara«, sagte er. Er machte sich nicht die Mühe, von seinem Manuskript aufzublicken.

»Was?«

»Mich so anzustarren.«

»Woher wußtest du, daß ich dich anstarre?«

»Ich konnte es spüren, Polgara. Laß es.«

Das erschütterte mein für so sicher gehaltenes Urteil über ihn mehr, als ich mir eingestehen wollte. Offenbar hatten Beldin und die Zwillinge recht. Vieles an meinem Vater war ungewöhnlich. Ich kam zu dem Entschluß, daß ich mit Mutter darüber reden müßte.

»Er ist ein Wolf, Polgara«, erzählte mir Mutter, *»und Wölfe spielen. Du nimmst das Leben viel zu ernst, und darum verärgert es dich, wenn er spielt. Er kann sehr ernsthaft sein, wenn er muß, aber wenn es nicht notwendig ist, spielt er. Das ist Wolfsart.«*

»Aber er erniedrigt sich selbst mit seinen Dummheiten!«

»Erniedrigst du dich nicht auch mit deiner dir eigenen Dummheit? Du bist viel zu ernst, Pol. Lerne zu lachen und hin und wieder ein wenig Spaß zu haben.«

»Das Leben ist ernst, Mutter.«

»Ich weiß, aber es soll auch Spaß machen. Lern von deinem Vater, wie man sich seines Lebens freut, Polgara. Du wirst noch genug Zeit zum Weinen haben, aber du mußt auch wissen, wie man lacht.«

Mutters Duldsamkeit bereitete mir eine Menge Sorgen, und ihre Beobachtungen bezüglich *meiner* Veranlagung fand ich noch viel besorgniserregender.

Über die Jahrhunderte habe ich sehr viel Erfahrung mit Heranwachsenden gesammelt, und ich habe herausgefunden, daß diese linkischen halben Kinder sich im allgemeinen bei weitem zu ernst nehmen. Außerdem bedeutet der äußere Schein einem Heranwachsenden alles. Ich nehme an, es handelt sich dabei um eine Art Schauspielerei. Der Heranwachsende *weiß*, daß das Kind ganz dicht unter der Oberfläche lauert, aber er würde eher sterben, als es herauszulassen. Ich machte da keine Ausnahme. Ich war so begierig aufs ›Erwachsensein‹, daß ich mich einfach nicht mehr entspannen und das Leben genießen konnte.

Die meisten Leute durchleben dieses Stadium und entwachsen ihm. Viele jedoch tun das nicht. Die Pose wird dann wichtiger als die Wirklichkeit, und die armen Leute werden zu hohlen Menschen, die für immer erfolglos danach streben, sich einer unerreichbaren Form anzupassen.

Genug davon. Ich werde keine Abhandlung über die verschiedenen Stufen der menschlichen Entwicklung schreiben. Bis ein Mensch allerdings lernt, über sich selbst zu lachen, ist sein Leben eine Tragödie – zumindest wird *er* es so sehen.

Die Jahreszeiten setzten ihren stetigen Wechsel fort, und die kleine Lektion, die Mutter mir erteilt hatte, verringerte meinen *inneren* Widerstand gegen Vater. Die Fassade hielt ich aber natürlich aufrecht. Ganz gewiß wollte ich nicht, daß der alte Narr sich einbildete, ich wäre ihm gegenüber weich geworden.

Und dann, kurz nachdem meine Schwester und ich sechzehn geworden waren, stattete der Meister meinem Vater einen Besuch ab und erteilte ihm einige ziemlich genaue Anweisungen. Eine von uns – entweder Beldaran oder ich – mußte die Gemahlin von Riva Eisenfaust und somit Königin von Riva werden. Vater entschloß sich in für ihn untypischer weiser Voraussicht, den Besuch zunächst einmal für sich zu behalten. Obwohl ich in meinem damaligen Lebensabschnitt sicher kein ausgeprägtes Interesse daran hatte, mich zu verheiraten, hätte mein Hang zum Konkurrenzdenken mich zu jeder erdenklichen Torheit verleiten können.

Mein Vater gibt ziemlich freimütig zu, daß er schwer versucht war, sich meiner durch den einfachen Kunstgriff zu entledigen, mich an den armen Riva zu verheiraten. Die ABSICHT – das Geschick, wenn ihr so wollt –, welches uns alle leitet, verhinderte diese für ihn verlockende Lösung jedoch. Beldaran war seit der Zeit vor ihrer Geburt darauf vorbereitet worden, Riva Eisenfaust zu ehelichen. Ich jedoch offensichtlich nicht.

Trotzdem kränkte mich die Zurückweisung. Ist das nicht idiotisch? Ich hatte mich auf einen Wettstreit eingelassen, dessen Preis ich überhaupt nicht wollte, aber als ich den Wettstreit verlor, verspürte ich den Stachel der Niederlage recht schmerzhaft. Mit meinem Vater sprach ich mehrere Wochen lang überhaupt nicht, und zu meiner Schwester war ich fürchterlich schnippisch.

Dann kam Anrak in unser Tal, um uns zu holen. Mit der Ausnahme des einen oder anderen Ulgoners und einiger weniger Boten von König Algar war Anrak vermutlich der erste Fremde, dem ich je begegnete, und mit Sicherheit der erste, der Interesse an mir zeigte. Ich mochte ihn auch ziemlich gut leiden. Natürlich *hielt* er um meine Hand an, und ein junges Mädchen behält immer eine Schwäche für den jungen Mann, der ihr den ersten Antrag macht. Anrak war Alorner, mit allem, was das mit sich brachte. Er war groß, stattlich und bärtig, und er hatte eine gutmütige Einfalt an sich, die mir recht gut gefiel. Aber die Art und Weise, wie er nach Bier stank, mochte ich *nicht*.

Bei seiner Ankunft war ich vollauf mit Schmollen beschäftigt und hockte in meinem Baum, so daß wir nicht einmal Zeit hatten, uns näher kennenzulernen, bevor er mir seinen Antrag machte. Eines wunderschönen Morgens im frühen Frühling kam er in unser Tal stolziert. Meine Vögel verrieten mir sein Kommen, so daß er mich nicht sonderlich überraschte, als er unter die Zweige meines Baums trat.

»Hallo, Ihr da oben«, rief er mir entgegen.

Von meinem Ausguck blickte ich auf ihn herab. »Was wollt Ihr?« Kein besonders gnädiger Empfang.

»Ich bin Anrak – Rivas Vetter – und gekommen, um Eure Schwester auf die Insel zu geleiten, damit Riva sie heiraten kann.«

Das versetzte ihn sofort ins feindliche Lager. »Geht weg«, befahl ich ihm schroff.

»Zuerst muß ich Euch etwas fragen.«

»Was?«

»Na ja, wie ich bereits sagte, bin ich Rivas Vetter, und er und ich machen für gewöhnlich alles zusammen. Wir haben uns das erste Mal zusammen betrunken, wir haben zum erstenmal zusammen ein Bordell besucht, und wir haben sogar unseren ersten Mann in derselben Schlacht getötet, woran Ihr sehen könnt, daß wir uns ziemlich nahestehen.«

»Ach?«

»Na ja, Riva wird Eure Schwester zur Gattin nehmen, und da dachte ich, es wäre doch nett, wenn wir auch heiraten würden. Was sagt Ihr dazu?«

»Macht Ihr mit etwa einen Heiratsantrag?«

»Ich dache, das hätte ich gesagt. Es ist das erstemal, daß ich jemandem einen Heiratsantrag mache, deshalb habe ich es wohl nicht besonders gut gemacht. Was denkt Ihr?«

»Ich denke, daß Ihr verrückt seid. Wir kennen uns doch gar nicht.«

»Nach der Zeremonie werden wir jede Menge Zeit haben, uns kennenzulernen. Also, wie ist es, ja oder nein?«

Mangelnde Direktheit konnte man Anrak nicht vorwerfen. Das war ein Mann, der ohne Umschweife auf den Punkt kam. Ich lachte ihn aus, woraufhin er ein wenig beleidigt aussah. »Was ist daran so komisch?« verlangte er in gekränktem Tonfall zu wissen.

»Ihr. Glaubt Ihr wirklich, ich würde einen mir völlig fremden Mann heiraten? Einen, der wie eine Ratte aussieht, die sich in einem Gebüsch versteckt?«

»Was soll das schon wieder heißen?«

»Euer ganzes Gesicht ist voll von Haaren!«

»Das ist mein Bart. Alle Alorner tragen Bärte.«

»Ist das möglicherweise auf die Tatsache zurückzuführen, daß die Alorner das Rasiermesser noch nicht erfunden haben? Sagt mir, Anrak, hat Euer Volk eigentlich schon das Rad erfunden? Oder das Feuer, wo wir schon einmal dabei sind?«

»Es ist nicht nötig, mich zu beleidigen. Sagt einfach ja oder nein.«

»Also schön. *Nein!* Gibt es irgendeinen Teil in Euch, der das noch nicht verstanden hat?« Langsam erwärmte ich mich für das Thema. »Die Idee ist doch völlig abwegig«, teilte ich ihm mit. »Ich kenne Euch nicht, und ich mag Euch nicht. Ich kenne Euren Vetter nicht, und ich mag ihn auch nicht. Um die Wahrheit zu sagen, ich hasse Eure ganze stinkende Brut. Alles Elend in meinem Leben ist von Alornern verursacht worden. Habt Ihr *wirklich* geglaubt, ich würde Euch heiraten? Ihr laßt mich jetzt besser allein, Anrak, oder ich verwandele Euch in eine Kröte.«

»Ihr müßt nicht so gemein werden. Wißt Ihr, Ihr seid kein großer Verlust.«

Ich möchte nicht wiederholen, was ich darauf erwiderte – dieses Dokument könnte schließlich Kindern in die Hände fallen. Ich ließ mich ausführlich über seine Familie, seine Sippe, sein Volk, seine Ahnen und, wenn ich mich recht entsinne, seine Nachkommen aus. Im Verlauf meiner Ausführungen bediente ich mich weiter Bereiche von Onkel Beldins Wortschatz, und Anrak zeigte sich wiederholt verwundert über meinen gekonnten Umgang mit der abwechslungsreichen Seite unserer Sprache.

»Also dann«, erklärte er, »wenn das Eure Meinung zu der Angelegenheit ist, hat es wohl wenig Sinn, daß wir unser Gespräch fortsetzen, nicht?« Und dann machte er ziemlich gekränkt kehrt und stolzierte weiter ins Tal hinein, wobei er Unverständliches in seinen Bart murmelte.

Armer Anrak. Ich empfand einen gewaltigen Widerwillen dagegen, daß irgendein fremder Alorner mir meine Schwester wegnehmen würde, und so kam er in den ungeschmälerten Genuß meines Mißfallens. Zudem hatte Mutter mir eingeschärft, in diesem Stadium meines Lebens jede feste Bindung zu meiden. Heranwachsende Mädchen leiden des öfteren unter Drüsenproblemen, die sie manchmal zu schwerwiegenden Fehlern verleiten.

Warum lassen wir es nicht einfach dabei bewenden?

Ich hatte nicht die Absicht, auf die Insel der Winde mitzureisen, um Zeugin dieser verabscheuungswürdigen Zeremonie zu werden. Wenn Beldaran diesen alornischen Schlächter heiraten wollte, mußte sie das ohne meinen Segen tun – oder meine Anwesenheit.

Als sie jedoch zur Abreise bereit waren, kam meine Schwester zu meinem Baum und ›überzeugte‹ mich, meine Meinung zu ändern. Trotz dieses sanftmütigen Äußeren, das jeden anderen täuschte, konnte Beldaran absolut rücksichtslos sein, wenn sie etwas wollte. Sie kannte mich besser als irgend jemand sonst auf der Welt – das war auch kaum möglich –, und deshalb kannte sie auch meine schwachen Stellen so genau. Zum ersten redete sie ausnahmslos in ›Zwilling‹ mit mir, einer Sprache, die ich fast vergessen hatte. Es gab feine Unterschiede im ›Zwilling‹ – die Beldaran sich meist ausgedacht hatte –, die selbst der kundigste Sprachforscher niemals hätte entschlüsseln können, und das meiste davon betraf ihre dominierende Stellung in unserer Beziehung. Beldaran war es gewöhnt, mir Befehle zu erteilen, und ich war es gewöhnt, ihnen zu gehorchen. Ihre ›Überredung‹ in dieser Angelegenheit war, um es offen zu sagen, brutal. Sie rief mir jeden Zeitraum unseres Lebens ins Gedächtnis, in dem wir einander besonders nah gewesen waren, und sie sprach davon in einer besonderen Vergangenheitsform unserer Privatsprache, die mehr oder weniger bedeutete: ›nie wieder‹ beziehungsweise ›ein für allemal vorbei‹. Innerhalb von fünf Minuten hatte sie mich zum Weinen gebracht, innerhalb von zehn Minuten den schrecklichsten Seelenqualen ausgesetzt. »Aufhören!« rief ich am Ende aus, nicht mehr fähig, die unausgesprochene Drohung eines unwiederbringlichen Abbruchs unserer Beziehung zu ertragen.

»Du kommst also mit?« fragte sie, wobei sie wieder in die normale Sprache verfiel.

»Ja! Ja! Ja! Aber bitte hör auf damit!«

»Ich bin ja so froh über deinen Entschluß, Pol«, sagte sie und umarmte mich herzlich. Dann ließ sie sich dazu herab, sich für das zu entschuldigen, was sie gerade getan hatte. Warum nicht? Sie hatte gewonnen, und deshalb konnte sie es sich leisten, großzügig zu sein.

Ich war geschlagen, und ich wußte es. Es überraschte mich nicht einmal sonderlich, als wir zu Vaters Turm zurückkehrten und ich entdeckte, daß sie bereits für mich gepackt hatte. Sie hatte die ganze Zeit gewußt, wie es ausgehen würde.

Am nächsten Morgen machten wir uns auf den Weg. Da wir zu Fuß reisten, dauerte es mehrere Wochen, bis wir Muros erreichten. Beldaran und ich fühlten uns beide unwohl in Muros, da wir nie zuvor so viele Leute um uns gehabt hatten. Obwohl ich meine diesbezügliche Ansicht mittlerweile weitgehend geändert habe, hielt ich die Sendarer anfangs für ein lautes Volk. Außerdem schienen sie mir vom Kaufen und Verkaufen förmlich besessen zu sein, was ich nahezu lachhaft fand.

Anrak verließ uns in Muros, um vorauszureisen und

Riva von unserer Ankunft in Kenntnis zu setzen. Wir mieteten eine Kutsche, und den Rest des Weges nach Camaar fuhren wir vier, Vater, Onkel Beldin, Beldaran und ich. Um ehrlich zu sein, ich wäre lieber zu Fuß gegangen. Die kleinen, dicken Ponys, die unsere Kutsche zogen, bewegten sich nicht eben schnell, und die Räder der Kutsche schienen jedes Loch und jede Furche auf der Straße zu finden. Kutschfahrten waren kein besonderes Vergnügen, bis irgendein kluger Zeitgenosse auf die Idee kam, sie mit Federn auszustatten.

In den Straßen von Camaar drängten sich sogar noch mehr Menschen als in Muros. Wir nahmen uns ein paar Zimmer in einem sendarischen Gasthaus und richteten uns ein, um auf Rivas Eintreffen zu warten. Ich fand es ziemlich beunruhigend, daß mein Blick jedes Mal, wenn ich aus dem Fenster schaute, auf Gebäude fiel. Sendarer scheinen eine Abneigung gegen offenes Gelände zu haben. Scheinbar müssen sie sofort alles ›zivilisieren‹.

Die Frau des Gastwirts, eine dicke, mütterliche kleine Frau, schien darüber hinaus fest entschlossen, *mich* zu ›zivilisieren‹. Zum einen hielt sie mir immer wieder die Vorzüge des Badehauses vor Augen. Auf überaus feinfühlige Art deutete sie an, daß ich nicht sehr gut roch.

Ich hatte für ihre Vorschläge nur Achselzucken übrig. »Zeitverschwendung«, lautete mein Urteil. »Ich mache mich ja ohnehin wieder schmutzig. Wenn es das nächste Mal regnet, gehe ich nach draußen. Das sollte den Geruch und das meiste vom Schmutz wegspülen.«

Sie bot mir auch Kamm und Bürste an – was ich ebenfalls zurückwies. Der Alorner, der mir meine Schwester gestohlen hatte, sollte sich nicht einbilden, ich würde mir auch nur die geringste Mühe geben, mich für *ihn* präsentabel zu machen.

Die vorlaute Frau des Gastwirts verstieg sich sogar zu dem Vorschlag, ich solle einen Schneider aufsuchen. *Ich* war von der Tatsache, daß wir in Kürze Besuch von einem König bekommen würden, nicht sehr beeindruckt, *sie* um so mehr.

»Was ist an dem auszusetzen, was ich trage?« fragte ich streitlustig.

»Unterschiedliche Anlässe erfordern unterschiedliche Kleidung, meine Liebe«, versetzte sie.

»Blödsinn«, sagte ich. »Ich besorge mir ein neues Kleid, wenn dies hier verschlissen ist.«

Ich glaube, an diesem Punkt gab sie auf. Sie muß mich wohl als unrettbar ›hinterwäldlerisch‹ eingestuft haben, als eine jener Unglücklichen, die nie die Wohltaten der Zivilisation erfahren haben.

Und dann führte Anrak Riva in unsere Gaststube. Ich räume ein, daß er rein körperlich betrachtet beeindruckend war. Ich wüßte nicht, daß ich jemals – mit Ausnahme der anderen Männer aus seiner Familie – jemand so Hochgewachsenen gesehen hätte. Er hatte blaue Augen und einen schwarzen Bart, und ich haßte ihn. Er murmelte eine kurze Begrüßung in Richtung meines Vaters, und dann setzte er sich, um Beldaran zu begutachten.

Beldaran erwiderte seinen Blick.

Es war vermutlich der schmerzlichste Nachmittag, den ich bis dahin erlebt hatte. Ich hatte gehofft, Riva wäre mehr wie sein Vetter Anrak und würde mit irgend etwas herausplatzen, was meine Schwester kränken würde, aber der Idiot sagte überhaupt nichts! Er konnte nichts anderes tun, als sie mit diesem Ausdruck der Anbetung auf seinem Gesicht ansehen, und Beldaran war fast genauso schlimm mit ihrer offensichtlichen Bewunderung für *ihn.*

Ich stand auf verlorenem Posten, soviel war sicher.

Wir alle saßen in völligem Schweigen da und sahen uns an, wie sie einander anbeteten, und jeder Moment war, als drehe man mir ein Messer im Herzen um. Ich hatte meine Schwester verloren, daran war nicht mehr zu rütteln. Aber keinem von beiden sollte die Genugtuung zuteil werden, zu sehen, wie mein Herz blutete.

Also blutete ich still vor mich hin. Es war ziemlich offensichtlich, daß die Trennung von mir und meiner Schwester, die bei unserer Geburt begonnen hatte, nun zum Abschluß gekommen war, und ich wollte sterben.

Schließlich, als es fast Abend geworden war, starb auch meine letzte Hoffnung, und ich spürte Tränen in meinen Augen brennen.

Erstaunlicherweise – schließlich war ich nicht sonderlich nett zu ihm gewesen – war es Vater, der mich erlöstc. Er trat an meine Seite und nahm meine Hand. »Warum machen wir nicht einen kleinen Spaziergang, Pol?« schlug er freundlich vor. Trotz meines Kummers überraschte mich sein Mitleid. Er war der letzte Mensch in der Welt, von dem ich *das* erwartet hätte. Von Zeit zu Zeit überrascht mich mein Vater tatsächlich.

Er führte mich aus dem Raum, und als wir hinausgingen, bemerkte ich, daß Beldaran auch bei meinem Weggang ihre Augen nicht von Riva nahm. Ich glaube, das war der Todesstoß.

Vater führte mich durch den Flur zu einem kleinen Balkon am anderen Ende, und wir gingen nach draußen und schlossen die Tür hinter uns.

Ich gab mein Bestes, um meinen Verlust zu überspielen. »Nun«, sagte ich so sachlich wie möglich, »ich schätze, das klärt alles, nicht wahr?«

Vater murmelte ein paar Platitüden über das Schicksal, aber ich hörte ihm nicht richtig zu. Zum Teufel mit dem Schicksal! Ich hatte gerade meine Schwester verloren! Schließlich konnte ich es nicht länger zurückhalten. Mit einem Aufschluchzen schlang ich ihm die Arme um den Hals, vergrub mein Gesicht an seiner Brust und weinte unbeherrscht.

Es dauerte noch eine Weile, bis ich mich endlich ausgeweint hatte. Dann fand ich meine Fassung wieder. Ich faßte den Entschluß, daß weder Beldaran noch Riva mich je leiden sehen würden *und* daß ich darüber hinaus etwas unternehmen würde, um ihnen zu zeigen, daß es mir überhaupt nichts ausmachte, daß meine Schwester mich freiwillig im Stich ließ. Ich befragte Vater über einige Dinge, die mich vorher nicht interessiert hatten – Bäder, Schneider, Kämme und ähnliches. Ich würde meiner Schwester zeigen, wie wenig es mir bedeutete. Wenn *ich* litt, wollte ich wenigstens dafür sorgen, daß *sie* auch litt.

Mit dem Baden gab ich mir besondere Mühe. In meinen Augen handelte es sich um eine Art von Begräbnis – mein eigenes –, und so erschien es mir nur angemessen, daß ich bei der Aufbahrung so gut wie möglich aussehen würde. Zuerst bereiteten mir meine abgekauten Fingernägel einige Sorgen, aber dann fiel mir unsere Gabe wieder ein. Ich konzentrierte mich auf meine Nägel, und dann sagte ich: »Wachst!«

Und das löste *dieses* Problem.

Dann schwelgte ich für mindestens eine Stunde im Badewasser. Ich wollte natürlich den lange angesammelten Schmutz lösen, das schon, aber zu meiner Überraschung entdeckte ich, daß Baden *Spaß* machte.

Nachdem ich aus der faßähnlichen Holzwanne gestiegen war, rubbelte ich mich mit einem Handtuch ab, legte ein Gewand an und setzte mich auf einen Hocker, um mich meines Haars anzunehmen, was sich als nicht leicht erwies. Seit dem letzten Platzregen im Tal hatte mein Haar kein Wasser mehr gesehen, und es war so verfilzt, daß ich beinah aufgegeben hätte. Es kostete mich erhebliche Anstrengungen, und es tat sehr weh, aber zu guter Letzt gelang es mir, es in einen Zustand zu versetzen, dem man mit einem Kamm zu Leibe rücken konnte.

Ich schlief nicht sonderlich gut in jener Nacht und stand früh auf, um mit meinen Vorbereitungen fortzufahren. Ich setzte mich vor einen Spiegel aus poliertem Messing und begutachtete mein Spiegelbild kritisch. Zu meiner nicht geringen Verwunderung entdeckte ich, daß ich nicht annähernd so häßlich war, wie ich immer gedacht hatte. Um ehrlich zu sein, ich war sogar recht hübsch.

»Laß dir das ja nicht zu Kopfe steigen, Pol«, meldete Mutters Stimme sich in meinen Gedanken. *»Du hast doch nicht allen Ernstes angenommen, ich könne einer häßlichen Tochter das Leben geschenkt haben, oder?«*

»Ich habe mich immer für entsetzlich abstoßend gehalten, Mutter«, sagte ich.

»Du hast dich geirrt. Aber übertreib es nicht mit deinen Haaren. Die weiße Locke genügt, um dich hübsch aussehen zu lassen.«

Das blaue Kleid, das Vater für mich besorgt hatte, war wirklich recht hübsch. Ich zog es an und betrachtete mich im Spiegel. Das, was ich sah, machte mich ein wenig verlegen. Es bestand kein Zweifel daran, daß ich eine Frau war. Ich hatte gewisse weibliche Merkmale mehr oder weniger ignoriert, aber jetzt war das nicht mehr möglich. Das Kleid schrie es förmlich in die Welt hinaus. Nur mit den Schuhen gab es ein kleines Problem. Sie liefen spitz zu und hatten mittelhohe Absätze. Meine Füße schmerzten. Ich war Schuhe nicht gewöhnt, aber ich biß die Zähne zusammen und duldete still.

Je länger ich mich im Spiegel betrachtete, desto mehr gefiel mir, was ich sah. Die Raupe, die ich einmal gewesen war, hatte sich soeben in einen Schmetterling verwandelt. Ich haßte Riva immer noch, aber mein Haß hatte sich ein wenig besänftigt. Es hatte nicht in seiner Absicht gelegen, aber seine Ankunft in Camaar hatte mir offenbart, wer ich wirklich war.

Ich war hübsch! Ich war sogar mehr als nur hübsch!

Mein Sieg an jenem Morgen wurde vollkommen, als ich sittsam – ich hatte Stunden geübt – das Gemach betrat, in dem sie alle saßen. Mit den Reaktionen von Riva und Anrak hatte ich mehr oder weniger gerechnet. Unerfahren wie ich war, wußte ich doch, mit welchen Augen sie mein verändertes Äußeres betrachten würden. Das Gesicht, das ich ansah, war Beldarans.

Insgeheim hatte ich wohl die Hoffnung gehegt, dort einen Schimmer von Neid zu entdecken. Ich hätte es besser wissen sollen. Ihre Miene war ein ganz klein wenig seltsam, und als sie das Wort ergriff, geschah es in ›Zwilling‹. Das, was wir austauschten, war ausschließlich für uns beide bestimmt. »Gut, endlich«, war alles, was sie sagte, und dann umarmte sie mich herzlich.

Kapitel 4

Ich gebe ja zu, daß ich ein bißchen enttäuscht war, daß meine Schwester nicht grün anlief vor Neid, aber kein Triumph ist jemals vollkommen, nicht wahr?

Anraks Gesicht nahm einen betrübten Ausdruck an, und er seufzte. Er erklärte Riva, wie sehr er es bedauere, nicht mehr ›Druck auf mich ausgeübt zu haben‹.

Ist das nicht eine absurde Ausdrucksweise? Aus irgendeinem Grund tauchte Anrak plötzlich als Zimmermädchen mit einem heißen Bügeleisen in der Hand vor meinem geistigen Auge auf.

Tut mir leid.

Sein reumütiges Eingeständnis machte den Morgen für mich komplett und eröffnete mir ganz neue Perspektiven. Angehimmelt zu werden, ist eine ziemlich angenehme Freizeitbeschäftigung, findet ihr nicht auch? Nicht genug damit, erhoben mich sowohl Anrak als auch sein Vetter automatisch in den Adelsstand, indem sie mich ›Lady Polgara‹ nannten, und das hat ebenfalls einen nicht unangenehmen Klang.

Dann tischte Rivas Vetter eine Reihe von fatalen Mißverständnissen bezüglich dessen auf, was Vater unser ›Talent‹ nennt. Er war der festen Überzeugung, meine Verwandlung sei das Ergebnis von Zauberei, ja, er verstieg sich sogar zu der Behauptung, ich könne an zwei Orten – und Zeiten – gleichzeitig sein. Ich zog ihn dafür sanft am Bart. Ich merkte, daß ich Anrak immer lieber gewann. Er sagte so reizende Dinge über mich.

Es war vielleicht gegen Mittag, als wir zum Hafen hinuntergingen, um uns an Bord von Rivas Schiff zu begeben. Beldaran und ich hatten das Meer noch nie gesehen – ein Schiff übrigens auch noch nicht –, und wir waren beide ein wenig ängstlich wegen der bevorstehenden Seereise. Das Wetter war gut, aber da draußen schäumten all diese Wellen. Ich weiß nicht mehr genau, was wir erwartet hatten, aber alle Teiche im Tal hatten völlig glatte Wasseroberflächen, und so waren wir auf Wellen einfach nicht vorbereitet. Außerdem hatte das Meer einen ganz eigenen, würzigen Duft, der die eher widerwärtigen Gerüche überlagerte, die allen Häfen dieser Welt zu eigen sind. Ich nehme an, es entspricht der menschlichen Natur, sich seiner Abfälle auf die denkbar einfachste Weise zu entledigen. Trotzdem erschien es mir als wenig vorausschauend, sie einem Gewässer anzuvertrauen, das sie mit der nächsten Flut wieder zurückspült.

Das Schiff wirkte recht groß auf mich, die Kabinen unter Deck jedoch fand ich winzig und beengend, und alles schien mit einer schwarzen, schmierigen Substanz überzogen zu sein. »Was ist das, womit sie die ganzen Wände zugeschmiert haben?« fragte ich Onkel Beldin.

»Teer«, gab er mir mit einem gleichmütigen Achselzucken zur Antwort. »Es hält das Wasser draußen.«

Das beunruhigte mich. »Das Schiff ist aus Holz gemacht«, sagte ich. »Schwimmt Holz denn nicht?«

»Nur, wenn es ein solides Stück ist, Pol. Das Meer versucht, eine glatte Oberfläche zu schaffen, und Hohlräume unterhalb dieser Oberfläche stören es, so daß es sich bemüht, einzusickern und diese Hohlräume zu füllen. Außerdem verhindert der Teer, daß das Holz fault.«

»Ich mag keinen Teer.«

»Ich bin sicher, das kränkt ihn ungeheuer.«

»Du mußt immer witzig sein, Onkel, nicht wahr?«

»Betrachte es meinetwegen als Charakterfehler.« Er grinste.

Nachdem Beldaran und ich unsere Besitztümer in der kleinen Kabine verstaut hatten, gingen wir hoch an Deck. Rivas Seeleute machten das Schiff fertig zum Ablegen. Es waren kräftige, bärtige Männer, viele von ihnen nackt bis zur Taille. All diese nackte Haut machte mich aus irgendeinem Grund ein bißchen nervös.

Überall schienen Taue zu sein – ein unmögliches Gewirr, das über Rollen lief und nach oben in einem wirren Durcheinander entschwand. Die Seeleute lösten die Leinen, die das Schiff am Kai festhielten, stießen ab und nahmen ihre Plätze an den Rudern ein. Ein Grobian mit einem bösartigen Gesicht nahm mit gekreuzten Beinen im Heck Platz und begann rhythmisch auf eine mit Haut bespannte Trommel zu schlagen, um die Rudergeschwindigkeit vorzugeben. Langsam bewegte sich das Schiff durch den vollen Hafen auf die offene See zu.

Nachdem wir an den Wellenbrechern vorbeigerudert waren, holten die Seemänner die Ruder ein und begannen an verschiedenen Tauen zu ziehen. Ich vermag noch heute nicht so recht zu verstehen, wie ein Seemann das eine vom anderen Tau unterscheiden kann, aber Rivas Leute schienen zu wissen, was sie taten. Mächtige Querbalken mit fest aufgerollten Segeln schoben sich die Masten hinauf, während die singenden Seemänner im Gleichklang, den das Lied vorgab, an den Tauen zogen. Die Rollen quietschten, als die segeltragenden Balken bis zu den Spitzen der Masten emporstiegen. Dann machten andere Seeleute, behende wie Affen, hoch oben die Segel los und ließen sie herunterfallen. Die Segel hingen einen kurzen Moment schlaff herab. Dann erfaßte sie eine Brise, und sie blähten sich mit knallendem Geräusch auf.

Das Schiff legte sich leicht auf die Seite, und dann begann es vorwärtszuschießen. Gischt spritzte auf, als der Bug durch die Wellen schnitt, und der Fahrtwind blies mir ins Gesicht und peitschte mein Haar. Die Wellen waren nicht hoch genug, um Angst einzuflößen, und Rivas Schiff schob sich jede Welle gemessen hinan, um auf der anderen Seite majestätisch herunterzugleiten.

Wie ich es genoß!

Das Schiff und das Meer wurden eins, und diese Vereinigung hatte ihre Musik, eine Musik aus ächzenden Planken, knarzenden Tauen und knallenden Segeln. Seewärts glitten wir über die sonnengekrönten Wellen, und die Musik des Meeres füllte unsere Ohren.

Ich habe des öfteren leicht abfällige Bemerkungen über die Alorner und ihre Leidenschaft für die See fallen lassen, aber sie hat etwas Heiliges an sich – beinah so, als hätten wahre Seeleute einen anderen Gott. Sie lieben die See nicht nur; sie verehren sie, und in meinem Herzen weiß ich, warum.

»Ich kann das Land nicht mehr sehen!« rief Beldaran an jenem Abend aus, wobei sie besorgt zum Heck hinüberschaute.

»Das solltest du auch nicht, Geliebte«, sagte Riva zärtlich zu ihr. »Wir würden nie nach Hause kommen, wenn wir versuchten, den ganzen Weg hinüber zur Insel in Sichtweite der sendarischen Küste zu bleiben.«

Der Sonnenuntergang über dem Meer vor uns war grandios, und als der Mond aufstieg, warf er eine glitzernde Straße über die glänzende Oberfläche der nachtdunklen See.

Hingerissen von all der Schönheit um mich herum, ließ ich mich auf einem Faß nieder, kreuzte die Arme auf der Reling und legte das Kinn darauf, um das Meer mit allen Sinnen in mir aufzunehmen. Die ganze Nacht verbrachte ich in dieser Verträumtheit, und die See umfing mich als Teil ihrer selbst. Meine Kindheit war nicht unbeschwert gewesen, belastet mit Groll und einem schmerzhaften, fast alles andere abtötenden Gefühl meiner eigenen Unzulänglichkeit. Die See besänftigte diese sorgenvollen Empfindungen mit ihrer heiteren Grenzenlosigkeit. Spielte es wirklich eine Rolle, ob ein kleines Mädchen mit aufgeschürften Knien schmollte, weil die Welt ihr nicht jedesmal huldigte, wenn sie vorbeiging? Die See schien nicht dieser Meinung zu sein, und je mehr Stunden vergingen, desto bedeutungsloser erschien es auch mir.

Am Horizont jenseits des Achterdecks kündete ein fahler Lichtschimmer den neuen Morgen an. Die Welt schien von einer grauen, schattenlosen Luminiszenz erfüllt, und das dunkle Wasser wurde zu geschmolzenem Silber. Als die Sonne, rötlich durch den Meeresdunst, über den östlichen Horizont stieg, erfüllte sie mein Herz mit solch ehrfürchtigem Staunen, wie ich es nie zuvor empfunden hatte.

Doch die See war noch nicht fertig mit mir. Ihr Antlitz war wie geschmolzenes Glas, und dann wallte etwas Gewaltiges aus der Tiefe empor, ohne die Oberfläche allerdings zu durchbrechen. Die Woge, die daraus entstand, blieb unberührt von Gischt oder unbedeutenden kleinen Spritzern. Für diese Art von kindischer Darbietung war sie viel zu tief. Ich verspürte plötzlich einen Stich abergläubischen Schreckens. In der Mythologie der Welt wimmelte es gleichsam von Seeungeheuern, und Beltira und Belkira hatten Beldaran und mich mit entsprechenden Geschichten, meist alornischen Ursprungs, unterhalten als wir noch sehr klein gewesen waren. Kein seefahrendes Volk wird je die Gelegenheit verstreichen lassen, über Seeungeheuer zu schwadronieren.

»Was ist das?« fragte ich einen schläfrig dreinblickenden Seemann, der soeben an Deck gekommen war, und zeigte auf die Turbulenz im Wasser.

Er blinzelte über die Reling. »Oh«, antwortete er beiläufig, »das sind Wale, Mylady.«

»Wale?«

»Große Fische, Mylady.« Er blinzelte erneut ins Meer.

»Es ist die Jahreszeit, in der sie Herden bilden. Ich schätze, da unten sind eine ganze Menge von ihnen.«

»Wallt deshalb das Wasser so auf – weil es so viele sind?«

»Nein, Mylady. Ein Wal ganz allein macht so hohe Wellen.«

Ich war sicher, er übertrieb, doch dann brach eine riesenhafte schwarze Gestalt durchs Wasser wie ein Berg, der sich aufwarf. Ich konnte nicht glauben, was ich mit eigenen Augen sah! Kein Lebewesen konnte so groß sein!

Dann fiel er krachend wieder ins Meer zurück, ließ gewaltige Wassermassen nach allen Seiten hochspritzen, schlug mit einem weiteren gewaltigen Krach mit dem Schwanz auf die Wasseroberfläche und verschwand.

Und dann sprang er wieder und wieder.

Er spielte!

Und plötzlich war er nicht mehr allein. Andere Wale tauchten ebenfalls aus dem Meer auf, um zu springen und zu spielen wie eine Gruppe übergroßer Kinder, die übermütig herumtollten.

Und sie lachten! Ihre Stimmen waren hoch, aber nicht piepsend. In ihnen schwang gewaltige Tiefe und eine seltsame Sehnsucht.

Einer von ihnen – ich glaube, es war der erste – legte sich auf die Seite, um mich mit einem seiner riesengroßen Augen anzusehen. Um dieses Auge herum waren Runzeln, als sei er sehr, sehr alt, und eine tiefe Weisheit lag in seinem Blick.

Und dann blinzelte er mir zu und versank wieder in der Tiefe.

So lange ich auch lebe, diese denkwürdige Begegnung werde ich nie vergessen. Auf irgendeine unerklärliche Weise formte sie meinen Blick für die Welt und für alles, was unterhalb der Oberfläche der Alltagsrealität verborgen liegt. Diese Begegnung allein war die mühevolle Reise vom Tal hierher und diese Seefahrt wert – und mehr als das.

Es dauerte noch zwei Tage, ehe wir Riva erreichten, und ich verbrachte jene Tage erfüllt von den Wundern der See und jener Lebewesen, die sie nährt wie eine Mutter ihre Kinder.

Die Insel der Winde ist ein kahler, unwirtlicher Ort, der sich aus der fast immer sturmgepeitschten See erhebt, und von der Seeseite her wirkt die Stadt so abweisend wie der Felsen, auf dem sie erbaut wurde. In einer Reihe schmaler Terrassen steigt sie steil vom Hafen an empor, und jede Häuserzeile steht am äußersten Rand derjenigen Terrasse, auf der sie errichtet wurde. Die zum Meer gewandten Mauern dieser Häuser sind dick und fensterlos, von Wehrgängen und Zinnen überragt. Das läßt die Stadt wie eine Aufeinanderfolge unbezwingbarer Wälle aussehen, die sich immer höher schrauben bis an den Fuß der Zitadelle, die düster über der ganzen Ansiedlung zu thronen scheint. Ganze Völkerscharen könnten Riva berennen, und sie hätten doch nicht mehr Erfolg als die Wellen, die gegen die Klippen der Insel selbst anbranden. Wie der Meister sagte: »Alle Heerstürme Angaraks können nicht bestehen gegen sie.« Wenn ihr dann noch die cherekische Flotte dazunehmt, die auf den Gewässern vor der Küste patrouilliert, dann habt ihr das Vernichtungspotential für jedes Volk beisammen, das so vermessen oder töricht wäre, auch nur daran zu denken, die Rivaner mit Krieg zu überziehen. Torak ist wahnsinnig, aber *so* wahnsinnig denn doch nicht.

Beldaran und ich hatten uns an diesem Morgen besondere Mühe gegeben, vorzeigbar auszusehen. Beldaran war die Königin von Riva, und ihr lag verständlicherweise daran, einen guten Eindruck auf ihre Untertanen zu machen. Ich würde *nicht* Königin werden, aber mein erklärtes Ziel war ein gewisser Teil der Bevölkerung. Ich nahm alle jungen Männer aufs Korn, und ich glaube, ich habe die meisten getroffen. Was für eine phantastische Sache es doch ist, allgemein bewundert zu werden! Der leicht besorgte Gesichtsausdruck meines Vaters rundete den Morgen für mich ab.

»Laß es dir nicht zu Kopf steigen, Polgara«, mahnte Mutters Stimme mich zur Mäßigung. *»Das, was du auf all diesen hingerissenen Gesichtern siehst, ist nicht Liebe. Die Jungmännchen von allen Gattungen haben drängende Bedürfnisse, die sie nicht richtig kontrollieren können. In ihren Augen bist du nicht eine bestimmte Persönlichkeit; du bist ein Objekt. Aber du möchtest doch mehr als nur ein Ding sein, oder?«*

Die Aussicht auf eine bevorstehende Verdinglichung versetzte meiner Hochstimmung in diesem Moment einen leichten Dämpfer.

Traditionsgemäß tragen Rivaner Grau, so daß die anderen Völker des Westens sie ›Graumäntel‹ nennen. Junge Leute hingegen neigen dazu, die Gepflogenheiten der Älteren in den Wind zu schlagen. Jugendrebellionen sind für die absonderlichsten Kleidermoden verantwortlich. Je lächerlicher eine gewisse Mode ist, desto begeisterter nimmt die Jugend sie auf. Die jungen Männer, die sich mit schmachtenden Blicken am Rande des Kais drängten, riefen mir das Bild eines Blumengartens in den Sinn, den jemand gänzlich ohne Geschmack angelegt hatte. Dort unten gab es Wämser in Farbschattierungen, für die ich noch nicht einmal Namen habe, und einige der kurzen Jacken waren sogar mehrfarbig, und zwar so, daß die einzelnen Farben sich bissen. Jeder meiner Verehrer indes war der festen Überzeugung, seine Kleidung sei so prachtvoll, daß kein Mädchen, das seinen Verstand noch beisammen hatte, ihm widerstehen könne.

Ich verspürte einen beinah unüberwindlichen Drang, in lautes Gelächter auszubrechen. Die Sorge meines Vaters hinsichtlich meiner gefährdeten Keuschheit – so wird er es wohl gesehen haben –, war völlig unangebracht. Nie würde ich mich einem Jüngling hingeben, dessen purer Anblick Lachkrämpfe bei mir auslöste.

Nachdem die Seemänner das Schiff vertäut hatten,

gingen wir von Bord und machten uns daran, die Treppe emporzusteigen, die vom Hafen zur Zitadelle von Riva führte. Die Abfolge all dieser in die Wälle eingelassenen Stufen, die zur Stadtbefestigung gehörten, erwies sich als Bestandteil der Häuser, in denen die Rivaner wohnten. Von außen wirkten diese Häuser kahl und abweisend, aber später habe ich entdeckt, daß sie im Innern Horte der Schönheit waren. In vielerlei Hinsicht glichen sie den Rivanern selbst. Alle Schönheit liegt im Innern. Die Straßen von Riva sind eng und gleichförmig gerade. Ich vermute stark, daß Riva bei der Erbauung der Stadt von Belar angeleitet wurde, denn alles dient zum Zweck der Verteidigung.

Am oberen Absatz der Treppen gab es einen flachen, von einer massiven Mauer umgebenen Hof. Die Größe der roh behauenen Steine dieser Mauer überraschte mich. Der ungeheure Aufwand körperlicher Arbeit, den der Bau der Stadt erfordert haben mußte, war schwindelerregend. Wir betraten die Zitadelle durch eine große, eisenbeschlagene Tür, und mir kam das Innere des neuen Zuhauses meiner Schwester bedrückend leer vor. Es dauerte eine Weile, bis wir unsere Gemächer erreichten. Beldaran und ich machten es uns vorübergehend in einer ziemlich gemütlichen Zimmerflucht bequem. Ich schreibe vorübergehend, weil Beldaran bald in die königlichen Gemächer umziehen würde.

»Du hast eine Menge Spaß, nicht wahr, Pol?« fragte mich meine Schwester, als wir alleine waren. Ihre Stimme klang ein klein wenig wehmütig, und sie sprach ›Zwilling‹.

»Ich verstehe nicht ganz, worauf du hinauswillst«, versetzte ich.

»Jetzt, wo du einmal entdeckt hast, daß du hübsch bist, mußt du wohl jeden jungen Mann dazu bringen, dich anzuhimmeln.«

»Du bist immer hübsch gewesen, Beldaran«, rief ich ihr in Erinnerung.

Sie stieß einen charmanten kleinen Seufzer aus. »Ich

weiß«, sagte sie, »aber ich hatte nie Gelegenheit, damit zu spielen. Wie es ist, wenn alle Männer im Umkreis von einer Meile dich stumm vor Entzücken anhimmeln?«

»Mir gefällt es ganz gut.« Ich lachte. »Aber sie sind ja alle so dumm. Wenn du angehimmelt werden möchtest, besorg dir doch ein Schoßhündchen.«

Sie lachte auch. »Ich frage mich, ob alle jungen Männer so töricht wie die Rivaner sind. Ich wäre nicht gerne die Königin eines Volks von Narren.«

»Mutter behauptet, es sei mehr oder weniger überall so«, ließ ich sie wissen, »und es beträfe nicht nur die Menschen. Wölfe und sogar Kaninchen wären in dieser Hinsicht ganz genauso. Sie sagt, alle Jungmännchen hätten etwas, was sie ›drängende Bedürfnisse‹ nennt. Ich schätze, die Götter haben es so hingebogen – damit es immer eine Menge Welpen gibt.«

»Das ist eine abstoßende Ausdrucksweise, Pol. Es hört sich so an, als sei ich nur hier, um Nachwuchs zu produzieren.«

»Mutter meint, es ließe mit der Zeit nach. Ich nehme an, es soll Spaß machen, also genieß es, solange es dauert.«

Sie errötete.

»Und jetzt entschuldige mich bitte, ich glaube, ich werde ein paar Herzen brechen gehen.«

Nahe am Mittelpunkt der Zitadelle gab es eine große Halle; sie schien den Mitgliedern des Hofs von Riva als Treffpunkt für Kurzweil und Gesellschaftsspiele zu dienen. Der Thronsaal war für förmlichere Gelegenheiten reserviert, und anders als in Val Alorn, wo die Chereker im lärmenden Thronsaal Geschäft und Vergnügen vermischten, besaß Rivas Zitadelle unterschiedliche Räumlichkeiten für unterschiedliche Gelegenheiten. Die Tür zur Halle stand offen, und ich lugte um den Türrahmen, um meine Konkurrentinnen in Augenschein zu nehmen.

Rivanische Mädchen pflegen wie alle Alorner blond zu sein, und darin erkannte ich fast unverzüglich meinen Vorteil. Mein dunkles Haar würde mich so deutlich, wie ich es mir nur wünschen konnte, von dem Weizenfeld um mich herum abheben. Die jungen Leute in jener großen Halle befaßten sich mit Junge-Leute-Sachen wie Flirten, Angeben und ähnlichem. Ich wartete den passenden Augenblick ab, bis eine jener hin und wieder eintretenden Gesprächspausen das allgemeine Stimmengewirr in dem Raum zum Verstummen brachte. Instinktiv wußte ich, daß es eine solche Gesprächspause geben würde. Und *das* wäre der Zeitpunkt für meinen Auftritt. Unter solchen Umständen ist der erste Eindruck *sehr* wichtig.

Am Ende wurde ich es müde, zu warten. *»Mach, daß sie still sind, Mutter«,* flehte ich die unsichtbare Präsenz an, die seit der Zeit vor meiner Geburt in meinen Gedanken weilte.

»Du liebe Güte«, seufzte Mutter.

Dann senkte sich Schweigen über die bunt gekleidete Menge.

Ich erwog die Möglichkeit eines Fanfarenstoßes, verwarf sie aber als zu auffällig. Statt dessen stellte ich mich genau in die Türmitte und blieb dort stehen, bis alle mich bemerkt hatten. Mein blaues Gewand war recht hübsch, ich war mir sicher, Aufmerksamkeit zu erregen.

Ich glaube, Mutter – oder vielleicht sogar Aldur – müssen sich meiner kleinen Verschwörung angeschlossen haben. In der Wand gegenüber der Tür gab es hoch oben ein ziemlich großes Fenster, und nachdem ich einen kurzen Moment in der Türmitte gestanden hatte, brach die Sonne durch die Wolken, welche die Insel der Winde fast unablässig verhüllen, und Licht fiel durch das Fenster direkt auf mich.

Das übertraf jeden Fanfarenstoß. Königlich stand ich inmitten des sonnendurchfluteten Portals, während alle Augen in der Halle sich an meinem Anblick weideten.

Gütige Götter, das war ein Spaß!

Schon gut, es war eitel und ein wenig dumm. Aber was wollt ihr? Ich war jung.

Am anderen Ende der Halle spielte eine Musikantengruppe – man konnte sie schwerlich ein Orchester nennen –, und sie stimmten just in dem Augenblick, als ich hoheitsvoll in die Halle schritt, eine Melodie an. Wie ich es gehofft hatte, begannen sich die meisten jungen Männer in meine Richtung zu bewegen, wobei jeder von ihnen sich eine geistvolle Bemerkung zurechtlegte, mit deren Hilfe er meine Aufmerksamkeit auf sich zu ziehen gedachte. Ihr habt ja keine Vorstellung davon, wie gezwungen und albern einige dieser Bemerkungen waren! Nach etwa dem vierten Mal, als irgend jemand meine Augen mit dem Frühlingshimmel verglich, begann ich einzusehen, daß ungehemmter Einfallsreichtum in der Jungmännerwelt nicht gerade weitverbreitet ist. Irgendwie schien es, als schwimme ich in einem Meer von Platitüden. Ich wurde mit Sommertagen, Sternennächten und dunklen, schneebedeckten Gipfeln verglichen – ein ziemlich grober Hinweis auf meine weiße Locke. Wie ein Spatzenschwarm flatterten sie um mich herum, während jeder den anderen mit dem Ellbogen beiseitezuschieben versuchte. Die Laune der rivanischen Mädchen verschlechterte sich.

Ein junger blonder Bursche in grünem Wams – recht gutaussehend, wirklich – drängelte sich in die erste Reihe meines Verehrerschwarms vor und vollführte eine extravagante Verbeugung. »Ah«, sagte er, »Lady Polgara, nehme ich an?« *Das* war neu. Er warf mir ein ziemlich verschlagenens Lächeln zu. »Lästig, nicht wahr? All die hohle Konversation, meine ich. Wieviel Zeit kann man *tatsächlich* damit verbringen, über das Wetter zu reden?«

Er erntete etliche finstere Blicke einiger meiner Verehrer, die in aller Eile ihre einleitenden Bemerkungen neu überdachten.

»Ich bin sicher, wir beide könnten ein angenehmeres

Gesprächsthema finden«, fuhr er glattzüngig fort, »Politik, Theologie oder die jüngste Mode, wie es Euch genehm ist.« Er schien tatsächlich so etwas wie Verstand zu besitzen.

»Wir könnten das möglicherweise in Betracht ziehen«, konterte ich. »Wie lautet Euer Name?«

In gespieltem Verdruß schlug er sich gegen die Stirn. »Wie *dumm* von mir«, sagte er. »Wie konnte ich nur so vergeßlich sein?« Er seufzte theatralisch. »Ich bekenne mich schuldig. Manchmal denke ich, ich brauche jemanden, der auf mich aufpaßt.« Er warf mir einen schlauen Blick zu. *»Ihr* hättet nicht zufällig Lust, diesen Posten zu übernehmen?« schlug er vor.

»Ihr habt mir noch immer nicht Euren Namen genannt«, erinnerte ich ihn. Sein Angebot überging ich einfach.

»Ihr solltet mich wirklich nicht so ablenken, Lady Polgara«, schalt er mich sachte. »Bevor ich es wieder vergesse, ich bin Kamion, zukünftiger Baron – sobald mein kinderloser Oheim das Zeitliche segnet. Wo waren wir stehengeblieben?«

Ich gebe zu, ich mochte ihn. Die Art, wie er mich angesprochen hatte, zeugte von einiger Originalität, und seine Kleiner-Junge-Masche war äußerst anziehend. An diesem Punkt wurde mir klar, daß die ganze Angelegenheit unter Umständen doch mehr Einsatz verlangte, als ich gedacht hatte. Nicht *alle* meine Verehrer waren frisch entwöhnte Welpen. *Manche* von ihnen verfügten über Grips. Das war ziemlich erfrischend. Was wollt ihr, wenn man einen wild wedelnden Schwanz gesehen hat, kennt man sie alle. Ich verspürte sogar einen leisen Stich der Enttäuschung, als der Schwarm meiner Verehrer Kamion hinwegfegte.

Danach prasselten die Platitüden nur so auf mich ein, aber aus mir unerfindlichen Gründen wollte niemand mehr über das Wetter reden.

Die rivanischen Mädchen schmollten immer heftiger, und nur um sie noch ein bißchen mehr zu quälen, verteilte ich huldvoll eine Reihe strahlender Lächeln. Meine Verehrer fanden dieses Lächeln absolut berückend, die Mädchen nicht.

Der Nachmittag nahm auch weiterhin einen äußerst zufriedenstellenden Verlauf, und die Musikanten – hauptsächlich Lautenspieler – spielten eine andere Weise. Ein dünner, ungelenker junger Mann ganz in Schwarz, der eine gewollt melancholische Miene an den Tag legte, schob sich in den Vordergrund. »Möchtet Ihr gerne tanzen, Lady Polgara?« fragte er mich in einem Tonfall, als sei sein Herz schon vor langer Zeit gebrochen. Er verbeugte sich. »Erlaubt mir, mich vorzustellen. Ich bin Merot der Dichter, und ich könnte gewiß ein Sonnett verfassen, während wir miteinander tanzen.«

»Ich bin untröstlich, Mylord Merot«, entgegnete ich, »aber ich habe bislang in völliger Abgeschiedenheit gelebt und kann wirklich nicht tanzen.« Das stimmte natürlich nicht. Beldaran und ich hatten uns von Kindestagen an Tänze ausgedacht, aber ich war mir ziemlich sicher, daß der Rhythmus eines Wiesenlerchenlieds für diesen selbsternannten Dichter wohl ein wenig zu schwierig sein würde.

Merot war offensichtlich Schauspieler wie die meisten der anderen auch. Er schien zu glauben, sein sorgfältig gestutzter schwarzer Bart und sein tragischer Gesichtsausdruck machten ihn unwiderstehlich für alle Mädchen. *Mir* fiel es indes nicht sehr schwer, ihm zu widerstehen. Vielleicht war es auch sein schlechter Atem, der mich Abstand von ihm nehmen ließ.

»Aha«, erwiderte er auf mein Bekenntnis tänzerischer Unbedarftheit, »wie schade.« Dann leuchteten seine trüben Augen auf. »Ich könnte Euch Privatstunden erteilen, wenn Ihr wollt.«

»Darüber können wir uns vielleicht später unterhalten«, parierte ich, immer sorgsam darauf bedacht, mich außerhalb der Wolke seines sauren Atems zu halten.

»Dürfte ich Euch dann ein Gedicht rezitieren?« versuchte er es erneut.

»Das wäre reizend.«

Das erwies sich als Fehler. Merot nahm eine Rednerpose ein und begann in aufreizend langsamer Weise mit dieser ihm eigenen düsteren Stimme zu rezitieren. Er sprach, als hänge an jedem seiner Worte das Schicksal des Universums. Mir fiel jedoch nicht auf, daß die Sonne sich verdunkelt oder ein Erdbeben seine Gewalt entfesselt hätte.

Er rezitierte und rezitierte und *rezitierte,* und seine Dichterpose war wesentlicher besser als seine Verse. Natürlich war ich zum damaligen Zeitpunkt noch nicht mit der Dichtkunst vertraut, aber mir wollte scheinen, als sei ein verliebt an jeder einzelnen Silbe hängender Vortrag nicht aufs Glücklichste geeignet, seine Zuhörerschaft zu fesseln. Zuerst fand ich ihn langweilig. Das veränderte sich schon recht bald in sterbenslangweilig, und sterbenslangweilig wurde schließlich von purer Verzweiflung abgelöst. Ziemlich theatralisch verdrehte ich die Augen. Mehrere meiner Verehrer verstanden den Wink und eilten zu meiner Rettung.

Merot stand noch an demselben Platz und rezitierte, als die Menge sich von ihm entfernte. Vielleicht hat er mich geliebt, aber sich selbst liebte er offenbar noch mehr.

Ich bemerkte, daß die anderen Damen in der Halle mit zunehmender Unzufriedenheit zu kämpfen hatten. Trotz ihrer ziemlich deutlichen Aufforderungen blieb die Tanzfläche nahezu leer. Meine Verehrerschar wollte sich offenkundig durch nichts ablenken lassen. Nicht wenige der Damen schützten einen plötzlichen Kopfschmerz vor und verließen unauffällig den Ort ihrer Niederlage. Vermutlich habe ich es mir nur eingebildet, aber nachdem sie gegangen waren, meinte ich so etwas wie ein nagendes Geräusch zu hören – so ähnlich mußte es sich anhören, wenn der Neid an enttäuschten Herzen frißt. Musik für meine Ohren!

Dann, als der Abend über die Insel der Winde hereinbrach, gesellte sich Taygon zu mir. Taygon mußte sich *nicht* mit den Ellbogen einen Weg durch die Menge bahnen. Jeder machte ihm Platz. Er war groß. Er war stark. Er war von Kopf bis Fuß in ein Kettenhemd gehüllt. Er hatte einen gewaltigen blonden Bart. Er trug ein Schwert. »Lady Polgara!« sprach er mich mit dröhnender Stimme an. »Ich habe Euch gesucht!«

Das klang schicksalsschwanger. »Ich bin Taygon der Krieger. Ich bin sicher, Ihr habt von mir gehört. Meine Taten sind in ganz Alorien berühmt.«

»Ich bedaure zutiefst, Lord Taygon«, entschuldigte ich mich mit gespielter Verwirrung. »Ich bin in fast völliger Abgeschiedenheit aufgewachsen und weiß deshalb wirklich nicht, was in der Welt vor sich geht – außerdem bin ich nur ein törichtes Mädchen.«

»Ich werde jeden Mann töten, der das behauptet!« Drohend funkelte er die anderen an.

Wie um alles in der Welt sollte ich mit diesem Barbaren fertig werden? Dann beging ich einen Fehler – einen von mehreren an jenem Tag. »Äh –«, verhaspelte ich mich liebreizend, »da ich so schlecht informiert bin, würde ich liebend gern einige Eurer Heldentaten vernehmen.«

Bitte geht nicht zu hart mit mir ins Gericht. Es war schließlich mein Debütantentag bei Hof.

»Es ist mir ein Vergnügen, Lady Polgara.« *Sein* Vergnügen mag es gewesen sein, *meines* gewiß nicht. *Mußte* er denn alles so plastisch schildern? Während er sprach, war mir, als treibe ich in einem Meer von Blut und blicke auf einen ganzen Gebirgszug angehäufter Hirnmasse. Farbenprächtige Eingeweide schlangen sich um meine Füße, und abgetrennte Glieder schwammen vorbei und zwickten mich.

Nur mit enormer Willensanstrengung vermied ich es, ihm mein gesamtes Frühstück aufs Kettenhemd zu speien.

Dann erlöste mich der liebe, liebe Kamion. »Verzeiht, Sir Taygon, aber Lady Polgaras Schwester, unsere zukünftige Königin, verlangt nach ihrer Anwesenheit. Ich weiß, wir werden alle untröstlich sein, daß sie uns verläßt, aber ein königlicher Befehl muß befolgt werden. Ich bin sicher, ein Krieger von Eurer Erfahrung weiß die Bedeutung von Gehorsam zu würdigen.«

»Oh, selbstverständlich, Kamion«, entgegnete Taygon automatisch. Steif verbeugte er sich vor mir. »Ihr müßt Euch beeilen, Lady Polgara. Wir dürfen die Königin nicht warten lassen.«

Ich machte einen Knicks vor ihm, traute mich aber nicht, ihm eine Antwort zu geben. Dann nahm Kamion mich am Ellbogen und führte mich fort.

»Wenn Ihr zurückkommt«, rief Taygon mir hinterher, »erzähle ich Euch, wie ich einem forschen Arenderbuben den Bauch aufgeschlitzt habe.«

»Ich kann es kaum erwarten«, sagte ich mit schwacher Stimme über meine Schulter.

»Möchtet Ihr das *wirklich* hören, Mylady?« raunte Kamion mir zu.

»Um offen zu sein, mein lieber Kamion, würde ich lieber Gift nehmen.«

Er lachte. »Ich dachte mir, daß Ihr das so sehen würdet. Gegen Ende hatte Euer Gesicht einen leicht grünlichen Teint angenommen.«

Oh, Kamion war subtil. Ich begann ihn fast wider Willen zu bewundern.

»Nun?« fragte meine Schwester, als ich mich zu ihr gesellte. »Wie war's?«

»Wunderbar!« antwortete ich überschwenglich. »Alle waren von mir hingerissen. Ich stand im Mittelpunkt der Aufmerksamkeit.«

»Du hast ein grausame Ader, Polgara.«

»Was soll denn das schon wieder heißen?«

»Ich bin hier den ganzen Nachmittag eingepfercht, und dann kommst du zurück und reibst mir deine zahllosen Eroberungen unter die Nase!«

»Das würde ich doch niemals tun!« rief ich scheinheilig aus.

»Natürlich würdest du. Ich sehe dich vor mir, wie du durch die Gänge hierher rennst, um dich vor mir zu brüsten.« Dann lachte sie. »Tut mir leid, Pol. Ich konnte einfach nicht widerstehen.«

»Du solltest jetzt über solche Kindereien erhaben sein«, beschied ich sie. »Du hast bereits den Mann gekapert, den du haben willst. Ich angle noch.«

»Ich weiß nicht genau, ob ich diejenige war, die ihn geangelt hat. An diesem Angelausflug waren noch eine Menge mehr Leute beteiligt: Aldur, Vater – wahrscheinlich auch Mutter. Die Vorstellung einer arrangierten Heirat ist ein ganz klein wenig demütigend.«

»Aber du liebst Riva doch, oder?«

»Natürlich. Es bleibt trotzdem demütigend. Schon gut, erzähl mir, was passiert ist. Ich will jede kleine Einzelheit hören.«

Ich beschrieb also meinen Nachmittag, und meine Schwester und ich hatten viel zu lachen. Genau wie ich delektierte Beldaran sich besonders an der Reaktion der rivanischen Mädchen.

Dieser Nachmittag war meine letzter unbeaufsichtigter Ausflug in den wilden Dschungel jugendlicher Balzrituale. Von nun an saß Vater stets stirnrunzelnd an einer Stelle, wo ihn jedermann sehen konnte. Es war natürlich wirklich nicht nötig, aber ich konnte Vater keinesfalls wissen lassen, daß Mutter bereits ein Auge auf mich hatte. Seine Anwesenheit *setzte* der Begeisterung meiner Verehrer Schranken. Meine Einstellung dazu war ambivalent. Keiner meiner Verehrer würde es in seiner Anwesenheit wagen, zu weit zu gehen, aber andererseits war ich mir ziemlich sicher, auf mich selbst aufpassen zu können. Vaters Beharren darauf, ständig in meiner Nähe zu sein, beraubte mich der Gelegenheit, es herauszufinden.

Aus irgendeinem Grund machte Kamion Vater besonders nervös, obwohl ich mir partout nicht vorstellen konnte, warum. Kamion hatte ausgezeichnete Manieren, und nie tat er irgend etwas Unschickliches. Warum also verabscheute mein betagter Erzeuger ihn so?

Jetzt habe ich dich erwischt, alter Wolf, nicht wahr?

Dann trafen König Cherek und seine Söhne, Dras Stiernacken und Algar Flinkfuß, zur Hochzeit ein, und alles wurde ein bißchen ernster. Einmal abgesehen von den Gefühlen Rivas und Beldarans füreinander, hatte meine Schwester sich nicht getäuscht. Ihre Ehe *war* arrangiert. Die Möglichkeit, mein Vater könne auch für mich eine Heirat arrangieren – und sei es nur, um mich vor all diesen verliebten Trotteln zu schützen –, erhob ihr häßliches Haupt. In jenen Tagen herrschte die Vorstellung – wahrscheinlich hat sich daran bis heute wenig geändert –, Frauen seien Männern intellektuell unterlegen. Männer nahmen – und viele nehmen – zwangsläufig an, Frauen seien hohlköpfige Püppchen, die sich von dem ersten zungenfertigen Jüngling, der ihnen mit gewissen Absichten über den Weg läuft, erbeuten lassen. Die Folge solchen Denkens ist natürlich, daß man jede Frau von Rang geradezu einkerkert. Was mein Vater und all diese Primitivlinge nicht zu begreifen scheinen, ist die Tatsache, daß wir diese Kerkerhaft hassen und beinah alles unternehmen würden, um sie zu umgehen. Dies mag zur Erklärung beitragen, warum so viele junge Mädchen sich mit nicht standesgemäßen jungen Männern einlassen. In den meisten Fällen spielt der Charakter des Jünglings nicht die geringste Rolle. Das in Frage stehende Mädchen wird eher von dem Verlangen getrieben, ihnen zu zeigen, daß sie es tun *kann,* und weniger von hohlköpfiger fleischlicher Begierde.

Das ist häufig der Grund für viele arrangierte Ehen. Der Vater verheiratet die Tochter so früh wie möglich, um sie zu ›schützen‹. Nach ihrer Vermählung sind alle Liebeleien, die sie eingeht, um sich die Zeit zu vertreiben, nicht mehr seine, sondern des Ehemanns Sache.

Die Möglichkeit, Vater könne mich an Dras oder Algar verkuppeln, bereitete mir eine Weile beträchtliches Unbehagen.

KAPITEL 5

Aus irgendeinem Grund war Mutter in bezug auf Vaters heute so berühmten Zug nach Mallorea immer recht wortkarg geblieben, und ich empfand das Bedürfnis nach mehr Informationen, um etwaigen absurden Ideen, die ihm in den Sinn kommen könnten, zuvorkommen zu können. Ich hielt also nach Onkel Beldin Ausschau.

Ich fand ihn hoch oben auf einem der Türme der Zitadelle. Er tätschelte einen Bierhumpen und schaute auf die finsteren schwarzen Wogen hinaus, die sich unter einem drohenden Himmel aufbäumten. Ich ging mein Ziel ohne Umschweife an. »Was alles kannst du mir über Vaters Expedition nach Mallorea sagen?« fragte ich ihn.

»Nicht sehr viel«, gab er zurück. »Ich war nicht im Tal, als Cherek und seine Söhne ihn abholten.«

»Aber du weißt doch, was passiert ist, oder?«

»Die Zwillinge haben es mir berichtet«, sagte er achselzuckend. »Wenn ich es recht verstanden habe, kamen Cherek und die Jungs im tiefsten Winter durch den Schnee gestapft; im Reisegepäck hatten sie eine Art von schwachsinniger Idee, die die Priester Belars aus dem, was die Alorner ›Augurien‹ nennen, entwickelt hatten. Die Chereker können äußerst leichtgläubig sein.«

»Was sind Augurien?« wollte ich wissen.

»Vermutlich eine Art, die Zukunft vorauszusagen. Die Priester von Belar besaufen sich, bis sie sturztrunken sind, und dann schlitzen sie einem Schaf den Wanst auf und wühlen in seinen Eingeweiden herum. Die Alorner glauben seltsamerweise, daß Schafskutteln verraten können, was nächste Woche passiert. Ich vermute stark, daß das Ale in dieser Zeremonie eine zentrale Rolle spielt. Die Alorner sind ganz verrückt darauf. Ich glaube allerdings nicht, daß die Schafe dem Ganzen viel abgewinnen können.«

»Wer könnte denn so leichtgläubig sein, so etwas Lachhaftes zu glauben?«

»Dein zukünftiger Schwager beispielsweise.«

»Oje. Arme Beldaran.«

»Woher das plötzliche Interesse an befremdlichen alornischen Bräuchen, Pol?« fragte er.

»Mir ist der Gedanke gekommen, Vater könnte sich meiner möglicherweise entledigen wollen, indem er mich mit Dras oder Algar verheiratet, und ich glaube nicht, daß ich schon bereit für die Ehe wäre. Ich möchte mir ein paar schlagkräftige Argumente zurechtlegen, um solche Pläne im Keim zu ersticken.«

Er lachte. »Da brauchst du dir keine Sorgen drüber machen, Pol«, beschwichtigte er mich. »Belgarath mag manchmal ein wenig seltsam sein, aber *so* seltsam ist er denn auch wieder nicht. Außerdem bin ich sicher, der Meister würde das nicht zulassen. Er hat andere Pläne für dich.«

Wie sich herausstellen sollte, erwies sich das als schamlose Untertreibung. Aber obwohl *ich* jetzt ziemlich genau wußte, daß in meiner unmittelbaren Zukunft kein alornischer Gatte dräute, war die Neuigkeit noch nicht bis zu Dras und Algar vorgedrungen, und so vergrößerte ein Paar alornischer Könige meine Verehrerschar.

Dras war der aggressivere von den beiden, da er der ältere war. Ich fand seine Aufmerksamkeiten allerdings erfrischend. Er war direkt und aufrichtig, ganz anders als die halbwüchsigen Rivaner mit ihren unbeholfenen gedrechselten Annäherungsversuchen. Dras wußte bereits, wer er war, weshalb er sich nicht erst erfinden mußte. »Nun«, sagte er mehrere Tage, nachdem er, sein Vater und sein Bruder eingetroffen waren, »was meint Ihr? Sollte ich meinen Vater bitten, mit dem Euren zu sprechen?«

»Worüber, Majestät?« Ich schützte zunächst einmal Unverständnis vor.

»Unsere Hochzeit natürlich. Wir beide könnten zum selben Zeitpunkt wie Eure Schwester und Riva heiraten.«

Seine Vorgehensweise ließ mir nicht viel Raum für Ausweichmanöver. »Kommt das nicht ein bißchen schnell, Dras?«

»Warum Zeit vergeuden, Polgara? Die Hochzeit wäre für jeden von uns vorteilhaft. Ihr werdet Königin, und ich bekomme eine Gattin. Das lästige Hofmachen könnten wir uns dann auch sparen.«

Das traf auf wenig Verständnis meinerseits. Seine beiläufige Geringschätzung meiner derzeitigen Lieblingszerstreuung behagte mir nicht. Ich vergnügte mich, und er wollte dem Ganzen den Stachel des Abenteuerlichen nehmen. »Laßt mich darüber nachdenken, Dras«, schlug ich vor.

»Selbstverständlich«, meinte er großzügig. »Nehmt Euch alle Zeit, die Ihr braucht, Polgara. Wie wäre es mit heute nachmittag?«

Würdet ihr mir glauben, daß ich ihm nicht einmal ins Gesicht gelacht habe?

Algars Werben hingegen erwies sich als wahre Herausforderung für mich. Die Feinheiten des Werbungsrituals verlangen es, daß das Weibchen auf die Annäherungsversuche des Männchens reagiert. Ich habe das wieder und wieder bei meinen Vögeln beobachtet. Immer ist es der männliche Vogel, der das prächtige Gefieder hat. Von ihm wird erwartet, daß er seine farbenfrohen Federn aufplustert und schüttelt, während das Weibchen ihn bewundert. Menschen sind nicht anders. Das Männchen gibt an, und das Weibchen reagiert – aber wie bitte soll man auf jemand reagieren, der endlose Tage damit verbringen kann, *nichts* zu sagen? Algar war sehr intelligent, aber er redete in etwa soviel wie ein Stein. Um ehrlich zu sein, fand ich seine Schweigsamkeit recht faszinierend – und ärgerlich zugleich. »Sprecht Ihr denn *nie* über das Wetter, Algar?« fragte ich ihn einmal in einem Anfall von Verzweiflung.

»Wozu?« entgegnete er. Er zeigte auf das Fenster. »Es ist da draußen. Geht hin und seht selbst nach.«

Ihr versteht, was ich für Probleme mit Algar hatte?

Meine Einstellung zu der doppelten Werbung dieses Königspaars war zweischneidiger Natur. Beide waren sie große Männer, was sich sowohl auf ihre Statur als auch auf ihren gesellschaftlichen Rang bezieht. Ihre bloße Gegenwart verscheuchte meine anderen Verehrer. Auf der einen Seite mißfiel mir das. Ich hatte mich amüsiert, und dann waren sie gekommen und hatten mir alles verdorben. Auf der anderen Seite ersparte ihre Gegenwart es mir, stundenlang dem Geschwätz zahlloser junger Männer lauschen zu müssen, deren Verstand durch die verschiedenen rätselhaften Stoffe, die durch ihre Adern kreisten, ausgeschaltet worden war.

Unbarmherzige Logik – und Mutters beständige Anwesenheit in meinen Gedanken – legten mir nahe, daß dieser Aufenthalt auf der Insel der Winde eine Zeit des Lernens und der Erfahrung sei, um mich auf zukünftige Entwicklungen vorzubereiten. Die Tatsache, daß ich die Tochter von ›Belgarath dem Zauberer‹ war, gewährleistete, daß ich gewisse Zeiträume meines Lebens an verschiedenen Königshöfen verbringen würde. Und für jene Zeiträume mußte ich all die zweifellos damit einhergehenden Tricks kennen. Das unreife, sich selbst erhöhende Geplapper meiner heranwachsenden Verehrer lehrte mich, belangloses Geplauder zu ertragen – *niemand* kann Belangloseres von sich geben als ein Jüngling auf der Pirsch. Dras und Algar, die den Kopf voll mit den Bürden der Staatsgeschäfte hatten, lehrten mich, daß ernsthaftere Dinge vor sich gingen, während all diese jungen Schmetterlinge vollends darin aufgingen, sich selbst zu bewundern.

Es war Onkel Beldin, der Vater auf das Offensichtliche hinwies, und dann sprach Vater ein Wörtchen mit König Cherek Bärenschulter und teilte ihm mit, daß ich *keine* Kandidatin für die Krone einer Königin von Drasnien oder Algarien sei. Es nahm meinem kleinen Spiel etwas von seiner Würze, aber zu meiner Zerstreuung hatte ich ja noch all diese radschlagenden jungen Pfauen um mich herum.

Eines Morgens dann, als ich durch den Korridor der Halle zustrebte, wo ich Hof zu halten pflegte, sprach Mutter ein ernstes Wort mit mir. *»Hast du immer noch nicht genug davon, Pol?«*

»Ich vertreibe mir lediglich die Zeit, Mutter«, ließ ich sie wissen.

»Spare dir den Versuch, mich mit lahmen Ausflüchten abzuspeisen, Polgara. Du hast es geschafft, deine Vorliebe für den Schmutz zu überwinden. Jetzt ist es Zeit, auch dieses Spiel hinter dir zu lassen.«

»Spielverderber.«

»Es reicht, Polgara.«

Ich seufzte. *»Oh, schon gut.«* Ich war wirklich nicht sehr dankbar für ihre Ratschläge.

Ich entschied jedoch, daß ich einen letzten Triumph brauchte. Ich hatte das hohlköpfige, bezaubernde Geschöpf gespielt – kaum mehr als ein *Ding* in den Augen meiner Verehrer. Wie Mutter mir bereits zu einem früheren Zeitpunkt aufgezeigt hatte, ist Verdinglichung etwas ziemlich Demütigendes. Da ich das ja nun hinter mir lassen würde, hielt ich es für angemessen, die Gegenpartei in dem Spiel wissen zu lassen, mit wem *genau* sie es zu tun hatte. Ich trödelte noch ein wenig in dem Korridor herum, um meine Optionen abzuwägen.

Das Einfachste wäre natürlich eine Kostprobe meines ›Talents‹ gewesen. Ich spielte mit der Vorstellung von

Levitation. Ich war mir fast absolut sicher, daß selbst der prahlerische Taygon meine Argumente verstehen würde, wenn ich zehn Fuß über dem Boden in die Halle geschwebt käme, eingehüllt in Wolken der Herrlichkeit. Doch ich verwarf die Idee fast umgehend. Sie war einfach *zu* kindisch. Ich wollte ihnen begreiflich machen, daß ich über ihnen stand, und das *wirklich* –

Dann fiel mir etwas ein. Damals im Tal hatte ich oft in den Chor meiner Vögel eingestimmt, und dabei gewisse Kunstgriffe gelernt.

Mit gespielter Nachdenklichkeit betrat ich die Halle und begab mich zur gegenüberliegenden Seite, um kurz mit den Musikern zu sprechen. Der Lautenspieler mittleren Alters, der die kleine Gruppe anführte, zeigte sich von der Vorstellung angetan. Ich schätze, er war es leid, von dieser Herde von Pfauen mißachtet zu werden. Er trat an den vorderen Rand der kleinen Plattform, auf der die Musiker ihre unbeachtete Kunst ausübten. »Meine Herren und meine Damen«, verkündete er, »Lady Polgara hat sich gnädigerweise bereit erklärt, uns mit einem Lied zu erfreuen.«

Der Applaus war erfreulich, zeugte aber kaum von wahrer Bildung. Sie hatten mich noch nie singen gehört. Seicht, wie meine Verehrer waren, wäre mir sogar Beifall gespendet worden, wenn ich gekrächzt hätte wie eine Krähe.

Natürlich krächzte ich nicht.

Mein Laute spielender Freund ließ eine Weise erklingen, die arendischen Ursprungs zu sein schien. Wie dem auch sei, sie war in Moll gehalten, und das schien zu der arendischen Neigung, das Leben als antike Tragödie zu betrachten, zu passen. Ich kannte den Liedtext nicht, so daß ich improvisieren mußte.

Ich liebe es zu singen – Durnik ist das vielleicht schon aufgefallen –, und ich begann in einem klaren, mädchenhaften Sopran. Als wir jedoch zur zweiten Strophe kamen, fügte ich auch noch die Altstimme hinzu. Zwei Stimmen gleichzeitig zu singen, ist eine sehr angenehme

Sache, aber mein Auditorium war dafür noch nicht reif. Manche schnappten nach Luft wie Fische auf dem Trockenen, andere starrten mit aufgerissenen Augen in die Gegend, und, das Wichtigste von allem, es herrschte völlige Stille.

Bei der dritten Strophe angelangt, nahm ich zusätzlich ein höchste Höhen erreichendes Koloratursopran in meinen kleinen Chor auf und modifizierte die Altpartie, damit sie mit dieser dritten Stimme harmonisierte.

In der vierten Strophe endlich, in der ich meine Argumente auch dem letzten verständlich machen wollte, teilte ich meine drei Stimmen und sang im Kontrapunkt, nicht nur musikalisch, sondern auch textlich. Es war ein bißchen wie ein Kanon, wenn jeder Sänger den ersten Satz seines Vorgängers mit einer gewissen Verzögerung wiederholt, um am Ende eine vielstimmige Harmonie zu schaffen. Ich sang in drei verschiedenen Stimmen, und jede dieser Stimmen sang verschiedene Worte.

Als ich mein Lied beendet hatte, gab es unter meiner Zuhörerschaft einige ziemlich entsetzte Blicke. Ich versank vor meinen Verehrern in einen tiefen Hofknicks, um dann in aller Ruhe auf die Tür zuzuschreiten. Aus irgendeinem Grund drängten sich meine teuren Gefolgsleute diesmal nicht um mich. Ist das nicht komisch? Statt dessen öffneten sie eine Gasse für mich, und einige der anwesenden Mienen kamen dem Zustand religiöser Verzückung schon recht nah.

Kamion, mein weltgewandter blonder Verehrer, stand an der Tür. Sein Gesichtausdruck zeugte von sehnsüchtigem Bedauern, als ich ein für allemal aus seinem Leben rauschte. Mit vollendeter Eleganz verneigte er sich vor mir, als ich diesen Ort verließ, an den ich nie wieder zurückkehren sollte.

Die Hochzeit meiner Schwester rückte rasch näher, und obwohl wir nicht darüber sprachen, hatten wir beide das Bedürfnis, soviel Zeit wie möglich miteinander zu verbringen. Da Beldaran Königin werden würde, hatte sie eine erkleckliche Anzahl rivanischer Damen zur Gesellschaft. Nach ihrer Hochzeit und der darauffolgenden Krönung würden sie ihre Hofdamen werden. Mir fiel auf, daß ein König eine entrückte, ja einsame Persönlichkeit sein kann: in seiner Macht erschöpft sich die Gesellschaft, die er braucht. Königinnen hingegen brauchen, wie alle Frauen, Gesellschaft. Außerdem fiel mir auf, daß ich die Gefährtinnen meiner Schwester ein bißchen nervös machte. Vermutlich ist das nicht allzu erstaunlich. Beldarans Wesen war sonnig, meins nicht. Das war der eine Grund. Beldaran sollte einen Mann heiraten, den sie bis zum Wahnsinn liebte, während *meine* Zukunft vom Verlust einer Schwester überschattet wurde, die bis dahin der absolute Mittelpunkt meines Lebens gewesen war. Darüber hinaus hatten Beldarans Gesellschaftsdamen von meiner Abschiedsvorstellung für meine jugendlichen Verehrer gehört, und Zauberer – Zauberinnen in meinem Fall – scheinen die Menschen immer nervös zu machen.

Unsere Hauptbeschäftigung in jener Zeit war Beldarans Hochzeitskleid, und das brachte Arell in unser Leben.

Ich bin mir sicher, daß dieser gebräuchliche rivanische Name Ce'Nedra bekannt ist.

Arell war Gewandschneiderin. Die meisten Damen, die sich diesem Beruf verschrieben haben, sind dünne, schmächtige Mädchen mit zurückhaltendem Wesen. Nicht so Arell. In gewisser Weise war sie wie ein Feldwebel, wenn sie in ihrem barschen, geschäftsmäßigen Tonfall, der keinen Widerspruch duldete, Befehle erteilte. Sie war, wie man so schön sagt, von der Natur großzügig ausgestattet worden. Obwohl sie erst um die Mitte Dreißig war, hatte sie das, was man einen matronenhaften Busen nennt. Außerdem war sie eine sehr bodenständige Frau. Da ihr zweiter Beruf Hebamme war, gab es nur sehr wenig an den Funktionen des menschlichen Körpers, das ihr unbekannt gewesen wäre. In vielerlei Hinsicht war sie derselbe Persönlichkeitstypus, der Königin Layla von Sendarien einmal sein sollte.

Es rief eine Menge Erröten hervor, als sie über die körperliche Seite der Ehe zu sprechen begann, während ihre glitzernde Nadel in das schimmernde weiße Gewebe eintauchte und wieder herausfuhr, das einmal das Hochzeitskleid meiner Schwester werden sollte. »Männer machen sich zu viele Gedanken über diese Art Dinge«, erklärte sie einmal, als sie den Faden am Saum von Beldarans Gewand abbiß. »Ganz gleich, wie groß und bedeutend sie in der Welt draußen zu sein scheinen, im Schlafzimmer werden sie alle zu kleinen Jungen. Seid nett zu ihnen, und ihr dürft *nie* lachen. Lachen könnt ihr später, wenn ihr wieder allein seid.«

Meine Schwester und ich brauchten Arells Einführung eigentlich nicht. Mutter hatte uns den ganzen Vorgang eingehend erläutert. Aber woher sollte Arell das wissen?

»Tut es weh?« wollte eine von Beldarans blonden Gefährtinnen ängstlich wissen. Diese Frage kommt in Gesprächen unter jungen Frauen scheinbar immer auf.

Arell zuckte mit der Schulter. »Nicht sehr, wenn ihr locker bleibt. Verspannt euch nur nicht, und alles geht gut.«

Ich muß das Thema wohl nicht weiter ausführen, nicht wahr?

Obwohl unsere Konzentration auf das Geschäft des Kleidernähens für unablässige Beschäftigung unserer Finger sorgte und Arells medizinisch-sachliche Ausführungen über Intimes unsere Gedanken beschäftigte, war die aufregende Zeit des Hochzeitskleidnähens doch eine Art Lebewohl für meine Schwester und mich. Wir unterhielten uns fast ausnahmslos in ›Zwilling‹, und wir waren einander nur selten nicht nah. Das Quartier, das wir teilten, bestand aus einer hellen, sonnendurchfluteten Zimmerflucht mit Aussicht auf den Garten. Die Fenster in unseren Gemächern befanden sich nicht auf der zur See gewandten Seite der Zitadelle. Deshalb handelte es sich auch nicht um jene aus Gründen der Verteidigung schmalen, schießschartenähnlichen Schlitze, welche die dicke Mauer auf der anderen Seite aufwies. Beldaran und ich würden aller Voraussicht nach unsere Zeit nicht damit verbringen, Pfeile auf die Rosen im Garten abzufeuern, so daß unsere Fenster breit und ziemlich hoch waren. Wenn die gewöhnlich dichte Wolkendecke es zuließ und ein wenig aufriß, schien die Sonne sehr hell in die Räume, die mit Seideresten, Stoffballen und jenen unabdingbaren hölzernen Gestellen vollgestopft waren, auf die wir unsere vielen Gewänder hängten. Ohne diese Gestelle wäre jede von uns gezwungen gewesen, während der langwierigen Anproben tagelang unbeweglich herumstehen.

Die Mauern der Zitadelle sind gleichmäßig grau, innen wie außen, aber Grau ist eine bedrückende Farbe. Offensichtlich war diese Tatsache einer aufmerksamen rivanischen Dame aufgefallen, denn in den Gemächern, die für gewöhnlich von Damen benutzt wurden, wurde dieser Eindruck durch flauschige Wandbehänge in den verschiedensten Farbtönen gemildert. Die Gobelins in *unseren* Gemächern waren abwechselnd tief blau und strahlend golden, und der rauhe Steinfußboden wurde hier und da durch goldene Lammfell-Läufer verschönert, ein wahrer Segen für jene Frauen, die barfuß zu gehen pflegen, sobald sie nicht in der Öffentlichkeit sind. Damenschuhe mögen hübsch *aussehen,* aber sie sind nicht auf Bequemlichkeit ausgelegt. An der Außenseite des Hauptraums in unserem Quartier befand sich ein Balkon, und an seinem äußeren Rand hatte er eine aus der Balustrade herausgemeißelte steinerne Sitzbank. Wenn das Wetter es erlaubte, verbrachten Beldaran und ich unsere meiste Zeit dort, eng beisammen sitzend.

Wir sagten nicht viel, denn Worte sind zwischen Zwillingen nicht wirklich nötig. Aber wir blieben in nahezu ständigem körperlichen Kontakt miteinander. Das ist eine der Eigentümlichkeiten bei Zwillingen. Wenn ihr Gelegenheit habt, ein Zwillingspärchen zu beobachten, werdet ihr vermutlich herausfinden, daß sie sich viel öfter berühren, als gewöhnliche Geschwister dies tun.

Eine tiefe Traurigkeit bestimmte unseren Umgang miteinander. Beldarans Heirat würde uns unwiederbringlich auseinanderreißen, und das war uns beiden bewußt. Wir waren immer eins gewesen. Nun mußten wir zwei sein, und ich glaube, wir haßten beide die Vorstellung von ›Zweiheit‹.

Als Beldarans Gewand zu Arells Zufriedenheit vollendet war, wandte unsere Mentorin ihre Aufmerksamkeit uns übrigen zu. Da ich die Brautschwester war, kam ich als nächste an die Reihe.

»Ausziehen!« befahl Arell mir.

»Was?« rief ich aus. Ich hatte nicht gedacht, daß man mich noch schockieren könnte. Ich hatte mich geirrt.

»Zieh deine Kleider aus, Polgara«, wiederholte sie mit fester Stimme. »Ich muß sehen, mit welchem Material ich arbeite.«

Ich wurde tatsächlich rot, tat aber, wie geheißen.

Sie begutachtete meinen halbnackten Körper mit geschürzten Lippen und abwägendem Blick. »Nicht übel«, urteilte sie schließlich.

Ich hätte mir schönere Komplimente vorstellen können.

»Du darfst dich glücklich schätzen, Polgara«, ließ sie mich zu guter Letzt wissen. »Die meisten Mädchen in deinem Alter sind ziemlich flachbrüstig. Ich denke, wir werden diesen Vorzug herausstreichen, um so von der Tatsache abzulenken, daß deine Hüften ein wenig stark sind.«

»Wie bitte?«

»Du bist dazu gebaut, Kinder zu gebären, Polgara. Das ist nützlich, aber deine Kleider spannen und sitzen nicht richtig an dieser Stelle.«

»Sagt sie die Wahrheit?« fragte ich Beldaran in ›Zwilling‹, damit Arell mich nicht verstehen konnte.

»Du *bist* ziemlich rundlich da unten, Pol«, gab Beldaran mir zur Antwort. Dann grinste sie mich gehässig an. »Wenn wir deinen Rückenausschnitt tief genug machen, könnten wir die Grübchen an deinem Hintern zeigen.«

»Dafür wirst du büßen, Beldaran«, drohte ich.

»Aber nein, Pol«, sagte sie und bediente sich des Lieblingsscherzes von Onkel Beldin und Vater. »Das sagst du nur, damit ich mich besser fühle.«

Mein Gewand war blau, und Arells Entwurf ließ meine Schultern und einen großzügigen Teil meines Oberkörpers unbedeckt. Es wurde mit schneeweißer Spitze abgesetzt. Es war wirklich hübsch, dieses Kleid. Trotzdem verschlug es mir den Atem, als ich es zum erstenmal anprobierte und mich darin im Spiel sah. »Das kann ich nicht in der Öffentlichkeit tragen!« rief ich bestürzt aus. »Ich bin ja halb nackt!«

»Sei keine dumme Gans, Polgara«, schalt Arell mich. »Ein gut geschneidertes Kleid soll die Schokoladenseiten einer Frau betonen. Du hast einen stattlichen Busen. Und ich werde nicht zulassen, daß du ihn unter einem Sack versteckst.«

»Es sieht wirklich gut aus, Polgara«, versicherte Beldaran. »Niemand wird auf deine Hüften achten, wenn du das trägst.«

»Ich habe all dieses Gerede über Hüften allmählich satt, Beldaran«, versetzte ich spitz. »Auch du bist nicht gerade mager, weißt du.«

»Das Geheimnis, ein gewagtes Kleid zu tragen, besteht darin, stolz auf das zu sein, was es enthüllt«, belehrte mich Arell. »Du hast eine gute Figur, also gib an damit!«

»Das ist Beldarans Part, Arell«, widersprach ich. *»Sie* ist diejenige, die Aufmerksamkeit erregen soll, nicht ich.«

»Nicht so bescheiden, Polgara«, neckte sie mich. »Ich habe so einiges über deine Experimente in Selbstdarstellung in jenem großen Saal neben der Halle gehört, also spiel jetzt bitte nicht die Unschuldige!«

»Wenigstens habe ich meine Kleider nicht ausgezogen.«

»Das hättest du vielleicht besser getan. Wer hat diese fürchterlichen Nachthemden gemacht, mit denen du dich immer verschandelst?«

»Nun – ich brauchte in Camaar ein Kleid, und Vater hat einen Schneider eins für mich nähen lassen. Als wir hierherkamen, ließ ich einen anderen Schneider nach dem Muster alle anderen anfertigen.«

»Das hätte ich ahnen müssen«, seufzte sie. »Laß nie, nie einen Sendarer deine Kleider nähen. Sie sind die zimperlichsten Menschen der ganzen Welt. Also gut«, sagte sie dann, »laßt uns mit der Arbeit an den Gewändern der restlichen Damen hier anfangen.« Mit zusammengekniffenen Augen ließ sie den Blick über Beldarans Gesellschafterinnen schweifen. »Grün, denke ich«, sinnierte sie. »Schließlich wollen wir nicht, daß die Kleider der übrigen Hochzeitsgesellschaft nicht zu denen der Braut und ihrer Schwester passen, nicht wahr?«

Ich mache mir manchmal noch Gedanken über Arell. Sie war einfach ein bißchen zu befehlsgewohnt für eine reinblütige alornische Dame. Ich glaube, ich muß beizeiten mal ein Wort mit Mutter darüber wechseln. Mutter ist nicht darüber erhaben, hin und wieder heimlich an den Stammbäumen gewisser Leute herumzubasteln.

Beldaran war in der Nacht vor ihrer Hochzeit natürlich nervös. Es mag nicht so erscheinen, aber Bräute sind in jener besagten Nacht fast genauso nervös wie der Bräutigam. Frauen können das allerdings besser verbergen.

»Nimm es nicht so ernst, Beldaran«, riet Arell meiner

Schwester. »Eine Hochzeit ist für die anderen eine Gelegenheit, sich zu amüsieren. Braut und Bräutigam sind nicht viel mehr als schmückendes Beiwerk.«

»Ich fühle mich im Moment nicht sehr schmückend, Arell«, entgegnete Beldaran. »Würdet Ihr mich einen Moment entschuldigen? Ich glaube, ich gehe mich ein bißchen übergeben.«

Die Nacht verging, wie Nächte das so an sich haben, und ein klarer und sonniger Tag zog herauf – eine Seltenheit auf der Insel der Winde. Die Insel ist ja ganz nett, das Wetter jedoch unmöglich.

Die Hochzeit war für den Mittag anberaumt, hauptsächlich deshalb, weil alornische Männer in der Nacht vor ihrer Hochzeit zu feiern pflegen und sich daher am nächsten Morgen meist etwas unpäßlich fühlen. Sie brauchen eine gewisse Zeit, wieder zu sich zu finden.

Wir hatten jedoch auch genug zu tun. Beldaran nahm das rituelle Bad vor der Hochzeit, und als sie aus dem Wasser stieg, salbten ihre Zofen ihren schimmernden Körper mit Rosenwasser. Dann mußten wir noch ihr Haar ordnen, und das nahm den Großteil des restlichen Morgens in Anspruch. Danach saßen wir alle in unseren Unterkleidern herum, um unsere Festgewänder nicht zu zerknittern.

So spät wie möglich kleideten wir uns an, und Arell musterte uns kritisch. »So wird's gehen, nehme ich an«, sagte sie. »Genießt die Hochzeit, Mädchen. Und jetzt ab mit euch!«

Wir begaben uns alle in das Vorzimmer der Halle des rivanischen Königs, wo die Zeremonie stattfinden sollte.

Ich war ein wenig verblüfft über das Verhalten meiner Schwester, nachdem wir dieses Vorzimmer betreten hatten. Sie wirkte nahezu übermenschlich gefaßt. Alle Spuren ihrer vorherigen Nervosität waren von ihr abgefallen, und sie wirkte gedankenverloren und wie entrückt. Mutter erklärte mir später die distanzierte Haltung meiner Schwester. Ein Großteil dessen, was während der Hochzeit geschah, war symbolisch, und Beldaran befolgte lediglich einige sehr genaue Vorschriften.

Ich hielt Wache an der Tür, und so kam es, daß ich Riva, seinen Vater und seine Brüder kommen sah.

Alle trugen *Kettenhemden,* und an ihren Seiten hingen Schwerter! Ich wußte, daß Alorner ein kriegerisches Volk sind, aber *trotzdem*! Wohl als Zugeständnis an die Feierlichkeit des Anlasses waren ihre Kettenhemden allesamt auf Hochglanz poliert. Ich hoffte, sie hatten auch etwas gegen den typischen Rüstungs*geruch* unternommen. Jede Art von Rüstung hat diesen ganz besonderen ›Duft‹ an sich, und es wäre gewiß nicht angemessen gewesen, wenn Beldarans Gefolge während der Zeremonie nach und nach der Ohnmacht anheim gefallen wäre.

Dann gesellte sich auch Vater zu uns, er roch nicht *allzusehr* nach Bier. Ich mache oft ziemlich Aufhebens um Vaters schlechte Gewohnheiten, aber ich gebe zu, daß er nicht ganz so viel trinkt, wie ich immer behaupte. Offenbar hatten seine Jahre an der Küste von Camaar das meiste davon aus seiner Blutbahn gespült. »Guten Morgen, meine Damen«, begrüßte er uns. »Ihr seht alle wundervoll aus. Sind wir bereit?«

»So bereit, wie man nur sein kann, vermute ich«, sagte ich ihm. »Hast du es geschafft, daß Riva gestern nacht nüchtern geblieben ist?«

»Ich mußte mich gar nicht anstrengen, Pol. Ich habe ihn genau im Auge behalten, er hat fast gar nichts getrunken.«

»Ein Alorner, der nicht versucht, sich kopfüber in jedes Bierfaß zu stürzen, über das er stolpert? Erstaunlich!«

»Entschuldige mich«, unterbrach er. »Ich muß mit Beldaran sprechen. Beldin und ich haben ein paar Vorbereitungen getroffen, von denen sie erfahren muß.«

Ein wenig später fand ich heraus, was er meinte.

Mein Vater hat ein ausgezeichnetes Gespür für den richtigen Zeitpunkt. Er ließ der Menge in Rivas Thronsaal eine Weile Zeit, um Platz zu nehmen, und dann hörte ich ziemlich deutlich den Gedanken, den er Beldin übermittelte: *»In Ordnung«*, teilte er ihm wortlos mit, *»fangen wir an.«*

Onkel Beldin antwortete mit einer silberhellen Fanfare, gespielt auf Hunderten von Phantomtrompeten. Der Ton war so beeindruckend, daß alle Hochzeitsgäste schlagartig verstummten. Auf die Fanfare folgte eine Hochzeitshymne, die ganz sachte und leise von einem ätherischen, nicht existenten Chor gesungen wurde. Ich bin ja selbst so etwas wie eine Musikerin, und so beeindruckte mich die harmonische, vielschichtige Weise meines zwergenwüchsigen Onkels ungemein.

Dann trat Beldaran auf ein Zeichen meines Vaters durch die Tür des Vorzimmers und stellte sich mitten in das Portal zur Halle des rivanischen Königs. Dort blieb sie eine Weile stehen, um den Leuten Gelegenheit zu geben, sie gebührend zu bewundern, und der Meister erteilte ihr seinen Segen in Gestalt eines Strahls aus weißem Licht.

Wenn ich jetzt daran zurückdenke, erkenne ich, daß der Segen des Meisters dem ganzen rivanischen Geschlecht galt – jenem Geschlecht, das zu guter Letzt den Göttertöter hervorbringen sollte.

Ich legte meinen Umhang ab, und im Blick meines Vaters spiegelte sich gelindes Entsetzen. »Nettes Kleid«, preßte er zwischen geschlossenen Zähnen hervor. Manchmal ist mein Vater sehr inkonsequent. Die körperlichen Vorzüge *anderer* Damen weiß er durchaus zu schätzen, aber es regt ihn auf, wenn ich *meine* zur Schau stelle.

Wir nahmen unsere Plätze zu beiden Seiten von Beldaran ein und durchmaßen feierlichen Schritts den Gang, der an den Feuergruben vorbeiführte. Der brennende Torf aus ihnen strahlte Wärme nach vorne ab, wo Riva und seine Familie uns erwarteten.

»Es läuft ganz gut, meinst du nicht auch?« fragte mich Mutters Stimme.

»Es ist noch nicht vorbei, Mutter«, entgegnete ich. *»Diese Leute da sind schließlich Alorner, und Alorner sind ein unerschöpflicher Hort für unberechenbare Katastrophen.«*

»Zynikerin«, schalt sie mich.

Dann bemerkte ich den Orb des Meisters auf dem Knauf des mächtigen Schwerts, das mit der Spitze nach unten über dem Thron hing. Er war schwer zu übersehen, denn er strahlte in einem intensiven blauen Feuer.

Das war das erste Mal, daß ich den Orb sah. Ich war beeindruckt. Seitdem habe ich jenes Leuchten noch viele Male zu Gesicht bekommen, aber das einzige Mal, daß ich ihn ebenso hell habe strahlen sehen, war an dem Tag, als Garion jenes Schwert von der Wand nahm. Auf seine Art spendete so der Orb der Hochzeit von Beldaran und Riva *seinen* Segen.

Als wir kurz vor dem Thron angelangt waren, übergaben mein Vater und ich Beldaran der Obhut Rivas und traten einen Schritt zurück. Zu diesem Zeitpunkt trat der rivanische Erzpriester vor, und die Zeremonie nahm ihren Lauf.

Meine Schwester war strahlend schön, und Riva konnte seine bewundernden Blicke die ganze Zeit über nicht von ihr lassen. Da es sich um eine Staatshochzeit handelte, hatte der rivanische Erzpriester die sonst übliche Zeremonie erheblich ausgeschmückt und verlängert. Frauen *lieben* bekanntlich Hochzeiten. Nach der ersten Stunde jedoch wurden selbst die weiblichen Hochzeitsgäste allmählich unruhig. Die Bänke in der Halle des rivanischen Königs sind aus Stein, was für die Damen nicht allzu bequem war. Und die Herren freuten sich schon ausnahmslos auf das ausgiebige Zechgelage, einem unabdingbaren Bestandteil der alornischen Hochzeitsfeierlichkeiten.

Aus Gründen des Respekts gelang es uns allen indes, das Gähnen zu unterdrücken.

Meine Schwester und Riva erduldeten die leiernde Predigt des Kirchenmanns, der sie über die Pflichten der

Ehe aufklärte. Alles in allem gewann ich den Eindruck, daß dem Bräutigam alle Rechte zufielen, während Pflicht und Schuldigkeit Sache der Braut waren.

Nach einer weiteren Dreiviertelstunde kündigte der beschleunigte Redefluß des Kirchenmanns an, daß er sich dem Ende seiner Ausführungen näherte. Er war ein tapferer Mann, das will ich ihm zugestehen. Jeder männliche Hochzeitsgast in der Halle trug ein Schwert, und er hatte die Geduld jedes Anwesenden bis zum Äußersten strapaziert.

Längst weilten meine Gedanken nicht mehr bei seinen Worten. Dann schreckte Mutters Stimme in meinem Kopf mich auf. *»Polgara«,* sagte sie, *behalte jetzt die Nerven.«*

»Was?«

»Reg dich nicht auf. Dir wird gleich etwas widerfahren. Es ist symbolisch, aber es ist sehr wichtig.«

Einen Augenblick später wurde ersichtlich, was sie gemeint hatte. Ich verspürte eine sanfte Wärme, und dann begann ich wie der Orb Aldurs in einem hellen Blau zu leuchten. Mutter erläuterte mir später, das Leuchten sei der Segen des Meisters für etwas, das ich zu einem bestimmten Zeitpunkt in ferner, ferner Zukunft tun würde.

»Hör genau zu, Polgara«, sprach da die Stimme meiner Mutter. *»Dies ist der bedeutendste Augenblick in der Geschichte des Westens. Beldaran steht im Mittelpunkt der* menschlichen *Aufmerksamkeit, doch die Götter beobachten* dich.«

»Mich? Warum um alles auf der Welt, Mutter?«

»In eben dem Augenblick, in dem Beldaran und Riva zu Mann und Frau erklärt wurden, wirst du eine Entscheidung treffen müssen. Die Götter haben dich auserwählt, das Werkzeug ihres Willens zu sein, aber du mußt es annehmen.«

»Was muß ich annehmen?«

»Eine Aufgabe, Polgara, und du mußt sie hier und jetzt annehmen oder ablehnen.«

»Was für eine Aufgabe?«

»Falls du annimmst, wirst du zur Hüterin und Beschützerin des Geschlechts, das von Beldaran und Riva abstammen wird.«

»Ich bin kein Soldat, Mutter.«

»Das erwartet man auch nicht von dir, Polgara. Für diese Aufgabe wirst du kein Schwert benötigen. Bedenke deine Entscheidung wohl, meine Tochter. Wenn die Aufgabe sich dir stellt, wirst du sie sofort erkennen; und nimmst du sie auf dich, wird sie den Rest deines Lcbcns verzehren.«

Dann erreichte der rivanische Erzpriester endlich den lange aufgeschobenen Höhepunkt seiner Predigt.

Unmittelbar über meinem Kopf vernahm ich das sanfte Rauschen von Flügeln, ich sah hoch. Mutter, ganz in Schneeweiß, schwebte in der unbewegten Luft, und ihre großen goldenen Augen ruhten auf mir. Dann wandte sie sich ab und glitt auf lautlosen Schwingen zur Rückwand der Halle, um sich dort auf einem Dachbalken niederzulassen.

Dann, als der rivanische Erzpriester die Worte aussprach, die mir meine Schwester für immer entreißen sollten, sagte Mutter: *»Nimmst du an, Polgara?«*

Die Förmlichkeit ihrer Frage verlangte eine ebenso förmliche Antwort, und so faßte ich die Seitenbahnen meines blauen Gewandes mit den Fingerspitzen, breitete das Gewand um mich und bekundete mein Einverständnis mit einem Hofknicks, genau in dem Augenblick, als Riva seine Königin küßte.

»Vollbracht! Es ist vollbracht!« jubilierte eine noch unvertraute neue Stimme, als das Geschick mich für sich beanspruchte.

Teil zwei

Vater

Kapitel 6

Das war das erste Mal, daß ich Kontakt hatte mit dem, was Vater immer ›Garions Freund‹ nennt. Außerdem verstand ich nicht so recht, woher dieses ›Vollbracht! Es ist vollbracht!‹ stammte, das so frohlockend durch meine Gedanken hallte. Aber vermutlich war es ganz gut, daß ich es nicht verstand, denn niemand ist gänzlich vorbereitet auf diese erste Begegnung mit der ABSICHT des Universums, und ein Ohnmachtsanfall meinerseits hätte wahrscheinlich die Hochzeitsfeier meiner Schwester mehr als nur ein wenig gestört.

Im Anschluß an die Zeremonie begaben sich Hochzeitsgesellschaft und Gäste in die große Banketthalle am anderen Ende des Korridors, um das traditionelle Hochzeitsfest zu begehen. Wir nahmen alle auf den Bänken Platz. Die Tische vor uns bogen sich unter der Last der Speisen. Fleisch und Geflügel und alle erdenklichen Köstlichkeiten ließen uns das Wasser im Mund zusammenlaufen. König Cherek Bärenschulter erhob sich. »Meine Herren und meine Damen«, begann er, während er seinen randvollen Bierkrug hob, »ich trinke auf Braut und Bräutigam.«

Die versammelten Alorner erhoben sich ernst und würdig von ihren Plätzen, hoben ihre Becher und riefen im Chor: »Auf Braut und Bräutigam!«

Ich hielt das für recht nett.

Dann brachte Dras Stiernacken einen Trinkspruch auf seinen Vater aus.

Dann trank Algar Flinkfuß auf seinen Bruder Dras,

und Stiernacken konterte mit einem Toast auf seinen Bruder Algar.

Die Förmlichkeit der alornischen Gesellschaft lockerte sich zügig, und damit verflog auch die letzte Spur von Nüchternheit. Beinah jeder Gast am Tisch schien den unwiderstehlichen Drang zu verspüren, *irgend jemanden* mit einem Trinkspruch zu ehren, und es war ein sehr langer Tisch. Wenn ich mich recht entsinne, kamen sie nie ganz am Ende an.

»Das ist widerwärtig«, murmelte ich Onkel Beldin zu, der neben mir saß.

Beldin, der ungewöhnlich sauber war – hauptsächlich auf Beldarans beharrliches Drängen hin –, setzte eine fromme Unschuldsmiene auf. »Du hast doch gewiß nichts dagegen, wenn wir denjenigen, den wir lieben und achten, unsere Wertschätzung erweisen, Pol«, meinte er. »Entschuldige mich für einen Moment«, fügte er hinzu. Dann stand er auf. »Meine Damen und meine Herren!« rief er mit donnernder Stimme. »Auf die Lady Polgara!«

»Lady Polgara!« grölte es wie aus einer Kehle, und alle nahmen einen tiefen Schluck auf mich.

Etwa zur Mitte des Banketts stahlen Riva und Beldaran sich davon. Die Gesellschaft wurde zunehmend rüpelhafter, und Onkel Beldin prostete, was ihm unter die Augen kam, zu.

Ich ertrug es so lange ich konnte, aber dann richtete sich ein bärtiger Alorner am anderen Tischende taumelnd auf, verschüttete die Hälfte seines Ales über die Dame an seiner Seite und hob seinen Humpen. Er rülpste. »Schulligung«, sagte er beiläufig. »Meine Damn un Herrn, auf mein'n Hund, Bowser!«

»Auf Bowser!« grölte es begeistert aus vielen Kehlen, und dann tranken sie.

Das reichte jetzt! Ich erhob mich.

»Wem willsu suprosden, Pol?« fragte Onkel Beldin, dessen Blick so glasig wie seine Zunge schwer war.

Ich weiß, ich hätte es nicht tun dürfen, und am nächsten Morgen entschuldigte ich mich auch überschwenglich, aber in diesem Augenblick war ich etwas gereizt. »Dir natürlich, liebster Onkel«, antwortete ich zuckersüß. »Meine Herren, meine Damen«, verkündete ich, »auf meinen lieben, lieben Onkel.«

Und dann leerte ich meinen Bierhumpen über seinem Kopf aus und verließ im Sturmschritt die Banketthalle, gefolgt von den anderen Damen.

Alorner vertragen bemerkenswert viel starkes Ale, und deshalb dauerte ihr Fest drei Tage.

Ich zog es vor, nicht mehr daran teilzunehmen.

Am Morgen des vierten Tages nach der Hochzeit stattete mir Vater einen Besuch in meinem Quartier ab. Wir plauderten eine Weile, und dann wurde Cherek Bärenschulter gemeldet. Cherek wirkte etwas unpäßlich, aber er schien einigermaßen nüchtern zu sein. »Ich habe heute morgen mit Dras und Algar gesprochen«, begann er, »und Algar meinte, wir sollten uns zusammensetzen und ein paar Informationen austauschen. Wir haben nicht oft Gelegenheit, uns zu treffen und miteinander zu reden, und es geschieht viel in der Welt.«

»Vermutlich keine schlechte Idee«, pflichtete Vater ihm bei. »Warum gehst du nicht Riva holen, und ich sehe, ob ich Beldin finden kann.« Er zwinkerte mir verschwörerisch zu. »Warum schließt du dich uns nicht an, Pol?« schlug er vor.

»Warum um alles auf der Welt sollte ich das tun?«

»Für meinen Seelenfrieden, geliebte Tochter«, sagte er nicht ohne eine gewisse Schärfe in der Stimme.

»Wie mein Vater befiehlt«, entgegnete ich mit gespielter Unterwürfigkeit.

»Sie hat ganz wundervolle Manieren, nicht wahr?« bemerkte Cherek.

»Urteile nicht vorschnell, Cherek«, warnte ihn mein Vater.

Und so kam es, daß ich an den ersten Sitzungen jener Veranstaltung teilnahm, die man später den ›Alornischen Rat‹ nennen sollte. Zu Beginn hielt ich mich im Hintergrund und hörte nur zu. Man sprach hauptsächlich über Angarakaner, die sich auf dieser Seite des Meeres des Ostens aufhielten, und ich wußte wirklich nicht viel über Angarakaner.

Ich war etwas besorgt gewesen darüber, Dras und Algar wieder so nahe zu sein und hatte die Befürchtung gehegt, einer von ihnen – oder gar beide – mochten die Gelegenheit ergreifen, ihre abgewiesenen Anträge zu erneuern. Dann jedoch machte ich die Entdeckung, daß Könige vermutlich keine besonders leidenschaftlichen Ehemänner waren, denn sobald es um Politik geht, tritt alles andere in den Hintergrund. Dras und Algar sahen mich offensichtlich nicht mehr als Frau. Für sie war ich nun ein weiteres Ratsmitglied.

Meine abgeschirmte Kindheit hatte mich nicht gelehrt, über Rassenunterschiede nachzudenken, ich meine jetzt nicht die rein körperlichen Unterschiede. Alorner sind für gewöhnlich groß und blond, Tolnedrer eher klein und dunkelhaarig. Alle anderen Unterschiede sind überwiegend kultureller Natur. Alorner werden von Kindesbeinen an erzogen, einen guten Kampf zu genießen, während Tolnedrer angehalten werden, Geld zu verdienen. Schon sehr früh im Verlauf der Debatten entdeckte ich, daß man kleinen Angarakanern offenbar Angst vor Torak machte – und vor seinem verlängerten Arm, der Priesterschaft der Grolims. Trotz einiger eher oberflächlicher Unterschiede lauert auf dem Grund jeder angarakanischen Seele ein Thull.

Solange Toraks Leute in Mallorea lebten, hatten sie keine wirkliche Bedrohung dargestellt. Nun aber, da die Murgos, Nadraks und Thulls die Landbrücke überquert hatten, gewannen die Alorner die Überzeugung, man müsse nun nicht nur über die Angarakaner reden, sondern vielmehr etwas gegen sie unternehmen.

Trotzdem wollte es mir scheinen, als übersehe jeder in dem Raum etwas Wichtiges. Sie haßten offenbar unterschiedslos alle Angarakaner und legten dabei den kulturellen Unterschieden zu wenig Gewicht bei, welche die angarakanische Gesellschaft weniger monolithisch machten, als sie bei oberflächlicher Betrachtung vielleicht erscheinen mochte. Alorner gehen Probleme damit an, daß sie ihre Streitaxt schärfen. Mir jedoch war von Anfang an klar, daß jede direkte Konfrontation nur dazu führen würde, die Angarakaner enger zusammenzuschweißen, und das war das letzte, was wir beabsichtigten.

Ich stand kurz davor, triumphierend auf diese Tatsache hinzuweisen, als Mutter mir Einhalt gebot. *»Das ist kaum die richtige Vorgehensweise, Pol«*, belehrte mich ihre Stimme. *»Männer fürchten intelligente Frauen, also leg es ihnen nahe, anstatt es zu verkünden. Pflanze ihnen den Keim einer Idee in den Kopf und laß ihn dort Wurzeln schlagen. Sie lassen sich viel besser zu deiner Ansicht bekehren, wenn sie glauben, sie wären selbst darauf gekommen.«*

»Aber –«, protestierte ich.

»Versuch es auf meine Weise, Pol«, riet sie. *»Zeig ihnen die Richtung, und wenn sie es dann richtig machen, sagst du ihnen, wie wundervoll sie sind.«*

»Es ist idiotisch, Mutter, aber ich werde es versuchen.«

Mein erster zurückhaltender Vorschlag beschäftigte sich mit der Aufnahme von Handelsbeziehungen zu den Nadraks, und zu meiner großen Überraschung schluckten sie es nahezu problemlos. Ich lehnte mich zurück und ließ die Alorner so lange diskutieren bis sie vergaßen, von wem der Vorschlag ursprünglich stammte. Schließlich faßten sie den Entschluß, es auf einen Versuch ankommen zu lassen. Dann pflanzte ich ihnen die Idee ein, den Tolnedrern und Arendern Angebote zu unterbreiten, und Cherek und seine Söhne akzeptierten auch das.

In seiner gelegentlich fehlerhaften Geschichte der Welt merkt mein Vater an, daß Politik mir Vergnügen bereitete. Diesbezüglich irrte er nicht, aber das *Wichtigste* übersah er völlig. Wenn Vater das Wort ›Politik‹ benutzt, spricht er über die Beziehungen von Staaten untereinander. Ich jedoch verstehe darunter die vielen subtilen Wege, die eine Frau geht, um Männer zu veranlassen, das zu tun, was sie will.

Wenn ihr eine Expertin dieser Kunst in Aktion erleben wollt, seht euch Königin Porenn an. Wahrhaft genial aber ist Königin Layla von Sendarien.

Wir trafen uns noch mehrmals im Verlauf dieser Woche, die wichtigsten Entscheidungen jedoch wurden auf jener ersten Sitzung getroffen. Als mir klar wurde, daß die Männer die meiste Zeit damit verbrachten, Altbekanntes wiederzukäuen, ließ ich meine Gedanken frei schweifen. Ich erwog Mutters Rat, und je mehr ich darüber nachdachte, desto sinnvoller erschien er mir. Es gibt Unterschiede zwischen Männern und Frauen, wobei die offensichtlichen körperlichen gar nicht so sehr die tiefgreifendsten sind. Die Unterschiede in unserer Denkweise sind wesentlich tiefgründiger.

Bärenschulter erbot sich, Vater, Onkel Beldin und mich in seinem Kriegsschiff zur sendarischen Küste zu bringen, aber in der Nacht, bevor wir ablegen sollten, änderte Onkel Beldin seine Meinung. »Ich gehe lieber nach Mallorea zurück und behalte das alte Brandgesicht im Auge«, sagte er. »Die Murgos, Nadraks und Thulls sind meiner Ansicht nach nur die Vorhut. Ohne Verstärkung aus Mallorea können sie nicht viel ausrichten. Auf dieser Seite des Meers des Ostens wird nicht viel passieren, ehe Torak seinen Armeen befiehlt, von Mal Zeth gen Norden zu marschieren.«

»Halte mich auf dem laufenden«, bat Vater.

»Natürlich, du Schwachkopf«, entgegnete Beldin. »Hast du gedacht, ich würde nur nach Mallorea gehen, um alte Bekanntschaften mit Urvon und Zedar aufzufrischen? Falls Brandgesicht sich zu rühren beginnt, lasse ich es dich wissen.«

Es war Mittsommer, als Vater und ich das Tal erreichten. Die Zwillinge erwarteten schon sehnsüchtig unsere Ankunft. Sie hatten ein Festmahl für uns vorbereitet, und wir speisten in ihrem geräumigen, gemütlichen Turm, als die Abendsonne golden über dem Tal unterging. Aus einem bestimmten Grund habe ich den Turm der Zwillinge stets gemocht. Vaters Turm ist unordentlich und schmutzig, Onkel Beldins phantasiereich geschmückt – von außen, von innen jedoch fast genauso unordentlich wie Vaters. Die Zwillinge hingegen hatten die Voraussicht besessen, im Untergeschoß ihres Turm Wandschränke und Abstellkammern einzubauen, wo sie Dinge verstauen können. Vater wird dieser Vergleich vermutlich nicht passen, aber sein Turm sieht aus wie eine einzige Kammer auf der Spitze eines Pfahls. Es ist ein solider steinerner Stumpf mit einem Raum in der obersten Etage, und Onkel Beldins ist nicht viel besser.

Nachdem wir unser Mahl beendet hatten, schob Onkel Belkira seinen Teller von sich weg. »Nun gut«, begann er, »jetzt erzählt uns von der Hochzeit – und über diese ungeheure Veränderung, die mit Polgara vorgegangen ist.«

»Das mit Polgaras Veränderung ist schnell erzählt«, antwortete Vater. »Sie ist einfach hinter meinem Rücken erwachsen geworden.«

»Das haben junge Leute so an sich«, äußerte Onkel Belkira.

»Ein bißchen mehr war schon dabei, Vater«, wandte ich ein. »Beldaran war immer die Hübsche.«

»Nicht wirklich, Pol«, widersprach Onkel Belkira. »Sie ist blond, und du bist brünett. Das ist der einzige wesentliche Unterschied. Schön seid ihr beide.«

Ich zuckte die Schulter. »Alle Mädchen wollen blond sein«, klärte ich ihn auf. »Das mag dumm scheinen, aber so ist es. Nachdem ich mir darüber klar geworden war, daß ich nie so hübsch wie sie werden würde, beschloß ich, es auf andere Art zu versuchen. Als wir in Camaar ankamen und sie und Riva sich schließlich begegneten, erkannte ich, daß mein Aussehen das letzte war, woran sie dachte. Also wusch ich mich.« Ich lachte ein bißchen wehmütig. »Es hat Stunden gedauert, bis ich all die Knoten aus meinem Haar gekämmt hatte. Dann erreichten wir die Insel der Winde, und ich machte die Entdeckung, daß ich nicht ganz so häßlich bin, wie ich befürchtet hatte.«

»Das war möglicherweise die gröbste Untertreibung in der Geschichte des Universums«, meinte Vater. »Jetzt, wo sie all die Dreckkrusten abgestreift hat, ist sie einigermaßen vorzeigbar.«

»Mehr als einigermaßen, Belgarath«, warf Beltira ein.

»Egal«, fuhr Vater fort, »als wir auf der Insel der Winde eintrafen, hat sie eine ganze Generation rivanischer Jünglinge beinah um den Verstand gebracht. Sie haben sie förmlich angebetet.«

»War es schön, angebetet zu werden, Pol?« neckte mich Belkira.

»Es war nicht unangenehm«, gab ich zu, »aber Vater schien es ziemlich nervös zu machen. Ich kann mir bei meinem Leben nicht vorstellen, warum.«

»Sehr witzig, Polgara«, entgegnete Vater. »Wie dem auch sei, nach der Hochzeit hatten wir ein Gespräch mit Bärenschulter und seinen Söhnen. Sie haben erste Kontakte mit den Angarakanern geknüpft, und wir tasten uns langsam zu einem besseren Verständnis der Unterschiede zwischen Murgos, Thulls und Naraks vor. Dafür können wir uns bei Pol bedanken.« Sein Seitenblick in meine Richtung war so verschlagen, wie meiner es gewesen war. »Du hast dir doch nicht etwa eingebildet, ich hätte es nicht bemerkt, Pol? Aber du *warst* sehr subtil, ehrlich.« Dann blickte er nachdenklich zur Zimmerdecke hoch. »Wie Pol bereits so freundlich war zu bemerken, haben wir wahrscheinlich mehr Glück mit den Nadraks als mit den Murgos oder den Thulls. Die Thulls sind zu dumm und haben zu viel Angst vor den Grolims, als daß sie uns irgendwie nutzen könnten, und Ctuchik herrscht mit eiserner Faust über die Murgos.

Die Nadraks jedoch sind habgierig, und eine kleine Bestechung am richtigen Ort könnte sie vielleicht auf unsere Seite ziehen – zumindest soweit, daß sie eine nützliche Informationsquelle abgeben.«

»Gibt es irgendwelche Anzeichen dafür, daß weitere Angarakaner über die Landbrücke kommen?« erkundigte sich Beltira.

»Nein, soweit Bärenschulter herausfinden konnte, nicht. Torak wartet offensichtlich auf den richtigen Moment. Beldin ging zurück nach Mallorea, um ein Auge auf ihn zu haben – zumindest *sagt* er das. Meiner Meinung nach reizt es ihn jedoch, dieses Gespräch mit Urvon über weißglühende Haken fortzusetzen. Wie dem auch sei, er wies uns darauf hin, daß die Murgos, Nadraks und Thulls nur die Vorhut sind. Das Spiel nimmt erst so recht seinen Anfang, wenn Torak sich entschließt, sein Ringen mit Aldurs Auge in Ashaba zu beenden.«

»*Meinetwegen* braucht er sich nicht zu beeilen«, meinte Belkira.

Die folgenden Wochen verbrachten wir damit, den Zwillingen weitere Einzelheiten über unseren Besuch auf der Insel der Winde und über Beldarans Hochzeit zu berichten. Seit undenklichen Zeiten haben die Zwillinge nur äußerst selten das Tal verlassen, hauptsächlich deshalb, weil, wie Beltira es so humorvoll ausdrückt, ›sich ja irgend jemand um die Vorräte kümmern muß‹. Da wir jedoch alle zur selben Familie gehören, sind sie selbstverständlich begierig auf Nachrichten über unsere zahlreichen Abenteuer in der Welt da draußen.

Ich war verständlicherweise in diesen Wochen ziemlich melancholisch gestimmt. Den Schmerz der Trennung von meiner Schwester verspürte ich noch immer überaus deutlich. Eigenartigerweise brachte diese Trennung Vater und mich einander näher. In meinen Augen hatten Vater und ich im Wettstreit um Beldarans Zuneigung gelegen, seit er damals nach seinen Trinkexzessen ins Tal zurückgekehrt war. Mit Beldarans Hochzeit war dieser Wettstreit überflüssig geworden. Ich beleidigte meinen Vater immer noch hin und wieder, mehr jedoch aus Gewohnheit. Ich hätte mir lieber die Zunge abgebissen, als es zuzugeben, aber ich begann einen gewissen Respekt für ihn und eine eigenartig heimliche Zuneigung ihm gegenüber zu entwickeln. Wenn er es darauf anlegt, *kann* mein Vater trotz allem ein ziemlich liebenswerter alter Säufer sein.

In unserem Leben im Turm stellte sich eine häusliche Routine ein, die einfach und für alle Beteiligten bequem war. Ich glaube, der eigentliche Grund für diese Entwicklung lag darin, daß ich gerne koche und er gerne ißt. Es war eine ruhige Zeit. Wir führten abendlich anregende Unterhaltungen und ich genoß sie.

Einer der Glaubenssätze eines jeden Heranwachsenden lautet, daß er – oder sie – viel mehr weiß als seine – oder ihre – Eltern; der noch unfertige Geist braucht Feindbilder, an denen er sich reiben kann. Diese abendlichen Unterhaltungen mit meinem Vater kurierten mich ziemlich schnell von *dieser* Illusion. Seine gedankliche Tiefe überwältigte mich manchmal geradezu. Gütige Götter, dieser alte Mann weiß eine Menge!

Es war nicht nur mein wachsener Respekt vor diesem unerschöpflichen Wissensschatz, der mich dazu bewog, mich ihm eines Abends, als wir den Abwasch erledigten, als Schülerin anzubieten. Der Meister – und Mutter – hatten bei dieser Entscheidung auch ihre Hand im Spiel. Ihre ständigen Einwürfe, ich sei eine ungebildete Göre, hatten viel mit meinem Vorschlag zu tun.

Vaters erste Reaktion brach sofort einen Streit vom Zaun. »Wozu brauche ich denn *den* Quatsch?« ereiferte ich mich. »Kannst du mir nicht einfach *sagen,* was ich wissen muß? Warum muß ich dazu lesen lernen?«

Er war diplomatisch genug, um mir nicht ins Gesicht zu lachen. Dann erklärte er mir geduldig, warum ich unbedingt lesen können *mußte.* »Die Summe des menschlichen Wissens ist dort gesammelt, Pol«, erklärte er und zeigte auf die Bücher und Schriftrollen, welche die Wände des Turms verbargen. »Du wirst es brauchen.«

»Wozu um alles auf der Welt? Wir haben ›Talent‹, Vater, im Gegensatz zu den Primitivlingen, die all diesen verstaubten Unsinn da geschrieben haben. Was können sie schon hingekritzelt haben, das einem von *uns* nützen könnte?«

Er seufzte und verdrehte die Augen. »Warum ich?« fragte er. Ganz offensichtlich redete er nicht mit mir. »Na gut, Pol«, sagte er dann, »wenn du so klug bist, daß du es nicht für notwendig erachtest, lesen zu lernen, dann vermagst du mir vielleicht ein paar Fragen zu beantworten, die mich nun schon seit geraumer Zeit beschäftigen.«

»Selbstverständlich, Vater«, gab ich zurück, »mit Vergnügen.« Man bemerke, daß ich sehenden Auges in seine Falle tappte.

»Wenn du zwei Äpfel hier und zwei Äpfel dort drüben hast, wie viele hast du dann insgesamt?« Wenn mein Vater eine Lektion beginnt, an deren Endpunkt das demütige Eingeständnis der Unwissenheit von seiten seines Schülers stehen soll, dann fängt er immer so an.

»Vier Äpfel natürlich«, entgegnete ich rasch – zu rasch, wie sich herausstellen sollte.

»Warum?«

»Was meinst du damit, ›warum?‹. Es *ist* eben so. Zwei Äpfel und zwei Äpfel ergeben zusammen vier Äpfel. Jeder Idiot weiß das.«

»Da du ganz gewiß kein Idiot bist, dürfte es dir keine Schwierigkeiten bereiten, es mir zu erklären, nicht?«

Ich starrte ihn hilflos an.

»Aber wir können später darauf zurückkommen. Etwas anderes: Wenn ein Baum im Wald umkippt, entsteht ein Geräusch, richtig?«

»Selbstverständlich, Vater.«

»Sehr gut, Pol. Was *ist* ein Geräusch?«

»Etwas, das wir hören.«

»Ausgezeichnet. Du bist wirklich sehr klug, meine Tochter.« Dann runzelte er die Stirn, ein bißchen affektiert, wie mir scheinen wollte. »Aber da gibt es ein Problem. Was ist, wenn niemand in der Nähe ist, um das Geräusch zu hören? Ist es dann trotzdem da?«

»Aber gewiß doch.«

»Warum?«

»Weil –« An diesem Punkt geriet ich ins Schwimmen und verstummte.

»Laß uns das wie auch unser erstes Problem zunächst zurückstellen und fortfahren. Glaubst du, die Sonne wird morgen früh aufgehen?«

»Nun, natürlich wird sie das.«

»Warum?«

Ich hätte mittlerweile mit dem ›Warum?‹ rechnen müssen, aber ich war so verblüfft von seinen scheinbar simplen Fragen, daß ich schon ohne nachzudenken geantwortet hatte. »Also«, meinte ich lahm, »das ist schon immer so gewesen, nicht wahr.«

In diesem Augenblick erhielt ich eine sehr schnelle und sehr demütigende Lektion in Wahrscheinlichkeitstheorie.

»So, dann wollen wir jetzt mal weitersehen«, sagte er liebenswürdig. »Warum verändert der Mond seine Gestalt im Verlauf des Monats?«

Ich starrte ihn hilflos an.

»Warum wallt Wasser auf, wenn es heiß wird?«

Selbst *die* Frage konnte ich nicht beantworten, obwohl ich die ganze Kocherei erledigte! Er machte weiter – und weiter, und weiter.

»Warum sehen wir im Dunkeln keine Farben?«

»Warum ändert sich die Farbe des Laubs im Herbst?«

»Warum friert Wasser zu Eis, wenn es kalt wird? Und warum verdampft es, wenn es heiß wird?«

»Wenn es hier Mittag ist, warum ist es dann Mitternacht in Mallorea?«

»Kreist die Sonne um die Erde oder die Erde um die Sonne?«

»Wo kommen die Berge her?«

»Was läßt die Pflanzen wachsen?«

»Schon gut, Vater!« rief ich aus. *»Das reicht!* Bring mir das Lesen bei!«

»Aber natürlich, Pol«, sagte er. »Wenn du so darauf erpicht bist, es zu lernen, warum hast du es dann nicht schon früher gesagt?«

Und so begannen wir mit der Arbeit. Mein Vater ist Jünger, Zauberer, Staatsmann und manchmal General, aber mehr als alles andere ist er Lehrer – wahrscheinlich der beste der Welt. In erstaunlich kurzer Zeit brachte er mir Lesen und Schreiben bei – vielleicht, weil das erste, was er mir aufschrieb, mein eigener Name war. Ich fand, daß ich ziemlich gut aussah auf dem Papier. Innerhalb kürzester Frist versenkte ich mich in seine Bücher und Schriftrollen, getrieben von einem immer stärker wachsenden Wissensdurst. Ich habe allerdings einen Hang dazu, mit den Büchern zu streiten, und das bereitete Vater ein paar Probleme, vermutlich, weil ich laut stritt. Offenbar konnte ich nicht anders. Dummheit, ob in gesprochener oder geschriebener Form, empfinde ich als persönliche Beleidigung. Ich fühle mich verpflichtet, sie zu korrigieren. Diese Angewohnheit hätte keine Probleme aufgeworfen, wenn ich allein gelebt hätte, aber Vater war mit mir im Turm, und er wollte sich auf seine eigenen Studien konzentrieren. Wir führten lange Gespräche darüber, wie ich mich entsinne.

Das Lesen war anregend, aber noch anregender waren unsere abendlichen Diskussionen über die verschiedensten Themen, die mir während meines Studiums den Tag über begegnet waren. Es begann alles an einem Abend, als Vater mich völlig unschuldig fragte: »Nun, Pol, was haben wir denn heute gelernt?«

Ich erzählte es ihm. Dann zählte ich ihm meine Einwände gegen das soeben Gelesene auf – entschlossen, ja herausfordernd.

Nie läßt Vater die Gelegenheit zu einem guten Streit verstreichen, und so verteidigte er zwangsläufig seine Texte, während ich sie angriff. Nach einigen dieser so vergnüglich verbrachten Abende entwickelten sich unsere Dispute zu einer Art Ritual. Es ist angenehm, einen Tag so zu beschließen.

Unsere Streitereien waren nicht *ausnahmslos* intellektueller Natur. Unser Besuch auf der Insel der Winde hatte dazu geführt, daß ich mir meiner äußeren Erscheinung bewußter geworden war, und folglich widmete ich ihr auch erhöhte Aufmerksamkeit. Vater nannte das Eitelkeit, und das war der Grund häufiger Meinungsverschiedenheit.

Dann, frühmorgens im Frühling, vernahm ich Mutters Stimme, noch ehe ich das Frühstück zubereitet hatte. *»Du machst das alles sehr nett, Pol«*, sagte sie, *»aber es gibt noch andere Dinge, die du lernen mußt. Lege deine Bücher für heute beiseite und komme zum Baum. Dein Vater soll dir beibringen, deinen Verstand zu nutzen.* Ich *werde dir beibringen, wie du deinen Willen benutzt.«*

Also stand ich nach dem Frühstück vom Tisch auf und erklärte: »Heute streife ich ein bißchen in der Gegend herum, Vater. Ich fühle mich langsam ein wenig eingeengt hier im Turm. Ich brauche frische Luft. Ich suche Kräuter und Wurzeln für unser Abendessen heute.«

»Keine schlechte Idee«, stimmte er mir zu. »Deine Argumente sind in letzter Zeit etwas angestaubt. Möglicherweise bringt die Frischluft ein bißchen mehr Klarheit in deine Gedanken.«

»Möglicherweise«, sagte ich, widerstand aber der Versuchung, ausführlicher auf diese versteckte Beleidigung einzugehen. Dann stieg ich die Wendeltreppe hinunter und trat in die Morgensonne hinaus.

Es war ein wundervoller Tag, und das Tal ist einer der lieblichsten Orte auf der Welt. So ließ ich mir also Zeit, während ich durch das sattgrüne, kniehohe Gras zu jener geheiligten Niederung strich, wo der Baum in seiner Mächtigkeit die Zweige ausbreitet. Als ich mich ihm näherte, begrüßten mich meine Vögel mit Gesang, schwebten über mir in der klaren, sonnenhellen Morgenluft.

»Wo bist du so lange geblieben, Pol?« fragte Mutters Stimme.

»Ich habe den Morgen genossen«, antwortete ich laut. Niemand sonst war in der Nähe, so daß keine Notwendigkeit bestand, es auf die andere Weise zu tun. »Was werden wir heute unternehmen, Mutter?«

»Deine Bildung vorantreiben, was sonst.«

»Ich hoffe, deine Lektionen sind nicht so verstaubt, wie Vaters es manchmal sind.«

»Ich glaube, es wird dir gefallen. Der Bereich ist jedoch in etwa derselbe.«

»Über welchen Bereich sprechen wir?«

»Den Geist, Pol. Bis zu diesem Zeitpunkt hast du gelernt, dein Talent in der äußeren Welt zu benutzen. Jetzt wenden wir uns nach innen.« Sie legte eine Pause ein, als suche sie nach der besten Möglichkeit, ein schwieriges gedankliches Konzept zu erklären. *»Alle Menschen sind verschieden«,* begann sie, *»aber auch die einzelnen Rassen besitzen Merkmale, die sie unterscheiden. Wenn du einem Alorner begegnest, erkennst du ihn sofort an seinem Aussehen. Aber du kannst auch seinen Geist erkennen, wenn du ihm begegnest.«*

»Du willst mir beibringen, wie ich die Gedanken von anderen Leuten hören kann?«

»Dazu kommen wir vielleicht später. Das ist komplizierter, also laß uns uns zunächst auf diese Aufgabe konzentrieren. Wenn du die Rasse oder den Stamm eines Fremden feststellen möchtest, konzentrierst du dich nicht darauf, was er denkt, sondern wie er denkt.«

»Warum ist das so wichtig, Mutter?«

»Wir haben Feinde da draußen in der Welt, Pol. Du wirst sie erkennen müssen, wenn du ihnen begegnest. Der Meister hat mich gelehrt, die Denkweise der verschiedenen Rassen nachzuahmen, so daß ich dir jetzt zeigen kann, wie man einen Murgo und einen Grolim oder einen Arender und einen Marager voneinander unterscheidet. Es wird Zeiten geben, wenn deine und

die Sicherheit deiner Schutzbefohlenen von deiner Fähigkeit abhängen, zu erkennen, wer sich in deiner Nähe aufhält.«

»Das klingt, als wäre es wichtig. Wie gehen wir vor?«

»Öffne einfach deinen Geist, Pol. Unterdrücke deine eigene Persönlichkeit und erspüre das Wesen der verschiedenen Denkweisen, die ich dir zeige.«

»Gut«, sagte ich ein wenig unschlüssig, »ich werd's versuchen, aber es klingt schrecklich kompliziert.«

»Ich habe nicht behauptet, es sei einfach, Pol. Sollen wir anfangen?«

Nichts von alledem ergab anfangs viel Sinn für mich. Mutter schickte mir denselben Gedanken wieder und wieder, wobei sie nur die Art und Weise seiner Darbietung änderte. Der Durchbruch kam, als ich erkannte, daß zu den verschiedenen Denkmustern verschiedene Farben zu gehören schienen. Es sprang nicht direkt ins Auge, aber sie hatten eine blasse Schattierung. Mit der Zeit jedoch wurden diese Farben ausgeprägter, und ich erkannte die alornische oder tolnedrische oder murgosische Denkweise fast unverzüglich.

Das Murgodenken, das Mutter für mich heraufbeschwor, war sehr dunkel, eine Art stumpfes Schwarz. Das Grolimdenken ist im Gegensatz dazu von einem harten, glänzenden Schwarz. Ich vermochte den Unterschied fast auf der Stelle zu sehen – oder zu spüren.

Sendarer sind grün, Tolnedrer rot. Rivaner sind natürlich blau. Immer besser erkannte ich die verschiedenen Farben, und gegen Mittag stellte ich mich schon recht geschickt an.

»Das reicht für heute, Pol«, teilte Mutter mir mit. *»Geh wieder in den Turm und verbringe den Rest des Tages über deinen Büchern. Wir wollen doch nicht, daß dein Vater Verdacht schöpft.«*

Und so kehrte ich zum Turm zurück, womit ich ein Muster geschaffen hatte, das von nun an für eine Reihe von Jahren bestimmend sein sollte – der Morgen gehörte Mutter, die Nachmittage Vater. Ich erhielt zwei

Ausbildungen gleichzeitig, was manchmal ein kleines bißchen anstrengend war.

Am nächsten Morgen überprüfte Mutter meinen Wissensstand, indem sie mir blitzartig mehrere Denkmuster übermittelte. »Sendarisch«, erkannte ich eine grünlich gefärbte Gedankenwelt, »murgosisch«, einen stumpfschwarzen Gedanken. »Arendisch.« Dann: »Tolnedrisch.« Je länger ich übte, desto rascher konnte ich sie einordnen.

»Also gut«, sagte Mutter. *»Machen wir weiter. Es wird Zeiten geben, da mußt du die Gedanken deiner Freunde abschirmen – sie einschläfern, könnte man sagen, aber es ist eigentlich kein Schlaf.«*

»Aus welchem Grund sollte ich das tun?«

»Wir sind nicht die einzigen auf der Welt, die Gedankenmuster erkennen können, Pol. Die Grolims beherrschen es auch, und jeder, der sich dieser Kunst bedient, kann einen Gedanken bis zu seinem Ursprung zurückverfolgen. Wenn du dich verstecken möchtest, willst du schließlich niemand neben dir stehen haben, der aus voller Seele brüllt.«

»Nein, vermutlich nicht. Wie stelle ich es an, ein Großmaul zum Schlafen zu bringen.«

»Es handelt sich nicht wirklich um Schlaf, Pol«, berichtigte sie mich. *»Die Gedankenmuster, die du gerade zuzuordnen gelernt hast, sind im Kopf eines Schläfers noch genauso vorhanden. Du mußt also lernen, seine Gehirntätigkeit völlig abzuschalten.«*

»Würde ihn das nicht umbringen? Würde sein Herz dann nicht aufhören zu schlagen?«

»Nein. Derjenige Teil des Gehirns, der das Herz schlagen läßt, befindet sich so tief unterhalb der Oberfläche, daß er keine Farbe hat, anhand derer man ihn erkennt.«

»Was passiert, wenn ich dich nicht wieder aufwecken kann?«

»Du wirst es nicht mit mir machen. Wo ist der nächste Alorner?«

»Das wären die Zwillinge«, gab ich zur Antwort.

»Denk es nicht logisch durch, Pol. Schicke deine Gedanken aus und versuche, sie mit deinem Geist zu finden.«

»Ich werde es versuchen.« Ich schickte also meine Gedanken auf die Suche nach jenem charakteristischen Türkis aus, das den nicht-rivanischen Alornern zu eigen ist. Ich brauchte nicht allzu lange. Natürlich wußte ich, wo sie sich aufhielten.

»Gut«, lobte mich Mutter. *»Und jetzt stellst du dir eine dicke Wolldecke vor.«*

Ich fragte nicht, warum; ich tat es einfach.

»Warum weiß?« wollte Mutter voller Neugier wissen.

»Das ist ihre Lieblingsfarbe.«

»Oh. In Ordnung, also jetzt breite sie über sie.«

Ich gehorchte, und dabei fiel mir auf, daß meine Hände feucht wurden. Mit dem Verstand zu arbeiten, ist fast so hart, wie die Arbeit mit Armen und Rücken.

»Schlafen sie?«

»Ich glaube, ja.«

»Geh besser nachschauen und vergewissere dich.«

Ich nahm die Gestalt einer gewöhnlichen Rauchschwalbe an. Die Zwillinge öffnen bei schönem Wetter immer ihre Fenster, und ich hatte schon oft Schwalben ihren Turm ein- und ausfliegen sehen. Ich flog zu den Türmen und flatterte durch das Fenster der Zwillinge.

»Nun?« rief Mutters Stimme mir zu. *»Schlafen sie?«*

»Es hat nicht geklappt, Mutter. Ihre Augen stehen noch offen.« Weil ich den Zwillingen meine Anwesenheit nicht verraten wollte, schickte ich meine Gedanken stumm auf Reisen.

»Bewegen sie sich überhaupt noch?«

»Nein. Jetzt, wo du es erwähnst – sie wirken wie zwei Statuen.«

»Versuche, direkt auf ihre Gesichter zuzufliegen. Sieh, ob sie zusammenzucken.«

Ich flog – sie zuckten nicht. *»Nicht die geringste Regung«*, erstattete ich Meldung.

»Dann hast du es doch geschafft. Versuche, ihre Gedanken mit deinen zu finden.«

Ich versuchte auch das, doch um mich herum war nichts als Stille. *»Ich stoße auf nichts, Mutter.*

»Du hast das sehr rasch begriffen. Komm zurück zum Baum, und dann erlösen wir sie wieder.«

»Einen Moment noch«, sagte ich. Dann ortete ich meinen Vater und schaltete auch *seine* Gedanken aus.

»Warum hast du das getan?« fragte Mutter.

»Nur der Übung willen, Mutter«, erwiderte ich unschuldig. Ich wußte, daß es nicht sehr nett von mir war, aber ich konnte einfach nicht widerstehen.

In den folgenden Wochen lehrte Mutter mich noch andere Wege, sich am Geist eines Menschen zu schaffen zu machen. Da gab es den höchst nützlichen Kniff, Erinnerungen zu löschen. Ihn habe ich viele Male angewendet. Manchmal war ich gezwungen, Dinge auf ungewöhnliche Weise zu erledigen. Und es wäre nicht gut, wenn die Zeugen dieser Taten wilde Geschichten darüber verbreiteten. Es ist oft viel leichter, die Erinnerung an ein Ereignis zu löschen, als mit plausiblen Erklärungen aufzuwarten.

Eng damit verwandt ist der Kunstgriff, jemandem falsche Erinnerungen einzupflanzen. Wenn man beides miteinander verknüpft, vermag man die Wahrnehmung eines Menschen hinsichtlich eines jeden beliebigen Ereignisses entscheidend zu verändern.

Mutter hat mir auch beigebracht, zu ›wachsen‹ – sich grenzenlos auszudehnen. Dieses Zauberkunststück habe ich nicht sehr oft angewendet, denn es ist alles andere als unauffällig.

Dann brachte sie mir bei – daß jeder Trick für gewöhnlich sein Gegenstück besitzt –, wie man ›schrumpft‹, also seine Größe verringert, bis man nahezu unsichtbar wird. Dieser Kunstgriff ist mir schon *sehr* nützlich gewesen, insbesondere, wenn ich hören wollte, was Leute sagten, ohne dabei entdeckt zu werden.

Diese beiden Zauberkunststücke sind eng mit dem

Vorgang des Gestaltwerdens verwandt, und ich erlernte sie recht leicht.

Außerdem erfuhr ich, wie man unbeachtet bleibt. Das bewirkt fast dasselbe wie der Zauber, der unsichtbar macht. Da ich jedoch zu jener Zeit immer noch unter der Krankheit des Erwachsenwerdens litt, sagte mir die Vorstellung, in den Hintergrund zu treten, nicht sonderlich zu. Alle Heranwachsenden haben ein dringendes Bedürfnis, wahrgenommen zu werden, und beinahe all ihr Handeln zielt darauf ab, Beachtung zu finden: ›Seht mich an! Seht, wie wichtig ich bin!‹ Unsichtbarkeit ist sicher nicht der beste Weg, dieses Bedürfnis zu befriedigen.

Das ›Dinge machen‹ – Schöpfung, wenn ihr wollt – stellte in mancherlei Hinsicht den Höhepunkt jener Stufe meiner Ausbildung dar, denn in gewisser Weise greift dieser Vorgang in die Domäne der Götter ein. Ich fing mit dem Blumenerschaffen an. Vermutlich fangen wir alle damit an. Schöpfung ist eng verwandt mit Schönheit. Vielleicht kann das als Erklärung dienen, abgesehen davon sind Blumen auch einfach zu machen und somit ein guter Beginn. Natürlich mogelte ich anfangs ein bißchen. Ich pflegte Gras um Zweige zu wickeln und den so geschaffenen Gegenstand anschließend in eine Blume zu verwandeln. Transmutation ist aber eigentlich keine Schöpfung, und so machte ich schließlich Fortschritte und Blumen aus nichts als Luft. Da mit der Schöpfung eine Art Glücksgefühl einhergeht, übertrieb ich es vermutlich. Ich bedeckte das flache Tal, die Heimstatt des Baumes, mit wahren Teppichen aus leuchtend bunten Blumen. Ich redete mir ein, daß ich ja nur übe, aber ich schätze, das war nicht die ganze Wahrheit.

An einem Morgen im Spätfrühling meines achtzehnten Jahres sagte Mutter: *»Heute sollten wir einfach reden, Pol.«*

»Natürlich.« Nachdem ich ein paar Vögel verscheucht hatte, setzte ich mich mit dem Rücken gegen den Baum. Ich wußte, wenn Mutter ›reden‹ sagte, meinte sie eigentlich, daß ich zuhören sollte.

»Ich denke, es ist an der Zeit, daß du deinen Vater wissen läßt, wozu du fähig bist, Polgara. Er hat noch nicht ganz begriffen, wie schnell du erwachsen geworden und herangereift bist. Du hast Aufgaben zu erledigen, und bis er eingesehen hat, daß du kein Kind mehr bist, würde er dir dabei nur in die Quere kommen.«

»Das habe ich ihm bereits mehrfach gesagt, Mutter, aber ich scheine ihn einfach nicht überzeugen zu können.«

»Dein Vater denkt in absoluten Kategorien, Pol. Die Vorstellung, daß Dinge – und Menschen – sich verändern, ist für ihn sehr schwer zu begreifen. Der einfachste Weg für dich, seine Meinung zu ändern, besteht darin, ihm deine Fähigkeiten zu demonstrieren. Du mußt es sowieso irgendwann tun, und so ist es vermutlich das beste, du tust es gleich – bevor er sich seine Vorstellung von dir in Stein meißelt.«

»Wie soll ich es tun, Mutter? Soll ich ihn nach draußen führen und ihn zusehen lassen, wie ich mit meinen Fähigkeiten angebe?«

»Das wäre vielleicht ein bißchen zu offensichtlich, meinst du nicht? Am besten läßt du irgend etwas in den normalen Tagesablauf einfließen. Eine beiläufige Demonstration beeindruckt ihn vermutlich mehr als eine von langer Hand vorbereitete bühnenreife Darbietung. Mach einfach irgend etwas ohne viel Aufhebens. Ich kenne ihn, Liebes, und ich weiß, wie man seine Aufmerksamkeit am besten erregt.«

»Ich vertraue ganz deiner Erfahrung, Mutter.«

»Sehr witzig, Polgara.« Ihr Tonfall legte allerdings das Gegenteil nahe.

Ich nehme an, wir verspüren alle einen gewissen Drang zum Dramatischen in uns. Aus diesem Grund plante ich die Demonstration meiner Fähigkeiten sehr sorgsam. Ganz bewußt ließ ich Vater mehrere Tage lang hungern, während ich vorgab, gänzlich in ein philosophisches Buch vertieft zu sein. Er plünderte meine Küche, bis er den letzten halbwegs eßbaren Krümel vertilgt hatte, aber mein Vater hat nicht die leiseste Ahnung, wo ich unsere Vorräte aufbewahrte. Zu guter Letzt *mußte* er etwas über seinen in Kürze bevorstehenden Hungertod verlauten lassen.

»Ach, du liebe Güte«, gab ich mit gespielter Geistesabwesenheit zurück. Und dann, ohne auch nur von der Seite aufzusehen, die ich gerade las, schuf ich einen halb gegarten Rinderschlegel für ihn. Der Braten war nicht so hübsch wie eine Blume, aber Vaters Aufmerksamkeit erregte er, das war gewiß.

KAPITEL 7

Am Vorabend meines achtzehnten Geburtstages schneite es einen jener sanften Schneefälle, die sich ohne viel Aufhebens ganz leise über die Erde legen.

Schneestürme sind überaus dramatisch, nehme ich an, aber so ein leiser Schneefall vermittelte etwas Friedliches, es ist, als decke eine Mutter am Abend nach einem geschäftigen Tag ihr Kind zu.

Ich wachte früh auf, und nachdem ich das Feuerholz aufgeschichtet hatte, stellte ich mich vor eins der Fenster, bürstete mein Haar und sah den letzten Wolken nach, die schwerfällig nach Nordosten abzogen. Die Sonne erhob sich über die Wolken und enthüllte eine reine, weiße Welt, die noch kein Fußstapfen entweiht hatte. Ich fragte mich, ob es auch auf der Insel der Winde geschneit hatte, und was Beldaran an ›unserem‹ Tag tun würde.

Vater schlief noch, aber das war nicht ungewöhnlich, denn er ist alles andere als ein Frühaufsteher. Wie der Zufall es wollte, schnarchte er nicht einmal, so daß mein Morgen eine Stille atmete, auf der ein himmlischer Segen zu ruhen schien. Ich bereitete ein schlichtes Frühstück aus Haferbrei, Tee und Brot zu, aß und hing den Topf an einem der Eisenhaken über das Herdfeuer, um den Brei für Vater warmzuhalten. Dann zog ich meinen Pelzumhang an und trat hinaus, um den Morgen zu begrüßen.

Es war nicht besonders kalt, und der feuchte Schnee lag auf jedem Ästlein der vielen Kiefern im Tal, während ich zu meinem Baum und meiner gewohnten morgendlichen Verabredung mit meiner Mutter stapfte. Ein einsamer Adler zog seine Kreise hoch über dem Tal. Er flog aus reiner Lust am Fliegen, denn noch waren keine anderen Vögel oder Tiere aus ihren Schlupflöchern gekommen. »Polgara!« rief er mir zur Begrüßung zu und schlug mit den Flügeln, um zu zeigen, daß er mich erkannt hatte. Ich winkte ihm zu. Er war ein alter Freund. Dann drehte er ab, und ich setzte meinen Weg durchs Tal fort.

Der ewige Baum schlummerte während der Wintermonate, aber er schlief nicht richtig. Ich konnte sein träges Bewußtsein spüren, als ich die Anhöhe erklomm und in sein kleines, geschütztes Tälchen hinunterschaute.

»Du bist spät dran, Polgara«, merkte Mutters Stimme an.

»Ich habe den Anblick genossen«, erklärte ich, während ich die einsame Spur meiner Fußstapfen im frischgefallenen Schnee mit Blicken zurückverfolgte. »Was macht Beldaran heute morgen?«

»Sie schläft noch. Die Rivaner gaben letzte Nacht ihr zu Ehren einen Ball, und sie und Eisenfaust blieben ziemlich lange auf.«

»Haben sie ihren Geburtstag gefeiert?«

»Eigentlich nicht. Alorner machen sich nicht viel aus Geburtstagen. In Wirklichkeit haben sie ihren Zustand gefeiert.«

»Welchen Zustand?«

»Sie bekommt ein Kind.«

»Was?«

»Deine Schwester ist schwanger, Polgara.«

»Warum hast du mir das nicht gesagt?«

»Ich hab's gerade getan.«

»Ich meine, warum hast du es mir nicht früher gesagt?«

»Wozu? Sie ist jetzt verheiratet, und verheiratete Weibchen werfen Junge. Ich dachte, du wüßtest darüber Bescheid.«

Wütend warf ich die Hände hoch. Manchmal machte mich Mutters Haltung absolut wild.

»Ich glaube nicht, daß du es ihm erzählen solltest. Er würde nur mißtrauisch werden, und wissen wollen, woher du die Neuigkeit hast. Es ist einfacher, über solche Dinge Schweigen zu bewahren, als sich irgendwelche Geschichten auszudenken. Ich glaube, wir sollten unser Augenmerk heute auf etwas Neues richten. Menschen haben ein außerordentlich gut entwickeltes Gespür für das Schreckliche. Die Dinge, die ihnen am meisten Angst einjagen, scheinen ihnen immer im Hinterkopf herumzuspuken, und es ist nicht sehr schwer, diese Gedanken anzuzapfen. Wenn du einmal weißt, wovor ein Mensch wirklich Angst hat, wird er mit dir zusammenarbeiten, wenn du es ihm gezeigt hast.«

»Zusammenarbeiten?«

»Er tut, was du ihm sagst, oder er erzählt dir Dinge, die du wissen willst. Es ist einfacher, als seine Füße anzubrennen. Fangen wir an?«

Den Rest des Winters blies ich Trübsal. Beldarans Schwangerschaft machte unsere Trennung noch deutlicher, und ich sah keinen Grund, mich darüber zu freuen. Ich seufzte ausgiebig, wenn ich alleine war. Waren jedoch Vater oder die Zwillinge zugegen, gab ich mir einige Mühe, meine Gefühle verborgen zu halten, vor allem auch, um Mutters stete Gegenwart in meinen Gedanken nicht preiszugeben.

Im Frühjahr kamen Algar und Anrak zu uns ins Tal, um die Kunde zu bringen und uns zur Insel der Winde zu geleiten.

Die Reise dorthin dauerte fast einen ganzen Monat, und Riva persönlich erwartete uns auf der steinernen Mole, die in den Hafen hinausragte. Ich bemerkte, daß Beldaran ihn endlich überredet hatte, den Bart abzunehmen, was ich als vorteilhaft erachtete. Dann stiegen wir die Treppen zur Zitadelle empor, und ich war wieder mit meiner Schwester vereint. Sie wirkte schwerfällig, schien aber glücklich zu sein.

Nachdem sie uns stolz das Kinderzimmer gezeigt hatte, nahmen wir ein ziemlich üppiges Abendmahl zu uns, dann erhielten Beldaran und ich endlich Gelegenheit, unter uns zu sein. Sie geleitete mich durch den Flur, der von den königlichen Gemächern fort zu einer blankpolierten Tür führte, die sich in jene Raumflucht öffnete, die Beldaran und ich vor ihrer Hochzeit mit Eisenfaust geteilt hatten.

Mir fiel auf, daß eine Reihe von Veränderungen stattgefunden hatten. Die Wandbehänge an den nackten Steinwänden waren mittlerweile fast alle von blauer Farbe, und die goldenen Schaffell-Läufer waren durch weiße ersetzt worden. Die Einrichtung bestand aus schwerem, dunkel glänzendem Holz, und alle Sitzgelegenheiten waren üppig gepolstert. Der Kamin, einst ein rußiges Loch in der Wand, hatte eine Fassung und einen Sims erhalten. Kerzen verbreiteten weiches, goldenes Licht, und alles wirkte sehr gemütlich. »Gefällt es dir, Pol?« fragte mich Beldaran.

»Es ist großartig«, antwortete ich.

»Das sind jetzt deine Gemächer«, erklärte sie. »Sie stehen dir jederzeit zur Verfügung. Ich hege die Hoffnung, daß du sie oft benutzen wirst.«

»So oft ich kann«,versicherte ich ihr. Dann kam ich zur Sache. »Wie ist es?« fragte ich sie, als wir uns auf einem weichgepolsterten Diwan niederließen.

»Lästig«, erwiderte sie. Sie legte eine Hand auf ihren gewölbten Bauch. »Du machst dir ja keine Vorstellung, wie oft der im Weg ist.«

»War es dir morgens sehr übel? Ich hab davon gehört.«

»Zu Anfang, ja. Aber nach einer Weile ging es wieder weg. Die Rückenschmerzen kamen erst später.«

»Rückenschmerzen?«

»Ich trage nun viel mehr Gewicht mit mir herum, Pol«, erklärte Beldaran, »und es sitzt an einer ungünstigen Stelle. Mehr als ein würdiges Watscheln bringe ich jetzt nicht mehr zustande, und selbst das zieht heftig im

Rücken. Manchmal fühle ich mich, als sei ich schon immer so dick gewesen.«

»Es wird vorübergehen, Liebes.«

»Das erzählt Arell mir auch. Du erinnerst dich doch noch an sie, oder?«

»Die Dame, die die ganze Kleideranfertigung überwacht hat, nicht wahr?«

Beldaran nickte. »Sie ist außerdem eine gute Hebamme. Sie erzählte mir alles über die Wehen, und ich freue mich ganz bestimmt nicht drauf.«

»Tut es dir leid?«

»Schwanger zu sein? Natürlich nicht. Ich wünschte nur, es würde nicht so lange dauern, das ist alles. Was hast du denn so gemacht?«

»Ich ließ mich bilden. Vater lehrte mich Lesen und Schreiben, und ich lese mich durch seine Bibliothek. Du würdest nicht *glauben,* wieviel Unsinn sich über die Jahre dort angesammelt hat! Manchmal denke ich, die Tolnedrer und die Melcener veranstalten eine Art Wettkampf mit absoluter Verdummung als erstem Preis. Im Augenblick lese ich ›Das Buch von Torak‹. Der Bruder des Meisters scheint gewisse Probleme zu haben.«

Sie schauderte. »Wie gräßlich! Wie hältst du das nur aus, so etwas zu lesen?«

»Es ist keine leichte Bettlektüre. Verfaßt wurde es in Altangarakanisch, und allein die Sprache ist abstoßend. Die Vorstellung von einem wahnsinnigen Gott flößt mehr als nur ein wenig Angst ein.«

»Wahnsinnig?«

»Völlig. Mutter sagt, er sei es schon immer gewesen.«

»Besucht Mutter dich sehr oft?«

»Jeden Tag. Vater schläft lange, und ich gehe dann zum Baum und verbringe diesen Teil des Tages mit Mutter. Sie unterrichtet mich auch. Du siehst, ich bekomme eine wohlausgewogene Erziehung!«

Beldaran seufzte. »Wir treiben immer mehr auseinander, nicht wahr, Pol?«

»So ist das, Beldaran«, sagte ich. »Man nennt es Erwachsenwerden.«

»Ich mag es nicht.«

»Ich auch nicht, aber wir können kaum etwas dagegen tun, nicht wahr?«

Am folgenden Morgen war es regnerisch und stürmisch, aber ich legte trotzdem meinen Umhang an und ging hinunter in die Stadt. Ich wollte mich mit Arell unterhalten und fand ihren Schneiderladen in einer kleinen Sackgasse nicht weit vom Hafen. Es war ein winziges Geschäft, vollgestopft mit Stoffballen, Spitzenspulen und verknoteten Garnsträngen.

Die Glocke an der Tür zu Arells Geschäft bimmelte, als ich eintrat, und sie blickte hoch von ihrer Handarbeit. »Polgara!« rief sie aus, sprang auf und erstickte mich fast mit einer mütterlichen Umarmung. »Gut siehst du aus!« befand sie.

»Ihr auch, Arell.«

»Brauchst du ein neues Kleid? Bist du deshalb hergekommen?«

»Nein. Ich bin gekommen, weil ich gern ein paar Informationen über Beldarans Zustand hätte.«

»Sie ist schwanger. Ich bin sicher, das ist dir nicht entgangen.«

»Sehr komisch, Arell. Was ist mit einer Geburt verbunden?«

»Oh, es ist schmerzhaft, es ist eine ziemlich schmutzige Angelegenheit, und es erschöpft die Frau. Du möchtest doch nicht etwa alle Einzelheiten erfahren, oder?«

»Doch, genau das möchte ich.«

»Spielst du mit dem Gedanken, dich als Hebamme niederzulassen?«

»Wahrscheinlich nicht. Mein Interesse ist ein bißchen allgemeiner und weitreichender. Den Leuten widerfahren die seltsamsten Dinge – Dinge, die in Ordnung gebracht werden müssen. Ich möchte lernen, wie man sie in Ordnung bringt.«

»Frauen können nicht Arzt werden, Pol. Die Männer billigen das nicht.«

»Wirklich zu schade, findet Ihr nicht auch? Ihr könnt Euch nicht vorstellen, wie egal mir die Billigung oder Mißbilligung der Männer ist.«

»Du wirst in Schwierigkeiten geraten«, warnte sie mich. »Von uns erwartet man nur, daß wir kochen, das Haus sauberhalten und Kinder bekommen.«

»Das kann ich schon alles. Ich denke, ich möchte mein Wissen ein ganz klein wenig erweitern.«

Arell schürzte ihre Lippen. »Du meinst es ernst, nicht wahr?«

»Ja, ich denke schon.«

»Ich kann dir alles, was ich über das Kinderkriegen weiß, beibringen, aber –«, sie brach ab. »Kannst du ein Geheimnis für dich behalten?«

»Hunderte von Geheimnissen, Arell. Ich kenne Dinge, von denen mein Vater nicht einmal geträumt hat, und ich verberge sie jetzt schon seit Jahren vor ihm.«

»Es gibt einen Kräuterkundigen hier in Riva. Er ist ein alter Miesepeter, und er riecht nicht sehr gut, aber er weiß, welche Kräuter man benutzt, um bestimmte Krankheiten zu heilen. Und auf der anderen Seite der Stadt gibt es auch einen Knocheneinrichter. Er hat Pranken von der Größe eines Schinkens, aber er hat das richtige Händchen. Ohne Mühe dreht und renkt er dir einen gebrochenen Knochen wieder ein. Möchtest du auch Wundarzt lernen?«

»Was ist das?«

»Leute aufschneiden, damit man ihre Innereien wieder in Ordnung bringen kann. Ich bin selbst ganz gut darin, obwohl ich nicht viel Worte darüber verliere. Aber es gibt auch einen Wundarzt hier auf der Insel, ebenso wie den Kräuterkundigen und den Knocheneinrichter. Er kann mich ganz gut leiden, weil ich ihm gezeigt habe, wie man näht.«

»Was hat denn das Nähen mit dem Leute-Aufschneiden zu tun?«

Sie verdrehte die Augen und seufzte. »O je«, sagte sie. »Was machst du mit einer Tunika, in die dein Vater ein Loch gerissen hat?«

»Sie nähen, selbstverständlich.«

»Genau. Dasselbe machst du mit den Leuten, Pol. Falls du es nicht tust, würden ihre Gedärme wieder herausfallen.«

Das mußte ich erst verdauen.

»Laß uns mit dem Kinderkriegen anfangen«, schlug Arell vor. »Wenn es dir dabei nicht schlecht wird, können wir zu anderen Besonderheiten übergehen.«

Ich erfuhr von ›Wehenschmerz‹ und dem ›Platzen der Fruchtblase‹ und der ›Nachgeburt‹. Ich lernte auch, daß eine Geburt mit sehr viel Blut einhergeht, daß man sich darüber aber keine Sorgen machen muß.

Dann nahm Arell mich mit, um mich ihren drei Kollegen vorzustellen, denen sie mich zunächst als ihre Schülerin vorstellte. Argak, der Kräuterkundige, besaß einen winzigen Laden, der vom Boden bis zur Decke mit Regalen vollgestellt war, auf denen Glaskrüge standen, die seine Waren enthielten. Der Raum war nicht sehr sauber, aber das war Argak schließlich auch nicht. In dieser Hinsicht erinnerte er mich stark an Onkel Beldin. Er war mindestens so griesgrämig und übelriechend, wie Arell behauptet hatte, aber ich sollte ja von ihm lernen und nicht seine Gesellschaft genießen. Ein bißchen Schmeichelei war alles, was nötig war, um ihm seine Geheimnisse zu entlocken, und ich lernte eine Menge darüber, wie man Schmerzen und Leiden lindert und mit den verschiedensten Blättern, Wurzeln und getrockneten Beeren Krankheiten unter Kontrolle bekommt.

Salheim, der Knocheneinrichter, war hauptberuflich Hufschmied, riesig, bärtig und sehr direkt. Mitunter brach er sogar einen Arm, der falsch gerichtet worden war, noch einmal – für gewöhnlich, indem er ihn vor seiner glühenden Esse auf den Amboß legte und forsch mit seinem Hammer darauf einschlug. Salheim richtete

Sachen, die zerbrochen waren – Stühle, menschliche Arme und Beine, Räder und Ackergeräte. Üblicherweise machte er sich nicht einmal die Mühe, seine mit Brandflecken gesprenkelte Lederschürze abzunehmen, bevor er einen Knochen richtete. Er war, wie alle Schmiede, ungeheuer stark. Einmal sah ich ihn ein gebrochenes Bein einrenken, indem er seinen Fuß gegen den Amboß stemmte, das aus dem Gelenk gesprungene Glied packte und kräftig an ihm zog. »Binde dieses Brett an sein Bein, damit es an Ort und Stelle bleibt, Pol«, trug er mir auf, während er sich mühte, das verdrehte Bein seines kreischenden Patienten festzuhalten.

»Ihr tut ihm weh«, protestierte ich.

»Nicht so sehr, als würde der gesplitterte Knochen in seine Beinmuskeln schneiden«, antwortete er. »Sie schreien immer, wenn ich einen Knochen richte. Es ist unwichtig. Lerne, es zu überhören.«

Balten, der Wundarzt, war eigentlich Barbier. Er hatte schlanke, feingliedrige Hände und einen etwas heimlichtuerischen Gesichtsausdruck. Leute aufzuschneiden – außer aus Vergnügen – war in den meisten alornischen Gemeinden jener Tage vom Gesetz verboten, so daß Baltens Kunst im Verborgenen gedeihen mußte, für gewöhnlich auf dem Küchentisch seiner Frau. Da er wissen mußte, wo all die Dinge im menschlichen Körper lagen, mußte er ebenfalls eine stattliche Anzahl kürzlich Verstorbener öffnen, so daß er vergleichende Tafeln anlegen konnte. Ich glaube, er benutzte den Spaten auf dem Kirchhof ebenso oft wie sein Badermesser in der Küche. Seine anatomischen Studien fanden meist unter einem gewissen Zeitdruck statt, weil er die Objekte seiner Studien vor Sonnenaufgang wieder in ihre Gräber zurückbringen mußte. Als seine Schülerin wurde ich häufig aufgefordert, an seiner leichenschänderischen Freizeitbeschäftigung teilzunehmen.

Ich gebe gern zu, daß ich auf diesen Teil meiner medizinischen Studien gerne verzichtet hätte. Die Gärtnerei liegt mir, aber die Früchte, die Balten und ich auf jenen mitternächtlichen Exkursionen ausgruben, waren nicht sehr anziehend, wenn ihr die Wahrheit hören wollt.

Noch ein weiteres meiner ›Talente‹, Vater. Wußtest du, daß deine Tochter eine ziemlich erfahrene Grabräuberin ist? Das nächste Mal, wenn du vorbeischaust, grabe ich dir einen aus, nur damit du siehst, wie man es macht.

»Am besten macht man sie betrunken, ehe man sie aufschneidet, Pol«, ließ Balten mich an einem Abend wissen, als er einen Humpen mit starkem Ale für unseren jüngsten Patienten füllte.

»Um den Schmerz zu mildern?« fragte ich.

»Nein. Damit sie nicht herumzappeln, während du sie aufschneidest. Wenn du dein Messer in die Eingeweide eines Mannes senkst, möchtest du, daß er vollkommen ruhig bleibt. Ansonsten könntest du Dinge abschneiden, die besser drangeblieben wären.« Als ich nach einem seiner gekrümmten Messer griff, umfaßte er mein Handgelenk mit einem ziemlich festen Griff. »Sei vorsichtig, Polgara!« warnte er mich. »Diese Messer sind sehr scharf. Ein scharfes Messer ist der Schlüssel für jede gute wundärztliche Tätigkeit. Stumpfe Klingen richten immer eine ziemliche Schweinerei an.«

Und das war meine Einführung in das Studium der Medizin. Alorner sind ein rauhes, praktisch veranlagtes Volk, und meine vier Lehrer – Arell, Argak, Salheim und Balten – verhalfen mir zu einem nüchternen Zugang zur Heilkunde. Ich glaube, ich habe die Lektion des grobschlächtigen Knocheneinrichters gelernt. ›Wenn es gebrochen ist, richte es. Wenn nicht, laß es.‹ Ich habe seitdem medizinische Schriften aus allen Winkeln der Welt studiert, und ich suche noch immer vergeblich nach etwas Treffenderem als diesem kernigen Lehrspruch.

Das soll indes nicht heißen, daß ich meine gesamte Zeit mit Nachgeburten, gebrochenen Knochen und inneren Organen verbracht hätte. Ich verbrachte Stunden mit meiner Schwester, und außerdem erwartete mich noch die Aufgabe, meine einstigen Verehrer davon zu überzeugen, daß ich keine Lust mehr auf ihr Spiel hatte.

Mit Merot dem Dichter kam ich recht einfach zu Rande. Mit stolzgeschwellter Brust teilte er mir mit, daß er es seit neuestem auf sich genommen habe, das größte Heldenlied in der Geschichte der Menschheit zu verfassen.

»Ach?« meinte ich, während ich vor seinem üblen Atem zurückwich.

»Würdet Ihr vielleicht gerne ein paar Zeilen aus meinem Werk hören, Lady Polgara?« erbot er sich.

»Ich wäre hoch erfreut«, log ich ihm ungerührt ins Gesicht.

Er nahm eine theatralische Pose ein, eine tintenbekleckerte Hand vorne gegen das dunkle Wams gepreßt, und legte sich, die Brust geschwellt, selbstgefällig ins Zeug. Seine Deklamation war sogar noch langweiliger und ermüdender als beim letzten Mal. Mit ausdruckslosem Gesicht wartete ich, bis er völlig im Sproß seines dichterischen Genies aufgegangen war, um mich dann umzudrehen und wegzugehen, während er sein Meisterwerk einer weißen Wand vortrug. Ich weiß nicht, ob die Wand beeindruckt war. Ich hatte nie Gelegenheit, sie zu fragen. Aber Merot war wohl beeindruckt genug für sie beide.

Mein neuerworbenes Wissen bezüglich der Funktionsweise des menschlichen Körpers half mir dabei, dem ›mächtigen Taygon‹ seine Lektion zu erteilen. Unschuldig fragte ich ihn nach den Inhalten der unterschiedlichen Verdauungsorgane, die er so großzügig in seiner erzählerischen Landschaft verteilt hatte. Aus mir unerfindlichem Grund ließ meine lebhafte Beschreibung eines Stückes halbverdauten Lammfleisches Taygons Gesicht blaß und dann grünlich werden. Er floh, die Hand fest auf den Mund gepreßt, um sein Mittagessen dort zu behalten, wo es hingehörte. Offensichtlich hatte Taygon zwar keine Probleme mit Blut, andere Körperflüssigkeiten indes bereiteten ihm gewisse Schwierigkeiten.

Dann wandte ich mich dem großen, fröhlich geschmückten Saal zu, in dem die Kinder spielten. Viele von ihnen kannte ich noch von meinem letzten Besuch. Aber der Ort erfüllte ja den Zweck, die Jungen paarweise zusammenzubringen, und so kam es, daß die Ehe ihren Tribut unter meinen einstigen Spielkameraden gefordert hatte. Doch neue Aspiranten waren an ihrer Statt hier, so daß die Anzahl stets mehr oder weniger konstant blieb.

»Ah, da seid Ihr ja, Lady Polgara.« Es war der blonde, so überaus galante Baron Kamion. Er trug ein pflaumenfarbenes Samtwams, und wenn sich etwas feststellen ließ, dann nur, daß er noch besser aussah als beim letzten Mal. »Es ist eine Wohltat, Euch wiederzusehen, Lady Polgara«, begrüßte er mich mit einer tiefen, geschmeidigen Verbeugung. »Wie ich sehe, seid Ihr an den Ort Eurer Triumphe zurückgekehrt.«

»Wohl kaum, mein lieber Baron«, entgegnete ich mit einem Lächeln. »Wie ist es Euch ergangen?«

»Ich war untröstlich, als ihr uns verlassen hattet, Mylady.«

»Könnt Ihr nicht *einmal* ernst sein, Kamion?«

Den Einwurf überging er elegant. »Was zum Himmel habt Ihr mit dem armen Taygon angestellt?« fragte er mich. »Ich habe ihn noch nie in einer solchen Verfassung gesehen.«

Ich zuckte die Schultern. »Taygon spielt gerne den wilden Mann, aber ich fürchte, er hat einen schwachen Magen.«

Kamion lachte. Dann wechselte sein Ausdruck, und er sah mich sinnend an. »Macht mir die Freude und geht mit mir spazieren, Mylady«, schlug er vor. »Es gibt da ein paar Dinge, die ich Euch gerne mitteilen würde.«

»Aber gerne, Kamion.«

Arm in Arm verließen wir den Raum und schritten durch einen luftigen Korridor, entlang der Gartenseite der Zitadelle. Hier und dort hielten wir inne, um einen Rosenstrauch zu bewundern. »Ich weiß nicht, ob Ihr es vernommen habt, Polgara«, begann Kamion erneut, »ich bin nun verlobt.«

»Meinen Glückwunsch, Kamion.« Ich gebe zu, daß ich einen kleinen Stich verspürte. Ich mochte Kamion, und unter anderen Umständen hätte ich vielleicht noch tiefer empfunden.

»Sie ist ein sehr hübsches Mädchen, und aus irgendeinem Grund betet sie mich an.«

»Aber Ihr *seid* doch auch ein charmanter Herr.«

»Vieles davon ist Fassade, liebste Lady«, räumte er ein. »Unter all dieser Tünche steckt immer noch ein heranwachsender unsicherer Jüngling. Erwachsenwerden kann ja *so* anstrengend sein – habt Ihr das auch schon herausgefunden?«

Ich lachte. »Ihr habt ja keine Ahnung, wie anstrengend *ich* es fand, Kamion.«

Er seufzte, und ich wußte, es war kein Theaterseufzer. »Ich mag meine zukünftige Frau natürlich sehr gerne«, ließ er mich wissen, »aber die Aufrichtigkeit zwingt mich zu dem Eingeständnis, daß ein Wort von Euch meine Verlobung beenden würde.«

Freundschaftlich berührte ich seine Hand. »Ihr wißt, daß ich dieses Wort nicht aussprechen werde, lieber Kamion. Ich habe noch einen viel zu weiten Weg vor mir.«

»Ich habe schon befürchtet, daß Ihr das sagen würdet«, gab er zu. »Der tiefe Zweck dieser kleinen Plauderei ist es, Euch zur Freundin zu gewinnen. Ich bin mir bewußt, daß wahre Freundschaft zwischen Mann und Frau unnatürlich – und vermutlich unmoralisch – ist, aber Ihr und ich, wir sind auch keine gewöhnlichen Menschen, nicht?«

»Nein, eigentlich nicht.«

»Die Pflicht ist eine grausame Herrin, nicht wahr, Polgara? Wir beide sind in den Schlingen des Schicksals gefangen, nehme ich an. Ihr müßt Eurem Vater dienen, und mich hat Eisenfaust gebeten, einer seiner Berater zu werden. Wir sind beide in Staatsangelegenheiten verwickelt, aber das Problem liegt darin, daß wir beide von zwei verschiedenen Staaten sprechen. Trotzdem möchte ich gerne Euer Freund sein.«

»Ihr *seid* mein Freund, Kamion, ob Ihr wollt oder nicht. Der Zeitpunkt mag kommen, an dem Ihr das bedauern werdet, aber denkt daran, Ihr wart derjenige, der den Vorschlag gemacht hat.«

»Ich werde es nie bereuen, Pol.«

Und dann küßte ich ihn, und eine ganze Welt von ›So-hätte-es-werden-können‹ blitzte vor meinen Augen auf.

Danach sagten wir nichts mehr. Kamion geleitete mich mit würdevollem Ernst in meine Gemächer zurück, küßte mir die Hand und ging den Weg zurück, den er gekommen war.

Ich sah keinen Anlaß, Beldaran dieses kleine Zwischenspiel zu erzählen.

Ich schlug Vater vor, die ›Konferenzen‹ mit Riva, Anrak und Algar während der letzten Tage von Beldarans Schwangerschaft in einem der Türme der Zitadelle abzuhalten. In dieser kritischen Zeit hat eine Frau nicht gerne viel Mannsvolk um sich.

Beldarans Niederkunft verlief ziemlich leicht – das versicherte mir zumindest Arell. Für mich war es allerdings das erste Mal, daß ich einem solchen Vorgang beiwohnte, und so erschien sie mir ziemlich entsetzlich, zumal Beldaran meine Schwester war.

Zu gegebener Zeit entband Beldaran also, und nachdem Arell und ich den Jungen gesäubert hatten, brachte ich ihn Riva. Würdet ihr mir glauben, wenn ich euch erzähle, daß dieser mächtige König tatsächlich Angst vor dem Winzling zu haben schien?

Männer!

Der Kleine, Daran, hatte ein eigenartiges weißes Mal

auf seiner rechten Handfläche, und das bereitete Riva erhebliche Sorgen. Vater hatte es uns allerdings zuvor erklärt, so daß ich jetzt wußte, was es bedeutete.

Die Zeremonie, Eisenfausts Erben am nächsten Morgen dem Orb des Meisters vorzustellen, bewegte mich mehr, als ich sagen kann. Eine überaus fremdartige Empfindung übermannte mich, als der kleine Kronprinz in meinen Armen zur Begrüßung seine Hand auf den Orb legte und sowohl er als auch ich von der charakteristischen blauen Aura umhüllt wurden. Auf geheimnisvolle Weise begrüßte der Orb mich ebenso wie Daran, und ich gewann einen flüchtigen Einblick in sein fremdartiges Bewußtsein. Der Orb und sein Gegenstück, der Sardion, hatten im Mittelpunkt der Schöpfung gestanden. Bevor sie durch den ›Unfall‹ getrennt wurden, waren sie das materielle Gefäß der ABSICHT des Universums gewesen. Ich sollte ein Teil dieser ABSICHT sein, und da Mutters und mein Geist verbunden waren, war auch sie darin eingeschlossen.

Vater und ich verweilten einen weiteren Monat auf der Insel, und dann wurde der alte Wolf langsam ruhelos. Es gab da ein paar Dinge, die er erledigen wollte, und mein Vater *haßt* es, wenn sich unerledigte Dinge vor ihm auftürmen. Wie er uns erklärte, hätten die Götter des Westens uns verlassen, und wir sollten unsere Anweisungen von nun an mittels Prophezeiungen erhalten. Vater wollte *unbedingt* einen Blick auf die beiden Propheten werfen, die zu jener Zeit sprachen – einer in Darine und der andere in den Sümpfen von Drasnien. Der Meister hatte ihn unterrichtet, daß der Begriff ›das Kind des Lichts‹ das Schlüsselwort sei, das *echte* Propheten von den vielen stammelnden Verrückten unterscheiden würde, und Vater verlangte es sehnsüchtig danach, diese Losung als Authentizitätsbeweis zu vernehmen.

Anrak segelte uns an die sendarische Küste und setzte uns an einem Strand an Land, wo heute die Stadt Sendar steht.

Ich fand es außerordentlich unerfreulich, mich durch

den weglosen Dschungel dieses scheinbar endlosen Urwalds zu schlagen. Hätte unsere Expedition nach Darine einige Jahre früher stattgefunden, als ich noch hinterwäldlerisch und ungepflegt durchs Leben ging, hätte ich sie vielleicht genossen, aber jetzt vermißte ich meine Badewanne. Außerdem gab es schrecklich viele Insekten. Ich kann auch heute noch im Wald überleben, wenn es sein muß, aber *ehrlich …!*

Selbstverständlich hatte ich eine Alternative dazu anzubieten, sich mühevoll durch das dichte Gestrüpp zu kämpfen, aber das Problem bestand darin, das Thema anzuschneiden, ohne meine Zweitausbildung zu verraten – und deren Ursprung. Ich ließ ein paar Andeutungen über diese alternative Reisemethode fallen, aber Vater war schrecklich vernagelt, und so platzte ich schließlich damit heraus und fragte ihn: »Warum soll ich zu Fuß gehen, wenn ich fliegen kann?«

Er erhob pro forma ein paar Einwände, vermutlich, weil er eigentlich nicht wollte, daß ich erwachsen wurde. Eltern sind manchmal so. Am Ende gab er jedoch nach und erläuterte mir den Vorgang des Gestaltwandelns in aller Ausführlichkeit. Dann begann er wieder von vorne – und noch einmal –, bis ich drauf und dran war, vor Wut zu schreien.

Zu guter Letzt gingen wir zum praktischen Teil über, und ich nahm automatisch meine vertraute Gestalt als Schnee-Eule an.

Ich war nicht im geringsten auf seine Reaktion gefaßt. Vater neigt dazu, seine Gefühle peinlich unter Verschluß halten, aber diesmal überwältigten sie ihn. Könnt ihr mir glauben, daß er tatsächlich weinte? Eine plötzliche Welle des Mitgefühls überflutete mich, als ich schließlich erkannte, wie sehr er gelitten hatte, als er glauben mußte, Mutter sei gestorben.

Ich wählte bald die Gestalt einer anderen Eule, und Vater ›ging als Wolf‹, wie er es nennt. Er war ein überaus beeindruckender Wolf, das gestehe ich ihm zu, und er konnte beinah mit mir Schritt halten.

Nach drei Tagen erreichten wir Darine und nahmen wieder menschliche Gestalt an, bevor wir die Stadt betraten und nach Hatturk Ausschau hielten, dem Häuptling des dortigen Klans. Auf dem Weg gab Vater mir eine kurze historische Einführung in den Bärenkult. Irrwege tauchen in jeder Religion von Zeit zu Zeit auf, aber die Ketzereien des Bärenkults sind so haarsträubend, daß kein vernunftbegabtes Wesen jemals einen solch offensichtlichen Schwachsinn schlucken würde.

»Wer hat jemals behauptet, daß die Anhänger des Bärenkults vernunftbegabte Wesen wären?« Vater zuckte mit der Schulter.

»Wissen wir genau, daß dieser Hatturk ein Anhänger des Kults ist?«

»Algar ist der Meinung, und ich achte Algars Urteil. Ehrlich, Pol, es ist mir völlig gleichgültig, ob unser Hatturk Tausendfüßler anbetet, solange er nur Algars Anweisungen befolgt und Schreiber beauftragt hat, alles festzuhalten, was dieser Prophet von sich gibt.«

Im trüben Licht des frühen Morgens schleppten wir uns über die schlammige Straße. Ich glaube, über jeder Stadt in den nördlichen Breiten lastet unentwegt diese Rauchglocke. Tausende von Schornsteinen stoßen nun einmal eine ganze Menge Rauch aus, und da die Luft am frühen Morgen ziemlich still ist, bleibt der Rauch hängen.

Hatturks Haus war ein protziges Gebäude aus Holzstämmen, und es platzte förmlich aus den Nähten von übergroßen, bärtigen Alornern in Bärenfellen, die bis an die Zähne bewaffnet waren. Um es offen zu sagen, der Gestank dort war überwältigend – ein Gemisch aus verschüttetem Bier, zahlreichenen offenen Jauchegruben, ungegerbten Bärenhäuten, nicht stubenreinen Jagdhunden und ungewaschenen Achselhöhlen.

Als ein keineswegs nüchterner Alorner seinen Häuptling geweckt hatte, um ihm Vaters Ankunft zu verkünden, kam Hatturk die Stufen hinuntergetaumelt, fett, ungepflegt und mit blutunterlaufenen Augen.

Vater teilte ihm ziemlich kurz angebunden mit, warum wir nach Darine gekommen waren, und dieser ›Anführer seines Clans‹ erbot sich, uns zum Haus von Bormik zu bringen, dem mutmaßlichen Propheten von Darine. Hatturk war vermutlich noch halb betrunken von der vergangenen Nacht, und ich glaube, er schwatzte viel mehr, als er mit nüchternem Kopf gesagt hätte. Bier *hat* seinen Nutzen, nehme ich an.

Die erschreckendste Nachricht, die ihm entschlüpfte, betraf seine Entscheidung, dem Befehl seines Königs bezüglich der Schreiber *nicht* zu entsprechen. Bormik hatte uns Anweisungen erteilt, und dieser übelriechende Schwachkopf hatte eigenmächtig entschieden, sie unaufgezeichnet dem Vergessen zu überantworten!

Bormiks Hütte lag im östlichen Außenbezirk von Darine, und er lebte dort mit einer Tochter mittleren Alters namens Luana, die sich offenbar um ihn kümmerte. Luana war eine alte Jungfer. Die Tatsache, daß sie unablässig auf ihre Nasenspitze schielte, war möglicherweise der Grund dafür. Aber sie hielt Ordnung in der Hütte ihres Vaters, und mir fiel auf, daß sogar Blumen auf dem Tisch standen.

»Polgara«, erklang Mutters Stimme in der Stille meiner Gedanken, *»sie wird wissen, was ihr Vater gesagt hat. Sie ist der Schlüssel zu diesem Problem. Kümmere dich nicht darum, was die Männer tun. Konzentriere dich statt dessen auf Luana. Oh, du brauchst vielleicht Geld. Stiehl deinem Vater die Börse.«*

Ich mußte ein Lachen unterdrücken, als ich das hörte.

Nachdem Bormik erst einmal mit dem Orakeln angefangen hatte, war Vaters Aufmerksamkeit so völlig von den Auslassungen des Propheten in Anspruch genommen, daß er gar nicht merkte, wie ich seine lederne Geldbörse geschickt von seinem Gürtel stibitzte.

Schon gut, Leuten Sachen zu stehlen, ist nicht sehr nett, aber Vater war ja als Junge selbst ein Dieb, also wird er es vermutlich verstanden haben.

Dann gesellte ich mich zu Luana, die sich etwas abseits gesetzt hatte, um ein Paar ihres Vaters Wollsocken zu stopfen. »Ihr habt ein gemütliches Häuschen hier, Luana«, begann ich.

»Es regnet nicht durch«, antwortete sie ausweichend. Luana trug ein schlichtes graues Kleid, und ihr Haar war zu einem strengen Nackenknoten zurückgebunden. Das schwere Schielen mußte ihr gesamtes Leben bestimmt haben. Sie hatte nie geheiratet und würde es wohl auch nicht mehr tun. Obwohl sie eigentlich hübsch aussah, unternahm sie keinen Versuch, sich herauszuputzen. Es war noch nicht so lange her, daß *ich* häßlich gewesen war. Ich konnte mich noch gut daran erinnern, wie man sich fühlte.

»Hat Euer Vater diese ›Anfälle‹ häufig?« erkundigte ich mich, indem ich mich dem Thema ziemlich vorsichtig näherte.

»Dauernd«, sagte sie. »Manchmal faselt er stundenlang so weiter.«

»Wiederholt er sich?«

»Das macht es ja so ermüdend, Lady Polgara. Ich habe diese ›Ansprachen‹ von ihm so oft gehört, daß ich sie wahrscheinlich selbst aufsagen könnte – aber das muß ich ja gar nicht.«

»Das habe ich nicht ganz verstanden, Luana.«

»Es gibt bestimmte Wörter, die seine ›Vorträge‹ auslösen. Wenn ich ›Tisch‹ sage, bekomme ich die eine Ansprache – die habe ich schon Dutzende Male gehört. Wenn ich ›Fenster‹ sage, bekomme ich eine andere zu hören, – die habe ich häufiger über mich ergehen lassen müssen, als mir lieb war.«

Wir waren gerettet! Mutter hatte recht gehabt! Luana konnte den gesamten Darinekodex mit einer Reihe von

Schlüsselwörtern abrufen. Nun mußte ich nur noch einen Weg finden, mich ihrer Mitarbeit zu versichern. »Sind Eure Augen schon immer so gewesen?« fragte ich sie. Ich vermute stark, daß Mutter etwas mit dieser unverblümten Frage zu tun hatte.

Luanas Miene wurde starr vor Zorn. »Ich vermag nicht zu erkennen, was Euch das angeht«, entgegnete sie ziemlich aufgebracht.

»Ich will Euch nicht beleidigen, Luana«, versicherte ich ihr. »Ich verfüge aber über eine gewisse Erfahrung als Ärztin, und ich glaube, das könnte in Ordnung gebracht werden.«

Sie starrte mich an – nun, ihre Nase, um genau zu sein, aber ich glaube, ihr habt mich verstanden. »Das könntet Ihr wirklich?« fragte sie mit fast nackter Gier.

»Sag ja«, drängte Mutter mich.

»Ich bin sicher, daß ich es kann«, antwortete ich.

»Ich würde alles dafür geben – *alles!* – Lady Polgara. Ich kann es nicht ertragen, in einen Spiegel zu sehen. Ich traue mich nicht aus dem Haus, weil ich all das Gelächter nicht mehr ertragen kann.«

»Ihr sagtet, Ihr könntet Euren Vater all seine Ansprachen wiederholen lassen?«

»Warum sollte ich mir das antun wollen?«

»Damit Ihr Euch selbst anschauen könnt, ohne Euch zu schämen, Luana. Ich werde Euch ein wenig Geld geben, damit Ihr Schreiber anheuert, die festhalten, was Euer Vater sagt. Könnt Ihr lesen und schreiben?«

»Ja. Lesen füllt die leeren Stunden aus, und eine Frau, die so häßlich ist wie ich, hat eine Menge leerer Stunden.«

»Gut. Ich möchte, daß Ihr Euch durchlest, was die Schreiber aufschreiben, um sicherzustellen, daß es korrekt ist.«

»Das kann ich tun, Lady Polgara. Wie ich schon sagte, ich könnte vermutlich all die Ansprachen meines Vaters aus dem Gedächtnis aufsagen.«

»Wir sollten es direkt aus seinem Mund niederschreiben.«

»Warum ist das Gefasel eines senilen alten Mannes so bedeutsam, Lady Polgara?«

»Euer Vater mag senil sein oder nicht, Luana, aber das ist im Grunde nicht von Bedeutung. Die Ansprachen kommen von Belar – und den anderen Göttern. Sie sagen *meinem* Vater und mir, was wir tun sollen.«

Ihre verrutschten Augen wurden sehr groß.

»Werdet Ihr uns helfen, Luana?«

»Das werde ich, Lady Polgara – *wenn* Ihr meine Augen richtet.«

»Warum bringen wir es nicht sofort in Ordnung?« schlug ich vor.

»Hier? Unter den Blicken der Männer?«

»Sie werden gar nicht bemerken, was wir tun.«

»Wird es weh tun?«

»Wird es?« fragte ich Mutter.

»Nein. Folgendes mußt du tun.« Es folgten einige sehr detaillierte Anweisungen.

Es war keine medizinische Prozedur. Selbst Baltens Bestecke wären nicht klein genug für diese Art von Präzisionsarbeit gewesen, und so machte ich es ›auf die andere Art‹. Es betraf die Muskeln, die Luanas Augen festhielten, und einige andere Dinge, die mit der Art und Weise zusammenhingen, wie ihre Augen sich scharfstellten. Der zeitaufwendigste Teil bestand darin, jene winzigen Einstellungen vorzunehmen, die alle Hinweise auf ihren früheren Zustand zum Verschwinden brachten. »Ich glaube, ich habe es geschafft«, meinte ich schließlich.

»Pol«, sagte mein Vater, nachdem Bormik seine langatmige Verlautbarung abgeschlossen hatte.

»Eine Minute, Vater«, winke ich ab. Dann schaute ich mir Luanas nunmehr gerade blickenden Augen noch einmal genau an. »Geschafft«, teilte ich ihr leise mit.

»Darf ich sie mir ansehen?«

»Natürlich. Ihr habt sehr schöne Augen, Luana. Falls

sie Euch zusagen, werdet Ihr dann Euren Teil der Vereinbarung einhalten?«

»Und wenn es mich das Leben kosten würde«, antwortete sie inbrünstig. Dann ging sie zu dem Spiegel an der gegenüberliegenden Wand. »O Lady Polgara!« rief sie aus, und aus ihren nunmehr gerade blickenden Augen rannen Tränen der Freude. »Ich danke Euch!«

»Ich bin froh, daß sie Euch gefallen, Liebes«, sagte ich. Ich erhob mich. »Ich sehe beizeiten nach Euch, Luana. Gehabt Euch wohl.« Dann folgte ich Vater nach draußen.

»Ich glaube, ich verwandele Hatturk in eine Kröte«, murrte Vater.

»Wozu um alles auf der Welt?« Dann runzelte ich die Stirn. »Können wir das wirklich?«

»Ich weiß nicht genau. Vielleicht ist dies der passende Zeitpunkt, um es herauszfinden. Hatturk ist das perfekte Versuchsobjekt. Durch die Dummheit dieses Menschen haben wir mehr als die Hälfte der Prophezeiung verloren.«

»Ganz ruhig, Vater«, riet ich ihm. »Wir haben kein Fitzelchen verloren. Luana wird an unserer Statt dafür sorgen. Es ist schon alles in die Wege geleitet.«

»Was hast du gemacht, Pol?« wollte er wissen.

»Ich habe ihre Augen gerichtet. Sie wird mich dafür entlohnen, indem sie Schreiber anstellt, um die ganze Prophezeiung auf Papier festzuhalten.«

»Aber ein Teil ist uns bereits durch die Lappen gegangen.«

»Beruhige dich, Vater. Luana weiß, wie sie Bormik dazu bringen kann, das bereits Gesagte noch einmal zu wiederholen. Wir bekommen die ganze Prophezeiung.« Ich legte ein Pause ein. »Der andere ist in Drasnien, nicht?«

Er gaffte mich mit offenem Mund an.

»Mach den Mund zu, Vater. Sonst siehst du wie ein Idiot aus. Also, machen wir uns jetzt auf den Weg nach Drasnien oder nicht?«

»Ja«, erwiderte er in wütendem Tonfall, »wir *gehen* nach Drasnien.«

Ich lächelte ihn mit diesem zuckersüßen Gesichtsausdruck an, der ihn immer absolut rasend macht. »Hast du ein Schiff gemietet?« fragte ich ihn, »oder möchtest du lieber fliegen?«

Einiges von dem, was er daraufhin sagte, eignet sich nicht zur schriftlichen Wiedergabe.

KAPITEL 8

Der Golf von Cherek ist in vieler Hinsicht ein alornischer See. Der Hauptgrund dafür ist die Meerenge von Cherek, da nur Alorner tapfer – oder dumm – genug sind, eine Durchfahrt durch diesen tosenden Mahlstrom zu wagen. Rückschauend gebe ich zu, daß die verhältnismäßige Abgelegenheit des Golfs in der Vergangenheit einem Zweck diente. Ihr verdankten die Alorner einen Platz, wo sie unbehelligt spielen und in den übrigen Königreichen des Westens nichts anstellen konnten.

Die Hafenstadt Kotu an der Mündung des Mrinflusses war, wie alle alornischen Städte jener Zeit, weitgehend aus Holz gebaut. Mein Vater hat wegen der Brandgefahr etwas gegen Städte in Holzbauweise, wohingegen mein Einwand ästhetischer Natur ist. Ein Holzhaus ist häßlich, und wenn man es recht betrachtet, sind die Ritzen zwischen den Baumstämmen nichts anderes als getrockneter Kot. Kotu lag auf einer Insel, so daß es wenig Platz hatte, sich auszubreiten. Die Straßen waren eng, schmutzig und krumm, und die Häuser drängten sich dicht aneinander, wobei ihre Obergeschosse vorragten wie angriffslustig gerunzelte Brauen. Der Hafen, wie jeder Hafen der Welt, roch wie eine offene Jauchegrube.

Das Schiff, das uns von Darine nach Kotu brachte, war ein cherekischer Kauffahrer, das bedeutet, daß die schweren Kriegsmaschinen nicht *offen* an Deck zur Schau gestellt wurden. Wir erreichten Kotu am Spätnachmittag eines besonders trüben Tages, und König

Dras Stiernacken erwartete uns – zusammen mit einer erklecklichen Anzahl von farbenfroh gekleideten jungen drasnischen Adligen, die die Reise nach Boktor offensichtlich nicht unternommen hatten, um die landschaftlichen Schönheiten der Sümpfe zu bewundern. Ich erkannte mehrere von ihnen wieder, da sie bei Beldarans Hochzeit zugegen gewesen waren. Sie hatten ihren Freunden offenbar von mir erzählt.

Wir verbrachten die Nacht in einem lauten alornischen Gasthof, der nach verschüttetem Bier roch. Am nächsten Tag war der Morgen schon weit fortgeschritten, als wir flußaufwärts in Richtung des Dorfes Braca aufbrachen, wo der Mrinprophet in seinem Pferch hauste.

Den überwiegenden Rest jenes Tages verbrachte ich damit, die jungen Drasnier an Deck zu bezaubern. Schließlich hatten sie die Reise unternommen, nur um mich zu sehen, so daß ich das Gefühl hatte, ich schuldete ihnen zumindest *das*. Ich war nicht ganz bei der Sache, aber ich denke, eine junge Dame sollte nicht aus der Übung kommen. Ich brach also ein paar Herzen – auf nette Weise –, aber was mich *wirklich* interessierte, war die verstohlene Art, wie die Drasnier untereinander die Finger krümmten und bewegten. Ich war mir ziemlich sicher, daß es keine Volkskrankheit war. Aus diesem Grunde schickte ich einen vorsichtigen Suchgedanken aus und erfuhr sogleich, daß es sich auch nicht um Geschicklichkeitsübungen für die Finger handelte. Was ich sah, war vielmehr eine hochentwickelte Art von Zeichensprache, deren Bewegungen so sparsam und kaum merklich waren, daß es mich arg verwunderte, daß ein dickfingriger Alorner sie erfunden haben sollte.

»Dras«, wandte ich mich an jenem Abend an Stiernacken, »warum zucken deine Leute ständig mit den Fingern?« Natürlich wußte ich bereits, worum es ging, aber es war eine Eröffnung, um mich dem Thema vorsichtig zu nähern.

»Oh«, entgegnete er, »das ist nur die Geheimsprache. Die Händler haben sie erfunden, damit sie sich unbemerkt miteinander verständigen konnten, wenn sie gerade jemand übers Ohr hauen.«

»Du scheinst keine ausnehmend hohe Meinung von Händlern zu haben, Dras«, merkte Vater an.

Dras zuckte mit den Schultern. »Ich mag keine Betrüger.«

»Bis zu dem Zeitpunkt, wo sie ihre Steuern entrichten?« warf ich ein. »Gibt es zufällig jemand unter deinen Gefolgsleuten, der diese Sprache besser beherrscht als die anderen?«

Er dachte darüber nach. »Nach dem, was mir so zu Ohren kommt, ist Khadon der geschickteste. Ich glaube, du hast ihn auf der Hochzeit deiner Schwester kennengelernt.«

»So ein kleiner Bursche? Nicht viel größer als ich? Blondes, lockiges Haar und ein nervöses Zucken im linken Augenlid?«

»Das ist er.«

»Ich glaube, ich werde morgen das Gespräch mit ihm suchen. Ich wüßte gern etwas mehr über diese Geheimsprache.«

»Zu welchem Zweck, Pol?« fragte Vater.

»Ich bin neugierig, Vater. Außerdem soll ich ja eine Ausbildung erhalten, und deshalb sollte ich wohl auch manchmal etwas Neues lernen, oder?«

Am nächsten Morgen stand ich zeitig auf und ging hoch an Deck, um nach Khadon Ausschau zu halten. Er stand in der Nähe des Schiffsbugs und betrachtete die Marschen mit einer Miene des Abscheus. Ich setzte mein gewinnendstes Lächeln auf und näherte mich ihm. »Ah«, sagte ich, »da seid Ihr ja, Lord Khadon. Ich habe Euch schon überall gesucht.«

»Ich fühle mich geehrt, Lady Polgara«, entgegnete er mit einer eleganten Verbeugung. »Kann ich etwas für Euch tun?«

»Ja, tatsächlich, das könnt Ihr. König Dras erzählte mir, Ihr wäret höchst bewandert in der Beherrschung der Geheimsprache.«

»Der König schmeichelt mir, Mylady«, erwiderte er mit gespielter Bescheidenheit.

»Denkt Ihr, Ihr könntet mir diese Sprache beibringen?«

Er sah erstaunt drein. »Es dauert ziemlich lange, sie zu lernen, Mylady.«

»Habt Ihr heute schon etwas anderes vor?« Ich sagte es mit einem durchsichtigen Ausdruck übertriebener Unschuld.

Er lachte. »Nicht das mindeste, Lady Polgara. Es wird mir ein Vergnügen sein, Euch zu unterrichten.«

»Dann laßt uns beginnen.«

»Natürlich. Euer Anblick sagt mir wesentlich mehr zu als derjenige dieses pestilenzartigen Sumpfes.« Er machte eine Geste in Richtung des öden Marschlandes. Ich glaube, ich habe wirklich nie einen Drasnier getroffen, der die Sümpfe mochte.

Khadon und ich nahmen auf einer Bank im Bug unseres dickbauchigen Flußboots Platz, und dann fingen wir an. Kaum merklich bewegte er die Finger seiner rechten Hand. »Das heißt ›Guten Morgen!‹«, teilte er mir mit.

Nach einer Weile kamen andere junge Drasnier an Deck, und ich sah, daß Khadon das Ziel einiger ziemlich giftiger Blicke war. Aber das bekümmerte mich nicht sonderlich, und ich bin mir sicher, daß sie auch meinen Lehrer nicht allzusehr belasteten.

Khadon schien überrascht zu sein, wie schnell ich die Zeichensprache begriff, die er mir beibrachte, aber ich glaube nicht, daß er jemals das tatsächliche Ausmaß dessen erfaßte, was ich in den nächsten paar Tagen lernte. Obwohl er sich dessen vermutlich nicht bewußt war, trug Khadon das gesamte Wörterbuch der drasnischen Fingersprache in seinem Kopf, und Mutter hatte mir ja beigebracht, wie man sich diese Art von Wissen ganz behutsam aus den Gedanken anderer Menschen beschafft.

Das Dorf Braca lag ziemlich genau in der Mitte zwischen Kotu und Boktor. Es war auf einer grauen Schlickbank erbaut, die am Südufer des träge dahinströmenden Mrinflusses in das Wasser ragte. Die etwa ein Dutzend Hütten von Braca waren allesamt aus beinweißem Treibholz errichtet, und die meisten standen auf Pfählen, da der Mrin jedes Frühjahr Hochwasser führte. Fischernetze hingen von langen Gestellen am Wasser herab, und schmutzig aussehende Ruderboote waren an wackligen Stegen vertäut, die ebenfalls aus Treibholz bestanden. Ein Stück vom Flußufer entfernt stand ein grob gezimmerter Belartempel, und Stiernacken teilte uns mit, daß der Prophet dort hauste. Der allgemeine Eindruck, den Braca hinterließ, war einzigartig abstoßend. Der Mrinfluß hatte ein schlammiges Braun, und das endlose Meer von Gras und Ried, die eigentlichen Sümpfe, erstreckte sich ohne Unterbrechung von Horizont zu Horizont. Der Gestank von verfaulendem Fisch hing über dem Dorf wie ein Fluch, und die Mückenschwärme waren manchmal so dicht, daß sie die Sonne verdunkelten.

Dras und der hiesige Belarpriester führten meinen Vater und mich über den schwankenden Treibholzsteg, an dem unser Schiff angelegt hatte, und dann über den schlammigen, ausgefurchten Trampelpfad zum Tempel. »Er ist der Dorfidiot«, ließ der Priester uns betrübt wissen. »Seine Eltern ertranken bei einem Hochwasser kurz nach seiner Geburt, und niemand kennt seinen Namen. Da ich der Priester hier bin, überstellten sie ihn meiner Obhut. Ich sorge dafür, daß er zu essen bekommt, aber viel mehr vermag ich nicht für ihn zu tun.«

»Ein Idiot?« fragte Vater scharf. »Ich dachte, er sei wahnsinnig.«

Der Priester, ein freundlicher alter Mann, seufzte. »Nein, Altehrwürdiger«, sagte er. »Wahnsinn ist eine Abweichung in einem normalen menschlichen Geist. Dieser arme Kerl *hat* keinen Geist. Er kann nicht einmal sprechen.«

»Aber –«, wollte Vater einwenden.

»Er hat nie zusammenhängende Laute von sich gegeben, Altehrwürdiger – bis vor wenigen Jahren. Dann begann er plötzlich zu reden. Um genau zu sein, es klingt eher wie eine Rezitation als wie normales Reden. Hin und wieder erkenne ich einen Satz aus dem ›Buch der Alorner‹ wieder. König Dras hat uns aufgetragen, auf die unterschiedlichsten Wahnsinnigen zu achten, da sie möglicherweise etwas von sich geben, das für Euch nützlich zu wissen wäre. Als unser Dorfidiot zu reden begann, war ich mir ziemlich sicher, daß dies ein Zeichen für etwas Bedeutendes sein müsse.«

»Als mir die Nachricht von Hochwürden zu Ohren kam, reiste ich hierher und sah es mir selbst an«, griff Dras den Faden auf. »Ich hörte dem armen Tropf eine Weile zu, und dann heuerte ich ein paar Schreiber an, damit sie neben ihm Wache hielten – genauso, wie Ihr es Vater befohlen hattet an jenem Tag am Ufer des Aldur, als Ihr Vaters Königreich geteilt habt. Wenn es sich herausstellen sollte, daß er kein echter Prophet ist, schicke ich die Schreiber wieder nach Boktor. Da ich dieses Jahr wenig Einkünfte hatte, bemühe ich mich, meine Ausgaben möglichst gering zu halten.«

»Laß mich erst hören, was er sagt, ehe du die Schreiber fortschickst, Dras«, sagte Vater. »Hochwürden hat recht. Ein Idiot, der plötzlich zu sprechen beginnt, ist ziemlich ungewöhnlich.«

Wir gingen um den schäbigen kleinen Tempel herum, und ich sah das wilde Tier zum ersten Mal.

Er war schmutzig, und er schien es zu genießen, sich im Schlamm zu suhlen wie ein Schwein – und vermutlich aus demselben Grund. Eine Mücke kann nicht durch eine dicke Schlammkruste stechen. Er besaß nichts dergleichen, was man gemeinhin unter einer Stirn versteht, denn sein Haaransatz schien übergangslos mit seinen vorstehenden Augenbrauen zu verschmelzen, und sein Schädel, der von dieser vorspringenden Braue flach nach hinten abfiel, war absonderlich deformiert. Seine tief eingesunkenen Augen enthielten nicht den leisesten Schimmer menschlicher Intelligenz. Er sabberte und grunzte und zerrte rhythmisch an der Kette, die verhinderte, der er in die Sümpfe hinauslief.

Ich spürte, wie mich eine überwältigende Woge des Mitgefühls überkam. Selbst der Tod wäre besser gewesen als das, was diese arme Kreatur zu erdulden hatte.

»Nein, Pol«, ließ sich Mutters Stimme in meinem Kopf vernehmen. *»Das Leben an sich ist etwas Wertvolles, selbst für jemanden wie ihn hier, und wie du und ich und alle anderen hat auch er eine Aufgabe zu erfüllen.«*

Vater unterhielt sich ausführlich mit Stiernackens Schreibern und las ein paar Seiten von dem, was sie bereits aufgeschrieben hatten. Dann begaben wir uns zurück aufs Schiff, und ich hielt wieder nach Khadon Ausschau.

Es war um die Mittagszeit am nächsten Tag, als einer der Schreiber zum Fluß hinunterkam, um uns mitzuteilen, daß der Prophet wieder spreche, und so stapften wir erneut zu dem schlichten kleinen Tempel, um die Stimme des Gottes zu vernehmen.

Ich war verblüfft über die Veränderung, die in diesem halbtierischen Lebewesen vorgegangen war, das da im Schlamm neben seinem Pferch kauerte. In seinem ungeschlachten Gesicht stand eine Art von ekstatischem Ausdruck, und die Worte, die aus seinem Mund strömten – Worte, die er aller Wahrscheinlichkeit nach nicht verstehen konnte –, wurden überaus deutlich mit einer irgendwie rollenden Stimme ausgesprochen, die sich anhörte, als habe sie ihr eigenes Echo verschluckt.

Nach einer gewissen Zeit verstummte er und fing wieder an, zu stöhnen und zu grunzen und rhythmisch an seiner Kette zu reißen.

»Das sollte genügen«, sagte Vater. »Er ist echt.«

»Wie könnt Ihr das so schnell feststellen?« fragte ihn Dras.

»Weil er vom Kind des Lichtes gesprochen hat. Bormik drüben in Darine hat das auch getan. Ich habe mich eine Zeitlang mit diesem Propheten beschäftigt. Ich bin überaus vertraut mit dem Begriff des ›Kindes des Lichts‹. Sag das deinem Vater und deinen Brüdern weiter. Immer, wenn irgend jemand vom ›Kind des Lichtes‹ zu reden beginnt, werden wir Schreiber in seiner Nähe postieren.« Er schaute blinzelnd zu den öden Sümpfen hinaus. »Laß deine Schreiber eine Abschrift von allem anfertigen, was sie bislang festgehalten haben, und schick sie mir ins Tal.«

Nachdem wir auf Stiernackens Schiff zurückgekehrt waren, entschied Vater, daß er und ich südwärts durch die Marschen reisen und nicht den Rückweg über Darine antreten würden. Ich widersprach leidenschaftlich, aber es nützte mir nicht viel. Dras heuerte einen gefälligen Fischer an, und wir begaben uns in südlicher Richtung durch dieses stinkende, insektenverseuchte Sumpfland.

Überflüssig zu betonen, daß ich die Reise *nicht* genoß.

Etwas westlich von der Stelle, wo heute Aldurford steht, erreichten wir den südlichen Rand der Sümpfe, und sowohl Vater als auch ich waren froh, endlich wieder festen Boden unter den Füßen zu haben. Nachdem unser zuvorkommender Fischer sein schmales Boot in den Sumpf zurückgestakt hatte, nahm das Gesicht meines Vaters einen etwas verlegenen Ausdruck an. »Ich glaube, es ist Zeit, daß wir uns ein wenig unterhalten, Pol«, begann er, während er es peinlich vermied, mir in die Augen zu sehen.

»Ach?«

»Du wirst langsam erwachsen, und es gibt da ein paar Dinge, die du wissen solltest.«

Ich wußte genau, worauf er hinauswollte. Ich vermute, das Netteste, das ich in diesem Augenblick hätte tun können, wäre gewesen, ihm zu sagen, daß ich bereits alles darüber wußte. Aber er hatte mich gerade durch die Sümpfe geschleppt, und deshalb hielt sich mein Mitleid mit ihm in Grenzen. Also setzte ich eine Miene blanken Unverständnisses auf und ließ ihn sich völlig verunsichert durch eine einigermaßen alberne Wiedergabe des menschlichen Vermehrungsprozesses haspeln. Sein Gesicht wurde immer röter, je weiter er kam, und dann hielt er abrupt inne: »Du weißt schon alles, nicht wahr?« fragte er.

Ich klimperte mit den Wimpern und sah ihn mit gespielter Unschuld an. Er schmollte ein bißchen, als wir unsere Reise durch Algarien zum Tal fortsetzten.

Bei unserer Heimkehr war auch Onkel Beldin aus Mallorea zurückgekommen, und er erzählte uns, daß auf der anderen Seite des Meers des Ostens völliges Chaos herrsche.

»Was ist der Grund dafür, Onkel?« wollte ich von ihm erfahren.

»Der Grund ist, daß es niemanden gibt, der die Verantwortung übernimmt. Angarakaner sind es gewohnt, Befehlen zu gehorchen, aber wenn niemand da ist, der ihnen Befehle *erteilt,* bricht alles auseinander. Torak macht noch immer religiöse Erfahrungen in Ashaba, und Zedar sitzt neben seinem rechten Zeh und saugt jedes seiner Worte begierig in sich auf. Ctuchik ist drüben in Cthol Murgos, und Urvon hat Angst, aus Mal Yaska herauszukommen, weil er glaubt, ich könne ihm hinter dem nächsten Gebüsch auflauern und ihm den Bauch aufschlitzen.«

»Was ist mit den Generälen in Mal Zeth?« warf Vater ein. »Ich dachte, sie würden nur auf eine Gelegenheit warten, die Macht an sich zu reißen.«

»Solange Torak noch in der Nähe ist, werden sie das nicht wagen. Wenn er aus seinem Trancezustand erwacht und entdeckt, daß sein Generalkorps aus der Reihe getanzt ist, macht er Mal Zeth dem Erdboden gleich und vernichtet alles, was in seinen Mauern lebt. Torak ermutigt seine Leute nicht zu kreativer Eigenständigkeit.«

»Dann müssen wir uns meiner Meinung nach nur über Ctuchik Sorgen machen«, sinnierte Vater.

»Das reicht vermutlich auch«, gab Beldin zurück. »Oh, nebenbei bemerkt, er ist umgezogen.«

Vater nickte. »Ich habe davon gehört. Er soll sich jetzt an einem Ort namens Rak Cthol aufhalten.«

Beldin knurrte. »Ich bin auf dem Heimweg darüber hinweggeflogen. Reizendes Fleckchen. Sollte Ctuchiks brennende Sehnsucht nach Häßlichkeit mehr als befriedigen. Erinnerst du dich noch an diesen großen See, der immer westlich von Karnath lag?«

»Ich denke, ja.«

»Er trocknete vollkommen aus, als Brandgesicht die Welt zerbrach. Jetzt ist es eine Wüste aus schwarzem Sand. Rak Cthol wurde auf der Spitze eines Berges erbaut, der genau in der Mitte dieser Wüste emporragt.«

»Danke«, meinte Vater.

»Wofür?«

»Ich hatte vor, mich mit Ctuchik zu unterhalten. Jetzt weiß ich, wo ich ihn finde.«

»Wirst du ihn töten?« erkundigte mein Onkel sich eilfertig.

»Das bezweifle ich. Ich glaube nicht, daß irgendeiner von uns – weder auf ihrer noch auf unserer Seite – etwas Endgültiges unternehmen sollte, bis all diese Prophezeiungen eingetroffen sind. Darüber will ich mit Ctuchik sprechen. Wir sollten nicht zulassen, daß wir weitere ›Unfälle‹ von der Art bekommen, wie den, der am Anbeginn der Zeiten das Universum geteilt hat.«

»Ich vermag deine Bedenken nachzuvollziehen.«

»Behalte Polgara für mich im Auge, ja?«

»Selbstverständlich.«

»Ich brauche keinen Aufpasser, Vater«, erwiderte ich spitz.

»Da irrst du dich, Pol«, widersprach er. »Du hast einen unseligen Hang zum Herumexperimentieren, und es gibt *einige* Bereiche, die du nicht antasten solltest. Tu mir nur dies eine Mal einen Gefallen, Pol. Ich werde auf meinem Weg nach Rak Cthol genug im Kopf haben, ohne daß ich mir auch noch um dich Sorgen machen muß.«

Nach Vaters Weggang pendelte sich das Leben im Tal auf eine gemütliche Häuslichkeit ein. Die Zwillinge und ich feierten lange Kochorgien, und Beldin verbrachte seine Zeit damit, sich durch seine reichhaltige Bibliothek zu schmökern. Während der langen Tage besuchte ich weiterhin den Baum – und Mutter –, die Abende jedoch gehörten den Gesprächen. Beldin, die Zwillinge und ich versammelten uns jeden Abend, nachdem die Sonne untergegangen war, in dem einen oder anderen Turm zum Essen und Unterhalten.

An einem makellosen Abend weilten wir in Onkel Beldins phantasievollem Turm, und ich stand am Fenster und schaute zu, wie die Sterne aufgingen. »Was hat all diese Neugier über die Heilkunst geweckt, Pol?« wollte Onkel Beldin von mir erfahren.

»Beldarans Schwangerschaft aller Wahrscheinlichkeit nach«, antwortete ich, den Blick noch immer auf die funkelnden Sterne gerichtet. »Schließlich *ist* sie meine Schwester, und ihr widerfuhr etwas, was ich noch nie erlebt hatte. Ich wollte alles darüber wissen, und deshalb ging ich in Arells Laden, um mir Informationen aus erster Hand zu besorgen.«

»Wer ist Arell?« fragte Belkira.

Ich wandte mich von den Sternen ab. »Beldarans Hebamme«, erklärte ich.

»Und sie hat einen Laden dafür?«

»Nein. Sie ist auch Gewandschneiderin. Wir lernten sie alle während der Vorbereitungen für Beldarans Hochzeit kennen. Arell ist ein durch und durch praktischer und bodenständiger Mensch, und sie hat mir den ganzen Vorgang erläutert.«

»Was hat dich so auf Abwege gebracht?« fragte Beldin neugierig.

»Ihr Herren habt mich verdorben«, gab ich mit einem Lächeln zurück. »Nur eine Facette von einem Phänomen zu kennen, genügt mir nicht. Ich nehme an, ich wollte weitermachen, bis ich das Thema vollständig ergründet hatte. Arell erzählte mir, daß gewisse Kräuter die Wehenschmerzen lindern, und das führte mich zu Argak, dem Kräuterkundigen. Er hat sein ganzes Leben damit verbracht, die Wirkungen der verschiedensten Kräuter zu erforschen. Er verfügt sogar über eine beträchtliche Sammlung nyissanischer Gifte. Er ist ein griesgrämiger Kauz, aber ich habe ihm so lange Honig ums Maul geschmiert, bis er mich unterrichtete, so daß ich heute gängige Krankheiten behandeln kann. Kräuter sind vermutlich der Kern der ärztlichen Kunst, aber manches kann eben nicht mit Kräutern allein geheilt werden. Deshalb nahm Arell und Argak mich mit zu Salheim, dem Schmied, der daneben ein ausgezeichneter Knocheneinrichter ist. Er lehrte mich, gebrochene Glieder einzurenken und ruhigzustellen, und von ihm ging ich zu einem Barbier namens Balten, um die Kunst des Wundarztes zu erlernen.«

»Ein Barbier?« warf Belkira ungläubig ein.

Ich zuckte die Schultern. »Als Wundarzt brauchst du ein scharfes Besteck, Onkel, und ein Barbier sorgt dafür, daß seine Rasiermesser sehr scharf sind und es auch bleiben.« Ich lächelte ein wenig. »Möglicherweise habe ich die Kunst der Chirurgie während meines Praktikums dort tatsächlich bereichert. Balten hat seine Patienten für gewöhnlich sturzbetrunken gemacht, bevor er zu schneiden begann. Aber ich habe mit Argak darüber gesprochen, und er stellte eine Mixtur aus verschiedenen Kräutern zusammen, die die Leute schlafen läßt. Es geht schneller und ist viel zuverlässiger als mehrere Gallonen Bier. Der einzige Teil der Chirurgie, auf den ich verzichten konnte, war die Grabräuberei.«

»Grabräuberei?« rief Beltira schaudernd aus.

»Das gehört zum Anatomiestudium, Onkel. Du mußt wissen, wo alles liegt, bevor du jemanden aufzuschneiden beginnst. Deshalb graben Wundärzte normalerweise Leichen aus, um sie zu sezieren und so ihr Wissen zu erweitern.«

Onkel Beldin ließ den Blick über die unter der Last der Bücher ächzenden Regale schweifen, die beinahe jede offene Wand seines reizvollen Turms bedeckten. »Ich glaube, ich habe da irgendwo einige melcenische Manuskripte über Anatomie, Pol«, sagte er. »Ich werde mal sehen, ob ich sie für dich aufstöbern kann.«

»Würdest du das, Onkel, o bitte!« sagte ich. »Ich hole mir meine Informationen wesentlich lieber aus einem Buch, als sie aus jemandem herauszuschneiden, der schon einen Monat tot ist.«

Daraufhin schluckten sie alle ein wenig.

Meine Onkel interessierten sich naturgemäß für das, was auf der Insel der Winde vorgefallen war, da wir Beldaran alle sehr nahe standen, aber bezüglich der beiden Propheten quälte sie echte Neugier. Wir waren in die Ära eingetreten, die die Seher von Kell ›das Zeitalter der Prophezeiung‹ nennen, und der Meister hatte Vater mitgeteilt, daß die beiden Notwendigkeiten durch den Mund von Wahnsinnigen zu uns sprechen würden. Das Problem bestand, wie man sich denken kann, darin, herauszufinden, *welchem* Wahnsinnigen man Ohr und Vertrauen schenken sollte.

»Vater scheint der Ansicht zu sein, er habe die Antwort auf dieses Problem gefunden«, erzählte ich ihnen eines Abends, als wir uns im Turm der Zwillinge zusammengefunden hatten. »Er glaubt, die Notwendigkeit offenbare sich, indem sie den *echten* Propheten die Worte ›das Kind des Lichtes‹ in den Mund lege. Wir wissen alle, was diese Worte bedeuten, und gewöhnliche Menschen wissen es nicht. Wie dem auch sei, sowohl Bormik als auch der Dorftrottel in Braca haben den Begriff benutzt.«

»Das ist praktisch«, merkte Belkira an.

»Und geldsparend«, fügte ich hinzu. »Stiernacken war ein wenig unglücklich über die nicht unerheblichen Ausgaben, Schreiber bezahlen zu müssen, die jeden Verrückten im Königreich bewachen.«

Es geschah während jener Zeit gemütlicher Häuslichkeit, daß Mutter mir die Bedeutung des Silberamuletts erklärte, das Vater für mich angefertigt hatte. *»Es hilft dir dabei, deine Macht zu bündeln, Pol«*, führte sie aus. *»Wenn du die Idee von etwas in deinen Gedanken formst, das du tun möchtest – etwas, von dem du nicht weißt, ob es deine Kräfte nicht übersteigt –, dann kanalisiere den Gedanken mit Hilfe deines Amuletts, und es wird deinen Willen verstärken.«*

»Warum hat Beldaran dann auch eines, Mutter? Ich liebe sie natürlich, aber ›Talent‹ scheint sie mir nicht zu haben.«

Mutter lachte. *»Oh, liebe, liebe Polgara«*, sagte sie. *»In mancher Hinsicht ist Beldaran sogar noch talentierter, als du es bist.«*

»Was redest du da, Mutter? Ich habe sie nie *irgend* etwas tun sehen.«

»Ich weiß. Das wirst du wahrscheinlich auch nie. Du tust immer, was sie dir sagt, nicht wahr?«

»Nun –« Ich hielt inne, als *dieser* Gedanke sich mir aufdrängte. Die süße, sanfte Beldaran hatte mich beherrscht, schon bevor wir das Licht der Welt erblickt hatten. »Das ist nicht gerecht, Mutter!«, verwahrte ich mich.

»Was?«

»Erstens ist sie hübscher als ich, und jetzt eröffnest du mir, sie sei auch noch mächtiger. Kann ich nicht in *einer* einzigen Sache besser sein als sie?«

»Das ist kein Wettkampf, Polgara. Jeder von uns ist anders, das ist alles, und jeder von uns hat andere Dinge zu tun. Es ist kein Wettrennen, und deshalb gibt es auch keine Preise zu gewinnen.«

In diesem Moment kam ich mir ein bißchen dumm vor.

Dann erläuterte Mutter mir, daß Beldarans Macht passiver Natur sei. *»Sie bringt jeden dazu, sie zu lieben, Pol, und eine größere Macht als diese kannst du kaum gewinnen. In gewisser Hinsicht ist sie wie der Baum. Sie verändert die Menschen durch ihre bloße Gegenwart. Oh, mit ihrem Amulett kann sie auch hören.«*

»Hören?«

»Sie kann Leute reden hören – selbst wenn sie meilenweit entfernt sind. Es wird eine Zeit kommen, wenn sich das als sehr nützlich erweisen wird.«

Ce'Nedra sollte das ein ganzes Weilchen später herausfinden.

Es war beinah Herbst, als Vater aus Rak Cthol zurückkam. Die Sonne war schon untergegangen, als er schweren Schritts die Stufen seines Turms heraufgestapft kam, wo ich gerade das Abendessen zubereitete und mich mit Onkel Beldin unterhielt. Lärm zu machen, wenn du einen Raum betrittst, in dem sich jemand mit ›Talent‹ aufhält, zeugt von gesundem Menschenverstand. Man möchte ungern jemand erschrecken, der über recht außergewöhnliche Fähigkeiten verfügt.

»Wo hast du so lange gesteckt?« erkundigte sich Onkel Beldin.

»Es ist ein langer Weg von Rak Cthol, Beldin.« Vater sah sich um. »Wo sind die Zwillinge?«

»Sie haben noch zu tun, Vater«, klärte ich ihn auf. »Sie kommen später vorbei.«

»Wie ist es in Rak Cthol gelaufen?« fragte Beldin.

»Nicht übel.«

Dann wandten sie sich den Einzelheiten zu.

Meine Vorstellung von meinem Vater hatte sich irgendwie aus den weniger liebenswerten Seiten seines Wesens genährt. Ganz gleich, was geschah, im Grunde blieb er doch der alte Garath: faul, betrügerisch und höchst unzuverlässig. Wenn die Situation es allerdings verlangte, konnte der alte Wolf ›Garath‹ und all seine Fehler in die Ecke stellen und sich in ›Belgarath‹ verwandeln. Offensichtlich war *das* diejenige Seite seiner Persönlichkeit, die Ctuchik zu Gesicht bekam. Vater rückte nicht direkt damit heraus, aber Ctuchik hatte offensichtlich

Angst vor ihm. Das allein reichte aus, daß ich meine Meinung über den manchmal törichten alten Mann, der mich gezeugt hatte, noch einmal überdachte.

»Was nun, Belgarath?« fragte Beldin, nachdem Vater ausgeredet hatte.

Vater überlegte eine Weile. »Ich denke, wir ziehen jetzt besser die Zwillinge hinzu. Wir sind an einem Punkt angelangt, wo uns keine Anweisungen mehr leiten, und ich fühle mich wesentlich besser, wenn ich weiß, daß ich in die richtige Richtung gehe. Ich habe Ctuchik nicht nur Sand in die Augen gestreut, als ich die Möglichkeit eines *dritten* Geschicks ansprach, das möglicherweise die Hand in unserem Spielchen hat. Falls es Torak gelingt, jede Abschrift der Ashabiner Orakel zu fälschen, löst sich wieder alles in Luft auf. Zwei Möglichkeiten sind schlimm genug. Es wäre mir wirklich lieber, nicht auch noch einer dritten ins Gesicht sehen zu müssen.«

Und so riefen wir die Zwillinge in Vaters Turm, vereinigten unseren Willen und baten den Meister, uns zu besuchen.

Und natürlich entsprach er unserer Bitte. Seine Gestalt wirkte verschwommen und ätherisch, aber wie Vater uns übrigen später darlegte, war es der Rat des Meisters und nicht seine körperliche Gegenwart, die wir benötigten.

Selbst ich war hoch erstaunt, als der Meister umgehend zu mir kam und mich mit den Worten »Meine geliebte Tochter« begrüßte. Ich wußte, daß er mich mochte, aber dies war das erste Mal, daß er mir gegenüber so etwas wie echte Liebe ausdrückte. Du liebe Güte, *das* war etwas, was einer jungen Dame zu Kopf steigen kann. Aber ich denke, meinen Vater und meine Onkel überraschte es womöglich noch mehr als mich. Sie waren zwar allesamt weise, aber sie blieben doch Männer. Die Vorstellung, daß ich ebenso die Jüngerin des Meisters sein könne wie sie, schien sie aus der Fassung zu bringen, weil die meisten Männer es scheinbar nicht hinnehmen können, daß Frauen eine *Seele* haben, geschweige denn Verstand.

Vaters vorübergehende Besorgnis legte sich, als der Meister ihm versicherte, Torak könne die Ashabiner Orakel nicht hinreichend fälschen, um Zedar, Ctuchik und Urvon auf den falschen Weg zu bringen. Wie sehr auch Torak seine Vision mißfiele, es würde ihm nicht gestattet sein, auf wahrhaft bedeutsame Weise die Orakel zu beeinflussen. Zedar hielt sich zusammen mit ihm in Ashaba auf, und in gewisser Hinsicht arbeitete Zedar noch immer für uns – zumindest insoweit, als daß er die Unversehrtheit der Prophezeiung bewahren würde. Und selbst wenn Zedar scheitern würde, die Dalaser würden nicht scheitern.

Dann verließ der Meister uns, und er ließ auch eine große Leere zurück.

Während der folgenden Jahre blieb es recht still im Tal. Unsere eigenartige Gemeinschaft hat solche Perioden der Ruhe immer in vollen Zügen genossen, da sie uns Gelegenheit zum Forschen gaben, und schließlich ist *das* unsere vornehmste Aufgabe.

Ich glaube, es war im Frühling des Jahres 2025 – nach dem alornischen Kalender –, als Algar Flinkfuß uns Abschriften des vollständigen Darinekodex und des halb abgeschlossenen Mrinkodex brachte. Algar war damals Mitte Vierzig, und silberne Strähnen zierten sein dunkles Haar. Er hatte endlich ein bißchen Fett angesetzt, und seine einstmals hagere Gestalt war wirklich sehr beeindruckend geworden. Noch beeindruckender indes war womöglich die Tatsache, daß er endlich zu reden gelernt hatte – natürlich nicht sehr viel, aber mehr als zwei Worte auf einmal von Algar zu hören, war schon immer ein Ereignis gewesen.

Mein Vater griff begierig nach den Schriftrollen und hätte sich vermutlich auf der Stelle mit ihnen in Klausur begeben. Als Algar jedoch beiläufig die bevorstehende Sitzung des Alornischen Rats erwähnte, bestürmte ich meinen ältlichen Erzeuger so lange, bis er schließlich nachgab und mir zustimmte, daß ein Besuch auf der Insel der Winde möglicherweise keine schlechte Idee sei.

Flinkfuß begleitete Vater, Beldin und mich zu den Ratssitzungen in die Stadt Riva, obwohl wir alles andere als Staatsangelegenheiten im Sinn hatten. Die vorgebliche weltschütternde Wichtigkeit jener ›Staatsräte‹ war zur damaligen Zeit kaum mehr als ein Vorwand für ein Familientreffen. Die ganzen *offiziellen* Punkte hätten wir vermutlich in wenigen Briefen klären können.

Ich wollte einige Zeigt mit meiner Schwester verbringen und hatte Vater mit dem Vorschlag, er *müsse* wirklich seinen Enkel kennenlernen, zum Einlenken bewogen.

Dieser Köder war wohl zu gut gewesen. Daran war damals etwa sieben Jahre alt, und Vater hegte aus irgendwelchen Gründen eine besondere Zuneigung zu siebenjährigen kleinen Jungen. Ich denke jedoch, daß es ein wenig tiefer geht. Mir ist bereits mehrfach aufgefallen, daß reife Männer unrettbar ins Schwärmen geraten, wenn es um ihre Enkel geht, und mein Vater bildete da keine Ausnahme. Er und Daran waren sofort dicke Freunde. Obwohl es Frühling und das Wetter auf der Insel geradezu scheußlich war, faßten die beiden den Entschluß, einen ausgedehnten Angelausflug zu unternehmen. Was *ist* nur dran am Angeln? Verliert denn *jeder* Mann seine Fähigkeit zum vernünftigen Denken, wenn er das Wort ›Angeln‹ hört?

Die Nachricht, die mein Vater uns hinterließ, blieb, typisch für ihn, völlig vage in bezug auf solch unbedeutende Kleinigkeiten wie Ziel, Ausrüstung und Proviant. Die arme Beldaran grämte sich fast zu Tode über das Vorhaben unseres unverantwortlichen Vaters, aber sie konnte nichts dagegen tun. Vater vermag den geschicktesten Verfolgern zu entkommen, wenn er will.

Ich machte mir über etwas anderes Sorgen. Meine Zwillingsschwester war sehr bleich, und unter ihren Augen saßen dunkle Ringe. Sie hustete viel und war manchmal antriebslos bis zur Erschöpfung. Ich verbrachte ziemlich viel Zeit mit Arell und dem dortigen Kräuterkundigen, der mehrere Tinkturen für seine Königin zusammenbraute. Die Mixturen linderten das Leiden meiner Schwester ein wenig, aber ihr Gesundheitszustand bereitete mir weiterhin Sorgen.

Unaufhaltsam trieben Beldaran und ich auseinander. Als Kinder hatten wir einander so nahe gestanden, als wären wir fast ein und dieselbe Person gewesen, aber nach ihrer Hochzeit trennten sich unsere Wege. Beldaran ging völlig in ihrem Mann und ihrem Kind auf, und ich widmete mich meinen Studien. Wenn wir näher beieinander gewohnt hätten, wäre unsere Trennung vielleicht nicht so offensichtlich und schmerzhaft gewesen. Aber wir waren durch all jene leeren Meilen getrennt und hatten kaum Gelegenheit, miteinander in Verbindung zu bleiben.

Das ist sehr schmerzhaft für mich, deshalb werde ich das Thema nicht weiter ausführen.

Nach einem Monat etwa kehrten Vater, Beldin und ich ins Tal und zum Darinekodex zurück, der schon auf uns wartete.

Kapitel 9

Es war Spätsommer, als wir von der Insel der Winde zurückkehrten. Es ist schön, seine Lieben zu besuchen, aber es ist auch immer ein gutes Gefühl, ins Tal heimzukommen. Dort herrscht ein Frieden, den wir an keinem anderen Ort dieser Welt finden können. Ich vermute, wenn man es genau nimmt, ist das Aldurtal nicht viel mehr als die verlängerte Südspitze Algariens, aber ich glaube, wenn ihr hierherkommt, bemerkt ihr den Unterschied sofort. Unser Gras ist aus irgendeinem Grund grüner, und unser Himmel scheint von einem tieferen Blau zu sein als anderswo. Das Land ist sanft hügelig und hier und da mit dunklen Kiefern und Hainen weißstämmiger Birken und Espen gesprenkelt. Die Berge von Ulgoland, die sich im Westen erheben, sind von ewigem Schnee bedeckt, der morgens immer bläulich schimmert, und die schrofferen Gipfel von Mishrak ac Thull, die wie Klauen in den Himmel jenseits der Ostkliffs ragen, wirken purpurn in der Ferne. Der Turm meines Vaters und die meiner Onkel sind stattliche Gebäude, und da bei ihrer Erbauung kein Grund zur Eile bestand, hatten sie genügend Zeit, dafür zu sorgen, daß die Steine vortrefflich gefugt wurden. Deshalb wirken die Türme heute eher wie gewachsener Fels denn wie Bauwerke von Menschenhand. Alles an diesem Ort ist irgendwie vollkommen richtig, nichts fehl am Platze, nichts Häßliches zu sehen.

Unsere lohfarbenen Hirsche und Rehe sind so zahm, daß sie sogar recht lästig werden können, und zu unseren Füßen tollen immer langohrige Kaninchen mit pelzigen weißen Schwänzen umher. Vielleicht liegt es daran, daß die Zwillinge sie füttern. Ich füttere meine Vögel zwar auch, aber *das* ist etwas völlig anderes.

Vermutlich ist die Lage unseres Tals zwischen zwei Gebirgszügen dafür verantwortlich, daß hier immer eine sanfte Brise weht, welche das Gras ähnlich wie die See in langen, sanften Wellen wogen läßt.

Als wir nach Hause kamen, schien Vater willens, sich völlig zurückzuziehen, den Darinekodex fest an die Brust gepreßt, aber meine Onkel ließen das nicht zu. »Verdammt, Belgarath«, sagte Beltira eines Abends ungewohnt hitzig, als die Sonne den Himmel über Ulgo erglühen ließ, »du bist nicht der einzige hier, der ein Interesse daran hat. Wir alle brauchen Abschriften.«

Vater wirkte gekränkt. »Du kannst es lesen, wenn ich fertig bin. Im Augenblick habe ich wirklich keine Zeit, mit Federhaltern und Tintenfässern herumzuhantieren.«

»Du bist selbstsüchtig, Belgarath«, knurrte Onkel Beldin ihn an, während er sich seinen struppigen Bart kratzte und sich noch tiefer in seinen Sessel am Feuer lümmelte. »Das ist schon immer dein größter Fehler gewesen. Trotzdem wirst du diesmal nachgeben müssen. Wir lassen dich nicht eher in Ruhe, als bis wir alle eine Abschrift haben.«

Vater funkelte ihn finster an.

»Du belegst die einzige Abschrift, die uns zur Verfügung steht, mit Beschlag, Belgarath«, klagte Belkira. »Wenn irgend etwas damit passiert, dauert es möglicherweise Monate, bis wir sie ersetzen können.«

»Ich werde vorsichtig damit umgehen.«

»Du willst nur wieder alles für dich haben«, beschuldigte ihn Beltira. »Seit Jahrhunderten reitest du jetzt schon auf diesem ›Erster-Jünger-Quatsch‹ herum.«

»Das hat damit nichts zu tun.«

»Ach *wirklich*?«

»Das ist ja lächerlich!« platzte Beldin heraus. »Gib mir das Ding, Belgarath.«

»Aber –«

»Gib es mir – oder möchtest du, daß wir tätlich werden? Ich bin stärker als du, und ich kann es mir *nehmen*, wenn du mich dazu zwingst.«

Vater händigte ihm grollend die Schriftrolle aus. »Verblätter mir die Stelle nicht«, knurrte er seinen verwachsenen kleinen Bruder an.

»Ach, halt den Mund.« Beldin sah die Zwillinge an. »Wie viele Abschriften benötigen wir?«

»Nun, eine für jeden von uns«, antwortete Beltira. »Wo bewahrst du deine Tintenfässer auf, Belgarath?«

»Die brauchen wir gar nicht«, beschied ihn Beldin. Er sah sich um und zeigte dann auf einen von Vaters Arbeitstischen, der nicht weit von der Stelle stand, wo ich fleißig unser Abendessen zubereitete. »Räum das da weg«, befahl er.

»Aber ich arbeite an einigen von diesen Dingen«, wand Vater ein.

»Nicht sehr intensiv, wie ich sehe. Der Staub und die Spinnweben sind ziemlich dick.«

Die Zwillinge stapelten bereits Vaters Bücher, Notizen und sorgsam konstruierten kleinen Modelle obskurer mechanischer Vorrichtungen auf den Boden.

Mein Vater hat immer den Ruhm für das, was Beldin an jenem Abend gelang, für sich in Anspruch genommen, da er eine Idee so rasch wie jedes andere Stück fremden Eigentums für sich zu vereinnahmen vermag. Aber meine Erinnerung an den Vorfall ist sonnenklar. Beldin legte die übergroße Schriftrolle, die Luana für uns hatte anfertigen lassen, auf den Tisch und löste das Band, das sie zusammenhielt. »Ich werde hier ein wenig Licht brauchen«, verkündete er.

Beltira streckte seine Hand mit der Innenfläche nach oben aus, um sich dann einen Moment zu konzentrieren. Ein pulsierender Ball reiner Energie erschien dort, der dann emporstieg und wie eine winzige Sonne über dem Tisch hängen blieb.

»Angeber«, murmelte Vater ihm zu.

»Ich hab' dir doch gesagt, du sollst den Mund halten«, rief Beldin ihm ins Gedächtnis. Dann verzog sich sein häßliches Gesicht nachdenklich. Wir alle spürten und hörten die Woge, als er seinen Willen freisetzte.

Sechs leere Schriftrollen tauchten auf dem Tisch auf, drei auf jeder Seite des ursprünglichen Dokumentes. Dann begann mein zwergenwüchsiger Onkel mit auf das Manuskript gerichtetem Blick den Kodex aufzurollen. Die leeren Schriftrollen, nun nicht länger leer, rollten sich im Gleichtakt dazu auf, während er seine Augen durch das lange, nahtlose Manuskript wandern ließ, das Flinkfuß uns geschickt hatte.

»Das habe ich ja noch nie gesehen!« staunte Beltira mit höchster Bewunderung in der Stimme. »Wann ist dir die Idee gekommen?«

»Jetzt eben«, gab Beldin zu. »Würdest du wohl bitte dieses Licht ein bißchen höher halten?«

Vaters Miene wurde immer verdrießlicher. »Hast du ein Problem?« fragte Beldin.

»Du mogelst.«

»Natürlich mogle ich. Wir mogeln alle. Das ist unsere Hauptbeschäftigung. Fällt dir das erst jetzt auf?«

Vater schäumte fast vor Wut.

»Du liebe Güte!« seufzte ich.

»Was ist los, Pol?« fragte mich Beltira.

»Ich lebe mit einem Haufen weißhaariger kleiner Jungen zusammen, Onkel. Wann werdet ihr alten Männer jemals erwachsen?«

Bei dieser speziellen Bemerkung sahen sie alle etwas beleidigt drein. Das tun Männer meiner Erfahrung nach immer.

Beldin fuhr fort, den Originalkodex aufzurollen, während die Zwillinge rasch die Abschriften Zeile für Zeile verglichen. »Irgendwelche Fehler bis hierhin?« fragte der Zwerg.

»Nicht ein einziger«, antwortete Beltira.

»Dann habe ich es vielleicht richtig gemacht.«

»Wie lange brauchst du denn noch?« meldete Vater sich zu Wort.

»*So* lange. Gib ihm was zu essen, Pol. Schaff ihn mir aus den Augen.«

Vater stapfte weg, wobei er leise vor sich hinmurrte.

Tatsächlich brauchte Beldin nicht viel länger als eine Stunde, da er den zu kopierenden Text nicht wirklich las. Später am Abend erläuterte er uns seine Vorgehensweise. Er machte eigentlich nichts anderes, als das *Bild* des Originals auf jene leeren Rollen zu übertragen. »Nun gut«, sagte er zu guter Letzt, »das war's. Jetzt können wir uns alle mit dem blöden Ding ins Bett kuscheln.«

»Welches ist das Original?« fragte Vater, während er sich die sieben auf dem Tisch aufgereihten Schriftrollen besah.

»Was spielt das schon für eine Rolle?« grummelte Beldin.

»Ich will meine Originalabschrift.«

Und in diesem Augenblick, während ich gleichzeitig den Schinken begutachtete, den es zum Abendessen geben sollte, lachte ich sie aus.

»Das ist nicht komisch, Pol«, tadelte mich Vater.

»Es klingt aber recht erheiternd. So, warum geht ihr euch jetzt nicht frischmachen? Das Essen ist beinahe fertig.«

Nachdem wir gespeist hatten, nahm jeder von uns eine Abschrift von Bormiks wirrem Gefasel und dann wählte jeder einen der Sessel in Vaters Turm, um allein zu sein mit dem Wort der Götter – beziehungsweise mit dem Wort jener unsichtbaren ABSICHT, die das Leben eines jeden Geschöpfs auf dieser Erde bestimmte.

Ich nahm meine Schriftrolle in meinen übergroßen Lieblingssessel neben dem Kaminfeuer in der Küchenecke mit und löste das Band, das sie zusammenhielt. Im Innern befand sich eine kurze Notiz von Luana. »Lady Polgara«, begann Bormiks Tochter. »Hiermit erfülle ich meinen Teil unserer Abmachung. Ich fühle mich verpflichtet, Euch noch einmal für das Geschenk zu danken, das Ihr mir gemacht habt. Ich lebe jetzt in Mittelalgarien, und Ihr werdet es kaum glauben, aber ich habe einen Verehrer. Er ist natürlich schon etwas älter, aber er ist ein guter, verläßlicher Mann, der sehr lieb zu mir ist. Ich dachte, ich würde niemals heiraten, aber wie es scheint, hat Belar mir doch noch eine Chance zum Glück gegeben. Ich kann Euch nicht genug danken.«

Natürlich war es nicht Belar gewesen, der Luana belohnt hatte. Über die Jahre hinweg habe ich bemerkt, daß die ABSICHT, die alles geschaffen hat, was ist, was war und was jemals sein wird, eine Art von Verpflichtung zu kennen scheint, denn stets belohnt sie einmal geleistete Dienste. Ich muß nur in die Gesichter meiner Kinder und meines Mannes schauen, um meine Belohnung zu sehen.

Die Handschrift auf Luanas Nachricht war dieselbe, in der unsere Abschriften des Darinekodex verfaßt waren, ein klarer Beweis dafür, daß sie sorgfältig die Texte der Schreiber kopiert hatte. Natürlich war das eigentlich unnötig gewesen, aber Luana schien ihre Verpflichtungen überaus ernst zu nehmen.

Der Darinekodex ist trotz seiner gelegentlichen Höhenflüge ein ziemlich prosaisches Dokument, das sich durch ein geradezu manisches Bedürfnis auszeichnet, die Zeitabfolgen minutiös zu beschreiben. Ich weiß jetzt warum, aber als ich ihn das erste Mal las, war die Lektüre unerhört mühselig. Ich glaubte damals, die Langatmigkeit spiegele nur Bormiks verwirrten Geisteszustand wider, aber nun weiß ich, daß das nicht der Fall war.

Onkel Beldin quälte sich in etwa sechs Monaten durch den Darinekodex, und dann, eines Abends im tiefsten Winter, kam er durch den Schnee zu Vaters Turm gestiefelt. »Ich werde langsam wieder ruhelos«, verkündete er. »Ich glaube, ich gehe wieder nach Mallorea und sehe, ob ich Urvon lange genug ohne Bewachung erwische, um ihn ein kleines bißchen aufzuschlitzen.«

»Wie kannst du jemanden ein kleines bißchen aufschlitzen?« erkundigte sich Vater mit amüsiertem Gesichtsausdruck.

»Ich dachte mir, ich schleppe ihn auf eine Klippe, schlitze ihn auf, knüpfe eine Schlinge aus seinen Eingeweiden um einen Baumstamm und seinen Hals und schubse ihn über den Rand.«

»Onkel, *bitte!*« verwahrte ich mich, von Ekel geschüttelt.

»Das hat etwas von einem wissenschaftlichen Experiment, Pol«, erklärte er mit einem bösartigen Grinsen. »Ich möchte herausfinden, ob die Gedärme reißen, wenn sie abgewickelt sind, oder ob er statt dessen auf und ab federt.«

»Das *reicht* jetzt, Onkel!«

Er lachte noch immer sein gehässiges Lachen, als er die Treppe wieder hinunterstieg.

»Er ist ein böser Mensch«, sagte ich zu Vater.

»Aber lustig«, fügte Vater hinzu.

Die Zwillinge hatten Beldins Methode, den Darinekodex zu kopieren, genau mitverfolgt und wandten sie auch auf den unvollständigen Mrinkodex an. Ich glaube, es war jene Unvollständigkeit, die dazu führte, daß wir dem Mrin zunächst nur beiläufige Aufmerksamkeit zollten – abgesehen davon war er größtenteils einfach unverständlich.

»Er ist vollkommen wirr«, beschwerte Vater sich bei den Zwillingen und mir, als wir an einem winterlichen Abend nach dem Essen in seinem Turm am Kamin saßen. »Dieser Idiot in Braca hat absolut keinen Zeitbegriff. Er beginnt mit Ereignissen, die vor dem Zerbrechen der Welt stattgefunden haben, und im nächsten Atemzug faselt er über Dinge, die in so ferner Zukunft liegen, daß mir ganz schwindlig davon wird. Und wenn mein Leben davon abhinge, ich kann die eine Folge von EREIGNISSEN nicht von der anderen unterscheiden.«

»Ich glaube, wir haben es da mit einem Symptom von Schwachsinn zu tun, Bruder«, sagte Beltira. »Als Belkira und ich noch klein waren, gab es einen Idioten in unserem Dorf. Er war stets völlig durcheinander und verängstigt, wenn die Sonne unterging und es dunkel wurde. Er schien nicht in der Lage zu sein, sich daran zu erinnern, daß es jeden Tag geschah.«

»Der Mrin erwähnt *dich* ziemlich häufig, Belgarath«, merkte Belkira an.

Vater knurrte gereizt. »Und für gewöhnlich in keinem vorteilhaften Zusammenhang, wie mir aufgefallen ist. Aber er sagt nette Dinge über Pol.«

»Ich bin auch liebenswerter als du, Vater«, neckte ich ihn.

Ich hatte mich auch schon gelegentlich an verschiedenen Passagen delektiert. Die Begriffe, die der Prophet am häufigsten benutzte, um Vater zu kennzeichnen, waren ›altehrwürdig und geliebt‹, und es gab Hinweise auf ›die Tochter des Altehrwürdigen und Geliebten‹ – ich war gemeint, folgerte ich, denn die erwähnte Tochter sollte Dinge tun, zu denen Beldaran ganz offensichtlich nicht in der Lage war. Der völlig ungenaue Zeitrahmen der Prophezeiung machte es nahezu unmöglich zu sagen, *wann* genau diese Dinge eintreten würden, aber irgendwie gewann man das Gefühl, sie lägen zeitlich sehr weit auseinander. Ich war immer davon ausgegangen, daß meine Lebensspanne außergewöhnlich lang sein würde, aber der Mrinkodex stellte mich unvermittelt vor eine noch beunruhigendere Wahrheit. Offenbar würde ich Tausende von Jahren leben, und wenn ich die drei alten Männer um mich herum betrachtete, gefiel mir diese Vorstellung überhaupt nicht. ›Verehrungswürdig‹ ist ein Begriff, den man häufig auf Männer in einem gewissen Alter angewendet findet, und dabei schwingt eine Menge Achtung mit. Aber ich hatte noch nie jemanden von einer ›verehrungswürdigen‹ Frau reden hören. Der Begriff, den man in diesem Fall benutzt, ist ›alte Vettel‹, und der hatte in meinen Ohren keinen guten Klang. Vielleicht war es ein wenig eitel, aber die Vorstellung von Vetteltum trieb mich sofort vor meinen Spiegel. Eine genaue Prüfung meines Spiegelbildes ergab jedoch keine Falten – *noch* nicht zumindest.

Wir vier brachten etwa zehn Jahre – oder waren es

nur neun? – damit zu, unsere gesamte Aufmerksamkeit dem Darinekodex zuzuwenden. Dann schickte der Meister Vater nach Tolnedra, um sich um diese Verbindung der Boruner mit den Dryaden zu kümmern. Vaters Einsatz von Schokolade, um die Dryadenprinzessin Xoria zu seiner Sicht der Dinge zu bekehren, ist mir schon immer mehr als nur ein wenig unmoralisch erschienen.

Nein, ich werde das jetzt *nicht* weiter vertiefen.

Die Zwillinge und ich blieben im Tal und arbeiteten am Darinekodex, und allmählich begann sich bei uns eine Art von genereller Vorstellung von dem herauszukristallisieren, was die Menschheit erwartete. Keinem von uns gefiel das, was wir voraussahen, besonders gut. Auf uns würden eine Menge Unruhen, häufige Kriege und unabsehbares menschliches Leid zukommen.

Drei weitere Jahre vergingen, und dann erklang eines Abends Mutters Stimme mit für sie ungewohnter Dringlichkeit in meinen Gedanken. »*Polgara!*« sagte sie. »*Geh zu Beldaran! Sofort! Sie ist sehr krank! Sie braucht dich!*«

»Was ist denn, Mutter?«

»*Ich weiß nicht. Beeil dich! Sie stirbt, Polgara!*«

Das erfüllte mich mit tödlicher Angst, und schnell lief ich zum Turm der Zwillinge. »Ich muß weg«, rief ich ihnen die Treppe hinauf zu.

»Was ist los, Pol?« rief Beltira zurück.

»Beldaran ist krank – schwer krank. Ich muß zu ihr. Ich bleibe in Verbindung mit euch.« Dann stürzte ich wieder nach draußen, bevor sie mir die Frage stellen konnten, woher ich denn wüßte, daß meine Schwester so krank sei. Mutters Geheimnis *mußte* unter allen Umständen gewahrt werden. Ich wählte für die Reise die Gestalt eines Falken. Geschwindigkeit war lebenswichtig, und Eulen fliegen nicht sehr schnell.

Es war mitten im tiefsten Winter, als ich das Tal verließ und an den östlichen Ausläufern der Gebirgskette von Ulgoland entlang nordwärts schoß. Ich wählte diese Route, weil ich wußte, daß mich im Gebirge Stürme erwartet hätten, und ich wollte auf keinen Fall aufgehalten werden. Ich flog so weit nördlich bis kurz vor Aldurford, wobei ich beständig ein Auge auf die Gipfelkette hatte, die Algarien von der sendarischen Ebene trennt. Es war klar ersichtlich, daß sich ein wahrhaft übles Wetter über diesen Bergen zusammengebraut hatte. Schließlich blieb mir aber keine andere Wahl. Ich mußte nach Westen abdrehen und geradewegs in die Fänge dieses tosenden Sturms hineinfliegen. Manchmal ist es möglich, über einen Sturm hinwegzufliegen. Sommerplatzregen und Frühlingsschauer sind ziemlich überschaubar. Winterstürme hingegen umfassen gewaltige Luftmassen, die sich so hoch auftürmen, daß es nahezu unmöglich ist, sie zu überfliegen. Ich kämpfte mich also hindurch, während der Wind mein Gefieder zerzauste und der beißende Schnee mich fast blendete. Ich war am Ende meiner Kräfte und hatte keine andere Wahl, als in ein geschütztes kleines Tal hinunterzutrudeln, mich auszuruhen und wieder Kräfte zu sammeln.

Am nächsten Tag versuchte ich mich nahe am Boden dieser gewundenen Täler zu halten, um dem schlimmsten Sturm aus dem Weg zu gehen, aber schon bald mußte ich erkennen, daß ich mich durch Meile um Meile schneegesättigter Luft quälte, ohne auch nur im mindesten voranzukommen. Grimmig schwang ich mich wieder empor in die volle Wucht des Sturms.

Schließlich überflog ich den Gebirgskamm und glitt an der westlichen Flanke zur Ebene von Sendarien hinunter. Es schneite noch immer, aber zumindest ließ der Wind nach. Dann erreichte ich die Küste, und der Kampf entbrannte von neuem. Der Sturm, der über das Meer der Stürme brauste, war nicht einen Deut weniger wild als derjenige in den Bergen, und zwischen den turmhohen Wellen gab es keinen Flecken, an dem man sich kurz hätte ausruhen können.

Ich brauchte insgesamt fünf Tage, um zur Insel der Winde zu gelangen, und zitterte vor Erschöpfung, als ich früh am Morgen des sechsten Tages auf den Zinnen der Zitadelle landete. Mein Körper verlangte sehnsüchtig nach Ruhe, aber dafür war keine Zeit. Ich hastete durch die kahlen Gänge zu den königlichen Gemächern und betrat sie, ohne mir die Mühe des Anklopfens zu machen.

Der Hauptraum dieser Wohngemächer war mit achtlos verstreuten Kleidungsstücken bedeckt, und auf dem Tisch standen die Überreste halb gegessener Mahlzeiten. Eisenfaust, seine graue Kleidung zerknittert und das Gesicht unrasiert, schreckte bei meinem Eintreten aus einer Art Dämmerzustand auf. »Den Göttern sei Dank!« rief er aus.

»Tante Pol!« begrüßte mich mein Neffe, der mindestens ebenso abgehärmt aussah wie sein Vater. Daran war mittlerweile um die Zwanzig, und ich wunderte mich, wie groß er geworden war.

»Wo ist sie?« fragte ich.

»Sie ist im Bett, Pol«, teilte Riva mir mit. »Sie hatte eine schlimme Nacht und ist sehr erschöpft. Sie hustet die ganze Zeit und bekommt scheinbar keine Luft mehr.«

»Ich muß mit ihren Ärzten sprechen«, beschied ich ihn kurzangebunden. »Dann möchte ich sie mir ansehen.«

»Äh –« Riva kam ins Schwimmen. »Wir haben eigentlich noch keine Ärzte hinzugezogen, Pol. Aber ich glaube, Elthek, der rivanische Erzpriester, hat bei ihr gebetet. Er behauptet, Ärzte seien nur Zeit- und Geldverschwendung.«

»Aber er sagte uns, Mutter ginge es schon besser«, fügte Daran hinzu.

»Wie will *er* das denn wissen?«

»Er ist Priester, Tante Pol. Priester sind sehr weise.«

»Ich habe noch keinen Priester kennengelernt, der seine linke von seiner rechten Hand unterscheiden konnte. Bring mich auf der Stelle zu deiner Mutter!« Ich warf einen Blick auf die Unordnung und den Abfall. »Und räumt das hier auf«, befahl ich ihnen.

Daran öffnete die Tür zum Schlafzimmer und spähte vorsichtig herein. »Sie schläft«, flüsterte er.

»Gut. Zumindest plagt euer Priester sie im Augenblick nicht mit seinem Hokuspokus. Von jetzt an haltet ihn von ihr fern!«

»Du *kannst* sie wieder gesund machen, Tante Pol, nicht wahr?«

»Darum bin ich hier, Daran.« Ich bemühte mich, zuversichtlich zu klingen.

Ich erkannte meine Schwester kaum wieder, als ich an ihr Bett trat. Wieviel sie abgenommen hatte! Die Ringe unter ihren Augen sahen aus wie Prellungen, und ihr Atem kam stoßweise und gequält. Flüchtig berührte ich ihr abgezehrtes Gesicht und entdeckte, daß sie vor Fieber glühte. Dann tat ich etwas, das ich noch nie zuvor getan hatte. Ich schickte einen Suchgedanken in den Geist meiner Schwester und vereinigte meine Gedanken mit ihren.

»*Polgara?*« erreichte mich ihr Gedanke aus dem Schlaf. »*Ich fühle mich gar nicht gut.*«

»*Wo sitzt es, Beldaran?*« fragte ich behutsam.

»*Meine Brust. Mir ist so eng um die Brust.*« Dann verblaßte ihr halb schlummernder Gedanke.

Das hatte ich mehr oder weniger erwartet. Dieses verfluchte Klima auf der Insel der Winde brachte meine Schwester um.

Ich schickte meinen Gedanken weiter auf die Suche, tief ins Innere ihres Körpers. Wie ich erwartet hatte, lag das Zentrum ihrer Krankheit in ihrer Lunge.

Ich verließ das Schlafgemach und zog leise die Tür hinter mir zu. »Ich muß in die Stadt hinuntergehen«, ließ ich Riva und Daran wissen.

»Warum?« fragte mich Riva.

»Ich brauche einige Medikamente.«

»Elthek sagt, so etwas sei Hexerei, Pol«, wandte Riva

ein. »Er sagt, nur Gebete zu Belar könnten Beldaran gesund machen.«

Daraufhin tat ich einige Äußerungen, die vermutlich zu diesem Zeitpunkt besser ungesagt geblieben wären. Riva sah bestürzt drein, und Daran ließ die Kleidungsstücke wieder fallen, die er gerade aufgesammelt hatte. »Sobald sich meine Schwester wieder auf dem Weg der Besserung befindet, werde ich ein langes Gespräch mit diesem hochwürdigen rivanischen Erzpriester führen«, versprach ich ihnen durch zusammengebissene Zähne hindurch. »Fürs erste sagt ihm, daß er sich von Beldaran fernhalten soll. Sagt ihm, wenn er Beldarans Gemach noch ein einziges Mal betritt, wird er sich wünschen, nie geboren zu sein. Ich bin bald wieder da.«

»Ich lasse dich von Brand begleiten«, erbot sich Riva.

»Brand? Wer ist das?«

»Baron Kamion. Brand ist eine Art Titel. Er ist mein Erster Ratgeber, und er hilft mir, die Last der Krone zu tragen.« Riva zog ein reumütiges Gesicht. »Ich hätte vermutlich auch diesmal auf ihn hören sollen. Er sagte eine Menge Dinge, die du auch gesagt hast – über den Erzpriester, meine ich.«

»Warum hast du nicht auf ihn gehört? Sag ihm, er soll mich in der Stadt treffen.« Dann stürmte ich aus den königlichen Gemächern und begab mich durch den unfreundlichen, von Fackellicht erhellten Korridor zum Haupttor der Zitadelle, während ich einige von Beldins farbigen Titulierungen vor mich hin murmelte.

Kamion holte mich ein, als ich gerade das massive Tor erreicht hatte, das sich zum schneebedeckten Hof öffnete. Er war natürlich älter geworden, und er wirkte ernster und gesetzter als damals, als ich ihn zum letzten Mal gesehen hatte. Sein blondes Haar war an den Schläfen ergraut, aber ich bemerkte erfreut, daß er sich entgegen alornischer Gepflogenheit keinen Bart hatte wachsen lassen. Er trug einen grauen Wollumhang, und ein zweiter hing über seinem Arm. »Es ist schön, Euch wiederzusehen, Pol«, sagte er. Dann hielt er mir den zweiten

Umhang hin. »Hier«, fuhr er fort, »legt ihn um. Da draußen ist es ziemlich kalt.«

»Im Augenblick ist mir *sehr* warm, Kamion«, ließ ich ihn wissen. »Konntet Ihr diesen Schwachkopf von Priester nicht von Riva fernhalten?«

Er seufzte. »Ich habe es versucht, Pol. Glaubt mir, ich habe es versucht, aber Seine Majestät stellt sich nicht gerne gegen sein Volk, und Elthek schwenkt sein religiöses Amt wie ein Kriegsbanner vor sich her. Er hat beinahe die Hälfte der Bevölkerung davon überzeugt, daß er für Belar spricht, und dagegen kann man kaum etwas unternehmen. Seine Majestät ist der Hüter des Orb, und das macht ihn in den Augen der Priesterschaft zu einem heiligen Gegenstand. Auf eine sonderbare Weise scheinen die Priester der Auffassung zu sein, er gehöre ihnen. Sie verstehen nicht das geringste vom Orb, weshalb sie auch zu glauben scheinen, er würde alles tun, was Riva ihm sagt. Sie begreifen die Beschränkungen nicht. Würdet Ihr glauben, daß Elthek sich sogar zu dem Vorschlag verstieg, Seine Majestät möge seine Gattin zu heilen versuchen, indem er sie mit dem Orb berührte?«

»Das hätte sie umgebracht!«

»Ja, ich weiß. Es gelang mir immerhin, ihn davon zu überzeugen, daß er das nicht ohne Anweisung von Euch oder Eurem Vater versucht.«

»Wenigstens hatte er so viel Verstand, auf Euch zu hören.«

»Könnt Ihr meine Königin gesund machen, Pol?« fragte er, als wir auf den Hof hinaustraten.

Ich schaute ihm unumwunden in sein hübsches Gesicht und wußte, daß ich ihm eine Wahrheit anvertrauen konnte, die ich vor Riva und Daran verborgen hatte. »Ich weiß es nicht, Kamion«, gab ich zu.

Er seufzte. »Ich fürchtete schon, es könne ernster sein, als wir zunächst annahmen«, meinte er. »Was verursacht die Krankheit?«

»Das widerwärtige Klima auf dieser gottverlassenen

Insel!« platzte ich heraus. »Es zerstört die Lunge meiner Schwester. Sie kann hier nicht atmen.«

Er nickte. »Die Königin ist nun schon seit einer Reihe von Jahren im Winter erkrankt. Was brauchen wir aus der Stadt?«

»Ich muß mit Arell sprechen, und dann werde ich den Laden eines Kräuterkundigen namens Argak plündern. Und möglicherweise möchte ich auch mit einem Mann namens Balten sprechen.«

»Ich glaube, ich kenne ihn. Er ist Barbier, nicht wahr?«

»Das ist sein Beruf, den er tagsüber ausübt, Kamion. Nachts ist er Grabräuber.«

»*Was* ist er?«

»In Wirklichkeit ist er Wundarzt, und er gräbt Leichen aus, um sie zu studieren. Ihr müßt wissen, wie es in einem Menschen aussieht, wenn Ihr ihn aufschneiden wollt.«

»Aber gewiß werdet Ihr doch die Königin nicht aufschneiden?« rief er aus.

»Ich werde sie auseinandernehmen und wieder zusammensetzen, wenn das ihr Leben rettet, Kamion. Ich glaube nicht, daß Balten uns viel helfen kann, aber möglicherweise weiß er etwas über die Lunge, das ich noch nicht weiß. Ich würde im Moment selbst einen Handel mit Torak schließen, wenn er mir helfen könnte, Beldaran zu retten.«

Arell war natürlich gealtert. Ihr Haar war jetzt grau, aber ihre Augen blickten sehr weise. »Warum kommst du erst jetzt, Pol?« fragte sie, als Kamion und ich ihren vollgestopften kleinen Kleiderladen betraten.

»Ich habe erst kürzlich von Beldarans Krankheit erfahren, Arell«, antwortete ich. »Ist Argak noch im Geschäft?«

Sie nickte. »Er ist aber so mürrisch wie eh und je, und er haßt es, vor Mittag geweckt zu werden.«

»Pech für ihn. Ich brauche ein paar Sachen aus seinem Geschäft, und wenn er mir nicht aufmachen will, werde ich Lord Brand hier seine Ladentür mit dem Schwert aufbrechen lassen.«

»Es wäre mir ein Vergnügen, Pol«, sagte Kamion lächelnd.

»Oh, noch etwas, Arell«, fuhr ich fort. »Könntet Ihr auch nach Balten schicken lassen?«

»Balten befindet sich im Augenblick im Verlies unter dem Belartempel, Pol. Ein paar Priester haben ihn letzte Nacht auf dem Friedhof ertappt. Er hatte eine Schaufel, und in seiner Schubkarre lag eine Leiche. Sie werden ihn vermutlich wegen Hexerei auf dem Scheiterhaufen verbrennen.«

»Nein. Das werden sie nicht. Holt ihn für mich dort heraus, Kamion, seid Ihr so lieb?«

»Selbstverständlich, Pol. Möchtet Ihr, daß ich den Tempel in Stücke haue?«

»Versucht nicht, witzig zu sein, Kamion«, wies ich ihn harsch zurecht.

»Nur ein kleiner Scherz, um die Spannung zu lockern, Mylady.«

»Scherzen könnt Ihr in Eurer Freizeit. An die Arbeit alle miteinander!«

Kamion machte sich auf den Weg zum Tempel des Belar, und Arell und ich begaben uns zu Argaks Kräuterladen. Ich ging nicht besonders zartfühlend vor beim Aufwecken meines früheren Lehrers. Nachdem Arell und ich fünf Minuten lang gegen seine Ladentür getrommelt hatten, setzte ich einen Donnerschlag in sein Schlafzimmer im Obergeschoß. Donnerschläge sind in freier Natur schon sehr beeindruckend. Einen Raum mit einem zu teilen, garantiert rasches Erwachen. Das Steinhaus bebte immer noch in seinen Grundfesten, als Argaks Fenster aufflog und er über uns auftauchte. »Was war denn das?« fragte er. Seine Augen waren weit aufgerissen, die spärlichen Haarreste standen zu Berge, und er zitterte heftig am ganzen Leib.

»Lediglich ein kleiner Weckruf, liebster Lehrer«, begrüßte ich ihn. »Und jetzt kommt herunter und öffnet die Ladentür, bevor ich Kleinholz daraus mache.«

»Es besteht keine Notwendigkeit, gewalttätig zu werden, Pol«, sagte er beschwichtigend.

»Nur, wenn Ihr Euch wieder schlafen legen wollt, mein Freund.«

Es dauerte ungefähr eine Stunde, bis ich all die Kräuter und Pulver zusammen hatte, die ich meiner Ansicht nach brauchen würde. Argak schlug hilfsbereit weitere vor. Manche dieser Kräuter waren recht exotisch, andere dagegen wirklich gefährlich, so daß man sie nur in sorgsam bemessenen Dosen verabreichen durfte.

Dann kam Kamion mit Balten zurück. Offensichtlich waren selbst die anmaßenden Belarpriester klug genug gewesen, sich nicht mit dem rivanischen Wächter anzulegen. »Was steckt hinter all diesen dummen Einmischungen von seiten der Priester?« wollte ich von meinen früheren Lehrern wissen. »Als ich hier studiert habe, gab es so etwas noch nicht.«

»Dafür ist Elthek verantwortlich, der neue rivanische Erzpriester, Pol«, führte Arell aus. »Er hat fürchterliche Angst vor Hexerei.«

»Das ist nur ein Vorwand, Arell«, berichtigte Balten sie. »Elthek versucht es geheimzuhalten, aber er ist Bärenkultanhänger bis ins Mark. Er erhält regelmäßig Anweisungen vom Hohepriester des Belar in Val Alorn. Das erklärte Ziel des Kults ist seit jeher die absolute Beherrschung der alornischen Gesellschaft gewesen. Dieser ganze Unfug mit Hexerei ist in Wahrheit nichts anderes als ein durchsichtiger Vorwand, jegliche Konkurrenz auszuschalten. Elthek will, daß die Bevölkerung auf der Insel sich in allen Notfällen an die Priesterschaft wendet – auch bei Krankheiten. Die medizinische Kunst vermag Heilungen zu bewirken, die einem gewöhnlichen Alorner wundersam erscheinen. Elthek mißfällt die Vorstellung, daß jemand anderer als die Priesterschaft Wunder bewirkt. Das ist die Wahrheit hinter all diesen langatmigen Predigten über Hexerei. Er versucht diejenigen von uns in Mißkredit zu bringen, die einen medizinischen Beruf ausüben.«

»Das mag so sein«, murrte Argak finster, »aber alle gegen uns gerichteten Gesetze kommen von der Krone.«

»Das ist nicht allein die Schuld Seiner Majestät«, warf Kamion ein. »Die alornischen Bräuche wollen es, daß alle religiösen Angelegenheiten der Entscheidungsgewalt der Priesterschaft unterstehen. Wenn Elthek der Krone ein zu verabschiedendes Gesetz als religiöse Angelegenheit vorlegt, unterschreibt und siegelt Eisenfaust es ohne nachzufragen – für gewöhnlich macht er sich nicht einmal die Mühe, es zu lesen. Er und ich hatten deswegen wiederholt Meinungsverschiedenheiten. Elthek füllt den ersten Abschnitt einer zu verabschiedenden ›religiösen Verordnung‹ mit jeder Menge theologischem Unsinn, und unser König bekommt glasige Augen, noch bevor er zum Kern des Dokuments vordringt. Elthek vertritt beharrlich seine Meinung, Gebete seien die einzige Möglichkeit, um Krankheiten zu heilen.«

»Er würde meine Schwester tatsächlich einer politischen Idee opfern?« empörte ich mich.

»Natürlich würde er das, Pol. Er betet nicht Belar an, sondern seine eigene Macht.«

»Ich glaube, Algar hatte die richtige Idee«, murmelte ich finster. »Sobald es Beldaran besser geht, werden wir wohl etwas gegen den Bärenkult auf der Insel unternehmen müssen.«

»Das würde *uns* mit Sicherheit das Leben erleichtern«, merkte Arell an. »Ich bin es langsam müde, eine Hexe geschimpft zu werden.«

»Warum gehen wir nicht alle hoch zur Zitadelle?« schlug ich vor.

»Du bringst uns noch alle auf den Scheiterhaufen, Pol«, widersprach Argak. »Wenn wir in aller Öffentlichkeit unsere ärztliche Kunst ausüben – und erst recht in der Zitadelle –, werfen Eltheks Priester uns in den Kerker und sammeln schon mal das Feuerholz.«

»Macht Euch keine Sorgen, Argak«, entgegnete ich mit grimmiger Entschlossenheit. »Falls hier irgend jemand Feuer fängt, dann wird das Elthek selbst sein.«

Und so stiegen wir alle zur Zitadelle hoch. Nun, da ich die Situation kannte und mehr darauf achtete, fiel mir auf, daß es in dieser Festung wesentlich mehr Priester als nötig gab.

Beldaran war wach, als wir alle in ihr Schlafgemach einfielen, und nachdem wir sie untersucht hatten, versammelten wir uns im angrenzenden Zimmer zur Besprechung.

»Der Zustand scheint chronisch zu sein«, urteilte Balten. »Darum hätte man sich schon vor langer Zeit kümmern müssen.«

»Nun, wir können die Zeit nicht zurückdrehen«, sagte Arell. »Was glaubt Ihr, Argak?«

»Ich wünschte, sie wäre nicht so schwach«, antwortete Argak. »Es gäbe einige Präparate, die ziemlich gut wirken würden, wenn sie kräftiger wäre. Aber in ihrer jetzigen Verfassung können sie ihr gefährlich werden.«

»*Irgend* etwas muß uns aber einfallen, Argak«, gab ich zu bedenken.

»Laß mir ein wenig Zeig, Pol. Ich arbeite daran.« Er wühlte in dem Kistchen mit kleinen Glasphiolen herum, das er aus seinem Laden mitgebracht hatte. Er suchte eine der Phiolen heraus und überreichte sie mir. »In der Zwischenzeit flöße ihr alle paar Stunden etwas hiervon ein. Es verhindert, daß ihr Zustand sich weiter verschlechtert, während wir uns über ihre Behandlung beraten.«

Arell und ich gingen in Beldarans Zimmer. »Laß uns lüften, sie waschen, ihr Bettzeug wechseln und ihr das Haar kämmen, Pol«, regte Arell an. »Die Leute fühlen sich dann immer besser.«

»In Ordnung«, pflichtete ich ihr bei. »Ich besorge ihr auch noch ein paar zusätzliche Kissen. Vielleicht erleichtert es ihr das Atmen, wenn wir sie in eine sitzende Haltung aufrichten.«

Beldaran schien sich besser zu fühlen, nachdem wir ihr all die kleinen Dienste erwiesen hatten, die Männern offenbar nie in den Sinn kommen. Argaks Arznei sagte ihr indes *gar* nicht zu. »Das schmeckt ja *scheußlich*, Pol«, schüttelte sie sich, nachdem ich sie ihr verabreicht hatte.

»Das ist der Sinn, der dahinter steckt, Beldaran«, sagte ich leichthin in dem Bemühen, meine Besorgnis nicht durchscheinen zu lassen. »Medizin *soll* ekelhaft schmecken. Wenn sie ekelhaft genug ist, wirst du wieder gesund, nur um nicht noch mehr von dem Zeug schlucken zu müssen.«

Sie lachte müde, und dann bekam sie einen lange anhaltenden Hustenanfall.

Die nächsten eineinhalb Tage über saß ich am Bett meiner Schwester, während Argak, Arell und Balten weitere Arzneien ersannen und mischten. Argaks erste Mixtur linderte lediglich einige von Beldarans augenfälligsten Symptomen, so daß wir alle zu dem Schluß kamen, daß wir radikalere Maßnahmen ergreifen mußten.

Argaks nächste Mixtur versetzte Beldaran in einen tiefen Schlaf. »Das ist ein natürlicher Bestandteil des Heilungsprozesses«, log ich Riva und Daran an. Meine Kollegen und ich hatten schon genug Sorgen, ohne daß die beiden sich auch noch die ganze Zeit in unserer Nähe herumdrückten und unsere Besorgnis vergrößerten.

Das alles verlief ganz und gar nicht so, wie ich es mir erhofft hatte. Meine Studien hatten mich überheblich gemacht und zu der irrigen Annahme verleitet, mit ein wenig Hilfe von meinen Lehrern könne ich *jede* Krankheit heilen. Beldarans Leiden aber weigerte sich hartnäckig, auf eine der Behandlungen anzusprechen, die wir uns ausdachten. Tagelang gönnte ich mir nur wenig Schlaf und gewann langsam die irrationale Überzeugung, die Krankheit meiner Schwester habe irgendwie ein eigenes Bewußtsein bekommen, bemerke alles, was wir zu ihrer Rettung unternahmen, und hintertreibe absichtlich jeden unserer Versuche. Zu guter Letzt gelangte ich zu dem Ergebnis, daß wir die Grenzen der ärztlichen Kunst überschreiten mußten, um Beldaran zu retten. Voller Verzweiflung schickte ich meine Gedanken zu den Zwillingen aus. »*Bitte!*« rief ich wortlos über die zahllosen Meilen zwischen der Insel und dem Tal hinweg. »*Bitte! Ich verliere sie. Benachrichtigt Vater! Ich brauche ihn, und ich brauche ihn sofort!*«

»*Kannst du die Krankheit solange in Schach halten, bis er eintrifft?*« fragte Beltira.

»*Ich weiß es nicht, Onkel. Wir haben alles versucht, was wir kennen. Beldaran spricht auf keine unserer Behandlungen an. Sie geht zugrunde, Onkel. Findet Vater auf der Stelle. Schickt ihn her, so schnell ihr könnt!*«

»*Versuche Ruhe zu bewahren, Polgara*«, wies Belkira mich an, und seine Stimme klang schneidend scharf. »*Es gibt einen Weg, wie du sie am Leben halten kannst, bis Belgarath eintrifft. Benutze deinen Willen. Gib ihr etwas von* deiner *Kraft. Wir können Dinge tun, die andere nicht vermögen.*«

Die Möglichkeit war mir im Traum nicht eingefallen. Wir hatten unsere Behandlungsmethoden bis zum Äußersten gesteigert – hatten fast experimentiert –, und einige der Arzneien, die wir Beldaran einflößten, waren ausgesprochen gefährlich – vor allem in ihrem geschwächten Zustand. Falls Belkira recht hatte, konnte ich sie mit meinem Willen stärken, und dann konnten wir ihr unter Umständen noch stärkere Dosen verabreichen.

Ich eilte durch den Korridor zu den königlichen Gemächern und fand dort einen alornischen Priester vor, der es irgendwie geschafft hatte, sich an den Wachen im Korridor vorbeizuschleichen. Er vollführte irgendeine widerwärtige kleine Zeremonie, in deren Verlauf er etwas verbrannte, das eine Wolke übelriechenden grünen Rauchs produzierte. *Rauch? Rauch* im Krankenzimmer eines Patienten, dessen Lunge versagte? »Was machst du da, du Idiot?« schrie ich ihn beinah an.

»Dies ist eine heilige Zeremonie«, entgegnete er in überheblichem Tonfall. »Eine Frau würde das ohnehin nicht verstehen. Verlasse sofort diesen Ort.«

»Nein. Du bist derjenige, der geht. Raus hier!« Seine Augen weiteten sich vor Entsetzen und Zorn. »Wie kannst du es wagen?« eiferte er.

Mit einem einzigen Gedanken erstickte ich sein qualmendes Feuer und blies den Gestank fort.

»*Hexerei!*« keuchte er.

»Wenn du es so nennen möchtest«, zischte ich ihn zwischen zusammengebissenen Zähnen an. »Versuch's mal hiermit, du schwachsinniger Narr.« Ich ballte meinen Willen und sagte »Hoch!«, während ich ihn etwa sechs Fuß über den Boden levitierte. Ich ließ ihn eine Weile dort hängen. Dann versetzte ich ihn an einen Ort mehrere Hundert Stocklängen außerhalb der Mauern der Zitadelle.

Ich stand wirklich kurz davor, ihn dort fallenzulassen. Er befand sich Hunderte von Fuß oberhalb der schneebedeckten Stadt, und ich war mir sicher, er würde, während er in den sicheren Tod stürzte, genügend Zeit haben, seine Taten zu bereuen.

»*Pol! Nein!*« Es war Mutters Stimme, und sie knallte wie eine Peitsche in meinem Kopf.

»*Aber –*«

»*Ich sagte nein! Und jetzt laß ihn herunter!*« Dann hielt sie kurz inne. »*Wann es dir genehm ist, natürlich*«, fügte sie hinzu.

»*Ganz wie meine Mutter befiehlt*«, erwiderte ich gehorsam. Ich wandte mich meiner Schwester zu und ließ behutsam meinen Willen in ihren geschwächten Körper fließen, während ich den Belarpriester winselnd und kreischend über der Stadt hängen ließ. Ich ließ ihn noch ein paar Stunden dort – sechs oder acht, höchstens zehn Stunden –, um ihm Zeit zu geben, über seine Sünden zu meditieren. Er erregte etwas Aufmerksamkeit, während er dort wie ein verwirrter Geier schwebte, aber schließlich lieben es alle Priester, im Mittelpunkt der Aufmerksamkeit zu stehen, so daß er sich daran eigentlich nicht gestört haben dürfte.

Ich hielt Beldaran mit der bloßen Kraft meines Willens zehn Tage lang am Leben, doch trotz meiner verzweifelten Bemühungen und jeder erdenklichen Behandlung, die meinen Lehrern und mir einfiel, verschlechterte ihr Zustand sich weiterhin. Sie entglitt mir, und es gab nichts, was ich dagegen tun konnte. Auch ich hatte mich mittlerweile völlig verausgabt, und seltsame Gedanken begannen meinen erschöpften Geist zu verdunkeln. Ich habe nur noch wenig klare Erinnerungen an jene schrecklichen zehn Tage, aber ich erinnere mich noch gut daran, wie Beltiras Stimme mich gegen Mitternacht erreichte, während ein tosender Orkan den Schnee um die Türme der Zitadelle wirbelte: *»Pol! Wir haben Belgarath gefunden! Er ist schon auf dem Weg zur Insel!«*

»Den Göttern sei Dank!«

»Wie geht es ihr?«

»Überhaupt nicht gut, Onkel, und auch mich verläßt langsam die Kraft.«

»Halte noch ein paar Tage durch, Pol. Vater kommt.«

Doch wir hatten keine paar Tage mehr. Müde saß ich während der nicht enden wollenden Stunden jener langen, wilden Nacht am Bett meiner Schwester. Ungeachtet der Tatsache, daß ich auch den letzten Rest meines Willens in ihren ausgezehrten Körper pumpte, konnte ich spüren, wie sie mir tiefer und tiefer in die Dunkelheit entglitt.

Und dann tauchte Mutter an meiner Seite auf. Diesmal war es nicht nur ihre Stimme. Sie war tatsächlich da, und sie weinte unverhüllt. »Laß sie gehen, Pol«, sagte sie zu mir

»Nein! Ich lasse sie *nicht* sterben!«

»Ihre Aufgabe ist erfüllt, Polgara. Du *mußt* sie gehen lassen. Wenn du das nicht tust, verlieren wir euch beide.«

»Ich kann ohne sie nicht weiterleben, Mutter. Wenn sie geht, gehe ich mit ihr.«

»Nein, das wirst du nicht. Es ist nicht erlaubt. Laß deinen Willen los.«

»Ich *kann* nicht, Mutter, Ich *kann* nicht. Sie ist der Mittelpunkt meines Lebens.«

»Tu es, Tochter. Der Meister befiehlt es – und UL befiehlt es auch.«

Ich hatte noch nie zuvor von UL gehört. Merkwürdigerweise hatte ihn niemand in meiner Familie je vor mir erwähnt. Starrköpfig wie ich war, fuhr ich jedoch damit fort, meinen Willen auf meine sterbende Schwester zu richten.

Und dann begann die Wand neben Beldarans Bett zu schimmern, und in den Steinen selbst vermochte ich eine undeutliche Gestalt auszumachen. Es war fast, als blicke man in die schimmernden Tiefen eines Waldsees, um zu sehen, was unter der Oberfläche lag. Die Gestalt, die ich dort erschaute, war in weiße Gewänder gehüllt, und das Gefühl, das ihre bloße Anwesenheit vermittelte, war überwältigend. Ich habe mich viele Male in meinem Leben in der Gegenwart von Göttern aufgehalten, aber eine Präsenz wie die von UL ist mir nie begegnet.

Dann war das Schimmern verschwunden, und UL selbst stand mir am Bett meiner Schwester gegenüber. Sein Haar und sein Bart waren wie Schnee, aber andere Zeichen von Alter gab es keine auf diesem ewigen Antlitz. Er hob eine Hand und hielt sie über Beldarans Gestalt, und während er das tat, spürte ich, wie mir mein Wille zurückgegeben wurde. »Nein!« schrie ich. »Bitte! Nein!«

Doch er überhörte meinen tränenreichen Protest. »Komm mit mir, geliebte Beldaran«, sagte er sanft. »Es ist nun Zeit zu gehen.«

Und ein Licht durchflutete den Körper meiner Schwester. Das Licht schien emporzusteigen, als stoße ein letzter Seufzer es hinaus aus der leeren Hülle, die alles war, was von ihr blieb. Das Licht hatte Beldarans Gestalt und Gesicht, und es streckte seine Hand aus und ergriff die von UL.

Und dann blickte der Vater der Götter mir geradewegs in die Augen. »Lebe wohl, geliebte Polgara«, sagte er zu mir, und dann schimmerten die beiden leuchtenden Gestalten zurück in die Wand.

Mutter seufzte. »Unsere Beldaran ist nun bei UL.«

Ich aber warf mich über den Körper meiner toten Schwester und begann hemmungslos zu weinen.

Kapitel 10

Mutter war nicht mehr bei mir. Ich empfand eine furchtbare Leere, während ich mich an meine tote Schwester klammerte, schluchzte und meine Trauer herausschrie. Der Mittelpunkt meines Lebens war fort, und der ganze Rest brach in sich zusammen.

Ich erinnere mich nur sehr ungenau an das, was im weiteren Verlauf jener schrecklichen Nacht geschah. Ich glaube, es kamen Menschen in das Sterbezimmer meiner Schwester, aber ich erkannte ihre Gesichter nicht. Es wurde geweint, dessen bin ich mir ziemlich sicher, aber ich weiß es nicht mehr genau.

Und dann war Arell da, praktisch, verläßlich, ein Fels in der Brandung, an den ich mich klammern konnte. Sie hielt mich in ihren Armen und wiegte mich, bis irgend jemand – Argak, glaube ich – ihr einen Becher reichte. »Trink das, Pol«, wies sie mich an, während sie mir den Becher an den Mund hielt.

Es war bitter, und einen kurzen Moment lang dachte ich, es möchte Gift sein. Was für eine perfekte Lösung. Aller Schmerz würde jetzt vorübergehen. Ich trank eilfertig, und mein Schluchzen ließ langsam nach, während ich in Arells Armen in das blanke Vergessen sank.

Ich lag in meinem eigenen Bett, als ich erwachte, und ich vermag nicht mehr zu sagen, wieviel Zeit inzwischen verstrichen war. Arell saß auf meiner Bettkante, und ich nahm verschwommen zur Kenntnis, daß man die Fensterläden geschlossen hatte, während ich schlief. »Dein Vater ist hier, Pol«, sagte Arell zu mir, als ich die Augen aufschlug.

»Wie nett von ihm, daß er es hat einrichten können«,

versetzte ich verbittert. Arell hatte mich nicht vergiftet, und irgendwie empfand ich das als Verrat.

»Jetzt ist es aber genug, Polgara.« Arells Tonfall war schneidend. »Menschen sterben. Das passiert. Dies ist nicht der passende Zeitpunkt für Schuldzuweisungen oder Vorwürfe. Der Tod eines geliebten Menschen kann eine Familie zerreißen oder die Hinterbliebenen enger zusammenschweißen. Wie möchtest du es haben, Pol?« Dann stand sie auf und glättete die Vorderseite ihres grauen Gewandes. »Du brauchst nicht nach etwas Scharfem zu suchen, Liebes. Ich habe alles mit dem Ansatz einer Kante aus deinem Raum entfernen lassen, und bleib weg von den Fenstern. Jetzt zieh dich an, wasch dir das Gesicht und kämm dir das Haar. Du siehst fürchterlich aus.« Dann verließ sie mein Zimmer, und ich stieg aus dem Bett, um die Tür hinter ihr zu verriegeln.

Es war wieder Abend, obwohl ich nicht sagen könnte, an welchem Tag, als Vater an meine Tür klopfte. »Ich bin es, Pol. Mach auf.«

»Geh weg«, fuhr ich ihn an.

»Öffne die Tür, Pol. Ich muß mit dir reden.«

»Laß mich in Ruhe, Vater.« Ich hatte noch nicht ausgesprochen, als mir klar wurde, daß mein Verhalten mehr als nur ein wenig töricht war. Kein Schloß der Welt konnte meinen Vater aufhalten, wenn er wirklich irgendwo hinein wollte. Ich kapitulierte und öffnete die Tür.

Er gab sich ganz sachlich, obwohl sein Gesicht einen leeren Ausdruck hatte. Er erinnerte mich schroff daran, daß unsere vornehmste Verantwortung nunmehr das Geschlecht von Riva sei. Riva selbst war vor Kummer völlig unbrauchbar geworden. Irgend jemand mußte seine Pflichten sowohl als König wie auch als Wächter des Orb wahrnehmen. Daran war erst zwanzig, aber er war Rivas Erbe und daher die einzig mögliche Wahl. »Die Angarakaner haben ihre Augen überall, Pol«, rief Vater mir ins Gedächtnis. »Und falls wir uns auch nur die geringste Schwäche anmerken lassen, kannst du davon ausgehen, daß wir Besuch von Ctuchik bekommen – möglicherweise sogar von Torak persönlich.«

Das brachte mich wieder zu mir. Ich schob meine Trauer und Verlassenheit beiseite. »Was wollen wir tun?«

»Du wirst dich zusammenreißen und hier den Oberbefehl übernehmen. Ich gebe Daran in deine Hände. Ich habe mit Brand gesprochen. Er ist sich völlig über unsere Lage im klaren. Er wird dir soweit helfen, wie er es vermag, aber die Verantwortung liegt letztendlich bei dir. Enttäusche mich nicht, Pol. Ich bringe dich in Brands Quartier. Er führt in eben diesem Moment ein Gespräch mit Daran. Sie sind Alorner, Pol, also halte die Zügel straff.«

»Du wirst doch hier sein, oder?«

»Nein. Ich muß euch verlassen.«

»Bleibst du nicht einmal zur Beerdigung?« Der Gedanke entsetzte mich aus irgendeinem Grund. Vater hat noch nie besonderen Wert auf Förmlichkeiten gelegt, aber –

»Ich trage die Beerdigung in meinem Herzen, Pol, und keine auch noch so lange Zeremonie oder Predigt von irgendeinem langweiligen Priester wird sie von dort vertreiben.«

Es war nur eine beiläufige Bemerkung, aber sie erinnerte mich daran, daß ich noch eine Rechnung mit einem gewissen Belarpriester zu begleichen hatte. Wenn Elthek, der rivanische Erzpriester, nicht diese übertriebene Angst vor Hexerei geheuchelt hätte, hätte meine Schwester womöglich rechtzeitig eine medizinische Behandlung erhalten, die ihr das Leben gerettet hätte. Der Wunsch nach Vergeltung ist keine nette Regung, aber er *hilft* dabei, im Angesicht der Trauer den Rücken zu stärken. Jetzt hatte ich schon *zwei* Gründe, um mich zusammenzureißen – Elthek und Ctuchik. Ich hatte Feinde auf beiden Seiten der theologischen Front.

Vater nahm mich in Kamions Arbeitszimmer mit, dessen Wände hinter vielen Büchern verborgen waren, und dann ließ er uns allein.

»Es gibt Präzedenzfälle für eine Regentschaft«, teilte Kamion meinem trauernden Neffen und mir mit, »erstaunlich viele, um ehrlich zu sein. Die Tatsache, daß ein Mann ein König ist, schützt ihn nicht automatisch vor menschlichen Schwächen.«

»Lord Brand«, hielt Daran dagegen, »die Menschen werden mich nicht als Herrscher akzeptieren. Ich bin zu jung.«

»Euer Vater war sogar noch jünger als Ihr, als er das Königreich gründete, Daran«, rief ich ihm in Erinnerung.

»Aber er hatte den Orb, Tante Pol.«

»Richtig. Und jetzt hast *du* ihn.«

Er blinzelte. »Niemand außer Vater kann den Orb berühren.«

Ich lächelte ihn an. Ich vermute, es war ein trauriges Lächeln, aber allein die Tatsache, daß ich dazu fähig war, erstaunte mich. »Daran«, sagte ich, »dein Vater hat deine Hände auf den Orb gelegt, bevor du vierundzwanzig Stunden alt warst. Der Stein weiß, wer du bist.«

»Könnte er das Schwert von der Wand nehmen?« fragte mich Kamion eindringlich.

»Ich bin mir nicht ganz sicher. Ich werde mich darum kümmern.«

»*Das* würde der Regentschaft Seiner Hoheit einen sichtbaren Legitimationsbeweis verschaffen und Einwände aus allen Lagern entkräften.«

»Ich glaube, ich habe eine Idee, meine Herren«, eröffnete ich ihnen. »Ich muß mit meinem Meister darüber sprechen – und mit Riva selbst. Aber wenn ich recht habe, wird es nicht den geringsten Einwand gegen Darans Regentschaft geben – von niemandem.«

»Und dann kann ich mich mit dem rivanischen Erzpriester befassen«, sagte Daran, und sein junges Gesicht verhärtete sich.

»Würdet Ihr wohl bitte ›befassen‹ für mich etwas näher erklären, Euer Hoheit?« erkundigte Kamion sich höflich.

»Ich habe mich noch nicht restlos entschieden, Lord Brand. Ich schwanke zwischen einem Schwert, das ich ihm in den Wanst bohre und langsam herumdrehe und einem Scheiterhaufen, auf dem ich ihn verbrenne. Welche Möglichkeit bevorzugst du, Tante Pol?«

Alorner! »Laß uns deine Herrschaft erst einmal festigen, bevor wir ein Blutbad anrichten, Daran«, riet ich ihm. »Elthek soll sich eine Weile ängstigen, ehe du ihn mit deinem Schwert durchbohrst oder ihn als Feuerholz benutzt. Zuerst müssen wir für andere Dinge Sorge tragen.«

»Ich schätze, du hast recht, Tante Pol«, gab er nach. »Habt Ihr Befugnis, den Hafen zu schließen, Lord Brand?«

»Ich vermute ja, Eure Hoheit«, antwortete Kamion. »Aber wozu?«

»Dies ist eine Insel, Lord Brand. Wenn wir den Hafen schließen, kann Elthek nicht mehr fort.«

»Du liebe Güte!« seufzte ich.

Erst viel später, als ich allein in meinem Quartier war, konnte ich meine Gedanken ausschicken. »*Mutter, ich brauche dich.*« Dann wartete ich. Mit jedem Moment, der verstrich, wurde ich ängstlicher.

»*Ja, Pol?*« Ihre Stimme war von abgrundtiefer Trauer durchdrungen.

»*Kann Daran das Schwert seines Vaters ergreifen?*«

»*Natürlich kann er das, Pol.*«

»*Und wird das Schwert auf ihn auf dieselbe Weise reagieren wie auf Riva?*«

»*Selbstverständlich. Worum geht es hier eigentlich?*«

»*Um alornische Politik, Mutter. Riva ist im Augenblick nicht in der Verfassung, seine Pflichten zu erfüllen, und deshalb muß Daran die Insel regieren, bis sein Vater sich wieder erholt hat. Ich will jeden Widerstand gegen unser Vorgehen im Keim ersticken.*«

»*Übertreibe es nicht, Pol.*«

»*Natürlich nicht, Mutter.*«

Es war schon immer meine Überzeugung, daß Beerdigungen die Privatangelegenheit der engsten Familie sein sollten, aber meine Schwester war die rivanische

Königin gewesen, und das verlangte ein Staatsbegräbnis.

»Der rivanische Erzpriester wird natürlich die Zeremonien vornehmen«, riet Kamion meinem Neffen und mir. »Das ist bedauerlich, aber –«

»Nein. Das wird er *nicht*«, entschied Daran entschlossen.

»Eure Hoheit?«

»Elthek hat meine Mutter auf dem Gewissen. Wenn er sich auf der Beerdigung auch nur von weitem blicken läßt, hacke ich ihn in Stücke. Wir haben einen Kaplan hier in der Zitadelle. *Er* wird die Zeremonie leiten.«

»Ist das das letzte Wort Eurer Hoheit in dieser Angelegenheit?«

»So ist es, Lord Brand.« Dann stürzte Daran aus dem Raum.

»Ich rede mit ihm, Kamion«, sagte ich leise. »Der Erzpriester wird die Feierlichkeiten nicht leiten, aber ich *möchte*, daß er anwesend ist. Es wird etwas geschehen, und ich will, daß er es sieht.«

»Geheimnisse, Pol?«

»Nur eine kleine Überraschung, alter Freund. Ich werde die Übertragung der Macht *sehr* sichtbar machen.«

Elthek war naturgemäß beleidigt, aber Kamion besaß die Klugheit, die Wogen wieder zu glätten, indem er Sätze wie ›persönlicher spiritueller Berater‹ und ›die Wünsche der engsten Hinterbliebenen‹ in den Raum warf.

Die offizielle Beisetzungsfeier fand in der Halle des rivanischen Königs statt, und die Bahre meiner Schwester stand unmittelbar vor dem Thron, wo Riva, in bodenloser Trauer versunken, dumpf vor sich hin brütend über der bleichen Leiche seiner Gemahlin saß.

Der Priester, der den Gottesdienst leitete, war ein freundlicher alter Mann, der sichtlich nicht zum Bärenkult gehörte. Er spendete uns den Trost, den er konnte, doch ich bezweifle, daß einer von uns viel von dem aufnahm, was der alte Mann sagte. Elthek, der rivanische Erzpriester, saß in einer der vordersten Reihen in der Halle, das Gesicht eine Maske verletzten Stolzes. Er war ein großgewachsener, hagerer Mann mit brennenden Augen und graumeliertem Bart, der ihm fast bis zur Taille reichte. Einmal während der Predigt des Familienkaplans ertappte ich Elthek dabei, wie er mich wütend anfunkelte, und dann verzerrten sich seine Züge zu einem falschen Lächeln, das Bände sprach. Es schien ihn fast zu freuen, daß es mir nicht gelungen war, das Leben meiner Schwester zu retten. In diesem Augenblick war er nahe daran, Belar unter den Sternen Gesellschaft zu leisten.

Beldaran wurde in einem eilig errichteten königlichen Mausoleum am Ende eines langgestreckten Saals im inneren Bezirk der Zitadelle beigesetzt. Riva weinte unverhüllt, als die schwere steinerne Grabplatte der Krypta sich knirschend über ihr schloß. Dann geleiteten Kamion und ich ihn in die Halle zurück. Ich hatte eine Weile vor der Beisetzung mit meinem untröstlichen Schwager gesprochen, so daß er genau wußte, was von ihm erwartet wurde. »Meine Freunde«, wandte er sich an die versammelten Adligen und Kleriker, »ich werde mich eine Zeitlang von der Welt zurückziehen. Das Königreich jedoch wird in starken Händen liegen.« Er schritt zu seinem Thron, streckte die Arme aus und nahm sein gewaltiges Schwert von der Wand. Wie immer, wenn er es in die Hand nahm, begann das Schwert sogleich blau zu leuchten. Es sah jedoch aus, als trauere auch der Orb um meine Schwester, denn das Blau schien ein wenig gedämpft zu sein. Der trauernde König wandte sich um, so daß er vor der Versammlung stand, und hielt das strahlende Symbol seiner Herrschaft in die Höhe.

Unter den Trauergästen herrschte absolute, fast furchtsame Stille. »Mein Sohn, Prinz Daran, wird meine Stelle einnehmen«, verkündete Riva in einem Tonfall, der keinen Widerspruch duldete. »Ihr werdet ihm gehorchen, wie ihr mir gehorcht habt.« Dann drehte er mit seinen großen Händen das Schwert herum, ergriff es bei seiner leuchtenden Scheide und hielt Daran den Griff hin. »Ich übertrage meinem Sohn all meine Macht!« sprach er mit dröhnender Stimme.

Irgendwo begann eine Glocke zu läuten, ein tiefer, mächtiger Klang, der selbst die Steine um uns vibrieren zu lassen schien. Ich wußte mit absoluter Sicherheit, daß es auf der Insel keine Glocke gab, die diesen Ton hätte erzeugen können. Daran nahm ehrerbietig das Schwert von seinem Vater entgegen und hielt es über dem Kopf. Das Feuer im Orb entflammte auf der Stelle, lief über die massive Scheide und hüllte den jungen Prinzen in einen Nimbus aus blauem Licht.

»Heil Daran!« donnerte Kamion mit gebieterischer Stimme, »Regent der Insel der Winde!«

»Heil Daran!« erklang das Echo der Versammlung.

Eltheks Gesicht war bleich vor Wut, und seine Hände zitterten. Er hatte die Möglichkeit einer Regentschaft offenbar nicht einmal ansatzweise in Erwägung gezogen, und mit Sicherheit keine Regentschaft, die auf diese übernatürliche Weise abgesegnet wurde. Offenbar hatte er angenommen, der gramgebeugte Riva werde irgendwie versuchen, seine Pflichten auf dem Thron wahrzunehmen, woraus sich eine Situation ergeben hätte, die dem rivanischen Erzpriester eine allmähliche Machtübernahme ermöglicht hätte. Kamion wäre kaltgestellt worden, und als Sprachrohr des geistig abwesenden Riva hätte Elthek sich nach und nach eine unangreifbare Machtposition erschlichen. Das leuchtende Schwert des rivanischen Königs in den Händen von Daran verstellte wirkungsvoll Eltheks Weg an die Macht, und man sah es dem Erzpriester an, daß er über diese Entwicklung alles andere als glücklich war. Es gelang mir, seine Aufmerksamkeit auf mich zu ziehen, und nur um ein wenig Salz in die Wunde zu reiben, erwiderte ich sein falsches Lächeln von vorhin.

Riva zog sich zurück, wie er es angekündigt hatte, und Daran, Kamion und ich nahmen die Zügel der Regierung in die Hand. Daran weigerte sich kategorisch – und wohlweislich, wie ich meine –, sich auf den Thron seines Vaters zu setzen, und nahm statt dessen auf einem schlichten Stuhl hinter einem gewöhnlichen Tisch Platz, auf dem sich die Dokumente, der Fluch eines jeden Herrschers dieser Welt, haushoch stapelten.

In jenem Winter und dem darauffolgenden Frühjahr entdeckte ich, wie langweilig Regierungsgeschäfte wirklich sein können. Ich konnte mich nur über die Gier nach einem Thron – irgendeinem Thron –, die manche Menschen treibt, wundern. Alorner sind im Umgang miteinander ein ziemlich zwangloses Volk, und ein alornischer König nimmt in etwa die Stellung eines gehobenen Klanhäuptlings ein, der für jeden seiner Untertanen ansprechbar bleibt. Das ist gewiß von Vorteil, solange man unter freiem Himmel lebt, aber sobald sich die Regierungsgeschäfte eines Königreichs in geschlossenen Räumen abspielen, stellen sich Probleme ein. Die offizielle Gestaltung eines Thronsaals ruft förmlich nach offiziellen Ansprachen, und das fördert in manchen Menschen offenbar das Schlimmste zutage. Die Redekunst, wie hochtrabend sie auch sein mag, ist in Wahrheit nichts anderes als eine Gelegenheit für einen eingebildeten Mann, aufzustehen und zu sagen: »Schaut her! Hier bin ich!« Die meisten ›Bittschriften an den Thron‹, die Daran über sich ergehen lassen mußte, waren der reinste Unsinn.

»Hören sie denn nie damit auf?« beklagte sich Daran an einem regnerischen Abend, als wir die Geschäfte für den Tag beendet hatten.

»Es ist eine Art der Prahlerei, Eure Hoheit«, führte Kamion ihm vor Augen.

»Ich sehe sie doch, Kamion«, wunderte sich Daran. »Sie müssen nicht auch noch mit den Armen fuchteln und Reden schwingen. Können wir denn *gar* nichts tun, um diesen Unfug abzukürzen?«

»Du könntest deinen Arbeitstag kürzen, Eure Majestät«, schlug ich vor.

»Was?«

»Du könntest jeden Morgen eine Stunde Hof halten und dann deine Sachen packen und dich in dein Arbeitszimmer zurückziehen. Die Tatsache, daß der nächste schon wartet und die Zeit beschränkt ist, könnte diese Redner möglicherweise dazu bringen, schneller auf den Punkt zu kommen.« Dann kam mir noch eine Idee. »*Oder* du könntest von jedem Redner verlangen, daß er während seiner Ansprache einen Eisenstab in der Hand hält.«

»Wozu sollte das dienen?«

Ich lächelte. »Ich werde derweil den Eisenstab allmählich erhitzen, bis er glühend heiß wird, Daran. Ich könnte mir vorstellen, daß der Redner es gegen Ende, wenn seine Hand zu qualmen beginnt, ziemlich eilig haben dürfte.«

»*Die* Idee gefällt mir«, meinte Daran.

»Unglücklicherweise haftet ihr der Geruch von Hexerei an«, wand Kamion ein, »und Elthek würde die Angelegenheit möglicherweise aufbauschen. Ich glaube, wir müssen uns etwas anderes einfallen lassen.«

Was Kamion dann ersann, war geradezu genial. Am nächsten Morgen las ein beleibter Baron – miserabel – von einem vorbereiteten Papier alle erdenklichen Gründe ab, warum er von bestimmten Verfügungen des Steuergesetzes befreit werden sollte.

»Ich glaube, ich habe eine Lösung für unser Problem gefunden«, raunte Kamion Daran und mir zu. Er schritt an den Rand des Thronpodestes und näherte sich beiläufig dem Redner. »Dürfte ich das wohl einmal sehen, alter Junge?« fragte er höflich, während er die Hand nach dem Papier in der Hand des Barons ausstreckte. Dann nahm er das Dokument von dem verdutzten Edelmann entgegen und warf einen Blick darauf. »Sehr interessant«, sagte er. »Seine Hoheit wird es in Erwägung ziehen und Euch seine Entscheidung in etwa einem Monat mitteilen.«

»Aber –«, wollte der Baron einwenden.

»Die Angelegenheit *wird* die uneingeschränkte Aufmerksamkeit des Prinzregenten finden, alter Junge. Sonst noch etwas?«

Der Baron begann zu stammeln.

Kamion sah in die Runde. »Ah, Korporal der Wache«, wandte er sich an einen der Soldaten an der Tür.

»Ja, Mylord Brand?«

»Könntet Ihr irgendeinen Korb für mich besorgen?«

»Ich denke, ja, Mylord.«

»Seid ein guter Junge und seht, was Ihr für mich auftreiben könnt.«

»Jawohl.«

Kamion kehrte auf das Podest zurück und stellte sich vor die Versammlung. »Eines der Probleme, mit denen Seine Hoheit sich konfrontiert sieht, liegt darin begründet, daß die feineren Punkte von vielen Eurer Bittschriften einfach untergehen, wenn Ihr sie dem Thron laut vortragt, meine Herren. Und das, was Ihr zu sagen habt, verdient wahrlich ein besseres Schicksal. Sobald jener gute Korporal mit dem Korb zurückkommt, wird er durch Eure Reihen gehen, und Ihr könnt Eure Petitionen hineinlegen. Auf diese Weise werdet Ihr in der Lage sein, mit Euren Geschäften fortzufahren, und müßt keine Zeit mit Warten verschwenden, bis Ihr an der Reihe seid, Eure Rede zu halten. Denkt nur an all die Stunden, die Ihr so gewinnen werdet, und all die wichtigen Dinge, die Ihr erledigen könnt.«

Sie starrten ihn mit offenen Mündern an. Ich wußte mit absoluter Sicherheit, daß die meisten dieser Edelmänner nichts anderes zu tun *hatten*. Die im Thronsaal verbrachten Stunden waren ihre einzige Existenzberechtigung.

Dann kam der Korporal mit dem Korb zurück und ging auf Kamions Anweisung unter den Versammelten herum, um all jene mühsam vorbereiteten Bittschriften in Empfang zu nehmen, die nicht ohne ein gewisses Widerstreben abgeliefert wurden.

»Ausgezeichnet, meine Herren!« erklärte Kamion.

»Famos! So, und jetzt können wir ja alle wieder an die Arbeit gehen, nicht wahr?« Er schaute aus dem Fenster hinaus. »Schade, daß es regnet«, merkte er an. »Ansonsten hätten wir ja alle angeln gehen können. Sollen wir uns nun vertagen?«

Daran erhob sich von seinem Sessel, und Kamion und ich folgten ihm aus der Halle.

»Damit habt Ihr mir wahrhaft keinen Gefallen erwiesen, Kamion«, beschwerte sich Daran, als wir unser provisorisches Arbeitszimmer erreichten. »Jetzt muß ich den ganzen Quatsch *lesen*.«

»Das wird nicht viel Zeit in Anspruch nehmen, Eure Hoheit«, versicherte ihm Kamion. Er ging zum Kamin und kippte den Inhalt des Körbchens ins Feuer. »Hups«, machte er. »Wie ungeschickt von mir.«

Daran und ich brachen in schallendes Gelächter aus.

In vielerlei Hinsicht war es wohl Kamions weltgewandtes und höfisches Benehmen, das mir über die schwere Zeit nach Beldarans Tod hinweghalf. Er war sehr klug, dem Thron rückhaltlos ergeben, und er besaß einen Charme, der all seinem Tun Leichtigkeit verlieh. Ich kannte seine Gemahlin recht gut – gut genug, um zu wissen, daß sie, auch wenn sie nicht eben glücklich darüber war, daß seine Pflichten ihn von ihr fernhielten, doch verstand, daß seine Stellung es erforderte, daß er lange Stunden mit Daran und mir zubrachte. Es gab nie etwas Unziemliches in dem Verhältnis zwischen Kamion und mir, aber wenn die Umstände anders gewesen wären –

Nun, es besteht keine Notwendigkeit, das weiter auszuführen, oder?

Es war früh im Sommer des Jahres 2038, als etwas vorfiel, das wesentlich folgenschwerer war als jede gedrechselte, salbungsvoll dem Thron überreichte Bittschrift.

Obwohl die Küste der Insel der Winde kahl und feindselig wirkt, sind die Täler im Innern doch häufig üppig und fruchtbar – besonders im südlichen Teil der Insel. Der gesellschaftliche Rang bei den Alornern hing – hängt vermutlich noch immer – vom Besitz von Ackerland ab, weshalb jene südlichen Täler überaus begehrt sind. Es gab da einen Baron Garhein, einen typischen alornischen Tyrannen, der dort unten lebte, und Garhein hatte einen Sohn, Karak, der, wie sich herausstellte, ein trunksüchtiger Schläger war. Ihr Nachbar, Baron Altor, hatte eine Tochter, Cellan, ein wunderschönes, sanftes und kultiviertes Mädchen. Nach ausgiebigem Feilschen arrangierten Garhein und Altor eine Heirat zwischen ihren Kindern, und die Absprachen beinhalteten auch eine Mitgift in Form von Landbesitz.

Die Verbindung war nicht von Glück gekrönt. Karak stürzte völlig betrunken in das Brautgemach und zwang Cellan seine Liebesbezeugungen auf die denkbar gewalttätigste Art auf. Von da an ging es bergab. Karak stellte sich als einer dieser Männer heraus, die – unter anderem – ihre Frau schlagen, Altor erfuhr davon und rüstete umgehend einen Trupp zur Rettung seiner Tochter aus. Es gab einige Verluste auf beiden Seiten, doch es gelang Altor, seine Tochter wieder heimzuholen. Dann erklärte er die Ehe für null und nichtig und nahm die Mitgift wieder an sich. Garhein verfiel in Raserei – nicht so sehr wegen der gescheiterten Ehe als wegen des Verlustes an Land. Die Fehde zwischen den beiden begann auszuufern, als Vetter, Onkel, Neffen und ähnliches sich auf die eine oder andere Seite schlugen. Bauern auf abgelegenen Höfen wurden erschlagen, Ernten und Gehöfte verbrannt.

Nachrichten von diesen Vorfällen erreichten schließlich auch die Zitadelle, und Daran, Kamion und ich versammelten uns in Kamions mit Büchern angefülltem Arbeitszimmer, um unsere Möglichkeiten zu erörtern.

»Beide sind sehr mächtige Männer«, informierte uns Kamion, »und sie haben beide große Sippen. Wir werden wirksame Schritte unternehmen müssen, oder wir bekommen ein zweites Arendien.«

»Kann man eine Ehe denn tatsächlich auf eine solche Weise auflösen?« zweifelte Daran.

»Was das anbetrifft, haben beide Parteien Argumente auf ihrer Seite, Eure Hoheit«, antwortete Kamion. »In den meisten Fällen hängt es von der Macht der beiden betroffenen Väter ab. Falls der Vater des Bräutigams der Mächtigere ist, wird die Braut als Eigentum betrachtet. Andernfalls nicht.«

Daran runzelte die Stirn. »Verfüge ich über ein genügend großes Heer, um in den Süden zu ziehen und den beiden Heißspornen einen Landfrieden aufzuzwingen?«

»Die Option würde ich zunächst in der Hinterhand halten, Eure Hoheit. Laßt uns erst versuchen, mit ihnen zu reden. Ein allgemeiner Heerbann würde aber vermutlich nicht schaden. Es wäre eine Demonstration Eurer Unzufriedenheit mit der derzeitigen Situation.«

»Wie steht es um die Staatsfinanzen, Tante Pol?« wollte Daran von mir wissen. »Kann ich mir eine Generalmobilmachung leisten?«

»Ich vermute, ja – wenn du es nicht zu lange ausdehnst.« Da kam mir eine Idee. »Warum halten wir statt dessen nicht ein Turnier ab?«

»Tut mir leid, Tante Pol, aber das verstehe ich jetzt nicht.«

»Es handelt sich um eine arendische Sitte, Eure Hoheit«, erläuterte Kamion. »Eine Art militärischer Wettstreit mit Bogenschießen, Schwertkämpfen mit stumpfen Waffen, Axtwerfen, Tjosten – all solche Sachen.«

»Was ist Tjosten?«

»Zwei Bewaffnete versuchen sich gegenseitig mit zwanzig Fuß langen Lanzen aus den Sätteln zu heben.«

»Was für eine sonderbare Idee!«

»Den Teil könnten wir auch weglassen«, lenkte Kamion ein. »Alorner kämpfen für gewöhnlich nicht zu Pferd.« Er sah mich an. »Das ist wahrhaftig eine gute Idee, Pol. Es vermittelt Garhein und Altor einen ungefähren

Begriff, mit welch großer Streitmacht der Thron auffahren kann. Außerdem müßte der Adel, anders als beim Heerbann, die Anreise selbst bezahlen. Wir beziehen Stellung, ohne den Staatsschatz anzugreifen.«

»Was ist, wenn niemand kommt?« grübelte Daran.

»Sie werden kommen, Liebes«, versprach ich ihm. »Es ist eine Gelegenheit zum Angeben. Die Pflanzzeit ist vorbei, also gibt es nichts Dringliches mehr, was die Leute fernhalten könnte. Es wird eine Ehre sein, eingeladen zu werden, so daß wir mit ziemlicher Sicherheit davon ausgehen können, daß jeder Edelmann der Insel sich einfinden wird.«

»Garhein und Altor eingeschlossen?«

»Genau. Wir können sie während der Festlichkeiten auf die Zitadelle bestellen. Da sie bereits in der Stadt sein werden, haben sie keine Ausrede, abzusagen.«

»*Und* wir können ein Exempel an ihnen statuieren«, fügte Kamion hinzu. »In verschiedenen anderen Regionen der Insel schwären weitere kleine Streitigkeiten. Wenn Ihr Garhein und Altor die Strenge des Gesetzes fühlen laßt, sollte das den Rest des Adels zur Vernunft bringen.«

»Das ist möglicherweise ein wenig zu optimistisch gedacht«, warf ich ein. »Schließlich reden wir über *Alorner.*«

Die Einladungen zum Turnier wurden verschickt, und in der Stadt Riva wimmelte es bereits von kräftigen Alornern, als Garhein und Altor eintrafen. Die Tatsache, daß nahezu jeder gesunde Mann auf der Insel der Einladung des Prinzregenten Folge geleistet hatte, war ihnen nicht entgangen. Die Regentschaft war noch nicht einmal ein Jahr alt, aber Daran hatte sich bereits weitreichende Autorität verschafft. Wir ließen den beiden verfeindeten Baronen eine Weile Zeit, um dies gebührend zur Kenntnis zu nehmen, und dann bestellte Daran sie auf die Zitadelle. Die Audienz fand im Thronsaal statt, wo sämtliche Attribute der Macht gut sichtbar ausgestellt waren.

Ich räume offen ein, daß meine Sympathien im Licht

von Karaks Gewalttätigkeit voll und ganz Baron Altor und seiner Tochter gehörten, aber andererseits muß ich zugeben, daß die Unterschiede zwischen Garhein und Altor geringfügig waren. Beide waren kräftig, stämmig, bärtig und nicht sehr helle. Beide trugen Kettenhemden, aber keine Schwerter, da Kamion klugerweise dafür gesorgt hatte, daß jeder bei Eintritt in den Thronsaal entwaffnet wurde. Garhein hatte rostfarbenes Haar, das in alle Richtungen abstand, während Altors schwarzes Haar geölt und glatt anliegend, ihm wie ein nasser Pferdeschwanz über den Rücken fiel. Obwohl es noch früh am Tage war, war der hirnlose Karak bereits betrunken. Die Ausdünstung seiner feisten Gestalt, die ein schütterer Bart und ungekämmtes Haar krönten, konnte ich über den halben Thronsaal hinweg riechen. Altors Tochter Cellan wirkte als einzige in der Gruppe entfernt zivilisiert. Sie war hübsch – auf die blonde, vollbusige, typisch alornische Art –, aber ihre blauen Augen blickten ebenso hart wie die ihres Vaters.

Man hatte die verfeindeten Familien sinnigerweise so weit wie möglich voneinander entfernt Platz nehmen lassen. Die Nachricht von der Audienz hatte sich rasch herumgesprochen, viele Neugierige waren in die Halle gekommen, um ihr beizuwohnen.

Daran, Kamion und ich hatten viel Zeit gehabt, uns einen genauen Schlachtplan zurechtzulegen, so daß nichts dem Zufall überlassen blieb. Die Palastwache war selbstverständlich entfernt worden. Kräftige bewaffnete Soldaten in Kettenhemden standen entlang den Wänden, um sicherzustellen, daß es zu keinen unliebsamen Zwischenfällen oder Überraschungen kommen würde. Wir hatten Darans Sessel und Tisch vom Podest entfernen lassen. Als wir die volle Halle betraten, ging mein Neffe geradewegs auf den Thron seines Vaters zu und setzte sich.

Das verursachte beträchtliche Aufregung.

»Nun denn«, begann Daran mit scharfer Stimme, »laßt uns zur Sache kommen.« Sein nüchterner Tonfall zeigte, daß er alles im Griff hatte. »Mein Vater ist sehr bekümmert wegen gewisser Vorkommnisse im südlichen Teil der Insel, und wir wollen ihn nicht noch mehr aufbringen, oder?« Er beugte sich vor. »Mylords Barone Garhein und Altor, kommt her.« Er wies herrisch auf einen Fleck unmittelbar vor dem Podest.

Die beiden streitsüchtigen Heißsporne kamen argwöhnisch näher.

»Ich werde diesen Unfug hier und jetzt ein für allemal beenden«, beschied sie mein blonder Neffe. »Der nächste von Euch, der den Königsfrieden bricht, packt besser schon einmal seine Sachen, denn er wird auf der Stelle in den Nordteil umziehen.«

»Euer Hoheit!« verwahrte sich Garhein. »Da gibt es doch nichts als Steine! Niemand kann auf dem Nordteil der Insel leben.«

»Wenn Ihr Euer Schwert auch nur ein einziges weiteres Mal zieht, Garhein, werdet Ihr das selbst herausfinden. Vermutlich könnte man Ziegen züchten. Ziegen fressen fast alles.«

Garheins Sohn Karak sprang auf. »Das könnt Ihr nicht tun!« brüllte er Daran mit betrunkener Stimme an.

»Kannst du diesen Schwachkopf ausnüchtern, Tante Pol?« bat mich Daran.

»Natürlich«, erwiderte ich.

»Würdest du so freundlich sein?«

Wir waren uns ziemlich sicher gewesen, daß Karak, voll des guten Biers, irgendwann störend auffallen würde. Ich war also gut vorbereitet.

Daran hatte bereits *seine* Macht demonstriert. Nun war die Reihe an mir. Die Anwesenheit des rivanischen Erzpriesters Elthek ließ meine Vorführung vielleicht ein wenig übertrieben geraten. Daran, Kamion und ich erteilten an jenem Tag Lektionen in alle Richtungen. »Bringt diesen Trunkenbold hierher!« befahl ich dem gewaltigen Meister der Wache.

»Sofort, Lady Polgara«, entgegnete der angesprochene Soldat mit dem mächtigen Bart. Er bahnte sich seinen

Weg durch die bestürzte Menge, packte Karak am Kragen und schleppte ihn vor das Podest.

Ich streckte meine Hand aus, schnippte mit den Fingern und ließ einen Humpen erscheinen. Dann holte ich eine Glasphiole aus meinem Ärmel und goß ihren Inhalt in den Humpen. Den übergroßen Humpen hielt ich in die Höhe und erklärte: »Bier.« In der Halle war völlige Stille eingekehrt, so daß das Geräusch des schäumenden, bernsteinfarbenen Biers, das aus der leeren Luft oberhalb des Humpens strömte, deutlich zu hören war. Ich warf einen Blick zu Elthek hinüber und bemerkte nicht ohne Befriedigung, daß ihm die Augen aus dem Kopf quollen und der Mund weit offenstand. Leute, die vorgeben, Magie einzusetzen, sind immer sehr erschrocken, wenn sie wahrer Zauberei begegnen. Dann schritt ich auf den kriecherischen, übelriechenden Karak zu. »Sei ein guter Junge und trink das«, wies ich ihn an.

Er sah den Humpen an, als handle es sich um eine Schlange, und legte beide Hände auf den Rücken.

»Wachtmeister, sorgt dafür, daß er es trinkt«, befahl Daran dem Meister der Wache.

»Mit Vergnügen, Euer Hoheit«, versetzte der Soldat. Grob ergriff er die eine Hand des Trunkenboldes und verschränkte seine Finger mit Karaks. »Trinkt!« donnerte er.

Karak wehrte sich schwach.

Dann begann der Soldat zu drücken – langsam. Der Wachtmeister besaß Schultern wie ein Ochse und Hände von der Größe eines Schinkens. Er hätte vermutlich einen Stein zum Bluten bringen können, indem er ihn zerquetschte.

Quiekend wie ein Schwein streckte Karak sich auf die Zehenspitzen.

»Trinkt!« wiederholte der Wachtmeister.

»Euer Hoheit!« meldete Garhein sich zu Wort.

»Haltet den Mund!« fuhr Daran ihn an. »Eure Leute *werden* lernen, mir zu gehorchen.«

Der Wachtmeister fuhr fort, Karaks Hand mit diesem

kraftvollen Griff zusammenzudrücken, und zu guter Letzt riß mir der Trunkenbold den Humpen aus der Hand und leerte ihn geräuschvoll.

»Sergeant«, wandte ich mich erneut an den Soldaten, »vermutlich wird sich unser junger Freund hier in Kürze unwohl fühlen. Geleitet ihn zur Wand hinüber, damit die Anwesenden nicht in Mitleidenschaft gezogen werden.«

Der Wachtmeister grinste breit und zerrte Karak zur Seite, wo der betrunkene junge Mann sich geräuschvoll übergab.

»Lady Cellan«, sprach Daran sodann, »wäret Ihr wohl so gut, einen Moment hier vor den Thron zu treten?«

Cellan entsprach seiner Aufforderung gehorsam, wenn auch nicht ohne Zaudern.

»Möchtet Ihr zu Eurem Gemahl zurückkehren?« fragte Daran sie.

»Niemals!« platzte sie heraus. »Eher bringe ich mich um! Er schlägt mich, Euer Hoheit. Jedesmal, wenn er betrunken ist – also täglich – erhebt er seine Hand gegen mich.«

»Ich verstehe.« Darans Gesicht verhärtete sich. »Kein anständiger Mann schlägt eine Frau«, erklärte er, »darum erkläre ich hiermit kraft meines Amtes die Ehe von Karak und Cellan für aufgelöst.«

»Das könnt Ihr nicht tun!« grölte Garhein. »Es ist die Pflicht einer Ehefrau, sich der Züchtigung ihres Gatten zu unterwerfen, wenn sie einen Fehltritt begangen hat.«

»Es ist ebenso die Pflicht eines Edelmanns, sich der Züchtigung durch den Thron zu unterwerfen, wenn *er* einen Fehltritt begangen hat«, klärte Kamion ihn auf. »Ihr strapaziert Euer Glück, Baron Garhein.«

»Nun kommen wir zu der Frage, wem dieses Stück Land gehört«, fuhr Daran fort.

»Das Land gehört *mir*!« brüllte Garhein.

»Es gehört *mir*!« hielt Altor dagegen. »Es fiel an mich zurück, als Seine Hoheit die Ehe auflöste.«

»Tatsächlich, meine Guten«, erklärte Kamion glattzüngig, »gehört das Land der Krone. Das gesamte Eiland gehört der Krone. Ihr habt alles Land nur zu Lehen – nach dem Belieben der Krone.«

»Wir könnten wahrscheinlich noch Wochen über die genauen Gesetzesbestimmungen diskutieren«, winkte Daran ab, »aber da Rechtsstreitigkeiten nun einmal gräßlich langweilig sind, werden wir, um keine Zeit – und Menschenleben – zu vergeuden, das in Frage stehende Ackerland einfach durch die Mitte teilen. Die eine Hälfte geht an Baron Garhein, die andere an Baron Altor.«

»Unvorstellbar!« empörte sich Garhein.

»Dann fangt schon einmal an, Euch ein Leben als landloser Vagabund oder als Ziegenhirte vorzustellen, Garhein. Ihr *werdet* tun, was ich Euch sage.« Dann verengten sich die Augen meines Neffen. »So, und um zu verhindern, daß Ihr und Eure jeweiligen Parteigänger und Anverwandten Unheil stiften, werdet Ihr eine fünfzehn Fuß hohe Mauer genau durch die Mitte dieses Landstücks errichten. Dann habt Ihr etwas zu tun, und die Mauer wird Euch auseinanderhalten. Ich möchte zügige Fortschritte an dieser Mauer sehen, meine Herren, und ich möchte Euch beide persönlich Steine schleppen sehen. Ihr werdet diese Aufgabe nicht auf Eure Untergebenen abwälzen.«

»Das sind zwanzig Meilen, Euer Hoheit!« gab Altor mit vor Entsetzen erstickter Stimme von sich.

»Nicht mehr? Dann sollte das Bauwerk in einem oder zwei Jahrzehnten errichtet sein. Ich will, daß ihr an entgegengesetzten Enden mit dem Bauen anfangt. Ich werde veranlassen, daß unser Meister der Wache hier die genaue Mitte markiert. Ihr könnt es Euch wie ein Wettrennen vorstellen. Womöglich darf der Gewinner als Siegespreis seinen Kopf behalten. Lord Brand kennt den Namen jedes einzelnen Eurer Parteigänger, und sie werden Euch bei Eurem großen Werk zur Hand gehen – entweder freiwillig oder in Ketten. Habe ich mich klar ausgedrückt?«

Sie funkelten ihn wütend an, besaßen jedoch die Klugheit, nichts zu erwidern.

»Ich fürchte, Ihr Herren, diese Sache wird Euch bei Euren Verwandten nicht gerade beliebt machen«, merkte Kamion an. »Ich schlage deshalb vor, daß Ihr während der Bauarbeiten Kettenhemden tragt – als Vorsichtsmaßnahme.«

»Und nun kommen wir zu diesem kranken Burschen drüben in der Ecke«, sagte Daran, während er sich ziemlich grimmig vom Thron seines Vaters erhob.

Karak hatte mittlerweile seinen Magen gewiß von allem geleert, was er in den letzten Wochen gegessen oder getrunken hatte. Er war aschfahl und zitterte heftig, als der riesige Wachtmeister ihn erneut vor das Podest schleifte.

»Anständige Männer schlagen ihre Frauen nicht, Karak«, erklärte Daran. »Aus diesem Grund werde ich dir hier und jetzt Anstand beibringen.« Er griff hinter den Thron und holte eine lange, biegsame Peitsche hervor.

»Das *könnt* Ihr nicht tun!« Garhein kreischte beinah. »Mein Sohn ist von hohem Stand!«

»Eure und meine Auffassung von Adel scheinen nicht übereinzustimmen, Garhein«, teilte Daran ihm mit. »Da dieses betrunkene Tier jedoch der Sproß Eurer Lenden ist, füge ich mich in dieser Angelegenheit Eurem Wunsch. Entweder ich peitsche ihn aus, oder ich lasse ihm beide Hände abhacken. Was ist Euch lieber?«

»Ihm die Hände abzuhacken, *würde* verhindern, daß er weiterhin Frauen schlägt, Euer Hoheit«, bemerkte Kamion sachlich. »Es würde wohl auch seinen Bierkonsum drosseln, es sei denn, er zieht es vor, sein Bier wie ein Hund aus einem Napf zu schlecken.«

»Ein gutes Argument, Lord Brand«, überlegte Daran. Er griff über sich und nahm seines Vaters Schwert von der Wand, das freudig in ein strahlend blaues Leuchten ausbrach. »Nun, Garhein?« fragte er. »Wie lautet Eure Entscheidung?« Er hielt das flammende Schwert in der einen, die Peitsche in der anderen Hand.

Garhein starrte ihn mit offenem Mund an.

»*Antwortete mir!*« brüllte Daran.

»D-d-die Peitsche, Eure Hoheit«, stammelte Garhein.

»Eine kluge Wahl«, murmelte Kamion. »Einen Sohn und Erben ohne eine einzige Hand zu haben, kann *wirklich* entwürdigend sein.«

Dann riß der Meister der Wache, der offenbar bereits seine Anweisungen erhalten hatte, Karak das Wams vom Leib, trat ihm die Beine weg und hielt ihn an einem Knöchel fest. »Nur, damit er sich nicht unter die Möbel verkriecht, Eure Hoheit«, erklärte er, während er seinen Fuß fest auf Karaks anderen Knöchel setzte.

»Ich danke Euch, Wachtmeister«, sagte Daran. Daraufhin hängte er das Schwert an die Wand zurück, ließ seinen Umhang zu Boden fallen, entledigte sich seines Wamses und krempelte die Ärmel auf. »Dann wollen wir anfangen«, sagte er und begann, den kreischenden, winselnden Trunkenbold fast zu Tode zu peitschen. Cellan genoß jede Sekunde, wie ich bemerkte. Alorner sind doch manchmal ein schlichtes, unkompliziertes Volk!

Nachdem Daran fertig war, warf er die Peitsche zu Boden und hob seine Kleider wieder auf. »Ich denke, wir haben unser Tagewerk für heute vollbracht, meine Freunde«, verkündete er der sprachlosen Versammlung. »Wenn ich mich recht entsinne, beginnt der Bogenschußwettbewerb am Nachmittag. Vielleicht schieße ich selbst einen Köcher Pfeile ab. Bis dann also.«

Nachdem wir drei in Kamions Arbeitszimmer zurückgekehrt waren, sagte ich es den beiden aufs Gesicht zu: »Ihr habt dieses Auspeitschen im voraus geplant, nicht wahr?«

»Natürlich, Tante Pol«, grinste Daran mich an.

»Ohne mich einzuweihen?«

»Wir wollten Euch nicht aufregen, Pol«, sagte Kamion beschwichtigend. »Fandet Ihr es wirklich zu anstößig?«

Ich tat, als überlegte ich. »Eigentlich nicht«, gestand ich. »In Anbetracht von Karaks Benehmen war es wohl angemessen.«

»Wir hatten Alternativen erwogen«, fuhr Kamion fort. »Ich hätte Spaß daran gehabt, diesen betrunkenen Schläger zu fordern, ihm ein Schwert in die Hand zu drücken und ihn dann in Stücke zu hauen, aber Seine Hoheit meinte, das könne Euch aufregen, und so einigten wir uns auf das Auspeitschen – weniger blutig, Ihr versteht.«

»Und die Drohung, ihm die Hände abzuhacken?«

»Das war eine spontane Eingebung von mir, Tante Pol«, gab Daran zu. »Aber ich denke, es hätte meine Argumente hinsichtlich des Schlagens von Frauen bekräftigt.« Dann schnippte er mit den Fingern. »Warum nehmen wir das nicht ins Strafgesetz auf, Kamion?«

»Du bist ein Barbar, Daran«, schalt ich ihn.

»Nein, Tante Pol, ich bin Alorner. Ich kenne mein Volk, und ich weiß, was ihnen angst macht. Ich möchte nicht durch Angst herrschen, aber ich *möchte*, daß die anderen Rivaner begreifen, daß ich sehr böse werden kann, wenn sie etwas tun, das mir nicht gefällt, und eine Frau zu schlagen, gefällt mir ganz und gar nicht.« Er lehnte sich in seinen Sessel zurück und schaute nachdenklich durch das Fenster in den strahlend sonnigen Tag hinaus. »Das ist wirklich der Kern der Macht, Tante Pol«, sann er nach. »Wir können versuchen, zivilisiert und höflich zu handeln, aber im Grunde basiert die Macht eines jeden Herrschers auf einer Drohung. Glücklicherweise müssen wir diese Drohung nicht allzuoft wahrmachen. Wenn ich gewußt hätte, daß ich ein Wilder sein muß, um den Thron meines Vaters einzunehmen, wäre ich überhaupt nicht hier. Ich würde immer noch rennen, und weder du noch Großvater könntet mich je wieder einfangen.«

In diesem Moment war ich so stolz auf ihn, daß ich fast geplatzt wäre.

Die Nachricht, wie Daran die Fehde zwischen Garhein und Altor beigelegt hatte, verbreitete sich wie ein Lauffeuer über die Insel, und die Rivaner begannen ihren jugendlichen Prinzregenten mit neuem Respekt zu betrachten. Daran machte sich gut.

Kapitel 11

Spät im folgenden Sommer segelte Anrak in den Hafen ein. Im Laufe der Jahre war mir aufgefallen, daß Anrak weit herumkam. Die meisten Männer werden irgendwann seßhaft, aber Anrak war zum Umherziehen geboren. Der Vetter von Eisenfaust, Stiernacken und Flinkfuß hatte graues Haar bekommen, trotzdem jedoch etwas unwiderstehlich Jugendliches behalten. Er stattete Riva einen längeren Besuch ab, dann gesellte er sich in einem ganz in Blau ausgestatteten Besprechungszimmer hoch oben in einem der Türme der Zitadelle zu Kamion, Daran und mir. Als Kamions scheinbar unüberschaubare Kinderschar sein Arbeitszimmer erobert hatte, war es notwendig geworden, uns einen neuen Platz zum Arbeiten zu suchen. »Mein Vetter kann den Tod seiner Frau nicht verwinden, nicht wahr, Pol?« fragte Anrak, als wir alle an einem langen Konferenztisch saßen. »Er redet über alte Zeiten, aber für das, was in letzter Zeit geschehen ist, scheint er nicht das geringste Interesse aufzubringen. Es ist beinah, als sei sein Leben mit dem Tod deiner Schwester zu Ende gegangen.«

»In vielerlei Hinsicht ist es das auch, Anrak«, erwiderte ich, »und meins war fast auch zu Ende.«

Er seufzte. »Ich verstehe das, Pol. Es ist schlimm.« Er seufzte erneut und schaute dann Daran an. »Wie macht er sich?« fragte er, als sei Daran gar nicht da.

»Wir haben die Hoffnung noch nicht aufgegeben«, antwortete Kamion. Dann erzählte er die Geschichte mit dem Auspeitschen.

»Gute Arbeit, Daran«, äußerte Anrak sich anerkennend. »Oh, ehe ich es vergesse, mein Onkel Bärenschulter bat mich, dir etwas von ihm auszurichten.«

»Wie geht es ihm?« erkundigte sich Daran.

Anrak zuckte mit den Schultern. »Er ist alt geworden«, antwortete er. »Trotzdem sollte man ihn sich nicht zum Feind machen. Er hat Ärger mit dem Bärenkult, und er wollte, daß ich dich vor ihm warne.« Anrak lehnte sich in seinem Stuhl zurück, einen nachdenklichen Ausdruck auf dem Gesicht. »Damals in den alten Zeiten hatte der Kult keine einheitliche Glaubensbasis. Er war im Grunde nichts anderes, als eine billige theologische Rechtfertigung, um die südlichen Königreiche zu plündern. Aber alles änderte sich, nachdem Belgarath und die anderen Torak den Orb wieder entrissen hatten. Jetzt wollen sie, daß Riva – oder sein Nachfolger – sie mit diesem flammenden Schwert nach Süden führt. Im Augenblick steht Riva im Mittelpunkt dessen, was die Kultanhänger ihre *Religion* zu nennen belieben.«

»Wir hatten hier auch einige Probleme«, merkte Kamion an. »Elthek, der rivanische Erzpriester, leitet den Kult hier auf der Insel. Da er Belars Hohepriester ist, müssen wir vorsichtig mit ihm umgehen. Eisenfaust wollte keine unmittelbare Konfrontation mit der Kirche. Deshalb hat er dem Erzpriester auch nicht den Fuß in den Nacken gesetzt, wie er es vermutlich hätte tun sollen.«

»Ich bin nicht halb so verträglich wie mein Vater«, versprach Daran. »Die Zeit ist nicht mehr fern, wo ich Elthek töten werde.«

»Ist das nicht ungesetzlich?« meinte Anrak.

»Ich werde das Gesetz ändern«, gab Daran zurück.

Ich sah ihn mir genau an und erkannte, daß es beinah an der Zeit war, ihn ein wenig zu zügeln. Mein Neffe, ermutigt durch seinen Erfolg mit Garhein und Altor, stand im Begriff, sich zum Tyrannen zu entwickeln.

»Hat Stiernacken in Drasnien dieselben Probleme?« wollte Kamion von Anrak wissen.

»Dort ist es sogar noch schlimmer«, erwiderte Anrak

mit düsterer Miene. »Nachdem Flinkfuß den Kult in Algarien ausgerottet hatte, flohen die Überlebenden in die Sümpfe und von dort in das Grenzland auf Gar og Nadrak zu. Östlich von Boktor kontrolliert der Kult nahezu alles.«

»Meiner Meinung nach liegt der Kern des Problems hier«, meinte Kamion. »Denn hier befindet sich der Orb, und falls der Kult den Hüter des Orb unter seine Kontrolle bringen kann, marschieren wir alle in Kürze südwärts.«

»Du könntest das Problem lösen, indem du jeden Belar-Priester hier auf der Insel nach Val Alorn zurückschwimmen läßt«, schlug Anrak mit einem boshaften Grinsen vor.

»In voller Rüstung«, fügte Daran hinzu.

»Nein.« Ich sagte es mit fester Stimme. »Einige dieser Priester sind unschuldig, und die Menschen benötigen den Trost der Religion. Trotzdem glaube ich, daß Kamion recht hat. Es liegt *nicht* in unserem Interesse, den Kult in unmittelbarer Nähe des Orb zu dulden.«

»Was ist die Alternative zu Auslöschung, Tante Pol?« fragte Daran.

»Exil?« überlegte Kamion.

»Du machst dich nicht sehr beliebt in Val Alorn und Boktor, wenn du ihnen eine frische Welle von Fanatikern schickst«, meinte Anrak.

»Daran dachte ich nicht«, eröffnete ihm Kamion. »Ich möchte die hiesigen Kultanhänger irgendwo haben, wo man sie im Auge behalten kann.«

»Verliese eignen sich dazu vorzüglich«, grinste Anrak.

»Es kostet zuviel Geld, Leute auf Dauer einzukerkern«, wandte Daran ein. Warum nur verschwendet jeder Herrscher in der Welt so viel Zeit damit, sich den Kopf über Geld zu zerbrechen? Dann hellten sich die Augen meines Neffen auf. »Lord Brand«, sagte er, »erinnert Ihr Euch noch daran, was ich Garhein und Altor letzten Sommer angedroht habe?«

»Sie aufs nördliche Ende der Insel zu schicken, meint Ihr?«

»Genau.«

»Die Kultanhänger würden einfach ihre Kutten ausziehen und sich nach Riva zurückschleichen, Eure Hoheit.«

»Es ist ein bißchen schwierig, sich über offenes Wasser zurückzuschleichen, Kamion«, lachte Daran. »Um die Hauptinsel herum liegen verstreut einige kleinere Eilande. Wenn wir alle Kultanhänger dorthin schicken, müssen wir uns um sie keine großen Sorgen mehr machen.«

»Sie sind Alorner, Eure Hoheit«, rief Kamion ihm ins Gedächtnis. »Schiffe zu bauen liegt ihnen im Blut.«

»Woraus wollen sie denn die Schiffe bauen, Mylord?«

»Aus Bäumen, könnte ich mir vorstellen.«

»Auf diesen Eilanden *wird* es aber keine Bäume geben, Kamion. Bevor wir den Kult ins Exil schicken, lasse ich alle Wälder abholzen.«

»Du mußt sie trotzdem irgendwie ernähren, Daran«, gab Anrak zu bedenken.

»Sie können sich selbst ernähren. Wir geben ihnen Saatgut, Tiere und Ackergeräte mit, und dann können sie Bauern werden oder verhungern.«

Anraks Grinsen wurde breiter. »Da eröffnen sich ganz neue Perspektiven«, pflichtete er ihm bei. »Aber du wirst die Küste vor ihrem kleinen Privatgefängnis bewachen müssen, um zu verhindern, daß ihre Anhänger übers Meer fahren und sie befreien.«

»Ich denke, ich kann meinen Großvater Cherek dazu überreden, das für mich zu erledigen. Er will keine Kultpriester mehr in Val Alorn haben. Aus diesem Grunde bin ich mir sicher, daß ihm daran liegt, *unsere* Kultanhänger hier festzuhalten. Er hat da draußen sowieso Schiffe, um die Angarakaner zurückzuschlagen, also kostet es ihn keine zusätzliche Anstrengung.«

»Das einzige, was wir jetzt noch brauchen, ist ein Vorwand«, erklärte Kamion.

»Irgendeine erfundene Geschichte sollte es doch tun, oder?« schlug Anrak vor.

Kamion zuckte zusammen. »Wir sollten uns um ein

wenig mehr Glaubwürdigkeit bemühen, Anrak. Lügen verselbständigen sich manchmal. Man muß sie immer weiter spinnen.«

»Vielleicht könnten wir sie bei einer ihrer Geheimzeremonien ertappen«, überlegte Anrak. »Anständige Leute hören so etwas nicht gerne.«

»Oh?« fragte Daran interessiert. »Was geht bei diesen Zeremonien denn vor sich?«

Anrak zuckte die Schultern. »Alle tragen Bärenfelle und betrinken sich bis zur Besinnungslosigkeit. Ihre Frauen und Töchter tragen gar nichts, und es kommt zu einer Menge wahllosem –« Er stockte, sah mich an und errötete dann tatsächlich. »Wie dem auch sei«, beeilte er sich fortzufahren, »die Priester veranstalten etwas, was sie Magie nennen, was aber in Wahrheit nichts anderes als billige Jahrmarkttricks sind, und –«

»Perfekt!« rief ich aus.

»Ich vermag dir nicht ganz zu folgen, Tante Pol«, sagte Daran.

»Hat Elthek deinen Vater nicht dazu überredet, Hexerei unter Strafe zu stellen?«

»Nun – ja, ich vermute es. Die Verordnung war eigentlich nur dazu gedacht, zu verhindern, daß die Ärzte weiter Krankheiten behandelten – um sich lästige Konkurrenten vom Hals zu schaffen.«

»Eine strenge Auslegung dieses Gesetzes würde jedoch ergeben, daß jene geheimen Kultzeremonien mit all ihrer vorgeblichen Magieausübung Hexerei sind, nicht wahr?«

»Oh, das ist ja phantastisch, Pol!« sagte Kamion voller Bewunderung.

»Wenn wir herausbekommen, wann und wo eine solche Zeremonie stattfindet, können wir in ihre vergnügliche kleine Feier hereinplatzen und sie in die Enge treiben«, führte Kamion aus. »Wir bekommen genug Beweise in die Hand, um den ganzen Kult zu verbieten.« Er dachte einen Augenblick lang nach. »Wenn wir uns noch bis zur Herbst-Tagundnachtgleiche gedulden, schnappen wir vermutlich jedes einzelne Kultmitglied auf der Insel. Das ist ein großer Tag für den Kult.«

»Ach?« meinte Daran. »Wieso?«

»Es gibt eine Überlieferung, die besagt, Torak habe die Welt an einer Tagundnachtgleiche im Herbst zerbrochen. Ich weiß nicht genau, warum, aber der Kult feiert dieses Ereignis. Jeder Distrikt in Cherek, Drasnien und Algarien veranstaltet in dieser Nacht seine eigene Kultfeier.«

»Ich habe Informanten im Volk«, sinnierte Kamion. »Es sollte nicht schwerfallen, herauszufinden, wo dieses Fest stattfinden wird. Ich werde die Parole ausgeben, und in ungefähr einer Woche dürften wir die gewünschte Nachricht haben.«

Daran seufzte enttäuscht. »Wieder ist eine perfekte Idee den Bach heruntergegangen«, maulte er.

»Welche Idee sollte das sein, Liebes?« fragte ich ihn.

»Ich hegte die Hoffnung, Elthek persönlich dazu bewegen zu können, den Beruf zu wechseln und hinter dem Pflug zu gehen, aber wenn wir sie alle zusammen ins Exil schicken, werden wieder die gewöhnlichen Leute für die Priester schuften.«

»Oh, darüber würde ich mir nicht allzuviel Gedanken machen, Daran«, beruhigte ihn Anrak. »Ich bin an der Nordküste der Insel vorbeigesegelt. Es gibt *jede* Menge Inselchen da oben, aber keine von ihnen ist größer, als daß sie mehr als ein halbes Dutzend Menschen ernähren könnte. Wenn er etwas essen will, wird Elthek sich die Hände schmutzig machen müssen.«

»Wunderbar«, strahlte Daran.

Kamions Spione setzten uns davon in Kenntnis, daß die hiesigen Kultanhänger sich, im Gegensatz zu den Bräuchen des Kults in den anderen alornischen Königreichen, *alle* in einer engen Schlucht in den Bergen trafen, die sich im Rücken der Zitadelle erhoben. Offenbar glaubte unser Erzpriester, daß er seine Anhänger fest im Griff habe.

Kamion und ich hatten etwa eine Woche vor dem Äquinoktium eine kleine Auseinandersetzung. Er erregte sich *heftig*, als ich ihn wissen ließ, ich gedächte mich gemeinsam mit ihm zu jener Schlucht zu begeben. »Das kommt nicht in Frage«, erklärte er. »Das ist zu gefährlich.«

»Und was werdet Ihr tun, wenn sich herausstellt, daß der Erzpriester *wirklich* Magie ausüben kann, Kamion? Ihr werdet Daran von keinem großen Nutzen sein, wenn Elthek Euch in eine Kröte verwandelt, wißt Ihr.«

»Das ist absurd, Pol. Niemand kann das.«

»Seid Euch dessen nicht zu sicher, Kamion. *Ich* könnte es vermutlich – wenn ich meinen Willen darauf konzentriere. Falls Elthek tatsächlich Talent auf diesem Gebiet *hat*, bin ich die einzige auf der Insel, die ihm die Stirn bieten kann. Ich komme mit, Kamion, also sträubt Euch nicht länger.«

Die Soldaten, welche die Kultanhänger in Gewahrsam nehmen sollten, wurden sorgfältig ausgewählt. Aus Sicherheitsgründen erfuhren sie das Ziel ihrer Mission vorerst *nicht*. Kamion schickte sie schwadronenweise ins Gebirge mit dem Befehl, sich verborgen zu halten. Während der letzten Sommertage begannen die Kultanhänger in die Stadt zu strömen, und später zogen sie nach und nach wieder aus der Stadt heraus, denn Elthek sandte sie in die Schlucht, um die Feierlichkeiten vorzubereiten. Die ganze Angelegenheit nahm nahezu komödienhafte Züge an, da Gruppen von Bewaffneten verstohlen durch die Wälder schlichen, eifrig darauf bedacht, sich nur ja aus dem Weg zu gehen. Während jener zwei Wochen brachte ich einen Großteil *meiner* Zeit in Federn zu, indem ich von Baum zu Baum flog und die Kultanhänger beobachtete, um sicherzustellen, daß es nicht in letzter Sekunde zu Änderungen ihres Plans kam.

Unser Plan war ziemlich einfach. Wir entschlossen uns, eine größere Anzahl von allseits geachteten Edelleuten und Gemeinen im Wald an den steilen Wänden der Schlucht zu verstecken. Sie sollten Eltheks Zeremonie mit eigenen Augen verfolgen, und dann, wenn wir genügend belastende Beweise gesammelt hatten – und die Kultanhänger so betrunken waren, daß sie nicht mehr stehen konnten –, würden wir die Soldaten vorschicken und sie umzingeln lassen. Erst am Tag vor dem Herbstäquinoktium teilten Kamion und ich Daran mit, daß er nicht mitkommen würde. »Ihr werdet später über sie zu Gericht sitzen, Eure Hoheit«, erklärte Kamion ihm. »Der Anschein von Unparteilichkeit wäre zunichte, wenn Ihr den Angriff führen würdet.«

»Aber –«, wollte Daran einwenden.

»Kein aber, Liebes«, sagte ich. »Wärst du tatsächlich König, sähe es vielleicht anders aus, aber du bist nur der Regent deines Vaters, so daß du ein bißchen vorsichtiger agieren mußt. Es ist deines Vaters Thron, den du schützt, nicht dein eigener.«

»Aber er *wird* es sein.«

»Zwischen ›wird sein‹ und ›ist‹ liegt ein himmelweiter Unterschied, Daran. In dieser Situation mußt du den Anschein der Unparteilichkeit erwecken. Deinen morgigen Abend kannst du damit verbringen, vor dem Spiegel Mienen der Empörung und des Zorns zu üben. Wenn dann Anrak, Kamion und ich die Kultanhänger vor dich bringen und Anklage gegen sie erheben, kann dir niemand vorwerfen, du seist von Anfang an Teil unseres Komplotts gewesen. Der Anschein ist *sehr* wichtig in solchen Situationen.«

»Eure Hoheit möge daran denken, daß Hexerei ein Kapitalverbrechen ist«, stellte Kamion heraus. »Tatsächlich könntet Ihr den ganzen Haufen auf den Scheiterhaufen schicken.«

»Könnte ich das wirklich, Tante Pol?« wollte Daran von mir wissen.

»Laß dich nicht hinreißen, Liebes. Aber wie du siehst, ist es ein Gnadenerweis, sie statt dessen nur zum Exil zu verurteilen.«

»Sinn und Zweck des Ganzen ist es auch, Euren Ruf zu festigen, Hoheit«, betonte Kamion.

»Ich finde es trotzdem nicht gerecht«, schmollte Daran.

»Nein, Eure Hoheit, da habt Ihr recht. Es ist nicht gerecht, es ist Politik, und Politik soll auch nicht gerecht sein. Oh, was ich noch sagen wollte, am Ende des Prozesses wäret Ihr vermutlich gut beraten, eine Woche oder so verzweifelt um eine endgültige Entscheidung zu ringen.«

Daran sah ihn verständnislos an.

»Das verschafft mir ein wenig Zeit, die Nachricht von der Anklage und unseren Beweisen auf der Insel zu verbreiten – Öffentlichkeitsarbeit, Ihr versteht.«

»Ich weiß aber schon, wie mein Urteil lauten wird, Brand.«

»Natürlich weißt du das, Liebes«, beruhigte ich ihn. »Laß dir nur ein wenig Zeit. Gib Elthek und seiner Anhängerschar Gelegenheit, sich wirklich Sorgen zu machen, bevor du dein Urteil verkündest.«

»Wo soll ich sie festhalten, während ich angeblich mit mir ringe?«

»Elthek verfügt über ziemlich ausgedehnte Verliese unter dem Belartempel, Eure Hoheit«, verkündete Kamion ohne den geringsten Anflug eines Lächelns. »Solange der noch steht –«

An diesem Punkt brach Daran in Gelächter aus.

Und dann war der Tag gekommen, und eine trübe Dämmerung, die Regen anzukünden schien, brach an. »Wundervoll«, sagte Anrak mürrisch, während er aus dem Fenster unseres blau verhangenen Besprechungszimmers blickte, als der Morgen den Himmel über der Insel färbte. »Ich *hasse* es, im Regen in den Wäldern herumzukriechen.«

»Du wirst schon nicht schmelzen«, versicherte ich ihm. »Wenn es dir nichts ausmacht, solltest du heute abend ein Stück Seife mitnehmen. Es wäre Zeit für dein jährliches Bad.«

»Ich glaube, du hast mir einen großen Gefallen getan, als du an jenem Tag im Tal meinen Heiratsantrag abgelehnt hast, Pol«, erwiderte er.

»Was höre ich da?« fragte Daran.

»Ich war damals jung und naiv, Daran«, rechtfertigte sich Anrak. »Manche Männer sind einfach nicht für die Ehe geschaffen.«

Da hatte er mich auf etwas gebracht. An seinem nächsten Geburtstag würde Daran dreiundzwanzig werden, und ich wollte wirklich nicht, daß er sich zu sehr ans Junggesellendasein gewöhnte.

Es hörte nicht mehr auf zu regnen an jenem Tag, ein diesiger, trüber Schleierregen, der um die Türme der Zitadelle wehte und Stadt und Hafen verfinsterte. Am späten Nachmittag indes klarte der Himmel auf, und wir bekamen einen jener prächtigen Sonnenuntergänge, für die es sich beinahe lohnt, in einem regnerischen Land zu leben.

Nein, ich hatte *nichts* damit zu tun. Ihr wißt ja, was mein Vater davon hält, am Wetter herumzupfuschen.

Die Edelleute und Gemeinen, die sich uns an jenem Abend anschlossen, um als Augenzeugen zu dienen, waren allesamt Männer von tadellosem Charakter und Ruf. Entgegen Anraks Einwänden waren sie in keiner Weise eingeweiht oder instruiert worden. In der Tat waren sie nicht einmal im voraus davon unterrichtet worden, daß sie einen unterhaltsamen Abend im regennassen Wald verbringen durften. Kamion, der in seiner offiziellen Funktion als Wächter von Riva handelte, schickte bei Sonnenuntergang einfach Männer aus, um sie abzuholen. Die meisten von ihnen saßen beim Abendessen, als sie auf die Zitadelle beordert wurden, und es ging nicht ohne Murren ab.

»Was soll das alles, Kamion?« verlangte ein weißbärtiger alter Graf zu wissen, als wir uns alle in den Pferdeställen versammelten. Der Graf hieß Jarok, ein verbreiteter alornischer Name.

»Ich möchte, daß Ihr alle etwas seht, Lord Jarok«, gab Kamion ihm zur Antwort.

»Was sollen wir denn sehen?« Jaroks Neugier war offensichtlich nicht befriedigt. Er war ein alter Mann mit einer jungen Frau und hatte wohl andere Pläne für diesen Abend.

»Ich bin nicht befugt, Euch das zu sagen, Mylord«, teilte Kamion ihm mit. »Alles, was Ihr und die anderen wissen müßt, ist, daß Ihr Zeugen eines Verbrechens sein werdet, das heute abend begangen werden wird. Die Verbrecher werden in Gewahrsam genommen und später für ihre Vergehen angeklagt werden. Ihr Herren werdet Eurer Pflicht als Staatsbürger nachkommen und in dem Prozeß als Zeugen aussagen.«

»Bei Belars Zähnen, Kamion!« fluchte der verdrießliche alte Jarok. »Knüpft die Schurken doch einfach auf und fertig!«

»Wir sprechen hier nicht von einem einfachen Diebstahl oder Totschlag, Mylord. Es handelt sich um eine weitreichende Verschwörung, die die Sicherheit des Throns und des gesamten Königreichs bedroht. Wir wollen sie mit Stumpf und Stiel ausrotten, und deshalb brauchen wir eine wasserdichte Anklage, die wir unserem Prinzregenten unterbreiten können.«

»So schlimm?« blinzelte Jarok. »Ist es wirklich so schlimm, daß man es vor Daran selbst und nicht vor einen Magistratsbeamten bringen muß?«

»Vermutlich sogar noch schlimmer, Mylord. Wäre es möglich, würde ich den Fall vor Riva persönlich bringen.«

»Worauf warten wir dann noch? Vorwärts!«

Ich *liebe* es, wie die Alorner im Handumdrehen ihre Meinung ändern können, ihr nicht auch?

Der Ritt durch die Schlucht, die parallel zu der verlief, in der der Kult sich versammelte, war nicht sonderlich angenehm. Mond und Sterne schienen, der Wald jedoch war tropfnaß vom vorhergegangenen Regen, und als wir den schmalen Paß erreichten, der die beiden tief eingeschnittenen Täler verband, waren wir durchnäßt bis auf die Haut. Aber es sollte noch schlimmer kommen. Wir stiegen alle ab und wateten bergauf durch das schlammige Unterholz.

Als wir den Kamm erreichten, war das Freudenfeuer der Kultanhänger auf der Talsohle deutlich sichtbar, doch als wir zwischen den Bäumen herunterschlichen, verschwand es teilweise aus unserem Blick.

»So viel Spaß hatte ich schon seit Jahren nicht mehr, Pol«, flüsterte Anrak mir ins Ohr, während wir uns den steilen Hang hinabquälten.

»Hast du jemals vorgehabt, erwachsen zu werden, Anrak?« fragte ich ihn ziemlich ungnädig, während ich meinen Rocksaum aus einem Dornbusch zu befreien suchte.

»Nicht, solange ich es verhindern kann, liebste Dame.« Sein Lächeln war ansteckend, und ich mußte ein Lachen unterdrücken.

Die Lichtung, auf der das Freudenfeuer des Kults prasselte, war ziemlich groß. »Verteilt Euch, meine Herren.« Kamions Befehle machten im Flüsterton die Runde. »Laßt uns versuchen, alles genau zu verfolgen, was dort vor sich geht.« Die Edelmänner und Kaufleute und Handwerker, die unsere Zeugengruppe bildeten, fächerten gehorsam aus. Sie bewegten sich so leise wie möglich und huschten geduckt umher, um sich im Verborgenen zu halten. Dann ließen wir uns alle auf den nassen Boden nieder, um zuzuschauen.

Elthek hatte sich noch nicht blicken lassen, und die Kultanhänger, alle in Bärenfelle gehüllt, drängten sich um das Feuer, wobei sie starkes Bier tranken und – ziemlich falsch – alornische Volkslieder sangen. Einer der Soldaten, die Kamion in den Wald geschickt hatte, kam zu uns gekrochen. Er war ein untersetzter Mann mit einem Gesichtsausdruck, der keinen Unfug duldete. »Wie lauten Eure Befehle, Lord Brand?« flüsterte er.

»Sagt Euren Männern, sie sollen außer Sichtweite bleiben, Wachtmeister«, trug Kamion ihm auf. »Haben diese Leute da unten am Feuer irgendwelche Wachtposten aufgestellt?«

»Nein, Mylord Wächter. Sobald das erste Bierfaß angezapft war, strömten sie alle aus dem Wald auf die Lichtung.« Der Soldat hüstelte verlegen. »Äh – Lord Brand?«

»Ja, Wachtmeister?«

»Ich weiß, es schickt sich nicht, daß ich irgend etwas ohne Befehl unternehme, aber es gab da ein Vorkommnis, mit dem ich allein fertig werden mußte.«

»Ach?«

»Als diese Leute am Feuer durch die Schlucht zu strömen begannen, war es ziemlich offensichtlich, daß es sich um Mitglieder des Bärenkults handelte. Einige meiner Männer hegen Sympathien für den Kult, so daß ich entsprechende Schritte unternehmen mußte. Niemand wurde verletzt«, beeilte er sich hinzuzufügen, »jedenfalls nicht allzu schwer. Ich ließ jene Männer einige Meilen weiter oben in der Schlucht an Bäume ketten, und in ihren Mündern stecken alte Stiefelsocken, damit sie niemand warnen können. War das in Ordnung so, Lord Brand?«

»Vollkommen in Ordnung, Hauptmann.«

»Äh – ich bin nur Wachtmeister, Mylord.«

»Nein, nicht mehr. Wie lautet Euer Name, Hauptmann?«

»Torgun, Mylord.«

»Also gut, Hauptmann Torgun. Geht zurück zu Euren Männern und laßt sie sich verteilen, damit jeder mögliche Fluchtweg versperrt ist.« Kamion hielt ein gebogenes Jagdhorn in die Höhe. »Wenn Ihr mich hierauf blasen hört, befehlt Euren Männern anzugreifen. Ich will, daß jeder, der ein Bärenfell trägt, in Ketten gelegt wird.«

»Sie werden sich vermutlich zu wehren versuchen, Mylord. Habe ich die Erlaubnis, Gewalt anzuwenden?«

»Tut, was immer notwendig ist, Hauptmann Torgun.«

Das hierauf folgende Grinsen des frisch beförderten Soldaten war eins der gemeinsten, das ich je gesehen habe. »Versucht, nicht *zu* viele von ihnen zu töten,

Hauptmann«, fügte ich hinzu – nur für alle Fälle, ihr versteht.

Der unschuldige Blick, mit dem er mich ansah, war so durchsichtig, daß ich um ein Haar laut losgelacht hätte.

»Selbstverständlich, Lady Polgara. Das würde ich doch nie tun.« Dann schlich er fort.

»Guter Schachzug das, Kamion«, flüsterte Graf Jarok mit heiserer Stimme. »Beförderungen auf dem Feld sind die beste Art, um gute Offiziere zu bekommen. Dieser Bursche würde jetzt für Euch durchs Feuer gehen.«

»Laßt uns hoffen, daß es nicht dazu kommt, Mylord. Naß zu werden ist schon schlimm genug.«

Die Gesellschaft am Feuer wurde langsam rauher, denn das Bier floß in Strömen. Die Bärenkultanhänger schlurften alle um das Feuer, Bierhumpen in der Hand, und versuchten den watschelnden Gang ihres Totemtiers nachzuahmen. Dann tauchte Elthek aus der Schlucht auf, ihm folgten die meisten Belarpriester der Insel der Winde.

»Wir werden die Priesterschaft empfindlich dezimieren, fürchte ich«, raunte Kamion Anrak und mir zu.

»Man wird schnell Ersatz finden, Kamion«, versicherte ihm Anrak. »Das Priesterleben ist ziemlich bequem und für gewöhnlich nicht allzu schweißtreibend.«

Dann sprach Elthek eine Stunde oder länger zu der zottigen Versammlung. Er unterstrich seine Rede mit simplen ›magischen‹ Tricks. Die Flammen des Freudenfeuers wechselten mehrfach im Verlauf der Rede ihre Farbe, wenn die Handlanger des Erzpriesters verstohlen verschiedene Pulver in die Kohlen streuten. Ein ›Geist‹, nichts anderes als ein an einer schwarzen Schnur hängender Gazeschleier, erschien und bauschte sich im heißen Feuerhauch auf. Ein zweiter Mond, in Wahrheit eine große, mit Glühwürmchen gefüllte Glaskugel, ging über der Schlucht auf. Felsen begannen zu bluten, und ein ›totes‹ Schaf wurde wieder zum Leben erweckt. Es war alles überaus durchsichtig, aber Elthek schlachtete alle Möglichkeiten des Theaterzaubers aus, und die betrunkenen Kultanhänger zeigten sich angemessen beeindruckt.

»Was glaubt Ihr, Pol?« fragte mich Kamion. »Ist das hexisch genug für unsere Zwecke?«

»Hexisch?« sagte ich leicht amüsiert.

»Ich konnte schon immer gut mit Worten umgehen«, versetzte er bescheiden.

»Du bist die Expertin auf diesem Gebiet, Pol«, sagte Anrak. »Ist es *wirklich* Magie, was Elthek da unten vollführt?«

»Nein. Es ist reine Scharlatanerie. Aber es sollte genügen, um ihn zu überführen.«

»Ganz meine Meinung«, stimmte Kamion mir zu. Er griff nach seinem Jagdhorn.

»Warten wir denn nicht mehr auf die nackten Mädchen?« Anrak klang enttäuscht.

»Äh – nein, Anrak. Ich glaube nicht. Laß uns den Prozeß nicht komplizieren, indem wir auch noch Frauen auf die Anklagebank bringen.« Er führte sein Horn an den Mund und blies einen gedehnten, metallischen Ton, um Hauptmann Torgun und seine Männer herbeizurufen.

Die Soldaten waren gut ausgebildet und die Kultanhänger nicht mehr nüchtern, daher kam es zu keinem erwähnenswerten Kampf. Die Verluste hielten sich in Grenzen. Elthek kreischte immer weiter »Wie könnt ihr es wagen?«, aber mir fiel auf, daß er nicht nach seinem Schwert griff. Schließlich wurde Hauptmann Torgun der Vorhaltungen des Erzpriesters müde und brachte ihn mit einem gezielten Faustschlag zum Schweigen.

Es dämmerte, als die Reihe der angeketteten Kultanhänger in Rivas Stadt getrieben wurde. Wir warfen sie in den Kerker unter dem Belartempel, und dann sprach Kamion kurz mit Hauptmann Torgun, bevor er, Anrak und ich unsere Augenzeugengruppe den Berg zur Zitadelle hinaufführten, um Daran mitzuteilen, daß unser kleiner Ausflug erfolgreich verlaufen war.

Der ›Prozeß‹ fand am folgenden Tag auf dem öffentlichen Platz vor dem Tempel statt. Ich bemerkte, daß Hauptmann Torguns Soldaten nicht müßig geblieben waren und eine erkleckliche Anzahl von Pfählen auf dem Platz aufgerichtet und mit Reisigbündeln umlegt hatten – für alle Fälle.

»Warum veranstalten wir das Ganze hier anstatt im Thronsaal?« fragte ich Daran, bevor der Prozeß seinen Beginn nahm.

»Ich will, daß jeder in der Stadt die Zeugenaussagen hört, Tante Pol«, erklärte er. »Laß es uns so gründlich erledigen, daß der Bärenkult sich nicht sogleich wieder erholt, sobald ich ihm den Rücken zuwende.«

Daran saß auf einem großen, üppig verzierten Thronsessel – Eltheks, um genau zu sein –, den Torguns Soldaten aus dem Tempel geholt und aufgestellt hatten, wo jeder ihn sehen konnte. Dann wurden die Bärenkultanhänger, immer noch in Ketten und ungepflegt, aus dem Tempelverlies gezerrt und gezwungen, sich in einer eng zusammengedrängten Gruppe am Fuße der breiten Treppe hinzusetzen, die zum Tempeltor führte. Der Platz war übervoll, als die Verhandlung begann.

Kamion, Wächter von Riva, erhob sich, um sich an die versammelten Bürger zu wenden. »Hier auf unserer Insel ist ein Verbrechen verübt worden, meine Freunde«, begann er, »und wir sind heute zusammengekommen, um darüber Gericht zu halten.«

»Über welches Verbrechen sprechen wir, Lord Brand?« verlangte ein gut instruierter Stadtbewohner mit donnernder Stimme zu wissen, die bis in den letzten Winkel des Platzes zu hören war. Der rivanische Wächter war, wie mir auffiel, nicht der Mann, irgend etwas dem Zufall zu überlassen.

»Das Verbrechen der Hexerei«, gab Kamion zur Antwort.

Elthek, arg mitgenommen und zerschunden von Hauptmann Torguns Fäusten, versuchte aufzuspringen, aber das ist ein bißchen schwierig, wenn man an andere Leute gekettet ist.

Die Verhandlung ließ sich gut an, befand ich. Kamions Befragung war meisterhaft, und die Zeugen bestätigten ausnahmslos die Tatsache, daß Elthek auf der Versammlung in der Schlucht ›Magie‹ ausgeübt hatte.

Dann zerrte Hauptmann Torgun den rivanischen Erzpriester auf die Beine.

»Was habt Ihr auf die Beschuldigungen zu erwidern?« fragte Kamion den Gefangenen.

»Lügen! Alles Lügen!« Elthek kreischte fast. »Und dieses Gesetz betrifft mich nicht.«

»Das Gesetz betrifft jedermann«, belehrte Kamion ihn streng.

»Ich bin Priester! Ich bin der Erzpriester der Kirche von Belar!«

»Um so mehr Grund für Euch, dem Gesetz zu gehorchen.«

»Es war keine richtige Magie!«

»Ach?« warf Daran milde ein. »*Ich* kann keine Geister herbeirufen oder einen zweiten Mond erschaffen oder Felsen zum Bluten bringen. Könnt Ihr das, Lord Brand?«

»Ich würde es erst gar nicht versuchen wollen, Eure Hoheit«, entgegnete Kamion.

»Laßt uns weitermachen«, rief Graf Jarok mit dröhnender Stimme.

»Was sagt das Volk?« fragte Daran mit lauter, offizieller Stimme. »Sind diese Männer des Vergehens der Hexerei schuldig?«

»JA!« brüllte die Menge wie aus einer Kehle. Es hätte mich nicht überrascht, wenn die Rehe am anderen Ende der Insel sich bei dem Lärm erschreckt hätten.

»Bringt die Gefangenen in den Kerker zurück«, ordnete Daran an. »Ich werde den Fall abwägen und eine angemessene Bestrafung für dieses verabscheuungswürdige Verbrechen ersinnen.«

Ich wäre die erste, die zugäbe, daß die Inszenierung

überaus simpel war, aber wir sprechen hier von Alornern, und Subtilität war nie die Stärke der Alorner.

Die ausgedehnte Zeitspanne, während derer Daran sein endgültiges Urteil ›bedachte‹, ließ den Gefangenen ausreichend Zeit, durch die winzigen, vergitterten Fenster zu ebener Erde auf die grimmigen Scheiterhaufen draußen auf dem Platz zu schauen.

Es war bewölkt an dem Tag, als Daran sein Urteil verkündete, einer jener kühlen, trockenen Tage, wenn zwar die Wolken den Himmel verdunkeln, nicht aber den geringsten Hinweis auf Regen geben, und das Licht keine Schatten wirft. Wir alle versammelten uns wieder auf dem Tempelplatz, und die überführten Übeltäter wurden aus dem Verlies geholt, um ihr Schicksal zu erfahren. Die kunstvoll errichteten Scheiterhaufen rund um den Platz verhießen nichts Gutes, und die Gefangenen wirkten alle dementsprechend entsetzt.

Daran nahm auf dem Richterstuhl Platz, und ein erwartungsvolles Schweigen senkte sich über die Menge. Obwohl bewölkt, war es doch nicht eigentlich dunkel. Trotzdem brannten in den Händen der Zuschauer etliche Fackeln.

»Ich habe lange über diesen Fall nachgedacht, meine Freunde«, verkündete Daran, »und schließlich nach reiflicher Überlegung meine Entscheidung getroffen. Das Verbrechen der Hexerei ist ein Greuel für jeden anständigen Mann, und wir sollten jede Anstrengung unternehmen, es auszurotten. Dieser spezielle Ausbruch jedoch ist eher das Ergebnis verstockter Dummheit als ein planvolles Buhlen um die Mächte der Finsternis. Der Bärenkult ist eher irregeleitet denn böse an sich. Wir werden diese Fackeln nicht benötigen, meine Freunde, darum löscht sie.«

An diesem Punkt seiner Rede war enttäuschtes Gemurre zu vernehmen.

»Ich habe mit meinem Vater, dem König, hierüber gesprochen«, fuhr Daran fort, »und er stimmt mit mir überein, daß unser vornehmstes Ziel unter diesen

Umständen die Trennung der Bärenkultanhänger vom Rest der Bevölkerung ist. Wir *könnten* sie von uns trennen, indem wir sie dem Feuer übergeben, aber Vater stimmt mit mir überein, daß ein solches Vorgehen in diesem Fall ein wenig übertrieben wäre. Daher lautet unsere Entscheidung, diese Verbrecher statt dessen zu lebenslangem Exil zu verurteilen. Sie sollen auf der Stelle auf das Archipel an der Nordspitze der Insel verbracht werden und auf diesen kleinen Eilanden für den Rest ihres Lebens verbleiben. Unsere Entscheidung ist endgültig, und dieser Fall hiermit abgeschlossen.«

Aus der Menge wurden Protestrufe laut, aber Hauptmann Torgun ließ seine Truppen auf recht auffällige Weise Stellung beziehen.

Elthek, der ehemalige rivanische Erzpriester, lächelte milde.

»Freut Euch nicht *zu* sehr, Elthek«, belehrte ihn Kamion. »Seine Hoheit hat seinen Großvater benachrichtigt, und die cherekische Flotte wird dafür sorgen, daß keiner der Kultanhänger, denen die Flucht gelungen ist, Euch zu retten vermag. Ihr *werdet* für den Rest Eures Lebens dort bleiben, alter Knabe. Oh, noch eins, zufällig steht ja der Winter vor der Tür, also vergeßt besser nicht, Euch nach Eurer Ankunft sofort an die Arbeit zu begeben und Euch eine Unterkunft zu bauen. Der Winter kommt in diesen Breitengraden früh, es bleibt Euch nicht mehr viel Zeit.«

»Was sollen wir denn essen?« fragte einer der Gefangenen.

»Das liegt ganz bei Euch. Wir geben Euch ein paar Angelhaken, und dort oben gibt es Wildziegen. Damit solltet Ihr durch den Winter kommen. Sobald es Frühjahr wird, versorgen wir Euch mit Ackergeräten, Hühnern und Saatgut.«

»Das ist ja alles schön und gut für die Bauern, aber was ist mit uns?« wandte Elthek ein. »Ihr erwartet doch gewiß nicht von der Priesterschaft, daß sie im Dreck herumwühlt, um sich Nahrung zu beschaffen, oder?«

»Ihr seid kein Priester mehr, guter Mann«, ließ Kamion ihn wissen. »Ihr seid ein überführter Straftäter, und der Thron hat nicht die geringste Verpflichtung Euch gegenüber. Wühlt oder sterbt, Elthek. Das liegt ganz bei Euch. Dort oben leben zahlreiche Seevögel, und ich habe mir sagen lassen, daß Vogelkot ausgezeichneten Dünger abgibt. Ihr habt doch Phantasie – ich bin sicher, Euch wird etwas einfallen.« Dann begann er sanft zu lächeln, denn Eltheks Gesichtsausdruck zeigte ihm, daß er allmählich begriff, was genau Darans scheinbare Milde bedeutete. »Ich würde gern noch ein wenig bleiben und mit Euch plaudern, alter Junge«, sagte der Wächter, »aber Seine Hoheit und ich haben dringende Geschäfte in der Zitadelle zu erledigen. Staatsangelegenheiten, Ihr versteht.« Er hob ganz sacht seine Stimme. »Ich glaube, die Gefangenen sind nun bereit, Hauptmann Torgun«, sagte er. »Hättet Ihr wohl die Güte, sie zu den Schiffen zu begleiten? Vor ihnen liegt noch eine Menge Arbeit, und ich bin sicher, sie brennen alle darauf, in die Hände zu spucken und endlich anzufangen!«

»Sofort, Lord Brand!« gab Torgun zur Antwort und salutierte stramm.

»Ach, Elthek«, wandte ich mich mit freundlicher Stimme an den geknickten Kirchenmann.

»Was ist?« seine Antwort klang sehr verdrießlich.

»Eine gute Reise wünsche ich Euch, und ich hoffe wirklich, Ihr werdet Euer neues Zuhause und Eure neue Arbeit genießen!«

Und das war das letzte Mal, daß der Bärenkult auf der Insel der Winde sein Haupt erhob. Es ist jetzt dreitausend Jahre oder mehr her, seit Elthek und seine Gefolgsleute den Ackerbau für den Eigenbedarf auf jenen unwirtlichen Felseilanden aufnahmen, und obwohl sie Alorner sind, nahmen die Rivaner sich Darans Lektion sehr zu Herzen. Die Vorstellung, mit dem Spaten Vogeldung in felsigen Boden einzuarbeiten, um sein elendes Leben zu fristen, ist für die wenigsten Menschen verlockend. Und diese sturmgepeitschten Eilande werden jederzeit dort sein – und warten.

Der darauffolgende Frühling ließ sich Zeit, und ich wurde zunehmend ruheloser. Dann, spät in einer Nacht, als ein windgepeitschter Regensturm an den Türmen der Zitadelle rappelte und ich mich unruhig in meinem Bett hin und her warf, erreichte mich Mutters Gedanke. *»Polgara«*, sagte sie, *»glaubst du nicht, es wird langsam Zeit, daß Daran heiratet?«*

Um ehrlich zu sein, die Frage meiner Mutter erschreckte mich, da ich meinen Neffen noch immer – unvernünftigerweise, wie ich annehme – für ein Kind hielt. Mir einzugestehen, daß er erwachsen wurde, hätte mich noch weiter von Beldaran entfernt, vermute ich. Jeder von uns hat diese kleinen entschuldbaren Fehler.

Am nächsten Tag jedoch, als Daran, Kamion und ich uns zu unserer gewohnten Erörterung der Lage im Königreich zusammenfanden, betrachtete ich meinen Neffen ziemlich eingehend und mußte zugeben, daß Mutter wahrscheinlich recht hatte. Daran hatte sandfarbenes Haar, und blonde Menschen wirken stets jünger als dunkle. Aber er war ein muskulöser junger Mann, und die Auseinandersetzung mit den mühseligen Aufgaben seiner Regentschaft hatte ihn weit über sein tatsächliches Alter hinaus reifen lassen.

»Warum siehst du mich so an, Tante Pol?« fragte er neugierig.

»Oh, aus keinem besonderen Grund. Ich glaube, du hast beim Rasieren heute morgen eine Stelle unter deinem Kinn vergessen, sonst nichts.«

Er fuhr sich mit den Fingern über den Hals. »Ja«, stimmte er mir zu, »da unten ist es noch etwas stachelig. Glaubst du, ich sollte mir einen Bart wachsen lassen?«

»Nein«, beschied ich ihn, »ganz bestimmt nicht. Hier gibt es schon genug haarige Burschen. Nun, etwas ganz anderes, was unternehmen wir wegen der augenblicklichen Priesterknappheit? Die meisten von ihnen weilen an Eltheks Seite im hohen Norden.«

»Wir können auf Priester verzichten, Tante Pol. Aus mir unerklärlichen Gründen scheinen Belarpriester immer zu Bärenkultideen zu neigen, und ich will das nicht noch einmal durchmachen.«

»Wir brauchen Priester, Daran.«

»Wozu?«

»Zum Beispiel, um Eheschließungen und Beerdigungen vorzunehmen«, belehrte ich ihn ziemlich schroff. »Die jungen Leute hier auf der Insel beginnen Alternativen zur Heirat zu entdecken, und das sollte man doch wohl nicht ermutigen, oder was denkst du darüber? Ich bin sicher, daß es unterhaltsam ist, aber es neigt *auch* dazu, die Moral deiner Untertanen zu untergraben, meinst du nicht auch?«

Er wurde tatsächlich rot.

»Warum laßt Ihr mich nicht dieses Problems annehmen, Eure Hoheit?« schlug Kamion vor. »Wir *könnten* Belarpriester in Cherek und Drasnien rekrutieren, aber das könnte unter Umständen zur Wiederbelebung des Bärenkults auf der Insel führen. Ich werde mit dem Palastkaplan darüber sprechen. Wahrscheinlich können wir ein theologisches Seminar im Tempel eröffnen. Aber *ich* entwerfe den Lehrplan, damit wir uns ganz sicher sein können, daß sich keine unorthodoxen Glaubenssätze einschleichen.«

»Ihr seid der Gelehrte, Kamion«, versetzte Daran mit einem Schulterzucken, »tut, was Ihr für richtig haltet.« Er schaute zum Fenster, durch das das Licht des fortgeschrittenen Vormittags in den Raum fiel. »Wie spät ist es deiner Meinung nach?« fragte er mich. »Ich habe heute morgen eine Verabredung mit meinem Schneider.«

»Es ist die vierte Stunde des Morgens, Liebes«, eröffnete ich ihm.

»Irgendwie scheint es mir später zu sein.«

»Vertrau mir, Daran.«

»Natürlich, Tante Pol.« Er erhob sich. »Ich bin nach dem Mittagessen wieder zurück.« Er ließ die Armmuskeln spielen. »Dieses Wams wird langsam ein bißchen knapp um die Schultern. Vielleicht kann mein Schneider es etwas auslassen.« Dann ging er zur Tür und verließ den Raum.

»Kamion«, sagte ich.

»Ja, Pol?«

»Wir sollten eine Ehefrau für ihn finden. Das Junggesellendasein verdirbt die Gewohnheiten, wie mir aufgefallen ist.«

Kamion brach in Gelächter aus.

»Was ist so komisch daran?«

»So habe ich das noch nie jemanden ausdrücken hören, Pol. Nun, warum stelle ich nicht eine Liste aller in Frage kommenden – und noch ungebundenen – adligen Jungfrauen hier zusammen?«

»Nicht nur die adligen, Kamion«, entschied ich mit fester Stimme.

»Darf der Prinz denn eine Gemeine heiraten?« Kamion wirkte leicht entsetzt.

»Er darf jede heiraten, die ich für ihn bestimme, Kamion«, sagte ich. »Wir haben es mit einer überaus ungewöhnlichen Familie zu tun, so daß die üblichen Regeln hier nicht greifen. *Wir* werden Darans Gemahlin nicht auswählen. Diese Entscheidung wird von jemand anderem getroffen.«

»Oh? Von wem?«

»Ich bin nicht befugt, mit Euch darüber zu sprechen – und Ihr würdet mir auch nicht glauben, selbst wenn ich es Euch erzählte.«

»Eins von *jenen* Dingen?« fragte er mit einem gewissen Widerwillen in der Stimme.

»Genau. Fangt Ihr schon einmal mit Eurer Liste an, während ich mir meine Anweisungen hole.«

Er seufzte.

»Was ist los?«

»Ich *hasse* das, Pol. Ich verstehe gerne was ich tue.«

Jetzt war es an mir, laut loszulachen. »Glaubt Ihr wirklich, das Phänomen Liebe und Ehe sei eine Angelegenheit der Vernunft, Kamion? Wir Menschen sind zwar nicht ganz wie die Vögel, die sich von der Zurschaustellung eines bunten Gefieders anziehen lassen, aber das kommt der Sache schon sehr nahe. Vertraut mir in dieser Angelegenheit, mein Freund.«

»Ihr benutzt diesen Begriff heute morgen recht ausgiebig, Pol.«

»Wenn Ihr und Daran einfach auf mich hören würdet, müßte ich mich nicht so häufig wiederholen. Und jetzt fort mit Euch, Kamion, ich habe zu arbeiten.«

Ich kehrte in meine Räumlichkeiten zurück und schickte meine Gedanken auf die Suche nach Mutter.

»Ja, Polgara?« erreichte mich ihr Gedanke.

»Kamion sucht alle geeigneten Kandidatinnen auf der Insel, Mutter. Wie entscheiden wir, welche von ihnen die richtige ist?«

»Ihr werdet es wissen – und Daran auch.«

»Wir lassen doch nicht etwa ihn *die Entscheidung treffen, oder? Er ist ja ein netter Junge, aber das hier ist eine wichtige Sache.«*

Sie lachte, tatsächlich, sie lachte. *»Bring sie einfach eine nach der anderen in die Halle des rivanischen Königs, Pol«*, wies sie mich an. *»Ihr werdet es sofort wissen – und Daran ebenfalls.«*

Und so machten wir es auf ihre Art. Unsere Vorgehensweise war wirklich nicht sonderlich subtil. Kamion ließ eine allgemeine Verlautbarung verbreiten, daß Daran eine Gemahlin suche – obwohl der Prinzregent vermutlich alles andere als das im Sinn hatte. Man ließ die jungen Frauen der Insel, eine nach der anderen, vor dem Thron in der Halle des rivanischen Königs vorbeiziehen. Alle trugen sie ihre besten Gewänder, und jede von ihnen bekam fünf Minuten für den Versuch, unseren zunehmend nervösen – ja, man konnte sagen verschüchterten – Junggesellen einzufangen.

Es dauerte tagelang, und der arme Daran ging in einer Flut süßlichen Lächelns unter, als die Jungfrauen der Insel ihn zu betören versuchten.

»Wenn das noch länger dauert, Tante Pol, renne ich weg«, drohte er mir eines Abends.

»Aber nicht doch, Liebes«, beschwichtigte ich ihn. »Dann müßte ich dir ja nachlaufen und dich zurückbringen. Du *mußt* dich verheiraten, Daran, weil du einen Erben für den Thron deines Vaters zeugen *mußt*. Diese Pflicht hat Vorrang vor allem anderen. Jetzt geh und ruh dich aus. Du wirkst richtig erschöpft.«

»Das würdest du auch, wenn man dich wie ein Stück Rinderbraten anstarrt.«

Es war der folgende Tag, glaube ich, als *sie* den Thronsaal betrat. Sie war ziemlich klein, ihr Haar beinah so dunkel wie meines. Ihre großen, leuchtenden Augen hingegen waren so dunkel, daß man sie fast schwarz nennen konnte. Ihr Vater, ein sehr geringer Adliger, kaum mehr als ein Bauer, besaß ein winziges Gut im Gebirge. Sie hieß Larana, trug ein schlichtes Kleid und trat ziemlich zaghaft ein. Sie hatte die Augen niedergeschlagen, und ihre alabasterfarbenen Wangen tünchte ein Hauch von Röte.

Ich hörte, wie Daran die Luft wegblieb, und drehte mich abrupt zu ihm um. Sein Gesicht war aschfahl geworden, und seine Hände zitterten. Wichtiger war indes die Tatsache, daß der Orb des Meisters im Knauf vom Schwert seines Vaters in einem weichen Rosa glühte, ein Erröten, das beinah dieselbe Farbe wie Laranas Wangen besaß.

Ich trat zu dem rivanischen Wächter herüber. »Schickt die anderen fort, Kamion«, wies ich ihn an. »Wir haben diejenige gefunden, die wir suchten.«

Kamion starrte ungläubig den rosa glühenden Orb an. »War das so vorgesehen, Pol?« fragte er mit etwas erstickter Stimme.

»Selbstverständlich«, gab ich beiläufig zurück. »Ihr dachtet doch nicht etwa, wir würden all diese Mädchen Strohhalme ziehen lassen, oder?« Dann stieg ich das Podest herunter und ging auf die zukünftige Braut zu. »Guten Morgen, Larana«, begrüßte ich sie.

»Lady Polgara«, erwiderte sie mit einem anmutigen Hofknicks.

»Komm doch mit mir, meine Liebe«, sagte ich.

»Aber –« Ihr Blick verschlang Daran geradezu.

»Du wirst später noch Zeit haben, mit ihm zu reden, meine Liebe«, versprach ich ihr. »Jede Menge Zeit, vermute ich. Es gibt da einige Dinge, die du wissen mußt, also laß sie uns gleich von Anfang an klarstellen.« Entschlossen nahm ich unsere zukünftige Braut am Arm und führte sie auf das Portal zu.

»Tante Pol.« In Darans Stimme schwang fast so etwas wie Panik mit.

»Später, Liebes«, erklärte ich ihm. »Warum gehst du nicht mit Lord Brand in unser Besprechungszimmer? Larana und ich werden uns in wenigen Augenblicken zu euch gesellen.«

Ich brachte Larana in meine Gemächer, hieß sie sich setzen und gab ihr eine Tasse Tee, um die Nerven zu beruhigen. Dann erzählte ich ihr in groben Zügen von der sehr speziellen Familie, in der sie in Bälde einheiraten würde.

»Ich dachte immer, all diese Geschichten seien eben nur Geschichten, Lady Polgara. Wollt Ihr damit behaupten, sie seien wirklich wahr?«

»Sie sind vermutlich eine Spur übertrieben, Larana«, sagte ich, »aber trotzdem mehr oder weniger wahr.«

»Weiß der Prinz es? Daß ich erwählt worden bin, meine ich?«

»O liebe, liebe Larana!« lachte ich. »Hast du sein Gesicht nicht gesehen? Im Augenblick würde er durchs Feuer gehen, nur um dich zu sehen!«

»Aber ich bin so gewöhnlich.«

»Nein, meine Liebe«, widersprach ich entschlossen. »Du bist nie gewöhnlich gewesen und wirst es nie sein. Und jetzt trink deinen Tee aus, dann leisten wir den Männern Gesellschaft.«

Sie stellte ihre Tasse ab. »Sollten wir uns nicht lieber

beeilen, Lady Polgara?« fragte sie. »Ich möchte nicht, daß er weggeht.«

»Keine Angst, Liebes. Er geht nicht weg. Laß ihn nur ein bißchen warten. Das tut ihm gut.«

Als wir beide uns zu Kamion und Daran in dem blau ausgestatteten Besprechungszimmer gesellten, wiederholte sich die Szene jenes Tages in dem Gasthof in Camaar, als meine Schwester und Riva sich zum erstenmal gesehen hatten.

»Sagen sie denn gar nichts zueinander, Pol?« flüsterte Kamion mir nach etwa einer halben Stunde absoluten Schweigens ins Ohr.

»Sie *sagen* etwas zueinander, Kamion. Hört mit Euren Augen, nicht mit Euren Ohren.«

Er betrachtete das glückliche Paar und erblickte die selbstvergessene Hingabe in ihren Augen. »Ich glaube, ich sehe, was Ihr meint, Pol. Es ist fast peinlich, mit ihnen im selben Raum zu sein.«

»Ja«, stimmte ich ihm zu. Dann maß ich Larana mit einem nachdenklichen Blick. »Ihr gebt mir am besten zehn Tage, bevor ihr die Hochzeit ansetzt, Kamion. Ich werde ein langes Gespräch mit Arell über Laranas Hochzeitskleid und ein paar andere Kleinigkeiten führen müssen.«

»Dann ist also alles beschlossen? So schnell? *Meine* Werbung dauerte über ein halbes Jahr.«

Ich tätschelte ihm die Wange. »Dies hier ist effektiver, mein lieber Junge«, klärte ich ihn auf. »*Ihr* müßt vermutlich in den nächsten Monaten die meisten Entscheidungen hier auf der Insel treffen. Daran wird jetzt eine Zeitlang nicht sehr vernünftig sein. Oh, Ihr sprecht am besten mit Riva und erzählt ihm die Neuigkeiten. Er wird natürlich zugegen sein müssen, und wir sollten ihm Zeit geben, sich auf seinen ersten öffentlichen Auftritt nach so langer Zeit gebührend vorzubereiten.«

»Das könnte sich möglicherweise als etwas heikel erweisen, Pol. Er hat das letzte Jahr über sehr zurückgezogen gelebt. Wenn ich es nicht besser wüßte, würde ich fast meinen, er hätte Angst vor den Menschen.«

»Sagt ihm, was geschehen wird, Kamion, und dann unterhalte ich mich mit ihm.«

Kamion richtete den Blick wieder auf die Kinder. »Unser nächstes Problem ist allerdings, die beiden wieder zu trennen. Nebenbei bemerkt, draußen wird es langsam dunkel, und wir sollten dafür sorgen, daß sie etwas zu essen erhalten.«

»Sie sind nicht hungrig, Kamion. Gib ihnen noch ein paar Stunden, und dann bringe ich Larana für die Nacht in meine Gemächer.«

»Achtet darauf, die Tür zu verschließen. Daran und Larana voneinander fernzuhalten, könnte sich als ein wenig schwierig erweisen.«

»Ich kümmere mich darum, Brand. Würdet Ihr bitte nach Arell schicken lassen? Sagt ihr, ich brauche sie morgen früh.« Dann ging ich zu den beiden Kindern, die sich immer noch hingerissen in die Augen sahen. »Hast du sie schon gefragt, Daran?« sprach ich ihn an und schüttelte ihn an der Schulter, um seine Aufmerksamkeit zu erregen.

»Was fragen, Tante Pol?«

Ich bedachte ihn mit einem langen, festen Blick.

Er errötete leicht. »Oh«, entschuldigte er sich, »das. Es ist eigentlich nicht nötig, Tante Pol.«

»Warum machst du es nicht trotzdem, Daran? Diese kleinen Formalitäten sind die Seele zivilisierten Benehmens.«

»Na ja, dann sollte ich es wohl tun. Aber es ist dennoch bereits entschieden.« Er sah die junge Frau an, die den Rest seines Lebens mit ihm verbringen würde. »Du willst doch, Larana, oder?« fragte er.

»Was, Mylord?« erwiderte sie.

»Mich heiraten natürlich.«

»Oh«, meinte sie, »das. Natürlich will ich, Mylord.«

»Siehst du?« triumphierte ich. »Was war daran jetzt so schwierig?«

Von jenen Mädchen, die darauf gewartet hatten, dem Kronprinzen vorgestellt zu werden, und nun so kurzfristig weggeschickt worden waren, hatte es Schreie wütender Enttäuschung gegeben, und Kamion und ich sahen uns von nicht minder wütenden Vätern belagert, die heftigst protestierten – nicht so sehr, weil ihre Töchter enttäuscht worden waren, als vielmehr, weil ihre eigenen Träume von gesellschaftlichem Aufstieg und verwandtschaftlicher Verbindung mit dem Thron sich in Luft aufgelöst hatten. Kamion und mir gelang es jedoch, das gesträubte Gefieder all dieser Herren durch geheimnisvolle Andeutungen auf ›Schicksal‹, ›Bestimmung‹ und ›höhere Mächte‹ wieder zu glätten. Unsere Argumente waren ein bißchen trügerisch, das will ich gerne zugeben, aber überzeugende Lügen sind das Herz jeder Diplomatie.

Arell übertraf sich selbst mit Laranas Hochzeitskleid, einem Spitzentraum in Taubenblau. Larana und ich verstanden uns wirklich prächtig, als sie mir gestand, daß Blau ihre Lieblingsfarbe sei. Ich gratulierte ihr aus vollem Herzen zu ihrem guten Geschmack.

Die Hochzeit fand gegen Mittag an einem sonnigen Tag im Frühjahr statt, und die Halle des rivanischen Königs, gebührend geschmückt für den festlichen Anlaß, wurde von strahlendem Sonnenlicht durchflutet.

Ich bin mir nicht ganz sicher, wer das arrangiert hatte. Ich weiß nur, daß *ich* es nicht war.

Nach der Hochzeit gab es das übliche Bankett, aber ich hatte kurz vor der Dämmerung der Brauerei einen Besuch abgestattet und gewisse Änderungen an dem Lieblingsgetränk eines jeden Alorners vorgenommen, der jemals das Licht der Welt erblickt hat. Das Bier *schmeckte* wie Bier, und es sah aus wie Bier und roch genau wie Bier, aber es zeitigte nicht die üblichen Folgen. Die Hochzeitsgäste tranken, wie alle Hochzeitsgäste auf der Welt das tun, exzessiv, aber nichts geschah. Es gab keine Streitigkeiten, keine Kämpfe, und niemand kippte um, schnarchte in den Ecken oder übergab sich. Am nächsten Morgen *gab* es allerdings gewisse Nachwirkungen, genauer gesagt, kolossale Kopfschmerzen. Ich wollte nicht so grausam sein, ihnen *allen* Spaß auf einmal zu nehmen.

Nachdem die Zeremonie stattgefunden hatte, verbrachte ich den größten Teil des restlichen Tages mit meinem Schwager. Riva Eisenfausts Haar war inzwischen fast schneeweiß geworden, und mit seiner Gesundheit schien es nicht zum besten bestellt zu sein. »Es ist jetzt bald zu Ende, nicht wahr, Pol?« sagte er ein bißchen traurig.

»Ich kann dir nicht ganz folgen, Riva.«

»Mein Werk hier ist fast getan, und ich bin sehr müde. Sobald Larana einen Erben gebiert, werde ich ruhen können. Würdest du mir einen Gefallen tun?«

»Natürlich.«

»Laß eine neue Krypta für Beldaran und mich bauen. Ich glaube, wir sollten Seite an Seite schlafen.«

Die übliche Reaktion auf eine solche Bitte hätte in gutgemeintem, aber törichtem Spott wie ›Du wirst noch lange keine Gruft brauchen‹ oder etwas ähnlichem bestanden, aber ich liebte und achtete Eisenfaust zu sehr, um ihn auf diese Weise zu beleidigen. »Ich werde mich darum kümmern«, versprach ich ihm.

»Danke, Pol«, sagte er. »So, und jetzt, wenn du nichts dagegen hast, werde ich wohl zu Bett gehen. Es war ein aufregender Tag, und ich bin sehr, sehr müde.« Dann erhob er sich und verließ still und mit hängenden Schultern die Banketthalle.

Alles verlief glatt auf der Insel in den Jahren nach der Hochzeit. Es gab gewisse Sorgen angesichts der Tatsache, daß Larana nicht augenblicklich zur Mutterschaft erblühte, aber ich beruhigte die erregten Gemüter, so gut ich es vermochte. »Diese Dinge brauchen ihre Zeit«, sagte ich.

Ich sagte es so oft, daß ich es langsam selbst nicht mehr hören konnte.

Dann, im Jahre 2044 des alornischen Kalenders, starb Cherek Bärenschulter und versetzte ganz Alorien in tiefe Trauer. Cherek war ein Titane gewesen, und sein Tod hinterließ eine gewaltige Lücke.

In jenem Winter teilte Larana uns in aller Stille mit, daß sie guter Hoffnung sei, und wir zeigten uns alle gebührend entzückt über die Neuigkeit. Ihr Sohn kam im folgenden Sommer auf die Welt, und Daran nannte ihn zu Ehren seines verblichenen Großvaters väterlicherseits Cherek. Nach der Zeremonie, in deren Verlauf die Hand des kleinen Kindes auf den Orb gelegt wurde und dieser auf die gewohnte Art antwortete, brachten wir ihn in die königlichen Gemächer, damit Riva seinen Enkelsohn sehen konnte.

»Du bist doch einverstanden, Vater, oder?« fragte Daran. »Daß ich ihn nach *deinem* Vater benannt habe, meine ich.«

»Vater hätte sich gefreut«, sagte Riva, und seine Stimme klang schrecklich müde. Er breitete die Arme aus, und ich gab ihm seinen Enkel. Er hielt den Kleinen eine Weile in den Armen, ein sanftes Lächeln auf dem gealterten Gesicht. Dann schlief er leise ein.

Er wachte nie mehr auf.

Die Beisetzung war würdevoll, wurde aber nicht von übermäßiger Trauer verdorben. Rivas stiller Rückzug hatte ihn aus dem Blick der Öffentlichkeit entfernt, und viele auf der Insel staunten vermutlich ein wenig, als sie erfuhren, daß er noch am Leben gewesen war.

Nach der Beerdigung begab ich mich in Klausur und dachte nach. Daran und Kamion hatten alles fest im Griff. Für mich gab es keinen Grund mehr zu bleiben.

Und so packte ich im Frühling des Jahres 2046 all meine Sachen zusammen und bereitete meine Rückkehr ins Tal vor.

Teil 3

Vo Wacune

Kapitel 12

Wie der Zufall es wollte – obwohl es vermutlich alles andere als Zufall war –, legte Anrak auf einer von seinen ziellosen Fahrten an der Insel an, gerade als ich meine Vorbereitungen zur Abreise traf. Er erbot sich, mich nach Camaar mitzunehmen. Ich habe Anrak nie richtig verstanden. Meist hatte er nicht einmal Fracht an Bord, wenn er in See stach. Sein Eintreffen bot mir eine willkommene Gelegenheit, die lästigen Abschiedsszenen abzukürzen. Warum müssen die Leute ein Lebewohl nur immer so hinauszögern? Nachdem man ein paarmal ›Auf Wiedersehen‹ gesagt hat, hat man es gesagt, oder?

Es war leicht bewölkt, als Anraks Besatzung die Leinen kappte und die Segel aufzog, und ich stand auf dem Achterdeck und sah zu, wie die Insel der Winde langsam unseren Blicken entschwand. Ich hatte dort glückliche Zeiten erlebt und Zeiten, die mir fast unerträglichen Schmerz und Kummer gebracht hatten, aber so ist das Leben nun einmal, nicht wahr?

Die felsige Insel war immer noch ganz klein achtern am Horizont zu sehen, als mich eine sonderbare Gewißheit überkam. Als ich an Deck von Anraks Schiff gegangen war, hatte ich nicht nur Freunden und Verwandten, sondern auch dem, was die meisten Menschen ein normales Leben nennen würden, Lebewohl gesagt. Ich war jetzt sechsundvierzig Jahre alt, und wenn die Lebensspannen meines Vaters und meiner Onkel irgendeinen Anhaltspunkt für mein künftiges Leben bieten sollten, betrat ich nun Neuland. Ich würde Menschen kennen- und lieben lernen, um dann mitansehen zu müssen, wie sie einer nach dem anderen zurückblieben, während ich weiter und weiter schritt. In dieser Erkenntnis lag eine furchtbare Form von Einsamkeit. Andere würden dahinscheiden, aber ich würde immer weiter leben, all jene ungewissen, endlosen Jahre über, die noch vor mir lagen.

»Warum so traurig, Pol?« fragte mich Anrak, der am Steuerruder nicht weit von mir entfernt stand.

»Nichts Besonderes.«

»Wir gelangen bald aufs offene Meer«, versicherte er mir. »Dann wirst du dich besser fühlen.« Er betrachtete die Streifen von Sonnenlicht, die majestätisch über das Wasser glitten.

»Das habe ich nicht ganz verstanden, Anrak.«

»Sie spült deine Betrübnis fort. Sie ist sehr gut darin.«

»Sie? Wer ist sie?«

»Die See, Pol. Ganz gleich, wie schlimm es steht, sie vertreibt deinen Kummer und macht dir den Kopf wieder klar. Landratten verstehen das nicht, aber wir verstehen es.«

»Du liebst die See, nicht wahr, Anrak?«

»Natürlich. Sie überrascht mich manchmal, und gelegentlich hat sie schlechte Laune, aber die meiste Zeit über kommen wir gut miteinander zurecht. Ich liebe sie, Pol. Sie ist die einzige Ehefrau, die ich je gebraucht habe.«

Immer, wenn ich gezwungen bin, Umgang mit diesem Schurken zu haben, diesem Kapitän Greldik, rufe ich mir dieses Gespräch ins Gedächtnis. Greldik und Anrak, obwohl Tausende von Jahren sie trennen, sind aus demselben Stoff gemacht. Beide betrachten sie das Meer als ein Lebewesen mit einer eigenen Persönlichkeit.

In Camaar erstand ich ein Pferd namens Baron. Baron war ein guter, empfindsamer Brauner, alt genug, um jenen Übermut abgelegt zu haben, der so typisch für jüngere Pferde ist. Er und ich kamen gut miteinander aus. Weil ich keine Eile hatte, trieb ich ihn nicht an, und er schien das zu schätzen. Wir trotteten also mehr oder weniger gemütlich über die gepflegten Äcker des südlichen Sendarien in Richtung Muros. Wir nahmen in Gasthöfen am Wege Unterkunft, und wenn kein Gasthof verfügbar war, übernachteten wir im Freien. Mit Ausnahme jenes eigentümlich kosmopolitischen Hafens von Camaar gehörte Südsendarien in jenen Tagen zum Herrschaftsgebiet der wacitischen Arender. Ich fand den rhythmischen Akzent der wacitischen Landbevölkerung ziemlich charmant. Die wiederholten Warnungen der Gastwirte und Stallknechte vor Räubern und Geächteten auf der Straße fand ich allerdings *nicht* sehr spaßig. »Aber, Mylady«, warnte mich ein übertrieben diensteifriger Gastwirt, als ich ihm erzählte, ich reiste allein, »'s tut fürchterlich gefährlich sein tun da draußen für eine Lady ganz allein. Räuber sind böse Menschen, die nur drauf wart'n tun, das Ihr keinen Schutz nicht habt, will ich mal sagen.«

»Ich komme schon damit zurecht, guter Wirt«, wies ich ihn mit fester Stimme in seine Grenzen. Diese ständigen Warnungen begannen mich zu ermüden.

Etwa auf halbem Weg nach Muros gabelte sich der Camaarfluß, und das Land jenseits dieser Gabelung war so dicht bewaldet, wie heute das nördliche Arendien. Für die meisten Menschen im neuen Zeitalter besitzt der Begriff ›Urwald‹ einen romantischen Beiklang und fördert Bilder einer parkähnlichen, mit Feen, Elfen und einem gelegentlichen Troll bevölkerten Umgebung zutage. Die Wirklichkeit war viel trister. Wenn man einen Baum fünfzehnhundert Jahre oder so sich selbst überläßt, wächst er einfach immer weiter. Ich habe Bäume gesehen, die an der Wurzel achtzehn bis zwanzig Fuß dick sind, Bäume, die hundertfünfzig Fuß in die Höhe reichen, bevor sie auch nur den ersten Ast austreiben. Die Äste dieses Baums und die seiner Nachbarn verzahnen sich und bilden ein hohes Dach, durch das kein Sonnenlicht dringt und kein Himmel zu sehen ist, und auf dem Waldboden schimmert beständig grünes Dämmerlicht. Das Unterholz ist an den meisten Stellen undurchdringlich, und in dem Zwielicht gedeihen alle möglichen Arten wilder Tiere – und wilder Menschen.

Die wacitischen Arender hatten die beklagenswerte Institution der Leibeigenschaft mitgebracht, als sie in das Gebiet nördlich des Camaarflusses gezogen waren. Ein Leibeigener, der in der Nähe eines Waldes lebt, hat immer eine Alternative vor Augen, wenn die Sklaverei ihm unerträglich wird. Hat er jedoch seine Wohnstatt erst einmal im Wald aufgeschlagen, ist die Wegelagerei in den meisten Fällen die einzige Möglichkeit, seinen Lebensunterhalt zu verdienen, und Reisende werden zu seiner natürlichen Beute.

Die beiden, die ich eines späten Nachmittags auf der schlammigen Waldstraße nach Muros traf, waren abgerissen, unrasiert und halb betrunken. Rostige Metzgermesser gezückt, stolperten sie aus dem Gebüsch zu seiten der Straße. »'ch tät am liebsten den Zossen hab'n tun, Ferdish«, sagte der eine Schurke zu dem anderen.

»Einverstanden, Selt«, entgegnete der andere, während er sich heftig in der Achselhöhle kratzte und mich lüstern anglotzte, »und ich tät am liebsten das Fräuleinchen hier hab'n tun, will ich mal sagen.«

»Das tust du doch immer tun, Ferdish«, merkte Selt an. »Du hast halt'n Blick für die Weiber, das will ich sagen.«

Ich hätte natürlich alles mögliche tun können, aber mir gefiel ihr besitzergreifendes Gebaren einfach nicht, und so dachte ich mir, ein wenig Zucht könnte ihnen nicht schaden. Außerdem wollte ich etwas ausprobieren – einmal sehen, ob es tatsächlich funktionierte. »Das wäre also geklärt, meine Herren?« fragte ich sie ziemlich beiläufig.

»Alles klar, Liebchen«, grinste Ferdish mich an. »Wärste wohl so gut und tätst jetzt absteig'n tun, damit der Selt hier sein neues Reittier ausprobier'n kann, derweil ich und du uns amüsier'n tun?«

»Seid ihr *sicher,* daß ihr genau das zu tun beabsichtigt?« fragte ich nochmals.

»Das ist das, was wir *krieg'n* tun werd'n, Melady«, lachte Selt rauh.

»Oh, gut«, sagte ich. »Mein Untier und ich sind nämlich hungrig, und wir haben uns schon gefragt, wen wir zum Abendessen verspeisen sollen.«

Das zerlumpte Paar starrte mich begriffsstutzig an.

»Ich möchte euch beiden wirklich danken, daß ihr genau in dem Augenblick gekommen seid, wo mein Magen zu knurren anfing.« Ich beäugte sie kritisch. »Ein bißchen dürr vielleicht«, äußerte ich, »aber als Reisende muß man sich an knappe Rationen gewöhnen, schätze ich.«

Dann setzte ich langsam meinen Willen frei, um ihnen Gelegenheit zu geben, jede Einzelheit der Verwandlung zu genießen, die vor ihren Augen stattfand. Baron, der müßig an einem Grasbüschel am Straßenrand geknabbert hatte, hob seinen Kopf, und sein Hals begann zu wachsen, während gleichzeitig Schuppen, Klauen, Flügel und weitere Drachenattribute an ihm auftauchten. Meine eigene Verwandlung ging ebenso gemächlich vonstatten. Meine Schultern wurden breiter, meine Arme länger, zwischen meinen Lippen begannen Fangzähne herauszuwachsen, und mein Gesicht nahm ein eldrakisches Aussehen an. Als die Verwandlung abgeschlossen war, stand mein Räuberpaar gelähmt vor Angst da und gaffte mit offenem Mund eine monströse Ogerin mit funkensprühenden Augen und Klauenhänden an, die neben einem riesigen, qualmenden Drachen saß. »Futterzeit, Baron«, schnarrte ich mit rauher, gutturaler Stimme. »Was meinst du? Sollen wir sie erst töten oder lebendig essen?«

Ferdish und Selt, immer noch starr vor Entsetzen, klammerten sich kreischend aneinander.

Dann rülpste Baron, und eine große Wolke rußigen Feuers stieg aus seinem Maul auf.

»Wie dumm von mir, warum bin ich nicht selbst darauf gekommen?« knurrte ich. »Was für eine wunderbare Idee, Baron. Geh und röste sie ein wenig, bevor wir sie essen. Schließlich ist es schon Abend, und wir schlafen beide besser mit einer *warmen* Mahlzeit im Bauch.«

Ferdish und Selt muß plötzlich eine dringende anderweitige Verabredung eingefallen sein, denn sie verließen uns fluchtartig und ohne ein Wort des Abschieds. Wenn ich mich recht entsinne, gab es bei ihrem Weggang eine Menge Geschrei, Stolpern, Durch-die-Büsche-Krachen und ähnliches.

»Sollen wir jetzt weiterreiten, Baron?« schlug ich vor, und er und ich setzten unseren gemütlichen Spazierritt durch den düsteren, feuchten Wald fort.

Ach, seid doch nicht so leichtgläubig! *Natürlich* habe ich Baron und mich nicht tatsächlich in diese Ungeheuer verwandelt. Ferdish und Selt hätten so viel Aufwand kaum verdient, und eine Illusion ist in den meisten Fällen genauso wirkungsvoll wie die Realität. Nebenbei bemerkt, wenn ich vollkommen aufrichtig sein soll, hatte ich zur damaligen Zeit nicht den blassesten Schimmer, wie eine Ogerin und ein Drachen tatsächlich aussahen, ich improvisierte einfach.

Am nächsten Tag erreichten wir Muros, und ich kaufte Vorräte ein. Dann, bei Tagesanbruch des darauffolgenden Morgens, machten Baron und ich uns auf den Weg in die sendarischen Berge. Wenn ihr unbedingt allein in der Wildnis sein wollt, kann ich das Gebirge wärmstens empfehlen. Mich überkommt im Hochland immer eine Art Frieden, den ich in keiner anderen Umgebung verspüre. Um ganz ehrlich zu sein, ich bummelte und schlug unser Nachtlager viel eher auf, als es nötig war.

Ich schwamm in eiskalten Gebirgsseen, wobei ich gewiß die örtliche Forellenpopulation erschreckte, und wilderte durch Dickichte von Beerengestrüpp, wenn es sich anbot. Mit Bedauern ließ ich die Berge hinter mir und ritt auf das endlose Grasmeer hinaus – auf die algarische Ebene.

Das Wetter hielt sich, und wir kamen wenige Tage später im Tal an. Vater und die Zwillinge begrüßten mich herzlich, aber Onkel Beldin hielt sich wie üblich in Mallorea auf, wo er ein Auge auf den Feind hatte und einen Weg zu finden versuchte, Urvon aus Mal Yaska herauszulocken.

Nach all den Jahren, die ich auf der Insel der Winde verbracht hatte, war es ein seltsames Gefühl, wieder im Tal zu sein. Auf der Zitadelle hatte ich im Mittelpunkt des Geschehens gestanden, und immer gab es irgend etwas, das meine sofortige Aufmerksamkeit verlangte. Um offen zu sein, ich vermißte die Staatsangelegenheiten, und die Abgeschiedenheit des Tals machte es mir unmöglich, auf dem laufenden zu bleiben, geschweige denn, die Dinge zu beeinflussen. Mein Vater, der viel aufmerksamer ist, als er manchmal erscheint, bemerkte die Anzeichen meiner Unzufriedenheit. »Bist du beschäftigt, Pol?« fragte er mich eines Abends nach dem Essen.

»Eigentlich nicht«, antwortete ich und legte einen medizinischen Text beiseite, den ich gelesen hatte.

»Du hast Probleme, nicht wahr?« erkundigte er sich. Sein weißes Haar und der Bart wirkten im Schein des Kaminfeuers rötlich.

»Ich kann mich scheinbar nicht mehr an das ruhige Leben gewöhnen«, gab ich zu.

Er zuckte die Schultern. »Das kommt vor. Ich brauche für gewöhnlich mindestens ein Jahr, um wieder zur Ruhe zu kommen, nachdem ich eine Zeitlang in der Welt draußen war. Das Studium ist etwas, was man jeden Tag tun muß. Wenn du es einmal aufgibst, mußt du es wieder ganz von vorne lernen. Gedulde dich, Pol. Nach einer Weile kommt es zurück.« Er lehnte sich zurück und schaute nachdenklich ins Feuer. »Wir sind nicht wie andere Menschen, Pol, und es hat keinen Sinn, zu tun, als seien wir es doch. Wir sind nicht hier, um uns in die Regierungsgeschäfte dieser Welt verwickeln zu lassen. Dafür sind Könige da, und was mich betrifft, beneide ich sie nicht um ihr Amt. *Unsere* Aufgabe liegt hier, und was da draußen vor sich geht, bedeutet uns eigentlich nichts – zumindest sollte es das nicht.«

»Wir leben auch in der Welt, Vater.«

»Nein, Pol, das tun wir nicht – zumindest nicht in derselben Welt, in der die Menschen da draußen leben. *Unsere* Welt ist die Welt der Urgründe und der unabänderlichen Kette von EREIGNISSEN, die von dem Augenblick an, als die ABSICHT des Universums geteilt wurde, aus diesen Urgründen entstanden sind. Unsere einzige Aufgabe besteht darin, gewisse EREIGNISSE zu erkennen – und zu beeinflussen –, die so winzig und unbedeutend sind, daß gewöhnliche Menschen sie nicht einmal wahrnehmen.« Er legte eine Pause ein. »Was liest du gerade?«

»Medizinische Texte.«

»Warum? Die Menschen sterben sowieso, ganz gleich, wie sehr du es zu verhindern suchst. Wenn sie nicht das eine Leiden umbringt, sterben sie an einem anderem.«

»Wir reden hier über Freunde und Verwandte, Vater.«

Er seufzte. »Ja, ich weiß. Aber das ändert nichts an den Tatsachen. Sie sind sterblich; wir sind es nicht – wenigstens noch nicht. Leg deine Liebhaberei beiseite, Pol, und mach dich an deine Arbeit. Hier.« Er drückte mir eine dicke, schwere Schriftrolle in die Hand. »Das ist deine Abschrift des Mrinkodex. Du fängst besser sofort damit an. Es wird später vermutlich Prüfungen geben.«

»O Vater«, seufzte ich, »sei endlich ernst.«

»Ich bin ernst. Die Prüfungen, die aus *diesen* Studien hervorgehen, werden aller Voraussicht nach weitreichende Konsequenzen haben.«

»Zum Beispiel?«

»Oh, das weiß ich noch nicht – das Ende der Welt möglicherweise – oder das Kommen von jemandem, der sie retten wird.« Er warf mir einen unergründlichen Blick zu. »Sei glücklich bei deiner Arbeit, Pol«, wünschte er mir, als er sich wieder seiner eigenen Abschrift des Gestammels jenes Schwachsinnigen vom Ufer des Mrin zuwandte.

Am nächsten Morgen legte ich meinen grauen rivanischen Umhang um, sattelte Baron und ritt in den stürmischen Herbsttag hinaus. Der Baum, tief in der Ewigkeit verwurzelt, hatte sein herbstliches Prunkgewand anzulegen begonnen. Er sah umwerfend aus. Die Vögel, vermutlich Abkömmlinge meines frechen Spatzen und der lyrischen Schwalbe, flogen zu meiner Begrüßung herbei, als ich mich näherte. Ich weiß nicht genau, warum, aber ich habe nie einen Vogel getroffen, der mich *nicht* beim Namen genannt hätte, wenn er mich zum erstenmal sah.

Mutter antwortete nicht, als ich meine Gedanken zu ihr ausschickte, aber ich glaube, ich hatte es eigentlich auch gar nicht erwartet. Mutter trauerte noch immer über den Tod meiner Schwester.

Ich verfolgte die Angelegenheit nicht weiter, denn ich war ja den Baum besuchen gekommen. Wir sprachen nicht, aber das tun wir schließlich nie. Unsere Verständigung hätte sich nicht in Worte fassen lassen. Ich versenkte mich in das Gefühl von Zeitlosigkeit und nahm seine ewige Gegenwart in mir auf, und auf eine etwas behutsamere Weise bestätigte er Vaters schroffe Einschätzung vom Vortag. Vater, Beldin, die Zwillinge und ich waren *nicht* wie andere Menschen, und unser Lebenszweck war nicht der ihre.

Nach einer Weile streckte ich einfach meine Hand aus, legte sie auf die rauhe Rinde des Baums, seufzte und kehrte zu Vaters Turm und dem Mrinkodex zurück, der auf mich wartete.

Vater und ich statteten während des nächsten halben Jahrhunderts der Insel der Winde gelegentlich Besuche ab – für gewöhnlich zu den Sitzungen des Alornischen Rats. Cherek, Drasnien und Algarien hatten neue

Könige, aber Vater und ich standen ihnen nicht so nah wie damals Bärenschulter, Stiernacken und Flinkfuß. Da zwischen unseren einzelnen Besuchen ziemlich lange Zeitspannen lagen, wurde mir nur zu deutlich bewußt, daß Daran und Kamion jedes Mal, wenn wir auf die Insel kamen, sichtlich gealtert waren.

Mein Vater hatte gewisse Andeutungen fallen lassen, aber vermutlich hätte einer von uns es besser unverblümt ausgesprochen. Unsere Situation ist höchst eigenartig, und sie erfordert bestimmte Anpassungen. Wenn jene altern, die wir kennen und lieben gelernt haben, ist es lebensnotwendig für uns, uns von ihnen zurückzuziehen, denn die Alternative lautete mit ziemlicher Sicherheit Wahnsinn. Endlose Trauer wird schließlich jeden menschlichen Geist zerstören. Wir sind nicht herzlos, aber wir *haben* Pflichten, und diese Pflichten zwingen uns dazu, unsere Funktionsfähigkeit zu erhalten. Als ich beobachtete, wie Daran und Kamion zu brummigen, jammernden alten Männern wurden, wußte ich, daß sie uns schließlich verlassen würden und daß ich nichts, aber auch gar nichts dagegen tun konnte.

Das Tal bedeutet für uns eine Art Refugium – einen Ort, wo wir unsere Trauer verarbeiten und letztendlich überwinden können –, und die Gegenwart des Baums dort ist eine absolute Notwendigkeit.

Wenn ihr eine Weile darüber nachdenkt, werdet ihr verstehen, dessen bin ich gewiß.

Beizeiten erhielten wir die unvermeidliche Nachricht, daß sowohl Daran als auch Kamion von uns gegangen waren. »Sie waren ohnehin sehr müde, Pol.« Das war alles, was mein Vater sagte, bevor er sich wieder seinen Studien zuwandte.

Mein erstes Jahrhundert neigte sich seinem Ende entgegen, als Onkel Beldin aus Mallorea zurückkam.

»Brandgesicht ist immer noch in Ashaba«, berichtete er, »und drüben wird nichts geschehen, ehe er nicht seine vier Wände dort verläßt.«

»Ist Zedar noch bei ihm?« fragte Vater.

»O ja. Zedar klebt an Torak wie ein Blutegel. Die Nähe zu einem Gott scheint Zedars Selbstwertgefühl zu heben.«

»Manche Dinge ändern sich nie, nicht wahr?«

»Nicht, was Zedar betrifft, nein. Unternimmt Ctuchik irgend etwas Interessantes?«

»Nichts, was so folgenschwer wäre, daß es Wellen schlägt. Versteckt sich Urvon noch immer in Mal Yaska?«

Beldins Kichern klang bösartig. »Oh, ja, das tut er, Belgarath. Von Zeit zu Zeit fliege ich in seine Nähe und metzele ein paar Grolims nieder. Einen oder zwei lasse ich immer am Leben – nur um sicherzustellen, daß Urvon davon erfährt, daß ich noch da draußen auf ihn warte und mich auf das Vergnügen seiner Gesellschaft freue. Mir ist zu Ohren gekommen, daß er sich bei solchen Gelegenheiten üblicherweise in das Verlies zurückzieht. Er scheint der Ansicht zu sein, dicke Steinwände könnten mich davon abhalten, ihn aufzusuchen.« Er blinzelte versonnen. »Wenn ich zurückgehe, dringe ich vielleicht in seinen Tempel ein und pflastere ihn mit toten Grolims – nur damit er weiß, daß es wirklich keinen Ort auf dieser Welt gibt, wo er sich vor mir verstecken kann. Dafür zu sorgen, daß Urvons Nervosität nie nachläßt, ist eine meiner Lieblingsbeschäftigungen. Welche Art von Festlichkeiten haben wir geplant?«

»Festlichkeiten? Was für Festlichkeiten?«

»Polgaras hundertster Geburtstag, du gefühlloser Klotz. Du glaubst doch nicht etwa, ich hätte für das Vergnügen *deiner* Gesellschaft den ganzen langen Weg hierher zurückgelegt, oder?«

Mein Geburtstagsfest fiel verschwenderisch aus – ja sogar grotesk übertrieben. Wir hatten eine kleine, einzigartige Gemeinschaft. Da Vater, Beldin und ich in der Welt umherreisten und stets für lange Zeitspannen abwesend waren, bot sich uns nur selten die Gelegenheit, uns zu den Zwillingen im Tal zu gesellen und in den schützenden Mantel unserer Gemeinschaft zu hüllen. Wir sind manchmal völlig unterschiedlich – außer den Zwillingen natürlich –, aber wir sind alle Mitglieder einer kleinen, geschlossenen Gemeinschaft, die Erfahrungen und Denkmuster teilt, die der Rest der Welt nicht einmal ansatzweise zu begreifen vermag. Gegen Ende der Feier, als meine älteren Gefährten mehr als nur ein bißchen beschwipst waren und ich mit dem Aufräumen anfing, erklang Mutters Stimme sachte in den Windungen meines Gehirns. »*Herzlichen Glückwunsch zum Geburtstag, Pok*«, war alles, was sie sagte, aber es tat gut zu wissen, daß das letzte Mitglied unserer kleinen Gruppe ebenfalls anwesend war.

Der unsichere Waffenstillstand zwischen Drasnien und Gar og Nadrak zerbrach wenige Jahre später, als die Nadraks – vermutlich auf Ctuchiks Einflüsterungen hin – Überfälle über ihre gemeinsame Grenze zu unternehmen begannen. Ctuchik war ganz entschieden gegen jede Art von friedlichen Beziehungen zwischen Angarakanern und anderen Rassen. Handelsbeziehungen waren daher genau das, was er am meisten verabscheute, da Ideen bekanntlich dazu neigen, zusammen mit Waren ausgetauscht zu werden. Und neue Ideen waren ganz und gar nicht willkommen in der angarakanischen Gesellschaft.

Im Süden verzweifelten die Kaufherren von Tol Honeth zunehmend an der hartnäckigen Weigerung der Marager, die Aufnahme von Handelsbeziehungen jedweder Art auch nur in Erwägung zu ziehen. Die Marager benutzten kein Geld und hatten nicht die geringste Vorstellung davon, was es bedeutete. Sie *besaßen* allerdings Zugang zu nahezu unbegrenzten Mengen natürlicher Goldvorräte, da die Flußbetten von Maragor damit geradezu übersät waren. Gold ist hübsch, nehme ich an, aber wenn man es einmal unvoreingenommen betrachtet, hat es wenig tatsächlichen Nutzen. Man kann nicht einmal Kochtöpfe daraus herstellen, weil es so schnell schmilzt. Ich glaube, es war eine Quelle der Erheiterung für die Marager, als sie entdeckten, daß die Tolnedrer ihnen im Tausch für das, was sie für eine andere Art von Dreck hielten, beinah alles geben würden. Meiner Ansicht nach lag das eigentliche Problem in der Tatsache begründet, daß die Kaufleute von Tolnedra nichts besaßen, woran den Maragern so sehr lag, daß sie sich der Anstrengung unterzogen hätten, sich nach dem glitzernden Zeug zu bücken, das das Bett eines jeden Bachs in Maragor pflasterte.

Der Gedanke, daß all dieses Gold einfach dort lag und sie keine Möglichkeit hatten, sich seiner zu bemächtigen – außer vielleicht einen fairen Gegenwert dafür zu geben –, brachte die Tolnedrer an den Rand der Verzweiflung. Einige der Kinder Nedras entschieden sich dazu, das vertrackte Geschäft, die Marager zu beschwindeln, einfach aufzugeben und direkt an die Quelle vorzustoßen. Diese Expeditionen nach Maragor waren natürlich ein Fehler, größtenteils wegen einer religiösen Praxis der Marager: des rituellen Kannibalismus. Die Tolnedrer, die sich auf der Suche nach Gold über die Grenze stahlen, begegneten Maragern – die auf der Suche nach einem Mittagessen waren.

Nachdem einige wenige wohlhabende – aber immer noch habgierige – tolnedrische Kaufleute in maragische Kochtöpfe gewandert waren, begannen ihre Erben und Rechtsnachfolger den kaiserlichen Thron zu drängen, etwas zu unternehmen – *irgend* etwas –, damit keine ehrlichen Diebe mehr auf maragischen Tellern landeten. Unglücklicherweise saß Kaiser Ran Vordue noch nicht lange auf dem Thron, und schließlich gab er dem beharrlichen Drängen der Händlerkaste nach. So kam es, daß im Jahre 2115 tolnedrische Legionen über die Grenze nach Maragor vordrangen, mit keinem geringeren Ziel, als die gesamte maragische Rasse auszulöschen.

Mein Vater hatte die Marager immer gemocht, und er

stand im Begriff, gen Süden zu eilen und ›Schritte zu unternehmen‹, als der Meister ihm ungewöhnlicherweise einen Besuch abstattete und ihm barsch befahl, seine Nase nicht in Dinge zu stecken, die ihn nichts angingen. Vaters Einspruch war lang und laut, aber Aldur blieb hart. »Dies *muß* geschehen, mein Sohn«, beschied er. »Es ist ein notwendiger Bestandteil der ABSICHT, die uns alle leitet.«

»Aber –«, begann Vater einzuwenden.

»Ich will nichts mehr davon hören!« donnerte der Meister. »Bleib zu Hause, Belgarath!«

Vater nuschelte etwas in seinen Bart.

»Was war das?« fragte der Meister nach.

»Nichts, Meister.«

Ich hätte viel darum gegeben, Zeuge *dieses* Wortwechsels gewesen zu sein.

Und so ging Maragor unter – abgesehen von jenen wenigen Gefangenen, die an nyissanische Sklavenhändler verkauft wurden. Aber das ist eine andere Geschichte.

Die Invasion von Maragor und der Völkermord an seinen Einwohnern zog die Götter in diese traurige Angelegenheit hinein. Nedra bestrafte diejenigen seiner Kinder, die am tiefsten in die Freveltaten verwickelt waren, und Maras gramgebeugte Antwort verschloß das geschundene Maragor vor weiteren tolnedrischen Einfällen. Das wäre an sich schon Strafe genug gewesen, doch dann mischte sich auch Belar in die Züchtigung der habgierigen Tolnedrer ein, indem er seine Chereker dazu ermunterte, die tolnedrische Küste von Norden nach Süden zu überfallen und zu plündern. Die Chereker brauchten nicht *allzu* viel Ermutigung. Wenn man an der Oberfläche eines Cherekers kratzt, kommt ein Pirat zutage. Dadurch bekamen die Tolnedrer andere Dinge, um die sie sich kümmern mußten, als über all das Gold in Maragor zu brüten oder sich davor zu ängstigen, in das Kloster von Mar Terrin gesteckt zu werden. Ich denke, ich muß nicht länger bei dieser betrüblichen Kette von Ereignissen verweilen.

Ich *bin* indes davon überzeugt, daß Vater den Streit zwischen den Göttern, der angeblich auf die Vernichtung der Marager folgte, übertrieben hat. Nedra war sichtlich unzufrieden mit seinem Volk wegen seines abscheulichen Betragens. Es würde mich gar nicht überraschen zu erfahren, daß Belar seine Chereker auf Anraten seines Bruders hin an die tolnedrische Küste schickte. Wenn man einen Tolnedrer bestrafen will, muß man ihm nur die Früchte seiner Diebereien wieder wegnehmen.

Die Raubzüge setzten sich noch einige Jahrhunderte lang fort, bis Ran Borune I. um die Mitte des sechsundzwanzigsten Jahrhunderts seine fetten, faulen Legionen aus ihren Garnisonslagern trieb und ihnen befahl, sich ihr Geld zu verdienen.

Mein Vater, mein Onkel und ich schenkten dem Zwist zwischen Tolnedrern und Cherekern nicht besonders viel Aufmerksamkeit, sondern fuhren fort, uns mit dem Mrinkodex auseinanderzusetzen. Wir *wurden* allerdings hellhörig, als Ctuchik begann, mehr und mehr Murgos die östlichen Steilhänge hinab zu schicken, um Algarien probehalber zu überfallen. Gewiß wollte Ctuchik die Verteidigung der Algarer prüfen, aber er wollte ebenso seine Kriegerkaste auf bessere Pferde setzen. Murgoponies hatten kaum die Größe riesiger Hunde, und die algarischen Pferde waren ihnen weit überlegen. Mein Vater verbrachte viel von seiner Zeit im zweiundzwanzigsten und dreiundzwanzigsten Jahrhundert bei den Algarern, wobei er ihnen Kavallerietaktiken beibrachte, die sie bis auf den heutigen Tag benutzen. Als Ctuchiks Verluste unerträglich wurden, stellte er diese Überfälle weitgehend ein. Toraks Charme äußerte sich unter anderem darin, daß er seine Angarakaner für wenig mehr als Zuchtmaterial hielt, eine Ansicht, die Ctuchik teilte. Toraks dritter Jünger legte Wert darauf, seine Herde zu vergrößern, nicht zu verringern.

Der endlose Bürgerkrieg in Arendien dauerte an – und an und an –, während die drei miteinander verfeindeten Herzogtümer taktierten, Komplotte schmiedeten und brüchige Bündnisse schlossen – Bündnisse, die oftmals mitten in einer Schlacht aufgekündigt wurden. Letztendlich waren es die Unruhen in Arendien, die mich aus der Abgeschiedenheit des Tals und wieder in die Welt zurück holten.

Mein dreihundertster Geburtstag war mehr oder weniger unbeachtet vorübergegangen. Vater behauptet, ich hätte mich im fünfundzwanzigsten Jahrhundert nach Vo Wacune begeben, was der Wahrheit recht nahe kommt. Er verrechnete sich lediglich um hundert Jahre. Ältere Menschen sind oft ein bißchen vage mit ihren Zeitbegriffen.

Menschenskind, das hat Spaß gemacht, Vater, nicht wahr?

In Wahrheit begann mein Abstecher nach Arendien im Jahre 2312. Eines Nachts schlief ich – trotz Vaters sonorem Schnarchen – und erwachte mit dem seltsamen Gefühl, daß mich jemand ansah. Ich drehte mich im Bett herum und erblickte die geisterhafte Gestalt der weißen Schnee-Eule, die im Mondlicht auf meiner Fensterbank schimmerte. Es war Mutter. »*Polgara*«, erklärte sie kurzangebunden, »*du packst jetzt am besten ein paar Sachen zusammen. Du gehst nach Vo Wacune.*«

»*Wozu denn das?*« wollte ich wissen.

»*Ctuchik sät Unfrieden in Arendien.*«

»*Dabei brauchen die Arender keine Hilfe, Mutter. Sie säen selbst genügend Unfrieden, auch ohne Unterstützung von außen.*«

»*Diesmal sieht es ein bißchen ernster aus, Pol. Ctuchik hat Handlanger in jedes der arendischen Herzogtümer eingeschleust. Sie geben sich als tolnedrische Kaufleute aus. Sie benutzen verschiedene Lügengeschichten, um die drei Herzöge zu der Annahme zu ver-*

leiten, Ran Vordue biete ihnen eine Allianz an. Aber Ran Vordue weiß davon nichts. Falls Ctuchiks Plan aufgeht, gibt es Krieg zwischen Arendien und Tolnedra. Der wacitische Herzog ist der klügste von den dreien, also geh nach Vo Wacune, finde heraus, was vor sich geht, und bereite den Ränken ein Ende. Der Meister verläßt sich auf dich, Pol.«

»Ich mache mich sofort auf den Weg, Mutter«, versprach ich.

Am nächsten Morgen begann ich zu packen.

»Du ziehst um, Pol?« fragte Vater freundlich. »Habe ich etwas Falsches gesagt?«

»Ich habe etwas in Arendien zu erledigen, Vater.«

»Oh? Was denn?«

»Das geht dich nichts an, alter Mann«, erklärte ich. »Ich werde ein Pferd brauchen. Besorg mir eins.«

»Pol, nun sieh doch –«

»Schon gut, Vater. Ich besorg es mir selbst.«

»Ich will doch nur wissen, was du in Arendien tun wirst, Pol.«

»Wollen und bekommen sind zwei verschiedene Sachen, Vater. Der Meister hat mich damit beauftragt, nach Arendien zu gehen, um dort etwas in Ordnung zu bringen. Ich kenne den Weg, so daß du nicht mitkommen mußt. Gehst du jetzt zu den Algarern und holst mir ein Pferd, oder muß ich mich selbst darum kümmern?«

Er murrte noch ein wenig vor sich hin, aber wenige Stunden später wartete eine kastanienbraune, gesattelte Stute namens Lady am Fuße des Turms auf mich. Lady war nicht so groß wie Baron damals, aber wir kamen gut miteinander zurecht.

Es war Spätnachmittag geworden, bis ich das vertraute Gefühl von Vaters Gegenwart einige Meilen hinter mir spürte. Um ehrlich zu sein, ich hatte mich schon gewundert, wo er so lange blieb.

Ich ritt entlang der östlichen Ausläufer von Ulgoland nach Norden und überquerte dann die sendarischen Berge, um wacitisches Staatsgebiet zu erreichen. Vater war mir die ganze Zeit auf den Fersen. Er wandelte ungefähr jede Stunde seine Gestalt.

Ich durchquerte die Gegend am Oberlauf des Camaarflusses und tauchte ein in die ausgedehnten Wälder Nordarendiens. Es dauerte nicht lange, bis ich auf eine wacitische Patrouille unter dem Befehl eines offenbar unerfahrenen jungen Edelmanns traf, der Probleme mit seinem Benehmen hatte. »Halt, Dirne!« befahl er mir in hochfahrendem Ton, als er und seine Männer aus dem Gebüsch stürmten. *Dirne?* Die Bekanntschaft zwischen diesem jungen Mann und mir ließ sich gar nicht gut an. »Wohin des Weges?« verlangte er herrisch zu wissen.

»Nach Vo Wacune, Mylord«, gab ich ihm höflich zur Antwort.

Ich möchte, daß ihr an dieser Stelle meine übermenschliche Selbstbeherrschung im Verlauf dieses Vorfalls zur Kenntnis nehmt – und gebührend bewundert. Mir kam *nicht* der Gedanke, ihn in eine Kröte zu verwandeln – nun, jedenfalls nicht ernsthaft.

»Was ist dein Handel in unserer holden Stadt?« fragte er.

»Eben das, Mylord, *mein* Handel.«

»Erhebe dich nicht über deinen Stand, Dirne! Kein Gemeiner spricht so mit einem Edelmann, der im Rang weit über ihm steht. Mich dünkt fürwahr, ich nehme dich in Gewahrsam, denn deine Rede verrät dich als Fremde, und Fremde sind in diesem Reiche nicht willkommen.«

»Das könnte den Mangel an Manieren und Kinderstube erklären, verdrießlicher Knabe«, antwortete ich unfreundlich. »Der Umgang mit zivilisierten Menschen hätte Euer Benehmen möglicherweise gebessert, obgleich ich wenig Hoffnung für Euch hege.« Ich seufzte. »Eine schwere Bürde ist's, aber es scheint, als falle mir die undankbare Aufgabe zu, Euch den Segen höfischer

Zucht angedeihen zu lassen. Gebet fein acht auf meine Worte, bäurischer Bube, denn Ihr werdet mich bald als eine höchst gestrenge Lehrerin kennenlernen.« Ich sammelte meinen Willen.

Er gaffte mich an. Offensichtlich hatte ihn noch nie jemand wegen seiner Manieren gescholten. Dann drehte er sich halb herum, offenbar, um seine kichernden Truppen scharf zurechtzuweisen.

»Zu Beginn muß ich Euch bitten, mir Eure ungeteilte Aufmerksamkeit zu schenken, solange ich Euch unterrichte«, ließ ich ihn mit kalter Stimme wissen. Ich stand ein Dutzend Fuß von ihm entfernt, und es war nicht das geringste zu sehen, was man für die schallende Ohrfeige hätte verantwortlich machen können, die ihn jetzt mit voller Wucht ins Gesicht traf. Die Ohrfeige war alles andere als ein leichter Klaps, so daß er mit leicht glasigem Blick im Sattel zurücktaumelte.

»Des weiteren«, fuhr ich unerbittlich fort, »werdet Ihr die Güte haben, mich in Zukunft mit ›Mylady‹ anzusprechen. Sollte der verabscheuenswürdige Ausdruck ›Dirne‹ Euch noch ein einziges Mal über die Lippen kommen, werde ich dafür sorgen, daß Ihr es bis an Euer Lebensende bereut.« *Dieser* Hieb traf ihn unmittelbar auf den Mund, und er warf ihn aus dem Sattel. Blut und Zähne spuckend, kam er wieder auf die Beine.

»Sollte ich nunmehr Eure Aufmerksamkeit errungen haben, Knabe?« erkundigte ich mich liebenswürdig. Dann murmelte ich leise ›schlaft‹ vor mich hin, und seine und die Augen seiner kichernden Männer wurden völlig leer. Mit einem leichten Lächeln auf den Lippen ritt ich weiter und ließ die kleine Schar auf den leeren Fleck starren, wo ich noch vor kurzem gestanden hatte. Ich ließ sie ungefähr eine Stunde unbeweglich da stehen. Inzwischen hatten Lady und ich uns meilenweit von ihnen entfernt. Dann schickte ich meinen Gedanken an die Stelle zurück, wo sie sich befanden. »Wacht auf«, befahl ich ihnen.

Selbstverständlich waren sie sich nicht der Tatsache

bewußt, daß sie geschlafen hatten. Sie hatten den Eindruck, ich sei einfach verschwunden. Ich erfuhr eine Weile darauf, daß der grobe Jüngling nach unserer Begegnung in ein Kloster eingetreten war und all seine Männer sich aus dem Staub gemacht hatten und nicht mehr aufzufinden waren. Zumindest ein Quell schlechten Benehmens im Herzogtum von Wacune war somit versiegt.

Die Stadt Vo Wacune erhob sich mit solchem Liebreiz aus dem umliegenden Wald, daß es mir den Atem verschlug. Nie habe ich eine so wunderbare Stadt gesehen. Vo Astur war beinah so grau wie Val Alorn, und Vo Mimbre ist gelb. Die Mimbrater nennen sie ›golden‹, aber das ändert nichts an der Tatsache, daß sie schlicht dunkelgelb ist. Vo Wacune war wie auch Tol Honeth in Marmor gefaßt. Tol Honeth jedoch strebt nach Pracht, während Vo Wacune nach Schönheit strebte – und sie erlangte. Ihre schlanken Türme ragten weiß und schimmernd in einen Himmel, der wohlwollend auf die schönste Stadt der Welt hinablächelte.

Ich hielt kurz im Wald an, um meine Kleider zu wechseln, ehe ich der sacht gewundenen Straße folgte, die zu den Toren hinanführte. Ich wählte das blaue Samtgewand und den dazu passenden Umhang, was ich bei offiziellen Anlässen auf der Insel der Winde getragen hatte, und nach erneutem Nachdenken fügte ich noch einen silbernen Reif hinzu – nur um sicherzustellen, daß der Ausdruck ›Dirne‹ in meinem Fall wirklich nicht angebracht war.

Die Wachen am Stadttor verhielten sich höflich, und ich betrat Vo Wacune mit Vater im Schlepptau, der sich angestrengt bemühte, unauffällig zu wirken.

Meine Jahre auf der Insel hatten mich gelehrt, ein befehlsgewohntes Gebaren an den Tag zu legen, und bald geleitete man mich in eine große Halle, wo der Herzog in nahezu königlichem Prunk thronte. »Euer Gnaden«, grüßte ich ihn mit einem Hofknicks, »die Notwendigkeit gebietet, daß wir eine geheime Unterredung unter vier Augen führen. Ich sehe mich gezwungen, Euch Dinge zu eröffnen, die nicht für die Ohren anderer bestimmt sind.« Ich *liebe* diese altertümliche Sprechweise, ihr nicht auch?

»Das ist nicht bräuchlich, Lady –«, entgegnete er, nach meinem Namen suchend. Der Herzog war ein gutaussehender Mann mit langem braunen Haar, er trug ein königliches Purpurwams und einen Stirnreifen, der fast, aber eben nur fast eine Krone war.

»Meinen Namen will ich Euch kundtun, sobald wir ungestört sind, Euer Gnaden«, teilte ich ihm mit und fügte eine Bemerkung bezüglich möglicherweise im Hintergrund lauernder Spione hinzu. Arender sind ganz vernarrt in Intrigen, und so stürzte sich der Herzog unverzüglich in diese. Er erhob sich, bot mir seinen Arm und führte mich in ein Privatgemach, wo wir ungestört miteinander reden konnten. Vater, diesmal in Gestalt eines leicht verflohten Jagdhundes, trottete hinter uns her.

Der Herzog geleitete mich in einen reizenden Raum, wo sich duftige Vorhänge in dem lauen Lüftchen bauschten, das durch die offenen Fenster hereinwehte. Er stieß meinen Vater mit dem Fuß nach draußen, schloß die Tür und wandte sich mir zu. »Und nun, verehrte Dame«, sagte er, »flehe ich Euch an, mir Euren Namen zu enthüllen.«

»Ich heiße Polgara, Euer Gnaden«, versetzte ich. »Ihr habt vielleicht schon von mir gehört.« Ich gab die altertümliche Redeweise bewußt auf. Sie hat, so liebenswert sie sein mag, die Tendenz, den Verstand zu benebeln, und ich wollte, daß Seine Gnaden hellwach war.

»Die Tochter des Altehrwürdigen Belgarath?« Sein Tonfall klang verblüfft.

»Eben die, Euer Gnaden.« Mich wunderte es ein wenig, daß er mich kannte. Vermutlich hätte es mich aber nicht wundern sollen. Das, was manche im Westen als ›Bruderschaft der Zauberer‹ bezeichnen, ist Stoff von Mythen und Legenden, und Arender haben eine angeborene Neigung zu solchen Dingen.

»Mein armseliges Haus ist über die Maßen geehrt, daß Ihr ihm die Gnade Eurer Gegenwart gewährt.«

Ich lächelte ihn an. »Bitte, Euer Gnaden«, sagte ich leicht amüsiert, »übertreibt nicht so sehr. Euer Palast ist der schönste, den ich je gesehen habe, und ich bin es, die sich geehrt fühlt, hier empfangen zu werden.«

»Es *war* ein bißchen übertrieben, nicht wahr?« räumte er mit reumütiger, ganz unarendischer Offenheit ein. »Eure Bemerkung indes verwunderte mich fürbaß, und so flüchtete ich, um meine Verwirrung zu überdecken, in Übertreibungen. Welchem Vorkommnis verdanken wir die Freude Eurer göttlichen Gesellschaft?«

»Kaum göttlich, Euer Gnaden. Ihr habt in letzter Zeit einige schlechte Ratschläge angenommen. Es gibt hier in Vo Wacune einen tolnedrischen Kaufmann, der Euch versicherte, er spreche im Namen Ran Vordues. Er lügt. Ran Vordue kennt ihn vermutlich nicht einmal. Das Haus Vordue bietet Euch *kein* Bündnis an.«

»Ich war der Annahme, meine Gespräche mit dem Kaufmann Haldon seien geheim vonstatten gegangen, Lady Polgara.«

»Ich verfüge über gewisse Vorteile, Euer Gnaden. Die Verhältnisse hier in Arendien ändern sich fast stündlich, also hättet Ihr wohl die Freundlichkeit, mich wissen zu lassen, mit wem Ihr Euch zur Zeit im Krieg befindet?«

»Mit den Asturiern – diese Woche«, antwortete er sarkastisch. »Sollte sich dieser Krieg indes als langweilig erweisen, werden wir sicherlich einen Vorwand finden, Mimbre den Krieg zu erklären, nehme ich an. Wir hatten jetzt schon seit fast zwei Jahren keinen richtigen guten Krieg mehr mit den Mimbratern.« Ich hätte *beinah* darauf schwören können, daß es ihm selbst an Ernst fehlte.

»Bestehen irgendwelche Allianzen?« fragte ich.

»Es gibt eine recht zögerliche Vereinbarung mit den Mimbratern«, gab er zur Antwort. »Die Mimbrater haben nicht mehr Grund als wir, die Asturier zu lieben. Um der Wahrheit jedoch die Ehre zu geben, mein Bündnis mit

Corrolin von Mimbre ist kaum mehr als eine lockere Übereinkunft, er solle meine Südgrenze nicht angreifen, solange ich mich mit diesem widerwärtigen kleinen Trunkenbold Oldoran von Asturien beschäftige. Ich setzte Hoffnung auf ein Bündnis mit Tolnedra, aber falls sich Eure Informationen bewahrheiten sollten, muß ich diese Hoffnung wohl begraben.« Er schlug mit der Faust auf den Tisch. »Was hofft Haldon durch diesen Verrat zu erreichen?« platzte er heraus. »Warum sollte er dieses falsche Versprechen seines Kaisers bringen?«

»Nicht Ran Vordue ist Haldons Herr, Euer Gnaden. Haldon spricht für Ctuchik.«

»Den Murgo?«

»Ctuchiks Abstammung ist ein wenig komplizierter als das, aber fürs erste können wir es dabei belassen.«

»Welches Interesse haben die Murgos an den inneren Angelegenheiten von Arendien?«

»Die inneren Angelegenheiten von Arendien interessieren *jeden*, Euer Gnaden. Euer armes Arendien ist eine fortwährende Katastrophe, und Katastrophen haben die Tendenz, um sich zu greifen. In diesem Fall jedoch *möchte* Ctuchik, daß die Kämpfe sich ausweiten. Er will den gesamten Westen in Unruhe versetzen, um das Tor für seinen Meister aufzustoßen.«

»Seinen Meister?«

»Ctuchik ist einer von Toraks Jüngern, und die Zeit ist nicht mehr fern, wenn der Drachengott die Königreiche des Westens überfallen wird. Dieser Haldon gehört zu den Leuten, die Ctuchik in Arendien eingeschleust hat. Es gibt weitere, die ähnliches Unheil in Asturien und Mimbre heraufbeschwören. Falls sie jedes Herzogtum davon überzeugen können, daß es Tolnedra zum Verbündeten hat, und die Legionen dann nicht aufmarschieren, wenn sie erwartet werden, dann werdet Ihr, Corrolin und Oldoran vermutlich die Tolnedrer angreifen – entweder jeder für sich oder gemeinsam in einer hastig geschmiedeten Allianz. Das ist Ctuchiks Endziel – Krieg zwischen Arendien und Tolnedra.«

»Welch abscheuliche Vorstellung!« rief er aus. »Kein Bündnis zwischen Corrolin, Oldoran und mir wäre jemals fest genug, um gegen die tolnedrischen Legionen bestehen zu können! Wir würden überrannt werden!«

»Exakt. Und falls Tolnedra Arendien erobert und anschließend annektiert, würden die Alorner sich bemüßigt sehen, *ihre* Interessen zu wahren. Alle Königreiche des Westens könnten in den Konflikt hineingezogen werden.« An dieser Stelle kam mir eine Idee. »Ich glaube, ich sollte Vater den Vorschlag unterbreiten, er solle nach Alorien gehen und dort nach dem Rechten sehen. Wenn Ctuchik hier im Süden Unfrieden stiftet, besteht die Möglichkeit, daß er es im Norden ebenso tut. Wir brauchen ganz bestimmt keinen weiteren Ausbruch von Klanfehden in den alornischen Königreichen. Wenn hier im Westen jeder gegen jeden kämpft, steht die Tür einladend offen für eine Invasion aus Mallorea!«

»Ich möchte Euch um nichts in der Welt erzürnen, Lady Polgara, aber Haldon besitzt Dokumente, welche Siegel und Unterschrift Ran Vordues tragen.«

»Das kaiserliche Siegel ist nicht sonderlich schwer zu fälschen, Euer Gnaden. Ich könnte Euch hier an Ort und Stelle eines anfertigen, wenn Ihr es wünscht.«

»Ihr seid überaus bewandert in der trügerischen Welt der Staatskunst, Lady Polgara.«

»Ich durfte einige Erfahrungen sammeln, Euer Gnaden.« Ich überlegte einen Moment. »Wenn wir es geschickt anstellen, sollten wir in der Lage sein, Ctuchiks Komplott zu unserem Vorteil zu wenden. Ich möchte Euch nicht beleidigen, aber es scheint in der arendischen Natur zu liegen, einen Feind zu brauchen. Wollen wir doch einmal überlegen, ob wir dieser Feindschaft nicht eine neue Richtung geben können. Wäre es nicht netter, Murgos zu hassen anstatt die eigenen Landsleute?«

»Wesentlich netter, Mylady. Ich habe einige Murgos kennengelernt, und darunter war kein einziger, den ich gemocht hätte. Sie sind eine höchst unliebenswerte Rasse, will es mir scheinen.«

»Das sind sie in der Tat, Euer Gnaden, und ihr Gott ist noch viel schlimmer.«

»Plant Torak unmittelbare Aktionen gegen den Westen?«

»Ich bezweifle, daß Torak selbst weiß, was er plant, Euer Gnaden.«

»Ich bitte Euch, Lady Polgara, meine Freunde nennen mich Kathandrion. Die lebenswichtige Nachricht, die Ihr mir soeben übermittelt habt, hat Euch ganz gewiß zu einer Freundin gemacht.«

»Wie es Euch gefällt, Lord Kathandrion«, versetzte ich mit einem höflichen angedeuteten Knicks.

Er verneigte sich daraufhin, und dann lachte er. »Wir verstehen uns gut, nicht wahr, Polgara?« gab er mir zu verstehen.

»Das dachte ich gerade selbst«, stimmte ich ihm zu, ein wenig verdutzt angesichts des Abgleitens des Herzogs in das, was ich unter ›normaler Redeweise‹ verstehe. Während wir uns näher kennenlernten, kam Kathandrion mehr und mehr von jenem ›hohen Stil‹ ab, was ich für ein Anzeichen beträchtlicher Intelligenz hielt. Kathandrion konnte – und er tat es auch häufig – seine Zuhörer mit seiner blumigen Sprache fast bis zur Bewußtlosigkeit benebeln, aber hinter all diesen ›fürwahrs‹ und ›mich dünkets‹ verbarg sich ein wacher Geist. Wenn er sich entschied, normal zu reden, war sein Ton oft auf humorvolle Weise selbstkritisch, und seine Fähigkeit, über sich selbst zu lachen, höchst unarendisch. »Wir sollten uns wohl besser kennenlernen, Kathandrion«, sagte ich ihm. »Ich habe den Verdacht, daß wir einen langen Weg gemeinsam zu gehen haben.«

»Ich vermag mir keine angenehmere Begleitung vorzustellen, werteste Dame.« Er kehrte wieder zum ›hohen Stil‹ zurück, und dieser abrupte Wechsel enthielt ebenfalls ein verschmitztes Lächeln. Das war ein *sehr* komplizierter Mann. Dann seufzte er eine Spur zu theatralisch.

»Warum solch ein tiefer Seufzer, Freund Kathandrion?«

»Sollte die Wahrheit bekannt werden, habt Ihr mir Grund gegeben, meine Abdankung zu erwägen, Polgara«, lamentierte er. »Frieden und Stille eines Klosters winken mir höchst verlockend zu. Ist die internationale Politik immer so schmutzig?«

»Für gewöhnlich. Manchmal sogar noch schlimmer.«

»Ich frage mich, ob sie mich wohl zwingen würden, mir den Kopf kahl zu scheren«, sinnierte er, während er sich eine Locke seines langen braunen Haars um den Finger wickelte und sie versonnen betrachtete.

»Ich bitte um Verzeihung?«

»Wenn ich ins Kloster gehe.«

»Oh, kommt, Kathandrion! Wir machen Spaß, ja?«

»Eure Auslegung dieses Wortes ist höchst eigenwillig, Polgara. Ich war es zufrieden, Asturier und Mimbrater zu hassen. Damals war das Leben noch einfach. Nun habt Ihr mir einen anderen Zwist zur Kenntnis gebracht, und mein armer Kopf – welcher nicht unbegrenzt aufnahmefähig ist – ist zum Bersten voll mit Gedanken.«

Ich legte ihm freundschaftlich die Hand auf den Arm. »Ihr macht das schon, Kathandrion. Ich kümmere mich darum, daß Euch nicht zu viele Schnitzer unterlaufen. Wie streng sind die Beweisregeln hier in Vo Wacune?«

»Beweisregeln?«

»Wie weit müßt Ihr gehen, um zu beweisen, daß der Tolnedrer ein Spitzbube ist?«

Er lachte. »Wie ich sehe, seid Ihr nicht bewandert in den arendischen Sitten«, sagte er. »Wir sind Arender, Polgara. Beweise übersteigen unser Begriffsvermögen. Ich herrsche hier mit Hilfe von Erlassen. Wenn *ich* sage, daß ein Mann ein Bösewicht ist, dann ist er ein Bösewicht und zieht auf der Stelle in mein Verlies um. Unsere Natur ist dergestalt, daß wir die Dinge einfach halten müssen.«

»Wie außerordentlich praktisch! Ich benötige trotzdem weitere Informationen. Laßt ihn bitte herbringen, wenn es Euch nichts ausmacht. Es gibt gewisse Fragen, die ich ihm gerne stellen würde, bevor er seinen neuen Wohnsitz im Untergeschoß bezieht. Ich will das genaue Ausmaß dieser Verschwörung kennen, ehe ich nach Vo Astur und Vo Mimbre weiterreise.«

»Wünscht Ihr Euch der Hilfe eines professionellen Fragenstellers zu bedienen?«

»Eines Folterknechts, meint Ihr? Nein, Kathandrion. Es gibt andere Wege, die Wahrheit aus den Leuten herauszubekommen. Wenn ich erst einmal Ctuchiks Plan zur Gänze kenne, sollte es mir gelingen, ihm einen Knüppel zwischen die Beine zu werfen.«

»Seid Ihr diesem ruchlosen Ctuchik je begegnet?«

»Noch nicht, Euer Gnaden«, gab ich unumwunden zu. »Aber ich erwarte sein Kommen und freue mich sogar ein wenig darauf. Gehen wir jetzt?«

Auf der Türschwelle blieb ich kurz stehen und blickte mißbilligend auf den Hund herunter, der unmittelbar dahinter ausgestreckt im Flur lag. »In Ordnung, Vater«, sagte ich. »Du kannst jetzt nach Hause gehen. Ich komme hier gut ohne dich zurecht.«

Er schaffte es sogar, ein wenig schuldbewußt dreinzusehen.

Kapitel 13

Je näher ich das arendische Volk kennenlernte, desto mehr schätzte ich Kathandrion. Ganze Bibliotheksregale sind einer Fehldeutung des arendischen Nationalcharakters gewidmet worden. Das endlose Unheil mit Namen Arendien ist nicht so sehr das Ergebnis angeborener Dummheit als vielmehr eine Mischung aus blinder Impulsivität, einem unwiderstehlichen Hang zur Dramatik und der Unfähigkeit, einen einmal eingeschlagenen Weg wieder zu verlassen. Kathandrion zeigte sich wenigstens willens, einen Moment zuzuhören, bevor er sich in etwas stürzte. Seine erste spontane Regung in dieser Angelegenheit ging natürlich dahin, Ctuchiks Handlanger festnehmen und in Ketten durch die Straßen von Vo Wacune schleifen zu lassen – vermutlich zur Mittagszeit. Er stand im Begriff, dementsprechende Befehle zu erteilen, als wir durch den Korridor in den Thronsaal zurückgingen.

»Kathandrion«, schlug ich freundlich vor, »wir haben es hier mit einer Verschwörung zu tun. Wollt Ihr wirklich alle anderen Verschwörer mit diesem öffentlichen Schauspiel warnen?«

Er sah mich rasch an. »Keine kluge Idee, richtig?« meinte er.

»Ich habe schon bessere gehört.«

»Ich muß dieser Tage lernen, eine Idee bis zum Ende durchzudenken, bevor ich anfange, Befehle zu erteilen«, sagte er.

»Ja, das würde ich tun, wenn ich an Eurer Stelle wäre.«

»Ich werde mich bemühen, Wie würdet *Ihr* an diese Sache herangehen?«

»Lügt ein bißchen. Schickt Haldon eine Botschaft, in der Ihr ihn bittet, zu einer kleinen, privaten Unterhaltung vorbeizuschauen, wann immer es ihm paßt.«

»Was ist, wenn es ihm bis nächste Woche nicht paßt?«

»Er wird sich fast umgehend hier einstellen, Kathandrion. Vertraut mir. Ich habe Erfahrung mit dieser Art von Dingen. Er wird das ›wann immer es ihm paßt‹ als ›sobald er seinen Mantel anhat‹ auslegen. Es gibt viele Möglichkeiten, Macht auszuüben, Kathandrion. Ein sanfter Anstoß ist oftmals wesentlich besser als der Vorschlaghammer.«

»Welch unkonventioneller Vorschlag! Wir befinden uns in Arendien, Polgara. Befehle müssen hier in knapper, leicht verständlicher Sprache erteilt werden, vorzugsweise in Worten mit höchstens einer Silbe.«

Herzog Kathandrion wuchs mir mit jedem Moment mehr ans Herz. Die Einladung, die er nach unserer Rückkehr in den Thronsaal einem Schreiber in die Feder diktierte, klang bewußt unverfänglich. Wie ich es vorausgesetzt hatte, tauchte Haldon binnen einer Stunde auf.

Der Abend senkte sich über die Märchenstadt Vo Wacune, als Kathandrion unseren Gast in einen eigens dafür hergerichteten Raum geleitete, am oberen Absatz jener Treppe gelegen, die in das Verlies hinunterführte. Der Raum hatte nur eine einzige Lampe, und ich saß in einem zum Fenster gewandten Stuhl mit hoher Lehne. Auf diese Weise war ich zunächst unsichtbar.

Vorsichtig schickte ich meine Gedanken aus, als die beiden den Raum betraten. Die Farbe, die ich vorfand, besaß nicht jenen charakteristischen rötlichen Unterton, der den Kaufmann als Tolnedrer ausgewiesen hätte, sondern war vielmehr von einem stumpfen Schwarz. Der Mann, der sich als Haldon ausgab, war ein Murgo. Ich konnte sein Spiegelbild in der Fensterscheibe sehen, und sein Aussehen glich in nichts dem der angarakanischen Rasse. Das erklärte einiges.

»Es ist freundlich, Euch so kurzfristig herzubemühen, würdiger Haldon«, sagte Kathandrion soeben.

»Ich eile, wenn der Ruf Euer Gnaden mich erreicht«, erwiderte der mit einem grünen Umhang bekleidete Bursche mit einer Verbeugung.

»Ich bitte Euch, nehmt Platz, mein Freund. Wir sind allein, deshalb besteht keine Notwendigkeit, so förmlich zu sein.« Kathandrion legte eine Kunstpause ein. »Jüngst wurde mir ein Ansinnen unterbreitet, dem Herzogtum von Wacune möchten wirtschaftliche Vorteile daraus erwachsen, befähle ich den Bau einiger Hafeneinrichtungen innerhalb der Grenzen meines Reiches am südlichen Ufer des Camaarflusses, und es dünkte mich, als seiet Ihr am trefflichsten geeignet, dieses Ansinnen zu beurteilen. Würden solche Einrichtungen wahrhaftig den Handel zwischen Wacune und dem Kaiserreich befördern?«

»In der Tat würden sie das, Euer Gnaden!« antwortete der falsche Tolnedrer voller Begeisterung. »Der Kaiser selbst hat des öfteren sein Interesse an einem solchen Projekt zum Ausdruck gebracht.«

»Fürtrefflich!« freute sich Kathandrion. »Potztausend! Dürfte ich Euch im Angesicht unseres künftigen Trutzbündnisses wohl darum bitten, Eurem Kaiser den Vorschlag einer gemeinsamen Übernahme der Kosten für den Bau jener Einrichtungen zu unterbreiten?«

»Ich bin gewiß, der Kaiser würde einem solchen Vorschlag wohlwollend gegenüberstehen.«

Ein Tolnedrer, gleich welchen Ranges, der ohne weiteres willens war, Geld auszugeben? Diese Vorstellung allein hätte ausgereicht, um den sogenannten Haldon als Hochstapler zu entlarven.

Ich hatte dem Herzog geraten, unseren Verdächtigen in ein müßiges Geplauder über irgendein vorgeschobenes Thema zu verwickeln, um seine Wachsamkeit einzuschläfern. In Wirklichkeit brauchte ich nur ein oder zwei Augenblicke, um Haldons Geist zu berühren und seine wahre Herkunft zu bestätigen. Der Schwindel mit den ›Hafeneinrichtungen‹ war Kathandrions eigene Erfindung, und sie bestätigte meine frühere Einschätzung seiner Intelligenz.

Ich ließ sie noch eine Weile plaudern, und dann erhob ich mich von meinem Stuhl und trat in den Lichtkegel der Lampe. »Ich unterbreche nur höchst ungern eine solch angenehme Unterhaltung, meine Herren«, erklärte ich, »aber wir müssen vor Einbruch der Dämmerung wieder gehen, und deshalb sollten wir nun ohne Verzug beginnen.« Weder Arender noch Murgoser sind es gewöhnt, daß Frauen sich in Staatsangelegenheiten einmischen. Von daher bin ich der festen Überzeugung, daß meine abrupte Unterbrechung sie beide erschreckte.

Der Murgo musterte mich scharf, und sein Gesicht wurde totenbleich. »*Ihr!*« keuchte er.

Das war das erste Mal in meinem Leben, daß mein Erscheinen *diese* Reaktion hervorrief.

Ich betrachtete ihn neugierig. »Wie *habt* Ihr es nur geschafft, Eure Erscheinung so zu verändern, Haldon?« wunderte ich mich. »Ihr seht nicht im geringsten wie ein Angarakaner aus. Hat Ctuchik das bewerkstelligt? Es muß außergewöhnlich schmerzhaft gewesen sein.«

In seine Augen trat ein argwöhnischer Ausdruck. »Verzeiht, Madame«, sagte er und faßte sich wieder ein wenig. »Ich habe nicht die geringste Ahnung, wovon Ihr redet.«

»Sollen wir wirklich dieses ermüdende Spielchen bis zum bitteren Ende aufrecht erhalten?« fragte ich ihn. »Wie lästig.« Noch beim Sprechen schickte ich tastende Gedanken in die finstersten Winkel im Geist des nachgemachten Tolnedrers aus. Es erstaunte mich doch sehr zu entdecken, daß das, was er auf der Welt am meisten fürchtete, mein Vater war! Damit hatte ich nicht gerechnet, aber mir war klar, daß es den Rest meines Vorgehens ein wenig leichter als erwartet gestalten würde.

»Mich dünkt, hier gehet etliches vonstatten, was ich nicht verstehe«, gab Kathandrion zu. Er wirkte verwirrt.

»Es ist eigentlich sehr einfach, Euer Gnaden«, weihte ich ihn ein. »Dieser Herr, der sich Haldon nennt, ist in Wahrheit ein Murgo, dessen richtiger Name ziemlich unaussprechlich ist. Hilft das, die Dinge ein wenig zu verdeutlichen?«

»Aber er sieht nicht wie ein Murgo *aus*, Mylady.«

»Ja, das ist mir auch schon aufgefallen. Wir werden ihn bitten müssen uns zu erklären, wie er das bewerkstelligt hat.«

»Sie lügt!« zischte der Murgo.

»Das ist höchst unwahrscheinlich«, entgegnete Kathandrion in kühlem Ton. Dann richtete er den Blick auf mich. »Es scheint, als wisse er von Euch, Mylady.«

»Ja«, pflichtete ich ihm bei. »Augenscheinlich hat Ctuchik ihn vor mir gewarnt.« Ich musterte unseren Gast mit strengem Blick. »Nun kommen wir, fürchte ich, zum unangenehmeren Teil dieses Abends«, ließ ich ihn mit gespieltem Bedauern wissen. »Ziehst du es vor, uns hier und jetzt alles zu sagen, was du über den Plan deines Meisters weißt? Oder muß ich dich erst überreden? Du *wirst* mir sagen, was ich wissen will – am Ende. Wir können es so oder so machen – es liegt ganz bei dir.«

Sein Blick wurde zunächst ausdruckslos und war dann plötzlich haßerfüllt. »Tu, was du willst, Hexenfrau«, sagte er verächtlich. »Ich bin ein Dagashi, und ich vermag jeder Folter zu widerstehen, die du dir ausdenkst.«

»Ich bin ja so glücklich, daß du deine langweilige Maskerade hast fallenlassen«, sagte ich. »Oh, nebenbei bemerkt, laß mich dich von der Bürde jenes Messers befreien, das du unter deinem Umhang verbirgst. Wir wären *so* enttäuscht, wenn du dich entschließen würdest, dich zu entleiben – ganz zu schweigen von der gräßlichen Schweinerei, die das auf dem Teppich anrichten würde.« Ich ließ den dreieckigen Dolch, den er unter seiner Kleidung versteckt hielt, in meine Hände gleiten und untersuchte ihn neugierig. »Was für ein eigenartiges Gerät«, merkte ich mit einem leichten Stirnrunzeln an. »Aha, ich verstehe. Es handelt sich um ein

Wurfmesser. Sieht sehr wirkungsvoll aus. Machen wir jetzt weiter, ja?« Ich blickte ihm eindringlich in die Augen, während ich meinen Willen sammelte. Ich gebe zu, daß ich in dieser Situation einen gewissen Vorteil auf meiner Seite hatte. Ich würde ihm das Bild von etwas vor Augen führen, das er fürchtete, aber falls es nichts fruchtete, war das Original nicht weit entfernt. Ich vollführte eine winzige Geste mit meiner rechten Hand, als ich meinen Willen freisetzte.

Ja, ich weiß, Vater. Vater rügt mich jetzt schon seit dreißig Jahrhunderten oder mehr wegen dieser kleinen Gesten, und ich ignoriere ihn ebenso lange. Es handelt sich in Wahrheit um eine Frage des Stils, und da ich diejenige bin, die es tut, tue ich es so, wie's mir gefällt.

Jetzt wißt ihr es.

Diejenigen unter euch, die meinen Vater kennen, wissen, daß er vor allem ein Schauspieler ist. Das soll nicht heißen, er könnte *nicht* das Innere von Bergen nach außen stülpen, wenn ihm danach ist. Aber er macht alles mit einer dramatischen Geste, in einem großspurigen und flamboyanten Stil, der *sehr* beeindruckend ist. Sein Gesicht ist in Wirklichkeit nicht mehr als ein Werkzeug, und seine Mimik spricht Bände. Glaubt mir, ich habe all seine Gesichtsausdrücke im Laufe der Jahrhunderte aus nächster Nähe zu sehen bekommen, so daß die Illusion, die ich zur Unterhaltung unseres Murgos schuf, *sehr* lebensecht war. Zu Anfang war Vaters Miene streng und anklagend, und der Murgo wich davor zurück, während sein Gesicht aschfahl wurde und ihm die Augen aus den Höhlen traten.

Dann legte Vater die Stirn in Falten, und der Murgo stieß ein jämmerliches kleines Winseln aus und versuchte, seinen Kopf mit den Armen zu schützen.

Dann verzerrte das Illusionsgesicht meines Vaters sich

zu einer Grimasse, die ich ihn vor dem Spiegel hatte einstudieren sehen, als er sich unbeobachtet glaubte. Seine Augen verengten sich, indem seine unteren Augenlider sich nach oben schoben, und dann legte er den Kopf kaum merklich in den Nacken, so daß es beinah schien, als starre er über den Rand jener unheilverkündenden Augenlider. Um ehrlich zu sein, dieser Gesichtsausdruck ließ an einen Verrückten denken, der im Begriff steht, jemanden mit den Zähnen zu zerfleischen.

Dann verhärtete ich das Bild und verlieh ihm jenes kurze Aufflackern von Entschlossenheit, das der Freisetzung des Willens unmittelbar vorausgeht.

Der Murgo kreischte in den höchsten Tönen und versuchte in tödlichem Entsetzen, unter seinen Stuhl zu kriechen. »*Nein!*« jammerte er. »*Nicht!*«

Ich lähmte ihn, so daß er sich nicht mehr von der Stelle bewegen, aber noch in tiefstem Schrecken heulen und winseln konnte. »*Bitte!*« kreischte er. »Bitte macht, daß es verschwindet, Polgara! Ich werde alles tun! Alles! Macht nur, daß es verschwindet!«

Es gibt jede Menge wüster Geschichten, die im Laufe der Jahrhunderte über mich in Umlauf gebracht worden sind, aber ich denke nicht, daß Kathandrion sie bis zu diesem Zeitpunkt wirklich geglaubt hatte. Jetzt aber glaubte er sie, und er wich ein Stückchen vor mir zurück. Er wirkte ein klein wenig verängstigt.

»Warum fängst du nicht damit an, mir deinen Namen zu nennen, Murgo?« schlug ich vor. »Und dann könntest du mir erzählen, was ein Dagashi ist. Danach sehen wir weiter. Denk aber immer daran, daß ich meinen Vater jederzeit zurückbringen kann, solltest du dich entschließen, nicht zu kooperieren.«

»Man kennt mich unter den Namen Krachack«, antwortete mir der Murgo mit bebender Stimme, »und die Dagashi sind Mitglieder eines Geheimordens in Cthol Murgos. Wir tragen Informationen zusammen und eliminieren Leute, die denen, die uns beschäftigen, nicht passen.«

»Spione und bezahlte Meuchelmörder?«

»Wenn Ihr es so nennen wollt.«

»Wie kommt es, daß du nicht wie ein Murgo aussiehst?« fragte ich.

»Züchtung«, antwortete er. »Unsere Mütter und Großmütter sind Sklavinnen aus anderen Rassen. Sie werden nach unserer Geburt getötet. Ich bin etwa zu einem Viertel Murgo.«

»Seltsam«, bemerkte ich. »Besonders angesichts Ctuchiks Besessenheit bezüglich ›Rassenreinheit‹. Aber laßt uns das zunächst beiseite stellen. Was genau ist der Zweck deiner Mission hier in Arendien?«

»Ich habe Anweisung erhalten, Herzog Kathandrion davon zu überzeugen, daß Ran Vordue ihm zu Hilfe kommen wird, wenn er Vo Astur angreift. Mit Unterstützung der Legionen wäre Kathandrion in der Lage, Asturien auszuradieren. Dann sollte ich ihm nahebringen, daß die vereinten Kräfte von wacitischen Arendern und tolnedrischen Legionen nach Süden ziehen und dasselbe mit Mimbre machen könnten.«

»Das ist absurd«, sagte ich zu ihm. »Was soll denn Ran Vordue davon haben?«

»Südmimbre«, erwiderte Krachack achselzuckend, »den Teil, in dem die meisten Städte liegen.« Ich schaute Kathandrion an. »Hätte es funktioniert?« fragte ich ihn ohne Umschweife. »Hätte dieses Angebot Euch in Versuchung geführt?«

Mein Freund bekam einen schuldbewußten Gesichtsausdruck. »Ich fürchte, dem hätte in der Tat so sein können, Polgara. Vor meinem geistigen Auge wäre ich König von beinah ganz Arendien geworden, und die Bürgerkriege, die unser geliebtes Heimatland zerfleischen, hätten ein Ende genommen.«

»Das bezweifle ich«, entgegnete ich. »Ein Frieden, der auf einem solchen Betrug gründet, hätte keinen Bestand gehabt.« Ich wandte mich wieder Krachack zu. »Ich nehme an, in Vo Astur und Vo Mimbre sind ähnliche Machenschaften im Gange?«

Krachak nickte. »Mit Variationen natürlich – abhängig von der strategischen Lage der drei Herzogtümer. Mir ist zu Ohren gekommen, daß es in Vo Mimbre ein paar echte Tolnedrer gibt, die durch Bestechung für unseren Plan gewonnen wurden, aber das ist nicht meine Angelegenheit. Das Endergebnis unseres Komplotts ist dasselbe. Die drei Herzöge werden einander angreifen, wobei jeder Waffenhilfe von den Legionen erwartet. Dann, wenn diese Unterstützung nicht eintrifft, werden die Herzöge sich hintergangen fühlen. Andere Dagashi, die sich als arendische Patrioten ausgeben, werden jeden der drei Herzöge drängen, sich mit den beiden anderen zu verbünden und gegen das Kaiserreich zu marschieren. Das ist Ctuchiks Ziel, ein fortwährender Krieg zwischen Tolnedra und Arendien.«

»Tolnedra würde uns zermalmen!« rief Kathandrion aus.

Krachak zuckte die Schultern. »Ach ja? Arendien ist Ctuchik gleichgültig. Es interessiert ihn nicht im mindesten, was mit dem Land geschieht. Wenn es jedoch durch Tolnedra annektiert wird, werden die Alorner in die Sache verwickelt, und das ist es, was Ctuchik *wirklich* bezweckt – ein Krieg zwischen Tolnedra und Alorien. Ist das erst einmal ins Werk gesetzt, kann Ctuchik nach Ashaba gehen und Torak den Westen auf einem silbernen Tablett servieren. Ctuchik wird zu Toraks Lieblingsjünger aufsteigen, hoch über Zedar und Urvon stehen, und die Malloreaner werden über das Meer des Ostens kommen. Ganz Angarak wird über die zerstrittenen Königreiche des Westens herfallen und sie auslöschen. Torak wird der Gott der gesamten Menschheit werden.«

Ich bin sicher, daß Lelldorin das Grundmuster des Plans wiedererkennt. Ein Murgo namens Nachak versuchte vor wenigen Jahren etwas sehr ähnliches in Arendien. Ctuchik *neigte* dazu, sich zu wiederholen.

Kathandrion und ich befragten Krachack den Murgo bis fast zur Dämmerung, und dann ließen wir ihn in aller Stille in die tiefste Ebene des Verlieses verfrachten. Der wacitische Herzog war mehr als nur ein bißchen bestürzt über die Ausmaße Ctuchiks Komplotts. »Es verwundert mich gar sehr, daß irgendein Mann so verschlagen sein kann, Polgara«, gab er zu. »Denken alle Murgos auf diese Weise?«

»Das bezweifle ich doch sehr, mein Freund«, gab ich ihm zur Antwort. »Ctuchik hat das Handwerk zu Füßen von Torak selbst gelernt, und dann hatte er Jahrhunderte Zeit, seine Kunst an seinen Mitbrüdern Urvon und Zedar zu erproben. Zwischen diesen dreien besteht keinerlei Zuneigung, was Torak auch vorzieht. Der Drachengott fördert das Schlimmste in der menschlichen Natur zutage und nutzt es für seine Zwecke aus.« Ich erwog unsere Situation. »Ich denke, ich begebe mich am besten auf direktem Wege nach Vo Astur«, überlegte ich. »Ich bin mir ziemlich sicher, daß die Ereignisse sich dort ebenso rasch wie hier zuspitzen werden – und in Vo Mimbre ebenfalls. Diese unterschiedlichen Intrigenstränge müssen sorgfältig aufeinander abgestimmt sein, damit sie zu ungefähr demselben Zeitpunkt zum Ausbruch kommen. Und die Ereignisse hier scheinen mir schnell zum Höhepunkt zu kommen.«

»Soll ich Euch eine Eskorte mitgeben, Polgara?«

»Kathandrion«, rief ich ihm behutsam ins Gedächtnis, »Ihr befindet Euch praktisch im Kriegszustand mit Asturien, erinnert Ihr Euch noch? Falls ich mit einer wacitischen Eskorte nach Vo Astur zöge, würde es vermutlich Gerede geben, glaubt Ihr nicht auch?«

»Oh«, sagte er. »Ich hab's schon wieder gemacht, nicht?« Er schaute ein bißchen verlegen drein.

»Ich fürchte, ja, mein Freund. Daran werden wir noch arbeiten müssen. Macht Euch keine Sorgen, Kathandrion. Die Asturier werden mich nicht einmal zu Gesicht bekommen – bis ich bereit für sie bin.«

Ich machte mich noch am selben Tag auf den Weg,

und nachdem Lady und ich ungefähr eine Stunde geritten waren, durchforschte ich den Wald um uns herum mit meinen Gedanken. Es gab zwar keine Arender in der Nähe, dafür aber etwas anderes. »Also schön, Vater«, sagte ich laut, »kommst du jetzt mit oder nicht?«

Sein Schweigen hinterließ einen kaum merklichen Eindruck von Schuldbewußtsein. »Steck deine Nase nicht in Dinge, die dich nichts angehen, alter Mann«, riet ich ihm. »Ich glaube, dies ist eine dieser ›Prüfungen‹, von denen du so gerne redest. Sieh meinetwegen zu, aber misch dich nicht ein. Wenn alles vorbei ist, darfst du mir Noten erteilen. Oh, ich gehe schon mal vor. Da du dich ja kaum davon abhalten lassen wirst, hinter mir herzutraben, sei doch so gut und bring Lady mit, ja?«

Ich *liebe* es, ihm das anzutun.

Die Ereignisse überschlugen sich, und deshalb war Schnelligkeit geboten. Ich hatte mich schon früher dazu entschlossen, auf meine bevorzugte Alternativgestalt zu verzichten und statt dessen einen Falken zu benutzen.

Vo Astur war aus Granit erbaut, mit starken grauen Wällen und von grimmigen Zinnen gekrönt. Es war eine bedrückende Stadt, die da am südlichen Ufer des Asturflusses lag. In Asturien fanden jahrhundertealte Fehden statt, und jeder Adlige von Bedeutung lebte hinter den Mauern einer Festung. Der Sitz der asturischen Regierung bildete in dieser Hinsicht keine Ausnahme. Asturien war bis zum Bersten voll mit Verschwörungen, Komplotten, Hinterhalten, Giftmorden und Überraschungsangriffen. Ich glaube, aus diesem Grund war Vorsicht ein Gebot der Klugheit.

Weil kein Anlaß bestand, mich den unvermeidlichen Befragungen am Stadttor auszusetzen, flog ich statt dessen in Spiralen zum herzoglichen Palast hinunter, als sich der Abend über die mauerbewehrte Stadt senkte.

Ich landete unbeobachtet in einer stillen Ecke des Hofs und nahm meine wahre Gestalt an. Dann glitt ich um die äußere Ecke des mit Steinplatten gepflasterten Hofs, näherte mich dem reich verzierten Palasttor, ›ermunterte‹ die Wachen, ein kleines Nickerchen zu halten, und ging hinein.

Mein Vater hat mir wiederholt den Gedanken eingeschärft, daß es Zeiten gibt, wenn wir in der Gegenwart anderer unbedingt unauffällig bleiben müssen, und er hat sich viele Wege ausgedacht, um das zu bewerkstelligen. Meine Lieblingsmethode besteht darin, ein Gefühl von Vertrautheit um mich herum zu verbreiten. Es ist überaus subtil. Die Leute sehen mich an, ohne mich richtig wahrzunehmen. Sie sind davon überzeugt, mich zu kennen, können sich aber nicht mehr an meinen Namen erinnern. Im gesellschaftlichen Umgang kann das sehr nützlich sein. Ich verschmelze praktisch mit dem Hintergrund.

Kathandrion hatte mir mitgeteilt, daß die Asturier einen ›ausländischen Dialekt‹ sprächen. Deshalb drückte ich mich so lange in einem langen, spärlich beleuchteten Gang herum, bis eine Schar farbenfroh gekleideter Höflinge, sowohl Männer als auch Frauen, vorbeikam. Ich schloß mich ihnen an und hörte genau zu, wie sie sich unterhielten. Mir fiel auf, daß die Asturier den ›hohen Stil‹ verworfen hatten und sich statt dessen in einer etwas normaleren Sprache verständigten. Asturien grenzte auf der einen Seite an das Große Westmeer und hatte aus diesem Grund wesentlich mehr Beziehungen zu fremden Ländern als Wacune oder Mimbre. Die Menschen hier strebten danach, ›modern‹ zu sein, und so ahmten sie ziemlich sklavisch die Sprechweise jener Fremden nach, mit denen sie in Kontakt kamen. Unglücklicherweise waren viele dieser Fremden Seeleute, und Seeleute sind vermutlich nicht die beste Quelle sprachlicher Eleganz. Ich hoffte ernsthaft, daß die flatterhaften jungen Damen in der Gruppe die Bedeutung einiger der Worte und Ausdrücke, die ihnen so munter über die Lippen kamen, nicht vollständig erfaßten.

Weil jeder der drei arendischen Herzöge nach Höherem, sprich königlichen Würden strebte, besaßen ihre Paläste allesamt einen ›Thronsaal‹. Vo Astur bildete da keine Ausnahme. Die Gruppe von Edelleuten, der ich mich angeschlossen hatte, betrat die zentrale Halle, die hier diesen Zweck erfüllte. Ich entfernte mich unauffällig von ihnen und bahnte mir einen Weg durch die leicht angeheiterte Menge zum vorderen Teil der Halle.

Über die Jahre hinweg hatte ich Gelegenheit, Trunkenheit in all ihren Ausprägungen zu beobachten, und dabei sind mir gewisse Unterschiede aufgefallen. Ein Mann, der zuviel Bier oder Ale genossen hat, ist ungehobelter als einer, der voll des guten Weins ist, und diejenigen, die Hochprozentiges bevorzugen, neigen zu offener Gewalttätigkeit. Die Asturier bevorzugten Wein, und Weintrinker kichern entweder oder weinen in ihre Gläser. Der arendische Hang zur Dramatik machte sie melancholisch. Eine Zechgesellschaft in Asturien ist eine hochtraurige Angelegenheit, etwa vergleichbar mit einer Beerdigung in einer regnerischen Winternacht.

Oldoran, der asturische Herzog, war ein schmächtiger, verlotterter kleiner Mann und offensichtlich bereits im Stadium fortgeschrittener Betrunkenheit. Er lümmelte trübsinnig auf seinem Thron, einen Ausdruck tiefsten Leidens auf dem aufgedunsenen Gesichtchen. Ein Mann in einem tolnedrischen Mantel in einem unangenehmen Gelbton stand unmittelbar neben seinem rechten Ellbogen. Er beugte sich häufig herunter, um dem Herzog etwas ins Ohr zu flüstern. Vorsichtig schickte ich einen Gedanken auf die Suche, und der farbliche Eindruck, den ich von dem vorgeblichen Tolnedrer erhielt, war *nicht* rot. Es schien, als hätte ich es mit einem weiteren Murgo zu tun.

Die nächsten Stunden verbrachte ich damit, in der Halle auf und ab zu schlendern und Gesprächsfetzen zu belauschen. Mir wurde schnell klar, daß Herzog Oldoran nicht sonderlich geachtet wurde. »Besoffenes kleines Wiesel« war vermutlich das Freundlichste, was mir über ihn zu Ohren kam. Darüber hinaus wurde mir klar, daß Oldoran völlig unter dem Einfluß des falschen Tolnedrers an seiner Seite stand. Obwohl ich ziemlich genau wußte, daß ich diese spezielle Verbindung kappen konnte, sah ich beim besten Willen nicht ein, welche Vorteile mir das einbringen sollte. Oldorans Ansichten konnte ich wahrscheinlich ändern, Oldoran selbst jedoch nicht. Er war ein kleingeistiger, sich in Selbstmitleid verzehrender Trunkenbold mit kaum erwähnenswerten geistigen Fähigkeiten. Wie viele andere, wahrhaft dumme Menschen, hielt auch er sich für den Allerklügsten. Ich stand vor einem ernsten Problem.

Der berauschte kleine Oldoran rief nach immer mehr Wein, und zu guter Letzt verlor er die Besinnung.

»Es scheint, als sei unser geliebter Herzog ein klein wenig indisponiert«, bemerkte ein älterer Höfling mit schneeweißem Haar, aber erstaunlich jugendlichen Augen in staubtrockenem Ton. »Wie, Mylords und Myladys, glaubt Ihr, sollen wir diesem Umstand Rechnung tragen? Sollten wir ihn zu Bett bringen? Sollten wir ihn in jenen Fischteich im Garten tauchen, bis er das Bewußtsein wiedererlangt? Oder sollten wir uns vielleicht an einen anderen Ort vertagen, wo unsere lärmende Feier sein Schnarchen nicht stört?« Er verbeugte sich ironisch vor der lachenden Menge. »Ich lasse mich in dieser Frage ganz von der versammelten Weisheit des Hofs leiten. Was sagt Ihr, edle Gäste?«

»Ich persönlich wäre für den Fischteich«, äußerte sich eine matronenhafte Dame.

»Oh, liebe Baronin, nein!« widersprach eine hübsche junge Dame mit dunklem Haar und boshaft glitzernden Augen. »Denkt doch an den armen Karpfen, der dort lebt!«

»Wenn wir Oldoran in sein Bett schmeißen wollen, sollten wir ihn zuvor auswringen, Mylord Mangaran«, brüllte ein halbtrunkener Höfling dem hintersinnigen alten Adeligen zu. »Die kleine Ratte hat so viel Wein intus, daß er schon fast schwimmt.«

»Ja«, murmelte Lord Mangaran, »das ist mir auch nicht entgangen. Seine Gnaden hat für jemand von so kleinem Wuchs ein erstaunliches Fassungsvermögen.«

Dann nahm die hübsche Dame mit den boshaften Augen eine dramatische Pose ein. »Mylords und Myladys«, deklamierte sie, »ich schlage eine Schweigeminute für unseren armen kleinen Oldoran vor. Dann überlassen wir ihn am besten den fähigen Händen Graf Mangarans, der dieses verantwortungsvolle Amt schon so oft inne hatte, daß er unseres Rates wahrlich nicht bedarf. Und dann, nachdem seine Gnaden ausgewrungen und ins Bett geschüttet wurde, sollten wir auf die glückliche Fügung anstoßen, die ihn aus unserer Mitte entfernt hat.«

Sie neigten alle das Haupt, aber die ›Schweigeminute‹ wurde durch aufkommendes, verhalten unterdrücktes Gelächter verdorben.

Ich bin mir bewußt, daß das, was ich hier niederschreibe, Lelldorin, ja in der Tat alle Asturier verletzen muß, aber es *ist* die Wahrheit. Es bedurfte Jahrhunderte des Leidens, um die rauhen Kanten der grobschlächtigen, gewissenlosen Asturier zu glätten. Das war meine erste Begegnung mit ihnen, und in vieler Hinsicht wirkten sie auf mich fast wie südliche Alorner.

Die junge Dame, die gerade die Schweigeminute vorgeschlagen hatte, preßte sich theatralisch den Handrücken gegen die Stirn. »Man reiche mir noch ein Glas Wein«, forderte sie mit tragischer Stimme. »Das Reden in der Öffentlichkeit erschöpft mich.«

Der Murgo, der sich an Oldorans Seite gehalten hatte, war in der Menge untergetaucht und ließ sich nirgends blicken, als zwei kräftige Fußsoldaten den schnarchenden Herzog von seinem Thron hoben und aus der Halle trugen.

Ich zog mich in einen kleinen Alkoven zurück, um die Lage zu überdenken. Mein ursprünglicher Plan war es gewesen, den hiesigen Murgo vor dem Herzog bloßzustellen und *ihn* die Angelegenheit beenden zu lassen. Doch Oldoran besaß nicht Kathandrions Klasse, und ich habe im Laufe der Jahre beobachtet, daß dumme Menschen selten ihre Meinung ändern. An diesem Punkt angekommen, nahm ich zu glasklarer Logik Zuflucht. Wenn Oldoran sich als untauglich für meine Zwecke erwies, wäre es das Einfachste, ihn durch jemanden zu ersetzen, der diese Voraussetzung erfüllte.

Je länger ich darüber nachdachte, desto besser gefiel mir die Idee. Damit würde der Murgo nicht rechnen. Mein Vater und Onkel Beldin hatten mir den angarakanischen Charakter bei vielen Gelegenheiten beschrieben. Angarakaner sind von Natur aus unfähig, Autorität gleich welcher Art in Frage zu stellen. Das Wort ›Revolution‹ existiert in ihrem Sprachschatz einfach nicht.

Die Vorgehensweise, die ich in Erwägung zog, war gewiß nicht neu. Die arendische Geschichte ist voll von Berichten über ein Phänomen, das man gemeinhin ›Palastrevolution‹ nennt, kleinere Unruhen, die für gewöhnlich den Tod des Amtsinhabers zur Folge haben. Ich gedachte hier nicht *so* weit zu gehen, aber ich *wollte* Oldoran vom Thron haben. Was ich an jenem Abend gesehen und gehört hatte, ließ die Annahme, daß die meisten Edelleute am Hof diesen Wunsch teilten, schon fast zur Gewißheit werden. Mein einziges Problem im Augenblick war die Wahl eines geeigneten Ersatzes – *und* ein Mittel, ihn in verhältnismäßig kurzer Zeit zu finden.

Ich hielt ein kurzes Schläfchen in einem unbenutzten Empfangsraum und begab mich früh am nächsten Morgen in die zentrale Halle zurück, um irgend jemanden nach der klugen, dunkelhaarigen jungen Dame zu befragen, die so geistreich die Schweigeminute vorgeschlagen hatte. Ich beschrieb sie den Dienern, welche die Abfälle des zurückliegenden Abends beseitigten.

»Das müßte Gräfin Asrana sein, Mylady«, teilte mir ein ernst dreinblickender Hausknecht mit. »Sie ist bekannt als Herzensbrecherin und sehr gescheit.«

»Das ist sie«, sagte ich. »Ich glaube, wir wurden vor ein paar Jahren miteinander bekannt gemacht, und dachte mir, ich erneuere die Bekanntschaft einmal. Wo könnte ich sie denn antreffen?«

»Ihre Gemächer befinden sich im Westturm, Mylady, im Erdgeschoß.«

»Danke«, sagte ich leise, gab ihm eine kleine Münze und machte mich auf die Suche nach dem Westturm.

Die Gräfin war etwas unpäßlich, als ihre Zofe mich in das Zimmer führte, in dem sie mit trüben Augen und einem kalten, nassen Tuch auf der Stirn auf einem Diwan ruhte. »Ich glaube nicht, daß ich Euch kenne«, verkündete sie mir mit dramatischem Tonfall.

»Fühlt Ihr Euch nicht wohl?« erkundigte ich mich.

»Ich fühle mich heute morgen etwas unpäßlich«, gestand sie. »Ich wünschte, es wäre Winter. Dann würde ich in den Hof hinausgehen und meinen Kopf für mindestens eine Stunde in die nächste Schneewehe stecken.« Dann musterte sie mich genauer. »Aus irgendeinem Grund kommt Ihr mir schrecklich bekannt vor.«

»Ich glaube nicht, daß wir schon das Vergnügen hatten, Gräfin.«

»Nein, nicht, daß wir uns begegnet wären, das glaube ich nicht. Nein, es ist etwas, was ich zufällig gehört habe.« Sie preßte die Fingerspitzen gegen ihre Schläfen. »Oh, du liebe Güte«, stöhnte sie.

»Wir müssen uns unterhalten, Asrana«, erklärte ich, »aber zunächst kümmere ich mich wohl besser um Euer wertes Befinden.« Ich öffnete das kleine Retikül, das ich bei mir trug, und holte eine Glasphiole hervor. Den Inhalt leerte ich in ein Glas, das auf einem Beistelltischchen stand, und füllte es mit Wasser auf. »Es schmeckt nicht gut«, warnte ich.

»Geht es mir danach besser?«

»Das sollte es.«

»Dann kümmert es mich wirklich nicht, wie es schmeckt.« Sie trank es und schüttelte sich. »Das ist ja grauenhaft«, sagte sie. »Seid Ihr Ärztin?«

»Ich habe eine gewisse Ausbildung auf diesem Gebiet erhalten«, gab ich zu.

»Was für eine merkwürdige Beschäftigung für eine Dame von Stand«, wunderte sie sich. Sie berührte ihre Stirn. »Ich glaube, es wird wirklich besser.«

»Das sollte es auch, Gräfin. Sobald die Tinktur, die ich Euch gerade verabreicht habe, ein bißchen besser wirkt, möchte ich gern etwas mit Euch besprechen.«

»Ich verdanke Euch mein Leben, liebe Lady«, verkündete sie übertrieben. »Trotzdem, glaube ich nach wie vor, Euch zu kennen.« Dann verzog sie ein wenig das Gesicht. »Natürlich kommen mir an Morgen wie diesem jede Menge komischer Ideen.« Sie schüttelte leicht den Kopf. »Erstaunlich!« sagte sie. »Mein Kopf ist nicht abgefallen. Ihr könntet hier in Vo Astur ein Vermögen mit dieser Tinktur verdienen, wißt Ihr das? Vermutlich fühlt sich jeder im Palast so schlecht, wie ich mich noch vor kurzem gefühlt habe. Was immer Ihr mir gegeben habt, es wirkt Wunder. Ich glaube, ich lebe jetzt wirklich. Das grenzt ja an Zauberei!« Sie hielt plötzlich inne und schaute mich an, als sehe sie mich zum ersten Mal. Dann begann sie zu zittern. »Es *war* Zauberei, nicht wahr?«

»Nein, Liebes. Nicht wirklich.«

»O doch, es war Magie! Ihr habt diese weiße Locke im Haar, und Ihr seid Ärztin. Ihr seid Polgara die Zauberin, nicht? Ihr seid Belgarath' Tochter.«

»Ich sehe, mein schreckliches Geheimnis ist gelüftet«, seufzte ich mit gespieltem Bedauern.

»Ihr seid eine Million Jahre alt!«

Ich berührte meine Wange. »Sieht man das schon so deutlich, Asrana?«

»Selbstverständlich nicht, Lady Polgara«, gab sie

zurück. »Ihr seht nicht einen Tag älter als hunderttausend aus.« Dann lachten wir beide, und sie zuckte zusammen. »Das war noch ein wenig voreilig für das hier oben«, merkte sie an, während sie sachte ihre Stirn berührte. »Bitte bringt mich noch eine Weile nicht zum Lachen. Euer Zauber hat noch nicht genügend Zeit gehabt, zur Wurzel meiner Kopfschmerzen vorzustoßen.«

»Es war wirklich kein Zauber, Asrana – lediglich eine Mischung aus ziemlich gewöhnlichen Kräutern.« Ich entschloß mich, sie vorerst nicht darauf hinzuweisen, daß ihre Morgen wesentlich erfreulicher verlaufen könnten, wenn sie nicht jeden Abend so viel Wein tränke. »Könntet Ihr Eurer Zofe wohl einen kleinen Auftrag erteilen?« bat ich sie. »Ich möchte unter vier Augen mit Euch sprechen.«

»Frühstück, denke ich. Ich bekomme plötzlich einen mörderischen Hunger. Möchtet Ihr mir Gesellschaft leisten?«

»Es wäre mir eine Freude, Liebes.«

Nachdem das Mädchen gegangen war, kamen Asrana und ich zum Geschäft. »Ich möchte Eure patriotischen Gefühle nicht verletzen, Asrana, aber ich bin nicht sehr beeindruckt von Eurem Herzog.«

»Wer ist das schon? Wir müssen alle aufpassen, daß wir nicht zufällig auf ihn treten, wenn er sich im Thronsaal aufhält. Habt Ihr zufällig ein Heilmittel gegen Winzigkeit? Falls ja, sollte Oldoran eine doppelte Dosis davon schlucken. Er ist eine Wanze, Polgara. Darum ist es eine natürliche Reaktion, auf ihn zu treten. Das Leben hier wäre wesentlich einfacher, wenn ihn jemand zerquetschen und uns von ihm erlösen würde. Hättet Ihr gerne ein wenig Wein?«

»Ach – im Augenblick lieber nicht, Asrana, und Ihr solltet heute morgen auch lieber Wasser trinken. Wein mit dem Trank zu vermischen, den ich Euch gerade gegeben habe, würde Euch schrecklich krank machen.«

»Ich *wußte* doch, daß die Sache einen Haken hat. Wo waren wir stehengeblieben?«

»Wir erörterten Herzog Oldorans Unzulänglichkeiten.«

»Richtig – und daß er wirklich nicht sehr länglich ist.« Gräfin Asrana hatte eine spitze Zunge. Ich konnte sie recht gut leiden.

»Falls sich die Gelegenheit ergäbe, welcher Mann hier bei Hofe könnte ihn am besten ersetzen?«

»Graf Mangaran natürlich. Seid Ihr ihm schon begegnet?«

»Ich habe ihn letzte Nacht gesehen. Er schien keine hohe Meinung vom Herzog zu haben.«

»Damit steht er nicht allein. Wer sollte schon Ihre Wanzenschaft mögen?«

»Wer ist dieser Tolnedrer, der sich offenbar in Seiner Gnaden Westentasche eingenistet hat?«

»Ihr meint Gadon? Er ist eine Art Kaufmann. Ich glaube, er hat Oldoran irgendein Angebot unterbreitet – vermutlich unehrenhaft und bestimmt abscheulich. Gadon tummelt sich schon das letzte halbe Jahr hier bei Hofe und kauft Beamte und Höflinge gleich dutzendweise. Niemand mag ihn, aber er hat des Herzogs Ohr, und deshalb müssen wir höflich zu ihm sein.«

»Seid Ihr heute morgen in der Stimmung für ein wenig ernsthaftes Intrigenspinnen, Asrana?«

»Jetzt, wo meine Kopfschmerzen verschwunden sind, bin ich in der Stimmung für nahezu alles. Welche Art Intrige habt Ihr denn im Sinn?«

»Was haltet Ihr von einer kleinen Revolution, Gräfin?«

»Oh, was für ein Spaß!« rief sie in die Hände klatschend aus. »*Liebend* gern würde ich am Sturz der Wanze mitwirken. Werdet Ihr ihn töten, Polgara? Falls ja, darf ich zusehen?«

»Ihr seid ein böses Mädchen, Asrana.«

»Ich weiß, aber es macht solchen *Spaß*. Werden wir uns mitten in der Nacht durch den Palast schleichen und im Flüsterton Verschwörertreffen abhalten und heimlich Waffen in den Palast schmuggeln?«

»Ihr habt zu viele schlechte Heldenepen gelesen,

Asrana. Eine gute Verschwörung hat ihre eigenen Spielregeln. Ich denke, wir sollten ein Wort mit Graf Mangaran reden, bevor wir ihn auf den Thron setzen, meint Ihr nicht auch? Er ist nicht mehr der Jüngste, und diese Art von Überraschung könnte seiner Gesundheit abträglich sein.«

»Spielverderberin. Ich dachte, wir könnten ihm den Thron zum Geburtstag schenken.«

»Ist es wahrscheinlich, daß wir auf viel Widerstand treffen, wenn wir gegen den Herzog vorgehen? Gibt es irgendwelche Kreise bei Hof, die ihn unterstützen würden? Verwandte oder Beamte, die bei seiner Absetzung etwas zu verlieren haben?«

»Die überlaßt getrost mir, Lady Polgara. Ich kann nahezu jeden Mann hier am Hof um meinen kleinen Finger wickeln, wenn ich es darauf anlege.«

Ich habe bei Gelegenheit auch selbst schon ein paar Herzen gebrochen, und einige der aufregendsten Kokotten der Geschichte kennengelernt, aber Gräfin Asrana war eine Klasse für sich. Ich war davon überzeugt, daß ihr ungeheures Selbstbewußtsein voll und ganz gerechtfertigt war.

Nach dem Frühstück schickte Asrana eine Botschaft an Graf Mangaran, worin sie ihn bat, sich im Rosengarten mit uns zu treffen. Nur um ganz sicherzugehen, schickte ich einen Suchgedanken aus, als Asrana und ich uns in den Garten begaben. Das war nicht die Art von Unterhaltung, bei der man Wert auf Lauscher gelegt hätte.

Graf Mangaran wirkte müde, als er sich zu uns gesellte, aber in seinen Augen lauerte dennoch der Schalk.

»Soll ich es ihm sagen?« fragte mich Asrana.

»Warum nicht«, erwiderte ich. »Wir kommen nicht sehr weit, wenn er es nicht weiß.«

»'ch tu eine wönzige Überraschung für Euch hab'n tun, Ihro Grafschaft«, begann Asrana in einer recht gelungenen Imitation des Dialekts der wacitischen Bauern. »Dieses unglaublich schöne Fräuleinchen hier ist nämlich die Lady Polgara, will ich mal sagen. So viel Ehr, die große Lady kenn'nzulern'n zu tun, na, da fällt man doch vor Verzückung in Ohnmacht!«

»Bitte, Gräfin«, sagte Mangaran und fuhr sich müde mit der Hand über die Augen, »ich habe einen anstrengenden Morgen hinter mir. Seine Gnaden ist im Augenblick absolut unerträglich. Er ist noch nicht aus dem Bett heraus und schon wieder betrunken. Verschont mich mit Euren Märchen.«

»Aber sie *ist* hier, Mylord. Dies ist wirklich Polgara die Zauberin.« Asrana sah mich mit unschuldig aufgerissenen Augen an. »Bezaubert ihn, Lady Polgara«, drängte sie mich. »Verwandelt ihn in eine Kröte oder so etwas.«

»Hättet Ihr nichts dagegen, Asrana?« sagte ich.

»Er ist ein notorischer Zweifler, Polly. Macht, daß ihm alle Haare ausfallen.«

Niemand hatte mich je ›Polly‹ genannt – und das sollte auch künftig niemand tun.

»Bitte vergebt unserer Gräfin, Mylady«, sagte Mangaran. »Manchmal ergreift ihr Temperament die Zügel, dann überkommt sie dieser Zustand der Erleuchtung. Wir haben versucht, es ihr abzugewöhnen, aber Ihr seht ja selbst, wie fruchtlos unsere Bemühungen waren.«

»In der Tat, Mylord«, antwortete ich. »Diesmal jedoch entspricht das, was sie sagt, der Wahrheit.« Geistesabwesend pflückte ich eine dunkelrote Rose von einem nahen Busch. »Nur um hier Zeit zu sparen –« Ich streckte meine Hand mit der Rose darauf aus. »Seht genau zu«, wies ich sie an.

Ich machte es langsam, teils, um es beeindruckender wirken zu lassen, teils, um den Murgo, der sich irgendwo im Palast aufhielt, nicht mißtrauisch zu machen. Die Rose auf meiner Handfläche schrumpfte, bis fast nichts mehr von ihr übrig war, und dann entwickelte sie einen winzigen, spiralförmigen Trieb, der ziemlich rasch größer wurde und sich verzweigte, während er der Sonne entgegenwuchs. Zuerst tauchten die Blätter auf, und dann verdickten sich die Spitzen der Zweige zu Knospen. Als die Knospen sich öffneten, hatte jede neue Rose eine andere Farbe.

»Nun, *das* seht Ihr auch nicht alle Tage, Mangaran, nicht wahr?« äußerte Asrana.

Der Graf wirkte mehr als nur ein bißchen erschrocken. Dann gewann er schnell seine Fassung zurück. »Also gut«, sagte er. »Willkommen in Vo Astur, Lady Polgara.« Er verneigte sich mit vollendeter Eleganz.

Ich versetzte meinen Regenbogen-Rosenbusch in eine Ecke des nahegelegenen Blumenbeets und erwiderte die Verbeugung des Grafen mit einem nicht minder formvollendeten Hofknicks. »Nachdem wir das nun erledigt haben, müssen wir uns unterhalten, Mylord.«

»Es ist Euch gelungen, meine ungeteilte Aufmerksamkeit zu erringen, Lady Polgara. Ich stehe ganz zu Eurer Verfügung.«

»O bitte, beseitigt ihn nicht, Polly«, sagte Asrana mit blitzenden Augen. »Wenn *Ihr* ihn nicht haben wollt, gebt ihn *mir*.«

»Das reicht jetzt, Asrana«, beschied ich sie. Dann sah ich Mangaran an. »Seid Ihr heute morgen in der Stimmung für einen kleinen Hochverrat, Mylord?« fragte ich ihn.

»Ich bin Arender, Lady Polgara«, erwiderte er mit einem schwachen Lächeln. »Ich bin unentwegt in der Stimmung für ein bißchen Unheil.«

»Polly wird unseren Herzog umbringen«, mischte Asrana sich atemlos ein, »und ich darf dabei zuschauen.«

»Ich auch?« meldete Mangaran seine Ansprüche in einem Tonfall an, der nicht minder kindisch war wie Asranas.

»Du liebe Güte!« seufzte ich. »Worauf habe ich mich da eingelassen?«

»Wir werden gut sein, Polly«, beteuerte Asrana. »Wie wollen wir die Wanze ausmerzen?«

»Vermutlich gar nicht«, dämpfte ich ihre Begeisterung.

»Er könnte ein paar Sachen wissen, die mir nutzen würden. Er wird von einem Murgo hinters Licht geführt, der einen Krieg zwischen Arendien und dem tolnedrischen Kaiserreich vom Zaun zu brechen versucht.«

»Großer Chaldan!« rief Mangaran aus. »Unser Herzog ist ein Schwachkopf, aber –«

»Er ist nicht der einzige, der getäuscht wurde, Mylord«, eröffnete ich ihm. »Ich komme gerade aus Vo Wacune, und dort ist dasselbe geschehen – und wahrscheinlich in Vo Mimbre ebenfalls. Die Angarakaner versuchen, hier im Westen Unfrieden zu stiften und Kriege zu entfesseln als Vorbereitung für eine Invasion aus Mallorea. Mein Vater schickte mich nach Arendien, um dem ein Ende zu machen. Ich vermute, Euer Herzog ist nicht mit der Gabe ausgestattet, auf die Stimme der Vernunft zu hören. Deshalb denke ich, uns bleibt keine andere Wahl, als ihn ab- und Euch an seinen Platz zu setzen.«

»*Mich?* Warum mich?«

Warum muß das wirklich *jeder* sagen?

Ich nannte ihm den Grund auf die denkbar schroffste Weise, und selbst die unerschütterliche Asrana zeigte sich ein ganz klein wenig erschüttert.

»Der Herzog verfügt über eine Menge Wachen, Lady Polgara«, meldete Graf Mangaran seine Bedenken an, »und *sie* erhalten ihren Sold, auch wenn die übrige Armee kein Geld sieht. Sie werden ihn mit ihrem Leben verteidigen.«

»Wir könnten sie bestechen«, schlug Asrana vor.

»Ein Mann, der sich bestechen läßt, ist im allgemeinen nicht verläßlich genug, um auf der Seite dessen zu bleiben, der ihn bestochen hat«, wand Mangaran ein.

Asrana zuckte die Schultern. »Vergiftet sie allesamt, Polly. Ich bin mir sicher, Ihr habt das Passende dafür in Eurem niedlichen Beutel.«

»Das ist keine besonders gute Idee, Liebes«, tadelte ich sie. »Wir sind hier in Arendien, und die Leibwächter haben Familien. Wenn Ihr sie tötet, werdet Ihr beide den Rest Eures Lebens damit zubringen, über Eure Schulter zu schauen, ob sich nicht jemand mit einem Messer an Euch heranschleicht. Ich kümmere mich um die Leibwächter.«

»Wann werden wir es tun?« fragte Graf Mangaran.

»Habt Ihr heute abend schon etwas vor, Mylord?«

»Nichts, was sich nicht verschieben ließe. Aber gehen wir nicht ein wenig zu überhastet vor?«

»Ich glaube, wir sind dazu gezwungen, Mylord. Dies *ist* schließlich Arendien, und *keine* Verschwörung kann hier länger als ein paar Stunden geheim gehalten werden.«

»Ach ja«, seufzte er. »Traurig, aber wahr.«

»Seid guten Mutes, Mylord Herzog«, sagte Asrana spitzbübisch. »Ich werde Euch trösten, während Polly die Drecksarbeit erledigt.«

Kapitel 14

Die Geschichtsschreibung neigt dazu, über Revolutionen schnell hinwegzugehen, weil sie eine Manifestation jener Uneinigkeit und inneren Zerrissenheit sind, die Schriftgelehrte furchtbar unappetitlich finden. Trotzdem gibt es Revolutionen, und Arendien ist der perfekte Ort dafür. Ich bin ziemlich stolz auf jene, die ich in jenem Sommer inszenierte, da sie möglicherweise die einzige ist, die an einem einzigen Tag angezettelt und abgeschlossen wurde. Das ist kein Kinderspiel in einem Land wie Arendien, wo die Menschen es *lieben*, alles in die Länge zu ziehen. Arender besitzen eine wahre Leidenschaft für die hohe Kunst der Tragödie, und die braucht stets ihre Zeit. Wäre da nicht Krachacks Gegenstück hier in Vo Astur gewesen, hätten wir vielleicht gemächlicher vorgehen können, aber es bedurfte nur eines beiläufig fallengelassenen Wortes am falschen Ort, und der ganze Plan wäre mir unter den Händen zerronnen.

Asrana sah sich verstohlen um, und wenn sie mit mir redete, geschah es in einem verschwörerischen Flüstern. »Wie verfahren wir, Polly?« fragte sie mich.

Noch ein kurzer Rat an meine Familie. Sollte *irgend* jemand unter euch meinen, mich *jemals* Polly nennen zu müssen, bekommt ihr alle eine Woche lang gekochtes Stroh zum Abendessen. Ich ließ Asrana aus einem ganz bestimmten Grund gewähren.

»Zuerst einmal, Asrana, werdet Ihr *hier*mit aufhören. Kein geducktes Umherschleichen, kein Auf-Zehenspitzen-Gehen in dunklen Gängen, kein Geflüster. Sprecht in normaler Lautstärke, und seht Euch nicht immer um wie ein Einbrecher mit einem Sack voller Diebesbeute auf dem Rücken. Sonst könntet Ihr ebensogut eine Fahne schwenken, eine Fanfare blasen und Euch ein Schild mit der Aufschrift ›Verschwörer‹ um den Hals hängen.«

»Ihr verderbt mir den ganzen Spaß an der Sache, Polly«, maulte sie.

»Wieviel Spaß würde es wohl machen, vierzig Jahre oder länger in einem feuchten Kerker zu verbringen, was meint Ihr?«

»Nicht viel, vermute ich«, räumte sie ein.

»Denkt darüber nach, Liebes. Behaltet die Vorstellung, in der Gesellschaft von Ratten auf fauligem Stroh zu schlafen, den Rest des Tages über im Sinn.« Ich sah Graf Mangaran an. »Ich nehme an, daß Oldoran hier in Vo Astur nicht allzuviel Unterstützung genießt, oder?«

»Nahezu keine, Lady Polgara«, gab er zur Antwort. »Die Mitglieder seiner eigenen Familie unterstützen ihn natürlich, und außerdem gibt es einige Höflinge, die von seiner Mißherrschaft profitieren. Das ist aber auch schon alles – mit Ausnahme jener Leibwache, die ich vorhin erwähnte.«

»Um die Leibwächter kümmere ich mich«, versicherte ich ihm. Ich dachte kurz darüber nach. »Gibt es jemanden, dem Ihr vertraut und der ein Haus hier in Vo Astur besitzt –ein Haus in einiger Entfernung vom Palast?«

Er überlegte. »Diese Beschreibung paßt auf Baron Torandin, Lady Polgara.«

»Kann er etwas für sich behalten? Und wird er tun, worum Ihr ihn bittet, ohne allzu viele Fragen zu stellen?«

»Ich denke, ja.«

»Gut. Bittet ihn, heute nacht in seinem Haus eine Gesellschaft zu geben. Entwerft eine Gästeliste, die die Namen all derjenigen mit Blutsbanden zum Herzog und mit einem finanziellen Interesse an seinem Verbleiben auf dem Thron enthält. Garniert die Gästeschar mit einigen Unbeteiligten, so daß es nicht zu sehr auffällt. Ich möchte heute nacht keinen Parteigänger des Herzogs hier haben.«

Er grinste mich an. »Dann ist Torandin unser Mann. Seine Gesellschaften sind in ganz Asturien berühmt. Jeder, den er einlädt, wird kommen.«

»Gut. Nun zu *unserer* Gesellschaft. Wir sollten sie klein und exklusiv halten. Je mehr sich unser Plan herumspricht, desto größer ist dic Möglichkeit, daß es den falschen Leuten zu Ohren kommt. Ich will nicht, daß mehr als ein Dutzend Leute wissen, was vor sich geht.«

»Man kann eine Regierung nicht mit einem Dutzend Männern stürzen, Mylady!«

»Man kann, wenn man es richtig anstellt, Mylord. Wir werden nicht Schwerter schwingend und Schlachtrufe ausstoßend durch die Gegend laufen. Unsere Intrige ist wesentlich subtiler.«

»Das ist ein sehr häßliches Wort, Polly«, beklagte sich Asrana.

»Welches Wort, Liebes?«

»›Intrige‹. Könnten wir uns nicht einen erbaulicheren Namen dafür ausdenken?«

»Mal sehen. Wie wäre es mit ›Komplott‹? Oder mit ›Verschwörung‹? ›Hochverrat‹? ›Vertrauensbruch‹? ›Bruch eines heiligen Schwurs‹?«

»Das klingt auch nicht sehr viel netter«, sagte sie.

»Asrana, was wir tun, *ist* nicht nett. Oldoran ist der rechtmäßige Herrscher von Asturien, und wir haben uns dazu verschworen, ihn zu stürzen. Das macht uns zu Verbrechern – oder Patrioten.«

»Das ist ein netteres Wort. Das gefällt mir.«

»Also dann, Patriotin Asrana. Ihr habt behauptet, Ihr könntet jeden Mann in Vo Astur um Euren kleinen Finger wickeln. Wickelt.«

»Wie bitte?«

»Geht da hinaus und fangt mit dem Herzenbrechen

an. Klimpert mit den Wimpern, verteilt jene schmachtenden, verheißungsvollen Blicke, seufzt eine Menge und sorgt dafür, daß Euer Busen auf und ab wogt. Füllt Eure Augen mit glänzenden Tränen!«

»Oh, das wird ein Spaß!« rief sie aus und klatschte schadenfroh in die Hände. »Werdet Ihr auch ein paar Herzen brechen, Polly?«

Ich schüttelte den Kopf. »Man kennt mich hier nicht. Die Leute, die ich anzuwerben versuchen würde, würden mir wohl kaum Gehör schenken. Außerdem muß ich mich um andere Dinge kümmern. Damit fällt Euch die Aufgabe zu, die nötigen Kontakte zu knüpfen. Ich will heute nacht etwa ein Dutzend ›Patrioten‹ zum richtigen Zeitpunkt am richtigen Ort haben. Sorgt dafür.«

»Habt Ihr schon einmal Truppen befehligt, Lady Polgara?« erkundigte sich Graf Mangaran neugierig.

»Noch nicht, Mylord. Für gewöhnlich weiß ich meine Ziele ohne Blutvergießen zu erreichen. Oh, das erinnert mich an etwas. Ich *werde* einen Bogenschützen brauchen – den besten, den Ihr auftreiben könnt. Ich brauche einen Pfeil zu einem ganz bestimmten Zeitpunkt an einem ganz bestimmten Ort.«

»*Wußte* ich's doch, daß sie den Herzog töten läßt!« frohlockte Asrana.

»Nein, Liebes«, stellte ich richtig. »Ich möchte nicht, daß der Herzog sein Leben läßt. Wenn wir ihn töten, werden all die Leute auf Baron Torandins Gesellschaft morgen früh unter Waffen stehen. Der Pfeil ist jemanden anderen zugedacht. An die Arbeit! Dieser Tag währt nicht ewig, und es gibt noch viel zu tun. Schleicht nicht verstohlen umher, und vermeidet, schuldbewußt dreinzusehen. Haltet Euch immer das Wort ›Patriot‹ vor Augen.«

Das brachte die Dinge in Bewegung, während die von mir auferlegten Beschränkungen verhinderten, daß unser Komplott zu viele Wellen schlug. Ungeachtet ihrer sonstigen Fehler sind Arender die größten Ränkeschmiede der Welt. Asrana und Mangaran gingen zielstrebig ans Werk. Sie wählten die wichtigsten Höflinge und ließen die anderen im dunkeln. Natürlich verlangten sie geheime Schwüre und schärften unseren Mitverschwörern Losungsworte und Erkennungszeichen ein. Ich schätze, der einzige Widerstand, dem sie begegneten, galt der Eile, mit der wir vorgingen. Ein eintägiger Handstreich ließ sich nur schlecht mit den arendischen Vorstellungen verbinden, wie so etwas korrekterweise durchzuführen wäre.

Um die Mittagszeit war unsere Verschwörung recht gut vorangekommen. Mangaran zog ein paar ältere, zuverlässigere Mitglieder des Hofs auf unsere Seite, und Asrana schöpfte die Creme der jungen Heißsporne ab. Mein eigener Beitrag an jenem Morgen war chemischer Natur. Der Wein, den unsere Mitverschwörer den Rest des Tages über tranken, hätte keine Fliege von der Wand gehauen. Diejenigen, die aller Voraussicht nach zu Oldoran stehen würden, tranken Wein, der nicht nur die Fliege, sondern vermutlich die Wand gleich mit umgehauen hätte.

Es war ungefähr eine Stunde nach Mittag, als Mangarans Freund, Baron Torandin, seine ausgewählten Einladungen für ›eine intime kleine Soirée in meiner Residenz heute abend‹ verschickte. Dann mußten sich Asrana und Mangaran erneut unter unsere Parteigänger mischen und sie davon überzeugen, sich *nicht* lauthals über ihren Ausschluß von der Festlichkeit zu beschweren. Zur damaligen Zeit stand in Vo Astur alles auf Messers Schneide, wenn sich irgendwo eine gute Party abzeichnete, und mehrere Verschwörer schienen zwischen den unvereinbaren Vergnügungen einer guten Party und einer guten Revolution hin und her gerissen zu sein.

In der zweiten Stunde nach Mittag mußte ich mir etwas einfallen lassen, um den Herzog zu Hause festzuhalten. Ich löste das Problem, indem ich den Wein verstärkte, den er trank, während er sich auf dem Thron herumlümmelte. Bei Anbruch der dritten Stunde war er in völlige Apathie versunken.

Der ›Tolnedrer‹ an seiner Seite schöpfte zu diesem Zeitpunkt erstmalig Verdacht, wie ich glaube, aber wir gingen viel zu schnell vor, als daß er mithalten konnte.

Unser Plan war lächerlich simpel. Wenn ihr mit Arendern zu tun habt, solltet ihr euch stets bemühen, alles Komplizierte zu meiden. Jeder Höfling im Palast hatte eine Anzahl von ›Kammerdienern‹, ›Stallknechten‹, ›Haushofmeistern‹ und dergleichen in seinem Gefolge. Da wir in Arendien waren, trugen all diese ›Bediensteten‹ am Körper versteckt verschiedene Waffen. Sie würden unverzüglich auf Befehle reagieren, auch wenn sie nicht wußten, was vor sich ging. Wir verfügten also im Notfall über genügende Truppenstärke. Wenn diejenigen, die sich uns möglicherweise widersetzen würden, erst einmal zu Baron Torandins Gesellschaft in die Stadt gezogen waren, mußten wir nur noch mit Widerstand seitens der Leibwache des Herzogs rechnen. Meine Einflußnahme auf den Wein, den man ihnen beim Abendessen servieren würde, würde sie uns fein säuberlich aus dem Weg schaffen. Dem falschen Tolnedrer standen bestimmt ein paar kräftige Haudegen zur Verfügung, aber unsere Überzahl erfüllte uns mit Zuversicht. Auch sie würden uns keine großen Schwierigkeiten bereiten. Unser Vorwand für Oldorans Absetzung wäre ›die plötzliche Erkrankung Seiner Gnaden‹, an der eigentlich nichts ›plötzlich‹ war. Oldoran hatte schließlich jahrelang kopfunter in einem Weinfaß gehangen, was seinen derzeitigen Zustand zur Genüge erklärte.

Nicht lange vor dem Abendessen nahm ich Asrana und Mangaran im Rosengarten beiseite, um ihnen in letzter Minute einige Einzelheiten einzuschärfen. »Bringt ihn nicht um«, befahl ich ihnen streng. »Alles geht in Stücke, wenn Ihr das tut. Ich will, daß jeder von Euch ein langes Gesicht zieht. Gebt vor, um Oldorans Gesundheit besorgt zu sein.« Ich richtete den Blick auf Mangaran. »Habt Ihr mit dem Abt gesprochen?« fragte ich.

Er nickte. Alles ist vorbereitet. Oldoran wird ein angenehmes Quartier im Kloster vorfinden und Wein, soviel er trinken kann. Der Abt wird von Zeit zu Zeit Verlautbarungen über Seiner Gnaden Befinden herausgeben – voraussichtlich wird es sich im Laufe der Zeit beständig verschlechtern.«

»Unterlaßt alles, um das zu beschleunigen«, warnte ich ihn. »Soll Oldorans Leber ihn um die Ecke bringen.«

»Wie lange dauert so etwas wohl, Polly?« fragte Asrana mich.

»Ich würde ihm noch sechs Monate geben«, antwortete ich. »Das Weiße in seinen Augen ist bereits gelb geworden. Seine Leber verwandelt sich in Stein. Über kurz oder lang wird er anfangen zu toben, und dies wird der geeignete Zeitpunkt sein, seine Getreuen ins Kloster zu führen und ihn ihnen zu präsentieren. Laßt sie seinen Zustand mit eigenen Augen sehen.«

»Seid Ihr diejenige, die den Zustand seiner Leber verschlechtert, Polly?« fragte Asrana.

»Nein. Das hat er ganz allein selbst geschafft.«

»Tut der Wein das den Leuten wirklich an?«

»Aber ja, Liebes. Ihr solltet einmal darüber nachdenken.«

»Vielleicht trete ich lieber ein bißchen kürzer«, gab sie mit besorgt gerunzelter Stirn zurück.

»*Ich* würde es tun an Eurer Stelle. Aber es ist schließlich Eure Leber. So, und jetzt möchte ich, daß Ihr beide Euch unter Eure ›Patrioten‹ mischt. Schärft ihnen ein, daß wir dies alles nur mit höchstem Bedauern in die Wege leiten. Wir *wollen* es nicht tun, aber wir haben keine Wahl. Unsere Revolution erwächst aus unserer Liebe zu Asturien.«

»Das entspricht aber nicht ganz der Wahrheit, Lady Polgara«, wandte Mangaran freimütig ein.

»Dann lügt ein bißchen. Gute Politik basiert immer auf Lügen. Wenn Ihr die entsprechenden Reden haltet, postiert stets Leute in der Menge, die den Jubel anstimmen. Überlaßt nichts dem Zufall.«

»Ihr seid eine schreckliche Zynikerin, Polly«, klagte Asrana.

»Möglich, aber damit kann ich leben. Also vorwärts jetzt. *Nachdem* der Herzog sicher ins Kloster gesteckt worden ist, redet mit einigen der hiesigen Barone. Bis zum Morgengrauen möchte ich jede Menge Bewaffnete in den Straßen von Vo Astur sehen. Mahnt die Barone zur Vorsicht. Ich will, daß ihre Truppen sich zivilisiert benehmen. Keine Plünderungen, keine Morde, keine Brandschatzungen, keine gelegentlichen Vergewaltigungen. Sie sind da, um die Ordnung aufrechtzuerhalten, und zu nichts sonst. *Ich* bestimme, was ordnungswidrig ist. Laßt uns der Opposition keinen Vorwand für eine Konterrevolution liefern. Oh, noch eins. Morgen früh wird ein alter Mann mit weißem Haar, gekleidet in eine weiße Robe, hier in den Palast kommen. Er wird eine Rede halten, und ich will, daß alle hier bei Hofe erscheinen – nüchtern oder betrunken –, um sich die Rede anzuhören. Er wird jedem kund tun, daß die Ereignisse dieser Nacht auf *seine* spezielle Anordnung hin erfolgt sind. Ich glaube nicht, daß wir danach noch irgendwelche Schwierigkeiten bekommen werden.«

»Wer in aller Welt verfügt denn über eine solche Autorität?« wunderte Mangaran sich mit leicht erschrockener Miene.

»Mein Vater natürlich.«

»Der Heilige Belgarath persönlich?« Asrana starrte mich mit offenem Mund an.

»Mit dem ›heilig‹ würde ich warten, bis Ihr ihm begegnet seid, Liebes«, riet ich ihr. »Und ich würde ihm an Eurer Stelle nicht den Rücken zuwenden. Er hat viel für die Damenwelt übrig und es fällt ihm schwer, seine Hände bei sich zu behalten.«

»*Wirklich?*« meinte sie schelmisch. »Was für eine interessante Vorstellung.« Wie es aussah, war Asrana schlimmer, als ich gedacht hatte.

»Habt Ihr meinen Bogenschützen beschafft, Mangaran?« wollte ich vom Grafen wissen.

»Jawohl, Lady Polgara«, entgegnete er. »Er heißt Lammer, und trifft auf hundert Schritt durch ein Nadelöhr.«

»Gut. Ich werde mit ihm reden, ehe wir losschlagen.«

»Ach –«, machte Mangaran ein wenig zögernd, »wann genau wird das denn sein, Lady Polgara?«

»Wenn ich am heutigen Abend den Thronsaal betrete, Lord Mangaran. Das wird unser Zeichen zum Losschlagen sein.«

»Ich werde auf Euch achten«, versprach Mangaran.

»Tut das. Und nun an die Arbeit.«

Ich wartete noch im Garten, bis sie gegangen waren. »In Ordnung, Vater«, sagte ich, an einen Zierzitronenbaum gewandt. »Du kannst jetzt herunterkommen.«

Er sah ein bißchen töricht aus, nachdem er heruntergeflattert war und seine wahre Gestalt angenommen hatte. »Woher wußtest du, daß ich in der Nähe war?« wunderte er sich.

»Ermüde mich nicht, Vater. Du weißt sehr genau, daß du dich nicht vor mir verstecken kannst. Ich weiß *immer*, wenn du in der Nähe bist.« Ich legte eine Pause ein. »Nun? Was hältst du davon?«

»Ich glaube, du riskierst eine Menge und gehst übereilt vor.«

»Ich muß schnell sein, Vater. Ich weiß nicht, was dieser Murgo noch in der Hinterhand hat.«

»Das ist genau der Schwachpunkt. Du baust deinen ganzen Plan auf den beiden auf, die gerade gegangen sind. Dabei kennst du sie erst seit heute morgen. Bist du dir sicher, daß man ihnen vertrauen kann?«

Ich bedachte ihn mit einem dieser langen, leidgeprüften Seufzer. »Ja, Vater«, antwortete ich, »ich bin mir sicher. Mangaran hat viel zu gewinnen, und in den hintersten Ecken seiner Persönlichkeit *sind* einige patriotische Regungen versteckt.«

»Was ist mit dem Mädchen? Ist sie nicht furchtbar flatterhaft?«

»Das ist nur eine Maske, Vater. Asrana ist äußerst klug, und sie hat mindestens so viel zu gewinnen wie Mangaran.«

»Ich kann dir nicht ganz folgen, Pol.«

»Ein Teil des arendischen Problems besteht darin, daß Frauen hier wenig mehr als Haustiere gelten. Asrana wird ihm helfen, die Herrschaft an sich zu reißen, und wenn Mangaran auf den Thron gekommen ist, wird sie in unmittelbarer Nähe der Macht sitzen. Nach der heutigen Nacht ist sie eine politische Kraft, mit der man hier in Asturien wird rechnen müssen. Das ist ihre einzige Möglichkeit, an die Macht zu kommen, und sie wird *nichts* tun, um diese Chance zu verschenken.«

Er blinzelte. »Vielleicht«, räumte er noch nicht restlos überzeugt ein.

»Vertrau mir, Vater. Machst du es?«

»Was?«

»Hältst du morgen diese Rede?«

»Warum hältst du sie nicht selber?«

»Erinnerst du dich daran, was ich soeben bezüglich Haustieren gesagt habe? Wir sind hier in Arendien, Vater. Kein arendischer Mann wird einer Person zuhören, die einen Rock trägt. Außerdem muß ich weiter nach Vo Mimbre und habe daher keine Zeit, einen Haufen halbbetrunkener asturischer Männchen davon zu überzeugen, daß ich weder ein Pudel noch eine gewöhnliche Hauskatze bin. Sieh es so, Vater. Wenn du die Rede hältst, kannst du all den Erfolg meiner Arbeit abschöpfen – und mußtest dir nicht einmal die Hände schmutzig machen.«

»Ich laß es mir durch den Kopf gehen. Warum erlaubst du diesem dummen Ding, dich ›Polly‹ zu nennen? Wenn *ich* das wagen würde, würdest du meinen Bart in Brand stecken!«

»Ja, ganz richtig, also denk nicht einmal dran. Um ehrlich zu sein, ich war mir Asranas Engagement nicht völlig sicher, bis sie mich so nannte. Nachdem sie das einmal getan hatte, wußte ich, daß ich sie in der Tasche hatte.«

»Könntest du mir das wohl etwas genauer erklären?«

»Sie drängt sich vor, Vater. Asrana drängt sich *immer* vor. Ich lasse es ihr durchgehen, um sie genau dahin zu bekommen, wo ich sie haben will.«

»Ich werde die Frauen *nie* verstehen.«

»Wahrscheinlich nicht, nein. Oh, bevor du damit anfängst, diese Rede aufzusetzen, könntest du mir wohl noch einen Gefallen tun?«

»Schon möglich. Was willst du?«

»Oldorans Leibwächter befinden sich gerade beim Abendessen. Stell etwas mit ihrem Wein an. Ich möchte, daß sie sturzbetrunken und kurz vor dem Umkippen sind, wenn sie ihren Dienst antreten.«

»Ich dachte immer, du hieltest nichts vom Trinken.«

»Dies ist ein Ausnahmefall, Vater, und Ausnahmefälle erlauben uns, die Regeln ein klein wenig zu beugen. Ich möchte das Blutvergießen heute abend so gering wie möglich halten. Es ist wichtig, daß Oldorans Thronenthebung einen eher verwaltungsmäßigen als militärischen Anstrich erhält.«

»Du bist sehr geschickt in diesen Dingen, Pol.«

»Danke, Vater. Und jetzt geh bitte in die Wache und mach die herzogliche Leibgarde kampfuntauglich. Dann setzt du dich an deine Rede, während ich den Regierungsumsturz weiter vorbereite.«

Kurz nach dem Abendessen näherte sich mir ein kräftiger Bauer mit schüchternem Gebaren. »Lord Mangaran trug mir auf, mit Euch zu sprechen, Mylady«, begann er unterwürfig. »Er sagte, Ihr wolltet jemandem eine Botschaft schicken. Ich soll sie für Euch überbringen. Ich heiße Lammer.«

Das klang ein bißchen mysteriös – es *war* schließlich eine Verschwörung –, aber ich verstand, was er mir sagen wollte. »Bist du ein guter Bote?« fragte ich.

»Es gibt keinen besseren in Asturien, Mylady. Möchtet Ihr eine Demonstration?«

»Ich vertraue deinem Wort, Lammer. Ich möchte, daß meine Botschaft sein Gehirn in einem ganz bestimmten Augenblick erreicht.«

»Das läßt sich einrichten, Mylady.« Er zwinkerte. »Ich werde auf der rechten Seite der Galerie oben im Thronsaal sein«, teilte er mir mit. »Ich schicke die Botschaft auf den Weg und bin schon wieder halb die Treppe zur Galerie herunter, ehe sie sein Gehirn erreicht.«

»Ausgezeichneter Bursche. Ich ziehe mich jetzt um, und dann werde ich mich in den Thronsaal begeben. Überbringe meine Botschaft, sobald ich die Halle betrete.«

»Jawohl, Mylady.« Er hielt inne. »Ähm –«, sagte er. »Wer? Ich meine, wer soll die Botschaft erhalten?«

Ich ließ es ihn wissen, und ein angedeutetes Lächeln spielte um seine Lippen. Dann machte ich mich auf zu Asranas Gemächern, um mein Kleid zu wechseln. Ich wählte das Gewand, das ich auf Beldarans Hochzeit getragen hatte. Es war natürlich auffällig genug, um jedermanns Aufmerksamkeit auf mich zu lenken, und es war mir sehr vertraut, da ich Arell bei jedem einzelnen Stich zugesehen hatte.

Nein, selbstver*ständlich* hatte ich es nicht aus Arendien mitgebracht. Es hing noch immer in meinem Schrank in Vaters Turm. Ich *habe* eben gewisse Vorteile.

Asrana kam herein, als ich gerade mein Haar hochsteckte. »Meine Güte, Polly!« sagte sie. »Was für ein hinreißendes Kleid! Aber ist es nicht einen Hauch zu gewagt?«

»Das ist beabsichtigt, Asrana«, erklärte ich. »Wenn ich diesen Thronsaal betrete, werden alle möglichen Dinge geschehen, und ich möchte dafür sorgen, daß alle Augenpaare auf mich gerichtet sind.«

»Oh, dessen könnt Ihr Euch gewiß sein, Polly. Es mag aber den Plan gefährden. Alle werden Euch verzückt anstarren und darüber vergessen, die Regierung zu stürzen.«

»Es wird etwas geschehen, das sie wieder daran erinnert, Liebes«, versicherte ich ihr. »Nun sucht Mangaran für mich. Schickt ihn her, und dann begebt Euch in den

Thronsaal. Geht umher und sagt unseren Leuten, sie sollen sich bereithalten. Sobald ich den Thronsaal betreten habe, wird alles sehr schnell gehen.«

»Könntet Ihr wohl etwas genauer werden?«

»Nein, ich denke nicht. Ich will alle überraschen. Mögt Ihr etwa keine Überraschungen?«

»Nicht, wenn ich mitten in einer Verschwörung stecke. Dann nicht.« Sie warf einen Blick auf die Anrichte, wo mehrere Dekantierflaschen standen.

»Nein!« untersagte ich ihr mit strenger Stimme. »Denkt nicht einmal daran! Ich will, daß Ihr heute nacht einen klaren Kopf habt.«

»Meine Nerven sind ein wenig angespannt, Polly.«

»Gut. So will ich es haben. Dämpft Eure Anspannung nicht, Asrana. Und jetzt eilt Euch.«

Sie verließ das Zimmer, und wenige Augenblicke später pochte Mangaran an die Tür. »Ihr wolltet mich sehen, Mylady?«

»Ja. Kommt herein und schließt die Tür.«

Er tat, wie geheißen.

»Begebt Euch von hier unverzüglich in den Thronsaal, Mylord«, wies ich ihn an. »Bahnt Euch einen Weg durch die Menge, bis Ihr etwa fünf Fuß vom Thron entfernt seid. Oldoran *ist* doch da, oder?«

Er nickte. »Nach dem Abendessen kam er halbwegs wieder zu Bewußtsein, und seine Diener halfen ihm auf den Thron. Seine Augen sind offen, aber ich bezweifle, daß er viel wahrnimmt.«

»Gut. Sobald ich den Thronsaal betrete, wird etwas ziemlich Erschreckendes passieren. Ich werde ein paar Befehle rufen, und Ihr werdet sie befolgen. Wir schaffen den Herzog aus dem Thronsaal. Es wird *aussehen,* als geschehe es zu seinem Schutz, aber in Wahrheit ist es ein Vorwand, ihn auf den Weg ins Kloster zu schicken. Ich werde in das Zimmer kommen, in das Ihr ihn bringt, und ihm eine kurze medizinische Untersuchung angedeihen lassen, und dann gehen wir wieder hinaus und geben eine Erklärung ab, daß er sich ›aus gesundheitlichen Gründen‹ zurückzieht. An diesem Punkt werdet Ihr die Regierung übernehmen. Versucht, bedauernd zu klingen.«

»Was *genau* wird geschehen, Lady Polgara?«

»Das müßt Ihr nicht wissen, Mylord. Ich möchte, daß Eure Reaktionen völlig natürlich wirken. Wenn ich Euch überrasche, werden sie das. Ich werde Euch Anweisungen erteilen, also befolgt sie. Sie werden unter den gegebenen Umständen vernünftig sein, so daß niemand Eure Handlungsweise in Frage stellen wird. Und jetzt begebt Euch in den Thronsaal. Auch ich treffe in wenigen Minuten dort ein, und dann geht es los.«

Ich möchte, daß ihr alle zur Kenntnis nehmt, daß ich so viele Einzelheiten wie möglich für mich behalten habe. Arender haben einen Hang, unbedingt helfen zu wollen, und ich wollte verhindern, daß irgend jemand genau im falschen Moment vortrat und mir seine Hilfe anbot.

Bevor ich Asranas Gemächer verließ, wartete ich einen langen Augenblick, um Ruhe in mir zu sammeln. Es gab eine Menge Dinge für mich in exakt dem Moment zu tun, wenn Lammers Botschaft ihr Ziel erreichte. Sehr wenige Leute im Thronsaal waren mit unserem kleinen Komplott vertraut, und ich mußte jedermanns Gedanken in eine bestimmte Richtung lenken. Ich wollte ihnen keinen Raum für Spekulationen lassen. Alle sollten das Ereignis, das stattfinden würde, auf eine bestimmte Weise auslegen.

Dann holte ich noch einmal tief Luft und trat auf den Gang, der zum Thronsaal führte.

In der düsteren Eingangshalle zum großen Saal blieb ich kurz stehen, um mich zu vergewissern, daß jeder seinen Platz eingenommen hatte. Mangaran befand sich links vom Thron. Oldoran, den Blick leer und stumpf, saß auf seinem gewohnten Platz. Der Murgo in dem gelben tolnedrischen Mantel stand mit scheinbar gelangweilter Miene hinter dem rechten Ellbogen des berauschten Herzogs. Seine Augen hingegen bewegten sich ständig. Lammer vermochte ich oben auf der dunklen Galerie nicht zu entdecken, aber das sollte ich ja auch nicht. Ich schickte einen kurzen Suchgedanken aus, dann entspannte ich mich. Lammer war dort, wo er sein sollte. Die leichtfertige Asrana befand sich nicht weit vom Thron entfernt, und sie sprühte nur so vor Lebenslust. Die Spannung des Augenblicks hatte sie noch munterer als gewöhnlich gemacht.

Alles war also an seinem Platz. Wir waren bereit.

Ich trat durch das Portal und hielt inne, den Blick unmittelbar auf den Burschen im gelben Mantel neben dem Herzog gerichtet. Krachack hatte mich im selben Moment erkannt, als er mich erblickt hatte, und ich hoffte, daß *dieser* Murgo das ebenfalls täte.

Dann, während seine Augen ihm noch aus dem Kopf traten, schritt ich in den Raum, so daß jeder mich deutlich sehen konnte. Mein Gewand war dazu geschaffen, Aufmerksamkeit zu erregen, und es funktionierte noch immer. Köpfe fuhren herum. Leute brachen ihre Gespräche mitten im Satz ab, um mich anzustarren. Lammers Bogensehne schwirrte.

Der Pfeil mit der Stahlspitze machte ein knirschendes Geräusch, als er sich mitten in die Stirn des Murgos grub. Die Entfernung war nicht sehr groß, und Lammers Bogen stabil gebaut. Der Pfeil bohrte sich durch das Gehirn des Murgos und trat an seinem Hinterkopf einen Fuß weit heraus. Er *sah* ein bißchen merkwürdig aus mit den Pfeilfedern, die seine Stirn schmückten. Sein Körper wurde steif, und er bäumte sich auf.

»*Mörder!*« rief ich, wobei ich meiner Stimme solche Kraft verlieh, daß mich wahrscheinlich noch die Wächter auf den Zinnen hörten. »Bringt den Herzog in Sicherheit!«

Und *so* stürzte ich die Regierung von Asturien. Ein

Pfeil, ein Schrei, und alles war vorbei. Die guten Ideen sind immer einfach.

Der falsche Tolnedrer taumelte noch langsam nach hinten, als Mangaran sich auch schon in Bewegung setzte. »Zum Herzog!« brüllte er. »Schirmt ihn mit euren Körpern!«

Zuerst hielten die erschrockenen Höflinge sich vornehm zurück. Die Möglichkeit weiterer Pfeile war nicht auszuschließen, und nur sehr wenige in dem Saal hatten Oldoran *so* gern. Doch Mangaran hatte sich bereits mit seinem Körper über den verwirrten Herzog geworfen, und andere hasteten herbei, um es ihm gleich zu tun. Andere Höflinge zückten ihre Schwerter und sahen sich nach jemandem um, den sie durchbohren konnten.

Asrana kreischte in einem meisterhaft inszenierten hysterischen Anfall.

Rasch umging ich die Menge und eilte in Richtung der Tür hinter dem Thron. »Hier entlang, Mylord Mangaran!« rief ich. »Bringt den Herzog hierher! Der Rest von euch bewacht diese Tür! Hier ist Verrat am Werk!« Das wollte ich doch ein für allemal klarstellen.

Dann setzte ich dem bestürzten Oldoran eine häßliche Illusion direkt vor die Augen, und *er* war der einzige, der sie sehen konnte. Er begann in höchstem Entsetzen zu kreischen und zu schnattern, als mehrere Höflinge ihn unsanft hochrissen und Graf Mangaran zu der Tür folgten, in der ich stand. Ich verstärkte die Illusion vor den herzoglichen Augen, und sein Kreischen wurde immer lauter, während er sich loszureißen versuchte. Ich wollte unter allen Umständen, daß dieses Kreischen anhielt.

»Soll ich jetzt die Erklärung abgeben?« murmelte Graf Mangaran mir zu, während er die Schar von Männern, die den Herzog trugen, durch die Tür winkte.

»Noch nicht«, gab ich zurück. »Laßt ihn noch ein Weilchen kreischen. Ich bin in wenigen Minuten bei Euch, um ihn zu untersuchen.« Ich ließ sie durch die Tür, um diese dann entschlossen zuzuziehen und mich mit dem

Rücken dagegenzustemmen. »Findet den Mörder!« befahl ich. »Bringt ihn zur Strecke!«

Jetzt hatte jeder, der nicht mit der Bewachung der Tür beschäftigt war, etwas zu tun. Eine rasche Gedankensuche hatte ergeben, daß Lammer das Palastareal bereits verlassen hatte und mehrere Straßenzüge entfernt in einer Taverne saß. Die Sucher *fanden* oben auf der Galerie indes seinen Bogen und einen Köcher mit Pfeilen. Lammer, befand ich, hatte seine Aufgabe bravourös verrichtet.

Nicht *jeder* im Thronsaal schloß sich allerdings der ziellosen Suche nach dem geheimnisvollen Bogenschützen an. Etwa ein halbes Dutzend bestürzter asturischer Edelleute hatte sich um die Leiche des toten Murgos versammelt. Einige von ihnen rangen sogar die Hände, einer weinte unverhüllt. Ich zog Asranas Aufmerksamkeit auf mich und lockte sie mit gekrümmtem Finger her.

Sie kam unverzüglich. »Ja, Polly?« fragte sie.

»*Laßt dieses dumme Grinsen sein, Asrana*«, befahl ich ihr, und ich sagte es *nicht* mit Worten.

»Wie könnt Ihr –«, schrak sie zusammen.

»*Pst. Hört zu, sagt nichts. Behaltet die Namen all jener Männer bei der Leiche am Thron gut im Gedächtnis. Das sind diejenigen, auf die wir acht geben müssen.*« Dann sprach ich laut mit ihr – laut genug, daß die die Tür bewachenden Höflinge es hören konnten. »Beruhigt Euch, meine Liebe«, riet ich ihr. »Der Herzog ist in Sicherheit, und Graf Mangaran ist bei ihm.«

»Ist er verletzt?« erkundigte sie sich. Sie zuckte zusammen, als Oldoran ein besonders durchdringendes Kreischen hören ließ.

»Er ist verwirrt, Asrana. Der Schock dieses Anschlags auf sein Leben hat ihn ein wenig aus dem Gleichgewicht gebracht, fürchte ich. Hier. Nehmt meinen Platz vor der Tür ein. Verteidigt sie mit Eurem Leben gegen jeden, der hindurchzukommen versucht!«

Sie reckte das Kinn vor und nahm eine heroische

Pose ein. »Das *werde* ich!« erklärte sie. »Erst müssen sie mich in Stücke reißen und meinen letzten Tropfen Blut vergießen. Hier kommt *niemand* vorbei!«

»Braves Mädchen«, murmelte ich. Dann öffnete ich die Tür und begab mich in das kleine Vorzimmer, in dem der Herzog sich seinem hysterischen Anfall hingab. Ich zog Mangaran auf die Seite. »In Ordnung, Mylord«, raunte ich ihm zu. »Teil eins ist abgeschlossen. Nun ist es Zeit, zu Teil zwei überzugehen.«

»Habt Ihr noch weitere Überraschungen im Ärmel, Polgara?« flüsterte er zurück. »Ich habe beinah die Fassung verloren, als Federn aus der Stirn dieses Murgos sprossen.«

»Dacht ich's mir doch, daß es Euch gefallen würde. Ich werde jetzt den Herzog untersuchen, und meine Diagnose wird lauten, daß er vorübergehend den Verstand verloren hat.«

»Vorübergehend?«

»Es handelt sich um eine vorläufige Diagnose, Mangaran. Sie wird uns als Vorwand dienen, um ihn ins Kloster zu schaffen. Wir ziehen lange Gesichter und lassen später etwas von unheilbaren Folgeschäden verlauten. Ihr werdet meine Identität enthüllen müssen, Mylord, wenn Ihr Eure Erklärung angebt. Stellt mich vor, und ich werde dem Hof meinen Befund mitteilen. Mein Name ist bekannt genug, daß niemand Einspruch erheben sollte. Danach werde ich erklären, daß der Herzog einen ruhigen, sicheren Ort braucht, an dem er sich erholen kann, darauf schlagt *Ihr* das Kloster vor. Es ist der perfekte Ort – Frieden, Ruhe, Sicherheit und jede Menge Mönche, die sich um seine Bedürfnisse kümmern können. Wir sollten es jetzt hinter uns bringen, Graf Mangaran. Ich will ihn in diesem Kloster wissen, ehe die Gesellschaft bei Baron Torandin aufbricht. Ich möchte jegliche Diskussion bezüglich möglicher Alternativen vermeiden. Wenn der Herzog erst einmal hinter den Klostermauern weilt, können wir uns dagegen verwahren, ihn zu verlegen unter dem Vorwand, es sei zu gefährlich.«

»Ihr habt wirklich an alles gedacht, nicht wahr, Polgara?«

»Ich habe mich bemüht, gewiß. Seht bekümmert aus, wenn ich Seine Gnaden untersuche.«

»Warum sollte ich mir Sorgen machen? Ihr habt doch an alles gedacht.«

»*Heuchelt* Besorgnis, Mangaran. So, und nun ans Werk.«

Oldoran glotzte noch immer angsterfüllt die Illusion an, die ihm seine Augen vorgaukelten. Er schnatterte vor Entsetzen, als ich mich über ihn beugte, um ihn zu untersuchen. Sein Atem roch scharf, und sein ganzer Körper strömte den fauligen Dunst des notorischen Trinkers aus. Ihm so nahe zu kommen, war nicht eben angenehm. Seine derzeitige Verfassung in Rechnung gestellt, mußte ich bei der Erkundung seines Geistes nicht allzu vorsichtig vorgehen. Wenn ich mich recht entsinne, war ohnehin nicht mehr viel davon übrig. Dann setzte ich meine Untersuchung fort, indem ich systematisch die wichtigsten inneren Organe überprüfte. Seine Leber war nur noch ein kümmerlicher Rest ihrer einstigen selbst, und seine Nieren standen im Begriff, endgültig die Arbeit einzustellen. Die Arterien waren fast vollständig verstopft, und das Herz würde ihm bald den Dienst versagen. Meine ursprüngliche Einschätzung, er habe noch höchstens sechs Monate zu leben, erwies sich möglicherweise als ein bißchen zu optimistisch.

»Sehr wohl, Lord Mangaran«, erklärte ich mit Rücksicht auf die anderen in dem Zimmer in nüchternem Tonfall. »Ich habe meine Untersuchung abgeschlossen. Der Zustand seiner Gnaden ist ernst – höchstwahrscheinlich sogar kritisch. Er benötigt völlige Ruhe. Bis zu seiner Genesung muß ein anderer seine Pflichten wahrnehmen.«

»Ich werde den Hof davon in Kenntnis setzen, Mylady«, versicherte er mir. Er sprach ebenfalls für die anderen in dem Raum. »Aber ich bin kein Arzt. Dürfte ich Euch ersuchen, dem Hof den Gesundheitszustand Seiner Gnaden zu schildern?«

»Selbstverständlich, Mylord.« Dann stellten wir uns dem Tumult im Thronsaal, nicht ohne die Tür einen Spalt offenstehen zu lassen, so daß man Oldorans Kreischen dort auch richtig hören konnte.

Mangaran schritt zum Thron, warf einen flüchtigen Blick auf den ausgestreckt am Boden liegenden Murgo in dem tolnedrischen Mantel und erhob die Stimme, um sich an die Menge zu wenden. »Mylords und Myladys«, begann er im Tonfall gespielter Besorgnis, »der Zustand Seiner Gnaden ist, wie ich fürchte, weitaus ernster, als wir dachten. Der Schock dieses verabscheuungswürdigen Anschlags auf sein Leben hat eine Krankheit zum Ausbruch gebracht, die keiner von uns vermutet hatte.« Er setzte eine Miene des Bedauerns auf. »Ich bin nicht sehr bewandert in der Funktionsweise des menschlichen Körpers«, gab er zu. »Ich weiß nicht genau, auf welchen Bahnen mein Blut durch meinen Körper strömt. Glücklicherweise zählt einer der Gäste in Vo Astur zu den besten Ärzten der Welt. Sie hat Seine Gnaden untersucht und gewisse Schlüsse gezogen, die uns mitzuteilen sie sich bereit erklärt hat. Der Ruf besagter Dame ist so groß, daß gewiß die meisten von Euch bereits von ihr gehört haben. Mylords und Ladies, darf ich Euch Lady Polgara vorstellen, die Tochter Belgarath' des Zauberers.«

Es gab die üblichen Laute des Erstaunens – und der Ungläubigkeit –, gefolgt von zweifelhaftem Applaus.

Ich trat an Mangarans Seite. »Mylords und Ladies«, begann ich. »Ich hatte nicht beabsichtigt, meine Anwesenheit hier am Hof von Vo Astur publik zu machen, doch die augenblickliche Krise zwingt mich, mein Inkognito aufzugeben und Euch gewisse Dinge zur Kenntnis zu bringen. Seine Gnaden ist ernsthaft erkrankt, und dieser herzlose Angriff auf sein Leben hat seinen Gesundheitszustand auf ernstzunehmende Weise verschlechtert.« Ich legte eine Pause ein – vielleicht ein bißchen theatralisch, nehme ich an. »Wie Ihr hören könnt, ist der

Herzog im Augenblick ein wenig außer sich.« Ich warf einen Blick in Richtung der Tür, hinter der Oldoran noch immer kreischte. »Seine Gnaden leidet an einer seltenen Krankheit namens interstitielle konjunktive Morbialis, die nicht nur den Körper, sondern auch den Geist in Mitleidenschaft zieht. Seine Gnaden steht unmittelbar vor dem physischen und mentalen Kollaps.«

Macht euch nicht die Mühe, auf der Suche nach der ›interstitiellen konjunktiven Morbialis‹ medizinische Nachschlagwerke zu wälzen. Ihr werdet sie nicht finden, denn sie ist purer Unfug, den ich in genau diesem Moment erfunden habe.

Aber es klingt schön grauenhaft, findet ihr nicht auch?

»Besteht Hoffnung auf Heilung, Lady Polgara?« fragte Asrana mich.

»Das vermag ich nicht mit Sicherheit zu sagen«, erwiderte ich. »Das Leiden ist so selten, daß es vermutlich nicht mehr als ein halbes Dutzend Fälle gegeben hat, seit das Übel vor mehr als einem Jahrhundert entdeckt wurde.«

»Welche Behandlungsmethoden würdet Ihr empfehlen, Lady Polgara?« verlangte Mangaran von mir zu erfahren.

»Der Herzog braucht absolute Ruhe«, erklärte ich. »Ich rate dazu, ihn aus dem Palast und an einen sicheren Ort zu verbringen, wo er sicher vor weiteren Anschlägen auf sein Leben und ungestört ist. Wenn er hier im Palast bleibt, werden die Staatsgeschäfte ihn unweigerlich belasten, und er wird sterben.«

»*Sterben?*« keuchte Asrana. »*So* ernst steht es um ihn?«

»Vermutlich noch ernster«, entgegnete ich. »Sein Leben hängt an einem seidenen Faden.« Ich wandte mich an Graf Mangaran. »Gibt es hier in der Nähe einen Ort, wohin Seine Gnaden zum Zwecke seiner Genesung verbracht werden kann?« fragte ich. »Ein Ort, wie ich ihn gerade beschrieben habe?«

»Nun –« Er sagte es mit einem Anflug von Zweifel in der Stimme. »Etwa eine Stunde zu Pferde von hier gibt es ein Kloster, Lady Polgara. Es besitzt hohe Mauern, und die Mönche dort verbringen den größten Teil ihres Lebens in stummer Meditation. Dort ist es sicher, ganz bestimmt, und es *ist* ruhig.«

Ich tat so, als müsse ich darüber nachdenken. »Es *könnte* unseren Zwecken dienen.« Ich wollte nicht zu begeistert klingen.

»Und wer wird während Seiner Gnaden Genesung seine Aufgaben übernehmen?« warf einer der ›Patrioten‹ ein.

Asrana trat vor. »Ich bin nur eine törichte Frau«, sagte sie, »aber mir will es scheinen, als *habe* jemand dies bereits getan. Graf Mangaran hat offenbar alles unter Kontrolle. Da er bereits freiwillig die Angelegenheiten regelt, sollten wir ihn bitten, während der vorübergehenden Unpäßlichkeit des Herzogs die Dinge in die Hand zu nehmen.«

»Ja«, pflichtete ihr ein älterer Edelmann bei, einer der Eingeweihten. »Mangaran ist meiner Ansicht nach vortrefflich dazu geeignet. Der Herzogliche Rat wird die Angelegenheit noch erörtern wollen, aber in der Zwischenzeit schlage ich vor, daß der Graf weiterhin die Entscheidungen treffen sollte. Schließlich *haben* wir die Waciter an unserer Ostgrenze stehen. Wir wollen vermeiden, irgendwelche Zeichen von Parteienhader oder Schwäche zu zeigen, die sie zum Angriff ermutigen könnten.«

Mangaran seufzte. »Wenn es der Wille des Hofs ist –« Es gelang ihm sogar, widerwillig zu klingen.

Der immer noch schnatternde Herzog wurde etwa eine Stunde, ehe die Gesellschaft in Baron Torandins Haus sich ihrem Ende zuneigte, in eine Kutsche verfrachtet, um seine Reise zum Kloster anzutreten. Den toten Murgo ließen wir liegen, wo er gestorben war, um die heimkehrenden Gäste davon zu überzeugen, daß tatsächlich ein Attentatsversuch stattgefunden hatte. Mit einigen wenigen Ausnahmen stimmten alle Höflinge zu, daß Mangaran an Oldorans Statt die Geschäfte weiterführen sollte.

Es dämmerte schon beinah, als ich ins Bett fiel, um noch ein paar Stunden zu schlafen.

»Interstitielle konjunktive Morbialis?« fragte Vaters Stimme milde. *»Was ist denn das, Pol?«*

»Es kommt nur sehr selten vor, Vater.«

»Das muß es auch. Ich glaube nicht, daß ich schon einmal davon gehört habe.«

»Vermutlich nicht. Dies ist der erste Fall, der mir je begegnet ist. Geh weg, alter Mann. Laß mich ein bißchen schlafen. Ich werde dich rufen, wenn es Zeit ist, daß du deine Rede hältst.«

Unser Staatsstreich war glatt über die Bühne gegangen. Die kleine Opposition, die es überhaupt gab, war durch die Geschwindigkeit, mit der wir vorgegangen waren, in völlige Auflösung geraten. Das überraschende Auftreten von Belgarath dem Zauberer um die Mitte des nächsten Morgens im Thronsaal meißelte unsere Vorkehrungen sozusagen in Stein. Vater, der ewige Schauspieler, schritt in den Thronsaal, bekleidet mit einer fast strahlend weißen Robe. Er trug einen Stab, von dem die leichtgläubigen Asturier annahmen, er könne mit seiner Hilfe Wälder roden, Bergkuppen absprengen und ganze Generationen in Krötenregimenter verwandeln. Vater nahm natürlich den gesamten Ruhm für sich in Anspruch, und dann legte er den Versammelten nahe, es sei *seine* Entscheidung gewesen, daß Graf Mangaran die Zügel der Herrschaft übernommen habe.

Der tote Murgo, der Herzog Oldorans Leben zerstört hatte, wurde mit Lammers Pfeil durch den Kopf begraben. Da die meisten seiner Handlanger Angarakaner und somit unfähig waren, eigene Entscheidungen zu treffen, mußten sie auf neue Anweisungen aus Rak Cthol warten. Ctuchik hatte in letzter Zeit fast nur schlechte Nachrichten hören müssen, und ich war fest entschlossen, nach Vo Mimbre zu gehen und ihm weitere zu schicken.

Vater, Mangaran, Asrana und ich trafen uns in Asranas Quartier, nachdem alles geregelt war, um unsere Optionen zu diesem Zeitpunkt zu erörtern. »Möglicherweise stimmt mein Vater mir nicht zu«, begann ich, »aber ich glaube, unser nächster Schritt sollte darin bestehen, Kathandrion von Vo Wacune ein Friedensangebot zu unterbreiten. Laßt uns diesen blödsinnigen Krieg beenden.« Ich schaute Vater an. »Irgendwelche Einwände?« fragte ich.

»Das hier ist deine Party, Pol«, antwortete er achselzuckend. »Tu, was du willst.«

»Das hatte ich auch vor, Vater.« Mit hochgezogener Augenbraue sah ich zu Mangaran und Asrana hinüber. »Ich reise weiter nach Vo Mimbre«, erklärte ich ihnen. »Versucht nicht, während meiner Abwesenheit eigenmächtig zu handeln. Beobachtet Oldorans Verwandte und jenes halbe Dutzend Höflinge, die der plötzliche Sturz dieses Burschen in dem tolnedrischen Mantel so aus der Fassung gebracht hat. Vermutlich schleichen hier noch andere Murgos herum, und ich glaube, sie werden sich ebenfalls als Tolnedrer ausgeben, wenn sie sich bei Hofe zeigen. Die beste Art, sich auf das angeblich Vorläufige der ganzen Geschichte zu stützen. Theoretisch haltet Ihr Oldoran ja nur den Thron warm, bis er wieder genesen ist, Mylord Mangaran. Behauptet, Ihr besäßet nicht die Berechtigung, Verträge abzuschließen oder mehr als formlose Absprachen zu treffen. Erzählt ihnen, sie müßten sich bis zur Genesung des Herzogs gedulden. Das sollte die Dinge für ein halbes Jahr in der Schwebe halten. Ctuchiks Plan besitzt feste Zeitvorgaben, denke ich, und eine erzwungene Verzögerung von sechs Monaten dürfte ihn empfindlich stören. Die Dagashi werden auf der Stelle treten müssen, ganz im

Gegensatz zu mir. Ich werde in der Lage sein, die Vorgänge in Vo Mimbre anzuhalten, und sie können nichts dagegen unternehmen.«

»Habt *Ihr* ihr beigebracht, so verschlagen zu sein, Heiliger Belgarath?« wandte Mangaran sich an meinen Vater.

»Nein«, gab der zur Antwort. »Das scheint eine angeborene Begabung bei ihr zu sein. Trotzdem, ich bin furchtbar stolz auf sie.«

»War das tatsächlich ein Kompliment, Vater?« staunte ich. »Ich falle gleich in Ohnmacht!«

Asrana hatte meinen Vater mit einem forschenden Blick gemustert.

»Das ist ein schrecklicher Fehler, Liebes«, warnte ich sie. »Ihr solltet Euch nicht näher mit ihm einlassen, glaubt mir.«

»Ich kann auf mich selber aufpassen, Polly«, sagte sie, ohne den Blick von meinem Vater zu nehmen.

»Ach du liebe Güte!« seufzte ich. Dann warf ich die Hände hoch und brach nach Vo Mimbre auf.

Kapitel 15

Mein Vater schlug vor, ich solle in Vo Mandor haltmachen und auf meiner Reise in den Süden mit dem derzeitigen Baron sprechen. So ritten Lady und ich durch die weite, waldlose Ebene des mimbratischen Herzogtums. Selbst zu jener Zeit war das Land auf bedrückende Weise mit den Ruinen von Städten, Dörfern und einsamen Burgen übersät. Ich bin sicher, daß auch Asturien und Wacune voll von Erinnerungen an die Torheiten der Vergangenheit waren, aber die alten Wunden der beiden nördlichen Herzogtümer moderten unauffällig in den Wäldern vor sich hin. In Mimbre hingegen waren die grauen, steinernen Skelette der Burgen und Dörfer schmerzlich sichtbar und eine ständige Mahnung an die traurige Geschichte Arendiens. Manch einer, der durch die Ebenen von Mimbre zieht, findet die Ruinen pittoresk und romantisch, aber das ist für gewöhnlich lange nachdem der Rauch und Gestank verweht und der Regen das Blut weggespült hat.

Es bestand keine große Gefahr, daß Mandorallens Stammsitz sich jemals zur Schar der namenlosen Ruinen aus den Zeiten des Bürgerkriegs gesellen würde. Vo Mandor war wohl das, was unsere Vorfahren im Sinn gehabt haben müssen, als sie den Begriff ›unbezwingbar‹ prägten. Es thronte auf der Spitze einer felsigen Hügelkuppe, und im Verlauf seiner Entstehung hatten die Architekten die Flanken dieses Hügels weggeschlagen, um das notwendige Baumaterial zu erhalten. Das Ergebnis war eine Festung auf einer hochaufragenden Felsnadel mit senkrecht abfallenden, mehrere hundert Fuß hohen Felswänden, die jeder Eroberung spottete –

gewiß, es wurden Versuche unternommen, Arender sind nun einmal, wie sie sind …

Während ich darüber nachdachte, kam ich zu dem Schluß, daß die Beschaffenheit ihres Stammsitzes eine bedeutende Rolle in der Herausbildung des Charakters dieser langen, ununterbrochenen Linie von Baronen von Vo Mandor gespielt haben muß. Wenn man mit der Überzeugung aufwächst, man sei unbezwingbar, wird man vermutlich ein wenig unbesonnen.

Die Stadt Vo Mandor umgab die mauerbewehrte Festung des Barons, und auch die Stadt wurde durch eine eigene Mauer geschützt. Man erreichte sie über einen langen, steilen Damm, der von vielen Zugbrücken unterbrochen wurde. Sie dienten dazu, im Belagerungsfall den Zugang zu sperren. Alles in allem war Vo Mandor einer der eher finsteren Flecken dieser Erde.

Der Blick von oben war indes wundervoll.

Mandorin, der damalige Baron, war ein kräftiger Witwer Mitte Vierzig. Er hatte mächtige Schultern, silber gesträhntes dunkles Haar und einen schön gestutzten Bart. Seine Manieren waren ausgezeichnet. Wenn er sich verneigte, glich es einem Kunstwerk, und seine Sprache war so sehr mit Komplimenten verbrämt, daß er oftmals mehr als eine Viertelstunde brauchte, um einen einzigen Satz zu Ende zu bringen.

Dennoch mochte ich ihn. Ist das nicht merkwürdig? Vielleicht ist es ein Charakterfehler von mir. Gute Manieren sind eine solche Seltenheit, daß ich wuchernde Satzungetüme und alle erdenklichen Verbeugungen und Kratzfüße ertrage, nur um der gedankenlosen Unhöflichkeit zu entgehen, die in der übrigen Welt gang und gäbe ist.

»Mylady Polgara«, begrüßte mich der kastanienbraun gekleidete Baron im Hof seiner grimmigen Feste, »die Mauern meines armseligen Hauses erbeben bis in ihre Grundfesten im Angesicht der geschätzten Gegenwart der höchsten Dame dieser Welt, und doch will es mich bedünken, als sei dies alles nichts im Vergleich zu den majestätischen Bergen, welche anläßlich der überwältigenden Empfindung, Euch vorbeischweben zu sehen, von heftigen Fieberkrämpfen ergriffen und bis in die Eingeweide der Erde hinunter erschüttert worden sein müssen.«

»Fürtrefflich gesprochen, Mylord«, beglückwünschte ich ihn. »Mit Freuden würde ich an diesem glücklichen Orte verweilen, um mehr und mehr Euren wohlgesetzten Worten zu lauschen, zwänge nicht bittere Notwendigkeit, die grausamste aller Herrinnen, mich zu unangemessener, ja gar unziemlicher Hast.« Auch ich habe meine arendischen Heldenepen gelesen, und wenn Baron Mandorin sich eingebildet haben sollte, er könne mich in Grund und Boden reden, so hatte er sich gründlich getäuscht. Im Laufe der Jahre habe ich gelernt, daß die beste Art, mit Arendern umzugehen, darin besteht, sie bewußtlos zu reden. Das einzige Problem hierbei ist, daß sie so gefühllos wie Steine sind, so daß man viel Zeit dafür braucht.

Schließlich geleitete Baron Mandorin mich in sein privates Studierzimmer, einen mit Bücherregalen gesäumten und mit blauen Teppichen und Vorhängen ausgestatteten Raum im Ostturm seiner Burg, und wir kamen zum Geschäftlichen – *nachdem* er mir ein Kissen geholt, um es mir zusätzlich zu den Polstern des Sessels in den Rücken zu schieben, einen Teller mit Naschwerk in Reichweite meiner Hand auf den blankpolierten, dunklen Holztisch gestellt, eine Kanne Tee bestellt und mir einen Schemel neben den Sessel gerückt hatte – nur für den Fall, daß ich müde Füße hätte.

»Kennet Ihr meinen Vater, Mylord?« fragte ich.

»Den Heiligen Belgarath?« antwortete er. »Fürwahr, Mylady, ich kenne ihn gut – erhöbe sich an dieser Stelle nicht die Frage, ob denn irgendein Mensch in dieser Welt eine solch herausragende Persönlichkeit überhaupt wahrhaft zu kennen vermag.«

»*Ich* kenne ihn, Mylord, und mein Vater ragt wahrlich nicht immer heraus. Manchmal hält er sich ganz schön krumm, aber wir schweifen ab. Mir ist zu Ohren gekommen – und meinem Vater ebenfalls –, daß hier in Arendien Zwist und Hader herrschen.«

Mandorin setzte eine betrübte Miene auf. »Das, werte Dame, ist die beiläufigste Zusammenfassung etlicher Äonen arendischer Geschichte, die zu vernehmen ich je das traurige Vergnügen hatte. Doch fürwahr, aus Zwist und Hader nährt sich das arendische Wesen.«

»Ja, das blieb mir nicht verborgen. In diesem besonderen Fall jedoch haben Zwist und Hader ihren Ausgang außerhalb der Grenzen dieses höchst unseligen Reiches genommen. Wacune wurde von Uneinigkeit zerrissen, und Asturien mußte jüngst den Sturz seiner Regierung hinnehmen.«

»Eure trefflichen Worte erwecken den Anschein, als seien diese Ereignisse bereits in die Annalen der Geschichte eingegangen, Mylady.«

»Fürwahr, Mylord, dem ist so.«

»Darf ich die törichte Vermutung hegen, es sei *Eure* liebreizende Hand gewesen, welche die Wogen der Mißgunst in den nördlichen Herzogtümern glättete?«

»Nun denn, ich hatte meinen Anteil daran«, räumte ich bescheiden ein. »Ich enthüllte Herzog Kathandrion von Wacune die wahre Herkunft eines fremden Aufwieglers und reiste sodann nach Vo Astur weiter und stürzte die Regierung des untauglichen Herzogs Oldoran. Nun bin ich nach Mimbre geeilet.«

»Ich vernehme einen gewissen unheilverkündenden Unterton in Euren edlen Worten, Mylady.«

»Grämet Euch nicht, Baron Mandorin. Euer Herz ist rein, und nichts habt Ihr von mir zu befürchten. Ich bezweifle, daß ich Gelegenheit erhalten werde, Euch in eine Kröte zu verwandeln oder Euch einige Meilen hoch in den leeren Gefilden der Luft schweben zu lassen.«

Er lächelte und neigte leicht sein Haupt. »Ich bitt Euch, Mylady«, sagte er, »dürft ich Euch wohl, ein Weilchen der Muße vorausgesetzt, um Unterweisung in der Kunst der höfischen Rede ersuchen?«

»Ihr macht das bereits recht gut, Mandorin«, eröffnete ich ihm in gewöhnlicher Redeweise. »Ihr braucht keine Lektionen. An die Arbeit jetzt. Sowohl in Wacune als auch in Asturien traten Männer in Erscheinung, die Tolnedrer zu sein *schienen*, es indes nicht waren. Sie boten Kathandrion und unabhängig davon Oldoran ein Bündnis mit Ran Vordue an und winkten ihnen als Preis für ihre Zustimmung mit der unangefochtenen Krone Arendiens. Wecket diese Schilderung zufällig in irgendeiner Weise Erinnerungen aus der jüngsten Vergangenheit in Euch auf?«

Die Frage war im Grunde überflüssig, denn sein Gesicht war aschfahl und seine Augen sehr groß geworden.

»Es klingt Euch vertraut, nehme ich an?«

»In der Tat, Mylady. Ein ähnlicher Vorschlag wurde unserem Herzog Corrolin unterbreitet.«

»Das dachte ich mir bereits. Gehöret Ihr zufällig zum Kreise der engsten Berater Herzog Corrolins?«

»Ich verfüge tatsächlich über einen Sitz im Kronrat«, gab er zu, »und muß gestehen, daß jenes verblüffende Bündnisangebot mit dem mächtigen tolnedrischen Kaiserreiche mich stark in Versuchung führte.«

»Ich glaube, ich benötige einige Details, Baron Mandorin. Bevor ich einen Gegner aus dem Sattel heben kann, muß ich wissen, welches Roß er reitet.«

Er dachte darüber nach, indem er offenbar einige der jüngst in Vo Mimbre eingetretenen Ereignisse neu bewertete. »Vor einigen Monaten traf in der Tat ein tolnedrischer Unterhändler mit einem Angebot in der goldenen Stadt ein, welches, wie er Herzog Corrolin versicherte, geradewegs vom Kaiserlichen Thron herrühre. Seine Beglaubigungsschreiben schienen makellos.«

»Kannte ihn der tolnedrische Botschafter am Hof von Vo Mimbre, Mylord?«

»Den derzeitigen Botschafter aus Tol Honeth hat ein hartnäckiges Übel befallen. Seine Leiden begannen etwa einen Monat, ehe Kadon, der in Frage stehende Gesandte, in Vo Mimbre eintraf. Das Leiden ist rätselhaft und verblüffet die besten Ärzte von ganz Mimbre. Ich fürchte wohl, die Tage Seiner Exzellenz sind gezählet.«

»Wie zweckdienlich, Mylord. Der Zufall, so üppig er in dieser von Unheil geplagten Welt auch wuchern mag, benötigt zuweilen eines kleinen Anstoßes von menschlicher Seite, um voll zu erblühen.«

»Gift?« keuchte er, als er begriff, was ich meinte.

»Sehr wohl möglich, Mylord. Ich fürchte, daß gewisse nyissanische Kräutertränke ihren Weg in die Politik der anderen westlichen Königreiche gefunden haben. Ich bitt Euch, enthüllet mir die Einzelheiten jenes Angebots, welches der Gesandte Kadon nach Vo Mimbre brachte.«

»Es trägt einen typisch tolnedrischen Stempel, Mylady Polgara, so viel ist gewiß, denn wie alle Welt weiß, ist der tolnedrische Geist ein Meisterwerk der Vielschichtigkeit und hintersinnigen Begründung. Um mich kurz zu fassen, werde ich Euch den Fall, auch wenn es mich bis ins Mark peinigt, Euer feines Gefühl für Anstand und Sitte durch solch rohe Kürze zu beleidigen, mit schmucklosen Worten darlegen.«

»Das würde ich zu schätzen wissen, Lord Mandorin.«

Seid ihr nicht stolz auf mich? Ich habe ihn nicht ein einziges Mal angeschrien, solange er noch die fernsten Ufer seines Sprachschatzes erkundete.

»Wie Ihr wohl wißt, da Ihr ja aus den nördlichen Herzogtümern kommt, herrschte große Feindschaft zwischen Herzog Kathandrion und dem mittlerweile abgesetzten Herzog Oldoran von Asturien, und die Waciter bedrängen die asturische Grenze, auf nichts Geringeres als die Vernichtung ihrer Vetter im Westen erpicht. Kadon legte unserem geliebten Herzog Corrolin nahe, dieser Zwist im Norden möchte eine zu günstige Gelegenheit sein, um sie ungenutzt verstreichen zu lassen, und bot die Unterstützung seiner Legionen an, den Siegespreis zu ergreifen.«

»Wie, Mylord? Was genau sollten die Legionen tun?«

»Von Ihrer Gnaden Corrolin mit dem Recht des freien Durchzugs ausgestattet, sollen vierzig Legionen gen Norden marschieren und im nördlichsten Mimbre Stellung beziehen. Wenn Herzog Kathandrions Truppen in Asturien einmarschieren und Vo Astur belagern, werden die Legionen sich in Marsch setzen, um die Grenze zwischen Wacune und Asturien zu sichern. Noch während die Legionen marschieren, werden die Truppen von Herzog Corrolin in die Vorgebirge von Ulgoland hinüberziehen, nordwärts reiten und entlang Wacunes Ostgrenze in Stellung gehen. Wenn Kathandrions Streitkräfte ihren Angriff auf Vo Astur beginnen, wird die mimbratische Armee vom Osten her nach Wacune einfallen. Aufgrund der Legionen entlang der Grenze zwischen den beiden nördlichen Herzogtümern wird Kathandrion nicht schnell heimwärts ziehen und sein Vaterland verteidigen können. Vo Wacune wird fallen, und Kathandrion und Oldoran dürfen einen Krieg in den Wäldern von Asturien ausfechten, welcher zu ihrer gegenseitigen Vernichtung führen wird. Dann, wenn nur noch versprengte Reste der einstigen Heere von Wacune und Asturien übrig sind, wird Herzog Corrolin mit Hilfe der Legionen sowohl Kathandrion als auch Oldoran in den Mülleimer der Geschichte fegen. Ganz Arendien wird Corrolin Lehnstreue schwören, und er wird unser unangefochtener König werden.« Mandorin, wider besseres Wissen von den verlockenden Aussichten mitgerissen, hatte den letzten Teil seines Berichts im Tonfall der Begeisterung von sich gegeben.

»Und Ihr und Euer Herzog habt diese Albernheit tatsächlich *geglaubt?*« fragte ich in der Hoffnung, diesem Schwärmer ein bißchen kaltes Wasser ins Gesicht zu spritzen.

»Ich bin durchaus bewandert in der Kunst des Krieges, Mylady«, versetzte er in leicht gekränktem Ton. »Keinen Makel vermochte ich an dieser Strategie zu entdecken.«

Ich seufzte. »Du liebe Güte«, murmelte ich, während ich mir theatralisch die Hand vor die Augen hielt. »Lord Mandorin«, begann ich erneut, »denkt bitte einen Augenblick nach. Nordarendien ist ein einziger riesiger Wald. Kathandrion und Oldoran würden sich Corrolin – oder den Legionen – *nicht* zur Feldschlacht stellen. Sie würden einfach eins mit dem Wald werden. Nordarendier werden mit Langbögen in der Hand geboren. Die Ritter von Mimbre in ihren schweren Rüstungen und die stattlichen Reihen der tolnedrischen Legionen würden wie Schnee im Frühling unter Wolken armlanger Pfeile dahinschmelzen. In Vo Astur gibt es einen Mann namens Lammer, der auf zweihundert Schritt mit dem Pfeil eine Nadel einfädeln kann. Weder die Mimbrater noch die Legionen würden die Männer, die sie töten, je zu Gesicht bekommen. Rüstungen sind dekorativ, aber einen Pfeil halten sie nicht ab.«

»Eine höchst unschickliche Art, Krieg zu führen«, beschwerte er sich.

»Politik hat nichts mit Schicklichkeit zu tun, Baron«, belehrte ich ihn. »Ist es ritterlich, kochendes Pech auf Besucher zu gießen? Ist es höflich, Leuten mit Streitkolben den Schädel einzuschlagen? Ist es galant, jemandem eine zwanzig Fuß lange Lanze durch den Bauch zu stoßen, nur weil er anderer Meinung ist als Ihr? Aber wir können uns später noch über Höflichkeit und all ihre verschlungenen himmlischen Pfade streiten. Ran Vordue ist Tolnedrer. Er tut *nichts*, ohne sich dafür bezahlen zu lassen. Um es brutal auszudrücken, was springt dabei für ihn heraus?«

Das Gesicht des Barons nahm einen bekümmerten Ausdruck an. »Ich würde eher sterben, als Euch zu kränken, Mylady«, sagte er, »aber die Verbundenheit Eures Vaters mit den Alornern ist sattsam bekannt, und Euer Aufenthalt auf der Insel der Winde ist in die Legende eingegangen. Das Bündnis, welches Rand Vordue in Vorschlag gebracht hat, stellt nur einen ersten Schritt in seinem großartigen Plan dar, dessen Endziel die Vernichtung der Alorner ist.«

»Und *die* Idee erschien Corrolin gut?« staunte ich ungläubig. »Besitzet Seine Gnaden zufällig ein zusätzliches Loch in seinem Kopfe? Mich dünket, sein Hirn tritt aus. Die Alorner haben, wie alle Welt weiß, ihre Fehler, aber kein Mann, der seinen Verstand noch beisammen hat, entschließt sich zu einem Krieg gegen sie. Hat dieser vorgebliche Tolnedrer Kadon es für angebracht gehalten, dem Kronrat in Vo Mimbre auch eine großartige Strategie zu unterbreiten, mit deren Hilfe Arendien und Tolnedra hoffen dürften, eine Auseinandersetzung mit diesen heulenden Wilden im hohen Norden zu überleben?«

Er wirkte etwas reserviert. »Wir sind Arender, Mylady«, eröffnete er mir, »und uns mangelt es weder an eigenem Geschick noch an Mut. Darüber hinaus sind die tolnedrischen Legionen die bestausgebildeten Soldaten der Welt.«

»Ich spreche Euch weder Euren Mut noch Euer Geschick im Umgang mit Waffen ab, Mylord, aber ein durchschnittlicher Alorner ist sieben Fuß groß und bekommt sein erstes Schwert zum Spielen, wenn er noch in der Wiege liegt. Zudem denken und handeln die Alorner aufgrund von Bluts- und religiösen Banden wie ein Mann. Auch wenn Tolnedra es gern anders hätte, Alorien existiert noch, und es erstreckt sich von Gar og Nadrak bis zur Insel der Winde. Ein Angriff auf Alorien, so dünket mich, käme einem Selbstmord gleich.« Damit war ich vermutlich ein bißchen weit gegangen. Arender *haben* schließlich auch ihren Stolz. »Verzeiht, Mandorin«, setzte ich hinzu. »Mich erschreckte nur die Unbesonnenheit des Vorschlags.« Ich schätzte die Lage ein. »Ich bitt Euch, Mylord«, sagte ich, »zog Seine Gnaden diese Vorgehensweise tatsächlich nur aufgrund der unbestätigten Äußerungen dieses Kadon in Betracht?«

»Nein, Mylady. Schlichte Beobachtung verlieh Kadons

Vorschlag Gewicht. Ich versichere Euch, daß just in diesem Augenblick tolnedrische Legionen auf dem Südufer des Arendflusses zusammengezogen werden, zweifellos als Vorbereitung auf den langen Marsch zu jener Stelle, wo die Gebiete der drei Herzogtümer zusammentreffen. Mehr noch, ein tolnedrischer General ist nach Vo Mimbre gekommen, um sich mit den Befehlshabern unserer Streitkräfte abzustimmen.«

Das bereitete mir wirklich Sorgen. Falls Ctuchik auch Tolnedra untergrub, stand ich vor einem *richtigen* Problem. »Wir können das Thema vertiefen, während wir nach Vo Mimbre reiten, Mylord«, erklärte ich Mandorin. »Es scheint, als seien die Vorgänge in der goldenen Stadt weitaus vielschichtiger als das, was mir im Norden begegnete.« Wieder unterbrach ich mich. »Ich hielte es nicht für klug, bei unserem Eintreffen in Vo Mimbre meinen Namen durch die Gänge des herzoglichen Palastes zu posaunen. Ihr solltet mich adoptieren, Mandorin.«

Er blickte verständnislos drein.

»Ihr seid ein mimbratischer Arender, Mylord«, rief ich ihm ins Gedächtnis. »Obgleich es durchaus im Bereich der Möglichkeit läge, daß Ihr eigenhändig eine Festung angriffet, überstiege eine Lüge doch Eure Fähigkeiten. Lasset uns daher einen Priester des Chaldan aufsuchen, der die erforderlichen Zeremonien abhält. Ich werde Eure Nichte werden, Gräfin Polina, die letzte Blüte eines unbedeutenden Nebenzweiges Eurer edlen Familie. Solcherart vermag ich, gänzlich unbemerkt, die Wahrheit in dieser Angelegenheit zu erkunden.«

Sein Gesichtsausdruck wirkte leicht gequält. »Dies wäre eine fadenscheinige Begründung für eine absichtliche Unwahrheit, Mylady«, wandte er ein.

»Uns eint ein gemeinsames Ziel, Mylord, und Eure enge Bekanntschaft mit meinem altehrwürdigen Vater macht uns ohnehin fast zu Bruder und Schwester. Lasset uns unsere edle Seelenverwandtschaft denn mit Brief und Siegel bekräftigen, auf daß wir in freudiger Eintracht unserem Ziel entgegenschreiten können.«

»Haben Eure Studien Euch zufällig in die trüben Gefilde von Gesetzeskunde und Jurisprudenz geführt, Lady Polgara?« fragte er mich mit dem Anflug eines Lächelns, »denn Eure Redeweise besitzet fürwahr einen gewissen rechtsgelehrten Beigeschmack.«

»Aber Onkel Mandorin«, verwahrte ich mich, »welch unschickliche Vermutung.«

Die Zeremonie war natürlich eine Farce, aber sie genügte, Mandorins Bedürfnis den Anschein von Wahrheit zu wahren, wenn er in naher Zukunft gezwungen wäre, unsere Verwandtschaft öffentlich bekannt zu machen. Sobald wir uns umgezogen hatten, begaben wir uns hinunter in die reich verzierte Kapelle auf der Burg des Barons. Mandorin trug schwarzen Samt, und ich zauberte mir auf eine schelmische Eingebung hin ein weißes Seidengewand herbei. Zumindest oberflächlich betrachtet kam diese ›Adoption‹ einer Hochzeit schon sehr nah.

Ich habe die arendische Religion nie verstanden, und glaubt mir, ich lebte lange in Arendien. Chaldan, der Stiergott der Arender, scheint auf ein obskures Ehrkonzept versessen zu sein, das von seinen Anhängern verlangt, sich auf den kleinsten Vorwand hin gegenseitig abzuschlachten. Die einzige Liebe, die ein Arender offenbar je an den Tag legen kann, gilt seinem eigenen Ehrgefühl, das er sich an den Busen drückt wie einen geliebten Welpen. Der Chaldanpriester, der meiner Verwandtschaft mit Baron Mandorin einen förmlichen Anstrich verlieh, war ein strenggesichtiger Mann in einer reichgeschmückten roten Robe. Irgendwie erweckte sie den Anschein einer Rüstung, aber vielleicht habe ich mir das auch nur eingebildet. Er hielt eine kriegslüsterne kleine Predigt, in deren Verlauf er Mandorin dazu verpflichtete, jeden aufzuschlitzen, der sich mir gegenüber in irgendeiner Weise ungehörig benahm. Dann befahl er mir, künftig in blindem, bedingungslosem Gehorsam auf meinen Hüter und Beschützer zu vertrauen.

Offensichtlich kannte der Bursche mich nicht.

Aber als die Zeremonie vorüber war, war ich ein vollwertiges Mitglied des Hauses Mandor.

Du wußtest nicht, daß wir verwandt sind, nicht wahr, Mandorallen?

Eingedenk der Antworten der Dagashi, die mir in Wacune und Asturien zu Ohren kamen, wußte ich, daß ich etwas gegen meine weiße Haarlocke ›unternehmen‹ mußte, wenn ich in Vo Mimbre auch nur halbwegs unerkannt bleiben wollte. Ich wußte, daß Färben, die einfachste Lösung, nichts nützen würde. In der Vergangenheit hatte ich es schon oft versucht und stets herausgefunden, daß Farbe an der Locke einfach nicht haftete. Nach kurzem Überlegen entwarf ich dann eine Haartracht, die weiße, kunstvoll in ein Zopfarrangement eingeflochtene Seidenbänder umfaßte, mit deren Hilfe ich mir das Haar aus dem Gesicht band, damit es dann lose über meinen Rücken fließen konnte. Je länger ich das Ergebnis im Spiegel betrachtete, desto besser gefiel es mir. Ich trug die Frisur seither bei zahlreichen Gelegenheiten, und sie hat mich nie im Stich gelassen, wenn es darum ging, Aufmerksamkeit zu erregen – und Komplimente einzuheimsen. Ist es nicht merkwürdig, wie etwas aus der Notwendigkeit Geborenes oft ungeahnte Vorteile mit sich bringt? Die Haarmode war so attraktiv, daß ich sie nicht dadurch herabwürdigen möchte, sie eine Verkleidung zu nennen. Nachdem die verräterische Locke verborgen war, brachen Baron Mandorin und ich in der alles andere als unauffälligen Begleitung von ungefähr zwanzig gerüsteten Rittern nach Vo Mimbre auf.

Über Vo Mimbre ist eine Menge Unsinn geschrieben worden, aber sagt, was ihr wollt, es *ist* beeindruckend. Das Gelände, auf dem die befestigte Stadt steht, ist schwer zu verteidigen, und unter keinen Umständen mit Rak Cthol oder Riva zu vergleichen. Aber das kann man von Mal Zeth in Mallorea schließlich auch nicht behaupten. Die Erbauer von Vo Mimbre und Mal Zeth waren offenbar zu demselben Ergebnis gelangt: »Wenn du keinen Berg hast, bau dir einen.«

Mandorin und ich – und unsere klirrende und rasselnde Eskorte – ritten in Vo Mimbre ein und begaben uns direkt zum Palast. Wir wurden auf der Stelle vorgelassen und unmittelbar in Herzog Corrolins Thronsaal geleitet. Ich kann mich bei meinem Leben nicht mehr erinnern, warum, aber ich trug schon wieder dieses weiße Seidengewand, und ich schritt mit einer zarten bräutlichen Aura um mich herum in diese große Halle, die mit zerschlissenen Bannern und altertümlichen Waffen geschmückt war. Es war vermutlich keine gute Idee, da ich ja so unauffällig wie möglich bleiben wollte, aber es widerstrebt meinem innersten Wesen, mit Tapeten oder Möbeln zu verschmelzen.

Baron Mandorin stellte mich vor und merkte, da er nun einmal durch und durch Mimbrater war, eher beiläufig an, er werde gegen jeden Mann, der sich auch nur die leiseste Ungehörigkeit mir gegenüber herausnehmen sollte, ausgiebig Gewalt anwenden. Nachdem ich vor Herzog Corrolin geknickst und eine entsprechend mädchenhafte und hohlköpfige Begrüßung dahergeplappert hatte, wurde ich von den Damen des Hofs vereinnahmt und umgehend entführt, während die Männerwelt zum Geschäft kam. Vor meinem erzwungenen Abgang hatte ich indes noch Gelegenheit, mindestens ein Dutzend Männer in tolnedrischen Mänteln in der Menge auszumachen, und als ich aus der Mitte jener buntgekleideten Schar junger mimbratischer Edelfrauen, die mich mit sich nahmen, meine Gedanken ausschickte, entdeckte ich den mittlerweile vertrauten stumpfschwarzen Farbton, der Murgos – oder Dagashi – kennzeichnet. Außerdem erspürte ich einige rote Auren. Offenbar hatte Kadon Ctuchiks Schatztruhe um genügend Gold erleichtert, um mehrere echte Tolnedrer zu kaufen. Was mich jedoch am meisten beunruhigte, war ein kurzes Aufflackern von glänzendem Schwarz. Irgendwo in der Menge befand sich ein Grolim, und das allein bewies, daß Vo Wacune und Vo Astur nur Nebenschauplätze gewesen waren. Der Kern von Ctuchiks Komplott lag hier in Vo Mimbre.

Es schmerzt mich, das über mein eigenes Geschlecht sagen zu müssen, aber junge Frauen, insbesondere junge Edelfrauen, sind eher dümmlich, und ihre Unterhaltungen strotzen vor hohlköpfigen Nichtigkeiten, die meist darum kreisen, wie man sich wohl schmücken kann, um ungeteilte Aufmerksamkeit zu erregen. Ich schöpfe einen gewissen Trost aus der Tatsache, daß junge Männer nicht viel besser sind. Vom medizinischen Standpunkt aus betrachtet wäre anzumerken, daß dieser Zustand chemische Ursachen hat. Dergleichen an dieser Stelle ausführlicher zu erörtern, wäre gewiß wenig zweckdienlich.

Die in mein Haar geflochtenen weißen Seidenbänder brachten mir viele Komplimente – und später nicht wenige Nachahmerinnen – ein. Die Frisur ließ mich überdies jünger erscheinen, so daß die schnatternde Schar kichernder Mädchen annahm, ich teilte ihre Lebensansichten und sie hätten mich großmütig vor so ermüdenden Themen wie dem Ausbruch eines Weltkrieges oder der Ausrottung jedes Lebewesens westlich der östlichen Steilhänge ›gerettet‹. Auf diese Weise kam ich in den Genuß eines faszinierenden Nachmittags intensiver Mutmaßungen über den Einfluß von Kleidersäumen und Haarmoden auf die Weltlage.

Obwohl Baron Mandorin – darf ich ihn Onkel Mandy nennen? – nunmehr in Erfahrung gebracht hatte, was wirklich vor sich ging, und mir so Einzelheiten der Besprechungen wiedergeben konnte, von denen mein Geschlecht und mein Alter mich offenbar ausschlossen, würden doch Dinge passieren, die er nicht wahrnehmen würde. Ich mußte bei diesen Besprechungen selbst anwesend sein, und nun, da ich hinreichend über die derzeit herrschenden Modeströmungen aufgeklärt war, spürte ich, daß es Zeit war, die Dinge voranzutreiben. ›Rein zufällig‹ überfiel mich am nächsten Morgen ein übler Kopfschmerz, und ich scheuchte meine Spielgefährtinnen aus meinen Gemächern. Dann trat ich ans Fenster und ›machte den Spatz‹, wie meines Vaters ziemlich lakonische Bezeichnung des Vorgangs lautet.

Noch war Sommer, und die Fenster von Corrolins Palast standen offen, das verschaffte mir Gelegenheit, ungesehen die Beratungen des Kronrats zu belauschen. Ich ließ mich auf dem Fensterbrett nieder, tschirpte ein paarmal, damit auch jeder wußte, daß ich ein Spatz und nichts als ein Spatz war, und legte den Kopf schief, um zuzuhören.

Herzog Corrolin sprach zu einem schielenden, dunkelhäutigen Burschen in einem blaßblauen tolnedrischen Mantel. »Ich muß Euch mitteilen, werter Kador, daß uns kürzlich Nachrichten aus den nördlichen Herzogtümern erreicht haben, welche uns Kenntnis davon geben, Herzog Oldoran liege schwer an einem rätselhaften Übel darnieder. Die Herrschaft über Asturien ist in die Hände eines betagten Grafen namens Mangaran übergegangen.«

»Ja«, erwiderte Kador, »das haben auch meine eigenen Quellen bestätigt, Euer Gnaden. Die Initiative im Norden jedoch liegt in den Händen von Herzog Kathandrion, und mir ist nichts zu Ohren gekommen, was darauf hindeuten würde, daß er seine Meinung über eine Eroberung Asturiens geändert hätte. Es ist eigentlich ohne Belang, wer in Vo Astur die Macht hat, da unser Plan fast vollständig von den Vorgängen in Vo Wacune abhängt.«

Der Gedanke, den ich ausschickte, war so leicht, daß er kaum zu bemerken war, und die Farbe, die ich zurückerhielt, war ein stumpfes Schwarz. Kador war *nicht* der Grolim. Das verblüffte mich außerordentlich, und es beunruhigte mich sogar noch mehr. Wenn ich die Gedanken eines jeden in diesem Raum überprüfen würde, würde der Grolim, wer immer es auch war, letztendlich spüren, daß irgend *jemand* nach ihm suchte.

Dann trat ein durchschnittlich aussehender Tolnedrer – seiner Kleidung nach zu urteilen ein Diener – vor und flüsterte Kador etwas ins Ohr. »Aha«, sagte Kador. »Danke.« Dann wandte er sich wieder dem Herzog zu – aber nicht, ohne daß ein hartes, glänzendes Schwarz ganz flüchtig mein Bewußtsein berührte. Ich hatte meinen Grolim gefunden, konnte mir jedoch nicht erklären, warum er es vorzog, im Hintergrund zu bleiben. Nach dem, was Vater und meine Onkel mir über die Angarakaner erzählt hatten, war es höchst ungrolimhaft für einen Priester des Drachengotts, eine Tarnung als Bediensteter anzunehmen.

»Mylord«, sagte Kador gerade zu Corrolin, »alles verläuft nach Plan. Die restlichen Legionen werden an Ort und Stelle sein, bevor die Woche zu Ende geht. Wenn ich so kühn sein darf, eine Empfehlung auszusprechen: Wäre dies nicht der geeignete Zeitpunkt für Eure Ritter, ihre Reise zur ulgonischen Grenze anzutreten? Der befehlshabende General der Legionen wird seine Truppen nach Norden schicken, sobald seine Streitkräfte vollständig zusammengezogen sind. Eure Berittenen werden natürlich schneller vorrücken, aber sie haben auch eine viel längere Strecke zurückzulegen, und der Weg durch die Vorberge des Ulgogebirges wird ihr Vorankommen verlangsamen. Der rechte Zeitpunkt jedoch ist entscheidend, wenn wir gegen Wacune ziehen.«

»Es mag wohl so sein, wie Ihr es sagt, würdiger Kador«, gab Corrolin nach. »Ich entsende am morgigen Tage eine Vorhut. Wenn die Legionen Seiner Kaiserlichen Majestät gegen Nordarendien vorrücken, werden meine Ritter zur Stelle sein.«

In diesem einzigen Satz – ›die Legionen Seiner Kaiserlichen Majestät‹ – hatte Kador den Kern meines Problems zusammengefaßt. Einen einzelnen Tolnedrer zu bestechen, stellte keine besonderen Schwierigkeiten dar, aber vierzig Legionskommandeure? Das war schon eine etwas größere Herausforderung.

Dann beschlich mich ein furchtbarer Verdacht, und ich tat etwas, was ich nur selten getan habe. Baron Mandorin, prächtig anzuschauen in seiner Rüstung, saß mit den anderen Mitgliedern des Kronrats an einem langen Tisch. Ich schickte meine Gedanken – und meine lautlose Stimme – zu ihm aus. »*Onkel*«, sagte ich zu ihm, »*seht Euch nicht um, und laßt Euch nicht anmerken, daß ich mit Euch spreche. Ich werde Euch jetzt einige Fragen stellen, und ich möchte, daß Ihr die Antworten denkt. Sagt nichts laut.*«

»*Welch wundersames Begebnis, Lady Polgara*«, erwiderte er in Gedanken. »*Vermöget Ihr tatsächlich meine Gedanken zu erlauschen?*«

»*Ihr macht das phantastisch, Onkel. Nun, also, hat schon irgend jemand außer Kador und seinen Leuten diese Legionen gesehen, die angeblich wenige Meilen südlich von hier lagern?*«

»*Ihre Wachtfeuer sind deutlich von der südlichen Stadtmauer aus zu erkennen, Mylady.*«

»*Jeder kann ein Feuer entzünden, Mandorin. Hat sich je ein Mimbrater die Mühe gemacht, wirklich über die Grenze nach Tolnedra zu gehen und die Soldaten zu zählen, die dort warten sollen?*«

»*Die Tolnedrer begrüßen ein Eindringen in ihr Hoheitsgebiet nicht, Mylady, und im Lichte unserer gegenwärtigen heiklen Verhandlungen wäre es in höchstem Maße unhöflich, würden wir in den Stammsitz unseres Verbündeten im Süden eindringen.*«

Da sagte ich etwas, das ich zu diesem Zeitpunkt wohl besser gelassen hätte.

»*Polgara!*« Dem entsetzten Mandorin stockte angesichts meiner Ausdrucksweise vor Schreck der Atem.

»*Entschuldigt, Onkel*«, beeilte ich mich den Schaden wiedergutzumachen. »*Ist mir nur so herausgerutscht. Werdet Ihr in Eurem Quartier sein, wenn die Sitzung zu Ende ist?*«

»*So es Euch behaget, ja.*«

»*Es wird mir behagen, Onkel. Ich werde den restli-*

chen Tag unterwegs sein, aber wenn ich zurückkomme, sollten wir uns unterhalten.«

Ich flatterte fort von meinem Horchposten auf dem Fensterbrett der Ratskammer, fand ein anderes Fenster, das in ein leeres Zimmer führte, und verwandelte mich in den Falken, den ich stets als Alternative zu meiner Lieblingsgestalt wählte. Eulen *sind* im Tageslicht nun einmal verdächtig.

Es dauerte nicht lange, bis ich meine Vermutungen bestätigt fand. Obwohl es berittene Patrouillen in Legionsuniform nahe des Südufers des Arendflusses der Grenze zwischen Arendien und Tolnedra gab, entdeckte ich beim Weiterfliegen doch keine weiteren Soldaten. Im Wald fand ich mehrere vorschriftsmäßige Legionslager mit all dem üblichen Zubehör eines Legionslagers – Holzpalisaden, ordentlich aufgeschlagene Zelte entlang von Gängen, die man schon Straßen nennen mußte, und über den Toren im Wind flatternde Legionsbanner –, aber diese Lager waren leer. Mein Verdacht hatte sich also bestätigt. In der Nähe der Grenze patrouillierten etwa fünfzig Mann in Legionsuniformen, aber das war auch schon die ganze Stärke der angeblichen Invasionstruppen.

Ich flog zur Grenze zurück und ließ mich auf einem Baumast nieder, um ein wenig konstruktiv zu lauschen.

»Das ist der ödeste Job, den ich je hatte, Ralas«, hörte ich einen unrasierten Kerl sich bei seinem Kameraden beschweren, als sie unter meinem Baum vorbeiritten.

»Och, so schlecht ist er doch gar nicht, Geller«, antwortete Ralas. »Wir könnten auch noch alle im Holzfällerlager sitzen und Eichen fällen, weißt du. Hier müssen wir nur am Fluß auf und ab reiten und nachts ein paar Feuer in Gang halten.«

»Das macht doch keinen Sinn, Ralas.«

»Wir werden dafür bezahlt, Geller. Das ist der einzige Sinn, der für mich zählt. Wenn Graf Oldon möchte, daß wir an der Nordgrenze seines Besitzes Streife reiten, dann soll es mich freuen. Ich tue ihm den Gefallen so lange, wie er will. Das Pferd macht die ganze Arbeit, und das gefällt mir ausgesprochen gut.«

»Weißt du, wir könnten Ärger kriegen wegen dieser Uniformen, die wir hier tragen«, meinte Geller, während er auf seinen Brustpanzer klopfte.

»Auf keinen Fall. Wenn du dir deinen Umhang mal genau ansiehst, merkst du, daß das Wappen des Grafen draufgestickt ist und nicht das vom Kaiser. Nur ein ausgemachter Schwachkopf würde uns für *richtige* Legionäre halten.«

»Bei Nedras Zahn!« fluchte Geller, während er nach einem Moskito schlug. »Warum müssen wir nur so nah an diesem verdammten Fluß bleiben?«

Ralas zuckte die Schultern. »Na, ich denke, der Graf will, daß man uns von der arendischen Seite sieht. Ich stell ihm keine Fragen – außer vielleicht: ›wann gibt's den Sold?‹ Das ist alles, was *mich* schert.«

»Ich will wissen, warum!« platzte Geller heraus. »Was *soll* dieser ganze Blödsinn?«

Ich hätte es ihm vermutlich sagen können, doch da Neugier die Mutter aller Weisheit ist, ließ ich ihn ohne Einmischung meinerseits seinen eigenen Weg auf dem steinigen Pfad des Wissens finden.

Kapitel 16

Baron Mandorin befand sich im Thronsaal, als ich in den Palast von Vo Mimbre zurückkehrte. Ich durchschritt die prachtvoll geschmückte Halle mit entschlossenem Blick. Für Förmlichkeiten war keine Zeit. »Wir müssen uns unterhalten, Onkel«, teilte ich ihm mit. »*Sofort.*«

Er wirkte ein wenig erschrocken über meine unwirsche Eröffnung, aber das konnte ich auch nicht ändern. Unser Weggang aus der Zeremonienhalle mag gemächlich gewirkt haben, aber wir gingen geradewegs zur Tür hinüber und weiter in den Gang davor.

»Ich vermute, die Angelegenheit besitzet eine gewisse Dringlichkeit?« äußerte er.

»Nicht hier, Onkel«, erklärte ich. »Wartet, bis wir alleine sind.«

Er verstand mich. Wir begaben uns in seine Gemächer, und er schloß und verriegelte die Tür hinter uns.

»Und nun –«, begann er mit neugierigem Gesichtsausdruck.

»Ich habe soeben einen ziemlich langweiligen Nachmittag unten am Fluß hinter mich gebracht, Onkel. Ich habe überall nach jenen tolnedrischen Legionen Ausschau gehalten, über die hier jeder spricht. Und jetzt rate einmal – ich habe sie nicht gefunden.«

»Aber man kann sie von der Stadtmauer aus doch recht gut sehen, Lady Polgara.«

»O nein, das kann man nicht, Baron Mandorin. Was Ihr von den Wällen aus gesehen habt, sind gewöhnliche Arbeiter, die man in Uniformen der Legionen gesteckt hat. Etwas weiter im Wald gibt es auch mehrere mustergültig aussehende Legionslager, aber diese Legionslager sind leer. Dort befinden sich vermutlich nicht mehr als fünfzig Mann. Tagsüber reiten sie am Flußufer Streife, und nächtens unterhalten sie die Wachtfeuer. Es ist alles nur fürs Auge, Mandorin. Dort drüben gibt es keinerlei militärische Präsenz. Wer ist übrigens Graf Oldon?«

»Er gehört zu Kaldons Fraktion, Mylady, und falls ich recht gehört habe, liegen seine Besitztümer direkt gegenüber unserer Stadt.«

»Das erklärt einiges. Er hat Holzfäller und andere Arbeiter zwangsweise in seine kleine Privatarmee gesteckt, und diese Armee hat nur einen Zweck – Herzog Corrolin davon zu überzeugen, daß am anderen Flußufer echte Legionen lagern. Aber es ist alles Schwindel. Corrolin und seine Gefolgsleute sind hereingelegt worden. Das, was hier in Vo Mimbre vor sich geht, ist nur eine leicht veränderte Version der Geschehnisse, die mir in Vo Wacune und Vo Astur begegnet sind.«

»Ich werde den Schurken Kadon in aller Öffentlichkeit entlarven«, erklärte Mandorin heißblütig, »und die Wahrheit meiner Worte mit einem Zweikampf auf Leben und Tod beweisen.«

»Das würde lediglich beweisen, daß Ihr ein besserer Schwertkämpfer seid als er. Wir müssen uns schon etwas Besseres einfallen lassen.« Ich überlegte. »Ich glaube, es ist Zeit, daß Corrolin einmal persönlich mit Ran Vordue spricht. Das ist vermutlich das einzige, was ihn überzeugen wird.«

»Würde Seine Kaiserliche Majestät einem solchen Treffen denn zustimmen?«

»Wenn wir den richtigen Boten schicken, *wird* er zustimmen. Mein Vater drückt sich hier irgendwo herum – paßt auf mich auf, wie er meint. Ich werde ihm den Vorschlag unterbreiten, einen kleinen Ausflug nach Tol Honeth zu unternehmen – aus Gründen, die seiner Gesundheit zuträglich sein werden.«

»Fühlt er sich nicht wohl?«

»Er *wird* sich nicht wohl fühlen, wenn er diesen Ausflug nicht dann unternimmt, wenn ich es ihm sage.« Ich dachte darüber nach. »Ich glaube nicht, daß die Begegnung hier in Vo Mimbre stattfinden sollte«, fuhr ich fort. »Wir sollten die Opposition nicht mißtrauisch machen. Tol Vordue wäre meiner Ansicht nach besser. Ich rede mit Vater darüber und höre mir an, was er dazu meint. Dieses Komplott, dem wir uns hier gegenübersehen, ist monatelang geschmiedet worden, Mandorin, und es wird uns Monate kosten, es wieder zunichte zu machen. Eine Begegnung zwischen Corrolin und Ran Vordue würde diese lästige Sache durchkreuzen. Corrolin wird mit den Kerkerschlüsseln in der Hand zurückkommen.«

»Ich hätte mir nicht träumen lassen, daß Staatsangelegenheiten so rasch vonstatten gehen können, Mylady«, staunte er. »Hier verläuft alles in gemächlicheren Bahnen.«

»Wir haben keine Zeit für Gemächlichkeit, Baron. Corrolins Vorhut wird Vo Mimbre morgen früh verlassen, und seine übrigen Streitkräfte werden nicht weit zurückbleiben. Wenn wir nicht sehr schnell vorgehen, gewinnt die Angelegenheit eine solche Eigendynamik, daß wir das Ruder nicht mehr herumwerfen können. Oh, eins noch. Bitte behaltet das alles für Euch. Wir dürfen niemand einweihen. Sobald mehr als zwei Leute ein Geheimnis kennen, ist es keins mehr. Und nun wollt Ihr mich bitte entschuldigen, ich muß meinem Vater den Marschbefehl erteilen.«

Ich ließ Baron Mandorin mit kummervoller Miene stehen und ging unmittelbar in meine eigenen Gemächer. Ich schloß die Tür hinter mir und traf ein paar Vorsichtsmaßnahmen. Kador *hatte* schließlich diesen Grolim in seinem Klüngel. »*Vater*«, schickte ich meine Gedanken zu ihm aus, »*ich brauche dich.*«

»Für jemand, der immer so selbständig sein will, rufst du mich ziemlich oft zu Hilfe, Pol«, beschwerte er sich.

»*Versuch nicht, geistreich zu sein. Ich will, daß du nach Tol Honeth gehst und Ran Vordue über die Vorgänge hier in Arendien informierst. Du dürftest dir sei-*

ner Aufmerksamkeit sicher sein. Ich möchte, daß er nach Tol Vordue kommt, um Herzog Corrolin zu treffen und ihm zu erklären – sehr geduldig zu erklären –, daß er nicht den blassesten Schimmer hat, was sich hinter all diesen angeblichen Bündnissen verbirgt. Er soll einen offiziellen Gesandten zu Baron Mandorin schicken, und der Baron wird für eine Audienz bei Corrolin sorgen. Ich will, daß Ran Vordue und der Herzog sich persönlich vor Ablauf dieser Woche in Tol Vordue begegnen, und ich will nicht, *daß irgend jemand hier in Vo Mimbre von dem Treffen erfährt.«*

»Ich werde die Botschaft selbst überbringen, wenn du möchtest.« Das war eine Überraschung. *»Kann ich sonst noch etwas für dich tun?«*

»Du könntest dir einmal Gedanken darüber machen, wie ich Corrolin hier aus Vo Mimbre heraus und den Fluß hinunter nach Tol Vordue bringen soll, ohne daß der halbe Hofstaat sich anschließt«, schlug ich vor. *»Das ist mir noch ein Rätsel.«*

»Ich denk mir was aus. Ich wiederhole mich vermutlich, Pol, du meisterst die hinterlistige Seite der Politik sehr geschickt.«

»Oh, ich danke Euch, edler Herr. Ihr seid auch nicht schlecht, wißt Ihr.«

»Ja, aber ich habe auch mehr Übung. Spitzen sich die Dinge hier allmählich zu?«

»Allerdings, wir stehen kurz vor einer Entscheidung. Also trödle nicht, Vater. Wir dürfen die Initiative nicht aus der Hand geben.«

Am nächsten Morgen sahen wir alle zu, wie etwa fünfzig mimbratische Ritter, hoch zu Roß und in Stahl gehüllt, klirrend und mit wehenden Fahnen aus dem Palasthof ritten. Es war vermutlich reiner Zufall, daß ich von irgend jemandem in der Menge das Wort ›Bärenkult‹ hörte. Ich ging ein bißchen zwischen den Leuten herum und mußte nicht lange auf eine Wiederholung der Bemerkung warten. Es schien, als spreche jeder im Palast über diese spezielle Form alornischer Sektiererei.

Es war offensichtlich, daß Ctuchiks Handlanger emsig wüste Geschichten verbreitet hatten. Die Ziele des Bärenkults waren an sich schon abwegig genug, aber die Gerüchte, die an jenem Morgen kursierten, überstiegen das rein Abwegige. Der Zweck war offenbar, Haß, Furcht und Mißtrauen zu säen. Einst war es die Einigkeit von Toraks Brüdern gewesen, die den Drachengott im Krieg der Götter besiegt hatte, und Ctuchik unternahm alles in seiner Macht Stehende, um diese Einigkeit zu erschüttern.

Vielleicht hätte ich versuchen sollen, all diese Gerüchte im Keim zu ersticken, aber ich hatte schon lange zuvor die Erfahrung gemacht, daß es keine wirksame Möglichkeit gibt, ein Gerücht zu unterdrücken, wenn es erst einmal Fuß gefaßt hat.

Es war am späten Nachmittag des darauffolgenden Tages, als Vaters Gedanke durch meinen Kopf hallte. »*Frohlocke, geliebte Tochter*«, verkündete er, »*denn ich habe mit all meinem unbeschreiblichen Geschick die Aufgabe erfüllt, die du mir gestellt hast.*«

»*Würdest du bitte ernsthaft sein, Vater? Hat Ran Vordue sich bereit erklärt, den Herzog zu treffen?*«

»*Selbstverständlich hat er. Habe ich dich jemals enttäuscht?*«

»*Häufig, um ehrlich zu sein. Hast du seine Nachricht?*«

»*Ich glaube, sie ist irgendwo hier in einer meiner Taschen. Oh, übrigens, wenn ich Corrolin den Brief übergebe, werde ich ihm nahelegen, eine Pilgerreise zu unternehmen.*«

»*Eine was?*«

»*Ich werde ihn bitten, sich ein paar bescheiden wirkende Kleider anzuziehen und flußabwärts zu jenem Kloster an der Mündung des Arendflusses zu reiten, das direkt gegenüber von Tol Vordue liegt. Der Herzog steht im Begriff, in den Krieg zu ziehen, und die Arender machen stets viel Aufhebens davon, für den Sieg zu beten, bevor sie darangehen, Gewalt gegen ihre Nach-*

barn zu üben. Eine seltsame Gepflogenheit bei dieser Rasse. Eine Pilgerreise ist etwas Privates, und deshalb wird Corrolin keine große Eskorte mitnehmen – nur dich und Mandorin, wenn du das arrangieren kannst. Es dürfte nicht allzu schwierig sein, ihn über den Fluß nach Tol Vordue zu bekommen, wenn wir erst einmal die Küste erreicht haben. Hattest du nicht etwas ähnliches im Sinn?«

»Es sollte funktionieren, Vater. Wann wirst du hier in Vo Mimbre eintreffen?«

»Morgen früh. Ich muß irgendwo Rast machen und mir etwas zu essen besorgen. Ich schätze, ich habe Ran Vordue so erschreckt, daß er seine guten Manieren vergessen hat. Er hat mich nicht zum Abendessen eingeladen, und ich bin dem Hungertode nah. Bis morgen dann. Schlaf gut, Pol.«

Das tat ich dann auch. Ich würde es vermutlich leugnen, wenn ein anderer es zur Sprache brächte, aber ich fühle mich immer sicher, wenn ich mit Vater zusammenarbeite. Er hat seine Fehler, aber wenn er einmal zur Sache kommt, ist er so unerbittlich wie die Gezeiten.

Am nächsten Morgen schlug ich Baron Mandorin einen kleinen Ausritt vor, ›um unser Blut ein wenig in Wallung zu bringen‹, und sobald wir uns in einiger Entfernung nördlich der Stadt befanden, ritten wir in einen ziemlich weitläufigen Hain und fanden meinen Vater an einem munteren Bächlein schlummern, das hurtig über Felsen zurück zu den Bäumen plätscherte. Als wir absaßen, öffnete er ein Auge. »Wo seid ihr so lange geblieben?« fragte er uns, und als er sich aufrichtete, sah ich, daß er eine grobe, härene braune Mönchskutte trug.

»Was ist das denn?« wunderte ich mich.

»Nur meine Uniform, Pol«, gab er zurück. »Ich werde des Herzogs Eskorte sein, wenn wir flußabwärts reiten.« Dann sah er Mandorin an. »Erstaunlich«, sagte er. »Euer Haar ist noch nicht weiß geworden.«

Mandorin warf ihm einen verständnislosen Blick zu.

»Ihr hattet doch mit meiner Tochter zu tun, oder?«

»Würdest du jetzt *bitte* die dummen Scherze lassen, Vater?« verlangte ich ziemlich wütend.

»Ich glaube nicht, aber wir können später darüber reden. Wie ist es Euch ergangen, Mandorin?«

»Gut, Altehrwürdiger, gut.«

»Freut mich zu hören. Wenn ich mich recht entsinne, gibt es hinter dem Thron des Herzogs eine kleine Kammer. Er hängt für gewöhnlich seine Staatsrobe hinein. Reitet nach Vo Mimbre zurück und bittet ihn, einen Moment dort hineinzugehen. Pol und ich werden dort auf euch beide warten. Ich rede ein oder zwei Worte mit Corrolin, und dann brechen wir zum Kloster auf.«

»Was, wenn –«, setzte ich an.

Er stieß diesen gedehnten, leidgeprüften Seufzer aus, der mich immer furchtbar reizt. »Bitte, Pol«, sagte er. »Ich habe bereits alle ›Was-wenns‹ bedacht. Reitet schon einmal vor, Mandorin. Pol und ich werden in dem Ankleidezimmer warten.«

Mandorin stieg wieder auf, ergriff Ladys Zügel und ritt davon, und dann nahmen Vater und ich zu unserer alternativen Transportmethode Zuflucht und machten es uns in dem halb versteckten Ankleidezimmer gemütlich. Das war etwa eine Viertelstunde, bevor Baron Mandorin von Vo Mandor auch nur durch das Palasttor ritt.

»Ah, da seid Ihr ja, Euer Gnaden«, sagte Vater, als Mandorin und Corrolin die Kammer betraten. »Wir warten schon auf Euch.« Er machte sich nicht einmal die Mühe aufzustehen.

Vater hatte seine Mönchskutte über die Lehne eines unbenutzten Stuhls gelegt, und der Herzog sah lediglich einen abgerissen wirkenden Landstreicher mit schlechten Manieren in einem Zimmer sitzen, in dem er offensichtlich nichts zu suchen hatte. »Was hat das zu bedeuten, Baron Mandorin?« fragte er unseren Freund in scharfem Ton.

»Mylord«, antwortete Mandorin, »ich habe die besondere Ehre, Euch den Heiligen Belgarath, Jünger des Gottes Aldur, vorzustellen, welcher unlängst aus Tol Honeth mit einer dringlichen Mitteilung von Seiner Kaiserlichen Majestät Ran Vordue von Tolnedra eingetroffen ist.«

»Ich gestehe, ich bin überwältigt«, erwiderte Corrolin mit einer tiefen Verbeugung vor meinem unberechenbaren Vater.

»Heil, Corrolin«, sagte Vater, der offenbar immer noch nicht ans Aufstehen dachte. »Ich kannte Euren Vater recht gut.« Dann wühlte er in den Innentaschen seiner Tunika und holte ein gefaltetes Pergament mit einem an Bändern befestigten Wachssiegel hervor. »Seine Kaiserliche Majestät bat mich, Euch aufzusuchen und dies hier zu geben. Bitte verzeiht unsere Versteckspiele in dieser Angelegenheit, aber der Inhalt von Ran Vordues Nachricht muß unbedingt geheim bleiben.«

Das Wort ›geheim‹ entfacht stets ein Feuer in den Augen von Arendern, und Corrolin war da keine Ausnahme. Er nahm den Brief entgegen, um dann einen mißtrauischen Blick auf mich zu werfen.

»Meine Nichte ist mit dem Inhalt der Botschaft vertraut, Mylord«, klärte Mandorin ihn auf. »Ja fürwahr, sie war bei ihrer Überbringung behilflich.«

»Das können wir später vertiefen«, ging Vater elegant über die Tatsache hinweg, daß in mimbratischen Augen meine Hauptsorgen Klatsch, Haarmoden und Strumpfwaren hätten sein sollen.

Corrolin las die kaiserliche Botschaft, und seine Augen weiteten sich ein wenig. »Sollte ich zufällig die Bedeutung dieses Dokumentes mißverstanden haben?« erkundigte er sich. »Sollte ich mich in seiner Auslegung irren, so bitt ich Euch, berichtigt mich, aber es will mir scheinen, als sei ich zu einer Begegnung mit Seiner Kaiserlichen Majestät geladen.«

»Das *sollte* dort stehen, Euer Gnaden«, knurrte Vater, »denn so habe ich es diktiert. Das Treffen soll in etwa drei Tagen in Tol Vordue stattfinden, und der Kaiser bat mich, Euch noch einmal einzuschärfen, daß diese Angelegenheit absolute Geheimhaltung erfordert. Sowohl hier in Vo Mimbre als auch drüben in Tolnedra treiben sich feindliche Augen – und ebenso Ohren – herum. Ich glaube, wir haben alle ein Interesse daran, diese ganze Sache vollkommen unter Verschluß zu halten.«

»Eine weise Vorsichtsmaßnahme, Altehrwürdiger«, pflichtete Corrolin ihm bei. »Doch wie soll ich diese unvermittelte Reise nach Tolnedra erklären?«

»Ich habe mir die Freiheit genommen, einige Vorkehrungen zu treffen, Euer Gnaden«, eröffnete ihm Vater, wobei er nach der Mönchskutte über der Stuhllehne griff. »Ich werde dies hier tragen und einen heiligen Eindruck erwecken. Ihr steht im Begriff, in den Krieg zu ziehen. Na ja, der Krieg ist eine ernste Sache, und kein wahrhaft frommer Mann beginnt einen ohne ein bißchen göttliche Führung. Darum habt Ihr nach mir geschickt, nicht wahr?«

Corrolin sah verdutzt drein. »Vergebt mir, Heiliger Belgarath, aber ich scheine mich nicht daran zu erinnern, Euch herbeigerufen zu haben.«

»Es muß Euch entfallen sein. Wie dem auch sei, ich soll Euch flußabwärts zu diesem Kloster an der Küste begleiten, so daß ihr den dortigen Abt zu Rate ziehen könnt. Das riecht nach Religion, findet Ihr nicht? Auf dem Weg dorthin werden wir einen kleinen Abstecher nach Tol Vordue unternehmen, damit Ihr Euch mit Ran Vordue treffen könnt. Dann pilgern wir weiter zum Kloster. Ihr werdet Euer spirituelles Gespräch mit dem Abt führen, und dann geht's wieder heim.« Er zwinkerte dem aufwendig gekleideten Herzog zu. »Zieht etwas entsprechend Frommes an, Mylord. Wenn wir jetzt in den Thronsaal zurückgehen, betet und laßt mich das Reden besorgen. Ich werde klar herausstellen, daß jede Art von Eskorte ein Akt der Gottlosigkeit und Chaldan höchstwahrscheinlich beleidigt wäre.«

»Solche Beschränkungen sind mir noch nie zu Ohren gekommen«, gestand Corrolin.

»Das würde mich auch überraschen, Euer Gnaden, denn ich habe sie soeben erst erdacht. Baron Mandorin und seine Nichte werden vorausreiten, Ihr und ich werden Vo Mimbre allein verlassen, und ein paar Meilen weiter auf der Straße treffen wir uns wieder. Mandorin und Polina verfügen über einige Neuigkeiten, die Euch und Ran Vordue bei Euren Beratungen in Tol Vordue von Nutzen sein könnten.«

Da alle Arender Intrigen heiß und innig lieben, erklärte Corrolin sich augenblicklich mit unserem kleinen Komplott einverstanden und umgab sich fast genauso augenblicklich mit jener verschwörerischen, heimlichtuerischen Aura, die die Hälfte der arendischen Bevölkerung aus reiner Gewohnheit trägt. Mandorin und ich ließen die beiden allein, so daß sie ihrem Plan den letzten Schliff verleihen konnten, und begaben uns zu unseren Pferden in die Stallungen.

Unsere beiden Pilger, die, ihr werdet es nicht glauben, tatsächlich beim Reiten Hymnen sangen, holten uns etwa fünf Meilen außerhalb von Vo Mimbre ein, und dann ritten wir alle zusammen den Fluß hinunter zur Küste.

Man folgte uns natürlich, aber das stand auch nicht anders zu erwarten. Vater kümmerte sich dennoch darum, so daß es uns keine ernsthaften Schwierigkeiten bereitete.

Wir schlugen in jener Nacht unser Lager im Freien auf und ritten am nächsten Tag bis spät in den Abend hinein. Weil mein Vater kein Mensch ist, der etwas dem Zufall überließe, hatte er ungefähr eine Meile oberhalb des Klosters ein Boot im Ufergestrüpp versteckt. Wir pflockten unsere Pferde an und schoben das Boot in die Strömung.

Gegen Mitternacht legten wir am gegenüberliegenden Ufer an und wanderten auf der dunklen, verlassenen Straße auf die Stadt Tol Vordue zu, die hinter dem beeindruckenden Osttor aufragte. Dort wurden wir von einem Peloton von Legionären in Empfang genommen und auf der Stelle durch die leeren Straßen zum Stammsitz der Vorduefamilie eskortiert. Der Kaiser erwartete uns im Hof. Er war mittleren Alters und groß für einen Tolnedrer. Außerdem hatte er, wie mir auffiel, eine ausgeprägt militärische Haltung. »Alles ging gut, nehme ich an?« fragte er meinen Vater.

Vater zuckte mit den Schultern. »Keinerlei Probleme«, gab er zur Antwort.

»Gut. Ich habe einen Ort für unser Treffen vorbereiten lassen. Ich kann meine Hand dafür ins Feuer legen, daß niemand nah genug an diesen Raum herankommt, um uns zu belauschen.« Er sah Corrolin und Mandorin an. »Welcher dieser beiden Herren ist Herzog Corrolin?« wollte er wissen.

Vater stellte die beiden Mimbrater vor, ging jedoch bewußt über meine Anwesenheit hinweg. Dann stapften wir alle zusammen hinein und stiegen eine schier endlose Flucht von Marmortreppen zu einem Gemach in der obersten Spitze des Turms empor. Es handelte sich um einen strengen, nüchternen Raum mit einem Besprechungstisch in der Mitte und mehreren Karten an den Wänden.

»Ich will mich kurz fassen, Euer Gnaden«, wandte der Kaiser sich an Corrolin, nachdem wir am Tisch Platz genommen hatten. »Ich bin ein einfacher Mann ohne großes Talent für diplomatische Ausdrucksweise. Der altehrwürdige Belgarath hier informierte mich, an Euch sei ein Mann namens Kador herangetreten, der Euch erzählt habe, er spreche in meinem Namen. Er lügt. Ich habe noch nie von diesem Mann gehört, und es ist durchaus wahrscheinlich, daß er überhaupt kein Tolnedrer ist.«

Corrolin starrte ihn nur an. Die Überraschung hatte ihm vorübergehend die Sprache verschlagen. »Aber nahezu in Sichtweite von Vo Mimbre haben Legionen ihr Lager aufgeschlagen!« widersprach er dann.

»Du erzählst es ihm wohl besser, Pol«, regte Vater an.

»Vergebt mir, altehrwürdiger Belgarath«, verhaspelte sich Corrolin, »doch wie sollte Lady Polina wohl an Informationen über die tolnedrischen Legionen kommen?«

»Ist es erforderlich, dieses Spielchen weiter zu spielen, Pol?« fragte Vater.

»Nein«, antwortete ich, »ich denke, nicht.«

»Gut. Dann laß uns reinen Tisch machen. Herzog Corrolin, ich habe die Ehre, Euch meine Tochter Polgara vorzustellen.«

Corrolins rascher Blick in Mandorins Richtung wirkte eine Spur anklagend.

»Baron Mandorin hat Euch nicht angelogen, Euer Gnaden«, kam ich meinem Freund zu Hilfe. »Nach dem Kirchenrecht *ist* er tatsächlich mein Onkel. Bevor wir nach Vo Mimbre kamen, adoptierte er mich vor einem Priester des Chaldan. Ich nötigte ihn, weil ich eine Tarnung brauchte. Es war notwendig, also laßt uns kein weiteres Aufheben davon machen.« Dann legte ich eine Pause ein. »Ich sage es Euch jetzt kurz und bündig, Euer Gnaden. Es sind in der Tat *keine* Legionen auf dem gegenüberliegenden Flußufer von Vo Mimbre stationiert. Ich habe mich eigenhändig dorthin begeben und davon überzeugt. Graf Oldon, den Kador offenbar in der Tasche hat, steckte ein paar seiner Arbeiter in Legionsuniformen, um Euch zu täuschen.«

»Sie sagt die Wahrheit, Euer Gnaden«, versicherte ihm Ran Vordue. »Ich habe *keiner* Partei in Arendien ein Bündnis angeboten, und ganz gewiß habe ich keine meiner Legionen an Eurer Südgrenze stationiert. Dieser Kador hat Euch getäuscht.« Dann betrachtete der Kaiser mich taxierend. »Der altehrwürdige Belgarath hat uns deutlich zu verstehen gegeben, daß seine Tochter hier während der letzten Wochen kreuz und quer durch Arendien gezogen ist, um gewisse Brandherde zu löschen. Vielleicht können wir sie dazu bewegen, uns mit genaueren Einzelheiten zu erfreuen.«

Und so gab ich noch einmal die Ereignisse zum besten, die sich in Vo Wacune und Vo Astur zugetragen hatten, und erzählte ihnen, was ich bislang in Vo Mimbre erfahren hatte. »Alles war nur ein Schwindel, meine Herren«, schloß ich. »Ctuchik versuchte, einen Krieg zwischen Arendien und Tolnedra zu entfachen, in der Hoffnung, Seine Majestät würde Arendien annektieren – was die Alorner auf den Spielplan gerufen hätte. Das ist es, worum es Ctuchik in *Wahrheit* geht – ein Krieg zwischen dem Kaiserreich und den Alornern. Arendien wäre nicht mehr als ein Bauer auf einem weit größeren Schachbrett gewesen.«

»Ich werde diesen Schurken Kador vernichten!« empörte sich Corrolin.

»Mir wäre es wirklich lieber, Ihr tätet das nicht, alter Knabe«, erklärte Ran Vordue. »Schickt ihn statt dessen nach Tolnedra zurück – zusammen mit all seinen Handlangern. Laßt mir die Freude, mich um ihn zu kümmern.« Ein kaum merkliches Lächeln glitt über seine Züge. »Mein Geburtstag steht ins Haus«, sagte er. »Warum überlaßt Ihr mir nicht den ganzen Haufen als Geschenk?«

»Es soll mir ein besonderes Vergnügen sein, Eurem Ansinnen zu entsprechen, Eure Kaiserliche Majestät«, erklärte Corrolin sich bereit. »Ich selbst werde meine Aufmerksamkeit denjenigen meiner mimbratischen Ritter widmen, die sich diesem murgosischen Komplott anheimgegeben haben. Seid versichert, daß sie mein herzogliches Mißtrauen empfindlich zu spüren bekommen werden.«

»Beherzter Bursche«, murmelte Ran Vordue. Dann sah er mich an. »Wie habt Ihr das alles herausgefunden, Lady Polgara? Meine Quellen berichten mir, daß Ihr Euch die letzten Jahrhunderte über im Tal verborgen gehalten habt.«

»Unser Meister setzte mich davon in Kenntnis, Eure Majestät. Offensichtlich ist er der Auffassung, ich solle mehr Zeit auf dem Feld der angewandten Politik verbringen, um meinen Horizont zu erweitern.«

»Das stellt uns vor eine interessante Frage«, mischte Vater sich ein. Er sah mir geradewegs in die Augen. »Der Meister hat die Angelegenheit in *deine* Hände gelegt, Pol, also bist du die einzige, die diesmal zu bestimmen hat. Was machen wir jetzt?«

»Dafür kriege ich dich, Vater«, drohte ich ihm.

»Du meinst, du *versuchst* es. Mach doch einfach einen Vorschlag. Dann können wir anderen es zerpflücken und dir sagen, warum es so nicht geht.«

»Fein«, meinte ich, »laß mich nachdenken.« Ich suchte nach etwas Logischem. »Wenn wir es auf eine bestimmte Weise betrachten, hat Ctuchik uns hiermit sogar einen Gefallen getan. Sein Komplott war in gewisser Hinsicht weltumgreifend. Er hat alle drei Herzöge mit genau demselben Trick hinters Licht geführt, einem Bündnisangebot von Ran Vordue. Da nun aber Asturien, Wacune und Mimbre auf dieselbe Weise getäuscht worden sind, könnten wir doch auf dieser gemeinsamen Erfahrung aufbauen, oder? Wir sollten den Krieg überspringen und direkt zu den Friedensverhandlungen übergehen. Ich habe einen gewissen Einfluß auf Kathandrion und Mangaran. Falls Herzog Corrolin sie zu einer Konferenz in – oh, sagen wir, auf dem Arendischen Markt – einladen würde, könnte ich sie höchstwahrscheinlich zur Teilnahme bewegen.«

»Das hört sich vernünftig an, Belgarath«, sprang mir Ran Vordue bei. »Habt Ihr eine Vorstellung davon, wieviel es mich kostet, dauernd fünfzehn Legionen hier in Tol Vordue zu unterhalten, nur für den Fall, daß die Feindseligkeiten in Arendien auf Tolnedra übergreifen? Ich kann mir bessere Beschäftigungen für diese Truppen vorstellen – *und* für das Geld, das ich dafür vergeude.«

»Auch mich dünket Lady Polgaras Vorschlag durchaus verdienstvoll«, stimmte Mandorin mir zu. »Ständiger Krieg wird schließlich ermüdend. Mag sein, daß wir um der Abwechslung willen während einiger Monate einmal ständigen Frieden erproben sollten.«

»Zyniker«, beschuldigte ihn Vater. Dann stand er auf. »Warum überlassen wir es nicht Pol, alle Beteiligten an den Friedenstisch auf dem Großen Markt zu prügeln?« schlug er vor.

»Prügeln?« empörte ich mich.

»Wie würdest du das nennen, was du vorhast?«

»Also, wenn man mich dazu zwingen würde, nun ja, aber es ist so ein häßliches Wort. Könnten wir es nicht anders nennen?«

»Was wäre dir denn lieber?«

»Ich weiß nicht. Ich arbeite daran und werde euch meine Entscheidung mitteilen.«

»Ich hoffe, du verzeihst mir, wenn ich trotzdem nicht gespannt die Luft anhalte.«

Kurz vor der Morgendämmerung ruderte Vater uns über den Meeresarm an der Mündung des Arendflusses zurück. Mir ist schon oft aufgefallen, daß er so etwas tut, wenn er der Auffassung ist, er sei der am besten Geeignete für eine solche ansonsten niedere Arbeit. Sowohl Mandorin als auch Corrolin waren Ritter, wesentlich besser vertraut mit dem Pferderücken als mit den Rudern eines kleinen Bootes. Mein Vater geht keine vermeidbaren Risiken ein. Ich hätte es vermutlich mindestens ebensogut gekonnt wie er, aber der Gedanke kam ihm offenbar gar nicht – und ich war die letzte, die ihn darauf aufmerksam gemacht hätte.

Die Dämmerung erstrahlte in voller Pracht, als wir unser Boot anlegten, unsere Pferde wieder sattelten und zum Kloster weiterritten. Corrolin führte pflichtschuldig sein etwa viertelstündiges Gespräch mit dem Abt – obwohl ich mir bei meinem Leben nicht vorstellen konnte, worüber sie sich wohl unterhielten. Corrolin würde *nicht* in den Krieg ziehen. Vielleicht war es das. Vielleicht bat er den Abt, Chaldan seine Entschuldigungen zu übermitteln, daß er seine Nachbarn nun doch nicht niederzumetzeln gedachte. Als er das Kloster verließ, nahmen wir die Hauptstraße zurück nach Vo Mimbre. Trotzdem hielten wir nach ungefähr einer Meile an, und ich bereitete über einem Lagerfeuer am Straßenrand das Frühstück für uns zu – ein recht gutes Frühstück, wie ich mich noch erinnere. Meine Freunde aßen natürlich viel zu viel, und Vater entschied nun, da er einen vollen Magen hatte, daß eine kleine Rast angemessen wäre. »Schließlich waren wir die ganze Nacht auf den Beinen«, rief er uns ins Gedächtnis. »Ich kann im Sattel schlafen, wenn es wirklich sein muß, aber irgend jemand muß wach bleiben, um die Pferde zu lenken. Wir sollten ein wenig schlafen und dann weiterreiten.«

Wir lenkten die Pferde von der Straße weg unter den grünen Laubbaldachin der Bäume, rollten unsere Decken aus und überließen uns dem Schlaf. Ich war kurz vor dem Eindämmern, als ich Mutters Stimme in meinen schläfrigen Gedanken flüstern hörte: »*Sehr gute Arbeit, Polgara*«, lobte sie mich.

»*Das fand ich auch*«, gab ich ihr in aller Bescheidenheit recht.

»Du klingst müde.«

»Ich bin's, ziemlich.«

»Warum schläfst du dann nicht?«

Und genau das tat ich. Zwischen diesem und dem nächsten Gedanken war ich auch schon eingeschlummert.

Um die Mitte des nächsten Vormittags erwachten wir alle und ritten zu einem recht heruntergekommenen kleinen Gasthof weiter, wo wir alle die Nacht verbrachten. Am darauffolgenden Morgen standen wir früh auf und ritten dann ohne weiteren Aufenthalt nach Vo Mimbre zurück.

Herzog Corrolin war äußerst erzürnt über das, was sein Treffen mit Ran Vordue ans Licht gebracht hatte. Er handelte unverzüglich, indem er Befehle, aber keinerlei Erklärungen gab. Dann lud er den gesamten Hofstaat in den Thronsaal, wo gerüstete Ritter an den Wänden Wache standen. Zu jedermanns Überraschung – auch der meinen – betrat der Herzog den Thronsaal in voller Rüstung und mit einem gewaltigen Bihänder. Er nahm *nicht* auf seinem Thron Platz. »Mylords und Ladies«, begann er. Für einen mimbratischen Arender war seine Rede ungewöhnlich knapp. »Unlängst kehrte ich aus Tol Vordue zurück, wo der Kaiser von Tolnedra und ich eine ausführliche Unterredung miteinander führten. Das Ergebnis dieser Unterredung ist ein überaus glückliches.

Freuet Euch, meine getreuen Untertanen. Es wird keinen Krieg geben.«

Die Reaktion darauf war gemischt. Arender sind nun einmal so.

Corrolin, mit düsterer Miene, schmetterte die Faust mit dem Panzerhandschuh dröhnend auf die Rücklehne seines Throns. »Keine Bestürzung, Mylords und Ladies«, rief er mit donnernder Stimme. »Es wird andere Unterhaltungen geben. Eine ausgedehnte Verschwörung hat unlängst mit ihrem faulen Hauch die Luft verpestet – nicht nur hier in Mimbre, sondern auch in Asturien und Wacune. Es ist mein unumstößlicher Wille, die Luft hier zu reinigen. Ergreift sie!« Sein letzter Befehl galt Mandorin und den zwei Dutzend Rittern unter seinem Kommando, und Mandorin beeilte sich, ihn auszuführen – er beeilte sich so, daß es tatsächlich kaum Verwundete gab. Etwa ein Dutzend Tolnedrer, sowohl echte als auch falsche, wurden in Eisen gelegt, und mehrere mimbratische Adlige erfuhren dieselbe Behandlung.

Der Grolim, der den Diener in Kadors Gefolge gespielt hatte, duckte sich unter dem Arm eines Ritters weg, der gerade dabei war, ihn in eine stählerne Umarmung zu ziehen, stürzte auf das Portal zu und sammelte noch im Laufen seinen Willen. Mein Vater indes war darauf vorbereitet. Der alte Wolf, noch immer in die Mönchskutte gewandet, versetzte dem Grolim einen krachenden Fausthieb gegen die Schläfe, und der Priester des Drachengottes sackte bewußtlos zu Boden. Mir fiel auf, daß Vaters Faust mit Blei umwickelt war. Sein Hieb hätte einen Ochsen gefällt. Der ›Heilige Belgarath‹ steckt voll Überraschungen, und ich habe im Laufe der Jahre bemerkt, daß er ebenso schnell zur Taktik der Kneipenschlägerei Zuflucht nimmt wie auf Zauberei zurückgreift.

Die Gefangenen wurden aus dem Saal geschleift, und dann beschrieb der Herzog bis in die kleinste, ziemlich ermüdende Einzelheit das murgosische Komplott, das um ein Haar gelungen wäre. Dann, während der Hof noch stumm vor Schrecken versammelt stand, erzählte er von der bereits in die Wege geleiteten Friedenskonferenz. *Das* führte zu einigem Gemurre, doch der Herzog von Mimbre ging rücksichtslos über die Klagen hinweg. Wenn du einen Arender in einen Plattenpanzer steckst, kann man nicht erwarten, von ihm mit Samthandschuhen angefaßt zu werden.

Ich entschloß mich, Vater den Ruhm meines kleinen Komplotts in Vo Mimbre großzügig zu überlassen. Ich bin mehr an den Ergebnissen als am Ruhm interessiert, mein Vater hingegen ist ganz versessen darauf, im Mittelpunkt der Aufmerksamkeit zu stehen. Deshalb ließ ich ihn sich in der allgemeinen Bewunderung sonnen – oder besser suhlen –, während ich wieder in die nördlichen Herzogtümer reiste, um in bezug auf die Friedenskonferenz Nägel mit Köpfen zu machen.

Herzog Kathandrion von Wacune und Graf Mangaran von Asturien waren einander bereits ein paarmal begegnet, und Gräfin Asrana, deren verruchte Augen Funken sprühten, versicherte mir, daß sie sich scheinbar ziemlich gut verstanden. »Sie halten zusammen wie Pech und Schwefel, Polly«, äußerte sie mit einem hämischen kleinen Grinsen. »Dieser Kathandrion ist absolut göttlich, nicht wahr?«

»Nichts für ungut, Asrana«, gab ich zurück, »aber versucht, Eure Raubtierinstinkte unter Kontrolle zu halten. In welcher Verfassung befindet sich Oldoran?«

»Was seine Leber anbelangt, weiß ich es nicht, aber sein Verstand ist endgültig dahin. Er sieht Dinge, die es nicht gibt, und die meiste Zeit tobt er und redet wirres Zeug. Seine Familie ist deswegen äußerst beunruhigt. Er hat ein paar Neffen, die selbst gerne auf dem Thron säßen. Aber der Titel wird wohl nicht in der Familie bleiben. Mangaran hat seine Fähigkeiten bei jeder erdenklichen Gelegenheit demonstriert, und ich meine nicht, daß einer von Oldorans Neffen ihn ersetzen könnte. Für wann werden wir die Friedenskonferenz anberaumen?«

»Welche Friedenskonferenz sollte das wohl sein, Liebes?«

»Die, an der Ihr arbeitet, seit Ihr nach Arendien gekommen seid. Ziert Euch nicht so, Polly. Ich weiß, worauf Ihr es anlegt – und ich billige es. Kriege sind eine aufregende Sache für die Männer, nehme ich an, aber das Leben der Damen hier und in Vo Wacune wird gräßlich langweilig werden, wenn all diese gutaussehenden jungen Burschen in den Wäldern spielen. So, wie kann ich Euch jetzt helfen?«

Unsere improvisierte Friedenskonferenz sollte, wie ich vorgeschlagen hatte, auf dem Großen Arendischen Markt abgehalten werden, der genaugenommen auf mimbratischem Hoheitsgebiet lag. Das machte Corrolin zwangsläufig zum Gastgeber. Um ehrlich zu sein, ich wäre mit Kathandrion am Kopf der Tafel glücklicher gewesen, aber man kann nicht immer alles so haben, wie man es will. Baron Mandorin würde ja zur Rechten von Corrolin sitzen, und so war ich guter Dinge, daß er seinen Herzog davon abhalten konnte, *zu* viele Fehler zu begehen. Ich verließ Vo Astur und überquerte die Grenze zu Wacune. Ich wollte mit Kathandrion sprechen, bevor unsere Konferenz zusammentreten würde.

»Wir werden äußerst vorsichtig sein müssen, Mylord«, eröffnete ich meinem wacitischen Freund, als ich ihm endlich unter vier Augen gegenüber stand. »In allen drei Herzogtümern gibt es Hitzköpfe, und eine zufällige Bemerkung zum falschen Zeitpunkt könnte ohne Vorwarnung alles platzen lassen. Ich werde von Zeit zu Zeit zu den versammelten Würdenträgern sprechen und ihnen immer wieder die Tatsache vor Augen führen, daß Arendien so lange durch murgosische Intrigen verletzbar sein wird, wie einer der drei Herzöge königliche Ambitionen hegt. Eines Tages mag es eine unangefochtene Krone von ganz Arendien geben, aber jetzt noch nicht. Meines Erachtens ist das Höchste, was wir uns zum augenblicklichen Zeitpunkt erhoffen dürfen, eine Vereinbarung zwischen Mangaran, Corrolin und Euch, daß es keine arendische Krone *gibt* und daß es keinen Sinn hat, die halbe Bevölkerung umzubringen, um jemandem ein Phantom auf die Stirn zu drücken.«

»Mich dünket, als schwebe über dieser Eurer letzten Bemerkung ein unausgesprochener Tadel, Mylady«, äußerte mein gutaussehender Freund.

»Betrachtet es als ein Wort der Warnung, Euer Gnaden. Ich werde Euch nicht tadeln, solange Ihr Euch selbst nicht überschätzt. Betrachtet jeden, der vorgibt, Euch den Weg zu einer nicht existenten Krone zu weisen, mit äußerstem Mißtrauen. Ich gehe nun nicht davon aus, daß aus einer einzigen Begegnung ein dauerhafter Frieden erwachsen kann. Aus diesem Grunde werde ich Euch den Vorschlag unterbreiten, daß wir dem alornischen Beispiel folgen. Die Könige von Alorien finden sich zu regelmäßig wiederkehrenden Treffen auf der Insel der Winde zusammen, wo Fragen wechselseitigen Interesses erörtert werden. Ich glaube, wir sollten *diese* Idee auch hier in Arendien in Erwägung ziehen. Wenn die drei arendischen Herzöge sich jeden Sommer träfen, sollten sie in der Lage sein, etwaige Streitigkeiten, die sich im zurückliegenden Jahr zugetragen haben, gütlich beizulegen. Wir dürfen nicht zulassen, daß eingebildete Beleidigungen Zeit zum Schwären erhalten.«

»Ich werde mein möglichstes tun, Mylady, daß Eurem Wunsch entsprochen wird.«

Dann flog ich nach Vo Astur zurück, um Mangaran und Asrana eine ähnliche Vereinbarung abzuschmeicheln. Tatsächlich verbrachte ich mehrere Monate auf Flügeln am Himmel über Arendien. Im Umgang mit Arendern ist es keine schlechte Idee, ihnen alle Absprachen abzuschwatzen, *bevor* sie sich an den Verhandlungstisch setzen. Für unser erstes kleines Zusammentreffen nahm ich mir nur eine überschaubare Tagesordnung vor, indem ich die Diskussionen auf zwei oder drei wichtige Punkte beschränkte. Sollte es mir gelingen, dieses Treffen zu einem alljährlich wiederkehrenden Ereignis zu machen, hätten wir auf späteren Sitzungen noch Zeit genug, die friedlichen Beziehungen auszuweiten.

Es war Mitte Herbst, als wir uns endlich alle in dem grell bunt gestreiften königlichen Pavillon zusammenfanden, den Corrolin in den Außenbezirken des Markts hatte aufstellen lassen. Der Reihe nach erhob sich jeder Regent, um zu der Versammlung zu sprechen, die sich aus verschiedenen Würdenträgern *und* Beobachtern aus Tolnedra und den alornischen Königreichen zusammensetzte. Als Gastgeber ergriff Corrolin als erster das Wort. Er begrüßte offiziell die beiden anderen Herrscher und die Abgesandten der übrigen Länder, wobei er beiläufig erwähnte, Salmissra habe die Gelegenheit, einen Beobachter zu schicken, nicht wahrgenommen. Dann hielt er sich etwa eine halbe Stunde damit auf, nettes über mich zu sagen. *Diesen* Teil der Rede fand ich recht unterhaltsam.

Nachdem Corrolin *seinen* Sprachschatz erschöpft hatte, erhob sich Kathandrion und hob *ebenfalls* zu einem übertriebenen Lobpreis meiner Person an. Auch diese Rede gefiel mir. Dann stand Mangaran auf und bewies, daß die Asturier die Ihrzerei und das Gedünke noch nicht ganz verlernt hatten. Der gerissene alte Graf beendete seine Ausführungen indes mit einer kleinen Überraschung. »Ihr Edlen all«, sprach er mit angedeutetem Lächeln. »Diese unsere Zusammenkunft auf der unglückseligen Ebene von Arendien hat sich einen immerwährenden Frieden zum Ziel gesetzt. In den Augen manch eines Edelmanns wird dies unnatürlich, ja möglicherweise gar gottlos erscheinen. Frieden ist in Arendien ein Fremdwort, und die Tatsache, daß unsere Zusammenkunft nun bereits einen ganzen Nachmittag angedauert hat, ohne daß ein Tropfen Blut vergossen wurde, mag in manchen Kreisen einer Freveltat gleichkommen. Da wir damit bereits auf so unverzeihliche Weise gegen die Tradition verstoßen, sollten wir ins Auge fassen, die ungnädige alte Dame durch einen weiteren Regelverstoß zu schockieren. Damen sind, wie alle Welt weiß, Geschöpfe der Freude, lieblicher, sanfter und engelhafter, als wir es sind, weshalb es auch die erklärte Pflicht eines jeden aufrichtig gesinnten Edelmanns auf der Welt ist, ihnen zu dienen und sie zu beschützen. Fürderhin ist sattsam bekannt, daß ihr Verstand anders als der unsrige geartet ist. Unsere übermäßige, wenngleich hochverdiente Lobpreisung der Lady Polgara an diesem Tage hat mich dazu ermutigt, eine empörende Möglichkeit in Betracht zu ziehen. Könnte es möglich sein, daß der große Chaldan den Frauen *tatsächlich* Verstand verliehen hat? Ist dies denkbar? Sodann, kühn geworden durch die Tatsache, daß mich bis daher kein göttlicher Blitzschlag eingeäschert hatte, spann ich diesen ketzerischen Gedanken weiter und begab mich vollends auf unerkundetes Gelände. Es dürfte unterdessen wohl bekannt sein, daß Herzog Oldoran unlängst vom Throne entfernt und in ein Kloster verbracht wurde, wo er den Rest seines Lebens mit Toben und Wüten zubringen kann. Desgleichen haben sich Gerüchte, *ich* sei für seine Absetzung verantwortlich, verbreitet. Ich will nun freimütig eingestehen, daß dies der Wahrheit entspricht, doch wäre es nicht dazu gekommen, hätte ich mich nicht der Unterstützung zweier – nicht einer, nein, zweier – Damen erfreut. Die eine ist selbstverständlich Lady Polgara. Ich bin mir dessen gewiß, daß das niemanden der hier Anwesenden verwundert. *Nicht* so allgemein bekannt dürfte hingegen die Tatsache sein, daß eine hochgeborene Dame aus Vo Astur ebenfalls darein verwickelt war – vollständig verwickelt, bis hinauf zu ihren reizenden Augenbrauen. Darüber hinaus hat sie mir, seit mir die Regierung des Herzogtums von Asturien zugefallen ist, in den meisten Angelegenheiten mit wertvollem Rat beigestanden. Das Bedürfnis nach rückhaltloser Offenheit auf dieser Konferenz zwingt mich zu dieser Enthüllung. Ich habe die Ehre, Euch den Namen der Dame zu nennen, die an meiner Seite herrscht. Ihr Edlen all, darf ich Euch Gräfin Asrana vorstellen, eine Verschwörerin ohnegleichen.«

Er erntete zunächst zaghaften Applaus, der allmählich zunahm und sich schließlich zu einer wahren Ovation steigerte.

»Dafür kriege ich Euch dran, Mangaran«, raunte Asrana, während sie sich erhob.

»Versprochen?« versetzte er verschlagen.

Asrana nahm eine theatralische Haltung an. »Und nun ist mein furchtbares Geheimnis enthüllet«, verkündete sie. »Wie könntet Ihr mir vergeben? Fürwahr, meine Herren, es war nicht meine Schuld. Polgara verleitete mich zu diesem Frevel. Ach, es ist *ihre* Schuld.« Sie stieß einen langen, bebenden Seufzer aus. »Da ich nun jedoch entlarvet bin, dünket mich, wir könnten jetzt auch damit fortfahren. Diese widernatürliche Zusammenkunft ist anberaumt worden, um die Möglichkeit eines Friedens zu erörtern. – Ist das nicht *grauenhaft*? Wie sollen wir ohne Feinde leben? Wir *müssen* doch jemanden zum Hassen haben!« Sie hielt inne, um dann mit den Fingern zu schnippen. »Ich habe es, Mylords! Ich habe die Lösung! Lasset uns statt dessen die Murgos hassen! Murgos sind häßlich, Arender sind die schönsten Menschen der Welt. Murgos kennen keine Ehre, Arender sind auf übelkeitserregende Weise mit Ehre gesättigt. Murgos haben keine Manieren, die arendische Höflichkeit dagegen ist der Schrecken der zivilisierten Welt. Lasset uns denn gemeinsam unsere Hände erheben, ihr Edelleute all, und bei unserer geheiligten Ehre schwören, jeden Murgo, dem wir begegnen, auf den Tod zu hassen.«

Mittlerweile lachte alles und haute vor Vergnügen auf den Tisch. Gräfin Asrana hatte sie auf charmante Weise eingewickelt und in die Tasche gesteckt.

»Ich gestehe, daß mir diese bezaubernde junge Dame *gefällt*, Euer Gnaden!« hörte ich Mandorin zu seinem Herzog sagen. »Sie ist ganz entzückend.«

Zufällig beobachtete ich Asranas Gesicht, als er das sagte. Ihr Blick wurde ein ganz klein wenig selbstgefällig. Dann, ohne die Miene zu verziehen, zwinkerte sie mir zu. Offenbar hatte sie Mandorins Äußerung mitbekommen, und offenbar hatte sie das Gefühl, soeben etwas gewonnen zu haben.

An jenem Abend fand ein Bankett statt, und Baron Mandorin gelang es, sich einen Platz neben Asrana zu erobern, wo sie unverzüglich die Kampfhandlungen gegen ihn eröffnete. Ihre Kavallerieattacken bestanden in entwaffnend einnehmenden Bemerkungen und Beobachtungen. Ihre bevorzugte Waffe war ein tief ausgeschnittenes Abendkleid, das die Grenzen des Anstands kaum merklich, aber eben doch überschritt. Baron Mandorin flehte an jenem Abend noch nicht *ganz* um Frieden, kam dem aber schon recht nahe.

Die Gräfin und ich teilten uns ein Quartier, und ich wartete auf sie. »Warum Mandorin?« fragte ich sie ohne Umschweife, als sie hereinkam.

»Ich vermag Euch nicht ganz zu folgen, Polly.«

»Warum werft Ihr Eure Netze nach Baron Mandorin aus? Hier gibt es andere, die besser aussehen, und er ist ein gutes Stück älter als Ihr.«

»Um so besser«, versetzte sie, während sie ihr Haar löste und ausschüttelte. »Bei Mandorin muß ich nicht all diese schmachtenden Blicke und die Massen an falsch geschriebenen schlechten Gedichten ertragen. Mandorin steht dem Zentrum der Macht in Mimbre sehr nahe, und ich nehme in Asturien eine vergleichbare Rolle ein. Ihr werdet die Angelegenheiten in Wacune regeln. Auf diese Weise sollten wir drei es verhindern können, daß einer aus der Reihe tanzt – jedenfalls so lange, bis der Frieden zur Gewohnheit geworden ist.« Dann warf sie mir einen schelmischen Seitenblick zu. »Ich sage das nicht gerne, Polly, aber ich werde mehr Spaß haben als Ihr.«

»Ihr tut das aus Patriotismus, Asrana?« fragte ich ungläubig.

»Nennt es, wie Ihr wollt, aber im tiefsten Grunde fasziniert mich die Macht – und wir drei werden nahezu die gesamte Macht haben, die es im armen alten Arendien gibt. Viel mehr kann man nicht verlangen.«

»Was ist mit der Liebe, Asrana?«

Sie zuckte die Schulter. »Tja, was schon? Liebe ist etwas für Kinder, Polgara. Das ist ein Spielzeug, für das ich zu alt geworden bin. Ich *mag* Mandorin. Er sieht gut aus und ist gewiß äußerst edel. Wir werden einige höchst unpopuläre Dinge tun, fürchte ich, aber Arendien wird es danach besser gehen. Wenn mich das zu einer Patriotin macht, bitte. Behaltet mich genau im Auge, Polly. Möglicherweise könnt sogar *Ihr* noch ein paar Tricks von mir lernen.«

Am späten Morgen des nächsten Tages merkte sogar der begriffsstutzigste Arender, daß zwischen der skrupellosen Gräfin und Baron Mandorin ›etwas im Busch war‹, und meiner Meinung nach gehörte sogar *das* zu Asranas Plan. Ich glaube nicht, daß selbst Ce'Nedra es an Doppelzüngigkeit mit Asrana aufnehmen könnte. Gegen Ende dieses Tages stand der arme Baron Mandorin vollständig in ihrem Bann. Er ließ sie nicht aus den Augen und hing an ihren Lippen – wozu er reichlich Gelegenheit hatte, denn Asrana sprach viel bei unseren Friedensverhandlungen. Hier hatten wir eine junge Dame, die zwei Spiele gleichzeitig zu spielen verstand – und beide ausgezeichnet.

Am vierten Tag unterschrieben die Führer von Mimbre, Asturien und Wacune die ›Friedensurkunde‹, und unmittelbar darauf erhob sich Herzog Corrolin und lud jedermann ein, zur Hochzeit zu bleiben. Gräfin Asrana konnte *sehr* schnell vorgehen, wenn es ihren Zwecken diente.

Erneut sah ich mich als Brautjungfer in Anspruch genommen, und alles verlief ohne Zwischenfälle. Asrana und Mandorin heirateten ganz ohne das Erdbeben oder die Flutwelle, die das arme Arendien hätten warnen können, daß in seinem Herzen selbst eine gefährliche neue Kraft entstanden war.

Teil vier

Ontrose

KAPITEL 17

Ich gebe es nur höchst ungern zu, aber im Grunde sind mein Vater und ich uns sehr ähnlich. Wir wissen beide, daß unsere vornehmste Aufgabe immer das Studium und die beständige Anhäufung von Wissen sein werden. Dennoch kommt es von Zeit zu Zeit zu Unterbrechungen, und wir sind beide verdrießlich, jedesmal, wenn jemand in unser Tal stürmt und uns anfleht, hinaus in die Welt zu gehen und sie zu retten. Überrascht es euch zu erfahren, daß unsere scheinbare Griesgrämigkeit nur Heuchelei ist? Ehrlich gesagt, genießen wir es ebenso diese kleinen Strohfeuer in der Welt zu löschen, wie uns die Aufgabe reizt, herauszufinden, warum genau zwei und zwei vier ergibt.

Im Verlauf jener Jahre auf der Insel der Winde hatte ich stets im Mittelpunkt des Geschehens gestanden, was ich als überaus anregend empfand. Als ich dann abberufen wurde, um Ctuchiks Verschwörung in Arendien zunichte zu machen, hatte ich dies nicht minder genossen. Ebenso wie mein Vater, lege ich gerne die Bücher zur Seite, wenn die Feuerglocke läutet.

Angesichts der Zerbrechlichkeit des Friedens, den Vater und ich den verfeindeten Arendern auferlegt hatten, lag es auf der Hand, daß ich in Arendien bleiben mußte, damit sie nicht wieder auf dumme Gedanken kamen. Und so kehrte ich im Frühling des Jahres 2313 zu Vaters Turm zurück, um ein paar Sachen zu packen, die ich vielleicht benötigen würde. Ich vermute, ich hätte alles, was ich brauchte, auch mit dem Willen erschaffen können, aber aus irgendeinem Grund wäre das einfach nicht dasselbe gewesen.

Vater war bereits im Verlauf des vorangegangenen Winters ins Tal zurückgekehrt. Als ich im Turm angelangt war, rief er die Zwillinge herüber, und wir vier besprachen uns. »Ich hatte eigentlich gehofft, Onkel Beldin anzutreffen«, gestand ich.

»Er ist noch in Mallorea, Pol«, klärte Belkira mich auf. »Was geht in Arendien vor?«

»Was geht wohl schon in Arendien vor?« schnaubte Beltira.

»Pol hat Schritte unternommen«, ließ Vater sie wissen. »Im Augenblick ruht eine unnatürliche Stille über Arendien. Ich glaube, man nennt es für gewöhnlich Frieden.«

»Du übertreibst, Vater«, widersprach ich, während ich nach dem Schinken sah, den ich für unser Abendessen garte. »Ctuchik entfachte das Feuer, und die Arender hatten viel Spaß mit den kleinen Bränden. Nun, da wir sie mit kaltem Wasser gelöscht haben, fehlen den Arendern die Vorwände, einander abzuschlachten. Ich würde dennoch nicht so weit gehen, es Frieden zu nennen. Sie sitzen herum und warten auf jemand, der ihnen neue Gründe für einen Krieg liefert.«

»Sicherlich finden sie irgend etwas«, sagte er säuerlich.

»Darum gehe ich ja auch dorthin zurück«, eröffnete ich ihnen. »Ich möchte den Arendern unmißverständlich klarmachen, daß ich ihnen den Hintern versohle, wenn sie sich nicht benehmen.«

»Sie sind doch keine kleinen Kinder, Pol«, widersprach mir Belkira.

»Ach, *nein*? Du bist schon lange nicht mehr dort gewesen, Onkel. Arender sind sehr charmant, aber ein großer Teil ihres Charmes beruht darauf, daß sie nie erwachsen geworden sind.«

»Wirst du dich an einem Ort niederlassen, Pol?« wollte Beltira von mir wissen. »Oder planst du eine Existenz als mobile Feuerwehr?«

»Ich habe Einladungen von allen drei Herrschern Arendiens erhalten, Onkel, aber ich denke, ich werde nach Vo Wacune ziehen. Es ist wesentlich anziehender als Vo Astur oder Vo Mimbre, und Herzog Kathandrion besitzt zumindest ansatzweise Verstand. Zumindest vermag er über die Grenzen seines Herzogtums hinauszusehen. Ich glaube nicht, daß Mangaran und Corrolin dazu in der Lage sind. Ich werde wahrscheinlich trotzdem viel umherreisen müssen, bis sich die Arender an den Frieden gewöhnt haben. Aber es ist immer gut, einen Ort zu haben, den man Zuhause nennen kann.« Dann kam mir etwas in den Sinn, das die Zwillinge wissen sollten. »Ctuchik war sehr geschickt darin, seine Spione zu tarnen«, erzählte ich ihnen. »Es gibt einen quasi-religiösen Orden, der seinen Stammsitz in der Großen Wüste von Araga südöstlich von Nyissa hat. Sie nennen sich Dagashi, und sie sind Halbblutmurgos. Ihre Mütter – und vermutlich auch Großmütter – sind Sklavinnen aus anderen Rassen. Die Dagashi sind das Ergebnis einer Züchtung, der alle angarakanischen Merkmale fehlen und sie sind als Spione und Meuchelmörder ausgebildet. Geht also nicht davon aus, daß jemand, der nicht wie ein Angarakaner *aussieht*, auch kein Angarakaner *ist*.«

»Das könnte uns eine Menge Ärger bereiten«, meinte Beltira stirnrunzelnd.

»Das hat es bereits mehrmals«, antwortete ich. »Ich dachte, wir sollten das wissen. Oh, da wäre noch etwas. Offensichtlich haben die Murgos in ihren Bergen Gold gefunden. Sie können nun großzügig Bestechungsgelder bezahlen. Vermutlich befinden sich in der Nähe ihrer Minen Eisenerzablagerungen, denn das Murgogold schimmert stets rötlich. Das könnte uns dabei helfen herauszufinden, wer sich hat bestechen lassen.« Ich lehnte mich in meinen Sessel zurück. »Ctuchik mischt sich jetzt verstärkt in die Angelegenheiten hier im Westen ein«, sinnierte ich. »Das *könnte* bedeuten, daß Torak sich darauf vorbereitet, seinen Schlummer in Ashaba zu beenden, es könnte indes auch etwas anderes bedeuten. Ich versuche, die Dinge in Arendien streng unter Kontrolle zu halten, aber ihr Herren werdet über die anderen Königreiche Wacht halten müssen.«

»Danke«, sagte Vater mürrisch.

»Keine Ursache.« Ich schenkte ihm mein süßestes Lächeln.

Am folgenden Morgen packte ich zusammen, was ich für Vo Wacune brauchte, und verließ das Tal.

Es war im Spätfrühling oder Frühsommer desselben Jahres, als ich in die Märchenstadt im arendischen Wald zurückkehrte. Kathandrion bestand darauf, daß ich im Palast wohnte. Nun, da ich ein bißchen mehr Muße hatte, konnte ich mir etwas mehr Zeit nehmen, einen größeren Personenkreis am wacitischen Hof kennenzulernen. Kathandrions Gemahlin hieß Elisera, eine zarte, vergeistigte Dame mit rotblondem Haar, die sehr viel Zeit damit verbrachte, unendlich lange arendische Epen und schwülstige Liebesgedichte zu lesen. Ihre Lesegewohnheiten mögen ihren Sinn für Realität ein wenig verzerrt haben. Sie stellte mich den zahlreichen Lords und Ladies des wacitischen Hofes vor, und entgegen allen Einwendungen meinerseits bestand sie darauf, mich als ›Polgara die Zauberin‹ einzuführen. Trotz ihrer geistigen Beschränktheit mochte ich sie. Ihren Sohn, Kronprinz Alleran, mochte ich auch. Alleran war ein robuster kleiner Junge von etwa zehn Jahren, der einen ganz und gar unarendischen gesunden Menschenverstand hatte. Unglücklicherweise taten seine Eltern ihr möglichstes, um ihm diesen Charakterzug vor Erreichen der Volljährigkeit abzuerziehen.

Ich hatte eigentlich gar nicht Wohnung im Herzogspalast nehmen wollen, aber Kathandrion wollte nichts von meinen Plänen, mir ein eigenes Heim zu suchen, hören, und so mußte ich mich mit gewissen Unannehmlichkeiten abfinden. Diese wurden noch verstärkt durch Eliseras Art und Weise Dinge zu betonen, die ich lieber diskret verschwiegen hätte. Begriffe wie ›Magie‹, ›Zauberei‹ oder ›Hexerei‹ führen oft zu Mißverständnissen. Die meisten Menschen werfen all diese Bezeichnungen in einen Topf und folgern, daß diejenigen, die eine gewisse Begabung auf diesem Gebiet besitzen, *jedes* Zauberkunststück vollbringen können, das den fiebernden Gehirnen zahlloser Dichter entsprungen ist, deren Hauptanliegen es ist, besser zu sein als die Konkurrenz. All die jungen – und nicht mehr ganz so jungen – Hofdamen in Vo Wacune waren ganz versessen auf Liebestränke, wie ich mich noch gut erinnere. Wie eindringlich ich ihnen auch die Unwirksamkeit eines solchen Tranks vor Augen führte, wurde ich doch immer wieder von hoffnungsvollen Edelfrauen mit Tränen in den Augen bestürmt, die davon überzeugt waren, es gäbe eine einfache chemische Lösung für ihr dringendstes Problem. Fast alle schienen unglücklich über meine Antwort zu sein, aber kaum hatte ich eine Bittstellerin mit beleidigter Miene weggeschickt, als mich auch schon die nächste ansprach. Für gewöhnlich taten sie es vertraulich und unter tränenreichen Versicherungen, daß sie *sterben* würden, falls Baron Soundso sich nicht auf der Stelle und unrettbar in sie verliebt.

Es gab noch ein weiteres Problem, obwohl ich bezweifle, daß Ce'Nedra es für ein solches halten würde. Herzog Kathandrion teilte mir beiläufig mit, daß er, Mangaran und Corrolin sich darauf geeinigt hätten, mir ›für erwiesene Dienste‹ ein jährliches Gehalt zu bezahlen. Jeder von ihnen hatte pflichtschuldig einen irrwitzig hohen Goldbetrag für mich zur Verfügung gestellt. Wie heftig ich mich auch dagegen verwahrte und beteuerte, daß ich kein Geld *brauchte*, gelang es mir doch nicht, es ihnen begreiflich zu machen. Ich dachte, ich könne die Sache zur Sprache bringen, wenn wir uns diesen Sommer zu unserem jährlichen Treffen auf dem Großen Arendischen Markt zusammenfänden. Aber als ich dort ankam und mich mit Asrana unterhielt, der Baronin von Vo Mandor, wies sie mich auf ein paar Dinge hin. »Nehmt das Geld einfach, Polly«, empfahl sie mir. »Ihr würdet ihre Gefühle verletzen, wenn Ihr Euch weigert, und was wichtiger ist, es würde Euren Rang mindern, wenn Ihr anfinget, ihnen Eure Dienste kostenlos zu erweisen. Wenn sie nicht für Eure Dienste bezahlen, werden sie sie geringschätzen. Mit der Zeit würden sie beginnen, Euch wie eine Dienerin zu behandeln, und ich glaube nicht, daß Euch das gefallen würde. Lächelt und nehmt das Geld.«

»Was soll ich denn damit anfangen?« fragte ich. »Sie geben mir viel zu viel. Es wird sich nur anhäufen, und für mich zur Belastung werden.«

»Erwerbt etwas mit dem Geld – Grundbesitz irgendwo oder ein Stadthaus.«

Nun, das war eine Idee, die mir noch nicht einmal ansatzweise gekommen war. Wenn ich mein eigenes Haus hätte, könnte ich zumindest den Damen mit dem tränenverschleierten Blick entkommen, die Liebestränke von mir wollten, um mit deren Hilfe junge Herren einzufangen, die noch nicht gemerkt hatten, daß Mädchen und Jungen verschieden sind. Je mehr ich darüber nachdachte, desto besser gefiel mir die Vorstellung, und so brachte ich das Thema zur Sprache, als Kathandrion und ich nach dem Treffen nach Vo Wacune zurückritten.

»Sind die Gemächer, die ich Euch zur Verfügung stelle, nicht zu Eurer Zufriedenheit, Lady Polgara?« erkundigte er sich leicht gekränkt.

»Mein Quartier ist, so viel darf ich Euch versichern, Mylord, über jeden Tadel erhaben. Es ist lediglich ihre Lage, die den Grund meiner Unzufriedenheit darstellt. Solange ich mich auf dem Gelände Eures Palastes befinde, bin ich auf Gedeih und Verderb denjenigen ausgeliefert, die gewisse Ziele zu erreichen suchen, ohne sich dafür anzustrengen.« Ich erzählte ihm von der nicht endenwollenden Prozession junger Damen, die nach unverdienter Liebe hungerten und dürsteten, und von anderen, nicht minder ausgedorrt und ausgehungert, die es nach mystischem Beistand in Geschäftsdingen, Einflußnahme auf den Würfelbecher, den Ausgang von Tjosten und ähnlich abwegigen Dingen gelüstete.

»Ich werde ihnen den Flügel meines Palastes verbieten, in dem Ihr logiert«, schlug er vor.

»Kathandrion«, erklärte ich ihm geduldig, »Ihr könnt es ihnen so lange untersagen, wie Ihr wollt, sie werden Eure Verbote doch nur in den Wind schlagen. Wir haben es hier mit Besessenheit zu tun. Diese Leute sind der festen Überzeugung, sie verdienten all diese Dinge, nach denen es sie verlangt, und die Götter hätten mich einzig und allein deshalb nach Vo Wacune gesandt, ihr Verlangen zu stillen. Nur rohe Gewalt würde sie von meiner Türschwelle vertreiben, solange ich im Palast wohne. Darum brauche ich ein Haus für mich allein – ein Haus mit Zaun und verschließbarem Tor. Nur so werde ich wieder in Ruhe schlafen können. Gewiß gibt es in Vo Wacune Häuser, die zum Verkauf stehen. Dürfte ich Euch ersuchen, Euch für mich zu erkundigen, ob Ihr etwas Passendes finden könntet? Enteignet aber dafür bitte niemanden oder jagt ihn aus seinem Haus, sondern sucht mir einen Ort, an den ich mich zurückziehen kann. Ich glaube, wenn mich noch einmal jemand um einen Liebestrank bittet, fange ich an zu schreien.«

»Es war meiner Aufmerksamkeit entgangen, Mylady Polgara, daß die Edelleute meines Hofes Euch so grausam bedrängen. Ich werde mit der gebotenen Diskretion verlauten lassen, daß Ihr Euch auf der Suche nach einem ständigen Wohnsitz befindet.«

»Das würde ich sehr zu schätzen wissen, Mylord.«

»Gibt es denn so etwas?« fragte er neugierig, indem er abrupt den ›gehobenen Stil‹ verließ.

»Was, Mylord?«

»Einen Liebestrank. Könnt Ihr wirklich etwas zusammenmischen, daß jemand sich in einen anderen verliebt?«

»Gütiger Aldur«, seufzte ich. »Nicht Ihr auch noch, Kathandrion. Es gibt absolut nichts, was eine solche Wirkung haben könnte. Es gibt einige Kräuter aus Nyissa, die die Lust steigern, aber nichts auf der ganzen Welt, das Liebe erwecken würde. Ich bin mir bewußt, daß Liebeströnke in arendischen Epen eine tragende Rolle spielen, aber im wirklichen Leben gibt es nichts dergleichen. Es ist ein literarischer Topos und sonst nichts.«

»Ach«, seufzte er. »Wie schmerzt es doch, Illusionen zerstört zu sehen!«

»Ich glaube, das habe ich jetzt nicht verstanden.«

»Mein liebstes tragisches Heldenlied gründet auf dieser literarischen Konvention, die Ihr soeben beschrieben habt. Nie mehr, fürchte ich, vermag ich nun seine würdigen Reime mit auch nur der geringsten Befriedigung zu lesen. Weh und ach über diesen bitteren Verlust!«

»Es sieht so aus, als läge noch mehr Arbeit vor mir, als ich dachte«, sagte ich leise vor mich hin.

»Wie meinten Mylady?«

»Nichts, Kathandrion.« Ich lachte und legte ihm liebevoll die Hand auf sein Handgelenk.

Das Haus, das ich schließlich kaufte, lag nicht weit vom Palast entfernt. Es war ziemlich geräumig, hatte aber einen vernünftigen Preis – hauptsächlich deshalb, weil mindestens eine Generation der Vernachlässigung es in einen solchen Zustand versetzt hatte, daß es nahezu unbewohnbar geworden war. Ich vermute, ich hätte die Schäden selbst beheben können, aber das hätte die ansteckende Krankheit, die mich aus dem Palast vertrieben hatte, nur weiter verbreitet. Mein erster Schritt zur Instandsetzung meines Hauses bestand daher im Anwerben von Arbeitern, die das Dach flicken, die Fundamente stützen, das zerbrochene Glas ersetzen, die Eichhörnchen und Vögel vertrieben, die sich in meinen vier Wänden eingenistet hatten, und die Brauerei abreißen sollten, die ein unternehmungslustiger Schankwirt im Erdgeschoß eingerichtet hatte, ohne sich die Mühe zu machen, um Erlaubnis zu fragen. Ich fand bald heraus, daß man die Tagelöhner von Vo Wacune in drei Kategorien einteilen konnte: schlimm, schlimmer und unsäglich.

Eines Morgens schaute ich dort vorbei, um mich zu erkundigen, wie die Arbeiten vorankamen, und entdeckte, daß sie *nicht* vorankamen. Meine Arbeiter waren nirgends zu sehen, und seit meinem letzten Besuch war gar nichts getan worden. Im Dach klafften noch immer Löcher, durch die man eine Katze hätte werfen können, keine der verrotteten Dielenbohlen war ausgetauscht worden, und nicht eine einzige Scheibe steckte in den Fensterrahmen. Ich stapfte durch die hallende Ruine, und schwelgte lautstark in Onkel Beldins Sprachschatz.

»Wirklich selten, eine Dame zu find'n, die so begabt umgeh'n kann mit der Sprache«, sagte jemand in meinem Rücken in dem unverkennbaren wacitischen Dialekt.

Ich fuhr herum und erblickte einen stämmigen Burschen, dessen Gesicht ein roter Bart rahmte. Er lehnte an dem Türrahmen und säuberte sich lässig die Fingernägel mit einem übel aussehenden Dolch. »Wer bist du?« fragte ich. »Und was tust du hier?«

»Killane tu ich heiß'n, Fräuleinchen, und Eure erstaunliche, ich will mal sagen, Beredsamkeit hat mich angelockt wie der Honig die Bienen. Wo liegt das Problem?«

»*Hier* liegt das Problem!« fuhr ich ihn an und schwenkte die Arme über das Trümmerfeld um mich herum. »Letzte Woche stellte ich einige Männer ein, um diesen Schutt zu beseitigen. Im Geldannehmen waren sie ziemlich schnell, aber dann scheinen sie vergessen zu haben, wo das Haus genau liegt.«

»Habt Ihr etwa im *voraus* bezahlt?« fragte er ungläubig. »Habt Ihr den Verstand verlor'n, Fräuleinchen? Tut das *nie* tun! 's Geld kommt *nach* der Arbeit, nicht vorher.«

»Das wußte ich nicht«, gestand ich.

»O je, o je, oje!« seufzte er. »Was für ein armes Lämmchen Ihr doch seid, so ein liebes Mädel. Tut Ihr Euch zufällig noch an die Namen von den bösen Buben erinnern?«

»Ich glaube, der eine, der die ganze Zeit über redete, hieß Skelt«, antwortete ich, halbwegs beschämt. Wie *konnte* ich nur so leichtgläubig sein?

»Ach, *der*«, meinte Killane. »Der ist so verläßlich als wie das Aprilwetter, will ich mal sagen. Aber ich krieg ihn beim Wickel für Euch, Fräuleinchen. 's besteht wenig Hoffnung, daß er oder einer von seinen faulen Verwandten noch was von dem Geld hat, aber ich tu dafür sorg'n, daß er wiederkommt und abarbeitet, was er Euch schuld'n tut.«

»Wieso?« Unverzüglich verfiel ich in das andere Extrem.

»Weil Ihr 'nen Aufseher brauch'n tut, Mädel«, erklärte er mir unverblümt. »Na dann, so mach'n wir's. Ich spüre Skelt und seine nichtsnutz'gen Spießgesell'n auf und prügele sie an die Arbeit, die sie Euch schuld'n tun. Wenn nach einer Woche die Dinge nicht zu Eurer Zufriedenheit sind, trenn'n wir uns als Freunde, ohne Bedauern. Aber wenn's Euch gefall'n tut, wie ich's hinkriege, könn'n wir über was Dauerhafteres red'n.«

Ich hätte vermutlich beleidigt darüber sein sollen, wie er einfach in mein Leben trat und die Sache in die Hand nahm, aber ich war es nicht. Er hatte ganz offensichtlich recht. Auf diesem speziellen Gebiet menschlicher Aktivität war ich in der Tat ein armes Unschuldslamm. Wir unterhielten uns noch ein Weilchen, und Killane gestand mir in aller Bescheidenheit, daß er ›der beste Baumeister in ganz Arendien war, will ich mal sagen‹. Dann gingen wir durch das Haus, und ich erklärte ihm, was ich wollte. Die meisten meiner Ideen fanden seinen Beifall, und wenn er anderer Meinung war, wies er mich auf die Fehler hin. Dann, nachdem wir uns einen ersten Überblick verschafft hatten, verkündete er sein Urteil. Beinah zärtlich tätschelte er eine der Wände. »Sie ist noch immer 'n stabiles altes Schätzchen, auch wenn sie übel vernachlässigt worden ist, will ich mal sagen. Wir könn'n sie ruckzuck wieder in Form bring'n tun.« Dann sah er mich ziemlich streng an. »Um das von Anfang an klarzustell'n, Fräuleinchen, ich tu nicht pfusch'n, also geht's Eurer Börse ganz schön ans Leder. Aber Ihr wohnt hier noch 'ne lange Zeit, und ich will mich hinterher nicht schäm'n müss'n, wenn das alte Schätzchen Euch in ein paar Jahren auf den Kopf fällt. Ihr werdet Ideen hab'n, die nicht funtionier'n tun, und ich werd Euch ins Gesicht sag'n, daß das dumme Faxen sind. Ihr seid 'nen feuriges Mädel, das ist mir aufgefall'n, und deshalb werd'n wir uns von Zeit zu Zeit anschrei'n, aber wenn alles vorbei ist, habt Ihr ein Haus, wo Ihr stolz drauf sein könnt.«

»Das ist alles, was ich will, Killane«, erwiderte ich.

»Dann ist das ja klar. Ihr könnt Euch jetzt wieder an Eure Stickerei setz'n tun, Fräuleinchen. Überlaßt das alte Schätzchen nur mir. Ich krieg's wieder hin, will ich mal sagen.«

Ich kenne nur wenige Menschen, die eine so ausgeprägte Redlichkeit wie Killane besaßen. Ich mochte ihn sofort. Ja, ich war so beeindruckt von ihm, daß ich zu guter Letzt einen Mann geheiratet habe, der sein Bruder hätte sein können.

Ich besuchte ein paarmal mein Haus, während es instandgesetzt wurde. Skelt und seine zahlreichen Vettern, Brüder und was-auch-immer waren nun eine ziemlich verdrossene Schar, doch die meisten Schnitte und Prellungen waren schon verheilt. Killane trieb sie unnachgiebig an, und die Arbeit machte Fortschritte, auch wenn es für mich immer noch viel zu langsam ging. Ich wollte *wirklich* heraus aus diesem Palast. Es geschah eher, um mich abzulenken – und um Killane nicht den letzten Nerv zu rauben –, daß ich in jenem Herbst nach Vo Mandor ritt, um Asrana und Mandorin einen Besuch abzustatten. Diese seltsame Heirat verlief harmonischer, als irgend jemand es für möglich gehalten hätte. Mandorin war der boshaften Asrana unrettbar verfallen. Seine geistesabwesende Bewunderung verführte sie eigentümlicherweise zu einigen ihrer unverschämtesten Possen. Ihr Eheglück trübte indes keineswegs ihren politischen Scharfsinn, und so gelang es ihnen zumeist, die Mimbrater und Asturier daran zu hindern, sich gegenseitig an die Kehle zu gehen.

Ich litt bald unter einer gewissen Übersättigung, so

daß ich nach Vo Mimbre weiterzog, um bei Herzog Corrolin nach dem Rechten zu sehen. Naturgemäß gab es tolnedrische Kaufleute in Vo Mimbre, da Tolnedra ja nur jenseits des Flusses lag, aber ein paar behutsame Nachforschungen ergaben, daß sie in der Tat Tolnedrer und keine Dagashi waren. Offensichtlich hatte der blutige Nasenstüber, den ich Ctuchik versetzt hatte, ihn dazu bewogen, erst einmal die Krallen einzuziehen.

Dann ritt ich, da ich um Aldurs willen nicht den Eindruck von Günstlingswirtschaft erwecken wollte, weiter gen Norden nach Vo Astur, um Mangaran zu besuchen. Dort gab es einige Schwierigkeiten, aber ich entdeckte keinen Anhaltspunkt dafür, daß sie murgosischen Ursprungs waren. Die Thronenthebung Oldorans hatte seine Familie, die seit einigen Generationen ganz Asturien als Privateigentum betrachtete, tief gekränkt. Oldorans Verwandte waren unfähige Personen, die ihre Streitsucht befriedigten, indem sie Mangaran mit höchst beleidigenden Ausdrücken bedachten. Ein Neffe hingegen, ein ungehobelter, sauertöpfischer junger Mann namens Nerasin, war über bloße Verleumdung hinausgegangen und schmiedete emsig Bündnisse für den Tag, an dem der ältliche Mangaran sterben und der Thron Asturiens demjenigen in die Hände fallen würde, der flink genug wäre, ihn sich zu nehmen. Ich gewann den starken Eindruck, mich eines Tages mit Nerasin beschäftigen zu müssen, aber fürs erste war Mangarans Macht ausreichend gefestigt, so daß der junge Störenfried nicht aus der Reihe tanzte.

Mein Besuch bei Mangaran dauerte ungefähr eine Woche, und dann ging ich zurück nach Vo Wacune, um zu sehen, wie Killane mit den Renovierungsarbeiten vorankam. Es war mittlerweile Herbst, und obwohl der arendische Wald größtenteils aus immergrünen Gewächsen bestand, gab es doch genügend Ahorn-, Birken- und Espenhaine, um dem riesigen Forst farbenfrohe rote, gelbe und blaßorange Tupfer aufzusetzen. In der Luft lag ein schwach rauchiger Duft nach Herbst. Ich fand das absolut hinreißend und beeilte mich nicht auf meinem Ritt nach Osten. Am späten Nachmittag eines wundervollen Herbsttages erreichte ich die Stadt Vo Wacune, durchquerte das reich geschmückte Stadttor und ritt unverzüglich in die ruhige, von Bäumen gesäumte Straße, in der mein Haus stand. Ich bemerkte mit nicht geringer Befriedigung, daß Killane und sein Arbeitertrupp die Marmormauer repariert hatten, die das Anwesen umgab, und das verrostete alte Eisentor durch ein neues, wesentlich beeindruckenderes und schmuckeres ersetzt hatten.

Eine der Attraktionen meines Hauses war der ziemlich ausgedehnte Park drumherum. Irgendwann einmal hatte es hier Gärten gegeben, aber als ich den Besitz kaufte, hatte das Unkraut diese Gärten schon längst überwuchert. Ich war daher ein wenig verblüfft, als ich durch das Tor ritt. Gestrüpp und Unkraut waren verschwunden, die alten Hecken säuberlich beschnitten. Killane selbst befand sich an der Seite des Hauses und grub ein Blumenbeet um. Er blickte hoch, als ich abstieg. »Nu denn, nu denn, da seid Ihr ja, Mädel«, begrüßte er mich. »'ch wollt schon 'nen Suchtrupp nach Euch ausschick'n, will ich mal sagen.«

»Gartenkunst, Killane?« staunte ich. »Du bist ein vielseitig begabter Mann, nicht wahr? Wie geht es mit dem Haus voran?«

»Das alte Schätzchen ist fertig, Fräuleinchen«, erwiderte er ziemlich stolz. »Und 's ist besser geword'n, als wie wir's gedacht hatt'n. Ich tu mir nur die Zeit bis zu Eurer Rückkehr vertreib'n und Euch die Blumenrabatten fertig mach'n tun für's Pflanzen nächstes Frühjahr. 'ch war so frei, 'nen paar Putzfrauen einzustell'n, um drinnen alles auf Hochglanz zu polier'n. Wie wär's, würdet Ihr Euch gern mal drinnen umseh'n tun?«

»Ich dachte schon, du würdest nie fragen.«

»'ch hoffe, was wir dem alten Schätzchen angestellt hab'n, tut Euch so gefall'n, daß Ihr, ich will mal sagen, keinen Schlag kriegt, wenn ich Euch die Rechnungen zeige. 'ch hab sie runtergehandelt, so gut ich's konnte, aber alles in allem ist's verdammig viel.«

»Ich denke, ich werde es überleben, Killane«, beruhigte ich ihn. »Und jetzt laß uns mein Haus besichtigen.«

Das frisch renovierte Haus übertraf meine kühnsten Erwartungen. Die Zimmer – selbst im Dienstbotentrakt – waren geräumig, die Bäder groß und gut ausgestattet. Die Wände, die mehr als nur ein bißchen schäbig ausgesehen hatten, waren frisch verputzt. Die Böden, sowohl die aus Holz als auch die aus Marmor, glänzten. Das Ganze hatte eine solide, behagliche Atmosphäre, und die hohe Umfassungsmauer aus Marmor sowie die Bäume und Hecken im Garten schluckten jedes Geräusch von der Straße und verliehen dem Ort eine Aura von Abgeschiedenheit und Frieden.

»Es ist vollkommen!« sagte ich begeistert zu meinem wacitischen Freund.

»Na ja, ich wußte nicht, daß ich *so* weit geh'n müßte, Fräuleinchen«, antwortete Killane bescheiden. »'ch hab getan, was ich konnte mit dem alten Schätzchen, aber es gibt 'nen paar Ecken und Winkel, die hätt ich anders gemacht, will ich mal sagen.«

Auf meinen Reisen hatte ich mir etwas überlegt, aber ich wußte nicht, wie ich das Thema vor Killane zur Sprache bringen sollte. Schließlich fiel ich einfach mit der Tür ins Haus. »Wir kommen doch ganz gut miteinander aus, Killane, nicht wahr?« fragte ich ihn geradewegs.

»Ihr seid 'nen ganz vernünftiger Arbeitgeber – für 'ne Frau – und tut selten was Unmögliches verlang'n tun. Ich könnt's wohl ertrag'n, um Euch sein zu tun.«

»Bemühe dich bitte nicht, mir zu schmeicheln, Killane.«

Er lachte. »Zur Sache, Fräuleinchen«, verlangte er. »Schleicht nicht um den heißen Brei drumrum.«

»Wie würde es dir gefallen, für mich zu arbeiten?« Ich stellte es ihm anheim.

»'ch dachte, das tät ich tun.«

»Ich meine nicht nur die Instandsetzungsarbeiten am

Haus. Ich meine dauerhaft. Dies ist ein ziemlich großes Haus. Wenn es sein muß, kann ich mich selbst darum kümmern, aber es wird Zeiten geben, wenn ich über längere Perioden abwesend bin, und ich möchte nicht, daß das Haus wieder in den Zustand gerät, in dem es sich befand, als ich es zum erstenmal sah. Um auf den Punkt zu kommen, ich brauche jemand, der das Anwesen für mich führt. Würde dich das interessieren?«

»'ch bin kein Diener, Fräuleinchen. Meine Manieren sind nicht sehr fein, will ich mal sagen.«

»Bis jetzt ist es dir noch nicht gelungen, *mich* vor den Kopf zu stoßen.«

»Gebt mir noch was Zeit, Fräuleinchen. Wir hab'n uns gerade erst kenn'ngelernt.«

»Käme es denn in Betracht für dich?«

»'ch schätze, wir könn'n's mal für 'nen Jährchen oder so versuch'n tun, Melady.«

»Warum so förmlich, Killane?«

»'s ziemt sich wohl kaum, daß ich meinen Brötchengeber ›Fräuleinchen‹ nenn'n tu«, antwortete er.

»Ich habe nicht das geringste dagegen, Killane.« Ich sah mich um. Jetzt, wo all der Schutt und Abfall beseitigt waren, wirkte das Haus fast beängstigend groß. »Wir brauchen wahrscheinlich Diener, nicht wahr?« schlug ich ein wenig zaghaft vor.

»Das könnt Ihr wohl sag'n tun, Fräuleinchen«, sagte er grinsend. »Ich persönlich bin nicht der Flotteste mit Besen und Staubwedel, und meine, ich will mal sagen, Kochkunst läßt auch zu wünsch'n übrig.«

Ich lachte und legte ihm freundlich die Hand auf das Handgelenk. »Ihr seid mein Verwalter, der sie beaufsichtigen wird, Killane, also stellt ein paar Leute an, mit denen Ihr zurechtkommt.«

Er verbeugte sich mit erstaunlicher Grazie. »Wie Ihr wollt, Fräuleinchen. Morgen in der Frühe zuallererst, tu ich 'nen Wagen mitbring'n tun.«

»Wozu?«

»Wollt Ihr auf dem nackten Boden schlaf'n? Ein klein

bißchen Möbel wär schon ganz gut, meint Ihr nicht auch?« Dann zog er ein Bündel von Rechnungen aus der Tasche seiner Tunika. »Tja, und jetzt tun wir zum unangenehmen Teil des Tages komm'n«, meinte er.

Killane und ich brauchten einige Wochen, um unsere Besorgungen zu machen und Möbel, Bettwäsche, Teppiche und verschiedene Dekorationsgegenstände einzukaufen und die Kahlheit dieser nackten weißen Wände zum Verschwinden zu bringen. Und dann begannen die Bediensteten – größtenteils Killanes Verwandte – einzutreffen. Manche Leute haben etwas gegen Vetternwirtschaft, aber meine damalige Situation ließ es mir als das Natürlichste der Welt erscheinen. Es dauerte eine Weile, bis wir uns alle aneinander gewöhnt hatten. Am längsten brauchte ich, um mich daran zu gewöhnen, auf Schritt und Tritt bedient zu werden. Das einzige wirkliche ernsthafte Problem hatte ich mit meiner Köchin, einer von Killanes zahllosen Basen, die es ganz und gar nicht gerne sah, daß ich oft in *ihre* Küche eindrang, um entweder mitzuhelfen oder ihr Vorschläge bezüglich des Essens zu unterbreiten. Mit der Zeit lösten wir aber auch dieses Problem, und alles in allem war ich glücklich und zufrieden.

Im Sommer, nachdem ich in mein Haus gezogen war, begaben Herzog Kathandrion und ich uns auf den Großen Arendischen Markt zu unserer alljährlichen Zusammenkunft, die später als ›Arendischer Rat‹ bekannt werden sollte. Der Name war nicht eben originell, aber er war schließlich nach dem Vorbild des Alornischen Rates drüben in Riva entstanden, und Arender schätzen Traditionen selbst wenn es nicht ihre eigenen sind. Es gab gewisse Reibungspunkte, die geklärt werden mußten, aber nichts Ernsthaftes.

Was mich in jenem Sommer weit mehr interessierte als die Politik, war die Tatsache, daß Baronin Asrana schwanger war.

»Ist es immer so beschwerlich und mühevoll, Polly?« fragte sie mich eines Abends, als unser Tagewerk an Besprechungen hinter uns lag.

»Für gewöhnlich«, entgegnete ich. »Wann ist der Entbindungstermin?«

»Früh im kommenden Winter – noch eine Ewigkeit.«

»Ich komme nach Vo Mandor und stehe Euch bei.«

»Oh, das müßt Ihr aber nicht, Polly.«

»Doch, ich muß, so ist es nun einmal. Es mag seltsam klingen, aber ich habe Euch sehr gerne, Asrana, und ich werde Euch nicht der Pflege von Fremden überlassen.«

»Aber –«

»Still, Asrana. Die Sache ist erledigt.«

»Jawohl, große Herrin.« Es klang unterwürfig, aber ich kannte Asrana gut genug, um zu wissen, daß Unterwürfigkeit und Demut kein integraler Bestandteil ihres Wesens waren.

Nachdem die Ratssitzungen vorüber waren, ritten Kathandrion und ich zurück nach Vo Wacune. »Irgendwie erscheint mir all dies sehr fremdartig«, philosophierte Kathandrion am letzten Tag unseres Heimwegs.

»Was?«

»Sich mit Erbfeinden treffen und an einen Tisch setzen.«

»Gewöhnt Euch besser dran, Kathandrion. So lange ich in der Nähe bin – und ich werde sehr, sehr lange in der Nähe sein –, wird diese jährliche Zusammenkunft ein fester Termin auf dem arendischen Veranstaltungskalender sein. Mit Leuten zu reden ist viel besser, als gegen sie zu kämpfen.«

»Welch widernatürliches Ansinnen.«

Mit einem theatralischen Blick leidgeprüfter Resignation verdrehte ich die Augen himmelwärts. »Arender«, seufzte ich.

Kathandrion lachte. »Ich *liebe* es einfach, wenn Ihr das macht, Polgara«, sagte er. »Es läßt alles, was wir tun, so lächerlich wirken.«

»Das *ist* es, Kathandrion. Glaubt mir, das ist es.«

Der Rest des Sommers verlief ohne Zwischenfall, aber der Herbst war mit gesellschaftlichen Ereignissen angefüllt. Offensichtlich handelt es sich hierbei um eine arendische Gepflogenheit: »Ruht euch den Sommer über aus, und dann feiert, bis die Schneeflocken fliegen.«

Killane begleitete mich zu der Zeit, die ich für Asranas Entbindung errechnet hatte, nach Vo Mandor. Er stellte keine Fragen; er machte keine Vorschläge; er tat es einfach. »'ch laß nicht zu, daß Ihr mutterseelenallein reis'n tut, Fräuleinchen«, beschied er mich, als ich Einwände erhob. »Mal ganz abgeseh'n von den Gefahren, tät es Eurem gesellschaftlichen Anseh'n schad'n tun, wenn jemand spitz kriegt, daß Ihr Euch keine anständige Eskorte leist'n könnt, will ich mal sagen.«

Ich machte kein Drama daraus, da ich seine Gesellschaft schätzte, und es erheiterte mich, am eigenen Leib zu erfahren, wie Bedienstete ihre Herrschaft oft gängeln. Killane nahm das, was er für seine Pflicht hielt, sehr ernst.

Es schneite, als wir in Vo Mandor ankamen, dicke, wirbelnde Schneeflocken, die alles, was weiter als ein paar Armlängen entfernt war, hinter einem weißen Wolkenschleier verbargen. Mandorin begrüßte mich überaus herzlich, und auf seinem Gesicht lag jener besorgte Ausdruck, der nahezu jedem werdenden Vater eigen zu sein scheint.

Ich überantwortete den Baron von Mandor Killanes Obhut, damit ich ihn aus dem Wege hatte, und machte mich daran, die hochschwangere Baronin zu umsorgen. Es gab da narkotische Mischungen, die ihre Wehenschmerzen lindern würden, und wenn es richtig zur Sache ginge, konnte ich sie mit einem einzigen Gedanken in den Schlaf schicken. Ich mußte allerdings nicht zu diesem letzten Hilfsmittel greifen, denn die Geburt von Asranas Sohn ging ziemlich leicht vonstatten. Mandorin platzte fast vor Stolz. Frisch gebackene Väter sind immer so, ist mir aufgefallen.

Es gab nichts wirklich Dringendes, was meine sofortige Rückreise nach Vo Wacune erfordert hätte. Mein Haus befand sich in der Obhut von Killanes tüchtigen

Verwandten, und Reisen im Winter ist nicht sehr erfreulich, so daß ich dem Drängen von Mandorin und Asrana nachgab, noch zu bleiben, bis das schlechte Wetter vorüber ging.

Es war angenehm, die Zeit mit alten Freunden zu verbringen, und außerdem kam ich so dazu, ziemlich viel mit dem Kleinen zu spielen. Doch unaufhaltsam zog der Frühling herbei, und Killane und ich begannen, die Vorbereitungen für unsere Rückkehr nach Vo Wacune zu treffen.

Wie es sich herausstelltc, schautc jcdoch am Nachmittag des Vortages, für den wir unsere Abreise geplant hatten, ein anderer alter Freund vorbei. Graf Mangaran, der de-facto-Herzog von Asturien, hatte eine Unterredung mit Herzog Corrolin in Vo Mimbre geführt. Begleitet von seiner schwer bewaffneten Leibwache, ritt er die lange Dammstraße nach Vo Mandor herbei.

Mangaran war seit dem Putsch, der ihn auf den Thron befördert hatte, nicht merklich gealtert, aber seine Augen wirkten sehr müde. Nach den Begrüßungsformalitäten im Burghof führte Mandorin uns in einen sicheren Raum hoch oben in einem der Türme, um gewisse Staatsangelegenheiten zu besprechen. In Hinsicht auf die Beschaffenheit von Vo Mandor glaube ich eigentlich nicht, daß diese Vorsichtsmaßnahme wirklich erforderlich waren, aber schließlich *war* es immer noch Arendien.

»Nun, Mangaran«, eröffnete Asrana die Sitzung, nachdem wir alle Platz genommen hatten, »hat Euch irgendein Notfall nach Vo Mimbre geführt, oder sehntet Ihr Euch nur nach Herzog Corrolins Gesellschaft?«

Mangaran fuhr sich müde mit der Hand über das Gesicht. »Manchmal denke ich, es wäre klüger gewesen, ich hätte die Stadt verlassen, als Ihr Damen unsere kleine Revolution plantet«, versetzte er. »Ich glaube, ich weiß jetzt, warum Oldoran sich die ganze Zeit bis unter die Ohren betrunken hat. Man muß ja *so* viele Kleinigkeiten beachten.« Er seufzte bekümmert. »Ich begab mich nach Vo Mimbre, um Herzog Corrolin davon in Kenntnis zu setzen, daß es in Vo Astur ernsthaften Ärger gibt. Nun befinde ich mich auf dem Weg nach Vo Wacune, um mit Herzog Kathandrion über die nämliche Angelegenheit zu reden. Ich riet den beiden, ein starkes Bündnis zu schmieden. Asturien steht kurz davor, in Flammen aufzugehen.«

»Das ist doch nichts Neues, Mangaran«, bemerkte Asrana. »In Asturien schwelt es, seit ich ein kleines Mädchen war. Welche besonderen Holzkohlen sind es diesmal?«

»Vermutlich wird die Geschichte diese Vorgänge einst den ›Neffenkrieg‹ nennen«, entgegnete Mangaran mit finsterer Miene. »Keiner meiner Söhne lebt mehr, und mein Anspruch auf den Herzogthron ist ziemlich strittig. Wir *haben* Oldoran seinerzeit aufgrund äußerst fadenscheiniger juristischer Gründe abgesetzt, und derjenige, der dem Gesetz nach seinen Platz hätte einnehmen sollen, ist sein ältester Neffe Nerasin.«

Asrana machte ein würgendes Geräusch.

»Das sind auch meine Gefühle, Baronin«, sagte Mangaran glattzüngig. Dann fuhr er fort. »Unglücklicherweise ist *mein* ältester Neffe nicht viel besser als Nerasin. Er ist ein tumber Tunichtgut, der bis über beide Ohren in Spielschulden steckt. Um es krass auszudrücken, ich würde ihm keinen Schweinestall anvertrauen.«

»Ich kenne ihn, Polly«, ließ Asrana mich wissen. »Sein Name lautet Olburton, und er ist mindestens so ekelhaft wie Nerasin. Falls einer dieser beiden unserem Mangaran hier nachfolgt, wird Asturien zu einem Flickenteppich einander befehdender Kleinstherrschaften zerfallen.« Sie bedachte ihren Gemahl mit einem ziemlich kühlen Blick. »Und in Mimbre gibt es Leute, die den Entschluß fassen könnten, das ein wenig auszunutzen, nicht wahr, Liebster?«

Mandorin seufzte. »Ich fürchte, Ihr habt die Wahrheit gesprochen«, räumte er ein.

»Und auch in Wacune gibt es Grenzbarone, die ähnlich denken«, fügte ich hinzu. »Was *ist* nur an der Grenznähe dran, daß sie das Schlechteste im Menschen zutage fördert?«

»Oh, das ist ganz einfach, Polly«, gab Asrana mir mit einem zynischen kleinen Lachen zu verstehen. »Alle Welt weiß, daß die Leute auf der anderen Seite der Grenze keine richtigen Menschen sind. Deshalb gehört alles, was sie zufällig rechtmäßig besitzen, in Wahrheit den *richtigen* Menschen auf dieser Seite der Grenze.«

»Das ist eine sehr brutale Lebenseinstellung, Asrana«, schalt ich sie.

»Aber dennoch eine wahre«, erwiderte sie mit einem frechen Kopfschütteln.

»Ich vermag nicht zu glauben, daß dies wirklich eintrifft«, verwahrte sich Mandorin. »Der hart erkämpfte Frieden, den aus den Fängen des endlosen Krieges zu befreien wir uns alle so tapfer mühten, ist auf Gedeih und Verderb zwei asturischen Laffen ausgeliefert!«

»Und das Schlimmste daran ist, daß wir kaum etwas dagegen unternehmen können«, klagte Mangaran. »Glücklicherweise werde ich nicht mehr unter Euch weilen, wenn es passiert.«

»Wie seltsam«, sinnierte Asrana. »Der Frieden erfordert nicht minder starke Herrscher als der Krieg. Mangaran, mein Lieber, warum hinterlaßt Ihr dem armen Asturien nicht ein Abschiedsgeschenk? Fügt eine Klausel in Euer Testament ein, die jeden der beiden unfähigen Neffen unverzüglich auf den Henkerblock bringt. Ein Mann ohne Kopf hat nicht viel Verwendung für eine Krone, oder?«

»Asrana!« keuchte Mandorin entsetzt.

»Ich habe doch nur einen Scherz gemacht, Liebster«, beschwichtigte sie ihn. Dann runzelte sie leicht die Stirn. »Trotzdem, es *ist* eine Lösung«, überlegte sie. »Aber warum tun wir es nicht, *bevor* Mangaran zu Chaldan berufen wird? Ein bißchen Gift am rechten Ort würde das ganze Problem aus der Welt schaffen, nicht wahr?

Dann könnten wir mit Hilfe von Gift die Reihen des asturischen Adels ausdünnen, bis wir zu guter Letzt jemanden finden, der tüchtig genug ist, um zu herrschen.«

»Ein bißchen simpel Euer Plan, Asrana«, tadelte Mangaran sie.

»Die simplen sind oft die besten, alter Freund«, verteidigte sie sich. »Schließlich sind wir alle Arender, und komplizierte Dinge verwirren uns.«

»Ich gestehe, daß ich versucht bin«, sagte Mangaran mit trockenem Grinsen.

»Ich würde entschieden davon abraten«, mischte ich mich ein. »Das Einbringen von Gift in die Politik scheint, wie mir aufgefallen ist, zu Nachahmung zu ermutigen, und *jeder* muß hin und wieder essen und trinken.«

»Aber Gift ist doch sehr selten«, meinte Asrana. »Und teuer, oder?«

»Gütiger Himmel, nein, Asrana«, sagte ich zu ihr. »Ich könnte tödliche Gifte aus einem Eurer Blumenbeete hier in Vo Mandor brauen, wenn ich es wirklich darauf anlegen würde. Giftpflanzen sind so weit verbreitet, daß ich mich manchmal wundere, warum nicht die halbe Bevölkerung durch eine zufällige Berührung mit ihnen hinweggerafft wird. Es gibt sogar einige gewöhnliche Pflanzen, die zu jedermanns täglicher Nahrung gehören und hochgiftige Blätter haben. Eßt Ihr die Wurzeln, seid Ihr fein heraus, eßt Ihr die Blätter, seid Ihr tot. Wenn Ihr jemand umbringen wollt, nehmt eine Axt oder einen Dolch. Aber öffnet keinesfalls die Tür mit der Aufschrift ›Gift‹. Ich werde ein Auge auf die Vorgänge in Asturien haben, also bitte greift nicht übereilt zu exotischen Lösungen.«

»Spielverderberin«, maulte Asrana.

Da Mangaran ohnehin nach Vo Wacune ging, schlossen Killane und ich uns ihm an, obwohl mein Seneschall – falls das die richtige Bezeichnung sein sollte – sich in der Gegenwart so vieler Asturier höchst unwohl fühlte. Erbfeindschaften sterben nur langsam, wie ich bemerkt habe, und Frieden war in Arendien immer noch so etwas wie ein Novum.

Mangarans ›Neffenkrieg‹ war nicht schwer zu entschärfen, da die Leute, die sich in den beiden Lagern eingefunden hatten, zu der Sorte gehörten, die eine Menge übers Kämpfen *redeten*, sich jedoch in die Büsche schlugen, wenn es wirklich Ärger gab. Ich ließ Mangaran die lautstärksten Anhänger sowohl Olburtons als auch Nerasins aufspüren, und nachdem ich ein paar deutliche Worte mit dem prominentesten Vertreter der beiden Gruppierungen gesprochen hatte, kühlte sich die ganze Angelegenheit ziemlich schnell ab. Man *hat* schließlich einen gewissen Ruf. Ich ging recht freizügig mit einigen Drohungen um, die ich vermutlich nicht in die Tat umgesetzt hätte, selbst wenn ich gewußt hätte, wie ich es bewerkstelligen sollte.

Die Herrscher der drei Herzogtümer nahmen das als eine Art Zeichen von oben, und ob ich die Stellung nun wollte oder nicht, ich wurde zur halboffiziellen Vorsitzenden bei den Treffen des Arendischen Rats in jedem Sommer befördert.

In dieser Art ging es eine Reihe von Jahren weiter, und mittels einer Mischung aus Überredung, Drohung und schierer Gewalt gelang es mir, den brüchigen Frieden in Arendien zu wahren.

Der junge Alleran wuchs in diesen Jahren heran, und kurz nach seinem achtzehnten Geburtstag verheiratete man ihn. Ich hatte ihm während der prägenden Phase seiner Entwicklung ziemlich nahegestanden und ihn behutsam auf Abwege geführt. Seine Eltern, Kathandrion und Elisera, hatte ihr Bestes gegeben, um ihn zu einem vollwertigen Arender zu erziehen – ganz Adel und kein Verstand. Ich jedoch mischte mich gerade hinreichend in seine Ausbildung ein, um ihm jene Ader gesunden Menschenverstandes zu bewahren. Asranas Beobachtungen während der Begegnung in Vo Mandor behielten noch immer ihre Richtigkeit. Ein Herrscher in Friedenszeiten mußte mindestens ebenso stark sein wie einer, der Krieg führte, und nichts macht einen Herrscher so stark wie gesunder Menschenverstand.

Bei meiner Kampagne, Allerans reine arendische Einstellung zu verderben, hatte ich einen ungewöhnlichen Verbündeten. Obwohl Alleran angeblich seine ›Tante Pol‹ besuchte – diese Anrede bin ich jahrhundertelang nicht mehr losgeworden –, bemerkte ich, daß er seine Zeit immer öfter mit Killane verbrachte. Und wer konnte einen jungen Menschen besser zu praktischer Veranlagung erziehen als ein Baumeister? Zwischen Killane und mir hin und her gereicht, kam am Ende ein hervorragend zum Herrscher befähigter junger Mann heraus. Er konnte mit den Besten ›dünken‹ und ›ihrzen‹, aber sein Verstand hörte nicht auf zu arbeiten, sobald ihm die erste altertümliche Silbe über die Lippen gekommen war.

Egal, was ihr jetzt glauben mögt, bei der Wahl der Braut hatte ich meine Hände *nicht* im Spiel. *Diese* Entscheidung wurde fast ausschließlich von politischen Erwägungen diktiert. Bündnisse zwischen Gleichgestellten werden fast immer mit Eheschließungen besiegelt. Der Name der Braut lautete Mayaserell – einer dieser zusammengesetzten Namen, die für gewöhnlich entstehen, wenn man die Namen mehrerer toter Anverwandter in einen Topf wirft und umrührt. Sie war ein reizendes, dunkelhaariges Mädchen. Sie und Alleran waren zwar nicht unsterblich ineinander verliebt, aber sie verstanden sich recht gut, und das ist eine vernünftige Basis für eine Ehe, nehme ich an.

Die Jahre behielten ihren gemessenen, geordneten Gang bei, und das jährliche Treffen des Arendischen Rats auf dem Großen Markt gab mir hinreichend Gelegenheit, die verschiedensten Dummheiten zu Fall zu bringen, bevor sie völlig außer Kontrolle gerieten.

Ich glaube, es war nach der Ratssitzung im Jahre 2324, daß ich eine meiner periodischen Erkundungszüge durch das Land der Arender unternahm. Ich mißtraute zwar nicht den Nachrichten, die ich erhielt, aber es empfiehlt sich stets, gelegentlich mit eigenen Augen nach dem Rechten zu sehen. Aus diesem Grunde schlossen Killane und ich uns der Schar von Herzog

Corrolin von Mimbre an und ritten zur goldenen Stadt an den Ufern des Arendflusses weiter.

Weil ich in Vo Mimbre nichts sonderlich Beunruhigendes entdeckte, verließen Killane und ich Vo Mimbre nach ungefähr einer Woche wieder und machten uns auf den Weg nach Vo Mandor, um Mandorin und Asrana einen Besuch abzustatten.

Am Morgen unseres zweiten Reisetages geschah es, daß Killane und ich ein Gespräch in Angriff nahmen, das in zunehmendem Maße notwendig geworden war.

Es war nicht lange nach Sonnenaufgang. Mein Seneschall und ich waren einen recht steilen Hang hinaufgeritten und hielten auf der Kuppe an, um unseren Pferden in der goldenen Morgensonne eine Rast zu gönnen.

»Nichts für ungut, Fräuleinchen«, begann Killane ein wenig zögernd, »aber könnt'n wir wohl mal kurz miteinander plaudern?«

»Natürlich. Du siehst bekümmert aus, Killane. Was bedrückt dich?«

»'ch bin ja nicht der klügste Mann der Welt, Melady«, sagte er, »aber man tät schon ein ausgemachter Dummkopf sein müss'n, um nicht zu seh'n, daß Ihr nicht unbedingt, ich will mal sagen, normal seid.«

»Oh, herzlichen Dank, Killane.« Ich lächelte. »Faß dir ein Herz und sprich es aus, mein Freund. Ich werde nicht im geringsten Anstoß nehmen.«

»Sie nenn'n Euch Polgara die Zaub'rin«, platzte er los. »Ist das die Wahrheit?«

»Das mit der ›Zauberin‹ wird immer völlig überbewertet«, entgegnete ich, »aber, ja, Polgara *ist* mein Name, und ich *habe* gewisse Fähigkeiten, die nicht besonders verbreitet sind.«

»Und Euer Vater tut Belgarath heiß'n?«

Ich seufzte. »Ich fürchte, ja.«

»Und Ihr seid 'nen bißchen älter, als Ihr ausseht, stimmt's?«

»Ich will doch hoffen, daß man mir die Jahre nicht ansieht.«

»Ihr seid, ich will mal sagen, tausend Jahre alt?« Er warf mir die Zahl fast anklagend an den Kopf.

»Nein, mein Lieber«, erklärte ich ihm geduldig. »Dreihundertvierundzwanzig, um genau zu sein.«

Er schluckte krampfhaft, und in seine Augen trat ein wilder Blick.

»Ist das wirklich so wichtig, Killane?« wollte ich von ihm wissen. »Die Langlebigkeit liegt bei uns in der Familie. Manche Menschen leben länger als andere, das ist eine Tatsache. Das hast du doch gewiß schon selbst bemerkt.«

»Tja, na ja, ich tu's annehmen. Aber *dreihundert* Jahre!«

»Ich sage es noch einmal. Ist das wirklich so wichtig, Killane? Unsere Freundschaft ist es doch, was zählt, oder? Du bist mein treuer und ergebener Freund. Das jedenfalls ist alles, was für mich zählt, und es ist alles, was für dich zählen *sollte*. Laß nicht zu, daß so etwas belangloses wie Zahlen unsere Freundschaft zerstören.«

»Eher tät ich mir die rechte Hand abhack'n tun«, erklärte er.

»Nun also, dann hör auf, dir Sorgen darüber zu machen.«

»Könnt Ihr wirklich und wahrhaftig Magie fabrizier'n?« Sein Tonfall war beinah lausbübisch, und gespannte Erwartung schien sich auf seinem Gesicht abzuzeichnen.

»Wenn du es so nennen willst, ja.«

»Tut was Magisches«, bedrängte er mich mit leuchtenden Augen.

»Du liebe Güte«, seufzte ich. »Also gut, Killane, aber wenn ich ein paar Tricks für dich gezaubert habe, dann können wir dieses dumme Gespräch beenden, ja?«

Er nickte eilfertig.

Ich versetzte mich an einen Ort ein Stück weit hinter ihm, und er saß auf seinem Pferd und gaffte meinen plötzlich leeren Sattel an.

»Hier bin ich, Killane«, eröffnete ich ihm bedächtig.

Er drehte sich um, einen fast verängstigten Ausdruck im Gesicht.

Ich vollführte eine Geste in Richtung eines nahen Felsblocks, während ich meinen Willen sammelte. Dann ließ ich ihn frei, und der Felsen löste sich vom Boden und schwebte zehn Fuß hoch in der Luft.

Killane fuhr sichtlich zusammen, als ich ihn mit lautem Krach wieder fallenließ.

»Das war immer mein Lieblingstrick«, erzählte ich ihm und verschwand ganz langsam zu der Gestalt einer weißen Schnee-Eule. Ich kreiste eine kleine Weile über ihm, wobei ich ihm sachte mit meinen Schwingfedern übers Gesicht strich. Dann nahm ich erneut meine eigene Gestalt an und stieg wieder auf mein Pferd. »Zufrieden?« fragte ich meinen zitternden Freund.

»Mehr als zufrieden, Melady«, versicherte er mir. »'s war wunderbar mit anzuseh'n.«

»Es freut mich, daß es dir gefallen hat. So, können wir jetzt nach Vo Mandor weiterreisen? Wenn wir uns beeilen, kommen wir rechtzeitig zum Abendessen.«

KAPITEL 17

Im nächsten Frühjahr verstarb Graf Mangaran, und ich eilte nach Vo Astur, um seinen unlängst bestatteten Leichnam zu untersuchen. Ich wollte mich vergewissern, daß Asranas simple Lösung für die Beseitigung unliebsamer Personen nicht einem von uns widerfahren war. Meine Untersuchungen des Körpers meines Freundes ergab indes, daß er eines natürlichen Todes gestorben war.

Olburton, der Tunichtgut, der Mangarans Erbe war, hatte die Macht in Vo Astur an sich gerissen, aber der größte Teil des übrigen Arendien stand unter der Kontrolle von Nerasin, Herzog Oldorans Neffen. Die rechtliche Lage war ausgesprochen verworren. Oldoran war nie offiziell seines Thrones enthoben worden, und Mangarans Amtsdauer von Vo Astur war, von einem streng rechtlichen Standpunkt aus betrachtet, nur eine Regentschaft gewesen. Die Wahl zwischen Nerasin und Olburton war eine zwischen Pest und Cholera, weshalb ich mich nicht einmischte. Meine Aufgabe bestand darin, den Frieden in den drei Herzogtümern zu wahren, und falls die Asturier es vorzogen, sich eine Generation oder länger in einen Bürgerkrieg zu stürzen, war das ihre Sache, nicht meine.

Dennoch ergriff ich einige Vorkehrungen. Auf mein Anraten hin trafen sich Kathandrion und Corrolin heimlich in Vo Mandor und schlossen ein Bündnis, das verhindern sollte, daß der asturische Großbrand sich ausbreitete.

»Wie lautet Euer Rat in dieser Sache, Lady Polgara?« wollte Kathandrion von mir erfahren, als wir uns alle in

Mandorins mit blauen Teppichen ausgelegtem Arbeitszimmer zusammenfanden. »Herzog Corrolin und ich könnten ohne große Mühe nach Asturien vorstoßen, beide Neffen beseitigen und jemanden unserer Wahl auf den Thron von Vo Astur setzen.«

»Das ist eine sehr schlechte Idee, Kathandrion. Wenn die Asturier sich unbedingt auf den Tod hassen müssen, dann ist das *ihre* Entscheidung. Falls Ihr und Corrolin euch einmischt, werdet Ihr damit nur die Asturier fester zusammenschweißen. Dann werden sie aus ihren Wäldern stürmen und den Bürgerkrieg neu entfachen, um den Ctuchik sich so angestrengt bemüht hat. Schließt die Grenzen zu Asturien, und dann sollen sie es unter sich ausmachen. Zu guter Letzt wird irgend jemand, der stark genug ist, kommen und sie wieder vereinen. Das wird der Zeitpunkt sein, wenn ich nach Vo Astur gehe und diesen Burschen davon überzeuge, daß es in seinem ureigenen Interesse liegt, sich der Idee anzuschließen, Frieden sei besser als Krieg.«

»Überzeugen?« fragte Asrana mit nachsichtiger Stimme.

»Das ist nur ein höflicher Ausdruck für ›tyrannisieren‹, Asrana«, erklärte ich. »Ich kann sehr gut tyrannisieren. Im Laufe der Jahre ist mir aufgefallen, daß Herrscher, die daheim auf unsicherem Boden stehen, fast immer einen Krieg mit irgendeinem Nachbarn anzetteln, alles unter der Prämisse, daß ein Krieg den aufgestauten Haß in neue Bahnen lenken wird. Ich werde dem zukünftigen Herrscher von Asturien eindringlich nahelegen, von dieser Möglichkeit Abstand zu nehmen – und ich kann *äußerst* überzeugend sein, wenn ich will. Ich habe viel Zeit und Mühe auf die Errichtung einer Friedensordnung in Arendien verwandt, und ich werde nicht zulassen, daß irgendein dahergelaufener Arender, der eine vollkommen neuartige Idee gefunden zu haben meint, diesen Frieden stört, nur um seine Position zu Hause zu festigen. Wir können nur alle hoffen, daß derjenige, der in Asturien schließlich den Sieg davonträgt, ein vernünftiger Mann sein wird. Falls nicht, rücke ich ihm den Kopf so lange zurecht, bis er mich versteht.« Streng ließ ich den Blick in die Runde schweifen. »Habe ich mich klar ausgedrückt?«

»Ja, Mutter«, gab Kathandrion mit gespielter Unterwürfigkeit zurück.

Darauf brach Corrolin in Gelächter aus, und die Konferenz kam in guter Stimmung zum Abschluß. Vermutlich hatte ich ein bißchen dick aufgetragen, aber schließlich *waren* es Arender. Das Bündnis zwischen Kathandrion und Corrolin war fest besiegelt, als wir auseinandergingen. Das war das Wichtigste. Jetzt konnte kein asturischer Ränkeschmied es mehr brechen.

Kathandrion und ich kehrten nach Vo Wacune zurück, und er konzentrierte seine Streitkräfte im Osten an der asturischen Grenze, während Corrolin die südliche Grenze des vom Bürgerkrieg zerrissenen Herzogtums abriegelte. Asturien war jetzt völlig isoliert, der ›Neffenkrieg‹ strikt begrenzt. Gesandte sowohl Nerasins als auch Olburtons huschten mit lächerlichen Angeboten in Vo Wacune und Vo Mimbre umher, doch Kathandrion und Corrolin weigerten sich standhaft, sie auch nur zu empfangen.

Ich hegte nur Befürchtungen bezüglich Asranas und was *sie* unternehmen mochte. Sie verfügte noch immer über gute Kontakte in Asturien, und sie *konnte*, wenn sie wollte, großen Einfluß auf den Verlauf der dortigen Ereignisse nehmen. Ich wußte, daß sie Olburton verachtete, Nerasin jedoch zutiefst verabscheute. Ließe man ihr die Wahl zwischen den beiden, würde sie wahrscheinlich – wenn auch widerwillig – Olburtons Partei ergreifen. Weil ich ein ständiges Patt in Asturien anstrebte, legte ich meiner Freundin eindringlich nahe, ihre Nase aus den asturischen Angelegenheiten herauszuhalten.

All diese Intrigen und Verschwörungen begannen mich zu ermüden. Ein guter Gaukler kann ein Dutzend farbenprächtige Bälle gleichzeitig in der Luft halten – so lange die Bälle nicht glatt sind. Mein Problem war, daß irgendein Spitzbube all meine Bälle mit Schmierseife eingeschmiert hatte.

Das Jahr 2325 ging ins Land und dem jährlichen Erastide entgegen, das das Ende des einen und den Beginn des nächsten Jahres ankündete. Im herzoglichen Palast zu Vo Wacune würde, wie stets, eine Gesellschaft gegeben, an deren Höhepunkt der Kronprinz Alleran bekanntgab, seine Gemahlin Mayasarell erwarte einen Erben. Alles in allem war ich damit zufrieden. Wenigstens würde es keinen schmutzigen Streit um die Nachfolge im Herzogtum Wacune geben.

Im folgenden Frühling wurden die Unruhen in Asturien durch einen phänomenalen Bogenschuß von über zweihundert Fuß auf die Spitze getrieben. Da der Pfeil sein Ziel mitten in Olburtons Brust gefunden hatte, erregten sich die Gemüter in Asturien. Olburton hatte die Städte kontrolliert, wohingegen Nerasins Anhängerschaft sich eher aus dem konservativen Land rekrutierte. Kurz gesagt, Olburton hatten die Menschen, Nerasin das Land gehört. Dadurch herrschte eine Art Gleichgewicht, das ich gerne aufrechterhalten hätte, aber mit Olburtons Dahinscheiden war dieses Patt dahin. Nerasin griff Vo Astur nicht sogleich an, er konzentrierte sich statt dessen darauf, die kleineren Städte und Dörfer zu erobern. Im Frühsommer 2326 bildete Vo Astur eine Insel inmitten eines feindlichen Ozeans, und seine Situation war um so prekärer, als Olburtons Verwandte sich kleinlichem Gezänk und Geschacher hingaben. Der Ausgang war vorhersehbar. Im Frühherbst hatte Nerasin den Thron seines trunksüchtigen Onkels in Vo Astur zurückgewonnen.

Und das war der Zeitpunkt, an dem Asrana eingriff. Sie trübte die Wasser nach bestem Vermögen. Ich weiß nicht genau, wo sie den Ausdruck herhatte, aber sie war vollständig von dem Gedanken einer ›Destabilisierung der asturischen Regierung‹ besessen. Sie verfügte über genügend Kontakte in ihrer alten Heimat, die ihr dabei dienlich waren.

Es dauerte mehrere Monate, bis ich in Vo Wacune Nachricht von Asranas Aktivitäten erhielt. Sobald ich davon hörte, schickte ich Killane los, um einen großen Spiegel zu kaufen – »den größten, den du auftreiben kannst«. In Wahrheit plagte mich nicht die Sorge um mein Spiegelbild. Schließlich wußte ich, wie ich aussah. Killanes Einkauf war lediglich eine List, ihn lange genug aus dem Haus zu bekommen, um ihm zu entwischen. Diesmal wünschte ich *keinen* Begleitschutz. Ich gab ihm ungefähr eine Viertelstunde Zeit, sich in die Läden im Händlerbezirk von Vo Wacune zu stürzen, dann zog ich mich in meinen Rosengarten zurück, verbarg mich hinter einer Hecke vor neugierigen Blicken und wurde zum Falken. Ich wollte Vo Mandor erreichen, bevor Asrana weiteres Unheil anrichten konnte.

Der Abend senkte sich über die Befestigungsmauern von Mandorins Burg, als ich aus dem Nordosten angeflogen kam. Ich landete auf den Zinnen, schickte einen raschen Gedanken aus, um Asranas Aufenthaltsort ausfindig zu machen, und verwandelte mich dann zurück. Ich war verärgert, hatte aber noch nicht jenen Zustand erreicht, den man melodramatisch ›bitteren Groll‹ zu nennen pflegt. Ich nehme an, ›mittelschwerer Groll‹ wäre treffender. Zum Glück war Asrana allein. Verträumt bürstete sie ihr Haar, als ich auf sie herniederfuhr.

»Polly!« rief sie aus und ließ die Haarbürste fallen. »Ihr habt mich erschreckt!«

»In weniger als einer Minute werde ich Euch weit Schlimmeres antun, Asrana. Was um alle Welt glaubt Ihr, was Ihr dort in Asturien treibt?«

Ihre Augen wurden hart. »Ich destabilisiere Nerasin, sonst nichts. Glaubt mir, Polly, ich weiß genau, was ich tue. Nerasin hat bereits Angst, irgend jemand bei Hofe den Rücken zuzuwenden, ich weiß aus erster Quelle, daß er nie zwei Nächte hintereinander im selben Bett schläft. Ich habe imaginäre Verschwörungen in seinem Palast gesponnen wie Spinnweben. Er fürchtet sich davor, die Augen zu schließen.«

»Ich will, daß Ihr sofort damit aufhört.«

»Nein, Polly«, widersetzte sie sich mir. »Das glaube ich nicht. Ich bin selbst Asturierin, und als solche kenne ich das asturische Naturell weit besser als Ihr. Nerasin ist nur an seiner eigenen kostbaren Haut interessiert, und deshalb wird er das Bündnis zwischen Wacune und Mimbre mißachten, falls er der Meinung ist, ein Krieg könne seine Machtstellung festigen. Ihn schert es nicht einen Deut, wenn bei diesem Krieg die Hälfte aller asturischen Männer umkommt. Ich tue nichts weiter, als ihn damit zu beschäftigen, sein eigenes Leben zu schützen, somit bleibt ihm keine Zeit, einen Krieg anzuzetteln.«

»Asrana, zu guter Letzt wird er erkennen, daß all diese Verschwörungen nichts als eine List sind, und dann wird er sie ignorieren.«

»Das will ich doch hoffen«, entgegnete sie, »denn das wird der Zeitpunkt sein, wenn die Verschwörung über das Stadium der puren Einbildung hinausgeht. Ich *werde* ihn töten, Polly. Betrachtet es als ein Geschenk von mir an Euch.«

»An mich?« Das verblüffte mich denn doch sehr.

»Selbstverständlich. Ihr seid doch diejenige, die uns den Frieden verordnete, nicht wahr? So lange Nerasin in Vo Astur an der Macht ist, befindet sich dieser Friede in Gefahr. Ich werde dafür sorgen, daß er nicht mehr *sehr* lange an der Macht bleibt. Ist er erst einmal weg, werden wir mehr Luft zum Atmen haben.«

»Wer immer an seine Stelle treten wird, ist vermutlich genauso schlimm, Asrana.« Ich hatte unterdessen die Stufe des ›gemäßigten Grolls‹ erreicht.

»Nun, falls dem so ist, wird ihm eben dasselbe widerfahren wie in Kürze Nerasin. Ich werde den gesamten asturischen Adel ausdünnen, bis ich jemanden finde, mit dem wir leben können, und wenn ich dort nicht fündig werde, muß ich wohl einen Stadtbewohner befördern – oder sogar einen Leibeigenen.«

»Ihr nehmt das sehr ernst, nicht wahr, Asrana?« Als

ich zum erstenmal von ihren Spielchen gehört hatte, dachte ich, es sei nur ein Zeitvertreib für sie.

»Todernst, Polly.« Sie reckte das Kinn in die Höhe. »Bevor Ihr nach Vo Mimbre kamt, war ich nur ein törichtes kleines Ding an Oldorans Hof. Ihr habt alles verändert. Ihr solltet Euch davor hüten, in der Gegenwart von Arendern mit Worten wie ›Patriotismus‹ um Euch zu schmeißen, wißt Ihr. Wir neigen dazu, die Dinge zu ernst zu nehmen. Diese wenigen Jahre des Friedens sind für Arendien heilsamer gewesen als alles, was uns in den letzten sechs oder acht Jahrhunderten passiert ist. Die Leute hier sterben jetzt tatsächlich an Altersschwäche. Ich werde Asturien entvölkern, wenn ich so verhindern kann, daß ›Polgaras Frieden‹, wie er einmal heißen wird, wieder zunichte gemacht wird.«

»Polgaras Frieden?« Das verblüffte mich nun wirklich.

»Na ja, es war schließlich nicht *unser* Verdienst. Es ist alles Eure Schuld, Polly. Hättet Ihr uns nicht mit der Nase darauf gestoßen, wüßte heute noch niemand hier, wie Frieden aussieht.«

Als ich mich beruhigt hatte und die Dinge aus ihrer Sicht zu sehen begann, begriff ich, daß sie starke Argumente auf ihrer Seite hatte, und, mehr noch, daß sie aufgrund ihrer ausgedehnten Kontakte in Vo Astur von uns allen am besten dazu geeignet war, Nerasin so aus der Bahn zu werfen, daß er nie mehr Zeit haben würde, in Arendien Unheil zu stiften. Ich schalt sie, weil sie mich nicht auf dem laufenden gehalten hatte, rang ihr das Versprechen ab, daß sie nichts Wichtiges mehr unternehmen würde, ohne mich zuvor zu benachrichtigen, und flog nach Vo Wacune zurück. Dort landete ich auf dem Palastgebäude und nicht in meinem eigenen Rosengarten. Ich besprach mich ausführlich mit Kathandrion über Asranas Vorgehen und bat ihn, seinerseits Corrolin auf dem laufenden zu halten. Dann ging ich nach Hause, um Killane Gelegenheit zum Schimpfen zu geben.

Es war im Herbst 2326, daß ich Allerans Gemahlin Mayaserell bei einer schwierigen Geburt beistand und schließlich einen Sohn auf die Welt holte, der nach seinem Großvater benannt wurde – eine recht häufige Gepflogenheit. Trotzdem war Kathandrion so stolz, daß er fast platzte.

Die Grenzen zu Asturien, sowohl nach Osten als auch nach Süden hin, blieben geschlossen – niemand konnte ungehindert eine Armee herübermarschieren lassen. Aber eine Grenze, die durch dichten Wald verläuft, gänzlich zu sichern ist nicht möglich. Asranas Boten und Mitverschwörer hatten daher wenig Mühe, von einem Land ins andere zu wechseln, und ich bin mir sicher, daß Nerasins Leute sich ebenfalls herüberschleichen konnten. Vo Astur begann zu brodeln wie ein Teekessel, der zu lange über dem Feuer hängt.

Es war ein böiger Tag zu Anfang des Frühlings im Jahre 2327, als etwas geschah, an das ich mich mit gutem Grund erinnere. Zwischen den drei Herzogtümern herrschte ein gewisses Gleichgewicht, was die Bewaffnung mit schwerem Kriegsgerät betraf, die Belagerungsmaschinen des Angreifers schleuderten Felsbrocken, brennendes Pech oder Körbe voller Wurfspieße nicht weiter als die Maschinen des Verteidigers. Die Verteidiger einer Stadt oder einer Festung verfügten jedoch über Mauern, hinter denen sie in Deckung gehen konnten, während die Angreifer diese Möglichkeit nicht hatten, und das bedeutete einen entscheidenden Nachteil für den Angreifer. Gewaltige Geldsummen und eine Menge technischen Aufwands wurden auf die Verbesserung dieser Kriegsmaschinen verwandt, da die Vergrößerung der Schußweite eines Katapults um bloße fünfzig Fuß den Ausgang einer Schlacht entscheiden konnte.

Kathandrions Ingenieure hatten ein mächtiges Katapult entworfen, das auf einigen höchst fragwürdigen Theorien bezüglich Flaschenzügen, Gegengewichten und wechselseitigen Spannungen basierte. Um ehrlich zu sein, für mich sah dieses Ungetüm aus wie der über und über mit Spinnweben bedeckte Rohbau eines Hauses. Kathandrion hingegen versetzte es in helle Begeisterung, und wie eine Glucke hockte er über der Werkstatt, wo es entstand. Er verbrachte viele Abende versunken in die Zeichnungen der Ingenieure. Ich warf hin und wieder auch einen flüchtigen Blick darauf. Mir schien es, als stimme irgend etwas an dem Konzept nicht, aber ich wußte nicht, woran es krankte.

Als das Ungetüm fertiggestellt war, rollten die Ingenieure es auf eine nahe Wiese, um herauszufinden, ob es wirklich funktionierte. Kathandrion entledigte sich seines Wamses, um höchstpersönlich Hand anzulegen – oder genauer gesagt die Schulter – und die gewaltige Vorrichtung in Stellung zu bringen. Dann bückte er sich zur Kurbel einer der zahlreichen Winden, die das Seilgewirr straff wie Bogensehnen spannte. Der gesamte Hofstaat hatte sich in einiger Entfernung versammelt, um zu verfolgen, wie der Herzog die Abzugsleine zog, welche die geballte Kraft freisetzen sollte.

Auch ich weilte dort, und just in dem Moment, als alles soweit war, überfiel mich eine böse Vorahnung. Irgend etwas stimmte nicht! »Kathandrion!« schrie ich. »Nein!«

Aber es war zu spät. Der jungenhaft lächelnde Herzog Kathandrion zog die Leine.

Und die gesamte Konstruktion explodierte in eine wirre Masse zischender Seile und splitternden Holzes! Die Berechnungen der Ingenieure waren perfekt gewesen. Unglücklicherweise hatte sie jedoch die Haltbarkeit des verwendeten Holzmaterials *nicht* in ihre Berechnungen einbezogen. Die plötzliche Freisetzung all dieser aufgestauten Energie zerfetzte jene schweren Holzbalken und hüllte die Mannschaft um die Maschine herum in einen Hagel beinlanger Splitter, die schneller flogen als jeder von einer Bogensehne abgeschossene Pfeil.

Herzog Kathandrion von Wacune, mein lieber, lieber Freund, starb auf der Stelle, als ein angespitzter Holzsplitter, dicker als sein Arm, seinen Kopf durchbohrte.

Ganz Wacune versank in tiefer Trauer, aber nach etwa einer Woche unterdrückte ich meinen Kummer und begab mich in den Palast, um mit Alleran zu sprechen. Seine Augen waren vom Weinen verquollen, als er an dem Tisch im Arbeitszimmer seines Vaters stand und starr auf jene fatalen Zeichnungen blickte. »Es hätte klappen müssen, Tante Pol!« stieß er mit gequälter Stimme hervor. »Was ist schiefgelaufen? Alles wurde genau nach diesen Plänen gefertigt!«

»Die Pläne selbst waren der Kern des Problems, Euer Gnaden«, eröffnete ich ihm.

»Euer Gnaden?«

»Ihr seid nunmehr der Herzog von Wacune, Mylord, also faßt Euch. Selbst oder besser erst recht in Zeiten der Trauer. Mit Eurer Erlaubnis werde ich die nötigen Vorkehrungen für Eure Krönung treffen. Reiß dich zusammen, Alleran. Wacune braucht dich jetzt.«

»Ich bin noch nicht bereit dafür, Tante Pol«, jammerte er.

»Entweder du oder dein Sohn, Alleran, und der ist noch viel weniger bereit als du. An deiner Westgrenze schwärt die Wunde namens Asturien, und Nerasin wird jedes Anzeichen von Schwäche zu nutzen wissen. Es ist Eure Pflicht, Euer Gnaden. Laßt uns nicht im Stich!«

»Wenn ich nur wüßte, warum dieses verfluchte Ding so auseinandergeflogen ist!« platzte er heraus und ließ die Faust krachend auf die Zeichnungen niederfahren. »Ich habe selbst alle Berechnungen überprüft. Es hätte funktionieren *müssen!*«

»Es hat funktioniert, Alleran. Es hat genau das getan, was es nach diesem Entwurf hätte tun sollen. Das einzige Problem bei der Arithmetik war, daß keine Berechnungen hinsichtlich der Belastbarkeit der tragenden Balken durchgeführt wurden. Das Katapult hat nicht funktioniert, weil es zu stark war. Das Gerüst hätte aus Stahl und nicht aus Holz sein müssen. Der Zug war zu hoch für ein Holzgerüst. Deshalb hat es sich selbst zerrissen.«

»So viel Stahl wäre sehr teuer gewesen, Tante Pol.«

»Ich glaube, das Holz war noch viel teurer, Euer Gnaden. Faltet jene Zeichnungen zusammen und legt sie weg. Wir haben viel zu tun.«

Allerans Krönung verlief in gedrückter Stimmung, aber Corrolin reiste aus Vo Mimbre an, um den Feierlichkeiten beizuwohnen, was dem neuen Herzog von Wacune den Rücken stärkte. Ich wohnte ihren Beratungen unter vier Augen bei, obwohl es wahrscheinlich gar nicht nötig gewesen wäre. Kathandrion war so klug gewesen, seinen Erben nicht in einem politischen Vakuum aufwachsen zu lassen, und der mimbratische Gesandte am Hof von Vo Wacune hatte Alleran in die etwas überzogene Etikette der Mimbrater eingeführt. Ihre ersten Begegnungen verliefen ein bißchen steif, aber als sie sich besser kennenlernten, wurde die Atmosphäre entspannter. Ihre größte gemeinsame Sorge war und blieb Asturien, und das brachte sie einander näher.

Es war im Herbst des darauffolgenden Jahres, als Nerasin etwas tat, das mich hart an den Rand jener Linie brachte, die zu überschreiten mein Vater mich wiederholt gewarnt hatte.

Asrana und Mandorin ritten zu einem vermutlich rein geselligen Besuch nach Vo Mimbre. Als sie jenen Waldstreifen erreichten, der den Arendfluß säumt, wandten sie sich flußaufwärts nach Vo Mimbre, dort lauerte eine Bande asturischer Bogenschützen, denen es irgendwie gelungen war, sich über die Ebenen von Mimbre zur südlichen Grenze zu stehlen, meinen beiden lieben Freunden auf, und durchsiebte sie förmlich mit Pfeilen. Nerasin hatte offensichtlich herausgefunden, daß Asrana hinter all seinem Ärger in Vo Astur steckte, und so hatte er ein paar typisch arendische Maßnahmen ergriffen.

Als ich vom Tode meiner Freunde erfuhr, übermannte mich der Kummer beinah. Ich weinte tagelang und stählte mich dann für die Rache. Ich war mir ziemlich sicher, daß ich Nerasin einige Dinge antun konnte, die tapfere Männer noch nach tausend Jahren vor Entsetzen schaudern ließen. Killane und seine Familie brachten sich klugerweise vor mir in Sicherheit, als ich aus meinem Zimmer stürmte. Zunächst begab ich mich in die Küche. Ich würde ein paar scharfe Gerätschaften brauchen für das, was ich mit Nerasin vorhatte. Meine Erfahrung als Köchin lieferte mir einige interessante Fachbegriffe für meine Rachepläne. ›Filetieren‹ klang wie Musik in meinen Ohren, dicht gefolgt von ›entbeinen‹. Die Vorstellung, Nerasins Knochen einen nach dem anderen aus seinem Leib zu schneiden, erschien mir aus unerfindlichen Gründen überaus verlockend. Meine Augen begannen zu leuchten, als ich auf eine Käseraspel stieß.

»In Ordnung, Polgara, leg die Küchengeräte wieder dorthin zurück, wo du sie her hast. Du wirst nirgendwohin gehen.« Es war Mutters Stimme.

»Er hat meine Freunde ermordet, Mutter!« empörte ich mich. *»Das lasse ich nicht ungerächt!«*

»Ich sehe, daß du dich den lokalen Gepflogenheiten gut angepaßt hast«, merkte sie an, und ein leicht vorwurfsvoller Unterton war nicht zu überhören.

»Was soll das heißen?«

»Warum hat der Meister dich nach Arendien geschickt?«

»Um ihren Torheiten einen Riegel vorzuschieben.«

»Oh, jetzt begreife ich. Du willst dich in ihrer Torheit suhlen, damit du herausfinden kannst, wie das so ist. Interessante Idee. Bist du bei deinem Medizinstudium ebenso vorgegangen? Hast du dir eine Krankheit eingefangen, um sie besser zu verstehen, bevor du sie zu heilen versucht hast?«

»Das ist absurd.«

»Ja, ich weiß. Das habe ich dir gerade zu erklären versucht, Polgara. All dieses dumpfe Brüten über Messern und Fleischerhaken und Käseraspeln ist genau das, was zu unterbinden der Grund deiner Mission in Arendien war. Nerasin hat deine Freunde ermordet, also wirst du jetzt ihn ermorden. Dann wird einer seiner Verwandten dich ermorden. Dann wird dein Vater irgend jemanden anderen aus Nerasins Familie ermorden. Dann wird

irgend jemand deinen Vater ermorden. Dann wird Beldin sich einen aussuchen. Und es wird weiter und weiter gehen, so lange, bis sich niemand mehr daran erinnern kann, wer Mandorin und Asrana waren. So geht es bei Blutfehden, Pol. Herzlichen Glückwunsch. Du bist mittlerweile Arenderin bis in die Fingerspitzen.«

»Aber ich habe sie geliebt, Mutter!«

»Das ist eine edle Empfindung, aber in Blut zu waten, ist nicht die beste Art, ihr Ausdruck zu verleihen.«

An diesem Punkt brach ich in Tränen aus.

»Ich bin froh, daß wir Gelegenheit zu diesem kleinen Plausch hatten, Pol«, schloß sie freundlich. *»Oh, nebenbei bemerkt, du wirst Nerasin später noch brauchen. Ihn zu töten und zu Gulasch zu machen, wäre also nicht wirklich angebracht. Lebe wohl, Polgara.«* Und weg war sie.

Ich seufzte und legte all die Küchengeräte wieder an ihren Platz zurück.

Die Beisetzung von Asrana und Mandorin fand im Herbst des Jahres 2327 in Vo Mandor statt, selbstverständlich in Allerans und meinem Beisein. Die arendische Religion ist bei Beerdigungen nicht sehr gut. Chaldan ist ein Kriegsgott, und seine Priester interessiert Rache viel mehr, als den Hinterbliebenen Trost zu spenden. Unter Umständen bin ich ein bißchen zu wählerisch, aber mir will scheinen, als mangele es einer Grabrede mit dem Tenor ›Das zahle ich dir heim, du dreckiger Bastard‹ geringfügig am würdig-elegischen Grundton.

Die blutrünstige Hetztirade des Chaldanpriesters verfehlten indes nicht ihre Wirkung auf Alleran und Corrolin, denn nach der Beisetzung von Mandorin und Asrana machten sie sich ernsthaft ans Pläneschmieden, wie man Nerasins mörderischem Betragen angemessen begegnen könne. Ich zog es vor, mich nicht an dieser kleinen Übung in arendischer Sitte zu beteiligen. Ich hatte meine arendischen Regungen mit der Käseraspel ad acta gelegt.

Statt dessen wanderte ich durch die grimmigen, düsteren Hallen von Mandorins Festung, und schließlich landete ich in Asranas Ankleidezimmer, in dem noch immer zart der Duft ihres Parfüms hing. Asrana war nie das gewesen, was man ordentlich nennen würde, und überall auf ihrer Frisierkommode hatte sie Gegenstände liegenlassen. Ohne nachzudenken, begann ich aufzuräumen, Töpfchen und Flakons in einer geraden Reihe unter dem Spiegel aufzustellen, die dünne Staubschicht Gesichtspuder wezupusten, ihre Kämme und Bürsten in einem ästhetisch ansprechenden Winkel anzuordnen. Ich war dabei, ihren Lieblingselfenbeinkamm wegzuräumen, als ich mich eines Besseren besann. Ich habe ihn behalten und all die Jahre bei mir getragen. Er liegt jetzt auf meiner Frisierkommode, kaum fünfzehn Fuß von dort entfernt, wo ich just in diesem Augenblick sitze.

Natürlich hatten die Morde nicht nur mich erzürnt. Wie ich bereits erwähnte, nahmen Alleran und Corrolin die Angelegenheit sehr persönlich, und die einfache Sperrung der asturischen Grenze wurde verstärkt, bis sie sich wie eine Schlinge um das unglückliche Land legte. Umfangreiche Überfalltrupps schwärmten sowohl von Mimbre als auch von Wacune aus und überzogen Asturien mit wohl durchdachter Brutalität.

Trotz all meiner Bemühungen war der arendische Bürgerkrieg an genau demselben Punkt angelangt, an dem ich ihn bei meiner Ankunft hier vorgefunden hatte. Das, was sie ›Polgaras Frieden‹ nannte, war zerbrochen.

Die Lage in Asturien wurde immer verzweifelter, während die Monate ins Land zogen. Corrolins mimbratische Ritter zogen fast unbehindert durch den landwirtschaftlich genutzten Süden und Westen des asturischen Herzogtums, und wacitische Bogenschützen, die mindestens so effektiv waren wie ihre asturischen Vettern, töteten buchstäblich alles, was sich an der asturischen Ostgrenze regte. Zunächst erschien diese willkürliche Gewalt sinnlos, doch als ich Alleran wegen der erneuten Aufnahme der Kriegshandlungen zur Rede stellte, warf er mir jenen Blick zu, den Arender so gut beherrschen, und erklärte: »Wir führen keinen Krieg gegen die Asturier, Tante Pol. Wir führen Krieg gegen ihre Nahrung. Am Ende wird sie der Hunger so sehr plagen, daß *sie* sich um Nerasin und seinesgleichen kümmern werden.«

Das war eine grausame, häßliche Art, Krieg zu führen, aber niemand hat je behauptet, daß Kriege etwas Schönes wären.

Nerasin wurde, als die Nahrung auf den Tischen von Vo Astur knapper und knapper wurde, immer verzweifelter. Die Lösung, die er für sein Problem fand, hatte eigentlich in der Luft gelegen, aber unglücklicherweise war sie mir nicht aufgefallen.

Es geschah alles in einer stürmischen Nacht, als ich mich entschlossen hatte, zu Hause zu bleiben und nicht in den Palast zu gehen. Der Palast war das geistige Zentrum des ›Nahrungskriegs‹, und der Lärm der Boten, die durch die Gänge hasteten und Meldungen mit dem Wortlaut schwenkten, daß zehn asturische Kühe und vierzehn ihrer Schweine an jenem Tag vom Leben zum Tode befördert worden seien, begann mir auf die Nerven zu gehen. In meinen Augen stellte die Hinrichtung von Landvieh keinesfalls einen großen Sieg dar, und so entschied ich, ich hätte mir einen ruhigen Abend zu Hause verdient. Ich nahm ein ausgedehntes, gemütliches Bad, aß einen späten Abendimbiß und begab mich früh mit einem guten Buch ins Bett.

Es war kurz nach Mitternacht, als ich unsanft durch Killanes Geschrei geweckt wurde. Meine Kammerzofe – zufällig Killanes jüngste Schwester Rana – versuchte tapfer, ihn am Betreten meines Schlafgemachs zu hindern, während er nicht minder tapfer versuchte, hineinzugelangen.

Ich murmelte etwas vor mich hin, das ich hier nicht wiederholen möchte, stieg aus dem Bett und zog meinen Morgenrock über. »Was geht da draußen vor?« verlangte ich verärgert zu wissen, während ich die Tür zu meinem Schlafzimmer aufstieß.

»'s ist der Lümmel von meinem Bruder, Melady«, gab mir die ziemliche kleine Rana empört Bescheid. »'s tät mich gar nicht überrasch'n tun, wenn er getrunk'n hätte.«

»Jetzt aber mal halblang, Rana«, verwahrte sich Killane. »Im Palast gibt's Ärger, Lady Polgara«, wandte er sich an mich. »Ihr zieht Euch besser was über. Der Bote von seiner Gnaden tut im Wohnzimmer wart'n.«

»Was ist passiert, Killane?«

»Der Sohn von seiner Gnaden ist entführt word'n von den verdammten Asturiern, Melady, und der Herzog will Euch sofort im Palast hab'n.«

»Sag dem Boten, ich bin in einer Minute bei ihm«, erklärte ich. Dann schloß ich die Tür und kleidete mich eilig an, während ich gedämpft vor mich hinfluchte. Wir hatten genügend Beweise für Nerasins Skrupellosigkeit erhalten. Warum nur hatte ich seinen nächsten Zug nicht vorausgesehen?

Entführungen haben lange eine wichtige Rolle in der internationalen Politik gespielt – wie Garion und Ce'Nedra bestätigen können –, aber die Entführung von Herzog Allerans zweijährigem Sohn aus dem Palast in Vo Wacune war das erste Mal, daß ich mit dieser Praxis konfrontiert wurde. Manche Entführungen werden nur des Lösegeldes wegen unternommen, und damit wird man verhältnismäßig leicht fertig. Bei einer politischen Entführung geht es allerdings nicht um Geld, sondern um Wohlverhalten. Im Bett des kleinen Kathandrion hatte man eine Nachricht gefunden, und sie ließ an Deutlichkeit nichts zu wünschen übrig. Sie besagte, falls Alleran sich nicht von der asturischen Ostgrenze zurückzog, würde er seinen Sohn nicht lebend wiedersehen. Mayaserell war völlig aufgelöst, und Alleran befand sich in auch keiner wesentlich besseren Verfassung, so daß es nicht viel Sinn hatte, mit ihnen zu reden. Ich versorgte den Hofmedicus mit einer Kräutermischung, die stark genug war, ein Pferd umzuwerfen, und dann unterhielt ich mich ausführlich mit den Beratern des jungen Herzogs. »Uns bleibt keine Wahl«, tat ich ihnen schließlich kund. »Tut, was die Botschaft verlangt. Dann sendet eine Depesche an Herzog Corrolin in Vo Mimbre. Setzt ihn von den hiesigen Vorgängen in Kenntnis, und sagt ihm, daß *ich* mich hier um die Angelegenheit kümmere. Ich will, daß sich niemand einmischt. Ich befasse mich damit, und ich möchte nicht, daß irgendwelche Ereiferer hier umherrennen und mir alles durcheinanderbringen.« Dann begab ich mich nach Hause, um die Lage zu überdenken.

Vordergründig betrachtet war das Problem recht einfach zu lösen. Sicher hatte ich es hier nicht mit ›talentierten‹ Personen zu tun, und den Ort herauszufinden, wo der kleine Kathandrion gefangengehalten wurde, wäre nicht schwierig gewesen. Dann jedoch hätten wir alle untätig herumsitzen und mit angehaltenem Atem auf Nerasins nächsten Zug warten müssen. Ich mußte mir also etwas anderes einfallen lassen, etwas, das den nominellen Herzog von Asturien auf *Dauer* davon abhalten würde, Unheil anzurichten. Ihn zu töten, wäre natürlich dauerhaft genug, aber dann müßten wir uns mit seinem Nachfolger beschäftigen. Nach dem, was Nerasin Asrana und Mandorin angetan hatte, lag mir nicht allzuviel daran, ihn am Leben zu lassen, aber die augenblickliche politische Lage – und Mutters rätselhafte Äußerung, ich würde Nerasin eines Tages *brauchen* – ließen einen Mord nicht angeraten erscheinen. Die größte Hoffnung auf eine Wiederherstellung des Friedens bestände vielmehr darin, Nerasin zu zwingen, den Rest seines Lebens genau das zu tun, was ich ihm sagte, und anschließend sicherzustellen, daß er achtzig und älter wurde. Je länger ich darüber nachdachte, desto mehr festigte sich die Überzeugung in mir, daß die Befreiung von Allerans Sohn und die ›Zivilisierung‹ von Nerasin Hand in Hand gehen mußten.

Nerasins gedungene Entführer konnten den Jungen überall versteckt halten, aber in Wahrheit war das kaum von Bedeutung. Ich konnte das, was ich wollte, in Vo

Astur bekommen. Dafür mußte ich nicht auf einer verzweifelten Suche die Wälder Baum für Baum auseinandernehmen. Hatte ich Nerasin erst einmal unter meiner Knute, konnte ich die Rückkehr des Kleinen in die Wege leiten, ohne ihn in Gefahr zu bringen oder weite Strecken asturischen Grundbesitzes zu verwüsten.

Mein nächstes Problem stand unmittelbar vor der Tür zu meiner Bibliothek, als ich mich am nächsten Morgen zur Abfahrt bereitmachte. Sein roter Backenbart knisterte, seine Arme waren trotzig vor der Brust verschränkt, und sein Gesichtsausdruck war stahlhart. »'ch tu Euch nicht alleine zieh'n lass'n, Fräuleinchen«, verkündete er mit ausdrucksloser Stimme.

»O Killane!« entgegnete ich. »Sei doch vernünftig. Ich werde mich nicht in Gefahr begeben.«

»Ihr geht nicht allein!«

»Wie willst du mich denn davon abhalten?« erkundigte ich mich nachsichtig.

»Ich brenn' Euer Haus nieder, wenn Ihr's auch nur versuch'n tut!«

»Das würdest du *nicht* tun!«

»Laßt's nur drauf ankomm'n!«

Also *damit* hatte ich nicht gerechnet. Killane hatte meinen empfindlichsten Punkt getroffen. Ich *liebte* mein Haus, und das wußte er. Seine Drohung ließ es mir am ganzen Leib kalt werden. Trotzdem *mußte* ich so schnell wie möglich nach Vo Astur gelangen, und das wiederum bedeutete, daß ich fast schon gezwungen war, die Falkengestalt zu benutzen. Aber kein Falke dieser Welt konnte einen wacitischen Arender tragen, der gut und gerne seine einhundertsiebzig Pfund wog.

Die Antwort war natürlich kinderleicht. Außerdem würde sie meinen streitsüchtigen Freund ein für allemal lehren, mir *keine* Ultimaten zu stellen. Ich hatte es nie zuvor getan, aber ich schätze, für alles gibt es ein erstes Mal. Ich wußte, worum es ging, und war mir sicher, im Notfall improvisieren zu können.

»Nun gut, Killane«, schützte ich Nachgiebigkeit vor, »wenn du darauf bestehst –«

»In der Tat«, versetzte er ausdruckslos. »Dann tu ich jetzt mal die Pferde satt'ln tun.«

»Nein«, befahl ich. »Wir werden nicht zu Pferd reisen. Komm wir gehen in den Garten.«

»Wozu?«

»Das wirst du schon noch sehen.«

Ich gebe zu, daß es ein bißchen heikel war. Ich wußte, wie Killane *aussah,* aber das hieß nicht, daß ich einen Begriff davon hatte, wie er sich *fühlte* – sein Gespür für sich selbst, könnte man es wohl nennen. Der Geschlechtsunterschied trat erschwerend hinzu, aber darüber setzte ich mich zunächst hinweg. Killanes Geschlecht würde jetzt für eine Weile nicht besonders wichtig sein. Er stand neben einem Beet im Winterschlaf versunkener Rosenstöcke, einen ein wenig ängstlichen Ausdruck im Gesicht. Vermutlich war ihm klar geworden, daß er mich *ein bißchen* zu weit getrieben haben mochte.

Dann zuckte er kaum merklich zusammen, weil er neben seinem rechten Fuß etwas erblickte, was sich in Wirklichkeit gar nicht dort befand. Er hob den Fuß, offenbar in der Absicht, zu zertrampeln, was er dort sah.

»Laß das, Killane«, sagte ich in scharfem Ton. »Ich brauche es. Aber sieh es dir genau an.«

Er starrte die Illusion eindringlich an.

Ich mußte die Freisetzung meines Willens durch *sein* Bewußtsein filtern, und das war keine Kleinigkeit. Soweit ich mich entsinnen kann, war dies das erste Mal, daß ich meinen Willen durch den Geist eines anderen schleuste. Als ich alles genau an seinem Platz hatte, hob ich nahezu geistesabwesend einen Stein von vielleicht zwei Pfund auf, und dann entließ ich meinen aufgestauten Willen in die ihm gewiesene Richtung. Noch während die Übertragung vonstatten ging, legte ich den Stein behutsam auf den Schwanz der kleinen Feldmaus, in welche Killanes gesamtes Bewußtsein und sein Körper versetzt wurde. Es bestand eine gewisse Möglichkeit, daß die Umwandlung ihn ein bißchen hysterisch machte, und ich hatte wirklich keine Zeit, ihn wieder einzufangen.

Sein Quieken war mitleiderregend, und die Augen quollen dem winzigen armen Geschöpf fast aus dem Kopf. Ich unterdrückte jedoch meine spontane Mitleidsregung. Schließlich *hatte* Killane darauf bestanden.

Dann verschmolz ich in die Falkengestalt, und das Quieken wurde *hörbar* lauter. Ich ignorierte jene schrillen Töne höchsten Entsetzens und stolzierte – anders kann man es nicht ausdrücken – zu einem der Obstbäume hinüber, suchte mir einen verschrumpelten Winterapfel an einem der unteren Äste aus und pickte so lange auf seinen Stiel ein, bis er sich löste und auf das halbgefrorene Gras fiel. Ich übte ein Weilchen mit dem Apfel, bis ich ihn festhalten konnte, ohne mit meinen Krallen das Fruchtfleisch zu verletzen. Dann stolzierte ich zurück zu der quiekenden Feldmaus. Ich umfaßte sie mit einem festen Griff meiner Krallen, nahm den Stein von ihrem Schwanz und machte mich auf den Weg nach Vo Astur.

Der Flug war recht angenehm – für mich –, und nachdem wir mehrere hundert Meter in der Luft zurückgelegt hatten, hörte Killane auf zu quieken. Allerdings zitterte er noch stark.

Am späten Nachmittag kamen wir in Vo Astur an. Als wir auf den Befestigungsmauern des Palastes landeten, fiel mir auf, daß sie größtenteils verlassen waren, ein klarer Beweis für die mangelnde Disziplin vor Ort. Das konnte ich nicht gutheißen, obwohl es für uns nur von Vorteil war. Immerhin stand Asturien am Rande eines Krieges, und unter diesen Umständen war das Fehlen von Wachen auf den Zinnen eine unverzeihliche Schlamperei. Die zitternde Maus noch immer in der einen Klaue, hüpfte ich auf ein leeres Wachhäuschen in der südwestlichen Ecke der Wehrgänge und verwandelte Killane und mich in unsere ursprüngliche Gestalt zurück. Er starrte mich zutiefst erschüttert an, während seine wahre Gestalt sich, zunächst verschwommen, wieder formte, und fuhr mit dem Quieken fort.

»Hör auf damit!« herrschte ich ihn an. »Du bist wieder ein Mensch. Rede. Quieke nicht.«

»Tut das *nie* wieder tun!« schnappte er nach Luft.

»Es war deine Idee, Killane.«

»So was hab ich nie gesagt!«

»Du hast mir gesagt, du würdest mitkommen. Nun, denn, du *bist* mitgekommen. Und jetzt hör auf, dich zu beschweren.«

»Was Ihr den Menschen für furchtbare Sachen antun tut!«

»Genau wie deine Drohung, mein Haus niederzubrennen. Reg dich ab, Killane. Wir haben hier eine Aufgabe zu erledigen.«

Wir spähten aus unserem Wächterhäuschen, bis die wenigen Soldaten auf den Zinnen sich, angelockt von dem einladenden Geräusch im Becher klackernder Würfel, auf der gegenüberliegenden Seite des Wehrumlaufs versammelten. Dann stiegen Killane und ich ohne zur Schau gestellte Heimlichtuerei die Treppenflucht zu den Obergeschossen von Nerasins Palast hinauf. Ich kannte mich noch gut in der herzoglichen Residenz aus, und Killane und ich schlüpften unauffällig in eine staubige vernachlässigte Bibliothek. Aller Wahrscheinlichkeit nach war dies das sicherste Versteck im Palast, da Forschung und Bücherwissen zu jener Zeit wenig galten in Vo Astur.

Die Sonne ging unter, und Dunkelheit legte sich über Vo Astur. Der Lärm aus dem Thronsaal schien darauf hinzuweisen, daß die Asturier etwas feierten. Nerasin hatte offenbar geprahlt, und seine Speichellecker – seine nahen Verwandten hauptsächlich – schienen der Überzeugung zu sein, daß dieser brillante Schachzug die Situation in Vo Astur entscheidend verbessern würde. Ich ging davon aus, daß sie sowohl aßen als auch tranken. Das ist der grundlegende Schwachpunkt bei jedem

Versuch, ein Volk auszuhungern, damit es sich unterwirft. Diejenigen, die du wirklich treffen willst, sind die letzten, die hungern.

Killane hielt an der Tür Wache, während ich mir sorgfältig die Einzelheiten eines Präparats ins Gedächtnis rief, das mein Lehrer Balten und ich damals auf der Insel der Winde hergestellt hatten. Ich wollte ganz sicher gehen, daß ein gewöhnlich scheinendes Leiden Nerasin zur Zusammenarbeit mit mir bewegen würde.

Es war wohl fast Mitternacht, als eine Gruppe rüpelhafter asturischer Edelleute die Treppe vom Thronsaal heraufgetaumelt kam, den halb bewußtlosen Nerasin den Wachen an der Tür zu den herzoglichen Gemächern überantwortete und unter Absingen eines zotigen Trinkliedes über den Gang davontorkelte.

Killane und ich warteten. »'ch werd das Töten übernehm'n tun, Fräuleinchen«, flüsterte mein Freund mir zu. »'ch hätt's gar nicht gern, wenn Ihr Euch die hübschen Händchen an so was wie 'nem Asturier, ich will mal sagen, schmutzig mach'n tätet.«

»Wir werden niemanden töten, Killane«, korrigierte ich seine Vorstellung mit fester Stimme. »Ich werde Nerasin einige Anweisungen erteilen, sonst nichts.«

»Ihr glaubt doch sicher nicht, daß er sie dann befolg'n tut?«

»Er wird sie befolgen, Killane. Glaub mir, er wird sie befolgen.«

»Tät mich absolut faszinier'n tun, zu seh'n, wie Ihr das anstellt, Fräuleinchen.« Er griff sich einen schweren Stuhl und nahm ihn sehr gemächlich und beinah ohne jede Geräuschentwicklung auseinander. Als er vollständig in seine Einzelteile zerlegt war, suchte er sich eins der Beine aus und ließ es ein paarmal durch die Luft zischen. »Das wird geh'n, will ich mal sagen«, stellte er fest, während er seine improvisierte Keule schwang.

»Wozu soll das gut sein?« fragte ich ihn.

»'ch werd was brauch'n, womit ich die Wachen ausschalt'n kann.«

»Warum fragst du mich nicht, bevor du noch mehr Möbel zerlegst?« legte ich ihm nahe. »Die Wachen sind kein Problem.«

»'ch würd nie Eure phänomenal'n Fähigkeiten in Zweifel zieh'n, Fräuleinchen«, sagte er, »aber ich denk mal, ich werde meine Keule hier behalt'n, nur für alle Fälle, will ich mal sagen.«

»Wenn es dir Spaß macht.« Ich lauschte einige Augenblicke an der Tür. Stille senkte sich über die Burg. Hier und da schlug eine Tür zu, und von ziemlich weit weg hörte man gelegentlich Gelächter und zotige Lieder. Ich öffnete die Tür einen Spalt und schaute auf zwei gelangweilt dreinblickende Wachen vor Nerasins Tür. »Schlaft«, murmelte ich ihnen leise zu, und einen Moment später lagen sie schnarchend am Boden, einer auf jeder Seite der Tür. »Komm«, sagte ich zu Killane, und wir beide traten in den Korridor hinaus.

Die Tür war nicht verschlossen, da man sie ja für bewacht hielt, und Killane und ich standen binnen einer Minute in Nerasins Quartier.

Ich schickte meine Gedanken durch die Flucht miteinander verbundener Räume und fand heraus, daß niemand mehr wach war. Sodann schlichen Killane und ich weiter in das Schlafzimmer, wo Nerasin schnarchend und nur unvollständig entkleidet bäuchlings auf dem Himmelbett lag. Mir fiel auf, daß seine nackten Füße überaus schmutzig waren.

Killane schloß leise die Tür. »Hättet Ihr gern, daß ich ihn weck'n tät?« flüsterte er.

»Noch nicht«, sagte ich leise. »Zuerst nüchtere ich ihn lieber aus. Dann ist er bei Bewußtsein, wenn er aufwacht.« Vorsichtig untersuchte ich den Mann, der sich selbst ›Herzog von Asturien‹ nannte. Er war von mittlerer Größe, hatte eine dicke Knollnase und kleine, tief eingesunkene Augen. Seine Haut war schlaff, sein Haar schütter und dunkel. Er war nicht allzu reinlich, und sein

Atem roch wie ein Hauch aus einem frisch geöffneten Grab.

Die Rückstände starken Trinkens aus dem Körper eines Mannes zu entfernen, ist nicht besonders schwer, aber bevor ich dazu kam, wollte ich noch etwas in Nerasins Körper einsetzen. Ziemlich behutsam schickte ich einen Gedanken auf die Suche, lokalisierte seinen Magen und entfernte sorgfältig die Schleimhaut im unteren Drittel. Dann schabte ich die Magenwand selbst weg, bis sich dort eine offene Wunde befand. Nerasins Verdauungssäfte sollten den Rest besorgen. Anschließend reinigte ich seinen Körper von allem, was er an jenem Abend getrunken hatte, immer auf der Hut, nicht zu hastig vorzugehen. Als ich die Überzeugung gewann, er stehe kurz davor, den Brand zu bemerken, den ich soeben in seinem Bauch gelegt hatte, lockerte ich die Muskeln in seinem Kehlkopf soweit, daß er nicht mehr schreien konnte – nun, jedenfalls nicht hörbar.

Der vermeintliche Herzog von Asturien erwachte ziemlich abrupt.

Dem etwas enttäuschten Ausdruck auf seinem Gesicht entnahm ich, daß lautloses Schreien nicht sehr befriedigend ist. Es beflügelte jedoch, mit anzusehen, wie er sich vor Schmerzen wand.

»Guten Abend, Euer Gnaden«, begrüßte ich ihn freundlich. »Ist das Wetter nicht ausgesprochen milde für diese Jahreszeit?«

Nerasin krümmte sich zu einer Kugel zusammen, preßte die Hände auf seinen Magen und versuchte mit aller Kraft, zumindest ein leises Piepsen auszustoßen.

»Ist irgend etwas nicht in Ordnung, lieber Junge?« fragte ich, Besorgnis heuchelnd. »Ihr habt vermutlich etwas Falsches gegessen oder getrunken.« Ich legte ihm die Hand auf die stark schwitzende Stirn. »Nein«, entschied ich, »das scheint nicht auf das Essen zurückzuführen zu sein. Laßt mich kurz nachdenken.

Ich setzte eine Miene übertriebener Nachdenklichkeit auf, während mein ›Patient‹ in seinem Bett um sich trat.

Dann schnippte ich mit den Fingern, als sei mir plötzlich eine Idee gekommen. »Aber natürlich!« rief ich aus. »Wie konnte ich das nur vergessen? Das liegt doch auf der Hand. Ihr seid ein böser Junge gewesen, Euer Gnaden. Ihr habt in letzter Zeit etwas getan, dessen Ihr Euch schämt. Mit Eurem armen kleinen Bäuchlein ist alles in Ordnung. Ihr habt ein schlechtes Gewissen, das ist alles.« Dann schleuste ich einen frischen Schwall Verdauungsflüssigkeit in seinen Magentrakt.

Diesmal gelang es ihm sogar, einen kaum hörbaren Quieklaut von sich zu geben – jedenfalls wollte es mir so scheinen. Ganz sicher konnte ich mir allerdings nicht sein, weil er aus dem Bett gefallen war und sich nun unter demselben hin und her wälzte. Vielleicht war das Quieken auch nur das Kratzen seiner Fußnägel auf den Bodendielen.

»Hilf seiner Gnaden doch wieder zurück ins Bett, Killane«, schlug ich meinem grinsenden Gefolgsmann vor. »Ich möchte sehen, ob ich etwas tun kann, um sein Leiden zu lindern.«

Killane griff unter das Bett, bekam einen Knöchel zu fassen und zog ihn wieder ans Licht. Dann hob er den sich windenden Asturier recht unsanft hoch und ließ ihn beiläufig aufs Bett fallen.

»Erlaubt mir, mich vorzustellen, Euer Gnaden. Ich bin Polgara. Vielleicht habt Ihr schon von mir gehört.«

Selbst sein Winden hörte jetzt auf. Die Augen quollen ihm aus dem Kopf. »Polgara die Zauberin?« flüsterte er mit leicht entsetzter Miene.

»Die Ärztin«, stellte ich richtig. »Ihr befindet Euch in einer äußerst heiklen Verfassung, Herzog Nerasin, und wenn Ihr nicht genau das tut, was ich Euch sage, vermag ich Euch keine großen Hoffnungen auf eine Genesung zu machen. Zuallererst werdet Ihr die Personen benachrichtigen, die Herzog Allerans Sohn für Euch gefangenhalten. Befehlt ihnen, den kleinen Jungen unverzüglich hierher zu bringen.« Sodann ließ ich, nur um sicherzustellen, daß er mich verstand, einen frischen Schwall Magensaft in seine brennende Wunde schießen.

Er wickelte sich sogleich zu einem eng verschlungenen Päckchen zusammen und wurde sehr kooperativ. Am Kopfende seines Bettes befand sich ein Klingelzug. Er riß ihn fast aus der Verankerung, als er verschiedene Diener herbeirief. Mit rauhem Flüstern erteilte er Befehle, um dann schweißnaß auf sein Bett zurückzusinken.

»Na also«, sagte ich in mütterlichem Ton, »seht, wieviel besser Ihr Euch schon fühlt. Ich bin sehr zufrieden damit, wie gut die Behandlung anschlägt. Im Handumdrehen seid Ihr wieder auf den Beinen. Nun, während wir hier warten, bis Eure Leute den kleinen Kathandrion bringen, erkläre ich Euch, was Ihr tun müßt, um einen Rückfall in diesen furchtbaren Zustand zu verhindern. Ihr wollt das doch *wirklich* nicht noch einmal durchmachen, oder?«

Er schüttelte inbrünstig den Kopf.

»Der Arendische Rat wird in diesem Sommer auf dem Großen Markt von Arendien erneut zusammentreffen – wie gewöhnlich –, und ich rate Euch Vorkehrungen für Eure Teilnahme zu treffen – aus gesundheitlichen Gründen, wenn Ihr versteht. Darüber hinaus solltet Ihr, nur um sicherzustellen, daß dieser unangenehme Zustand nicht wieder eintritt, all Eure Spitzel, Meuchelmörder und anderen Unruhestifter nach Vo Astur zurückbeordern. All dies Intrigieren und Ränkeschmieden schlägt Euch auf den Magen. Euer sensibles Gewissen könnte die Krankheit just in dem Moment wieder ausbrechen lassen, wenn Ihr etwas auch nur eine Spur Unehrenhaftes tut. Es mag Euch eine gewisse Überwindung kosten, Nerasin, aber nach einer kurzen Gewöhnungsphase könntet Ihr in die Geschichte eingehen als der ehrenwerteste Mann, der jemals im Herzogtum Asturien geboren wurde. Erfüllt Euch das nicht mit Stolz?«

Er schenkte mir ein mattes kleines Lächeln. ›Ehre‹ ist ein nettes Wort, war aber in Herzog Nerasins Vorstellungswelt nicht vertreten.

»Ich glaube, Ihr solltet Euch jetzt ausruhen«, ließ ich ihn wissen, »aber vorher gebt Ihr noch Befehl, daß niemand in Asturien einschreiten sollte, wenn mein Freund und ich den kleinen Kathandrion heim zu seinen Eltern bringen. Ich weiß, daß der Gedanke an das Glück eines Kindes Euer Herz mit Freude erfüllt und Ihr nicht im Traum daran denken würdet, mir Schwierigkeiten zu bereiten, nicht wahr?«

Er schüttelte seinen Kopf diesmal so heftig, daß er fast davonflog.

Kurz nach Einbruch der Dämmerung brachten einige abgerissen aussehende Kerle Allerans kleinen Sohn in Nerasins Gemächer. »Tante Pol!« rief der Junge begeistert, während er auf seinen stämmigen kleinen Beinchen auf mich zu lief. Ich drückte ihn an mich und hielt ihn eine Weile ganz fest.

Nerasin stellte Pferde für Killane und mich sowie eine recht ansehnliche Begleitmannschaft zur Verfügung, die uns zur wacitischen Grenze geleiten sollte.

»Wird das Bauchgrimmen auch rechtzeitig wieder weggeh'n tun, Melady?« erkundigte sich Killane, als wir den kahlen Granitkegel, der Vo Astur hieß, hinter uns ließen.

»*Scheinbar*, ja, Killane«, antwortete ich. »Ich werde es aber vermutlich noch ein paarmal aufleben lassen müssen, ehe Nerasin Einsicht zeigt. In ein paar Monaten wird er sich wieder etwas Schlaues ausgedacht haben, und dann werde ich es wieder in seinem Magen brennen lassen. Daraufhin wird er ein bißchen länger warten, bis er die nächste Schurkerei versucht, und ich zünde das Feuerchen wieder an. Nerasin ist mit Haut und Haar Schurke. Deshalb werde ich ihn wohl ein halbes Dutzend Mal an seinen ›Zustand‹ gemahnen müssen, ehe er sich endgültig entscheidet, sich zu benehmen. Am Ende sollte es in Arendien verhältnismäßig ruhig sein – etwa eine Generation lang. Und danach? Wer weiß?«

Kapitel 19

Es war um die Mittagszeit, als Killane und ich den kleinen Kathandrion nach Vo Wacune zurückbrachten und ihn seinen besorgten Eltern übergaben. Sie überschlugen sich vor Dankbarkeit und lauschten hingerissen Killanes ausgeschmücktem Bericht, wie ich die Freilassung des Jungen bewerkstelligt hatte.

»Ich denke, du kannst jetzt deine Bogenschützen aus Asturien abziehen, Euer Gnaden«, bedeutete ich Alleran. »Der Krieg ist vorbei. Du mußt nicht mehr Hinterhalte für Kühe und Schweine legen. Herzog Nerasin hat das Licht gesehen und wird sich von nun an benehmen.«

»Du kannst diesem Menschen doch nicht vertrauen, Tante Pol!« ereiferte sich Alleran.

»'tschuldigung, Euer Gnaden«, mischte Killane sich ein, »aber der schuftige Nerasin tut genau das tun, was Lady Polgara ihm sagt – sei's ›hör auf mit dem Krieg‹ oder ›mach Männchen‹. Sie hat seine Därme, ich will mal sagen, fest im Griff, und jedesmal, wenn sie zudrück'n tut, quiekt er wie nen Schwein.«

»Das tust du, Tante Pol?« staunte Alleran ungläubig.

»Killanes Ausdrucksweise ist ein wenig blumig, Alleran, aber du kennst ihn ja lange genug. Der Begriff ›Därme‹ ist nicht ganz korrekt, aber ansonsten kommt seine Schilderung dem Sachverhalt schon recht nah. Von jetzt bis zu seinem seligen Ende wird Nerasin fürchterliches Bauchgrimmen bekommen, wenn er etwas tut, was mir nicht gefällt. Du solltest Corrolin Bescheid geben, daß der Krieg vorüber ist, und dann fangt ihr beiden schon mal an, Eure Manieren aufzupolieren. Nerasin kommt diesen Sommer zum Rat.«

»Was?« empörte sich Alleran. »Nach all den Übeltaten, die er begangen hat?«

»Alleran, lieber Junge, das ist schließlich der Zweck dieser Zusammenkünfte, du erinnerst dich noch? Wir legen Streitigkeiten jetzt am Verhandlungstisch und nicht mehr auf dem Schlachtfeld bei. Ob es dir gefällt oder nicht, Nerasin herrscht über Asturien, und deshalb *muß* er an den Sitzungen teilnehmen wie du oder Corrolin.«

»'ch tät auf sie hör'n tun, Euer Gnaden«, empfahl Killane in warnendem Ton. »Sie weiß jetzt genau, wie man die Därme von 'nem Mannsbild findet. Also wenn ich Ihr wär, würd ich sie nicht wütend mach'n tun.« Er zuckte mit den Schultern. »Aber 's ist schließlich Euer eigener Bauch, also macht, was Euch gefällt.«

Der Mann war ein echter Schatz!

Die Atmosphäre auf dem Arendischen Rat war in diesem Sommer etwas frostig, aber Nerasin, der ständig nervöse Blicke in meine Richtung warf, war geradezu ekelhaft folgsam. Alleran und Corrolin verhielten sich ihm gegenüber mit kühler Höflichkeit, aber die beiden führten offensichtlich noch etwas im Schilde. Das stimmte mich ein wenig nervös, und ich ließ sie nicht aus den Augen. Ein Arender mit einer Überraschung im Ärmel mag in der Lage sein, die Überraschung selbst zu verbergen, aber die Tatsache zu verbergen, *daß* er etwas zu verbergen hat, übersteigt seine Fähigkeiten. Alleran und Corrolin ›führten etwas im Schilde‹, daran bestand jedenfalls kein Zweifel.

Die eigentliche Lagebesprechung dauerte nicht lange. Sie bestand größtenteils darin, daß die Herzöge von Wacune und Mimbre Asturien ihre Friedensbedingungen diktierten.

Nachdem das vom Tisch war, erhob sich Alleran. »Mylords«, verkündete er ziemlich förmlich, »mich dünket, die Zeit sei gekommen, *ihr*, die uns auf den fremdartigen Pfaden des Friedens geleitet, unsere unsterbliche Dankbarkeit zu erweisen.« Dann sah er mich direkt an. »Keinerlei Einrede werden wir dulden in dieser Angelegenheit, Mylady Polgara. Dies ist, ganz gleich, ob Ihr wollt oder nicht, unsere unabänderliche Entscheidung. Seit uralten Zeiten hat es drei Herzogtümer gegeben in Arendien, doch vom heutigen Tage an wird dem nicht mehr so sein. Herzog Corrolin herrscht in Mimbre; Herzog Nerasin führt Asturien; und ich gebe mein Bestes, um Wacune ein guter Herrscher zu sein; doch von Stund an wird es geben ein viertes Herzogtum in unserem armen Arendien, und dieses Herzogtum wird das Eurige sein. Ich entbiete Euch meine Gruß, Euer Gnaden.« Dann ließ er seinen Blick durch den Pavillon schweifen. »Heil Euer Gnaden, der Lady Polgara, Herzogin von Erat!«

»Heil Polgara!« antwortete jedermann in dem kostbaren Zelt. Alles erhob sich und sank sodann in einem übertriebenen Kniefall zu Boden.

Das warf mich fast um. Mir fielen auf der Stelle mindestens ein Dutzend Gründe ein, warum sich das nicht gehörte. Aber Allerans Versicherung, sie würden es tun, ob es mir nun paßte oder nicht, brachte all meine Einwände zum Verstummen. Da sie nun einmal so viel Wert darauf legten, mir dieses ›Euer Gnaden‹ anzuheften, entschloß ich mich zur Großmut. Mit einem Hofknicks bekundete ich mein Einverständnis, und alles jubelte laut. »Mylords«, wandte ich mich an sie, »diese Ehre überwältigt mich, und ich werde all mein Trachten darauf richten, mich ihrer würdig zu erweisen.« Da sie offenbar alle ganz wild auf eine Rede waren, bot ich all meine Beredsamkeit im ›gehobenen Stil‹ auf, gab meiner Zunge die Sporen und ließ ihr dann etwa eine Stunde lang freien Lauf. Als ihre Augen zu guter Letzt glasig zu werden begannen, schwang ich mich zu einem mitreißenden Finale auf und erhielt die üblichen stehenden Ovationen.

Sie überreichten mir die üppigst verzierte Proklamationsurkunde – von allen dreien unterzeichnet –, die meine Herzogwürde bestätigte. Daran hing eine Beschreibung der Grenzen meines Reiches in äußerst ermüdendem Detail.

Aufgrund der Feier, die in diesem Augenblick begann, hatte ich keine Zeit, sie richtig zu lesen, aber nach dem kurzen Blick zu urteilen, den ich auf das Dokument hatte werfen können, lag mein Herzogtum irgendwo dort, wo heute Sendarien ist. Ich übergab Killane die Urkunde zur Aufbewahrung, und dann wurde ich in den fröhlichen Strudel der Festlichkeiten gerissen, die die Gründung des vierten arendischen Herzogtums begleiteten.

Es war schon recht spät an jenem Abend, als ich schließlich in meinen eigenen Pavillon zurückkehrte, wo ich Killane an einem kleinen, von einem Kerzenpaar beleuchteten Tisch sitzen fand. Vor ihm lagen eine Landkarte der Region, die heute Sendarien heißt, und die Schriftrolle, auf der die Grenzen meines Herzogtums aufgeführt waren. Der Blick in seine Augen wirkte ein bißchen wild. »Habt Ihr schon 'nen Blick darauf geworf'n, Euer Gnaden?« fragte er mich.

»Sie haben mir keine Zeit dazu gelassen, Killane«, antwortete ich.

»Wenn ich Ihr wär, will ich sagen, würd ich nicht versuch'n, in einem einzigen Tag um Euer Herzogtum reit'n zu tun«, sagte er, »und auch nicht in einer Woche, wo wir schon mal dabei sind. Ihr wärt *ewig* damit beschäftigt!« Er legte seine Hand auf die Karte. »'ch hab versucht, Eure Grenzen auf der Landkarte einzeichn'n zu tun, und ich kann Euch sag'n, entweder hab'n die Herzöge den Verstand verlor'n, oder irgendso'n betrunk'ner Schreiber hat die Angabe'n aufs Papier gekritzelt. Seht selbst, Melady. 'ch hab Eure Grenzen in Rot eingezeichnet.« Er gab mir die Landkarte.

Ich starrte auf das Papier. »Das ist doch lachhaft!« rief ich aus. »Laß uns sofort zu Alleran gehen. Ich verlange eine Erklärung hierfür.«

Alleran war die Gelassenheit selbst. Ohne sichtliche Überraschung begutachtete er Killanes Landkarte. »Das sieht für mich ganz in Ordnung aus, Tante Pol«, sagte er. »Gibt es irgendwelche Probleme? Du kannst natürlich mehr Land haben, wenn du möchtest.«

»Alleran«, wandte ich mich mit überdeutlicher Aussprache an ihn, während ich versuchte, meine aufsteigende Wut zu zügeln, »dies ist mehr als die Hälfte von Zentralsendarien.«

»So?«

»Was soll das heißen, ›so‹? Du hast mir das Land von Seline bis zum Camaarsee gegeben!«

»Ja, ich weiß. Aber da fällt mir auf, daß wir dir keine Verbindung zum Meer gegeben haben. Hättest du gern noch diesen Küstenstrich zwischen Sendar und Camaar? Es ist scheußlich sumpfig da, aber deine Leibeigenen können ja die Sümpfe für dich trockenlegen. Möchtest du diese Insel vor der Westküste haben?«

»Leibeigene?« fiel ich ihm ins Wort.

»Natürlich. Sie gehören zu dem Land, Tante Pol. Wenn wir wieder in Wacune sind, benachrichtige ich deine Vasallen dort oben, daß sie alle herunterkommen und dir den Lehnseid leisten.«

»Vasallen?«

»Natürlich. Du hast doch nicht gedacht, daß wir dir unkultivierte Wildnis aufbürden würden, oder?« Er hüstelte peinlich berührt. »Tatsächlich, Tante Pol, habe *ich* das Land für dein Herzogtum zur Verfügung gestellt. Ich weiß nicht genau, wer von meinen Ahnen das ganze Gebiet da oben annektiert hat, aber es ist mehr, als ich verwalten kann, um ehrlich zu sein. Das ist kein richtiges Geschenk, nicht wahr? Ich habe dir etwas gegeben das ich ohnehin loswerden wollte.«

»Das trübt den Glanz meines neuen Titels tatsächlich ein wenig«, pflichtete ich ihm bei.

»Ich weiß, und es tut mir leid. Die Leute da oben sind seltsam. Sendarien ist nun schon so lange ein schwammiger Begriff, daß die verschiedensten Menschen dorthin gewandert und geblieben sind. Die Rassen haben sich völlig vermischt, und die Bevölkerung ist mit Sicherheit nicht mehr rein arendisch. Ich weiß nicht, wie ich ihnen beikommen soll, aber du bist ja viel klüger als ich, deshalb wirst du bestimmt besser als ich zurechtkommen. Deine – meine ehemaligen – Vasallen hingegen sind reine wacitische Arender, also mehr oder weniger berechenbar.«

Dann nahm sein Gesicht einen leicht schuldbewußten Ausdruck an. »Dir wird sicher nicht entgangen sein, daß ich Darine, Muros und Camaar behalten habe. Ich hasse es, knickrig zu wirken, aber die Einkünfte aus diesen drei Städten brauche ich wirklich dringend. Meine Finanzen sind in letzter Zeit ein wenig angespannt.« Dann lächelte er schlau. »Ich wette, du hast gedacht, wir verleihen dir bloß einen leeren Titel, Tante Pol, nicht wahr? Von der Idee verabschiedest du dich am besten gleich. Du hast ein echtes Herzogtum da oben nördlich des Camaarflusses, und du kannst damit anstellen, was du willst.« Sein Lächeln wurde zu einem verschlagenen Grinsen. »Jetzt wirst du am eigenen Leib erfahren, womit wir uns Tag für Tag herumschlagen müssen. Ich an deiner Stelle wäre also nicht allzu überschwenglich mit meinem Dank. Warte noch ein Weilchen damit. Landbesitz und alles, was damit einhergeht, ist eine Verantwortung, Tante Pol, und sie ist manchmal ziemlich schwer.«

Ich bemerkte, daß er sich über die strategische Lage des Herzogtums Erat ausschwieg. Während der letzten paar Jahrhunderte war Asturien die Ursache für einen Großteil der Unruhen in Arendien gewesen, und jetzt hatten Alleran, Corrolin und ich das lästige Herzogtum von Norden, Osten und Süden eingeschlossen – eine ständige Bedrohung für Nerasin und jeden, der ihm auf dem Herzogthron nachfolgen würde.

Nach meiner Rückkehr nach Vo Wacune reisten Killane und ich nach Norden, um meinen neuen Besitz in Augenschein zu nehmen. Allerans Angebot einer bewaffneten Eskorte lehnte ich mit aller Entschiedenheit ab. Ich wollte sehen, was da oben *wirklich* passierte, und ich wollte meine Ankunft nicht mit Rittern, Lanzenträgern und Fanfaren ankündigen. Wir ritten über Muros, nahmen die Straße nach Sulturn, und nachdem wir anschließend den nördlichen Seitenarm des Camaarflusses durchquert hatten betraten wir den Boden von ›Erat‹.

»'s ist fruchtbarer Boden hier, Melady«, bemerkte Killane am zweiten Tag, nachdem wir die Furt durchschritten hatten, »und jede Menge Wasser. Mit ein bißchen umsichtiger Verwaltung könntet Ihr lächerlich reich werd'n tun, will ich mal sagen.«

Mein Blick war währenddessen auf eine schäbige Ansammlung von Hütten aus Lehm und Flechtwerk gefallen, die sich ein paar hundert Schritt von der Straße entfernt aneinanderdrängten. Den Ausführungen meines Freundes schenkte ich daher nicht die rechte Aufmerksamkeit. »Leibeigene?« fragte ich, auf die armseligen Bruchbuden weisend.

»Sieht so aus wie'n Leibeig'nendorf, will ich mal sagen«, stimmte er mir zu.

»Laß uns in dieses Wäldchen da vorne reiten«, sagte ich. »Ich möchte mir das einmal genauer ansehen.«

»Habt Ihr ein Leibeig'nendorf geseh'n, habt Ihr sie alle geseh'n, Melady«, informierte er mich achselzuckend.

»Das ist genau der Punkt, Killane. Ich habe noch nie eins gesehen.«

Wir ritten also in das Wäldchen, und ich stieg ab und ›machte den Spatz‹. Ich flog zu den Hütten zurück, um mich dort umzuschauen. In diesen Hütten gab es keinerlei Einrichtungsgegenstände, und auch etwas, das entfernt an einen Kamin erinnert hätte, fehlte. Jede der Behausungen besaß statt dessen eine mit Holzkohle und verbrannten Zweigen gefüllte Grube, und zudem hatte jede einen Haufen Lumpen in einer Ecke der offensichtlich als Gemeinschaftsbett diente. Ein paar magere Hunde schlichen umher, ein paar genauso magere Kinder ebenfalls. Ich flog über die nahen Felder hinweg und erblickte jämmerliche, schmutzige Menschen, die mit den denkbar primitivsten Ackergeräten unter dem wachsamen Auge eines hartgesichtigen Mannes zu Pferd die Erde aufhackten.

Der Berittene hielt eine Peitsche in den Händen.

Ich flog zu Killane zurück und nahm wieder meine eigene Gestalt an. »Das muß aufhören«, erklärte ich mit großer Entschlossenheit.

»'s Dorf? Ein unerfreulicher Anblick, Melady, bestimmt, aber die Leibeig'nen müss'n ja irgendwo leb'n tun.«

»Ich spreche nicht von dem Dorf, Killane. Ich spreche von der Leibeigenschaft als solcher.«

Er blickte verblüfft drein. »Aber die ganze Gesellschaft tut auf diesem Fundament beruh'n tun, Melady.«

»Dann werde ich die Gesellschaft wohl neu aufbauen müssen, nicht? Wir kommen in Kürze darauf zurück, aber behalte es im Kopf. Ich werde mein Leben *nicht* auf den Rücken von Sklaven führen.«

»Ein Leibeig'ner ist kein Sklave, Melady«, widersprach er.

»Ach, wirklich? Vielleicht kannst du mir ja eines Tages den Unterschied erläutern. Laß uns weiterreiten, Killane. Hier gibt es viel mehr zu sehen, als ich mir vorgestellt hatte.«

Wir machten oft an geschützten Orten halt, und ich verbrachte viel Zeit im Federkleid, während ich die Wahrheit auskundschaftete, die dicht unter der Oberfläche meines scheinbar so friedlichen Reiches lag. Das Leben der Leibeigenen bestand aus unvorstellbarem Leid, der Adel hingegen lebte in Saus und Braus und gab Geld aus – warf es mit vollen Händen heraus, um genauer zu sein –, das dem Schweiß und Elend seiner Leibeigenen abgerungen war. Ich hielt meine Adligen für dumm, grausam, faul und hochmütig. Ich mochte sie nicht besonders. Auch das sollte sich ändern.

Wir erreichten Sulturn, wandten uns daraufhin nach Norden und ritten nach Medalia weiter. Wir hielten häufig an, damit ich mir alles genau ansehen konnte. Das Land war schön, fand ich, die Gesellschaft hingegen alles andere als das.

Nachdem wir durch Medalia gekommen waren, ritten wir nach Seline weiter, um uns Erat von Osten zu nähern. Ich versuchte, so gut ich es vermochte, meinen Gleichmut zu bewahren. Schließlich war es nicht Killanes Schuld, aber er war nun einmal der einzige, der mir zur Verfügung stand. Ich glaube nicht, daß er die Reise sehr genossen hat.

»Falls Ihr, ich will mal sagen, nichts dagegen hab'n tut, Euer Gnaden«, wandte er sich eines Nachmittags an mich, als wir auf halbem Weg zwischen Seline und Erat waren, »Ihr scheint mir 'ne Spur reizbar zu sein, nichts für ungut. Hab ich was falsch gemacht?«

»Es liegt nicht an dir, Killane«, sagte ich. »Hier liegt einiges im argen.«

»Tja, bringt's in Ordnung, Fräuleinchen.«

»Etwas in der Art schwebt mir auch vor, Männchen!«

»Falls ich Euch überred'n tun könnte, Eure Verdrießlichkeit mal kurz zu vergess'n – vielleicht möchtet Ihr ja 'nen Gedanken darauf verschwend'n, wo Ihr Eure Hauptstadt erricht'n wollt, Euer Gnaden. Euer Titel würd Erat naheleg'n tun, aber ich war ein-, zweimal da, und es ist nicht die hübsch'ste Stadt der Welt, und ›Vo Erat‹ klingt auch nicht so angenehm im Ohr, will ich mal sagen.«

»Laß mich erst gründlich darüber nachdenken, Killane, bevor wir übereilte Entscheidungen treffen«, schlug ich vor. »Ich bin mir noch nicht sicher, *ob* ich eine Hauptstadt möchte.«

»Ihr seid eine grausame Frau, ja, das seid Ihr, Fräuleinchen«, klagte er.

»Ich fürchte, ich verstehe dich nicht.«

»'s wär meine einzige Chance, eine ganze Stadt zu entwerf'n und zu bau'n, will ich mal sagen, und jetzt habt Ihr all meine Hoffnungen zunichte gemacht. Ich könnt 'nen Palast bau'n, da tät der Kaiser von Tonedra grün werd'n vor Neid.«

»Wozu in aller Welt sollte ich einen Palast brauchen? Ich weiß, wer ich bin, und ich brauche keinen gigantischen Pomp, um mich daran zu erinnern. Aber das ist nicht der Hauptgrund. Meine wahren Interessen liegen noch immer im eigentlichen Arendien. Diese schlauen kleinen Jungs, die mich hierher gebracht haben, denken womöglich, ich würde mich hier oben so beschäftigen lassen, daß ich ihnen nicht mehr auf die Finger schaue. Aber dazu wird es nicht kommen. Mein Haus in Wacune werde ich unter allen Umständen behalten. Sie werden einsehen, daß sie mir nicht *so* leicht ausweichen können. Laß uns jetzt weiterreiten, Killane. Ich möchte einen Blick auf Erat werfen, bevor ich mich entscheide, was ich zu tun gedenke.«

Erat war, wie sich herausstellte, für einen Regierungssitz völlig ungeeignet. Das nördliche Zentralsendarien hatte über die Jahrhunderte hinweg so oft den Besitzer gewechselt, daß Erat nun ein architektonisches Durcheinander heruntergekommener und nicht zueinander passender Gebäude war. Das Grundproblem jedoch bestand darin, daß Erat am sumpfigen Nordufer des gleichnamigen Sees lag, und was immer man dort bauen würde, käme schließlich doch einem Dorf in den drasnischen Marschen gleich.

Erneut ließ ich mir Flügel wachsen und erkundete die Lage aus der Luft. Die Gegend, die schließlich meine Aufmerksamkeit fesselte, lag am Südufer des Sees, wo ein Fluß von beträchtlicher Breite das Gewässer speiste. Es handelte sich um eine weite, sattgrüne Wiese, die mit dem Fluß als südliche Begrenzung sanft zum Seeufer hin abfiel. Das Flußufer säumten uralte weiße Birken, und steile, bewaldete, dunkelgrüne Berge umschlossen die Wiese auf den beiden anderen Seiten. Im Osten erhob sich das schneebedeckte sendarische Gebirge über diese bewaldeten Vorberge. In der Nähe gab es weder Dörfer noch Straßen, und so war alles frisch und unberührt und schien nur auf meine Hand zu warten, um es zur Vollendung zu führen. Ich könnte den Sonnenaufgang über dem Gebirge und den Sonnenuntergang über dem See beobachten. Ich verliebte mich auf der Stelle.

Der Flecken lag vielleicht achtzehn Meilen nordwestlich des Dorfes Obergralt und ungefähr dreißig Meilen nordöstlich von der Stelle, wo heute das Gehöft eines gutmütigen Mannes namens Faldor steht.

Garion sollte die Gegend recht gut kennen, schließlich ist er dort aufgewachsen.

Killane unterzog die von mir ausgesuchte Gegend einer kritischen Prüfung, ich glaube, um irgend etwas daran auszusetzen zu finden, aber am Ende gab er sich geschlagen. »'s wird geh'n«, räumte er widerwillig ein, »und wie der Zufall so spiel'n tut, ist es eins Eurer eig'nen Güter, so daß Ihr nicht groß feilsch'n müßt, wenn Ihr das Land kauf'n wollt, will ich mal sagen.«

»Es *geht*?« empörte ich mich.

»Na ja – vielleicht 'nen bißchen mehr als geh'n, nehm ich an. Ich werd mal 'nen paar Skizzen zeichn'n, wenn wir Zeit hab'n, will ich mal sagen. Ich seh da drei Bauplätze, wo Ihr Euer Herr'nhaus vielleicht gern hinhab'n woll'n tut. Wenn wir gute Skizzen mach'n, könn'n wir uns den Winter drüber zank'n tun, wenn wir wieder in Wacune sind.«

Ich hatte mich bereits in etwa entschieden, wohin ich mein Haus setzen wollte, aber ich wollte nicht willkürlich erscheinen, und deshalb ließ ich Killane sich mit seinem Skizzenblock amüsieren, während ich die Wiese und die nahen Wälder erkundete.

Es war Spätherbst geworden, als wir nach Vo Wacune zurückkehrten, und mittlerweile waren all meine Vasallen Allerans Aufruf gefolgt und warteten seit nunmehr einem Monat geduldig im Palast.

»Sie sind nicht sehr glücklich, Tante Pol«, warnte Alleran mich vor. »Ihre Familien haben der meinen seit Generationen den Lehnseid geschworen, und jetzt gebe ich sie fort wie einen alten Sattel oder ein aufgetragenes Gewand. Vielleicht möchtest du sie langsam daran gewöhnen.«

»Vielleicht«, entgegnete ich, »aber da oben *wird* es Veränderungen geben, Alleran – ziemlich grundlegende Veränderungen. Von daher werde ich mich sowieso nicht sehr beliebt machen. Meine Vasallen sind Arender. Ich gehe also davon aus, daß allein die Tatsache, daß ihr neuer Herr eine Frau ist, eine tödliche Beleidigung für sie darstellt. Es dürfte nicht viel Sinn haben, so zu tun, als sei alles eitel Freude, oder?«

»Es ist dein Herzogtum, Tante Pol. Du kannst es so führen, wie es dir paßt. Wann sollen wir die Zeremonie abhalten?«

»Welche Zeremonie?«

»Jeder von ihnen muß dir den Lehnseid schwören, nachdem ich sie von ihrem Eid mir gegenüber entbunden habe.«

»Eine Art Eigentumsübertragung, meinst du?«

»Das ist eine sehr direkte Art, es auszudrücken, Tante Pol« – er überlegte – »trifft es aber ziemlich genau«, fügte er hinzu. »Es soll in meinem Thronsaal stattfinden – falls es dir nichts ausmacht. Nach der Zeremonie höre ich mich ein bißchen um, um herauszufinden, ob du eine Armee brauchen wirst, um etwaige Rebellionen niederzuschlagen.«

»Du blühst heute richtig auf, Alleran, nicht wahr?« versetzte ich kühl.

Die Zeremonie im Thronsaal war selbstverständlich reine Formalität, aber Arender lieben Formalitäten, so daß dieser Teil recht gut vonstatten ging. Ich saß eindrucksvoll gewandet auf Allerans Thron, gekrönt, in einen Hermelinumhang gehüllt und in königlicher Haltung. Nachdem meine Vasallen alle gelobt hatten, mich zu beschützen, mir zu dienen und mich mit ihrem Leben, ihrem Besitz und ihrer geheiligten Ehre zu verteidigen, hielt ich ihnen eine kleine Rede, um ihnen den Tag ein bißchen zu versüßen. Ich schob die ganze altertümliche Ausdrucksweise beiseite und kam ohne Umschweife auf den Punkt. »Nun, da wir alle eine große, glückliche Familie sind, Mylords«, begann ich, »müssen wir ein paar neue Regeln aufstellen. Nach Recht und Sitte habt Ihr Herzog Alleran den Zehnt geleistet für die Ehre, ihm dienen und sein Land verwalten zu dürfen, das er Euch zu Lehen gegeben hat. Nun, Herzog Alleran ist bekanntlich alles andere als ein Verschwender, aber mir will scheinen, als sei die Zehntabgabe wirklich ein bißchen zu hoch. Ich glaube nicht, daß ich so viel Geld brauchen werde. Warum halbieren wir also nicht einfach diesen Zehnt und schauen, wie sich die Dinge entwickeln?«

Wegen dieser kleinen Geste der Großzügigkeit bejubelten meine Vasallen mich etwa eine Viertelstunde lang ohne Unterlaß. Einige von ihnen weinten tatsächlich. Nun ja, schließlich waren sie Arender.

Als wieder Stille eintrat, fuhr ich fort. »Nun, da Ihr nicht mehr so viel Geld benötigt, um Eure Abgaben zu zahlen, sollten wir alle gemeinsam das Los unserer Leibeigenen verbessern. Ich habe den Zehnten halbiert, und deshalb werdet Ihr Euch großzügig erweisen, indem Ihr den Betrag an Naturalien – und Frondiensten –, welche Ihr von den Leibeigenen erhaltet, ebenfalls halbiert. Ihr zwingt Eure Leibeigenen, Euer Land zu bearbeiten, und dann dreht Ihr Euch um und nehmt ihnen noch einmal die Hälfte dessen ab, was ihre eigenen Felder erbringen. Von nun an werdet Ihr Euch mit einem Viertel ihrer Dienste zufriedengeben, und das, was sie anbauen, werdet Ihr ihnen lassen, damit sie ihre Familien ernähren können.«

«Was?« brüllte ein korpulenter, rotgesichtiger Baron – Lageron war wohl der Name, wenn ich mich richtig erinnere – beinah.

»Habt Ihr Schwierigkeiten mit Eurem Gehör, Mylord?« fragte ich ihn. »Ich sagte, ein Viertel von seinen Frondiensten und nichts von seiner eigenen Nahrung. Ihr solltet wissen, daß ein hungernder Mann nicht sehr gut arbeitet.«

Einer der Barone stieß Lageron an und flüsterte ihm etwas ins Ohr. Lagerons erboste Miene glättete sich, und wich einem verschlagenem Ausdruck. Ich war mir ziemlich sicher, daß meine verehrten Barone vorhatten, die neuen Einschränkungen einfach zu ignorieren.

»Nur, damit wir einander nicht mißverstehen, meine Herren«, tat ich ihnen kund. »Ich bin sicher, Ihr habt die wildesten Geschichten über mich gehört.« Ich lächelte. »Niemand glaubt diese Märchen wirklich, nicht wahr?«

Sie lachten alle herzlich. Dann fiel mir das Lächeln aus dem Gesicht, und ich setzte eine recht gelungene Nachahmung jener einstudierten Grimasse auf, die mein Vater zum Einschüchtern der Leute benutzt. »Ihr fangt besser damit an, es zu glauben, Mylords«, warnte ich sie. »Gleichgültig, wie wüst diese Geschichten für Euch klingen mögen – die Wirklichkeit ist noch viel, viel häßlicher. Laßt Euch nicht zu der Annahme hinreißen, Ihr könntet die Beschränkungen, die ich Euch soeben hinsichtlich des Auspressens Eurer Leibeigenen auferlegt habe, ignorieren. Ich habe Möglichkeiten zu erfahren, was Ihr tut. Falls einer von Euch die Beschränkungen auch nur um eine Rübe überschreitet, werde ich das als einen Bruch jenes Eides betrachten, den Ihr mir gerade geschworen habt, und ihn mit nichts als den Kleidern, die er am Leib trägt, aus seinem Herrenhaus werfen und seine Güter einziehen. Ich habe meine Augen überall, Mylords, und Ihr *werdet* mir Gehorsam leisten – oder ein Leben als landloser Vagabund fristen.«

Ich ließ das einen Moment einwirken, und dann verfiel ich wieder in den Tonfall freundlicher Verständigkeit. »Ein Herrschaftswechsel bringt stets eine gewisse Anzahl von Brüchen und Veränderungen mit sich, Mylords. Aber es wird wieder mehr Ruhe einkehren, wenn Ihr Euch erst einmal an meine kleinen Eigenarten gewöhnt habt. Falls hingegen einer der hier Anwesenden mein

Vorgehen *zu* unerfreulich findet, werde ich nicht auf dem soeben geleisteten Schwur bestehen. Es steht ihm frei, das Herzogtum Erat jederzeit zu verlassen, und falls er eine Möglichkeit finden sollte, seine Ländereien und sein Haus auf seinem Rücken zu tragen, darf er sie gerne mitnehmen. Ich möchte Euch allerdings zu bedenken geben, daß selbst mein Vater nicht dazu in der Lage wäre. Aus diesem Grunde würden die Ländereien und Häuser wohl an ihrem angestammten Platz verbleiben. Laßt es mich auf eine einfache Formel bringen: ›Mein Reich; meine Regeln.‹ Gibt es noch irgendwelche Fragen?«

Es gab ein verdrießliches Schweigen, aber keinerlei Fragen.

Herzog Alleran indes blieb nicht müßig, sondern stellte unverzüglich eine große Streitmacht auf und verlegte sie ans Südufer des Camaarflusses.

»Das ist doch nicht nötig, Alleran«, erklärte ich ihm eine Woche darauf, als ich herausfand, was er getan hatte. »Weißt du, ich kann auf mich selbst aufpassen.«

»Nur eine Vorsichtsmaßnahme, Tante Pol«, winkte er ab. »Die Anwesenheit der Truppen dort könnte Leute wie Lageron unter Kontrolle halten. Ich kenne diese Herren Barone da oben, deshalb weiß ich auch, wie ich am besten verhindere, daß sie aus der Reihe tanzen.«

Ich zuckte die Schultern. »Das liegt bei dir, Alleran«, erwiderte ich, »aber *du bist* derjenige, der all diese Soldatcn bczahlt. Schick mir bittc *kcinc* Rcchnungcn!«

»Nerasin und Corrolin haben sich bereit erklärt, die Kosten zu tragen, Tante Pol, sowie weitere Truppen zur Verfügung zu stellen, falls wir sie brauchen sollten. Uns liegt allen daran, daß du ein stabiles Herzogtum regierst. Du solltest deshalb jene befreundeten Streitkräfte entlang deiner Südgrenze vielleicht als eine Art gemeinsame Investition in den Frieden betrachten.«

»Alles, was dich glücklich macht, Liebes«, sagte ich, ihm liebevoll die Wange tätschelnd.

Zuzüglich zu den Zehntabgaben von meinen Vasallen

gab es noch ausgedehnte Ländereien, die mir unmittelbar gehörten. Killane eröffnete mir, daß ungefähr der vierte Teil des gesamten Herzogtums ausschließlich mir gehörte. Da ich immer noch fest entschlossen war, die Leibeigenschaft abzuschaffen, versteht es sich beinah von selbst, daß ich alles daransetzte, meine Leibeigenen unverzüglich freizulassen. Eine der Besonderheiten dieser verabscheuungswürdigen Einrichtung war die Tradition, daß ein Leibeigener, der weglief und ein Jahr und einen Tag lang der Festnahme entging, ein freier Mann war. Wenn ich die Leibeigenschaft auf meinen Gütern abschaffte, hätte ich in Kürze eine Zuflucht geschaffen für entlaufene Leibeigene von einem Ende des Herzogtums bis zum anderen. Eine strikt eingehaltene ›Wir-müssen-draußen-bleiben-Politik‹ gegenüber den Baronen würde verhindern, daß diese sich damit vergnügen konnten, ihr sich verflüchtigendes Eigentum wieder zur Strecke zu bringen. Es würde nicht lange dauern, bis jeder gesunde und arbeitsfähige Mann im Herzogtum auf *meinem* Grund und Boden leben und es niemanden mehr geben würde, der das Land meiner Vasallen bearbeitete.

»Sie werd'n alle zu Euer Gnaden komm'n müss'n – mit dem Hut in der Hand – um Arbeitskräfte fürs Pflüg'n, Pflanz'n und Ernt'n zu krieg'n, will ich mal sagen«, freute sich Killane.

»So in etwa stelle ich mir das vor, Killane«, ließ ich ihn selbstgefällig wissen. »Nun denn, laß uns über den Standort meines Herrenhauses sprechen. Ich möchte, daß es mit der Front zum See steht und auf der einen Seite vom Fluß begrenzt wird, aber stell es auf einen kleinen Hügel, damit es hochwassersicher ist.«

Als das Frühjahr heraufzog, öffnete ich den kleinen Tresor, den ich unter dem Kamin in meinem Schlafzimmer versteckt hatte, entnahm ihm fast mein gesamtes überschüssiges Geld und schickte Killane in den Norden, um damit Baumaterial zu kaufen, Arbeiter einzustellen und mit dem Bau zu beginnen. »Holze bitte meine Wälder nicht nieder, um Straßen zu bauen«, mahnte ich ihn mit fester Stimme.

»Und wie soll ich wohl all den Marmor zur Baustelle bring'n tun, Fräuleinchen?« fragte er mich einigermaßen erbost.

»Killane, lieber Junge«, legte ich ihm geduldig dar, »die Baustelle liegt unmittelbar am Fluß. Baue ein paar Flöße und bring den Marmor auf dem Wasserweg dahin, wohin du ihn haben willst.«

Er blinzelte. »Daran hatte ich, ich will mal sagen, nicht gedacht«, gab er zu. »Was für 'ne wunderbar kluge Frau Ihr doch sein tut, Melady.«

»Danke.«

»Ich werd Euch von Zeit zu Zeit Bericht über meine Fortschritte schick'n tun, aber's wär nett von Euch, wenn Ihr so lange wegbleib'n tätet, bis alles fertig ist. Ich brauch niemand'n, der mir die ganze Zeit über die Schulter guck'n tut.«

»Ich werde brav sein«, versprach ich ziemlich demütig.

Natürlich habe ich ihn angelogen. Ich flog mindestens einmal die Woche nach Norden, um zu sehen, wie es mit der Arbeit voranging, aber ich sah wirklich keine Notwendigkeit, ihn bezüglich dieser Stippvisiten zu informieren.

Tatsächlich war ich in jenem Sommer viel zu beschäftigt, um herumzustehen und zuzusehen, wie mein Herrenhaus gebaut wurde. Ich erließ die Proklamation zur Freilassung meiner Leibeigenen, und sogleich ereiferten sich die Chaldanpriester. Der arendische Klerus war fest ins Feudalwesen eingebunden, und die Priester erkannten die Gefahr, die ausgedehnte Ländereien *ohne* Leibeigenschaft für den Kirchenbesitz darstellten. Von Seline bis Sulturn wurde ich von den Kanzeln herab als ›Abolitionistin‹ verdammt. Der Begriff wollte sich indes nicht so recht durchsetzen, fanden die Predigten doch – aus verständlichen Gründen – in immer leereren Kirchen statt. Der Hohepriester des Chaldan, der in Mimbre gewaltige Güter sein eigen nannte, unternahm eine Sondermission nach Vo Wacune. Er ließ mich wissen, daß er sich in dem Fall, daß ich meine Proklamation nicht wieder zurück nähme, gezwungen sähe, mich zu exkommunizieren.

»Das ist mir ziemlich gleichgültig, Euer Hochwürden«, erklärte ich ihm. »Wißt Ihr, ich diene nicht Chaldan. Mein Meister ist sein älterer Bruder Aldur. Wir sollten es den beiden überlassen, die Sache unter sich auszumachen? Wenn Ihr Euch das nächste Mal mit Chaldan unterhaltet, erzählt ihm einfach, was ich getan habe, und bittet ihn, es meinem Meister vorzutragen.«

Gift und Galle versprühend, stürzte er fort.

Meine Hauptsorge in jenem Sommer galt dem Umstand, daß es in Arendien nichts gab, was auch nur annähernd einem Rechtssystem ähnelte. In jedem der Herzogtümer regierte der Herrscher mit Hilfe von Erlassen, und diese Erlasse gründeten häufig auf herrscherlichen Launen. Diese Art Recht zu sprechen war nicht nur zutiefst ungerecht, sondern auch noch völlig ineffizient. *Ich* würde gewiß nicht meine Zeit damit verbringen, belanglose Streitigkeiten zu schlichten und Urteile über Übeltäter zu fällen. Ich benötigte einen Corpus schriftlich fixierter Gesetze sowie gerechte Richter, die diese Gesetze zumindest lesen konnten. Was in jenen unruhigen Zeiten in Arendien als Gesetz galt – und in gewissem Maße noch heute gilt –, war wenig mehr als eine Reihe willkürlicher Bestimmungen, welche die Privilegien des Adels schützten. Kam es zufällig zu einem Streit zwischen einem Baron und einem gemeinen Freien, gewann immer der Baron. Ähnliches war mir während meines Aufenthaltes auf der Insel der Winde begegnet, und eine von Kamions Hauptaufgaben hatte in der Kodifizierung des Rechts bestanden. Ich konnte jedoch auf gewisse Vorteile bauen, die Kamion nicht zur Verfügung gestanden hatten, und deshalb schickte ich meine Gedanken zu den Zwillingen aus und bat sie, meines Vaters – und Onkel Beldins – Bibliotheken zu plündern. Ich wollte jedes verfügbare juristische Werk haben.

Dann schickte ich zwei von Killanes Neffen – und eine umfangreiche Herde von Packeseln – ins Tal, um die Schriftstücke herbeizuschaffen.

Der Arendische Rat trat in jenem Jahr zu Mittsommer auf dem Großen Arendischen Markt zusammen, und ich bemerkte, daß etliche erstaunte Blicke in meine Richtung wanderten, als wir zur Besprechung Platz nahmen. Ganz offensichtlich hatte Alleran, Corrolin und Nerasin erwartet, ich würde zu beschäftigt – und zu verzweifelt – sein, um an der jährlichen Zusammenkunft teilzunehmen.

»Irgendwelche Probleme, Tante Pol?« erkundigte Alleran sich hoffnungsvoll.

»Nichts Bedeutendes«, gab ich mit leichtem Achselzucken zurück. »Meine Vasallen beginnen zu begreifen, daß ich es ernst meine, wenn ich etwas sage.«

»Mir sind Gerüchte zu Ohren gekommen, Ihr hättet all die Leibeigenen auf Euren Krongütern in die Freiheit entlassen«, merkte Corrolin an. »War das wahrhaftig weise gehandelt? Gedenket Ihr, jene ausgedehnten Lehen mit Hilfe von Zauberei zu bestellen?«

»Du liebe Güte, Corrolin, nein«, winkte ich ab. »Ich werde meine einstigen Leibeigenen gegen Lohn einstellen, um diese Arbeiten für mich zu tun.«

Die Augen traten ihm aus dem Kopf, und vor Staunen blieb ihm der Mund offenstehen. »Ihr wollt einem Leibeigenen wahrhaftig *Geld* geben?« rief er aus.

»Es sei denn, er möchte etwas anderes«, entgegnete ich. »Einen guten Ochsen beispielsweise oder neue Kleidung.« Ich runzelte die Stirn. »Das einzige Problem, das ich bezüglich des Geldes sehe, ist, daß die Leibeigenen nur bis zehn zählen können – bis neun, wenn sie zufällig einen Finger verloren haben. Das dürfte die Zahltage sehr schwierig gestalten. Ich denke, ich werde ein paar Schulen auf meinen Gütern einrichten müssen, um meinen ehemaligen Leibeigenen Grundkenntnisse in der Arithmetik und eine flüchtige Bekanntschaft mit den Geheimnissen der Schrift zu vermitteln.«

»Ungeheuerlich!« rief Nerasin aus. »Ihr *könnt* Leibeigenen nicht Lesen und Schreiben beibringen!«

»Warum nicht? Gut ausgebildete Arbeiter sind doch aller Wahrscheinlichkeit noch tüchtiger als ungelernte, würdet Ihr das nicht auch sagen?«

»Lady Polgara, da draußen gibt es Hitzköpfe, die jede Menge aufrührerischen Unfug geschrieben haben. Wenn die Leibeigenen lesen können, könnte ihnen ein Schriftstück in die Hand fallen, das eine Revolution auslöst!«

»Revolutionen sind gesund, Nerasin. Sie reinigen die Luft. Ihr säßet vermutlich heute nicht hier, wenn Graf Mangaran, Baronin Asrana und ich Euren Onkel nicht vom Thron von Vo Astur entfernt hätten, glaubt Ihr nicht auch? Zufriedene Arbeiter rebellieren aber nicht. Erst wenn Ihr sie mißhandelt, kommen sie Euch mit Mistgabeln. In meinem Herrschaftsgebiet wird das nicht passieren.«

»Ich würde mir lieber die Zunge abbeißen, als das zu versuchen, was du uns rätst, Tante Pol«, meldete Alleran sich zu Wort. »Glaubst du nicht, daß du die Dinge etwas übereilst?«

»Ich mache Hausputz, Alleran«, beschied ich ihn, »und es ist ein *sehr* schmutziges Haus. Ich werde nicht um der alten Zeiten willen irgendwelche Schmutzhaufen in den Ecken liegenlassen.«

An all den leeren Blicken rings um mich konnte ich sehen, daß meine Ausführungen nicht in die Köpfe gingen – besser gesagt, sie gingen zum einen Ohr hinein und zum anderen hinaus. »Du liebe Güte«, seufzte ich. »Also gut, laßt es mich so ausdrücken. Letzten Sommer wolltet Ihr drei mich unbedingt in Euren eigenen Rang erheben. Das war doch Eure Absicht, oder?«

»Ähm –«, machte Alleran unsicher, »ja, das nehme ich an.«

»Berichtige mich, falls ich mich irre, aber bedeutet das nicht, daß mir das Herzogtum Erat gehört – voll und ganz und ohne Einschränkungen?«

»Dahin ging unsere Absicht, Euer Gnaden«, gestand Corrolin.

»Ist er nicht ein lieber Junge?« sagte ich, an die beiden anderen gewandt. »Nun also, da das Herzogtum Erat mir gehört – uneingeschränkt –, kann ich dort oben alles tun, wonach mir der Sinn steht, nicht wahr? Und keiner von Euch – weder einzeln noch gemeinsam – kann irgend etwas dagegen tun, habe ich recht?«

»Es *gibt* jedoch Regeln und Gepflogenheiten, Tante Pol«, rieb mir Alleran unter die Nase.

»Ja, ich weiß – schlechte Regeln und schlechte Gepflogenheiten. Sie gehören zu jenem Schmutz und Müll, den ich gerade aus den Ecken kehre.« Ich blickte den Herzog von Astur mit strengem Blick an. »Erzählt ihnen, was geschah, als Ihr den kleinen Kathandrion entführt hattet, Nerasin«, verlangte ich. »Schildert es in allen Einzelheiten – und falls Ihr es vergessen haben solltet, kann ich es jederzeit wiederholen – nur um Euer Gedächtnis aufzufrischen.« Dann weitete ich die Warnung auf alle aus. »Sollte es Euch Herren nicht zusagen, was ich innerhalb der Grenzen meines Hoheitsgebiets tue, dann ist das Euer Problem. Und falls es Euch *wirklich* stört, steht es Euch frei, mir den Krieg zu erklären. Das aber laßt Euch gesagt sein: Der erste, der mein Reich überfällt, wird sehr, *sehr* krank werden. Ich werde nicht Eure Ritter verstümmeln oder Eure Fußsoldaten abschlachten oder über die Grenze reiten und die Dörfer Eurer Leibeigenen niederbrennen. Ich werde gegen Euch *persönlich* vorgehen. Meine Vergeltung wird geradewegs auf Euch zielen. Falls Ihr Euch dazu entschließen solltet, mich anzugreifen, werde ich ein Feuer in Eurem ganz persönlichen kleinen Bauch entzünden. Was ich auf meinen Besitzungen mache, ist *meine* Sache. Nun denn, ich bin dieses Jahr überaus beschäftigt, was steht auf der Tagesordnung? An die Arbeit!«

Hegt noch irgend jemand Zweifel darüber, wer in jenen Tagen in Arendien das Sagen hatte?

Killane kehrte um die Mitte des Herbstes nach Vo Wacune zurück. »'s Wetter da ob'n wird jetzt richtig mies, Fräuleinchen«, erzählte er mir. »'ch hab den Bautrupp bezahlt und ihn'n gesagt, sie soll'n nächstes Frühjahr wiederkomm'n tun. Wenn wir in der regnerischen Jahreszeit weitermach'n tät'n, würden wir nichts erreich'n, als Eure schöne Wiese in ein Schlammloch zu verwandeln, will ich mal sagen, und ich würd doch denk'n tun, daß Euch das nicht gefall'n tät. 'ch hab 'nen paar Männer oben gelassen zur Bewachung.«

»Sehr tüchtig, Killane«, stimmte ich ihm zu. Ich wußte genau, wie weit er vorangekommen war – schließlich *hatte* ich die Arbeiten im wahrsten Sinne des Wortes ›beaufsichtigt‹ –, aber ich ließ ihn mir begeisterte, wenn auch leicht übertriebene Berichte darüber geben, was schon alles fertiggestellt war.

Dann ließ er den Blick über die Stapel juristischer Bücher schweifen, die überall in meiner Bibliothek verstreut lagen. »Und was ist das, Fräuleinchen?« fragte er mich neugierig.

»Ich entwerfe Gesetze, Killane«, antwortete ich müde. »Es ist sehr langweilig.«

»Eure Wünsche und Launen sind das Gesetz, Euer Gnaden.«

»Nicht, wenn ich hiermit fertig bin. Ich versuche, das Beste aller großen Rechtssysteme der Welt in einem zu vereinen – größtenteils das tolnedrische und melcenische, mit einem Spritzer alornischer, nyissanischer und sogar maragischer Verordnungen, um das Ganze zu würzen. Ich habe sogar in den juristischen Praktiken von Angarak einige möglicherweise nützliche Ideen gefunden.«

»Zu welchem Zweck wollt Ihr Euch Euren hübschen Kopf mit all dem alten Staubzeug belast'n tun, Melady?«

»Der Zweck heißt Gerechtigkeit, Killane. Das ist das Ziel eines jeden Rechtssystems.« Ich machte eine Geste in Richtung der Bücherstapel. »In diesem Garten wächst eine Menge Unkraut, aber ich werde es jäten, damit die Beete bereit für die Rosen werden.«

Killane beendete die Arbeit an meinem Herrenhaus im Spätsommer des Jahres 2330, nicht lange, nachdem Herzog Corrolin von Mimbre starb. Er und ich reisten, diesmal mit einer geziemenden Begleitmannschaft, nach Norden, damit ich meinen neuen Herrschaftssitz in Augenschein nehmen konnte. Natürlich hatte ich ihn mehrfach aus der Luft gesehen, aber ein Blick aus der Vogelperspektive vermittelt nicht den Eindruck, den man erhält, wenn man ein Gebäude zu ebener Erde besichtigt. Das Haus stand auf einer Anhöhe am Nordufer des Flusses, der den See speiste, so daß wir Zugang zum Wasser hatten. Ein Kiesweg führte von meiner Hintertür zu einem steinernen, in den Fluß ragenden Landesteg hinunter, der jede Art von Lieferungen erleichterte. Die Wiese, die meine Aufmerksamkeit überhaupt erst geweckt hatte, fiel etwa eine Viertelmeile zum westlichen Seeufer hin ab, und genau wie ich es mir vorgestellt hatte, machten die bewaldeten Hänge mit den schneebedeckten Bergen darüber, die das Gelände nach Osten hin abschlossen, das Bild vollkommen.

Erzähle ich zu viel von meinem Haus? Nun, übt euch in Geduld. Ich liebe dieses Haus, und wenn ich darüber reden will, rede ich darüber.

Das Haus selbst war ein Traum in schneeweißem Marmor. Killane hatte sich offenbar einige Freiheiten mit den auf den detaillierten Bauplänen festgelegten Ausmaßen erlaubt, auf die wir uns geeinigt hatten. Ich hatte angenommen, der Geldbetrag, den ich ihm für den Bau gegeben hatte, impliziere gewisse Obergrenzen, aber Killanes Geschick beim Handeln hatte ihm genügend Handlungsfreiheit verschafft. Seine Einführung des Systems von Wettbewerbsgeboten hatte sich ganz entschieden auf die Kosten ausgewirkt. So verschaffte er mir mehr als einen nur angemessenen Gegenwert für mein Geld. Das mittlere Gebäude war mehrere Stockwerke hoch, und sein Eingangsbereich wurde von einem Säulenvorbau geschmückt, der tolnedrisch wirkte. Geschwungene Flügel erstreckten sich zu beiden Seiten der Haupthalle und faßten einen formalen Garten mit jungen Hecken und noch unbepflanzten Blumenbeeten ein, die auf meine Anregung warteten.

Das Innere des Hauses war, falls das überhaupt möglich war, noch erfreulicher. Große Räume wurden von hohen Fenstern erhellt. Der Küchentrakt war gigantisch, und die Bäder auf der Rückseite des Gebäudes konnte man nur verschwenderisch nennen. Da das Ganze aber noch kein einziges Möbelstück und keinen einzigen Vorhang enthielt, hallte es darin wie in einer leeren Höhle. Ich brauchte dringend Teppiche und Vorhänge.

»'ch war so frei, eine Reihe Möbelschreiner einzustell'n zu tun, Euer Gnaden«, informierte mich Killane. »'ch hab sie in einer Werkstatt hinten neben den Stallung'n einquartiert. Vielleicht denkt Ihr mal drüber nach, welchen besonderen Stil für die Möbel Ihr woll'n tut. Ein Haus mit einem Dutzend verschiedener Arten von Stühlen und Tischen sieht immer 'n bißchen, ich will mal sagen, schlampig aus.«

Mit Schlampigkeit kannte ich mich gut aus. Vaters Turm war ein perfektes Beispiel dafür. Allein die Größe des Hauses war beängstigend. Ich hoffte nur, daß Killanes Familie groß genug war, um das gesamte Personal stellen zu können. Killane und ich trafen einige Entscheidungen bezüglich der Möbel, Vorhänge, Teppiche und andere hübscher Kleinigkeiten, und dann kehrte ich nach Vo Wacune zurück, um nichts aus den Augen zu verlieren.

Bis zum Sommer des Jahres 2331 war das Haus am See vollständig eingerichtet, und ich begann meine Zeit zwischen meinem Stadthaus in Vo Wacune und meinem Landsitz am Eratsee zu teilen. Die Reisen zwischen meinen beiden Wohnsitzen gestalteten sich für mich, die ich bekanntlich über gewisse Vorteile verfüge, nicht ganz so lästig wie für gewöhnliche Zeitgenossen.

Selbstverständlich gab es noch immer Spannungen in Arendien, aber es gelang mir, sie beizulegen, und so blieb alles ruhig.

Dann kam im Spätsommer 2333 mein Vater zu Besuch nach Vo Wacune. Die, so mußte es auf ihn wirken, ›Pracht‹ meines Stadthauses überraschte ihn doch sehr. »Was soll das alles?« fragte er mich, nachdem Killanes Schwester Rana ihn in meine Bibliothek geführt hatte. Ich bin mir nicht ganz sicher, wie er an Rana vorbeigekommen war. Vater ist, was sein Äußeres betrifft, stets recht nachlässig, und Rana hatte vorgefaßte Meinungen über solche Dinge.

»Ich mache Karriere, Vater«, antwortete ich.

»Das sehe ich.« Er ließ sich auf einen Stuhl neben meinem Schreibtisch fallen. »Hast du irgendwo eine Goldmine aufgetan? Die Hütte hier wirkt recht luxuriös, und wenn mich nicht alles täuscht, hattest du noch nicht soviel Geld in der Tasche, als du vor zwanzig Jahren hier ankamst.«

»Die Herzöge von Arendien haben es sich nicht nehmen lassen, mich für die Aufdeckung von Ctuchiks Verschwörung damals zu belohnen. Sie haben mir eine jährliche Pension aufgedrängt – vielleicht in der Hoffnung, ich würde mich aus der Politik zurückziehen. Ich versuchte sie abzulehnen, aber sie beharrten darauf. Das Geld häufte sich an, bis Asrana – du erinnerst dich doch noch an sie, oder?«

»O ja«, antwortete er, »die intrigante kleine asturische Dame.«

»Das *war* Asrana, das stimmt. Wie dem auch sei, sie schlug vor, einen Teil meines Geldes für die Anschaffung eines eigenen Hauses zu verwenden, und das hier habe ich mir dann ausgesucht. Gefällt es dir?«

Er zuckte die Schultern. »Man kann drin leben, nehme ich an. Dennoch hast du die Anweisungen des Meisters befolgt, Pol. Geld dafür zu nehmen, kommt mir ein bißchen schäbig vor.«

»Der Meister hat mir befohlen, in Arendien Frieden zu halten, Vater, und das bedeutet, sich mit den Herzögen ins Einvernehmen zu setzen. Ich habe ihr Geld angenommen, um sie nicht zu kränken. Die Jahresrente ist allerdings mittlerweile eingestellt worden.«

»Gut. Aber wie unterhältst du diesen Palast?«

»Meine Ländereien sind recht ausgedehnt, alter Wolf. Sie werfen genug ab, um mich über die Runden zu bringen.«

»Deine Ländereien?« Das schien ihn jetzt wirklich zu verblüffen.

»Sie liegen nördlich des Camaarflusses. Wenn du *dieses* Haus für prunkvoll hältst, solltest du einmal meinen Landsitz sehen. Ich hoffe, du bist nicht zu sehr enttäuscht von mir, Vater. Ich habe – noch – nicht den Thron eines vereinten Arendien bestiegen, aber du *hast* die überwältigende Ehre, mit Ihro Gnaden, der Herzogin von Erat, zu sprechen.«

»Wie kam es denn dazu?«

Ich schilderte ihm die Entführung und anschließende Befreiung des kleinen Kathandrion und meine Erhöhung in meinen augenblicklichen Rang.

»Du hast dem asturischen Herzog doch nichts Dauerhaftes zugefügt, Pol?« fragte er mit etwas besorgter Miene. Vater hat in seinem Leben ganz beiläufig eine Menge Leute umgebracht, aber aus unerfindlichen Gründen hat er es mir verboten, seinem Beispiel zu folgen. Konsequenz war noch nie seine Stärke.

Ich unterrichtete ihn von Nerasins Magenproblemen, und er brach in Gelächter aus. »Brillant, Pol!« beglückwünschte er mich. »Du hast die arendischen Bürgerkriege mit Sodbrennen beendet!«

»Fürs erste jedenfalls. Und jetzt mach dich frisch, Vater. Wir haben heute abend eine Gesellschaft.«

»Eine Gesellschaft?«

»Einen großen Ball, um genau zu sein. Herzog Alleran liebt Tanz und Musik, aber ich vermute, daß du der absolute Mittelpunkt der Aufmerksamkeit sein wirst.«

»Albernheiten!« schnaubte er.

»Nein, Vater – Politik. Im Augenblick habe ich Arendien in der Hand. Um aber ganz sicher zu gehen, soll jeder wissen, daß du meine Trumpfkarte bist, falls ich dich wirklich brauche. Sei hoheitsvoll, Vater, und einschüchternd. Mach sie glauben, du könntest Berge versetzen, wenn du willst. Ich möchte, daß sie alle sehen, was für eine Waffe du bist und wieviel Schaden ich mit dir anrichten kann, falls ich mich entscheiden sollte, dich zu ziehen und mit dir um mich zu schlagen.«

»Willst du damit sagen, daß ich dein Kämpe bin?« fragte er.

»Du wirst immer mein Ritter ohne Fehl und Tadel sein, Vater. Und jetzt geh bitte und nimm ein Bad, stutz deinen Bart und zieh dir eine weiße Robe an. Mach mir keine Schande.«

Mein Vater ist der geborene Schauspieler. Das habe ich vermutlich schon erwähnt. Eine kurze Regieanweisung und eine grobe Charakterbeschreibung seiner Rolle genügt, und er wird eine wahrhaft meisterhafte Vorstellung bieten. Zuerst brummte er ein bißchen – genau wie vor jener Rede, die er für mich in Vo Astur gehalten hatte –, aber schon bald begann der Sirenenruf der Melodramatik ihn in den Bann zu ziehen, und als wir zu Allerans Palast aufbrachen, war er vollständig in seiner Rolle als ›Belgarath der Zerstörer‹ aufgegangen. Die Aufrichtigkeit zwingt mich zuzugeben, daß er seine Rolle an jenem Abend schauderhaft überspielte, aber schließlich agierte er ja vor Arendern.

Arender sind nicht die größten Theaterkritiker, deshalb scheint ihnen Übertreibung auf der Bühne nichts auszumachen.

Das hat getroffen, nicht wahr, alter Wolf?

Nach Vaters Besuch gingen die Jahre gemessenen Schritts ins Land. Von Zeit zu Zeit flackerten kleine Fehden auf, aber es gelang uns, sie auf unserer jährlichen Zusammenkunft des Arendischen Rats rasch beizulegen. Meine gelegentlichen Ausflüge als mobile Feuerwehr wurden immer seltener, während die Arender sich allmählich an die Idee des Friedens gewöhnten. Meine Vasallen begannen widerwillig zuzugeben, daß es ihnen nun tatsächlich besser ging als in ›der guten alten Zeit‹ der Leibeigenschaft, und Geld begann die zuvor herrschende Naturalwirtschaft zu ersetzen. In einigen Städten meines Reichs hatte ich ein paar Probleme mit tolnedrischen Händlern, aber sie lösten sich größtenteils in Wohlgefallen auf, nachdem ich Gewichte und Maße standardisiert und das Strafrecht verbessert hatte, indem ich ziemlich harte Bußen für unbeschränkte Kreativität im Umgang mit Pfund und Zoll einführte. Zunächst dachten die Tolnedrer, ich würde es nicht ernst meinen, daher überstiegen meine Einnahmen aus dem Bußgeldbereich ein paar Jahre lang die Einkünfte aus meinen Ländereien. Das Geld war ohnehin Überschuß, und ich verwandte es dazu, überall in meinem Herzogtum Schulen zu bauen. Die umfassende Alphabetisierung gelang mir nicht gänzlich, aber die Fortschritte waren beachtlich. Dann gründete ich zur Förderung einer meiner ältesten Liebhabereien ein Kolleg für praktische Medizin in Sulturn. Mein Ziel war eine gesunde, wohlhabende, gut ausgebildete Bevölkerung, und ich marschierte zielstrebig darauf zu und riß alles in meinem Herrschaftsgebiet mit meiner Begeisterung mit.

Herzog Borrolane, den Nachfolger des vorigen Herzogs Corrolin, schienen meine Unternehmungen und mein offensichtlicher Erfolg während unserer Zusammenkunft im Jahre 2340 ein wenig zu verblüffen.

»Es ist wirklich nichts Besonderes, Euer Gnaden«, ließ ich ihn wissen. »So seltsam Euch das auch erscheinen mag, Frauen sind viel praktischer veranlagt als Männer – vielleicht, weil sie stets den Haushalt führen müssen. Männer sind Träumer, und gleichgültig, wie hehr ein Traum ist, man kann damit keinen einzigen Laib Brot backen. Genau genommen ist jeder, der eine Küche führen kann, auch in der Lage ein Land zu beherrschen – ob groß oder klein.«

Die tatsächliche Arbeit der alltäglichen Regierungsgeschäfte im Herzogtum Erat ruhte hauptsächlich auf Killanes Schultern. Er war inzwischen Mitte Fünfzig, ein gewichtig aussehender Bursche mit einer nüchternpraktischen Ausstrahlung. Theoretisch war er mein Vogt, der Verwalter meiner persönlichen Güter, aber meine Vasallen, verschiedene Grafen und Barone, fanden bald heraus, daß mir seine Meinung viel galt, und so bemühten sich alle um gutes Einvernehmen mit ihm. Zu keiner Zeit jedoch mißbrauchte er seine Stellung, und nie gab sein Verhalten dem Adel Anlaß, sich vor den Kopf gestoßen zu fühlen. Petitionen, Beschwerden und Einwände nahm er stets mit denselben einfachen Worten entgegen: »'ch werd ihrer Gnaden Nachricht schick'n von Eurem Vorschlag, Melord. Wir werd'n seh'n, was sie dazu sagt.« Dann pflegte er einige Wochen zu warten und anschließend meine ›Entscheidung‹ in Angelegenheiten zu übermitteln, von denen ich nicht die geringste Ahnung hatte. Seine Rolle in meinem Reich war in etwa dieselbe wie Kamions auf der Insel der Winde. Er diente als Puffer – oder Filter, wenn ihr so wollt –, der mir unbedeutende Kleinigkeiten aus dem Weg schaffte. Im allgemeinen vermittelte ich ihm eine grobe Vorstellung von dem, was ich wollte, und er sorgte dann dafür, daß ich es bekam, ohne *allzu viele* Leute zu beleidigen. In mancher Hinsicht, obwohl er sich dessen vermutlich nicht bewußt war, war mein humorvoller Freund ein Verwaltungsgenie. Genau genommen regierte er Erat, während ich den Rest von Arendien regierte.

Um das Jahr 2350 aber begann das Alter ihm zuzusetzen. Seine Haarfarbe war nun ein sandiges Grau, und das Gehör ließ ihn im Stich. Er stützte seine unsicheren Beine mit einem Stock und benutzte eine Ohrtrompete um besser zu hören. Meine Besuche im Landsitz am See wurden zunehmend zu ärztlichen Hausbesuchen. Ich verordnete ihm eine Diät und mischte Tinkturen exotischer Kräuter, um eine wachsende Zahl von Übeln im Zaum zu halten. »Du fällst auseinander, Killane«, schrie ich auf einem dieser Besuche im Herbst 2352 in seine Ohrtrompete. »Warum hast du nicht besser auf dich achtgegeben?«

»Wer hätt sich denk'n lass'n, daß ich so alt tät werd'n tun, Fräuleinchen?« sagte er mit wehmütiger Miene. »Keiner in meiner Familie ist älter als fünfzig geword'n, und hier sitz ich und bin achtundsechzig. 'ch sollt schon vor zwanzig Jährchen, ich will mal sagen, in die Grube gehüpft sein.« Dann blinzelte er zur Decke empor. »Trotzdem, wenn ich's recht bedenk'n tu, ist in 'ner Kneipenschlägerei zu sterb'n so was wie 'ne natürliche Todesursache in meiner Familie, und *ich* hab keine anständige Kneipenschlägerei mehr mitgemacht, seit ich Euer Gnaden das erstemal geseh'n hab. Ihr habt mir mein ganzes Leben verpfuscht, Lady Polgara. Schämt Ihr Euch denn gar nicht?«

»Nicht besonders, Killane«, antwortete ich. »Ich denke du solltest einige deiner Pflichten an jemand aus deiner Verwandtschaft abtreten, den du dafür geeignet hältst. Du ruhst dich nicht genug aus, und du verbringst zuviel Zeit damit, dir über unwichtige Kleinigkeiten den Kopf zu zerbrechen. Laß jemand anderen sich um die kleinen Dinge kümmern. Spar dir deine Kraft für die großen auf.«

»'ch bin noch nicht tot, Fräuleinchen«, verwahrte er sich. »'ch kann mein Teil noch immer beitrag'n tun.«

Und das tat er – weitere zwei Jahre lang. Dann fielen eine Reihe von Übeln, die ihn schon seit geraumer Zeit belauert hatten, mit einemmal über ihn her, und ich saß mehrere Monate an seinem Krankenbett. In jenem Sommer benachrichtigte ich Alleran, mich bei den anderen Herzögen zu entschuldigen. Ich würde meinen Freund nicht einmal für das alljährliche Treffen des Arendischen Rats verlassen.

Es war gegen Mitternacht in einer stürmischen Herbstnacht, als Rana mich wachrüttelte. »Er will Euch seh'n, Euer Gnaden«, sagte sie, »und ich mein, Ihr solltet Euch beeil'n tun.«

Hastig streifte ich meinen Morgenrock über und folgte ihr durch die leeren Gänge in das Krankenzimmer.

»Ah, da seid Ihr ja, Fräuleinchen«, sagte der Sterbende mit schwacher Stimme. »Laß uns jetzt allein, Rana. 'ch hab uns'rer Lady noch was zu sag'n, was du nicht hör'n brauchst.«

Seine jüngste Schwester küßte ihn liebevoll und verließ traurig das Zimmer.

»So, jetzt laßt mich mal in Ruhe, Fräuleinchen«, sagte Killane. »'s gibt da was, was ich mir von Seele red'n muß, und ich will's ausspuck'n, bevor sie die Erde auf mich schmeiß'n tun für den langen, ich will sagen, Schlaf. Ihr und ich, wir sind 'nen langen Weg zusammen gegang'n, und wir haben's nie in uns reingefress'n, wenn wir was auf dem Herzen hatt'n, also rück ich jetzt direkt raus damit. Ich liebe Euch, Polgara, und ich hab Euch geliebt, seit ich Euch das erste Mal geseh'n hab. So. Ich hab's gesagt, jetzt kann ich schlaf'n.«

Ich küßte den lieben Mann zärtlich auf die Stirn. »Und ich liebe dich auch, Killane«, flüsterte ich, und er schien mich zu hören.

»Ach, was für'n liebes Mädel, daß Sie das sag'n tun«, murmelte er.

Ich saß am Bett meines lieben Freundes und hielt

seine Hand, und ich hielt sie noch eine Weile, nachdem er gestorben war. Dann, während Tränen sanften Bedauerns über meine Wangen strömten, faltete ich ihm die Hände über der Brust und zog das Laken behutsam über sein friedvolles Gesicht.

Am nächsten Tag begruben wir ihn in einem kleinen Hain oben an der Wiese, und der Wind, als teilte er unseren Kummer, seufzte in den immergrünen Bäumen auf den Hügeln über uns.

Kapitel 20

Killane war tot, aber er hatte mir ein reiches Erbe hinterlassen. Wir hatten es nicht von Beginn an so geplant, aber seine umfangreiche Familie trat, ganz selbstverständlich, sein Erbe als meine Verwalter an, als Generation um Generation sich in meinem Dienst abwechselte. Das brachte mir eine tröstliche Kontinuität. Sie kannten mich alle, da ich ihnen selbst ans Licht der Welt geholfen hatte, als ihre Mütter in den Wehen lagen. Meine Hände waren die ersten, die sie berührten, und das brachte uns einander näher. Sie kannten mich, und wurden von Kindesbeinen an dazu erzogen, in meinen Dienst zu treten.

Beide Seiten profitierten davon, da Kontinuität für jemanden in meiner Lage überaus wichtig ist. Wie Killane es vielleicht ausgedrückt hätte, ›wenn Ihr vorhab'n solltet, ewig leb'n zu tun, werdet Ihr mit der Zeit ziemlich einsam, will ich mal sagen‹. Meine erblichen Verwalter, sowohl in meinem Stadthaus in Vo Wacune als auch auf meinem Landsitz am Eratsee, füllten jene ungeheure Lücke, die die Sterblichkeit geliebter Menschen in unser Leben reißt.

Die meisten meiner ursprünglichen Vasallen waren ebenfalls den Weg – fast – alles Irdischen gegangen, als das dreiundzwanzigste Jahrhundert sich seinem Ende entgegenneigte, und ihre Nachfolger hatten mit der Zeit bessere Manieren gelernt. Die Drohung, die in ganz Arendien ›Nerasins Leiden‹ hieß, hing über ihren Köpfen, und auch wenn sie einigen meiner gesellschaftlichen Neuerungen nicht zustimmten, waren sie so klug, ihre Einwände für sich zu behalten. Die Tatsache, daß ihre einstigen Leibeigenen nicht mehr in de facto-Sklaverei an ihre Scholle gebunden waren, ermunterte sie zudem zu größerer Höflichkeit ihren Arbeitern gegenüber – besonders, nachdem eine nicht geringe Anzahl grausamer, hochmütiger Landbesitzer hatte entdecken müssen, daß sie, wenn die Erntezeit heranrückte, keine Arbeitskräfte mehr hatten, und sie ohnmächtig hatten zusehen müssen, wie das Korn auf den Feldern verfaulte. Ich schmeichle mir gern mit der Annahme, daß ich möglicherweise eine winzige Rolle bei der Entwicklung jener höflichen Umgangsformen gespielt habe, die für den typischen Sendarer so bezeichnend sind. Mit menschlichen Gesellschaften zu experimentieren, ist ein wirklich faszinierender Zeitvertreib, findet ihr nicht auch?

Was ich in meinem Herzogtum tat, war wohlüberlegt, was hingegen in Vo Wacune geschah, war eher ein Zufall. Ich verbrachte viel Zeit im dortigen Palast, da meine Stellung geradezu danach verlangte, daß ich mich in die Politik stürzte. Die Politik ist indes eine Männerdomäne, und es gab Zeiten, in denen ich gern als Frau unter Frauen leben wollte. Gelegentlich lud ich einige ausgewählte junge Damen in mein Stadthaus, um Dinge zu erörtern, die Männer einfach nicht verstehen. Wie ich eingangs bereits erwähnte, waren arendische Damen – oberflächlich betrachtet – ein alberner, scheinbar hirnloser Haufen, ausschließlich an Mode, Klatsch und dem Kapern passender Ehemänner interessiert. Es *gab* allerdings durchaus arendische Damen, die zwischen ihren Ohren etwas anderes als Stroh hatten. Asrana war das Paradebeispiel dieser besonderen Gattung gewesen. Am Hof des Herzogs von Wacune war ich stets auf der Suche nach den besten und klügsten jungen Damen und ich begann sie zu erziehen, indem ich die scheinbar zufälligen Gespräche in meiner Bibliothek oder im Rosengarten sorgfältig lenkte. Es bereitete immer Freude, das Erwachen eines Geistes zu beobachten, und nach einer Weile wandelten sich die müßigen Unterhaltungen in meinem Haus von hohlem Klatsch und dem letzten Schrei der Mode zu ernsthafteren Themen. Meine inoffizielle ›Damenakademie‹ brachte eine ganze Reihe von Frauen hervor, die bedeutenden Einfluß auf das politische und gesellschaftliche Leben Wacunes nahmen. Frauen wissen instinktiv, wie sie ihre Ehemänner behutsam leiten und lenken können, und meine kleine Schule veränderte mit der Zeit einige Dinge, die ich zutiefst verabscheute.

Wir pflegten uns am Abend, wenn die Sterne herauskamen, in meinem Rosengarten oder auf der Terrasse zu treffen. Wir aßen gekühlte Früchte, die uns mein Küchenjunge brachte, und lauschten dem Gesang der Nachtigallen, die klangen, als bräche ihnen das Herz. Und da ich die schönsten und interessantesten Frauen des Hofes um mich versammelte, pflegten junge Männer sich auf der Straße vor meinem Haus einzufinden und uns mit klaren, vor Sehnsucht schmelzenden Tenorstimmen Serenaden zu singen. Es gibt unangenehmere Arten, einen Abend zu verbringen.

Das fünfundzwanzigste Jahrhundert war in Arendien eine Zeit relativen Friedens. Natürlich gab es noch hier und dort kleine Strohfeuer, meist uralte Fehden zwischen benachbarten Baronen. Aber die arendischen Herzöge konnten unter Anwendung süßer Überredungskunst und Androhung militärischer Übermacht mit minimaler Hilfe meinerseits die Flammen austreten. Allerdings machte ich einen Vorschlag, der sehr wirkungsvoll zu sein schien. Ein Vasall ist verpflichtet, seinen Lehnsherrn mit Kriegern zu unterstützen, wann immer dieser es verlangt. Die Herzöge fanden heraus, daß fast augenblicklich Frieden einkehrte, wenn sie einander befehdende Barone all ihrer kampftüchtigen Männer beraubten, indem sie den Heerbann einforderten.

Die Welt jenseits der Grenzen von Arendien bewegte sich weiter. Die cherekischen Piraten überfielen auch im fünfundzwanzigsten Jahrhundert die tolnedrische Küste, nachdem der Grund dafür längst in Vergessenheit geraten war. Niemand erinnerte sich mehr an Maragor, aber die Chereker, diese ursprünglichsten Alorner, fuhren fort, die tolnedrischen Küstenstädte zu plündern und zu brandschatzen. Ihre Barbareien begingen sie unter dem frommen Vorwand, lediglich Belars Anordnung zu folgen. All das endete ziemlich abrupt mit der Thronbesteigung der ersten Borunedynastie in Tol Honeth im Jahre 2537. Ran Borune I. war weitaus fähiger, als seine Vorgänger aus der zweiten vorduvischen Dynastie. Er jagte seine trägen Legionen aus ihren bequemen Kasernen in Tol Honeth und befahl ihnen jene großen Verbindungsstraßen zu bauen, die von der Mündung des Nedraflusses nordwärts nach Tol Vordue verläuft. Das Bauvorhaben führte zur Entstehung von Legionslagern entlang der Küste in Reichweite der traditionellen cherekischen Ziele, und so stießen die cherekischen Freibeuter bald auf erbitterteren Widerstand, sobald sie den Fuß an Land setzten. Etwa zu diesem Zeitpunkt befanden die Chereker, sie hatten ihren religiösen Verpflichtungen Genüge getan und es sei an der Zeit andere Plätze zum Spielen suchen.

Ran Borune war der erste seiner Familie auf dem kaiserlichen Thron, daher lebten in seinem Palast noch viele Vorduvier, sie waren unangenehme Zeitgenossen, vom kleinen Gauner bis zum richtigen Schwerverbrecher. Die Vorduvier hatten sich sehr von Ctuchiks ausgeklügeltem Komplott zu Beginn des vierundzwanzigsten Jahrhunderts beeindrucken lassen. Die anhaltenden arendischen Bürgerkriege hatten den Vorduviern jede erdenkliche Gelegenheit verschafft, unehrenhafte Gewinne einzustreichen – hauptsächlich im Waffenhandel. Was in Arendien als ›Polgaras Frieden‹ bekannt war, legte ihre Absatzmärkte lahm, und mein Name war Bestandteil ritueller Verwünschungen von Tol Vordue bis Tol Horb und Tol Honeth. Die Boruner stammten aus dem Süden, so daß sie schon rein geographisch nicht viel mit dem Waffenhandel in Arendien zu tun hatten. Ran Borune sah deshalb keinen Grund, sich für eine der eher exotischen Problemlösungen der Vorduvier, Horbiter und Honetither zu begeistern.

Im Jahr 2560, als die Chereker ihrer Überfälle auf die tolnedrische Küste überdrüssig waren, führte eine Kabale jener drei Familien zu Spannungen im Lande. Sie traten an den damaligen Herzog von Mimbre heran, einen jungen Burschen namens Salereon, und öffneten jene Büchse, von der ich angenommen hatte, sie sei auf ewig versiegelt. Sie begannen Salereon als ›Euer Majestät‹ zu titulieren, da Mimbre schließlich das größte der vier Herzogtümer und der Herzog von Mimbre infolgedessen der wahre König von Arendien sei – sobald es ihm gelungen wäre, uns alle zu annektieren. Glücklicherweise machte sich an diesem Punkt die sorgfältige Erziehung bemerkbar, die ich den arendischen Herzögen hatte angedeihen lassen. Salereon, begleitet von nur wenigen Gefolgsleuten, ritt nach Norden und traf im späten Frühling in meinem Landsitz ein, um das Problem mit mir zu erörtern.

»Mich dünkt, ich sollte mich zuvörderst mit Euch beraten, Euer Gnaden, bevor ich diese *aventiure* begönne«, erklärte er allen Ernstes, als wir beide allein in meiner Bibliothek waren. Salereon war ein netter Junge, aber furchtbar dumm. In gewisser Weise bat er mich tatsächlich um Erlaubnis, mir den Krieg erklären zu dürfen. Ich wußte nicht, ob ich einen Wutausbruch bekommen oder ihm ins Gesicht lachen sollte. Statt dessen legte ich ihm ausführlich – und langsam – dar, was seine tolnedrischen ›Freunde‹ bezweckten.

»Ich gestehe, das nicht bedacht zu haben, Euer Gnaden«, gab er zu. »Mich dünkte, da die Begründungen der ehrenwerten tolnedrischen Gesandten so wohlüberlegt klangen, es möchte der Weisheit Gebot sein, die Angelegenheit auf unserer Zusammenkunft vor dem Arendischen Rat vorzutragen. Hätte ich die Angelegenheit erst einmal mit Euch und meinen lieben Vettern von Asturien und Wacune geklärt, so lautet meine feste Überzeugung, möchte ich in allgemeiner Übereinstimmung zum

König von Arendien erkläret werden und solcherart jeglichen Mißklang unseres herzlichen Einvernehmens zum Verstummen bringen.« Er meinte es wirklich ernst!

»Du liebe Güte!« sagte ich.

»Mich überkommet der verdrießliche Verdacht, Ihr möchtet einen Makel an diesem fürtrefflichen Vorschlage entdecket haben«, versetzte er. Er wirkte ein wenig überrascht.

»Lieber, lieber Salereon«, erklärte ich ihm so behutsam wie möglich, »was würdet Ihr sagen, wenn Nanteron von Wacune oder Lendrin von Asturien diesen Sommer zu dem Treffen käme und verkündete, *er* sei der geborene König von Arendien?«

»Ich würde sogleich mutmaßen, sie befänden sich nicht mehr im vollständigen Besitz ihrer Sinne, Lady Polgara. Solch Ansinnen wäre widernatürlich.« Dann begann sich ein Schimmer des Begreifens – ganz schwach – in seinen Augen zu spiegeln. Er wirkte ziemlich töricht. »Ein unsinniger Entschluß, will mir scheinen.«

Impulsiv umarmte ich den jungen Herzog. »Euer Entschluß, mit dieser Sache zu mir zu kommen, anstatt sie am Verhandlungstisch zur Sprache zu bringen, zeugt jedoch von purem Genie, Salereon«, lobte ich ihn.

»Dergleichen hat noch niemand in bezug auf mich erwähnet, Mylady«, gestand er. »Mir will es nunmehr scheinen, als hätte ich die besagte Angelegenheit nur unzulänglich verstanden. Dies vorausgesetzt, sollte ich mich wohl rückhaltlos Eurer Weisheit anvertrauen.«

»Das ist heute schon der zweite gute Entschluß, Euer Gnaden. Ihr übertrefft Euch selbst.« Ich überdachte das Ganze rasch. »Ich glaube ich zitiere Nanteron und Lendrin hierher«, sinnierte ich. »Vielleicht sollten wir dieses Jahr die Sitzung des Arendischen Rats hier abhalten und nicht auf dem Markt. Ich werde Maßnahmen in die Wege leiten, die Tolnedrer in Schach zu halten, solange wir vier uns dahingehend beraten. Wir machen diesmal aus der Arendischen Ratssitzung eine Familienangelegenheit.«

Vor Ablauf einer Woche trafen Nanteron von Wacune und Lendrin von Asturien ein. Ich nahm sie gesondert beiseite und drohte ihnen mit allen möglichen Schrecken, sollten auch nur ihre Mundwinkel zucken, wenn ich ihnen das volle Ausmaß von Salereons geistiger Unzulänglichkeit offenbaren würde. Sie hatten meine Argumente verstanden.

Nachdem wir das Problem eingehend besprochen hatten, kam ich zu einem Entschluß. Der beste Weg, die Vorduvier, Honetither und Horbiter davon abzuhalten, sich in innerarendische Angelegenheiten einzumischen, war, Ran Borune persönlich ins Spiel zu bringen. Ich erbot mich freiwillig, nach Tol Honeth zu reisen und mit Seiner Majestät zu sprechen.

Ich entschloß mich, all die langwierigen Formalitäten hintanzusetzen, die einer solchen Begegnung für gewöhnlich vorausgingen, und flog geradewegs nach Tol Honeth. Etwa einen Tag lang mußte ich über die weitläufigen Anlagen des kaiserlichen Palastes flattern, bis ich auf eine Gelegenheit stieß, die einfach zu gut war, um sie ungenutzt verstreichen zu lassen. Wie sich herausstellte, hatten Ran Borune und ich eine gemeinsame Leidenschaft. Der erste der Boruner liebte Rosen genauso innig wie ich, und er verbrachte mehrere Stunden täglich in seinem Garten. Ich setzte mich dort auf einen Ast und nahm meine eigene Gestalt wieder an, während er eingehend einen etwas kränklich aussehenden Rosenbusch untersuchte.

»Ich glaube, er braucht ein wenig Dünger, Majestät«, empfahl ich gelassen.

Mit einem unterdrückten Fluch wirbelte er herum. Er war ein kleiner Mann, selbst für tolnedrische Begriffe, und sein Goldmantel, das Zeichen seiner Würde, wirkte etwas aufwendig für die Aufgabe, der er sich soeben widmete.

»Helft mir bitte herunter, Euer Majestät. Wenn es Euch gefällt, sehe ich mir die ärmste Pflanze an«, bot ich zuvorkommend an.

»Wer seid Ihr?« fragte er, und: »Wie seid Ihr an den Palastwachen vorbeigekommen?«

»Ihr kennt vermutlich meinen Vater, Majestät«, gab ich zur Antwort. »Er ist ein schäbig aussehender alter Bursche mit weißem Schnurrbart und dem fatalen Hang, den Leuten vorzuschreiben, was sie tun sollen. Er ist jetzt seit ungefähr fünf Jahrhunderten mit Eurer Familie bekannt.«

»Ihr meint Belgarath?«

»Eben den.«

»Das würde bedeuten, daß Ihr Polgara, die Herzogin von Erat seid.«

»Richtig. Ich hielt es für das Beste, unter vier Augen mit Euch zu sprechen. Würdet Ihr mir wohl die Hand reichen? Ein Baumast ist nicht der würdigste Sitzplatz, um Staatsangelegenheiten zu erörtern.«

Er half mir herunter, blickte aber etwas entsetzt drein.

Ich besah mir seinen kränkelnden Rosenbusch. »Vergrabt einen toten Fisch zwischen seinen Wurzeln, Ran Borune«, riet ich ihm. »Ihr habt ihn ein bißchen zu dicht neben dieses überhängende Dach gepflanzt. Das Regenwasser spült alle Nährstoffe aus dem Boden. Ihr solltet vielleicht in Erwägung ziehen, ihn im nächsten Herbst umzupflanzen, sobald er die Blätter verloren hat. Hört nun, weswegen ich gekommen bin. Es geht etwas vor, das Ihr wissen solltet. Die Vorduvier, Honetither und Horbiter mischen sich in innerarendische Angelegenheiten, und ich sähe es gern, wenn sie damit aufhörten.«

Er wurde wütend. »Was führen sie denn *nun* schon wieder im Schilde?« verlangte er zu erfahren.

»Sie haben Herzog Salereon von Mimbre geschmeichelt und ihm königliche Ambitionen in den Kopf gesetzt. Der arme Knabe war gänzlich betört von ihrer Schmeichelei, und er stand kurz davor, sich zum König von Arendien auszurufen. Das hätte fast unverzüglich den arendischen Bürgerkrieg neu entfacht. Ich habe viel Zeit und Mühe darauf verwendet, Arendien Frieden zu bringen und ihn zu festigen, und mir liegt wirklich daran, daß dort oben alles ruhig bleibt.«

»Diese *Narren!*« explodierte er.

»Ganz meine Meinung, Euer Majestät. Eure Adligen aus dem Norden sind ein habgieriger Haufen und in den Waffenhandel verwickelt. Der Frieden in Arendien verringert ihre Gewinne empfindlich, und deshalb versuchen sie Unruhen zu schüren. Ich werde mit aller Strenge dagegen einschreiten, und ich dachte mir, ich sollte Euch in Kenntnis davon setzen, bevor ich die Schritte einleite.«

»Werdet Ihr in Nordtolnedra einmarschieren?« fragte Ran Borune nicht ohne begeisterte Anteilnahme.

»Nein, Ran Borune«, mußte ich ihn enttäuschen. »Ich werde Eure Grenzen nicht verletzen. Statt dessen werde ich die meinen schließen. Die Herzöge von Arendien befolgen meine Anweisungen, und so werden sämtliche tolnedrischen Grenzen eine Weile geschlossen sein.«

Sein Gesicht wurde totenbleich.

»Nur etwa ein Jahr lang, Majestät«, versicherte ich ihm, »gerade so lange, um mich den Honetithern, Horbitern und Vorduvier verständlich zu machen. Es wird sie nicht *völlig* ruinieren, aber doch mehr als empfindlich treffen. Auf die Boruner, Anadilen oder die Raniter wird es keine großen Auswirkungen haben, da ja alle in Südtolnedra beheimatet sind. Die Nordtolnedrer jedoch müssen große Nachteile in Kauf nehmen. Ich werde sie daran hindern, auf Friedensvereinbarungen in Arendien Einfluß zu nehmen, und dieses Vorgehen ist meines Erachtens die beste Möglichkeit, ihre Aufmerksamkeit zu erregen. Ich möchte, daß sie sich eine Zeitlang blutige Köpfe an dieser geschlossenen Grenze holen und gezwungen sind, ohne die Profite auszukommen, die sie aus Arendien herauspressen. Nach einer Weile werden sie wohl nachgeben, meint Ihr nicht auch?«

Das Grinsen, mit dem er auf meine Ausführungen reagierte, war fast gehässig. »Ich bin Euch zu Dank verpflichtet, Polgara«, sagte er.

»Ich vermag Euch nicht ganz zu folgen.«

»Meine Familie hat gewisse Interessen am Handel mit Arendien. Wenn wir jetzt alles verkaufen, erzielen wir hübsche Gewinne, und wenn Ihr danach alle arendischen Grenzen zu Tolnedra schließt, wird all dieser Besitz seinen Wert verlieren. Wir scheffeln haufenweise Geld, und die nördlichen Familien – die ohnehin nicht zu meinen liebsten Freunden zählen – erhalten eine lehrreiche Lektion.«

»Eine wahre Schande«, seufzte ich.

»Nicht wahr? Und da ich die Legionen befehlige, wird das Heer wohl anderweitig zu beschäftigt sein, um nach Norden an die arendische Grenze eilen zu können.«

»Ist das nicht tragisch?« Ran Borune und ich verstanden uns prächtig.

»Einen Gefallen, Polgara – im Austausch dafür, daß ich den nördlichen Familien meine Legionen vorenthalte.«

»Sprecht, mein lieber Junge.«

»Ihr *werdet* mich doch benachrichtigen, wenn Ihr gedenkt, die Grenzen wieder zu öffnen, nicht? Vielleicht eine Woche davor? Früh genug jedenfalls, damit ich die Schuldverschreibungen der Vorduvier, Honetither und Horbiter aufkaufen kann. Ich dürfte sie zu einem sehr niedrigen Preis bekommen. Wenn wieder normale Handelsbeziehungen mit Arendien aufgenommen werden, werden sie Millionen wert sein.«

»Ich würde einem Freund, der in der Welt vorankommen will, nie meine Hilfe versagen«, erklärte ich.

»Polgara, ich liebe Euch!« rief er begeistert.

»Ran *Borune*!« erwiderte ich mit gespielter Empörung. »Wir haben uns doch gerade erst kennengelernt!«

Er lachte, und dann vollführte er einen kleinen Freudentanz. »Ich zieh ihnen das Fell ab, Polgara!« krähte er. »Ich zieh ihnen bei lebendigem Leib das Fell ab! Ich mache diese hochmütigen Nordlichter für Generationen zu meinen Schuldnern!«

»Nachdem Ihr ihnen das Fell über die Ohren gezogen

habt, besteht keine Notwendigkeit mehr, meine Rolle in unserer kleinen Vereinbarung geheimzuhalten. Ich hielte es für angebracht, wenn ganz Nordtolnedra kollektiv erschauern würde, sobald mein Name auch nur geflüstert wird.«

»Ich werde dafür sorgen«, versprach er. Dann zeigte er auf seinen kränkelnden Rosenbusch. »Was für einen Fisch?« fragte er.

»Karpfen, denke ich«, riet ich ihm. »Sie sind größer – und fetter.«

»Ich kümmere mich sofort darum. Hättet Ihr Lust, mit mir angeln zu gehen?«

»Ein andermal vielleicht. Ich mache mich wieder auf den Weg zurück nach Arendien. In zwei Wochen werde ich die Grenzen schließen. Das sollte Euch genügend Zeit geben, den Familien aus dem Norden das Wasser abzugraben.«

»Ihr dürft mich jederzeit besuchen, Polgara. Meine Tür steht Euch stets offen.«

Da wechselte ich meine Gestalt. Ran Borune und ich kamen famos miteinander aus, aber ich *wollte* ihn nicht vergessen lassen, wer ich wirklich war. Ich flog im Kreis um ihn, strich ihm mit meinen Federspitzen über das verdutzte Gesicht und flog davon.

Es gibt sicher viele Wege, einen Krieg zu verhindern, aber auf diesen bin ich noch immer besonders stolz. Ich trieb nicht nur eine Bande, die mich tief beleidigt hatte, in den Ruin, sondern gewann dabei auch noch einen Freund.

Danach blieb es friedlich in Arendien, und ich begann sogar ein paar Mischehen zu stiften. Das trug dazu bei, jene Unterschiede, die den Ausbruch neuer Kriege immer so begünstigt hatten, zu verwischen.

Es war zu Beginn des achtundzwanzigsten Jahrhunderts – etwa um das Jahr 2710, glaube ich –, als die Herzöge Gonerian von Wacune, Kanallan von Asturien und Enasian von Mimbre einen Vorschlag vorbrachten, den ich ein ganz klein wenig lächerlich fand. Aber sie waren so begeistert von der Idee, daß ich mich, wenn auch widerwillig, darauf einließ. Ich glaube, Enasian war der Urheber des Plans, weil die Mimbrater geradezu süchtig nach Heldendichtung und ihren hochtrabenden Konventionen waren. Was sie vorschlugen, war nicht weniger als ein gewaltiges Turnier für den Adel aller vier Herzogtümer, und der Gewinner dieses Turniers – vorausgesetzt, einer überlebte diese Woche ritualisierten Gemetzels – sollte zu meinem Kämpen erklärt werden.

Wozu brauchte *ich* einen Kämpen?

Aber sie nahmen es alle so entsetzlich ernst. »Hochgeschätzte Lady«, sagte Enasian, und ihm standen tatsächlich Tränen in den Augen, »Ihr *müsset* einen Recken haben, des starker Arm Euch vor Kränkung und Ärgernis schirmt. Ungehobelte Schurken, welche Euren schutzlosen Stand erspähen, möchten die Grenzen höfischen Betragens überschreiten und Euch unziemliche Anträge unterbreiten. Selbstverständlich werden meine Brüder, die Herzöge, und ich zu Eurer Verteidigung eilen, aber es will mir scheinen – und Gonerian und Kanallan pflichten mir aus vollstem Herzen bei –, Ihr müsset einen unbesiegbaren Ritter zu Eurer unmittelbaren Verfügung haben, um sogleich jedwede freche Büberei, kaum sie das häßliche Haupt erhebt, zu sühnen.«

Es war ihm so ernst damit, daß ich es nicht übers Herz brachte, ihn auf das Offensichtliche hinzuweisen. Jemanden, der mich beschützte und verteidigte, benötigte ich etwa so dringend wie einen dritten Fuß. Je länger ich indes darüber nachdachte, desto deutlicher erkannte ich, daß ein ›sportliches Ereignis‹, besonders eins mit ritualisierter Gewaltanwendung, einen recht guten Ersatz für echten Krieg darstellen konnte – für den Fall, daß sich noch jemand nach der ›guten alten Zeit‹ sehnen sollte.

Aufgrund seiner zentralen Lage entschlossen wir uns, das Turnier auf einem Feld neben dem großen Arendischen Markt abzuhalten. Tribünen für die Zuschauer wurden gezimmert, Kampfbahnen für Waffengänge mit

Lanzen und Streitrössern errichtet, und da ich es für bitter nötig hielt, brachte ich zur Behandlung der Verletzten die gesamte Belegschaft des Kollegs für praktische Medizin in Sulturn mit.

Da die Feierlichkeiten zu meiner Ehre veranstaltet wurden, konnte ich die gefährlichsten Kampfarten verhindern. Es ging nicht ohne Murren ab, aber ich war der festen Überzeugung, daß eine Tavernenschlägerei mit Männern in voller Rüstung die Kapazität unseres Feldlazaretts überschreiten könnte. Desgleichen untersagte ich den Gebrauch von Streitäxten und Morgensternen und bestand auf stumpfen Lanzen. Wie man sich denken kann, bildeten die erlesenen, formvollendeten Waffengänge, das Herz des Turniers – farbenprächtige Spektakel, während derer Ritter in glänzender Rüstung und roten, goldenen oder blauen Waffenröcken auf dem sattgrünen Rasen gegeneinander anritten, um sich mit zwanzig Fuß langen Lanzen aus dem Sattel zu heben. Weil selbst dem Gewinner eines solchen Waffengangs wahrscheinlich noch Stunden nach seinem Sieg der Kopf dröhnte, setzten wir andere Darbietungen dazwischen an, so daß die Ritter sich erholen konnten. Die Freisassen konnten sich im Bogenschießen messen, die Ingenieure schleuderten Katapultgeschosse auf Entfernung und Zielgenauigkeit, die Leibeigenen und Freien maßen sich im Gewichtheben, Baumstammwerfen und Steineschleudern. Außerdem gab es noch andere Unterhaltung wie Jonglieren, Singen und Tanzen.

Es war alles sehr festlich, aber es dauerte *Wochen*, und natürlich mußte ich die ganze Zeit huldvoll lächelnd beiwohnen, wobei ich mir überlegte, was wohl der Siegespreis für übermenschliche Geduld wäre.

Schließlich stand, wie es sich bereits seit der ersten Runde der Waffengänge abgezeichnet hatte, der endgültige Sieger fest, der damalige Baron von Mandor, ein muskelbepackter mimbratischer Ritter mit Namen Mandorathan. Ich kannte ihn recht gut, da mein Vater mich aufgefordert hatte, ein Auge auf die Familie zu haben.

Vater hatte ganz offensichtlich mit den Mandors etwas vor.

Ich mochte Mandorathan – nachdem ich ihn einmal davon überzeugt hatte, daß er nicht jedesmal auf die Knie fallen mußte, wenn ich den Raum betrat. Ein Mann in voller Rüstung ist dabei immer so *laut*. Ich bemerkte allerdings tatsächlich, daß die Höflichkeit an meinem ›Hof‹ neu erblühte, wenn mein voll gerüsteter Kämpe unheilvoll um sich blickend hinter meinem Sessel stand. Meine Vasallen verfügten zwar inzwischen über recht gute Manieren, aber Mandorathans Gegenwart bewog sie, diese Manieren zu polieren, bis sie förmlich glänzten.

Das achtundzwanzigste Jahrhundert war eine Epoche des Friedens und Wohlstands für Arendien, und mein Herzogtum blühte und gedieh, was gewiß auch daran lag, daß meine Vasallen meinem Beispiel folgten und ihre Böden düngten. Es gibt viele Seen in Sendarien, und die meisten werden von Torfmooren umschlossen. Ich hatte auf der Insel der Winde entdeckt, daß in die Ackerkrume eingepflügter Torf Wunder vollbrachte, und wenn das Wetter auch seinen Segen gab, ernteten wir in meinem Herzogtum mehr als im vorangegangenen. Ich führte neue Getreidesorten ein und brachte neue Viehrassen aus Algarien ins Land. Ich entführte aus Onkel Beldins Bibliothek alle Abhandlungen über Landwirtschaft – größtenteils von Gelehrten der Universität von Melcene verfaßt – und ich wandte in meinem Herrschaftsgebiet die fortschrittlichsten Ackerbautechniken an. Ich baute Straßen von den Gehöften zum Markt, und in gewissem Umfang kontrollierte ich die Preise, nur um sicherzustellen, daß meine Bauern nicht von den Händlern, die ihre Ernten aufkauften, übervorteilt wurden. In manchen Kreisen war ich als übereifrig verschrien, aber das kümmerte mich wenig. Ich bemutterte mein Herzogtum Erat ausgiebig, und während die Zeit ins Land ging, begannen meine Untertanen einzusehen, daß ›Muttchen es schon richten wird‹.

Es gab hingegen eine Anzahl von Dingen, die ›Muttchen‹ tat, die ihnen überhaupt nicht gefielen. Ich bestand zum einen unerbittlich darauf, daß sie ihre Dörfer sauber hielten, und Arbeiter, die darauf brennen, nach der Arbeit in die nächste Schenke zu kommen, haben keinen großen Spaß daran, ihre Werkzeuge aufzuräumen, bevor sie feiern gehen. Auch dem Ehefrauen Verprügeln, einer bevorzugten Freizeitbeschäftigung erstaunlich vieler Männer, schob ich einen Riegel vor. Meine Vorgehensweisen waren ziemlich direkt. Ein Mann, der so dumm ist, seine Frau zu schlagen, ist aller Voraussicht nach Vernunftgründen nicht zugänglich. Deshalb wies ich den Magister eines jeden Dorfes an, diese Schläger davon zu ›überzeugen‹, sich eine andere Beschäftigung zu suchen. Ich *legte* den Magistern allerdings nahe, im Verlauf ihrer Überzeugungsarbeit nicht *zu* viele Knochen zu brechen. Schließlich kann ein Mann mit zwei gebrochenen Beinen keine vollwertige Tagesleistung mehr erbringen. Im Dorf Mitteltolling gab es, wie ich mich entsinne, einen *sehr* sturen Burschen, bei dem es zwei gebrochener Arme und zwei gebrochener Beine bedurfte, ehe er zur Vernunft kam. Danach war er der zuvorkommendste Ehemann, den man sich vorzustellen vermag.

Das Turnier auf dem großen Arendischen Markt wurde zu einer festen Einrichtung, ein Beiwerk, wenn ihr so wollt, zum alljährlichen Treffen des Arendischen Rats, und ich glaube, es erleichterte die Aufgabe der Friedenswahrung in Arendien beträchtlich. Gegen Ende des Jahrhunderts jedoch kam in Asturien die Orimanfamilie an die Macht, und die Beziehungen zwischen den vier Herzogtümern wurde gespannt. Die Orimans waren habgierig und ehrgeizig und nannten nichts ihr eigen, was man entfernt als Skrupel hätte bezeichnen können. Der erste der Orimanherzöge war ein rattengesichtiger kleiner Bursche, der sich für ausnehmend klug hielt. Er hieß Garteon und begann bald Ausflüchte vorzuschützen, warum er den Sitzungen des Arendischen Rats fernblieb. Nach dem dritten Jahr, an dem er durch Abwesenheit geglänzt hatte, entschloß ich mich, ihm einen Besuch abzustatten. Mein Kämpe war zu jener Zeit einer meiner eigenen Barone, ein riesiger Mann von alornischer Abstammung namens Torgun. Wir ritten also nach Vo Astur weiter, und Baron Torgun verkündete, er werde eine nicht unbeträchtliche Menge von Menschen auseinandernehmen, sollten wir nicht unverzüglich zu Herzog Garteon geleitet werden. Alorner *können* bisweilen nützlich sein.

Der schmierige kleine Garteon begrüßte uns mit einem öligen Lächeln und überschlug sich fast vor Entschuldigungen für sein wiederholtes Fehlen.

»Habt Ihr zufällig schon einmal von ›Nerasins Leiden‹ gehört, Euer Gnaden?« schnitt ich ihm das Wort ab. »Ich entdecke bereits sämtliche Symptome eines baldigen Ausbruchs dieser Krankheit, und ich *bin* eine erfahrene Ärztin, so daß ich alle möglichen Krankheiten erkenne. Ich würde Euch wärmstens empfehlen, Eure Anwesenheit auf dem Arendischen Rat nächsten Sommer zu Eurer Herzensangelegenheit zu erklären. Herzog Nerasin fand es schrecklich lästig, sich auf dem Boden zu winden, während er winselte und Blut erbrach.«

Garteon Gesicht wurde sehr blaß. »Ich werde dort sein, Lady Polgara«, versprach er. Offenbar war Nerasins Sodbrennen zum festen Bestandteil der arendischen geschichtlichen Überlieferung geworden.

»Wir erwarten Euch«, sagte ich bestimmt. Dann verließen Baron Torgun und ich Vo Astur.

»Ihr hättet mir gestatten sollen, ihn mit dem Schwert entzwei zu hauen, Mylady«, knurrte Torgun beim Wegreiten.

»Man erwartet von uns ein zivilisiertes Benehmen, Baron«, antwortete ich. »Zivilisierte Menschen zerhacken ihre Mitmenschen nicht. Ich glaube, Garteon hat begriffen, worum es mir geht. Sollte er kommenden Sommer nicht zur Zusammenkunft erscheinen, muß ich wohl das nächste Mal, wenn wir uns unter vier Augen unterhalten, ein wenig bestimmter auftreten.«

»Könnt Ihr das denn?« fragte Torgun neugierig. »Ich meine, einen Mann dazu bringen, daß er Blut spuckt?«

»Wenn es nötig ist, ja.«

»Wozu braucht Ihr dann *mich*?«

»Ich habe das Vergnügen Eurer Gesellschaft, mein lieber Torgun. Laßt uns jetzt weiterreiten. Es ist fast Erntezeit, und es gibt jede Menge Dinge, die meine Aufmerksamkeit erfordern.«

Garteon von Asturien wurde ein paar Jahre später von seinen Baronen aus dem Fenster gestürzt. Das ist einer der Nachteile, wenn man in einem Palast mit hohen Türmen wohnt. Es besteht immer die Möglichkeit, ›zufällig‹ aus einem Fenster zu fallen, das sieben Stockwerke über einem mit Steinplatten gepflasterten Hof liegt.

Sein Sohn, der gleichfalls Garteon hieß, war womöglich ein noch größerer Schurke als sein Vater. Asturien wurde langsam zum Problem.

Das dreißigste Jahrhundert brach an, und mir wurde bewußt, daß ich seit nunmehr sechs Jahrhunderten die Geschicke Arendiens lenkte. In Wahrheit genoß ich es. In vielerlei Hinsicht sind die Arender wie Kinder, und mich betrachteten sie mit der Zeit als eine Art weise Mutter, zu der sie mit den meisten ihrer Probleme laufen konnten. Noch wichtiger war aber vielleicht die Tatsache, daß sie sich mit mir absprachen, bevor sie etwas Wichtiges in Angriff nahmen. Aus diesem Grunde war ich in der Lage, jede Menge möglicher Katastrophen im Keim zu ersticken.

Im Frühling des Jahres 2937, tat ich meinen Mitherrschern kund, daß Torguns Nachfolger, ein mimbratischer Ritter namens Anclasin, allmählich in die Jahre komme und nicht mehr allzu gut höre. Darüber hinaus hatte er eine Reihe von Enkeln in Mimbre mit denen er mehr Zeit verbringen wollte. Kinder zu haben, ist nett, aber Enkel zu haben ist phantastisch.

Das machte das jährliche Turnier auf dem Großen Arendischen Markt natürlich noch spannender. Dem Gewinner, den man gemeinhin als ›mächtigsten unter den lebenden Rittern‹ bezeichnete, winkte das zweifelhafte Vergnügen, die nächsten Jahrzehnte unter meiner Fuchtel zu verbringen.

Ich traf in jenem Jahr ein paar Tage früher auf dem Markt ein, und mein Seneschall, einer von Killanes Nachkommen, hörte sich um und brachte mir einige ziemlich beunruhigende Nachrichten. Es schien, als nehme ein geschäftstüchtiger drasnischer Händler Wetten auf den Ausgang des Turniers an. Na ja, wenn irgend jemand unbedingt sein Geld für Wetten ausgeben will, geht mich das nichts an. Aber ich wollte *nicht*, daß jemand auf die verschiedenen Veranstaltungen Einfluß nahm, und die jeweiligen Gewinner im voraus bestimmte. Ich unterhielt mich mit dem Drasnier, und diktierte ihm die Regeln, die er bei seinem Unternehmen beachten mußte. Diese Regeln waren ziemlich einfach. Keine Bestechungsgelder. Kein Manipulieren an der Ausrüstung. Kein Beimischen von exotischen Kräutern in die Nahrung der Wettkämpfer oder deren Pferde. Als er meinen Pavillon verließ, wirkte der drasnische Händler irgendwie gequält. Ganz offensichtlich hatte er sich das alles anders vorgestellt.

Ein richtiges Turnier ist wie ein Veredelungsprozeß, in dessen Verlauf die Schlacke weggebrannt wird und nur das reine Gold übrigbleibt. Das ist für jene, die auf dem Schlackehaufen gelandet sind, vermutlich eine etwas kränkende Metaphorik, aber das Leben ist manchmal hart, nicht wahr? Die Ausscheidungskämpfe dauerten mehrere Wochen, und am Ende blieben nur zwei Kämpen über, ein Paar wacitischer Edelleute, Lathan und Ontrose, die Jugendfreunde von Herzog Andrion gewesen waren. Baron Lathan war ein dicker, polternder Bursche mit dunkelblondem Haar, und Graf Ontrose hingegen, eher ein gebildeter und feiner Mann mit schwarzem Haar und tiefblauen Augen. Ich kannte sie beide von Kindesbeinen an und hatte sie wirklich gerne. Offen gesagt erstaunte es mich ein wenig, daß der kultivierte Graf Ontrose in einem Wettbewerb, der doch größtenteils auf brutaler Kraft beruhte, so weit gekommen war.

Der abschließende Waffengang fand an einem windigen Morgen statt, als dicke weiße Wolken wie eine Herde Schäfchen über ihre blaue Weide hüpften. Die Zuschauer hatten sich alle auf den Tribünen eingefunden und wurden schon unruhig, als endlich ein langgezogener Fanfarenklang verkündete, daß die ›Unterhaltung‹ beginnen werde. Ich saß auf einem königlichen Thron, flankiert von Andrion von Wacune, Garteon von Asturien und dem betagten Moratham von Mimbre, als das Freundespaar vorritt, ganz in schimmernden Stahl gehüllt und mit lustig im Wind peitschenden Wimpeln an den Fahnenspitzen, um meinen Segen und meine Anweisungen entgegenzunehmen. Seite an Seite zügelten sie ihre Rösser und senkten zum Gruß ihre Lanzen vor mir.

So etwas kann einem Mädchen wirklich zu Kopf steigen, wenn sie sich nicht eisern beherrscht.

Meine ›Anweisung‹ war gebührend blumig, ich beendete sie aber ganz unblumig. »Ich will keine Verletzungen sehen!« befahl ich.

Ihre Gesichter drückten nach diesem Befehl die vorstellbar gegensätzlichsten Empfindungen aus. Graf Ontrose, der bei weitem besser Aussehende der beiden, legte den Ausdruck höflicher Verehrung an den Tag. Baron Lathan hingegen schien so von seinen Gefühlen überwältigt zu sein, daß seine Züge fast entgleisten. Als er mich ansah, standen ihm Tränen in den Augen.

Dann nahm das gerüstete Paar zum Klang eines letzten Fanfarenstoßes Aufstellung an den gegenüberliegenden Enden der Schranken, um gegeneinander anzureiten. Die ›Schranken‹ in einem normalen Turnier bestehen aus einem stabilen, hüfthohen Geländer, das wohl verhindern soll, daß die Pferde sich während der Feierlichkeiten verletzen. Ein Waffengang ist ein wirklich einfaches Spiel. Jeder Ritter versucht, seinen Gegner mit einer stumpfen, zwanzig Fuß langen Lanze aus dem Sattel zu heben. Nicht selten kommt es zu einem Unentschieden, und im Fall, daß beide Ritter vom Pferd geworfen werden, stehen sie wieder auf, steigen erneut in den Sattel und versuchen noch einmal ihr Glück. Es ist eine lautstarke Angelegenheit, die dem örtlichen Knocheneinrichter gemeinhin eine Menge Verdienstmöglichkeiten eröffnet.

Auf den traditionellen Signalhornruf hin klappten sie beide ihr Visier herunter, senkten die Lanzen und griffen an, die Hufe ihrer Streitrosse donnerten auf dem festen Grund, als sie zwischen den Schranken aufeinander zu galoppierten. Ihre Lanzen trafen beide auf stabile Schilde, und wie gewöhnlich splitterten beide Lanzen, so daß die Holzteilchen durch die Luft flogen. Das Lanzenstechen auf einem offiziellen Turnier kann den Baumbestand in den umliegenden Wäldern arg dezimieren.

Beide rissen ihre Pferde herum und ritten an die Ausgangspositionen zurück.

Ontrose lachte fröhlich, aber Lathan funkelte seinen Freund mit kampflüsternem Blick an. Baron Lathan unterlag hier offensichtlich einem Mißverständnis. Ein Waffengang soll ein sportliches Kräftemessen sein, kein Zweikampf auf Leben und Tod. Bei den vorangegangenen Turnieren war mir der Ausgang stets relativ gleichgültig gewesen, aber *diesmal* war es irgendwie anders. Meine ›ritterlichen Beschützer‹ in der Vergangenheit hatten keine überragende Rolle in meinem Leben gespielt. Sie waren nie mehr als eine Art Beiwerk meines gesellschaftlichen Ranges gewesen. Diesmal beschlich mich ein ungutes Gefühl, daß Baron Lathan, sollte er den Sieg davontragen, mir später einmal Schwierigkeiten bereiten könnte. In der arendischen Literatur wimmelt es förmlich von Unschicklichkeiten, in die hochgeborene Damen und ihre Leibwächter verwickelt waren, und Lathan schien wohlbelesen zu sein. Sollte er zufällig gewinnen, würde das gewiß Probleme heraufbeschwören. Meine Unparteilichkeit begann ein wenig zu bröckeln.

Der zweite Lanzengang brachte ebensowenig eine Entscheidung herbei wie der erste, und als die Kontrahenten zum dritten Stechen auf ihre Plätze zurückritten, deutete Lathans Miene von unverhüllter Feindseligkeit.

Das ging zu weit, und an diesem Punkt entschloß ich mich, ›Schritte zu unternehmen‹.

»Ncin, Pol«, sagtc Mutters Stimme leise. *»Halt dich da raus.«*

»Aber –«

»Tu, was ich dir sage!« Mutter benutzte diesen Tonfall fast *nie*, und daher war ihr meine sofortige Aufmerksamkeit sicher. Ich ließ meinen angestauten Willen wieder frei.

»Schon besser«, sagte sie.

Wie sich herausstellte, hatte Ontrose meine Hilfe gar nicht nötig. Baron Lathan war anscheinend so aufgebracht, daß ihn seine Geschicklichkeit beim dritten Lanzengang verließ. Er schien so begierig auf die Vernichtung seines Gegners zu sein, daß er vergaß, seinen Schild richtig zu halten, und Graf Ontrose hob ihn mit seiner langen Lanze fein säuberlich aus dem Sattel und schleuderte ihn mit lautem Krach zu Boden.

»Nein!« heulte der gestürzte Ritter auf, und seine Stimme war voll von Wehklagen und Bedauern und unaussprechlichem Verlust.

Graf Ontrose riß scharf an den Zügeln seines Reittiers, schwang sich aus dem Sattel und lief zu seinem Freund. »Seit Ihr verletzt?« fragte er, während er sich neben Lathan hinkniete. »Habe ich Euch ein Leids getan?«

Ich mißachtete Mutters Befehl nicht direkt, aber ich *schickte* einen raschen Prüfgedanken zu dem gestürzten Baron aus. Er schnappte nach Luft, aber das stand auch nicht anders zu erwarten. Wenn man beim Lanzenstechen abgeworfen wurde, führte das fast immer dazu, daß man zunächst keine Luft mehr bekam.

Dann erreichten die Ärzte das Freundespaar. Sie schienen sehr besorgt zu sein. Baron Lathan hatte einen bösen Sturz hinter sich, und die linke Brustplatte seiner Rüstung war eingedrückt, so daß er kaum atmen konnte. Nachdem die Ärzte ihn aus seiner Rüstung befreit hatten, begann seine Atmung sich indes zu normalisieren, und er brachte es sogar über sich, Ontrose zu seinem Sieg zu gratulieren. Dann brachten die Ärzte ihn fort ins Feldlazarett.

Graf Ontrose bestieg erneut sein Schlachtroß und ritt herbei, um seinen Siegespreis in Empfang zu nehmen – mich, in diesem Fall. Er senkte die Lanze vor mir, und ich band im Einvernehmen mit der Überlieferung als Zeichen meiner ›Gunst‹ eine zarte blaue Schärpe um ihre Spitze. »Nun seid Ihr wahrhaft mein Ritter«, deklamierte ich in förmlichem Ton.

»Habt Dank, Euer Gnaden«, erwiderte er mit klangvollem Bariton, »und hiermit verpfände ich Euch mein Leben und meine unsterbliche Treue.«

Ich fand das schrecklich nett von ihm.

Ontrose, nunmehr ›mächtigster unter den lebenden Rittern‹, war einer jener seltenen Menschen, die in allem brillierten, was sie tun. Er war Philosoph, Rosenkenner, Dichter und ein Lautenspieler allererster Güte. Seine Manieren waren ausgezeichnet, aber auf dem Turnierplatz fürchtete man ihn. Und nicht nur das. Er sah auch wahrhaft *umwerfend* aus. Er war hochgewachsen, schlank und muskulös, mit Zügen, die als Modell für eine Statue hätten dienen können. Seine Haut war ausgesprochen hell, sein Haar jedoch, wie ich bereits erwähnt habe, glänzte blauschwarz. Seine großen, ausdrucksvollen Augen hatten das dunkle Blau eines Saphirs, und eine ganze Generation der schönsten arendischen Jungfrauen weinte sich eine erkleckliche Reihe von Jahren lang wegen ihm in den Schlaf.

Und jetzt gehörte er mir.

Natürlich gab es nach dem Turnier noch eine förmliche Investitur. Arender lieben Zeremonien. Die drei Herzöge, in quasi-königlichen Prunk gewandet, geleiteten den Helden zu mir und fragten mich feierlich, ob mir dieser wunderschöne junge Mann genehm sei. Welch absurde Frage! Ich trug die blumige kleine Rede vor, mit der ich Graf Ontrose offiziell als meinen Kämpen annahm, und dann kniete er nieder, um mir unsterbliche Treue zu schwören, indem er die ›Stärke seiner Hände‹ zu meinem Schutz entbot. Es waren indes nicht seine Hände, die mich am meisten interessierten.

Baron Lathan wohnte dem Ganzen mit dem Arm in einer Schlinge bei. Sein Sturz hatte zu einer schlimmen Verstauchung der Schulter geführt. Sein Gesicht war aschfahl, und während der Zeremonie standen ihm sogar Tränen der Enttäuschung in den Augen. Manche Männer können es einfach nicht *ertragen*, zu verlieren. Noch einmal beglückwünschte er Ontrose in aller Förmlichkeit, was ich als sehr kultiviert empfand. Es hatte in Arendien Zeiten gegeben, als ein Verlierer eines Waffenganges dem Sieger den Krieg erklärt hatte. Lathan und Ontrose waren Freunde gewesen, und daran hatte sich anscheinend nichts geändert.

Wir verbrachten noch eine Weile auf dem Markt, um dann nach Vo Wacune zurückzukehren, wo Ontrose in meinem Stadthaus Wohnung nahm.

Als der Herbst die Blätter zu färben begann, ritten mein Kämpe und ich in den Norden, damit ich ihn mit den Besonderheiten des Herzogtums Erat vertraut machen konnte.

»Man hat mir kundgetan, Euer Gnaden, daß Ihr die Leibeigenschaft aus Eurem Herzogtum verbannt habet, und ich muß gestehen, daß dies meine Neugier in überreichem Maße gewecket hat. Die Befreiung derjenigen, welche auf der untersten Stufe der Gesellschaft stehen – oder kriechen –, ist fürwahr ein Akt höchster, edelster Menschenliebe. Doch schwer kam es mich an zu verstehen, wie es sich denn zutrug, daß die Wirtschaft in selbigem Herzogtum nicht in sich zusammengebrach. Ich bitt Euch, klärt mich auf über dieses wundersame Begebnis.«

Ich war mir nicht sicher, ob seine Erziehung auch die undurchsichtigen Niederungen der Wirtschaftslehre ausgeleuchtet hatte, aber ich bemühte mich ihm zu erklären, warum mein Herzogtum ohne Leibeigenschaft blühte und gedieh. Ich war überrascht – und erfreut –, wie schnell er gewisse Ideen begriff, die in die Dickköpfe meiner Vasallen zu hämmern mich Generationen harter Arbeit gekostet hatten.

»Kurzum, Mylady, mir will es scheinen, als ruhte Euer Reich noch immer auf den Rücken jener einstigen Leibeigenen – in diesem Falle nicht auf ihrer unbelohnten Form, sondern vielmehr auf ihren Löhnen. Fürwahr, solche Güter mögen sie nunmehr erwerben, die ihnen zuvor vollends unerreichbar waren. Der Stand der Händler gedeihet, und ihr Anteil an der Steuerlast erleichtert die Bürde, welche die Landbesitzer, Eure Vasallen, zu tragen haben. Das Wohlergehen der ehemaligen Leibeigenen ist das Fundament, auf dem die Wirtschaft Eures gesamten Reiches ruhet.«

»Ontrose«, ließ ich ihn wissen, »Ihr seid ein Schatz. Ihr habt im Handumdrehen begriffen, was meine Vasallen in sechshundert Jahren nicht verstanden haben.«

Er zuckte die Schultern. »Das ist doch nicht mehr als simple Mathematik, Euer Gnaden«, entgegnete er. »Eine Unze pro Kopf von vielen ergibt weitaus mehr als ein Pfund pro Kopf von wenigen.«

»Nett ausgedrückt, Ontrose.«

»Mir gefiel es auch recht gut«, antwortete er bescheiden.

Auf unserer Reise in den Norden unterhielten wir uns über viele Dinge, und ich entdeckte, daß mein junger – vergleichsweise junger – Kämpe einen schnellen und wachen Verstand hatte. Darüber hinaus war er außerordentlich weltgewandt, was mich sehr an meinen lieben alten Freund Kamion auf der Insel der Winde erinnerte.

Er zeigte sich gebührend von meinem Landsitz beeindruckt und hatte genügend gesunden Menschenverstand, sich mit meinem Vogt aus dem Geschlecht Killanes um gutes Einvernehmen zu bemühen. Zudem kam seine Leidenschaft für Rosen der meinen zumindest gleich. Die Unterhaltung mit ihm war ein Vergnügen, seine improvisierten Lautenkonzerte – oft von seinem wohlklingenden Bariton begleitet – rührten mein Herz, und seine Fähigkeit, obskure philosophische Themen zu begreifen – und in Frage zu stellen – erstaunte mich des öfteren.

Ich fand mich Gedanken nachhängen, die ich vermutlich besser nicht gehabt hätte. In Gedanken wurde mir Ontrose zu mehr als einem Freund. Mutter schien das nicht zu behagen. *»Polgara«*, erklang ihre Stimme eines Nachts in meinem Kopf, *»das schickt sich nicht, weißt du.«*

»Was?« Meine Antwort klang nicht sehr freundlich.

»Deine wachsende Vernarrtheit. Das ist nicht der Mann, der dir bestimmt ist. Dieser Abschnitt deines Lebens liegt noch in ferner Zukunft.«

»Nein, Mutter, da irrst du. Was du ›diesen Abschnitt deines Lebens‹ nennst, wird eintreten, wann immer ich es für richtig halte, und es gibt nichts, was du oder irgend jemand sonst unternehmen könnte, um meine Meinung zu ändern. Ich habe es satt, an Fäden zu hängen wie eine Marionette. Es ist mein Leben, und ich werde es so leben, wie ich es will.«

»Ich versuche, dir eine Menge Herzeleid zu ersparen, Pol.«

»Mach dir keine Sorgen, Mutter. Und jetzt würde ich gerne schlafen, wenn es dir nichts ausmacht.«

»Wie du willst, Pol.« Und dann war das Gefühl ihrer Gegenwart verschwunden.

Nun, natürlich war es ein bißchen grob. Das war mir bereits klar, bevor ich es ganz ausgesprochen hatte. Diese spezielle Konfrontation kommt einmal in jedermanns Leben. Aber für gewöhnlich geschieht das in jüngeren Jahren.

Am Morgen schämte ich mich mehr als nur ein bißchen, und im Laufe der Zeit bereute ich meine kindische Reaktion mehr und mehr. Mutters Gegenwart war immer der Mittelpunkt meines Lebens gewesen, und mein kleiner Ausbruch hatte eine Mauer zwischen uns beiden aufgerichtet, die erst nach Jahren wieder fallen sollte.

Ich will das, was ich für Ontrose empfand, nicht herabwürdigen, indem ich es ›Vernarrtheit‹ nenne. Ich *gebe* indes zu, daß die Vorgänge in meinem Privatleben meine Aufmerksamkeit von etwas ablenkten, das ich genauer hätte beobachten sollen. Dem zweiten Garteon war in Asturien noch ein dritter gefolgt. Garteon III. war ein noch üblerer Halunke als sein Vater oder sein Großvater, und der Großteil seiner Feindseligkeiten schien sich gegen Wacune zu richten. Es war offenkundig, daß zwischen Wacune und Erat enge Bande bestanden, und die Orimanfamilie war anscheinend zu dem Schluß gelangt, mein Herzogtum könne ohne wacitische Unterstützung nicht bestehen. Die asturische Feindschaft gegen meine Person war nicht schwer zu verstehen und reichte vermutlich in die Zeiten Herzog Nerasins zurück. Schließlich *hatte* ich im Verlauf der Jahrhunderte mit einer erklecklichen Anzahl asturischer Herzöge ein Exempel beziehungsweise deren mehrere statuiert. Was die Asturier zu übersehen vorzogen, war die Tatsache, daß ich auch etlichen Wacitern und Mimbratern übel mitgespielt hatte. Die Asturier hatten sich offenbar vorgenommen, mich als Erbfeind zu betrachten, der im Verborgenen lauert und nur darauf wartete, alle ihre Pläne zum Scheitern zu bringen.

Was letztendlich in Nordarendien vorfiel, war größtenteils darauf zurückzuführen, daß Herzog Moratham von Mimbre weit über achtzig Jahre alt und offenbar ziemlich senil war. Seine sogenannten ›Berater‹ wurden von keinerlei Skrupeln geplagt, und da der alte Moratham alles absegnete, was sie ihm vorlegten, waren sie die wahren Herrscher von Mimbre. Garteon III. von Asturien witterte seine Chance, und er begann, sozusagen, mimbratische Adlige im Dutzend zu kaufen.

Ich hätte den Vorgängen mehr Beachtung schenken sollen. Ein nicht unerheblicher Teil meines Kummers darüber, was Wacune widerfahren ist, beruht darauf, daß es zumindest teilweise meine Schuld war.

Die Zusammenkunft des Arendischen Rats im Jahr 2940 verlief friedlich, ja sogar langweilig. Herzog Moratham verschlief das meiste, und es gab auch nichts Aufregendes, was ihn hätte aus dem Schlaf reißen können. Ich hätte vermutlich eine Regentschaft vorgeschlagen, aber Morathams einziger überlebender Sohn war zum Herrschen offensichtlich völlig ungeeignet. Seine Privilegien nahm er sehr ernst, auf seine Verantwortung hingegen verschwendete er weniger Gedanken.

Nachdem Ontrose und ich nach Vo Wacune zurückgekehrt waren, kam Vater vorbei, um nach mir zu sehen.

Ich weilte in meinem Rosengarten, als meine Zofe ihn zu mir führte. Wie ich meinen Vater kannte, war ich mir ziemlich sicher, daß er sich in den letzten zwei Jahrhunderten, nachdem wir uns das letztemal gesehen hatten, ein wenig in meiner Umgebung umgesehen hatte. Offenbar war ihm jedoch nichts unangenehm aufgefallen, weshalb er mich in Ruhe gelassen hatte. »Nun, alter Wolf«, begrüßte ich ihn, »was heckst du aus?«

»Nicht allzuviel, Pol«, antwortete er.

»Ist die Welt noch heil?«

Er zuckte mit den Achseln. »Nun ja, ich mußte sie ein paarmal flicken, aber größere Katastrophen hat es nicht gegeben.«

Ich schnitt vorsichtig eine meiner Lieblingsrosen ab

und hielt sie ihm hin. »Möchtest du sie dir einmal ansehen?« fragte ich.

Er schaute kaum hin. »Sehr nett«, entgegnete er gleichgültig. Vater hat wirklich kein Auge für Schönheit.

»Sehr nett? Ist das alles? Sie ist umwerfend, Vater. Ontrose hat sie eigens für mich gezüchtet.«

»Wer ist Ontrose?«

»Er ist mein Kämpe, Vater. Für mich macht er begangenes Unrecht wieder gut und züchtigt jeden, der mich beleidigt. Du wärst erstaunt, wie höflich die Leute in seiner Gegenwart zu mir sind.« Dann entschloß ich mich, nicht länger auf den Busch zu klopfen. »Oh, zufällig ist er *auch* der Mann, den ich heiraten werde – sobald er den Mut aufbringt, mich zu fragen.«

Vater wirkte plötzlich äußerst wachsam. Er kannte mich gut genug, um mich nicht sofort durch Widerspruch zu reizen. »Interessante Vorstellung, Pol«, sagte er verbindlich. »Warum schickst du ihn nicht einmal vorbei, damit er und ich uns kennenlernen können?«

»Du heißt es nicht gut«, sagte ich anklagend.

»Das habe ich nicht behauptet, Pol. Ich habe nur gesagt, daß ich ihn noch nicht kenne. Falls du es ernst meist, sollten er und ich uns wenigstens flüchtig kennenlernen, findest du nicht auch? Hast du es dir auch gut überlegt? Es gibt da womöglich einige recht ernsthafte Hindernisse, weiß du.«

»Zum Beispiel?«

»Ich könnte mir vorstellen, daß beispielsweise der Altersunterschied vielleicht ein Problem darstellen könnte. Wie alt, sagtest du, ist er?«

»Er ist erwachsen, Vater. Er ist über Dreißig.«

»Das ist fein, aber du bist etwa neunhundertfünfzig, nicht wahr?«

»Neunhundertvierzig, um genau zu sein. Und?«

Er seufzte. »Du wirst ihn überleben, Pol. Er wird alt sein, bevor du dich zweimal im Bett umgedreht hast.«

»Aber ich werde glücklich sein, Vater – oder war Glück für mich nicht vorgesehen?«

»Ich habe dich lediglich darauf hingewiesen, sonst nichts. Hast du vor, Kinder zu bekommen?«

»Selbstverständlich.«

»Das ist wirklich keine gute Idee, weißt du. Deine Kinder werden aufwachsen, altern und sterben. Du nicht. Du wirst dasselbe durchmachen wie damals bei Beldarans Tod, und das hat dich beinah umgebracht. Erinnerst du dich noch?«

»Vielleicht wird mein Leben sich nach einer Heirat normalisieren. Vielleicht altere ich dann auch.«

»Darauf würde ich nicht setzen, Pol. Der Mrinkodex sagt eine Menge über dich – und was du im Laufe der Zeit noch alles tun wirst.«

»Ich werde mein Leben nicht von den Fieberträumen eines Irren abhängig machen, Vater. Nebenbei bemerkt, du hast geheiratet, erinnerst du dich noch? Was für dich gut war, ist bestimmt auch für mich gut.« Bewußt ging ich über Mutters Eigenarten hinweg. »Außerdem wird Ontroses Lebensspanne, wenn er mich heiratet, möglicherweise auch verlängert.«

»Warum sollte es? Er ist ein gewöhnlicher Mensch, du bist es nicht. Sein Leben wird ihm aber möglicherweise länger *erscheinen.* Es gibt Menschen, mit denen man einfacher auskommt als mit dir. Wenn dieser Ontrose kein Heiliger ist, wird er vermutlich mehr als genug schlechte Tage sehen.«

»Meine Verhältnisse gehen dich gar nichts an, alter Mann.«

»Bitte, Pol. Wirf nicht so mit dem Wort ›Verhältnis‹ um dich. In diesem speziellen Fall macht mich das ziemlich nervös.«

»Du weißt, wo die Tür ist, Vater. Benutz sie.«

Und das beendete das Gespräch zunächst.

Kapitel 21

Der Kronrat Herzog Andrions von Wacune traf sich an einem strahlenden Nachmittag in einem luftigen Gemach hoch oben in einem der Palasttürme. Unser Sitzungszimmer war mit Teppichen und Vorhängen in dunklem Kastanienbraun ausgestattet, was einen schönen Kontrast zu den Marmorwänden bildete. Die massiven Möbel verliehen dem Ganzen einen Anstrich von Beständigkeit. »Unsere Alternativen, so will es mir scheinen, werden im Laufe der Zeit immer geringer«, sagte Herzog Andrion niedergeschlagen. Herzog Andrion war ein dunkelhaariger Mann Mitte Dreißig, und er saß erst seit kurzem auf dem Herzogsthron zu Wacune. *Meine* Anwesenheit auf der Sitzung des Kronrats in Vo Wacune mag ein wenig seltsam erscheinen, aber ich hatte vor Jahren schon dafür gesorgt, daß ich Mitglied in allen vier Kronräten Arendiens war. Ich wollte sicherstellen, daß kein arendischer Herzog etwas Bedeutendes ohne meine Erlaubnis unternahm.

»Fürwahr, Euer Gnaden«, pflichtete Ontrose seinem Herrscher bei. »Die Orimanfamilie richtet bereits seit Jahren all ihr Trachten auf unsere Vernichtung. Ich fürchte, daß ein Krieg unvermeidlich ist.«

»Es *gibt* Alternativen, Mylords«, verkündete ich ihnen entschlossen. »Nerasin war ein zumindest ebenso großer Schurke wie diese vielen Garteons, und *ihn* konnten wir auch zur Vernunft bringen.«

»Die Orimanfamilie besitzet nicht mehr Vernunft als Ehre, Lady Polgara«, behauptete Baron Lathan. Lathan schien sich von seiner Niederlage gegen Ontrose auf dem Turnier erholt zu haben, und sie waren wieder

Freunde. »Mich dünket, Arendien muß einmal mehr unterjochet werden, auf daß erneut Frieden einzukehren vermag.«

»Laßt uns das vermeiden, falls es irgend möglich ist, Mylord Lathan«, schlug ich vor. »Laßt mich zu Garteon gehen, ehe wir die Männer zu den Waffen rufen. Kriege zehren am Haushaltsbudget!«

»Und ob!« stimmte Andrion mir eifrig zu.

Dann warf ich Ontrose einen raschen Blick zu. »Nein«, sagte ich entschieden.

»Ich vermag den Sinn Eurer Rede nicht zu verstehen, Euer Gnaden«, gestand er.

»Ihr könnt nicht mitkommen, Ontrose. Ich werde mit Garteon in einer Sprache reden, von der ich nicht möchte, daß Ihr sie mitanhört.«

»Ich kann Euch nicht gestatten, Euch ohne Begleitung dorthin zu begeben, Mylady.«

»Gestatten?« fragte ich drohend.

»Unglückliche Wortwahl möglicherweise«, gab er zu.

»Sehr unglücklich, Ontrose. Ihr seid Dichter, deshalb sollten Euch keine solchen sprachlichen Entgleisungen unterlaufen.« Ich legte liebevoll meine Hand auf seine. »Ich necke Euch nur, Ontrose.« Dann schaute ich Herzog Andrion an. »Laßt mich mit Garteon reden, ehe Ihr die Armee mobilisiert, Euer Gnaden. Sein Großvater hat sich nach einer Unterhaltung mit mir einsichtig gezeigt. Vielleicht hat sich dieser Funken gesunden Menschenverstands in der Familie vererbt.«

Baron Lathan sah aus, als wolle er Einspruch erheben.

»Sollte ich scheitern, so besteht nach wie vor die Möglichkeit, die Männer zu den Waffen zu rufen«, beschied ich ihn. »Im Grunde genommen ist die Feindseligkeit der Orimans gegen *mich* gerichtet, nicht gegen Wacune. Ich habe nun schon seit geraumer Zeit die asturischen Ränke durchkreuzt, und gedenke, dies auch weiterhin zu tun. Da Wacune und Erat wie Bruder und Schwester sind, weiß Garteon, daß ich ihn angreife, sobald er in

Wacune einmarschiert. Vermutlich beabsichtigt er ohnehin, mich in einen Krieg hineinzuziehen. Da die ganze Angelegenheit in Wahrheit eine Auseinandersetzung zwischen Garteon und mir ist, sollten er und ich sie mit einem kleinen Schwätzchen unter vier Augen bereinigen.«

»Wir lassen uns von Eurer Weisheit leiten, Euer Gnaden«, erklärte Andrion.

»Ausgezeichneter Entschluß, Euer Gnaden«, lobte ich ihn.

Ich begab mich auf dem üblichen Weg nach Asturien und sah mich etwa eine Woche in Vo Astur um, aber ich konnte nicht die geringste Spur von Garteon finden. Ich hielt mich unbeobachtet in den grauen Gängen auf, in der Hoffnung, irgendwelche Hinweise auf seinen Aufenthaltsort zu erhalten, doch der asturische Adel schien darüber genauso wenig zu wissen wie ich. Ich flog weiter, um auf den Ländereien der anderen Mitglieder der Orimanfamilie nach ihm Ausschau zu halten, aber er war auch dort nicht zu finden. Ich ging sogar soweit, mich in einigen Lagern der Vogelfreien tief im Wald umzuschauen. Immer noch kein Garteon. Ganz offensichtlich hatte sich der Herzog von Asturien irgendwo in ein sehr tiefes Loch verkrochen. Gewiß gab es *irgend jemanden* in Asturien, der wußte, wo er steckte, aber wer immer derjenige war, er hüllte sich in Schweigen. Da Arender veranlagungsgemäß unfähig sind, ein Geheimnis länger als ein paar Stunden für sich zu behalten, vermutete ich, daß hinter der Sache Grolims steckten.

Meine Laune war nicht allzu gut, als ich mich schließlich geschlagen gab und nach Vo Wacune zurückflog, um meinen Freunden im Palast mein Scheitern einzugestehen. Nach kurzer Diskussion stimmte ich ihnen bedrückt zu, daß die Mobilisierung der Armee unter den gegebenen Umständen der einzige Schritt war, der uns noch offenstand. »Ich werde mich dennoch auch weiterhin bemühen, meine Herren«, versicherte ich der kleinen Versammlung. »Früher oder später *muß* Garteon aus seinem Versteck herauskommen. Er hat mich allerdings ein wenig ungehalten gemacht, so daß ich mich wirklich gerne mit ihm unterhalten möchte – ausführlich.«

Dann begleitete Ontrose mich zu meinem Stadthaus zurück, wo wir ein ruhiges Abendessen einnahmen. Das Gute an meinem Fehlschlag in Vo Astur war, daß er meinen gutaussehenden Freund überzeugte, daß ich *nicht* allmächtig war.

Nach dem Abendmahl begaben wir uns in meinen Rosengarten. Ich brauchte den Frieden dieses stillen Ortes, um meine Nerven wieder zu beruhigen.

»Ich spüre Eure Unzufriedenheit, Mylady«, begann Ontrose in mitfühlendem Tonfall.

»Es ist ein bißchen mehr als Unzufriedenheit, lieber Freund«, erwiderte ich trocken. »Offenbar sind mir in den letzten Jahren die Erfolge zu leicht in den Schoß gefallen. Versagen erschüttert mein Selbstwertgefühl.«

Er lächelte kaum merklich, aber dann seufzte er. »Am morgigen Tage sehe ich mich gezwungen, Eure Erlaubnis vorausgesetzt, in Euer Herrschaftsgebiet zu reiten. Falls Wacune den Heerbann erläßt, muß Erat seinem Beispiel folgen. Mit zwei mächtigen Heeren zu unserer Verfügung hege ich nur geringe Befürchtungen hinsichtlich des Ausgangs der gegenwärtigen Mißhelligkeit.«

Ich nickte. »Ich werde eine Vollmacht aufsetzen, die Ihr meinem Seneschall in Erat, Malon Killaneson, vorlegen könnt. Er wird meine Schatztruhen für Euch öffnen. Bitte behandelt meine Leute freundlich, lieber Ontrose. Ernährt sie gut und bildet sie so aus, daß sie sich selbst verteidigen können.«

»Die fürsorgende Mutter spricht aus jedem Eurer Sätze, verehrte, liebe Lady.«

Ich zuckte die Schultern. »So scheint es«, stimmte ich ihm zu. »Es muß etwas mit der mütterlichen Seite meiner Familie zu tun haben – aber das sollten wir hier jetzt nicht vertiefen.«

Dann entdeckte ich am Nachthimmel etwas Vertrautes. »Du bist spät dran«, sagte ich.

»Ich?« fragte Ontrose verwirrt.

»Nein, Ontrose, nicht Ihr. Ich habe zu meinem alten Freund da oben gesprochen.« Ich zeigte auf das verschwommene Licht des Kometen, der auf dem purpurfarbenen Schlund der Nacht über den Sternen klebte. »Er taucht für gewöhnlich im Spätwinter auf, aber jetzt ist es beinah Sommer.«

»Ihr habt dieses Wunder bereits geschaut?« staunte er.

»Viele Male, Ontrose, viele Male.« Ich überschlug die Jahre rasch. »Dreizehnmal, um genau zu sein. Ich war vierzehn, als ich ihn zum erstenmal sah. Er kommt alle einundsiebzig Jahre auf einen kurzen Besuch vorbei.«

Ontrose stellte rasch einige Berechnungen an, und seine Augen wurden groß.

»Laßt Euch davon nicht beeindrucken, lieber Ontrose«, riet ich ihm. »Die Menschen in meiner Familie neigen dazu, länger zu leben, das ist alles. Es ist eine Familieneigenheit – wie etwa schwarzes Haar oder eine lange Nase.«

»Mir will scheinen, als dehne das Abtun einer neun Jahrhunderte währenden Lebensspanne als Familieneigenart die Bedeutungsgrenzen dieses Begriffs in nahezu unerlaubter Weise, Lady Polgara.«

»Das Geheimnis der Langlebigkeit besteht darin, immer etwas zu tun zu haben, Ontrose – und Kämpfen mit Leuten, die stärker sind als man selbst, aus dem Weg zu gehen.« Ich ließ meine Gedanken in die Vergangenheit schweifen. »Ich glaube, mein vierzehnter Geburtstag fiel in eins jener Jahre, die ich in meinem Baum verbrachte«, erinnerte ich mich. »Meine Schwester und ich hatten uns über meinen Vater gestritten, und ich schmollte. Ich lebte einige Jahre in meinem Baum, um sie zu bestrafen.« Ich lachte. »Kinder benehmen sich manchmal seltsam.«

»Ihr habt eine Schwester? Noch nie habe ich davon vernommen.«

»Sie starb – vor vielen, vielen Jahren. Sie hieß Beldaran, wir waren Zwillinge. Sie war viel hübscher als ich.«

»Sagt so etwas nicht, meine liebe Lady«, widersprach er. »Ihr seid der Inbegriff aller Schönheit in dieser Welt, und mit seinem Leben soll jeder Mann es büßen, der so töricht ist, meine Worte anzuzweifeln.«

»Schmeichler«, sagte ich und berührte sanft seine Wange.

»Die Wahrheit zu verkünden ist keine Schmeichelei, Mylady.«

»Übertreibung hingegen doch. Gewiß war ich nicht ganz so hübsch, als mein Freund dort oben mir seinen ersten Besuch abstattete. Meine Schwester war so schön, daß ich von vornherein aufgab und mich verwahrlosen ließ. Ich war linkisch und dünn und nicht besonders sauber – es sei denn, ein Regenschauer hatte mir zufällig den Schmutz vom Leib gespült. Nach der Verlobung meiner Schwester wusch ich mich. Wir waren damals sechzehn, so daß, nachdem der Dreck einmal abgeschrubbt und mein Haar gekämmt war, etwas leidlich Vorzeigbares zum Vorschein kam. Meine Schwester war mit Riva Eisenfaust verlobt, dem König der Insel der Winde, und nachdem wir zu seiner Insel gesegelt waren, vertrieb ich mir eine Weile die Zeit damit, Herzen zu brechen.«

»Ich gestehe, daß ich Euch nicht zu folgen vermag, liebe Lady«, gestand er.

»O Lieber!« lachte ich. »Ihr *seid* wirklich von unschuldiger Gemütsart, Ontrosc. Das ist die Lieblingsbeschäftigung junger Mädchen, wußtet Ihr das denn nicht? Wir tragen unsere schönsten Kleider und Haarbänder, setzen unser entzückendstes Lächeln auf und ziehen ins Feld. Unsere Feinde sind all die anderen hübschen Mädchen der Gegend, und wir kämpfen um all die Herzen der jungen Männer um uns.« Ich warf ihm einen schelmischen Blick zu. »Habt acht in meiner Nähe, mein lieber Junge«, warnte ich ihn. »Ich könnte Euer Herz mit einem einzigen Augenaufschlag brechen.«

»Zu welchem Behufe wolltet Ihr ein Herz brechen, das Euch bereits vollends zu eigen ist, liebe Lady?« fragte er, und ich spürte etwas Ausweichendes in seiner sorgsam formulierten Schmeichelei. Ontrose war offenbar nicht *ganz* so unschuldig, wie es den Anschein hatte. Die Dinge entwickelten sich besser, als ich gehofft hatte. Ontrose betrachtete mich offenbar nicht mehr als eine Art Institution. Nun machten wir wirklich Fortschritte.

»Seid gewarnt, mein Kämpe«, neckte ich ihn. »Mich dünket, ich möchte all meine Waffen auf Euer ungeschütztes Herz abfeuern. Verteidigt Euch, so gut Ihr es vermögt!«

Ich glaube, mein überraschendes Zurückfallen in den gehobenen Stil verblüffte ihn ein wenig. »Einen solch unziemlichen Vorteil würdet Ihr ausnutzen, Lady Polgara?« Er schoß erst mit leichter Munition zurück. »Schimpf und Schande über Euch! Muß ich denn nun Euer Reich gegen die bübischen Asturier und zur gleichen Zeit mein Herz gegen Euren unbeschreiblichen Liebreiz verteidigen? Vor den Asturiern hege ich keinerlei Furcht. Die Festung meines Herzens indes beginnt bereits unter Euren Sturmangriffen zu wanken, und Furcht kommt mich an, ich möchte mich zu guter Letzt ergeben und jener sanften Sklaverei beugen müssen, die Ihr vorschlaget.«

Ich legte meine Hand auf seinen Arm. »Trefflich gesprochen, Mylord«, beglückwünschte ich ihn. »Wahrhaft trefflich gesprochen. In Bälde werden wir uns weiter über dieses Thema unterhalten.« Und dann nahm er meine Hand und küßte sie zärtlich.

Es war noch ein bißchen blumig, aber nichtsdestotrotz ein Anfang. Die Damen, die diese Zeilen lesen, werden es natürlich verstehen, aber ich glaube nicht, daß die Männer es ebenfalls verstehen. Schon gut – solange es wenigstens *irgend jemand* versteht.

Der Frieden, den ich Arendien aufgezwungen hatte, beruhte auf der nackten Tatsache, daß sobald eins der Herzogtümer Anzeichen von Unruhe an den Tag legte, die anderen drei sich verbündeten, um seine Widerspenstigkeit zu brechen. Der Kern des Problems war *dieses* Mal die fortschreitende Vergreisung Herzog Morathams von Mimbre. Inzwischen hatte man ihn der Obhut einer Pflegerin anvertraut, die ihn wie das Kleinkind bemutterte, zu dem er wieder geworden war. Die Regierung des Herzogtums lag in den Händen einer Gruppe Adliger, denen weit mehr daran lag, sich gegenseitig auszumanövrieren, als das arendische Allgemeinwohl zu fördern. Ich unternahm verschiedene Anläufe, ihnen die Realität der arendischen Politik und die Vorteile eines anhaltenden Friedens zu erläutern, aber sie waren zu kurzsichtig und zu sehr in ihre eigenen kleinen Ränke verstrickt, um etwas zu begreifen. Läge ihre Hauptstadt in Zentralmimbre, so hätten sie vielleicht Einsicht gezeigt, da aber Vo Mimbre an der äußersten Südgrenze zu Arendien liegt, zeigten sie so gut wie kein Interesse an den Ereignissen in den drei nördlichen Herzogtümern. All meinen Anstrengungen zum Trotz distanzierte Mimbre sich von uns anderen und nahm eine Haltung strikter Neutralität ein.

Ich hegte so meinen Verdacht bezüglich des Ursprungs dieser mimbratischen Politik. Im Verlauf der Jahrhunderte war man in den Königreichen des Westens weitgehend der Meinung, die Ansicht meiner Familie, die Angarakaner steckten hinter den meisten Zerwürfnissen auf unserer Seite der Östlichen Steilhänge, sei eine Zwangsvorstellung. Vielleicht *sind* wir ein bißchen vorschnell damit, den Angarakanern die Schuld an allem in die Schuhe zu schieben, aber wenn wir über Arendien sprechen, ist dieser Verdacht mehr als berechtigt. Arendien war stets der Schlüssel aller angarakanischen Verschwörungen zur Spaltung des Westens. Ctuchik war gänzlich davon überzeugt, könne er nur Arendien in Brand stecken, würde schon bald der ganze

Westen in Flammen aufgehen. Unglücklicherweise ist Arendien immer ein Pulverfaß gewesen, das man nur ansehen mußte, und schon fing es Feuer.

Ontrose ritt nach Norden in mein Herzogtum, um die Mobilisierung meines Volkes in die Wege zu leiten und zu überwachen. Obwohl ich die Notwendigkeit für seine Abwesenheit vollauf einsah, vermißte ich ihn schmerzlich. Ich träumte jede Nacht von ihm, und wenn ich wach war, dachte ich jeden Augenblick an ihn. Ich unternahm häufige Ausflüge in mein Herzogtum – öfter, als erforderlich, um bei der Wahrheit zu bleiben –, aber schließlich *war* ich ja die Herzogin von Erat. War es da nicht meine Pflicht, ein Auge auf alles zu haben?

Die Armeen von Wacune und Erat waren nicht wirklich eigenständig, da die beiden Herzogtümer einander so eng verbunden waren. Baron Lathan befehligte Andrions Streitkräfte, Ontrose die meinen, aber all unsere größeren strategischen Entscheidungen wurden auf ausgedehnten Konferenzen entweder in Andrions Palast oder in meinem Landsitz am Eratsee beschlossen. Wir standen einander ohnehin sehr nah, und so gingen wir auch als Ganzes vor.

Bis zum Sommer 2942 war alles bereit. Unsere vereinten Armeen übertrafen zahlenmäßig bei weitem alles, was Garteon III. ins Feld führen konnte, und falls er es je wagen sollte, einen Schritt über eine unserer Grenzen zu setzen, konnten wir ihn wie eine lästige Wanze zertreten.

»Nun steht alles bereit«, erstattete Ontrose Andrion und mir auf einem seiner viel zu seltenen Besuche in Vo Wacune im Spätsommer jenes Jahres Bericht. »Zum Kampfe gerüstet wartet das Heer von Erat am Nordufer des Flusses Camaar, unweit von Vo Astur. Sollte Garteon so verblendet sein, seine Truppen über die wacitische Grenze zu führen, werde ich seine Hauptstadt gewißlich zerstören. Tritt indes nichts Unvorhergesehenes ein, haben die Geschehnisse ein Patt erreicht. Mich dünket, wir und die Asturier werden einander über die verschiedenen Grenzen hinweg mehrere Jahreszeiten lang erbost gegenüberstehen, und sodann können wir zuversichtlich Friedensangebote von Vo Astur entgegennehmen. Die Orimanfamilie ist nicht wohlgelitten bei den anderen edlen Häusern Asturiens, und es sollte mich nicht allzusehr verwundern, würde Garteon III. wie sein seliger Großvater seinen Weg zu einem jener hochgelegenen Fenster in seinem Palaste finden und von diesem hohen Aussichtspunkte einen tiefen und furchtbaren Sturz hinunter auf den Hof erleiden.«

»Nett gesagt, Mylord Ontrose«, lobte ihn Andrion.

»Schließlich *bin* ich ein Dichter, Euer Gnaden«, bemerkte Ontrose mit gewohnter Bescheidenheit. »Der geschickte Umgang mit der Sprache scheint mir in die Wiege gelegt zu sein.«

Im Anschluß an unsere Besprechung mit Andrion kehrten mein Kämpe und ich in mein Stadthaus zurück. Beim Abendessen erörterten wir einige schwierige und hintergründige philosophische Fragen, und wieder einmal war ich überwältigt von der Tiefe des Verständnisses, die dieser bemerkenswerte Mann an den Tag legte. Ich hätte ihn liebend gern mit Onkel Beldin bekannt gemacht, mich dann zurückgelehnt und zugeschaut, wie die Funken flogen. Ich wußte, wenn meine Pläne sich erfüllten, würde dieser Tag schließlich kommen. Die Aussicht, diesen Ausbund an Tugend meiner Familie vorzustellen, war überaus erfreulich. Meinem Vater und meinen Onkeln fehlt der gesellschaftliche Schliff, und Ontrose, Dichter, Philosoph, Höfling und mächtigster unter den lebenden Rittern, hatte ein so geschliffenes Benehmen, daß er fast im Dunkeln leuchtete. Von all den einstigen Jüngern unseres Meisters hätte es nur Belmakor mit seiner weltläufigen Gewandtheit aufnehmen können – jedenfalls behauptet Vater das.

Nach dem Mahl begaben wir uns in meinen Rosengarten, während die Dämmerung sich über die strahlende Stadt Vo Wacune senkte. Ontrose spielte auf der Laute und sang mir vor, und die Sorgen des Tages schienen von uns abzufallen. Es war einer jener vollkommenen Abende, die uns viel zu selten beschert werden. Wir sprachen über Rosen und nur gelegentlich über die Mobilisierung, und allmählich wurde der Abend dunkler, und die Sterne zogen herauf.

Dann, als es Schlafenszeit war, küßte mein Kämpe mich zärtlich und wünschte mir eine gute Nacht.

Ich schlief nicht viel in jener Nacht, aber ich *träumte.*

Am darauffolgenden Morgen verließ Ontrose Vo Wacune, um in den Norden zurückzukehren.

Der Herbst war in jenem Jahr trist, fast wehmütig, was mit meiner Stimmung im Einklang zu stehen schien. Ich hatte über sechs Jahrhunderte damit zugebracht, den Arendern den Friedensgedanken einzubleuen, immer in der Hoffnung, ich könnte ihn so fest in ihrem Bewußtsein verankern, daß ihnen der Gedanke an Krieg nie wieder kommen würde. Doch mein Traum schien zu verblassen.

Der Winter in jenem Jahr brach früh herein, angekündigt von endlosem Nebel, jenem Fluch, der Arendien in der kalten Jahreszeit stets peinigt. Nebel ist gewiß das niederdrückendste Wetter, das man sich vorstellen kann. Er verfinstert Sonne und Himmel und breitet seinen naßkalten Schleier über alles. Endlose Wochen erduldeten wir ein feuchtes Zwielicht und lauschten dem trüben Tröpfeln des Wassers von den Zweigen eines jeden Baumes im Land, während die steinernen Mauern der Gebäude von Vo Wacune lange Tränenbäche zu weinen schienen.

Der folgende Frühling war nicht viel besser als der Winter. Gewiß erwartet man im Frühjahr viel Niederschlag, aber man sehnt sich auch einige sonnige Tage herbei. *Dieser* Frühling jedoch schien den Sonnenschein vergessen zu haben. Schmutziggraue Wolken hingen wochenlang über uns, und in den Straßen ging finsterer Trübsinn um.

Baron Lathan war mehrere Monate lang fortgewesen, aber Andrion und ich hatten dem kaum Beachtung geschenkt. Es war Lathans Pflicht als Befehlshaber der wacitischen Armee, häufig militärische Außenposten zu inspizieren, so daß seine Abwesenheit nichts Ungewöhnliches war. Als das schauderhafte Wetter indes aufhörte, kehrte er mit einigen erschreckenden Nachrichten nach Vo Wacune zurück. Herzog Andrion ließ mich unverzüglich in den Palast bitten, damit wir gemeinsam den Bericht seines Freundes anhören konnten. Lathan trug noch immer seine schlammbespritzten Reisekleider, und er wirkte völlig erschöpft. Unter seinen rot geränderten Augen zeichneten sich dunkle Ringe ab, und er hatte sichtlich seit mehreren Tagen nicht mehr geschlafen.

»Ihr braucht eine heiße Mahlzeit und Ruhe, Lathan«, tat ich meine Meinung als Ärztin kund.

»Wenig Zeit war dafür jüngsthin, Euer Gnaden«, antwortete er mit einer merkwürdig toten Stimme. Dann stieß er einen tiefen, eigenartig traurigen Seufzer aus. »Ich bin erst seit kurzem aus Vo Astur zurückgekehrt –«

»*Was* seid Ihr?« rief ich aus.

»Die Berichte unserer Spione in Asturien waren widersprüchlich, Euer Gnaden«, führte er aus. »Es dünkte mich bedeutsam, zu ergründen, welche Geschehnisse sich in jenem feindlichen Herzogtume zutragen. Ich verfüge über einiges Geschick in der Beherrschung der ungeschlachten Sprache Asturiens, solcherart es mir nicht schwerfiel, mich als einen Eingeborenen auszugeben. Ich werde Euch die ermüdenden Details meiner zahlreichen Listen dort ersparen. Genügt es doch zu sagen, daß ich zugegen war, als verschiedene Mitglieder der asturischen Regierung und des asturischen Militärs eine Verschwörung beschlossen, die Euch zutiefst mit Sorge erfüllen muß. Es ist Herzog Garteons Absicht, in Kürze Euer Herzogtum anzugreifen, Euer Gnaden. Nur zu gut hat er erkannt, daß Wacune und Erat bis an die Zähne gerüstet an seiner Ost- und Nordgrenze stehen und auf die erste feindselige Handlung seiner Seite hin vereint losschlagen werden, um ihn zu zerschmettern.«

»Wie ein faules Ei«, fügte Andrion grimmig hinzu.

Lathan lächelte kurz. »Wahrhaftig«, sagte er. »Garteon weiß sehr wohl, daß ein Angriff auf die Grenzen von Wacune verheerend für ihn wäre, und deshalb hat er den üblen Entschluß gefasset, nicht Wacune, sondern Erat anzugreifen.«

»Soll er nur kommen«, versetzte ich. »Ich bin so bereit für ihn, wie Andrion es ist.«

»Dies ist seines faulen Planes Kern, Euer Gnaden«, erläuterte Lathan mit dieser Stimme, die wie tot klang. »Garteon hegt *nicht* die Absicht, den Camaar zu überqueren. Vielmehr hat er eine Flotte der unterschiedlichsten Wassergefährte in Vo Astur versammelt. Mit eigenen Augen sah ich die Einschiffung seiner Armee an Bord dieser Schiffe, und darüber hinaus erlangte ich auf mancherlei Weise Kenntnis vom endgültigen Bestimmungsort jener Flotte. Kurz gesprochen, Euer Gnaden, Garteon gedenkt, den Asturfluß hinunter zu segeln, das Vorgebirge zu umschiffen, welches von der nordwestlichen Küste Eures Reiches ins Meer ragt, und letztendlich an der Mündung des Seline an Land zu gehen. Ich fürchte, sein erstes Ziel ist die Stadt Seline, und mit ihr als Basis hat der Schurke im Sinn, den gesamten Norden Erats zu plündern und von dort sengend und mordend ins Herz Eures Herzogtums einzudringen. Das Trutzbündnis zwischen Wacune und Erat hat bislang seine üble List vereitelt, doch seine Absicht ist ganz klar, zunächst Erat zu zerstören und *sodann* gegen Wacune zu ziehen.«

»Haben sie bereits Segel gesetzt?« fragte ich verärgert.

»Fürwahr, Euer Gnaden, das haben sie. Garteons Flotte verließ Vo Astur vor drei Tagen.«

»Ich brauche eine Landkarte«, teilte ich Andrion mit.

Wortlos griff er in sein Wams und zog ein zusammengefaltetes Pergamentstück heraus.

Ich entfaltete es und begann die Entfernungen zu überschlagen. »Eine Flotte kommt nur so schnell voran wie ihr langsamstes Schiff«, gab ich zu bedenken. »Wenn man eine Invasion plant, will man alle Truppen zum selben Zeitpunkt am selben Ort haben. Es sind gute achthundert Meilen von Vo Astur bis zur Mündung des Selineflusses. Nehmen wir an, diese Flotte kann pro Tag nicht mehr als fünfundsiebzig Meilen zurücklegen. Das bedeutet elf Tage – acht Tage von heute an.« Dann berechnete ich noch einige andere Entfernungen und addierte alles rasch im Kopf. »Wir können es schaffen!« verkündete ich erleichtert.

»Ich vermag Euren Gedankengängen nicht ganz zu folgen, Polgara«, gestand Andrion.

»Meine Armee steht einsatzbereit am Nordufer des Camaarflusses – unmittelbar an der Stelle, wo Nord- und Südstrom sich gabeln. Von dort bis Seline sind es gut zweihundert Meilen. Mit einem Gewaltmarsch sollte mein Heer Seline in sieben Tagen erreichen können. Die Asturier werden etwa einen Tag brauchen, um von der Küste nach Seline zu marschieren. Also wird meine Armee vor ihnen dort Stellung bezogen haben.«

»Ihr seid bemerkenswert bewandert in Fragen der militärischen Strategie, Polgara«, merkte Andrion an.

»Für eine Frau, wolltet Ihr sagen, nicht wahr? Ich lebe jetzt seit sechshundert Jahren in Arendien, Andrion, und deshalb habe ich eine *Menge* Erfahrung mit militärischen Dingen.«

»Ich werde mein Heer zu Eurer Unterstützung schicken«, bot er an.

»Ihr müßt Eure eigenen Grenzen verteidigen, Andrion.«

»Gegen wen, werte Dame?« antwortete er mit einem Lächeln. »Garteon hat all seine Truppen dem Angriff auf die nördlichen Gefilde Eures Reiches verschrieben. Er besitzet keinerlei Streitmacht, die er gegen mich aufzubieten vermöchte.« Dann bedachte er mich mit einem lausbübischen Grinsen. »Außerdem«, sagte er in gewöhnlicher Sprache, »warum sollt Ihr den ganzen Spaß haben?«

»Du liebe Güte!« seufzte ich.

»Betrüblicherweise entdecke ich einen Makel an diesen Euren Berechnungen, Mylady Polgara«, wandte Lathan ein. »Eure Armee steht zwei harte Tagesritte von hier im Feld, und Ontrose selbst weilt in Eurem Landsitze am Ufer des Sees Erat. Es wird, so dünket mich, manchen Aufschub geben, eh Eure Streitmacht gen Seline zu ziehen vermag.«

»Ich verfüge über gewisse Vorteile, Lathan«, rief ich ihm ins Gedächtnis. »General Halbren, der zweite Befehlshaber meines Kämpen, ist ein unerschütterlicher, praktisch denkender Mann, der zweifellos Truppen über lächerliche zweihundert Meilen zu bewegen versteht. Noch vor Ende des Tages werde ich mit ihm und nicht viel später mit Ontrose sprechen.« Ich starrte wieder auf die Landkarte. »Halbren kann den Marsch schaffen«, entschied ich. »Ich denke, ich werde Ontrose umgehend nach Seline entsenden, um die dortigen Stadtmauern zu verstärken. Eure Armee wird drei Tage nach der meinen eintreffen, und ich möchte sicherstellen, daß wir die Stadt noch halten, wenn Ihr dort ankommt.«

»Und dann falle ich Garteon in den ungeschützten Rücken und zermalme ihn an den unnachgiebigen Wällen der Stadt zu Hundefutter«, versprach Lathan mit ausdrucksloser Stimme.

»Ich bin sicher, die Hunde werden das zu schätzen wissen«, erwiderte ich leichthin. »*Ihr* geht jedoch jetzt unverzüglich zu Bett. Seine Gnaden hier kann den Marschbefehl für Eure Armee erteilen. In spätestens einem Tag habt Ihr sie eingeholt.«

»Ich befehlige die Armee, Euer Gnaden«, widersprach er. »Es ist meine Pflicht, sie anzuführen.«

»Sie kennen den Weg nach Norden, Baron. Dafür brauchen sie nicht Euch als Wegweiser an der Spitze. Gönnt Euch ein wenig Schlaf. Ihr steht kurz davor, zusammenzubrechen.«

»Aber –«

»Kein aber, Lathan! Geht in Euer Zimmer! Sofort!«

»Jawohl, Ma'am«, kapitulierte er.

Mich beschlich ein merkwürdiges, nagendes Gefühl,

daß irgend etwas mit Baron Lathan nicht stimmte. Ich wußte, er war erschöpft, aber seine ganze Art wirkte in gewisser Weise eher tot als müde. Ich hatte aber keine Zeit, meinem Verdacht auf den Grund zu gehen. Ich trat auf den Balkon des Gemaches hinaus, in dem wir soeben unsere Besprechung abgehalten hatten, und verwandelte mich in die mittlerweile vertraute Gestalt des Falken.

General Halbren war ein vierschrötiger Mann, der sich hochgedient hatte, und nicht seinen Rang als Zugabe zu einem Adelstitel erhalten hatte. Er war durch und durch Berufskrieger, und ich hegte großen Respekt für ihn. Sorgsam wog er die Nachricht ab, die Baron Lathan aus Asturien gebracht hatte, um dann einige geringfügige Änderungen an meiner geplanten Reaktion auf die drohende asturische Invasion vorzuschlagen. »Es besteht immer die Möglichkeit, daß Herzog Garteon einen Vorstoßtrupp schickt, um Seline einzunehmen, bevor der Hauptteil seines Heeres eintrifft, Euer Gnaden«, stellte er heraus. »Dreißig Meilen pro Tag ist vermutlich das Äußerste, was wir aus unseren Fußsoldaten herausholen können, unsere Kavallerieeinheiten hingegen können größere Entfernungen zurücklegen. Falls Ihr keine Einwände habt, kommandiere ich die Kavallerie ab und schicke sie voraus – für alle Fälle.« Er lächelte flüchtig. »Graf Ontrose ist sehr gut, aber Seline ganz allein zu halten, dürfte selbst seine Kräfte übersteigen.«

»Das würden wir doch nicht wollen, nicht wahr, Halbren?« stimmte ich ihm zu. »Ich werde jetzt zu meinem Haus weiterreisen, und ich sage ihm, er soll die Verstärkungen in –«, ich stockte. »In wie vielen Tagen kann er mit ihnen rechnen?«

»Vier, Euer Gnaden. Höchstens fünf. Es wird ein bißchen hart für die Pferde werden, aber bei der Verteidigung von Seline brauchen wir sie nicht, so daß sie sich ausruhen können.«

»Was immer Ihr für angemessen erachtet, hochwerter

General«, erwiderte ich mit einem übertriebenen Hofknicks.

»*Muß* das sein, Mylady?« seufzte er.

Ich lachte und entfernte mich ein Stück von dem geordneten Feldlager, um wieder mein Gefieder anzulegen.

Alles in allem war ich nicht unzufrieden damit, wie sich die Dinge entwickelten. Baron Lathans Mut und Unternehmungsgeist hatten uns gerade genug Spielraum verschafft, um uns auf Garteons geplante Invasion vorbereiten zu können. Ich hatte ausreichend Zeit, um sämtliche Zivilisten in der Gegend zu evakuieren, so daß meine Verluste geringfügig bleiben würden, und wenn Herzog Garteons Armee erst einmal dezimiert wäre, bliebe ihm keine andere Wahl als die Kapitulation. Die Schlacht von Seline würde höchstwahrscheinlich eine weitere Generation des Friedens in Arendien gewährleisten.

Es war Abend, als ich im Garten meines Landsitzes am Eratsee landete. Dann nahm ich meine eigene Gestalt an und hielt nach Ontrose Ausschau. Ich traf ihn in meiner Bibliothek an, wo er eine Landkarte studierte. Es war kindisch, ich weiß, aber ich hatte ihn mehrere Wochen nicht gesehen, und so schlich ich mich von hinten an ihn heran und hielt ihm die Augen zu. »Ratet, wer ich bin«, hauchte ich in sein Ohr.

»Lady Polgara?« fragte er in überraschtem Tonfall.

»Ihr habt gemogelt«, warf ich ihm vor. »Das ist nicht fair.« Dann küßte ich ihn – mehrmals, um genau zu sein.

Und dann küßte er mich. Es war nur ein Kuß, aber er währte ziemlich lange. Danach drehte sich alles um mich, und ich atmete tief. Recht unschickliche Gedanken bemächtigten sich meiner. Trotzdem kam ich zu dem Schluß, es sei eine gute Idee, ihn über unsere derzeitige Lage zu informieren – unbedeutende Kleinigkeiten wie Armeen durch das Land marschieren zu lassen, Städte zu verteidigen und die Asturier vom Antlitz der Erde zu fegen –, ehe wir uns wichtigeren Dingen zuwandten.

Die Neuigkeit schreckte meinen Kämpen auf. »Seid Ihr Euch dessen sicher, Polgara?« fragte er. Das war das erste Mal, daß er mich mit meinem Namen anredete, und es fügte sich nahtlos in die Pläne ein, die ich für den weiteren Verlauf dieses Abends hatte.

»Die Information stammt von Baron Lathan, Liebster«, versicherte ich ihm. »Er schlich sich heimlich davon und ging nach Asturien, ohne Herzog Andrion und mir etwas von seinem Vorhaben zu erzählen. Er hörte mit eigenen Ohren, wie Garteon und seine Handlanger ihren Plan besprachen, und er beobachtete mit eigenen Augen die Einschiffung der asturischen Armee.«

»Ich würde Lathan mein Leben anvertrauen, Polgara«, sagte er, »und sein Wort ist über jeden Zweifel erhaben. Ich muß zu Pferd.«

»Wozu um alles auf der Welt?«

»Ich muß gen Süden reiten und unsere Truppen schnellstmöglichst nach Seline führen.«

»Legt Euren Sattel wieder beiseite, Lieber«, riet ich ihm. »Ich habe auf meiner Reise nach Norden in unserem Heerlager halt gemacht. General Halbren wird bei Morgengrauen nach Seline marschieren. Er schlägt vor, daß Ihr Euch geradewegs von hier nach Seline begebt, um die Stadtmauern gegen den asturischen Angriff vorzubereiten. Er schickt seine berittenen Einheiten voraus, damit Ihr über genügend Truppen verfügt, um mögliche frühe Angriffe durch Eliteregimenter abzuwehren.«

»Halbren ist ein höchst praktisch denkender Mensch«, stimmte Ontrose dem Vorschlag zu. »Wir dürfen uns glücklich schätzen, ihn zu haben.«

»Das ist noch nicht alles, Ontrose«, ließ ich ihn wissen. »Baron Lathan wird die wacitische Armee gen Norden führen. Er dürfte etwa einen Tag nach dem ersten asturischen Angriff vor Seline eintreffen.«

»Lieber, lieber Lathan!« Ontrose gluckste fast vor Vergnügen. »Mit vereinten Kräften werden wir Garteons Heer gewißlich vernichten, und über das arme Arendien wird sich wieder der Mantel süßen Friedens breiten.«

Ich liebte Ontrose beinah abgöttisch, aber die Verbindung von ›vernichten‹ und ›süßem Frieden‹ schien sich in meinen Augen ein ganz klein wenig zu widersprechen. Ontrose war schließlich Dichter, so daß er mit diesen Ausdrücken ein wenig vorsichtiger hätte umgehen sollen.

»Habet Ihr all diesem Allerlei von Ereignissen zufällig Zahlen zugeordnet, Pol?« fragte er.

»Was für Zahlen?«

»Tageszahlen, Euer Gnaden. Wann ist Garteons Flotte losgesegelt?«

»Oh, jetzt verstehe ich. Garteons Streitmacht hat Vo Astur vor drei Tagen verlassen. Meinen Berechnungen zufolge wird er elf Tage lang auf See sein – von heute an acht Tage. Halbren sollte in sieben Tagen in Seline eintreffen. Angenommen, die Asturier benötigen einen Tag für den Marsch auf Seline, werden wir ihn am zwölften Tag vor den Mauern von Seline zu Gesicht bekommen. Lathan dürfte am dreizehnten Tag eintreffen.«

»Und am fünfzehnten wird Garteons Heer nicht mehr sein«, versprach mein Kämpe in grimmigem Ton. »Eure Strategie ist meisterhaft, Geliebte.«

»Sogar noch besser, wie es aussieht«, hauchte ich, und eine warme Glut durchströmte meinen Körper.

»Ich fürchte, ich verstehe den Sinn Eurer Rede nicht, Pol«, gestand er.

»Ich spreche nicht von diesem belanglosen Krieg, Liebster«, versetzte ich ziemlich selbstgefällig. »Dieses ›Geliebte‹, welches Euch soeben entfleuchte, klang für mich sehr nach Kapitulation. Warum begeben wir uns nicht an einen passenderen Ort und erörtern die Angelegenheit ausführlicher?«

Deutlicher kann man kaum werden, nicht wahr?

Er küßte mich zärtlich, und ich gestehe, daß ich um ein Haar in seinen Armen in Ohnmacht gefallen wäre. Doch dann, mit einem Blick übermenschlichen Edelmuts, löste er sanft meine Arme von seinem Hals. »Die Erregung des Augenblicks hat, so will mir scheinen, unser beider Blut über die Grenzen des Schicklichen und Geziemenden hinaus in Wallung versetzet, liebste Polgara«, erklärte er nicht ohne ein gewisses Bedauern. »Lasset uns nicht Empfindungen anheimfallen, die aus der Aussicht auf den bevorstehenden Krieg geboren sind. Ich will nun zu Pferde, um Eure gefährliche Nähe zu fliehen. Gen Seline muß ich, um unsere Verteidigung in die Wege zu leiten, und die kühle Nachtluft wird vielleicht die ungebührliche Hitze dämpfen, die mein Blut entflammt. Lebewohl, Geliebte. Lasset uns diese Angelegenheit ein andermal erörtern.«

Und er drehte sich um und verließ den Raum.

»Ontrose!« schrie ich ihm hinterher. »Du kommst jetzt sofort zurück!«

Ihr werdet es nicht glauben, aber er mißachtete meinen Befehl.

Ich befand mich in meiner eigenen Bibliothek, und viele der Gegenstände dort waren mir teuer. Ich verließ den Raum ziemlich schnell und stapfte durch die Eingangshalle in die Küche, wo ich Dinge gegen die Wand zu schmeißen begann.

Malon Killaneson, mein Seneschall, kam herbeigerannt. »Euer Gnaden!« rief er aus. »Was tut Ihr denn da?«

»Ich zerschlage Geschirr, Malon!« brüllte ich zurück. »Und du machst jetzt besser, daß du hier rauskommst, denn ich bin drauf und dran, Menschen hinterherzuwerfen!«

Er floh.

Am folgenden Morgen verwandelte ich mich nach einer schlaflosen Nacht wieder in den Falken. Mit großer Willenskraft widerstand ich dem Drang, Ontrose nachzujagen und ihn von seinem Pferd zu zerren. Statt dessen flog ich südwärts. Ich mußte mich dringend ablenken, und außerdem war es wichtig, Herzog Andrion auf dem laufenden zu halten.

Ich traf Andrion auf den Stadtmauern an. Er war in voller Rüstung. Ich flatterte mit den Flügeln, glitt in den Schatten hinter einem vorspringenden Strebepfeiler und nahm wieder meine eigene Gestalt an. Wenn es nicht absolut notwendig ist, versuche ich das nicht in Gegenwart von anderen zu tun. Ich hatte Andrion in letzter Zeit nicht mehr geprüft, so daß ich mir nicht hundertprozentig sicher sein konnte, daß sein Herz noch rein war. Dann trat ich hinter dem Strebepfeiler hervor. »Guten Morgen, Andrion«, begrüßte ich ihn.

Er wirkte überrascht. »Mich dünkte, es sei Euer Willen gewesen, Euch gen Norden zu begeben, Polgara. Was hat Euch aufgehalten?«

»Ich bin bereits im Norden gewesen, Andrion«, eröffnete ich ihm. »General Halbren ist auf dem Marsch, und Graf Ontrose reitet unverzüglich nach Seline. Alles verläuft nach Plan. Wenn Garteon Seline erreicht, erwarten wir ihn schon. Was macht Ihr in dieser dummen Rüstung?«

»Mir will es scheinen, als wäret Ihr heute morgen ein wenig unpäßlich, Polgara.«

»Wahrscheinlich habe ich etwas Falsches gegessen. Was *macht* Ihr?«

»Posieren, Pol, nur posieren. Jetzt, da sowohl Lathan als auch Ontrose anderweitig beschäftigt sind, ist mir der Befehl über die hiesige Garnison zugefallen. Ich habe mich also in Schale geworfen, und nun posiere und gestikuliere ich hier auf den Wällen und versichere den guten Bürgern von Vo Wacune, daß sie keine Angst zu haben brauchen, wo doch ›ein solch mächtiger Recke zwischen ihnen und den üblen Asturiern steht‹.«

»Aber es macht auch Spaß, nicht?«

»Ach –«, antwortete er ein bißchen wegwerfend, und wir mußten beide lachen.

»Laßt uns in den Palast zurückgehen, Pol«, schlug er vor. »Ich habe mich für den heutigen Morgen hinreichend gezeigt, und auf den Duft, der diesem Eisengewande entsteigt, kann ich gut verzichten.«

»Das sollten wir wohl«, stimmte ich ihm zu, »*falls* Ihr versprecht, auf der windabgewandten Seite zu gehen.«

Nachdem wir in den Palast zurückgekehrt waren und Andrion sich seiner stählernen Rüstung entledigt hatte, gingen wir in sein Arbeitszimmer, um die Lage zu erörtern.

»Es klingt möglicherweise, als wiederhole ich mich, Andrion«, begann ich, »aber ich bin mir nahezu sicher, daß hinter dieser Sache ein Grolim steckt. Der asturische Geist ist das perfekte Ziel für die Spitzfindigkeiten der Grolims. Mir ist noch nie ein asturisches Komplott begegnet, das seinen Ursprung *nicht* bei den Grolims gehabt hätte. Seit die Murgos vor gut neunhundert Jahren die Landbrücke überquert haben, ist Ctuchik davon besessen, einen großen Krieg unter den Königreichen des Westens zu entfachen. Er wünscht sich sehnlich einen Flächenbrand, und stets geht er nach Asturien, um sich Zunder zu besorgen.«

»Der Krieg der Götter endete vor zweitausend Jahren, Pol«, widersprach Andrion.

»Nein, mein Lieber, das tat er nicht. Er ist noch im Gange, und wir stecken in diesem Augenblick mittendrin. Ich glaube, wenn die Schlacht um Seline vorbei ist, gehe ich nach Asturien und fange an, ein paar Bäume auszureißen, bis ich Garteons zahmen Grolim finde. Dann bringe ich ihn – Stück für Stück – nach Rak Cthol und laß ihn Ctuchik auf den Kopf fallen.« Ich stieß die Worte zwischen den Zähnen hervor.

»Ihr seid heute wirklich unpäßlich, Polgara«, beobachtete er. »Habt Ihr und Euer Kämpe Euch zufällig überworfen?«

»So würde ich es nicht nennen, Andrion«, entgegnete ich. »Es war eher eine Meinungsverschiedenheit.«

»Über eine militärische Frage?«

»Nein. Es ging um etwas Wichtigeres. Ontrose *wird*

sich indes meiner Sicht der Dinge anschließen. Das verspreche ich Euch.«

»Es schmerzt mich, Euch und Euren Kämpen solcherart miteinander hadern zu sehen«, sagte er. »Darf ich meine Dienste als Vermittler anbieten?«

Die Vorstellung, Herzog Andrion könne in dieser Situation als Liebesbote auftreten, kam mir aus irgendeinem Grund unglaublich komisch vor, und ich brach in Gelächter aus. »Nein, mein lieber Andrion«, wehrte ich ab. »Das müssen Ontrose und ich selbst klären. Trotzdem danke für das Angebot.«

KAPITEL 22

Den Rest des Tages verbrachte ich in meinem Stadthaus in Vo Wacune. Die Bemerkung meines Kämpen, wir sollten unser erhitztes Blut abkühlen, erschien mir just in diesem Augenblick sehr sinnvoll. Schließlich *mußten* wir diesen belanglosen kleinen Krieg aus der Welt schaffen, bevor wir uns ernsteren Dingen zuwenden konnten.

Die Temperatur meines Blutes sank jedoch nicht merklich, und am nächsten Morgen war ich soweit, Wände hochzugehen. Ich gab auf und flog nordwärts, um die Position unserer beiden Armeen zu überprüfen.

Lathans wacitische Armee überquerte gerade den Camaar. Er und ich führten ein kurzes Gespräch am nördlichen Flußufer, während wir verfolgten, wie kleine Boote und Flöße seine Truppen übersetzten. »Alles geht wie geplant vonstatten, Euer Gnaden«, berichtete er mir mit jener merkwürdig leeren Stimme, die mir schon aufgefallen war, als er Andrion und mir zum erstenmal von dem asturischen Plan erzählt hatte.

»Was ist los, Lathan?« fragte ich ihn geradeheraus. »Ihr wirkt irgendwie traurig.«

Er seufzte. »Es ist ganz ohne Belang, Euer Gnaden«, antwortet er. »Und wird alsbald wiedergutgemacht sein. Das Ende meiner Unzufriedenheit zeichnet sich nun deutlich ab. Ich werde überaus froh sein, wenn es hinter mir liegt.«

»Das hoffe ich doch sehr, lieber Lathan«, ließ ich ihn wissen. »Ihr seid so düster wie ein Regentag. Nun, wenn Ihr mich entschuldigen wollt, ich schaue jetzt lieber, wo General Halbren steckt.«

General Halbren hatte inzwischen das Nordende des Sulturnsees erreicht. Er unterrichtete mich davon, daß ein einlaufender tolnedrischer Kauffahrer vor drei Tagen die asturische Flotte etwa acht Meilen vor der Küste auf der Höhe von Camaar gesichtet hatte – ein klarer Beweis, daß alles wie geplant lief. Den Rest des Tages über ritt ich an der Seite meines zuverlässigen Generals, weil ich meine nächste Begegnung mit Ontrose bewußt hinausschob. Ich war mir nicht ganz sicher, ob ich nicht etwas höchst Unschickliches tun würde, wenn ich ihn wiedersah. Allein der Gedanke an meinen wunderschönen Kämpen bereitete mir Herzklopfen.

Es mag gut dieses Herzklopfen gewesen sein, das meine Handlungsweise am darauffolgenden Morgen bestimmte. Offensichtlich war ich noch nicht bereit, Ontrose wiederzusehen, und so entschied ich mich, über das Große Meer des Westens zu fliegen, um die genaue Position der asturischen Flotte zu erkunden. Falls der Wind für sie günstig stand und aus Süden blies, müßten wir unsere Zeitberechnungen womöglich neu überdenken.

Ich überflog die Küste bei der heutigen Stadt Sendar und schraubte mich dann in den Himmel empor, bis ich eine Höhe von mehreren tausend Fuß erreicht hatte. Von dort aus konnte ich dreißig Meilen in jede Richtung sehen. Falls General Halbrens Information richtig war, sollte sich die feindliche Flotte ungefähr dort befinden, wo ich aufs offene Meer hinausgeflogen war. Sie war jedoch nirgends zu sehen, und das machte mich *sehr* nervös. Vielleicht hatte ich ihre Geschwindigkeit ja unterschätzt. Also drehte ich ab und flog in Richtung Norden die Küste entlang, den Blick immer auf die Seeseite gerichtet. Keine Flotte war zu sehen. Gegen Spätnachmittag hatte ich die Spitze jener ins Meer ragenden Halbinsel umrundet, und ich wußte, daß sie unmöglich in sechs Tagen so weit hatten kommen können. Aber Garteon hatte wahrscheinlich einen Grolim zur Verfügung und all die Möglichkeiten, die sich daraus ergaben.

Grimmig entschlossen flog ich weiter, und gerade als die Abenddämmerung den Himmel über mir in ein tiefes Purpur verwandelte, erreichte ich die Mündung des Selineflusses. Auch dort waren keine Schiffe gleich welcher Art. Ich befand mich am Rande der Erschöpfung, so daß ich mich herunterschraubte und mich auf eine Eiche in der Nähe des Strandes hockte. Vielleicht waren Garteons Schiffe *langsamer* und nicht schneller gewesen, als ich es erwartet hatte. Das bedeutete, ich mußte den ganzen Weg zurückfliegen und die Schiffahrtswege nach Süden anstatt hier oben im Norden absuchen. Ich *würde* diese Flotte finden.

Ich raffte mich wieder auf, als die Dämmerung den Himmel im Osten überhauchte, und flog, in alle Richtungen Ausschau haltend, nach Süden.

Es war etwa eine Stunde nach Mittag, als ich sie endlich fand. Sie befanden sich nur dreißig Meilen nördlich von Camaar, und würdet ihr mir glauben, wenn ich euch erzählte, daß sie vor *Anker* lagen? Was ging hier vor? Ich machte kehrt, überflog die Küstenlinie und machte Rast auf einem toten Aststumpf im Sumpfland nördlich von Camaar.

Das ergab keinen Sinn! Wenn man einen Eroberungsfeldzug plant, legt man doch auf dem Weg keinen Urlaubstag ein! Hier ging etwas sehr Merkwürdiges vor. Eines aber war absolut sicher. Ich mußte Ontrose diese Neuigkeit übermitteln. Diese überraschende Wendung der Ereignisse hatte wenigstens mein Herzklopfen kuriert, und so schwang ich mich in die Lüfte und flog nordwärts über die Sümpfe, bis ich wieder festen Boden erreichte. Dann landete ich auf der Erde, nahm wieder meine eigene Gestalt an und benutzte Translokation anstelle von Federn.

So hüpfte ich von Bergspitze zu Bergspitze. Das hört sich möglicherweise nach einer ziemlich ruckhaften Art der Fortbewegung an, aber wenn die Bergspitzen zehn oder zwölf Meilen voneinander entfernt liegen, ermöglicht sie, in aller Eile große Strecken zurückzulegen.

Die Dämmerung brach schon fast herein, als ich Seline erreichte. Ich machte mich sofort auf die Suche nach Ontrose.

Ich fand heraus, daß er im Haus des obersten Beamten von Seline, eines alten Freundes von mir, Quartier genommen hatte. Es gelang mir ohne große Mühe, in das Gebäude zu gelangen, um meinen Geliebten zu sehen.

Er erhob und verbeugte sich bei meinem Eintreten. »Euer Gnaden«, begrüßte er mich förmlich. »Bereite ich Euch noch immer Verdruß?«

Ich erschrak ein wenig, weil mir wieder einfiel, was ich ihm hinterhergeschrien hatte, als er meinen Landsitz verließ. »Nein, lieber Ontrose«, versicherte ich ihm. »Ich habe ein paar Teller zerbrochen, nachdem Ihr gegangen wart, und danach fühlte ich mich besser.«

Er warf mir einen verdutzten Blick zu.

»Das ist eine Angewohnheit von uns Frauen, Ontrose. Ihr würdet es nicht verstehen. Aber wie dem auch sei, ich bin auf ein Rätsel gestoßen, und ich denke, ich brauche Eure Hilfe, um es zu lösen.«

»Wenn es in meiner Macht steht«, erklärte er bescheiden.

»Das *hoffe* ich doch, denn *ich* kann mir keinen Reim darauf machen. Nachdem Ihr vor mir weggelaufen wart, ging ich nach Vo Wacune, um Andrion über unsere Fortschritte in Kenntnis zu setzen, und dann kam ich wieder in den Norden. Baron Lathan setzte seine Armee über den Camaarfluß über, und General Halbren hatte Sulturn gerade in Richtung Norden verlassen, so daß also alles nach Plan verlief.«

»Das ist überaus tröstlich zu hören«, warf er ein.

»Freut Euch daran, solange Ihr es noch könnt, Ontrose, denn jetzt kommt das Rätsel.«

»Oh?«

»Ich flog hinaus über das Große Meer des Westens, um herauszufinden, wo genau Garteons Flotte steckte. Ich brauchte eine Zeitlang, aber schließlich fand ich sie.

Sie liegen dreißig Meilen nördlich von Camaar vor Anker.«

»Was?«

»Garteons Flotte bewegt sich nicht von der Stelle, Ontrose. Das Rätsel, das ich vorhin erwähnte, bezieht sich auf das ›warum‹. Ich kann mir nicht einmal ansatzweise vorstellen, was er im Schilde führt.«

»Seid Ihr sicher?«

»O ja, Ontrose, absolut sicher. Aber ich hielt es für keine gute Idee, hinunterzufliegen und sie zu fragen. Deshalb bin ich hierher gekommen. Gibt es irgendeinen vernünftigen Grund für eine Seestreitmacht, auf diese Weise anzuhalten?«

»Nicht, daß ich wüßte, Euer Gnaden.«

»Polgara«, berichtigte ich ihn. »Das ›Euer Gnaden‹ haben wir vor ein paar Tagen hinter uns gebracht, wenn ich mich recht entsinne.«

»Ich möchte Euch keinesfalls durch unhöfliche Vertraulichkeit kränken«, erläuterte er.

»Es ist die *Förmlichkeit*, die ich an diesem Punkt unhöflich finde, Schatz«, erklärte ich unumwunden. »Aber darüber können wir uns später streiten. Im Augenblick haben wir dieses Problem, das geradezu nach einer Lösung schreit.«

»Es *gibt* eine mögliche Antwort, Polgara«, überlegte er.

»Ich bitt Euch, kläret mich auf – oder weiset mir den Weg zu den nächsten Tellern.«

Er lachte. »In der Tat sehe ich keine *andere* mögliche Lösung. Gewiß liegt die Flotte vor Anker, weil sie auf etwas wartet. Befinden sie sich in Sichtweite des Landes?«

»Nein.«

»Dann würde ich mich zu der Annahme versteigern, daß es kein Signal ist, auf das sie warten.«

»Wahrscheinlich nicht, nein.«

»Dann muß es sich um einen bestimmten Zeitpunkt handeln. Offensichtlich sind sie schneller vorwärtsgekommen als vermutet, so daß sie nun eine Pause einlegen müssen, damit ihr Zeitplan wieder stimmt.«

»Das leuchtet wohl ein, Ontrose. Sie warten auf etwas – sie bummeln nicht einfach herum.«

»Aber dies gibt uns ein weiteres Rätsel auf«, sinnierte er stirnrunzelnd. »Einen bestimmten Zeitpunkt für eine militärische Unternehmung festzusetzen, ist nicht üblich, aber eine solche Vorgehensweise impliziert offenkundig die Notwendigkeit einer Abstimmung – ein Truppenteil greift hier an, während ein anderer gleichzeitig dort angreift. Diese Strategie liegt nahezu jedem Feldzug zugrunde.«

»Das ergibt Sinn, ja.«

»Aber mit *wem* müssen sie sich abstimmen? Lathan hat uns versichert, daß Garteons gesamte Armee sich im Hafen von Vo Astur eingeschifft hat. Dies vorausgesetzt, wen gibt es in Asturien noch, mit dem man sich abstimmen könnte?«

»Vielleicht eine ausländische Macht?« schlug ich zögernd vor. »Aber weder die Alorner noch die Tolnedrer würden sich in innerarendische Streitigkeiten hineinziehen lassen. *Dafür* habe ich schon vor Jahrhunderten gesorgt!«

Meinem Kämpen gingen plötzlich die Augen auf. »Unmöglich!« entfuhr es ihm.

»Aber so *war* es, Liebster«, versicherte ich ihm. »Ran Borune I. und ich haben den Vorduviern, Honetithern und Horbitern vor über hundert Jahren bei lebendigem Leib das Fell über die Ohren gezogen, damit sie sich nicht in arendische Angelegenheiten einmischen, und mein Vater hat die Alorner fest im Griff.«

»Das meinte ich gar nicht, liebe Polgara«, beteuerte er. »Mir ist nur plötzlich in den Sinn gekommen, daß Baron Lathan nicht eben unbekannt in Arendien ist. Ganz Arendien hat unseren Waffengang auf dem Arendischen Rat verfolgt, als ich das begehrte Amt als Euer Kämpe erringen konnte. Könnte es nicht sein, daß Garteon oder einer seiner Handlanger unseren lieben Freund in Vo Astur beobachtet – und erkannt – und sodann die Einschiffung der asturischen Streitmacht in Szene gesetzt hat, um ihn zu täuschen und seinen Bericht zu verfälschen?«

»Daran hatte ich noch gar nicht gedacht, Ontrose«, räumte ich ein. »Nachdem Lathan all jene Truppen im Hafen von Vo Astur hatte an Bord gehen sehen, wäre es ein Leichtes gewesen, die Schiffe zehn Meilen flußabwärts zu segeln und all diese Soldaten an einem menschenleeren Flußufer wieder an Land zu setzen, wo kein Lathan mehr in der Nähe war. Worauf es letzten Endes hinausläuft, liebes Herz, ist, daß wir *wissen*, daß Garteon eine Armee hat, nicht jedoch, wo genau er sie stehen hat.«

»Ich muß zu Pferde!« rief er aus.

»Ontrose, lieber Ontrose, ich wünschte wirklich, Ihr hörtet endlich damit auf. Wohin wollt Ihr denn? Und erzählt mir nicht, Ihr hättet noch immer Angst vor dem, was ich Euch antun könnte.«

»Ich muß sogleich mit Lathan sprechen. Wenn wir getäuscht worden sind, ist alles verloren.«

»Nicht unbedingt verloren, aber wir *wären* übel ausmanövriert. Laßt Euer Pferd schlafen. *Ich* werde Euch zu Lathan bringen.«

»Aber –« wollte er einwenden.

»Vertrau mir, Liebster«, sagte ich, während ich ihm zärtlich meinen Finger auf die Lippen legte. Dann, solange sie noch so gut erreichbar waren, ging ich einen Schritt weiter und küßte jene weichen Lippen – nur um mich zu vergewissern, ob sie noch genauso gut schmeckten wie beim letzten Mal, ihr versteht?

»Lady Polgara?« fragte er unsicher.

»Es ist nicht höflich, mich zu unterbrechen, wenn ich beschäftigt bin, Schatz«, erklärte ich mit fester Stimme. Dann küßte ich ihn noch einmal. »Nun«, seufzte ich mit einem gewissen Bedauern, »das ist für den Moment wohl genug, nehme ich an.« Mir war soeben ein Verdacht gekommen, der meinem Kämpen ganz gewiß nicht gekommen war. Ontrose war trotz all seiner Weltläufigkeit ein Unschuldslamm, wenn es um Politik ging. Seine lebenslange Freundschaft mit Lathan machte es ihm unmöglich, dem Baron zu mißtrauen. Ich hingegen hatte in meinem Leben schon zuviel Betrug erlebt, um nicht stets etwas gesundes Mißtrauen zu bewahren. »In wenigen Minuten werden wir Baron Lathan einen Besuch abstatten«, versprach ich ihm. »Wenn wir uns mit ihm unterhalten, wäre es mir lieber, du würdest nichts von unseren unklaren Vermutungen bezüglich des Standorts von Garteons Armee erwähnen.«

»Ich muß gestehen, daß ich Euch nicht zu folgen vermag, Geliebte.«

»Wir sollten ihn nicht mit *unseren* Mutmaßungen verwirren, Ontrose. Laß ihn seine eigenen Schlüsse ziehen. *Seine* Antwort kommt der Wahrheit möglicherweise näher als unsere. Wir sollten uns diese Möglichkeit nicht von vornherein verbauen. Du erzählst ihm einfach, daß Garteons Flotte vor Anker liegt, und dann deutest du die Möglichkeit eines wichtigen Termins an. Davon soll er ausgehen, und dann schauen wir einmal, zu welchem Ergebnis *er* kommt. Lathan verfügt über einen wachen Verstand, und wir wären Narren, auf seinen Scharfsinn zu verzichten.«

»Ihr seid beachtlich weise, meine Geliebte«, sagte er bewundernd.

»Du bist der *netteste* Junge weit und breit, Ontrose«, erwiderte ich, wobei ich ihm zärtlich die Hand an die Wange legte.

»Wie gedenket Ihr uns ins Heerlager Lathans zu verbringen?« erkundigte er sich.

»Es ist vermutlich besser, wenn du nicht zu viele Einzelheiten erfährst, Liebster«, unterrichtete ich ihn. »Es ist wirklich nicht wichtig und würde dich nur durcheinanderbringen. Gib dich nur ganz in meine Hand und vertrau mir.«

»Mit meinem Leben, Geliebte.«

Ich entschloß mich, ihn *nicht* in eine Feldmaus zu verwandeln, wie ich es weiland mit dem armen Killane getan hatte. Ich wollte ihn nicht erniedrigen, und ich wollte, daß er einen klaren Kopf hatte, wenn er mit Lathan sprach – für alle Fälle. Auf meinen Vorschlag hin begaben mein Kämpe und ich uns zu einem kleinen Hain außerhalb der Stadt. Es war kurz vor Mitternacht, aber der Vollmond erleuchtete die Nacht fast taghell. Ich berührte die bleiche Stirn meines Geliebten mit meiner Hand und flüsterte: »Schlaf!«, was er auch tat. Dann sammelte ich meinen Willen und schrumpfte ihn.

Es hört sich nicht schön an, ich weiß, aber so hat es sich zugetragen.

Als der Vorgang abgeschlossen war, glich mein Kämpe einer kleinen Statuette von vielleicht sechs Zoll, und er wog nicht mehr als ein paar Unzen. Ich hielt ihn ein Weilchen in meiner Hand, dann zuckte ich die Schultern, wickelte ihn in ein Taschentuch und steckte ihn in mein Mieder, um ihn nicht zu verlieren.

Denkt nicht einmal daran, eine kluge Bemerkung zu machen! Ich meine es ernst!

Ich nahm wieder zur Translokation Zuflucht, obwohl das des Nachts ein wenig heikel ist – selbst bei Vollmond.

Baron Lathans Armee stand mittlerweile ein Stück nördlich von Sulturn, und mit Hilfe der Wachtfeuer konnte man sein Lager leicht finden. Ich unternahm meinen letzten Sprung auf eine offene Hügelkuppe ungefähr eine halbe Meile von seinen Feldwachen entfernt. Dann schaute ich mich vorsichtig um, griff in mein Mieder und holte meinen Kämpen heraus. Behutsam legte ich ihn ins Gras, kehrte den Vorgang um, der ihn verkleinert hatte, und sagte schließlich: »Wach auf, Liebster!«

Er schlug die Augen auf und fuhr sich über die Stirn. »Mir will scheinen, als hätte ich an einem Orte geweilt, der wunderbar warm war«, bemerkte er.

»Ja«, pflichtete ich ihm bei. Ich hielt es nicht für nötig, ihn darüber aufzuklären, wo *genau* er die letzte halbe Stunde verbracht hatte. Nun, da ich darüber nachdenke, war es dort vermutlich recht warm gewesen.

Er sah sich um. »Wo genau befinden wir uns, meine Geliebte?« erkundigte er sich.

»Nördlich von Sulturn, Liebster«, antwortete ich ihm. »Dort unten im Tal, das ist Lathans Heerlager.«

»Mich dünket, ich schlief lange.«

»Etwa eine halbe Stunde«, sagte ich. »Fang nicht damit an, Meilen und Minuten zu zählen, liebes Herz. Davon bekommst du nur Kopfschmerzen. Laß uns einfach sagen, es war eine ›jener Sachen‹, und es dabei bewenden.«

»Ich lasse mich darin völlig von dir leiten, Geliebte.«

»Gut. Du wirst dich bei den Wachtposten ausweisen müssen. Laß deinen Rang spielen, wenn es nötig ist. Wir müssen so schnell wie möglich mit Lathan sprechen.«

Er straffte seine Schultern, bot mir seinen Arm, und gemeinsam schritten wir den Hügel hinunter. Wir brauchten ungefähr zehn Minuten, um uns unseren Weg durch das wacitische Lager zu Baron Lathans Zelt zu bahnen. Seine Ordonnanz erkannte Ontrose und weckte unseren schlafenden Freund auf der Stelle. »Ontrose?« murmelte Lathan, während er sich die Augen rieb. »Mich dünkte, du weiltest in Seline.«

»Dort weilte ich auch vor nicht mehr als einer halben Stunde, mein Freund«, tat Ontrose kund. »Ich bin der glücklichste Mann unter der Sonne, denn zu meiner Verfügung steht das wundersamste Transportmittel.« Er lächelte mich liebevoll an.

»Euer Gnaden«, sagte Lathan und beeilte sich, aus seinem Feldbett zu steigen.

»Keine Förmlichkeiten, Baron«, erklärte ich. »Wir haben ein Problem, das einer sofortigen Lösung bedarf. Erzählt es ihm, Ontrose.«

»Gewißlich, Euer Gnaden.« Dann sah mein Kämpe seinem Freund in die Augen. »Unser Problem ist leicht geschildert, Lathan«, begann er. »Die Lösung mag sich als schwieriger erweisen. Um es zusammenzufassen, unsere verehrte Lady Polgara hier hat mit Hilfe ihrer unbegreiflichen Gaben den beizeiten langwierigen Vorgang der Informationsbeschaffung abgekürzt. Vor nicht allzu langer Zeit zog sie hinaus, um den genauen Standort der asturischen Flotte zu ergründen.«

Lathan wirkte plötzlich mißtrauisch.

»Überflüssig zu erwähnen«, fuhr Ontrose fort, »daß ihr Erfolg beschieden war. Der Standort dieser Flotte indes erfüllt mich mit Verwunderung. Ihre Gnaden hier versichert mir, Garteons Schiffe lägen nicht mehr als dreißig Meilen nördlich von Camaar vor Anker.«

Ich beobachtete Lathan genau, und auf mich wirkte er nicht allzu überrascht. Ich stand im Begriff, einen Suchgedanken auszuschicken.

Nein, Pol«, meldete sich Mutters Stimme in meinen Gedanken. *Überlaß das Ontrose. Er muß es selbst herausfinden.«*

»Was soll er selbst herausfinden?« fragte ich ohne Worte.

»Du wirst schon sehen.« Dann war sie fort.

»Ihre Gnaden und ich haben uns des langen und breiten darüber den Kopf zermartert«, sagte Ontrose gerade, »und da wir uns daran erinnerten, daß *Ihr* es wart, der in Asturien weilte und dieses Komplott aufdeckte, gelangten wir zu dem Schluß, Ihr möchtet auch am besten geeignet sein, das Rätsel dieser sonderbaren Wendung zu entwirren. Ich fürchte, meine eigenen Gedankengänge zu diesem Thema sind wenig einfallsreich. Meine trefflichste Eingebung, so will mir scheinen, wies in die Richtung eines umfassenden Plans hinter dieser eigenartigen Verzögerung. Mich dünket daher, daß ein wie auch immer gearteter fester Zeitpunkt eine Rolle in Garteons Rankune spielen müsse.«

»Ich vermag keinen Fehler in Eurem Urteil zu entdecken, Ontrose«, schloß Lathan. »Fürwahr, während ich mich in Vo Astur aufhielt, kamen mir Andeutungen zu Ohren, die auf eben eine solche Faszination durch den Kalender schließen lassen. Indes blieb mir keine Zeit, diesen Andeutungen nachzugehen.«

»Lasset uns denn in trauter Eintracht sinnen, alter Freund«, schlug Ontrose vor. »Falls ein bestimmter Zeitpunkt eine solche Bedeutsamkeit besitzet, daß er einen derartigen Aufschub gebietet, würde daraus nicht zwingend folgen, daß ein *zweiter* eben denselben Kalender liest?«

»Fürwahr, dem ist so, Ontrose!« rief Lathan aus. Ich meinte allerdings einen leicht falschen Unterton in seiner Begeisterung auszumachen.

Dann ging Ontrose, mitgerissen vom Schwung seiner eigenen Überlegungen, noch einen Schritt weiter. »Aber für *wen* könnte dieser Kalender denn von Bedeutung sein, Lathan? Falls Garteons Heer sich *wahrhaftig* an Bord jener Schiffe befindet, wer bliebe dann in Asturien noch übrig, der diesen Kalender mit solchem Interesse lesen würde?«

Die Veränderung in Lathans Gesichtsausdruck war so unmerklich, daß sie mir beinah entging. Es war nicht mehr als eine leichte Anspannung um die Augen. »Gib acht, Ontrose!« rief ich.

Ganz offensichtlich war Baron Lathan meinem Kämpen zwei Schritte voraus und wußte genau, wohin dieser Gedankengang seinen Freund zu guter Letzt führen würde. Blitzschnell drehte er sich um und ergriff sein Schwert, das auf dem Schemel zu Füßen seines Feldbetts lag. Dann wirbelte er herum und riß noch in der Bewegung sein Schwert hoch, um meinen Geliebten niederzustrecken.

Ich glaube allerdings, daß Ontrose nicht *ganz* so weit hinter Lathan zurückgeblieben war, wie es vielleicht den

Anschein gehabt hatte, denn in demselben Moment, in dem Lathans Schwert zu seinem tödlichen Schlag niedersauste, fuhr Ontroses Schwert zischend aus der Scheide und parierte Lathans Hieb mitten im Schlag.

»Nunmehr ist alles klar, Lathan«, sagte Ontrose betrübt. »Alles, außer dem Warum.«

Lathan schwang erneut sein Schwert, und Ontrose parierte mit Leichtigkeit. Ganz offensichtlich benötigte mein Kämpe keine Hilfe von mir. Ich wich zurück und ging ihnen aus dem Weg.

Das, was nun folgte, würde ich kaum einen fairen Kampf nennen. Lathans einzige Chance hatte in jenem verzweifelten Überraschungsangriff bestanden. Nachdem der gescheitert war, hatte er im Grunde keine Chance mehr. Und mehr noch, seine Miene zeigte überdeutlich, daß er die Niederlage deutlich vor sich sah. Mich beschlich das unangenehme Gefühl, daß es ihm so lieber war.

Es war laut. Ein Kampf mit Breitschwertern ist immer laut. Der Lärm erregte natürlich Aufmerksamkeit. Mein einziger Beitrag zum Geschehen bezog sich auf das Zelt, in dem alles stattfand. Es *sah* noch immer wie ein Pavillon aus Zeltplanen aus, aber Stahl ist weich im Vergleich zu dem Zelt, nachdem ich es ›modifiziert‹ hatte. Ich sorgte dafür, daß es zu keinen Unterbrechungen kommen würde.

Ein Schwall hellroten Blutes aus Baron Lathans Mund kündigte das Ende des Schwertkampfes an, nachdem mein Kämpe seinen rechten Lungenflügel glatt durchstochen hatte. Lathan bäumte sich auf, ließ sein Schwert fallen und brach schließlich zusammen.

Ontrose weinte, als er neben seinem Freund niederkniete. »Warum, Lathan, warum habt Ihr das getan?«

Lathan spuckte noch mehr Blut, und dieses Symptom zeigte mir, daß er eine tödliche Wunde erhalten hatte und es nichts gab, was ihn hätte retten können. »Um meinem Leid ein Ende zu bereiten, Ontrose«, flüsterte er mit kaum hörbarer Stimme.

»Leid?«

»Tödliches, unerträgliches Leid, Ontrose. Ich gestehe freimütig – nun, da ich beinahe frei bin –, daß ich unsere Lady Polgara liebte ... und noch immer liebe. Auf jenem verfluchten Turnier habt Ihr sie mir entrissen, und von jenem Tage hörte das Herz in meiner Brust auf zu schlagen. Nun lege ich mich freudig zu meinem letzten Schlaf nieder, aber ich werde nicht alleine schlafen. Wacune wird mit mir sterben, Wacune und alles, was ich einst liebte.«

»Was habt Ihr *getan*, Lathan?« verlangte Ontrose mit entsetzter Stimme zu wissen.

Lathan spie noch mehr Blut. »Ich habe Euch verraten – und ganz Wacune.« Seine Stimme wurde schwächer. »Völlig unbeobachtet begab ich mich nach Asturien und verschwor mich mit Garteon und seinem fremdländischen Berater, dessen Namen ich nicht erfragte.«

»Fremdländisch?« fragte ich scharf.

»Ein Nadraker, wie mich dünkte – oder möglicherweise ein Murgo. Er war es, der den Verrat ersann. Die Flotte, die vor acht Tagen aus Vo Astur auslief, war nichts als eitel Trug – ein Gauklertrick, um Wacune und Erat zu täuschen. Es *gibt* keine Truppen an Bord jener Schiffe. Garteons Heer wartet in den Wäldern, nicht sechs Meilen von Wacunes Westgrenze entfernt.« Wieder hustete er schwach.

»Wann?« bedrängte ihn Ontrose. »Wann werden sie in Wacune einfallen?«

»Zwei Tage von heut an, Ontrose.« So schwach Baron Lathans Stimme auch war, es schwang ein Hauch von Triumph in ihr mit. »Jener zehnte Tag nach Ablegen der Scheinflotte nimmt eine bedeutende Stelle in Garteons Kalender ein, denn von jenem Tage an wird seine Streitmacht in Wacune einmarschieren, und völlig ungehindert werden sie gegen die Alabasterstadt ziehen, welche ihnen ohnmächtig und schutzlos ausgeliefert ist. Vo Wacune ist dem Untergang geweiht, Ontrose, mein geliebter – mein gehaßter – Freund. Obgleich ich durch deinen willkommenen Schwertstreich auf den Tod verwundet bin, habe ich doch bereits meinen Parierschlag geführt. In vier Tagen von heut an werden die Asturier ihren Angriff auf die ungeschützten Wälle von Vo Wacune reiten, und keine Streitmacht unter deinem Befehl kann die Stadt rechtzeitig erreichen, um ihren Fall zu verhindern.« Er begann große Mengen Bluts hervorzuspeien. »Ich sterbe, Ontrose«, sagte er, seine Stimme kaum mehr als ein Flüstern, »doch ich sterbe nicht allein. Mein Leben ist mir eine lästige Bürde gewesen von jenem Tage an, als Ihr mir meine geliebte Polgara auf solch unfreundliche Weise entrissen habt. Nun darf ich mich dieser Bürde entledigen und mich freudig ins Grab legen in dem tröstlichen Bewußtsein, daß ich dort in der dunklen Gruft nicht allein sein werde. Alles, was ich geliebt, wird mit mir gehen, und nur Lady Polgara, unsterblich und unverwundbar, wird zurückbleiben, um dem hohlen Widerhall ihrer Jammerschreie aus den Weiten des Himmels zu lauschen. Es ist vollbracht, und ich bin es zufrieden.«

Dann preßte er die Lippen fest zusammen und richtete seinen Blick mit einem Ausdruck unaussprechlichen Verlangens auf mein Gesicht.

Und dann starb er, und Ontrose weinte.

Ich verfluchte mich insgeheim für meine Unachtsamkeit. Es hatte mindestens hundert Hinweise gegeben, die ich völlig übersehen hatte. Ich hätte es *wissen* müssen!

Rasch schritt ich zum Zelteingang. »Ruft die Offiziere zusammen!« herrschte ich die Waciter an, die sich vergeblich bemüht hatten, in das Zelt einzudringen.

»Wir sind verraten worden! Durch Verrat ist Vo Wacune nun schutzlos und ohne Verteidiger!« Dann fiel mir wieder ein, daß diese Männer wacitische Bauern waren. »Reißt euch zusamm'n, Männer, wir hab'n, will ich mal sag'n, 'ne Menge Arbeit zu tun!«

Dann wandte ich mich zurück zu meinem weinenden Kämpen. »Das genügt, Ontrose!« fuhr ich ihn an. »Steh auf!«

»Er war mein Freund, Polgara!« klagte er, »und ich habe ihn getötet!«

»Er hat es verdient. Du hättest ihn schon beim Turnier töten sollen. Und jetzt steh auf! *Sofort!*«

Er blickte verblüfft drein, gehorchte aber.

»So ist es besser. Laß diese Armee kehrtmachen und auf der Stelle zurück nach Süden marschieren. Ich gehe zu Halbren, um ihm mitzuteilen, was geschehen ist, und lasse ihn ebenfalls nach Süden marschieren. Bewegung, Ontrose! Bewegung! Wir haben noch einen langen Weg vor uns und nicht mehr allzuviel Zeit.«

Er deutete auf Lathans Körper. »Und was ist mit meinem Freund hier?« fragte er mich.

»Schmeiß ihn in irgendeinen Graben – oder laß ihn da liegen. Er ist nichts als Abfall, Ontrose. Entledige dich seiner, wie du dich anderer Abfälle entledigen würdest. Ich bin in etwa einer Stunde zurück, und dann gehen du und ich nach Vo Wacune. Wir haben da unten einen Krieg auszufechten.« Dann verließ ich das Zelt.

Nachdem ich außer Hörweite des Lagers war, gestattete ich mir, einige Augenblicke laut – und abwechslungsreich – über unsere Lage nachzudenken. Lathans Verrat war beinah gelungen. Mir fiel keine Möglichkeit ein, wie ich rechtzeitig Verstärkungen nach Vo Wacune bringen konnte, um die Stadt zu verteidigen. Ganz offensichtlich mußte ich es ›auf die andere Art‹ tun. In jenem Moment gefiel mir die Idee ausnehmend gut. Das Bild einer Käseraspel kam mir in den Sinn, und diesmal *würde* ich sie einsetzen, egal, ob es Mutter paßte oder nicht.

Ich versetzte mich nach Norden, indem ich von Hügelspitze zu Hügelspitze sprang, bis ich mich in General Halbrens Lager am Ufer des Sendarsees befand. Halbren ließ sich, wie üblich, keine große Überraschung anmerken, als ich ihm von Lathans Verrat berichtete. Ich bin der aufrichtigen Überzeugung, daß Halbren ohne äußere Anzeichen von Verwunderung den Himmel hätte einstürzen sehen können. »Ihr

Plan ist fehlerhaft, Euer Gnaden«, eröffnete er mir gelassen.

»Für mich klingt er ziemlich verheerend, Halbren.«

»Die Eroberung einer Stadt ist nur der erste Schritt, Euer Gnaden«, führte er aus. »Die Asturier mögen Vo Wacune tatsächlich *einnehmen*, aber die vereinten Armeen von Wacune und Erat werden nur wenige Tage später dort eintreffen, und unsere Truppen sind den ihren zahlenmäßig weit überlegen. Glaubt mir, Euer Gnaden, wir können die Stadt jederzeit zurückerobern, und wenn wir damit fertig sind, hat Garteon nicht mehr genug Männer, um die Straßen von Vo Astur zu patrouillieren.«

»Ihr gebt Vo Wacune einfach auf?« fragte ich ungläubig.

»Es ist nur eine Stadt, Euer Gnaden – eine Ansammlung hübscher Gebäude. Das Wichtigste in einem Krieg ist, ihn zu gewinnen, und wir *werden* diesen Krieg gewinnen. Wenn er vorbei ist, können wir Vo Wacune wieder aufbauen. So erhalten wir wenigstens Gelegenheit, die Straßenführung zu begradigen.«

»Ihr seid unmöglich, Halbren«, warf ich ihm vor. »Setzt Eure Männer gen Süden in Marsch. Ich nehme Ontrose mit nach Vo Wacune. Aber fangt noch nicht damit an, Stadtpläne zu zeichnen. Ich glaube, ich kenne einen Weg, die Asturier aufzuhalten, bis unsere Truppen eintreffen.«

Dann begab ich mich wieder an den Sulturnsee, suchte Ontrose, und wir entfernten uns ein Stück von der bereits marschierenden wacitischen Armee. Ich griff erneut auf die bereits auf dem Hinweg benutzte Fortbewegungsweise zurück und verstaute meinen Kämpen an demselben sicheren Ort. Es gefiel mir ziemlich gut, ihn dort zu haben, um ehrlich zu sein.

Der Morgen des neunten Tages auf jenem asturischen Kalender dämmerte, als wir in Vo Wacune eintrafen. Ich holte meinen schlummernden Helden aus seinem gemütlichen Schlafplatz und gab ihm seine normale

Gestalt zurück. Dann weckte ich ihn, und wir betraten die Stadt. Wir gingen ohne Umwege in Andrions Palast und setzten ihn von Lathans Verrat in Kenntnis.

»Wir sind zum Untergang verurteilt!« rief er aus.

»Noch nicht, Andrion«, beschwichtigte ich ihn. »Ich denke allerdings, ich werde Verstärkungen anfordern müssen.«

»Welche Streitmacht läge denn nahe genug, Polgara, um zu unserem Entsatze zu eilen?«

»Mein Vater, Andrion, und er muß nicht in der Nähe sein, um herbeizueilen.«

»Euer Vorschlag lautet, die Mauern von Vo Wacune mit Hilfe von Zauberei zu verteidigen?«

»Es ist nicht wirklich verboten, Andrion. Ich glaube, mit vereinten Kräften können Vater und ich die Asturier bis zum Eintreffen unserer Armeen aufhalten. Vater kann *sehr* gemein werden, wenn er will, und ich noch viel gemeiner. Wenn wir mit ihnen fertig sind, wird die bloße Erwähnung von Vo Wacune jedem Asturier in den nächsten tausend Jahren unerträgliche Alpträume bereiten. Ihr und Ontrose versetzt nun besser die Stadtgarnison in Alarm und trefft Eure Vorbereitungen. Ich gehe heim und rufe meinen Vater, und dann gehe ich zu Bett. Ich habe seit drei Tagen nicht geschlafen und stehe am Rande des Zusammenbruchs.«

Ich erreichte mein Stadthaus und begab mich in die Bibliothek, wobei ich die Tür entschlossen hinter mir zuzog. Die Killanesonfamilie wußte inzwischen, was das bedeutete, und störte mich nicht. Bevor ich jedoch nach Vater Ausschau halten konnte, fand Mutter mich. *»Polgara!«* sagte sie scharf. *»Die Mimbrater werden morgen früh mit den ersten Strahlen des Tageslichts in Südwacune einfallen.«*

»Was?« schrie ich.

»Die Barone von Nordmimbre haben sich mit Garteon verbündet, und sie ziehen nordwärts, um sich der asturischen Armee bei der Belagerung von Vo Wacune anzuschließen.«

»Darum ging es ihnen also die ganze Zeit«, überlegte ich laut, als die Wahrheit mich wie ein Hammerschlag traf. *»Die Asturier haben uns aus unseren Stellungen gelockt, damit sie Vo Wacune mit mimbratischer Waffenhilfe erobern konnten.«*

»Wiederhole nicht das Offensichtliche, Pol«, tadelte mich Mutter. *»Du unterrichtest besser deinen Vater von den Neuigkeiten. Wie die Dinge stehen, hat Vo Wacune nicht die geringste Überlebenschance. Er ist der einzige, der dir jetzt noch helfen kann. Er ist in seinem Turm im Tal. Beeil dich, Pol!«*

»Vater!« Ich schickte meinen Gedanken auf die Suche nach ihm, warf ihn aus dem Fenster meiner Bibliothek in einen Himmel, den ein heraufziehendes Gewitter verfinstert hatte. *»Ich brauche dich!«*

»Was ist los?« erreichte mich sein Gedanke fast umgehend. Ich hielt das für ein gutes Zeichen. Zumindest war er zu Hause, als ich ihn gerufen hatte. *»Die Asturier stehen im Begriff, den Frieden hier in Arendien zu brechen. Herzog Garteon hat ein Bündnis mit den Baronen von Nordmimbre geschmiedet. Die Barone fallen von Süden her in Wacune ein.«*

»Wo steht deine Armee?«

»Der größte Teil ist einer asturischen List zufolge in Zentralsendarien. Man hat uns weggelockt, Vater, und Vo Wacune befindet sich in tödlicher Gefahr. Ich brauche Hilfe. Wir stehen im Begriff, alles zu verlieren, was ich hier aufgebaut habe.«

»Ich komme, so schnell ich kann, Pol«, versprach er.

Danach fühlte ich mich ein bißchen besser, und ich schloß das Fenster vor dem Sturm, der über Vo Wacune hereinbrach.

Es bestand kein Zweifel daran, daß unsere Lage verzweifelt war. Unsere Armeen waren zwar im Anmarsch, aber sie würden Vo Wacune nie und nimmer rechtzeitig erreichen, um den asturischen Angriff auf die Stadt abzuwehren, und *wenn* unsere Streitmacht dann endlich eintraf, wären auch die Mimbrater schon da und würden Garteons Heer verstärken. Wie so oft hing alles von der Zeit ab.

Den Rest jener stürmischen Nacht verbrachte ich in meiner Bibliothek, um unsere Lage zu überdenken. In bezug auf bestimmte Fragen war die arendische Denkweise unverrückbar. Die Seele einer jeden Herrschaft liegt in ihrer Hauptstadt. Mimbre würde nicht existieren ohne jene goldene Festung am Arendfluß; Asturien wäre ohne Vo Astur bedeutungslos; und das wacitische Herzogtum gründete sich fast vollständig auf die eleganten, himmelstürmenden Türme von Vo Wacune. Es war diese Besonderheit, die mich davon überzeugt hatte, in meinem Herzogtum *keine* Hauptstadt zu gründen. Mein Herrschaftsgebiet *hatte* kein Zentrum. Die Zerstörung der Stadt Erat hätte mich geärgert, aber nicht vernichtet. Ich erkannte nur allzu deutlich, wenn Vo Wacune fiele, würde Wacune aufhören zu existieren. Schon nach wenigen Generationen wäre es kaum mehr als eine verblassende Erinnerung. Die Stadt zu retten war also lebensnotwendig.

Das Sommergewitter, das über uns hereingebrochen war, verzog sich nicht wie fast alle Stürme in jener Jahreszeit mit Einsetzen der Dämmerung, sondern toste und wütete weiter und fuhr fort, das Leben allgemein unerträglich zu machen.

Dies war jedoch der entscheidende zehnte Tag, und so zog ich meinen Umhang an und ging in den Palast, um zu erkunden, wie wir vorankamen. Ich traf Ontrose und Andrion in ein Gespräch vertieft an. »Vater ist auf dem Weg, meine Herren«, teilte ich ihnen mit. »Dieses Wetter wird ihn allerdings vermutlich ein wenig aufhalten.«

»Fürderhin dürfte es, wie mir scheint, den Marsch unserer eigenen Truppen aus Eurem Herzogtum hierher verlangsamen«, fügte Andrion hinzu.

»Dann müssen wir, koste es, was es wolle, unsere Stadt mit den Kräften verteidigen, die uns zur Verfügung stehen«, schloß Ontrose. »Die Aufgabe ist, wie mich dünket, anspruchsvoll, aber nicht hoffnungslos.« Sie machten sich schon genug Sorgen, so daß ich mich entschloß, die Nachricht über die Mimbrater zuerst einmal für mich zu behalten.

Wind und Regen hielten die nächsten zwei Tage über an, und das verlangsamte auch Garteons Marsch auf Vo Wacune. Zumindest stand er nicht vor den Toren der Stadt, als das Unwetter bei Tagesanbruch endlich abzog und die Sonne wieder herauskam. Vater erreichte die Stadt gegen Mittag, und er traf mich und Ontrose in meinem immer noch tropfnassen Rosengarten beim Streiten an. Mein geliebter Kämpe, in sein Kettenhemd gerüstet, tat sein Möglichstes, um mich zum Verlassen von Vo Wacune zu überreden, bevor es zu spät war. »Es muß sein, Polgara«, bestürmte er mich. »Ihr müßt Vo Wacune verlassen und Euch an einen sicheren Ort begeben. Die Asturier stehen beinahe schon vor den Toren.« Trotz allem, was ich ihm über meine Absicht, Garteons Truppen zu empfangen, erzählt hatte, war er *immer* noch um meine Sicherheit besorgt!

»O Ontrose!« sagte ich zu ihm. »Hör auf damit. Du weißt ganz genau, daß ich auf mich selbst aufpassen kann. Für mich persönlich besteht nicht die geringste Gefahr.«

Das war der Zeitpunkt, als Vater, in Falkengestalt, sich auf meinem Lieblingskirschbaum niederließ, in seine menschliche Gestalt zurückverwandelte und herunterkletterte. »Er hat recht, Pol«, teilte er mir unumwunden mit. »Für dich gibt es hier nichts mehr zu tun.«

»Wo bist du so lange geblieben?« fragte ich.

»Ich hatte mit dem Unwetter zu kämpfen. Du packst jetzt deine Sachen zusammen. Wir müssen sofort von hier verschwinden.«

Ich traute meinen Ohren nicht! »Hast du den Verstand verloren? Ich gehe nirgendwohin. Jetzt, wo du hier bist, können wir die Asturier zurückschlagen.«

»Nein, das können wir nicht. Das ist eine Tatsache, Pol. Dies ist eines der Dinge, die geschehen *müssen*, und dir und mir ist es nicht erlaubt, in irgendeiner Weise einzugreifen. Es tut mir sehr leid, Pol, aber der Mrin ist in dieser Hinsicht unmißverständlich. Wenn wir das hier zu beeinflussen versuchen, wird es den Verlauf der gesamten Zukunft ändern.«

»Wahrscheinlich steckt Ctuchik hinter dem Ganzen«, sagte ich, verzweifelt auf der Suche nach einem logischen Argument, das ihn überzeugen würde. »Du überläßt ihm doch nicht etwa den Sieg, oder?«

»Er wird nicht gewinnen, Pol. Sein scheinbarer Erfolg hier wird auf ihn zurückfallen und ihn später vernichten. In seine Vernichtung werden bestimmte Arender verwickelt sein. Ich werde nichts unternehmen, um das zu verhindern, und du auch nicht. Der ›Bogenschütze‹ und ›der Ritter‹ werden aus den Geschehnissen hervorgehen, die hier stattfinden. Aus diesem Grund dürfen wir uns keinesfalls einmischen.«

»Der Fall Vo Wacunes ist demnach gewiß, Altehrwürdiger?« fragte ihn Ontrose.

»Ich fürchte, ja, Ontrose. Hat Polgara Euch von den Prophezeiungen erzählt?«

»In gewissem Umfange, Heiliger Belgarath«, gab Ontrose zur Antwort. »Ich vermöchte indes nicht zu behaupten, ich hätte alles verstanden, was mir kundzutun sie mich für würdig erachtete.«

»Um es kurz zu machen, es gibt einen Krieg, schon seit Anbeginn aller Zeit«, erläuterte Vater. »Ob es uns gefällt oder nicht, wir alle sind in diesen Krieg verwickelt. Vo Wacune muß geopfert werden, wenn wir gewinnen sollen. Ihr seid Krieger, Ihr versteht diese Dinge.«

Ontrose seufzte und nickte dann düster. Wie sollte ich mich nur gegen die beiden durchsetzen?

»Vielleicht möchtet Ihr gerne mit Herzog Andron sprechen«, fuhr Vater fort. »Wenn Ihr Euch beeilt, könnt Ihr Frauen und Kinder möglicherweise noch in Sicherheit bringen, aber Vo Wacune selbst wird in ein paar Tagen nicht mehr stehen. Auf meiner Reise hierher habe ich die Asturier gesehen. Sie werfen alles, was sie haben, gegen euch.«

»Sie werden viel weniger haben, wenn sie nach Vo Astur zurückkehren«, versprach mein Kämpe mit ausdrucksloser Stimme.

»Wenn es Euch ein Trost ist, Vo Astur wird in einigen Jahren dasselbe Schicksal erleiden.«

»Ich werde mich an diesen Gedanken halten, Altehrwürdiger.«

Wie *konnten* sie nur so beiläufig über eine Niederlage sprechen, die noch gar nicht stattgefunden hatte? »Was denkt ihr beide euch nur?« fragte ich mit schriller Stimme. »Wollt ihr euch einfach hinlegen und euch Garteon ergeben? Wir *können* gewinnen! Und wenn du mir nicht hilfst, Vater, werde ich es alleine tun.«

»Das kann ich nicht zulassen, Pol«, sagte er.

»Du kannst mich nicht *aufhalten*. Du mußt mich schon umbringen, und was machst du dann mit deinem kostbaren Mrinkodex?« Ich wandte mich an meinen Geliebten, und das Herz in meiner Brust wurde mir ganz bang und klein. »Ihr seid mein Kämpe, Ontrose, und mehr – viel mehr. Wollt Ihr mir trotzen? Wollt Ihr mich wegschicken wie eine diebische Kammerzofe? Mein Platz ist an Eurer Seite.«

»Sei vernünftig, Pol«, sagte Vater. »Du weißt, ich kann dich zwingen zu gehen, wenn es sein muß. Bring mich nicht dazu.«

Dann verlor ich jegliche Vernunft, »Ich *hasse* dich, Vater!« schrie ich ihn an. »Verschwinde aus meinem Leben!« Tränen strömten mir über die Wangen. »Ich sage es euch beiden klipp und klar: Ich werde *nicht* gehen!«

»Ihr seid in einem Irrtum befangen, liebste Polgara«, eröffnete mir Ontrose in unnachgiebigem Tonfall. »Ihr werdet Euren Vater begleiten und diesen Ort verlassen.«

»Nein! Ich verlasse dich nicht!« Mein Herz brach. Ich konnte mich ihm nicht widersetzen. Dafür liebte ich ihn zu sehr.

»Seine Gnaden, Herzog Andrion, hat mich mit dem

Oberbefehl über die Verteidigung der Stadt betraut, Lady Polgara«, erklärte er und nahm zu strikter Förmlichkeit Zuflucht. »Als solcher ist es meine Pflicht, unsere Truppen einzuteilen. Für Euch gibt es in diesem Einsatzplan keinen Platz. Daher verfüge ich, daß Ihr die Stadt verlasset. Geht.«

»Nein!« Ich kreischte fast. Er brachte mich um!

»Ihr seid die Herzogin von Erat, liebe Lady Polgara, doch lange davor gehörtet Ihr zum wacitischen Adel, und ihr habt dem Hause des Herzogs Andrion den Lehns- und Treueeid geschworen. An diesen Schwur gemahne ich Euch. Häufet keine Schande auf Euren Stand durch Eure hartnäckige Weigerung. Wappnet Euch, meine geliebte Polgara. Vor Ablauf einer Stunde werdet Ihr Vo Wacune verlassen.«

Seine Worte trafen mich wie eine Ohrfeige. »Das war höchst unliebenswürdig gesprochen, Mylord Ontrose«, versetzte ich steif. Er hatte mir meine Pflicht förmlich um die Ohren geschlagen.

»Die Wahrheit ist meist unliebenswürdig, Mylady. Wir haben beide unsere Verpflichtungen. Ich werde der meinen nachkommen. Kommet auch Ihr der Euren nach. Nun geht!«

Meine Augen füllten sich mit Tränen, und ich klammerte mich kurz an ihn. »Ich liebe dich, Ontrose«, sagte ich zu ihm.

»Wie auch ich dich liebe, meine Herzallerliebste«, murmelte er. »Denke an mich in den Zeiten, die da kommen.«

»Für immer, Ontrose.« Dann küßte ich ihn leidenschaftlich und flüchtete in mein Haus, um alles für den Abschied vorzubereiten.

Und so verließen mein Vater und ich Vo Wacune, und ich ließ nicht weniger als mein Herz zurück, als ich ging.

Teil fünf

Geran

KAPITEL 23

Ich glaube, mein Vater hat bis zum heutigen Tage nicht vollständig begriffen, was Ontrose mir während unserer letzten Begegnung gesagt hat. Als mein Geliebter von Pflicht sprach, hatte er den Begriff allumfassend gebraucht. Als Mitglied des Hofes von Vo Wacune war ich verpflichtet, den Befehlen Herzog Andrions zu gehorchen, meine oberste Pflicht jedoch galt meinem eigenen Herzogtum, und diese schwere Verantwortung drängte alles andere in den Hintergrund. Garteon von Asturien hatte Wacune zerstört. Sein nächster Schritt würde logischerweise darin bestehen, auch Erat zu überfallen und zu zerstören zu suchen. Wacune hatte ich nicht zu retten vermocht, aber ich schwor, daß ich bei Erat nicht versagen würde. Und wenn es mich mein Leben kosten würde, ich *würde* dem letzten Befehl des Mannes gehorchen, den ich liebte. Das war meine Pflicht, und die Pflicht war nun alles, was mir noch blieb.

Ich machte mir nicht die Mühe, es Vater zu erklären. Um bei der Wahrheit zu bleiben, ich sprach überhaupt nicht mit ihm, während wir aus den Wäldern Wacunes hinausritten und uns den offeneren Gegenden Sendariens zuwandten. Es wäre Zeitverschwendung gewesen, es ihm zu erklären zu versuchen, denn soweit ich es beurteilen kann, hat Vater nie auch nur so etwas wie eine winzige Baronie regiert. Deshalb hatte er nicht die leiseste Ahnung, was es heißt, eine Krone zu tragen. Er nahm an, mein mürrisch wirkendes Schweigen sei nichts anderes als Schmollen, während es doch in Wirklichkeit das Ergebnis meiner Sorgen um die Verteidigung meiner Südgrenze gegen die unvermeidliche Invasion der Asturier war. Einer Sache war ich mir jedenfalls absolut gewiß. Mein erster Schritt bei der Verteidigung meines Herzogtums würde darin bestehen, mir die Gegenwart dieses lästigen alten Mannes zu ersparen.

Als wir Muros erreichten, herrschte Chaos in der Stadt. Die Kaufleute bemühten sich verzweifelt, jemanden zu finden – irgend jemanden –, der willens gewesen wäre, ihre Bestände zu welchem Preis auch immer aufzukaufen. Die Algarer hatten ihre Herden über die Berge zurück in Sicherheit getrieben, und das gemeine Volk wandte sich zur Flucht. Man mußte kein Hellseher sein, um zu folgern, daß die Asturier in Kürze vor den Stadttoren stehen würden. Je länger ich darüber nachdachte, desto mehr gewann ich die Überzeugung, daß Muros der Schlüssel zur Verteidigung meiner Südgrenze sein würde. Theoretisch betrachtet gehörte die Stadt zum wacitischen Herzogtum, doch nach dem Zusammenbruch von Wacune war sie ganz auf sich selbst gestellt, ein Siegespreis für jeden Vorübergehenden, der sich der Mühe unterzog, den reifen Apfel vom Baum zu pflücken. Vater und ich hatten die Stadt kaum hinter uns gelassen, als ich mich auch schon entschlossen hatte, Muros und das angrenzende Gebiet bis hinunter zum Camaarfluß zu annektieren. Das Flußufer wäre offensichtlich eine leichter zu verteidigende Grenze als eine imaginäre Linie, die in der Mitte einer gewundenen Landstraße verlief.

Zuerst jedoch mußte ich meinen Vater loswerden, damit ich mich an die Arbeit begeben konnte. In erster Linie wollte ich vermeiden, den ganzen Weg zum Tal mit ihm zurückreiten zu müssen. Wenn wir erst einmal dort wären, würde er mich nicht mehr gehen lassen. Ich hielt meine Fassade beleidigten Schweigens aufrecht, während wir weiter und in die sommerliche Landschaft der sendarischen Berge hinaufritten, und als wir hineinritten in die wogende algarische Grassteppe, war ich bereit.

Es war gegen Mittag an einem prächtigen Mittsommertag, als wir die dachlose Ruine von Mutters Hütte erreichten. Hier zügelte ich mein Pferd und stieg ab. »Bis hierher und nicht weiter«, verkündete ich.

»Wie bitte?«

»Du hast mich schon verstanden, Vater. Ich bleibe hier.« Ich sagte es ausdruckslos und in einem Tonfall, der keinen Raum für Widerspruch ließ. Ich wollte keinerlei Mißverständnisse aufkommen lassen.

»Auf dich wartet Arbeit, Pol.« *Das?* Von einem Mann, der Arbeit wie die Pest mied?

»Wirklich schade, Vater«, erklärte ich ihm. »Darum wirst *du* dich kümmern müssen. Geh zurück zu deinem Turm und verkriech dich in deinen Prophezeiungen, aber verschone mich damit. Wir sind fertig miteinander, Vater. Dies ist das Ende. Jetzt geh und stör mich nicht länger.«

Das gehörte natürlich in den Bereich des Wunschdenkens. Ich wußte, daß Vater die Dinge ein oder zwei Tage abkühlen lassen würde, um sich heimlich zurückzuschleichen und ein Auge auf mich zu haben. Deshalb ließ ich ihm eine Stunde, um außer Hörweite zu kommen, bevor ich zum Falken wurde und zurück übers Gebirge nach Erat flog, so daß ich bei Einbruch der Dämmerung meinen Landsitz erreichte. Dann suchte ich meinen Seneschall auf, Malon Killaneson. Malon war der direkte Abkömmling eines jüngeren Bruders von Killane, und er ähnelte seinem Ururuonkel sehr. Er war tüchtig und praktisch, und eine umgängliche Art brachte die Leute dazu, daß sie gerne mit ihm zusammenarbeiten wie weiland mit Killane selbst. Allerdings rechnete ich es ihm hoch an, daß er sich entschieden hatte, sich *nicht* jenen dümmlich wirkenden Backenbart wachsen zu lassen, der Killane so entstellt hatte.

Ich fand ihn über einer Landkarte in meiner Bibliothek brüten, und er schrak sichtlich zusammen, als ich den Raum betrat. »Gott sei Dank!« rief er aus. »'ch hab' gedacht, Ihr wärt umgekomm'n in Vo Wacune. Wie habt Ihr's nur geschafft, da raus zu komm'n, Euer Gnaden?«

»Mein Vater hat sich entschlossen, mich zu retten, Malon«, ließ ich ihn wissen. »Wie stehen die Dinge hier?«

»'ch fürchte, alles ist verlor'n, Melady«, antwortete er voller Verzweiflung. »Alle Welt hier in Euerm Reich weiß, daß die Asturier einmarschier'n und sich Euer ganzes Herzogtum untern Nagel reiß'n könn'n, wann immer sie Lust drauf hab'n. Deshalb tut die Hoffnungslosigkeit nur so von den Dächern tropf'n tun. Als ich dachte, Ihr wärt umgekomm'n in Vo Wacune, ist mir das Herz in die Hose gesunk'n, und ich hab Pläne gemacht für meine eig'ne Flucht über die Berge runter nach Algarien.«

»Du hättest mich im Stich gelassen, Malon?« warf ich ihm vor.

»'ch dachte, Ihr wärt tot, Euer Gnaden, hier war nichts mehr, wodrauf ich hätte aufpass'n könn'n.«

»Hier bricht also alles zusammen?«

»So isses, Euer Gnaden. Eure Armee tut im Kreis renn'n tun und hat nicht den blassen Schimmer, wohin. Die Asturier sind im Anmarsch, und jeder, der auch nur 'nen Funken Verstand hat, tut sich, will ich mal sagen, nach 'nem guten Versteck umseh'n tun.«

»Tja, Bürschelchen«, sagte ich mit recht gelungenem wacitischem Zungenschlag, »verzweif'ln kannst du später tun. Du und ich, wir hab'n 'ne Menge Arbeit zu tun, also hoch mit den Ärmeln und ran an die Arbeit. Die Asturier hab'n Wacune erobert, na gut, aber so lange ich noch atm'n tu, krieg'n sie Erat, ich will mal sagen, nicht in ihre schmutzigen Finger.«

»Jetzt tut Ihr Euch anhör'n tun wie mein eigen lieb Mütterlein, Lady Polgara«, entgegnete er lachend. »Gibt's denn überhaupt 'ne Möglichkeit zu verhindern, daß die Mordbuben von Asturiern in unser Wohnzimmer komm'n tun?«

»Ich glaube, wir könnten da mit etwas aufwarten, Malon.« Ich dachte einen Augenblick nach. »Der Kern unseres Problems liegt in den engen Beziehungen begründet, die Erat stets mit Wacune verknüpft haben. Die beiden Herzogtümer sind nie richtig eigenständig gewesen, so daß wir nicht daran gewöhnt sind, für uns selbst nachzudenken.« Ich zog ein reumütiges Gesicht. »Es ist vermutlich meine Schuld. Ich habe die Hälfte meiner Aufmerksamkeit darauf gerichtet, den Frieden in ganz Arendien zu wahren, so daß ich meine Zeit zwischen diesem Haus und dem in Vo Wacune geteilt habe. Ich vermute, ich hätte mehr zu Hause bleiben, und mich um die Geschäfte hier kümmern sollen. Genauer gesagt, unsere Armee ist nie viel mehr als ein Anhängsel der wacitischen Armee gewesen, und meine Generäle haben wenig Erfahrung im eigenständigen Denken.« Ich warf ihm einen Seitenblick zu. »Was tust du mein'n tun, Bürschelchen, hättest du Lust, mit mir zusammen 'nen paar Soldaten in der schönen Kunst des eigenständig'n Denkens zu unterricht'n?«

»Wenn Ihr so redet, wie Ihr jetzt redet, Fräuleinchen, dann tu ich fast alles mit Euch zusammen tun.«

»Gut. Geh zu General Halbren, dem Oberkommandierenden unserer Streitkräfte. Er ist ein guter, verläßlicher Mann, auf den wir zählen können. Sag ihm, daß ich zurück bin, und daß *ich* es jetzt bin, die die Befehle erteilt. Er wird wissen, was zu tun ist, wenn er meine Befehle an seine Untergebenen weiterleitet. Zunächst werden sie sehr detaillierte Anweisungen brauchen, aber wenn sie erst einmal begriffen haben, daß die Befehle von *hier* und nicht von Vo Wacune kommen, können wir die Zügel ein bißchen schießen lassen. Der erste Befehl, den du Halbren überbringen wirst, lautet, daß wir Muros, Camaar und Darine mit den dazugehörenden Grenzgebieten annektieren werden. Von jetzt an gehört alles nördlich des Camaarflusses mir.«

»Das könnt Ärger geb'n tun, Euer Gnaden. Diese Waciterbarone im Grenzgebiet sind furchtbar, ich will mal sagen, unabhängige Leute.«

»Sie werden drüber wegkommen, Malon. Ich bin stärker, älter und gemeiner als sie. Ich kann mir kein Gebiet hinter meinem linken Schulterblatt leisten, das ich nicht kontrolliere. Fürs erste sag Halbren jedoch, er soll sich auf Muros konzentrieren. Es ist eine reiche Stadt, und Herzog Garteon wird wahrscheinlich schon das Wasser im Munde zusammenlaufen eingedenk all dieser Reichtümer, die er seinen Schatztruhen hinzuzufügen gedenkt. Ich werde ihm eine sehr strenge Lektion in gutem Benehmen erteilen. Sobald er über den Camaarfluß setzt, werde ich ihm das Gesicht zerstampfen, daß er meint, er wäre mit einem Pflug zusammengestoßen.«

»Mannomann!« sagte Malon mit gespielter Überraschung. »Sind wir heute aber fies, Fräuleinchen.«

»Ich fange erst an, Malon. Wenn du sehen willst, wie fies ich werde, mußt du noch ein bißchen warten, bis ich richtig in Fahrt komme. So, du und ich, wir haben jetzt ungefähr eineinhalb Tage, um ein Wochenwerk zu erledigen. An die Arbeit.« Ich setzte mich neben ihn, und dann begannen wir beide, unsere Verteidigung anhand der Landkarte zu planen.

Bis zum nächsten Morgen hatten wir unsere Truppenaufstellung in groben Zügen fertig. Ich kannte General Halbren gut genug, um zu wissen, daß ich die Feinarbeit getrost ihm überlassen konnte. Wir schritten also zu weiteren Taten. »Ich bin mir sicher, daß es zumindest *einige* Einheiten geschafft haben, dem Freudenfeuer in Vo Wacune zu entgehen«, äußerte ich. »Sag Halbren, er soll zu allererst diese Leute finden.«

»Um uns're Reihen aufzufüll'n, Melady?« meinte Malon.

»Nein. Wenn wir es richtig anpacken, brauchen wir keine weiteren Männer. Was wir aber brauchen, sind Informationen über die asturischen Truppenbewegungen. Meine Generäle müssen genau wissen, wo die Asturier ihre Truppen sammeln, um über den Camaar zu setzen, damit wir uns ihnen dort entgegenstellen können. Die Waciter, die sich auf der anderen Flußseite in den Wäldern verbergen, werden unsere Augen sein. Sage General Halbren, er möge diesen Überlebenden einschärfen, daß es viel wichtiger ist, uns diese Informationen zu übermitteln, als nach dem Zufallsprinzip alle Asturier zu ermorden, die ihnen über den Weg laufen.«

»Spionier'n tut nicht als die ehrenwerteste aller Beschäftigung'n gelt'n tun, Melady«, wandte Malon ein.

»Wir werden es dazu *machen*, Malon. Sag Halbren, er soll die überlebenden Waciter mit dem Wort ›Patriot‹ vertraut machen. Wir müssen ihnen verständlich machen, daß es die Pflicht eines jeden wacitischen Patrioten ist, sich *nicht* umbringen zu lassen, solange noch die kleinste nützliche Information in seinem Schädel steckt.«

»Immer vorausgesetzt, daß es überhaupt noch Waciter geb'n tut da unten«, warf Malon ein. »'s hat 'nen stetigen Strom von Menschen gegeb'n, die über den Camaar rüber gekomm'n sind, Melady.«

»Wir müssen wohl Vorkehrungen für sie treffen, denke ich. Nachdem wir Muros erobert haben, werden wir Unterkünfte für sie errichten und Nahrungsmittel bereitstellen.«

»Was für 'ne nette, mitleidige Seele Ihr doch sein tut, Melady.«

»Das hat wenig mit Nettigkeit zu tun, Malon. Ich will, daß die Waciter, die es vorziehen, dort unten zu bleiben, wissen, daß ihre Frauen und Kinder hier oben in Sicherheit und gut versorgt sind. Das sollte ihnen Ansporn genug sein, so fleißig wie möglich für uns zu spionieren. So, und jetzt laß uns einen Blick auf die Verteidigungsanlagen unserer Küsten werfen.«

Bis zum Abend hatten wir die Vorkehrungen für den Krieg, der sich unvermeidlich am Horizont abzeichnete, getroffen, und dann wandte ich mich einer Sache zu, die dringend meiner Aufmerksamkeit bedurfte. »Also, Malon, du und ich müssen uns miteinander verständigen können, und wir werden nicht die Zeit haben, auf berittene Boten zu warten, die zwischen dem Haus hier und meinem derzeitigen Aufenthaltsort hin und her pendeln.«

»Und wo sollte das wohl sein tun, Euer Gnaden?«

»Mein Vater und ich reden im Augenblick nicht miteinander. Er wollte mich zu seinem Turm im Aldurtal zurückbringen, doch ich schlug meinen Wohnsitz stattdessen in der alten Hütte meiner Mutter am nördlichen Ende des Tals auf. Er ist ein neugieriger Mann, also wird er ganz bestimmt versuchen, mich im Auge zu behalten. Ich möchte ihm keinen Anlaß geben, *hierher* zu kommen und seine Nase in unsere Angelegenheit zu stecken, und deshalb muß ich mich in der Nähe von Mutters Hütte aufhalten. Du wirst meine Befehle an General Halbren weiterleiten.« Ich sah ihm geradewegs ins Gesicht. »Du weißt doch, wer ich bin, Malon, oder?«

»Selbstverständlich, Euer Gnaden. Ihr seid die Herzogin von Erat.«

»Gehen wir noch ein Stückchen weiter zurück. Wer war ich, bevor ich Herzogin von Erat wurde?«

»Man hat mir gesagt, Ihr wärt Polgara die Zaub'rin.«

»Und ich bin es noch immer. Es ist etwas, das ich nicht ablegen kann wie einen alten Mantel. Ich vermag Dinge zu tun, die andere Leute nicht tun können. Du kennst diesen kleinen Raum ganz oben im Nordwestturm?«

»Ihr tut das kleine Kämmerchen mein'n tun, wo die Mädels vom Obergeschoß ihre Besen und Mops aufbewahr'n?«

»*Dazu* benutzen sie es also jetzt? Das war nicht ganz der Zweck, der deinem Großonkel und mir vorschwebte, als wir das Haus bauten. Nun ja, wie dem auch sei, ich habe einen Zauber auf den Raum gelegt. Killane und ich haben ihn benutzt, um miteinander zu reden, wenn ich fort war. Er ging immer dort oben hin, wenn er mir etwas mitzuteilen hatte, und ich konnte ihn hören, wenn er mir etwas erzählte – ganz gleich, wo ich mich befand.«

»Was für 'n Wunder!«

»In meiner Familie ist das nichts Besonderes. Geh doch jetzt gleich hoch. Laß uns herausfinden, ob es noch immer funktioniert.«

»Ich will mal sagen, wenn Ihr das so dringend woll'n

tut, Euer Gnaden –« Er erhob sich und wandte sich mit zweifelnder Miene zum Gehen.

Bitte beachtet, wie schnell ich es erklärt hatte, und wie ich einige erlogene Behauptungen hinzugefügt hatte. An diesem Kämmerchen war überhaupt nichts Besonderes, aber ich wollte, daß Malon das *glaubte.*

Ich glaube, Vater hat Garion einmal erklärt, daß das ›Talent‹ in unserer Familie latent in allen menschlichen Wesen schlummert, und solange jemand Grund hat zu *glauben,* etwas würde geschehen, wird es vermutlich auch geschehen. Wenn Malon fest davon überzeugt war, die Besenkammer auf der Turmspitze sei ein magischer Ort, dann würde mein Plan aufgehen.

Ich gab ihm ein paar Minuten, um hinaufzugelangen, und dann schickte ich meinen Gedanken zu ihm aus. *»Malon Killaneson, kannst du mich hören?«*

»So deutlich, als wenn Ihr hier direkt neben mir steh'n tun würdet, Euer Gnaden«, rief er mit verzerrter Stimme aus.

»Sag nichts, Malon. Faß das, was du sagen willst, vielmehr in Gedanken. Forme die Gedanken in deinem Kopf, nicht in deinem Mund.«

»Was für 'n Wunder!« Sein Gedanke war viel deutlicher als seine Stimme.

»Gib mir einen Moment Zeit, um die Spinnweben von meinem Zauberspruch zu fegen«, sagte ich. *»Ich habe die Kammer seit Jahrhunderten nicht mehr benutzt.«* Ich habe im Laufe der Zeit herausgefunden, daß schmückendes Beiwerk wie kleine hausfrauliche Bemerkungen den Glauben festigen. *»Fertig«,* sagte ich nach ungefähr einer Minute, *»besser jetzt?«*

»Viel besser, Melady.« In Wirklichkeit gab es nicht den geringsten Unterschied.

Danach versuchten wir es auf größere Entfernung und setzten unser kleines Spiel bis lange nach Mitternacht fort, und dann war die ganze Angelegenheit tief in Malons Bewußtsein verankert. Danach kehrten wir in die Bibliothek zurück. »Ich mache mich jetzt besser auf den Weg zurück zur Hütte«, teilte ich ihm mit. »Vater wird gewiß bald nach mir sehen. Weil Vater mich hier festhält, muß du meine Befehle an General Halbren übermitteln. Ich werde dir eine schriftliche Ermächtigung geben, daß du in meinem Namen sprichst, und das sollte jeden Widerspruch im Keim ersticken. Wir beide müssen eng in Verbindung bleiben, und deshalb möchte ich, daß du jeden Tag bei Anbruch der Dämmerung in jenen Raum kommst, damit wir uns unterhalten können. Dur wirst mich über die Ereignisse auf dem laufenden halten und mich auf Angelegenheiten hinweisen müssen, die meiner Aufmerksamkeit bedürfen. Ich werde dir dann sagen, wie du vorzugehen hast.«

»Melady, Ihr seid mir schon was Cleveres! Habt Euch was einfall'n lass'n, wie Ihr an zwei Orten gleichzeitig sein könn'n tut!«

»Nun, nicht ganz. Es ist eine recht umständliche Art, unsere Arbeit zu erledigen, aber uns bleibt keine Wahl. Wenn wir Muros erst einmal fest unter Kontrolle haben, lassen wir Halbren das Hauptquartier in einem der dortigen Gebäude aufschlagen. Dann spreche ich einen Zauber über einen der Räume, so daß wir beide uns auch dort austauschen können. Auf diese Weise mußt du nicht deine ganze Zeit auf dem Pferderücken verbringen, um Botschaften zu übermitteln. Schärfe Halbren ein, daß es bei der Einnahme von Muros zu keinerlei Plünderungen oder Greueltaten kommen darf. Die Menschen in Muros sind nicht unsere Feinde.«

»'ch sorg dafür, Melady. Ihr könnt Euch auf mich verlass'n tun, das will ich mal sagen.«

Ich schrieb ihm eine offiziell klingende Ermächtigung, und dann begab ich mich in meinen Garten und legte wieder Federn an. Wie es sich herausstellte, kam ich gerade rechtzeitig zu Mutters Hütte zurück. Während ich noch einflog, sah ich Vater auch schon durch das hohe Gras im Rücken der Ruine kriechen. Ich hatte kaum noch Zeit, meine eigene Gestalt wieder anzunehmen, aber im letzten Augenblick drehte ich noch einmal ab. Mir war soeben eine Idee gekommen, die sich später als nützlich erweisen mochte. Ich landete auf einem einsam stehenden Baum mehrere hundert Stocklängen von der Hütte entfernt und verschwamm vom Falken in eine Schnee-Eule. Ich wußte, daß diese Gestalt Vater zunächst aufbringen würde, aber ich wußte auch, daß sie meine gelegentliche Abwesenheit erklären würde. Er würde annehmen, daß ich irgend etwas aufspüren müßte oder etwas ähnliches. Ich ließ etwa eine Viertelstunde verstreichen, damit er richtig nervös werden konnte, und dann flog ich herbei, nahm meine eigene Gestalt an und gab mir große Mühe, den Eindruck zu erwecken, ich wolle für den Rest des Tages Trübsal blasen.

Meine Eroberung von Muros ging in aller Stille vonstatten. Meine Armee, alltäglich gekleidet und in unauffällige Zweier- und Dreiergrüppchen aufgeteilt, mischte sich unter den stetigen Strom von Flüchtlingen aus Wacune. Wir wollten verhindern, daß die Asturier von unserer Anwesenheit erfuhren, bevor wir die Stadt vollständig in der Hand hatten. Die knappen Befehle, die Malon meinen Generälen überbrachte, hatten sie mit großer Entschlossenheit erfüllt, und das hob die Moral der gesamten Truppe. Darüber hinaus schien die verbesserte Moral der Truppe ansteckend zu sein. Auch die gewöhnlichen Bürger erkannten, daß die Welt nicht mit dem Fall von Vo Wacune untergegangen war und daß die Asturier möglicherweise doch nicht unbesiegbar waren. Ich konzentrierte mich auf Muros, weil es offensichtlich Garteons nächstes Angriffsziel war, mehr aber noch, weil ich einen Sieg in der ersten größeren Feldschlacht *brauchte*, um meinen eingeschüchterten Untertanen wieder ein wenig Mut einzuflößen.

Der nächste Teil meines Plans war meinen Soldaten schon schwieriger zu vermitteln. Meine Südarmee war größtenteils wacitischer Herkunft, und ein gewaltiges Murren der Unzufriedenheit – das an offene Befehlsverweigerung grenzte – erhob sich in ihren Reihen, als

Malon Halbren und den anderen Generälen den Befehl übermittelte, daß jede Patrouille, die auf Asturier stieß, weglaufen sollte. Weglaufen ist, wie ich annehme, ein Wort, das im wacitischen Sprachschatz nicht vorkommt.

»Wir versuchen die Asturier in eine größere Schlacht zu verwickeln, Malon«, erläuterte ich meinem Freund geduldig, als er mir die Einwände Halbrens und meiner anderen Generäle darlegte. *»Ich will, daß Garteons Armee glaubt, wir hier oben in Erat seien völlig eingeschüchtert und hätten Angst vor unserem eigenen Schatten. Dann werden sie, wenn sie den Camaar überqueren, mit keinem ernsthaften Widerstand rechnen. Und das wird der Zeitpunkt sein, wenn wir wie hungrige Tiger über sie herfallen. Ich will, daß sie so laut schreien, daß Garteon sie tief unten in seinem Rattenloch hört, wo immer er sich auch verkrochen hat.«*

»Ihr tut diesen Garteon so richtig hass'n tun, Melady, nicht wahr?«

»Haß ist eine sehr milde Umschreibung für die Gefühle, die ich für ihn hege. Ich würde ihn mit Freuden fünf Wochen lang auf kleiner Flamme brutzeln.«

»Ich werd ab jetzt immer Zunder in meiner Tasche steck'n hab'n, Euer Gnaden.«

»Wie aufmerksam du doch bist, Malon!«

»Ich werd Euern Generäl'n unten in Muros mal mächtig auf die Zeh'n tret'n tun, Euer Gnaden«, versprach er. *»Ich sorg dafür, daß sie ihre Trompeten wieder versteck'n und abwart'n, bis die verflucht'n Asturier übern Fluß gezottelt komm'n. Dann vernasch'n wir sie zum Frühstück. Ich werd persönlich runterreit'n müss'n, um ihre volle Aufmerksamkeit zu krieg'n. Ich werd also 'ne Woche oder so nicht mit Euch sprech'n könn'n. Tut Euch nicht Euern Kopf dadrüber zerbrech'n tun, Melady. Ich bin nur fleißig und leg den Köder für Garteons Armee aus, will ich mal sagen.*

»Ich verstehe voll und ganz, Malon.« Die Tatsache, daß er Killane so ähnelte, nicht nur äußerlich, sondern auch in seiner Rede- und Denkweise, hatte uns einander in

erstaunlich kurzer Zeit sehr nahegebracht. In gewisser Weise machte ich genau da weiter, wo ich vor mehreren Jahrhunderten aufgehört hatte. Die lästige Phase des ›Sich-Kennenlernens‹ blieb uns also erspart.

Die Strategie, die ich in Muros anwandte, war nicht außergewöhnlich, aber die Asturier jener Zeit waren auch nicht sehr belesen, und Geschichtsbücher gelten ja als besonders trocken und verstaubt, so daß ich mir ziemlich sicher sein durfte, daß sie mit meinen abgenutzten alten Listen nicht vertraut waren. Halbren und meine anderen Generäle begriffen schließlich, worum es mir ging, aber die gewöhnlichen Soldaten schienen ziemliche Schwierigkeiten damit zu haben.

Infolge unseres Täuschungsmanövers wurden die Asturier zusehends kühner, und im Frühherbst sammelte sich Garteons Armee am Südufer des Camaarflusses. Vaters beständige Überwachung machte es mir völlig unmöglich, den von mir geplanten Gegenangriff persönlich zu leiten. General Halbren würde also auf sich selbst gestellt sein. Halbren war der Aufgabe sicherlich gewachsen, was *mich* indes nicht davon abhielt, wieder in eine Angewohnheit aus Kindertagen zu verfallen: das Nägelkauen. Tausende von ›Was-aber-Wenns‹ hinderten mich erfolgreich am Schlafen.

Um eine Angelegenheit *konnte* ich mich allerdings kümmern. Ich trug Malon auf, in einer bestimmten Nacht so viele Führer des wacitischen Widerstands, wie er im Wald auftreiben konnte, in den Ruinen eines Dorfes auf halbem Weg zwischen Vo Wacune und dem Camaarfluß zu versammeln, so daß ich mit ihnen reden konnte.

An diesem Abend entwischte ich meinem Vater, wurde zum Falken und flog zu dem verabredeten Treffpunkt. Da die Asturier das Dorf niedergebrannt hatten, war außer Haufen verkohlter Holzbalken und eingestürzter Steinwände nichts mehr übrig. Es war eine mondlose Nacht, und der umliegende Wald ließ die Ruinen noch bedrückender und unheilvoller erscheinen.

Ich konnte die Anwesenheit einer beträchtlichen Anzahl von Menschen spüren, aber sie verbargen sich vorsichtig vor mir, während ich durch die Ruinen auf das, was einmal der Marktplatz gewesen war, zuschritt. Dort stand Malon inmitten einer abgerissen aussehenden Gruppe bewaffneter Männer. »Ah, Euer Gnaden, da seid Ihr ja«, begrüßte er mich.

Er stellte mich einer bunt zusammengewürfelten Schar wacitischer Patrioten vor. Einige waren Edelleute, von denen ich mehrere noch aus glücklicheren Tagen kannte. Andere waren Leibeigene oder Kaufleute aus der Stadt, und ich bin mir ziemlich sicher, daß es auch den einen oder anderen Banditenhäuptling in der Gruppe gab. Wenn ich es recht verstand, befehligte jeder dieser Männer eine Bande, die die Asturier ›Geächtete‹ nannten, Männer, die sich einen Spaß daraus machten, asturische Patrouillen in einen Hinterhalt zu locken und zu überfallen.

»Meine Herren«, sprach ich sie an, »ich habe nicht viel Zeit, deshalb will ich mich kurz fassen. In Bälde werden die Asturier in mein Herzogtum einfallen. Wahrscheinlich werden sie über den Camaarfluß angreifen und Muros belagern. Sie werden nicht mit Widerstand rechnen, da sie meine Armee für eine Ansammlung von Feiglingen halten.«

»Wir hab'n davon gehört, Euer Gnaden«, warf ein bulliger Leibeigener namens Beln ein. »Ich will mal sagen, wir ham's kaum glaub'n woll'n. Wir ham alle Verwandte oben in Muros, und die war'n immer alles and're als schüchtern.«

Das war der Grund, weshalb ich das Treffen arrangiert hatte. Diese wacitischen Führer mußten wissen, daß die scheinbare Feigheit meiner Armee Strategie war. »'ch hab ihnen *befohl'n,* die Hasenherzen zu spiel'n, Bürschelchen«, entgegnete ich in ihrem Dialekt. »'ch hab den Asturiern 'ne Falle stell'n woll'n, will ich mal sagen. Laß es dir gesagt sein, Jungchen, meine Armee wird schon mit dem Hakenschlag'n aufhör'n tun, wenn's soweit ist.«

Nein, mit dem Gebrauch ihres Dialekts wollte ich mich *nicht* über sie lustig machen. Ich riß nur ganz bewußt bestimmte Mauern ein, die zwischen den gesellschaftlichen Schichten existierten. Ich wollte, daß der wacitische Widerstand eine geeinte Streitmacht war, und das erforderte die Aufgabe bestimmter schlechter Angewohnheiten aus alten Zeiten.

Beln sah sich mit einem breiten Feixen auf dem zottigen, bärtigen Gesicht zu seinen Freunden um. »Is das nich 'nen nettes Mädel, häh?« sagte er zu ihnen.

»Das tut mich aber mächtig froh mach'n tun, Beln«, versetzte ich. »Also, nach der Schlacht auf der Ebene vor Muros – die ich übrigens gewinnen *werde* – werden die Asturier völlig demoralisiert sein und in heilloser Auflösung über den Camaar zurück fliehen. Dann kommt Euer Einsatz, meine Herren. Laßt sie in Ruhe, wenn sie nach Norden über den Fluß ziehen, aber wenn sie zurückzukommen versuchen – bitte sehr, dann seid so frei, alte Rechnungen zu begleichen. Um es kurz und bündig zu sagen, es wird an jenem Tag *zwei* Schlachten geben. Ich schlage die Asturier auf der Ebene, und ihr schlagt sie dann noch einmal hier in den Wäldern, wenn sie vor mir wegzulaufen versuchen.«

Dafür gab es anhaltenden Jubel.

»Oh, eins noch«, fügte ich hinzu. »Nach ihrer doppelten Tracht Prügel werden die Asturier so mutlos sein, daß sie Gruppen gewöhnlicher Leute, die durch die Gegend hier ziehen, keine große Aufmerksamkeit schenken werden. Ich bin sicher, ihr habt alle noch irgendwelche Lieben, die ihr gern in Sicherheit bringen möchtet, und es gibt ja auch noch andere, die sich dem asturischen Joch nicht beugen wollen. Verbreitet überall, daß sie alle in Muros willkommen sind. Ich werde dafür sorgen, daß sie Unterkunft und Nahrung bekommen.«

»Wird das nicht Eure Rücklagen aufzehren, Euer Gnaden?« fragte mich der junge blonde Baron Athan, dem ich in Vo Wacune mehrmals begegnet war.

»Das regle ich schon, Mylord«, versicherte ich ihm.

»Ich habe seit dem Fall von Vo Wacune Vorkehrungen für die Versorgung wacitischer Flüchtlinge getroffen.« Ich wandte mich erneut an sie alle. »Ich weiß, daß die meisten von euch lieber hierbleiben und kämpfen würden, aber bringt eure Frauen, Kinder und alten Leute in Sicherheit. Laßt keine Unschuldigen zurück, die die Asturier als Geiseln nehmen könnten.«

»Eure Argumente sind wohlbegründet, Euer Gnaden«, stimmte Athan mir zu. Dann sagte er: »Im übrigen, Mylady, es drängt mich danach, am Ende dieser Zusammenkunft ein Wort unter vier Augen mit Euch zu wechseln.«

»Natürlich, Baron.« Dann sah ich reihum den anderen Patrioten ins Gesicht. »Ich würde vorschlagen, die Flüchtlinge in kleinen Gruppen flußaufwärts zu führen, meine Herren. Schafft sichere Wege durch den Wald und schickt immer nur ein Dutzend Leute auf einmal auf diesen Schleichpfaden nach Erat. Ich sorge dafür, daß Boote auf sie warten, um sie sicher über den Fluß zu setzen.«

Wir erörterten die einzelnen Aspekte der von mir vorgeschlagenen Massenflucht noch etwa eine halbe Stunde, und dann verschwanden die meisten Patrioten wieder in den Wäldern. Baron Athan blieb zurück. »Mir obliegt noch eine höchst betrübliche Pflicht, Euer Gnaden«, eröffnete er mir. »Mit größtem Bedauern muß ich Euch mitteilen, daß Graf Ontrose, Euer Kämpe, bei der Belagerung Vo Wacunes starb.«

Das Herz in meiner Brust wurde zu Eis. Trotz allem hatte ich mich an ein paar letzte Hoffnungsschimmer geklammert, mein Geliebter möchte dennoch überlebt haben.

»Ich war bei ihm, als er starb«, fuhr Athan fort. »Meine Absicht war es gewesen, den Makel zu tilgen, mit dem Baron Lathans Verrat unsere Familie besudelt hat, indem ich mein eigenes Leben bei der Verteidigung von Vo Wacune hingab, denn fürwahr, dieser ehrlose Schurke war ein entfernter Vetter von mir. Graf Ontrose indes hieß mich fliehen. Er befahl meine Flucht, auf daß ich Euch die Nachricht seines Todes überbringen konnte, denn er fürchtete, Zweifel und Ungewißheit möchten Euch an der Erfüllung Eurer Eidespflicht hindern. Nichts liegt mir ferner, als Euch Kummer zu bereiten, werteste Dame, doch mit seinem letzten Atemzug hauchte er Euren Namen.«

Ich errichtete eine kalte Mauer aus Stahl um mein Herz. »Eurer traurigen Pflicht habet Ihr Euch fürtrefflich entledigt, Mylord«, dankte ich ihm. »Doch nun müssen wir Lebewohl sagen. Strebt mit aller Kraft danach, unseren würdigen Freund zu rächen, Baron Athan, wie auch ich es tun will. Ist das Schicksal uns gnädig, so werden wir später eingehender über diese Tragödie sprechen.«

Dann verließ ich das Dorf und begab mich wieder in den Schutz der Dunkelheit zwischen den Bäumen. Ich weinte eine Weile, aber schlichtes Weinen schien zu leichtfertig und harmlos für den überwältigenden Kummer, der mir das Herz zerriß. Meine Verzweiflung bedurfte stärkeren Ventils. Ich verwandelte mich in einen Falken und schwang mich blindlings in die Lüfte empor. Raubvögel schreien selten nachts, aber in diesem speziellen Fall hatte ich mehr als genug Grund zum Schreien. Und so hallten meine Schmerzens- und Verzweiflungsschreie hinter mir her über den finsteren Forst Nordarendiens und die Flanken der sendarischen Berge empor, wo das Echo meines Leides von den ewigen Felsen abprallte und die Oberfläche eines jeden Gletschers versengte, der sich vom Gebirge zu Tale schob.

Der wacitische Widerstand hatte ausgedehnte Kontakte über die Grenze nach Asturien, und alle Informationen, die auf diesem Umweg beschafft wurden, kamen zu guter Letzt Malon zu Ohren. Eines Abends, nicht lange nach dem Geheimtreffen in jenem zerstörten Dorf, berichtete er mir, daß Herzog Garteon und ein angarakanischer Berater ihr Versteck verlassen hätten und wieder in den Palast in Vo Astur zurückgekehrt wären. Malons Nachricht bestätigte, was ich von Anfang an vermutet hatte. Ctuchik *pfuschte* wieder in der arendischen Politik herum. Der schmerzliche Verlust, den ich angesichts der Bestätigung vom Tod meines geliebten Ontrose erlitt, führte mich in einige sehr finstere Winkel meines Geistes, als ich mir all das ausmalte, was meinen verzweifelten Rachehunger wenigstens teilweise befriedigen könnte. Meine Erfahrung als Ärztin legte eine Reihe von Vorgehensweisen nahe, die sich Wochen – wenn nicht Monate – hinziehen würden. Die Vorstellung eines sich jahrelang in unerträglichen Qualen windenden Ctuchik war überaus tröstlich.

Im Spätherbst überquerten die Asturier den Camaarfluß, um in mein Herrschaftsgebiet einzufallen. In der festen Überzeugung, auf keinen oder nur geringen Widerstand zu treffen, zogen sie gen Muros. General Halbren war so klug, nicht sogleich zu reagieren, sondern wartete vielmehr, bis die asturische Armee einen Tagesmarsch vom Nordufer des Flusses entfernt stand, bis er zum Gegenangriff ausholte. Wie er sich später mir gegenüber ausdrückte: »Ich hielt es für keine gute Idee, eine so perfekt aufgestellte Falle zu vergeuden, indem ich sie zuschnappen ließ, bevor alle Mäuse drin waren, Euer Gnaden. Ich wollte nicht, daß sie sich zum anderen Flußufer zurücksehnten, sondern sich voll und ganz darauf konzentrierten, ausgelöscht zu werden. Alles in allem ist es mir recht gelungen, würde ich meinen.« Halbren war ein Meister der Untertreibung, wenn er es darauf anlegte.

Mein Heer hatte sich an dem Kampfverbot gerieben, das ich ihm auferlegt hatte, und als Halbren dieses Verbot aufhob, kamen sie aus Muros angestürmt wie ein Rudel hungriger Wölfe.

Die Schlacht von Muros war kurz und schmerzhaft. Die asturischen Generäle waren infolge der vorgeblichen Feigheit meiner Armee eine Spur zu überheblich geworden. Sie rechneten lediglich mit einem gemütlichen Spaziergang ohne nennenswerten Widerstand vom Camaarfluß bis vor die Tore der Stadt. So kam es, daß sie vergnügt und munter in das Feuer marschierten, das ich zu ihrem Empfang bereitet hatte. Um ihre Lage noch zu verschlimmern, waren ihre Soldaten nicht an offene Feldschlachten gewöhnt. Asturien ist ein einziger großer Wald, und Muros liegt auf einer unbewaldeten Ebene. *Meine* Generäle waren von Ontrose ausgebildet worden, so daß sie nicht nur im Wald, sondern auch in offenem Gelände zu kämpfen verstanden. Erst als sie aus allen Richtungen angegriffen wurden, wurde den Asturiern bewußt, daß sie umzingelt waren. Es war weniger eine Schlacht als ein Gemetzel. Die wenigen Asturier, die es überlebten, flohen nach Süden, zurück über den Camaarfluß – wo die wacitischen Patrioten bereits auf sie warteten.

Ich schöpfte eine gewisse Befriedigung aus dem Wissen, daß die Armee, die Vo Wacune dem Erdboden gleichgemacht und meinen geliebten Ontrose getötet hatte, an jenem frostigen Herbstnachmittag bis auf den letzten Mann aufgerieben wurde. Das war der erste Teil meiner Rache.

Der zweite folgte ein Weilchen später.

Nach unserem Sieg vor Muros begannen wacitische Flüchtlinge über die Grenze zu strömen, und es fiel mir recht schwer, für alle Unterkünfte und genügend Nahrungsmittel bereitzustellen. Malon ersetzte mir Augen und Ohren – und Hände –, so daß er in jenem Winter der meistbeschäftigte Mann Erats war. Wir errichteten neue Dörfer – hauptsächlich auf meinen eigenen Gütern –, und meine Kornspeicher lieferten die Nahrung. Lebensbedingungen und Ernährung waren nicht eben luxuriös, aber meine neuen Untertanen kamen durch den Winter. Malon hatte vorausgesagt, daß wacitische Flüchtlinge eines gewissen Alters darauf brennen würden, sich meinem Heer anzuschließen, und er sollte in diesem Punkt recht behalten. Ich wies Halbren an, sie in neuen Bataillonen zusammenzufassen, die von Offizieren der ehemaligen wacitischen Armee geführt wurden. Diese Offiziere übernahmen die Aufgabe, die neuen

Rekruten auszubilden, und das gab Halbren und meinen anderen Generälen freie Hand, meine Südgrenze zu verteidigen.

Obwohl die fortgesetzte Überwachung durch meinen Vater mich mehr oder weniger an die ehemalige Hütte meiner Mutter fesselte, vervollkommneten Malon und ich unsere besondere Form der Verständigung mehr und mehr. Als wir das Hauptquartier der Südarmee in Muros errichtet hatten, hatte ich einige Dinge mit unserem ›verzauberten Raum‹ angestellt, die es einigen weiteren Auserwählten ermöglichten, sich ebenfalls direkt mit mir zu verständigen – nur für alle Fälle. Ich bin mir sicher, daß Vater oder einer der Zwillinge, die sich in der Nähe versteckt hielten, um mich zu beobachten, überzeugt waren, die Geschehnisse in Vo Wacune hätten mich abgestumpft. In Wahrheit jedoch war der leere Ausdruck auf meinem Gesicht für gewöhnlich nur ein Zeichen dafür, daß ich in ein Gespräch mit Malon oder einem meiner Generäle vertieft war.

Die wacitischen Patrioten auf der anderen Seite des Camaarflusses fuhren natürlich fort, Asturier zu ermorden, aber, was noch viel wichtiger war, sie erstatteten uns auch Bericht über asturische Truppenbewegungen und militärische Operationen. Ich wußte wahrscheinlich besser über Aufbau und Stärke von Garteons Truppen Bescheid als er selbst. Mein wahrer Vorteil indes war strategischer Natur. Ich entschloß mich, meinen in der Schlacht bei Muros errungenen Sieg *nicht* auszunutzen, indem ich in Asturien oder dem einstigen Wacune einfiel. Es bestand keinerlei Notwendigkeit dazu, denn ich bekam ohnehin alles, was ich wollte, ohne einen Finger zu rühren. Die Massenauswanderung wacitischer Flüchtlinge entvölkerte Nordwacune wirkungsvoll, und ohne Leibeigene, die seine Äcker bestellten, brachte Garteons Eroberung ihm nicht das geringste ein. Alles, was er für seinen ungeheuren Aufwand erhielt, waren menschenleere Wälder und ungepflügte, von Unkraut überwucherte Felder. Meine wacitischen Spione hielten mich über asturische Truppenbewegungen auf dem laufenden, so daß ich immer darauf vorbereitet war, wenn Garteon eine weitere Flußüberquerung in Angriff nahm. Es dauerte nicht lange, und asturische Soldaten – und schließlich auch asturische Generäle – begannen von ›Hexerei‹ und anderen Abwegigkeiten zu munkeln, und auch das wirkte sich zu meinem Vorteil aus. Nachdem meine Streitmacht einige zögerliche Versuche zur Flußüberquerung zurückgeschlagen hatten, gewannen die Asturier die feste Überzeugung, die ›Hexenfrau von Muros‹ kenne ihre geheimsten Gedanken. In den asturischen Rängen brach eine plötzliche Epidemie von Zaghaftigkeit aus. Ich bin mir ziemlich sicher, daß Garteons zahmer Grolim es besser wußte, aus irgendeinem Grund jedoch nicht in der Lage war, die asturische Armee davon zu überzeugen, daß ich sie *nicht* mit einer Handbewegung in ein Heer von Kröten verwandeln konnte. Die Legende von ›Polgara der Zauberin‹ war zu tief im arendischen Bewußtsein verankert, als daß so etwas Banales wie Spott sie hätte entzaubern können.

Dann hatten wir auch noch eine wahre Glückssträhne. Wären Garteon und sein Grolim in Vo Astur geblieben, hätten wir keine Möglichkeit gehabt, sie zu fassen, aber schließlich *mußte* Garteon einfach einen Blick auf das werfen, was seine Armee Vo Wacune angetan hatte. Hämische Siegesfreude ist wahrscheinlich nur allzu menschlich, aber sie kann manchmal ganz schön gefährlich sein. Es war ungefähr ein Jahr nach der Schlacht von Muros, im Herbst 2944, als der Herzog von Asturien und sein angarakanischer Freund Vo Astur verließen – *allein*, ihr glaubt es mir wahrscheinlich nicht – und zu den Ruinen meiner geliebten Stadt reisten.

Malon Killaneson hatte stets gewissenhaft alle Nachrichten an mich weitergegeben, die ihm in die Hände fielen, aber diesmal tat er das nicht. Statt dessen verschwand er. Ich war mehr als nur ein wenig überrascht –

panisch erschrocken würde es eher treffen –, als General Halbrens Stimme mich bei der Ernte in meinem Garten unterbrach und mich davon unterrichtete, daß Malon nirgends zu finden war.

Schreckensvisionen von asturischen Mördern überschwemmten meine Gedanken, während ich auch schon zum Falken wurde und mir fast die Federn ausriß, um nach Muros zu gelangen. Malon war der einzige unersetzliche Mann in meinem gesamten Herzogtum.

Das erste, was ich General Halbren bei meiner Ankunft befahl, war, Muros solange von seinen Männern auf den Kopf stellen zu lassen, bis Malon unter irgendeinem Stein hervorpurzelte. Alle erdenklichen interessanten – und ungesetzlichen – Dinge kamen zum Vorschein, nur Malon nicht.

Wie ich zuvor bereits erwähnte, war General Halbren ein solider Berufssoldat, nach Ontrose der ranghöchste Befehlshaber meiner Armee. Seine allgemeine Haltung wirkte eher sendarisch als wacitisch. Er war bodenständig, verläßlich und beinahe durch nichts zu erschüttern. Seine pure Gegenwart beruhigte mich, und in diesem Moment hatte ich nichts so dringend nötig wie Beruhigung. »Malon ist einfach nicht da, Euer Gnaden«, erstattete er mir am Morgen, nachdem seine Soldaten Muros auseinandergenommen hatte, Bericht. »Seit vorgestern hat ihn niemand mehr gesehen. Er hatte eine Besprechung mit einer Gruppe wacitischer Patrioten in seinem Amtszimmer. Nach ihrem Weggang blieb er noch bis Mitternacht in seinem Zimmer, und dann verließ er das Gebäude. Über den Zeitpunkt bin ich mir absolut sicher, denn ich habe persönlich den Mann befragt, der Wache am Haupteingang hatte. Malons Wohnung liegt in einem Gasthof zwei Straßen weiter, und seine Räume dort ließen Zeichen eines hastigen Aufbruchs erkennen.«

»Ich denke, dann können wir einen Mord ausschließen, General«, sagte ich. »Meuchelmörder machen sich selten die Mühe, nach getaner Arbeit die Leiche mitzunehmen.«

»Stimmt, Euer Gnaden.«

»Die Tatsache, daß Malon Zeit hatte, ein paar Dinge in eine Reisetasche zu stopfen, schließt auch eine Entführung aus, würdet Ihr mir da zustimmen?«

»Das läßt sich vermutlich mit Sicherheit sagen, Mylady.«

»Also deutet alles darauf hin, daß er freiwillig gegangen ist – *ohne* sich die Mühe zu machen, mich über seinen Verbleib aufzuklären.«

»Das sieht ihm gar nicht ähnlich, Euer Gnaden«, merkte Halbren an. »Malon zieht Euch *immer* zu Rate, bevor er etwas unternimmt.«

»Es besteht die Möglichkeit, daß die Waciter ihm Nachricht über irgendeinen Notfall in seiner Familie gebracht haben, aber ich glaube, er hätte in diesem Fall dennoch mit mir gesprochen, bevor er uns verlassen hätte.«

»Dessen bin ich sicher, Euer Gnaden.«

»Hat irgend jemand sein Amtszimmer betreten, nachdem die Waciter gegangen waren?«

»Nein, Euer Gnaden. Der Posten am Eingang und der für die Nachtwachen verantwortliche Offizier hätten gewiß jeden bemerkt.«

»Wann sind die Waciter wieder gegangen?«

»Drei Stunden nach Sonnenuntergang, Euer Gnaden.«

»Und Malon hat sich ungefähr zwei Stunden später davongemacht?«

»In etwa, Euer Gnaden.«

»Laßt uns einen Blick in sein Amtszimmer werfen, General. Vielleicht finden wir dort einen Anhaltspunkt.«

Halbren verzog reumütig das Gesicht.

»Irgend etwas nicht in Ordnung, Halbren?« erkundigte ich mich.

»Ich dachte nur gerade, wo ich bloß meine Gedanken gehabt habe, Euer Gnaden. Die Idee, sein Amtszimmer zu durchsuchen, ist mir nicht gekommen. Ich neige dazu, die Privatsphäre anderer Menschen zu respektieren.«

»Ein löblicher Zug, General, nur in diesem Fall ein wenig fehl am Platze. Kommt, laßt uns sehen, was Malon auf seinem Schreibtisch liegen hat.«

Wie sich herausstellte, hatte Malon nichts auf seinem Schreibtisch liegen. Er war ein nahezu zwanghaft ordnungsliebender Mensch, und deshalb räumte er alles weg, sobald er es benutzt hatte. Ich kannte ihn indes sehr gut, und deshalb wußte ich, daß er irgendwo ein Versteck haben würde – für seine Flasche, wenn schon für sonst nichts. Dieses Versteck zu finden, fiel mir nicht sonderlich schwer, da ich über gewisse Vorteile verfüge, wenn es ans Finden von Dingen geht. Es *gab* eine Geheimschublade in seinem Schreibtisch, welche die übliche halbvolle Schnapsflasche enthielt. Darüber hinaus enthielt sie eine Landkarte von Wacune, und als ich sie auseinanderfaltete, entdeckten Halbren und ich sofort die in Tinte gezogene Linie, die eine Verbindung zwischen der nördlichen Grenze von Wacune zur Stätte der früheren Hauptstadt herstellte – ein Weg, der offenbar alle Hauptstraßen mied und wahrscheinlich Schleichpfaden folgte, die nur den Geächteten der Wälder bekannt waren.

»Könnte er dorthin gegangen sein, Euer Gnaden?« überlegte Halbren.

»Dessen bin ich mir fast sicher, General, und ich werde ein Wörtchen mit ihm darüber zu reden haben. Er sollte es besser wissen, als sich allein davonzustehlen. Laßt Eure Männer weiter Erkundigungen einziehen, aber ich bin davon überzeugt, daß Malon inzwischen den Camaar überquert hat und sich in Wacune befindet.«

»Ein Notfall möglicherweise?«

Ich schüttelte den Kopf. »Nein, Halbren. Ich habe ihm immer eingeschärft, Notfälle nicht auf eigene Faust zu lösen. Er ist hier, um Befehle von mir weiterzuleiten, und nicht, um wegzulaufen und die Dinge selbst in die Hand zu nehmen.« Meine Augen verengten sich. »*Wenn* wir ihn finden, sollte er sich besser ein paar gute Ausreden für seine kleine Reise einfallen lassen.«

General Halbren und ich lernten einander noch besser kennen in den zwei Wochen, die Malon in Wacune zubrachte. Ich mochte Halbren. In gewisser Hinsicht verkörperte er eine Mischung aus arendischer Impulsivität und sendarischer Vernunft. Zudem waren wir beide wütend über Malons eigenmächtiges Verschwinden. Halbren benachrichtigte seine eigenen Leute in Wacune und bat sie, die Wälder nach meinem abtrünnigen Seneschall zu durchkämmen.

Das nahm, wie ich bereits sagte, zwei ganze Wochen in Anspruch, und als die Waciter Malon zu guter Letzt *aufspürten*, befand er sich bereits auf dem Rückweg nach Muros.

Ich verbrachte den Großteil des Tages damit, an meiner großen Anklagerede zu feilen, die ich auf das Haupt meines Freundes niedergehen lassen wollte, aber ich erhielt nie Gelegenheit, sie zu halten. Malon wirkte erschöpft, gleichzeitig jedoch überglücklich, als General Halbren ihn meinen Klauen überantwortete. Auf dem Gesicht hatte er dieses unwiderstehliche Lächeln, das mich so an Killane erinnerte.

»Soso, wartet mit dem Ausschimpf'n, bis Ihr meine Geschichte gehört habt, Euer Gnaden«, sagte er beim Eintreten. Das Donnerwetter, das sich auf meiner Miene zusammenbraute, hatte er nicht übersehen können.

»Ihr steckt tief drin, Malon«, klärte Halbren ihn auf.

»'s tut mir schrecklich leid, Euch beiden Sorgen gemacht zu hab'n«, entschuldigte sich Malon, »aber ich hatte völlig recht, will ich mal sagen. Ein entfernter Vetter, der unten in Wacune leb'n tut, hat mir vor 'nen paar Wochen gewisse Nachrichten gebracht, und da hab ich meine Chance gewittert, Euer Gnaden hier mit einem verfrühten Geburtstagsgeschenk zu überrasch'n, will ich mal sagen. Ihr mögt doch Überraschungen, Melady?«

»Eigentlich nicht, Malon. Für gewöhnlich enthalten sie schlechte Nachrichten.«

»Diesmal nicht, Fräuleinchen«, freute er sich. »Wie es sich herausstellte, hab'n ein paar meiner wacitischen Verwandten mal vorbeigeschaut, um mir zu erzähl'n, daß dieser Herzog Garteon und sein Busenfreund von Murgo in der Nähe der Ruinen von Vo Wacune geseh'n word'n sind, und da dachte ich mir doch, was für 'ne nette kleine Gelegenheit, 'nen paar alte Rechnungen zu begleich'n, die schon so lange an Euer Gnaden nag'n tun. 'ch hab fast die ganze Killanesonfamilie drangesetzt, aber trotzdem hat es fast 'ne Woche gedauert, den Feind aufzuspür'n. Er und dieser Murgo war'n nämlich ganz schön vorsichtig, will ich mal sagen. Na ja, der langen Rede kurzer Sinn, am Ende hab'n wir die beiden aufgefund'n, und ich hab 'nen kleinen Hinterhalt gelegt, um sie in Wacune willkomm'n zu heiß'n.«

»Du Idiot!« ging ich auf ihn los. »Dieser Murgo ist ein Grolim!«

»Mag sein, mag sein, Euer Gnaden, aber er hat nichts Grolimmäßiges mehr gemacht, nachdem wir ihn mit 'nem Dutzend Pfeilen, ich will mal sagen, gespickt hatt'n, vielleicht waren's auch 'nen paar mehr. Wenn ich jetzt richtig nachdenk'n tu, ja, doch er *hat* angefang'n, was zu ruf'n, bevor ihn all die Pfeile aus dem Sattel gewor'n hab'n. Tja, wie auch immer, Herzog Garteon gab also seinem Zossen die Spor'n und wollte sich aus dem Staub mach'n tun, aber wir, nicht dumm, hatt'n 'nen Seil über den Weg gespannt, so in Brusthöhe etwa, und das hat ihn doch, schwupp! aus dem Sattel gefegt, als er durchreit'n wollte.«

»Du hast ihn gefangengenommen?« rief ich aus.

»Das hab'n wir, Melady. Das hab'n wir.«

»Wo ist er?«

»Das tut davon abhäng'n tun, wie eifrig er seinen religiös'n Verpflichtungen nachgekomm'n ist, Melady«, antwortete mein Seneschall ein wenig ausweichend.

»Was hast du mit ihm angestellt, Malon?« hakte ich nach.

»Na ja, Melady. Wir hab'n es gründlich besproch'n, während er da japsend auf dem Waldboden lag und versuchte, wieder Luft zu schnapp'n – der Sturz vom Pferd hatte ihm, ich will mal sagen, die Luft aus der Lunge gehau'n. Zuerst, als wir hinter ihm her war'n, war's uns're Absicht gewes'n, ihn nur zu fang'n und Euer Gnaden auszuliefern, damit Ihr mit ihm anstell'n könnt, wodrauf Ihr Lust habt, aber dann, wo wir ihn schon mal hatt'n, da hab'n wir richtig geseh'n, was für 'nen garstiger, gemeiner kleiner Halunke er doch ist, und da hab ich es einfach nicht übers Herz gebracht, so 'nen räudigen Köter vor Eure Augen bring'n zu tun. Je mehr wir also drüber red'n, desto weniger bring'n wir's über uns, ihm durch ein, ich will mal sag'n, offizielles Vorgehen zuviel der Ehre anzutun. In unseren Augen tut er einfach soviel Mühe nicht verdien'n tun.«

»Was habt ihr mit ihm gemacht? Komm zur Sache, Malon.«

»Tja, Melady, da hatt'n wir nun diesen Schurken, und wir dacht'n wirklich, er lohnt nicht die Mühe, den ganzen Weg nach Muros hätt'n wir ihn verköstig'n und bewach'n müss'n, und dann hatt'n wir ja dieses Seil, das ihn gerade aus dem Sattel geriss'n hatte, und dann hatt'n wir auch diese netten Bäumchen. Und da mal nun alles vor Ort war, hab'n wir's als 'nen Wink von den Göttern genomm'n und ihn direkt da aufgehängt.«

An diesem Punkt von Malons Erzählung brach General Halbren in dröhnendes Gelächter aus.

»'ch sollt Euer Gnaden wahrscheinlich nicht verschweig'n tun, daß er's nicht allzugut aufgenomm'n hat«, setzte Malon noch hinzu. »Hat die ganze Zeit gezetert und geschrien, er ist der Herzog von Asturien und so weiter, und wir könn'n das nicht mit ihm mach'n tun, aber wie sich's dann herausstellte, konnt'n wir's doch. Wenn Ihr ihn Euch gern selbst anguck'n wollt, Melady, ich könnte Euch 'ne Karte zeichn'n tun. Wenn ihn niemand abgeschnitt'n hat, dann, ich will mal sagen, schmückt er wahrscheinlich noch immer diesen Baum da unten.«

Halbrens Lachen wurde noch lauter.

Kapitel 24

Ich habe Lynchjustiz eigentlich nie befürwortet, da sie stets ein hohes Potential an Fehlurteilen in sich birgt und es schwer ist, jemanden zu enthängen, wenn man sich eines Besseren besonnen hat. Dieser ganz spezielle Fall stellte indes eine Ausnahme dar, da ich mehrere direkte Vorteile an Malons ein wenig rauher und spontaner Herangehensweise an das Strafrecht entdeckte. Zum einen würde der Vorfall die Stimmung der wacitischen Flüchtlinge, die sich in den südlichen Landstrichen meines Herrschaftsgebiets drängten, und als Folge davon auch die der ursprünglichen Bewohner heben. Noch mehr zählte indes die Tatsache, daß es die Asturier aller Voraussicht nach ablenken würde. Solange es Garteon gegeben hatte, hatte Asturiens Augenmerk der Annektierung meines Herzogtums und sonst nichts gegolten. Jetzt würden sie zumindest einen Teil ihrer Aufmerksamkeit auf das faszinierende Geschäft wenden müssen, den Nachfolger des dahingeschiedenen Herzogs zu küren. Ich sah meinen grinsenden Seneschall an. »In Ordnung, Malon«, sagte ich zu ihm, »ich billige es nicht völlig, aber was geschehen ist, ist geschehen. Wir sollten unseren Vorteil daraus ziehen. Ich möchte, daß jeder in meinem Herzogtum von deinem kleinen Abenteuer erfährt. Du darfst dich nach Lust und Laune damit brüsten, mein Freund. Dann möchte ich, daß du eine Karte zeichnest, den ungefähren Verbleibeort der sterblichen Überreste Herzog Garteons darauf markierst und sie General Halbren hier gibst.«

»Wünscht Euer Gnaden, daß ich den Kadaver entferne?« fragte Halbren.

»Nein, General, das sollten wir ruhig den Asturiern überlassen. Händigt die Karte dem geschwätzigsten Chaldanpriester aus, den Ihr finden könnt. Erzählt ihm, was passiert ist, und bittet ihn, die Karte nach Vo Astur zu bringen. Ich will, daß ganz Asturien die frohe Botschaft vernimmt, und kein Arender wird es jemals wagen, einem Priester den Mund zu verbieten.«

General Halbren unterdrückte ein Kichern und verneigte sich.

»'ch für mein Teil tät nicht erwart'n tun, daß die nächsten paar Wochen über hier allzuviel geschuftet wird, Euer Gnaden«, belehrte mich Malon. »Die Feier wird sehr, ich will mal sagen, lautstark werd'n.«

»Das ist schon in Ordnung, Malon«, winkte ich ab. »Die Ernte ist jetzt sowieso vorbei, und die Leute können die Arbeit ja später nachholen.« Dann lachte ich. »O Malon«, meinte ich, »Was soll ich nur mit dir machen? *Bitte* lauf nicht wieder einfach so weg.«

»'ch werd versuch'n, dran zu denk'n, Euer Gnaden«, versprach er. »So, wenn Ihr mich jetzt entschuldig'n tut, dann mach ich mich mal ans Kartenzeichn'n.« Er sah General Halbren an. »Meine Karte wird nicht sehr genau sein, General«, entschuldigte er sich. »'ch seh mich leider nicht in der Lage, Euch die Vornamen der Bäume nenn'n zu tun, will ich mal sagen.«

»Oh, das macht nichts, Malon«, verzieh ihm Halbren. »Die Asturier sind Waldmenschen. Sie lieben es, zwischen den Bäumen umherzuwandern und etwas zu suchen.«

»'ch dachte nur gerade, daß Herzog Garteon vielleicht nicht gerade der beliebteste Mann in Asturien war«, überlegte Malon laut. »Wenn er seine eigenen Leute genauso geärgert hat wie uns, könnte unsere kleine Feier sich, ich will mal sagen, aufs andere Ufer ausbreit'n tun.«

»Also gut, meine Herren«, wies ich sie zurecht, »genug der Häme und zurück an die Arbeit! Ich muß zurück zur Hütte meiner Mutter, bevor Vater anfängt, auf der Suche nach mir die sendarischen Berge abzutragen.«

Wie man mir berichtete, dauerte die Feier anläßlich Herzog Garteons Erhängung sechs ganze Wochen. Gelächter und lauter Jubel erschollen von Muros bis hinunter an die Mündung des Camaar, und von dort nahm das übrige Herzogtum es auf. Ich bin mir nahezu sicher, daß Malon recht behielt und es auch in Asturien zu einigen, allerdings leiseren Feiern kam.

Herzog Garteon hatte keinen Erben, und so beendete sein Tod die Herrschaft der Orimanfamilie über Asturien. Die unvermeidlichen Zwistigkeiten der zahllosen asturischen Adligen über den Besitz des Thrones in Vo Astur beschäftigten sie so ausschließlich, daß die Feindseligkeiten an meiner Südgrenze mehr oder weniger zum Erliegen kamen. Natürlich gab es keinen offiziellen Friedensvertrag, aber den gibt es in Arendien nie. Arender können Kriegserklärungen aufsetzen, die ein Juwel sprachlicher Eloquenz darstellen, doch der Wortlaut von Friedensverträgen übersteigt aus unerfindlichem Grund ihre Formulierungskünste.

Vater und die Zwillinge beobachteten mich noch immer, und so begann ich in jenem Winter, Mutters Hütte wieder instandzusetzen, hauptsächlich, um sie davon zu überzeugen, daß ich meine vorgebliche Karriere als Einsiedlerin ernst nahm. Ich deckte das Dach neu mit Stroh, ersetzte zerborstene Fenster und Türen und mauerte mehrere Reihen Steinblöcke im oberen Wandbereich wieder auf. Ich bin sicher, Durnik hätte die Mittel, mit deren Hilfe ich diese Renovierung betrieb, nicht gutgeheißen, doch nachdem ich mir ein paarmal mit dem Hammer auf den Daumen gehauen hatte, verstaute ich all meine Gerätschaften fein säuberlich in einer Ecke und machte es ›auf die andere Art‹.

Im Frühling legte ich einen Gemüsegarten an. Rettich und Bohnen sind nicht ganz so hübsch wie Rosen, aber sie schmecken besser, und wenn man Rosen ziehen kann, kann man gewiß auch Gemüse anpflanzen. Vater legte meine Arbeit an der Hütte offenbar dahingehend aus, daß ich meine selbstmörderischen Absichten aufgegeben hätte, denn er begann seine Überwachung zu lockern.

Im selben Maße, wie die Dinge in meinem Herzogtum sich beruhigten, hörte ich immer seltener von Malon. Nun, da die Krise bewältigt war, brauchten er und General Halbren keine Aufsicht mehr. Da sie wußten, was zu tun war, hatten sie nur selten Grund, mich zu stören.

Obwohl es nach außen hin so aussah, als ginge ich ganz in der Pflege meines Gemüsegartens auf, erledigte ich doch im folgenden Sommer eine große Menge Denkarbeit. Die Schritte, die ich unternommen hatte, um mein Herzogtum tüchtig und menschlich zu machen, zeitigten Auswirkungen, die ich nicht in vollem Umfang vorausgesehen hatte. Eine auf dem Lehnswesen beruhende Gesellschaft benötigt mehr oder weniger ständige Überwachung. Meine Befreiung der Leibeigenen und die Einführung eines einheitlichen Rechtssystems hatten den Weg in die Selbstverwaltung vorbereitet. Ich mußte mir mit einer gewissen Wehmut eingestehen, daß ich mich selbst überflüssig gemacht hatte. Die Menschen meines Herzogtums brauchten mich in Wirklichkeit nicht mehr. Ich hoffte, daß sie mir noch immer ein wenig Zuneigung entgegenbrachten, aber im großen und ganzen konnten sie jetzt auf sich selbst aufpassen. Kurz gesagt, meine Kinder waren erwachsen geworden, hatten ihre Sachen gepackt und das Haus verlassen.

Um das weitere Erwachsenwerden meines Volkes zu erleichtern, erteilte ich Malon einige Anweisungen bezüglich der Verwaltung meiner eigenen Güter, da ich wußte, daß diese Praktiken schnell auf die Güter meiner Vasallen übergreifen würden. Ich teilte ihm mit, wir würden die Tagelöhnerei zu festgesetzten Löhnen aufgeben und statt dessen zur Verpachtung von Bauernhöfen übergehen. Das war der nächste folgerichtige Schritt hin zu Selbständigkeit und Eigenverantwortung. Meine Pachtzinsen waren nicht übertrieben, und es handelte sich auch nicht um feste Beträge. Sie umfaßten vielmehr einen prozentualen Anteil des mit der jeweiligen Ernte erwirtschafteten Ertrages. Im Verlauf der Zeit würden wir diesen Zins allmählich senken, bis er nicht mehr als eine symbolische Abgabe war. Es war nicht ganz dasselbe, wie ihnen das Land zu *schenken*, aber es kam dem schon recht nah. Der symbolische Zins erhöhte den Fleiß, und die ganze Vorgehensweise trug dazu bei, *diese* bewährte Tugend im Nationalcharakter der Sendarer zu verankern.

Den lieben alten Faldor mag es erstaunen, wenn er hört, daß seine Familie mir nun bereits seit vielen Generationen Pachtzins für das Gehöft entrichtet.

Mit der Zeit alterten Malon und Halbren natürlich und schieden dahin. Ich begab mich zu Malons Beerdigung auf meinen Landsitz, und dann führte ich ein langes Gespräch mit seinem Sohn, einem erstaunlich gebildeten Mann, der es aus Gründen, die sich meiner Kenntnis entziehen, vorzog, lediglich seinen Familiennamen Killaneson zu benutzen. Obwohl ich seine Entscheidung nicht verstand, vermittelte es mir doch ein angenehmes, wärmendes Gefühl von Dauer und Beständigkeit. Killaneson verfiel nur selten – zum Beispiel, wenn er erregt war – in den wacitischen Dialekt. Vielmehr benutzte er eine überaus höfliche Sprache, die mittlerweile in meinem einstigen Herrschaftsgebiet gang und gäbe geworden ist.

»Verstehst du, was ich zu tun versuche, Killaneson?« fragte ich ihn, nachdem ich ihm mein System von Pachtzinsen dargelegt hatte.

»Für mich stellt es sich ein wenig so dar, als versuche Euer Gnaden mit Macht, sich ihrer Verantwortung zu entziehen«, entgegnete er mit einem feinen Lächeln.

»Du magst das so sehen, mein Freund, aber in Wahrheit handle ich aus Liebe zu diesen Menschen. Ich möchte sie mit sanfter Hand zur Selbständigkeit führen.

Erwachsene brauchen keine Mutter mehr, die ihnen sagt, wann sie ihre Kleider wechseln sollen. Oh, noch eins. Warum lassen wir diese ›Erat-Geschichte‹ nicht in Vergessenheit geraten? Bevor hier Menschen lebten, hieß das Land Sendarien. Laß uns zu diesem Namen zurückkehren. Die Bezeichnung der hier lebenden Menschen als ›Eratier‹ hat mich aus unerfindlichem Grund immer aufgebracht. Ermutige sie, von sich selbst als ›Sendarern‹ zu denken.«

»Warum löst Ihr das Problem nicht mit einem Erlaß, Euer Gnaden?«

»Ich möchte es nicht gern so offiziell machen, Killaneson. Mein Ziel ist es, mich hier still und leise zu verdrücken. Wenn wir es richtig anstellen, wird sich in ein paar Generationen niemand mehr an die Herzogin von Erat erinnern.«

Killanesons Stimme hatte einen fast kindlichen Unterton, als er sagte: »Bitte lauf nicht weg und laß uns allein, Mama.«

»Schluß damit«, schalt ich ihn.

Dann mußten wir beide lachen.

Es war gegen Ende des einunddreißigsten Jahrhunderts, daß sich das Debakel im Hafen von Riva ereignete. Die Tolnedrer entsandten in der festen Überzeugung, auf der Insel der Winde gäbe es unermeßliche Reichtümer zu holen, eine Flotte nach Norden, um die Rivaner davon zu überzeugen, ihr Land dem Handel zu öffnen. Die Rivaner zeigten jedoch kein Interesse, sondern versenkten statt dessen systematisch die tolnedrische Flotte. Die Beziehungen waren eine Weile ziemlich gespannt, doch nachdem der cherekische Botschafter in Tol Honeth Ran Borune XXIV. davon in Kenntnis gesetzt hatte, daß die alornischen Königreiche als Reaktion auf etwaige Feindseligkeiten gegen die Insel Tolnedra dem Erdboden gleichmachen würden, beruhigten sich die Dinge wieder.

Die Honethiter folgten den Borunern im kaiserlichen Palast zu Tol Honeth. Man kann über die Honethiter sagen, was man will, aber sie *sind* vermutlich die besten Verwaltungsfachleute unter all den großen Familien des Kaiserreichs. Es kehrte also wieder Ruhe ein.

Als wir in die ersten Jahre des zweiunddreißigsten Jahrhunderts kamen, begann ich das Personal meines Landsitzes am Eratsee zu verringern, bis am Ende nur noch einige wenige Hausmeister übrigblieben. Für die übrigen Mitglieder der Killanesonfamilie traf ich Vorkehrungen. Allmählich begann ich aus dem Gedächtnis der Menschen, die einstmals meine Untertanen gewesen waren, zu verschwinden. Sie nannten sich nun Sendarer, und ich existierte eigentlich nur noch in Geschichtsbüchern und Legenden.

Ein paarmal *mußte* ich allerdings meine Abgeschiedenheit in Mutters Hütte aufgeben. Um die Mitte des zweiunddreißigsten Jahrhunderts brachte der Bärenkult in Cherek König Alreg zu der Überzeugung, Sendarien sei ein natürliches Anhängsel seines Königreichs, und Belar, der Bärengott, werde mächtig in Wut geraten, falls Cherek seiner religiösen Verpflichtung, mein früheres Herzogtum zu annektieren, nicht nachkomme. Wieder einmal mußte ich mich aufmachen und versuchen, einigen sturen alornischen Schädeln Vernunft einzubleuen. Nachdem ein besonders widerwärtiger Graf namens Elbrik an Land gestürmt und Darine geplündert hatte, ›gab ich den Falken‹ und flog nach Val Alorn hoch, um ein paar Worte mit dem König von Cherek zu wechseln. Ich landete auf den Zinnen von Alregs verschachteltem Palast und stieg mehrere Treppenfluchten hinunter zu seinem rauchgeschwängerten Thronsaal.

König Alreg war ein gewaltiger Mann mit einem beeindruckenden, zottigen blonden Bart. Obwohl eigentlich keine Notwendigkeit dafür bestand, trug er Stahlhelm und Kettenhemd, während er sich, einen Bierhumpen in der Hand, auf seinem überdimensionierten Thron fläzte. Offensichtlich betrachtete Alreg sich als einen Kriegerkönig.

Einer der Wachtposten am Eingang, auch er im Kettenhemd, packte mich am Arm, als ich eintrat. »Du darfst hier nicht rein, Frau!« erklärte er mir unwirsch. »Alregs Thronsaal ist nur für Männer!«

»Möchtest du deine Hand behalten?« fragte ich, den Blick unverwandt auf das anstößige Körperteil gerichtet.

»Jetzt paß mal gut auf, Frau –« Er ließ trotzdem meinen Arm los.

Dann, als die Kraft meines Willens ihn mit aller Macht gegen die Brust getroffen hatte, purzelte er über den mit Stroh bedeckten Boden. Ich verstärkte meine Stimme, um mich in all dem betrunkenen Gegröle bemerkbar zu machen. »Alreg von Cherek!« donnerte ich, und die Wände erzitterten unter der Kraft meiner Stimme.

Der König von Cherek, offenbar halbwegs betrunken, fuhr hoch. »Wer hat die Frau hier hereingelassen?« verlangte er zu wissen.

»Ich habe mich selbst hereingelassen, Alreg«, teilte ich ihm mit. »Wir beide müssen uns unterhalten.«

»Ich bin beschäftigt.«

»Entschäftige dich, Alreg – sofort!« Ich schritt an der qualmenden Feuergrube in der Mitte des scheunenähnlichen Thronsaals vorbei, wobei ich jeden cherekischen Krieger, der sich mir in den Weg zu stellen versuchte, umwarf. Selbst in seinem angesäuselten Zustand erkannte Alreg, daß es hier nicht mit rechten Dingen zuging. Ich erreichte den Fuß des Podestes, auf dem sein Thron stand, und fixierte ihn mit einem sehr unfreundlichen Blick. »Ich sehe, daß der Thron von Bärenschulter auf einen betrunkenen Narren gekommen ist«, bemerkte ich mit beißender Verachtung. »Wie betrüblich. Ich weiß, er wäre enttäuscht.«

»So kannst du nicht mit mir reden!« ereiferte er sich.

»Du irrst. Ich kann so mit dir reden, wie es mir paßt. Schaff diesen Barbaren von Elbrik unverzüglich aus Darine heraus!«

»Du kannst mich nicht so herumkommandieren! Wer denkst du denn, wer du bist?«

Einer der etwas würdigeren Männer hinter seinem Thron war unterdessen sehr blaß geworden. »Eure Majestät!« sagte er mit erstickter Stimme zu seinem König. »Das ist Polgara, die Zauberin!«

»Mach dich nicht lächerlich!« fuhr Alred ihn an. »So jemanden gibt es nicht.«

»Seht sie Euch an, Majestät! Seht Euch diese weiße Strähne in ihrem Haar an! Das ist Polgara, die Tochter des Heiligen Belgarath! Sie kann Euch in eine Kröte verwandeln, wenn sie will.«

»Ich glaube nicht an diesen Unfug!« schnaufte Alreg verächtlich.

»Ich glaube, dir steht eine religiöse Bekehrung ins Haus, Alreg«, eröffnete ich ihm.

Diese Geschichte mit der Kröte spukte nun schon seit Äonen in den Köpfen der Menschen herum, wißt ihr, und die meiste Zeit war es nichts als ein müder alter Witz. Was würde es auch nützen, so etwas zu tun? Diesmal jedoch kam mir die Vorstellung gerade recht. Ich mußte *irgend etwas* mit Alreg anstellen, damit er mir aufmerksamer zuhörte, und obwohl der ernste cherekische Edelmann, der mich erkannt hatte, die Krötengeschichte wahrscheinlich rein zufällig erwähnt hatte, *hatte* ich ihnen die Idee schließlich eingegeben. Je länger ich darüber nachdachte, desto besser gefiel sie mir. Außerdem diente etwas völlig Abwegiges meinem Zweck genausogut oder sogar besser als etwas anderes.

Da ich wollte, daß der gesamte Verwandlungsprozeß sichtbar wurde, bewerkstelligte ich es diesmal auf eine etwas andere Art. Anstatt Alreg einfach in das Bild einer Kröte zu versetzen, änderte ich seine Züge einen nach dem anderen. Dabei wurde mir klar, daß ich wirklich nicht die ganze Kröte brauchte – Kopf, Hände und Füße reichten. Den Rest von Alreg würde ich unangetastet lassen.

Alregs Kopf begann langsam seine Umrisse zu verändern und sich abzuflachen, bis er ein reptilienartiges Aussehen annahm. Seine Augen saßen nun oben auf seinem Kopf und begannen sich nach außen zu stülpen. Da seine Augen ohnehin schon vorstanden, bereitete mir dieser Teil keine besonderen Schwierigkeiten. Dann löste ich seinen Bart auf und verlängerte seine Mundwinkel.

»Nein!« Der Aufschrei entrang sich seinem lippenlosen Mund als eine Art quakendes Krächzen. Ich hatte entschieden, daß es nützlich sein könnte, wenn er die Fähigkeit zu reden behielt. Dann verwandelte ich seine Hände und Füße in die flossenähnlichen Auswüchse eines Amphibiums. Ich wandelte Hüften, Knie und Ellbogen leicht ab, und der König von Cherek sackte mit schrillem, erbärmlichem Quaken auf der Sitzfläche seines Throns in jene froschtypische Hockstellung. Dann fügte ich die Warzen hinzu.

Ich hatte weder Alregs Größe verändert, noch seine Kleidung in irgendeiner Weise angetastet. Da saß also eine menschengroße Kröte mit hervorquellenden Augen und Kettenhemd auf dem königlichen Thron, ein Schwert am Gürtel um seine dicke Taille, und quakte in den höchsten Tönen des Entsetzens.

Der ganze Vorgang hatte mehrere Minuten in Anspruch genommen, und da Alregs Thron auf einem Podest stand, war er für jeden Chereker in der Halle, betrunken oder nüchtern, deutlich sichtbar gewesen.

Ich spürte, wie einer der kräftigen Chereker hinter mir nach seinem Schwert griff. Als er das umfaßte, was er für seinen Schwertgriff hielt, schloß er seine Finger jedoch statt dessen um Kopf und Hals einer sehr großen, sehr ungehaltenen Schlange. »Mach das nicht noch einmal«, riet ich ihm, ohne mir die Mühe zu machen, mich umzudrehen. »Du befiehlst deinen Lehnsmännern hier besser, sich zu benehmen, Alreg«, schlug ich der inthronisierten Kröte vor. »Es sei denn, du hast Ersatz zur Hand. Mein Vater möchte nicht, daß ich Leute töte, aber ich denke, das läßt sich umgehen. Ich begrabe sie einfach, ohne sie vorher zu töten. Dann werden sie eines natürlichen Todes sterben – nach einer Weile –, und

Vater hat nicht den geringsten Grund zur Klage. Das seht Ihr doch auch so?«

»In Ordnung!« wimmerte das warzige Geschöpf auf dem Thron. »Ich tue alles, was Ihr sagt! Bitte, Polgara! Verwandelt mich zurück!«

»Seid Ihr sicher, Alreg?« fragte ich liebenswürdig. »Ihr wirkt ziemlich beeindruckend so. Denkt nur, mit welchem Stolz es Eure Krieger erfüllen würde, aller Welt zu erzählen, daß sie von einer Kröte regiert werden! Nebenbei bemerkt, Ihr habt all diese faulen, bärtigen, biertrinkenden Lümmel hier herumhängen. Gebt ihnen eine nützliche Aufgabe – laßt sie Fliegen für Euch fangen! Na, läßt Euch der Gedanke an eine fette schwarze Aasfliege nicht das Wasser im Maul zusammenlaufen?«

Ich glaube, sein Verstand hielt das nicht mehr aus, denn das schrille Kreischen verstärkte sich, und er hüpfte von seinem Thron und begann, im Kreis umherzuhopsen.

Mit einem einzigen Gedanken gab ich ihm seine eigene Gestalt zurück, doch war er sich dessen offenbar nicht sofort bewußt, fuhr er doch fort, herumzuhüpfen und zu quaken. Seine Krieger wichen mit dem Ausdruck des Entsetzens und der Abscheu auf dem Gesicht vor ihm zurück.

»O Alreg, *erhebt* Euch!« tadelte ich ihn. »Ihr seht absolut lächerlich aus, wenn Ihr das macht.«

Er stand auf und taumelte am ganzen Leib zitternd zu seinem Thron zurück. Er sank auf ihm zusammen und starrte mich mit purem Entsetzen in den Augen an.

»Also dann«, sagte ich mit strenger Stimme, »Sendarien steht unter meinem Schutz. Schafft eure Leute dort heraus und bringt sie dahin zurück, wo sie hingehören.«

»Wir folgen den Anweisungen Belars, Polgara«, wandte er ein.

»Nein, Alreg das tut ihr nicht. In Wahrheit folgt ihr den Anweisungen des Bärenkults. Wenn ihr gern nach der Pfeife einer Gruppe schwachsinniger religiöser Fanatiker tanzt, ist das eure Sache, aber verlaßt Sendarien. Ihr könnt euch nicht einmal *ansatzweise* vorstellen, wie häßlich sich die Dinge entwickeln werden, wenn ihr das nicht tut.«

»Ich weiß nicht, wie es euch anderen geht«, erklärte ein dünner, bärtiger Chereker, in dessen Augen das flackernde Feuer des religiösen Wahns brannte, voller Inbrunst, »aber ich werde keine Befehle von einer *Frau* entgegennehmen!«

»Wie die Dinge stehen, alter Junge, wirst du das wohl müssen.«

»Ich bin ein waffentragender Chereker!« kreischte er beinah. »Ich fürchte nichts!«

Ich vollführte eine kleine Handbewegung, und sein glänzendes Kettenhemd und sein gezücktes Schwert hörten ziemlich rasch auf zu glänzen und nahmen statt dessen einen stumpfroten Farbton an. Dann begannen sie zu zerbröseln und in Wolken pulverfeinen Staubes zu Boden zu rieseln. »Findest du das nicht irgendwie entwaffnend?« äußerte ich. »Nun, da du kein waffentragender Chereker mehr bist, bekommst du nicht wenigstens ein kleines bißchen Angst?« Dann hatte ich ihre Dummheit satt. »GENUG!« donnerte ich. »Verzieht euch aus Sendarien, Alreg, oder ich schleppe die Halbinsel von Cherek aufs Meer hinaus und versenke sie. Dann kannst du eine Weile ausprobieren, wie es ist, der König der Fische zu sein. Und jetzt ruf deine Leute zurück!«

Es war vielleicht nicht die diplomatischste Art, die Chereker ins Glied zurückzupfeifen, aber der selbstgefällige Chauvinismus von Alregs Hof hatte mich gereizt. ›Keine Befehle von einer *Frau* entgegennehmen‹, also wirklich! Die bloße Erinnerung bringt mein Blut zum Sieden!

Übrigens hatte mein kleiner Besuch in Val Alorn einen unbeabsichtigten, aber nützlichen Nebeneffekt. Nachdem er einige Monate lang den hysterischen Protest von seiten enttäuschter Bärenkultanhänger erduldet hatte, ermannte Alreg sich und griff wieder hart gegen den Kult durch. Die Erfahrung hat mich gelehrt, daß man dem Bärenkult in den alornischen Königreichen alle fünfzig Jahre oder so einmal kräftig aufs Haupt schlagen muß.

Während des darauffolgenden Jahrhunderts zog ich mich mehr und mehr in verstaubte alte Geschichtsbücher zurück, so daß ich nur selten Gelegenheit erhielt, meinen Landsitz am Ufer des Eratsees aufzusuchen. Der letzte meiner Verwalter dort starb, und ich sah keinen Anlaß, ihn zu ersetzen. Dennoch liebte ich das Haus noch immer, und die Vorstellung, daß es langsam verfallen und geplündert würde, behagte mir so wenig, daß ich eines Jahres im Vorfrühling das sendarische Gebirge überquerte und Schritte unternahm, um es zu schützen. In nostalgische Melancholie versunken, wandelte ich durch die staubigen Räume. So viel war hier geschehen, das zentrale Bedeutung für mein Leben gehabt hatte. Die Geister von Killane und Ontrose schienen mich durch jeden staubbedeckten Gang zu begleiten, und der Nachhall vor langer Zeit geführter Gespräche schien in fast jedem Raum zu schweben, den ich betrat. Erat war wieder Sendarien geworden, und mein Herzogtum war geschrumpft, bis es nur noch aus diesem einsamen Haus bestand.

Ich erwog mehrere Möglichkeiten, aber die Lösung war wirklich ganz einfach, und sie fiel mir an einem wunderbaren Frühlingsabend ein, als ich auf der Terrasse des Südflügels stand und über den See und den Dschungel meines ungepflegten Rosengartens hinausblickte. Was für einen besseren Weg gab es, mein Haus zu verbergen und zu schirmen, als es unter Rosen zu begraben?

Am nächsten Morgen begab ich mich an die Arbeit. Ich ›ermutigte‹ meine Rosenbüsche, sich auszudehnen und die schöne, zum See hin abfallende Wiese zu überwuchern. Als das Werk vollbracht war, waren sie keine Rosenbüsche mehr, sondern Bäume, und sie waren so dicht miteinander verwachsen, daß sie eine dornige, undurchdringliche Barriere darstellten, die mein geliebtes Haus für immer unversehrt bewahren würden.

Mit beträchtlicher Selbstzufriedenheit kehrte ich daraufhin in Mutters Hütte und zu meinen fortgesetzten Studien zurück. Nun, da ich die Vergangenheit bewahrt hatte, konnte ich mich der Zukunft widmen.

In meiner Familie gilt es als unangefochtener Glaubenssatz, daß die Zukunft im Darine- und Mrinkodex verborgen liegt, aber das gesammelte Gerede eines senilen alten alornischen Kriegers und eines völlig zurückgebliebenen Schwachsinnigen zu lesen, den man zu seiner eigenen Sicherheit angekettet hatte, kann sehr frustrierend sein. Ich stieß immer wieder auf verborgene Hinweise auf meinen Vater und mich, und das war es wahrscheinlich auch, was mich davon abhielt, voller Verzweiflung die Hände hochzuwerfen und mich statt dessen der Ornithologie oder der Gartenbaukunst zu verschreiben. Ganz langsam begann ich die Vorstellung zu begreifen, daß es eine andere Welt gab, die unsere irdische, alltägliche Realität überlagerte, und daß in dieser anderen Welt die belanglosesten Ereignisse ungeheure Bedeutung besaßen. Die zufällige Begegnung zweier Kaufleute in den Straßen von Tol Honeth oder ein Treffen zwischen zwei Goldsuchern in den Bergen von Gar og Nadrak konnte weitaus wichtiger sein als der Zusammenprall zweier Armeen. Immer mehr gelangte ich zu der Überzeugung, daß jene ›Episoden‹ EREIGNISSE waren – jene sehr kurzen Konfrontationen zwischen den beiden völlig verschiedenen Prophezeiungen, von denen nur eine am Ende das Schicksal nicht nur *dieser* Welt, sondern des gesamten Universums bestimmen würde.

Das Studium von etwas so Unermeßlichem nahm mich so vollauf in Anspruch, daß ich die Zeit zu vergessen begann, und meist hätte ich euch gar nicht sagen können, in welchem Jahrhundert wir uns befanden – geschweige denn, in welchem Jahr.

Ich *weiß* jedoch – hauptsächlich, weil ich es später in einigen tolnedrischen Geschichtsbüchern nachschlug –, daß der letzte Kaiser der zweiten Borunedynastie im Jahre 3761 seinen Nachfolger *bestimmte*, anstatt die Wahl wie bislang dem höchst bestechlichen Gremium der Räte zu überlassen. Dieser kinderlose borunische Kaiser, Ran Borune XII., war offensichtlich ein Mann von großer Voraussicht, denn seine Entscheidung brachte die Horbiterfamilie auf den Thron, und die Horbiter erwiesen sich – zumindest zum damaligen Zeitpunkt – als außerordentlich fähig und tüchtig. In mancher Hinsicht waren die Horbiter kaum mehr als ein Seitenzweig der Honethiter gewesen, in etwa so, wie die Anadiler ein Seitenzweig der Boruner sind. Der erste dieses Geschlechts, Ran Horb I., stürzte sich in die borunische Liebhaberei des Straßenbaus, um dem tolnedrischen Handel Anschluß an den Rest der Welt zu verschaffen. Es war jedoch sein Sohn, Ran Horb II., der diese Liebhaberei zur Besessenheit trieb. Gleichsam über Nacht konnte man im Westen nirgendwo mehr hinsehen, ohne tolnedrische Bautrupps zu entdecken, die eine neue Straßenverbindung aus dem Boden stampften. Das diplomatische Corps Tolnedras ließ alle anderen Projekte fahren und widmete sich voll und ganz den ›Verträgen wechselseitiger Zusammenarbeit zum Wohle aller‹. Auf diese Weise erweckten sie den Eindruck, Tolnedra handle gut nachbarschaftlich, wohingegen die Straßen doch fast ausschließlich zum Nutzen der tolnedrischen Kaufleute gebaut wurden.

Als mich die Nachricht dieses Straßenbaufiebers in meinem ehemaligen Herrschaftsgebiet in der Hütte meiner Mutter erreichte, entschied ich, es sei besser, meine Studien beiseitezulegen und nach Tol Honeth zu gehen. Ich wollte ein Wörtchen mit Ran Horb II. reden, um Näheres über seine Pläne zu erfahren.

Zunächst einmal entschloß ich mich, den Kaiser nicht einfach zu besuchen, sondern statt dessen auf die guten Dienste des drasnischen Geheimdienstes zurückzugreifen. Trotz all ihrer Fehler – und sie *haben* Fehler – werden die habgierigen Drasnier von den Tolnedrern respektiert. Ich mußte mich Prinz Khanar vorstellen, dem Neffen König Rhalans von Drasnien, da ich die letzten acht Jahrhunderte in fast völliger Abgeschiedenheit zugebracht hatte. Khanar war unter Aufbietung aller Phantasie kein Dras Stiernacken. Er war vielmehr ein kleiner, drahtiger Mann mit flinkem Verstand und einem wunderlichen Sinn für Humor. Ich hatte mich darauf eingestellt, ihm eine kurze Demonstration meines ›Talentes‹ zuteil werden zu lassen, doch seltsamerweise erwies sich das als überflüssig. Er glaubte mir aufs Wort und begleitete mich in den Palast. Nachdem wir etwa eine Stunde gewartet hatten, wurden wir in das große, überfüllte Arbeitszimmer seiner Kaiserlichen Majestät, Ran Horbs II., geleitet. Der Kaiser war ein kräftiger, nüchterner Bursche mit sich lichtendem Haar und Gesichtsausdruck. »Ah, Prinz Khanar«, begrüßte er meinen Begleiter, »schön, Euch wiederzusehen. Was gibt es Neues in Boktor?«

»Die üblichen Schurkereien, Euer Majestät«, entgegnete Khanar achselzuckend. »Lügen, betrügen, stehlen – nichts Bemerkenswertes oder Außergewöhnliches.«

»Weiß Euer Onkel, wie Ihr über sein Königreich sprecht, wenn Ihr Euch in der Gegenwart von Fremden befindet, Khanar?«

»Wahrscheinlich ja, Eure Majestät. Wie Ihr wißt, hat er überall seine Spione.«

»Wollt Ihr mich nicht der Dame vorstellen?«

»Das gedachte ich zu tun, Eure Majestät. Ich habe die außerordentliche Ehre, Euch Lady Polgara, Herzogin von Erat und Tochter des Heiligen Belgarath, vorzustellen.«

Ran Horb musterte mich ungläubig. »Nun gut«, sagte er, »mangels Beweise werde ich das akzeptieren – widerstrebend natürlich. Ich behalte es mir für später vor, einen Beweis für Eure Behauptung zu erbitten. Welchem

Umstand verdanke ich die Ehre Eures Besuchs, Euer Gnaden?«

»Ihr seid ein überaus höflicher Mann, Eure Majestät«, merkte ich an. »Die meiste Zeit muß ich irgendwelche kleinen Tricks vorführen, ehe die Menschen geneigt sind, mich anzuhören.«

»Gewiß könntet Ihr mich zu Tode erschrecken, wenn Euch der Sinn danach stände«, entgegnete er. »Was kann ich für Euch tun?«

»Ich brauche nur einige Informationen, Eure Majestät«, versicherte ich ihm. »Ihr baut Straßen in Sendarien.«

»Ich baue fast überall Straßen, Lady Polgara.«

»Ja, ich weiß. Aber ich habe ein gewisses Interesse an Sendarien. Ist dieser Straßenbau das Vorspiel für eine Annektion?«

Er lachte. »Warum in aller Welt sollte ich Sendarien annektieren?« staunte er. »Es ist sicherlich ein hübsches Land, aber ich möchte es wirklich nicht besitzen. Diese Straßen, die ich dort oben baue, dienen dem Zweck zu verhindern, daß die Chereker ihre Finger in meine Börse stecken. Die Straßen werden die Landverbindung nach Boktor herstellen, eine Alternative zum Transport der Waren durch diesen Mahlstrom in der Enge von Cherek. Diese bärtigen Piraten im Norden nehmen unsittliche Gebühren dafür, tolnedrische Frachtladungen von Kotu durch die Enge zu schiffen, und das beeinträchtigt meine Steuereinnahmen.«

»Es hat also ausschließlich mit dem Handel zu tun?«

»Selbstverständlich. Wenn ich landwirtschaftliche Erzeugnisse will, kann ich sie direkt hier in Tolnedra kaufen. Wegen Bohnen und Rüben muß ich nicht den langen Weg bis Sendarien auf mich nehmen. Das einzige, was mich an diesem Land interessiert, ist seine Lage.«

Da kam mir eine Idee. »Demnach wären stabile Verhältnisse in Sendarien in Eurem Interesse, Eure Majestät?«

»Natürlich, aber dafür sind schließlich die Legionen da.«

»Aber Legionen sind kostspielig, nicht wahr, Ran Horb?«

Er schüttelte sich. »Ihr würdet mir nicht glauben, *wie* kostspielig.«

»Vielleicht doch.« Ich schielte zu der verzierten Decke hoch. »Sendarien hat keine zentrale Regierung mehr gehabt, seit ich dort um die Jahrtausendwende geherrscht habe«, sinnierte ich. »Die fehlende Zentralgewalt hat jede Menge Einmischung von außen heraufbeschworen. Wenn es einen König und eine Regierung gäbe – *und* eine Armee –, wären die Menschen sicher vor fremden Abenteurern, und Ihr müßtet nicht zehn oder mehr Legionen dort stationieren, um die Ordnung aufrechtzuhalten.«

»Aha«, machte er, »*darum* ging es bei dieser ganzen Polgara-Geschichte. Ihr möchtet Königin von Sendarien werden.«

»Ganz gewiß nicht, Euer Majestät. ich bin viel zu beschäftigt für diesen Unsinn – nehmt es bitte nicht persönlich.«

»Selbstverständlich nicht, Euer Gnaden.« Dann lehnte er sich in seinen Stuhl zurück. »Wißt Ihr«, fuhr er fort, »das ist der Punkt, der mich immer mißtrauisch stimmt, wenn ich Geschichten über Euch und Euren Vater höre. Wenn Belgarath so mächtig wäre, wie es heißt, dann könnte er doch die Welt beherrschen, oder?«

»Er wäre vermutlich kein guter Herrscher, Euer Majestät. Mein Vater haßt Verantwortung. Sie stört ihn bei seinen Vergnügungen.«

»Jetzt verblüfft Ihr mich wirklich, Mylady. Wenn *Ihr* Sendarien nicht regieren wollt, wen wollt Ihr *dann* auf den Thron setzen? Möglicherweise irgendeinen Liebhaber?«

Ich warf ihm einen eisigen Blick zu.

»Verzeihung«, entschuldigte er sich zerknirscht. »Ich stimme mit Euch überein, daß eine offizielle Regierung in Sendarien zu jedermanns Vorteil gereichen würde. Aber welchem Sendarer bürden wir die Krone auf?«

»Wir reden über eine Nation von Rübenbauern, Euer Majestät«, warf Khanar ein. »Manche von ihnen mögen Adelstitel besitzen, aber trotzdem sind sie mit dem ersten Tageslicht draußen auf ihren Feldern wie ihre Nachbarn auch.«

»Ich denke, Ihr unterschätzt sie, Prinz Khanar«, gab ich zu bedenken. »Ein erfolgreicher Bauer verfügt über viel mehr organisatorische Fähigkeiten, als Ihr vermuten würdet. Und er ist wahrscheinlich viel praktischer veranlagt als irgendein verwöhnter Adliger, der mit arendischen Heldensagen großgezogen wurde, in denen nie jemand etwas ißt oder ein Bad nimmt. Ein Bauer versteht es zumindest, sich um Alltägliches zu kümmern.«

»Tss, wenn *das* keine Enttäuschung ist, Euer Majestät!« wandte Khanar sich an den Kaiser. »Als Junge habe ich diese arendischen Heldenepen *verschlungen*, und jetzt als ›verwöhnter Adliger‹ abgetan zu werden, trifft mich doch hart!«

»Es wäre also ein Experiment, nicht wahr?« überlegte Ran Horb. »Ernenne ich einen König?«

»Ich würde es nicht so machen, Euer Majestät«, riet ich ab. »Einen Herrscher zu ernennen, wäre nur eine andere Form von äußerer Einmischung und würde sogleich auf heftigen Widerstand treffen. Innerhalb eines Jahrzehnts hättet Ihr dort eine Revolution im Gange, und dann müßt Ihr nicht zehn, sondern fünfzig Legionen schicken.

Bei der Zahl zuckte er zusammen. »Wie *kommen* wir denn dann zu unserem König?«

»Ich könnte mir eine Prüfung ausdenken, Euer Majestät«, bot Khanar an, »und wir könnten demjenigen Sendarer, der die höchste Punktzahl erreicht, die Krone aufsetzen.«

»Aber wenn *Ihr* die Prüfung ausarbeitet, Prinz Khanar, zettelt Ihr trotzdem eine Revolution an«, erklärte ich. »Die Auswahl des Königs von Sendarien kann weder Tolnedra noch Drasnien überlassen bleiben. Sie muß von innen kommen.«

»Ein Turnier vielleicht?« zweifelte Ran Horb.

»Es sind Bauern, Euer Majestät«, rief Khanar ihm ins Gedächtnis. »Ein Gemenge mit Ackergeräten könnte *sehr* blutig werden. Vielleicht sollten wir die Krone dem Mann mit der dicksten Rübe geben.«

»Warum keine Wahl abhalten?« brachte ich in Vorschlag.

»Ich habe nie viel von Wahlen gehalten«, sagte Ran Horb zweifelnd. »Eine Wahl ist nicht viel mehr als ein Beliebtheitswettbewerb, und allgemeine Beliebtheit ist kaum ein Maßstab für organisatorische Fähigkeiten.«

»Äh – Euer Majestät«, warf Khanar ein, »wir sprechen hier nicht von einer Großmacht. Sendarien ist vermutlich ein nettes Land, aber die Welt wird nicht in ihren Grundfesten erzittern, wenn der König von Sendarien ein paar Fehler begeht.« Dann lachte er, dieses harte, zynische drasnische Lachen. »Warum schieben wir nicht die ganze Sache auf die Priesterschaft ab? Wir suchen irgend jemanden aus, der nicht allzu häufig über seine eigenen Füße stolpert, und dann weisen wir die Priester an, der sendarischen Bevölkerung zu predigen, dieser Mann sei der vom sendarischen Gott zum Herrscher bestimmte – welchen Gott *beten* die Sendarer eigentlich an?«

»Alle sieben«, antwortete ich. »UL kennen sie noch nicht, aber wenn sie von seiner Existenz erfahren, schließen sie ihn vermutlich auch in ihre Religion ein.«

»UL?« wiederholte Ran Horb. Er klang verwirrt.

»Der Gott der Ulgos«, klärte ich ihn auf.

»Ihr meint den Ort, wo all diese Drachen hausen?«

»Es gibt lediglich einen Drachen, Euer Majestät, und *sie* lebt nicht in Ulgoland. Aber ich glaube nicht, daß Religion eine tragbare Basis für die sendarische Monarchie darstellen würde. Es würde den Priestern die Kontrolle über die Nation geben, und Priester sind nun mal keine besonders guten Herrscher. Cthol Murgos ist ein sehr gutes Beispiel dafür. Ich *kenne* die Sendarer, glaubt mir, und ich halte eine Wahl für die beste Lösung – solange *jedermann* zur Wahl zugelassen wird.«

»Selbst jene ohne Land?« fragte Ran Horb ungläubig.

»Das ist das Beste, um eine spätere Revolution zu vermeiden«, erinnerte ich ihn. »Wenn wir Ruhe im Haus haben wollen, können wir keine große Gruppe landloser Nichtwähler gebrauchen, die ein paar Jahre später mit der grandiosen Idee aufwartet, den Reichtum des Königreichs neu zu verteilen.«

»Wir könnten es versuchen, nehme ich an«, sagte der Kaiser, immer noch nicht so recht überzeugt. »Wenn es nicht funktioniert, *muß* ich Sendarien vielleicht doch annektieren. Ich habe kein Interesse daran, daß der Gedanke, allgemeine Wahlen abzuhalten, sich ausbreitet, da ich aller Voraussicht nach der erste wäre, der dieser neuen Idee zum Opfer fiele. Aber Sendarien ist wohl ein Sonderfall. Niemand kümmert es *wirklich*, wer den sendarischen Thron bekommt, solange es dort schön ruhig und ordentlich bleibt. Ganz gewiß brauchen wir kein neues Arendien.« Er zog ein säuerliches Gesicht. »Die Arender gehen mir langsam wirklich auf die Nerven. Ich glaube, ich muß mir etwas einfallen lassen, um ihren ewigen Bürgerkrieg zu beenden. Er ist schlecht fürs Geschäft.« Dann hellten sich seine Augen auf. »In Ordnung«, sagte er, »nun, da wir aller Welt Probleme gelöst haben, können wir auch weitermachen. Warum beweist Ihr mir nicht hier und jetzt, daß Ihr Polgara die Zauberin *seid*?«

»Du liebe Güte«, seufzte ich.

»Wir waren beide sehr, sehr brav, Mylady«, pflichtete Khanar ihm eifrig zu, »und weil wir uns beide so ausnehmend gut benommen haben, verdienen wir doch wohl eine kleine Abwechslung, oder?«

»Warum bin ich bloß stets von Kindern umgeben?« fragte ich und verdrehte die Augen.

»Vermutlich, weil Ihr den kleinen Jungen in jedem von uns weckt, Polgara.« Ran Horb grinste jetzt unverhohlen.

»Nun gut«, seufzte ich, »aber nur eine ganz kleine. Ich verausgabe mich nicht völlig, nur um zwei böse kleine Jungen zu unterhalten, die es geschafft haben, eine halbe Stunde *keine* Streiche anzustellen.«

Dann nahm ich die Gestalt der Eule an – teilweise, weil sie so einfach ist, und teilweise, weil kein Jahrmarktgaukler je hoffen darf, sie nachzuahmen.

Ich flog ein paar Augenblicke auf weichen weißen Schwingen durch das Gemach, ehe ich mich auf einem Sessel niederließ und wieder in meine eigene Gestalt schlüpfte. »Zufrieden?« fragte ich sie.

»Wie *habt* Ihr das gemacht?« wunderte sich Ran Horb.

»Das ist im Grunde ganz einfach, Euer Majestät«, gab ich zur Antwort. »Ihr müßt lediglich ganz fest an die gewünschte Form denken und dann Eurem Ich befehlen, diese Form anzunehmen. Möchtet Ihr gern noch etwas anderes sehen? Vielleicht eine Kobra?«

»Oh – nein, danke, Lady Polgara«, beeilte er sich zu antworten. »Das ist wirklich nicht nötig. Ich bin völlig überzeugt – Ihr doch auch, nicht wahr, Khanar?«

»Oh, absolut, Eure Kaiserliche Majestät«, erwiderte Khanar rasch. »Es würde mir nicht im *Traum* einfallen, Euch zu bitten, zu einer Kobra zu werden, Lady Polgara.«

»Ich dachte mir schon, daß Ihr es so sehen würdet«, murmelte ich.

Möglicherweise war es eben diese Unterhaltung im Frühherbst des Jahres 3817, die Ran Horb dazu bewog, den Bürgerkrieg in Arendien zu beenden. 3821 schloß er einen Geheimvertrag mit den Mimbratern, und 3822 schleiften die Mimbrater Vo Astur, machten es dem Erdboden gleich und trieben die überlebenden Asturier in die Wälder. Ich weiß, es ist nicht sehr nett, aber ich *empfand* große Befriedigung, als Vo Astur zerstört wurde, ich sah darin die Rache für die Zerstörung von Vo Wacune.

Nein, ich denke, ich werde das nicht weiter vertiefen. Schadenfreude ist kein schöner Charakterzug und sollte in aller Stille zelebriert werden.

Dann, im Jahre 3827, hielt Ran Horb II. die Wahl ab, die den ersten sendarischen König hervorbringen sollte. Bei der Aufstellung der Regeln beging er indes einen Fehler. Er verkündete, der neue König müsse die *Mehrheit* der Stimmen auf sich vereinigen. Das nutzten die Sendarer, um sechs Jahre Ferien zu machen. Es gab siebenhundertdreiundvierzig Kandidaten beim ersten Wahlgang, und der Prozeß des Heraussiebens dauerte lange. Schon bald hatten die Sendarer eine neue Zeiteinteilung: morgens wurde auf dem Feld gearbeitet, nachmittags gewählt. Sie hatten soviel Spaß, daß sie dabei völlig übersahen, daß der Rest der Welt sie auslachte.

Ich *liebe* diese Leute! Wenn sie sich amüsieren, ist es ihnen ganz egal, was der Rest der Welt von ihnen denkt.

Schließlich siegte Fundor der Prächtige, er hatte inzwischen vergessen, daß er sich auch einmal als Kandidat hatte aufstellen lassen, so daß seine Thronerhebung ihn beträchtlich überraschte – und unangenehm dazu. Fundor war ein landwirtschaftlicher Experimentator, der den Geschmack von Steckrüben haßte und sich seit Jahren bemühte, dieses Hauptnahrungsmittel der Sendarer durch die Gelbe Kohlrübe zu ersetzen. Da jedoch niemand, der noch seine fünf Sinne beisammen hat, freiwillig Kohlrüben ißt, hatte Fundors fixe Idee ihn praktisch ruiniert.

Im Verlauf ihrer sechsjährigen Wahlen hatten die Sendarer den Entschluß gefaßt, Sendar zur Hauptstadt ihres zukünftigen Königreichs zu machen. Ihr Entschluß gründete auf den Preisen für Land in diesem Teil Sendariens und rief eine Welle des Protests unter den größtenteils tolnedrischen Landbesitzern in und um Darine, Camaar und Muros hervor.

Nach Fundors Thronbesteigung strömten unzählige Glücksjäger in die Stadt Sendar, in der Hoffnung, ihrem neuen König Adelstitel abschwatzen zu können. Fundor schickte sie jedoch wieder an die Arbeit und hielt die Titel solange zurück, bis er sehen konnte, wie gut sie ihre jeweiligen Aufgaben erfüllt hatten. Der sonderbare Gedanke, tatsächlich arbeiten zu müssen, um einen Titel zu erhalten – und zu *behalten* –, stieß die meisten Opportunisten ab, die es an seinen Hof gezogen hatte, brachte jedoch am Ende eine Adelskaste mit einem in dieser Schicht seltenen Charakterzug hervor: Verantwortungsbewußtsein.

Ich zog mehrere Jahre lang, ohne Aufsehen zu erregen, in dem neuen Königreich umher, und je mehr Zeit verging, desto mehr festigte sich meine Überzeugung, daß unser Gesellschaftsexperiment ein Erfolg war. Sendarien blühte und gedieh, und die Bauern waren einigermaßen zufrieden. Ich fühlte, daß ich meine letzte Pflicht als Herzogin von Erat zufriedenstellend erfüllt und mein Ontrose gegebenes Versprechen eingelöst hatte.

Da dies nun erledigt war, kehrte ich in Mutters Hütte und zu meinen Studien zurück.

Ran Horbs Straßensystem – besonders in Sendarien – ärgerte die Alorner natürlich sehr, da es ihre einzigartige Fähigkeit, die Gefahren der Enge von Cherek zu meistern, nahezu überflüssig machte. Aus Val Alorn grollte es unheilvoll, aber da man Straßen nicht versenken kann, gab es letztendlich nichts, was die Chereker gegen die neuen Verhältnisse unternehmen konnten.

Das tolnedrische Straßensystem erstreckte sich indes weit über Sendarien hinaus. In den südlichen Königreichen wurde seine wahre Bedeutung noch weitaus stärker spürbar. Die ersten Kontakte zwischen verschiedenen tolnedrischen Geschäftsleuten und den Murgos waren zögernd und von großem Mißtrauen geprägt, aber es dauerte nicht lange, bis Waren der angarakanischen Königreiche auf den Märkten von Tol Honeth, Tol Borune, Tol Horb und Tol Vordue feilgeboten wurden. Die Feindseligkeit der Murgos ließ allmählich nach, und der Handel zwischen Ost und West schwoll vom Rinnsal zum Strom an.

Nun geschieht in Cthol Murgos nichts ohne ausdrückliche Erlaubnis Ctuchiks. Meiner Familie war daher klar, daß Toraks Jünger, der da auf seinem düsteren Felsgipfel mitten im Ödland von Murgos hockte, ›etwas im Schilde führte‹. Aller Wahrscheinlichkeit nach führte Ctuchik nichts anderes im Schilde, als ein bißchen herumzuspionieren und ein paar Tolnedrer zu korrumpieren, doch wie mein Vater und Onkel Beldin nach dem Krieg mit Nyissa herausfinden sollten, war ihr einstiger Bruder, Zedar der Abtrünnige, wesentlich einfallsreicher gewesen. Sein verlockendes Angebot der Unsterblichkeit hatte ihm die Unterstützung der alternden Königin Salmissra in Sthiss Tor verschafft, und das sollte den Lauf der Geschichte nachdrücklich verändern.

Doch all das passierte erst ein wenig später. Nach der Errichtung des Königreichs von Sendarien widmete ich mich fast ausschließlich dem Studium der beiden Prophezeiungen, dem Mrin- und dem Darinekodex, und ich begann knappe, verlockende Andeutungen auf den ›Göttertöter‹ zu entdecken. Gewiß würde ich in enger Verbindung mit diesem Titanen stehen, aber je länger ich mich damit beschäftigte und je tiefer ich in die Materie eindrang, desto stärker wurde meine Überzeugung, daß er *nicht* in schimmernder Rüstung, Ruhmeswolken im Schlepptau und angekündigt von Erdbeben und Donnerschlägen, aus dem Nichts angeritten käme.

Die Jahrtausendwende gab Anlaß zu ausgedehnten Feiern in den Königreichen des Westens. Abgesehen davon, daß ich zur Kenntnis nahm, daß das Jahr meinen zweitausendsten Geburtstag brachte, schenkte ich ihm kaum Beachtung.

Es war im Vorfrühling des Jahres 4002, als mir wieder einmal einfiel, daß ich jetzt meinen Garten bestellen sollte, wenn ich im darauffolgenden Winter etwas essen wollte. Ich legte meine Studien für mehrere Wochen beiseite und widmete mich ganz dem Herumspielen im Dreck.

Ich grub gerade meinen Gemüsegarten um, als Vater einflog. Ich wußte sofort, daß etwas Ernstes vorgefallen war, da mein Vater nur im Notfall fliegt – für gewöhnlich als Falke. Er verschwamm wieder zu seiner ursprünglichen Gestalt. Sein Gesichtsausdruck wirkte aufgewühlt. »Ich brauche dich, Pol!« sagte er eindringlich.

»Auch ich habe dich einmal gebraucht, erinnerst du dich noch?« versetzte ich, ohne nachzudenken. »Du schienst nicht sehr interressiert zu sein. Nun entgelte ich dir deine Mühe. Geh weg, Vater!«

»Dafür haben wir jetzt keine Zeit, Pol. Wir müssen sofort zur Insel der Winde. Gorek schwebt in Gefahr.«

»Wer ist Gorek?«

»Hast du denn überhaupt keine Ahnung von dem, was jenseits deines Gartenzauns vorgeht? Hast du dich völlig von der Außenwelt abgeschottet? Du kannst deinen Verpflichtungen nicht aus dem Weg gehen, Pol. Du bist immer noch die, die du bist, und du kommst jetzt mit mir auf die Insel der Winde, und wenn ich dich mit meinen Klauen packen und dorthin *tragen* muß.«

»Droh mir nicht, alter Mann. Wer ist dieser Gorek, um den du dich so grämst?«

»Er ist der rivanische König, Pol, der Hüter des Orb.«

»Die Chereker patrouillieren mit ihren Schiffen auf dem Meer der Stürme, Vater. Keine Flotte der Welt kann sich an ihren Schiffen vorbeimogeln.«

»Die Gefahr droht nicht von einer Flotte, Pol. Außerhalb der Stadtmauern von Riva gibt es eine Handelsenklave. *Das* ist die Quelle der Gefahr.«

»Bist du verrückt geworden, Vater? Warum hast du Fremde auf der Insel erlaubt?«

»Das ist eine lange Geschichte, und wir haben jetzt keine Zeit, sie von Anfang an zu erzählen.«

»Wie hast du diese mutmaßliche Gefahr entdeckt?«

»Ich habe gerade einen Absatz des Mrinkodex entschlüsselt.«

Das fegte all meine Zweifel beiseite. »Wer steckt dahinter?« fragte ich.

»Salmissra, soweit ich es beurteilen kann. Sie hat Agenten in dieser Enklave, und die haben den Befehl erhalten, den rivanischen König und seine gesamte Familie umzubringen. Wenn ihr das gelingt, gewinnt Torak.«

»Nicht, solange noch ein einziger Blutstropfen in meinen Adern fließt. Ist das wieder so eins von Ctuchiks Spielchen?«

»Möglich, aber für Ctuchik eigentlich zu subtil. Es könnte Urvon oder Zedar sein.«

»Das werden wir später herausfinden. Wir vergeuden Zeit, Vater. Laß uns zur Insel fliegen und den Spuk beenden.«

KAPITEL 25

Der kürzeste Weg zur Insel der Winde führte über Ulgoland. Die meisten vernünftigen Menschen vermieden diese Route, aber dies war ein Notfall, und zudem flogen Vater und ich ja auch Tausende von Fuß über den Jagdgründen Algroths, Hrulgins und Eldrakyn. Unsere flüchtige Begegnung mit Harpyien allerdings, kurz bevor wir über Prolgu flogen, war höchst verdächtig. Soweit ich es beurteilen kann, war dies das einzige Mal, daß jemand sie überhaupt zu Gesicht bekam. Ihre halbmenschliche Gestalt läßt sie viel gefährlicher aussehen, als sie es in Wirklichkeit sind. Ein menschliches Gesicht zeugt nicht zwangsläufig auch von menschlicher Intelligenz, und das Fehlen eines Schnabels macht sie zu zweitklassigen Raubvögeln. Vater und ich flogen ihnen ziemlich mühelos aus dem Weg und weiter in Richtung Westen.

Das erste Licht der Morgendämmerung färbte den östlichen Horizont, als wir über Camaar flogen. Wir waren beide am Rande der Erschöpfung, doch mit grimmiger Entschlossenheit flogen wir weiter über die bleigrauen Wellen des Meeres der Stürme. Meine Schwingen brannten vor Schmerz, aber ich zwang mich zum Durchhalten. Wie Vater es schaffte, weiß ich wirklich nicht, denn er fliegt nur höchst selten. Manchmal überrascht Vater mich.

Wir überflogen den Hafen von Riva, und mein Blick fiel auf die abweisenden Wehrgänge und Mauern der Halle des rivanischen Königs, als Mutters Stimme in meinem Kopf schrillte. *»Pol! Da unten – im Hafen!«*

Ich sah nach unten und entdeckte etwas, das ein

Stückchen vom kiesbedeckten Strand entfernt herumplanschte.

»Es ist ein kleiner Junge, Pol. Er ertrinkt!«

Ich dachte gar nicht erst nach. Die Gestalt mitten in der Luft zu wechseln, ist keine sonderlich gute Idee. Wenn man von der einen in die andere Gestalt verschwimmt, ist man einen Augenblick lang völlig desorientiert. Aber wie das Glück es wollte, schaute ich noch immer auf das Wasser herab, nachdem ich mich meiner Federn entledigt hatte. Mit dem Kopf voran und angespanntem Körper wappnete ich mich gegen die Wucht des Aufpralls auf der Wasseroberfläche. Der Schlag wäre wesentlich schlimmer gewesen, wäre ich höher geflogen, doch auch so preßte er mir beinahe die Luft aus der Lunge.

Mein Kopfsprung ließ mich tief in das eiskalte Wasser eintauchen, aber ich krümmte mich und schnellte an die Oberfläche zurück. Ich kam nur wenige Fuß entfernt von dem verzweifelt strampelnden kleinen Jungen wieder an die Luft. Seine Augen waren vor Schreck geweitet, und seine wild um sich schlagenden Arme hielten ihn kaum über Wasser.

Wenige Schwimmzüge brachten mich zu ihm, und dann hatte ich ihn. »Ganz locker!« befahl ich ihm scharf. »Ich hab dich jetzt.«

»Ich ertrinke!« sprudelte er mit schriller Stimme hervor.

»Nein, du bist in Sicherheit. Halt die Arme still. Leg dich einfach zurück und überlasse mir das Schwimmen.«

Es bedurfte noch einiger Überredung, bis er die tödliche Umklammerung um meinen Hals löste, aber am Ende hatte ich ihn soweit, daß er sich ruhig auf den Rücken legte, während ich ihn zum Ende einer Mole schleppte, die in die Bucht hinausragte. »Siehst du jetzt, wieviel einfacher es ist, wenn du nicht gegen das Wasser anzukämpfen versuchst!« fragte ich ihn.

»Ich hatte es schon fast geschafft«, versicherte er mir.

»Das war das erstemal, daß ich zu schwimmen versucht habe. Es ist nicht allzu schwer, nicht wahr?«

»Du hättest vermutlich erst einmal in flachem Wasser üben sollen«, meinte ich.

»Das konnte ich nicht, Ma'am. Da war dieser Mann mit seinem Messer, und er war hinter mir her.«

»Polgara!« erreichte mich Vaters Stimme. *»Geht es dem Jungen gut?«*

»Ja, Vater«, antwortete ich laut, ohne mir bewußt zu sein, daß der kleine Junge meine Stimme hören konnte. »Ich habe ihn.«

»Bleib außer Sicht! Laß dich von niemandem sehen!«

»In Ordnung.«

»Mit wem redest du?« fragte der Junge.

»Das ist nicht wichtig.«

»Wohin gehen wir?«

»Zum Ende dieser Mole. Dort verstecken wir uns und verhalten uns ganz ruhig, bis die Männer mit den Messern vertrieben worden sind.«

»In Ordnung. Ist das Wasser immer so kalt?«

»Als ich das letzte Mal hier war, war es so kalt, ja.«

»Ich glaube nicht, daß ich dich schon einmal gesehen habe, Ma'am.«

»Nein. Wir sind uns gerade das erste Mal begegnet.«

»Das ist eine gute Erklärung.« Er war so ein nüchterner kleiner Bursche. Ich mochte ihn sofort.

»Sprich nicht soviel«, teilte ich ihm mit. »Es wäre nicht gut für dich, wenn du jetzt viel Wasser schlucken würdest.«

»Wenn du es sagst.«

Wir erreichten das Ende der steinernen Mole und hielten uns beide an einem der rostigen Eisenringe fest, an dem sonst die Schiffe vertäut wurden.

»Was ist vorhin passiert?« erkundigte ich mich.

»Mein Großvater hat uns alle zu den Läden am Strand mitgenommen«, begann der kleine Junge zu erzählen. »Irgend jemand da wollte uns Geschenke machen. Aber als wir in ihren Laden kamen, zogen sie alle ihre Messer. Ich schätze, es tut ihnen mittlerweile leid. Mein Großvater ist nämlich der König hier, und er wird deswegen sehr böse mit ihnen sein. Mir ist wirklich kalt, Ma'am. Können wir nicht aus dem Wasser raus?«

»Noch nicht, fürchte ich. Wir wollen ganz sicher gehen, daß keine Gefahr mehr droht, bevor wir das tun.«

»Kommst du oft hier auf die Insel der Winde?« Seine gelassene Art zu reden beruhigte mich ein klein wenig. Offensichtlich war der Mordversuch fehlgeschlagen.

»Was geschah da drüben am Strand?« fragte ich ihn weiter.

»Das weiß ich nicht genau, Ma'am«, antwortete er. »Mutter rief mir zu, ich sollte weglaufen, als dieser Kerl mit dem kahlrasierten Kopf sein Messer zog. Er war zwischen mir und dem Stadttor. Deshalb konnte ich nur zum Meer. Schwimmen ist ein bißchen schwerer, als es aussieht, nicht wahr?«

»Es erfordert ein wenig Übung, nichts weiter.«

»Ich hatte nicht viel Zeit zum Üben. Wäre es sehr unhöflich, wenn ich dich nach deinem Namen fragen würde?«

»Man kennt mich als Polgara«, eröffnete ich ihm.

»Ich hab von dir gehört. Bist du nicht mit mir verwandt?«

»Entfernt, ja. Man könnte sagen, daß ich deine Tante bin. Und wie heißt du?«

»Ich bin Geran. Sie nennen mich immer ›Prinz Geran‹, aber ich glaube nicht, daß das viel zu bedeuten hat. Mein älterer Bruder wird die Krone tragen, wenn er groß ist. Ich werde vielleicht Pirat, wenn ich groß bin. Das könnte ziemlich aufregend sein, nicht wahr, Tante Pol?«

Da war es wieder. Manchmal denke ich, jeder kleine Junge auf der Welt nennt mich automatisch ›Tante Pol‹. Ich lächelte ihn an. »Du solltest zunächst mit deinen Eltern – und mit deinem Großvater – reden, ehe du es mit der Piraterie versuchst, Geran«, riet ich ihm. »Möglicherweise haben sie etwas dagegen.«

Er seufzte. »Ich nehme an, du hast recht, Tante Pol, aber es *wäre* sicher aufregend, oder?«

»Ich glaube, man überschätzt das.«

Vor Kälte zitternd klammerten wir uns an diesen Eisenring am Ende der Hafenmole. Ich tat, was ich konnte, um das Wasser unmittelbar um uns herum zu erwärmen, aber niemand kann das gesamte Meer der Stürme erwärmen, so daß es mir lediglich gelang, die schlimmste Kälte zu beseitigen.

Nach ungefähr einer Stunde – die uns wie eine Ewigkeit erschien – erreichte mich Vaters Stimme erneut. *»Polgara, wo steckst du?«*

»Wir sind am Ende der Mole, Vater. Können wir schon gefahrlos herauskommen?«

»Nein. Bleib, wo du bist, und laß dich nicht blicken.«

»Was hast du vor, alter Wolf?«

»Ich verstecke den rivanischen König. Gewöhn dich an die Vorstellung, Pol, denn wir werden das ziemlich lange tun müssen.«

Mir entging nicht, was seine Bemerkung für den kleinen Jungen bedeutete, der an meiner Seite zitterte. Offensichtlich war es Königin Salmissras Meuchelmördern gelungen, König Gorek und fast sämtliche Mitglieder der königlichen Familie zu ermorden. Gerans Flucht vom Ort des Geschehens hatte ihm den Schrecken erspart, Zeuge des Blutbades zu werden, und deshalb schien ihm noch nicht klar zu sein, daß er nunmehr Waise war. Man würde es ihm natürlich sagen müssen. Ich konnte mir auch schon denken, auf *wessen* Schultern diese unangenehme Aufgabe lasten würde.

Eine Weile nach Anbruch der Dunkelheit kamen Vater und Brand, der rivanische Wächter, schließlich in den Hafen. Wir vier, Vater, Brand, Prinz Geran und ich, gingen an Bord eines unbemannten Segelschiffs und verließen den Hafen. Vater bediente die Segel, ohne sich die Mühe zu machen, sich von der Bank zu erheben, auf der er saß. Ich brachte den frierenden kleinen Prinzen unter

Deck, trocknete ihn ab und schuf ein paar trockene Kleidungsstücke für ihn.

Dann begab ich mich wieder hoch an Deck, um mit Vater zu reden. »Es gab keine weiteren Überlebenden, vermute ich?« fragte ich ihn.

»Keinen einzigen. Die Nyissaner benutzten vergiftete Dolche.«

»Der Junge weiß es noch nicht. Er rannte weg, ehe das Massaker losging.«

»Gut. Diese Nyissaner waren sehr gründlich.«

»Dann steckte also wirklich Salmissra dahinter.«

»Ja, aber jemand anderes hat sie angestiftet.«

»Wer?«

»Ich weiß es nicht genau. Wenn ich sie das nächste Mal sehe, frage ich sie.«

»Wie willst du dir in Sthiss Tor Einlaß verschaffen?«

»Ich werde die alornischen Königreiche entvölkern, um mir eine Eskorte zu besorgen. Dann werde ich wie eine Naturkatastrophe durch Nyissa fegen und das Schlangenvolk so tief in seine Wälder jagen, daß sie sich ihr Tageslicht kaufen müssen. Du sagst dem Jungen jetzt besser, daß er eine Waise ist.«

»Danke.« Das sagte ich mit ausdrucksloser, unfreundlicher Stimme.

»Du kannst solche Dinge besser als ich, Pol. Vielleicht tröstet es ihn ein bißchen, wenn er erfährt, daß ich zur Vergeltung Nyissa dem Erdboden gleichmachen werde.«

»Er ist doch nur ein kleiner Junge, Vater, und seine Mutter ist gerade umgebracht worden. Ich glaube nicht, daß der Gedanke an Rache ihn im Augenblick besonders zu trösten vermag.«

»Das ist aber das einzige, was wir ihm im Augenblick bieten können. Ich fürchte, du wirst dem Kind die Mutter ersetzen müssen.«

»Was weiß ich denn darüber, wie man kleine Jungen aufzieht, Vater?«

»Bei Daran hast du es nach dem Tod deiner Schwester aber ganz gut gekonnt, Pol. Es tut mir leid, dir diese

Aufgabe aufbürden zu müssen, aber uns steht sonst niemand zur Verfügung, und der Junge *muß* unter allen Umständen beschützt werden. Du wirst ihn verstecken müssen. Dieser Mord riecht nach Angarak, und Ctuchik hat seine eigenen Prophezeiungen, die ihm sagen, daß es einen Überlebenden gegeben hat. Bevor das Jahr um ist, wird es im Westen nur so von Grolims wimmeln. Der Schutz dieses kleinen Jungen ist im Augenblick das Wichtigste, was einer von uns tun kann.«

»Ich kümmere mich darum, Vater.« Dann ging ich wieder unter Deck, um dem kleinen Prinzen die traurige Neuigkeit zu bringen.

Er weinte natürlich, und ich tat mein Bestes, ihn zu trösten.

Während ich das schluchzende Kind in meinen Armen hielt, kam mir ein merkwürdiger Gedanke. Ich glaube nicht, daß ich mich jemals ernsthaft mit einer gewissen unbestreitbaren Tatsache auseinandergesetzt habe. Mutter kam nicht als Mensch auf die Welt, und das bedeutete ganz klar, daß ich teilweise Wolf war. Obwohl ich keine Pfoten, keinen buschigen Schwanz und keine scharfen Zähne hatte, besaß ich doch gewisse wölfische Wesenszüge. Wölfe sind Rudeltiere und sie teilen sich die Fürsorge für die Welpen des Rudels, ganz gleich, welche Wölfin den Wurf zur Welt gebracht hat. Daß ich diesen trauernden, sandhaarigen kleinen Jungen tröstete, war eine Sache des Instinkts, geboren aus der Notwendigkeit, das Rudel zu beschützen.

Nachdem ich der Tatsache einmal ins Auge gesehen hatte, ergaben sich gewisse Entscheidungen fast zwangsläufig. Zuerst brauchte ich eine sichere, gut versteckte Höhle. Mutters Hütte würde diese Voraussetzungen nicht erfüllen. Ihre Lage war zu exponiert, und zu viele Leute kannten sie. Dann brauchte ich eine ergiebige Nahrungsquelle. Die Antwort lag natürlich auf der Hand. Mein von Rosen zugewucherter Landsitz am Eratsee war schon seit Äonen in Vergessenheit geraten und zudem praktisch unsichtbar. Darüber hinaus war das Land drumherum fruchtbar, so daß ich ganz leicht Gemüse zwischen den Rosenstöcken ziehen und hin und wieder des Nachts auf leisen Schwingen ausfliegen konnte, um uns Kaninchen und das eine oder andere Schaf zu jagen. Der Landsitz würde uns Schutz und Nahrung bieten. Prinz Geran wuchs dort vielleicht ein bißchen wild und unzivilisiert heran, aber wenigstens *würde* er heranwachsen.

Außerdem wurde mir klar, was für ungeahnte Einblicke in Mutters Charakter mir das Denken auf Wolfsart verschaffte. Alles, was sie getan hatte – einschließlich des scheinbaren Imstichlassens meiner Schwester und mir –, war von dem Wunsch bestimmt gewesen, das Rudel zu schützen.

»Natürlich, Pol«, erreichte mich ihre Stimme aus dem Nirgendwo. *»Begreifst du das erst jetzt? Du solltest wirklich aufmerksamer sein, weißt du.«*

Geran war so von Kummer überwältigt, daß wir während jener beiden Tage, die wir auf dem Weg zur sendarischen Küste auf dem Wasser verbrachten, nicht sehr viel sprachen. Doch als wir eine kleine, geschützte Bucht ungefähr fünf Meilen nördlich von Camaar erreichten und an Land gingen, riß er sich soweit zusammen, daß er vernünftig mit Brand reden konnte. Er bat den rivanischen Wächter, für sein Volk zu sorgen und den Orb zu bewachen. Gerans Familie hat diese beiden Pflichten immer sehr ernst genommen, und obwohl der Junge vor der Ermordung seiner gesamten Familie in der Erbfolge ziemlich weit unten gestanden hatte, hatte man ihn doch in den wirklich wichtigen Dingen unterwiesen.

Nachdem Brand nach Camaar aufgebrochen war, um eine Mannschaft für seine Rückreise zur Insel der Winde anzuheuern, führte ich ein kurzes Gespräch mit Vater, in dem ich ihm von meiner Absicht unterrichtete, meinen neuen Schützling in meinem Landsitz am Eratsee zu verstecken. Er erhob natürlich Einwände. Vater erhebt immer Einwände, wenn ich ihm mitteile, was ich zu tun gedenke. Er hätte sich seine Worte jedoch sparen können, denn wie gewöhnlich ignorierte ich seine Bedenken. Man sollte meinen, nach zweitausend Jahren hätte er gelernt, wie sinnlos es ist, mir Vorschriften zu machen, aber manche Menschen lernen es eben nie.

Geran bat seinen Ururgroßvater mit ernster Miene, die Schlangenkönigin für den Mord an seine Familie zu bestrafen.

Dann brach Vater nach Val Alorn auf, wo er die Streitkräfte für seine geplante Invasion ins Land des Schlangenvolks zusammenziehen wollte.

»Wohin gehen wir, Tante Pol?« erkundigte sich Geran bei mir.

»Ich habe ein Haus hier in Sendarien, Geran«, ließ ich ihn wissen. »Dort dürften wir in Sicherheit sein.«

»Hast du viele Soldaten da?«

»Nein, Geran. In diesem Fall brauche ich keine Soldaten.«

»Ist das denn nicht gefährlich? Die Schlangenherrin will mich vermutlich doch noch immer töten, und sie hat diese Männer mit den vergifteten Dolchen, die für sie arbeiten. Ich bin noch nicht sehr stark, und deshalb kann ich dich wahrscheinlich nicht richtig beschützen.«

Er war so ein lieber, ernsthafter Junge! Ich nahm ihn in die Arme und hielt ihn eine Weile ganz fest, und ich glaube, das gefiel uns beiden recht gut. »Alles wird gut werden, Geran«, versprach ich ihm. »Niemand kennt das Haus und man kann sich dort nur schwer Zugang verschaffen.«

»Hast du es mit einem Zauberbann belegt?« fragte er eifrig. Dann errötete er leicht. »Das war nicht sehr höflich, nicht wahr, Tante Pol? Ich habe jede Menge Geschichten gehört, daß du magische Sachen machen kannst – so wie Zauber sprechen und Leute in Frösche und ähnliches verwandeln –, aber du hast mir nicht erlaubt, über diese Dinge zu sprechen, und deshalb hätte ich auch nicht so damit herausplatzen dürfen und es einfach so ansprechen, oder?«

»Ist schon gut, Geran«, sagte ich. »Wir gehören zur selben Familie, deshalb müssen wir nicht so förmlich miteinander sein, nicht wahr? Laß uns dorthin zwischen die Bäume gehen. Der Strand ist frei einzusehen, und schließlich *haben* wir Feinde, die nach uns suchen.«

»Wie du meinst, Tante Pol.«

Wir hielten uns vom Strand aus grob in Richtung Sulturn, immer auf den Nebenstraßen und Trampelpfaden. Ich kaufte Nahrungsmittel auf einem abgelegenen Gehöft, und der junge Prinz und ich schlugen unser erstes Nachtlager auf. Nachdem der Junge in meinen Armen eingeschlafen war, begann ich über unser weiteres Vorgehen nachzudenken. Wir hatten an jenem Tag keine allzu große Strecke zurückgelegt, und ich wollte unbedingt schnell tiefer ins Binnenland vorstoßen. Dieser offen einsehbare Strand war für meinen Seelenfrieden immer noch viel zu nah.

Ich verabschiedete mich sofort von dem Gedanken, ›herumzupfuschen‹. Vaters Warnung bezüglich der Grolims kam der Wahrheit vermutlich sehr nah, und ›Herumpfuschen‹ macht einen charakteristischen Lärm, der jeden Grolim in Sendarien auf uns aufmerksam machen würde. Geran war ein kräftiger kleiner Bursche, aber seine Beine waren eben noch nicht allzu lang. Fußmärsche brachten uns daher nicht so schnell fort von diesem Strand, wie ich es gern gehabt hätte. Offensichtlich benötigten wir ein Pferd. Ich schaute in die Börse, die ich immer unter meiner Kleidung versteckt bei mir trage, und fand heraus, daß ich genug Geld bei mir hatte. Dann schickte ich einen Gedanken auf die Suche nach einem Bauernhof von hinreichender Größe an der vor uns liegenden Straße. Glücklicherweise fand ich das Gewünschte nur wenige Meilen voraus.

In jener langen Nacht döste ich von Zeit zu Zeit ein. Unter den gegebenen Umständen wäre ein tiefer Schlaf vermutlich nicht das Richtige gewesen. Als dann die Dämmerung den Horizont im Osten erhellte, schürte ich unser kleines Feuer und begann uns ein Frühstück zu kochen.

»Guten Morgen, Tante Pol«, sagte Geran, als der Duft des Essens ihn weckte. »Weißt du, ich habe großen Hunger.«

»Kleine Jungen haben immer Hunger, Geran.«

»Wie weit ist es noch bis zu deinem Haus?«

»Fast dreihundert Meilen.«

»Meine Füße sind schon ganz wund, Tante Pol. Ich bin es nicht gewöhnt, so viel zu Fuß zu gehen.«

»Bald wird es leichter, Geran«, versicherte ich ihm. »Nur ein kleines Stückchen weiter gibt es einen Bauernhof. Dort kaufe ich ein Pferd, und dann können wir reiten.«

»Das ist eine *sehr* gute Idee, Tante Pol.« Es schien ihn wirklich zu begeistern.

Als wir an dem Gehöft angelangt waren und ich mir das Pferd ausgesucht hatte, das ich haben wollte, bekamen wir ein kleines Problem.

»Ähm – die Münzen hier sind sehr alt, Ma'am«, sagte der Bauer zweifelnd. »Ich glaube, ich habe noch nie so alte gesehen.«

»Ich habe sie geerbt, guter Mann«, log ich rasch. »Meine Familie ist ein bißchen geizig, und wenn sie einmal eine Münze in den Fingern haben, geben sie sie so schnell nicht wieder her.«

»Das ist ein löblicher Charakterzug, aber ich weiß wirklich nicht, was diese Münzen in heutigem Geld wert sind.«

»Silber ist Silber, guter Mann. Das Gewicht ist das Entscheidende, nicht, wessen Gesicht auf die Vorderseite geprägt wurde.«

»Na ja – ich nehme an, Ihr habt recht. Aber –«

»Ich bin wirklich ziemlich in Eile, Freund. Mein Neffe und ich müssen unbedingt vor Ende dieser Woche in Sulturn sein. Warum lege ich nicht einfach drei von diesen Münzen drauf, um einen möglichen Wertverlust wettzumachen?«

»Ich möchte Euch nicht gern übervorteilen, Ma'am.« Ich hatte auf eine sehr handfeste Weise den sendarischen Nationalcharakter geprägt, und nun rächte es sich.

Zu guter Letzt einigten der ehrliche Bauer und ich uns auf zwei zusätzliche Münzen, und ich wurde stolze Besitzerin eines gescheckten Grauen namens Knappe. Der gute Bauer legte noch einen ziemlich durchgesessenen Sattel drauf, und Geran und ich machten Anstalten, wegzureiten. Zuerst jedoch mußte ich mich mit Knappe unterhalten, der den ganzen Winter über nicht geritten worden und daher ziemlich übermütig war. Ich faßte ihn – fest – am Kinn und sah ihm geradewegs in seine großen Augen. »Benimm dich, Knappe«, riet ich ihm. »Bocken und ausschlagen kannst du, wenn du alleine bist. Du möchtest mich doch *wirklich* nicht verärgern, oder?«

Er schien meine Argumente nachvollziehen zu können, und nachdem wir etwa eine Meile gebraucht hatten, um uns aneinander zu gewöhnen, fiel er in einen sanften Kanter, der die Meilen förmlich fraß.

»Das ist *viel* besser als zu Fuß gehen, Tante Pol«, bekannte Geran nach einer Weile begeistert. »Ich wette, meine Füße sind heute abend nicht wund.«

»Nein, deine Füße vermutlich nicht, aber womöglich ein anderer Körperteil.«

Geran und Knappe verstanden sich praktisch auf Anhieb, und ich hatte das Gefühl, daß das eine gute Sache war. Der junge Prinz trug eine schwere Last auf seinen jungen Schultern, und die Freundschaft mit unserem Pferd lenkte seine Gedanken davon ab.

Nach zwei Tagen erreichten wir Sulturn, aber ich mied die Stadt und nahm lieber ein Zimmer in einem Landgasthof als in einem der prächtigeren Gasthäuser in der Stadt selbst. So erschien es mir sicherer.

Während der nächsten Tage hielten wir uns weiterhin in Richtung Nordosten. Ich verbrachte einen Großteil der Zeit damit, Geran in der hohen Kunst des Unauffälligbleibens zu unterweisen. In diesem Sinne färbte ich ihm auch das sandfarbene Haar schwarz. Immerhin lag es ja im Bereich des Möglichen, daß Ctuchiks Grolims wußten, daß praktisch jeder aus dem Geschlecht von Eisenfaust und meiner Schwester dieselbe Haarfarbe hatte, und daß sie deshalb nach blonden kleinen Jungen suchen würden. Außerdem verbarg ich die verräterische weiße Locke in meinem Haar durch eine komplizierte Flechtfrisur. Sollte zufällig ein Grolim nach einer Dame mit einer weißen Haarsträhne und einem Jungen mit sandfarbenem Haar Ausschau halten, würde er *uns* übersehen.

Als wir uns Medalia in Zentralsendarien näherten, trug der Suchgedanke, den ich fast ständig vor uns herschweifen ließ, Frucht. Ich bekam ein kurzes Aufflackern jenes stumpfen Schwarz' mit, das einen Angarakaner kennzeichnet. Es war nicht das glänzende Schwarz eines Grolims, aber zu diesem Zeitpunkt wollte ich lieber *überhaupt keinem* Angarakaner begegnen, sei er nun Murgo, Nadraker oder Thull.

Ich lenkte Knappe in einen Seitenweg, und Geran und ich umgingen Medalia und ritten auf Nebenstraßen nach Nordosten weiter. Ran Horbs Hauptstraßen mieden wir völlig.

Alles in allem brauchten wir etwa zwei Wochen, um an den Eratsee zu gelangen. Gegen Abend versteckte ich Geran und Knappe in einem Dickicht am Südufer des Sees, begab mich ein wenig abseits und kleidete mich in weiße Federn. Ich würde nicht ahnungslos hereinmarschieren, ohne es mir vorher genau anzuschauen, und Eulen können im Dunkeln ausgezeichnet sehen.

Das Ostufer des Eratsees war in jenen Tagen nur äußerst dünn besiedelt, und bald hatte ich all meine Nachbarn ausgemacht. Wie sich herausstellte, hielten sich zum damaligen Zeitpunkt keinerlei Fremde in der Gegend auf. Ich schloß also, daß wir gefahrlos die von mir errichtete Barriere durchqueren und uns hinter den

Mauern meines Hauses in Sicherheit bringen konnten. Ich flog auf der Stelle hin und teilte meinen Rosenbüschen mit, daß ich zurückgekehrt und sehr froh wäre, wenn sie einen Pfad für mich öffnen könnten. Dann kehrte ich zurück, um meinen Neffen und sein Pferd zu holen.

Es war beinah Mitternacht, als Knappe durch die Furt südlich meines Hauses watete. Wir ritten weiter bis zum Rande des Dickichts und dann weiter durch den schmalen Durchlaß, den meine Rosen uns geöffnet hatten.

»Es ist ein sehr großes Haus, nicht wahr?« bemerkte Geran ein wenig beunruhigt. »Aber ist es nicht ein bißchen dunkel?«

»Niemand wohnt dort, Geran«, gab ich zurück.

»Überhaupt niemand?«

»Keine Menschenseele.«

»Ich habe noch nie irgendwo gelebt, wo es überhaupt keine anderen Leute gibt, Tante Pol.«

»Wir *möchten* keine anderen Leute um uns haben, Geran. Das ist wichtig.«

»Nun –« Er klang ein wenig unsicher. »In dem Haus spukt es doch nicht, Tante Pol, oder? Ich glaube nicht, daß ich in einem Spukhaus wohnen möchte.«

Ich verkniff mir ein Lächeln. »Nein, Geran«, beruhigte ich ihn. »In dem Haus spukt es nicht. Es ist nur leer.«

Er seufzte. »Ich glaube, ich werde lernen müssen, ein paar Sachen zu tun, an die ich nicht gewöhnt bin«, erklärte er.

»Aha? Zum Beispiel?«

»Na ja, wir werden Feuerholz und solche Dinge brauchen, nicht wahr? Ich bin nicht sehr geschickt mit Werkzeugen, Tante Pol«, beichtete er mir. »In Großvaters Zitadelle gab es alle möglichen Diener, so daß ich nie gelernt habe, eine Axt oder einen Spaten oder so etwas zu benutzen.«

»Betrachte es als Gelegenheit, etwas zu lernen, Geran. Laß uns Knappe in den Stall bringen, und dann gehen wir hinein. Ich mache uns etwas zum Abendessen, und dann suchen wir uns ein Bett oder zwei.«

»Wie du meinst, Tante Pol.«

Wir aßen zu Abend, und dann stellte ich zwei Feldbetten in der Küche auf. Am nächsten Morgen konnten wir das Haus erkunden und uns ein passenderes Quartier suchen.

Das Haus war recht lange vernachlässigt worden, so daß sich Spinnweben in den Ecken und eine dicke Staubschicht auf allem befanden. Das konnte man natürlich nicht so hinnehmen. Über die Jahre hatte ich meinem früheren Machtzentrum gelegentliche Besuche abgestattet und jedesmal mit einer Handbewegung saubergemacht. Ich entschied, den Hausputz diesmal anders zuwege zu bringen. Mein junger Schützling hatte soeben eine entsetzliche Tragödie erlebt, und ich wollte nicht, daß er darüber ins Grübeln kam. Er brauchte etwas, das seinem Verstand – und seinen Händen – Beschäftigung verschaffte. Das Haus vom Keller bis zum Dach und vom einen bis zum anderen Ende auf Vordermann zu bringen, würde uns beide vermutlich eine Zeitlang von trüben Gedanken ablenken. Außerdem würden *so* keine umherstreunenden Grolims auf uns aufmerksam werden. Zum damaligen Zeitpunkt war ich noch nicht mit dem genauen Ausmaß der Grolimfähigkeiten vertraut und hielt es für besser, Vorsicht walten zu lassen.

Ich stand noch vor Einbruch der Dämmerung auf und bereitete das Frühstück vor. Meine Küche war zur Versorgung einer recht großen Anzahl von Menschen gebaut worden, und so waren Herde und Öfen sehr groß. Es erschien mir irgendwie lächerlich, einen Herd zu befeuern, der größer als ein Bauernkarren war, nur um zwei Leute satt zu bekommen. Es war jedoch der einzige verfügbare Herd, und so schichtete ich Anzündmaterial und Feuerholz auf, die seit Generationen im Holzkorb gelegen hatten. Offenbar hatte Geran mit einer Annahme recht gehabt. Es *würde* viel Zeit in Anspruch nehmen, das Holz zu hacken.

Geran erwachte, als ihm der Duft des köchelnden Frühstücks in die Nase stieg. Im Laufe der Jahre habe ich viele kleine Jungen kennengelernt, und eines ist ihnen allen gemein. Sie sind stets hungrig.

»Was machen wir heute, Tante Pol?« fragte er mich, nachdem er seine zweite Schüssel Haferbrei verschlungen hatte.

Ich fuhr mit dem Finger über die Lehne eines unbenutzten Stuhls und hielt ihn prüfend in die Höhe. »Was siehst du, Geran?« fragte ich zurück.

»Sieht aus wie eine Menge Staub.«

»Genau. Vielleicht sollten wir etwas dagegen tun.«

Er ließ den Blick durch die Küche schweifen. »Sollte nicht allzu lange dauern«, entschied er zuversichtlich. »Was machen wir, wenn wir damit fertig sind?«

»Das Haus hat mehr als einen Raum, Geran«, setzte ich ihn ins Bild.

Er seufzte betrübt. »Ich hatte schon befürchtet, daß du es so sehen würdest, Tante Pol.«

»Du bist ein Prinz, Geran«, rief ich ihm ins Gedächtnis. »Ich möchte dich nicht dadurch beleidigen, daß du in einem schmutzigen Haus wohnen mußt.«

»Ich bin nicht so schnell zu beleidigen.« Sein Tonfall klang hoffnungsvoll.

»Es wäre nicht das Richtige für uns, in all dem Schmutz zu leben, Geran. Im Handumdrehen haben wir den ganzen Dreck beseitigt.«

»Aber es ist ein sehr großes Haus, Tante Pol.«

»Ja, ziemlich groß, nicht wahr? So wirst du etwas zu tun haben, und außerdem kannst du hier nicht nach draußen gehen und spielen.«

»Könnten wir die Teile, die wir nicht bewohnen, nicht einfach schließen? Dann könnten wir die drei oder vier Zimmer saubermachen, die wir brauchen, und den Rest vergessen.«

»Das wäre nicht recht, Geran. Es geht wirklich nicht.«

Er seufzte mit einer Art düsterer Resignation.

Und so begannen der rivanische König und ich mit

dem Hausputz. Er war nicht gerade *glücklich* darüber, aber er schmollte auch nicht *zu* sehr. Das einzige, was ich ihm *nicht* von vorneherein sagte, war, daß Staub die Tendenz hat, sich immer weiter abzulagern, und daß Netzspinnen die fleißigsten Geschöpfe der Welt sind. Nur weil man gestern einen Raum gereinigt hat, hat man noch keine Garantie darauf, daß man ihn am nächsten Tag nicht wieder reinigen muß.

Natürlich unternahmen wir auch noch anderes. In einer der Stallungen gab es einen Bauernkarren, und in regelmäßigen Zeitabständen spannte ich Knappe an und fuhr hinaus, um auf den umliegenden Gehöften Vorräte zu erstehen. Geran begleitete mich bei diesen Ausflügen nicht. Das erste Mal ließ ich ihn in meiner Bibliothek, und bei meiner Rückkehr fand ich ihn schlaff in einem Sessel hängen und tieftraurig aus dem Fenster schauen.

»Ich dachte, du liest«, sagte ich.

»Ich kann nicht lesen, Tante Pol«, gab er zu.

Jetzt hatten wir etwas zu tun, wenn wir es satt hatten, das Haus zu putzen. Geran verfügte über eine rasche Auffassungsgabe, und in erstaunlich kurzer Zeit konnte er lesen.

Wir gewöhnten uns an einen regelmäßigen Tagesablauf: morgens putzen und nachmittags Unterricht. Es war eine recht angenehme Lebensweise, und wir waren beide zufrieden damit.

Die Zwillinge hielten mich über die Fortschritte von Vaters Strafexpedition nach Nyissa auf dem laufenden, und ich leitete die Neuigkeiten an Geran weiter. Die zügellose Zerstörung, die sein Großvater über das Land des Schlangenvolks brachte, schien ihm eine gewisse Befriedigung zu bereiten.

Der Frühling kam, und mein junger Schützling erwärmte sich für die Gärtnerei. Ich hätte vermutlich auch weiterhin Nahrungsmittel auf den umliegenden Gehöften kaufen können, aber ich ließ Geran nicht gerne allein, und falls mein Gesicht in der Gegend *zu* bekannt würde, könnte ein zufällig fallengelassenes Wort in irgendeiner Schenke einen durchreisenden Murgo auf unsere Spur bringen.

Ich glaube, es war Frühsommer, als Vater und Onkel Beldin uns einen Besuch abstatteten. Ich erinnere mich noch daran, wie Geran mit einem Schwert in der Hand die Treppe herunterkam. Er war sehr jung, aber er wußte schon, daß es die Pflicht eines Mannes ist, die Frauen seiner Familie zu beschützen. Natürlich hatte ich Schutz nicht *unbedingt* nötig, aber die kleine Geste rührte mich dennoch. Er begrüßte meinen Vater begeistert und wollte sofort wissen, ob der alte Wolf sein Versprechen, die Schlangenkönigin zu töten, eingelöst hätte.

»Als ich sie das letzte Mal sah, war sie tot«, antwortete Vater. Meiner Meinung nach wirkte er ein bißchen ausweichend.

»Hast du sie geschlagen, wie ich dich gebeten habe?« bohrte Geran nach.

»Das hat er, Jungchen«, versicherte Onkel Beldin. »Das hat er.«

Onkel Beldins verwachsene Gestalt schien Geran ein wenig zu ängstigen, so daß ich ihn lieber schnell vorstellte.

»Du bist nicht sehr groß, nicht wahr?« platzte Geran heraus.

»Das hat manchmal seine Vorteile, Jungchen«, entgegnete Onkel Beldin. »'ch tu mir fast nie den Kopf an 'nem niedrigen Zweig stoß'n tun, will ich mal sagen.«

»Ich *mag* ihn, Tante Pol«, erklärte Geran lachend.

Dann ging Vater auf die Einzelheiten des kleinen Zusammentreffens ein, das er geplant hatte. Er wies uns darauf hin, daß die Ermordung Goreks ein wichtiges EREIGNIS gewesen sei und wir uns alle im Tal versammeln sollten, um unsere unterschiedlichen Möglichkeiten zu erörtern. Er teilte uns mit, er werde sich zur Insel der Winde begeben, um Brand zu holen, während Beldin Geran und mich ins Tal begleiten solle.

Noch bevor wir die sendarischen Berge durchquert hatten, waren Onkel Beldin und Geran die besten

Freunde. Ich habe nie ganz begriffen, warum alte Männer und kleine Jungen nahezu zwangsläufig Zuneigung füreinander empfinden. Es verletzt mich immer ein wenig, wenn der weißhaarige Teil dieses seltsamen Paars mit einem Achselzucken sagt: »Das ist Männersache, Pol. Das verstehst du nicht.« Sie können sich über ›Männersachen‹ unterhalten, bis sie schwarz im Gesicht sind. Meine eigenen Theorien zu dem Thema gehen allerdings mehr in die Richtung bevorstehender Vergreisung und der damit verbundenen Rückkehr zur Kindheit, um nicht zu sagen Infantilisierung eines Teils von ihnen. Es war *jene* Reise, die mich davon überzeugte, daß keine Frau, die ihren Verstand noch beisammen hat, einem alten Mann und einem kleinen Jungen erlauben darf, sich einem wie auch immer gearteten Gewässer auf mehr als fünf Meilen zu nähern. Ansonsten werden zwangsläufig Angeln aus ihren Händen wachsen, und für den Rest des Tages wird man überhaupt nichts mehr zur Wege bringen.

Als wir drei endlich das Tal erreichten, lernte Geran auch die Zwillinge kennen, und sie machten genausoviel Aufhebens um ihn wie Onkel Beldin. Ich fühlte mich allmählich richtig ausgeschlossen.

Das Kochen überließen sie mir allerdings – und den Abwasch hinterher auch. War das nicht nett von ihnen?

Vater und Brand trafen einige Wochen später ein, und wir setzten uns alle an die Arbeit. Geran hockte still auf einem Stuhl in der Ecke, während wir die augenblickliche Weltlage und unsere diesbezüglichen Maßnahmen erörterten.

Offenbar hatte man meinem kleinen Schutzbefohlenen das abgedroschene Sprichwort ›Kinder soll man nicht hören und nicht sehen‹ eingeimpft. Es hielt ihn allerdings davon ab, eine Menge Fragen zu stellen.

Onkel Beltira teilte uns mit, daß nach dem Kalender der Dalaser das Dritte Zeitalter zu Ende gegangen sei. Alle Prophezeiungen waren nunmehr abgeschlossen, wir hatten unsere Anweisungen, und alles, was wir noch tun mußten, war, sie in die Tat umzusetzen.

Dann berichtete uns Onkel Beldin, daß ein angarakanischer General mit Namen Kallath emsig ganz Mallorea einige und unter Toraks Herrschaft bringe.

Einmal mißachtete Prinz Geran im Verlauf unserer Besprechung die ungeschriebene Regel. »Entschuldigt«, meldete er sich zu Wort. »Was soll in Arendien geschehen? Ist das nicht der Ort, den eure Schriftrolle meint, wenn sie etwas über die ›Länder des Stiergottes‹ sagt?«

»Sehr gut, Geran«, lobte Vater die rasche Auffassungsgabe des Jungen, mit deren Hilfe er die Andeutung in der dunklen Sprache des Mrinkodex entschlüsselt hatte.

»Es wird ein EREIGNIS stattfinden, Eure Hoheit«, klärte Beltira ihn auf.

»Was für ein Ereignis?« Geran hatte die Großbuchstaben nicht ganz mitbekommen, die meine Familie bei diesem Wort immer mitdachte.

»Die Prophezeiung, die wir Mrinkodex nennen, benutzt diesen Begriff, um eine Begegnung zwischen dem Kind des Lichtes und dem Kind der Finsternis zu bezeichnen«, erläuterte Belkira.

»Wer sind sie?«

»Keine bestimmten Personen«, antwortete Beldin. »Sie sind so etwas wie Titel. Man könnte sagen, sie werden ziemlich oft vererbt. Wie dem auch sei, alles bewegt sich auf eines dieser EREIGNISSE zu. Wenn wir alles richtig deuten, werden sich das Kind des Lichtes und das Kind der Finsternis zu einem bestimmten Zeitpunkt in der Zukunft in Arendien begegnen, und diese Begegnung wird nicht allzu freundschaftlich vonstatten gehen. Ich kann mir nicht vorstellen, daß sie über das Wetter reden werden.«

»Eine Schlacht?« fragte Geran voller Begeisterung. Schließlich *war* er noch ziemlich jung.

Ich hielt mich in der Küche auf und bereitete das Abendessen vor. »Das Auftauchen dieses Kallath zu just diesem Zeitpunkt ist kein Zufall, nicht wahr?« warf ich ein.

»Wahrscheinlich nicht, Pol«, pflichtete Vater mir bei.

»Entschuldigt noch einmal«, mischte Geran sich ein. »Wenn Torak seine eigenen Prophezeiungen hat, dann weiß er doch genausogut wie wir, daß in Arendien etwas Wichtiges passieren wird, oder?«

»Dessen bin ich sicher«, versetzte Beldin.

»Wollt ihr wissen, was ich meine?« fuhr der Junge fort, die Stirn vor lauter Konzentration gefurcht. »Ich glaube nicht, daß das, was meiner Familie widerfahren ist, wirklich etwas damit zu tun hatte, daß jemand den Orb stehlen wollte. Ich glaube, Torak wollte uns einfach nur so beschäftigen, damit wir dem, was dieser Kallath in Mallorea tut, keine Beachtung schenken. Falls diese Nyissaner damals nicht meine Familie ermordet hätten, wäre einer von euch nach Mallorea gegangen und hätte Kallath daran gehindert, das ganze Land zu unterjochen. Aber ihr wart alle so eifrig damit beschäftigt, die Nyissaner zu bestrafen, daß ihr euch überhaupt nicht für das interessiert habt, was in Mallorea vor sich ging.« Er verstummte, da er sich plötzlich bewußt wurde, daß wir ihm alle gebannt zuhörten. »Na ja«, fügte er entschuldigend hinzu, »ich meine ja nur, und dieser Zedar konnte euch wahrscheinlich am besten hinters Licht führen, weil er euch so gut kennt.«

»Was hast du mit diesem unschuldigen kleinen Jungen angestellt, Pol?« knurrte Beldin mich an. »So klar dürfte er noch gar nicht denken können!«

»Ich habe ihm das Lesen beigebracht, Onkel«, gab ich zurück. »Er hat es sich in den Büchern angeeignet.«

»Was für eine Verschwendung!« murrte der Zwerg.

»Ich vermag dir nicht ganz zu folgen, Onkel.«

»Der Junge und ich hätten auf unserer Reise durchs Gebirge philosophische Dispute führen können, anstatt die Fische zu stören.«

»Du *mußt* dich einfach überall einmischen, Pol, nicht wahr?« zischte Vater vorwurfsvoll.

»Einmischen? Das Wort heißt ›Erziehung‹, Vater. Hast du dich nicht auch bei mir *eingemischt*? Ich meine mich noch daran zu erinnern, wie vor ein paar Jahren eine Flut von ›Warums‹ aus deinem Mund strömte.«

»Ohne diese klugen Bemerkungen bist du einfach nicht glücklich, nicht wahr, Pol?« sagte er mit einem gewissen Ekel in der Stimme.

»Für dich ist es nur gut, Vater«, versetzte ich leichthin. »Es hält dich in Bewegung, und das hilft gegen Senilität – eine Zeitlang jedenfalls.«

»Was willst du damit sagen, Tante Pol?« erkundigte sich Geran.

»Es ist ein Spiel, das die beiden immer spielen, Geran«, führte Beltira aus. »Es macht sie verlegen zuzugeben, daß sie sich wirklich mögen, und so spielen sie statt dessen dieses Spiel. Es ist ihre Art zu sagen, daß sie sich eigentlich nicht hassen.«

Die Zwillinge haben so liebe, harmlose Gesichter, daß wir dazu neigen zu vergessen, wie weise sie in Wahrheit sind. Beltira hatte unser dummes kleines Spielchen durchschaut, und seine Erklärung war sowohl Vater als auch mir äußerst peinlich.

Glücklicherweise mischte Brand sich an diesem Punkt des Gesprächs ein, um unsere Verlegenheit zu überspielen. »Mir will scheinen, daß unser Prinz sehr begabt ist«, überlegte der rivanische Wächter. »Wir werden diesen wachen Geist schützen müssen.«

»Das ist meine Aufgabe, Brand«, mahnte ich ihn.

»Polgara«, erklang da die Stimme meiner Mutter in meinem Kopf, *»hör ganz genau zu. Der Meister hat dir eine Frage zu stellen.«*

Dann spürten wir alle die Anwesenheit des Meisters. Wir konnten ihn nicht sehen, aber wir wußten, er war da. »Nimmst du diese Verantwortung aus freien Stücken auf dich, meine Tochter?« fragte er mich eindringlich.

Dies war die Aufgabe, die ich auf Beldarans Hochzeit

angenommen hatte. Damals hatte ich es geschworen, und nichts in den letzten zweitausend Jahren hätte mich dazu bewegen können, meine Meinung zu ändern. An diesem Punkt kam vieles zum Abschluß. In gewissem Sinn waren die beiden Zeitalter, die vergangen waren, seit ich diese Verantwortung auf mich genommen hatte, bloße Vorbereitung gewesen – eine Art Erziehung, wenn ihr so wollt. Nun war ich bereit, Gerans Hüterin und Beschützerin zu sein – ganz gleich, wohin EREIGNISSE ihn oder das Geschlecht, das von ihm abstammen würde, führten. Ich hatte bereits mein Wort gegeben, diese Aufgabe zu übernehmen, aber offenbar verlangte der Meister eine Bestätigung. »Einst nahm ich diese Aufgabe aus freien Stücken auf mich, Meister«, antwortete ich, während ich meine Hand besitzergreifend auf Gerans Schulter legte, »und auch jetzt nehme ich sie aus freien Stücken auf mich. Wahrhaftig, ich will das rivanische Geschlecht so lange hüten und leiten, wie es notwendig ist. Notfalls bis ans Ende der Tage, das gelobe ich.«

Bei diesen Worten spürte ich eine seltsame Art von Sog, und ich schien ein mächtiges Echo zu vernehmen, das von einem sehr fernen Stern widerhallte. Ganz offensichtlich war meine Bekräftigung des früheren Schwurs ein EREIGNIS ersten Ranges. Ich hatte schon zuvor einige bedeutende Dinge getan, aber dieses war das erste Mal, daß die Sterne mir Beifall zollten.

»Also dann«, sagte ich zu meiner ehrfürchtig verstummten Familie, »da wir das geklärt haben: Das Abendessen ist fast fertig. Warum gehen die Herren sich jetzt nicht die Hände waschen, während ich den Tisch decke?«

KAPITEL 26

Wenn man es aus einem bestimmten Blickwinkel betrachtet, geschah es zwangsläufig, ja sogar instinktiv, daß ich diese Aufgabe auf mich nahm. Meine kleine Epiphanie an Bord jenes Schiffes, das uns von der Insel der Winde fortbrachte, als ich den gramgebeugten Geran getröstet hatte, lag meiner Bereitschaft zugrunde, den Nachkommen meiner Schwester und Riva Eisenfausts den Rest meines Lebens zu widmen. Das Geschlecht war von meinem eigenen Blut – mein Rudel, wenn ihr so wollt –, und die Kinder dieses Geschlechts großzuziehen und zu beschützen, war eine Verpflichtung, die ich auch dann übernommen hätte, wenn der Meister mir nicht dieses feierliche Versprechen abverlangt hätte.

Doch es gab noch einen zweiten, weniger wölfischen Grund für meine Bereitschaft. Ich war der festen Überzeugung, daß Ontroses Tod bestimmte Türen für mich für immer zugeschlagen hätte. Ich war mir sicher, nie zu heiraten und eigene Kinder zu haben. Das Aufziehen der Kinder meiner Schwester würde diese schmerzhafte Leere ausfüllen.

Am nächsten Morgen überfiel mich ein fast unwiderstehlicher Drang, das Tal zu verlassen. Es war, als habe die Erneuerung meines Schwurs ein völlig neues Kapitel in meinem Leben aufgeschlagen, und ich wollte endlich damit anfangen. Im Rückblick muß ich allerdings zugeben, daß meine Motive nicht ganz so ehrenvoll waren. Durch mein Versprechen gehörte Geran mir, und ich wollte ihn ganz für mich allein haben.

Ist es nicht merkwürdig, welch verschlungene Pfade unser Verstand manchmal wählt?

Wie dem auch sei, mein blonder Schützling und ich verließen ein paar Tage später das Tal, und der verläßliche, gescheckte Knappe trug uns wieder hoch in die sendarischen Berge. Ich hatte keine große Eile, wieder heimzukommen, und so schlugen wir eine gemütliche Gangart ein. Ich bin mir sicher, Knappe wußte das zu schätzen. Ich habe beobachtet, daß Pferde häufig lügen. Pferde laufen gerne, aber sie tun immer so, als wäre es eine schreckliche Zumutung, wenn man sie dazu auffordert.

»Wie war es, Tante Pol?« wollte Geran eines Abends nach dem Essen von mir wissen. Wir hatten unsere Decken auf dem Boden ausgebreitet, das Lagerfeuer war zu glühenden Kohlen heruntergebrannt, und die Dunkelheit umfing uns gemütlich und freundlich. »Ich meine, wie war es, im Tal aufzuwachsen, so von Magie und Zauberern umgeben, wie du es warst?«

»Meine Schwester und ich kannten ja kein anderes Leben, Geran. Für uns war das also nichts Besonderes.«

»Sie war meine Großmutter, nicht wahr? Deine Schwester, meine ich.«

»Deine Urmutter, ja.« Ich vermied es gewissenhaft, bestimmte Dinge zu erwähnen. Geran mußte jetzt wirklich noch nichts von Mutter wissen. Ich legte mich zurück und sah zu den Sternen hinauf. »Unser Vater war bei unserer Geburt in Mallorea«, erzählte ich ihm. »Er und Bärenschulter und die Söhne stahlen Torak den Orb.«

»Es war doch kein richtiges Stehlen, nicht wahr? Ich meine, der Orb gehörte doch uns. Torak war derjenige, der ihn gestohlen hatte.«

»Na ja, er hat ihn dem Meister gestohlen, aber das läuft wohl auf dasselbe hinaus, vermute ich. Jedenfalls wurden meine Schwester und ich von Onkel Beldin großgezogen.«

Geran kicherte. »Ich *mag* ihn«, erklärte er.

»Ja, das ist mir aufgefallen.« Dann fuhr ich mit einer leicht bereinigten Version meiner Kindheit im Tal fort. Geran lauschte aufmerksam. Wenn ihr die ungeteilte Aufmerksamkeit eines kleinen Jungen erringen wollt, erzählt ihm Geschichten. Nach einer Weile schlief er indes ein, und ich verstummte. Eine Zeitlang verfolgte ich die endlose Prozession der Sterne über das Firmament, wobei mir auffiel, daß sich einige der Konstellationen verändert hatten, seit ich sie mir das letzte Mal genauer angesehen hatte. Und dann schlief auch ich ein.

Als wir an meinem Haus ankamen, bemerkte ich etwas Eigenartiges. Ich hatte es häufig besucht, seit ich es unter Rosen begraben hatte, und bei all diesen Besuchen hatte es fast unerträglich verlassen gewirkt – ein leeres Gebäude, das nicht hätte leerstehen dürfen. Doch nun wirkte es überhaupt nicht mehr einsam und verlassen. Geran lebte mit mir dort, und das war es, was ich wirklich brauchte. Ich entschied, daß wir jetzt wohl auf den Hausputz verzichten konnten. Geran hatte gelernt, mit dem Verlust seiner Familie zu leben, und er schien seine ganze Zeit in der Bibliothek mit dem Studium meiner Abschriften des Mrin- und Darinekodex verbringen zu wollen. Zu guter Letzt reagierte er mit derselben Frustration auf den Mrin, die dieser in jedem von uns hervorruft. »Es ergibt keinen Sinn, Tante Pol!« rief er eines Abends aus und schlug mit der Faust auf den Tisch.

»Ich weiß«, entgegnete ich. »Das soll es auch nicht.«

»Warum vergeuden wir dann alle soviel Zeit damit?«

»Weil er uns sagt, was in der Zukunft geschieht.«

»Aber wenn wir keinen Sinn darin erkennen können, wie soll er uns dann helfen?«

»Oh, ein *wenig* Sinn können wir schon darin erkennen, wenn wir an ihm arbeiten. Der Mrin ist so verworren, damit Leute, die das Ganze nichts angeht, nicht herausfinden können, was passieren wird.«

»Du meinst, es ist verschlüsselt?«

»So kann man es ausdrücken, ja.«

»Ich glaube, ich bleibe bei dem anderen – dem Darine. Er ist einfacher zu lesen und nicht so mit Tintenklecksen übersät.«

»Wie du möchtest, Geran.«

Es wunderte – und freute – mich mehr als nur ein wenig, zu entdecken, daß mein junger Neffe eine erstaunlich rasche Auffassungsgabe besaß. Schließlich war er als Alorner aufgewachsen, und von einem Alorner erwartet man alles andere als Verstand – abgesehen von den Drasniern natürlich. Ein Drasnier verwendet seinen Verstand aber nahezu ausschließlich dafür, seine Nachbarn zu betrügen. Nie würde er ihn an so etwas wie philosophische Gedanken verschwenden.

Geran und ich lebten mehrere Jahre ruhig und ungestört in unserem abgeschiedenen Haus. Er brauchte Zeit, um erwachsen zu werden, und ich brauchte Zeit, um mich an meine neue Aufgabe zu gewöhnen. Er war etwa zwölf und kam gerade in den Stimmbruch, als ihm eine überraschend scharfsinnige Idee kam. »Weißt du, was ich gerade denke, Tante Pol?«

»Was denn, Liebes?«

»Ich beschäftige mich schon die ganze Zeit damit, und mir will es scheinen, als ob du und Großvater und unsere Onkel außerhalb von Zeit und Welt existieren, in der wir anderen Menschen leben. Es ist beinahe, als lebtest du irgendwo anders – nur daß es gleichzeitig auch hier ist.«

Ich legte mein Buch beiseite. »Red weiter, Geran«, ermunterte ich ihn.

»Diese andere Welt, in der ihr lebt, ist um uns, die anderen, herum, nur daß wir sie nicht sehen können. Dort herrschen auch andere Regeln. Ihr müßt alle Tausende von Jahren leben, und ihr müßt lernen, Magie zu benutzen, und ihr müßt eine Menge Zeit damit zubringen, alte Bücher zu lesen, die niemand von uns verstehen kann. Dann, alle paar Jahrhunderte einmal, müßt ihr in unsere Welt hinaus und den Königen sagen, was sie tun sollen, und dann müssen sie es tun, ob es ihnen gefällt oder nicht. Na ja, ich wunderte mich nur, warum. Warum brauchen wir zwei Welten? Warum nicht einfach eine einzige? Dann habe ich es begriffen. Es ist sogar noch komplizierter, als ich gedacht hatte, denn es sind nicht nur zwei, sondern drei Welten. Die Götter leben in einer Welt – da draußen zwischen den Sternen –, und gewöhnliche Menschen wie ich leben hier in dieser Welt, wo nie etwas besonders Ungewöhnliches passiert. Du und Großvater und die Onkel, ihr lebt in einer dritten – der Welt, die zwischen derjenigen der Götter und derjenigen der gewöhnlichen Menschen liegt. Ihr lebt da, weil ihr unsere Verbindung zu den Göttern seid. Die Götter sagen euch, was getan werden muß, und ihr gebt die Anweisungen an uns weiter. Ihr lebt ewig, und ihr könnt magische Sachen machen und in die Zukunft schauen und all das, weil ihr dazu auserwählt wurdet, in dieser speziellen Welt zwischen den Göttern und dem Rest von uns zu leben, damit ihr uns in die richtige Richtung leiten könnt. Klingt das einigermaßen sinnvoll, Tante Pol?«

»Sehr sinnvoll, Geran.«

»Das war noch nicht alles.«

»Das dachte ich mir fast.«

»Torak ist auch da draußen in der Welt der Götter, und er hat Leute in dieser Zwischenwelt leben, die wie du und die anderen sind.«

»Ja. Man nennt uns Jünger. Toraks Jünger sind Urvon, Ctuchik und Zedar.«

»Ja. Ich habe von ihnen gelesen. Wie dem auch sei, Torak denkt, daß *eine* Sache geschehen wird, und unsere Götter glauben, daß es etwas anderes sein wird.«

»Das faßt es ziemlich genau zusammen, ja.«

»Dann ist der Krieg der Götter also nie wirklich zu Ende gegangen, nicht wahr?«

»Nein. Er dauert noch an.«

»Wer wird gewinnen?«

»Das wissen wir nicht.«

»Tante Pol!« stieß er hervor, und ängstliche Empörung schwang in seiner Stimme mit. »Deine ganze Bibliothek

ist voll von diesen Prophezeiungen, und du weißt *trotzdem* nicht, wer gewinnen wird? Aber *irgendein* Buch da drin muß es uns doch klar und deutlich sagen!«

Ich machte eine Handbewegung in Richtung der Bücherregale. »Falls ja, steht es irgendwo dazwischen. Fühl dich frei, darin herumzustöbern. Und laß es mich wissen, wenn du es findest.«

»Das ist nicht fair!«

Ich lachte und zog ihn impulsiv an mich. Er war so ein lieber, ernsthafter kleiner Junge!

»Nein, das ist es nicht, nicht wahr?« brummte er.

Ich mußte noch mehr lachen.

Gerans sechzehnter Geburtstag rückte näher. Mir wurde klar, wenn das Geschlecht des rivanischen Königs nicht aussterben sollte, mußte ich ihn jetzt mit in die Welt hinausnehmen, damit er sich eine Frau suchen konnte. Ich machte mir viele Gedanken darüber, wo er wohl gern leben würde, und Sulturn erschien mir als der geeignete Ort. Mutter war indes anderer Ansicht. *»Nein, Pol«*, erreichte mich ihre Stimme eines Nachts, *»nicht Sulturn, Muros.«*

»Warum Muros?«

»Weil dort die junge Dame lebt, die er heiraten wird.«

»Wer ist sie?«

»Sie heißt Eldara.«

»Das ist ein algarischer Name.«

»Das ist doch wohl klar, Pol. Schließlich ist ihr Vater Algarer. Er heißt Hattan, und er ist der zweite Sohn eines Klanhäuptlings. Er hat eine sendarische Frau geheiratet, als sein Klan eine Viehherde nach Muros trieb. Dort ließ er sich nieder und ist Viehhändler geworden. Er hat Verbindungen zu allen algarischen Klans, und deshalb ist er sehr wohlhabend. Schaffe Geran nach Muros, Pol. Bring ihn unter die Haube.«

»Wie du meinst, Mutter.«

Ich überdachte das Ganze und kam zu dem Ergebnis, daß Geran und ich einen gewissen gesellschaftlichen Rang brauchen würden. Ein reicher Kaufmann wäre aller Voraussicht nach nicht *allzu* erfreut, seine Tochter an irgendeinen Habenichts vom Land zu verheiraten. Es lag also auf der Hand, daß Geran und ich in die Stadt Sendar reisen mußten. Ich würde ein bißchen Geld brauchen.

Knappe war inzwischen ein betagtes Roß, aber noch immer gesund und munter, auch wenn er ein wenig keuchte, wenn es bergauf ging. Ich ließ Geran eine der kleinen Kutschen in der Remise abstauben und blankwienern, während ich ansehnliche Kleidung für uns in einer robusten Truhe verstaute. Im Spätfrühling des Jahres 4012 machten mein junger Schützling und ich uns auf den Weg durch Sendarien zur Hauptstadt Sendar. Es war eine angenehme Jahreszeit für eine kleine Reise, und da es uns nicht eilte, ließ ich Knappe das Tempo bestimmen. Wir hielten uns in südwestlicher Richtung, und nach wenigen Tagen erreichten wir die Kreuzung, wo sich unsere Landstraße und die kaiserliche Hauptstraße schnitten.

»Wohin, Tante Pol?« fragte mich Geran, der unsere kleine Kutsche lenkte.

»Nach Süden, Geran, auf Medalia zu. Dann werden wir die Straße nach Sendar nehmen.«

»In Ordnung. Vorwärts, Knappe.«

Unser alter Gaul stöhnte und trottete weiter.

Medalia hatte sich in all den Jahrhunderten, seit ich das letzte Mal dort gewesen war, grundlegend verändert. Sendarien war mittlerweile ein friedliches Königreich, und die Verteidigungsmauer, die Medalia zur Zeit meiner Herrschaft umschlossen hatte, war verfallen. Ich mißbilligte das, entschied mich jedoch, kein Aufhebens deswegen zu machen.

Ungefähr eine Woche später erreichten wir Sendar und mieteten Räume in einem gediegenen Gasthof an. Nach dem Abendessen stöberte ich durch unsere Truhe und legte diverse Prunkgewänder und schmückenden Zierat für uns heraus. »Müssen wir uns wirklich so herausputzen, Tante Pol?« erkundigte sich Geran mit einem gewissen Widerwillen. Es war höchste Zeit, ihn vom Land fort und wieder in die Zivilisation zu bringen.

»Ja«, beschied ich ihn mit fester Stimme. »Morgen früh gehen wir in den Palast, und ich möchte ungern einen der Dienstboteneingänge benutzen.«

»Werden wir den König sehen?«

»Nein, vermutlich nicht. Unser Ansprechpartner ist der Königliche Schatzmeister. Möglicherweise *müssen* wir allerdings mit dem König reden, um sicherzustellen, daß man sich unseres Anliegens auch annimmt. Das hängt ganz davon ab, wie stur sich der Schatzmeister stellt.«

»Ich verstehe nicht.«

»Wir brauchen Geld. Ich habe eine Menge davon, und ich habe es hier. Ich muß den Schatzmeister überzeugen, daß ich diejenige bin, die ich zu sein behaupte, und daß das Geld nach Fug und Recht mir gehört.«

»Ist es nicht ein bißchen gefährlich, all sein Geld jemanden anderem anzuvertrauen? Er könnte dich zu betrügen versuchen.«

»Sendarer sind zutiefst rechtschaffene Menschen, Geran. Ich glaube nicht, daß der Schatzmeister mich betrügen möchte – und falls doch, habe ich Mittel und Wege, ihm vor Augen zu führen, daß er einen schwerwiegenden Irrtum begeht.«

Und so begaben Prinz Geran und ich uns am nächsten Morgen zum Palast König Falbens von Sendarien beziehungsweise zu jenem solide gebauten Palastflügel, der zur Aufbewahrung des königlichen Schatzes diente. Es gab die übliche Verzögerung, ehe wir in das muffig riechende Amtszimmer des königlichen Schatzmeisters vorgelassen wurden. Im Verlaufe der Jahre ist mir immer wieder aufgefallen, daß alle Menschen, die mit Geld zu tun haben, stets denselben Geruch an sich zu haben scheinen. Geld ist fast immer irgendwo weggeschlossen, und keiner derjenigen, die dafür sorgen, daß es auch dort bleibt, scheint sich je die Mühe zu machen, ein Fenster zu öffnen und einmal richtig durchzulüften.

Baron Stilnan, der königliche Schatzmeister, war ein überaus gewissenhafter Mann, dessen Bürowände vom Boden bis zur Decke mit Bücherschränken zugestellt waren, aus denen ledergebundene Rechnungsbücher quollen. Eine feierliche, geradezu andachtsvolle Stille herrschte in den Amtsräumen des Barons. Das erschien mir insofern angemessen, als Geld tatsächlich eine Art Religion für denjenigen ist, der sein Leben damit zubringt, es zu zählen.

»Ich weiß, daß Eure Zeit knapp bemessen ist, Eure Exzellenz«, begann ich, nachdem man Geran und mich in die Amtsstube geführt hatte und wir Platz genommen hatten. »Deshalb möchte ich ohne Umschweife zur Sache kommen. Vor einiger Zeit übergab meine Familie gewisse Geldsummen der Obhut der Krone. Ich bin hier, um Teile dieser Summe wieder mitzunehmen.«

»Ich benötige eine beurkundete Beglaubigung dieser Behauptung, Lady –?«

»Über Namen und andere Dinge können wir später reden, Eure Exzellenz. Die in Frage stehenden Geldmittel sind in Band eins Eurer Rechnungsbücher verzeichnet – Seite 736, wenn die Erinnerung mich nicht trügt.«

Er wirkte nicht restlos überzeugt, begab sich jedoch zu seinem Bücherschrank und holte das erste Buch links auf dem obersten Regal herunter.

»Ihr werdet ein gesiegeltes Stück Pergament an die Seite geheftet finden, Baron«, eröffnete ich ihm. »Auf diesem Pergament steht ein Wort geschrieben. Eine Art Losung, die mich ausweisen soll.« Ich schob ihm ein Stück Papier über den Tisch, auf dem der Name ›Ontrose‹ stand. »Ich denke, Ihr werdet Euch vergewissern können, daß es sich um dieses Wort handelt.«

Baron Stilnan blies den Staub von dem schweren Rechnungsbuch, blätterte es um, fand die Seite und löste das angeheftete Pergamentstück. »Das ist ja das königliche Siegel König Fundors des Prächtigen!« rief er aus.

»Ja«, meinte ich. »Ich weiß. Fundor war so liebenswürdig, die Verbuchung der Transaktion eigenhändig vorzunehmen. Der Name, den ich Euch nannte, stimmt mit dem auf dem Pergament überein, nicht wahr?«

»In der Tat, ja. Der dazugehörige Eintrag lautet, die ursprüngliche Einzahlung sei durch die Herzogin von Erat erfolgt. Seid Ihr eine Nachfahrin von ihr, meine Dame?«

»Ich *bin* die Herzogin von Erat, Baron, und ich habe keine Nachfahren.«

»Der Eintrag ist einhundertachtzig Jahre alt, Mylady.«

»Ach, ist es schon so lange her? Wo die Zeit nur bleibt!«

»Ich werde das mit König Falben besprechen müssen, Mylady. Die Einzahlung steht unter königlichem Schutz, so daß er der einzige ist, der die Geldmittel freigeben kann.«

Ich seufzte. »Wie lästig. Bitte behaltet das für Euch, Baron. Ich habe Gründe, meine Anwesenheit hier nicht bekannt werden zu lassen.«

»Nur der König wird davon erfahren, Mylady.«

König Falben von Sendarien war ein einfach wirkender Mann in dunkelbrauner Kleidung. Er war an die vierzig und verbreitete jene Art von hektischer Betriebsamkeit um sich, die man oft bei Leuten antrifft, die ein Dutzend und mehr Dinge gleichzeitig erledigen müssen. »Nun«, sagte er, als er das Amtszimmer betrat, »was hat das zu bedeuten, Mylady? Stilnan hier spricht über eine sehr alte Rechnung in der königlichen Schatzkammer.«

»Dann hat der Baron es sehr gut zusammengefaßt, Euer Majestät«, erwiderte ich mit einem Hofknicks. »Vor einigen Jahren hinterlegte ich die Summe in der königlichen Schatzkammer. Jetzt brauche ich Geld, und deshalb bin ich hier – um einen Teil meiner Einlagen abzuheben. Warum zeigt Ihr seiner Majestät nicht den Eintrag im Rechnungsbuch, Baron Stilnan, sowie das beigefügte Dokument?« schlug ich vor. »Es könnte uns Zeit sparen.«

Falben überflog das fragliche Schriftstück. »Ihr behauptet, Lady Polgara zu sein?« fragte er mich in mißtrauischem Tonfall.

»Sie behauptet es nicht nur, Eure Majestät«, warf Geran ein, »Sie *ist* Lady Polgara.«

»Mein Neffe, Geran«, stellte ich den jungen Mann vor.

»Ich brauche mehr als sein Wort, Mylady«, sagte Falben. »Heutzutage gibt es jede Menge Betrüger.«

»Ach, schon gut«, seufzte ich. Dann ließ ich den König von Sendarien in die Luft steigen. Meiner Erfahrung nach ist es der schnellste Weg, Zweifler von meiner Identität zu überzeugen. Am In-der-leeren-Luft-hängen ist irgend etwas dran, das Leute unverzüglich zu meiner Sicht der Dinge bekehrt. »Zufrieden?« fragte ich den entsetzten Monarchen. Schreckensstarr stand er mitten in der Luft, die Augen vor Staunen weit aufgerissen. Er nickte eifrig, und behutsam setzte ich ihn wieder auf festem Boden ab. »Ich bedaure, Euer Majestät«, entschuldigte ich mich. »Wir haben beide viel zu tun, und das beendet langwierige Meinungsverschiedenheiten in kürzester Frist.«

»Ich verstehe, warum«, preßte Falben hervor. Dann trat er an Stilnans Schreibtisch und schaute in das aufgeschlagene Rechnungsbuch. »Möchtet Ihr das gesamte Guthaben abheben, Lady Polgara?« fragte er in leicht alarmiertem Tonfall.

»Wieviel ist es denn? Ich habe nicht immer nachgehalten.«

»Der letzte Eintrag beläuft sich auf etwa eine halbe Million Nobel, Mylady.«

»Ein Nobel ist eine Goldmünze von einer Unze?«

Er nickte.

»Ich glaube nicht, daß es eine gute Idee wäre, hier mit fünfzehn Tonnen Gold in meiner Tasche herauszuspazieren, findet Ihr nicht auch?«

Er lächelte. »Ihr *könntet* es, wenn Ihr wolltet, Lady Polgara. Ich habe Geschichten über Euch gehört.«

»Übertreibung, Euer Majestät, reine Übertreibung. Ich glaube, fünfhundert Nobel würden meine laufenden Kosten decken.«

»Holt sie, Stilnan«, wies der König seinen Schatzmeister an. »Ich muß Euch etwas gestehen, Lady Polgara.«

»Ein ehrliches Geständnis erleichtert die Seele, Euer Majestät.«

»Ich schäme mich zugeben zu müssen, daß Euer Guthaben ein wenig, nun, belastet ist. Wir haben es gelegentlich als Sicherheit für kurzfristige Darlehen benutzt, wenn unsere laufenden Ausgaben unsere Steuereinnahmen überschritten.«

»Das ist eine legitime Nutzung von ruhendem Kapital, Euer Majestät«, verzieh ich ihm.

»Dürfte ich fragen, aus welcher Quelle dieses Vermögen stammt?«

»Pachtzinsen, Euer Majestät. Mein Herzogtum war recht umfangreich, und ich verpachte nun bereits seit einiger Zeit Bauernhöfe und Land. Meine Zinsen sind wirklich nicht hoch, aber mit der Zeit scheint sich etwas angesammelt zu haben, nicht wahr? Vielleicht kaufe ich mir eines Tages etwas davon – Tol Honeth zum Beispiel.«

Er lachte. »Es stände vermutlich zum Verkauf, Lady Polgara. Alles, was den Tolnedrern gehört, verkaufen sie auch.«

Baron Stilnan kehrte mit zwei prallen Segeltuchsäcken voller klimpernder Münzen zurück. Er bestand darauf, daß ich das Geld zählte, und dann trug er das Geschäft in das staubige alte Rechnungsbuch ein.

»Oh, ein Letztes noch, Euer Majestät«, sagte ich. »Ich ziehe es vor, daß nichts von meinem Besuch hier nach draußen dringt.«

»Welcher Besuch, Lady Polgara? Ich habe ein furchtbar schlechtes Gedächtnis.«

Ich lachte, knickste, und dann verließen Geran und ich den königlichen Palast.

»Er wirkte ja soweit ganz nett«, urteilte Geran, der mit diesen beiden klimpernden Segeltuchsäcken an meiner Seite durch die Straßen von Sendar stapfte.

»Ich mochte ihn auch recht gern«, stimmte ich ihm zu.

Dann runzelte ich die Stirn. »Wenn Goldmünzen aneinanderklirren, machen sie ein ziemlich charakteristisches Geräusch, nicht wahr? Ich glaube, ich lasse mir wohl etwas einfallen, damit man es nicht mehr hört. Wir wollen schließlich keine Aufmerksamkeit erregen.«

»Fahren wir jetzt heim, Tante Pol?«

»Nein, Geran. In Wahrheit fahren wir nach Muros.«

»Muros? Wozu denn das?«

»Ich habe dich nicht großgezogen, damit du ein Einsiedler wirst, Geran. Es ist Zeit für dich, in die Welt hinauszugehen und Leute kennenzulernen.«

»Wen muß ich denn kennenlernen?« erkundigte er sich neugierig.

»Ich dachte nur, es sei nett, wenn du und deine Frau euch vor der Hochzeit kennenlernt«, antwortete ich. »Aber das liegt natürlich ganz bei dir. Wenn du Überraschungen liebst, können wir jetzt nach Hause fahren, und wenn es soweit ist, schicke ich einfach nach dem glücklichen Mädchen.«

Er errötete bis in die Haarwurzeln und ließ das Thema fallen.

Muros hat sich während der Jahrhunderte nur wenig verändert. Es ist – und wird es vermutlich in alle Ewigkeit bleiben – eine staubige Stadt, durchdrungen vom Geruch der Viehhöfe. Aus auf der Hand liegenden Gründen gibt es in Muros immer eine Menge Geld. Man hat die gewaltigen algarischen Herden schon ›Gold auf Hufen‹ genannt, und die Stadt wimmelt nur so von Viehankäufern aus aller westlichen Herren Länder. Geran und ich nahmen Quartier in einem noblen Gasthof in einer ruhigen Straße, und ich begab mich auf die Suche nach einem passenden Haus für uns, wo wir auf Dauer unterkommen konnten. Im Laufe der Jahre habe ich viel Zeit mit der Suche nach Grundbesitz verbracht und eine Art instinktiver Urteilsfähigkeit entwickelt, die auf längere Sicht Zeit spart. Wenn ich das richtige Haus sehe, weiß ich sofort: Das ist es. Diesmal war es ein solide ausgeführtes Gebäude in einer ruhigen Nebenstraße. Es hatte nicht den Wohnkomfort meines Stadtpalais' in Vo Wacune oder meines Landsitzes am Eratsee, aber das bezweckte ich auch gar nicht. Geran und ich würden uns als Angehörige des niederen Adels ausgeben, und das Haus war angemessen für eine Baronin, die gut gestellt war, aber nicht eben in Geld schwamm. Es paßte ausgezeichnet zu unserer Tarnung.

Das Haus gehörte einem drahtigen kleinen Drasnier namens Khalon. Er und ich feilschten ein wenig, bevor wir das Geschäft abschlossen. Der arme Bursche mußte sich geschlagen geben, als ich zur drasnischen Geheimsprache griff, um unsere Verhandlungen zu führen. Da er sich zu sehr schämte, um zuzugeben, daß er aus der Übung gekommen war, akzeptierte er ein lächerlich niedriges Angebot, ohne meine Geste in eine richtige Zahl zu übersetzen. Dann hielt sein Stolz ihn von dem Eingeständnis ab, daß er mich mißverstanden hatte. Kurz gesagt, ich zog ihm das Fell über die Ohren und nagelte es an den Gartenzaun.

»Ich glaube, ich bin übervorteilt worden«, murmelte Khalon, nachdem wir unseren Handel mit einem Handschlag besiegelt hatten.

»Ja«, pflichtete ich ihm bei, »das seid Ihr. Warum habt Ihr nicht um eine Klarstellung gebeten?«

»Lieber wäre ich gestorben. Ihr macht das doch nicht publik, oder?«

»Nie und nimmer. Dürfte ich Euch um einen Gefallen bitten?«

»Ihr wollt Euch auch noch meine Möbel erschwindeln?«

»Nein. Ich richte mein Haus auf meine Art ein. Ich möchte einem Mann namens Hattan vorgestellt werden.«

»Dem algarischen Viehaufkäufer?«

»Genau dem. Ihr kennt ihn?«

»O ja. Er ist hier in Muros bestens bekannt – und gehaßt.«

»Gehaßt?«

»Die Tolnedrer verabscheuen ihn zutiefst. Er kennt

alle Klanhäuptlinge Algariens beim Vornamen, und deshalb bekommt er stets die erste Wahl aus den algarischen Herden. Er schöpft den Rahm jeder einzelnen Herde ab, die über die Berge getrieben wird. Spielt Ihr mit dem Gedanken, ins Viehgeschäft einzusteigen, Baronesse?«

»Nein, Khalon, eigentlich nicht. Ich habe andere Pläne.«

»Ich werde einige Tage damit beschäftigt sein, meine Siebensachen zu packen – und meine Möbel zu veräußern. Danach nehme ich Euch dorthin mit, wo Hattan seine Geschäfte abschließt, und stelle Euch ihm vor.«

»Geht Ihr nach Boktor zurück, Khalon?«

»Nein, Baronesse. Ich mag die drasnischen Winter nicht. Und Kühe hängen mir zum Halse heraus. Ich werde also nach Camaar ziehen. Ich habe gehört, daß man dort schöne Gewinne im Gewürzhandel einstreichen kann, und Gewürze riechen viel besser als Kühe.«

Etwa eine Woche später stellte Khalon mich Hattan vor. Auf meine Bitte hin stellte er mich dem hochgewachsenen, hageren Mann in Pferdelederkleidung als Baronesse Pelera vor. Ich habe im Laufe der Jahre die verschiedensten Decknamen benutzt, da mein Name vermutlich jedem Murgo, der in den Westen kam, ins Gehirn eingebrannt war. Nachdem indes eine erkleckliche Anzahl hilfsbereiter Mütter ihre Töchter nach der legendären ›Polgara der Zauberin‹ genannt hatten, erübrigten sich die lästigen Pseudonyme, und die Abkürzung ›Pol‹ genügte für gewöhnlich, um meine wahre Identität zu verschleiern.

Trotz der Tatsache, daß er jahrelang in Sendarien gelebt hatte, trug Hattan noch immer Kleidung aus Pferdeleder und schor seinen Schädel bis auf die einsame Skalplocke, die ihm über den Rücken hing. Sein Erfolg als Viehhändler basierte auf seiner algarischen Herkunft, und so legte er verständlicherweise Wert auf die richtige Tracht.

Hattan und ich freundeten uns fast auf der Stelle an.

Ich habe die Algarer immer gemocht, weil ich sozusagen in ihrem Hinterhof aufgewachsen bin. Hattan redete nicht viel, und dann nur mit sehr leiser Stimme. Wenn man den Großteil seines Lebens mit Kühen verbringt, lernt man, sie nicht durch laute Geräusche zu erschrecken – es sei denn, man legt Wert darauf, sie hinterher wieder zusammenzutreiben.

Khalon hatte die Empfindungen, die die anderen Viehhändler in Muros für Hattan hegten, stark untertrieben. Mit ›Haß‹ ließen sie sich nur ansatzweise umschreiben. Seine engen Kontakte zu den algarischen Klanhäuptlingen verschafften ihm einen ungeheuren Vorteil gegenüber den Tolnedrern. Die Algarer mögen die Tolnedrer ohnehin nicht. Aus diesem Grund machten die algarischen Klanhäuptlinge es sich zur festen Gewohnheit, das Merzvieh aus ihren Herden auszusondern und die schönsten und besten Kühe für Hattan zu reservieren, noch bevor sie Muros erreichten. Der Anblick all dieser vorzüglichen Rinder, die ewig unerreichbar für sie waren, trieb die Tolnedrer in den Wahnsinn.

Nach angemessener Frist lud Hattan Geran und mich ein, damit wir seine Familie kennenlernten. Seine Frau, Layna, war eine pummelige, albern wirkende sendarische Dame, die indes mehr gesunden Menschenverstand besaß, als man ihr auf den ersten Blick ansah. Geran benahm sich ihr gegenüber höflich, doch seine Aufmerksamkeit galt fast ausschließlich Eldara, einer hochgewachsenen, rabenhaarigen Schönheit seines Alters. Eldara schien genauso hingerissen von ihm zu sein. Die beiden saßen nur da, ohne ein Wort zu sagen, und schauten sich an, ganz so wie einst Beldaran und Riva. Ich vermutete, daß hier ›Einmischung‹ im Spiel war. Das Schicksal – oder die Prophezeiung, nennt es, wie ihr wollt – war hieran offensichtlich nicht ganz unbeteiligt.

»Sie scheinen sich gut zu verstehen«, merkte Hattan an, nachdem Geran und Eldara sich etwa eine Stunde lang mit Blicken verschlungen hatten.

»Sie sagen ja gar nichts«, verwahrte sich Layna.

»Aber ja doch, Layna, natürlich sagen sie etwas«, klärte Hattan seine Frau auf. »Du hörst nur nicht zu. Wir sollten Vorbereitungen treffen.«

»Wofür?« wollte Layna wissen.

»Für die Hochzeit, meine Liebe«, eröffnete ich ihr.

»Welche Hochzeit?«

»Diese da«, sagte ihr Gatte und zeigte auf das stumme junge Glück.

»Sie sind doch erst sechzehn, Hattan. Sie sind viel zu jung zum Heiraten.«

»Nein, sind sie nicht«, widersprach ihr Ehemann. »Glaub mir, Layna, ich habe so etwas schon gesehen. Laß uns die Zeremonien schnell hinter uns bringen, *bevor* sie anfangen, allzu kreativ und eigenständig zu werden. Wir leben schließlich in Sendarien, Liebste, und Sitte und Anstand *sind* hier ziemlich wichtig. Nur weil du und ich etwas voreilig waren, heißt das noch nicht, daß die Kinder sich ein Vorbild daran nehmen müssen, oder?«

Sie errötete heftig.

»Ja, Baronesse?« wandte sich Hattan mit hochgezogener Augenbraue an mich.

»Nichts«, beeilte ich mich zu antworten.

Um des lieben Anstands willen verschoben wir die Hochzeit noch um einen Monat. Hattan, Layna und ich richteten unsere vereinten Bemühungen darauf, die Kinder nie alleine zu lassen. Wenn ich mich recht entsinne, ertappte ich Geran fünf oder sechsmal während jenes schier endlosen Monats, wie er mitten in der Nacht aus seinem Schlafzimmerfenster zu klettern versuchte. Hattan handelte äußerst praktisch. Er brachte einfach Eisengitter vor Eldaras Fenster an.

Es war gegen Mittag an einem wolkenverhangenen Tag, als Hattan vorbeischaute, während Layna unsere unsterblich Verliebten beaufsichtigte. »Ich glaube, wir müssen uns unterhalten«, erklärte er.

»Selbstverständlich. Über die Mitgift?«

»Legt Ihr Wert auf eine Kuhherde?«

»Kaum.«

»Dann können wir das übergehen. Pelera ist nicht Euer richtiger Name, nicht wahr, Mylady? In Wahrheit seid Ihr Polgara, Belgaraths Tochter, oder?«

Ich starrte ihn verblüfft an. »Wie habt Ihr denn das herausgefunden, Hattan?«

»Ich habe Augen im Kopf, Lady Polgara, und ich benutze sie. Ich bin Alorner, also kenne ich all die Geschichten. Sie liefern eine recht genaue Beschreibung von Euch. Sie werden Euch allerdings nicht gerecht. Ihr seid vermutlich die schönste Frau der Welt, aber darum geht es jetzt nicht. Geran ist nicht wirklich Euer Neffe, nicht wahr?«

»Eine Art von Neffe«, räumte ich ein. »Die verwandtschaftliche Beziehung ist kompliziert, aber aus Gründen der Bequemlichkeit vereinfachen wir sie.«

»In Ordnung«, sagte der hagere Algar, »dann weiß ich auch, wer er ist. Keine Angst, Lady Polgara, ich verstehe Geheimnisse für mich zu behalten. Doch wir werden einige Vorsichtsmaßnahmen ergreifen müssen, findet Ihr nicht auch?«

»Ich komme damit schon zurecht, Hattan.«

»Dessen bin ich gewiß, aber ich würde Euch trotzdem gern ein wenig unterstützen. Muros ist möglicherweise nicht der geeignete Ort für die Kinder, wißt Ihr. Hier gibt es zu viele Fremde. Sulturn oder Medalia wäre wahrscheinlich sicherer.« Er zwinkerte mir zu. »Wißt Ihr, ich glaube, Ihr werdet ziemlich häufig umziehen müssen. Wenn die Geschichten, die ich über Euch gehört habe, der Wahrheit entsprechen, altert Ihr nicht so wie gewöhnliche Menschen. Deshalb solltet Ihr nicht länger als etwa zehn Jahre an einem Ort bleiben, und außerdem würde ich mich an Eurer Stelle nicht länger als Adlige ausgeben. Die Leute achten auf Baronessen und andere hochwohlgeborene Damen, und Ihr wollt schließlich *nicht* beachtet werden.«

»Ihr habt das sehr gründlich durchdacht, Hattan, nicht wahr?«

»Na ja, es geht schließlich um meine Tochter. Deshalb habe ich mir ein paar Gedanken gemacht. Habt Ihr etwas dagegen, wenn ich Euch einen Vorschlag unterbreiten würde?«

»Nicht im geringsten.«

»Wenn Ihr in eine Zukunft gelangt, in der wir alle längst nicht mehr sind, könntet Ihr vielleicht in Erwägung ziehen, diese Neffen, um die Ihr Euch kümmert, bei verschiedenen Handwerksmeistern in die Lehre zu geben. Ein Zimmermann muß nicht erklären, warum er ständig von Stadt zu Stadt zieht. Handwerker ziehen nun einmal durch die Welt, und niemand interessiert sich besonders für ihre Gründe – solange ein Zimmermann sich auf sein Handwerk versteht. Jede Stadt hat einen oder zwei Zimmerleute, eine Reihe Maurer, einen Apotheker und so weiter. Ein Gewerbetreibender gehört sozusagen zum Inventar, und für Fremde bleibt er unsichtbar.«

»Hattan, Ihr seid ein Schatz!«

»*Das* ist vielleicht ein bißchen übertrieben, Lady Polgara.«

»Ihr habt soeben ein Problem gelöst, über das ich mir nun schon seit etlichen Jahren den Kopf zerbreche. Ihr habt mir gerade offenbart, wie ich eine lange Generationenfolge junger Männer unsichtbar machen kann, und Unsichtbarkeit zu erreichen ist sehr schwer. Ich hab's schon versucht, deshalb weiß ich Bescheid.«

»Ich denke, die größten Probleme dürften Euch die jungen Männer selbst bereiten«, fuhr er fort. »Möglicherweise ist es sicherer, ihnen nicht zu erzählen, wer sie wirklich sind. Die einzige Schwierigkeit besteht darin, daß der *eine*, wenn es soweit ist, es wissen *muß*. Schließlich wird er gewisse Dinge tun müssen – und unter Umständen muß er einiges davon sehr kurzfristig tun.« Er lächelte schief. »Ein interessantes Problem, das Ihr da habt, Polgara. Aber die Lösung überlasse ich wohl lieber Euch.

»Danke, Hattan«, entgegnete ich sarkastisch.

»Keine Ursache, Mylady.« Dann lachte er.

Die Hochzeit fand im Spätsommer desselben Jahres statt. Hattan und ich überstimmten Laynas Wünsche bezüglich Prunk und Aufwand. Mein algarischer Freund und ich waren ohnehin der Meinung, daß Geran und Eldara die Feierlichkeiten nur verschwommen wahrnehmen würden. Die Gründe dafür, möglichst wenig Aufhebens zu machen, lagen ja auf der Hand. In unserer Lage wäre es nicht unbedingt klug gewesen, die Neuigkeit vom Stadtschreier von den Dächern von Muros ausrufen zu lassen. Hattan hatte zwar einige Schwierigkeiten, seine Gemahlin davon zu überzeugen, daß diese Hochzeit nicht unbedingt in die Geschichtsbücher von Muros eingehen mußte, aber ich lenkte sie ziemlich geschickt ab, indem ich das Thema von Eldaras Hochzeitskleid anschnitt. Ich bediente mich dabei großzügig bei den Entwürfen meiner Lehrerin in der Heilkunst. Ich ging nicht soweit, Arells Entwurf für Beldarans Hochzeitsgewand zu kopieren – nun, jedenfalls nicht sklavisch –, aber ich bekenne mich zu einem gerüttelt Maß schöpferischer Nachahmung. Die Tatsache, daß Eldara im Gegensatz zu Beldarans hellblondem rabenschwarzes Haar hatte, machte ohnehin gewisse Änderungen nötig, aber alles in allem wurde das Gewand sehr ansehnlich, wie ich fand. Eldara sah absolut umwerfend aus, als ihr Vater sie in die Hochzeitskapelle geleitete, und Gerans Reaktion glich bis aufs Haar derjenigen seines Urahns väterlicherseits.

Ich erinnere mich noch sehr gut, daß ich die Tränen zurückhalten mußte, als der Priester am Ende der Zeremonie den Segen der Götter auf die beiden herabrief. Die sendarische Religion zeichnet sich durch nahezu übertriebene Duldsamkeit aus. Ökumenische Tendenzen bilden ihren Kern. Religiöse Toleranz mag ja schön und gut sein, aber als der freundliche alte Priester Torak bat, die Verbindung zu segnen, die letztendlich den Mann hervorbringen sollte, der ihn tötete, bekam ich fast einen hysterischen Anfall. Hattan, der zwischen seiner in Tränen aufgelösten Gattin und mir saß, umfaßte mit festem Griff mein Handgelenk und murmelte: »Ruhig Blut!«

»Wißt Ihr, was dieser Priester gerade getan hat?« flüsterte ich mit gedämpfter Stimme zurück.

Er nickte. »Es *war* ein wenig unpassend, nehme ich an, aber es ist reine Formsache. Ich bin sicher, Torak ist zu beschäftigt, um aufmerksam zu werden.« Er hielt inne. »Vielleicht solltet Ihr trotzdem mit einem Auge nach einem Drachen Ausschau halten, der sich möglicherweise in den nächsten Wochen vor der Stadt herumdrückt.«

»Einem Drachen?«

»Nennen die Murgos Torak nicht den ›Drachengott von Angarak‹? Ich bin sicher, Ihr würdet mit ihm fertigwerden, Polgara, aber mir wäre es dennoch lieber, er würde uns keinen Besuch abstatten. Kühe sind sehr scheu, und wenn Torak anfängt, feuerspeiend über Muros herumzufliegen, könnte das dem Geschäft schaden.«

»Versucht Ihr, komisch zu sein, Hattan?«

»Ich? Wie seid Ihr nur auf *die* Idee gekommen, Pol?«

Kapitel 27

Geran und Eldara waren natürlich überglücklich. Im Laufe der Jahre habe ich die Erfahrung gemacht, daß diese vorherbestimmten Ehen es für gewöhnlich sind. Die ABSICHT des Universums kennt Mittel und Wege, jene zu belohnen, die das tun, was sie will. Beizeiten – es dauerte wirklich nicht lange – begann Eldara sich jeden Morgen zu übergeben, und ich wußte, daß alles seinen gewohnten Lauf nahm.

Im Frühsommer des Jahres 4013 entband ich sie mit großer Freude von einem Sohn. Obwohl Geran und seine junge Frau die ganze Arbeit geleistet hatten, erfüllte mich doch die Tatsache, daß ich alles arrangiert hatte und meine Aufgabe offenbar zufriedenstellend erfüllte, mit einem gewissen Stolz. Die rivanische Erbfolge war gesichert – zumindest für eine weitere Generation.

Geran und Eldara hatten sich – nach langer Diskussion – dazu entschlossen, ihren kleinen Sohn Davon zu nennen, was, wie ich glaube, Hattan enttäuschte, hatte er sich doch einen algarischen Namen für seinen Enkelsohn gewünscht. Ich persönlich freute mich darüber, daß der Junge einen eher gewöhnlichen Namen erhalten hatte. Algarische Namen neigen zu einer gewissen übertriebenen Dramatik, und unter den gegebenen Umständen wollte ich nicht, daß irgend etwas an dem kleinen Jungen außergewöhnlich war.

Die Geburt war verhältnismäßig leicht gewesen, so daß Eldara schon bald wieder auf den Beinen war. Ich ging zuerst ausgiebig mit mir selbst zu Rate, bevor ich meine kleine Familie um mich versammelte und ein Gespräch mit ihnen führte. Entgegen Hattans Bedenken war ich zu der Überzeugung gelangt, daß die Erben von Eisenfausts Thron *und* ihre Frauen genau wissen mußten, wer sie waren und welche Gefahren dort draußen auf sie lauerten. Also bat ich eines Abends nach dem Essen Geran und Eldara ›zu einer kleinen Familienkonferenz‹ in meine Bibliothek. vorausschauenderweise ›ermutigte‹ ich unsere Diener, ein kleines Nickerchen zu halten, und dann nahm ich Geran und seine Frau und das Baby mit in meine Bibliothek und schloß die Tür hinter uns. »Wieviel hast du deiner Frau über uns erzählt, Geran?« fragte ich meinen Neffen ohne Umschweife.

»Na ja, ich habe sie nicht angelogen, Tante Pol, aber über *ein paar* Dinge bin ich ziemlich rasch hinweggegangen.«

»Du hast Geheimnisse vor mir?« sagte Eldara vorwurfsvoll. »Ich habe vor dir nichts geheimgehalten, Geran.«

»Er hat nur meine Anweisungen befolgt, Eldara«, beschwichtigte ich sie. »Wir reden hier über ein Familiengeheimnis, und es war Geran strikt untersagt, es *irgend jemandem* ohne meine ausdrückliche Genehmigung zu offenbaren.«

»Hast du mir mißtraut, Tante Pol?« fragte sie. Sie klang ein bißchen gekränkt.

»Ich mußte dich erst ein wenig besser kenenlernen, Eldara. Ich mußte mich zuerst vergewissern, daß du etwas für dich behalten kannst. Dein Vater versteht das sehr gut, aber ich bin hin und wieder jungen Damen begegnet, die einfach nicht den Mund halten können. Ich habe jedoch herausgefunden, daß du über gesunden Menschenverstand verfügst und nicht leichtsinnig bist. Dir ist vermutlich schon aufgefallen, daß dein Ehemann kein Sendarer ist.«

»Er hat mir erzählt, er sei in einem der alornischen Königreiche geboren«, antwortete sie. »Wir waren allerdings beschäftigt, als er es mir erzählte, und deshalb –« Sie stockte und wurde rot.

»Ich glaube nicht, daß wir weiter ins Detail gehen müssen, Eldara. Geran ist tatsächlich Rivaner, und er entstammt einer sehr wichtigen Familie auf der Insel der Winde.«

»Wie wichtig?« verlangte sie zu wissen.

»Nun, sie könnte kaum wichtiger sein. Es ist jetzt ungefähr elf Jahre her, daß Gerans gesamte Familie von einer Gruppe Nyissaner ermordet wurde. Meinem Vater und mir gelang es, Geran zu retten, aber für die anderen kam jede Hilfe zu spät.«

Ihre Augen wurden groß.

»Hilft es dir zu wissen, daß du Königin von Riva geworden wärst, wenn bestimmte Dinge nicht passiert wären, Liebste?« sagte Geran zu ihr.

»Du benimmst dich eigentlich nicht wie ein König.« Ihr Tonfall war beinahe anklagend. »Schnarchen alle Könige so wie du?«

»Mein Großvater hat geschnarcht, ja«, räumte er achselzuckend ein.

»Ich lasse euch beide die Einzelheiten königlichen Benehmens erörtern, wenn ihr wieder allein seid«, unterbrach ich. »Laßt uns bei der Sache bleiben. Geran hat zu allem entschlossene Feinde, die nichts lieber täten, als ihn zu töten – *und* das Baby.«

Sie zog ihr schlafendes Kind enger an die Brust. »Das sollen sie nur versuchen!« sagte sie wild.

»Lieber nicht«, erwiderte ich mit fester Stimme. »Gerans Feinde sind sehr mächtig, und sie können Mörder im Dutzend und Hunderte von Spionen anheuern. Ich bin mir sicher, daß sie sich just in diesem Augenblick irgendwo da draußen herumtreiben und nach uns suchen. Wir sorgen am besten dafür, daß sie uns nicht finden. Es gibt zwei Möglichkeiten. Wir können ins Gebirge fliehen und uns in einer Höhle verstecken, oder wir bleiben hier in der Öffentlichkeit und sind so gewöhnlich und unauffällig, daß sie uns nicht erkennen, selbst wenn sie an uns vorbeigehen. Zunächst versuchen wir es mit der zweiten Möglichkeit. Ich habe alles mit deinem Vater besprochen. Geran wird sofort morgen früh mit seinem neuen Beruf anfangen.«

»Was für ein Beruf ist das denn, Tante Pol?« wollte Geran von mir erfahren.

»Dein Schwiegervater wird dich in den Viehhandel einführen, Geran.«

»Aber ich verstehe überhaupt nichts von Kühen.«

»Deshalb lernst du es ja. Du mußt es ziemlich schnell lernen. Dein Leben hängt davon ab. Das sollte dir Ansporn genug sein.«

Und so kam es, daß der Erbe des rivanischen Throns begann, jeden Morgen früh aufzustehen, um sein Tagewerk zu verrichten. Zunächst fiel ihm alles sehr schwer, aber Hattan arbeitete ihn geduldig ein und, was noch wichtiger war, stellte ihn den algarischen Klanhäuptlingen vor. Es dauerte nicht lange, bis Geran seinen Beitrag zum Familienunternehmen leistete. Hattan platzte fast vor Stolz.

»Er ist sehr gut, Pol«, eröffnete mir Eldaras Vater eines Abends, nachdem Geran einen Handel mit einem der algarischen Klans abgeschlossen hatte. Es ging darum, eine Kuhherde nordwärts über die tolnedrische Straße zu treiben, welche die Sümpfe von Boktor durchquerte, anstatt über die sendarischen Berge nach Muros. Jeder profitierte von dem Unternehmen – jeder außer den Tolnedrern. Sie stellten natürlich die Straße, aber damit endete ihr Anteil an dem Geschäft auch schon. Ich erfuhr, daß die Wutschreie aus Tol Honeth zehn Meilen flußauf und flußab des Nedrane gellten. Im nächsten Jahr wurde die Straße zollpflichtig.

Geran war bei der Arbeit mit Hattans Männern zusammen. Sie waren größtenteils Algarer, die hierher gezogen waren, und so befand er sich draußen in den Kuhpferchen weitgehend in Sicherheit. Das verschaffte mir Gelegenheit, Eldara besser kennenzulernen – und natürlich mit dem Baby zu spielen.

Jung-Davon war aus demselben Holz geschnitzt wie sein Vater, und sein Vater wiederum ähnelte dem Sohn meiner Schwester, Daran, sehr. Bestimmte Merkmale haben sich stets in der rivanischen Blutslinie weitervererbt. Die meisten Jungen hatten beispielsweise dasselbe sandfarbene Haar. Eisenfausts schwarzes Haar setzte sich nur selten durch. Außerdem waren sie alle sehr vernünftige, ernsthafte kleine Jungen mit gutem gesundem Menschenverstand. Vielleicht war dies aber eher ein kulturelles als ein familiäres Erbe, da die meisten von ihnen in Sendarien geboren und aufgewachsen sind.

Die Jahreszeiten wechselten, und die Jahre gingen ins Land, und Davon gedieh wie eine gut gewässerte Pflanze. Mit zwölf war er schon fast genauso groß wie sein Vater. Muros habe ich wegen dem ewigen Staub und dem Gestank der Viehhöfe nie sonderlich gemocht, aber wir *waren* dort glücklich.

Dann, ein paar Tage nach Davons zwölftem Geburtstag, kam Hattan vorbei, und ich führte ihn in die Bibliothek, um ein langes Gespräch mit ihm zu führen. »Entsinnt Ihr Euch noch unseres kleinen Plausches vor der Hochzeit von Geran und Eldara, Pol?« fragte mich Hattan, dessen Skalplocke mittlerweile stahlgrau geworden war.

»Sehr gut sogar, Hattan. Wir haben den Kurs, den du uns vorgeschlagen hast, ziemlich gut gehalten, findest du nicht auch?«

»Ja, aber Ihr altert nicht«, sagte er. »Könntet Ihr nicht Magie benutzen, um Euer Haar ergrauen zu lassen? Das dürfte Euch ein paar Jährchen älter wirken lassen.«

Ich seufzte. »Eines Tages müssen wir uns einmal unterhalten über das, was du Magie nennst, Hattan«, entgegnete ich.

»Meint Ihr damit, daß Ihr es nicht könnt?« Er klang verblüfft.

»Oh, ich *könnte* schon«, ließ ich ihn wissen, »aber graues Haar ist nicht wirklich grau.«

»Es *sieht* aber grau *aus*.«

»Sie genauer hin, Hattan. Deine Skalplocke sieht grau aus, weil sie eine Mischung aus schwarzen und weißen

Haaren ist. Ich müßte die Hälfte meines Haars weiß färben – Strähne für Strähne.«

»Das könnte eine Weile dauern«, räumte er ein.

»Eine *ziemliche* Weile, um genau zu sein. Es gibt gewisse Chemikalien, mit deren Hilfe ich mein Haar färben könnte. Ich kann sie sogar aus manchen gängigen Pflanzen auskochen. Es wird nicht *ganz* so wie deins aussehen, aber es sollte genügen. Außerdem gibt es ein paar kosmetische Mittel, die mich älter aussehen lassen.«

»Wäre es nicht einfacher, umzuziehen? Nach Sulturn zum Beispiel? Oder Darine?«

»Willst du mich loswerden, Hattan?«

»Natürlich nicht. Wir lieben dich alle, Pol, aber die Sicherheit der Kinder steht über allem.«

»Es gibt noch einen einfacheren Weg«, eröffnete ich ihm. »Da ich ja nun so alt bin, werde ich eben zur Einsiedlerin und verlasse das Haus nicht mehr. Wir Greise tun das ziemlich oft, weißt du.«

»Ich möchte Euch nicht einsperren, Pol.«

»Das tust du nicht, Hattan. Wirklich, die Idee gefällt mir gut. So erhalte ich Gelegenheit, mich mehr meinen Büchern zu widmen. Im Notfall bin ich in der Nähe, und ich muß diese endlosen Stunden dummen Geschwätzes nicht mehr ertragen.«

»Oh, da wäre noch etwas – ehe ich es vergesse«, fügte er hinzu. »Was haltet Ihr von der Idee, Davon bei einem Gerber in die Lehre zu schicken?«

Ich rümpfte meine Nase. »Ich muß mit ihm im selben Haus wohnen, Hattan, Gerber neigen dazu, streng zu riechen.«

»Nicht, wenn sie regelmäßig baden – mit guter, kräftiger Seife. Selbst ein Edelmann fängt an zu riechen, wenn er nur einmal im Jahr badet.«

»Warum ausgerechnet ein Gerber? Warum kein Küfer?«

»Es ist eine logische Ergänzung zu meinem Gewerbe, Pol. Ich habe Zugang zu einem fast unbegrenzten Vorrat an Kuhhäuten, und ich kann sie für Pfennigbeträge bekommen. Wenn Davon lernt, diese Häute zu gerben, kann er das Leder mit gutem Gewinn verkaufen.«

»Ein kleines Geschäftsimperium hier in Muros, Hattan?« neckte ich ihn. »Du möchtest die ganze Kuh verwerten, nicht wahr? Welche Pläne hast du für die Hufe und Hörner?«

»Ich vermute, ich könnte jederzeit eine Leimfabrik bauen. Danke für die Idee, Pol. War mir selbst noch nicht gekommen.«

»Du meinst das *ernst*!«

»Ich sorge lediglich für meine Familie, Pol. Ich werde ihnen ein florierendes Unternehmen hinterlassen, wenn Belar mich heimruft.«

»Ich glaube, du hast zu lange in Sendarien gelebt, Hattan. Geh doch ein Jahr lang nach Algarien zurück, um Kühe zusammenzutreiben oder Pferde zu züchten oder etwas ähnliches zu tun.«

»Das habe ich mir bereits angesehen, Pol. Augenblicklich stehe ich in Verhandlungen wegen mehrerer hundert Acren guten Weidelandes. Ich kenne die Sendarer inzwischen sehr gut. Algarer schätzen schnelle Pferde, aber Sendarer ziehen brave, verläßliche Tiere vor. Es ist ziemlich schwer, einen Acker im Galopp umzupflügen.«

»Bist du dir sicher, daß du nicht irgendwo einen tolnedrischen Großvater hast, Hattan? Kannst du denn an nichts anderes als an Profit denken?«

Er zuckte die Achseln. »Um ehrlich zu sein, es langweilt mich allmählich, Pol. Wenn einmal alles an einem geschäftlichen Unternehmen zur Gewohnheit geworden ist, sehe ich mich nach neuen Herausforderungen um. Ich kann es nicht ändern, wenn sie am Ende alle Gewinn abwerfen. Ich kenne einen Gerber mit Namen Alnik, der langsam in die Jahre kommt und dessem Sohn nicht sehr viel an der Fortführung des Familiengewerbes liegt. Ich werde mit ihm sprechen, und wenn Davon das Handwerk einmal beherrscht, kaufen wir

Alnik aus und lassen unseren Jungen das Unternehmen selbst leiten. Vertraut mir, Pol. Das wird sich alles hervorragend entwickeln.«

»Ich dachte, es ginge uns darum, unauffällig zu bleiben, Hattan. Man kann die reichste Familie in Südostsendarien kaum unauffällig nennen.«

»Ich glaube, Euch entgeht das Wesentliche, Pol. Das Geschlecht, das Ihr beschützt, *wird* unauffällig bleiben, weil es von *mir* abzustammen scheint. Nach ein paar Generationen wird niemand mehr nach der anderen Seite ihrer Herkunft fragen. Sie werden so etwas wie eine feste Einrichtung sein – eine Institution –, ohne die geringste Verbindung zur Insel der Winde. Viel unsichtbarer kann man kaum werden, oder?«

Wieder einmal hatte Hattan mich mit seinem außergewöhnlichen Scharfsinn überrascht. Er hatte mich daran erinnert, daß jemand, der einfach still stehenbleibt, genauso unsichtbar sein kann wie jemand, der wegläuft und sich versteckt. Von meinem algarischen Freund lernte ich eine Menge über das Gewöhnlichsein. Meine eigene Vergangenheit war *alles* andere als gewöhnlich. Ich war ›Polgara die Zauberin‹ und ›die Herzogin von Erat‹ gewesen, zwei *sehr* auffällige Lebensläufe. Jetzt würde ich lernen, die Tante des Dorfgerbers zu sein – auch wenn Muros kein Dorf im eigentlichen Sinn war. Stück für Stück würde ich in den Hintergrund treten, und das entsprach ganz unserer Absicht. Wenn wir diese Tarnung erst einmal vervollkommnet hatten, würde kein Murgo – oder Grolim – in der Lage sein, uns *jemals* aufzuspüren.

Weil Davon ein guter Junge war, widersetzte er sich seiner Lehre nicht – wenigstens nicht offen. Mit achtzehn Jahren war er Gerbermeister, und das Unternehmen seines Arbeitgebers produzierte das feinste Leder in ganz Sendarien.

Unsere erweiterte Familie feierte in jenem Jahr Erastide, und ich wirkte natürlich in der Küche. Nachdem wir alle mehr gegessen hatten, als gut für uns war, lehnte

Davon sich in seinen Stuhl zurück. »Ich habe über etwas nachgedacht«, eröffnete er uns. »Wenn wir Alniks Unternehmen kaufen, werden wir das meiste Leder in dieser Gegend herstellen. Wie wäre es, wenn wir ein paar junge Schuhmacher anstellten, die gerade erst in ihrem Gewerbe anfangen? Wir könnten der Gerberei eine Werkstatt angliedern und Schuhe herstellen.«

»So kannst du aber kein Geld machen, Davon«, behauptete Geran. »Schuhe müssen doch dem Fuß des künftigen Trägers angepaßt werden.«

»Ich habe ein paar Messungen vorgenommen«, hielt Davon dagegen. Er lachte einfältig. »Die Leute halten mich schon für verrückt, weil ich dauernd ihre Füße messen will. Aber ich werde immer besser darin. Mittlerweile kann ich die Größe eines Fußes bis auf einen Viertelzoll genau schätzen. Deine Füße sind übrigens achteinhalb Zoll lang. Kinder- und Frauenfüße sind kleiner, aber es gibt nur soundsoviele Fußgrößen in ganz Muros. Niemand hat drei Zoll große Füße, und niemand hat Neunzehn-Zoll-Füße. Falls unsere Schuster Schuhe in den gängigsten Größen fertigen, werden wir Leute finden, die sie tragen können. Darauf kann ich euch mein Wort geben.«

»Na los, grins schon, Hattan!« forderte ich meinen Freund auf.

»Worüber denn, Pol?«

»Du hast es geschafft, eine weitere Generation zu verderben, oder?«

»*Das* traut Ihr mir zu?« fragte er unschuldig.

»Ja, um ehrlich zu sein, das würde ich.«

Hattan und ich legten im folgenden Frühjahr einiges von unserem Geld zusammen und kauften Alnik den Gerber aus. Dann übereigneten wir die Gerberei Davon, der sich auf der Stelle anschickte, derbe, haltbare Schuhe herzustellen, die sich unter den Bauern bald großer Beliebtheit erfreuten. Leute, die schöne Schuhe wollten, ließen sie weiterhin bei den herkömmlichen Schustern nach Maß anfertigen, aber die einfachen Menschen wurden Stammkunden in unserem Laden, der das Endergebnis einer langen Kette geschäftlicher Entwicklungen darstellte. Unbearbeitete Häute kamen zur einen Seite von Davons Gerberei herein, um sie auf der anderen als fertige Schuhe zu verlassen. Die Menschen von Muros begannen ihr Augenmerk auf die Familie zu richten. Die wenigen durchreisenden Angarakaner allerdings schenkten ihr keinerlei Beachtung – außer, wenn sie Kühe oder Schuhe kaufen wollten.

Man schrieb das Jahr 4039, als wir Davon endlich in den Hafen der Ehe steuern konnten. Er war zum damaligen Zeitpunkt bereits dreiundzwanzig, und ich hatte mir schon Sorgen zu machen begonnen. Die Ehe ist etwas, das man nicht *zu* lange hinauszögern sollte. Das Leben als Junggeselle *kann* sich nach einiger Zeit zur Gewohnheit entwickeln. Hattan, der inzwischen Ende fünfzig war, sagte, ich würde mir zu viele Sorgen über solche Dinge machen. »Wir sind ungewöhnliche Menschen, Pol«, erzählte er mir kurz vor der Hochzeit. »Wenn ich nur irgend so ein Algarer wäre, säße ich jetzt in der Nähe des Aldurflusses auf dem Rücken eines Pferdes und würde eine Herde Kühe bewachen. Ich hätte eine algarische Frau und zehn Kinder, und wir würden alle in Wagen leben. Aber da ich nicht irgend so ein Algarer bin, bin ich mit Layna verheiratet und wohne in Muros, und ich werde reich, anstatt auf den Steppen Algariens Kühe vor Unheil zu bewahren. Ich war älter, als Davon es jetzt ist, als ich Layna zur Frau nahm. Ich benötigte eine gewisse Zeit, um vernünftig zu werden, bevor ich eine Ehe einging. Edelleute und Bauern heiraten früh. Geschäftsleute neigen dazu, sich mehr Zeit zu lassen.«

Davons Braut war ein hübsches blondes Mädchen namens Alnana. Sie hatte ein einnehmendes, sonniges Wesen, so daß man sie gerne um sich hatte. Eldara und ich prüften sie auf Herz und Nieren, bevor wir zu dem Entschluß gelangten, daß sie annehmbar sei. Junge Männer glauben immer, *sie* wären diejenigen, die diese Entscheidungen treffen würden. Dabei haben sie den

Hang, gewisse Gegebenheiten zu übersehen. Der Einfluß der Frauen des Hauses bei der Auswahl der passenden Ehefrauen ist *äußerst* groß.

Nein. Ich werde das nicht weiter ausführen. Frauen wissen bereits Bescheid, und Männer müssen es nicht wissen.

Die Hochzeit von Davon und Alnana war *das* gesellschaftliche Ereignis in jenem Herbst. Unsere Familie war in Muros mittlerweile überaus bekannt, so daß wir keinen Anlaß hatten, die Angelegenheit bescheiden zu halten wie damals, als Geran aus dem Nichts aufgetaucht war, um Eldara zur Frau zu nehmen. Hochzeiten sind große Ereignisse im Leben der Kaufmannsgilde, und daher neigen die Kaufleute dazu, sie übertrieben aufwendig zu gestalten.

Nach der Eheschließung zogen Davon und Alnana in einen neuen Flügel meines Hauses. Nach meinem Geschmack war es hier jetzt ein bißchen überfüllt, aber wir kamen alle recht gut miteinander aus, so daß es nur geringfügige Auseinandersetzungen gab.

Hattan, mein lieber, lieber Freund, wurde alt genug, um noch die Geburt seines Urgroßenkels Alten im Jahre 4041 zu erleben. Dann, an einem stürmischen Frühlingsmorgen draußen in den Viehhöfen, wurde Hattan von einem mächtigen, streitlustigen algarischen Bullen aufgeschlitzt. Kühe sind ja die meiste Zeit über so dumme Tiere, daß wir zu vergessen pflegen, daß sie sozusagen stets bewaffnet herumlaufen. Hattan war fast auf der Stelle tot. Ich hätte also nichts tun können, was mich jedoch nicht davon abhielt, mir Vorwürfe zu machen. Manchmal scheint es mir, als hätte ich mein halbes Leben knietief in Selbstanklagen watend zugebracht. Das ist die Schattenseite am Studium und Beruf des Heilers. Heiler geraten immer außer sich vor Wut und Schrecken, wenn sie auf etwas stoßen, das sie *nicht* heilen können. Aber noch hat niemand ein Mittel gegen den Tod entdeckt, und deshalb muß ein Arzt lernen, Verluste und Niederlagen einzustecken und weiterzumachen.

Layna war natürlich untröstlich. Sie überlebte ihren Mann nicht lange. Wieder einmal dünnte der Tod die Reihen derjenigen aus, die ich am meisten liebte.

Ich tröstete mich – wie ich es so oft getan habe –, indem ich einen Großteil meiner Zeit meinem neuen Neffen widmete. Als er sechs Jahre alt geworden war, bestand kein Zweifel daran, daß er ein Mitglied jener kleinen Familie war, der ich mein Leben geweiht hatte. Wenn die drei, Geran, Davon und Alten, zusammen waren, konnten wir alle die fast spiegelbildliche Ähnlichkeit erkennen. Davon und Alten würden sich nie den Kopf darüber zerbrechen müssen, wie sie später einmal aussehen würden. Sie mußten nur Geran anschauen.

Nachdem er sein fünfzigstes Lebensjahr erreicht hatte, begann Gerans sandfarbenes Haar an den Schläfen zu ergrauen. Er sah wirklich überaus achtunggebietend aus. Es war im Jahre 4051, als die würdevolle Empfindlichkeit, welche graue Haare auch in dem dümmsten aller Männer zu wecken scheinen, Geran und mich nah an den Rand eines Streits brachte. »Man hat mich gebeten, für die Wahlen zum Stadtrat zu kandidieren, Tante Pol«, tat er mir eines Morgens kund, als wir uns allein in meinem Garten aufhielten. »Ich erwäge es ernsthaft.«

»Bist du denn völlig von Sinnen, Geran?« entgegnete ich scharf.

»Ich könnte bessere Arbeit leisten als manche der jetzigen Amtsinhaber«, verwahrte er sich. »Die meisten von *denen* benutzen ihr Amt doch nur dazu, sich die eigenen Taschen zu füllen.«

»Damit hast du nichts zu schaffen, Geran.«

»Ich lebe hier, Tante Pol. Mit dem Wohl der Stadt habe ich ebensoviel zu schaffen wie jeder andere Bürger hier.«

»Wer hat denn diesen idiotischen Vorschlag aufgebracht?« wollte ich wissen.

»Der Graf von Muros höchstpersönlich«, verkündete er mit stolzgeschwellter Brust.

»Benutz deinen Verstand, Geran!« wies ich ihn an. »Du *darfst* keine Aufgabe übernehmen, die die Aufmerksamkeit so auf dich lenkt.«

»Soviel Aufmerksamkeit schenken die Leute den Ratsmitgliedern gar nicht, Tante Pol.«

»Du sprichst von den Einheimischen. Fremde – Murgos eingeschlossen – schenken den Menschen, die an der Macht sind, eine *Menge* Aufmerksamkeit. Alles, was wir brauchen, wäre ein Murgo, der sich nach deinen Ursprüngen erkundigt. Wenn er herausfindet, daß du 4012 hergekommen bist – gerade einmal zehn Jahre nach König Goreks Ermordung –, und daß ich bei dir war, würde unsere ganze mühsam aufgebaute Tarnung zusammenbrechen.«

»Du machst dir zu viele Gedanken.«

»*Irgend jemand* muß sich ja Gedanken machen! Für einen Murgo würde an der Geschichte zu viel zusammenpassen, als daß er es für einen Zufall halten könnte – dein Alter, dein Aussehen, *meine* Anwesenheit sowie die Tatsache, daß ich nicht älter werde. Er würde Verdacht schöpfen, und er würde damit zu Ctuchik laufen. Ctuchik kennt keine Skrupel, Geran. Solange er auch nur den geringsten Verdacht hegt, du könntest ein Überlebender des Blutbades von Riva sein, läßt er dich und deine ganze Familie ermorden. Ist es *so* wichtig für dich, dich in irgend so ein blödes Amt wählen zu lassen?«

»Ich kann es mir leisten, Leibwächter anzuheuern. Ich kann meine Familie beschützen.«

»Warum hängst du dir nicht gleich ein Schild um den Hals, auf dem ›König von Riva‹ steht? Leibwächter, Geran? Warum stellst du nicht auch Trompeter an, die es mit Fanfarenstößen von den Dächern verkünden?«

»Ich könnte soviel für die Stadt und ihre Bewohner tun, Tante Pol!«

»Das weiß ich doch, aber Muros geht dich im Grunde nichts an. Riva ist die Stadt, an der dir etwas liegen sollte. Eines Tages wird einer deiner Nachkommen auf dem Thron dort sitzen. Darüber kannst du dir Sorgen machen, nicht über Straßenreparaturen und Abfallbeseitigung in einer staubigen Stadt in der sendarischen Ebene.«

»Nun gut, Tante Pol«, sagte er, sichtlich verärgert. »Du mußt es mir nicht immer wieder um die Ohren schlagen. Ich werde mich bei Oldrik entschuldigen und behaupten, ich sei jetzt zu beschäftigt, um Reden gegen bestechliche Beamte schwingen zu können.«

»Oldrik?«

»Der Graf von Muros. Wir sind offengestanden recht eng befreundet. Er bittet mich hin und wieder in gewissen Angelegenheiten um meinen Rat.«

»Du liebe Güte!« seufzte ich.

»Ich kann mich nicht in eine Höhle verkriechen, Tante Pol«, beklagte er sich. »Die Stadt Muros ist gut zu mir gewesen. Ich sollte etwas tun, um mich dafür erkenntlich zu zeigen.«

»Stifte einen öffentlichen Park oder eröffne ein Hospital für die Armen. Aber laß dich *nicht* in die Politik hereinziehen.«

Er seufzte. »Wie du meinst, Tante Pol«, gab er sich geschlagen.

Trotz meines Einschreitens, das ihn von dem städtischen Amt fernhielt, wurde Geran für meinen Geschmack bei weitem zu bekannt in Muros. Ich bekam allmählich das unbehagliche Gefühl, früher oder später könnte sich einer von Ctuchiks Handlangern doch entschließen, einen Blick auf die Herkunft dieses ›ersten Bürgers‹ zu werfen. Ich begann also Pläne zu schmieden.

Wie sich herausstellen sollte, war das keineswegs verfrüht. Es war vielmehr zu spät.

Der junge Alten wuchs heran, und als er zwölf war, erreichte er fast die Größe seines Vaters. Hin und wieder kehrte in einem der Erben, die ich großzog, die Urform wieder, vielleicht, um mich daran zu gemahnen, daß noch immer das Blut Bärenschulters in ihren Adern rann. Alten durchlief gerade eine jener schlaksigen Entwicklungsphasen, die alle Heranwachsenden männlichen Geschlechts zu erdulden haben. Manchmal wollte es mir beinah scheinen, als könne ich ihn wachsen *sehen*. Er war etwa vierzehn, glaube ich, als er eines Nachmittags mit einem verwirrten Ausdruck im Gesicht heimkam. »Sind wir wichtige Leute, Tante Pol?« fragte er mich.

»Dein Großvater schien vor ein paar Jahren dieser Ansicht zu sein«, gab ich ihm zur Antwort. »Er wollte sich für die Wahlen zum Stadtrat aufstellen lassen.«

»Das wußte ich ja gar nicht.«

»Ich habe es ihm ausgeredet. Woher stammt dieses plötzliche Interesse für Ruhm, Alten? Du bist ein Schusterlehrling. Du wirst berühmt werden, wenn du gute Schuhe machst.«

»Der Schuster, bei dem ich in die Lehre gehe, hat heute morgen seine Lieblingsnadel zerbrochen«, führte er aus. »Er hat mich losgeschickt, ihm eine neue zu kaufen. Ich war auf dem Zentralmarkt, und da war dieser Fremde, der Fragen über uns stellte.«

»Was für ein Fremder?« fragte ich rasch. Plötzlich war ich hellwach.

»Ich weiß es wirklich nicht, Tante Pol. Er war kein Tolnedrer oder Drasnier. Da bin ich mir sicher.«

»Wie sah er aus?«

»Er war ein fetter, dunkelhäutiger Mann – dunkler als ein Tolnedrer oder ein Arender –, und er hatte so komisch geformte Augen.«

»Narben auf den Wangen?« bedrängte ich ihn mit sinkendem Mut.

»Jetzt, wo du es erwähnst, ja, die hatte er. Er trug ein schwarzes Gewand, das staubig wirkte. Na ja, er war wirklich neugierig. Er wollte wissen, wann Großvater nach Muros gekommen war, und auf *dich* war er wirklich wild. Er hat dich sehr gut beschrieben. Ich kann mir gar nicht vorstellen, wann er dich getroffen hat, denn du verläßt ja fast nie das Haus.«

»Irgend jemand hat ihm von mir erzählt, Alten. Geh zurück in die Gerberei und hol deinen Vater, und dann suche auch deinen Großvater. Er dürfte irgendwo draußen in den Viehpferchen sein. Sag ihnen beiden, es sei sehr dringend. Wir müssen uns alle zusammensetzen und reden. Oh, noch eins. Halt dich fern von dem Fremden mit dem Narbengesicht.«

»Jawohl, Tante «, sagte er, bereits auf dem Weg zur Tür.

Ich wußte, es würde Einwände geben – ziemlich heftige Einwände –, und so tat ich etwas, zu dem ich lange nicht mehr gezwungen gewesen war. Ich versuchte nicht, vernünftig mit meiner wachsenden Familie zu reden; ich erteilte Befehle. »Ein Murgo ist in der Stadt«, erzählte ich ihnen, als sie sich alle eingefunden hatten. »Er hat Erkundigungen über uns eingezogen. Wir müssen die Stadt unverzüglich verlassen.«

»Das ist ein ungünstiger Zeitpunkt, Tante Pol«, wandte Davon ein. »Mein Vorarbeiter im Schusterladen hat gerade seine Arbeit niedergelegt. Ich muß erst einen Ersatz für ihn beschaffen, bevor ich irgendwohin gehen kann.«

»Überlaß das dem neuen Besitzer.«

»Was für einem neuen Besitzer?«

»Dem Kerl, der deinen Laden kauft.«

»Ich verkaufe mein Geschäft nicht!«

»Dann brenn es nieder.«

»Wovon redest du eigentlich?«

»Ich rede davon, das Leben dieser Familie zu erhalten, Davon. Wenn Murgos Fragen über uns zu stellen beginnen, packen wir unsere Sachen und ziehen weg.«

»Ich habe mein ganzes Leben in dieses Geschäft gesteckt! Es ist überaus wichtig für mich!«

»So wichtig, um dafür zu sterben? Wichtig genug, um Alnana und Alten dafür zu töten?«

»Wovon redest du überhaupt?«

»Erzähl ihm, was sich im Jahre 4002 auf dem Strand von Riva zugetragen hat, Geran.«

»Sie hat recht, Davon«, sagte Geran zu seinem Sohn. »Wenn Ctuchiks Leute uns auf die Spur kommen, laufen wir weg – oder sterben. Ganz Cthol Murgos will uns umbringen.«

»Aber das hier ist unser Leben!« protestierte Alnana, den Tränen nahe.

»Und es wird unser Grab sein – wenn wir bleiben«, erklärte Geran schroff. »Wenn wir uns nicht davonmachen – und zwar auf der Stelle – ist keiner von uns mehr am Leben, bevor diese Woche zu Ende geht.« Er starrte zur Decke hoch. »Oldrik, der Graf von Muros, ist mein Freund. Ihm werden wir das Familiengeschäft übergeben. Er wird es für uns verkaufen und das Geld an die königliche Schatzkammer in Sendar überweisen.«

»Du willst doch unser Lebenswerk gewiß nicht einfach so dem König schenken, Vater!« explodierte Davon.

»Nein, das werde ich nicht. *So* patriotisch bin ich nun wieder auch nicht. Tante Pol besitzt ein Vermögen, das der König verwaltet. Fürs erste fügen wir unser Geld dem Ihren hinzu – bis wir einen neuen Platz gefunden haben, an dem wir uns verstecken können.«

»Warum bringen wir den Murgo nicht einfach um?« meinte Alten.

»Interessante Idee, Alten«, erwiderte ich kühl. »Bist du gut im Ermorden anderer Menschen? Hast du viel Übung darin?«

»Na ja –« Er stockte.

»Das dachte ich mir. Also gut, Geran. Geh und rede mit Oldrik.«

»Morgen in aller Frühe, Tante Pol.«

»Nein, Geran. Jetzt sofort. Ich schreibe eine kurze Nachricht an den König mit jenem Kennwort, damit er weiß, was er mit dem Geld machen soll. Morgen früh werden wir schon meilenweit von Muros entfernt sein. Davon, du und Alten geht jetzt zurück in den Schuhladen. Erzähl deinen Schustern, es sei etwas dazwischengekommen. Nenn es meinetwegen einen familiären Notfall, aber werde nicht zu konkret. Sag ihnen, wir müßten nach Camaar gehen.«

»*Gehen* wir denn nach Camaar, Tante Pol?«

»Selbstverständlich nicht, aber ich will, daß dieser Murgo das glaubt. Oh, übrigens, Geran, sag Oldrik, er soll auch dieses Haus verkaufen. Wir werden es nicht mehr brauchen.«

»Wohin gehen wir denn *wirklich*, Tante Pol?« fragte Alten mich.

»An einen Ort, wo Rosen wachsen«, gab ich ihm lächelnd zu Antwort.

Geran seufzte.

»Sieh es doch einmal so, Geran«, sagte ich, »diesmal hast du Hilfe beim Hausputz.«

Und genau das taten wir auch. Ungefähr zwei Stunden vor Anbruch der Dämmerung verließen wir Muros. Wir nahmen die kaiserliche Straße, die westwärts nach Camaar verlief, und als wir uns an die zehn Meilen außerhalb der Stadt befanden, wechselten wir auf die Nebenstraße, die zum Westzipfel des Camaarsees abzweigte. Gegen Mittag erreichten wir den See, und dann umrundeten wir ihn am Nordufer und bogen auf eine kaum benutzte kleine Straße nach Medalia ab.

Wir führten zwei Wagen und einige Reitpferde mit uns, und ich hatte meine Familie unter Drohungen dazu gebracht, sich wie einfache Bauern zu kleiden. Die Wagen waren in der Tat mehr für den Schein als für unsere Bequemlichkeit da. Die Nahrungsvorräte und Decken waren notwendig, aber die nichtssagenden Möbelstücke, die wir darüber gestapelt hatten, dienten lediglich dem Zweck, den Anschein einer großen Bauernfamilie beim Umzug zu erwecken.

Wir brauchten eineinhalb Wochen, um zum Eratsee zu gelangen, und die Familie verbarg sich über Nacht im Wald, während ich mich in eine Eule verwandelte, um die Gegend sorgfältig abzusuchen. Ich entdeckte kein Anzeichen von Angarakanern, und so zogen wir vorsichtig auf einem kaum sichtbaren Holzfällerpfad bis kurz vor mein Rosendickicht.

Hier nahm ich eine weitere schnelle Überprüfung vor. Etwa eine Meile entfernt befanden sich drei Holzfäller. Um sicherzugehen, murmelte ich ihnen ein »Schlaft!« von dem Ast aus zu, auf dem ich hockte. Dann kehrte ich zu meiner Familie zurück, bat die Rosen, uns eine Gasse zu öffnen, und dann gingen wir alle zu meinem Landsitz.

»Was für ein prachtvolles Haus!« rief Eldara, Gerans Frau, aus.

»Es freut mich, daß es dir gefällt, Liebes«, sagte ich. »gewöhnt euch dran, denn ihr werdet vermutlich mehrere Jahre hier bleiben.«

»Lange genug jedenfalls, um alles zu putzen«, erklärte Geran in resigniertem Tonfall.

»Ich verstehe nicht«, sagte Eldara mit einem verwirrten Gesichtsausdruck.

»Bald, Liebste«, versprach Geran ihr, »bald wirst du es verstehen, glaub mir. Wo haben wir die Besen und Schrubber gelassen, Tante Pol?«

»In dieser Vorratskammer neben der Küche, Geran.«

»Nun denn«, wandte Geran sich an seine Familie, »wir sollten reingehen und anfangen.«

Kapitel 28

Mein Haus an den Ufern des Eratsees war in jenen frühen Jahren unser Refugium und unsere letzte Zuflucht – meine Version von ›einer Höhle in den Bergen‹. Ich benutzte es mehrere Male zu diesem Zweck, bis ich in puncto Flucht und Spurenverwischen geschickter wurde. Allein zu wissen, es war da und kein Murgo würde es vermutlich jemals entdecken, vermittelte mir ein tiefes Gefühl von Sicherheit.

Dieses erste Mal unterschied sich leicht von den späteren Malen, da es einen guten Grund dafür gab, unseren Aufenthalt auszudehnen. Geran war als Prinz geboren, und seine frühesten Kindheitserinnerungen und all seine tief verwurzelten Instinkte gründeten auf dieser Tatsache. Anonymität entsprach einfach nicht seinem Naturell. Er war in eine königliche Familie hineingeboren worden, und da es eine gute königliche Familie war, hatte seine Erziehung darauf abgezielt, daß er seine Pflichten ernster nahm als seine Privilegien. Er neigte dazu, überall die Führung zu übernehmen, und übertraf sich selbst, wenn es darum ging, seinen Mitmenschen zu helfen. Das steckte wahrscheinlich auch hinter unserem Beinahe-Streit wegen dieses städtischen Amtes. Seine Denkart war höchst bewundernswert, in unseren besonderen Umständen jedoch das Schlimmste, was uns widerfahren konnte. Kalte Logik sagte mir, daß Geran einfach zu gut für die Welt da draußen war. Und so hatte unser Aufenthalt inmitten der Rosen, obwohl es mir in der Seele wehtut, es zuzugeben, nur den einen Zweck – daß Geran und seine Frau altern und sterben würden.

Erscheint euch das herzlos? Ich liebte Geran – so, wie ich mein eigenes Kind geliebt hätte. Meine oberste Verantwortung indes galt dem Geschlecht als Ganzem, nicht den einzelnen Menschen. Und die Sicherheit des Geschlechts hing davon ab, daß ich jene Erben, die nicht in der Lage waren, die erforderliche Anonymität zu wahren, in strenger Abgeschiedenheit von den Augen der Öffentlichkeit hielt. Der Fall wiederholte sich noch mehrmals während der darauffolgenden Jahrhunderte, und es schmerzte mich stets zutiefst, wenn ich mich gezwungen sah, einen dieser ernsthaften jungen Männer auf meinen Landsitz zu bringen und ihn so lange dort zu halten, bis er starb. Manchmal frage ich mich, ob meine Jahrhunderte als Herzogin von Erat nicht nur eine Vorbereitung auf jene endlose Reihe von Beerdigungen war, die ich im Zuge jener selbstgewählten Aufgabe ertragen mußte. Ich hatte Killane und Asrana und Malon und Ontrose verloren, und dort, in jenem Haus am See, wartete ich geduldig darauf, daß ich Geran und Eldara verlieren würde, um weitermachen zu können.

Prinz Geran von Riva verschied 4066 im Schlaf, nicht lange nach seinem siebzigsten Geburtstag. Sein Tod kam nicht unerwartet, denn sein Verfall während der letzten Jahre war unaufhörlich fortgeschritten. Wir betrauerten ihn, und ich bin froh sagen zu können, daß kein einziges Mitglied unserer kleinen Familie freudig verkündete, ›es sei besser so‹. Diese besonders hohlköpfige Plattheit macht mich immer so wütend, daß ich um mich schlagen könnte. Ich bin schließlich Ärztin, und der Tod ist mein Feind, nicht mein Freund.

Wir begruben Geran auf demselben Hügel, wo Killane ruhte, und danach kehrten wir in das nun leerer wirkende Haus zurück.

Zwei Jahre später folgte Eldara ihrem Mann, und ich begann der übrigen Familie behutsam anzudeuten, daß wir möglicherweise darüber nachdenken sollten, wieder in die Welt hinauszugehen.

Ich ließ ihnen ein Jahr Zeit, um darüber nachzudenken, und dann, eines Sommerabends nach dem Essen, als wir alle auf der Terrasse saßen, sprach ich es offen aus: »Wo sollen wir eurer Meinung nach hingehen?« fragte ich sie.

»Heim natürlich«, antwortete Alnana rasch.

»Ich glaube, das wäre keine gute Idee, Liebes«, widersprach ich ihr. »Dort warten vermutlich schon unsere Feinde auf uns.«

»Aber all meine Schwestern leben in Muros«, sagte sie empört.

»Ein Grund mehr, um nicht dorthin zurückzukehren«, beharrte ich. »Murgosische Meuchelmörder pflegen jeden umzubringen, der ihnen unter die Augen kommt, wenn sie einmal mit dem Töten begonnen haben. Wenn wir nach Muros zurückgehen, könnten wir deine Schwestern – und ihre Familien ebenfalls – sehr wohl in tödliche Gefahr bringen.«

»Du meinst, ich werde sie nie wiedersehen?« schrie sie.

»Du weißt wenigstens, daß sie am Leben sind, Alnana«, entgegnete ich.

»Um möglichst weit von Muros wegzukommen, sollten wir nach Camaar gehen – oder nach Darine«, schlug Davon vor.

»Nicht Camaar«, erklärte ich.

»Warum nicht?«

»Dort halten sich zu viele Menschen fremder Abstammung auf. Wir versuchen den Murgos aus dem Weg zu gehen, nicht, ihre Nähe zu suchen.«

»Dann also Darine?« meinte Alten.

Ich schürzte die Lippen. »Das dürfte das Beste sein. In Darine wimmelt es nur so von Alornern, und Alorner haben von Geburt an gewisse Vorurteile.«

»Ach?«

»Sie hassen instinktiv alle Murgos. Rassenvorurteile

sind dumm und kein sonderlich anziehender Charakterzug, aber manchmal *können* sie nützlich sein. Ich bin sicher, daß es nette Murgos gibt – irgendwo in der Welt –, aber diejenigen, denen wir hier im Westen begegnen, gehören aller Voraussicht nach nicht dazu. Immer, wenn ihr einen Murgo westlich der Ostkliffs und nördlich von Sthiss Tor seht, könnt ihr mit ziemlicher Sicherheit davon ausgehen, daß er euch umbringen will.«

»Was ist mit den anderen Angarakanern?« wollte Alten wissen.

»Die Malloreaner leben auf der anderen Seite des Meers des Ostens, und sie erhalten ihre Befehle von Urvon, nicht von Ctuchik. Thulls sind zu dumm, um eine wirkliche Bedrohung darzustellen, und die Nadraker sind ein Rätsel. Niemand kann je mit Sicherheit sagen, auf *wessen* Seite ein Nadraker gerade steht. Ctuchik verläßt sich fast ausnahmslos auf die Murgos – besonders auf die Dagashi. Sie sind diejenigen, auf die wir achten müssen. Aber unter all den vielen Alornern wird jeder Murgo in Darine vollauf damit beschäftigt sein, am Leben zu bleiben. Uns zu ermorden hat er gar keine Zeit.«

Und so geschah es, daß wir im Spätherbst des Jahres 4068 ein paar ›vernünftige‹ Kleidungsstücke einpackten, unser Landhaus abschlossen und in die Hafenstadt am Golf von Cherek zogen, wobei wir uns als umgesiedelte Händler ausgaben. Wir mieteten uns in einem komfortablen Gasthof ein, der weit genug vom Wasser entfernt lag, damit wir nicht dem üblen Hafengestank ausgesetzt waren. Davon und Alten gingen auf Erkundung, noch bevor wir richtig ausgepackt hatten. Ich kannte sie gut genug, um zu wissen, daß ich es ihnen nicht verbieten konnte, aber immerhin konnte ich sie dazu überreden, unauffällige Kleidung anzuziehen.

»Alles ist so furchtbar eng, nicht wahr?« bemerkte Alten bei ihrer Rückkehr. »Sind diese Nordstädte alle so beengt?«

»Keine Kühe«, erläuterte ich.

»Ich kann dir nicht ganz folgen, Pol«, gestand er.

»Muros hat breite Straßen, weil die Algarer von Zeit zu Zeit Viehherden durch die Stadt treiben. Die Häuser in den Nordstädten sind so eng aneinandergebaut, um Geld zu sparen. Wenn du dein Haus zwischen zwei anderen errichtest, stehen die Seitenwände schon. Du mußt also nur noch eine Vorder- und eine Rückwand und natürlich das Dach bauen.«

»Du nimmst mich auf den Arm, nicht wahr, Tante Pol?« warf er mir vor.

»Würde ich *das* tun, Alten?«

Davon begeisterte sich dafür, ein Haus für uns bauen zu lassen, aber ich riet ihm davon ab. »Wir sind ständig auf der Flucht, Lieber«, erinnerte ich ihn. »Immer, wenn die Gefahr der Entdeckung besteht, müssen wir von neuem die Flucht ergreifen. Wenn du ein Haus baust, gehst du eine Bindung ein, und diese Bindung kann sich als fatal erweisen. Wenn es Zeit zur Flucht ist, kannst du nichts brauchen, was dich zurückhält. Dieser Gasthof wird genügen, bis wir etwas Passendes finden, das schon steht.«

»Ich gehe auf Erkundung, Tante Pol. Ich werde mich ohnehin draußen umsehen müssen.«

»Ach?«

»Ich muß mir Arbeit suchen.«

»Eine neue Schuhfabrik?«

»Ich weiß nicht. Ich vermute, ich kann darauf zurückgreifen, wenn es sein muß. Aber es scheint mir keine schlechte Idee zu sein, mal etwas Neues auszuprobieren. Dieser neugierige Murgo drüben in Muros hat wahrscheinlich alles über unser Familienunternehmen herausgefunden und an Ctuchik weitergegeben.«

»Dessen bin ich gewiß.«

»Dann lassen wir also besser die Finger von Gerbereien und Schusterläden. Würde ein Murgo da nicht zuerst nachforschen?«

»Mit großer Wahrscheinlichkeit. Du hast deine Lektion gelernt, Davon.«

»Du hast sie uns ja lange genug eingebleut, Tante Pol. Wir können ein Leben führen wie andere Menschen – bis zu einem gewissen Punkt. Der wesentliche Unterschied besteht darin, daß wir unsere Augen und Ohren offenhalten müssen, nicht von unserer Bahn abweichen und keine Aufmerksamkeit erregen dürfen.«

»Das dürfte es annähernd zusammenfassen, ja.«

»Ich sollte das wahrscheinlich nicht sagen, aber Vater konnte das nicht besonders gut. Manchmal schien er zu vergessen, daß wir unauffällig bleiben müssen.« Er hielt seine rechte Hand in Höhe und besah sich den blassen Fleck auf seiner Handfläche. »Sollte ich dieses Geburtsmal verstecken, Tante Pol?« sinnierte er. »Weiß Ctuchik davon?«

»Das weiß ich nicht genau. Könnte sein.«

»Dann verberge ich es lieber. Ich bin schließlich Gerber. Ich weiß alles über Mittel, die die Hautfarbe verändern.« Er stand auf. »Ich glaube, Alten und ich machen noch eine Runde durch die Stadt. Ich werde langsam unruhig.«

»Ach?«

»Ich brauche Beschäftigung, Tante Pol. Ich habe jetzt schon seit Jahren kein Geld mehr verdient. Deshalb gebe ich mich besser wieder dran, ehe ich es ganz verlerne.«

»Du hörst dich an wie ein Sendarer, Davon.«

»Ich *bin* Sendarer, Tante Pol. So war es doch gedacht, nicht wahr?«

Ich glaube, von allen Erben von Eisenfausts Thron hatte Davon den klarsten Begriff davon, was wir wirklich taten.

Er und sein Sohn Alten streiften eine Woche oder länger durch Darine, aber dann erkältete Alten sich, und ich hieß ihn zu Hause zu bleiben. Davon ging mehrmals allein aus, und dann kehrte er an einem schneebedeckten Tag mit einem schmalen Bündel unter dem Arm in den Gasthof zurück. Alnana, Alten und ich saßen am Feuer, als er hereinkam, die Wangen rot von der Kälte.

»Was haltet ihr davon?« fragte er uns, während er den Pelz, den er trug, auseinanderrollte.

»O Davon, er ist wundervoll!« rief Alnana aus, als sie den jadeschwarzen Pelz streichelte. »So weich! Keine Kuh hat so weiches Fell. Was ist das?«

»Das ist Zobel, meine Liebe«, antwortete Davon. »Er stammt von einem großen Wiesel, das in den Bergen von Gar og Nadrak heimisch ist. Ich kenne mich ja mit Tierhäuten einigermaßen gut aus, aber so etwas habe ich noch nie zu Gesicht bekommen.«

»Vor ziemlich langer Zeit war Zobel beim Adel Nordarendiens überaus begehrt«, gab ich ihm Auskunft.

»Man braucht eine Menge davon, um einen Umhang daraus anzufertigen«, sagte er.

»Zobelumhänge waren äußerst selten, Davon. Und schrecklich teuer. Aber die meisten Damen nannten einen Mantel mit Zobelkragen und Ärmelaufschlägen ihr eigen. Zobel war eher so etwas wie ein Accessoire als ein Kleidungsstück.«

»Ich frage mich, ob man diese Sitte wiederbeleben könnte«, überlegte er laut. »Ich weiß, wo ich die Pelze herbekommen kann, aber ich brauche einen Absatzmarkt.« Er reichte den Pelz an seinen Sohn weiter. »Du hast mit Leder gearbeitet, Alten«, sagte er. »Wäre es schwierig zu nähen?«

Alten, der zum damaligen Zeitpunkt etwa siebenundzwanzig war, schürzte die Lippen und drehte den Balg hin und her. »Es ist dünner als Kuhhaut«, urteilte er, »und deshalb auch nicht so haltbar. Ich glaube nicht, daß wir Schuhe daraus herstellen sollten. Man müßte es sehr fein nähen.«

Ich warf ihm einen forschenden Blick zu. Alten war ein gutaussehender junger Bursche, aber die Jahre der Abgeschiedenheit in dem Landhaus hatten ihn scheu werden lassen. Jetzt war mir, als hätte ich einen Weg gefunden, wie er seine Schüchternheit überwinden konnte. »Ich weiß ein wenig über Gewandschneiderei«, eröffnete ich ihm. »Alnana und ich könnten uns ein paar

Muster ausdenken, und Alten kann sie zusammennähen. Hier in Darine gibt es reiche Handelsherren, und die Frauen reicher Herren lieben es, Geld auszugeben und sich herauszuputzen. Ein Pelzgeschäft in einem der feineren Stadtviertel könnte sich als Goldgrube erweisen.«

Der Vorschlag an sich war vollkommen harmlos, aber der Sinn des Ganzen war, Alten in eine Lage zu versetzen, wo er tagtäglich von Frauen umgeben sein würde. Seine Verschämtheit würde sich legen, und dann könnte ich ihn bald unter die Haube bringen. Ein Junggesellendasein stand in dieser speziellen Familie nicht zur Auswahl.

Davon suchte uns ein Haus in der Nähe des Südtors aus. Es war ein altes Gebäude, aber noch immer solide, und zumindest regnete es nicht durchs Dach. Wir zogen vom Gasthof dorthin um, und mir fiel die Aufgabe zu, Arbeiter für die Instandsetzung aufzutreiben, da Davon und Alten ihre ganze Aufmerksamkeit dem neuen Familienunternehmen widmeten. Bevor wir indes ein Pelzgeschäft aufmachen konnten, mußten wir den Bedarf wecken. Aus diesem Grund stolzierten Alnana und ich in diesem Winter durch Darine, angetan mit luxuriösen Kragen und Ärmelaufschlägen, prachtvollen, turbanähnlichen Hüten und ungeheuer aufwendig wirkenden Muffs, um unsere kleinen Hände warm zu halten – natürlich alles aus Pelz. Die Lederstiefel mit den Pelzstulpen mögen ein *wenig* übertrieben gewesen sein, aber schließlich wollten wir ja Werbung betreiben.

Alten nahm in diesem Winter ein paar Aufträge entgegen. Scheinbar gab es genügend Nachfrage, um einen Laden zu eröffnen. Fast unverzüglich rannten uns die Kunden die Tür ein, und die Konkurrenz schien nur so aus dem Boden zu schießen.

Ich hatte einige Bedenken, als Davon im nächsten Frühjahr einen hageren, gemeingefährlich wirkenden und halb betrunkenen Nadraker in unser Geschäft brachte. Der Nadraker hieß Kablek. Er war laut und prahlerisch und roch nicht nach Maiglöckchen. »In Ordnung, Davon«, sagte er gerade, als die beiden den Laden betraten, »zeig mir, wovon du gesprochen hast. Ich sage immer noch, daß der Pelz wichtig ist und nicht die Haut, aus der er wächst.«

»Der Pelz ist nicht viel wert, wenn er ausfällt, Kablek«, führte Davon geduldig aus. »Ihr Fallensteller geht nicht sorgsam genug mit den Fellen um da oben in den Bergen. Eine grüne, halb verfaulte Haut lohnt nicht die Mühe, sie herzuschaffen.«

»'n anständiger Fallensteller hat keine Zeit, irgendwelche Faxen mit den Fellen zu machen, die er den Viechern abzieht.«

»Was fängt er denn in seiner Freizeit an? Sich betrinken? Es liegt bei dir, Kablek, aber du erzielst einen besseren Preis für deine Felle, wenn deine Fallensteller so lange nüchtern bleiben, um die Häute zu schaben und sie in Gerbsäure einzulegen, bevor sie verfaulen.«

»Ein Fallensteller hat auf seinem Packpferd keinen Platz für einen so großen Bottich«, spottete Kablek.

»Für zwei Fässer Bier hat er aber immer Platz, nicht wahr?«

»Nahrungsmittel, Davon, reine Nahrungsmittel.«

»Sag ihnen, sie sollen Wasser trinken.«

»Das ist gegen unsere Religion, glaube ich.«

Davon zuckte die Schultern. »Wie du willst, Kablek. Früher oder später finde ich *einen* nadrakischen Fellhändler, der über den Rand seines Bierhumpens hinausblicken kann. Wer auch immer von euch es als erster begreift, wird mein exklusiver Geschäftspartner.«

»Schon gut, zeig mir diese Felle, die du nicht magst.«

»Hier hinten«, sagte Davon und führte den im Zickzack torkelnden Nadraker nach hinten in einen Arbeitsraum. Sie blieben etwa eine halbe Stunde da hinten, und Alnana, Alten und ich konnten Kablek recht deutlich verstehen. Seine Sprache war *sehr* abwechslungsreich. Dann kamen die beiden wieder heraus. »Mir war nicht klar, daß sie so schlecht waren«, gab Kablek grollend zu.

»Und jetzt erzähl mir genau, was der Fallensteller tun muß, damit das nicht passiert.«

Davon erklärte ihm, wie man mit Hilfe der Rinde bestimmter Bäume Tierhäute haltbar machen konnte. »Wenn deine Fallensteller das tun, sobald sie das Fell abgezogen haben, kann ich den Vorgang hier zu Ende führen«, schloß er. »Glaub mir, Kablek, ich werde den Preis mindestens verdoppeln, wenn du sie mir in diesem Zustand nach Darine bringst.«

»Ich will sehen, was die Fallensteller dazu zu sagen haben.«

»Wenn du dich weigerst, verdorbene Felle zu kaufen, werden sie umgehend verstehen, worum es dir geht.«

»Ich werde es versuchen«, grunzte Kablek. Dann zwinkerte er mir zu. »Bist du sicher, daß du mir die da nicht verkaufen willst?« fragte er Davon. »Du hast zwei, und kein vernünftiger Mann braucht zwei von ihnen.«

»Tut mir leid, Kablek, aber sie steht nicht zum Verkauf.«

Kablek warf ihm einen verdrießlichen Blick zu. »Ich gehe jetzt in diese Schenke zurück«, verkündete er. »Ich seh dich im nächsten Frühjahr.« Und dann schwankte er aus dem Geschäft.

»Worum ging es?« erkundigte ich mich.

»Er hat mir nicht geglaubt, als ich ihm erzählte, daß die Felle, die er mir anzudrehen versuchte, nicht besonders gut waren.«

»Das habe ich nicht gemeint, Davon. *Was* steht nicht zum Verkauf?«

»Du, Tante Pol«, klärte Davon mich mit unschuldiger Miene auf. »Obwohl sein Angebot *überaus* attraktiv war. Du darfst dich geschmeichelt fühlen.«

»Was?« Alnana kreischte fast.

»Es handelt sich um eine Besonderheit der nadrakischen Kultur, Liebes«, erklärte er. »Frauen werden als Eigentum betrachtet, das man kaufen und verkaufen kann.«

»Sklaverei?«

»Es ist ein bißchen komplizierter, Alnana. Ich erkläre es dir ein andermal – wenn wir allein sind.«

Etwa einen Monat darauf betrat ein sittsames junges Mädchen mit dunkelblondem Haar den Laden, offenbar auf der Suche nach einem Zobelmuff.

»Das ist sie, Pol«, erklang Mutters Stimme in meinem Kopf.

»Das ist mir auch schon aufgefallen«, schickte ich den Gedanken zurück. *»Es ist fast, als läutete eine Glocke, nicht wahr?«*

»Du wirst immer geschickter, Pol. In ein paar Generationen bin ich arbeitslos.«

Der Name des blonden Mädchens lautete Ellette, und sie und Alten hatten offensichtlich ebenfalls die Glocken läuten gehört.

Im folgenden Winter wurden sie ein Ehepaar. Alten schien es nicht *allzusehr* zu bedauern, das Junggesellendasein aufzugeben.

Wir waren alle recht glücklich in Darine, aber unter uns gesagt, ich hegte stets Bedenken wegen unserer gesellschaftlichen Situation. Die Familie war für meinen Geschmack eine Spur zu wohlhabend – und zu sehr im Blickfeld der Öffentlichkeit. Außerdem kam es zwangsläufig zu Kontakten mit Fremden. Kablek war ein Freund der Familie, dem ich einiges Vertrauen entgegenbrachte – soweit ich in der Lage war, einem Angarakaner zu vertrauen –, aber mir wäre trotzdem wohler gewesen, wenn wir uns nie begegnet wären. Ein Angarakaner mit den besten Absichten wird dennoch jedem Grolim, der zufällig vorbeikommt, genau das erzählen, was dieser Grolim hören will. Während unseres Aufenthaltes in Darine gelangte ich zu dem Schluß, daß man Hafenstädte meiden sollte, genauso wie große Binnenstädte. Dörfer und kleine Landstädtchen wären zweifellos sicherer. Städter sind zu beschäftigt, vor allem mit sich selbst, um Fremden viel Beachtung zu schenken, aber Dörfler haben ohnehin nicht viel, worüber sie reden können, so daß jeder durchziehende Fremde für mindestens eine

Woche zum Hauptgesprächsthema in der Dorfschenke wird. Allein das würde mir schon genügend Vorwarnzeit verschaffen, da es Möglichkeiten gibt, solche Gespräche zu belauschen, ohne den sauren Gestank schalen Biers ertragen zu müssen. Das Leben auf dem Dorf kann öde sein, aber die Sicherheit, die es bietet, macht die Langeweile mehr als wett.

Das Familienunternehmen blühte und gedieh in Darine, so daß wir wahrscheinlich zu lange dort blieben. Im Jahre 4071 schenkte Altens Frau Ellette einem Sohn das Leben. Alten bestand darauf, ihn zu Ehren seines Großvaters Geran zu nennen. Ich hielt das alles in allem für keine besonders gelungene Idee, aber Alten ließ sich nicht umstimmen. Davon kaufte weiterhin Felle von Nadrakern und gelegentlich von Drasniern ein, und Alten verwandelte diese Felle weiterhin in Gewänder und Kleidungsstücke, die sich prächtig verkauften. Alnana starb im Jahre 4077, und Davon verfiel zusehends nach ihrem Tod. Das kommt häufiger vor, als man denken möchte. Manchmal rafft der Kummer einen schneller dahin als jede Krankheit.

Im Jahr 4080 suchte eine dieser Seuchen, welche die alte Welt häufig plagten, das Dorf Darine heim. Sie löschte beinah die Hälfte der Bevölkerung aus. Auch Davon, Alten und Ellette fielen ihr zum Opfer. Trotz meiner verzweifelten Bemühungen starben sie alle innerhalb weniger Stunden. Dies war das einzige Mal, daß ich nicht vor einem aufdringlichen Murgo floh. Ich floh vielmehr vor der Pest. Unmittelbar nach der Beisetzung schloß ich Haus und Geschäft, nahm alles Geld, was ich herumliegen fand, sowie den kleinen Geran und ließ Darine hinter mir. Ich ging – wie konnte es anders sein – in mein Haus am See.

Wir blieben mehrere Jahre lang dort, und um uns die Zeit zu vertreiben – und für die Zukunft vorzusorgen – lehrte ich den jungen Geran die Grundlagen der Heilkunst. Er war ein aufmerksamer, wenn auch kein begnadeter Schüler, und ich faßte einige Hoffnungen für seine

Zukunft. Als wir jedoch unsere Klause verließen und ich ihm eine Praxis in Medalia einrichtete, wurde mir klar, daß er nie ein erstklassiger Arzt werden würde. Ihm schien es an der Fähigkeit zu mangeln, die Krankheiten zu erkennen, mit denen seine Patienten zu ihm kamen.

Er heiratete spät – Mitte dreißig etwa –, und seine Frau gebar ihm einen Sohn, um die Blutslinie fortzusetzen, und auch vier Töchter.

Trotz meiner Enttäuschung über Gerans Fähigkeiten gebe ich zu, daß seine Mittelmäßigkeit als Arzt unserem übergeordneten Ziel besser diente, als es der Fall gewesen wäre, wenn er es zu einem weltberühmten Heiler gebracht hätte. Er verdiente genug, um uns alle zu ernähren. Das war aber auch schon alles. Es trug indes dazu bei, die Erwartungen seines Sohnes zu dämpfen. Der erste Geran war ein Prinz gewesen, und Davon und Alten außergewöhnlich wohlhabende und erfolgreiche Geschäftsleute. Der zweite Geran war in seinem Beruf fast ein Versager, und deshalb wuchs sein Sohn auch nicht in einem reichen Haus und umgeben von Dienstboten auf. Er war allerdings geschickt mit den Händen, und so gab ich ihn im Alter von zwölf Jahren bei einem Tischler in die Lehre. Die Umstände schienen Hattans großen Plan, Eisenfausts Erben in Vergessenheit geraten zu lassen, zu begünstigen.

Im Laufe der nächsten Jahrhunderte lernte ich nahezu jedes Handwerk und Gewerbe in Sendarien kennen. Ich zog Küfer und Weber, Steinmetze und Kunsttischler, Hufschmiede und Maurer groß. Meine jungen Neffen waren allesamt ernsthafte, sehr zurückhaltende Handwerksleute, die stolz auf ihre Arbeit waren, und von einigen seltenen Ausnahmen abgesehen, belastete ich sie nicht mit *allzu vielen* Einzelheiten bezüglich ihrer Herkunft. Königliches Blut bedeutet nicht sehr viel für einen jungen Burschen, der es jedesmal vergießt, wenn er mit einem Werkzeug abrutscht oder sich die Knöchel aufschürft.

Wir lebten nicht gerade ein Vagabundenleben, zogen

aber doch recht häufig um. Mit jeder Ortsveränderung sanken wir, so wird es manch einer sicherlich sehen, ein Stückchen tiefer, indem wir in immer kleinere Landstädtchen und Dörfer gerieten. Die Vorstellung, daß sozusagen die gesamte Nachbarschaft als Wachhund diente, gefiel mir, und außerdem funktionierte es recht gut. Ich wurde früh genug gewarnt, wann immer ein Murgo durch das Dorf reiste, in dem wir gerade wohnten, und wenn er sich länger dort aufhielt und hartnäckiger wurde, schützte ich einen ›familiären Notfall‹ vor und brachte uns in aller Eile von dort weg.

Ich lebte in einem Dorf mit dem unmöglichen Namen Hinterrundorun, das einige Meilen abseits der Hauptstraße lag, die Sendar mit Seline verband. Meine Familie zu jener Zeit bestand einzig und allein aus einem Abkömmling von Eisenfaust und Beldaran, der Darion hieß. Als mir das Gerücht über einen durchs Dorf reisenden Murgokaufmann zu Ohren kam, gewann ich die Überzeugung, ein erneuter Ortswechsel könnte sich als vorteilhaft erweisen. Diesmal entschied ich mich jedoch, die Spur zu wechseln und in eine größere Ansiedlung zu ziehen, anstatt mir ein noch kleineres Dorf mit einem noch lächerlicheren Namen zu suchen. Darion und ich packten unsere Siebensachen, und ich bezahlte einen vorbeikommenden Wagenbesitzer, damit er uns in die Stadt Sulturn in Zentralsendarien mitnahm.

Ich habe Sulturn sowieso stets gemocht. Es ist nicht so beengt wie Medalia oder Seline, und in den heißen Sommermonaten weht eine erfrischende Brise vom See herüber. Darion war zur Zeit unseres Umzugs etwa vierzehn, und ich gab ihn bei einem Möbeltischler in die Lehre. Er war ein kräftiger junger Mann, der zu der Hoffnung Anlaß gab, er werde ein Stückchen größer als seine unmittelbaren Vorfahren werden. Er würde zwar nicht so groß wie Stiernacken werden, aber damit konnte ich leben. Das Verstecken von Riesen kann zu einer Herausforderung werden. Darion brachte sein erstes Lehrjahr damit zu, Holznägel zu schnitzen. Der

Handwerksmeister, zu dem ich ihn gegeben hatte, achtete streng auf Tradition und verabscheute eiserne Nägel aus tiefster Seele. Er glaubte fest daran, daß gute Möbel gezapft sein müßten, da Eisennägel sich unweigerlich mit der Zeit lockern und instabile Schränke eine Sünde wider die Götter seien.

Nach dem einen Jahr des Schnitzens durfte Darion dazu übergehen, die Rücken und Seitenteile jener freistehenden Wäscheschränke anzufertigen, die seinerzeit in Sendarien modern waren. Ein Schrank ist ein klobiges Möbelstück, aber er eröffnet ganz neue Wege in der Schlafzimmergestaltung, die ein in die Wand eingebauter Kleiderschrank nicht bieten kann.

Nach einer Reihe von Jahren ließ sich Darions Arbeitgeber – ich vermeide ganz bewußt den herkömmlichen Begriff ›Meister‹, da er in unserer Familie eine gänzlich andere Bedeutung besitzt – endlich erweichen und gestattete seinem Lehrling, die Vorderfront eines Schrankes zu fertigen. Der griesgrämige Geselle inspizierte das Ergebnis genauestens, wies auf einen kleinen Fehler in einem Formstück hin und ließ sich zu guter Letzt widerwillig zu der Feststellung hinreißen, daß mein Neffe nicht *vollkommen* unfähig sei.

Darions nächste Arbeit war ein Porzellanschränkchen, und so sehr der sauertöpfische Tischlermeister sich auch bemühte, er vermochte keinen Makel an dem Stück zu entdecken.

Inzwischen war Darion zwanzig, erledigte den Großteil der anfallenden Arbeit, und sein Lehrer trödelte damit herum, Vogelhäuschen und andere Kinkerlitzchen zu bauen. Die Einwohner von Sulturn wußten genau, wer in Wahrheit die schönen Möbel fertigte, die aus der Werkstatt kamen, und eine Reihe von ihnen deutete mir an, es sei doch nur klug, wenn Darion selbst ins Geschäft einstiege.

Ich hatte eine noch einfachere Antwort zur Hand. Ich ging zu Darions Arbeitgeber und kaufte ihn aus. Ich machte es ihm schmackhaft, seine letzten Jahre zusammen mit seinen Kindern und Enkeln auf einem Bauernhof am Südende des Sees zu verbringen.

»Woher hast du das ganze Geld, Tante Pol?« fragte Darion mich voller Neugier, als ich ihm berichtete, was ich getan hatte.

»Ich verfüge über gewisse Rücklagen, Liebes«, antwortete ich ausweichend. Geld war schon immer mein Problem – nicht der Mangel, sondern der Überfluß daran. Über diese langen Jahrhunderte hinweg hatte ich stets mehrere hundert sendarische Goldnobel irgendwo hinterlegt. Dieses Geheimnis behielt ich weitgehend für mich, hauptsächlich deshalb, weil ein Handwerker härter arbeitet, wenn er *nicht* über den Schatz Bescheid weiß, der unter dem Herdstein oder in der Wand versteckt liegt. Ich wollte, daß diese jungen Männer restlos davon überzeugt waren, die alleinigen Ernährer ihrer Familie zu sein. Außerdem ist Sparsamkeit doch eine Tugend, nicht wahr?

Im Jahre 4413, als Darion ungefähr zweiundzwanzig war, begann er mit einem ausgesprochen hübschen sendarischen Mädchen namens Selana ›zu gehen‹. Jene lautlose Glocke, von der Mutter und ich gesprochen hatten, funktionierte noch so gut wie früher und hatte in meinem Kopf geläutet, als ich das hochgewachsene blonde Kind zum erstenmal gesehen hatte.

Darion und Selana heirateten zu Beginn des Frühjahrs 4414, und vor der Hochzeit gab Darion die Schreinerei vorübergehend auf und begann, an der Umgestaltung des Dachbodens über seiner Werkstatt zu arbeiten, den er in Wohnräume für uns umbauen wollte. Unser Mietvertrag über das ein wenig heruntergekommene Haus in Seenähe lief ohnehin aus, und der Bräutigam hielt es für angemessen, seine junge Frau über eine Schwelle zu tragen, die ihm tatsächlich gehörte. Es sind gewisse Nachteile damit verbunden, im selben Haus zu arbeiten und zu leben, aber wenigstens mußte Darion morgens nicht weit zur Arbeit gehen.

Nach Darions und Selanas Hochzeit machten wir es

uns in einer segensvollen Häuslichkeit bequem. Selana und ich kochten und hielten das Haus oben in Ordnung, und Darion baute und verkaufte unten Schränke. In mancher Hinsicht stellten unsere Lebensumstände die perfekte Erfüllung von Hattans Plänen für die korrekte Lebensweise der Erben dar. Darion war als verläßlicher Handwerker geschätzt und geachtet, aber nicht berühmt. Er hatte sein Auskommen, aber man konnte einen Mann, der über seiner Werkstatt wohnte, schlecht einen Handelsherrn nennen.

Und dann, im Spätherbst 4415, stattete uns mein Vater einen Besuch ab. Im Laufe der Jahre hatte ich seine Anwesenheit mehrmals gespürt, doch dies war das erste Mal, daß er sich uns tatsächlich aufdrängte. Ich rechnete damit, daß er ein Auge auf mich hatte, und wäre vermutlich enttäuscht gewesen, wenn es nicht so gewesen wäre. Obgleich er nicht so eng mit der Familie verbunden war wie ich, lag sie ihm doch nichtsdestoweniger am Herzen.

Vater geht immer ein wenig grob vor, wenn er seinen Willen freisetzt, so daß ich ihn den Laden unten betreten hörte, bevor er noch in den ersten Stock hochkam. Als er bei uns hereinplatzte, sah ich, daß er sich verkleidet hatte. Er hatte die Gestalt eines hochgewachsenen Mannes mit einem dichten schwarzen Bart angenommen, der unmittelbar unter seinen Tränensäcken anzufangen schien. Ich bin sicher, die Tarnung wirkte bei anderen, aber ich sehe zuallererst den *Geist* meines Vaters und nicht seine äußere Erscheinung. Ich erkannte ihn daher sogleich, als er das Zimmer betrat, wo wir zu Abend aßen. »Was machst du hier, alter Mann?« fragte ich ihn. »Ich dachte, ich hätte dir befohlen, mich in Ruhe zu lassen.«

»Wir müssen dich und die Kinder hier wegbringen, Pol«, drängte er mich, während er wieder seine ursprüngliche Gestalt annahm.

Das erschreckte Darion und Selena *wirklich.* »Wer ist dieser Mann, Tante Pol?« verlangte Darion mit erstickter Stimme von mir zu wissen.

»Mein Vater«, gab ich ihm zur Antwort. Ich verlieh dem Wort einen abwertenden Klang.

»Heiliger Belgarath?« Ich hatte kein Geheimnis aus meiner Herkunft gemacht, und Vater geht ein gewaltiger Ruf voraus – ein Ruf, der ziemlich schnell verblaßt, wenn man ihn näher kennenlernt.

»Das ›heilig‹ sei einmal dahingestellt«, entgegnete ich. Meine Antwort zielte weniger auf Darion als auf Vater. Es macht mir noch immer Spaß, ihn hin und wieder am Bart zu zupfen.

»Dies ist ein Notfall, Pol«, sagte Vater. »Wir müssen Sulturn sofort verlassen. Wenn du nicht endlich lernst, wie man sich das Haar färbt, packst du am besten gar nicht erst aus, wenn du in eine neue Stadt umgezogen bist. Jeder Grolim der Welt kennt diese weiße Haarsträhne.«

»Was soll das alles, Vater?«

»In der Schenke am Ufer, westlich von hier, sitzt ein Murgo, und er hat sich eingehend nach dir erkundigt. Er schüttet Bier in einen äußerst redseligen Sendarer und weiß inzwischen sehr genau, wo du dich aufhältst. Fang mit dem Packen an.«

»Warum hast du ihn nicht einfach umgebracht, Vater? Ein toter Murgo dürfte doch kaum ein Problem sein.«

»Tante Pol!« rief Darion entsetzt aus.

»Wieviel weiß er, Pol?« erkundigte sich Vater, während er auf Darion zeigte.

»Soviel er wissen muß.«

»Weiß er, wer er ist?«

»Eher vage.«

»O *Pol!«* sagte Vater voller Abscheu. »Ein Geheimnis nur um des Geheimnisses willen zu bewahren, ist kindisch. Fang an zu packen, während ich ihm erkläre, wer er wirklich ist. Nimm nur das Nötigste mit. Wir können alles, was wir brauchen, in Kotu kaufen.«

»Kotu?« Damit hatte ich nun überhaupt nicht gerechnet, und ich war mir nicht sicher, ob es mir dort gefiel.

»Sendarien wird allmählich zu gefährlich, Pol. Du mußtest in letzter Zeit ein paarmal zu oft alles stehen lassen und die Flucht ergreifen. Die Murgos – und Grolims – beginnen ihre Bemühungen in dieser Gegend zu konzentrieren. Laß uns dich und die Kinder eine Weile in eins der alornischen Königreiche bringen. Stopf ein paar Sachen in eine Tasche, und währenddessen erkläre ich Darion und seiner Frau die Lage.«

»Ich bin immer noch der Auffassung, daß du diesem Murgo ein Messer zwischen die Rippen jagen solltest.«

»Das wäre nur Zeitverschwendung, Pol. Die Nachricht von einem toten Murgo in einer Gasse gelangt unverzüglich zu den Grolims, und in weniger als einer Woche würde es hier von ihnen wimmeln.«

Er würde Pferde kaufen, sagte er, aber ich verwarf die Idee. Selana war ein gesundes Mädchen, aber sie war schwanger, und in einem Sattel auf und ab zu hüpfen, ist für schwangere Damen nicht eben gut. Ich hörte nicht richtig hin, als Vater Darion und Selena einige Tatsachen eröffnete. Ich kannte die Geschichte schon – und hatte das meiste selbst erlebt. Darion sah noch nicht restlos überzeugt aus, aber er *handelte,* als würde er Vater glauben. Dann schlug er vor, wir sollten die Stadt in seinem etwas wackligen Lieferwagen verlassen. Vater gefiel die Idee sofort, erinnerte sie ihn doch an die Lieblingsverkleidung des Meisters. Dann, obwohl ich es wahrlich ungern zugebe, hatte der alte Wolf einen genialen Einfall. »Ich denke, ein kleines Feuerchen hier könnte nicht schaden«, sinnierte er.

Das mißfiel Darion und Selana *wirklich.* Ihr ganzes Eigentum befand sich in diesem Gebäude, und sie hatten noch immer nicht völlig begriffen, daß sie nie nach Sulturn zurückkehren würden, um die Überbleibsel ihres früheren Lebens einzusammeln. Auch aus diesem Grund war Vaters Plan so genial. Es würde uns nicht nur die sofortige und ungeteilte Aufmerksamkeit eines jeden in der Stadt sichern, sondern auch jegliche Sehnsucht im Keim ersticken, die Darion und Selana später ankommen könnte, zurückzukehren und alte Erinnerungen aufzufrischen.

Vater ging in die Schenke zurück, um sein Pferd zu holen, und dann schuf ich mittels Beschwörung die drei Skelette, die die Stadtbewohner – und den neugierigen Murgo – davon überzeugen würden, Darion, Selana und ich seien bei dem Brand ums Leben gekommen. Ich wollte, daß die Spur, die dieser Murgo verfolgt hatte, sich hier in Sulturn ein für allemal verlief.

Vater fuhr den Karren aus Muros hinaus, während Darion, Selana und ich unter einer Segelplane verborgen auf der Ladefläche kauerten. Ein paar Stunden nach Mitternacht fuhren wir auf der Nordstraße Richtung Medalia, während Darions Laden hinter uns lichterloh brannte.

In den letzten Ausläufern eines stürmischen Herbstes ritten wir die nächsten beiden Wochen über nordwärts. Wenn ihr es wirklich eilig habt, von Sulturn nach Darine zu gelangen, kauft ihr euch ein gutes Pferd und bleibt auf den tolnedrischen Hauptstraßen. Wenn ihr euer Reittier antreibt, schafft ihr es vermutlich in fünf Tagen. Durch Dörfer und Städtchen zu preschen, als sei einem Torak persönlich auf den Fersen, erregt indes Aufmerksamkeit, und so nahm Vater die Nebenstraßen und örtlichen Karrenwege und mutete seinem Pferd nicht allzuviel zu. Der Herbst ist eine angenehme Reisezeit, weshalb ich nichts dagegen einzuwenden hatte. Die Bäume pflegen sich in dieser Jahreszeit mit einem prächtig bunten Kleid zu schmücken, und der böige Wind füllt die Luft mit Farben.

Schließlich erreichten wir Darine, verkauften Vaters Pferd und Darions Karren und schifften uns zum drasnischen Hafen Kotu ein.

Ich kann Kotu nicht ausstehen. Das war schon immer so – vermutlich wegen des immerwährenden Gestanks von den Sümpfen her, der wie ein Fluch über der Stadt lastet. Darüber hinaus finde ich die verwirrenden Täuschungsmanöver der drasnischen Händler von Kotu äußerst lästig. Wenn ein Drasnier dir Geld schuldet, würde er lieber sterben, als seine Schulden zu begleichen, ohne *irgend etwas* auszuhecken, das ihm selbst noch Gewinn bringt.

Ich gebe es nur ungern zu, aber ich hatte meinen Vater im Laufe der Jahre wirklich vermißt. Er hat jede Menge Charakterfehler, die ich stets lautstark mißbilligte, aber er *ist* ein interessanter alter Gauner, und außerdem hat er eine fast brutale praktische Veranlagung, mit der ich es nie hatte aufnehmen können. Der Gedanke Darions Geschäft niederzubrennen, wäre mir nie gekommen. Vielleicht bin ich eben doch zu sentimental.

Vater und Darion verstanden sich gut. Darion war *so* klug, auf Vaters Ratschläge zu hören, und Vater wußte das zu schätzen. Ich weiß mit ziemlicher Sicherheit, daß Darion einige Bedenken hinsichtlich seines Berufswechsels in Kotu hegte. Für Darion waren die Möbel das Entscheidende, nicht die Verzierungen darauf. Daß er nunmehr Holzschnitzer wurde, stellte in seiner Sicht also einen entschiedenen Abstieg dar. Vater wischte seine Einwände mit der für ihn typischen Schroffheit beiseite. »Bist du nicht der Meinung, daß am Leben zu bleiben noch weitaus entscheidender ist als irgendein vages Gefühl von Handwerkerehre?« fragte er.

Das brachte Darions Einwände weitgehend zum Verstummen.

Vater blieb bei uns in Kotu, bis wir uns eingelebt hatten. Er ordnete einen Namenswechsel an und mischte ein Haarfärbemittel zusammen – das *zufällig* nicht wirkte –, um meine verräterische Locke zu verbergen, und dann verließ er uns. Mein Vater ist eine lebende Legende, und kein noch so großer Aufwand an Tarnungen und Decknamen konnte und kann seine Identität lange verheimlichen. Es war sicherer für uns alle, daß er weiterzog.

Selana brachte im darauffolgenden Frühjahr einen Sohn zur Welt, und Darion brach – schlauerweise meiner Meinung nach – mit der Tradition, indem er seinem Kind einen drasnischen und keinen rivanischen oder sendarischen Namen gab. Der Name des Jungen lautete

Khelan. Es verletzte ein klein wenig meinen Sinn dafür, wie die Dinge eigentlich hätten sein müssen. Wenn ich heute die vergangenen Jahrhunderte Revue passieren lasse, fallen mir nur zwei weitere Fälle ein, in denen Eisenfausts Nachfahren einen lokal gebräuchlichen Namen erhielten. Anonymität ist ja schön und gut, nehme ich an, aber *wirklich* –

Nicht lange nach Khelans Geburt erreichte mich nachts eine Stimme, und diesmal war es *nicht* Mutters Stimme.

»Bist du wach, Pol?« fragte mich Vater.

»Jetzt ja«, erwiderte ich. *»Was ist los, Vater?«*

»Ich bin auf dem Arendischen Markt, und ich habe soeben eine absolut faszinierende Unterhaltung mit Ctuchik geführt.«

»Was macht er auf dem Arendischen Markt?«

»Um ehrlich zu sein, er sucht dich. Er sehnt sich nach deiner Gesellschaft.«

»Und er belauscht just in diesem Moment unser Gespräch. Sehr gescheit, Vater.«

»Mach dich nicht lächerlich, Pol. Ich weiß sehr wohl, wie ich verhindern kann, daß er mich belauscht. Schlag dir alle Gedanken aus dem Kopf, in nächster Zukunft nach Sendarien zurückzukehren. Sendarien gehört jetzt mir.«

»Was redest du da?«

»Ctuchik hat einen Speichellecker namens Chamdar. Er ist mäßig begabt, und Ctuchik hat ihm befohlen, meinen Hintern nicht aus den Augen zu lassen.«

»Das ist eine sehr unfeine Ausdrucksweise, Vater.«

»Ich bin ein einfacher Junge vom Land, Pol. Ich sag nur, wie es ist. Chamdar wird mir wie ein Schatten im Nacken sitzen. Ctuchik ist überzeugt, daß ich deinen Aufenthaltsort kenne und gelegentlich bei dir vorbeischaue. Chamdar folgt mir, um dich ausfindig zu machen.«

»Was hat das mit der Wahl meines Wohnorts zu tun?«

»Du bist in Sendarien schon ab und zu entdeckt wor-

den, Pol, und deshalb hält Ctuchik Sendarien für deinen natürlichen Lebensraum. Ich werde eine Zeitlang ein kleines Spielchen mit Chamdar spielen, und ich möchte nicht, daß du unser Spielfeld durcheinanderbringst.«

»Warum tötest du ihn nicht einfach und schaffst ihn uns so aus dem Weg?«

»Ich kenne diesen Chamdar und weiß, wie er aussieht. Ich werde lieber von jemandem beschattet, dessen Gesicht ich kenne, als von jemandem völlig Fremden. Ich führe ihn durch Sendarien, bis er jeden Hinterhof und jeden Trampelpfad in diesem dummen Königreich kennt – wie seine Westentasche. Er wird so fest daran glauben, daß du noch immer hier bist, daß er nicht im Traum an die alornischen Königreiche denken wird. Gib mir ein wenig Bewegungsfreiheit, Pol. Ich halte euch Chamdar vom Leib.«

»Hast du nichts Besseres zu tun?«

»Eigentlich nicht. Das, was du im Augenblick tust, ist nur einen Hauch weniger wichtig als das Zerbrechen der Welt. Das ist mein unbedeutender Beitrag zu deiner Aufgabe.« Dann ließ er ein bösartig klingendes Kichern heraus.

»Was ist so komisch?«

»Ich werde dabei eine Menge Spaß haben, Pol. Ich glaube, wenn du genau aufpaßt, kannst du im Verlauf der nächsten Jahrhunderte Chamdars enttäuschte Wutschreie durch den Äther hallen hören. Halt dich nur einfach von Sendarien fern, und ich garantiere eure Sicherheit.«

»Wohin ziehst du jetzt?«

»Ich glaube, ich werde Chamdar für ein Weilchen nach Tol Honeth entführen – er soll den Luxus kosten, bevor er in der Gosse leben muß.« Wieder lachte er. *»Ctuchik war so liebenswürdig, mir eine Schleppe zu schenken. Ich glaube, ich werde sie eine Weile durch den Dreck ziehen. Schlaf gut, Pol«*

Das ist mein Vater, wie er leibt und lebt.

Teil sechs

Vo Mimbre

Kapitel 29

Obwohl Vater Chamdars Auftauchen im Westen verharmloste, nahm er Ctuchiks Handlanger offenbar sehr ernst. Chamdar war kein gewöhnlicher Grolim, getrieben von Furcht und Kadavergehorsam. Er war gerissen, ehrgeizig und sehr klug. In mancher Hinsicht war er sogar gefährlicher als Ctuchik selbst.

Wenn ich heute auf die frühen Jahre meiner Aufgabe zurückschaue, sehe ich mich gezwungen zuzugeben, daß mein Festhalten an Sendarien und seinen Bewohnern mich zu einem schwerwiegenden Fehlurteil verleitet hat. Ich war nicht bereit gewesen, meine frühere Verantwortung aufzugeben, als ich meine neue übernommen hatte, und deshalb hatte ich es stets vorgezogen, Eisenfausts Erben innerhalb der Grenzen Sendariens zu verstecken. Das hatte die Dinge für Ctuchiks Grolims vereinfacht, indem sie nur auf geringem Raum suchen mußten. Nach einigen Jahren wußten sie, sie müßten nicht in Arendien oder Tolnedra nach mir Ausschau halten, weil ich mich immer in Sendarien aufhielt.

Vater kurierte mich endgültig von meinem Irrtum, indem er mich aus dem Land, das ich liebte, verbannte. Ich betrachtete die viereinhalb Jahrhunderte, die ich in den alornischen Königreichen zu leben gezwungen war, als eine Zeit des Exils, aber ich lernte während jener scheinbar endlosen Jahre, Staatsgrenzen zu mißachten. Dennoch sehnte ich mich danach, nach Sendarien zurückzukehren. Ich hatte einen großen Teil meines Lebens in dieses Land gesteckt, und obwohl ich die Nation, die aus meinem früheren Herzogtum entstanden war, nicht mehr regierte, hielt ich mich doch immer noch gern in der Nähe auf, um eingreifen zu können, falls ernsthafte Probleme auftreten sollten. Pflichten können manchmal so etwas wie ein altes Paar Schuhe werden. Wir werfen sie nur widerwillig weg, selbst wenn wir neue haben.

Auch wenn ich mich in Kotu nicht richtig heimisch fühlte, so waren Darion und Selana doch jung und paßten sich rasch an das dortige Leben an. Ihr neugeborener Sohn trug einen drasnischen Namen, sie trugen mittlerweile drasnische Kleidung. Glücklicherweise ist die Gesinnung kein Kleidungsstück. Man kann sie nicht anziehen und wieder ablegen. Tief in ihren Herzen, dort, wo es wirklich zählte, waren Darion und Selana noch immer Sendarer. Darion betrog seine Kunden nicht, und Selana hielt sich fern von den Verleumdungen und dem Tratsch der Nachbarinnen. Mir ist aufgefallen, daß Drasnier großen Wert auf den gesellschaftlichen Rang legen. Dieser Charakterzug hat möglicherweise gar in Dras selbst seinen Ursprung. Stiernacken ließ seine Brüder nie vergessen, daß er Bärenschulters Erstgeborener war. Drasnische Damen pflegen ihre eigene gesellschaftliche Stellung häufig dadurch zu verbessern, daß sie die erste Dame der Gesellschaft schachmatt setzen – für gewöhnlich mit Hilfe gescheiter Lügen über sie. Selana zog es vor, nicht an diesem Gesellschaftsspiel teilzunehmen, und machte das den anderen Damen sehr deutlich. Aus mir unerfindlichen Gründen hat keine unserer Nachbarinnen je versucht, *mich* mit Klatschgeschichten zu unterhalten. Ist das nicht merkwürdig?

Seltsamerweise – in Anbetracht der Tatsache, daß dies schließlich Drasnien *war* – ließ Darions und Selanas streng moralische Haltung sie in der Achtung ihrer Nachbarn höher steigen, als noch so viele Intrigen, Schwindeleien und gehässige Klatschgeschichten es vermocht hätten. Trotz ihres eigenen Verhaltens scheint es, als respektierten die Drasnier Anständigkeit.

Diese Gedankenverbindung wirft eine interessante Frage auf. Wäre es denn möglich, daß unser vagabundierender Prinz Kheldar, der Dieb, der für jede Stadt der Welt einen gut ausgearbeiteten Fluchtweg parat hat, sich insgeheim seines anstößigen Betragens schämt? Daß tief in seiner niederträchtigen kleinen Seele ein verborgenes Verlangen nach Ehrlichkeit und Anstand schlummert?

Wenn ich es allerdings recht bedenke: nein, wahrscheinlich nicht.

Jetzt hab ich's dir aber gegeben, Silk, nicht wahr?

Wie dem auch sei, Darion und Selana lebten ihr Leben in Kotu, geachtet und sicher in der guten Meinung ihrer Nachbarn. Khelan, ihr Sohn, wurde als Drasnier erzogen, aber nach unserem obligatorischen ›kleinen Gespräch‹ an seinem achtzehnten Geburtstag wußte er, wer er wirklich war und warum es so lebenswichtig für ihn war, dieses Wissen für sich zu behalten. Ich rechne es ihm als Verdienst an, daß *er* jene unvermeidliche Frage »Warum hast du mir das nicht früher erzählt?« nicht stellte. Da er dem kulturellen Hintergrund nach Drasnier war, wußte er, daß ich es ihm nicht erzählt hatte, weil er es vorher nicht hatte wissen müssen.

Wir gaben ihn bei einem Schiffsbauer in die Lehre, und er entwickelte sich prächtig. Drasnische Schiffe des fünfundvierzigsten Jahrhunderts waren wenig mehr als Küstenfrachtschiffe, die die Handelsrouten im Golf von Cherek befuhren. Sie besaßen ein breites Vorschiff, um möglichst viel Fracht befördern zu können, und schlingerten durch die Wellen wie trächtige Wale. Den cherekischen Kriegsschiffen ähnelten sie nur insofern, als beide Gefährte über Segel verfügten und auf dem Wasser schwammen. Die cherekischen Kriegsschiffe flogen fast vor dem Wind, wohingegen alles, was über eine frische Brise hinausging, einen drasnischen Frachter zum Kentern brachte. Khelan war klug genug, den Grund für diese lästige Neigung herauszufinden. Er setzte sich ein für den Bau längerer Kiele, die seiner Meinung nach verhindern würden, daß die drasnischen Schiffe sich ständig auf die Seite legten. Ich bin mir sicher, daß die drasnischen Kapitäne begriffen, worauf er abzielte, aber sie widersetzten sich seinen Ideen nichtsdestotrotz – wahrscheinlich, weil sie jene seichten, versteckten kleinen Buchten an den Küsten dieser Welt so sehr liebten. Es liegt mir fern zu behaupten, daß *alle* drasnischen Kapitäne zur See Schmuggler seien. Es muß doch wenigstens ein *paar* gesetzestreue Drasnier geben, und allein die Tatsache, daß ich persönlich noch nie einem begegnet bin, beweist schließlich nicht, daß es nicht *irgendwo* doch welche gibt.

Mein Geschlecht von Schützlingen – wenn das der richtige Ausdruck ist – lebte und gedieh in Kotu bis zum Ende des fünfundvierzigsten Jahrhunderts. Dann zogen wir nach Boktor. Während dieser langen Jahrhunderte mied ich Hauptstädte für gewöhnlich. Ctuchik vertraute weitgehend auf die Dagashi, und die Dagashi lassen sich rein äußerlich nicht als Murgos erkennen. Sie konnten durch den Westen reisen, ohne wirklich enttarnt zu werden, und der logische Ausgangspunkt für eine Suche ist die Hauptstadt eines jeden Königreichs. Das Problem mit Drasnien besteht darin, daß es dort keine große Auswahl an Städten gibt. Oh, es gibt natürlich ein paar Fischerstädtchen in den Marschen westlich von Boktor, aber ich weigerte mich beharrlich, in diesem stinkenden Sumpf zu leben. Silk hat den westlichen Teil seiner Heimat einmal sein ›liebes altes Schlammloch‹ genannt, und das trifft es ganz gut.

Die Moore Ostdrasniens stehen dem in nichts nach. Die Moore sind eine ausgedehnte Ödnis, wo der Winter früh kommt und spät geht. Das Gebiet eignet sich nur zur Aufzucht von Rentieren, dem Haupterwerb der prähistorischen Drasnier. Es war jedoch nicht das Wetter, das mich von Ostdrasnien fernhielt. Die Region grenzt an Gar og Nadrak, und ich habe es nie für klug gehalten, so nah an einem angarakanischen Königreich zu wohnen. Darüber hinaus ist Ostdrasnien die Hochburg des Bärenkults in diesem Königreich. Die Kombination von Abgeschiedenheit und schlechtem Wetter schirmt den Geist der östlichen Bärenkultanhänger erfolgreich gegen solch gefährliche Neuerungen wie Feuer und Rad ab.

Meine kleine Familie lebte ungefähr siebzig Jahre in Boktor, und dann entwurzelte ich sie wieder und brachte sie nach Cherek, wo wir in einem Dorf westlich von Val Alorn lebten. Die Wachstumsperiode so hoch im Norden ist kurz, und die ortsansässigen Männer widmeten sich im Winter dem Holzfällen. In einer Nation von Seefahrern wie der der Chereker bestand immer Bedarf nach mehr Holz, als selbst die fleißigste Landbevölkerung beschaffen konnte. Einer von Eisenfausts Erben, Dariel, entpuppte sich als Erfinder. Nachdem er sich die Mühle vor Ort sehr eingehend betrachtet hatte, wo ein Wasserrad die Energie zum Mahlen des Getreides zu Mehl bereitstellte, erfand er eine Möglichkeit, mit Hilfe eines Wasserrades eine Säge anzutreiben, die rohe Baumstämme zu Balken und Brettern zerkleinerte. Dariel machte ein Vermögen mit dieser Idee, und seine Sägemühle bildete den Grundstock unseres Familienunternehmens für die nächsten zweihundert Jahre. Ich fühlte mich sicher in Cherek, weil die Chereker, die urwüchsigsten aller Alorner, ohne Zögern und Bedenken jeden Angarakaner töteten, der ihnen über den Weg lief. Es gab eine Menge Schenken in Cherek, aber nie tauchte ein Murgo in einer von ihnen auf, um nach uns zu fragen. Selbst die Dagashi mieden Cherek.

Zu guter Letzt jedoch empfahl Mutter einen erneuten Ortswechsel, hauptsächlich, um zu verhindern, daß das Geschlecht so durch und durch zu Cherekern wurde, daß es unmöglich gewesen wäre, bestimmte angeborene cherekische Charakterzüge wieder zu tilgen. Die letzte Frucht des rivanischen Geschlechts hatte der ›Göttertöter‹ zu sein, und Mutter hielt es für besser, daß er am Ende wußte, *welchen* Gott er töten sollte. Die Vorstellung von einem Berserker, der Eisenfausts Schwert schwingt und sich seinen Weg durch den gesamten Götterhimmel hackt, behagte Mutter nicht sonderlich.

Trotz meiner Vorurteile genoß ich unseren Aufenthalt in Cherek. All die vollbusigen cherekischen Blondinen, die meine verschiedenen Neffen ehelichten, waren sehr fruchtbar, und solange wir in Cherek weilten, hatte ich *stets* Kinder zum Spielen.

Im Jahr 4750 jedoch wurde Mutter hartnäckiger, und nach einem langen Gespräch mit den Eltern des Jungen nahm ich den jüngsten Erben, Gariel, mit nach Algarien. Einstmals, im einundvierzigsten Jahrhundert, hatte Prinz Geran von Riva die Tochter Hattans, des jüngeren Bruders eines Klanshäuptlings, zur Frau genommen, und demzufolge war Gariel ein erbliches Mitglied von Hattans Klan. Das rieb ich Hurtal, dem damaligen Klanhäuptling, unter die Nase, und daraufhin wurden Gariel und ich in die große Familie des Klans aufgenommen.

Das Nomadenleben der algarischen Klans sagte mir nicht im geringsten zu. Es hängt vermutlich mit meiner Kindheit zusammen. Ich schätze Dauerhaftigkeit und Stabilität, und die Vorstellung, eine Kuh würde entscheiden, wohin ich mich begeben müßte, empfinde ich doch als entwürdigend. Das Beste, was man über das Nomadenleben sagen kann, ist, daß man nicht lange an ein und demselben Ort bleibt, und somit nie langfristig Probleme mit dem Abfall hat.

Gariel lernte zu reiten und Kühe zu hüten, und ich griff wieder auf meinen Gelegenheitsberuf als Arzt zurück. Ich entband Säuglinge im Dutzend und stand Stuten bei schwierigen Geburten bei. Es störte mich nicht, aus dem Bett geholt zu werden, um einer trächtigen Stute zu helfen. Sogleich lernte ich zu schätzen, daß eine fohlende Stute während der Entbindung wenigstens keine dummen Fragen stellt, wie meine menschlichen Patientinnen das zu tun pflegten.

Da Gariel in Cherek aufgewachsen war, wo alle Welt blondes Haar hatte, war ich die einzige Brünette gewesen, die er je zu Gesicht bekommen hatte. Algarer sind dunkelhäutiger als Chereker, und Gariel war von den dunkelhaarigen algarischen Mädchen *sehr* angetan. Weil Gariel neu im Klan war, hatten die Mädchen all die peinlichen Stadien seines Heranwachsens nicht miterlebt und fanden ihn gleichermaßen faszinierend. Ich hatte alle Hände voll zu tun, um zu verhindern, daß mein junger Schützling und seine neugewonnenen Freundinnen nicht die äußersten Bereiche jener gegenseitigen Faszination erkundeten.

Tut mir leid, aber noch feiner kann ich es nicht umschreiben. Mutter war da viel direkter. Sie teilte mir mit, daß Gariels Erstgeborener sein Erbe *wäre* – mit oder *ohne* kirchlichen Segen.

Am Ende gelang es uns, ihn mit einer hochgewachsenen algarischen Schönheit mit Namen Silar zu verheiraten, und ich konnte meinen Schlaf nachholen. Als ihr Sohn im Jahr 4756 geboren wurde, schlug ich vor, einen der althergebrachten Namen des Geschlechts aus der Mottenkiste zu holen, und sie entsprachen meinem Wunsch, indem sie den Kleinen Daran nannten. Es gibt etwa ein Dutzend Namen, die wir im Laufe der Jahrhunderte immer und immer wieder benutzt haben. Ich finde, diese Namen vermitteln uns ein Gefühl der Kontinuität und Zielgerichtetheit, etwas, das eine kleine Familie aufrechterhalten kann, die zu einem Leben im Verborgenen gezwungen ist.

Der junge Daran wuchs buchstäblich auf dem Pferderücken auf, und ich glaube, als Junge stand er kurz davor, zu dem zu werden, was Hettar heute ist, was die Algarer Sha-Dar nennen. Die Sha-Darim sind als ›Pferdelords‹ bekannt, Männer, deren Wesensverwandtschaft mit Pferden ihren Geist auf irgendeine Weise mit dem Kollektivbewußtsein einer ganzen Herde verbindet.

Dagegen schritt ich mit aller Enschiedenheit ein. Die Sha-Darim sind so besessen von Pferden, daß sie selten heiraten, und diese Wahlmöglichkeit stand Daran einfach nicht offen. Außerdem werden die Sha-Darim in mancher Hinsicht unberechenbar – wie Hettar es demonstrierte, als er in Ulgoland einen Hrulgahengst zu zähmen versuchte. Die Hrulgin sehen wie Pferde *aus,* sind aber Fleischfresser. Hettar war aus diesem Grunde kein großer Erfolg beschieden – sieht man einmal davon ab, daß der Hrulga ihn nicht zum Frühstück verspeiste.

Daran *heiratete* rechtzeitig eine junge Algarerin namens Selara, und ihr Sohn, Geran, wurde 4779 geboren. Bitte beachtet die Wiederholung. Ich war entschlossen, dafür zu sorgen, daß das Geschlecht rivanisch blieb. Einer der Wege, das zu erreichen, war mein Beharren darauf, daß alle Söhne rivanische Namen bekamen. Wie sein Vater wuchs Geran als berittener Hüter auf, und ich begann über einen weiteren Umzug nachzudenken. Algarer sind vollkommen zufrieden mit ihrem unsteten Leben, aber meine Aufgabe umfaßte nicht nur das Verstecken und den Schutz der Erben, sondern auch ihre Erziehung und Bildung. Ein algarischer Herdenwächter ist wohl der unabhängigste und freiste aller Männer. Freiheit ist vermutlich schön und gut, hat aber keinen Platz im Werdegang eines zukünftigen Königs. Ein König – und damit auch sein Erbe – ist der am wenigsten Freie von allen. Man sagt gerne, daß ein König eine Krone trage; in Wahrheit jedoch ist es genau andersherum.

Meine Möglichkeiten in Algarien waren sehr beschränkt. Die beiden einzigen Orte im gesamten Königreich, die nicht dauernd bewegt wurden, waren die Feste, eigentlich keine Stadt, sondern eine mit Ködern gespickte Falle für alle Murgos, die zum Pferdestehlen die Östlichen Steilhänge herunterkommen, sowie das Dorf Aldurford, Flinkfuß' erste Hauptstadt. Nachdem Geran geheiratet hatte und 4801 sein Sohn Darel auf die Welt gekommen war, nahm ich vorsichtig eine Kampagne in Angriff, deren Ziel es war, den jüngsten Erben zu verderben. Ich betonte immer wieder die Unbequemlichkeit des Lebens in einem beweglichen Dorf und stellte heraus, wie erniedrigend es sei, einer Herde von Kühen hinterherzuziehen, die sich nur für Gras interessierten. Ich erzählte Darel Geschichten über das Leben in der Stadt mit all seinen Annehmlichkeiten und Vorzügen und den Freuden der Zivilisation im Gegensatz zur tristen Einsamkeit des Nomadendaseins. Ein äußerst gelegen einsetzender Schneesturm im Jahre 4821 überzeugte ihn davon, daß an dem, was ich ihm erzählte, etwas Wahres dran sein mochte. Nachdem er achtundzwanzig Stunden im Sattel verbracht hatte, während ein schneidender Wind ihm den Schnee ins Gesicht peitschte, begann er, meine Gedanken nachzuvollziehen. Ich ermutigte ihn, Bekanntschaft mit dem Sohn unseres hiesigen Hufschmieds zu schließen, und er erlernte die Grundlagen dieses nützlichen Handwerks. Das gab vermutlich den Ausschlag. Im Klan bestand kein Bedarf für zwei Hufschmiede. Darel mußte also in die Welt hinausziehen, wenn er sein Gewerbe ausüben wollte.

Wie der Zufall es wollte, war er mit keinem der Mädchen in unserem Klan eine dauerhafte Bindung eingegangen, und so gab es nichts, was ihn zurückgehalten hätte, als er und ich im Jahre 4825 nach Aldurford umsiedelten. Der damalige Hufschmied von Aldurford hatte hochprozentige Getränke ein bißchen zu lieb gewonnen. Er verbrachte weitaus mehr Zeit in der Schenke als in seiner Schmiede. Aus diesem Grunde bekam Darel, nachdem ich ihm in den Außenbezirken der Stadt eine Werkstatt eingerichtet hatte, genug Aufträge, daß er keine Dummheiten machte.

Er war dreißig, als er endlich eine hiesige Schönheit ehelichte, Adana, und glücklich mit ihr wurde. Ich sollte es nicht zugeben, aber ich war vermutlich noch glücklicher als die beiden. Nomaden pflegen nicht eben häufig zu baden, und Menschen, die ihre ganze Zeit mit Pferden und Kühen verbringen, nehmen mit der Zeit einen gewissen Geruch an. Nachdem Darel und ich unseren Wohnsitz in Aldurford aufgeschlagen hatten, badete ich mindestens ein Jahr lang zweimal am Tag.

Die Ehe von Darel und Adana war gut, und Adana und ich kamen prächtig miteinander zurecht. Ich hatte uns ein kleines Häuschen in den Außenbezirken der Stadt gekauft, und Darels neue Frau und ich verbrachten die meiste Zeit zusammen in der Küche. »Tante Pol?« sagte sie eines Nachmittags zu mir. Ich bemerkte, daß ihr Gesicht einen besorgten Ausdruck trug.

»Ja, Adana?«

»Ist es möglich, daß Darel und ich irgend etwas falsch machen?« Sie errötete heftig. »Ich meine, sollte ich nicht langsam schwanger werden? Ich möchte *wirklich* Kinder haben, aber –« Sie stockte.

»Manchmal dauert es eine Weile, Liebes«, beruhigte ich sie. »Es ist nicht ganz dasselbe, wie Holzstückchen zusammenzunageln. Weißt du, es ist immer auch eine Spur Glück dabei.«

»Ich möchte Darel so gerne einen Sohn gebären, Tante Pol.«

»Ja, Liebes«, sagte ich lächelnd, »ich weiß.« Natürlich wußte ich es. Kinder zu bekommen, ist für jede Frau der höchste Ausdruck von Liebe, und Adana liebte ihren Mann mit einer besonders glühenden Leidenschaft. »Komm einen Moment her, Liebes«, sagte ich zu ihr.

Gehorsam kam sie, und ich legte eine Hand auf ihren Unterleib. Dann schickte ich sachte einen Suchgedanken durch meine Finger aus und entdeckte fast auf der Stelle den Ursprung des Problems. Adanas Problem war chemischer Natur. Es gab ein gestörtes Gleichgewicht, das den normalen Zeugungsprozeß störte.

Wenn ihr es *so* genau wissen wollt, könnt ihr ein paar medizinische Texte lesen, nehme ich an. Weil ich euch aber nicht die Entdeckerfreude vergällen möchte, gehe ich hier nicht ins Detail.

»Ich werde einen kleinen Ausflug ins Tal unternehmen müssen, Adana«, teilte ich ihr mit.

»Ist es unheilbar, Tante Pol?« fragte sie, und ihre Augen füllten sich mit Tränen. »Bin ich unfruchtbar?«

»Benimm dich nicht wie eine dumme Gans, Adana«, lachte ich sie aus. »Du brauchst nur ein Tonikum, sonst nichts. Ich muß die genaue Formel in einem der Bücher meines Vaters nachschlagen, das ist alles.« Der Begriff ›Tonikum‹ ist äußerst nützlich für Ärzte. Jedermann weiß, daß ein Tonikum gut tut – und daß es nicht besonders gut schmeckt. Die Patienten verziehen zwar das Gesicht, nehmen es aber andächtig ein.

Am nächsten Morgen begab ich mich ein Stückchen außerhalb von Aldurford, verwandelte mich und flog ins Tal, um mehrere Tage in der medizinischen Bibliothek meines Vaters zu verbringen. Die Zwillinge berichteten mir, Vater sei irgendwo in Sendarien und führe Chamdar fröhlich an der Nase herum. Subtilität war nie eine Stärke meines Vaters, und so umfaßte seine gewöhnliche Methode, Chamdar in ein anderes Dorf zu locken, die Ermordung eines Murgos, den er gerade zur Hand hatte. Chamdar argwöhnte natürlich, der Mord weise darauf hin, daß der Verblichene eine heiße Spur von mir entdeckt hätte, und eilte unverzüglich in das in Frage stehende Dorf, um die Spur aufzunehmen. Da Chamdar kein Dummkopf war, wußte er nach fünf oder sechs dieser Morde ganz genau, was Vater da machte. Trotzdem konnte er die Möglichkeit, gerade *dieser* Mord sei bedeutsam, nicht einfach verwerfen. Ihm blieb also keine Wahl, als der Spur auch *diesmal* zu folgen. Ich bin sicher, daß mein Vater sich königlich amüsierte. Außerdem hielt es ihn weitgehend davon ab, Dummheiten zu machen. Die ganze Angelegenheit beschäftigte Chamdar so nachhaltig, daß ihm *nie* der Gedanke kam, ich könnte gar nicht in Sendarien weilen.

Schließlich spürte ich die richtige Kräutermischung auf, um Adanas gestörtes hormonelles Gleichgewicht wieder herzustellen, und dann flog ich nach Aldurford zurück und braute einen großen Krug des ›Tonikums‹ zusammen. Adana störte der Geschmack nicht sonderlich. Mit nahezu religiöser Andacht trank sie ihre drei Gaben täglich. Es dauerte nicht lange, bis Darel eines Morgens mit jenem schafsäugigen Blick aus dem ehelichen Schlafgemach kam, den alle jungen Männer zeigen, denen man soeben die freudige Nachricht mitgeteilt hat. »Adana bekommt ein Kind, Tante Pol!« erklärte er aufgeregt. »Ich werde Vater!«

»Wie schön, Lieber«, entgegnete ich gelassen. »Was hättest du gerne zum Frühstück?« Ich *liebe* es, jungen Männern das anzutun, wenn sie fast vor Selbstgefälligkeit platzen. Elternschaft ist eine der größten Ungerechtigkeiten in dieser von Männern beherrschten Gesellschaft. Die Frau hat die ganze Mühe, und der Mann brüstet sich damit.

»Könntest du etwas Leckeres für Adana kochen, Tante Pol?« bettelte er. »Ich glaube, sie hat sich ein Frühstück im Bett verdient, oder?«

»Du liebe Güte«, seufzte ich. Er würde also *so* einer werden. Hin und wieder, allerdings nicht allzu häufig, bin ich einem jungen Mann begegnet, der fest davon überzeugt war, Schwangerschaft sei eine Art Krankheit und er müsse seine Frau unbedingt neun Monate lang ans Bett ketten. Ich benötigte mehrere Tage, um ihm *diesen* Schwachsinn auszureden.

Es war im Jahr 4841, daß Adana einem Sohn das Leben schenkte, Garel – ein guter rivanischer Name. Ich stieß einen mächtigen Seufzer der Erleichterung aus. Dies war das erste Mal während meines Hüteramtes, daß mir Unfruchtbarkeit begegnet war. Die Gefahr, daß sich das wiederholen könnte, war ein ständiger Alptraum für mich, der mich in all den folgenden Jahrhunderten nicht mehr los ließ.

Es war im Jahre 4850, als jene später so berühmt gewordene Sonnenfinsternis stattfand. Ich hatte schon Sonnenfinsternisse gesehen, aber diese war auf besondere Weise anders. Der primitive Mensch – und dieser

Begriff ließe sich auf nahezu die gesamte Menschheit anwenden – betrachtet eine Sonnenfinsternis mit abergläubischer Furcht. Astronomen kennen die Ursachen dafür und können eine Finsternis sogar einigermaßen genau vorhersagen. Die Sonnenfinsternis des Jahres 4850 hingegen war ein EREIGNIS ersten Ranges. Ihr plötzliches Auftreten war völlig unvorhersehbar, und niemand erkannte, daß sie schlicht *notwendig* war. Alle Prophezeiungen sprechen von der Finsternis, also *mußte* sie stattfinden. Es liegt durchaus im Bereich des Möglichen, daß Torak selbst einfach die Sonne verdunkelte, um die Prophezeiung zu erfüllen, die seine Ankunft ankündigte. Wißt ihr, er hätte es tun *können.*

Legt ihr Wert darauf, daß ich euch die mathematischen Berechnungen darlege, mit deren Hilfe man eine Sonnenfinsternis vorhersagen kann? Nein? Dachte ich's mir doch.

Wie dem auch sei, während die Welt noch von jener mittäglichen Finsternis eingehüllt wurde, schreckte mich Mutters Stimme durch ihre Dringlichkeit auf. *»Darauf haben wir gewartet, Pol«,* verkündete sie triumphierend. *»Mach dich schon einmal bereit.«*

»Wofür?«

»Torak kommt. Er hat Ashaba verlassen und befindet sich auf dem Weg nach Mal Zeth. Er wird den derzeitigen König absetzen und die absolute Herrschaft über ganz Mallorea an sich reißen. Dann wird er nach Westen kommen, um den Orb zurückzuholen.«

»Wieviel Zeit bleibt uns?«

»Wahrscheinlich nicht genug. Ihr werdet mehr als genug Scharmützel verlieren, aber das zählt nicht. Dies ist eine jener Angelegenheiten, die durch ein EREIGNIS geregelt werden müssen. Das Kind des Lichtes und das Kind der Finsternis werden sich in Arendien begegnen.«

»Ist Darel das Kind des Lichtes?«

»Nein. Das EREIGNIS, das Torak und den rivanischen König betrifft, liegt noch in ferner Zukunft.«

»Schön und gut, aber wer ist das Kind des Lichtes?«

»Im Moment bin ich es.«

»Du?«

»Ich werde jedoch nicht diejenige sein, die sich Torak in Arendien entgegenstellt, und Darel wird es auch nicht sein. Wir sind in eine Reihe von EREIGNISSEN verwickelt, die das große vorbereiten.«

»Mußt du so geheimnisvoll daherreden, Mutter?« fragte ich mit einer gewissen Schärfe in der Stimme.

»Ja, das muß ich tatsächlich. Wenn du zuviel weißt, würdest du manches anders tun, als du es sollst. Wir dürfen uns nicht einmischen, Pol. Dies ist nicht der Ort für unbegrenzte Eigenmächtigkeiten.«

Und dann war sie fort.

Auf eine Sonnenfinsternis, diese unnatürliche Nacht mitten am Tage, folgt für gewöhnlich eine ebenso unnatürlich wirkende Helligkeit, wenn die Sonne zurückkehrt. Die Finsternis von 4850 war anders. Es wurde *nicht* wieder Licht, nachdem die Finsternis vorüber war, weil dicke, regenschwere Wolken während der Verdunkelung aufgezogen waren. Dann begann es zu regnen.

Und es regnete weiter, fünfundzwanzig Jahre lang.

Ungefähr einen Tag nach ›Toraks Sonnenfinsternis‹ schickte ich meine Gedanken zu den Zwillingen im Tal aus. Vielleicht sollte ich an dieser Stelle erwähnen, daß ich in dieser Art der Verständigung wesentlich bewanderter bin als die übrige Familie, weil ich soviel Erfahrung damit habe. Schließlich habe ich, wie ihr euch vielleicht erinnert, mein Herzogtum nach dem Fall von Vo Wacune von der Hütte meiner Mutter aus regiert. Während jener Jahre habe ich Malon Killaneson sozusagen aus der Ferne springen lassen. Ich bin also fast genausogut darin, Leute anzudenken, wie ihnen zu *erzählen,* was sie tun sollen.

»Onkel«, sagte ich, um die Aufmerksamkeit der Zwillinge zu erlangen, *»wo steckt mein Vater?«*

»Wir haben nichts von ihm gehört, Pol«, antwortete Belkira.

»Er rennt wahrscheinlich durch die Weltgeschichte und warnt jeden«, fügte Beltira hinzu. *»War die Sonnenfinsternis nicht spektakulär?«*

»Das ist ein Vulkanausbruch auch – oder eine Flutwelle«, versetzte ich trocken. *»Falls der alte Wolf sich zufällig bei euch meldet, sagt ihm, daß ich mit ihm reden muß – bald.«*

»Wir werden es weitergeben, Pol«, versprach Belkira.

»Ich würde das zu schätzen wissen.«

Die Monate zogen indes ins Land, und noch immer gab es keine Nachricht von meinem vagabundierenden Vater. Ich wurde langsam *richtig* ärgerlich auf ihn.

Im Frühling des Jahres 4851 dann hörte Darels Herz auf zu schlagen, während er ein Stück weißglühenden Stahls in seiner Schmiede mit dem Hammer bearbeitete. Ich habe diese plötzlichen Herzstillstände immer als persönliche Beleidigung empfunden. Es gibt nicht genügend offenkundige Symptome, die einem sagen würden, daß sie bevorstehen. Falls das Opfer den ersten Anfall überlebt, hat ein Arzt Möglichkeiten, einen zweiten zu verhindern oder doch wenigstens hinauszuzögern. Allzu oft jedoch ist schon der erste tödlich. Ein scheinbar völlig Gesunder fällt um und ist tot, ehe er den Boden berührt. Erst dann, im nachhinein, wird dem Arzt bewußt, daß es eine ganze Reihe versteckter Warnungen gegeben hat, die indes so alltäglich waren, daß man sie übersehen hat. Ich hatte immer angenommen, Darels rotes Gesicht komme von der Hitze in seiner Schmiede, und auch die Tatsache, daß ihm sein linker Arm weh tat, war nicht sonderlich bemerkenswert, wenn man bedenkt, daß ihm auch sein rechter weh tat. Schließlich war er Hufschmied, und man hämmert nicht den ganzen Tag auf heißem Stahl herum, ohne nicht wenigstens *ein paar* Wehwehchen und Muskelschmerzen davonzutragen.

Es gab absolut nichts, was ich hätte tun können, und Ohnmacht und Enttäuschung trieben mich beinahe in den Wahnsinn.

Adana und Garel, der zu diesem Zeitpunkt zehn war, waren am Boden zerstört durch Darels Tod. Das einzig Gute an einer langen Krankheit ist, daß sie die Angehörigen auf das Unvermeidliche vorbereitet. In den meisten Gesellschaften liegt ein Großteil der Tragik beim Tod eines Handwerkers darin begründet, daß seine Witwe und Waisen nicht nur des geliebten Menschen beraubt, sondern auch unverzüglich in die Armut getrieben werden. Wenn kein Geld mehr verdient wird, sinken sie häufig auf den Status von Bettlern vor der örtlichen Kirchentür herab. Mein geheimer Hort lästigen Geldes war auf einmal gar nicht mehr lästig. So sahen wir uns in der Lage, unser Haus in den Außenbezirken von Aldurford zu halten, und hatten regelmäßig zu essen.

Ich weiß genau, daß ich einigen aufstrebenden Geschäftsleuten in Aldurford eine herbe Enttäuschung bereitete, weil ich ihnen ins Gesicht lachte, als sie mir ihre Angebote zum Kauf von Darels Schmiede vorlegten. Es gibt Menschen in dieser Welt, die Aasgeiern gleichen. Vor Vorfreude geifernd, lungern sie an den Totenbetten. Dann, wenn die junge Witwe vor Kummer buchstäblich den Verstand verliert, unterbreiten sie ihr lächerlich niedrige Angebote für die Übernahme des Familienunternehmens. Als die Aasgeier jedoch in Aldurford einflogen, erhielten sie eine rasche Lektion in höflichem Benehmen. Ich teilte ihnen sehr beiläufig mit, daß ich nicht an einem Verkauf der Schmiede interessiert sei sondern ernsthaft erwöge, das Geschäft zu erweitern. Inzwischen war ich in allen erdenklichen Berufen und Gewerben bewandert, und so sprach ich von Möbelmärkten, Bekleidungsgeschäften, Bäckereien und Metzgereien – alle an die Schmiede angeschlossen. »Es wäre ja so bequem für die Menschen von Aldurford, meint Ihr nicht auch?« legte ich ihnen mit einem strahlenden Lächeln dar. »Sie müßten nicht den lieben langen Tag durch die Stadt laufen, um all das zu erwerben, was sie benötigen. Sie könnten all ihre Einkäufe – und Rechnungen – an einem Ort erledigen.«

Die ortsansässigen Händler erbleichten bei dem Gedanken an solch wohlorganisierte Konkurrenz. Sie bildeten eine Art Konsortium, warfen ihre Rücklagen in einen Topf und kauften mich aus, wobei sie mir etwa dreimal soviel bezahlten, wie die Schmiede wert war.

Ich *liebe* es, Leuten, die sich für klüger halten als ich es bin, das anzutun. Es macht solchen Spaß, zu sehen, wie ihnen dieser Ausdruck überheblicher Herablassung aus dem Gesicht fällt und blankem Entsetzen weicht.

Schließlich sprach Vater im Frühsommer 4852 kurz mit den Zwillingen und bat sie, mich davon in Kenntnis zu setzen, daß er uns mit seinem Besuch zu beehren gedenke. In der Zeitspanne zwischen dem Gespräch mit ihm und der Weitergabe der Nachricht an mich gelang ihnen offensichtlich ein Durchbruch bei einem der dunkelsten Abschnitte des Mrinkodex. Als sie mir mitteilten, daß Brand bei der Begegnung in Arendien das Kind des Lichtes sein werde, verspürte ich eine kleine Verstimmtheit über Mutters Geheimniskrämerei während der Sonnenfinsternis. Was sollte das? Ich hätte es ohnehin herausgefunden. Warum also hatte sie sich solche Mühe gegeben, es vor mir geheimzuhalten? Ich hegte die Vermutung, es könnte mit irgendeinem dieser unergründlichen wölfischen Wesenszüge zusammenhängen.

Vater brauchte noch zwei weitere Wochen, bis er endlich bei uns in Aldurford hereinschaute. Ich war ein bißchen kurz angebunden mit ihm, als er endlich ankam. Für mich sah es so aus, als amüsiere sich meine ganze Familie köstlich damit, mich über alles im dunkeln zu lassen.

Es hatte vorübergehend aufgeklart, und der Himmel war strahlend blau, als Vater und ich zum Fluß hinuntergingen und weiter am letzten Haus von Aldurford vorbei. Die Sonne schien sehr hell, und eine leichte Brise kräuselte die Wasseroberfläche. »Ich hoffe, du hast deinen Spaß gehabt, Vater«, begann ich. »Ich muß zugeben, daß ich dich ein wenig beneidet habe.«

»Was soll das denn schon wieder heißen?«

»Die Sonnenfinsternis ist jetzt zwei Jahre her, alter Mann«, beschwerte ich mich. »Ich wußte nicht, *wie* weit unten ich auf deiner Dringlichkeitsliste stehe.«

»Reg dich nicht auf, Pol«, riet er mir. »Du verstehst es, unverzüglich zu handeln. Andere Leute brauchen ein bißchen länger. Ich wollte *sie* erst auf Reisen schicken, bevor ich hierherkam. Ich habe dich nicht absichtlich warten lassen.«

Ich überlegte hin und her und versuchte, etwas Falsches an seinen Worten zu finden. Dann ließ ich *diesen* Punkt fallen. »Die Zwillinge haben mich gebeten, dir etwas auszurichten.«

»So?«

»Brand wird derjenige sein, der sich Torak entgegenstellt, wenn die Dinge in Arendien sich zuspitzen.«

»Brand?«

»So steht es jedenfalls im Mrin.« Dann zitierte ich die rätselhafte Passage für ihn.

»Das ist doch lächerlich!« schäumte er. »Brand kann Rivas Schwert nicht anfassen. Der Orb würde es nicht zulassen. Gib mir deine Hand, Pol. Du und ich müssen mit den Zwillingen sprechen. Ich möchte ein paar Dinge klargestellt haben, und meiner Meinung nach solltest du es auch hören.« Vater weigert sich starrköpfig zuzugeben, daß ich mich besser als er über große Entfernungen unterhalten kann. Manchmal benimmt er sich wirklich wie ein kleiner Junge.

Die Zwillinge hatten eine Menge Schwierigkeiten mit

dem Mrin. Deshalb konnten sie uns im Augenblick nichts Besseres anbieten, als uns eine Art flüchtiger Zusammenfassung dessen zu geben, was wir tun sollten.

»Völlig undenkbar!« entgegnete ich, als Beltira mir auftrug, Garel und Adana in die Feste zu bringen. *»Ich würde sie ja Torak direkt in die Arme treiben, falls er es auf Arendien abgesehen hat.«*

»Ich gebe nur weiter, was der Mrin sagt, Pol«, erklärte Beltira. *»Die Feste wird nicht an Torak fallen. In diesem Punkt drückt der Mrin sich unmißverständlich aus. Es wird zu einer Belagerung kommen, doch sie wird ihr Ziel nicht erreichen.«*

»Es gefällt mir trotzdem nicht.«

»Es wird alles gut gehen, Pol«, beruhigte mich Vater. Er sprach laut zu mir. »Wir beide haben Aufgaben zu erfüllen. Wir müssen nach Riva gehen, aber Garel dürfen wir nicht mit zur Insel der Winde nehmen. Wenn er dem Orb so nahe kommt, wird er aufleuchten wie eine neugeborene Sonne, und jeder Stern auf dieser Seite des Universums wird anfangen, wie eine Glocke zu läuten. Dann wird sich dieses Schwert in seine Hand schmiegen, als sei es angewachsen. Er ist aber nicht derjenige, der es benutzen soll, und deshalb müssen wir sie voneinander fernhalten.« Dann schickte er seinen Gedanken wieder zu den Zwillingen. *»Habt ihr etwas von Beldin gehört?«* fragte er sie.

»Vor wenigen Tagen«, antwortete Belkira. *»Torak hält sich noch in Mal Zeth auf, und er hat Urvon und Zedar bei sich.«*

»Dann bleibt uns noch ein wenig Zeit. Sie können nicht über Nacht durch ganz Mallorea marschieren.«

»Warten wir's ab.« Belkira klang nicht annähernd so optimistisch wie Vater.

Vater und ich kehrten in unser Haus zurück, und ich wies Adana an, eine dieser Familiärer-Notfall-Geschichten in Aldurford in Umlauf zu bringen. Dann brachen wir zur Feste auf.

Es regnete nahezu ununterbrochen, während wir weiter über die durchnäßten Ebenen Algariens zu jenem von Menschenhand gebauten Berg ritten, der sich über dem Grasland gen Himmel reckte. Ich bin mir sicher, daß der ganze Regen gut fürs Gras war, aber das war mir ziemlich gleichgültig.

Die Algarer haben Äonen auf die Errichtung ihrer Feste verwandt, und das sieht man auch. Die Mauern sind unglaublich dick und so hoch, daß der Ort einem Berg gleicht. Die Leute werfen stets mit dem Begriff ›uneinnehmbar‹ um sich, ohne sich große Gedanken darüber zu machen, was es wirklich bedeutet. Falls euch etwas an sprachlicher Präzision liegt, unternehmt einen Abstecher nach Südalgarien und werft einen Blick auf die Feste. Danach wißt ihr genau, was es mit ›uneinnehmbar‹ auf sich hat. Ich könnte mir vorstellen, daß selbst Torak ein ganz klein wenig verzagt wurde, als er sie das erste Mal sah.

Nach unserer Ankunft führte Vater ein Gespräch mit Cho-Ram, dem jungen Häuptling der Klanhäuptlinge von Algarien. Das ist eine umständliche Art, ›König‹ zu sagen, vermittelt aber einen gewissen Einblick in die algarische Vorstellung von Herrschaft.

Cho-Rams Familie ›adoptierte‹ Garel und seine Mutter auf der Stelle. Adana wußte ja genau, wer ihr Sohn war, so daß es ihr nicht besonders merkwürdig vorkam, Mitglied der königlichen Familie von Algarien zu werden. Garel hingegen war sein neuer Rang peinlich, und obwohl er eigentlich noch ein bißchen jung dafür war, um zu erfahren, wer er war, entschloß ich mich in diesem besonderen Fall, die Regeln zu beugen und jenes unumgängliche ›kleine Gespräch‹ schon jetzt und nicht erst an seinem achtzehnten Geburtstag mit ihm zu führen.

Nachdem sie sich eingelebt hatten, brachen Cho-Ram, Vater und ich zur Insel der Winde auf.

Ich entschuldige mich im voraus für den vermutlich deprimierenden, weil inflationären Gebrauch des Adjektivs ›trübe‹ auf den folgenden Seiten. Die Sprache hat jedoch ihre Grenzen, und fünfundzwanzig Jahre nahezu ununterbrochenen Niederschlags werden am Ende jedermanns Sprachschatz erschöpfen. Ich vermute, ich *könnte* auf Onkel Beldins Eigenschaftswörter der abwechslungsreichen Art zurückgreifen, aber diese Seiten könnten Kindern in die Hände fallen, und Kinder sollten einfach nicht wissen, was all diese Worte tatsächlich bedeuten.

Wir wandten uns nordwärts, nachdem wir die Feste verlassen hatten, indem wir an der Ostgrenze von Ulgoland entlangzogen, und dann nach Westen, als wir das sendarische Gebirge erreichten. Dann ritten wir durch dieses lange Flußtal weiter nach Camaar, schifften uns ein und segelten zur Insel der Winde herüber. Da es in Riva sowieso ständig regnet, machte sich der Wetterwechsel hier nicht so deutlich bemerkbar.

Brand, der rivanische Wächter, empfing uns auf der steinernen Hafenmole, als wir anlegten. Ich schaute mir diesen Mann eingehend an, der eins der bedeutenderen unter den ›Kindern des Lichtes‹ werden sollte. Er war ein starker, großer Mann, mit breiten Schultern und einer mächtigen Brust. In dieser Hinsicht ähnelte er einem Chereker, aber er benahm sich nicht wie ein Chereker. Chereker sind großspurig und laut, Brand sprach mit leiser Stimme.

Chereker haben einen Hang zum Fluchen, Brands Redeweise war geschliffen und höflich. Obwohl es kaum mit seiner körperlichen Erscheinung zusammenhing, erinnerte mich dieser rivanische Wächter ungeheuer an den ersten in diesem Amt, meinen lieben, lieben Freund Kamion.

Onkel Beldin und Vater haben endlose Spekulationen über die sonderbaren Wiederholungen angestellt, die im Laufe der Äonen aufgetreten sind. Sie haben eine Theorie aufgestellt, um zu erklären, warum gewisse Dinge immer und immer wieder geschehen. Um es mit schlichten Worten zusammenzufassen, ihre Theorie behauptet, ›der Unfall‹ – jene umwälzende himmlische Explosion, die die ABSICHT des Universums durcheinanderbrachte – habe allen Fortschritt angehalten, und wir seien zu endloser Wiederholung verdammt, bis jemand daherkomme und alles wieder in Bewegung setze, indem er den Irrtum korrigiere.

Brand schien eine Wiederholung von Kamion zu sein – und ebenso, auf eine eigenartige Weise, von Ontrose. Ich fand das sehr beruhigend, denn von allen Männern, die ich bis dahin kennengelernt hatte, waren die beiden gewiß die am besten für einen Zweikampf gegen Torak geeigneten.

Eldrig von Cherek und Rhodar von Drasnien waren noch nicht in Riva eingetroffen, und so verbrachten Vater, Brand, Cho-Ram und ich viele Stunden mit Gesprächen in dem blau ausgestatteten Besprechungszimmer hoch oben in einem der Türme der Zitadelle. Brand war so bestürzt, daß ihn seine geschliffenen Manieren kurzfristig verließen, als ich ihm verkündete, daß *er* derjenige sein werde, der sich Torak in Arendien entgegenstellen müsse.

»Ich?« sagte er mit erstickter Stimme.

Dann rezitierte Vater den entsprechenden Abschnitt des Mrin: »›Und lasset ihn, der an der Stelle des Hüters steht, dem Kind der Finsternis im Lande des Stiergottes entgegentreten.‹« Vater schenkte ihm eins jener aufreizenden, hämischen kleinen Lächeln, die er so liebt. »Du vertrittst im Augenblick den rivanischen König, Brand«, meinte er, »und deshalb nehme ich an, das bedeutet, die Wahl ist auf dich gefallen.«

»Ich wußte gar nicht, daß ich kandidiert hatte. Was soll ich tun?«

»Wir wissen es nicht genau. Aber *du* wirst es wissen, wenn die Zeit kommt. Wenn du Einauge von Angesicht zu Angesicht gegenüberstehst, wird die Notwendigkeit die Führung übernehmen. Das tut sie stets in solchen Situationen.«

»Mir wäre wesentlich wohler, wenn ich wüßte, was passiert.«

»Das geht uns genauso, aber so funktioniert es halt nicht. Keine Angst, Brand. Du wirst deine Sache gut machen.«

Nachdem Eldrig und Rhodar zu uns gestoßen waren, machten wir uns daran, unsere Strategie auszuarbeiten, und nach ein paar Treffen gesellte sich auch König Ormik von Sendarien zu uns. Vater gebraucht den Begriff ›Strategie‹, als bedeute er tatsächlich etwas, aber die Alorner wußten alle genau, wie ihre althergebrachten Rollen aussehen würden. Die Chereker würden unsere Marine sein, die Drasnier unsere Infanterie und die Algarer unsere Kavallerie. Sie wußten schon, was zu tun war. All die regungslosen Mienen und das gewichtige Gerede waren kaum mehr als eine Möglichkeit, sich ein bißchen aufzuspielen und den Kampfgeist zu stärken.

Nachdem die großen Kinder, die den nördlichen Teil dieses Kontinents beherrschten, mit dem Spielen aufgehört hatten, wurde die Konferenz abgeschlossen, und ich kehrte zur Feste zurück. Dort lebte ich trotz des Tumultes, der die Welt um mich herum erfaßt hatte, still und gelassen. Aufruhr hin, Aufruhr her, ich hatte meine Aufgabe. Garel war einundzwanzig als er im Jahre 4860 ein algarisches Mädchen heiratete, Aravina, und ein Jahr darauf entband ich sie von einem Sohn, Gelane.

Wie ich es fast immer unmittelbar nach der Geburt eines Erben tat, hielt ich ihn eine kleine Weile im Arm. Aravina mochte die Mutter sein, aber *mein* Gesicht war das erste, das er erblickte. Ich glaube, es hat etwas mit unserer besonderen Herkunft zu tun. Wolfswelpen sind zwar nicht genau wie kleine Enten, die zwangsläufig den ersten sich bewegenden Gegenstand für ihre Mutter halten, aber es *gibt* gewisse Übereinstimmungen. Vielleicht machte es gar keinen Unterschied, aber ich versuchte immer, diese anfängliche Bindung herzustellen – nur für alle Fälle.

KAPITEL 30

Nicht lange nach Gelanes Geburt kam Vater mit Onkel Beldin zur Feste. Beldin war, wie er das gelegentlich tat, aus Mallorea zurückgekehrt, um uns über die Vorkommnisse auf der anderen Seite des Meers des Ostens zu unterrichten. Sie statteten Cho-Ram sowie Garel, Aravina und dem Baby einen kurzen Besuch ab, und dann zogen wir drei uns in einer jener dicken, runden Türme auf den Wehrgängen der riesigen algarischen Murgofalle zurück.

Mein Onkel blickte fast abwesend aus einem der schmalen, schießschartenähnlichen Fenster. Der Wind zauste sein Haar. »Nette Aussicht«, äußerte er, während er starr über jenen endlosen Ozean aus Gras schaute.

»Wir sind nicht der Aussicht wegen hier, Beldin«, mahnte Vater ihn. »Warum erzählst du Pol nicht, was in Mallorea vor sich geht?«

Onkel Beldin lümmelte sich auf einen Stuhl an dem roh gezimmerten Tisch im Wachtturm. »Warum gehen wir nicht ein Stückchen weiter zurück?« schlug er vor. »Brandgesicht hat sich ziemlich verändert, aber er ist noch immer nicht in der Lage, mit einer nichtklerikalen Gesellschaft zu Rande zu kommen. Damals, bevor er die Welt zerbrach, traf er *sämtliche* Entscheidungen für die Angarakaner. Ein guter Angarakaner hätte sich nicht mal am Hintern gekratzt, ohne Torak vorher um Erlaubnis zu fragen. Dann, nachdem er die Welt zerbrochen und des Meisters Orb ihm das halbe Gesicht weggebrannt hatte, brachte Torak alle Angarakaner alten Stils nach Cthol Mishrak und überließ es den Generälen in Mal Zeth und den Grolims in Mal Yaska, die übrige angarakanische

Gesellschaft zu beherrschen. Im Laufe der Jahrhunderte sind vor allem die Generäle immer mehr verweltlicht. Dann kamen die Melcener und ihre Bürokraten in das angarakanische Reich und schliffen die gröbsten Ecken und Kanten der dem angarakanischen Wesen zugrundeliegenden Unkultur ab. Mal Zeth wurde zu einer zivilisierten Stadt. Selbst unter Aufbietung aller Vorstellungskraft reichte es nicht an Tol Honeth heran, aber es war eben auch nicht Korim.«

»War Korim wirklich so schlimm?« warf ich ein.

»Vermutlich noch schlimmer, Pol«, gab er zur Antwort. »Selbständiges Denken war strengstens verboten. Torak besorgte alles Denken, und die Grolims schlitzten jeden auf, der auch nur andeutete, die Sonne könnte möglicherweise am nächsten Morgen wieder aufgehen. Wie dem auch sei, Zedar weilte die ganze Zeit über bei Torak in Ashaba, während Einauge wie wild religiöse Erfahrungen sammelte.« Onkel Beldin legte eine Pause ein. »Mir ist gerade ein interessanter Gedanke gekommen«, sinnierte er. »Wenn der Geist der Prophezeiung von jemanden Besitz ergreift, scheint er dessen Verstand auszulöschen. Torak stand wahrscheinlich all die Jahre über auf etwa demselben geistigen Niveau wie jener Idiot am Ufer des Mrin.«

»Und, was hat das für uns zu bedeuten?« wollte Vater wissen.

Beldin zuckte die Schultern und kratzte sich den Bauch. »Ich fand es nur interessant. Nun, am Ende erwachte Torak aus seiner hirnlosen Träumerei und verließ Ashaba, wobei er die Sonne verdunkelte. Er hatte keine Ahnung, was seine Angarakaner inzwischen getrieben hatten. In seinem eisernen Turm in Cthol Mishrak und in noch höherem Maße in Ashaba hatte er in völliger Zurückgezogenheit von der Welt gelebt und war seit ungefähr achtundvierzig Jahrhunderten nicht mehr auf dem laufenden. Auf dem Weg in seine Hauptstadt hielt er in Mal Yaska an, und das gab Urvon Gelegenheit, ihm eine lange Beschwerdeliste zu überreichen. Ganz oben auf dieser Liste stand, daß die Generäle in Mal Zeth ihn ignorierten, und Urvon *erträgt* es nicht, wenn man ihn ignoriert. Er klärte seinen Meister darüber auf, daß die Generäle allesamt unverbesserliche Ketzer seien. Und da Urvon als erster mit ihm sprach und sehr schnell redete, verließ Torak Mal Yaska in der festen Überzeugung, Mal Zeth sei eine Brutstätte weltlicher Ketzerei. Er entvölkerte die Stadt buchstäblich, als er dort ankam. Dann ließ er Urvon und seine Grolims auf den Rest des Kontinents los, und die Priesterschaft begann mit ihren Opfermessern alte Rechnungen zu begleichen. Die Altäre Toraks waren jahrelang rot von Blut.«

Ich schauderte.

»Es war vermutlich Zedar, der Torak zu guter Letzt davon überzeugte, daß es nicht der beste Weg sei, sich auf einen Eroberungskrieg vorzubereiten, indem man seine eigene Armee niedermetzelte. Deshalb zügelte Torak Urvon schließlich. Inzwischen hatten die Angarakaner, Melcener und Karandeser so tödliche Angst vor den Grolims, daß sie ins Feuer marschiert wären, wenn Urvon es ihnen befohlen hätte. Es war der vermutlich erstaunlichste Rückschritt der Weltgeschichte. Eine ganze Zivilisation fiel in zehn Jahren ins Steinzeitalter zurück. Im Augenblick ist der durchschnittliche Malloreaner einem Thull ebenbürtig. Urvon ist sogar so weit gegangen, Lesen zu einem todeswürdigen Verbrechen zu erklären – mit Ausnahme der Grolims natürlich –, aber selbst in den Bibliotheken der Grolims wurden alle weltlichen Bücher entfernt. Ich warte nur darauf, daß er das Rad mit seinem Bannspruch belegt.«

Vaters Gesicht nahm einen zutiefst bestürzten Ausdruck an. »Sie verbrennen Bücher?« rief er aus.

»Laß dir keine grauen Haare darüber wachsen, Belgarath«, empfahl Onkel Beldin ihm. »Die Gelehrten an der Universität von Melcene haben ihre Bibliotheken weggeschafft und an Orten versteckt, wo die Grolims sie nicht finden können. Und falls auch das nichts fruchten sollte, so haben die Dalaser in Kell vermutlich Abschriften von jedem Buch, das jemals verfaßt wurde, und die Grolims trauen sich nicht einmal in die Nähe von Kell.«

»Ich weiß nicht, ob *ich* mich hintrauen würde«, gestand Vater. »Die Dalaser sind ein sehr ungewöhnliches Volk.«

»›Ungewöhnlich‹ ist ziemlich untertrieben«, meinte Beldin. »Wie dem auch sei, die Armee, die aus Mallorea kommt, wird viele leere Köpfe zählen – den Verstand haben sie ihnen ausgetrieben.«

»Das sind die besten Gegner«, erwiderte Vater mit beinah fröhlicher Genugtuung. »Gib mir stets einen dummen Gegner.«

»Ich versuche, dran zu denken.« Dann ließ Onkel den Blick schweifen. »Gibt es hier irgendwas zu trinken?«

»Vielleicht zum Abendessen«, sagte ich.

»Warum nicht vorher?«

»Ich sähe es nicht gern, wenn du dir den Appetit verderben würdest, liebster Onkel.«

Der einzige Zweck der drohenden angarakanischen Invasion war die Zurückeroberung des Orb, daher mußten die Alorner die Hauptlast des Angriffs tragen. Vater und ich hatten sie mit weitaus mehr Informationen versorgt als die nichtalornischen Herrscher. Als jedoch die Murgos und Nadraker die Karawanenstraßen im Herbst 4846 schlossen, ahnten auch die Tolnedrer, daß etwas Bedeutendes im Gange war. Um die Lage für die Handelsherren von Tol Honeth noch zu verschlimmern, schloß Brand in jenem Winter den Hafen von Riva – vorgeblich wegen Instandsetzungsmaßnahmen. Daraufhin hätte sogar ein Einfaltspinsel erkannt, daß die Alorner und Angarakaner das Feld für etwas ziemlich Erderschütterndes klärten, und Ran Borune IV. war alles andere als ein Einfaltspinsel.

Wir trafen uns erneut in diesem Winter in Riva, um unsere Vorkehrungen noch einmal durchzugehen. Ich legte Vater nahe, es als Gebot der Höflichkeit zu betrachten, Ran Borune von der bevorstehenden Invasion in Kenntnis zu setzen. »Wenn all die Vorgänge ihren Höhepunkt in Arendien erreichen sollen, Vater«, folgerte ich, »werden wir aller Voraussicht nach die tolnedrischen Legionen brauchen. Also laß es uns nicht mit dem tolnedrischen Kaiser verderben.«

Vater knurrte – das tut er ziemlich häufig –, aber er reiste nach Tol Honeth, um mit dem jungen Ran Borune zu sprechen. Im Verlaufe dieses Gesprächs hatte mein gelegentlich so ungeschickter Vater einen schlicht genialen Einfall. Anstatt Zeit und Mühe damit zu verschwenden, gegen die uneinnehmbare Mauer von Ran Borunes Rationalität anzurennen, log Vater ihn bezüglich der Quelle unserer Informationen schamlos an und schob es dem drasnischen Geheimdienst als Verdienst zu. Dieser Mythos sollte uns im Laufe der Jahrhunderte noch oft nützlich sein.

Es war noch immer zu früh für die Tolnedrer – oder für irgend jemanden anderen, nebenbei bemerkt –, etwas Entscheidendes gegen die Aktivitäten der Angarakaner zu unternehmen, aber Vaters Warnung gab Ran Borune Zeit, seine Legionen in eine bessere körperliche Verfassung zu versetzen. Wenn über längere Zeit Frieden herrscht, neigen Soldaten dazu, in erstaunlicher kurzer Frist schlaff zu werden. Regelmäßige Übungen sind zeitaufwendig, und die Soldaten haben schließlich Wichtigeres zu tun – zum Beispiel trinken, zechen und Frauen hinterherlaufen, die nichts dagegen haben, sich einfangen zu lassen.

Dann, im Vorfrühling des Jahres 4865 – es war noch so früh im Jahr, daß die Schneeschmelze noch nicht eingesetzt hatte – begannen die Malloreaner ihren Marsch über jene Kette felsiger Eilande zwischen Mallorea und dem westlichen Kontinent. Irgendein Dummkopf, der diese Inseln nie mit eigenen Augen gesehen hat, hat sie ›die Landbrücke‹ getauft. Wenn ich keine bessere Brücke als diese bauen könnte, würde ich lieber Gärtner werden.

Wir haben uns wohl alle heftige Vorwürfe gemacht, da wir nicht ergründen konnten, was Torak unternehmen würde, sobald seine Armee das öde Land der Morindim erreicht hätte, das sich nördlich von Gar og Nadrak erstreckt. Der Mrinkodex versicherte uns, Torak habe eine Verabredung in Arendien, und deshalb nahmen wir an, er würde an der nadrakischen Küste entlang nach Mishrak ac Thull marschieren und sich dann nach Westen wenden und Algarien durchqueren, um ins Gebiet der Arender zu gelangen.

Torak selbst war viel zu hochmütig, zu Listen und Ausweichmanövern zu greifen, und so schickte wahrscheinlich Zedar mehrere Regimenter in rote Tuniken gekleideter Malloreaner nach Thull Zelik, um die allgegenwärtigen drasnischen Spione zu täuschen. Die Anwesenheit jener Malloreaner in Mishrak ac Thull überzeugte uns, Torak werde geradewegs auf die Östlichen Steilhänge zumarschieren, um in Algarien einzufallen.

Aber er tat es nicht. Er zog vielmehr durch die Wälder von Gar og Nadrak und fiel in Drasnien ein. Zu sagen, wir seien unvorbereitet darauf gewesen, wäre eine arge Untertreibung. Wir hatten eine gewaltige alornische Armee auf den östlichen Ebenen Algariens zusammengezogen, um uns der dort erwarteten Invasion entgegenzustellen, und hatten Drasnien fast völlig schutzlos zurückgelassen. Wir waren übel ausmanövriert, als Toraks Armee aus Malloreanern, Nadrakern, Murgos und Thulls aus den nadrakischen Wäldern über die Moore Ostdrasniens herfiel. Torak schickte sogleich etwa die Hälfte seiner Streitmacht an die drasnische Südgrenze, womit er wirkungsvoll unsere Bemühungen unterband, unseren drasnischen Freunden zu Hilfe zu eilen. Dann begannen die Truppen des Drachengotts systematisch jeden Drasnier zu töten, dessen sie habhaft werden konnten.

Das Gemetzel war grauenvoll. Diejenigen Drasnier, die nicht sogleich umgebracht wurden, wurden den Grolims für die schauderhaften rituellen Menschenopfer überstellt, die das Herz ihres wahnsinnigen Gottes so erfreuen.

Bis Mittsommer des Jahres 4866 war Drasnien weitgehend entvölkert – abgesehen von einigen Flüchtlingen, die sich in den Marschen verbargen. Eine Flüchtlingskolonne zog nordwärts nach Morindland und erreichte schließlich Cherek. Tausende drasnischer Flüchtlinge wurden in Kotu per Schiff in Länder im Norden und Westen gebracht, und die Eliteregimenter der drasnischen Armee, denen die unmögliche Aufgabe zugefallen war, ihre Heimat zu verteidigen, wurden buchstäblich auf cherekische Schiffe getrieben, zur Mündung des Aldur verschifft und gezwungen, nach Süden zur Feste zu marschieren. König Rhodar hatte verzweifelt versucht, vor Boktor eine Verteidigungslinie zu errichten, aber Vater hatte ihn nach Kotu geschleppt und gezwungen, an Bord von König Eldrigs Kriegsschiff zu gehen. Ich glaube, Rhodar hat meinem Vater danach nie mehr vertraut.

Nachdem er Drasnien völlig in seiner Gewalt hatte, hielt Torak inne, um sich neu zu formieren und den Verstärkungen, die noch immer über die Landbrücke strömten, Zeit zu geben, zu ihm aufzuschließen.

Wir sollten an dieser Stelle etwas klarstellen. Torak selbst war kein militärisches Genie. Damals während des Krieges der Götter, als er tatsächlich persönlich die Entscheidungen traf, beging er so viele Fehler, daß es ein Wunder war, daß die Angarakaner nicht völlig ausgelöscht wurden. Der Drachengott hatte eine nahezu arendische Vorliebe für Kampfgetümmel, Frontalangriffe und Entscheidungsschlachten, bei denen er alles auf eine Karte setzte. Die Gesamtstrategie der Angarakaner im neunundvierzigsten Jahrhundert stammte von Zedar, nicht von Torak. Onkel Beldin hat daraus gefolgert – zu Recht, wie ich meinte –, daß Torak, als er Urvon nach Mal Yaska und Ctuchik nach Rak Cthol sandte, gleichzeitig Zedar nach Mal Zeth schickte, damit dieser hinter den Kulissen arbeiten konnte. Zedar war vermutlich der verschlagenste und schlaueste von Toraks Jüngern, und die Generäle in Mal Zeth ließen ihm eine ausgezeichnete Ausbildung in Taktik und Strategie angedeihen. Toraks Schwerfälligkeit war immer noch überall spürbar, aber fast alles, was subtil war an der angarakanischen Invasion des Westens, darf man mit Fug und Recht dem abtrünnigen Bruder meines Vaters als Verdienst anrechnen.

Nach der völligen Zerstörung Drasniens traf sich der Alornische Rat einschließlich König Ormiks von Sendarien in Riva zu einer außerordentlichen Notsitzung. Bevor unsere Besprechungen jedoch begannen, schritt ich durch die kahlen Hallen der Zitadelle, um ein Wort mit dem rivanischen Wächter zu wechseln. Es gab da mehrere Dinge, die ich ihm begreiflich machen wollte.

Die meisten Könige suchen sich Türme als Arbeits- und Studierzimmer aus, wahrscheinlich, weil architektonische Höhe auf eine hohe Stellung hinweist. Brand oder besser alle Brands waren bescheidene, zurückhaltende Männer, die sich mehr als Verwalter denn als Herrscher verstanden. Brands Studierzimmer lag tief im Innern der Zitadelle verborgen, und daneben gab es mehrere Besprechungsräume, wo er seine alltäglichen Regierungsgeschäfte erledigen konnte. Auf diese Weise mußte er wenigstens nicht unzählige Treppen steigen, um an seinen Schreibtisch zu kommen.

»Auf ein Wort, Lord Brand?« fragte ich ihn, während ich im Türrahmen seines etwas unordentlichen, mit Kerzen beleuchteten Arbeitszimmer stehenblieb.

»Selbstverständlich, Lady Polgara«, gab er zur Antwort, während er sich erhob. Er war sehr groß und hatte beeindruckend breite Schultern. Er rückte mir einen Stuhl zurecht, und ich nahm Platz. Dann setzte auch er sich wieder hin. »Was kann ich für Euch tun, Mylady?«

»Du könntest damit anfangen, diese Förmlichkeiten abzulegen, Brand«, entgegnete ich. »Dafür haben wir viel zu viel zu tun.«

Er lächelte. »Schlechte Angewohnheiten lassen sich nur schwer ablegen, Pol«, entschuldigte er sich.

»Das habe ich gemerkt. Du bist ein sehr höflicher und

zuvorkommender Mann, Brand, und daher wird dir dein Instinkt befehlen, dich vor König Eldrig zu beugen. Er ist älter, und er ist der König der ursprünglichen alornischen Nation. Ich weiß, daß es immer Brauch war, dem König von Cherek in den Sitzungen des Alornischen Rates den Vorsitz zu überlassen, aber diesmal werden wir diese Gepflogenheiten außer Kraft setzen. In dieser besonderen Situation stehst du höher als der König von Cherek.«

»Ich trage keine Krone, Pol«, betonte er. »Selbst Rhodar steht höher als ich, obwohl er im Augenblick überhaupt kein Königreich mehr hat.«

»Du wirst das Kind des Lichtes sein, Brand. Das bedeutet, du stehst höher als irgend jemand sonst. Ich rede nicht von Verbeugungen oder Hofknicksen oder wer sich als erster hinsetzen darf und all diesen Unfug. Ich rede vom Oberbefehl. Ich weiß, du bist diplomatisch genug, um Eldrig nicht vor den Kopf zu stoßen, aber wir sollten von Anfang an keinen Zweifel an deiner Stellung aufkommen lassen. Die Zeit wird kommen, wenn du Anweisungen von etwas erhalten wirst, das weitaus bedeutender ist als jeder irdische König. Du wirst das Werkzeug der ABSICHT des Universums sein. Du wirst einige Befehle übermitteln, die von der ABSICHT selbst stammen, und wir wollen nicht, daß Eldrig anfängt, deinen Befehlen zuwider zu handeln. Laß uns ihn von Anfang an daran gewöhnen, daß er zu gehorchen hat. Ich habe genügend Kriege miterlebt, um zu wissen, daß die Befehlsgewalt nur von *einem* ausgehen kann. Mit einem Debattierklub kannst du keine militärische Operation leiten.«

»Was genau hat es mit dem ›Kind des Lichtes‹ auf sich? Ich bin in Theologie nicht sehr bewandert.«

»Das Universum entstand mit einer ABSICHT, Brand.«

»Ja, den Teil kenne ich. Die Götter haben es geschaffen.«

»Nein. Dann kennst du *den* Teil in der falschen Reihenfolge. Erst kam das Universum, *dann* erst die Götter.«

»Die Priester von Belar sehen das aber ganz anders.«

»Natürlich. UL entstand *möglicherweise* zur gleichen Zeit wie das Universum, aber davor gab es nichts.« Ich unterbrach mich. »Das ist meine *persönliche* Überzeugung, Brand, und darüber läßt sich natürlich streiten. Aber darum geht es jetzt auch gar nicht.«

»Wer ist UL?«

»`Der Gott der Ulgos. Er ist der Vater der anderen Götter.«

Brands Augen wurden groß, und er schluckte hart.

»Aber wir schweifen vom Thema ab. Das Universum entstand mit einer ABSICHT. Dann gab es einen kosmischen Unfall – ein Stern explodierte an einer Stelle, wo es nicht geplant war –, und die ABSICHT wurde geteilt. Seitdem haben die beiden ABSICHTEN unablässig gegeneinander gekämpft. Das war jetzt ziemlich vereinfacht, aber ich bin sicher, du hast das Wesentliche verstanden.«

»Ich habe schon eine Menge Familienstreitereien gesehen, Pol.«

»Ich schätze, es *ist* tatsächlich so etwas wie eine Familienstreiterei. Wie dem auch sei, diese beiden ABSICHTEN können sich nicht direkt gegenübertreten, sonst würde das ganze Universum explodieren. Deshalb müssen sie durch Stellvertreter wirken.«

»Das Kind des Lichtes und das Kind der Finsternis?«

»Genau. Alle paar Jahrhunderte treffen diese beiden aufeinander – für gewöhnlich nur für einen sehr kurzen Augenblick –, etwa eine halbe Sekunde lang, um genau zu sein.«

»In einer halben Sekunde kann man keinen anständigen Zweikampf ausfechten, Pol.«

»Verabschiede dich von der Vorstellung eines Zweikampfes, Brand. Das ist es nicht.«

»Da bin ich aber erleichtert. Torak ist das Kind der Finsternis, nicht wahr?«

»Normalerweise, ja.«

»Ein Mensch hätte keine große Chance in einem Zweikampf gegen einen Gott, nicht?«

»Das hängt von dem Menschen ab. Da *diese* Begegnung im Verlauf eines Krieges vonstatten gehen wird, wird es vermutlich einen Zweikampf geben – zumindest etwas, das wie ein Zweikampf *aussieht*. Du und Torak werdet eine Weile eure Klingen kreuzen, aber das wahre EREIGNIS hat damit gar nichts zu tun.«

»EREIGNIS?«

»Ein Wort, mit dem wir diese Begegnungen umschreiben. Es ist eine Art Abkürzung. Laß dich nicht von der Tatsache beirren, daß Torak ein Gott ist und du nicht. Das ist im Verlauf dessen, was geschehen wird, völlig belanglos.«

»Was *wird* denn geschehen, Pol?«

»Du wirst eine Wahl treffen.«

»Eine Wahl?« Das ist alles? Wie lauten die Optionen?«

»Das wissen wir nicht. *Du* wirst es aber wissen, wenn die Zeit gekommen ist. Vater war einmal Kind des Lichtes – als er und Bärenschulter auf dem Weg nach Cthol Mishrak waren. Damals war Zedar das Kind der Finsternis, und als sie einander begegneten, wählte Vater die Möglichkeit, Zedar *nicht* zu töten. Wie sich danach herausstellte, hat er die richtige Wahl getroffen.«

»Was ist, wenn ich falsch wähle, wenn die Zeit gekommen ist?«

Ich zuckte die Schultern. »Dann verlieren wir.«

»Pol!« protestierte er voller Angst.

Ich legte meine Hand auf seine. Ich mochte diesen Mann. »Mach dir keine Sorgen, Brand. Es wird dir nicht erlaubt sein, die falsche Wahl zu treffen.«

»Dann werden wir also gewinnen?«

»Das ist auch nicht sicher. Auch Torak muß wählen. Möglicherweise ist seine Wahl besser als deine. Die beiden ABSICHTEN sind einander ebenbürtig. Manchmal gewinnt die eine, manchmal die andere.«

»Dann werde ich also nichts als die Stimme der ABSICHT sein? Sie trifft die Wahl, und ich verkünde sie?«

»Nein, mein Lieber. *Du* triffst die Wahl.«

»Ich wünschte, ich wäre tot«, sagte er düster.

»Diese Möglichkeit steht dir nicht offen, Brand. Zum jetzigen Zeitpunkt *könntest* du dir meiner Auffassung nach gar nicht mehr das Leben nehmen. Ob es dir gefällt oder nicht, du *wirst* Torak in Arendien begegnen, und du *wirst* eine Wahl treffen.«

»Was geschieht, wenn ich mich weigere, eine Wahl zu treffen?«

»Auch das ist eine Wahl, Brand. Du kannst aus der Sache nicht mehr heraus. Und jetzt hör auf, dich darüber zu grämen, daß Torak ein Gott ist und du nicht. Das macht nicht den geringsten Unterschied. Wenn ihr beide euch gegenübersteht, werdet ihr ebenbürtig sein. Mehr an Rang brauchst du nicht. Damit es nicht zu Eifersüchteleien kommt, werden Vater und ich es den anderen erklären. Du *wirst* den Oberbefehl haben.« Ich legte eine Pause ein. »Wir werden es den anderen Königen sehr behutsam beibringen«, fuhr ich fort, »so daß also für dich keine Notwendigkeit besteht, es ihm auf den Kopf zuzusagen. Wenn du beiläufig ins Gespräch einflechten würdest, daß du die ABSICHT des Universums bist, würde er höchstens deine geistige Gesundheit in Frage stellen.«

»Ich stelle sie ja selbst schon in Frage, Pol«, gestand er. »Findet dieses Gespräch wirklich statt, oder bilde ich es mir nur ein?«

Ich nestelte eine Brosche von meinem Gewandausschnitt und stach ihn mit voller Absicht mit der Nadel in den Handrücken.

Er schrie überrascht auf und zog rasch seine Hand weg. »Warum habt Ihr das getan?« verlangte er zu wissen.

»Laß es bluten, Brand«, riet ich ihm. Dann tupfte ich den Blutstropfen auf seinem Handrücken mit meinem Taschentuch ab und gab ihm das mit feinen Spitzen umsäumte Stück. »Steck es weg und behalte es immer bei dir, Lieber«, wies ich ihn an. »Du darfst bei dieser Angelegenheit *nie* deine geistige Gesundheit in Frage stellen. Wenn dich Zweifel überkommen, hol dies hier hervor und sieh dir den Blutfleck an. Dieses Gespräch findet *wirklich* statt, und du *bist* wirklich das Kind des Lichtes – oder wirst es sein, wenn die Zeit gekommen ist. Ich bin Ärztin, Brand, also bitte glaub mir, wenn ich dir sage, daß du *nicht* verrückt bist. Und jetzt geh und wasch dir die Hand, damit ich sie verbinden kann.«

Wir hielten unsere Besprechungen in dem althergebrachten Sitzungszimmer hoch oben in einem der Türme von Eisenfausts Zitadelle ab. Eine Menge Erinnerungen stiegen in mir hoch, aber ich schob sie beiseite, um mich ganz auf das anstehende Problem konzentrieren zu können. Unsere Diskussionen bestanden größtenteils aus Rätselraten. Torak hatte uns einmal überrascht. Eine zweite Überraschung dieser Art konnten wir uns nicht leisten, und aus diesem Grund erörterten wir ausführlich seinen nächsten Zug. Rhodar, König der verlorenen Nation Drasnien, sagte nicht allzuviel, aber das mußte er auch nicht. Sein Gesicht war von Sorgen zerfurcht, seine leidende, trauernde Miene ein ständiger Vorwurf an uns und eine ständige Mahnung, welche Folgen es haben würde, wenn wir noch einmal falsch entschieden.

Da wir eigentlich nichts unternehmen konnten, bis Torak den nächsten Zug machte, brachte die Konferenz keine bedeutenden Entscheidungen. Mein einziger wichtiger Beitrag war der Vorschlag, es möchte eine gutnachbarschaftliche Tat sein, die anderen westlichen Königreiche darüber aufzuklären, daß das Ende der Welt in greifbarer Nähe stand.

Vater und ich verließen die Insel der Winde mit dem Schiff. Man setzte uns an einem regennassen Strand an der Nordseite der arendischen Landspitze ab, damit wir unsere Suche nach den sich verborgen haltenden Asturiern aufnehmen konnten.

Nachdem die Mimbrater Vo Astur zerstört hatten, hatte der asturische Adel sich in die Wälder zurückgezogen und einen Jahrhunderte währenden Guerillakrieg begonnen. Aus asturischer Sicht stellte es einen großen

Sieg dar, wenn man einen einsamen mimbratischen Reisenden mit einem Pfeil in den Rücken erlegte, einen Sieg, der wochenlang an allen Lagerfeuern gefeiert wurde. Die Mimbrater mißbilligten diese Vorgehensweise, wie man sich lebhaft vorstellen kann. Bewaffnete Ritter unternahmen daher häufig Säuberungszüge in den Wald, um die Banden romantischer Nostalgiker aufzuspüren und zu vernichten. Die Asturier gewannen rasch Erfahrung im Tarnen ihrer Lager. Vater und ich verbrachten also reizende eineinhalb Wochen mit der Suche nach dem so schwer faßbaren Herzog von Asturien, Eldallan mit Namen. Der fast ständig durch die Bäume niedergehende Regen verschaffte dem Wort ›ungemütlich‹ eine ganz neue Bandbreite.

Wenn der Hunger sie nicht hinaustreibt, sitzen Raubtiere Unwetter für gewöhnlich an einem geschützten Ort aus. In diesem tropfnassen Wald hingegen gab es genau einen Wolf und genau eine Eule, die gezwungen waren, ständig in Bewegung zu bleiben.

Könnt ihr euch vorstellen, wie übel ein nasser Wolf riecht, der sich einem Lagerfeuer nähert? Allein beim Gedanken an Vaters ›Duft‹ während unserer Suche dreht sich mir der Magen um.

Wie der Zufall es wollte, löste eine kurze Unterbrechung des Niederschlags den ständigen Bodennebel auf, der im Wald hing. Ich flog hoch über den Baumwipfeln und sah in einiger Entfernung von uns im Osten den Rauch von etwa einem Dutzend Lagerfeuern aufsteigen. Als wir nachforschten, fanden wir das Lager, das wir gesucht hatten.

In Anbetracht ihres hochentwickelten Sinns für Romantik bestand das Kostüm der Wahl unter den jungen asturischen ›Patrioten‹ aus grünen oder braunen Tuniken und Kniehosen sowie verwegenen, mit langen

Federn geschmückten Hüten. Die Mimbrater hatten sie zu Geächteten gemacht, und sie spielten die Rolle nach bestem Vermögen. Literatur hat ihre Daseinsberechtigung, nehme ich an, aber von drittklassigen Verseschmieden verfaßte Balladen, die die Heldentaten dieses oder jenes Gesetzlosen priesen, der auszog, die reichen Mimbrater zu berauben und die Beute unter den armen asturischen Bauersleuten zu verteilen, entzündete die Phantasie von Generationen hirnloser asturischer Edelleute solcherart, daß sie stundenlang in ihrer grünen Montur posierten und umherstolzierten und mit ihren Bögen übten, wobei sie ganze Bataillone von Strohpuppen in verrosteten mimbratischen Rüstungen mit Pfeilen spickten.

Schon gut, ich *habe* Vorurteile gegen die Asturier. Na und?

Herzog Eldallan und seine Genossen waren alles andere als kooperativ, als Vater und ich ihr ausgedehntes Lager betraten. Wir wurden zwar nicht gefangengenommen, aber eine Menge blanker Pfeilspitzen zeigten in unsere Richtung, als wir uns dem roh gezimmerten ›Thron‹ näherten, auf dem Eldallan mit seiner achtjährigen Tochter Mayaserana auf dem Knie saß.

Der Herzog von Asturien war ein dünner Mann Anfang dreißig mit langem, sorgfältig gekämmtem blondem Haar. Er trug Waldgrün, sein Langbogen war zur Hand, und er hegte offenbar eine hohe Meinung von sich selbst. Er nahm Vaters Begrüßung mit skeptischem Blick auf. Das notorisch schäbige Äußere meines Vaters paßte offenbar nicht in sein Bild von einem ›mächtigen Zauberer‹, wie es die zahllosen arendischen Heldenepen geprägt hatten. Mag sein, daß er Vater nicht glaubte, aber *mir* glaubte er kurz darauf.

Die Zerstörung Drasniens tat er achselzuckend als

›ein Problem der Alorner‹ ab, während er viel Aufhebens um seine, wie er sagte, religiöse Verpflichtung machte, die Mimbrater vom Erdboden zu vertilgen. Schließlich wurde ich seiner Prahlerei überdrüssig und schritt ein. »Warum läßt du *mich* nicht mit ihm reden, Vater?« sagte ich. »Ich kenne die Arender ein bißchen besser als du.«

»Mit Vergnügen«, knurrte der alte Wolf.

»Bitte verzeiht meinem Vater, Euer Gnaden«, wandte ich mich an Eldallan. »Diplomatie gehört nicht zu seinen Stärken.«

Dann beging Eldallan den Fehler, meine frühere Verbindung zu den wacitischen Arendern nicht nur zu erwähnen, sondern als eine Art unentschuldbaren moralischen Vergehens hinzustellen. Da er offenbar garstig sein wollte, faßte ich den Entschluß, noch viel garstiger zu ihm zu sein – garstiger, als er ertragen konnte.

»Sehr wohl, Euer Gnaden«, versetzte ich ziemlich kühl, »ich werde Euch *zeigen,* was die Angarakaner in Drasnien angerichtet haben, und ich überlasse es Euch zu entscheiden, ob dieselben Dinge auch hier passieren werden.«

»Eitle Trugbilder!« schnaubte er.

»Nein, Euer Gnaden. Keine Trugbilder, sondern bittere Wirklichkeit. Ich spreche als Herzogin von Erat, und kein wahrer Edelmann würde die Worte einer Edelfrau in Zweifel ziehen – oder bin ich *fälschlicherweise* davon ausgegangen, daß es Edelleute in Asturien gibt?«

Er ereiferte sich. »Wollt Ihr meine Ehre in Frage stellen?«

»Habt Ihr nicht soeben die meine in Frage gestellt?«

Ich glaube, damit hatte er nicht gerechnet. Er mußte das erst einmal verdauen, aber dann gab er nach. »Nun denn, Euer Gnaden«, entgegnete er. »Wenn Ihr mir Euer Ehrenwort gebt, daß das, was Ihr mir zeigen wollt, sich tatsächlich so zugetragen hat, bleibt mir keine Wahl, als zuzustimmen.«

»Euer Gnaden ist zu gütig.« Behutsam erforschte ich seinen Geist und fand dort eine irrationale, haltlose

Angst, lebendig verbrannt zu werden. Nun hatte ich alles, was ich brauchte.

Ich ließ eine Reihe unzusammenhängender Bilder vor seinem geistigen Auge erscheinen und zwang ihn mit der Kraft meines Willens, zuzusehen, wie sie sich entfalteten. Es gab genügend ›gewöhnliche‹ Metzelei in jenen Bildern, um ihn nicht auf die Idee kommen zu lassen, ich richtete meine Bemühungen auf das eine, was er am meisten fürchtete. Die Meere von Blut und das gelegentliche Abtrennen einzelner Glieder waren indes nur so etwas wie die Sahne auf den liebevoll nachgebildeten Szenen kreischender Drasnier, die in brennenden Gebäuden gefangen waren oder lebendig von lachenden Angarakanern auf gewaltige Scheiterhaufen geschleudert wurden. Ich fügte die üblichen Entsetzensschreie hinzu und tauchte ihn in den übelkeitserregenden Gestank brennenden Fleisches ein.

Eldallan begann zu schreien und sich auf seinem Thron zu winden, aber ich machte noch so lange weiter, bis ich mir völlig sicher war, daß es keine Widerworte mehr geben würde. Ich hätte ihn noch länger dort festhalten können, aber die Anwesenheit seiner kleinen Tochter Mayaserana bewog mich, Milde walten zu lassen. Mayaserana war ein wunderschönes kleines Mädchen mit dunklem Haar und großen Augen, und ihre unfreiwilligen kleinen Schreie und Schluchzer, während ihr Vater sich stöhnend wand, zerrissen mir das Herz.

»Was hast du mit meinem Vater gemacht, böse Lady?« fragte sie mich in vorwurfsvollem Ton, als ich Eldallan aus meiner Gewalt entließ.

»Deinem Vater wird es bald wieder gut gehen, Liebes«, beschwichtigte ich sie. »Er hat nur einen Alptraum gehabt, sonst nichts.«

»Aber es ist mitten am Tag – und er schläft ja nicht einmal!«

Ich nahm sie in die Arme. »Das kommt manchmal vor, Mayaserana«, erklärte ich ihr. »Es geht ihm bald wieder gut.«

Nachdem der Herzog von Asturien sich erholt hatte, schlug Vater einen Waffenstillstand zwischen Asturien und Mimbre vor – »einen vorübergehenden Waffenstillstand, Ihr versteht, nur für die Zeit des augenblicklichen Notfalls. Wenn Ihr natürlich den Frieden mit den Mimbratern rein zufällig unterhaltsam finden solltet, werdet Ihr und Aldorigen ihn möglicherweise verlängern wollen.«

»Ihr schlagt doch gewiß keine Begegnung zwischen mir und diesem mimbratischen Schlächter vor!«

»Nur, wenn ihr beide zustimmen würdet, Euch an den entferntesten Enden eines Raumes anketten zu lassen, Eldallan. Ich werde alles mit dem sendarischen Botschafter in Vo Mimbre absprechen. Die Sendarer werden als Vermittler auftreten – zumindest so lange, bis die Angarakaner tatsächlich in Arendien einfallen. Wenn es dazu kommt, werden wir uns etwas einfallen lassen, um Euch und die Mimbrater weit entfernt voneinander auf den Schlachtfeldern aufzustellen.«

Dann begaben Vater und ich uns südwärts über die regennasse Ebene Südarendiens nach Vo Mimbre. Erneut wurde ich nahezu von Erinnerungen überwältigt. Ich glaube nicht, daß mein Vater je verstanden hat, wie tief meine Bindung zu Arendien geht. Die Arender sind ein Volk von Kindern, und ich bin auf eine sehr handfeste Weise fast sechshundert Jahre lang ihre große Mutter gewesen.

Der dunkelhaarige Herzog – der ›König‹, wie er es vorzog – Aldorigen hatte vor allem tödliche Angst vor Schlangen, was meine schöpferische Kraft auf eine harte Probe stellte, da es in Drasnien nicht sehr viele Schlangen gibt. Ich bekenne mich an dieser Stelle zu einer bewußten Fälschung. Ich sog mir einen angarakanischen ›Brauch‹ aus den Fingern, und Herzog Aldorigen fand meine imaginären Schlangengruben, in die ganze drasnische Dörfer unter lauten Entsetzensschreien geworfen worden, unterhaltsam genug, um sich zu unserer Sicht der Dinge bekehren zu lassen.

Zugegeben, das war unehrenhaft. Möchtet ihr, daß wir die Geschichte an dieser Stelle anhalten, um die nächsten ein oder zwei Wochen lang die philosophischen Implikationen des Satzes ›der Zweck heiligt die Mittel‹ zu erörtern?

Nachdem Vater Aldorigen gezwungen hatte, den Waffenstillstand hinzunehmen und dem sendarischen Botschafter mehr oder weniger befohlen hatte, die Rolle des Verbindungsmannes zwischen Asturien und Mimbre zu übernehmen, trafen wir Anstalten, die goldene Stadt zu verlassen. Bevor wir jedoch gingen, warf ich einen sehr eingehenden Blick auf Aldorigens sandhaarigen kleinen Sohn Korodullin. Er war, wenn ich mich recht entsinne, acht oder neun Jahre alt. Um ehrlich zu sein, der Gedanke an einen Zufall kam mir gar nicht erst. Es überraschte mich allerdings ein wenig herauszufinden, daß die ›Glocke‹, die hin und wieder in meinem Kopf erklingt, nicht ausschließlich von Nachkommen Beldarans und Eisenfausts in Schwingungen versetzt wurde. Auch andere vorherbestimmte Verbindungen brachten sie zum Läuten. Ich erinnere mich noch deutlich, wie ich sie vernahm, als Relg und Taiba einander begegneten. Seltsamerweise blieb sie stumm, als ich Durnik traf.

Aldorigen stellte uns Pferde zur Verfügung, und so überquerten Vater und ich, dicht vermummt, um den nicht endenwollenden Regen abzuhalten, den Arend auf einer Furt etwa dreißig Meilen flußabwärts von Vo Mimbre und trotteten weiter in südlicher Richtung durch Nordtolnedra zu jener strahlenden Insel, die Tol Honeth heißt.

Als wir den marmorverkleideten kaiserlichen Palast erreichten, wurden wir ohne Aufsehen und die übliche Verzögerung vor den Kaiser geführt. Vaters früherer Besuch hatte Ran Borune glauben gemacht, Vater sei ein Gesandter der alornischen Könige, was zwar nicht ganz der Wahrheit entsprach, jedoch auch nicht einer gewissen Basis entbehrte – denke ich. Die Vernichtung Drasniens hatte Ran Borunes Augenmerk vornehmlich auf die Königreiche des Nordens gelenkt. Er gierte geradezu nach jeder Information, die er bekommen konnte. »Ah, da seid Ihr ja, Belgarath«, sagte er ohne Umschweife, als wir in sein recht pompös geschmücktes Arbeitszimmer eskortiert wurden. »Furchtbar, diese Sache mit Drasnien. Bitte richtet Rhodar mein tiefstes Mitgefühl aus, wenn Ihr ihn das nächste Mal seht. Haben die Alorner schon eine Ahnung, wo Kal Torak das nächste Mal zuschlagen wird?«

»Vage, Euer Kaiserliche Majestät«, erwiderte Vater. »Oh, übrigens, dies ist meine Tochter Polgara.«

»Reizend, reizend«, antwortete der junge Kaiser abwesend. Das ließ sich nicht gut an mit Ran Borune und mir. »Ich *muß* wirklich wissen, wohin Torak als nächstes marschiert, Belgarath. Habt Ihr denn keine Spione in seiner Armee?«

»Ich würde sie nicht Spione nennen, Ran Borune«, gab Vater ein bißchen säuerlich zurück. »Kal Torak hat keine Nicht-Angarakaner in seiner Armee – zumindest noch nicht. Wir konnten keine Melcener oder Dalaser oder Karandeser in seinem Heer entdecken.«

»Haben die Alorner schon irgendeinen Plan?«

»Nichts Bestimmtes. Sie versuchen, Verteidigungskräfte an allen möglichen Fronten zu stationieren. Unser größter Trumpf ist die Beweglichkeit der Alorner. Diese cherekischen Kriegsschiffe können in kürzester Frist eine Armee an jedem Ufer der westlichen Welt absetzen. Die Verteidigungskräfte in Algarien, Cherek und Sendarien sollten ausreichen, Torak so lange aufzuhalten, bis Verstärkungen eintreffen.«

»Geben diese religiösen Schriften irgendeine Andeutung preis?«

»Ihr meint die Prophezeiungen?«

»Ich *hasse* dieses Wort«, entgegnete Ran Borune ein wenig abwesend. »Das riecht nach Aberglauben.«

»Vermutlich«, räumte Vater ein, »aber es bestehen genügend Übereinstimmungen zwischen den alornischen und den angarakanischen Prophezeiungen, um uns ein paar Hinweise darauf zu geben, was dieser Bursche, der sich Kal Torak nennt, als nächstes versuchen wird. Ein Mann, der sich für einen Gott hält, bemüht sich für gewöhnlich jede Prophezeiung zu erfüllen, die dazu angetan ist, seine Göttlichkeit zu beweisen.«

Ein Wort an dieser Stelle. Bitte beachtet, daß weder Vater noch ich Ran Borune offen sagten, daß dieser Eroberer aus dem Osten tatsächlich Torak höchstpersönlich war. Er sollte glauben, wir hätten es vielmehr mit einem angarakanischen Verrückten zu tun. Es hatte keinen Sinn, die tolnedrische Befindlichkeit zu verletzen, indem man mit ihnen über Theologie stritt, wenn es einfachere Wege gab, sie zur Zusammenarbeit zu bewegen.

»Das habe ich wohl nicht bedacht«, gab Ran Borune zu. »Werden die Alorner einige meiner Legionen im Norden brauchen?«

»Ich glaube nicht. Trotzdem vielen Dank.«

»Beabsichtigt Ihr und Lady Polgara lange hier zu bleiben? Darf ich Euch die Gastfreundschaft meines Palastes anbieten?«

»Wir wissen Euer Angebot zu würdigen, Ran Borune«, ergriff ich das Wort, »aber es könnte Euch einige Probleme bereiten. Die Honethiter und Vorduvier könnten Kapital aus der Tatsache schlagen wollen, daß Ihr mit ›heidnischen Zauberern‹ verkehrt.«

»Ich bin hier der Kaiser, Lady Polgara, und ich verkehre, mit wem es mir verdammt noch mal gefällt. Falls das den Honethitern und Vorduviern nicht gefällt, haben sie Pech gehabt.« Er warf mir einen schiefen Blick zu.

»Ihr scheint recht vertraut mit unseren kleinen Eigenarten zu sein, Mylady.«

»Ein Zeitvertreib von mir, Euer Majestät«, erwiderte ich. »Ich habe herausgefunden, daß das Lesen tolnedrischer Traktate über Politik mich fast ebenso schnell einschläfert wie arendische Heldendichtung.«

Er zuckte. »Das habe ich wohl verdient, nicht wahr?« sagte er reumütig.

»Ja, Euer Majestät, das habt Ihr. Verbucht es unter lehrreiche Erfahrung. Vater erzählt mir unablässig, es sei unsere Pflicht, die Jugend zu belehren.«

»Bitte«, sagte er leichthin, »nicht mehr schlagen. Ich ergebe mich.«

»Ein weiser Entschluß, Ran Borune«, lobte ihn Vater. »Wer immer mit Pol die Klingen kreuzt, verläßt blutend das Schlachtfeld. Ich denke, wir bleiben in der cherekischen Botschaft. Ich muß mich frei bewegen können und mit mehreren Leuten Kontakt aufnehmen, so daß eine Eskorte von Palastspionen sich als ein wenig hinderlich erweisen könnte. Außerdem muß ich in Verbindung mit den alornischen Königen bleiben, und der cherekische Botschafter verfügt über ein Kriegsschiff. Wer ist der derzeitige nyissanische Botschafter?«

»Ein schleimiger Kerl namens Podiss.«

»Ich werde mit ihm sprechen. Wir sollten Salmissra informieren. Sie verfügt über ein paar Hilfsmittel, auf die ich möglicherweise später zurückgreifen muß. Deshalb möchte ich vermeiden, daß sie schmollend in der Ecke sitzt. Wir halten Euch auf dem laufenden. Macht Euch also nicht die Mühe, mir Spione auf den Hals zu hetzen.«

Dann begaben Vater und ich uns in die cherekische Botschaft. Spät in der Nacht erreichte Beltiras Stimme Vater kurz vor dem Einschlafen. Er berichtete, daß Toraks Truppen in Algarien einmarschiert seien, und dann kam er zu den wirklich schlimmen Nachrichten. Onkel Beldin hatte den Zwillingen gemeldet, daß eine zweite malloreanische Armee unter Urvon sich im dalasischen Hafen Dal Zerba versammelt und bereits damit begonnen habe, sich über das Meer des Ostens nach Cthol Murgos einzuschiffen. Ganz offensichtlich hatte die Schließung der Karawanenstraßen im Norden *und* Süden dazu gedient, die Truppenbewegung geheimzuhalten. Jetzt mußten wir uns über zwei angarakanische Armeen den Kopf zerbrechen.

Vater und ich gingen in den Palast zurück und zwangen die Diener des Kaisers mit Gewalt, ihn zu wecken. Unsere Neuigkeiten stimmten ihn nicht *allzu* froh. Wir rieten ihm, seine Streitkraft flexibel zu verteilen und sich nicht auf eine Front festzulegen. Dann brachen Vater und ich nach Nyissa auf.

Ich war nie zuvor im Land des Schlangenvolkes gewesen und war nie einer der unendlich vielen identischen Salmissras begegnet. Der Schlangengott Issa hatte, anders als die übrigen Götter, nicht verschiedene Jünger angenommen wie Torak oder unser Meister, sondern all seine Liebe auf eine Dienerin, die ursprüngliche Salmissra, gewandt. Doch offenkundig war es dem trägen Issa nicht in den Sinn gekommen, ihr Leben zu verlängern, und so hatten die Nyissaner sie einfach ersetzt, als sie gestorben war. Die grundlegende Bedingung war äußerliche Ähnlichkeit mit dem Original, und eine langwierige Erziehung hatte die Persönlichkeit der ursprünglichen Salmissra auf alle späteren Kandidaten übertragen. Sie hatten gute Gründe, äußerst hart zu lernen, denn neunzehn der Kandidatinnen wurden nach der Wahl der neuen Schlangenkönigin sogleich getötet. Infolgedessen glich eine Salmissra der anderen wie ein Ei. Wie Vater es ausdrückte: »Kennst du eine Salmissra, kennst du alle.« Ich hatte keinen Grund, diese Salmissras zu mögen, aber Vater hatte mich davon überzeugt, daß wir vielleicht die ziemlich speziellen Talente der Nyissaner irgendwann im Verlauf der angarakanischen Invasion benötigen würden. Deshalb war ich höflich – eisig höflich –, als wir den schreiend bunten, schlangenverseuchten Palast in Sthiss Tor betraten.

Salmissras Thronsaal war eine dämmrig erleuchtete Halle, deren Mittelpunkt die gigantische Statue des Schlangengotts beherrschte. Vor dieser Statue erhob sich ein Podest, und auf diesem Podest stand ein eher couch- als stuhlähnlicher Thron, auf dem sich Salmissra rekelte. Vor ihrem Thron knieten mehrere Dutzend gelbgewandeter Eunuchen, die im Chor Anbetungsgesänge intonierten. Die Schlangenkönigin war sehr blaß, fast kalkweiß. Sie hatte glänzendes schwarzes Haar und sonderbar farblose Augen. Ich gebe zu, daß sie schön war, und ihr gazeartiges Gewand überließ nur wenig der Phantasie. Sie nahm unsere Neuigkeiten mit reptilienhafter Gleichgültigkeit auf und machte sich nicht einmal die Mühe, den Blick von dem Spiegel abzuwenden, in dem sie sich betrachtete. »Warum sollte ich in euren Krieg mit den Angarakanern eingreifen?« fragte sie.

»Es ist nicht nur unser Krieg, Salmissra«, entgegnete ich. »Er betrifft uns alle.«

»Mich nicht. Eine meiner Vorgängerinnen mußte erfahren, wie töricht es war, sich in diese Privatfehde zwischen den Alornern und den Angarakanern hineinziehen zu lassen. Ich werde nicht denselben Fehler begehen. Nyissa wird neutral bleiben.«

Ihre blassen Augen richteten sich auf mein Gesicht, und ich wußte – woher nur? –, daß diese Schlangenfrau und ich eines Tages eine Auseinandersetzung haben würden. Salmissras Blick sagte mir deutlich, daß auch sie es wußte.

Vater bemerkte nichts von diesem stummen Austausch. Frauen hatten schon immer Verständigungsmöglichkeiten, die Männer nicht einmal ansatzweise begreifen können. Vater versuchte Salmissra davon zu überzeugen, daß Urvon auf seinem Weg nach Norden Nyissa gleichsam im Vorbeigehen vernichten würde. Natürlich hätte er sich seine Worte sparen können. Salmissra *kümmerte* es nicht, was Nyissa widerfuhr. Ihre einzige Sorge galt sich selbst. Das war einer der Wesenszüge, den diese Erziehung in ihr verankert hatte. Ihr persönliches Überleben – und ihre persönlichen Begierden – waren alles, was für sie zählte. *Ich* erkannte das, auch wenn es Vater nicht klar gewesen sein sollte. Deshalb siedelte ich meine Abschiedsbemerkung auf einer persönlichen Ebene an und legte ihr nahe, wie unangenehm es doch für sie wäre, wenn sie mit zurückgerissenem Kopf auf einen blutüberströmten Altar gepreßt würde, während mehrere Grolims ihr das Herz aus der Brust schnitten.

Das weckte ihre Aufmerksamkeit.

Als Vater und ich ihren modrig riechenden Palast wieder verließen, stellte ich ihm eine Frage, die mich schon seit geraumer Zeit beschäftigt hatte. »Haben die Nyissaner irgendeine Art von Nachschlagewerk über ihre Arzneimittellehre verfaßt?«

»Nicht, daß ich wüßte«, antwortete er schulterzuckend. »Wieso?«

»Sie haben ein paar äußerst interessante Kräutermischungen. Salmissra war völlig benebelt von etwa sechs oder acht verschiedenen Rezepturen, wie ich feststellte.«

»Wirklich?« Er wirkte überrascht. »Ich dachte, das wäre ihr natürliches Wesen.«

»Das stimmt auch, aber sie nimmt noch ein paar Dinge, die es unterstreichen. Sie hat einige *sehr* interessante Vorlieben. Wenn das alles vorüber ist, komme ich vielleicht hier herunter und forsche ein bißchen nach. Einige dieser Kräuter könnten sich als sehr nützlich erweisen.«

»Die meisten sind giftig, Pol.«

»Viele Dinge sind giftig, Vater. Eine Überdosis der meisten Heilkräuter kann tödlich sein. Die richtige Dosierung ist der Schlüssel aller Kräutermedizin.«

»Dein guter Ruf als Ärztin könnte darunter leiden, wenn du mit Gift zu experimentieren beginnst, Pol.«

»Experimente sind der Ursprung allen medizinischen

Fortschritts, Vater. Selbst wenn man anfangs einige Patienten verliert, rettet man auf lange Sicht viele.«

»Manchmal bist du so kaltherzig wie Salmissra, Pol.«

»Erkennst du das erst jetzt, Vater? Du enttäuschst mich.«

Schon gut, *natürlich* habe ich das nicht so gemeint. Manchmal erstaunst du mich.

Kapitel 31

Das war nicht von Erfolg gekrönt, nicht wahr, Pol?« brummte Vater, als er und ich Salmissras grellen Palast verließen und über die regennassen Straßen schritten.

»Hast du wirklich erwartet, sie würde uns mit offenen Armen willkommen heißen, Vater?« wunderte ich mich. »Weißt du, du warst in Nyissa noch nie sonderlich beliebt.«

»Nun ja«, seufzte er, »wenigstens wird sie auch Urvon nicht willkommen heißen. Vielleicht ist das das Beste, was wir erwarten konnten. Laß uns nach Maragor gehen und sehen, ob wir Maras Aufmerksamkeit erregen können.«

Es war Winter, die Regenzeit in Nyissa, doch der auf Toraks Sonnenfinsternis folgende Klimawechsel erschwerte es, die eine Regenzeit von der anderen zu unterscheiden. Ich *verabscheue* es, im Regen zu fliegen, aber wir hatten keine Wahl.

Wir folgten dem Fluß der Schlangen aufwärts bis zu den Stromschnellen in Nähe des Quellgebiets und bogen dann nach Norden ab, um das Gebirge zu überqueren und zur Südgrenze des verfluchten Maragor zu gelangen. Wir erblickten mehrere der provisorischen Minenlager, die Maragors Südgrenze säumten. Ich nahm zur Kenntnis, daß es keinerlei Lager nördlich dieser Grenze gab. Die Goldsucher waren Besessene, aber *so* besessen nun wieder auch nicht.

Der hochspritzende Regen erschwerte es uns, das sanft gewellte Becken zu erkennen, das einmal Maragor gewesen war, aber Vater kannte den Weg, und so folgte ich ihm einfach bis Mar Amon. Als wir nur noch ein kleines Stück von den Ruinen entfernt waren, schlug er ein paarmal mit seinen Falkenschwingen, und wir flogen zu einem Hain winterkahler Buchen hinunter, von dem aus man die Ruinen überblicken konnte. Dort nahmen wir wieder unsere eigene Gestalt an. »Das wird nicht angenehm, Pol«, klärte Vater mich in bedrücktem Tonfall auf. »Mara ist sogar noch verrückter als Torak. Er hat Maragor vom einen Ende zum anderen mit Gespenstern gefüllt, erschaffen aus seinem eigenen Wahn. Ich fürchte, du wirst ein paar ziemlich schauerliche Dinge zu Gesicht bekommen.«

»Ich habe all die Geschichten gehört, Vater.«

»Geschichten sind eine Sache, Pol. Diese Erscheinungen tatsächlich zu sehen und zu hören, eine andere.«

»Ich werd's überstehen, alter Wolf.«

»Sei dir da nicht allzu sicher, Pol. Wahnsinnig oder nicht, Mara ist immer noch ein Gott, seine Präsenz nach wie vor überwältigend. Die Präsenz des Meisters ist vergleichsweise sanft, aber Mara neigt dazu, die Leute niederzuwalzen, wenn er sich manifestiert. Bist du zufälligerweise während deines Aufenthalts in Arendien einmal Chaldan begegnet?«

»Nein. Chaldan spricht nur zu seinen Priestern – das behaupten zumindest die Priester.«

Er nickte. »Priester sind doch auf der ganzen Welt gleich. Sie scheinen der Auffassung zu sein, daß der exklusive Kontakt zu ihrem Gott ihren Posten sichert. Wenn jeder alte Bauer mit seinem Gott reden könnte, würden die Priester ja überflüssig, und dann müßten sie etwas anderes anfangen und sich ehrliche Arbeit besorgen – pfui!«

»Du bist heute recht zynisch.«

»Schieb es aufs Wetter. Wie dem auch sei, wappne dich. Unsere Begegnung mit Mara dürfte sich etwas unerfreulich gestalten. Götter haben ein langes Gedächtnis für Kränkungen, und Mara gibt uns allen noch heute die Schuld daran, daß wir den Maragern nicht zu Hilfe gekommen sind, als die Tolnedrer Maragor ausgelöscht haben. Ich habe ihn schon mehrmals getroffen, und er kennt mich – es sei denn, er hat mich wieder vergessen. Möglicherweise muß ich ihn ein bißchen anlügen. Schließlich haben wir nicht ausdrücklich den Auftrag erhalten, hierherzukommen. Wir handeln nur so, wie der Meister es unserer Meinung nach gerne sähe. Nur um sicherzugehen, würde ich Mara lieber erzählen, wir handelten auf Anweisung. Mara ist nicht so verrückt, sich gegen den Meister zu erheben, so daß er uns nicht bedenkenlos töten wird. Aber sei vorsichtig, Pol. Sei immer auf der Hut, und was immer du tust, laß dich *nie* von irgendwelchen zufällig herumliegenden Goldklumpen ablenken. Wenn du auch nur entfernt an Gold *denkst*, wird Mara dich vom Antlitz dieser Erde tilgen!«

»Ich bin gar nicht so habgierig, Vater.«

»Tatsächlich? Wo hast du dann das ganze Geld her, das du immer aus dem Ärmel schüttelst, wenn du irgend etwas kaufen willst, häh?«

»Kluge Anlagetechnik, Vater. Wenn du Geld hegst und pflegst – es beschneidest, wässerst und düngst –, wird es für dich wachsen und gedeihen wie Rosen oder Rettich. Keine Angst, alter Wolf. Das letzte, was mich interessiert, ist Gold.«

»Gut. Dann laß uns in die Stadt gehen und sehen, ob wir Mara ein bißchen Vernunft beibringen können.«

Mar Amon ist ein äußerst beunruhigender Ort, nicht nur wegen der Massen verstümmelter Geister, die es heimsuchen, sondern auch, weil es teilweise Wirklichkeit und teilweise Illusion ist. Mara hat die Stadt im Prinzip wiederaufgebaut, hat zerstörte Gebäude durch Bilder ersetzt, wie sie einst aussahen, bevor die Tolnedrer kamen. Die Gebäude sind nicht stofflich, aber vom bloßen Hinsehen kann man das nicht erkennen. Während Vater und ich jener spiralförmigen Straße folgten, die sich auf den zentralen Tempel zuwand, erblickten wir genug Schrecken für ein ganzes Leben. Die tolnedrischen Legionäre werden normalerweise mit Kupfermünzen entlohnt. Gold bekommen sie fast nie zu Gesicht. Der Boden von Maragor war übersät damit, und so brach auch der letzte Anschein von Disziplin zusammen. Die Legionen sanken auf das Niveau eines gierigen, hirnlosen Mobs herab, und ein Mob begeht Greuel. Mara hat die Opfer dieser Greuel fast liebevoll wiedererschaffen und freigelassen, damit sie Maragor für immer unbetretbar machten. Ich billige die Züchtigung, die Nedra den wüstesten und habgierigsten unter seinen Gläubigen nach der Invasion von Maragor auferlegte, von Herzen. Ein Handelsherr aus Tol Honeth kann es nicht verhindern, daß er an Gold denkt, wenn es überall herumliegt, und Habgier ist in Maragor der Beginn des Wahnsinns. Das Kloster in Mar Terrin *hört* sich nett an, ist in Wahrheit jedoch das abscheulichste Gefängnis auf der ganzen weiten Welt. Die Insassen dieses Gefängnisses sind verdammt – nicht zum Tode, sondern zu ewigem Wahnsinn.

»BELGARATH!« Maras Heulen war lauter als Donner. »WARUM STÖRST DU MEINE TRAUER?« Der weinende Gott war gewaltig, und in seinen Armen hielt er die Leiche eines seiner ermordeten Kinder.

»Es geschieht aus Gehorsam gegenüber dem Befehl unseres Meisters, daß meine Tochter Polgara und ich Euch, Lord Mara, aufgesucht haben«, erwiderte Vater gewandt. »Euer Bruder Torak hat einen Feldzug gegen den Westen begonnen, Herr. Aldur, unser Meister, hat uns angewiesen, Euch die Ankunft des Drachengottes kundzutun.«

»LASS IHN KOMMEN«, entgegnete Mara, noch immer weinend. »SEINE ANGARAKANER HABEN DEM WAHNSINN GENAUSOWENIG ENTGEGENZUSETZEN WIE DIE MÖRDERISCHEN KINDER NEDRAS.«

Vater verneigte sich. »Dein Wille geschehe, Lord Mara«, sagte er. »Somit haben meine Tochter und ich die Aufgabe erfüllt, die unser Meister uns auferlegt hat. Wir werden Euch nun verlassen und hinfort nicht mehr belästigen.«

»Das ging aber schnell«, murmelte ich, als wir das Trugbild, das man Mar Amon nennt, auf demselben Weg wieder verließen.

Vater zuckte mit den Schultern. »Um ehrlich zu sein, es lief sogar viel besser, als ich gehofft hatte.«

»Ich vermag dir nicht ganz zu folgen«, gestand ich.

»Maragor ist so etwas wie die Hintertür zu Tolnedra«, erläuterte er. »Urvon könnte planen, durch den Norden von Cthol Murgos zu kommen und aus dieser Richtung in Tolnedra einzufallen, anstatt den Weg obenherum durch Nyissa zu nehmen. Jetzt weiß Mara von seinem Kommen, und wir haben *diese* Tür geschlossen. Urvons Armee mag geistig gesund sein, wenn sie Maragor betritt, aber wenn seine Soldaten es verlassen, werden sie tobende Irre sein.« Er wirkte sehr zufrieden mit sich. »Ich hatte mir vielleicht ein bißchen mehr Unterstützung von seiten Maras erhofft, aber er wird diese Flanke für uns decken, und damit gebe ich mich zufrieden. Laß uns mit dem Gorim reden. Wir sollten alle auf einmal informieren. Dann müssen wir diese Reise nicht noch einmal unternehmen.«

»Demnach wollen wir auch die Ulgos zu den Waffen rufen?«

»Ich glaube nicht, daß sie kommen würden, aber wir sollten sie nicht beleidigen, indem wir sie nicht einladen.«

»Beschäftigungstherapie!«

»Habe ich etwas verpaßt, Pol?«

»Wir laufen herum und laden Leute zu einer Feier ein, an der sie nicht teilnehmen wollen.«

»Nenn es meinetwegen diplomatische Rücksicht, Pol.«

»Ich nenne es lieber Zeitverschwendung.«

»Jede diplomatische Tätigkeit hat etwas davon, da hast du vermutlich recht. Also auf nach Prolgu!«

Der endlose Regen, der die Flachländer in den Jahren nach Toraks Sonnenfinsternis so geplagt hatte, war in den Bergen des heiligen Ulgo als Schnee gefallen. Aber da Vater und ich die Reise nicht zu Fuß bewältigen mußten, konnten wir dieser besonderen Unannehmlichkeit aus dem Weg gehen. Zu fliegen, während es schneit, ist ermüdend, allerdings nicht annähernd so ermüdend, wie durch hüfthohe Schneewehen zu stapfen. Zudem vermieden wir so Begegnungen mit den, sagen wir übermütigen Geschöpfen, die im Gebirge Ulgolands leben.

Prolgu gleicht mehr einem Berg als einer Stadt. Die Algarer türmten jenen Berg auf, den sie die Feste nennen, die Ulgos hingegen bauten Prolgu in und um den Berg, auf dem der erste Gorim UL begegnete und ihn so beschämte, daß der Vater der Götter die Ausgestoßenen dieser Welt als seine Kinder annahm.

Wir landeten in einer verlassenen Stadt, die keiner anderen auf dieser Welt gleicht. Die meisten antiken Städte liegen aufgrund von Kriegen in Ruinen, und Kriege hinterlassen an Mauern und Gebäuden einige nicht zu übersehende Spuren. Prolgu indes war nicht durch menschliche Hand zerstört worden. Die Ulgos waren einfach in die Höhlen unterhalb der Stadt gezogen und hatten ihre Häuser heil und leer zurückgelassen. Eine verlassene Stadt zieht für gewöhnlich Plünderer an, aber ich glaube, es hätte schon einer ganz besonderen Sorte von Plünderern bedurft, um nach Prolgu zu ziehen und auf der Suche nach Kostbarkeiten durch diese leeren Straßen zu gehen. In den Bergen von Ulgo wimmelt es von Lebewesen, für die Menschen ein Leckerbissen sind. Selbst die Mäuse sind gefährlich. So erzählt man sich wenigstens.

Ich hatte nur selten Gelegenheit, nach Prolgu zu kommen. Meine Familie hat es sich zur Angewohnheit gemacht, die Aufgaben aufzuteilen, und die Kontaktpflege mit den Ulgos war immer Sache meines Vaters gewesen. Wir zogen scheinbar ziellos durch die zugeschneiten Straßen, während der Schneesturm um uns tobte, als der Abend hereinbrach und das Licht zu schwinden begann.

»Ah, da ist es«, sagte Vater endlich und wies auf ein Haus, das sich in nichts von den anderen unterschied. »Dieser Schnee macht diese Aufgabe nicht leichter.«

»Das ist wohl auch nicht beabsichtigt, Vater.«

»Sollte das jetzt witzig sein?«

»Nein, eigentlich nicht.«

Wie alle Häuser in Prolgu hatte auch dasjenige, in das wir nun eintraten, sein Dach schon vor langer Zeit eingebüßt, und auf dem Boden lag eine dicke Schneeschicht. Vater führte mich in den zentralen Raum und scharrte mehrere Minute lang hier und da mit dem Fuß den Schnee weg. »Na endlich«, grummelte er dann in seinen Bart, als er die gesuchte Steinplatte gefunden hatte. Er holte sich einen großen Stein aus einer Zimmerecke und schlug dreimal damit gegen die Steinplatte.

Nichts geschah.

Wieder schlug er zu. Das Geräusch hörte sich irgendwie hohl an.

Dann gab es ein leises Knirschen, und die sehr große, flache Bodenplatte kippte hoch und ließ einen schwach erleuchteten Raum darunter erkennen. *»Belgarath«*, erscholl eine dumpf klingende Stimme von unten, *»Yad ho, groja UL.«*

»Reine Formalität«, raunte Vater mir zu. Dann sagte er: *»Yad ho, groja UL. Yad mar ishum.«*

»Veed mo, Belgarath. Mar ishum Ulgo.«

»Man hat uns eingeladen«, übersetzte Vater. »Hast du die ulgonische Sprache überhaupt je studiert?«

»Nicht sehr intensiv. Die Grammatik ist dalasisch, nicht wahr?«

»Ja. Aber sie ist älter als Morindisch oder Karandesisch. Die Sprachen isoliert lebender Völker neigen zum Erstarren – und viel isolierter als die Ulgos kannst du kaum leben. Komm, laß uns heruntergehen und uns mit dem Gorim unterhalten.«

»Du wirst den Übersetzer für mich spielen müssen, Vater.«

»Nein. Der Gorim spricht unsere Sprache.«

»Das ist überaus hilfreich.«

Das Licht in den Höhlen von Ulgo ist chemischen Ursprungs und sehr schwach. Ich konnte nicht erkennen, wie groß die Höhlen waren, aber die Echos ließen gewaltige Ausmaße ahnen. Ich fühle mich nie ganz wohl in den ulgonischen Höhlen. Ich muß immerzu an Maulwürfe denken. Sie haben jedoch eine geordnete Gesellschaft, leben in sauberen Wohnungen, welche in die Wände von langen, dämmrigen Galerien gehauen waren, und gehen ihren täglichen Verrichtungen in etwa derselben Art nach, als lebten sie an der Oberfläche. Ich räumte ziemlich sarkastisch ein, daß das Leben unter der Erde zumindest einen Vorteil hat: Das Wetter wurde nie zum Problem.

Die Ulgos ignorierten meinen Vater und mich größtenteils, als wir durch ihre Gänge schritten. Wir streiften mehrere riesige Abgründe und gingen am Ufer eines dunklen Sees entlang, der so groß war wie ein unterirdisches Meer. Dieses Meer wurde von Wasserfällen gespeist, die von der Oberflächenwelt herunterfielen, um endlos im Zwielicht der Erde zu flüstern. Die Echos dieser Wasserfälle vermischten sich mit den Echos der Hymne an UL, die in regelmäßigen Abständen von den Gläubigen gesungen wurde, und die Gesamtheit dieser Echos verwandelte ganz Ulgo in eine unermeßliche Kathedrale.

Das Haus des Gorims von Ulgo ist aus einem so feinen Marmor errichtet, daß es die stattlichen Bauten des kaiserlichen Tol Honeth in den Schatten stellt. Es steht auf einem kleinen Inselchen inmitten eines seichten unterirdischen Sees. Der Zugang erfolgt über eine formell wirkende Dammstraße. Der alte Gorim in weißer Robe und weißem Bart, vermutlich der heiligste Mann der Welt, erwartete uns am anderen Ende dieses Dammwegs. Ich war seit einem Jahrtausend nicht mehr in den

Höhlen von Ulgo gewesen, aber dieser Gorim glich in fast allem seinen Vorgängern.

»Du hast uns lange nicht mehr besucht, Belgarath«, begrüßte der Gorim meinen Vater, als wir die Insel erreichten.

»Ich weiß, Gorim«, entschuldigte sich Vater. »Ich hatte so viel zu tun, daß ich meine gesellschaftlichen Verpflichtungen vernachlässigt habe. Du kennst meine Tochter noch nicht, nicht wahr?«

»Die geheiligte Polgara? Ich glaube nicht.«

»Geheiligt? Warte mit deinem Urteil, bis du sie näher kennenlernst, Gorim. Pol ist ein bißchen schwierig.«

»Das reicht, Vater«, sagte ich streng. Dann knickste ich vor dem Gorim. *»Iad Hara, Gorim an Ulgo«,* begrüßte ich ihn.

»Dalasisch?« Er schien verblüfft. »Seit einem Jahrhundert habe ich niemanden mehr in dieser Sprache reden hören. Ihr seid begabt, Polgara.«

»Vermutlich nicht, heiliger Gorim«, wehrte ich ab. »Meine Studien haben mich auf einige ziemlich obskure Pfade geführt. Ulgosisch beherrsche ich jedoch noch nicht, und deshalb habe ich mich mit Dalasisch beholfen. Mein Akzent ist vermutlich entsetzlich.«

»Ganz im Gegenteil. Vielleicht möchtet Ihr aber gerne ein oder zwei Monate in Kell verbringen, um noch daran zu feilen.«

»Wenn diese Krise vorbei ist, Pol«, dämpfte Vater meinen Eifer.

»Demnach gibt es zur Zeit also eine Krise?« erkundigte sich der Gorim.

»Gibt es je *keine* Krise?« erwiderte Vater säuerlich. »Diese ist allerdings recht ernst.«

»Laßt uns hineingehen«, schlug der Gorim vor. »Wenn schon das Ende der Welt bevorsteht, erfahre ich die Nachricht lieber im Sitzen.«

Ich gewann den Gorim unverzüglich lieb. Er war ein reizender alter Mann mit einem Sinn für humorvolle Untertreibungen. Er lachte allerdings nicht viel, als Vater ihm berichtete, Torak habe Ashaba verlassen und seine Malloreaner über die Landbrücke geführt. »Das ist höchst beunruhigend, Belgarath«, bemerkte er stirnrunzelnd.

»Fürwahr«, stimmte Vater ihm zu. »Darf ich offen sprechen?«

»Selbstverständlich.«

»Die Menschen von Ulgo sind keine Krieger, und sie sind nicht an die Welt an der Oberfläche gewöhnt. Allein das Sonnenlicht würde sie blenden – vorausgesetzt, die Sonne kommt überhaupt noch einmal hervor.«

»Ich kann dir nicht folgen, Belgarath.«

»Nach Toraks Sonnenfinsternis trat eine Wetterveränderung ein«, führte Vater aus. »Während der vergangenen fünfzehn Jahre regnete es nahezu ununterbrochen.«

»Haben wir das vorhergesehen?«

»Wir hätten es vorhersehen sollen. Unsere Prophezeiungen erwähnen den Regen, aber wir dachten, sie sprächen von einem vorübergehenden Regensturm und nicht von einem dauerhaften Klimaumschwung. Manchmal macht es mich wütend, wie man mich so gängelt. Alles steht im Mrin und im Darine, aber mir ist es nicht gestattet, das, was ich lese, auch zu verstehen, bis diese ach so gescheite Notwendigkeit es für angemessen erachtet. Ich glaube wirklich, er hält sich für witzig.«

Gorim lächelte schwach. »Nun ja, vielleicht sollten wir dieser Möglichkeit nachgehen«, meinte er.

»Danke, ich bestimmt nicht«, versetzte Vater mißmutig. »Ich möchte mich lieber nicht mit der Vorstellung anfreunden, daß das ganze Universum nur ein einziger riesiger, unverständlicher Witz ist.« Er schüttelte den Kopf. »Die furchtbaren Vorfälle in Drasnien sind ein Hinweis darauf, daß wir uns auf einen sehr schmutzigen Krieg einstellen müssen, Gorim. Dein Volk ist fromm, und mit der Gewalt, die uns hier in die Augen springt, kann es aufgrund seiner Veranlagung nicht umgehen.

Die Alorner, Tolnedrer und Arender sind dagegen für diese Art von Auseinandersetzung geboren. Warum lassen wir sie nicht damit fertigwerden? Wir werden dich auf dem laufenden halten, und wenn Torak seine Arme durch Ulgoland marschieren läßt, warnen wir euch rechtzeitig, damit ihr die Eingänge zu den Höhlen versiegeln und die Angarakaner den Algroths, Hrulgin und Eldrakyn überlassen könnt.«

»Ich werde den Heiligen Ul um Rat fragen«, versprach Gorim. »Vielleicht bewegen ihn die Umstände dazu, seine Abneigung gegen Gewalt vorübergehend zu vergessen.«

»Das liegt völlig bei ihm, Gorim«, sagte Vater. »Ich habe in meinem Leben schon etliche Dummheiten begangen, aber der Versuch, UL zu sagen, was er tun soll, gehört nicht dazu.«

Danach wandte unsere Unterhaltung sich allgemeineren Themen zu, und die Diener des Gorim brachten uns das Abendessen. Die ulgonische Küche ist ziemlich fade, aber ich behielt meine Ansicht für mich. Ich war mir nicht sicher, ob die Ulgos möglicherweise religiöse Tabus bezüglich Kräutern und Gewürzen hatten.

Nachdem wir gegessen hatten, unterhielten Vater und der Gorim sich noch eine Weile, und dann wies man dem alten Wolf und mir Räume zu, in denen wir uns zur Ruhe begeben konnten. Ich schlummerte gerade ein, als Mutters Stimme mich erreichte. *»Willkommen in Ulgo, Pol«*, sagte sie.

»Du klingst, als würdest du hier wohnen, Mutter.«

»Natürlich«, versetzte sie. *»Wo dachtest du denn, daß ich wäre?«*

»Ich habe mir keine Gedanken darüber gemacht. Ich nehme an, ich dachte, daß du überall und nirgends wärst.«

»Es sind Höhlen, Pol, und eine Höhle ähnelt einem Bau, findest du nicht auch?«

»Ich fürchte, daran habe ich nicht gedacht.«

»Offensichtlich. Der Heilige UL will mit dir sprechen. Komm mit. Ich führe dich.«

Ich erhob mich und kleidete mich an, und dann verließ ich in aller Stille das Haus des Gorim. Mutters Stimme leitete mich durch das labyrinthartige Gewirr von Galerien in die Außenbezirke der unterirdischen Stadt. Die Gänge, die wir betraten, ließen immer weniger Spuren menschlicher Bearbeitung erkennen, und nachdem ich mich durch einen schmalen Spalt gezwängt hatte, deutete der Schutt auf dem unebenen Boden deutlich darauf hin, daß wir uns nun auf unerforschtem Terrain befanden.

Dann, kurz nachdem ich um eine scharfe Biegung gekommen war, war das Gefühl von Mutters Gegenwart in meinen Gedanken auf einmal verschwunden – oder um genauer zu sein, es hatte sich verlagert. Mutter befand sich direkt vor mir, und jetzt war sie wirklich dort. Die Ulgoner beleuchten ihre unterirdische Welt, indem sie zwei Chemikalien vermischen, die ein phosphorisierendes Glühen abgeben. In dieser noch unentdeckten Galerie glühten die Wände selbst. Möglicherweise handelte es sich dabei um eine chemische Reaktion, aber das bezweifle ich.

Mit ihrem lohfarbenen Haar und den goldenen Augen saß Mutter ganz ruhig auf einem schlichten, dreibeinigen Stuhl in dem ordentlichen kleinen Raum, der ein Bett, einen Tisch und einen kleinen Herd enthielt. Die Wände waren unbearbeitet, und Mutters Kochutensilien und Geschirr waren säuberlich auf einem Sims hinter dem Herd aufgestapelt. Um es kurz zu fassen, dies war kein Zimmer, sondern ein Bau.

Mutter erhob sich und streckte mir die Arme entgegen, und ich flog buchstäblich an ihre Brust. Wir hielten einander ziemlich lange eng umschlungen, und ich gebe zu, daß ich weinte. Dann setzte sie mich behutsam an ihren kleinen, grob gezimmerten Tisch und setzte Tee für uns auf.

»Du sagtest, UL wolle mich sprechen, Mutter«, erinnerte ich sie, als wir einander mit verschränkten Händen am Tisch gegenübersaßen.

»Er läßt uns noch ein wenig Zeit, um uns aneinander zu gewöhnen, Pol. Weil UL so ausgesprochen taktvoll ist, gibt er uns ein wenig Zeit nur für uns. Wie ist es *ihm* ergangen?« Mutter gebrauchte fast nie Vaters Namen, wenn wir über ihn sprachen.

»Vater bleibt immer derselbe, Mutter. Das solltest du wissen.«

»Man wird doch noch hoffen dürfen.« Dann lachte sie, und Mutter lacht äußerst selten. »Und Beldin und die Zwillinge?«

»Auch sie haben sich nicht verändert. Weißt du, wir sind schon eine seltsame Familie. Wir leben außerhalb der Zeit, und deshalb können wir uns nicht einfach so ändern, nur weil ein paar tausend Jahre vergangen sind.«

»Du wirst dich ziemlich bald ein wenig verändern.«

»Aha?«

»Du und ich werden einander *sehr* nahe kommen.«

»Dunkel ist der Sinn deiner Rede, Mutter.«

»Das ist Wolfsart.«

Dann begann eine der Wände von Mutters Bau in einem weichen, milchigen Licht zu erglühen, und der Vater der Götter trat aus dem Felsgestein. Natürlich hatte ich ihn schon einmal gesehen – als Beldaran gestorben war und er sie zu sich geholt hatte –, aber damals war ich so außer mir gewesen, daß ich mir später nie sicher gewesen war, ob er wirklich dort gewesen war. Seine Persönlichkeit erfüllte mich mit Ehrfurcht. Er sah unserem Meister sehr ähnlich, alt und mit seinem weißen Bart, wirkte aber kräftiger – ja sogar muskulöser.

»Ah«, sagte Mutter, während sie sich ruhig erhob, »da seid Ihr. Hättet Ihr gern eine Tasse Tee?« Ihre fast vertrauliche Begrüßung verblüffte mich.

»Wenn es dir gefällt, Poledra«, antwortete der Gott, während er am Tisch Platz nahm.

»Ihr erinnert Euch selbstverständlich an Polgara«, sagte Mutter zu ihm.

Der uralte Gott neigte sein Haupt kaum merklich in meine Richtung, und dann fixierte er mich mit einem durchdringenden Blick, dem vermutlich nichts verborgen blieb. »Ich bin des Lobes voll über dich, Poledra«, wandte er sich an Mutter. »Du hast ein Meisterwerk vollbracht.«

»Sie hat sich ganz gut gemacht, nicht wahr?« versetzte Mutter voller Bescheidenheit.

»Sie ist ihrer Aufgabe gewachsen – mehr als gewachsen.« Dann wandte er den Blick wieder mir zu. »Sei gegrüßt, Polgara«, hieß er mich willkommen. »Wie befindet sich dein altehrwürdiger Vater?«

»Es geht ihm gut, Heiligster«, gab ich zur Antwort. »Die bevorstehende Aufgabe läßt ihm nicht viel Zeit, seinen schlechten Angewohnheiten zu frönen. Deshalb ruiniert er seine Gesundheit nicht in der für ihn üblichen Weise.«

Er lachte tatsächlich darüber, und ich begann mich ein bißchen ungezwungener zu fühlen.

»Ich habe dich aus einem bestimmten Grunde rufen lassen, Polgara«, eröffnete er mir. »So sehr ich es auch genieße, Freundlichkeiten mit dir auszutauschen – schon bald wird es zu einem Ereignis kommen, auf das du vorbereitet sein mußt, damit die plötzliche Überraschung nicht deinen Geist zerrüttet.«

»Das klingt unheilvoll, Heiligster.«

»Mich dünkt indes, daß dem nicht so sein wird, Polgara. Du hast deiner Mutter jederzeit nahegestanden, aber in dieser besonderen Zeit wirst du ihr sogar näher sein, als du und deine Schwester es im Leibe eurer Mutter wart.«

Ich warf ihm einen fragenden Blick zu.

»Es ist seit langem Brauch unter den Mitgliedern deiner Familie, andere Gestalten als die eigene anzunehmen.«

»Ja«, gab ich zu.

»Die Notwendigkeit erfordert es nun, daß du und deine Mutter dieselbe Gestalt annehmt.«

»Das haben wir bereits getan, Heiligster. Wir haben

viele glückliche Stunden damit zugebracht, gemeinsam als Eulen zu fliegen.«

»Du hast mich mißverstanden, Polgara. Als ich ›dieselbe Gestalt‹ sagte, sprach ich nicht von zwei verschiedenen Eulen. Es wird nur *eine* Eule geben, und sie wird euch beide in ihrer körperlichen Hülle vereinen. Ich will mich kurz fassen: Im rechten Augenblick werdet ihr beide gemeinsam das Bild einer einzigen Eule erschaffen, und zur gleichen Zeit werdet ihr beide euer jeweiliges Ich in dieses Bild fließen lassen.«

»Ist das *möglich?«* rief ich aus.

»Eben diese Frage hat mir mein Sohn Aldur gestellt«, sagte er. »Dein Denken gleicht dem seinen.«

»Zu welchem Zweck, Heiligster?« fragte ich bestürzt. »Wozu soll dieses Experiment dienen?«

»In dieser Verschmelzung werden du und deine Mutter so völlig eins und nach außen abgesichert sein, daß nicht der geringste Hinweis auf eure Gegenwart aus der abgeschlossenen Sphäre eures vereinten Ichs hinausdringen und euch verraten wird. Weder Auge noch Geist werden in der Lage sein, euch zu entdecken. Solcherart wird weder Mensch noch Gott sich der Tatsache bewußt sein, daß das, was er sagt und tut, belauscht und beobachtet wird.«

»Wirklich? Wie erstaunlich! Und wem wird die Ehre zuteil werden, von Mutter und mir ausspioniert zu werden?«

»Wem schon, Polgara? Du und deine Mutter werdet die verrostende Heimstatt meines Sohnes Torak aufspüren, die in diesem Augenblick über die Steppen von Algarien rollt und rasselt. Mein Sohn ist sehr einsam, ist einsam gewesen seit jenem Augenblick, als er Aldurs Orb ergriff und mit dessen Macht die Welt zerbrach. Nun ist er ausgestoßen und verachtet, und er verspürt seine Einsamkeit schmerzhaft. Häufig unterhält er sich ausführlich mit seinen Jüngern – zielloses Gerede mit keinem anderen Zweck als dem, ihn seine quälende Einsamkeit für einen Moment vergessen zu machen. Im

Augenblick ist Zedar der Abtrünnige sein bevorzugter Vertrauter, und ihre Gespräche sind äußerst weitreichend.«

Ich spann den Faden weiter. »Dann werden Mutter und ich also auf den Dachbalken seines rostigen Blechpalastes hocken und seine Pläne, Strategien und Ziele belauschen?«

»Die Information, die ihr beschaffen müßt, hat keinen Einfluß auf militärische Angelegenheiten, Polgara. Torak weiß von euch. Ja fürwahr, du und dein Vater nehmt viel Raum in Toraks Gedanken ein. Er hat einen Plan, den du kennen *mußt.* Deine Kenntnis dieses Plans dient als Vorbereitung auf eine Wahl, die du eines fernen Tages in der Zukunft wirst treffen müssen. Es liegt mir fern, dich zu beunruhigen, aber von deiner Wahl wird das Schicksal des Universums abhängen.«

Es mochte dem Heiligen UL ja fernliegen, aber es beunruhigte mich nichtsdestotrotz. »Könntet Ihr mir nicht den Plan Eures Sohnes kundtun, Heiligster?« fragte ich. »Torak von Angesicht zu Angesicht gegenüberzutreten – selbst wenn er mich nicht sehen kann –, ist nichts, dem ich freudig entgegensehe.«

»Du bist tapferer als ganze Armeen, Polgara«, erklärte er, »und wir setzen alle höchstes Vertrauen in dich.«

»Ich werde bei dir sein, Pol«, versprach Mutter. »Ich werde nicht zulassen, daß Torak dir Schaden zufügt.«

»Darüber mache ich mir weniger Sorgen, Mutter. Ich würde es nur vorziehen, keinen Einblick in diesen krankhaften Geist nehmen zu müssen.« Mir wurde bewußt, was ich gerade gesagt hatte. »Bitte nehmt es nicht persönlich, Allerheiligster«, entschuldigte ich mich bei UL.

»Ich bin nicht gekränkt, Polgara.« Dann seufzte er. »Torak ist nicht immer so gewesen, wie er heute ist«, sagte er betrübt. »Ohne daß er die Schuld daran trüge, hat der Orb meinen Sohn verdorben und verroht. Für mich und seine Brüder ist er verloren, Polgara, und sein Verlust schmerzt uns in tiefster Seele.« Dann erhob er sich. »Deine Mutter wird dir auch in dieser Angelegenheit Anweisungen erteilen – wie immer. Laß dich von ihr leiten, und wappne dein Herz gegen das, was zu entdecken du verurteilt bist.«

Und dann war er fort.

»Er hat seinen Tee nicht einmal angerührt«, beschwerte sich Mutter.

Vater und ich verließen die Höhlen von Ulgo am folgenden Morgen, und als wir wieder hinaus in die schneebedeckte und verlassene Stadt Prolgu traten, schlug er vor, wir könnten vor unserer Rückkehr noch einen Blick auf Toraks Armee werfen. Ich sprach es nicht aus, aber sein Vorschlag erschreckte mich ein wenig. In gewöhnlichen Zeiten kann man Vater am treffendsten als ein Monument der Trägheit beschreiben. Ich habe sogar einmal gehört, wie Onkel Beldin sich bei den Zwillingen für ein kurzfristiges Nachlassen seines Fleißes mit den Worten entschuldigte: »Tut mir leid, Brüder, ich fühle mich heute so belgarathlich.« Die Zwillinge wußten selbstverständlich genau, was er damit meinte. Wenn die Situation es allerdings erfordert, kann Vater wochenlang mit wenig Nahrung und kaum Schlaf auskommen. Seine nahezu übermenschliche Leidensfähigkeit unter gewissen Umständen vermag mich immer wieder in Erstaunen zu versetzen. Als Ärztin weiß ich, daß man nicht ›im voraus schlafen‹ kann. Vater hat jedoch nie Medizin studiert, und so würde er das auch nicht verstehen.

Nun, jetzt gebe ich euch etwas zum Nachdenken. Angenommen, ihr wißt nicht, daß etwas unmöglich *ist*, bestände dann nicht die entfernte Möglichkeit, daß ihr es trotzdem versucht, unter Mißachtung aller physikalischen Gesetze? Das ist möglicherweise einer der Nachteile von Erziehung. Wenn ihr nicht *wißt*, daß ihr euch nicht am eigenen Kragen aus dem Sumpf ziehen könnt, könnt ihr's vielleicht doch.

Ich frage mich, ob ich Mandorallen dazu bringen könnte, es zu versuchen.

Als Vater und ich aus den ulgonischen Bergen flogen, stellten wir mit Freuden fest, daß der Regen vorübergehend aufgehört hatte, auch wenn der Himmel weiterhin wolkenverhangen und finster blieb.

Die Welt bekommt etwas Unwirkliches, wenn man sie aus großer Höhe betrachtet. Dinge, die für die am Boden Lebenden immense Bedeutung haben, schrumpfen zur Bedeutungslosigkeit. Menschen und Tiere wirken wie kleine, krabbelnde Insekten, und eine Staatengrenze, die ins Antlitz der Erde eingekerbt wäre, habe ich noch nie gesehen. Dennoch war ich bestürzt über die schiere Größe der angarakanischen Armee, die sich dort unten über die nackte Erde der algarischen Steppe wälzte. Man schätzte, Torak habe Drasnien mit einer halben Million Soldaten überfallen, und sein dortiger Feldzug hatte diese Zahl nicht wesentlich verringert. Während Vater und ich darüber hinwegflogen, sahen wir, daß die algarischen Reitereinheiten sich emsig bemühten, diesen Umstand mit Hilfe ihrer typischen Taktik des schnellen Angriffs und noch schnelleren Rückzugs zu korrigieren. Die unregelmäßige, ja regelrecht zerklüftete Oberflächengestalt der Ebene bot kleinen Kavallerieeinheiten mannigfaltige Versteckmöglichkeiten. Sie konnten – und taten es auch – aus diesen Mulden und Hohlwegen hervorstürzen und im Galopp kleine Stückchen und Happen aus der angarakanischen Armee herausreißen, während Torak sich unbeirrt nach Süden auf die Feste zu wälzte. Für sich betrachtet waren diese kleinen Stiche und Wunden nicht sonderlich bedeutsam, aber zusammengenommen konnte man sie durchaus als fortgesetzten Aderlaß bezeichnen. Ich bezweifle, daß es Torak überhaupt bewußt war, aber er verblutete langsam, während er sich allmählich nach Süden schleppte. Die angarakanischen Versuche, ihre Angreifer zu verfolgen und zu bestrafen, verschlimmerten alles, da die angarakanischen Verfolger in den seltensten Fällen zurückkehrten. Dort unten bekam ich Kavallerietaktik erster Güte zu sehen. Der erste Angriff der algarischen Reiter war verhältnismäßig unbedeutend – eine Ohrfeige sozusagen. Sein einziger Zweck bestand darin, die Eliteeinheiten der angarakanischen Kavallerie so lange zu reizen, bis sie die Verfolgung aufnahmen – eine Verfolgung, die sie in mehrere sorgfältig geplante Hinterhalte führte, ausgelegt in den zahllosen flachen Senken außer Sicht der Hauptstreitmacht. Cho-Rams Reiter schöpften systematisch den Rahm von Toraks Armee ab.

Als diese Vorgehensweise den Reiz des Neuen einbüßte, begannen sich die Algarer damit zu unterhalten, gewaltige Viehherden in Panik zu versetzen und geradewegs in die dicht gedrängten Malloreaner, Murgos, Nadraker und Thulls zu treiben. In strategischer Hinsicht war Algarien nichts als eine riesige Falle, und der Drachengott selbst hatte sie zuschnappen lassen.

So ging es immer weiter und weiter und weiter, langweilige Wiederholungen der immer gleichen garstigen kleinen Spiele. Nach einem Tag hatte ich genug gesehen, aber Vater konnte sich noch nicht losreißen. Aus irgendeinem Grund scheint er sich an solchen Dingen zu weiden.

Am dritten Abend flogen wir ein Stück abseits der Flanke der Invasionsarmee. Nachdem wir gelandet waren, teilte ich meinem blutrünstigen Erzeuger ziemlich erbost mit, daß *ich* genug gesehen hätte.

»Vermutlich hast du recht, Pol«, sagte er fast bedauernd. »Wir sollten zur Insel der Winde zurückkehren und die Alorner benachrichtigen.« Dann lachte er. »Weißt du, ich glaube, wir haben Algar Flinkfuß immer unterschätzt. Dieses Land ist ein Geniestreich. Er hat sein Volk mit voller Absicht zu Nomaden gemacht, damit es keine Städte bauen würde. Ganz Algarien ist nichts als eine menschenleere, unermeßliche Weite, auf der jede Menge Gras wächst. Die Algarer haben keine Städte zu verteidigen, und so können sie weite Landstriche bedenkenlos aufgeben. Sie wissen, wenn die Angarakaner durchgezogen sind, können sie zurückkehren. Der einzige Ort von Wichtigkeit in diesem öden Königreich ist die Feste, und sie ist noch nicht einmal eine Stadt, sondern ein riesiger Köder.«

»Ich habe Algar immer gemocht«, gestand ich. »Unter anderen Umständen hätte ich mich sogar noch mehr für ihn erwärmen können. Er wäre vermutlich ein interessanter Ehemann gewesen.«

»Polgara!« Vater klang wirklich schockiert, und ich konnte darüber eine Zeitlang herzlich lachen – jedenfalls lange genug, um ihm die Stimmung zu vermiesen. Es ist zu schön, ihm das anzutun.

In dieser Nacht verschlechterte sich das Wetter wieder, und Vater und ich verließen Algarien am nächsten Morgen im Nieselregen. Wir überquerten das sendarische Gebirge und trafen zwei Tage darauf auf der Insel der Winde ein.

Die alornischen Könige waren höchst beunruhigt wegen der zweiten, von Urvon befehligten angarakanischen Armee. Ich schätze, daß man einen Krieg nicht so richtig genießen kann, wenn man dauernd über die Schulter nach unerwarteten neuen Feinden Ausschau halten muß. Zudem erzürnte es die Alorner ein wenig, daß Vater ihnen den Vorschlag unterbreitete, das Hauptquartier nach Tol Honeth zu verlegen. Alorner können manchmal wie kleine Kinder sein. Da hatten sie diesen phantastischen Krieg in ihrem Land und wollten ihn, selbstsüchtig wie sie waren, mit niemandem teilen.

Ich kannte Brand mittlerweile gut genug, um offen mit ihm zu sprechen. »Verhalten wir uns in dieser Sache nicht ein bißchen zu blasiert, mein Freund?« gab ich zu bedenken. »Du wirst dich einem Gott im Zweikampf stellen und tust es ab, als wäre es irgendeine unwichtige kleine Hausarbeit – etwa wie das Reparieren eines Zaunes oder das Holzhacken fürs abendliche Kaminfeuer.«

»Es hat doch keinen Sinn, sich darüber aufzuregen,

Pol«, entgegnete er in seiner tiefen, sanften Stimme. »Es wird geschehen, ob ich will oder nicht. Ich kann mich nicht verstecken, und ich kann nicht weglaufen, warum also sollte ich mir schlaflose Nächte deswegen machen?«

»Könntest du um meinetwillen nicht wenigstens so *tun*, als würdest du dich sorgen?«

Sein Gesicht verzerrte sich zu einer Miene vorweggenommenen Entsetzens, die absolut grotesk wirkte. »Wie wär's damit?« meinte er.

Ich mußte lachen. »Ich gebe mich geschlagen«, sagte ich. Brand sah zwar Kamion rein äußerlich überhaupt nicht ähnlich, aber in ihrer Art gab es einige ausgeprägte Übereinstimmungen, und die Übereinstimmung in ihrem Verhältnis zu mir waren noch ausgeprägter.

»Gut«, sagte er. »Mein Unterkiefer wird auch langsam steif. Lange halte ich das nicht mehr durch.«

»Der Name deiner Frau ist Aren, nicht wahr?«

»Ja. Warum?«

»Ich denke, sie und ich sollten uns besser kennenlernen. Du und ich, wir werden in den nächsten Jahren eine Menge Zeit miteinander verbringen. Deshalb möchte ich sicherstellen, daß sie nicht irgendwann eifersüchtig wird.«

»Aren ist eine vernünftige Frau. Sie weiß, daß ich nie etwas Ungehöriges tun würde.«

»Brand«, sagte ich mit fester Stimme, »ich bin sicher, du bist ein guter Verwalter und ein furchterregender Krieger, aber von Frauen weißt du nicht sehr viel.«

»Ich bin jetzt seit über zwanzig Jahren mit Aren verheiratet, Pol«, verwahrte er sich.

»Das spielt dabei überhaupt keine Rolle, Brand. Sie wird nicht mehr ganz so hübsch sein, wenn sie vor Eifersucht plötzlich dunkelgrün anläuft, und deine körperliche Verfassung wird sich erheblich verschlechtern, wenn sie dir für die nächsten zwanzig Jahre gekochtes Heu vorsetzt.«

»Das würde sie doch nicht tun – oder?«

»Laß uns lieber sicher gehen, Brand.« Ich dachte darüber nach. »Wenn du mich mit Aren bekanntmachst, stell mich als ›Uralte Polgara‹ vor. Wir sollten es ganz auf mein Alter abstellen.«

»Bitte keine Witze, Polgara. Ihr seid doch nicht alt.«

»Liebes Jungchen«, sagte ich, liebevoll seine Wange tätschelnd. »In Wahrheit zähle ich zweitausendachthundertundsiebenundsechzig Lenze. Sei so frei und protze vor Aren mit dieser Zahl. Keine Frau, die ihren Verstand beisammen hat, ist auf eine alte Vettel eifersüchtig.«

»Jeder, der Euch so nennt, wird sich auf Tod und Leben vor mir verantworten müssen, Pol«, erklärte er leidenschaftlich.

»Wir verstehen uns immer besser, Brand.« Ich lächelte ihn an. »Das ist auch nur eine Ausflucht, um Aren die Zähne zu ziehen, bevor sie dich beißt.«

»Meines Erachtens übertreibt Ihr die Gefahr, Pol, aber ich füge mich in dieser Angelegenheit ganz Euren Wünschen.«

»Du bist mir wirklich das beste Jungchen auf der lieben weiten Welt, will ich mal sagen.«

»Es tut mir leid, Pol, aber ich verstehe nicht, warum Ihr so merkwürdig sprecht.«

»Das ist eine lange Geschichte, Brand – eine *sehr* lange Geschichte. Eines Tages, wenn wir viel Zeit haben, erzähle ich sie dir.«

Nachdem Vater und ich die alornischen Könige mit sanfter Gewalt gezwungen hatten, ihr Hauptquartier nach Tol Honeth zu verlegen, begaben wir uns beide zur Feste, um einen Blick auf ihre Verteidigungsanlagen zu werfen.

Bei unserer Ankunft auf der Feste erwartete mich eine unliebsame Überraschung. Meine jüngsten Begegnungen mit verschiedenen Göttern hatten in mir ein Gefühl von Vorherbestimmtheit, Zielgerichtetheit und, ja, Ordnung wachsen lassen. Dabei geriet der pure Zufall offensichtlich in Vergessenheit. Garel, der Erbe von Eisenfausts Thron, war mit einigen algarischen Freunden ausgeritten, um das umliegende Grasland nach etwaigen Vorhuteinheiten der anrückenden Eroberer auszukundschaften. Garels Pferd war ins Straucheln geraten, und hatte Garel abgeworfen. Jeder, der sich auf ein Pferd setzt, wird gelegentlich abgeworfen. Es ist unangenehm, aber für gewöhnlich auch nicht mehr. Garel jedoch schlug unglücklich auf und hatte sich beim Aufprall auf den Boden das Genick gebrochen. Er war sofort tot.

Seine Frau, Aravina, wurde fast wahnsinnig vor Kummer, und auch Adana, seine Mutter, schien darüber fast den Verstand zu verlieren. Ich ging praktisch vor und verabreichte Aravina so viele Kräutermixturen, daß sie kaum zur Besinnung kam, und das über einen längeren Zeitraum hinweg. Meine Hauptsorge galt – wie immer – dem kleinen Jungen, Gelane. Im Laufe der Jahrhunderte habe ich eine Menge Erfahrung gesammelt im Trösten kleiner Jungen. Ich wußte also, was zu tun war. Vielleicht werde ich aber eines Tages auch einen Weg finden, meine eigene Trauer zu bewältigen.

Toraks Armee rückte unterdessen auf die Feste vor, und so blieb mir keine Zeit zum Trauern. Gelane war beinah sechs, aber das war natürlich kein reifes Alter. Die gegenwärtige Lage allerdings gebot einen Bruch mit der Tradition. Ich setzte Gelane vor mich und erzählte ihm, wer er wirklich war.

Die Kindheit und frühe Jugend eines verwaisten Erben sind immer die gefährlichsten Zeiten meiner Aufgabe. Ich hatte geschworen, das rivanische Geschlecht zu verteidigen und zu beschützen, und ein fünf oder sechs Jahre alter Junge, dessen Vater gestorben ist, ist der einzige Vertreter dieser Blutslinie. Kleine Mädchen sind vernünftig. Ihre unvernünftige Phase tritt später ein. Kleine Jungen hingegen werden unvernünftig, sobald sie laufen lernen. Garion beispielsweise mußte unbedingt mit einem Floß auf einem Teich auf Faldors Gehöft herumpaddeln, ohne sich die Mühe zu machen, vorher schwimmen zu lernen. Wenn ich manchmal etwas überängstlich wirke, dürft ihr den Grund dafür getrost in jenen etwa vierzehn Jahrhunderten suchen, während derer ich mich bemühte, die kleinen Jungen daran zu hindern, sich selbst umzubringen. Es geschah in der Hoffnung, Gelane ein Gefühl dafür zu vermitteln, wie wichtig es war, zumindest ein *bißchen* vorsichtig zu sein, daß ich ihm von seinem Erbe berichtete. Ich betonte die Tatsache, daß das Geschlecht mit ihm aussterben würde, sollte er es schaffen, sich umzubringen. Er schien mich zu verstehen, aber bei kleinen Jungen weiß man das nie genau.

Dann kam jener regnerische Abend, als Mutters Stimme mich aus meiner Versunkenheit in einen Abschnitt des Mrinkodex riß, der sich scheinbar auf die derzeitige Situation bezog. *»Polgara«,* sagte sie in einem seltsam sanften Tonfall, *»es ist Zeit. Komm auf die nördlichen Wehrgänge. Ich warte dort auf dich.«*

Ich legte die Schriftrolle beiseite und verließ mein Gemach tief im Innern der mächtigen Mauern der Feste, um die schier endlosen Stufen hoch zur Brustwehr des berggleichen Baus zu erklimmen.

Es nieselte, und der Wind blies gerade so stark, um den Aufenthalt dort oben zu einer recht unerfreulichen Angelegenheit zu machen. Mutter stand in ihrem schlichten braunen Bauernkleid auf der Brustwehr und schaute in die regnerische Nacht hinaus. Sie war wirklich dort, aber ich hatte mich noch nicht ganz an ihre körperliche Gegenwart gewöhnt.

»Da bin ich, Mutter«, sagte ich.

»Gut«, antwortete sie. Ihre goldenen Augen waren mir ein Rätsel. »Entspann dich einfach, Pol. UL hat mir genau erklärt, was zu tun ist. Überlaß dich währenddessen ganz meiner Führung.«

»Natürlich.« Ich hatte trotzdem Angst.

»Es tut nicht weh, Pol«, sagte sie mit einem kaum merklichen Lächeln.

»Ich weiß, aber etwas zum erstenmal zu tun, macht mich immer ein ganz klein wenig nervös.«

»Betrachte es als ein Abenteuer, Pol. Nun, zuerst schaffen wir das Bild einer Eule, und die Einzelheiten müssen sich genau entsprechen – bis in die letzte Federspitze, um genau zu sein.«

Es dauerte dieses erste Mal eine Weile. Mit der Gattung Eule als solcher waren wir beide vertraut, aber für das Bild eines bestimmten Vogels mußten wir eine Anzahl feinster Unterschiede ausgleichen.

»Was meinst du?« fragte Mutter, nachdem wir mehrere Widersprüche beseitigt hatten.

»Für mich sieht es eulig genug aus.«

»Ganz meine Meinung. Nun denn, wir müssen es gleichzeitig tun, also übereile nichts. Die tatsächliche Vereinigung setzt ein, bevor wir mit dem Bild verschmelzen. Sie beginnt in dem Moment, in dem wir uns verflüssigen, so hat UL es mir wenigstens erzählt. Die Vereinigung ist nahezu abgeschlossen, *bevor* wir in die Vogelgestalt einfließen.«

»Ich glaube, ich verstehe, warum, ja.«

»Das wird nicht leicht für dich, Pol. Ich bin so oft in deinen Gedanken gewesen, daß ich sehr vertraut mit dir bin, aber du wirst Dingen begegnen, die dir fremd sind. Ich bin nicht als Mensch auf die Welt gekommen, und in mir steckt viel vom Wolf. Ich habe ein paar Instinkte, die dir vermutlich nicht gefallen werden.«

Ich versuchte zu lächeln. »Ich werde versuchen, daran zu denken.«

»Also gut, vorwärts. Fangen wir an.«

Ich kann es einfach nicht beschreiben, also versuche ich es erst gar nicht. Es gibt einen Moment im Prozeß des Gestaltwandelns, dem ich bis dahin nicht viel Beachtung geschenkt hatte. Ich meine jenen ganz kurzen Augenblick, wenn sich das gesamte Ich im Übergang von der eigenen in die andere Gestalt befindet. Mutters Wortwahl hinsichtlich des ›verflüssigen‹ trifft es wirklich recht genau. In gewisser Weise schmilzt man, damit man von der einen in die andere Gestalt fließen kann. An eben diesem Punkt verschmolzen Mutter und ich, und es war unser vereintes Bewußtsein, das in unsere Eule hineinfloß.

Mutters Warnung, ich könnte sie ein wenig sonderbar finden, erwies sich als stark untertrieben. Dennoch übersah sie meines Erachtens die Tatsache, daß ich, obwohl ich selbst nie die Gestalt eines Wolfes angenommen hatte, nichtsdestoweniger von meinem Erbe her, in den tiefsten Schichten meines Seins, ebenfalls zu einem Teil Wolf war.

Ich hege sogar den Verdacht, daß die Verschmelzung für mich einfacher war als für Mutter. Da ich mich noch immer gut an die Zeit vor meiner und Beldarans Geburt erinnerte, war engste Nähe – ja sogar Vereinigung – mir nicht fremd. Wenn ich es jedoch genauer bedenke, wurde auch Mutter als eine unter vielen in einem Wurf geboren und hat ähnliche Erfahrungen gesammelt.

Während Mutter und ich in die Eule flossen, kam mir ein müßiger Gedanke, und die Antwort lag direkt vor meiner Nase. Ich *hatte* tatsächlich Tanten und Onkel, die ich nie gekannt hatte, und nun *kannte* – und liebte – ich sie so, wie Mutter es getan hatte, als sie alle noch verspielte Welpen gewesen waren.

Wir putzten uns fast geistesabwesend das Gefieder, während wir uns an unser Einssein gewöhnten, und dann erhoben wir uns mit vereinten Gedanken auf schneeweißen Schwingen in die regengepeitschte Finsternis.

Wir flogen gen Norden und erblickten bald die schwelenden Lagerfeuer der angarakanischen Armee, die keine neun Meilen von der Feste entfernt ihr Nachtlager aufgeschlagen hatten. Wir hielten weiter auf das Herz dieses gewaltigen Feldlagers zu, und dort entdeckten wir den eisernen Pavillon des Drachengottes. Leise ließen wir uns auf den verzierten Zinnen nieder. Natürlich war alles an dem Pavillon Zierat. Das Ganze war nicht mehr als eine auf einen sehr großen Wagen aufgepfropfte Verzierung. Toraks Ego war noch grotesker aufgebläht, als wir vermutet hatten.

Wir spähten mit unseren großen goldenen Augen umher und machten ein Fenster mit Laibung nahe der einen Turmspitze aus, ein architektonisches Detail, was wir nicht nur amüsant, sondern auch äußerst nützlich fanden. Einige wenige Flügelschläge brachten uns auf das Fenstersims, und unsere krallenbewehrten Füße fanden an seinem unteren Rand Halt. Dann zwängten wir uns hinein, wobei wir uns so dicht abschotteten, daß wir uns ganz in uns selbst zurückzogen. Es war natürlich jener innere Rückzug, der uns unsichtbar machte und verhinderte, daß auch nur der Anflug eines Gedankens nach draußen drang und Torak möglicherweise unsere Anwesenheit verriet.

»Die Unruhe nagt an mir, Zedar.« Die Stimme klang hohl, hallend, und wir sahen auch sofort, warum. Torak ruhte fast in Schlafstellung auf seinem Eisenthron, sein entstelltes Gesicht jedoch war noch immer hinter jener stählernen Maske verborgen. Die Maske, die seine Entstellung verhüllte, war zu einem Teil seiner selbst geworden.

»So ist das stets vor einer Schlacht, Meister«, entgegnete Zedar. »Ich teile Eure Unruhe.«

»Ist es möglich, daß die Berichte, die wir über das Wesen dieser algarischen Festung erhalten haben, der Wahrheit entsprechen?« fragte Torak mit seiner scharfen, hohlen Stimme.

»Die Alorner sind ein dummes Volk, Meister«, höhnte Zedar. »Gebt ihnen irgendeine leere, sinnlose Aufgabe, und sie werden sie ohne nachzudenken generationenlang verfolgen. Wie Ameisen haben die Algarer seit Äonen Felsen auf diesen lachhaften Steinhaufen getürmt.«

»Eine Unannehmlichkeit, Zedar, weiter nichts. Ich werde sie hinwegfegen und unaufhaltsam meinem Ziel entgegenschreiten. Aldurs Orb *wird* wieder mein sein, und mit ihm ein weiterer Siegespreis.«

»Oh?«

»Lange bin ich darüber mit mir zu Rate gegangen,

Zedar, und nun habe ich mich einem Ziel verschworen. Ich *werde* die gesamte Welt beherrschen, und ein Juwel wird meine Krone schmücken.«

»Aldurs Orb, Meister?« riet Zedar.

»Cthrag Yaska – meines Bruders Orb – ist kein Schmuckstück, Zedar. Er ist nur ein Mittel zum Zweck. Wahrhaftig, ich sage dir, Zedar, ich hasse diesen verfluchten Stein für das, was er mir angetan hat. Das Juwel, von dem ich sprach, ist lieblicher. Ich werde der König der Welten sein, und es schickt sich, daß ein solcher König eine Königin an seiner Seite habe. Schon habe ich *sie* ausgewählt, die meinen Thron mit mir teilen wird.« Dann lachte er ein häßliches Lachen. »Sie ist mir nicht gewogen, aber ich schwöre, ich werde großes Vergnügen darin finden, sie meinem Willen gefügig zu machen und ihr stolzes Herz zu beugen. Sie *wird* mir gehorchen – nein, besser noch, sie wird mich anbeten.«

»Und wer ist die Glückliche, die Eure Königin werden soll, Meister?«

»Denk nach, Zedar. Führwahr, es war dein schlauer Betrug an Salmissra, meines Bruders Dienerin, der mich auf diesen Gedanken gebracht hat, welcher nun mein Herz erfreut.« Er seufzte. »Da meine Brüder mich verstoßen haben, muß ich ein neues Göttergeschlecht zeugen, das mir bei der Beherrschung der Welt helfen wird. Welche unter all den Frauen dieser Welt wäre würdig, meinen Thron – und mein Bett – zu teilen?«

»Polgara?« fragte Zedar ungläubig.

»Du bist flink, Zedar«, sagte der einäugige Gott. »In der Tat, unsere Pilgerfahrt über das Antlitz dieser Erde kennt zwei Ziele – zwei Siegespreise. Der erste Siegespreis ist Cthrag Yaska, meines Bruders Orb. Der zweite und nicht weniger wichtige ist Polgara, Belgaraths Tochter. Sie wird mein sein, Zedar. Ich *werde* Polgara zum Weib nehmen, mit oder gegen ihren Willen, Polgara *wird* mein!«

KAPITEL 32

Ich kreischte in die Stille von Geist und Herz angesichts dieser grauenhaften Offenbarung, und nur Mutters eiserne Kontrolle verhinderte, daß meine Entsetzensschreie von den Östlichen Steilhängen bis zu den Bergen von Ulgoland gellten. Jegliches Denken erlosch, als ich erkannte, sollte jemals eine direkte Begegnung zwischen mir und Torak stattfinden, würde sein Wille den meinen zerschmettern, und ich würde zwangsweise seinem abscheulichen Werben erliegen. Ich würde seine Sklavin werden – und Schlimmeres. Ich glaube, wäre Mutter nicht so vollständig eins mit mir gewesen, hätte ich den Verstand verloren. Ihre Methode, das zu verhindern, war ziemlich brutal. Sie unterdrückte einfach mein Bewußtsein und übernahm die Führung. Ich habe keine Erinnerungen mehr daran, wie sich unsere Eule wieder aus Toraks Blechpalast herausschlich und hastig von ihm entfernte, während Mutter uns höher und höher in die regennasse Dunkelheit trug.

»Es ist genug, Polgara!« Ihre Stimme im Zentrum meines gelähmten Bewußtseins war schroff. »Komm da raus!«

»O Mutter!« jammerte ich.

»Hör auf damit! Du mußtest es erfahren, Pol, und du mußtest es aus seinem Mund hören. Jetzt reiß dich zusammen. Wir haben noch etwas zu erledigen.«

Ich schaute mich um und sah, daß wir viel höher flogen, als Eulen dies für gewöhnlich tun. Unsere Schwingen waren starr ausgebreitet, und wir befanden uns in einem langen, sachten Sinkflug auf die algarische Feste zu. »Sobald wir zurück sind, weckst du deinen Vater und berichtest ihm von Toraks Ankunft. Was wir eben hörten, muß er nicht wissen. Schick schon mal einen Gedanken voraus und ruf ihn, Pol. Nach dem Aufwachen braucht er immer eine Zeit, bis er sich in Bewegung setzt. Wir werden da sein, bevor er all diese Stufen hinaufgestiegen ist.«

Mit grimmiger Entschlossenheit unterdrückte ich den tiefen Ekel, den ich in meinem Innersten empfand. *»Ich glaube, du kommst besser einmal hier hoch, Vater«*, schickte ich einen Suchgedanken zu meinem schnarchenden Erzeuger aus.

»Wo steckst du?« Sein Gedanke war schlaftrunken.

»Ich kann dich nicht verstehen, Vater. Komm einfach auf die Brustwehr an der Nordmauer. Es gibt hier etwas, das du dir ansehen solltest.«

»Du mußt dich fest im Griff haben, Pol«, mahnte Mutter. »Er wird dir Fragen stellen, und du darfst mit deinen Antworten nicht zu sehr ins Detail gehen.«

»Das ist mir inzwischen zur Gewohnheit geworden, wenn ich mit Vater zu tun habe.« Ich hatte mein persönliches Entsetzen soweit verdrängt, daß ich wieder vernünftig denken konnte.

Wir stießen hinab und landeten auf den Zinnen, kurz bevor Vater atemlos die Treppe heraufgekeucht kam. Er warf nur einen flüchtigen Blick auf die Gestalt, die mich umschloß, und begann mich unverzüglich auszuschimpfen. »Ich habe dich doch gebeten, das zu unterlassen, Pol.« Er konnte natürlich nicht wissen, daß ich nicht allein war in dieser angenommenen Gestalt, aber *ich* wußte es, und ich wurde von ehrfürchtigem Staunen ergriffen angesichts der Tiefe von Mutters Liebe zu diesem abgerissenen und manchmal so törichten alten Mann.

Dann flossen Mutter und ich aus der Eulengestalt, und sie war nicht mehr da. Unsere Trennung schmerzte mich. »Ich wollte dich nicht verletzen, Vater«, entschuldigte ich mich halbwegs, »aber ich habe meine Anweisungen.« Ich hatte meine Worte mit voller Absicht gewählt. Das Wort ›Anweisungen‹ hat in unserer Familie die nahezu magische Wirkung, jede weitere Diskussion im Keim zu ersticken. Ich nehme an, man *könnte* mir mein Schweigen über den Urheber dieser Anweisungen als Unwahrheit auslegen – wenn man kleinlich ist. »Ich glaube, das solltest du dir ansehen«, setzte ich dann hinzu, während ich auf das Meer von Angarakanern zeigte, das sich wie eine Flut durch den Morgennebel auf die Feste zuwälzte.

»Ich hatte gehofft, sie würden sich doch noch verlaufen oder so etwas«, knurrte Vater. »Bist du dir sicher, daß Torak bei ihnen ist?«

»Ja, Vater. Ich bin hingeflogen und habe nachgesehen. Dieser eiserne Pavillon befindet sich genau im Mittelpunkt der Menschenmassen.«

»Du hat *was* getan? Polgara, das da draußen ist *Torak!* Jetzt weiß er, daß du hier bist!«

Ich hatte soeben Torak *gesehen,* und deshalb mußte ich mir Vaters Einleitung nicht anhören. »Reg dich nicht auf, alter Mann. Ich hatte meine Befehle. Torak hatte keine Möglichkeit festzustellen, daß ich dort war. Er sitzt in seinem Pavillon, und Zedar leistet ihm Gesellschaft.«

»Wie lange geht das schon so?«

Ich mißverstand seine Frage absichtlich. »Seit er Mallorea verlassen hat, vermute ich. Laß uns die Algarer in Bereitschaft versetzen, und dann sollten wir uns ein Frühstück gönnen. Ich war die ganze Nacht auf den Beinen und habe einen Bärenhunger.« Er platzte offensichtlich vor Neugier, wie ich es geschafft hatte, meine Anwesenheit vor Torak und Zedar zu verbergen, aber das Wörtchen ›Frühstück‹ wirkte das übliche Wunder bei meinem Vater. Auch die Erwähnung von ›Essen‹ oder ›Bier‹ sichert einem Vaters sofortige und ungeteilte Aufmerksamkeit.

Nach dem Frühstück stiegen wir wieder auf die Brustwehr hinauf, um zu sehen, wie Torak und seine Handlanger die algarische Feste anzugreifen gedachten. Sie begannen ganz konventionell, indem sie Felsbrocken gegen die Mauern schleuderten, aber das zeigte nicht mehr Erfolg als ein Vierteljahrhundert unablässigen Regens. Ich kann mir vorstellen, daß das sehr niederschmetternd für die Katapultmannschaften gewesen sein muß. Dann rollten die Angarakaner mächtige Rammböcke heran. Auch das erwies sich als verlorene Liebesmüh, da die Tore nicht verschlossen waren.

Das mußte den Argwohn der Angarakaner geweckt haben, denn die Thull erhielten die Ehre des ersten Angriffs. Immer, wenn die angarakanische Armee auf etwas Schmutziges oder Gefährliches trifft, werden die Thull vorgeschickt. Mehrere Regimenter der stämmigen, stumpfäugigen Thull stürmten durch die Tore. Sie irrten eine Weile durch das Labyrinth im Innern, und dann erhoben sich die Algarer und Drasnier aus ihren Verstecken auf den Wehrgängen, die die Mauern des dachlosen Labyrinths krönten, und rieben die Thullregimenter bis auf den letzten Mann auf. Ich bin sicher, daß die Truppen draußen jeden einzelnen Entsetzensschrei hörten, aber sie zogen es vor, nicht nachzukommen und zu sehen, was dort vor sich ging. Ihr Verhalten war wohl etwas schäbig, insgeheim jedoch konnte ich es nur billigen. Toraks Frontalangriffe erwiesen sich also als Fehlschlag. Um mich um meine Hand zu bitten, mußte er jedoch erst einmal in die Feste hineinkommen.

In der Nacht nach dem gescheiterten Angriff vergnügten sich die Algarer damit, die toten Thull mit Katapulten ins angarakanische Lager zurückzuschießen. Als die trübe Dämmerung heraufzog, trafen die algarischen Reiter ein, die solche Verheerungen an den Flanken von Toraks Armee angerichtet hatten, und umzingelten ihn nahezu lautlos. Seine Furagiertrupps fanden es heraus, als sie auf der Suche nach Nahrungsmitteln ausschwärmten. Torak selbst mußte nichts essen, sein Heer schon, und während der kommenden Jahre würden die Rationen sehr knapp ausfallen.

Nach ungefähr einer Woche wurde die Belagerung

gewissermaßen zur Routine. Vater und ich schlossen daraus, daß die Belagerung der Feste wahrscheinlich noch mehrere Jahre dauern würde und unsere ständige Anwesenheit dort wirklich nicht erforderlich wäre. Wir hatten anderswo noch viel zu erledigen, und so entschlossen wir uns, auf die Insel der Winde zurückzukehren. Bevor wir gingen, führte ich jedoch noch ein weiteres Gespräch mit Gelane.

»Das ist alles sehr aufregend, Tante Pol«, freute sich der kleine Junge.

»Nach einer Weile nutzt die Aufregung sich ab, Gelane.«

»Wie lange dauern so Belagerungen normalerweise?«

»Meist mehrere Jahre.«

»So lange? Wird es den Leuten draußen nicht langweilig? Können sie denn nicht sehen, daß sie nicht reinkommen?«

»Es sind Soldaten, Gelane. Manchmal brauchen Soldaten mit dem Denken etwas länger als normale Menschen.«

»Du magst keine Soldaten, nicht wahr, Tante Pol?«

»Sie sind in Ordnung – als Einzelwesen. Erst wenn du sie zu einer Armee zusammenklumpst, geben sie ihren Verstand am Kasernentor ab. Ich möchte, daß du sehr, sehr vorsichtig bist, Gelane. Laß dich nicht blicken, und bleib nicht vor offenen Fenstern stehen. Einer der Gründe für Toraks Anwesenheit hier ist, daß er dich umbringen will.«

»Mich? Warum mich? Was habe ich ihm denn getan?«

»Es geht nicht darum, was du getan hast, Gelane; es geht darum, was du irgendwann in der Zukunft tun *könntest.«*

»Oh?«

»Du – oder dein Sohn oder der Sohn von deinem Sohn oder irgendeiner in der langen Reihe von Söhnen, die von dir abstammen – wird Torak töten. Wenn er dich jetzt umbringt, muß er sich darüber keine Sorgen mehr machen.«

Da begannen seine Augen zu leuchten. »Dann hole ich mir jetzt besser ein Schwert und fange an zu üben«, erklärte er begeistert.

»Du liebe Güte«, sagte ich. Ich hatte meinen Fehler erst erkannt, als es schon zu spät war. Erzählt einem kleinen Jungen nie, und ich meine *nie,* etwas von Heldenmut. Er sollte nicht einmal wissen, was das Wort bedeutet, bis er wenigstens zwanzig ist. »Gelane«, beschwor ich ihn geduldig, »du bist erst sechs Jahre alt. Im Augenblick könntest du ein Schwert nicht einmal *aufheben,* geschweige denn schwingen. Ich sage dir jetzt, was du tun kannst. In der Südostecke des Labyrinths in der Mitte der Feste liegt ein großer Haufen Steine.«

»Ja, ich habe ihn gesehen.«

»Das Beste, was du tun kannst, ist, dir einen von diesen Steinen zu holen und ihn nach oben auf die Brustwehr der Feste zu tragen. Und von da kannst du ihn den Angarakanern unten vor den Wällen auf den Kopf schmeißen.«

»Ich wette, das würde ihnen gar nicht gefallen, nicht wahr?«

»Nicht besonders, nein.«

»Und was mache ich dann, Tante Pol?«

»Dann holst du dir noch einen Stein.«

»Diese Steine sehen schrecklich schwer aus.«

»Ja, nicht wahr? Aber genau darum geht es, Gelane. Schwere Gegenstände aufzuheben, ist eine gute Methode, deine Muskeln zu stählen. Und du wirst *sehr* stark sein müssen, wenn du dich auf einen Schwertkampf mit Torak einläßt.«

»Wie lange dauert das – ich meine, starke Muskeln zu kriegen?«

»Oh, ich weiß nicht – sechs oder acht Jahre vielleicht. Oder auch zehn.«

»Vielleicht könnte ich statt dessen lernen, mit Pfeil und Bogen zu schießen.«

»Das könnte noch interessanter sein. Paß auf deine Mutter auf, Gelane. Ich werde von Zeit zu Zeit vorbeischauen, um zu sehen, wie du mit deinen Schießkünsten vorankommst.«

»Ich werde *ganz* viel üben, Tante Pol«, versprach er.

Ich hoffe, ihr habt euch eifrig Notizen gemacht. Das Zauberwort im Umgang mit kleinen Jungen ist ›Ablenkung‹. Verbietet ihnen nichts. Vermiest es ihnen. Jungenhafte Begeisterung schwindet proportional zu dem erforderlichen Aufwand an Schweiß.

Vertraut mir. Ich habe mich lange genug damit beschäftigt.

Vater und ich verließen die Feste mit dem ersten Lichtschimmer am nächsten Morgen und flogen westwärts nach Camaar. Wir verbrachten die Nacht in unserem altbekannten Gasthof und flogen nach Riva weiter, um die alornischen Könige zusammenzurufen. Dann segelten wir in einer Flottille cherekischer Kriegsschiffe nach Süden.

Ran Borune empfing uns höchstpersönlich am Kai, und das allein war äußerst ungewöhnlich. Die augenblickliche politische Lage war indes sehr undurchsichtig, und so wich Ran Borune von seinem üblichen Weg ab, um die manchmal etwas heiklen alornischen Könige nicht von vornherein vor den Kopf zu stoßen. Ich mochte Ran Borune. Er war, wie alle Mitglieder der Borunefamilie, ein kleiner Mann. Vaters Einführung der dryadischen Linie in das Borunergeschlecht hatte einige ziemlich sonderbare Züge hervorgebracht. Eine reinrassige Dryade zum Beispiel würde niemals ein männliches Kind zur Welt bringen, aber ihre kleine Statur vererbte sich auf die Männer der Familie. Selten trifft man auf einen männlichen Boruner, der mehr als fünf Fuß mißt.

Um keine tolnedrischen Empfindlichkeiten zu verletzen, bewegten Vater und ich uns am Rande einer direkten Lüge, indem wir unsere südlichen Verbündeten zu der Annahme verleiteten, die Namen Belgarath und Polgara seien in Wahrheit so etwas wie erbliche Titel, die über Generationen hinweg weitergegeben würden, um die leichtgläubigen alornischen Monarchen zu beeindrucken. Man sagte mir, daß eine ganze Unterabteilung des Geschichtsinstituts der Universität von Tol Honeth uns jahrelang Studien gewidmet habe. Sie gelangten schließlich dahin, eine Genealogie dieser geheimnisumwitterten Familie zu erstellen, die in den Königreichen des Nordens über solche Macht verfügt. Die Herzogin von Erat beispielsweise firmiert dort als Polgara VII., wohingegen ich während der angarakanischen Invasion als Polgara LXXXIII. geführt wurde.

Ich bin mir nicht sicher, ob es diese Unterabteilung immer noch gibt. Falls ja, gälte ich dort augenblicklich als Polgara CXVII.

Ist das nicht beeindruckend?

Der Kaiser wurde von seinem Oberkommandierenden, General Cerran, begleitet. Cerran war ein Anadile, ein Angehöriger einer südtolnedrischen Familie, die den Borunern stets eng verbunden war. Mit Cerran hatten wir großes Glück, denn der Mann war ein taktisches Genie. Er war ein untersetzter, nüchterner Bursche mit schweren Schultern und nicht dem kleinsten Bauchansatz, wie ihn Männer in den Fünfzigern so gerne entwickeln.

Die alornischen Könige waren vor einigen Wochen in Tol Honeth eingetroffen, und wir schlossen uns ihnen an und strömten den Hügel zum kaiserlichen Palast hinauf. Ran Borune eröffnete uns, daß uns die Kaiserliche Kriegsakademie für unsere strategischen Besprechungen zur Verfügung stände. Es war ein geeignetes Gebäude, aber die Hauptsache war, daß dort sämtliche Landkarten vorrätig lagen. Eine Nation, die über tausend Jahre lang Straßen gebaut hat, verfügt logischerweise über eine Menge Karten. Vermutlich könnte man, wenn man möchte, in der Kriegsakademie eine Karte finden, auf der die genaue Lage des eigenen Hauses angezeigt ist.

Obwohl wir in der Kaiserlichen Kriegsakademie arbeiteten, wohnten wir doch in den verschiedenen alornischen Botschaften. Zwar hatten wir keine Geheimnisse, aber Gäste im kaiserlichen Palast schienen stets Begleiter zu haben. Ich vermeide es bewußt, das Wort ›Spione‹ in den Mund zu nehmen, aber ich denke, ihr habt mich verstanden.

Vaters gekonnte Andeutungen, der drasnische Geheimdienst, selbst in seinem augenblicklich desolaten Zustand nach der angarakanischen Invasion, übermittle uns die Nachrichten, die wir in Wahrheit aus anderen Quellen erhielten, eröffneten den Tolnedrern einen eleganten Weg, die Augen vor Dingen zu verschließen, denen ins Gesicht zu blicken sie nicht in der Lage waren. Ein Tolnedrer wird für seinen unverrückbaren Glauben, daß es so etwas wie Magie nicht gebe, geradezu lachhafte Anstrengungen auf sich nehmen. Es ist manchmal ein bißchen lästig, aber wir haben mit der Zeit gelernt, alle gefährlichen Klippen zu umschiffen. Tief in unserem Inneren wissen wir alle, daß es reine Ausflüchte sind, aber solange wir so tun, als glaubten wir daran, sind die Beziehungen zu den Tolnedrern ungetrübt.

Als deshalb Onkel Beldin in Tol Honeth eintraf, um über die Vorgänge im südlichen Cthol Murgos Bericht zu erstatten, gaben wir ihn einfach als drasnischen Spion aus. Da Beldin ohnehin beträchtliche Erfahrung im Spionieren hat, vermochte er die Rolle zufriedenstellend zu spielen. Besonders interessant fand General Cerran Onkels Bericht über das Zerwürfnis zwischen Ctuchik und Urvon. »Offensichtlich ist die angarakanische Gesellschaft nicht so monolithisch, wie es scheint«, sinnierte er.

»Monolithisch?« schnaubte Beldin. »Weit entfernt,

General. Hätte Torak seine Faust nicht ganz fest um das Herz eines jeden seiner Anbeter gekrallt, würden sie sich mit Freuden gegenseitig abschlachten – was im übrigen derzeit in etwa in Cthol Murgos geschieht.«

»Wenn wir Glück haben, gewinnen vielleicht beide Seiten«, äußerte Cho-Ram.

»Im Licht dieses murgosischen Abscheus vor den Malloreanern – wie lange wird Urvon Eurer Einschätzung nach brauchen, seine Armee durch das südliche Cthol Murgos zu bewegen, Meister Beldin?« erkundigte sich Cerran.

»Mindestens ein halbes Jahr«, antwortete Beldin achselzuckend. »Ich denke, wir können darauf zählen, daß die Murgos den Marsch abwechslungsreich gestalten.«

»Das beantwortet zumindest eine Frage.«

»Ich vermag Euch nicht ganz zu folgen, General.«

»Euer Freund hier – und natürlich seine liebreizende Tochter – haben uns davon unterrichtet, daß dieser Kerl, der sich Kal Torak nennt, eine mächtige religiöse Verpflichtung verspürt, zu einem bestimmten Zeitpunkt in Arendien zu sein.«

»Es ist ein bißchen komplizierter, aber lassen wir das einmal beiseite – es sei denn, Euch stände der Sinn nach einer ausführlichen theologischen Erörterung der Besonderheiten der angarakanischen Religion.«

»Ach, nein, äh – danke, Meister Beldin«, wehrte Cerran mit einem dünnen Lächeln ab. »Wir kennen den Zeitpunkt nicht genau, aber wir können mit einer ziemlich guten Schätzung aufwarten.«

»Ach?«

»Kal Torak dürfte den Wunsch hegen, daß Urvon in der Nähe der Südgrenze von Nyissa steht, wenn dieser Zeitpunkt näher rückt. Er wird sich genügend Zeit lassen, denn ein Zangenangriff funktioniert nicht besonders gut, wenn eine der Zangen nicht zupacken kann. Das bedeutet, daß Urvon sich früh auf den Weg machen muß. Aber laßt uns das erst einmal hintansetzen und von unserer Sechs-Monate-Annahme ausgehen. Die

Schlacht wird beginnen, wenn Urvon aus Rak Hagga marschiert. Dann sollten wir Stellung beziehen. Wir werden Bestätigung erhalten, wenn Torak die Belagerung der Feste abbricht, um gen Westen zu ziehen. Das wird fünfundvierzig Tage vor Beginn der Kampfhandlungen sein. Wie Ihr bereits zu bedenken gibt, dürfte es zu Verzögerungen kommen, aber laßt uns sicherheitshalber Kal Toraks Kalender benutzen. Wir setzen uns in Marsch, wenn Urvon sich in Marsch setzt. Vielleicht treffen wir früher ein, aber besser zu früh als zu spät.«

»Der Bursche hier ist furchtbar gescheit, will ich mal sagen«, wandte Beldin sich an meinen Vater.

»Wirst du wohl damit aufhören?« fuhr Vater ihn gereizt an. Dann neigte er seinen Kopf leicht in General Cerrans Richtung. »Ihr seid ein überaus nützlicher Zeitgenosse, General. Den größten Teil meiner militärischen Erfahrung habe ich bei den Alornern gesammelt, und die neigen dazu, ihre Entscheidungen aus dem Stegreif zu treffen. Sorgfältige Planung scheinen sie aus unerfindlichen Gründen langweilig zu finden.«

»Belgarath!« wollte sich der graubärtige König Eldrig empören.

»Man kann die Dinge auf unterschiedliche Weisen angehen, Euer Majestät«, glättete General Cerran die Wogen. »Die Erfahrung hat mich gelehrt, daß im Verlauf militärischer Operationen so manches schief geht, und ich bemühe mich, das in meine Überlegungen einzubeziehen. Meine Schätzungen sind sehr zurückhaltend, aber selbst wenn Torak und Urvon meinem Zeitplan nicht genau folgen, bleibt uns immer noch hinreichend Zeit, unsere Verteidigung an Ort und Stelle aufzubauen. Wißt Ihr, ich komme zu gesellschaftlichen Verpflichtungen nicht gerne zu spät.«

»Ihr betrachtet den Krieg als eine gesellschaftliche Verpflichtung, General?« fragte Vater. Er klang ein wenig bestürzt.

»Ich bin Soldat, Belgarath. Ein guter Krieg ist für einen Soldaten eine gesellschaftliche Verpflichtung.«

»Man muß sich erst an ihn gewöhnen, nicht wahr?« kicherte Beldin. »Aber er hat einen scharfen Verstand.«

»Ihr seid zu gütig, Meister Beldin«, murmelte der General.

Unsere Strategiebesprechungen gingen auf wesentlich geordnetere Weise vonstatten als in Riva. Cerran war ein systematisch denkender Mann, der Dinge wie Wenn, Wo und Wie an den Fingern abzählte. Wir waren bereits zu dem Entschluß gelangt, daß das Wenn von einer recht deutlich sichtbaren Aktivität seitens der beiden angarakanischen Streitmächte abhängen würde. Dann kamen wir zum Wo. Der Mrin gab uns Auskunft, daß die Entscheidungsschlacht in Arendien stattfinden würde, und die Tolnedrer hatten unsere Notlüge, unser Wissen stamme vom drasnischen Geheimdienst, als beglaubigte Tatsache akzeptiert. Trotzdem ist Arendien ein großes Land, und erst im sechsten Jahr der Belagerung der Feste trotzten die Zwillinge dem Mrin den genauen Ort ab. Von da an wußten *wir,* daß die Schlacht in Vo Mimbre stattfinden würde. Jetzt mußten wir nur noch die Tolnedrer davon überzeugen, daß wir wußten, wovon wir sprachen.

Nach einer unserer Sitzungen begab ich mich zu Brand, und wir beide unternahmen einen Spaziergang durch die regennassen Parkanlagen des kaiserlichen Bezirks.

»Ihr wolltet mit mir reden, Pol?« eröffnete Brand das Gespräch.

»Wir werden General Cerran sehr behutsam lenken müssen, Brand«, antwortete ich. »Meines Erachtens bist du am besten dazu geeignet. Cerran weiß, daß die alornischen Könige sich dir unterordnen, auch wenn er nicht genau weiß, warum.«

»Meine überwältigende Persönlichkeit vielleicht?« schlug er vor.

»Der Ausgang eines Würfelspiels würde möglicherweise besser zum alornischen Nationalcharakter passen, Brand«, zog ich ihn auf.

»Polgara!« verwahrte er sich höflich.

»Was auch immer der Grund sein mag, Cerran betrachtet dich jedenfalls als Anführer der Alorner, und deshalb wird er deinen Worten Gehör schenken. Weil Cerran es liebt, in allem logisch zu denken, müssen wir ihm die Nachteile aller anderen möglichen Schlachtfelder so lange vor Augen halten, bis er *selbst* auf Vo Mimbre als einzig möglichen Ort kommt. Falls uns das nicht gelingt, wird er sich verpflichtet fühlen, unsere Streitkräfte gleichmäßig über ganz Südarendien zu verteilen.«

»Das wäre verhängnisvoll«, rief Brand aus.

»Ja, ziemlich. Nun denn, ich habe im dritten Jahrtausend lange Zeit in Arendien verbracht, so daß ich mit all den Städten vertraut bin. Mach dich auf eine Unterrichtsstunde in Geographie gefaßt, lieber Junge. Ich will, daß du das Gelände in der Umgebung einer jeden arendischen Stadt im Schlaf kennst. Fast jede Stadt auf dieser Erde hat ihre strategischen Nachteile, und die mimbratischen bilden in dieser Hinsicht keine Ausnahme. Deine Aufgabe besteht darin, die Nachteile jeder Stadt herauszustellen – mit Ausnahme von Vo Mimbre. Zwar hat auch sie ihre Nachteile, aber die verschweigen wir. Wir wollen auf keinen Fall, daß General Cerran sich für ein anderes Schlachtfeld als Vo Mimbre entscheidet. Aus diesem Grund schlagen wir ihm jede andere Tür vor der Nase zu, damit ihm nur dieser eine Ausweg bleibt.«

»Das könnt Ihr sehr gut, Pol«, bewunderte er mich.

»Ich durfte viel üben. Kriege sind eine Art Nationalsport in Arendien. Ein herzhaftes Niesen kann in Arendien einen Krieg vom Zaun brechen. Ich habe sechshundert Jahre oder mehr mit dem Versuch verbracht, die Arender davon abzuhalten, im falschen Augenblick zu niesen. Ich werde mit Eldrig und den anderen reden, damit sie dir in deiner Einschätzung der verschiedenen Städte Rückendeckung geben.«

»Alles wäre so einfach, wenn die Tolnedrer nur akzeptieren würden, daß Ihr und Euer Vater anders als andere Menschen seid.«

»Das widerspräche ihrer Religion, Lieber«, versetzte ich mit einem leichten Lächeln.

»Was *ist* denn die Grundlage der tolnedrischen Religion, Pol?«

»Geld. Die Tolnedrer haben es erfunden. Deshalb halten sie es wahrscheinlich für heilig. Sie haben Angst vor Zauberei, weil ein Zauberer begreiflicherweise Geld *erschaffen* könnte, anstatt es anderen abzuluchsen.«

»Könntet Ihr Geld erschaffen, Pol?« Seine Augen leuchteten bei der bloßen Erwähnung dieser Möglichkeit.

Ich zuckte die Schultern. »Vermutlich, aber warum sollte ich mir die Mühe machen? Ich besitze sowieso mehr, als ich ausgeben kann. Aber wir kommen vom Thema ab. Dieser tolnedrische Aberglaube ist lästig, da gebe ich dir völlig recht, aber wir können diese Klippe umschiffen.«

Nachdem General Cerran die gewünschte Entscheidung getroffen hatte, verschlechterte sich die Laune meines Vaters aus unerfindlichen Gründen. Ich ertrug sie etwa eine Woche, bevor ich ihn in seinem Quartier in der cherekischen Botschaft aufsuchte, um herauszufinden, was er für ein Problem hatte.

»Das ist das Problem, Pol!« explodierte er und ließ die geballte Faust auf die Schriftrolle des Mrin niedersausen. »Es ergibt keinen Sinn!«

»Das soll es ja auch nicht, Vater. Es *soll* wie purer Blödsinn klingen. Erzähl mir, was dich bedrückt. Vielleicht kann ich dir helfen.«

Vaters Unzufriedenheit mit dem Abschnitt des Mrinkodex lag in dem scheinbaren Hinweis begründet, daß Brand an zwei Orten gleichzeitig sein würde. Sein Tonfall war überaus mürrisch, als er ihn mir vorlas. »Und das Kind des Lichtes wird das Juwel von seinem angestammten Platz nehmen und wird dafür sorgen, daß es dem Kinde des Lichtes vor den Toren der goldenen Stadt ausgehändigt wird.« Er schien so enttäuscht zu sein, daß er im Begriff stand, die Schriftrolle zu zerreißen.

»Beruhige dich, Vater«, sagte ich. »Ein Schlaganfall bringt uns auch nicht weiter.« Ich erkannte die Lösung natürlich sofort, aber wie sollte ich sie ihm erklären? »Wie lange dauert deiner Meinung nach eins dieser EREIGNISSE?« fragte ich.

»So lange es eben dauert, vermute ich.«

»Jahrhunderte? Ach komm schon, Vater. So mächtig, wie diese beiden gegensätzlichen Notwendigkeiten sind, würde eine solche Auseinandersetzung das ganze Universum sprengen. Ein kurzer Augenblick kommt der Wahrheit wahrscheinlich näher. Dann, wenn dieses *eine* EREIGNIS vorüber ist, benötigt dieses *eine* Kind des Lichtes den Titel eigentlich nicht mehr, oder? Es hat getan, was es tun sollte, und der Titel kann weitergegeben werden. Ein Kind des Lichtes wird das Schwert von der Wand nehmen, und ein anderes wird es von Riva hierher bringen, und es wird Brand ausgehändigt werden. Zusammen mit dem Schwert wird der Titel weitergereicht.«

»Meiner Ansicht nach tust du dem Text Gewalt an, nur damit es paßt, Pol«, nörgelte er.

»Hast du einen besseren Vorschlag?«

»Nein, eigentlich nicht. Ich denke, ich gehe besser auf die Insel.«

»Ach? Und wozu?«

»Um das Schwert zu holen natürlich. Brand wird es brauchen.« Er war offenbar zu einem Schluß gelangt, der meiner Meinung nach mehrere klaffende Lücken aufwies. Er schien zu glauben, *er* werde das Kind des Lichtes sein, welches das Schwert von der Wand in der Halle des rivanischen Königs nehmen würde. Bis er allerdings in Riva eintraf, hatte Mutter sich bereits darum gekümmert, und das Schwert spielte gar keine Rolle dabei. Vollständig in blaues Licht gehüllt, hatte sie die Halle betreten, den Orb aus dem Griff von Eisenfausts Schwert gelöst und ihn in die Mitte eines Schildes eingesetzt. Das hatte Vater vermutlich den Wind aus den Segeln genommen. *Außerdem* vermutete ich stark, daß er allmählich zu ahnen begann, Mutter könnte nicht *ganz* so tot sein, wie er gedacht hatte. Er wirkte ein bißchen geknickt, als er nach Tol Honeth zurückkehrte.

Im Frühling des Jahres 4874 kehrte Onkel Beldin aus dem südlichen Cthol Murgos zurück und berichtete, daß Urvon Rak Hagga verlassen und seinen Feldzug quer über den Kontinent in Angriff genommen habe. Wenn General Cerrans Zeitplan stimmte, blieb uns jetzt weniger als ein Jahr, um unsere Vorbereitungen abzuschließen. *Eine* davon war bereits im Gange. Brand meldete Vater, er ›höre Stimmen‹. Das ist nichts, was ein Arzt gerne hört. Wenn jemand verkündet, er ›höre Stimmen‹, reserviert der Arzt dem Unglücklichen für gewöhnlich eine Zelle im nächstgelegenen Irrenhaus, gilt das doch gemeinhin als Indiz dafür, daß der Patient, salopp gesprochen, ›nicht mehr ganz dicht‹ ist.

Brand indes war keineswegs dem Wahnsinn verfallen. Die Stimme, die er vernahm, war die der Notwendigkeit, und sie leitete ihn sehr behutsam und bereitete ihn auf das vor, was er würde tun müssen, während er Torak von Angesicht zu Angesicht gegenüber stand. Diese Gegenüberstellung rückte rasch näher, aber fürs erste sorgte sich unser unsichtbarer Freund mehr um die Aufstellung der tolnedrischen Truppenverbände. Es lag auf der Hand, daß General Cerrans Legionen vor Vo Mimbre den Ausschlag geben würden. Es war natürlich problematisch, daß die Legionen noch im Süden standen. Sie bereiteten sich darauf vor, Urvons Streitkräfte daran zu hindern, Vo Mimbre rechtzeitig zu erreichen. Die Notwendigkeit versicherte Brand, Urvon würde kein Problem darstellen, aber Cerran davon zu überzeugen, warf ein weiteres Problem auf. ›Gott hat es mir gesagt‹ hat in einer vernünftigen Debatte kein großes Gewicht. Und die Argumentation ›Ich habe mich in einen Vogel verwandelt und es mir von oben angeschaut‹ überzeugt noch weniger. Wir entschlossen uns, es nicht *so* zu machen.

Dann, im Vorfrühling des Jahres 4875, hob Torak die

Belagerung der Feste auf und begann westwärts zu ziehen. Stimmte Cerrans Zeitplan, würden die Angarakaner in etwa eineinhalb Monaten vor den Mauern von Vo Mimbre stehen – und die Legionen befanden sich noch immer im Süden. Wie ich schon fast erwartet hatte, griff UL an diesem Punkt ins Geschehen ein. Die katzenäugigen Ulgos kamen nächtens aus ihren Höhlen hervor und fügten Toraks schlafender Armee furchtbare Verluste zu. Danach kamen die Angarakaner nur noch sehr langsam voran.

Während die Angarakaner sich vorsichtig Schritt für Schritt ihren Weg über die Berge von Ulgo bahnten, teilte Onkel Beldin meinem Vater voller Häme mit, ein widernatürlicher Schneesturm in der großen Wüste von Araga habe Urvon und Ctuchik bis über die Ohren eingeschneit. Und *das* erklärte endlich den ein Vierteljahrhundert anhaltenden Regen, der uns alle so geplagt hatte. Die Wettermuster hatten sich in Vorbereitung auf diesen Schneesturm verändert, der Toraks zweite Armee auf einen Schlag vernichtet hatte.

Vater gluckste vor Schadenfreude, als er mir Beldins Neuigkeit mitteilte. Er hörte allerdings auf zu glucksen, als ich ihn darauf hinwies, daß der Schneesturm so lange bedeutungslos bleiben würde, bis General Cerran von ihm erfuhr. »Ich glaube nicht, daß er sich hierbei auf unser Wort verlassen wird, Vater«, sagte ich voraus. »Er wird Beweise verlangen, und wir haben keine Möglichkeit, diese Beweise zu erbringen – es sei denn, du möchtest ihn mit den Klauen packen und mit in jene Wüste nehmen, damit er es sich selbst ansehen kann. Er wird die Truppen nicht auf unsere bloße Behauptung hin von der Südgrenze abziehen – vor allem, weil er und Ran Borune genau wissen, wie erpicht wir in Vo Mimbre auf ihre Gesellschaft wären.«

Wir präsentierten unsere Neuigkeit mit dem Hinweis auf unsere ›üblichen verläßlichen Quellen‹, und wie nicht anders zu erwarten stand, nahm General Cerran sie mit tiefem Mißtrauen auf.

Schließlich war es Ran Borune, der einen Kompromiß vorschlug. Die Hälfte der Legionen im Süden würde nach Norden verlegt werden, die andere Hälfte sollte bleiben, wo sie war. Cerran war Soldat, und deshalb legte er diesen Befehl, auch wenn er ihm nicht zusagte, großzügig aus, damit er wirkungsvoller war. Er fügte die acht Legionen aus Tol Honeth und neunzehn Ausbildungslegionen den Truppen vor Vo Mimbre hinzu, damit sie zahlreicher wirkten. Die acht Legionen rekrutierten sich fast durchweg aus Honeths, und noch niemand hat es geschafft, einen Honethiten zum Soldaten zu machen. Sie konnten vermutlich nicht mehr als eine Meile marschieren, ohne zusammenzubrechen, und die blutjungen Rekruten der Ausbildungslegionen konnten vermutlich *gehen,* aber die Feinheiten des Marschschritts überstiegen ihre augenblicklichen Fähigkeiten. Wenn Torak allerdings aus dem Fenster seines verrosteten Blechpalasts schaute, würde er fünfundsiebzigtausend Legionäre auf sich zukommen sehen, und er würde keine Möglichkeit haben herauszufinden, daß ein Drittel davon nicht wußte, an welcher Seite man ein Schwert anpackte. Die Chereker würden die südlichen Legionen und die Notlegionen aus der Umgebung von Tol Honeth und Tol Vordue zum Arendfluß bringen. Wir konnten nur hoffen, daß sie rechtzeitig dort eintreffen würden.

Dann kamen die Zwillinge an, und sie unterrichteten uns insgeheim, daß die Schlacht drei Tage dauern und die ganze Auseinandersetzung – wie wir nicht anders erwartet hatten – vom Ausgang der Begegnung zwischen Brand und Kal Torak abhängen würde. Die Aufgabe, die sich meinem Vater und mir stellte, war recht einfach. Wir mußten nur dafür sorgen, daß Torak Vo Mimbre nicht erreichte, ehe all unsere Streitkräfte in Stellung gegangen waren. Es war also nicht schwieriger, als die Flut aufzuhalten oder den Lauf der Sonne zu ändern.

Wir beide verließen Tol Honeth, als sich der Abend über die marmorne Stadt legte. Wir betraten einen Birkenhain ungefähr eine Meile nördlich der Stadt.

»Du klärst ihn besser darüber auf, daß du unsere Eule benutzen wirst, solange dies hier andauert«, empfahl mir Mutters Stimme. *»Es wird ihm nicht gefallen, aber er muß sich daran gewöhnen, die Eule von Zeit zu Zeit zu sehen.«*

»Ich erledige das, Mutter«, gab ich zurück. *»Ich habe mir etwas einfallen lassen, um seine lästigen Fragen abzuwehren.«*

»Hast du das? Das mußt du mir eines Tages erzählen.«

»Hör einfach zu, Mutter«, riet ich ihr. *»Hör und lern dazu.«*

»Das war großspurig, Pol, sehr großspurig.«

»Freut mich, wenn es dir gefällt.«

Vater blinzelte in Richtung Westen. »Wir haben nicht mehr lange Licht«, merkte er an. »Oh, gut, es gibt keine Gebirgszüge zwischen hier und Vo Mimbre, gegen die wir im Dunkeln prallen könnten.«

»Es wird dir nicht gefallen, Vater«, warnte ich ihn vor, »aber ich bin angewiesen worden, von hier bis zum EREIGNIS die Gestalt jener Schnee-Eule zu benutzen. Beiß also die Zähne zusammen und finde dich damit ab. Ich *werde* meine Anweisungen befolgen, ob es dir paßt oder nicht.«

»Dürfte ich fragen, wer dir diese Anweisungen erteilt?« knirschte er.

»Selbstverständlich darfst du fragen, Vater«, gestand ich ihm gnädig zu. »Halt aber nicht die Luft an, während du auf eine Antwort wartest.«

»Ich *hasse* das!« beklagte er sich.

Ich tätschelte seine Wange. »Sei tapfer, alter Mann«, riet ich ihm.

Dann schimmerte ich in die vertraute Gestalt hinüber.

Es war lange nach Mitternacht, als wir beide auf der Spitze der Zinnen von Aldorigens Palast im Zentrum von Vo Mimbre landeten. Die Wachen auf ihrem Gang über die Brustwehr haben möglicherweise zwei Vögel herbeifliegen gesehen, aber sie achteten nicht weiter darauf.

Schließlich hielten sie nach Menschen und nicht nach Vögeln Ausschau. Wir duckten uns in den tiefen Schatten am oberen Absatz einer Treppenflucht, und sobald ein Wachtposten vorbeigeschlurft war, nahmen wir unsere natürliche Gestalt an und gingen die Treppe hinunter und geradewegs weiter in den Thronsaal, um dort auf Aldorigen zu warten. »Warum läßt du mich nicht einfach machen, Vater?« sagte ich. »Ich kenne die Arender besser als du und werde sie deshalb nicht vor den Kopf stoßen. Nebenbei bemerkt, hat Aldorigen schon gehörige Angst vor mir, so daß er besser zuhören dürfte, wenn ich diejenige bin, die redet.«

»Gerne, Pol. Wenn ich mich mit Arendern unterhalten muß, könnte ich immer schreien.«

»O *Vater!«* entgegnete ich müde. »Hier«, sagte ich und erschuf mit meinem Willen eine kleine Schriftrolle, die ich ihm in die Hand drückte. »Versuch einfach, weise auszusehen, und tu so, als ob du das lesen würdest, während ich das Wort führe.«

Er blickte auf die Schriftrolle. »Sie ist leer, Pol«, begehrte er auf.

»Na und? Erwartest du eine Gutenachtgeschichte? Du bist der Schauspieler. Improvisiere. Gib vor, du würdest etwas von welterschütternder Wichtigkeit lesen. Versuch aber trotzdem, deine Ausrufe des Staunens und der abgrundtiefen Verwunderung möglichst in Grenzen zu halten. Wenn du *zu* erregt wirkst, möchte Aldorigen möglicherweise einen Blick auf diese Schriftrolle werfen.«

»Das macht dir Spaß, Pol, nicht wahr?«

»Ja, in der Tat.« Ich warf ihm einen selbstgefälligen kleinen Blick zu, und er wußte, was *das* bedeutete.

Die Dämmerung färbte die über dem östlichen Horizont aufgetürmten Wolkenbänke feuerrot, als Aldorigen und sein inzwischen erwachsener Sohn Korodullin den Thronsaal betraten. Sie waren mitten in einem hitzigen Streit begriffen. »Er ist ein Ungläubiger, Sire«, versicherte Korodullin gerade, »ein Gesetzloser. Seine Anwesenheit hier würde den heiligsten Ort ganz Arendiens entweihen!«

»Ich weiß, daß er ein Schurke und Unhold ist, Korodullin«, erwiderte Aldorigen in dem Bemühen, seinen heißblütigen Sohn zu besänftigen, »jedoch ich habe einen Schwur geleistet. Du wirst nicht geringschätzig über ihn sprechen, noch ihm Kränkungen oder Beleidigungen zufügen, solange er innerhalb der Mauern von Vo Mimbre weilt. Solltest du nicht in der Lage sein, deinen heißen Zorn zu zügeln, so ziehe dich in deine Gemächer zurück, bis er uns wieder verläßt, oder ich muß dich festsetzen lassen.«

Die archaische Sprache versetzte mich auf der Stelle ins dritte Jahrtausend zurück, und als ich das Wort ergriff, war mir fast, als setzte ich ein Gespräch fort, das sich vor zweitausend Jahren oder mehr unterbrochen hatte. »Einen guten Morgen entbiete ich Euch, Majestät«, begrüßte ich Aldorigen mit einem Hofknicks. »Mein betagter Herr Vater und ich sind soeben aus Tol Honeth eingetroffen, und obschon noch immer betäubt von der Pracht Eurer auf dem ganzen Erdenkreis gerühmten Stadt, sind wir doch geradewegs hierher geeilt, um uns mit Euch zu beratschlagen und Euch Nachricht von gewissen Geschehnissen zu bringen, welche sich jüngst zugetragen haben und welche Euch und Euer Reich aufs Eindringlichste betreffen.«

Aldorigens Antwort zeichnete sich durch die typische mimbratische Langatmigkeit aus. Wir tauschten die obligatorische halbe Stunde Komplimente aus, um dann zur Sache zu kommen. Meine Botschaft – meine Anweisung, wenn ihr das vorzieht – war simpel. Ich war da, um einen mimbratischen Angriff auf die vor Mimbre lagernden Angarakaner so lange zu verhindern, bis wir Stellung bezogen hatten. Es dauerte eine Weile. Es ist sehr schwer, jemanden, der sich für unbesiegbar hält, davon zu überzeugen, daß etwas überlegte Zurückhaltung nicht schadet.

Während ich ihm das in den Schädel hämmerte, teilte

er mir mit, daß sein asturischer Gegenspieler, Eldallan von Asturien, zu einem Kriegsrat nach Vo Mimbre käme. Ich entdeckte ein enormes Katastrophenpotential an diesem Vorhaben, wenn man tausend Jahre oder mehr sinnlosen Gemetzels im asturischen Wald in Rechnung stellte. Ein Mimbrater und ein Asturier zusammen in einem Raum erweisen sich meist als tödlich für die Einrichtung, wenn nicht für das ganze Gebäude. Korodullin hatte sich bereits eine ganze Reihe ungewöhnlicher Begrüßungen ausgedacht. Er ließ dunkle Andeutungen fallen, der schurkische asturische Herzog möchte die Gelegenheit ergreifen, zu den Angarakanern überzulaufen, nur um die Zerstörung von Vo Mimbre zu erreichen.

Vater warf mir einen kurzen Gedanken zu, aber ich war ihm wie üblich Meilen voraus. Ich glaube nicht, daß Vater jemals die Bedeutung des Titels einer Herzogin von Erat verstanden hat. Genausowenig begriff er, wie zäh sich alte Gewohnheiten in Arendien hielten. Ich war – immer noch – Aldorigen und Eldallan ebenbürtig. Sie wußten das beide, und zudem wußten sie, daß ich es ihnen recht ungemütlich machen konnte, wenn ich wollte.

Ich ging also dazu über, Aldorigen und seinen Heißsporn von Sohn so zu beschämen, daß sie zumindest den Anschein guten Benehmens an den Tag legten. Wenn ihr einem Mimbrater Ausdrücke wie ›feige‹ und ›weibisch‹ an den Kopf werft, erregt ihr *ganz* gewiß seine Aufmerksamkeit.

Es war genau zur Mittagszeit, als Herzog Eldallan und seine wunderhübsche Tochter Mayaserana eintrafen und zu einem frostigen Empfang in den Thronsaal geleitet wurden.

Dann hörte ich wieder diese Glocke in meinem Kopf läuten, und als ich die haßerfüllten Blicke sah, welche die Erbfeinde Mayaserana und Korodullin wechselten, wäre ich fast in schallendes Gelächter ausgebrochen. Das würde eine äußerst interessante – und lautstarke – Werbung geben.

»Du wirst immer hellsichtiger, Pol«, lobte mich Mutters Stimme.

»Mag sein, aber wie soll ich sie davon abhalten, sich vor der Hochzeit die Gurgeln durchzuschneiden?«

»Ich bin sicher, dir fällt etwas ein.«

Die Luft im Thronsaal stank förmlich nach Feindseligkeit, und ich erkannte, daß diese unbedachte Konferenz am Rande einer absoluten Katastrophe schwebte. Also schritt ich ein und schlug ihnen wieder einmal meinen Rang um die Ohren. »Das nimmt jetzt augenblicklich ein Ende!« befahl ich Aldorigen und Eldallan. »Ich traue meinen Ohren nicht! Ich hatte geglaubt, Ihr wärt ernsthafte Männer und keine Knaben, aber mein Glaube hat mich wohl getrogen. Ist es denn möglich, daß die Herrscher Asturiens und Mimbres unter die Kinder gegangen sind? Seid Ihr beide so vom Wahn besessen, daß ihr den Haß an Eure Brust drückt wie lieben Tand aus frühesten Kindestagen? Um uns steht die Welt in Flammen, Mylords. Ihr *müßt* Euren kleinlichen Hader vergessen und Seite an Seite mit den Recken Aloriens und Tolnedras den Brand ersticken. Dieser lachhafte Austausch von Drohungen und Kränkungen ermüdet mich fürwahr, und so sehe ich mich gezwungen, Euch augenblicklich das volle Ausmaß meines Zorns spüren zu lassen. Ihr, Eldallan, werdet Euch mit Euren Bogenschützen den Sendarern und Rivanern anschließen und gegen den Rücken der angarakanischen Feinde ziehen. Und Ihr, Aldorigen, werdet Eure Wälle verteidigen, indes bis zum dritten Tage der Schlacht nicht gegen Eure Belagerer ins Feld ziehen. Erst auf das vereinbarte Zeichen hin werdet Ihr vor Eure Mauern rücken. Mich dünket, Ihr habet zwei Jahrtausende lang Krieg gespielt, verstehet Euch jedoch nicht besser auf die Kunst als der jüngste Rekrut der tolnedrischen Armee. Zu diesem Behufe muß ich Euch nun meinen Willen aufzwingen. Dies sind meine Befehle, und Ihr *werdet* gehorchen, oder mein Zorn wird über Euch kommen.«

Dann seufzte ich, zugegebenermaßen ein bißchen

theatralisch. »Heute gestehe ich meinen Irrtum aus dem dritten Jahrtausend ein, als ich wähnte, Arendien, mein geliebtes Kind, möchte einstmals erwachsen und weise werden. Welch eitle Hoffnung, ach! Arender mögen alt und grau werden, erwachsen werden sie nie. Die Möglichkeit, die mir während all jener vergangenen Jahre offenstand, war eindeutig, doch meine Liebe zu Arendien hat sie mir verhaßt gemacht. Doch wahrlich, nun erkenne ich, daß ich meinen Widerwillen hätte überwinden und meine Pflicht erfüllen müssen. Da kein Arender jemals erwachsen wird, erkenne ich nunmehr, daß ich sowohl Mimbre als auch Asturien meinem Herrschaftsgebiet einverleiben und nach kaiserlichem Dekret hätte regieren sollen. Ich bin der festen Überzeugung, daß es mein Geschick als Schulmeisterin nicht überfordert hätte, Euch zu lehren, wie man in Gegenwart Eurer Kaiserin kniet und ihren Befehlen fraglos Gehorsam leistet.«

Das ließ beide aufspringen. Ich tat so, als würde ich den Gedanken ernsthaft in Betracht ziehen, während ich sie von Kopf bis Fuß musterte wie ein Stück Rindfleisch. »Möglicherweise ist es noch nicht zu spät für eine solche Lösung. Ich will es erwägen. Ihr, Aldorigen, und Ihr, Eldallan, seid tapfere Recken und könntet – mit strenger Zucht – die Feinheiten der schönen Rede erlernen, auf daß ihr würdige Lehnsleute zu Füßen meines kaiserlichen Thrones abgeben würdet. Aber zuerst müssen wir uns mit Kal Torak befassen.«

Also, *selbstverständlich* hegte ich keine kaiserlichen Ambitionen. Wo habt ihr nur euren Verstand gelassen? Trotzdem, ›Kaiserin Polgara von Arendien‹ hat einen angenehmen Klang, findet ihr nicht auch?

Ich glaube, es war die Andeutung eines möglichen Regierungswechsels, die Aldorigens und Eldallans Umgang miteinander schlagartig verbesserte. Eldallans Vorschlag, nach der Schlacht eine freundschaftliche kleine Zusammenkunft – mit Schwertern – abzuhalten, um ihre Differenzen ausführlicher zu erörtern, besiegelte den Handel.

Aldorigen stellte Vater und mir standesgemäße Quartiere zur Verfügung, und nachdem wir uns dort eingerichtet hatten, kam der alte Wolf zu mir. »Du hast das doch nicht etwa ernst gemeint mit dieser Kaiserin-Geschichte, oder?« fragte er leicht nervös.

»Mach dich nicht lächerlich, Vater.«

»Ich würde eine gute Idee nicht voreilig verwerfen«, sinnierte er. »Es wäre ein Weg, um diesen dummen Bürgerkrieg zu beenden.«

»Fühl dich frei, dich der Idee zu bedienen, Vater. Du würdest einen prachtvollen Kaiser abgeben.«

»Hast du den Verstand verloren?«

»Das wollte ich *dich* gerade fragen. Hast du etwas von Onkel Beldin gehört?«

»Er und General Cerran reiten nach Süden, um die Legionen in Richtung Küste in Marsch zu setzen. Eldrigs Kriegsschiffe sind bereits auf dem Weg, um sie dort an Bord zu nehmen.«

»Sie werden einige Zeit brauchen, um hinzukommen, Vater«, rief ich ihm ins Gedächtnis. »Hast du dir schon etwas einfallen lassen, wie wir Torak aufhalten?«

»Ich denke darüber nach.«

»Denke ein bißchen schneller. Ich habe meine ganz persönlichen Gründe dafür, warum ich eine Menge Soldaten um mich haben will, wenn Torak eintrifft.«

»Ach?«

»Darüber können wir uns später unterhalten. An die Arbeit, Vater.«

»Was machst du?«

»Ich dachte, ich verbringe ein Stündchen in meiner Badewanne.«

»Du wirst dich noch auflösen, wenn du weiterhin deine ganze Zeit im Wasser verbringst, Pol.«

»Das bezweifle ich, Vater. Und jetzt vorwärts.«

Beim Hinausgehen knallte er die Tür zu.

Vaters Strategie, die Angarakaner aufzuhalten, grenzte an Genialität, auch wenn ich das nur ungern zugebe. Sie verlangsamte Toraks Marschgeschwindigkeit nicht nur zu einem Kriechen, sondern schweißte auch zwei Arender, die sich bislang leidenschaftlich gehaßt hatten, zu einer lebenslangen Freundschaft zusammen, die Gutes für die Zukunft des armen Arendien verhieß. Der einzige Nachteil, den ich daran entdecken konnte, bestand darin, daß *mir* die zweifelhafte Ehre zufiel, eine Gruppe von Asturiern zu beschützen und anzutreiben. Aus ersichtlichen Gründen habe ich die Asturier nie besonders gemocht.

Vaters Plan war nicht sonderlich vielschichtig. Der Arend hatte unzählige Zuflüsse, die nach einem Vierteljahrhundert unablässiger Niederschläge bis zum Überlaufen gefüllt waren. All diese Zuflüsse wurden von Brücken überspannt. Vater hielt es für sinnvoll, tausend mimbratische Ritter an den Fuß des Ulgogebirges zu führen und mit dem Niederreißen dieser Brücken zu beginnen. Mir oblag es, tausend asturische Bogenschützen in dieselbe Gegend zu bringen, um angarakanische Versuche, besagte Brücken wieder aufzubauen, zu vereiteln.

Der Ritter, der die mimbratischen Brückenzerstörer anführte, war Baron Mandor, ein Nachfahr Mandorins und Asranas und ein Urahn unseres Mandorallen. Der Führer der asturischen Bogenschützen war der unbekümmerte Baron Wildantor, ein unverwüstlicher Rotschopf, von dem Lelldorin abstammt. Die Notwendigkeit hatte offenbar wieder einmal ihre Hand im Spiel.

Trotz meines lange gehegten Vorurteils gegen Asturier fand ich es nahezu unmöglich, Wildantor nicht zu mögen. Sein leuchtend rotes Haar war wie Feuer, sein Humor ansteckend. Ich glaube, die einzige Zeit, wenn er *nicht* lachte, gluckste oder kicherte, war, wenn er seinen

Bogen spannte. Dann war er natürlich mit vollem Ernst bei der Sache. Baron Mandor war alles andere als dafür geschaffen, mit einem solchen Menschen auszukommen. Mandor war ein ernsthafter Mann ohne den geringsten Sinn für Humor, doch als er einmal herausgefunden hatte, daß fast alles, was Wildantor von sich gab, komisch sein sollte, begann er langsam die Freuden des Lachens zu entdecken. Der Scherz indes, der ihre unnatürliche Freundschaft besiegelte, kam von Mandors Lippen, auch wenn ich mir sicher bin, daß er unbeabsichtigt war. Als Wildantor ihm den Vorschlag unterbreitete: »Warum einigen wir uns nicht darauf, uns erst umzubringen, wenn das hier vorbei ist?« dachte Mandor einige Augenblicke darüber nach, bevor er antwortete: »Verletzt das nicht unsere religiösen Grundsätze?« Wildantor brach haltlos lachend zusammen. Was die Szene jedoch wirklich lustig machte, war die Tatsache, daß Mandor vollkommen ernst blieb. Er errötete leicht über das Gelächter des Asturiers, und dann, während es ihm langsam dämmerte, daß seine ernstgemeinte Frage den Kern jener endlosen Tragödie ausmachte, die Arendien hieß, begann auch er zu lachen. Zuerst war es ein eher wehmütiges Lächeln, das aber rasch fröhlicher wurde. Die beiden hatten endlich erkannt, daß Arendien nichts als ein schlechter Witz war.

Trotz der wachsenden Freundschaft zwischen den beiden sahen Vater und ich uns gezwungen, die übrigen Asturier und Mimbrater mit erheblicher Mühe davon abzuhalten, sich gegenseitig an die Gurgel zu gehen.

Vater war heimtückisch genug, die Angarakaner die Brücken über die ersten drei Zuflüße unbehindert wieder aufbauen zu lassen. An dem vierten reißenden Flüßchen indes wuchsen aus den murgosischen Brückenbauern ziemlich unvermittelt asturische Pfeile hervor. Nach diesem Vorfall wurden die Angarakaner äußerst vorsichtig, und sie brauchten sehr lange, um jeden Bach zu überqueren. Und das war schließlich der Zweck des Ganzen.

Die endgültige Besiegelung der aufkeimenden Freundschaft erfolgte, als Wildantor meinte, unbedingt angeben zu müssen. Er stand allein auf einer wackligen, unterhöhlten Brücke und hielt allein die gesamte angarakanische Streitmacht in Schach. Ich habe nie jemanden gesehen, der so schnell so viele Pfeile abschießen konnte. Wenn ein Bogenschütze vier Pfeile gleichzeitig in der Luft hat, wißt ihr, daß er sein Handwerk versteht.

»Pol«, sagte Mutters Stimme gelassen, *»er wird ins Wasser fallen. Misch dich nicht ein, und sorg dafür, daß auch dein Vater sich nicht einmischt. Mandor wird ihn retten. Es soll so geschehen.«*

Und so kam es natürlich auch. Die Brücke, auf der Wildantor stand, erbebte ein letztes Mal und brach zusammen, und die Strömung riß den rothaarigen Asturier mit sich fort. Mandor rannte flußabwärts zu der nächsten zerstörten Brücke, sprang auf die in den Fluß hinausragenden Holzplanken und streckte seine Hand in die schäumenden Wogen. *»Wildantor!«* bellte er. *»Zu mir!«*

Und der halb ertrunkene Asturier kämpfte sich aufs andere Flußufer, riß den Arm aus dem Wasser, und ihre Hände verschränkten sich. Im übertragenen Sinn hat keiner von beiden je wieder losgelassen.

Kapitel 33

In den nächsten Tagen setzten wir unser langsames Zurückweichen – ich vermeide bewußt den Begriff ›Rückzug‹ – fort. Unsere kleine Streitmacht wurde, als die Männer zu akzeptieren begannen, daß das Bündnis halten würde, immer geschickter. Die mimbratischen Ritter und asturischen Bogenschützen, möglicherweise ermutigt durch das Vorbild Mandors und Wildantors, begannen ihre Erbfeindschaft hintanzusetzen und ihre Anstrengungen ganz auf die zu bewältigende Aufgabe zu richten. Die Mimbrater wurden mit zunehmender Erfahrung geschickter im Brückeneinreißen, und mehrere spontane Bündnisse entstanden. Eine kleine Ritterschar wurde immer besser darin, die Brücken lediglich zu unterminieren, anstatt sie sofort zu zerstören. Der befehlshabende Ritter sprach mit seinem asturischen Pendant und schlug vor, die Bogenschützen sollten ihre Begeisterung nur so lange zügeln, bis die Brücke sich mit vorrückenden Murgos gefüllt hätte. Das war der Zeitpunkt, an dem mehrere weiter stromaufwärts versteckte Ritter Baumstämme in das rasch dahinströmende Flüßchen zu rollen begannen. Die beschädigte Brücke brach zusammen, wenn die Baumstämme gegen die bereits wackligen Stützen krachten, und mehrere hundert Murgos gingen baden – nun ja, eine Zeitlang jedenfalls. Ein stählernes Kettenhemd ist nicht die ideale Badebekleidung, wie ich festgestellt habe. Die Feier, an der jene Ritter und Bogenschützen am Abend teilnahmen, war rauh und lärmend, und ich sah Asturier und Mimbrater Arm in Arm uralte Trinklieder grölen, als würden sie sich schon ein Leben lang kennen.

Als wir Vo Mimbre verlassen hatten, war es unsere Hauptsorge gewesen, Mimbrater und Asturier voneinander getrennt zu halten.

Bei unserer Rückkehr hätte nichts, was in unserer Macht stand, sie noch trennen können. Kameradschaft war an Stelle der gegenseitigen Feindschaft getreten. Ich bin mir ziemlich sicher, das hatte Torak mit seinem Zug nach Westen nicht beabsichtigt.

Bei unserer Rückkehr erwartete uns ein Heldenempfang. Ich weiß genau, daß einige der Bürger Vo Mimbres fast an den an die Asturier gerichteten Jubelrufen erstickt wären, aber das zählt schließlich nicht, oder?

Vaters List hatte uns die restlichen fünf Tage verschafft, und die Zwillinge, die während unserer Abwesenheit in Vo Mimbre eingetroffen waren, teilten uns mit, Onkel Beldin und General Cerran hätten mit den südlichen Legionen Tol Honeth erreicht. Vater schickte einen Gedanken aus und besprach sich kurz mit seinem verwachsenen Bruder, und anschließend versicherte er uns, daß die Tolnedrer und Chereker Vo Mimbre planmäßig erreichen würden. Wir waren bereit, und morgen würde die Schlacht beginnen.

Mutter unterhielt sich kurz mit mir, als Vater fort war, um die Verteidigungsanlagen der Stadt zu überprüfen. *»Pol«*, sagte sie, *»wenn er zurückkommt, sag ihm, du würdest ein Auge auf die Angarakaner haben. Ich glaube, wir beide sollten Torak noch einmal besuchen.«*

»Ach?«

»Ich hasse Überraschungen. Laß uns Torak und Zedar im Auge behalten.«

»In Ordnung, Mutter.«

Vater war ein wenig gereizt, als er zurückkam, aber das muß wohl so sein. In der Nacht vor einer Schlacht ist jeder ein bißchen gereizt.

»Ich werde mich mal draußen umsehen, Vater«, ließ ich ihn wissen.

»Ich vermute, du würdest dich nicht daran stören, wenn ich es dir verbieten würde?«

»So ist es.«

»Dann werde ich es mir sparen. Bleib nicht die ganze Nacht weg.«

Ich hätte fast laut herausgelacht. Der Tonfall, in dem er das gesagt hatte, war fast derselbe wie damals in Riva während der Vorbereitungen zu Beldarans Hochzeit, als ich mir die Zeit damit vertrieben hatte, Herzen zu brechen, und er sich sämtliche Fingernägel vor Nervosität bis aufs Fleisch abgekaut hatte. Womöglich war ihm die Ironie der Situation nicht ganz bewußt. Damals in Riva hatte er sich Sorgen über meine vielen Verehrer gemacht. Auch hier in Vo Mimbre hatte ich einen Verehrer, aber diesmal war ich diejenige, die sich Sorgen machte.

Mutter und ich verschmolzen ein zweites Mal. Vollkommen nach innen gewendet, waren wir wieder nicht zu entdecken. Wir machten den Standort von Toraks schwarzem Rostpalast aus und schlüpften durch dieselbe praktische Fensterlaibung wie beim erstenmal hinein.

»Ich werde sie bestrafen, Zedar«, erklärte Torak soeben mit seiner dramatisch hallenden Stimme.

»Sie verdienen es fürwahr, Meister«, stimmte Zedar folgsam zu. »Sie haben Euch enttäuscht durch ihre kleinmütigen Zänkereien. Für diese Missetaten müssen sie mit dem Leben büßen.«

»Verurteile sie nicht voreilig, Zedar«, mahnte Torak unheilvoll. »Auch du hast noch nicht genug gesühnt für *dein* Scheitern weiland in Morindland, obgleich es mehrere Jahrhunderte her ist.«

»Ich flehe Euch an, Meister, vergebt mir. Wendet Euren Zorn von mir, obgleich ich eine Bestrafung mehr als verdiene.«

»Es gibt weder Bestrafungen noch Belohnungen, Zedar«, antwortete Torak finster, »nur Konsequenzen. Urvon und Ctuchik werden mit der Zeit ihre volle Bedeutung erfahren – ebenso wie du. Für den Augenblick indes brauche ich dich und deine beiden Brüder.«

Ich vermute, Zedar mußte ein bißchen schlucken, als Torak Urvon und Ctuchik seine ›Brüder‹ nannte.

Torak, dessen polierte Stahlmaske im Lampenlicht glänzte, saß düster brütend da. Dann seufzte er. »Ich bin bekümmert, Zedar«, gestand er. »Eine Unstimmigkeit bereitet mir Sorgen.«

»Offenbart sie mir, Meister«, drängte Zedar. »Möglicherweise vermögen wir sie gemeinsam zu lösen.«

»Dein maßloses Selbstvertrauen erheitert mich, Zedar«, entgegnete Torak. »Hast du sorgfältig jenes Schriftstück gelesen, welches das Gefasel jenes Untermenschen vom Ufer des Mrin im hohen Norden Drasniens enthält?«

»Eingehend, Meister.«

»Und du bist ebenfalls vertraut mit der Wahrheit, die mir in Ashaba offenbart wurde?«

»Jawohl, Meister.«

»Ist dir nicht aufgefallen, daß die beiden nicht völlig übereinstimmen? Beide sprechen von der Schlacht, die in wenigen Stunden hier vor Vo Mimbre beginnen wird.«

»Ja, das habe ich auch so verstanden.«

»Aber die Version des Mrin widerspricht der von Ashaba. Der Mrin läßt das Schicksal der Welt vom dritten Tage der bevorstehenden Schlacht abhängen.«

»Soweit begreife ich es, Meister.«

»Ganz anders Ashaba. Ashabas Augenmerk ruht auf dem zweiten oder dem vierten Tage.«

»Das hatte ich nicht genau erkannt, Meister«, gab Zedar zu. »Was, glaubt Ihr, hat diese Unstimmigkeit zu bedeuten?«

»Mich dünkt, sie weist auf denjenigen hin, der sich mir auf dem Höhepunkt der Schlacht entgegenstellen wird. Sollten der Göttertöter und ich uns am zweiten Tage begegnen – oder am vierten, werde ich ihn mühelos besiegen. Sollten wir einander an jenem fatalen dritten Tage begegnen, wird der Geist der ABSICHT ihn erfüllen, und *ich* werde untergehen.« Plötzlich brach er ab und murmelte nur noch unverständlich vor sich hin.

Seine Stimme wurde von den hohlen Echos hinter seiner Stahlmaske verzerrt. »Verfluchter Regen!« donnerte er dann los. »Und verflucht seien die Flüsse, die meinen Vormarsch verzögert haben! Wir sind zu spät eingetroffen, Zedar! Wären wir nur zwei, nur einen Tag früher angelangt, wäre die Welt *mein* gewesen. Nun ist der Ausgang dem Zufall anheimgegeben, und ich bin mithin beunruhigt, denn der Zufall ist noch nie mein Freund gewesen. Ich verließ Ashaba in der unerschütterlichen Gewißheit, ich würde zur rechten Zeit hier ankommen, und frohen Herzens opferte ich diesem Ziel ungezählte angarakanische Leben. Dennoch habe ich diesen Ort einen einzigen Tag zu spät erreicht. Nun jedoch habe ich keine Wahl und muß mich dem Beherrscher des Westens an jenem verhängnisvollen dritten Tage stellen, wenn das wankelmütige Schicksal es so bestimmt. Ich bin höchst unzufrieden, Zedar, über alle Maßen unzufrieden!«

»Er glaubt, es ist Gelane!« keuchte ich im Innern unseres abgeschotteten Bewußtseins.

»Was?« Mutters Gedanken war genauso überrascht wie meiner.

»Er glaubt wirklich, daß Gelane ihn herausfordern wird!«

»Wie ist er darauf gekommen?«

»Die Titel ›Göttertöter‹ und ›Beherrscher des Westens‹ beziehen sich auf den rivanischen König. Irgendwie glaubt Torak, Gelane sei nach Riva zurückgekehrt und habe das Schwert aufgenommen. Er weiß nicht einmal, daß Brand derjenige ist, der ihn herausfordern wird.«

Mutter überdachte das Gesagte. *»Du könntest recht haben, Pol«*, pflichtete sie mir bei. *»Toraks Informationen stammen von Ctuchik, und Ctuchik verläßt sich ganz auf Chamdar. Dein Vater hat Chamdar seit mehreren Jahrhunderten mit all diesen gescheiten Spielchen in Sendarien an der Nase herumgeführt. Torak weiß in Wirklichkeit rein gar nichts über den Erben des rivanischen Throns. Es wäre gut möglich, daß er glaubt, er* *werde sich an jenem dritten Tag dem Erbe gegenübersehen.«*

»Dessen bin ich gewiß, Mutter. Das würde erklären, warum du den Auftrag erhalten hast, den Orb aus dem Griff Eisenfausts Schwert zu entfernen und ihn in den Schild einzusetzen. Brands Waffe wird kein Schwert sein; es wird dieser Schild sein.«

Torak redete noch immer, so daß Mutter und ich unsere Privatunterhaltung verschoben, um weiter zuzuhören.

»Du *mußt* die Stadt am morgigen Tage einnehmen, Zedar«, ordnete Torak an. »Meine Begegnung mit dem Nachfahr Eisenfausts *muß* am folgenden Tag stattfinden. Opfere ganz Angarak, wenn es sein muß, doch Vo Mimbre *muß* mein sein, ehe die Sonne wieder am Horizont versinkt.«

»Es wird geschehen, wie mein Meister es befiehlt«, versprach Zedar. »Just in diesem Augenblick werden meine Kriegsmaschinen in Stellung gebracht. Ich schwöre Euch, Herr, Vo Mimbre wird fallen an diesem Tag, denn ganz Angarak werde ich gegen jene goldenen Wälle werfen.« Offenbar hatte die achtjährige Belagerung der algarischen Feste Zedar noch immer nicht gelehrt, keine vorschnellen Versprechungen abzugeben.

Dann stürzte Torak sich in einen wirren Monolog, der nicht mehr viel Sinn machte. Die Geschichte hatte Torak übel mitgespielt, und sein Groll war unermeßlich. Ihm waren so viele Dinge, die er für sein eigen gehalten hatte, verweigert worden, daß er seine geistige Gesundheit eingebüßt hatte. Unter anderen Umständen hätte ich sogar Mitleid mit ihm empfinden können.

»Ich glaube, wir haben genug gehört, Pol«, sagte Mutter da. *»Wir gewinnen nichts, wenn wir hier sitzenbleiben und uns anhören, wie er sich selbst bemitleidet.«*

»Ganz wie du meinst, Mutter«, stimmte ich ihr zu.

Unsere Eule zwängte sich wieder durch die Fensterlaibung und glitt auf lautlosen Schwingen davon, zurück nach Vo Mimbre. Nach diesem Schneesturm drüben in Ashaba war das Wetter aufgeklart, und die Sterne glitzerten am Himmel. Menschen mit ungewöhnlich langem Leben haben stets eine Schwäche für die Sterne. Sie vermitteln ein Gefühl der Beständigkeit, wenn alles andere um einen herum in Scherben geht.

Obwohl Torak es nicht ganz allein bewerkstelligt hatte, *hatte* er doch damals während des Krieges der Götter die Welt zerbrochen. Ich war mir deshalb sicher, daß er die Wälle von Vo Mimbre mit einem einzigen Gedanken hätte niederreißen können. Offensichtlich war ihm das aber nicht gestattet. Die formvollendet verschlungenen Regeln des ewigen Spiels zwischen den beiden widerstreitenden Geschicken untersagten den Einsatz göttlichen Willens während jener EREIGNISSE. Die Folgen eines solchen Regelbruchs waren äußerst schwerwiegend – wie Ctuchik in Rak Cthol erfahren mußte. Torak konnte nur durch *menschliche* Werkzeuge tätig werden – bis zu dem Moment, in dem er Brand gegenüberstehen würde. Und auch dieses EREIGNIS würde strengen Regeln unterliegen.

»Wir übrigen unterliegen ähnlichen Beschränkungen, Pol«, antwortete Mutters Stimme auf meinen unausgesprochenen Gedanken. *»Warne deinen Vater. Sag ihm, dies sei nicht der geeignete Zeitpunkt für Experimente. Lege ihm nahe, daß es keine gute Idee wäre, jetzt einen Kometen auf die Angarakaner fallen zu lassen.«*

»Das würde er doch nicht tun, Mutter.«

»Ach, meinst du? Du hast noch nicht miterlebt, was für irrwitzige Dinge er anstellt, wenn er gereizt ist, Pol. Ich habe ihn einmal einen Hammer wegwerfen sehen, mit dem er sich auf den Daumen gehauen hatte.«

»Das hat wohl jeder von uns schon mal getan, Mutter.«

»Er hat ihn in den Himmel geworfen, Polgara. Das war vor mehreren tausend Jahren, und soweit ich weiß, fliegt er noch immer – zumindest will ich das hoffen. Manchmal bedarf es nur einer winzigen Kleinigkeit, um einen

Stern am falschen Ort zur falschen Zeit explodieren zu lassen. Einmal ist es schon passiert. Wir möchten nicht, daß es noch einmal passiert, nicht wahr?«

»Nein, bestimmt nicht«, pflichtete ich ihr bei. *»Wir haben auch so schon genug Sorgen. Können wir wirklich davon ausgehen, daß in dieser Schlacht niemand den Willen und das Wort benutzen darf?«*

»Ich glaube nicht, daß wir es mit Sicherheit ausschließen können. Behalte Zedar genau im Auge. Wenn er etwas tun kann, ohne sich auf der Stelle in nichts aufzulösen, sollten wir in der Lage sein, ähnliche Dinge zu tun. Soll Zedar doch das Risiko eingehen.«

»Ich wußte, daß er am Ende noch zu etwas zu gebrauchen sein würde, Mutter. Ich glaube aber nicht, daß es ihm das Herz erwärmen wird, daß er alle Risiken auf sich nehmen muß.«

»Das tut mir aber leid.«

Kurz nach Mitternacht landeten wir auf den Zinnen von Aldorigens Palast. *»Raus mit dir, Pol«*, meinte Mutter. *»Ich fliege noch mal los und behalte alles im Auge, während du deinem Vater Bericht erstattest.«*

»Raus mit dir?« Mutters Ausdrucksweise kann manchmal sehr ernüchternd wirken. Dieses ›raus mit dir‹ roch stark nach ›geh spielen!‹.

Ich löste mich aus unserer Eule und nahm meine eigene Gestalt an. Mutter schwang sich schon wieder in die Lüfte.

Mein Bericht für Vater und die Zwillinge war alles andere als vollständig. Ich unterließ es zu erwähnen, daß Torak von der irrigen Annahme ausging, sein Gegner in dem bevorstehenden Zweikampf werde Gelane sein. Vater neigt zu Stegreifentscheidungen, und das machte mich *sehr* nervös. Gelane war in der Feste in Sicherheit, und ich wollte, daß das so *blieb.* Mein Vater ist ein begnadeter Schauspieler, aber es ist trotzdem keine gute Idee, ihn einfach auf die Bühne zu schieben und improvisieren zu lassen. Übertreibung ist wie eine zweite Haut für ihn. Die Vorstellung, Gelane nach Vo Mimbre zu bringen und auf dem Höhepunkt der Schlacht zu Toraks Unterhaltung auf den Wehrgängen zur Schau zu stellen, mochte ein dramaturgisch interessanter Einfall sein, würde aber meinen jungen Schützling in tödliche Gefahr bringen. Solange Vater nicht wußte, was Torak glaubte, bestand auch kein Grund für ihn, *zu* kreativ zu werden. Ich habe schon vor langer Zeit gelernt, Vater nie mehr als das absolut Notwendige mitzuteilen.

Ich erzählte ihm allerdings, daß Torak seinen rostigen Blechkübel von Palast nicht ein einziges Mal verlassen hatte, seit seine Truppen die Landbrücke überquert hatten. Vater mußte das vermutlich nicht wissen, aber die Tatsache, daß Torak völlig isoliert lebte, mochte seinen Erfindungsreichtum dämpfen.

»Vielleicht merkst du dir etwas für die Zukunft, Vater«, fügte ich noch hinzu. »Toraks Jünger gleichen uns nicht im geringsten. Wir sind eine Familie, sie nicht. Zedar, Urvon und Ctuchik hassen sich mit nahezu religiöser Inbrunst. Zedar hatte große Mühe, seinen Groll während seines Gesprächs mit Torak im Zaum zu halten. Urvon und Ctuchik sind vorübergehend in Ungnade gefallen, so daß Zedar im Augenblick der Günstling Toraks ist. Er wird seine Stellung zu festigen versuchen, indem er Vo Mimbre in einem Tag für Torak erobert. Morgen wird er uns alles entgegenwerfen, was er hat. Torak hält sich möglicherweise an die Beschränkungen, die die beiden Notwendigkeiten uns allen auferlegt haben, aber meines Erachtens können wir nicht darauf bauen, daß Zedar die Regeln nicht brechen wird.«

»Das ist Zedars Lebensgeschichte, Pol«, knurrte Vater säuerlich. »Er hat mit Regelbrüchen Karriere gemacht. Worüber haben die beiden sich sonst noch unterhalten?«

»Über ihre Anweisungen hauptsächlich. Offenbar vermitteln die Ashabiner Orakel Torak weit mehr Einzelheiten als der Mrinkodex uns. Der dritte Tag dieser kleinen Auseinandersetzung wird *sehr* wichtig sein, Vater. Die Legionen müssen *unbedingt* hier sein, denn ihre Anwesenheit wird Torak zwingen, Brands Herausforderung anzunehmen.«

»Seine Augen strahlten. »Ts, ts«, machte er, »wenn *das* nicht interessant ist.«

»Freu dich nicht zu früh, Vater. Torak hat Zedar befohlen, alles gegen Vo Mimbre zu werfen, was sie haben. Wenn sie die Stadt erobern können, schlägt das Pendel zu ihren Gunsten aus. Wenn dieser dritte Tag erst einmal vorbei ist, werden wir ein völlig anderes EREIGNIS zu sehen bekommen, und das wollen wir alle nicht.«

»Werden sie den Versuch unternehmen, Eldrigs Kriegsschiffe aufzuhalten?« fragte Beltira.

»Zedar hat es vorgeschlagen, aber Torak hat nein gesagt. Er will seine Streitmacht nicht teilen. Wie lange ist es noch bis Tagesanbruch?«

»Drei bis vier Stunden«, gab Vater zur Antwort.

»Dann habe ich ja noch Zeit für ein Bad.«

Vater verdrehte die Augen zur Decke.

Die Dämmerung färbte den Himmel im Westen, aber Zedar wartete offensichtlich noch auf besondere Anweisungen, um seinen Angriff zu beginnen. Dann, als der oberste Rand der Sonne über die Berge von Ulgoland lugte, erscholl ein Hornstoß von dem Eisenpavillon, und Zedars Belagerungsmaschinen schnellten gleichzeitig vor und schleuderten einen Steinhagel gegen die Wälle der Stadt, und die Schlacht von Vo Mimbre begann.

Es gab das übliche Justieren der Katapulte, bis die Steinc auch tatsächlich die Mauern trafen, anstatt sich überall in der Stadt zu verteilen. Dann gab es nur noch das immer gleiche, dumpfe Krachen der Felsbrocken gegen die Mauern.

Wir konnten deutlich sehen, wie die angarakanischen Truppen sich in einiger Entfernung hinter den Katapulten zu sammeln begannen. Vater wartete noch. Dann, am späten Morgen, befahl er Wildantor den Gegenangriff. Die asturischen Bogenschützen hoben ihre Bögen und schossen im Gleichklang ihre Pfeile ab. Der Hagel von Pfeilen mit stählernen Spitzen senkte sich auf die Thull, die die Belagerungsmaschinen bemannten, und die Beschießung der Stadt nahm ein abruptes Ende. Die überlebenden Thull flohen zurück in die Fänge der angarakanischen Sturmtruppen und ließen ihre Belagerungsmaschinen allein und ungeschützt zurück.

Das war der Zeitpunkt, als Mandor seinen berittenen Kriegern am Nordtor ihr Zeichen gab. Das Tor schwang auf, und die Ritter, mit Äxten anstelle von Lanzen bewaffnet, preschten heraus. Als sie zurückkehrten, waren Zedars Belagerungsmaschinen nur noch Kleinholz.

Toraks Schreie der Wut und Enttäuschung klangen süß in meinen Ohren. Offenbar war ihm nie der Gedanke gekommen, daß wir uns gegen seine Angriffe zur Wehr setzen könnten – wie sein kindischer Wutanfall klar bewies. Hatte er wirklich allen Ernstes geglaubt, wir würden ihm gehorsam die Stadt ausliefern, nur weil er sie haben wollte? Ich könnte mir vorstellen, daß Zedars Leben in diesem Augenblick an einem seidenen Faden hing. Verzweifelt und offenbar ohne nachzudenken befahl er einen Frontalangriff auf besagtes Nordtor. Der Angriff löste sich in einem Pfeilhagel auf, und die wenigen Angarakaner, die bis zu den Wällen vorstießen, wurden mit kochendem Pech überschüttet und in Brand geschossen. Die Sonne ging unter, der erste Tag der Schlacht war zu Ende. Wir saßen alle noch sicher hinter unseren Schutzmauern, und Zedar sah sich gezwungen, Torak sein Scheitern einzugestehen. Mutter und ich wollten uns *diesen* speziellen Gedankenaustausch zwischen Meister und Jünger auf keinen Fall entgehen lassen.

Als sich ein dunstiger Abend über Vo Mimbre senkte, verschmolzen Mutter und ich erneut und flogen auf lautlosen Schwingen über die Walstatt der angarakanischen Niederlage zu Toraks Rostpalast.

»Mich dünkt, ich bin einem Irrtum erlegen«, sagte Torak gerade drohend, als wir uns durch unser kleines Lieblingsfenster schmuggelten. »Ein angarakanischer Jünger hätte mich an einem solchen Tag wie heute nicht so schmählich im Stich gelassen. Soll ich Ctuchik und Urvon herbeirufen, um dich zu ersetzen?«

Daran hatte Zedar zu schlucken. »Ich flehe Euch untertänigst an, Meister«, bettelte er. »Gestattet mir, meine Verfehlung zu büßen und wiedergutzumachen. Nun erkenne ich meinen Fehler. Meine Maschinen waren der Aufgabe nicht gewachsen. Ich werde von neuem beginnen, und beim ersten Licht des morgigen Tages werden unbesiegbare Maschinen zu meiner sofortigen Verfügung stehen. Vo Mimbre ist dem Untergang geweiht, Meister.«

»Vo Mimbre oder *du*«, entgegnete Torak mit dieser furchtbaren, hohlen Stimme. »Veranlasse, was notwendig ist, damit ich bis zum Einbruch der Nacht meinen Sieg inmitten jener goldenen Mauern feiern kann.«

»Gäbe es nicht jene Beschränkungen, die uns auferlegt wurden, könnte ich meine Aufgabe mit Leichtigkeit erfüllen, Herr.«

»*Mir* sind diese Beschränkungen auferlegt worden, Zedar. Dich brauchen sie nicht zu kümmern.«

Zedars Augen leuchteten auf. »Dann darf ich also ohne Angst vor einer Bestrafung durch die Notwendigkeit fortfahren?«

»Ich *befehle* dir, fortzufahren, Zedar. Sollte das deine Züchtigung zur Folge haben, so kümmert es mich nicht. Du darfst dich jedoch damit trösten, daß ich dir nach deinem Dahinscheiden ein liebendes Angedenken bewahren werde. Aber wir stehen im Krieg, Zedar, und der Krieg entreißt uns häufig unsere Lieben. Bedauerlich wie das sein mag, gebührt der Vorrang doch stets dem Erreichen des Ziels. Sollte es geschehen, daß du dein Leben lassen mußt, damit ich mein Ziel erreiche, dann sei es so.«

Ich bin mir sicher, die grausame Gleichgültigkeit des Drachengottes ließ Zedar das Blut in den Adern gefrieren und korrigierte höchstwahrscheinlich seine Meinung bezüglich des Stellenwertes, der ihm in Toraks Weltsicht zukam.

Mutter und ich kehrten in die Stadt zurück, und wieder befahl sie mir, ›spielen zu gehen‹, während sie fortfuhr, unseren Feind zu beobachten. Sie war in dieser Hinsicht nicht *ganz* so kaltblütig wie Torak, aber dennoch –

Dann, ich hatte noch nicht alle Stufen hinunter in den Thronsaal zurückgelegt, wurde mir bewußt, daß die Schlacht Toraks verderbte Lust auf mich ausgelöscht oder doch in den Hintergrund hatte treten lassen. Ich war schrecklich enttäuscht von ihm. Ein wahrer Verehrer hätte niemals zugelassen, daß so etwas Belangloses wie das Schicksal der Welt ihn von dem, was sein ganzes Sehnen und Trachten hätte ausmachen sollen, abgelenkt hätte. Ich kam zu dem betrüblichen Schluß, daß er mich wohl doch nicht so glühend liebte, wie er es behauptet hatte. Manchmal kann ein Mädchen sich wirklich auf *niemanden* mehr verlassen.

Alles weilte im Thronsaal, als ich eintrat.

»Was führen sie im Schilde, Pol?« wollte Vater von mir wissen. Vater hatte massive Einwände erhoben, als ich ihm mitgeteilt hatte, ich würde ›noch einmal nachsehen gehen‹, allerdings nicht so massiv, daß er nicht doch jedes Fitzelchen an Information, das ich hatte aufschnappen können, verwertet hätte. Ich habe im Laufe der Jahre häufig erlebt, daß Männer sogenannte unumstößliche Positionen hauptsächlich des Scheines halber vertreten. Nachdem sie einem ihren himmelhohen Edelmut unter die Nase gerieben haben, kommen sie wieder auf die Erde zurück und nutzen ihren Vorteil, wo sie können.

»Zedar scheint in Ungnade gefallen zu sein«, beantwortete ich die Frage meines Vaters. »Er hätte Vo Mimbre gestern einnehmen sollen. Torak war überaus ungehalten über sein Versagen.«

»Torak war nie für sein versöhnliches Wesen bekannt«, merkte Beltira an.

»Er ist nicht viel weicher geworden mit den Jahren, Onkel.«

»Konntest du irgendwelche Hinweise aufschnappen, worauf wir uns morgen einstellen müssen, Pol?« bohrte Vater weiter.

»Nichts Besonderes, Vater. Torak selbst wird sich an die Beschränkungen halten, die die Notwendigkeiten ihm auferlegt haben, aber Zedar hat er förmlich befohlen, sie zu mißachten. Er sagte wohl, es würde ihm das Herz brechen, sollten die Notwendigkeiten Zedar für diesen Regelbruch auslöschen – aber damit müsse er sich eben abfinden. Zedar schien Toraks Bereitwilligkeit, ihn den Wölfen zum Fraß vorzuwerfen, ziemlich zu treffen.«

»Ich frage mich, ob unser Bruder es inzwischen manchmal bereut, die Seiten gewechselt zu haben«, erklärte Belkira mit einem nahezu heiligmäßigen Lächeln.

»Ich denke kaum, daß Zedar in dieser Angelegenheit der Anweisung seines Meisters Folge leisten wird«, ließ ich sie wissen. »Zedar *liebt* seine Haut und wird sie höchstwahrscheinlich nicht riskieren. Wahrscheinlicher ist, daß er irgendeinem Grolimpriester – oder mehreren Grolimpriestern – befiehlt, an seiner Statt den Kopf hinzuhalten. Na ja, Grolims sind ja ohnehin Fanatiker. Der Gedanke, für ihren Gott zu sterben, erfüllt sie mit frommer Begeisterung.«

»Darüber könnten wir die ganze Nacht spekulieren«, sagte Vater. »Um auf Nummer sicher zu gehen, gehen wir aber lieber davon aus, daß sie es versuchen werden und daß es auch funktionieren wird. Falls nicht, fein; falls ja, sollten wir vorbereitet sein. Wir sollten jetzt sehen, daß wir ein wenig Schlaf bekommen. Ich glaube, wir müssen morgen alle wach sein.«

Die Besprechung löste sich auf, aber Vater hielt mich noch zurück. »Meines Erachtens sollten wir damit beginnen, unsere Streitkräfte neu aufzustellen«, meinte er. »Ich gehe zu Cho-Ram und Rhodar und sage ihnen, sie sollen damit anfangen, die Lücke zwischen ihnen und Toraks östlicher Flanke zu schließen. Dann rede ich mit

Brand und Ormik und lasse sie langsam von Norden her anrücken. Ich will, daß diese Armeen in Stellung gegangen und frisch sind, wenn Beldin übermorgen hier ankommt. Behalte die Dinge im Auge, Pol. Zedar wird vielleicht früh beginnen.«

»Ich kümmere mich darum«, versprach ich.

Es war lange vor Einsetzen der Dämmerung, als Zedars neue Maschinen Felsbrocken auf Vo Mimbre zu schleudern begannen. Er hatte Palintona gebaut, übergroße Katapulte, die eine halbe Tonne schwere Felsbrocken gegen die Wälle schleudern konnten. Das donnergleiche Krachen dieser Felsen ließ jedes Gebäude in Vo Mimbre in seinen Grundfesten erbeben, und das Getöse machte buchstäblich taub. Schlimmer noch, Zedars neue Belagerungsmaschinen hatten eine genügend große Reichweite, daß man sie außer Schußweite der asturischen Pfeile postieren konnte.

Als Vater zurückkehrte, schlug er vor, die Zwillinge sollten Zedar nachahmen und auch Palintona für uns bauen. Wie es bei Waffengleichheit stets der Fall ist, befinden sich die Verteidiger eines befestigten Platzes im Vorteil. Zedar schleuderte Steine gegen unsere Mauern; wir schleuderten Steine – und Feuer – gegen Menschen. Unsere Mauern blieben stehen; Toraks Angarakaner nicht. Unsere Geschoßhagel aus faustgroßen Steinen schlugen Angarakanern im Dutzend den Schädel ein, und unsere Regenschauer aus brennendem Pech erschufen unverzüglich neue Kometen, da brennende Menschen immer irgendwohin zu laufen scheinen.

An diesem Punkt verzweifelte Zedar, und er riskierte, ganz untypisch für ihn, seinen *eigenen* Hals. Er beschwor einen Wirbelsturm, um während seines nächsten Frontalangriffs die Pfeile der asturischen Bogenschützen in alle Winde zu zerstreuen. Das war natürlich ein Fehler. Die Zwillinge kannten Zedar sehr gut und bemerkten den Unterschied zwischen *seinem* Willen und dem von ein paar verzichtbaren Grolims. Da mußten sie nur noch seinem Beispiel folgen. Wenn Zedar nicht zu einem Häufchen Asche wurde, sobald er den Willen und das Wort benutzte, um etwas ins Werk zu setzen, dann konnten offensichtlich auch sie gefahrlos etwas Vergleichbares unternehmen. Zedar *mußte* Risiken eingehen, aber solange wir nur seinem Beispiel folgten, gingen wir keinerlei Gefahr ein. In einer gefährlichen Situation den Weg zu bahnen, behagte Zedar vermutlich gar nicht, aber Toraks Ultimatum ließ ihm keine Wahl. Die Zwillinge errichteten eine Kraftbarriere, und Zedars Wirbelsturm wurde säuberlich in zwei geteilt und floß um die völlige Windstille herum, die schlagartig über Vo Mimbre gebreitet worden war.

Dann hieß der zur Verzweiflung getriebene Zedar die Grolimpriester, ihm dabei zu helfen, das die belagerte Stadt umschließende Schlamm-Meer auszutrocknen. Vater und die Zwillinge brauchten eine Weile, bis sie begriffen, was er im Schilde führte, doch als Zedar den nunmehr staubtrockenen Schlamm mit seinem Wirbelsturm aufgemischt hatte, um gewaltige Staubwolken gegen unsere Mauern zu schicken, hatte ich die Lösung bereits gefunden. Die Zwillinge und ich brachen eine Ecke aus Zedars Wirbelsturm heraus, schickten sie orkangleich mehrere Meilen den Arend herunter und brachten sie dann als Wasserhose wieder zurück. Dann ließen wir los. Der daraus erfolgende Wolkenbruch führte dazu, daß der Staub sich legte, und wir entdeckten eine Horde Murgos, die sich auf Zehenspitzen durch den Staubsturm geschlichen hatten. Die asturischen Bogenschützen erledigten dieses Problem.

Vaters Beitrag zu der Angelegenheit war ziemlich kindisch. Ihm schien es jedenfalls Spaß zu machen. Einem Feind eine abgekürzte Version der Siebenjahreskrätze an den Hals zu zaubern, bringt wirklich nicht viel, aber Vater schien aus irgendeinem Grund sehr stolz darauf zu sein.

Und so überstanden wir den zweiten Tag der Schlacht. Ich wußte ja, wie wichtig das war, hatte es aber nicht für nötig befunden – hauptsächlich auf Mutters

Drängen hin –, dieses Wissen mit den anderen zu teilen. »Es würde sie nur verwirren, Pol«, hatte sie mir versichert. »Männer lassen sich ohnehin so leicht verwirren. Also laß uns die Bedeutsamkeit des dritten Tages für uns behalten. Wir sollten deinem Vater keine Gelegenheit geben, besonders schlau sein zu wollen. Er könnte das Gleichgewicht der Dinge erschüttern, die geschehen sollen.«

Tut mir leid, daß ich das ausposaunen muß, Mutter, aber Vater ist mir in letzter Zeit etwas zu selbstgefällig. Es ist wohl an der Zeit, daß er erfährt, was *wirklich* in Vo Mimbre passiert ist.

Der arendische Dichter Davoul der Lahme, ein schmächtiges, übel hinkendes Bürschchen mit einer übertrieben hohen Meinung von seinem eher durchschnittlichen Talent, hat ein literarisches Ungetüm mit dem Titel ›Die Jüngsten Tage des Hauses Mimbre‹ verbrochen, in dem er großes Aufheben von Toraks Weigerung machte, seinen rostigen Ruheplatz zu verlassen. Davoul erklärte das Widerstreben des Drachengottes nicht, aber ich glaube, diejenigen unter euch, die genau aufgepaßt haben, haben schon erraten, was dahinter steckte. Um es ganz offen zu sagen, Torak hatte Angst vor diesem dritten Tag, da er durch die Ashabiner Orakel wußte, er werde verlieren, wenn seine Begegnung mit dem Kind des Lichtes am dritten Tag stattfände. Offensichtlich war es ihm verboten, an jenem zweiten Tag herauszukommen, so daß er die Eroberung der Stadt Zedar überlassen mußte. Zedar hatte versagt, und nun sah sich Torak diesem Tag gegenüber, den er so sehr fürchtete. Wenn man es richtig bedenkt, mußte er ja nichts anderes tun, als zu Hause zu bleiben. Hätte er das getan, hätte er auch gewonnen.

Hetzt mich nicht. Ich komme zu dem Warum, wenn ich soweit bin.

Der Schlüssel zu unserem gesamten Plan waren natürlich die tolnedrischen Legionen. Deshalb flog ich kurz vor Morgengrauen den Arend hinunter, um mich zu vergewissern, daß Eldrigs Kriegsschiffe mit jenen lebenswichtigen Verstärkungen flußaufwärts kamen. Ich gebe zu, ich war ungeheuer erleichtert, als ich sie an ungefähr dem Punkt entdeckte, wo sie sich unseren Berechnungen zufolge befinden mußten. Dann verließ Beltira die Stadt, um sich unseren im Osten aufgestellten Streitkräften anzuschließen. Belkira begab sich nach Norden zu den Sendarern, Rivanern und Asturiern, und Vater und ich flogen einfach los und ließen uns auf einem Baum nieder, um alles überschauen zu können und unsere Befehle zu brüllen. Vater war sich natürlich nicht der Tatsache bewußt, daß ich in der mittlerweile vertrauten Eule nicht allein war. Meinen Vater zu täuschen, war nicht besonders schwer – und auch nicht wichtig. Was wirklich zählte, war, daß *Torak* nicht wußte, daß Mutter oder ich dort waren. Mutter war die geheime Jüngerin des Meisters, und Torak ahnte noch nicht einmal etwas von ihrer Existenz. Ich bin mir absolut sicher, daß es *ihre* Anwesenheit vor Vo Mimbre war, die den einäugigen Gott letztendlich besiegte.

Die Sache mit den Hornstößen war Vaters Idee gewesen. Es diente keinem Zweck – außer dem, Vaters Hang zur Dramatik zu befriedigen. Bei jedem Truppenteil hielt sich ein Mitglied unserer Familie auf, so daß wir wesentlich subtilere Verständigungsmöglichkeiten zur Verfügung gehabt hätten als das dumme Getute, aber Vater bestand hartnäckig auf diesen in regelmäßigen Abständen veranstalteten Bläserkonzerten. Ich gestehe ein, daß die Arender ganz verrückt nach geheimnisvollen, von den nahen Bergen widerhallenden Hornklängen waren und daß diese Hornrufe und -antworten die Angarakaner *sehr* nervös machten. Besonders die Nadraker stießen sich an den Hörnern, und deshalb schickte Yar lek Thun auch Kundschafter in die Berge, um herauszufinden, was da vor sich ging. Die asturischen Bogenschützen und Brands Streitmacht erwarteten sie, und Yar lek Thun sollte nie die Berichte erhalten, nach denen es ihn verlangte.

Dann schickte Ad Rak Cthoros von den Murgos Kundschafter nach Osten, und die algarische Kavallerie erledigte auch sie.

Beim nächsten Hornruf erhielten wir die Antwort, auf die wir gewartet hatten. Onkel Beldin und General Cerran antworteten mit einem Chor tolnedrischer Trompeten. Die Chereker und die tolnedrischen Legionen waren auf dem Schlachtfeld eingetroffen.

Das war der Zeitpunkt, als Vater, unser amtierender Oberfeldmarschall, zu seinem Ausguck hoch oben am Himmel aufstieg, um seine Truppen in die Schlacht zu führen. Als unten alles zu seiner Zufriedenheit stand, befahl er Brand, das Signal für unsere Eröffnungslist zu geben. Brand ließ zwei Hornstöße geben, die von Cho-Ram aufgenommen wurden. Mandors Antwort folgten das krachende Aufstoßen der Tore von Vo Mimbre und die donnernde Attacke der mimbratischen Ritter auf dem Fuße.

Zedar – wer hätte das besser vermocht – nahm die Gestalt eines Raben an und flog über den Eisenpavillon, um zu sehen, was sich dort tat.

An dieser Stelle überraschte Mutter mich völlig. Ohne die geringste Vorwarnung schwang sie unsere vereinte Gestalt in die Lüfte und stieg hoch über diesen unbeholfen flatternden Raben auf. Da wir so völlig eins waren, teilte ich ihre Gedanken und Gefühle, und ich stellte verblüfft fest, daß Mutter Zedar schon verachtet haben muß, ehe er abtrünnig wurde. Mutter hatte, so schien es, Zedar vom ersten Augenblick an gehaßt. Ich gewann den Eindruck, daß Zedar bei Vater eine Bemerkung über sie gemacht haben mußte, die ihm einen besonderen Platz in ihrem Herzen gesichert hatte. Vater hat immer geglaubt, jene Eule, die an diesem Morgen aus dem Himmel stürzte, habe Zedar lediglich erschrecken wollen, aber er irrte sich. Mutter gab ihr Bestes, Zedar zu töten.

Ich frage mich manchmal, wie alles ausgegangen wäre, wenn es ihr gelungen wäre.

Die Attacke der mimbratischen Ritter in der Schlacht von Vo Mimbre hat ganze Bibliotheken mittelmäßiger Dichtkunst hervorgebracht. Aus strategischer Sicht bestand ihr einziger Zweck darin, die Malloreaner an Ort und Stelle festzunageln, und genau das erreichte sie auch. Sie war dramatisch, laut, edel und überaus mitreißend, aber das war eigentlich von zweitrangiger Bedeutung. Toraks taktisches Wissen war wirklich äußerst begrenzt, zumal da er noch nie in eine Schlacht zwischen gleichwertigen Gegnern verstrickt gewesen war. Während des Krieges der Götter war er der zahlenmäßig Unterlegene. In diesem Krieg hatte er die stärkere Position. Er hatte angenommen, daß die Angriffe auf seine Armeen von den Flanken und vom Rücken her erfolgen würden, und deshalb seine malloreanischen Horden ins Zentrum gestellt, so daß sie notfalls die Murgos, Nadraks und Thulls unterstützen konnten. Der selbstmörderische Angriff der Mimbrater verhinderte, daß die Malloreaner sich anderen Gefahrenherden zuwenden konnten, und zwang den letztendlich umzingelten und ausmanövrierten Torak, Brands Herausforderung anzunehmen – das eine, das er mit aller Kraft hatte vermeiden wollen.

Dann versuchte Zedar es noch einmal, diesmal als Hirsch. Ich habe immer meine diesbezüglichen Vermutungen gehegt. Ist es angesichts von Zedars Charakter nicht möglich, daß er einfach zu fliehen versuchte? Die Hirschgestalt erwies sich indes als grober Fehler, wie

Zedar bald erfahren mußte, als Vater ihm Fleischstücke aus den Hinterläufen zu reißen begann.

Unsere vereinten Streitkräfte zogen den Ring um die Angarakaner unerbittlich enger. Toraks Armee mußte entsetzliche Verluste hinnehmen. Vereinzelte Angarakaner begannen sehnsüchtige Blicke zum gegenüberliegenden Ufer des Arendflusses hinüberzuwerfen. Jetzt erkannte ich, warum Kal Torak diesen dritten Tag der Schlacht so gefürchtet hatte.

Ich muß zugeben, daß Vaters Strategie während der Kämpfe meisterhaft war. Fast noch ehe Zedar einen Zug machte, hatte Vater schon zum Gegenschlag ausgeholt. Die Attacke der mimbratischen Ritter dezimierte die Malloreaner, doch noch bevor Zedar den Murgos irgendwelche Befehle erteilen konnte, warf Vater Beltira und seine vereinten Kräfte aus Algarern, Drasniern und ulgonischen Freiwilligen in die Schlacht, wodurch er die zahlenmäßig größte Einheit der Westangarakaner band.

Da die Legionen und Eldrigs cherekische Berserker das Tal heraufmarschiert kamen, wagte Zedar nicht, seine rechte Flanke zu schwächen, indem er die Nadraker und Thull den Malloreanern zur Verstärkung sandte. Zedar stand nur noch die Reserve zur Verfügung, doch sobald er sie in die Schlacht schickte, die vor den Toren der Stadt tobte, konnte Belkira ungehindert den Angarakanern in den Rücken fallen.

Als die Schlacht soweit fortgeschritten war, flogen Mutter und ich, noch immer in unserer angenommenen Gestalt vereint, über die blutige Walstatt auf Toraks Pavillon zu. Die Aufklärung während einer Schlacht ist günstigenfalls oberflächlich. Manch eine Schlacht wurde nur deshalb verloren, weil gewöhnliche Generäle gezwungen sind, auf Meldereiter oder Kundschafter zu warten, ehe sie auf die Bewegungen des Feindes reagieren können. Vater hatte dieses Problem nicht. Wir anderen konnten umweglos und fast ohne jede Verzögerung mit ihm in Verbindung treten – und wir nutzten diesen Vorteil. Zudem konnten Mutter und ich Torak und Zedar belauschen und das Erlauschte sofort an Vater weitergeben, so daß er Zedars Pläne durchkreuzen konnte, noch bevor er sie in die Tat umsetzte.

Zedar bekniete Torak, er möge Waffen und Rüstung anlegen und seinen Pavillon verlassen, um die angarakanische Moral zu stärken. Der Drachengott jedoch weigerte sich beharrlich, denn dies war schließlich der Tag, den er schon so lange fürchtete.

Ich habe mir jüngst die Ashabiner Orakel noch einmal durchgelesen und vermag bei meinem Leben nicht zu begreifen, warum Torak in seiner Auslegung bestimmter Passagen so schwerwiegende Fehler unterliefen. Er schien zwangsläufig angenommen zu haben, daß er das Kind der Finsternis war und immer sein würde. Daraus folgerte er offenbar, daß der rivanische König, Eisenfausts Nachkomme, immer das Kind des Lichtes sein würde. Zu dieser Konstellation *kam* es tatsächlich in Cthol Mishrak, als Garion Torak endgültig vernichtete, aber damals, vor gut fünfhundert Jahren, war es ein anderes EREIGNIS, und es fand auf eine andere Weise statt. Torak brachte die beiden offenbar durcheinander, und das war der entscheidende Irrtum, der uns in der Schlacht von Vo Mimbre den Sieg schenkte.

Trotz Zedars stürmischer Bitten blieb Torak recht gelassen. »Meine Zeit ist noch nicht gekommen, hinauszugehen und mich meinen Feinden zu stellen, Zedar«, verkündete er. »Wie ich dir bereits erklärte, liegt der Ausgang dieses Tages in den Händen des Zufalls. Ich versichere dir indes, daß meinem Treffen mit dem Kind des Lichtes ein EREIGNIS vorausgehen wird. Und in *diesem* EREIGNIS werde ich obsiegen, denn es wird ein reines Willensduell sein, und *mein* Wille übertrifft bei weitem den Willen derjenigen Person, die mir trotzen wird. *Das* ist der Zweikampf, der den Ausgang dieses Schlachtentages entscheiden wird.«

Trotz aller Vereinigung blieb mir ein Teil von Mutters Gedanken dennoch verschlossen, aber ich spürte eine schwache Zunahme ihrer Entschlossenheit. Mutter bereitete sich offenbar auf etwas vor, und sie hielt es absichtlich vor mir verborgen.

»Ich *muß* den Malloreanern Verstärkung schicken, Meister«, sagte Zedar gerade in einem Anflug von Verzweiflung. »Habe ich Eure Erlaubnis, die Reservetruppen in die Schlacht zu werfen?«

»Tu, was du für richtig hältst, Zedar«, antwortete Torak mit jener göttlichen Gleichgültigkeit, die seinen Jünger wild gemacht haben muß.

Zedar trat vor den Eingang des Pavillons und übermittelte seine Befehle dem davor postierten Eilboten. Kurz darauf begannen die angarakanischen Reserven in das Schlachtgetümmel zu marschieren, das vor den Stadttoren wogte – im selben Augenblick, in dem die Chereker und General Cerrans Legionen durch die nadrakischen Linien brachen und den mimbratischen Rittern zu Hilfe kamen.

Dann, als die Verwirrung auf dem Schlachtfeld wuchs, erhöhte Vater sie noch zusätzlich, indem er Onkel Belkira anwies, die bislang im Norden im Wald versteckten rivanischen, sendarischen und asturischen Bogenschützen zum Einsatz zu bringen. Lautlos huschten sie zwischen den Bäumen hervor, um die soeben von Zedars Reserven aufgegebene Stellung zu beziehen.

Die Boten, die inzwischen nur noch schlechte Nachrichten brachten, mußten sich zu diesem Zeitpunkt fast vor dem Pavillon anstellen.

»Lord Zedar!« rief der erste mit schriller Stimme aus. »König Ad rak Cthoros ist erschlagen, und die Murgos sind in heilloser Verwirrung!«

»Lord Zedar!« unterbrach ihn der zweite Meldegänger. »Die Nadraker und Thull befinden sich in völliger Auflösung und versuchen zu fliehen!«

»Lord Zedar!« meldete sich der dritte Unglücksbote zu Wort. »Die Streitmacht nördlich von uns ist gewaltig! Sie haben asturische Bogenschützen in ihren Reihen, und ihre Langbögen drohen unsere Reserven aufzureiben!

Unser Zentrum befindet sich in tödlicher Gefahr, und die Reserve kann es nicht verstärken. Die Bogenschützen können wir nicht angreifen, weil sie von Sendarern und Rivanern abgeschirmt werden!«

»Rivaner!« brüllte Torak. »Die Rivaner sind an diesen Ort gekommen, um mir die Stirn zu bieten?«

»Jawohl, Heiligster«, entgegnete der nun vor Schrecken ganz blasse Bote. »Die Graumäntel rücken zusammen mit den Sendarern und Asturiern gegen unseren Rücken vor! Unser Schicksal ist besiegelt!«

»Töte ihn«, befahl Torak einem der abwartend neben ihm stehenden Grolims. »Es ist nicht Aufgabe eines Boten, Mutmaßungen anzustellen.«

Zwei Grolims, in deren Augen ein fanatisches Feuer loderte, fielen mit blitzenden Messern über den Unglücklichen her. Er stöhnte auf und sank zu Boden.

»Trägt der, der die Rivaner anführt, ein Schwert?« fragte Torak die anderen Boten, die mit totenbleichen Gesichtern dastanden und ihren ermordeten Kameraden anstarrten.

»Jawohl, o mein Gott«, antwortete einer von ihnen mit vor Furcht krächzender Stimme.

»Und leuchtet dieses Schwert in seiner Hand?«

»Nein, mein Gott. Es scheint nur ein gewöhnliches Schwert zu sein.«

»Dann ist der Sieg mir gewiß!« jubelte Torak.

»Mylord?« Zedar klang verblüfft.

»Der, der gegen mich zieht, ist *nicht* der rivanische König, Zedar! Es ist *nicht* der Göttertöter, dem ich mich an diesem Tage stellen muß! Sein Schwert ist nur von gemeinem Eisen und wird nicht von der Macht Cthrag Yaskas durchdrungen! Wahrlich, an diesem Tage werde ich den Sieg erringen. Gib meinen Dienern Befehl, mich zu rüsten, Zedar, denn nun *werde* ich diesen Ort verlassen, und die Welt wird mein sein!«

»Vater!« Ich schrie den Gedanken beinah zu meinem Vater hinaus. *»Torak kommt!«*

»Natürlich kommt er, Pol«, entgegnete Vater selbstge-

fällig. *»So habe ich es schließlich geplant!«* Ihr könnt darauf vertrauen, daß Vater sich den Verdienst für nahezu alles anrechnet, was auf der Welt geschieht. *»Komm jetzt raus da. Es ist Zeit, daß wir beide uns zu Brand gesellen. Säume nicht, Pol. Wir möchten heute nicht zu spät kommen.«*

»Ich wünschte, er würde endlich erwachsen.« Mutters Gedanke war von fast verletzender Sachlichkeit. Wir zwängten uns wieder aus der Fensteröffnung heraus. Alles ging nun sehr schnell, aber ich hatte noch genügend Zeit, um einen starken Verdacht zu fassen, daß bald etwas geschehen würde, was mir überhaupt nicht gefallen würde. Dieser Verdacht wurde mir beinah zur Gewißheit, als Mutter diesmal mit mir vereint blieb, nachdem wir unsere Eulengestalt abgelegt hatten. Noch nie zuvor hatte sie das getan. Sie weigerte sich standhaft, es zu erklären.

Brand befand sich augenscheinlich im Griff jenes mächtigen Bewußtseins, das charakteristisch für alle Kinder des Lichtes ist. Er wirkte nahezu übermenschlich ruhig, als stehe er meilenweit über dem bevorstehenden Ereignis.

Unmittelbar nach Vaters Eintreffen jedoch veränderten sich Brands Miene und Gebaren schlagartig. Sein Gesicht nahm einen Ausdruck übermenschlicher Entschlossenheit an, und als er die Stimme erhob, klang es wie Donner oder das tiefe, unterirdische Grollen eines Erdbebens. »Im Namen Belars fordere ich dich heraus, Torak, Entstellter und Verfluchter! Im Namen Aldurs speie ich dir meine Verachtung ins Gesicht! Gebiete dem Blutvergießen Einhalt, und ich werde mich dir stellen – Mann gegen Gott – und den Sieg davontragen! Ich werfe dir meinen Fehdehandschuh hin! Hebe ihn auf oder gelte hinfort als Feigling vor Göttern und Menschen!«

Torak, dem Zedar dicht auf den Fersen folgte, war mittlerweile aus seinem lächerlichen Blechpalast herausgekommen. Der Gott der Angarakaner nahm Brands Herausforderung keineswegs gelassen entgegen. Er brüllte seine Wut heraus und führte einen Hieb mit seinem mächtigen Schwert, der Felsen zersplitterte und alles um sich in Funken hüllte. Das war der Zeitpunkt, an dem Zedar Reißaus nahm.

»Wer unter den Sterblichen ist so vermessen, den König der Welt derart herauszufordern?« brüllte Torak. »Wer unter euch Staubkörnern nimmt es mit einem Gott auf?«

»Ich bin Brand, Wächter von Riva, und ich trotze dir, übles und mißgestaltetes Göttlein, und deiner verderbten Horde! Zeig uns deine Macht! Heb meinen Fehdehandschuh auf, oder mach dich davon und laß dich fürder nicht mehr blicken in den Königreichen des Westens!«

Der ganze Zweck der Herausforderung bestand natürlich darin, Torak so zu erzürnen, daß er nicht mehr klar denken konnte. Hätte der Gott Angaraks noch einen Funken Verstand besessen, hätte er die Falle gerochen. Seine rasende Wut jedoch hatte scheinbar jeglichen Verdacht und die letzten Spuren geistiger Gesundheit getilgt. »SIEHE!« donnerte er mit mächtiger Stimme. »Ich bin Torak, König der Könige und Herr der Herren! Ich fürchte keinen Mann aus sterblichem Geschlecht und keine blassen Schatten längst vergessener Götter! Ich werde erscheinen und diesen großmäuligen rivanischen Narren vernichten, und meine Feinde werden fallen unter meinem Zorne, und Cthrag Yaska wird wieder mein sein und die Welt ebenso!«

Und das war natürlich der Grund, weshalb die ganze Schlacht geschlagen, der ganze Krieg geführt wurde. Alles, was wir erduldet hatten, hatte nur diesem einen Zweck gedient – Torak nahe genug an den Orb des Meisters zu bekommen, daß *er* ihn besiegen konnte.

Der donnergleiche Wortwechsel hatte beide Heere zur Bewegungslosigkeit erstarren lassen. Die Kampfhandlungen kamen zum Erliegen, als Torak durch seine unterwürfigen Truppen nach Norden schritt und Brand, begleitet von meinem wölfischen, hinter ihm hertrottenden Vater sowie Mutter und mir wieder in unserer gemeinsamen Eule, die über seinem Kopf flog, nach Süden marschierte, um sich seinem Feind zu stellen.

Als sie nur noch etwa zwanzig Schritte voneinander entfernt waren, fand ein EREIGNIS statt, ein EREIGNIS, das Vater nicht einmal bemerkte. Brand stellte sich vor und fügte seinen vorherigen Beleidigungen noch ein paar weitere hinzu, nur um Toraks Wüten noch ein bißchen Zunder zu geben.

Torak hingegen wandte sich an Vater. »Hebe dich hinweg, Belgarath«, warnte er ihn. »Fliehe, wenn dir dein Leben lieb ist.«

Vater blieb ihm die Antwort nicht schuldig und knurrte ihn zähnefletschend an.

Dann richtete Torak sein einziges Auge auf mich, aber er drohte mir nicht. Sein Tonfall war honigsüß, die Kraft seines Willens überwältigend. »Sage dich los von deinem Vater, Polgara, und komme mit mir. Ich werde dich zur Frau nehmen und zur Königin über die ganze Welt erheben, und deine Macht wird nur der meinen nachstehen.«

Ich habe bei Gelegenheit kleine, hilflose Tiere im Angesicht einer Schlange gesehen. Die Maus oder das Kaninchen wissen, daß die Schlange da ist, und sie wissen, daß sie in Gefahr schweben, aber sie scheinen wie an ihrem Platz festgefroren zu sein, unfähig, sich zu bewegen, während das tödliche Reptil langsam näher-gleitet. Ich fand mich in derselben Lage wieder. Toraks Wille hatte mich schlicht überwältigt.

In der Geschichtsschreibung jener kurzen Begegnung heißt es immer, ich hätte dem Einäugigen Gott meinen Trotz entgegengeschleudert, aber das habe ich nicht. Ich war unfähig, auch nur einen einzigen Laut auszustoßen. Torak hatte mich zur Strecke gebracht und besiegt. Sein eines Auge brannte triumphierend, als er merkte, wie meine Abwehr zusammenbrach.

Was Torak nicht wußte und auch gar nicht wissen konnte, war, daß er in diesem Augenblick *drei* Jüngern Aldurs und nicht bloß zweien gegenüberstand. Von der

Existenz des dritten wußte er nicht einmal. Und jener dritte Jünger war es, der Torak vor Vo Mimbre besiegte, vermutlich, weil dieser dritte Jünger nicht nur mit Aldur, sondern auch mit UL, Toraks eigenem Vater, in Verbindung stand.

Unsere Eule schwebte, bis in die letzte Feder zitternd, unentschlossen über Brands Kopf. Dann spürte ich, wie mein gesamtes Bewußtsein in eine kleine Ecke unserer gemeinsamen Gestalt zurückgedrängt wurde, und der dritte Jünger, Mutter, übernahm die Führung. Ich habe mich schon oft im Beisein von Göttern befunden, aber so etwas Überwältigendes wie Mutters Willen an jenem Tag habe ich noch nie empfunden. Sie hüllte sich in diese unbändige Kraft und schleuderte sie Torak ins Gesicht. Wäre er ein Mensch gewesen, hätte diese Kraft ihn in seine Atome zerstäubt. Die Waffe ihres Willens war unsere gemeinsame Stimme, und wäre sie nicht so genau auf Torak gerichtet gewesen, hätte sie wahrscheinlich das gesamte Glas in den westlichen Königreichen zum Bersten gebracht. Weil diese Stimme so beherrscht und zielgerichtet war, hat meiner Meinung nach niemand je begriffen, *wie* mächtig sie wirklich war. Vögel krähen, trällern und zwitschern die ganze Zeit, und niemand schenkt ihnen die rechte Beachtung. Aber Torak tat sie *nicht* mit einem Achselzucken ab. In Mutters Trotzschrei schwang Aldurs Stimme mit, und auch ULS Stimme war darin enthalten. Toraks Wille, den er für so überwältigend hielt, war auf *mich* gerichtet gewesen, da er von Mutters Anwesenheit ja nicht einmal etwas ahnte. Der Antwortschrei, von dem er denken mußte, er stamme von *mir*, war so gewaltig, daß sein gegen mich gezielter Schlag im Vergleich dazu geradezu kümmerlich wirkte. Der entstellte Gott der Angarakaner wurde dadurch plötzlich unsicher und verängstigt. Ich glaube, ich war vermutlich die einzige, die ihn, als der Schrei sein Ziel fand, tatsächlich zusammenzucken und das Auge-das-nicht-ist vor Furcht und Unentschlossenheit aufglühen sah. In diesem Augenblick geschah es, daß

Toraks übersteigertes Selbstbewußtsein in seiner Brust erschüttert wurde. Er wurde von Selbstzweifeln zerrissen, als er dem rivanischen Wächter gegenübertrat. Dieser Zweifel und diese Furcht brachten die Entscheidung.

Die Geschichte erzählt, es sei Brand gewesen, der Torak an jenem Tag vor den Mauern von Vo Mimbre besiegt habe, aber die Geschichte irrt. Es war *Mutter*, die ihn besiegte, und sie benutzte dazu unsere gemeinsame Stimme. In gewisser Hinsicht hat meine Mutter die Schlacht von Vo Mimbre gewonnen.

TEIL SIEBEN

ANNATH

Kapitel 34

Macht euch bereit, zu sterben!« donnerte Torak, aber der leise Anflug von Zweifel in seiner Stimme deutet darauf hin, daß er sich nicht so sicher war, wie seine Weltuntergangsdrohung es vermuten ließ. Die Ashabiner Orakel hatten ihn vor dem dritten Tag der Schlacht gewarnt. So unerschütterlich war jedoch seine Überzeugung, er müsse sich an jenem Tag dem rivanischen König und seinem sternengeborenen Schwert stellen, daß er frohlockend glaubte, er hätte bereits gewonnen und die Warnung ihre Gültigkeit verloren, als *Brand* ihn herausforderte. Das und nur das war es, was ihn dazu verleitete, sich an jenem fatalen Tag aus seinem eisernen Pavillon zu wagen. Was ihm entging, war, daß sein Gegner auf jenem Schlachtfeld nicht Brand, sondern der Orb des Meisters war.

Beim Verlassen seines Pavillons war er zutiefst davon überzeugt, er werde an jenem Tag alles bekommen, was er wollte, und diese Überzeugung hatte ihn dazu bewogen, *mir* seinen Willen entgegenzuschleudern; aber Mutter hatte mich einfach beiseitegeschoben und an meiner Statt geantwortet, indem sie ihn voller Verachtung zurückwies. Das Auftreten Brands anstelle des rivanischen Königs legte Torak nahe, er werde gewinnen; Mutters haßerfüllte Zurückweisung legte ihm nahe, er werde verlieren. Torak war ein Gott und nicht dazu geschaffen, Ungewißheit zu ertragen. So geschah es, daß, als er jenes gewaltige Schwert gegen Brand schwang, der Zweifel an seiner Seele nagte. Fast schien ein Hauch Verzweiflung in seinem Angriff zu liegen.

Brand hingegen wirkte ruhig, nahezu entrückt. Seine Paraden waren wohlüberlegt, fast lässig.

Der Zweikampf schien ewig zu dauern. Torak wurde immer rasender, Brand immer gleichmütiger. Am Ende kämpfte der Drachengott sich mit wütenden Hieben durch Brands Verteidigung und fügte ihm eine klaffende Schulterwunde zu, und das war das Zeichen, auf das wir gewartet hatten – ohne zu wissen, *daß* wir darauf warteten. Ich vermute stark, daß es Bestandteil der Vereinbarung zwischen den beiden gegensätzlichen ABSICHTEN war, daß Torak Brands Blut fließen lassen mußte, bevor dieser ihn besiegen konnte. Das Blut spritzte aus Brands Schulter, und Vater heulte auf, während ich kreischte.

Dann war Brand wie entfesselt. Sein besonnener, beinah gelangweilter Gesichtsausdruck wich einer energiegeladenen, wachen Schnelligkeit. Er fuhr einmal mit der Schwertschneide über den Schild, so daß der Soldatenumhang herabfiel, welcher das, was im Mittelpunkt des Schildes eingelassen war, verborgen hatte. Das gleißende Feuer des Orb blendete den Drachengott.

Das war es natürlich, worum es während des ganzen Krieges gegangen war. Wir hatten zehn Jahre gebraucht, und Tausende von Menschenleben dem alleinigen Ziel geopfert, Torak an einen Ort zu bringen, wo er gezwungen war, zu einem vorherbestimmten Zeitpunkt dem Orb ins Gesicht zu sehen.

Ich glaube nicht, daß einer von uns richtig begriffen hatte, wie schmerzhaft die Gegenwart des Orb für den Gott der Angarakaner sein würde. Er schrie, als sein unheilvolles Feuer ihn traf und sein Gesicht erneut versehrte. Immer noch schreiend ließ er in dem verzweifelten Versuch, das Gesicht zu schützen, den Schild fallen und warf das Schwert von sich.

In dem Augenblick streckte Brand ihn nieder. Der rivanische Wächter ergriff flink mit beiden Händen den Griff seines Schwertes und bohrte seine Klinge geradewegs in die linke Augenhöhle des entstellten Gottes, in der das-Auge-das-nicht-war so hell funkelte wie an jenem Tag vor nunmehr fast fünfzig Jahrhunderten, als der Orb ihn dafür bestraft hatte, daß er ihn erhoben hatte, um die Welt zu zerbrechen.

Wieder schrie Torak auf und taumelte zurück. Er riß sich Brands Schwert aus dem Auge. Helles Blut spritzte hervor. Blut weinend, stand der Gott der Angarakaner einen Augenblick stocksteif. Dann stürzte er zu Boden, und die Erde erbebte in ihren Grundfesten.

Ich glaube, niemand auf dem weiten Schlachtfeld machte für die Zeitspanne von hundert Herzschlägen nach diesem donnergleichen Sturz eine Bewegung oder einen Laut. Das Geschehene war ein solch titanenhaftes EREIGNIS, daß ich mich fragte, warum die Sonne nicht in ihrem Lauf innehielt. Ich war vermutlich die einzige, die überhaupt etwas hörte – das zügellose Frohlocken von Mutters Triumphgeheul. Meine Mutter hat Tausende von Jahren in der Gestalt einer Frau verbracht, die wir als Poledra kennen, aber tief im Grunde ihres Wesens ist sie noch immer eine Wölfin.

Ich empfand nicht nur Triumph, sondern auch eine große Erleichterung. Für gewöhnlich mangelt es mir nicht an Selbstbewußtsein, aber meine kurze Begegnung mit Torak hatte mich bis in die tiefsten Ebenen meiner Existenz erschüttert. Ich hatte entdeckt, daß ich gehorchen *mußte*, wenn Torak es mir befahl, und diese Entdeckung erfüllte mich mit Unsicherheit und Entsetzen.

Die Vorgänge, die auf den Sturz Toraks folgten, waren nicht sehr erfreulich. Die Angarakaner waren umzingelt und völlig demoralisiert. Sie abzuschlachten – und das ist das einzige Wort, das auf das nun folgende zutrifft – war überflüssig, um es gelinde auszudrücken. Brand jedoch war unerbittlich. Schließlich erklärte General Cerran mit großer Bestimmtheit, jetzt sei es genug, aber Brand war Alorner bis ins Mark, und wenn es darum geht, Angarakaner zu töten, kann kein Alorner genug kriegen. Das Gemetzel dauerte noch die ganze Nacht hindurch an, und als die Sonne aufging, gab es auf der Walstatt keinen lebenden Angarakaner mehr.

Am Ende, als niemand mehr übrig war, den sie hätten umbringen können, befahl Brand mit verbundener Schulter und dem Arm in einer Schlinge seinen Alornern, ihm Toraks Leichnam herbeizuschaffen, damit er ›dem König der Welt ins Gesicht blicken könne‹ – aber Toraks Leichnam war nirgends zu finden. Da schickte Brand gebieterisch nach meiner Familie und mir. Die Zwillinge, Beldin, Vater und ich bahnten uns unseren Weg über das leichenübersäte Schlachtfeld zu dem Hügel, auf dem Brand stand und die Vernichtung Angaraks überwachte. »Wo ist er?« verlangte er von uns in einem Tonfall zu wissen, den ich wirklich nicht gerne mag.

»Wo ist wer?« versetzte Beldin.

»Torak natürlich. Offenbar kann niemand seine Leiche auftreiben.«

»Wie erstaunlich«, entgegnete Beldin sarkastisch. »Du hast doch nicht etwa geglaubt, du würdest ihn tatsächlich finden, oder? Zedar hat ihn noch vor Sonnenuntergang fortgeschafft.«

»*Was* hat er?«

»Hast du es ihm nicht erzählt?« wandte Beldin sich an Vater.

»Er mußte es nicht wissen. Sonst hätte er noch versucht, es zu verhindern.«

»Was geht hier vor?« Brands gebieterischer Ton begann mich ernsthaft zu stören.

»Es war ein Bestandteil der Abmachung zwischen den beiden Notwendigkeiten«, führte Vater aus. »Im Ausgleich für deinen Sieg wurde es dir nicht gestattet, Toraks Leichnam zu behalten – es hätte dir ohnehin nichts genützt. Dies war nicht das letzte EREIGNIS, Brand, und es war auch nicht das Letzte, was wir von Torak gesehen haben.«

»Aber er ist tot.«

»Nein, Brand«, teilte ich ihm so behutsam wie möglich

mit. »Du hast doch nicht *wirklich* geglaubt, dein Schwert könne ihn töten, oder? Das einzige Schwert, das dazu in der Lage ist, hängt immer noch an der Rückwand des Thronsaals in Riva.«

»Verdammt, Pol!« rief er aus. »*Niemand* überlebt einen Schwertstoß durch den Kopf!«

»Niemand außer einem Gott, Brand. Er liegt im Koma, aber er *wird* wieder erwachen. Der letzte Zweikampf liegt noch in ferner Zukunft, und er wird zwischen Torak und dem rivanischen König ausgefochten werden. Das wird das EREIGNIS sein, wo die *wahren* Schwerter sprechen und wo *wahrhaft* getötet wird. Du hast dich hier sehr gut geschlagen, mein Lieber, aber bitte bleib auf dem Boden. Das, was hier geschehen ist, war kaum mehr als ein Scharmützel.«

Mir war schon klar, daß ihm das *wirklich* gegen den Strich gehen mußte, aber sein herrisches Gebaren fiel von ihm ab. Ich ahnte, daß er jetzt ein bißchen Aufmunterung nötig hätte. »Dann war also alles umsonst«, sagte er wegwerfend.

»Nun, so würde ich es nicht unbedingt nennen, Brand«, sagte Vater. »Wenn Torak hier gewonnen hätte, hätte ihm die Welt gehört. Du hast ihm Einhalt geboten. Das ist doch etwas, oder?«

Brand seufzte. »Vermutlich«, sagte er. Dann ließ er den Blick über die blutige Walstatt schweifen. »Ich schätze, wir räumen hier lieber auf. Wir haben Sommer, und wenn wir all diese Leichen einfach liegenlassen, gibt es Seuchen in Vo Mimbre, bevor der Winter kommt.«

Die Scheiterhaufen waren gewaltig, und der gesamte Wald im Norden des Schlachtfelds mußte abgeholzt werden, um all jene toten Angarakaner zu verbrennen.

Nachdem wir saubergemacht hatten, entdeckten wir, daß sich Aldorigen und Eldallan ein Stück abseits begeben hatten, um ihre Meinungsverschiedenheiten zu erörtern. Die Diskussion mußte recht hitzig verlaufen sein, denn als man sie schließlich fand, waren beide tot. Das Ganze war ein anschauliches Beispiel für die

Zukunft, die Mimbre und Asturien erwartete, wenn sie ihre jahrhundertealte Feindschaft weiter so hingebungsvoll pflegen würden.

Auf beiden Seiten gab es Hitzköpfe, die das Offensichtliche lieber ignoriert hätten, aber Mandorin und Wildantor, die beiden arendischen Helden der Schlacht, schritten ein und bereiteten dem kleinlichen Gezänk ein Ende, indem sie jedem ihrer Landsmänner, dem die alte Erbfeindschaft lieber als die Vernunft war, einen Zweikampf auf Leben und Tod in Aussicht stellten. Die Erklärung ›wenn du es nicht so machst, wie ich es will, bringe ich dich um‹ entbehrt nicht eines gewissen erfrischend direkten Charmes.

Wie dem auch sei, die beiden arendischen Freunde traten daraufhin mit einem absurden Ansinnen an Brand heran. Sie boten ihm die Krone von Arendien an. Glücklicherweise stand ich nahe genug neben Brand, um ihm meinen Ellbogen in die Rippen rammen zu können, damit er ihnen nicht lauthals ins Gesicht lachte. Es gelang ihm, seine Gesichtsmuskeln zu beherrschen und höflich abzulehnen, indem er eine ältere Verpflichtung vorschützte.

Jene Glocke, die immer dann in meinem Kopf läutete, wenn zwei füreinander bestimmte junge Menschen sich begegneten, hatte mir bereits die Lösung für die politischen Probleme Arendiens gezeigt. Ich hatte es Brand auf etwas verblümte Weise vorgeschlagen – um genau zu sein, bereits eine Weile vor der Schlacht. Als er allerdings die Möglichkeit vor Mandorin und Wildantor zur Sprache brachte, brachen sie in Gelächter aus. Der Grund für ihre Heiterkeit wurde ersichtlich, als man Korodullin und Mayaserana den fraglichen Vorschlag unterbreitete. Ausdrücke wie ›mimbratischer Schlächter‹ und ›Gesetzlosendirne‹ schienen nicht für eine glückliche Ehe zu sprechen.

Das war der Zeitpunkt, an dem ich einschritt. »Warum überdenkt ihr Kinder den Vorschlag nicht erst einmal, bevor ihr eure endgültige Entscheidung trefft?« riet ich ihnen. »Ihr müßt beide zur Ruhe kommen und es miteinander bereden – unter vier Augen.« Dann gab ich Befehl, sie in einem kleinen Gemach oben im Südturm einzuschließen.

»Sie werden sich umbringen, Pol«, prophezeite Vater, als wir unter uns waren.

»Nein, das werden sie nicht. Vertrau mir, alter Mann. Ich weiß genau, was ich tue. Schließlich *habe* ich schon eine Menge Ehen gestiftet.«

»Aber keine wie diese – und wenn einer von ihnen den anderen umbringt, wird uns Arendien unter den Händen explodieren.«

»Niemand wird umgebracht werden, Vater, und nichts wird explodieren. Es mag nicht so aussehen, aber die Idee dieser Heirat ist bereits geboren, und sie wird in ihre Gehirnwindungen einsickern – langsam, zugegeben. Schließlich dringt so schnell nichts durch massiven Stein.«

»Ich halte es dennoch für einen Fehler.«

»Ich nehme nicht an, du würdest dich auf eine Wette mit mir einlassen, Vater?«

Er funkelte mich wütend an und ließ mich stehen, während er etwas in seinen Bart murmelte. Vater und ich haben gelegentlich Wetten abgeschlossen, und wenn ich mich recht entsinne, hat er noch keine einzige gewonnen.

Dann fand jene berühmte Konferenz statt, deren Ergebnis als ›Abkommen von Vo Mimbre‹ in die Geschichte einging. Ich fürchte, wir haben Tolnedra auf der Konferenz ziemlich übel mitgespielt. Die Anwesenheit der Legionen auf dem Schlachtfeld hatte die Welt vor der Versklavung durch die Angarakaner gerettet, und wir hatten nichts Besseres zu tun, als Tolnedra wie einen besiegten Feind zu behandeln. Zunächst jedoch mußten wir die alornischen Könige von ihrem Vorhaben abbringen. Sie waren so außer sich vor Begeisterung, daß sie Brand die Krone eines Königs der Welt anbieten wollten. Als Mergon, der tolnedrische Gesandte, Einwände erhob, ließen die alornischen Herrscher die Muskeln spielen. Vielleicht wird es eines Tages irgendwo eine internationale Konferenz geben, auf der sich alle Teilnehmer wie zivilisierte erwachsene Menschen betragen, aber wenn es dazu einmal kommen sollte, steht das Ende der Welt wahrscheinlich unmittelbar bevor.

Mein einziger wirklicher Beitrag zu unserer improvisierten Zusammenkunft war so rätselhaft, daß er selbst für mich zum damaligen Zeitpunkt nicht sehr viel Sinn ergab. Heute ist das natürlich anders, aber eben erst im Rückblick. Ich bestand eisern darauf, und schließlich gaben die anderen nach und nahmen es so in die Abkommen auf, wie ich es diktierte. ›Von diesem Tage an wird sich jede Prinzessin des Kaiserlichen Tolnedra an ihrem sechzehnten Geburtstag in der Halle des rivanischen Königs einfinden. Sie wird ihr Hochzeitsgewand tragen und dort drei Tage auf das Eintreffen des Königs warten. Und falls er nicht kommt, um sie zur Frau zu begehren, steht es ihr frei, denjenigen zum Mann zu nehmen, den ihr Vater, der Kaiser, für sie bestimmt, denn sie wird nicht die Erwählte sein.‹

Mergon, der tolnedrische Gesandte, erhob natürlich heftige Einwände gegen diese Bestimmung, aber ich hatte ja all diese netten starken Alorner um mich, die ihre Oberarmmuskeln spielen ließen und gräßliche Drohungen ausstießen für den Fall, daß der tolnedrische Gesandte meine schlichte kleine Bitte ablehnen sollte.

Das sorgte für die Folgsamkeit der tolnedrischen Regierung, machte aber keinen großen Eindruck auf Ce'Nedra, die, wie sich herausstellen sollte, die Glückliche war. Sie scheint große Bedenken gehegt zu haben. Zu Anfang hatte sie keine besonders hohe Meinung von ihrem vorbestimmten Ehemann, aber als sie entdeckte, daß er im Rang höher als sie stand, war sie mit einemmal Feuer und Flamme. Rang und gesellschaftliche Stellung waren für Ce'Nedra offensichtlich sehr wichtig. Ich räume ein, daß unsere winzige Prinzessin absolut anbetungswürdig sein kann – wenn sie etwas will –, aber sie hat mich mehr altern lassen als mehrere Dutzend Jahrhunderte davor. Das mag euch in etwa vor Augen halten, *wie* halsstarrig sie sein konnte, daß es letztendlich eines Gottes bedurfte – Eriond – um sie am festgelegten Tag in die Halle des rivanischen Königs zu bringen. Es ist durchaus möglich, daß Eriond die Welt in Frieden und Eintracht einen wird, aber das war nichts im Vergleich zu dem Sieg über Ce'Nedra an jenem Tag in den Höhlen von Ulgo.

Das wirft natürlich die Frage auf, *wer* Mutter dazu bewogen hat, darauf zu bestehen, daß ich diese lächerliche Verpflichtung in die Abkommen von Vo Mimbre aufnahm. Meine Wahl würde eindeutig auf UL als den wahrscheinlichsten Urheber fallen. Ich bin mir sicher, daß Götter einen Sinn für Humor haben, und ULs Humor ist wahrscheinlich der rätselhafteste von allen.

Bitte nehmt zur Kenntnis, daß ich hier mit Bedacht das Wort ›pervers‹ vermieden habe. Trotzdem, man macht sich Gedanken über einen Gott, der sein erwähltes Volk in Maulwürfe verwandelt, oder?

Trotz meiner Vorbehalte bezüglich des Vaters der Götter und seiner mutmaßlichen Beteiligung an der Sache gestehe ich dem Gorim von Ulgo gerne den Verdienst zu, verhindert zu haben, daß die Konferenz in einem Krieg mündete. Die bloße Gegenwart des ›heiligen Mannes der Welt‹ führte dazu, daß jeder sich zumindest ansatzweise zivilisiert benahm. Daß er derjenige war, der uns die Abkommen am Ende vorlas, verlieh dem Dokument einen Hauch von ›Heiliger Schrift‹, und die einzelnen darin enthaltenen Bestimmungen gewannen fast die Kraft religiöser Verpflichtungen. Die Menschen sind es gewöhnt, die sonderbarsten Dinge aus religiösen Gründen zu tun, und so sahen wir über die Tatsache hinweg, daß vieles in den Abkommen keinen Sinn ergab, indem wir uns stillschweigend darauf einigten, sie als ›irgendwie religiös‹ zu betrachten.

Wir hatten mehrere Wochen gebraucht, um die Abkommen auszuarbeiten. Korodullin und Mayaserana erhielten also genügend Zeit, um Politik Politik sein zu lassen und sich den wichtigen Dingen des Lebens zuzuwenden. Als Brand sie holen ließ, kamen sie Hand in Hand in den Thronsaal, auf dem Gesicht jenen törichten Ausdruck, den ich so gut kannte. Sie hatten *endgültig* ihren Frieden miteinander gemacht. Kaum betrat das errötende Paar den Saal, als ich mich auch schon zu Vater hinüberbeugte. »Ich denke, du hast deine Wette verloren, alter Mann«, flüsterte ich ihm ins Ohr. »Oh, ich muß es vergessen haben. Worum hatten wir noch gleich gewettet?«

Er sah mich wütend an.

»Ich habe es dir doch gesagt, Vater«, erklärte ich mit zuckersüßer Stimme. »Versuch dich an den Klang dieser Worte zu gewöhnen. Ich werde dir in den nächsten Jahrhunderten noch ziemlich oft sagen, daß ich es dir doch gesagt habe. Sieh es so: Du hast wieder etwas dazugelernt. Vielleicht glaubst du mir zur Abwechslung das nächste Mal, wenn ich dir sage, daß ich weiß, was ich tue.«

»Würde es dich sehr kränken, wenn ich es nicht täte, Polgara?«

»Aber nicht im geringsten, Vater. Ich wollte nur, daß du dich beim nächsten Mal erinnerst.« Ich warf den Kopf leicht in den Nacken. »Ich habe es dir doch gesagt«, mußte ich noch hinzufügen.

Mandor und Wildantor fanden einen Priester, der die Hochzeitszeremonie vornehmen sollte. Ich entdeckte weder Blut noch Prellungen an dem Priester, als sie ihn hereinbrachten, aber der leicht verängstigte Blick in seinen Augen legte nahe, daß es nicht ohne Drohungen abgegangen war. Das war ein Anfang. Drohungen sind ein *klein* wenig zivilisierter als nackte Gewalt.

Wir hatten immerhin einen Krieg hinter uns, und so

herrschte noch eine Menge Unordnung und Verwirrung in Vo Mimbre. Aus diesem Grunde wurde die Hochzeit von Korrodullin und Mayaserana nicht von dem Pomp und Prunk – und den Feiern – begleitet, die es in Friedenszeiten gegeben hätte. Ich glaube nicht, daß Braut und Bräutigam sich sehr darüber grämten. Nachdem Mandorin dem Chaldanpriester geduldig den Gedanken nahegebracht hatte, daß diese Hochzeit Arendien praktisch vereinte – unter einem mimbratischen König –, wurde er sehr kooperativ, und seine kleine Hochzeitsansprache aus dem Stegreif war unter den gegebenen Umständen gar nicht schlecht. Was ihm – sowie den meisten Hochzeitsgästen – entging, war, daß diese Ehe eine *vereinte* Monarchie begründete. Die Vereinigung meines armen Arendien fand im königlichen Schlafgemach statt.

Dann war es Zeit, den Alornern zu zeigen, wo Norden war, und sie wieder nach Hause zu schicken. Die Existenz eines vereinten Alorien nicht mehr als sechshundert Meilen nördlich von Tol Honeth machte Ran Borune wahrscheinlich *sehr* nervös. Zudem gab es in den Reihen der alornischen Armeen die unvermeidlichen Bärenkultanhänger. Es wäre sicher keine gute Idee gewesen, ihnen Zeit und Gelegenheit zu religiösen Offenbarungen zu geben, hervorgerufen durch die Nähe von Tol Honeth und seinen unermeßlichen Reichtümern.

Vater und ich ritten mit Brand weiter zum Arendischen Markt. Dann sagten wir Lebewohl und ritten ostwärts zur Grenze von Ulgoland, wo wir mit mehreren Bataillonen algarischer Reiter zusammentrafen. Cho-Ram hatte es lieb gemeint, uns eine Eskorte zur Verfügung zu stellen. Darum gingen Vater und ich stillschweigend darüber hinweg, daß die Algarer uns eher störten. Es war ohnehin Spätsommer, und da wir nichts Dringendes zu erledigen hatten, gab es eigentlich nichts gegen einen Ritt durchs Gebirge einzuwenden.

»Ich ziehe ins Tal weiter«, ließ Vater mich wissen, als

wir die algarische Ebene erreichten. »Gehst du nach Aldurford zurück?«

»Ich glaube nicht. In Vo Mimbre gab es eine Menge algarischer Soldaten, und ich hätte etwas dagegen, wenn irgendein Veteran in der Nachbarschaft Schlüsse zu ziehen begänne. Gelane und ich fangen am besten anderswo wieder von vorne an.«

»Vielleicht hast du recht. Wir sollten sehen, daß wir dich irgendwo verstecken. Hast du schon einen bestimmten Ort im Auge?«

»Ich glaube, ich werde den Jungen nach Sendarien bringen. Nach Vo Mimbre sind nicht mehr allzu viele Murgos übrig, und die wenigen, die es noch gibt, wird man in Sendarien ganz bestimmt nicht willkommen heißen – oder irgendwo anders, um genau zu sein.«

Er zuckte die Schultern. »Das ist deine Entscheidung, Pol. Da Gelane *deiner* Verantwortung untersteht, bin ich mit allem einverstanden, was du beschließt.«

»Danke.« Ich wollte eigentlich gar nicht sarkastisch sein, aber es hörte sich so an. »Wartet im Tal eine dringende Aufgabe auf dich?«

»Ich brauche Urlaub, dringend. Während der letzten Jahre habe ich wenig Schlaf bekommen.« Er kratzte sich die bärtige Wange. »Ich möchte, daß alles wieder seinen gewohnten Lauf nimmt, und dann werde ich einmal nach den Familien sehen, die ich das letzte Jahrtausend über beobachtet habe. Ich möchte sicherstellen, daß sie noch intakt sind.«

»Und wenn nicht?«

»Dann werde ich ein paar anderweitige Vorkehrungen treffen müssen.«

»Viel Spaß, Vater, aber bleib mir aus den Augen. Ich meine es diesmal ernst.«

»Ganz wie du möchtest, Pol. Grüße Gelane von mir.« Dann ritt er nach Süden in Richtung des Tals, während die Algarer und ich zur Feste weiterzogen. Auf dem Ritt kam mir der Gedanke, daß ich Vater manchmal unterschätzte. Ich hatte *einer* Familie Jahrhunderte gewidmet, wohingegen Vater in derselben Zeit *mehrere* von ihnen beaufsichtigt hatte. Das erklärte vermutlich, warum er meist wie ein heimatloser Vagabund wirkte.

Gelane war nun vierzehn, und das ist wohl das unangenehmste Alter für einen jungen Mann. Er war kein Kind mehr, aber auch noch nicht erwachsen, und er grollte bitterlich, weil er bei dem Spaß von Vo Mimbre nicht hatte mitmachen dürfen.

Ein Teil des Problems – wahrscheinlich der größte – ergab sich daraus, daß Gelane wußte, wer er war. Als ich seinen Vater Garel auf die Feste gebracht hatte, war er unter Cho-Rams persönlichen Schutz gestellt worden. Cho-Ram hatte nicht ganz verstanden, warum es so wichtig war, die Identität seines Mündels geheim zu halten. Da die algarische Gesellschaft sich gegen Fremde abschottet, betrachten sich alle Algarer als Verwandte. Sie machen sich nicht die Mühe, Geheimnisse zu haben – vor wem denn auch. So kam es, daß Gelane immer gewußt hatte, wer er war, und daß die anderen das *ebenfalls* wußten. Er tat nicht gerade vornehm, war es aber gewöhnt, daß die Menschen ihn mit ›Euer Hoheit‹ anredeten. Und er benahm sich ausgesprochen gebieterisch, was fast unmittelbar nach meinem Eintreffen auf der Feste zu Problemen führte.

»Ich denke nicht, daß ich nach Sendarien gehen möchte, Tante Pol«, entgegnete er, als ich ihm meine Absicht mitteilte. »Es würde mir nicht sehr gefallen.«

»Es muß dir auch nicht gefallen, Gelane«, ließ ich ihn wissen, »aber genau dorthin werden wir gehen.«

»Warum können wir nicht hier bleiben? Alle meine Freunde sind hier!«

»Du wirst in Sendarien neue finden.«

»Ich *habe* gewisse Rechte, Tante Pol.« Warum müssen nur alle Heranwachsenden bei Streitereien immer von ihren *Rechten* zu reden anfangen?

»Selbstverständlich hast du die, Liebes«, flötete ich honigsüß. »Du hast das absolute Recht, deine Entscheidungen von mir treffen zu lassen.«

»Das ist nicht fair!«

»Das hat auch niemand behauptet. Und jetzt geh! Sag deinen Freunden Lebewohl und fang mit dem Packen an. Wir verlassen die Feste morgen früh.«

»Du kannst mich nicht herumkommandieren!«

»Da irrst du dich. Ich kann. Ich bin sehr gut im Herumkommandieren – aus irgendeinem Grund tun die Menschen am Ende immer, was ich ihnen sage. Da ist die Tür. Benutz sie – oder hättest du lieber, daß ich dich durchwerfe?«

So hart mußte ich nur äußerst selten mit den Erben Eisenfausts umspringen, aber Gelane war in gewisser Weise aus dem Ruder gelaufen. Sobald er sich türenknallend entfernt hatte, schritt ich durch die hallenden Säle der Feste, um ein Wort mit seiner Mutter Aravina zu reden. Es kostete mich nur wenige Minuten, die Ursache von Gelanes Unbotmäßigkeit herauszufinden. Aravina war eine ausgesprochen hübsche algarische Dame, aber der frühe Tod von Gelanes Vater hatte ihren Geist zerrüttet. Sie war so in ihre Trauer versunken, daß sie dem Benehmen ihres Sohnes wenig Beachtung geschenkt hatte. Es liegt in der Natur aller Heranwachsenden, die Grenzen zu testen, um zu sehen, wie weit sie gehen können. Kluge Eltern lassen nicht zu, daß das außer Kontrolle gerät. Auf lange Sicht ist freundliche Bestimmtheit in den frühen Stadien des Testens viel gnädiger als die unvermeidliche Härte, die später nötig wird.

Sollten einige von euch mit dem Gedanken spielen, Eltern zu werden, dann macht euch Notizen. Es wird hinterher Prüfungen geben – und *ich* werde nicht diejenige sein, die durchfällt.

Ich entschloß mich, meine Familie lieber in Seline als in Muros, Medalia oder Sulturn anzusiedeln, hauptsächlich deshalb, weil König Ormik nahezu alle Truppen aus den nördlichen Provinzen Sendariens abgezogen und an die Küste verlegt hatte, um etwaige angarakanische Angriffe abzuwehren, so daß dort nur wenige Veteranen der Schlacht von Vo Mimbre wohnen würden. Schließlich *waren* Vater und ich in Vo Mimbre häufig zu sehen gewesen. Ich hätte es auch nicht für angemessen erachtet, wenn mich irgendwelche ehemaligen Waffenbrüder auf ein paar Krüge starken Bieres in die örtliche Schenke eingeladen hätten, um Kriegserinnerungen auszutauschen.

Gelane mochte Seline nicht, und er zeigte sein Mißfallen unverhohlen. Fast ständig lag ein verächtliches Grinsen auf seinen bartlosen Zügen, wenn er durch die regennassen Straßen seiner neuen Heimat zog. Männliche Heranwachsende neigen zu dieser Form von mimischer Äußerung. Gewiß üben sie diesen Ausdruck überheblicher Geringschätzung vor dem Spiegel, so oft sich ihnen die Gelegenheit bietet. In *meiner* perfekten Gesellschaft wären sowohl Starkbier als auch Spiegel für Heranwachsende verboten. Gelanes verächtliches Grinsen fiel ihm eines Morgens ziemlich unvermittelt aus dem Gesicht, als er sich dem spiegelnden Altar seiner Selbstbeweihräucherung näherte und entdecken mußte, daß sich auf geheimnisvolle Weise über Nacht ein dicker Eiterpickel auf seiner Nasenspitze gebildet hatte.

Der Pickel verschwand schließlich wieder – fast unverzüglich, nachdem Gelanes Miene wieder freundlicher geworden war. Meines Erachtens steht es möglicherweise mit der Körperchemie in Zusammenhang. Ein saures Gesicht durchsäuert wahrscheinlich das Blut, und alle Welt weiß, daß saures Blut dazu führt, daß in deinem Gesicht alles mögliche blüht und gedeiht.

Ich kaufte uns ein bescheidenes Häuschen in der Nähe des Gewerbebezirks von Seline. Ich hörte mich diskret unter den örtlichen Handwerksmeistern um, und fand Osrig, einen ernsthaften, feinfühligen Küfer mittleren Alters ohne direkten leiblichen Erben. Osrig fertigte gute Fässer, und seine früheren Lehrlinge betrieben dieses Handwerk allesamt erfolgreich in den umliegenden Dörfern und Städten, was bewies, daß ihr einstiger Meister ein guter Lehrer war. Eines Tages unterhielt ich mich also mit Osrig, etwas Geld wechselte den Besitzer, und dann ging ich heim zu meinem Neffen und teilte ihm mit, daß ich eine Entscheidung bezüglich seiner Berufswahl getroffen hätte.

»Fässer?« begehrte er auf. »Ich weiß doch nichts über Fässer, Tante Pol.«

»Ich weiß, Liebes«, erwiderte ich. »Darum lernst du es ja auch von Grund auf. Du mußt erst lernen, wie man sie macht, bevor du dein eigenes Geschäft eröffnen kannst.«

»Ich will aber keine Fässer machen.«

»Fässer sind nützliche Gegenstände und werden nicht aus der Mode kommen. Deine Zukunft ist also gesichert.«

»Aber es ist so *gewöhnlich,* Tante Pol.«

»Ja. Das soll es auch. Du *möchtest* gewöhnlich sein.«

»Nein, das möchte ich nicht. Können wir nicht etwas Interessanteres für mich finden? Vielleicht könnte ich Seemann werden oder etwas ähnliches – oder in die Armee eintreten. Ich glaube, Soldat zu sein würde mir liegen.«

»Ich habe dein Schlafzimmer gesehen, Gelane. Du würdest keinen guten Soldaten abgeben.«

»Was hat denn mein Schlafzimmer damit zu tun?«

»Ein Soldat muß jeden Morgen sein Bett machen – und all seine schmutzige Wäsche aufheben. Du bist ein lieber Junge, aber Ordnungsliebe gehört nicht zu deinen Tugenden. Ein Soldat mit eingedelltem Panzer und verrostetem Schwert beeindruckt seine Feinde nicht sonderlich.«

Sein Gesicht nahm einen bekümmerten Ausdruck an. »Fässer?« sagte er mit einem Anflug von Resignation in der Stimme.

»Fässer, Gelane.«

»Das ist kaum eine angemessene Beschäftigung für einen König, Tante Pol.«

»Fang nicht an, deine Krone zu polieren, bevor man sie dir auf den Kopf gesetzt hat, Liebes. Halt dich lieber an Fässer.«

»Torak ist tot, Tante Pol. Ich muß mich nicht mehr vor ihm verstecken.«

»Nein, Liebes. Torak ist *nicht* tot. Er schläft nur. Sobald du dir Rivas Krone aufsetzt und das Schwert von der Wand nimmst, wird er erwachen und dich besuchen. Das möchten wir aber nicht. Also konzentriere dich auf Fässer. Und jetzt iß etwas und geh zu Bett. Morgen mußt du früh aufstehen. Osrig erwartet dich in seinem Laden, sobald es hell wird.«

»Osrig?«

»Dein Meister. Er ist derjenige, der dir beibringen wird, wie man Fässer herstellt, die dichthalten.«

Ich benutze nicht gerne das Wort ›Zufall‹, da ich die Erfahrung gemacht habe, daß in *meiner* ganz speziellen Familie der pure Zufall nur selten zum Tragen kam. Dieses Mal jedoch mochte der Zufall sehr wohl eine Rolle gespielt haben. Ich hätte Gelane eine Lehrstelle bei jedem von mindestens zwölf der hiesigen Handwerksmeister kaufen können, die alle ganz unterschiedliche Gewerbe betrieben, aber Osrig erfüllte in meinen Augen alle Voraussetzungen. Er war tüchtig, er war ein guter Lehrer, er wurde alt, und er hatte keinen Sohn, der darauf wartete, das Familienunternehmen zu übernehmen. Sobald Gelane das Handwerk gelernt hätte, konnte ich Osrig auskaufen und meinen widerstrebenden Neffen sein eigenes Geschäft eröffnen lassen. Das war mein Ziel. Das Endprodukt dieses Gewerbes interessierte mich weniger. Das Wichtigste war, ihn so im gemeinen Volk aufgehen zu lassen, daß er, sollte sich Chamdar wieder auf die Suche nach ihm begeben, gar nicht zu entdecken wäre. Natürlich konnten wir auch darauf hoffen, daß Chamdar die Schlacht von Vo Mimbre nicht überlebt hätte, aber langjährige Erfahrung hat mich gelehrt, mich nicht allzu sehr auf die Hoffnung zu verlassen.

So richteten wir uns in unserem neuen Leben ein. Gelane lernte, Fässer herzustellen, während ich mit Aravina zu Hause blieb und alles versuchte, sie der Melancholie zu entreißen, die nah daran war, sie völlig lebensuntüchtig zu machen. Dieser Gemütszustand ist nur sehr schwer zu behandeln. Ein aufmunterndes ›Lachen, Liebes!‹ hilft in den seltensten Fällen, ganz gleich, wie oft man es wiederholt. Es gibt gewisse Kräuter und Kräutermischungen, die eine solch überwältigende Traurigkeit betäuben, aber fast ständig betäubte Menschen funktionieren nicht mehr besonders gut.

Osrig war, wie ich bereits erwähnte, ein ausgezeichneter Lehrer, und Gelane fertigte bald Fässer, aus denen nur ganz wenig wieder herauslief. Er wurde beständig besser. Bei seinem ersten Faß strömte das Wasser aus jeder Fuge. Bei seinem zweiten spritzte es. Beim dritten tröpfelte es. Beim vierten sickerte es. Die darauffolgenden waren fast dicht, und er begann einen gewissen Stolz auf seine Arbeit zu entwickeln. Wenn ein Handwerksmann einmal dieses Stadium erreicht hat, ist die Schlacht fast gewonnen. Ob ihm die Vorstellung gefiel oder nicht, Gelane war jetzt ein Küfer.

Dann, als unser junger Küfer sechzehn war, begegnete er einem ausnehmend hübschen Mädchen namens Enalla, der Tochter eines hiesigen Zimmermanns, und in meinem Kopf begann die vertraute Glocke zu läuten. Gelane war völlig vernarrt in sie und sie in ihn, und so begannen sie ›miteinander auszugehen‹. Es handelt sich hier um einen sendarischen Euphemismus für das, was ein junges Pärchen tut, wenn es nach einer Gelegenheit sucht, sich gemeinsam davonzustehlen und die Unterschiede zwischen Jungen und Mädchen zu erkunden. Da Enallas Mutter und ich aber Schritte unternahmen, um das zu unterbinden, gelangten Gelane und Enalla nur zu einigen flüchtigen, verstohlenen Küssen.

Nach etwa einem Monat waren sie offiziell verlobt und die Küsse somit schon akzeptabler – innerhalb gewisser streng kontrollierter Grenzen. Kurz nach Gelanes siebzehntem Geburtstag heirateten Gelane und seine strahlende Enalla. Die vorausgegangene Verlobungszeit hatte sich als recht schwerfällig und einfallslos erwiesen, aber schließlich *lebten* wir in Sendarien, und die örtliche Gesellschaft aus Händlern und Handwerkern war sehr konservativ. Konservative Menschen lieben keine Überraschungen – wie zum Beispiel die rituelle Entführung der zukünftigen Braut durch ihren hingebungsvollen Bräutigam und seine halbbetrunkenen Freunde, die in einigen der rüpelhafteren Klans Algariens an der Tagesordnung sind.

Nach der Trauung gab es das offizielle Hochzeitsmahl – das traditionelle üppige Fest, das die Anwesenheit der gesamten Nachbarschaft garantiert. Nachdem er sich mehr als satt gegessen hatte, nahm Gelanes grauhaariger Arbeitgeber mich zu einem ernsten Gespräch beiseite. Ich mochte Osrig immer gerne. Er war Sendarer bis in die Fingerspitzen, die Sorte Mann, die mich immer mit Stolz auf den Beitrag erfüllt, den ich bei der Entstehung von Sendarien geleistet habe. Er war ernsthaft, praktisch und außergewöhnlich taktvoll. Er zahlte die Steuern, betrog seine Kunden nicht und verzichtete auf jene abwechslungsreicheren Gefilde der Sprache, die Chereker und Drasnier so schätzen. Er war von kräftigem Wuchs, Mitte vierzig und vermutlich derjenige, der Gelane zum Mann erzogen hat. Manchmal fällt diese Aufgabe dem ersten Arbeitgeber eines jungen Mannes zu.

»Nun, Frau Pol«, sagte er mit einem leichten Lächeln zu mir, »da haben wir wohl unseren Jungen unter die Haube gebracht.«

Ich schaute durch den mit plaudernden Gästen gefüllten Raum zu unserem Brautpaar hinüber, das die Welt um sich herum zu vergessen haben schien. »Jaja, ich glaube, Ihr habt recht, Meister Osrig«, antwortete ich.

»Mir ist da gerade eine Idee gekommen, über die Ihr vielleicht einmal nachdenken möchtet, Frau Pol.«

»Ach?«

»Warum geht Ihr nicht rüber zu ihnen und überreicht ihnen ein kleines Hochzeitsgeschenk?«

»Was genau schwebt Euch denn vor, Meister Osrig?«

»Ihr habt es nicht direkt angesprochen, Frau Pol, aber als wir das erstemal davon sprachen, daß ich Gelane als Lehrling annehmen würde, hattet Ihr angedeutet, wenn alles glatt liefe, würdet Ihr es in Erwägung ziehen, meinen Laden und das Geschäft zu kaufen.«

»Andeuten ist nicht ganz das richtige Wort, Meister Osrig. Wenn ich mich recht entsinne, habe ich mich ziemlich klar ausgedrückt.«

»Jaja, das habt Ihr. Wie dem auch sei, Gelane ist flink, und er macht gute Fässer. Vor kurzem habe ich ihn in die geschäftliche Seite unseres Gewerbes eingeführt – Ihr wißt schon, mit den Kunden zurechtkommen, Preise aushandeln, säumige Schuldner zur Zahlung bewegen und so weiter.«

»O ja, Osrig, glaubt mir, ich weiß genau, wie man mit Kunden umgeht.«

»Gelane macht das auch recht gut. Ich habe ihn beobachtet, und ich würde sagen, daß er so weit ist. Mir will scheinen, daß diese Hochzeit heute die perfekte Gelegenheit für uns ist, auch seine Stellung im Geschäftsleben der Stadt zu ändern. Er ist jetzt ein verheirateter Mann, und das ist für Geschäftsleute sehr wichtig. Junggesellen können unzuverlässig sein, aber verheiratete Männer sind solide und verläßlich. Ich kenne meine Kunden – diese Art von Dingen ist ihnen sehr wichtig. Um es kurz zu machen, warum geben wir unseren Herzen nicht einen Stoß und machen noch heute Nägel mit Köpfen? Ich mag Gelane und werde ihm einen guten Preis machen. Ich bleibe noch ein paar Monate, um ihn einzuweisen, und dann beginne ich mich langsam aus dem Geschäft zurückzuziehen.«

»Ihr seid überaus großzügig, Meister Osrig. Wenn wir uns einigen können, wird dieser Tag für Gelane auf ewig unvergeßlich sein.«

Er hüstelte und sah auf einmal ein wenig verlegen aus.

»Ich *habe* allerdings noch einen etwas tieferen Beweggrund, Frau Pol«, gestand er.

»Ach?«

»Ich möchte es als festen Bestandteil unserer Vereinbarung verankert sehen, daß ich den Laden nie mehr öffnen muß. Er wird ihm gehören, und es wird *seine* Aufgabe sein, ihn jeden Morgen aufzuschließen.«

»Ich weiß nicht, ob ich Euch richtig verstanden habe, Meister Osrig.«

»Ich schäme mich es zuzugeben, Frau Pol, aber ich *hasse* das frühe Aufstehen morgens wie die Pest. Vorausgesetzt, wir werden in bezug auf die anderen Punkte handelseinig, möchte ich hiermit unmißverständlich klarstellen, daß ich nie mehr vor Mittag zur Arbeit erscheinen werde. Ich hasse das frühe Aufstehen jetzt seit vierzig Jahren. Wenn Ihr mein Geschäft übernehmt, schenkt Ihr mir die Freiheit, Frau Pol. Ich werde zwar aus purer Gewohnheit weiterhin mit dem ersten Tageslicht aufwachen, aber jetzt kann ich mich gemütlich im Bett rumdrehen und weiterschlafen.«

»Warum befreien wir Euch nicht jetzt sofort, Osrig? Wir können das Dokument gleich hier aufsetzen, und dann gehe ich und besorge Euer Geld. In wenigen Tagen sollte alles erledigt sein.«

»Fürs erste akzeptiere ich einen Schuldschein von Euch, Frau Pol. Dann können wir Gelane noch heute nachmittag den Schlüssel zu seinem Laden überreichen, und wenn die Sonne morgen früh an meine Läden klopft, kann ich ihr sagen, daß ich keine Befehle mehr von ihr entgegennehme.« Er kicherte. »Ich werde heute abend sogar extra lange aufbleiben, damit das im Bett bleiben morgen besonders köstlich wird.«

Und so kam es, daß Gelane am selben Tag Ehemann und Geschäftsinhaber wurde. Osrig blieb an diesem Abend sehr lange auf, und Gelane bekam auch nicht viel Schlaf, allerdings aus anderen Gründen.

Trotz seiner Jugend gewann Gelane an jenem Tag eine gewisse Berühmtheit. Das Glück hatte ihn begünstigt, und das kommt höchst selten vor. Selten genug jedenfalls, um bei den anderen Lehrlingen von Seline eine Menge Neid zu wecken; bei den ziemlich häufigen Gelegenheiten, wenn sie sich vor ihrer Arbeit drückten und zu einer dieser Stippvisiten in der Dorfschenke trafen, gab es genügend bösartigen Klatsch. Niemand schenkt haltlosen Verleumdungen von einem Haufen mittelmäßiger Lehrlinge Beachtung, aber selbst die etablierten Händler und Handwerker merkten auf. Ich habe mit eigenen Ohren gehört, wie ein Bürger es lakonisch zusammenfaßte: »Dieser Glückspilz hat am selben Tag ein schönes Mädchen geheiratet *und* ist Inhaber seines eigenen Ladens geworden. Den behalte ich im Auge. Denkt an meine Worte, das ist der kommende Mann.«

Im Rückblick glaube ich, daß es vermutlich klüger gewesen wäre, die Übereignung der Küferwerkstatt an Gelane noch ein Jahr hinauszuschieben. Osrig hätte gewiß einem solchen Aufschub zugestimmt, wenn ich ihm mein Wort gegeben hätte, daß Gelane von diesem Tag an den Laden aufmachen würde. Vielleicht war die Gelegenheit, alles an einem Tag unter Dach und Fach zu bringen, einfach zu verlockend. Manchmal lasse ich mich von meinem Hang zur Sparsamkeit hinreißen.

Natürlich nutzte Gelanes Berühmtheit sich ab, und nach einem Jahr war er nur noch ›Gelane der Küfer‹ und nicht mehr ›dieser Glückspilz‹. Die Leute kauften Fässer bei ihm, weil er gute Fässer machte, aber davon abgesehen erwarb er sich keinen besonderen Ruf.

Diese kurze Zeitspanne, als er wieder ›etwas Besonderes‹ gewesen war, gab indes Gelanes Gefühl für seine eigene Wichtigkeit neuen Auftrieb, und das ist eine gefährliche Sache für jemanden, dessen höchstes Ziel es ist, unauffällig zu bleiben.

Im Nachhinein hege ich die feste Überzeugung, daß Brands Bemühungen um eine angarakanerfreie Welt nicht annähernd so erfolgreich waren, wie er gehofft hatte. Zwar saßen keine murgosischen ›Händler‹ mehr in nahezu jeder Schenke im Westen, aber die Murgos waren nicht die einzigen Angarakaner auf unserer Seite des Meers des Ostens. Chamdar verfügte ja noch über die Dagashi, und sie waren weit weniger auffällig als Murgos.

Wie dem auch sei, nach ungefähr einem Jahr verschwand Meister Osrig allmählich aus unserem Leben, und Gelane baute das Dachgeschoß über der Werkstatt in eine Wohnung für uns um. Damals erlitt Aravina einen Rückfall in jene alles verschlingende Melancholie, und ich sah mich gezwungen, ihr meine gesamte Aufmerksamkeit zu widmen. Nachdem die schwerste Krise überstanden war, fiel mir auf, daß unsere sonst so sonnige Enalla Anzeichen von Unzufriedenheit an den Tag legte. »Hast du Kummer, Enalla?« fragte ich sie ohne große Vorrede an einem Morgen, nachdem Gelane heruntergegangen war, um den Laden aufzuschließen.

»Ich glaube, Gelane liebt mich nicht mehr, Tante Pol«, antwortete sie untröstlich.

»Mach dich nicht lächerlich. Er betet dich an.«

»Warum geht er dann jede Nacht unter den lächerlichsten Vorwänden aus? Wenn er nicht ›eine neue Stelle sucht, wo er Eichenbohlen für die Faßdauben kaufen kann‹ – *längst nachdem* alle Holzplätze geschlossen haben –, ›will er einen Burschen aufsuchen, der seine Rechnung nicht bezahlt hat‹. Er ist so leicht zu durchschauen. Weißt du, was ich glaube, Tante Pol? Ich glaube, daß ihm irgendeine Schankdirne – oder Schlimmeres – schöne Augen gemacht hat. Ihm scheint nicht mehr daran zu liegen, daß wir –« Sie errötete unvermittelt. »Na ja, du weißt schon – *das*.«

Ich wußte genau, was sie mit ›das‹ meinte. »Ich kümmere mich darum, Enalla. Wie lange geht das schon so?«

»Fast zwei Monate. Wir beide machten uns Gedanken um Mutter Aravina, und währenddessen ist irgend etwas mit Gelane geschehen, ohne daß wir es bemerkten.« Sie hielt inne. »Müssen wir das immer, Tante Pol? Ich meine, sie Tag und Nacht im Auge behalten?«

»Meistens.«

»Werden sie denn nie erwachsen?«

»Manche schon. Manche nicht. Mein Vater hat es immer noch nicht geschafft, und er ist viel, viel älter als Gelane. Geht unser Junge jede Nacht aus?«

»In letzter Zeit, ja.«

»Gut. Dann folge ich ihm heute nacht. Wir wollen doch einmal herausfinden, wo er hingeht und was seine Aufmerksamkeit so fesselt.«

»Er wird dich bemerken, wenn du ihm folgst, Tante Pol.«

»Möglich, aber er wird nicht wissen, daß ich es bin. Ich gebe Aravina heute nacht etwas, damit sie schläft. Du kannst auf sie aufpassen, während ich herausfinde, was unser Gelane im Schilde führt.«

Das, was Gelane ›im Schilde führte‹, sollte mich, wie sich bald herausstellte, völlig überraschen. Da ich in regelmäßigem Kontakt mit meinem Vater stand, wußte ich, daß Onkel Beldin die Höhle entdeckt hatte, wo Zedar seinen bewußtlosen Meister versteckt hielt. Außerdem wußte ich, daß Vater sich in Tolnedra aufhielt, dem Mann, der sich ›Asharak der Murgo‹ nannte, hart auf den Fersen.

Der Name kommt euch gewiß bekannt vor. Er erwies sich als Chamdars Lieblingsdeckname.

Jedenfalls ließ Chamdar im Verlauf seiner Bemühungen, ›eine dunkelhaarige Dame mit einer weißen Strähne im Haar‹ ausfindig zu machen, höchstwahrscheinlich einen roten Goldsegen auf Tolnedra niedergehen. Chamdar war alles andere als langsam und hatte dreist eine Seite aus Vaters ›Buch der Listen‹ stibitzt. Vor der angarakanischen Invasion hatte Vater Jahrhunderte damit zugebracht, Chamdar auf einer fröhlichen Jagd kreuz und quer durch Sendarien zu locken, und jetzt revanchierte

Chamdar sich, indem er genau dasselbe für Vater in Tolnedra veranstaltete.

Vaters Antwort war absolut brillant. Es funktionierte zwar nicht, war aber nichtsdestoweniger brillant. Die ›neue Haarmode‹, die plötzlich in Tolnedra, Arendien und Sendarien aus dem Boden sprießte, hätte, daran zweifle ich nicht, Chamdar abgelenkt. Er hatte Jahrhunderte damit verbracht, nach mir zu suchen, und jetzt wäre er an jeder Straßenecke in jedem Dorf von Tol Borune bis Darine über mich gestolpert. Der Haken an der Sache war nur, wie sich herausstellen sollte, daß Chamdar bereits genau wußte, wo ich mich aufhielt.

Nach dem Abendessen an jenem Tag murmelte Gelane etwas höchst Ungereimtes über irgendeinen säumigen Schuldner. Dann ging er nach unten, holte etwas aus einem Schrank, der eigentlich nur ein paar Werkzeuge enthielt, und verließ den Laden. Als er mit seinem Segeltuchsack auf dem Rücken auf der Straße stand, schaute er sich verstohlen um, ob er verfolgt wurde. Er schaute aber nicht zu den Dächern hoch, und so entdeckte er auch die braun getupfte Eule nicht, die ihn von oben scharf beäugte.

Wäre Silk dort gewesen, hätte er angesichts Gelanes Versuchen, unauffällig zu wirken, gewiß nur gestöhnt. Auf Zehenspitzen zu gehen, ist beileibe nicht die beste Art, unbemerkt zu bleiben. Nun, er erreichte schließlich den Stadtrand am Ufer des Selinesees. Er folgte dem Seeufer bis zu einem großen Waldstück, etwa eine Meile östlich der Stadt. Es war eine dunkle, mondlose Nacht, so daß Gelane nur sehr schlecht zu sehen war, während er durch das Ufergestrüpp kroch. Ich befand mich im Astwerk der Bäume über ihm. Es dauerte eine Weile, bis ich flüchtige Blicke auf den rötlichen Schein eines Feuers ein Stückchen weiter weg erhaschte. Das Feuer war offensichtlich Gelanes Ziel. Also flog ich voraus, um es mir genauer anzusehen.

Es war nicht unbedingt ein Freudenfeuer, kam dem aber schon recht nah. Jedenfalls war es groß genug, um eine recht weite Lichtung mitsamt dem Dutzend oder mehr Männern, die sich dort versammelt hatten, zu erhellen. Ich kannte diese Art von Versammlung nur zu gut und etliche recht abwechslungsreiche Bemerkungen kamen mir aus dem Schnabel.

Der Anführer der kleinen Schar, ein Bursche mit schwarzem Haar und dichtem, schwarzem Bart, trug die Robe eines Priesters des Belar. Es war offensichtlich, daß alle anderen Männer alornischen Ursprungs waren, da sie nicht nur allesamt groß und blond waren, sondern auch Bärenfellumhänge trugen. Der Bärenkult hatte seinen Weg nach Sendarien gefunden.

Dann betrat Gelane die Lichtung. Er trug nicht mehr den Segeltuchsack, sondern das, was sich in ihm befunden hatte. Der Erbe des rivanischen Throns trug einen Bärenfellumhang.

Das war der Zeitpunkt, als ich auf der Suche nach neuen Flüchen Zuflucht zu toten Sprachen nahm. Wie *konnte* Gelane nur so dämlich sein!

Die Augen des schwarzhaarigen Belarpriesters begannen zu leuchten, als Gelane in zottigem Gewand, aber mit königlichem Gebaren auf die Lichtung trat. »Heil!« deklamierte der Priester und zeigte auf meinen Neffen. »Heil dem rivanischen König, Göttertöter und König der Könige des Westens! Heil ihm, der uns gegen die Ungläubigen im Süden führen wird – gegen Arendien, gegen Tolnedra, gegen das schlangenverseuchte Nyissa! Dort wird er die Heiden des Südens mit seinem mächtigen Schwert bekehren, auf daß sie den einen wahren Gott anbeten, Belar von Alorien!«

KAPITEL 35

Ich erwog das soeben Gesehene und Gehörte, während ich nach Seline zurückflog und einen Gelane zurückließ, der sich in der Anbetung seiner Gläubigen sonnte. Die vernünftigeren unter den Bärenkultanhängern – im Grunde ein Widerspruch in sich – haben stets die durchsichtige Fiktion aufrechterhalten, ihre Gier nach einer ›Bekehrung‹ der südlichen Königreiche entspringe dem Wunsch, die Armeen für einen Kriegszug gegen die Angarakaner zu einen. Belar jedoch hatte nie etwas von einer einem Kriegszug vorausgehenden Bekehrung seiner Verbündeten verlauten lassen. Seinen göttlichen Brüdern die Gläubigen zu stehlen, wäre die übelste Form schlechten Benehmens gewesen, die man sich vorstellen konnte. Belar hatte seine Fehler, aber Unhöflichkeit gehörte nicht dazu. Die Idee mit der Bekehrung stammte von radikalen Kirchenmännern, deren Augenmerk sich weitaus stärker auf die Schatzhäuser von Tol Honeth als auf den Himmel richtete. Der schwarzbärtige Priester dort hinten am Lagerfeuer war offensichtlich ein Revisionist der schlimmsten Sorte. Nur sehr wenige im Westen wußten, daß Torak nicht wirklich tot war, und sein augenscheinliches Ableben hatte den Kult fast die Daseinsberechtigung gekostet. Der frömmlerische Vorwand, das Ziel des Kults sei nicht das Plündern der Reichtümer des Südens, sondern die Vernichtung Toraks, hatte sich vor Vo Mimbre in Luft aufgelöst. Der Priester der neuformierten Kultgruppe um Gelane war ein flinker Bursche, so viel gestand ich ihm zu.

»Vater, ich brauche dich.« Ich schickte den Gedanken

aus, als ich im Begriff stand, auf der Straße vor der Küferwerkstatt wieder meine eigene Gestalt anzunehmen.

»Was ist los?« erreichte mich seine Antwort.

»Wir haben hier ein Problem. Du kommst am besten so schnell du kannst her.«

»Worum geht es?«

»Das erzähle ich dir, wenn du hier bist. Es könnte jemand mithören. Besorg dir ein anderes Gesicht.« Diese Vorsichtsmaßnahme hatte ihre Berechtigung, aber hauptsächlich hatte ich meinen trägen Vater dazu bringen wollen, sich zu sputen. Mein Leben wäre wesentlich einfacher, wenn Vater einfach tun würde, was man ihm sagt, anstatt sich in endlose Diskussionen mit mir zu stürzen.

Es wurde Tag, als ich spürte, wie er in den Außenbezirken von Seline seine Gestalt wechselte. Gelane, der sich lange nach Mitternacht ins Haus zurückgeschlichen hatte, schlief noch. Ich nahm mir einen Besen und ging nach draußen. Ich fegte die Treppe, als ein kahlköpfiger, fetter Mann die Straße entlang kam. Ich wußte natürlich, wer es war. Manchmal läßt sich Vater so von Äußerlichkeiten fesseln, daß er vergißt, wie unwichtig sie in Wahrheit sind. Leute sind, was sie *sind.* Wie sie aussehen, ist eine ganz andere Sache. »Wo hast du gesteckt?« fragte ich. Ich gebe zu, daß mein Tonfall ein wenig spitz war. Dann führte ich ihn in die mit Sägespänen übersäte Werkstatt und zeigte ihm Gelanes Bärenfellumhang.

»Wie lange geht das schon?« wollte er wissen. Er sprach leise im Dämmerlicht der Küferwerkstatt.

»Ich bin mir nicht sicher, Vater. Gelane wirkt schon seit sechs Monaten so abwesend, und er geht jede Nacht aus. Enalla denkt, er betrüge sie.«

»Seine Frau?«

Ich nickte und verstaute den Bärenfellumhang wieder in dem Schrank. Dann ließ ich seine Strafpredigt über mich ergehen, daß ich das zugelassen hatte, und schließlich einigten wir uns darauf, welche Schritte wir dagegen unternehmen wollten.

Die lange – und lange und noch viel längere – ›Geschichte der Welt‹ meines Vaters wird diejenigen unter euch, welche die Geduld aufbringen, sie bis zu Ende zu lesen, darüber aufklären, wie er Gelane am nächsten Abend folgte und Zeuge der feierlichen Anbetung des hiesigen Kults wurde, als mein fehlgeleiteter Neffe das Freudenfeuer auf der Lichtung erreichte. Nachdem er seine – nicht eben freundlichen – Gefühle unter Kontrolle gebracht hatte, gab mir der alte Wolf Bescheid und forderte mich auf, mich ihm anzuschließen. Ich fand das nett von ihm.

Als Vater den bärtigen Priester als Chamdar identifizierte, wurde mir vieles klar. Vater hätte Möglichkeiten gehabt, Chamdars Bild für mich heraufzubeschwören, doch aus irgendeinem Grund war keiner von uns auf die Idee gekommen. Wir haben nie zweifelsfrei herausgefunden, wie Chamdar mich aufgespürt hatte, aber ich kann mir vorstellen, wie es sich zugetragen haben mochte. Irgendwo in irgendeiner Schenke hatte irgendein geschwätziger Reisender ›diesen Glückspilz‹ erwähnt, und zufällig war ein Dagashi anwesend gewesen. Dann war Chamdar nach Seline gekommen, um sich der Sache selbst anzunehmen … Nun gut, jetzt war es zu spät, um uns eine ›Höhle im Gebirge‹ zu suchen. Offenbar hatte Ctuchiks Handlanger Gelanes Identität aus den Gedanken des jungen Mannes herausgefiltert – ebenso wie Gelanes Sucht nach Berühmtheit. Der Rest war ein Kinderspiel gewesen. Der hiesige Zweig des Bärenkults hatte sich offenkundig blenden lassen, aber seine Mitglieder besaßen auch nicht genug Grips, um den schlimmsten Revisionismus zu erkennen, wenn sie ihn vor Augen hatten. Gelane erhielt die Anerkennung – und Schmeichelei –, nach der es ihn so verlangte, und Chamdar bekam einen rivanischen König in seine Klauen.

Wir mußten *dringend* diese Verbindung kappen. Ich kannte einen Weg, um das zu erreichen, der nicht annähernd so drastisch war wie Vaters Idee, Gelanes Verstand komplett auszulöschen. Aber es war nicht ungefährlich, Chamdars unzusammenhängende Gedanken hörbar zu machen. Hätte er meine Einmischung bemerkt, hätte er Gelane höchstwahrscheinlich auf der Stelle getötet – oder es zumindest versucht. Um das zu verhindern, mußte ich sein Bewußtsein mit einer Art nachdenklicher Verträumtheit überlagern. Seine Gedanken mußten soweit abschweifen, daß seine Wachsamkeit eingeschläfert wurde. Es würde nicht leicht werden, und darum zog ich es auch vor, es selbst zu erledigen und nicht Vater zu überlassen. Mein Vater neigt bei seiner Arbeit stets zu nackter Gewalt. Subtilität ist ein Fremdwort für ihn.

Abgesehen von den offensichtlichen körperlichen Unterschieden mag das die *eine* Sache sein, die Männer am meisten von Frauen unterscheidet. Wir denken anders, und darum handeln wir auch anders. Viele Leute – hauptsächlich Männer – regen sich ungeheuer über diese Unterschiede auf, aber könntet ihr euch vorstellen, wie öde das Leben wäre, wenn wir alle das Gleiche denken und tun würden? Also wirklich, meine Herren, so ist es doch viel lustiger!

Wie dem auch sei, Gelane hielt gerade eine ziemlich hochtrabende Rede darüber, wie wichtig er jetzt sei, als Chamdars nunmehr hörbare Überlegungen meinen prahlerischen Neffen verstummen ließen. Die Ankündigung »Ctuchik wird mich belohnen, wenn ich diesen Tropf töte« erregte endgültig Gelanes Aufmerksamkeit – wie auch die der übrigen Bärenkultanhänger. Vater eröffnete mir später, daß zwei der in zottige Felle gehüllten Fanatiker sich sehr über Chamdars Enthüllungen erregten. Offenbar hatte Chamdar die Klugheit besessen, sich zwei Leibwächter mitzunehmen.

Das laute Grübeln von Ctuchiks alles andere als loyalem Handlanger schien nicht enden zu wollen. Jedenfalls dauerte es lange genug, daß Gelane wieder zur Vernunft kam und erkannte, wie man sein aufgeblasenes Ego dazu benutzt hatte, ihn zu täuschen. Als Chamdars Tagtraum seinen Höhepunkt erreichte und er vor seinem geistigen Auge zum Jünger befördert wurde, lieferte Gelane ihm eine rasche Demonstration der alornischen Art, indem er ihm einen Faustschlag mitten ins Gesicht versetzte.

Chamdar drehte sich um seine eigene Achse und stürzte zu Boden. Seinem mittlerweile völlig verwirrten Geist entglitt die Kontrolle über seine Marionette, meinen Neffen. Als Chamdars Macht über Gelane so abrupt endete, traf ihn das volle Ausmaß seiner eigenen Verblendung fast so hart, wie sein Fausthieb Chamdar getroffen hatte. Es war jedoch nicht der geeignete Zeitpunkt für ausführliche Selbstkritik, da Chamdars Leibwächterpaar zwei ausnehmend häßliche Messer zückte und ihrem Herrn zu Hilfe eilte. Glücklicherweise erachteten die übrigen Kultanhänger Gelanes Verteidigung als ihre religiöse Pflicht. Ihre Frömmigkeit auf diesem Gebiet war, gelinde gesagt, beispielhaft.

Nachdem Chamdar geflohen und seine Leibwächter überwältigt waren, gewann Gelane die Fassung zurück. »Wir sind hintergangen worden!« rief er aus. »Das war kein Belarpriester!«

»Was sollen wir tun, Göttertöter?« fragte ihn einer der riesenhaften Alorner. »Sollen wir ihn zur Strecke bringen und töten?«

»Nennt mich nie wieder so!« wies Gelane ihn an. »Ich bin nicht der Göttertöter! Ich habe meinen Namen entehrt!« Er riß sich das Bärenfell vom Leib und schleuderte es in die Flammen. »Der Bärenkult ist eine Lüge und ein Schwindel!«

»Ich weiß nicht, was ihr anderen macht«, erklärte der erste Alorner, »aber ich werde mir diesen Priester schnappen und ihm die Eingeweide herausreißen!« Und dann stürzten sie alle ins Gebüsch.

»Das war sehr geschickt, Pol«, beglückwünschte mich

Vater, nachdem er sein Federkleid abgelegt hatte. »Wo hast du das gelernt?«

»In Vo Wacune«, gab ich zur Antwort. »Ich mußte einem asturischen Spion ein Geständnis entlocken und hatte keine Lust, die herkömmlichen Methoden anzuwenden. Es ist eigentlich ziemlich einfach. Eines Tages, wenn wir mehr Zeit haben, zeige ich es dir.« Ich legte meinen Kopf auf die Seite, um besser hören zu können, wie die Alorner durch die Büsche brachen. »Laß uns warten, bis Gelanes Spielgefährten heimgegangen sind, bevor wir ihn uns greifen und wieder in die Küferwerkstatt schleifen. Ich halte es für überflüssig, daß die anderen Kultanhänger von unserer Anwesenheit hier erfahren.«

»Ganz meine Meinung«, pflichtete Vater mir bei.

Die abtrünnigen Kultanhänger streiften noch eine Weile ziellos durchs Unterholz. Chamdar war zu diesem Zeitpunkt vermutlich schon auf halbem Weg nach Camaar. »Was sollen wir nun tun, Euer Majestät?« wollte einer von ihnen von Gelane wissen, als sie langsam zurück zum Feuer strömten.

»Zunächst einmal möchte ich nicht mehr mit Euer Majestät angeredet werden«, teilte Gelane ihnen mit. »Das war nur eine Täuschung der Grolims. Ich glaube, wir sollten alle schwören, dieses Vorkommnis geheim zu halten. Unsere Nachbarn sind Sendarer, und wir würden alle wie Narren aussehen, wenn wir über den Bärenkult redeten, als bedeute er wirklich etwas.«

Eilfertig erklärten sich alle dazu bereit. Niemandem macht es Spaß, ein Narr zu sein. Sie schworen auf das Grab ihrer Mütter, ihre Schwerter – obwohl sie eigentlich gar keine hatten – und ihre fragwürdige Ehre, daß ihnen kein einziges Wort über ihre Treffen mehr über die Lippen kommen werde. Dann schickte Gelane sie nach Hause.

Als wir allein waren, begann Gelane zu weinen. In diesem Augenblick traten Vater und ich aus dem Wald.

»Das war nicht sehr klug, Gelane, nicht wahr?« sagte

Vater trocken. »Es ist ja sehr edel, zu glauben, deine Mitmenschen sagten stets die Wahrheit, aber ist dir nie der Gedanke gekommen, daß dein Verhalten eine Spur leichtgläubig sein könnte?«

Gelane wunderte sich offenbar nicht über unser Auftauchen. Trotz des mangelnden Urteilsvermögens, das er soeben bewiesen hatte, war er doch ein recht gescheiter junger Mann. »Wer war dieser Bursche, der sich als Belarpriester ausgab, wirklich, Großvater?«

»Er heißt Chamdar, und du hast richtig vermutet, daß er ein Grolim ist. Wo hast du nur deinen Kopf gehabt, Gelane? Hast du denn nicht an seiner Hautfarbe und seiner Augenform erkannt, daß er Angarakaner ist?«

»Das hätte hier auch keine Rolle gespielt, Vater«, erläuterte ich. »Wir sind in Sendarien, und es hat mich viele Jahrhunderte harter Arbeit gekostet, daß heute niemand mehr auf äußerliche Rassemerkmale achtet.«

»Brüderlichkeit ist ja eine nette Sache, Pol«, versetzte er, »aber wenn da draußen jemand herumläuft, der zufällig grün ist, ist Farbblindheit keine besonders nützliche Eigenschaft. Laß uns in die Stadt zurückkehren. Wir müssen packen.«

»Wohin gehen wir denn, Großvater?« wollte Gelane von ihm wissen.

»Das habe ich noch nicht entschieden. Aber wir *müssen* Sendarien verlassen.«

Mir sank das Herz. Ich wußte, was das bedeutete.

»Warum kaufst du dir nicht ein paar neue Sachen zum Anziehen, Vater?« riet ich ihm, als wir die Stadt erreichten.

»Die hier *sind* neu, Pol.«

»Oh! Auf welchem Abfallhaufen hast du sie gefunden?«

»Sieh ein bißchen genauer hin, Pol!« forderte er mich auf. »Ich habe einem Schneider in Tol Honeth viel Geld dafür bezahlt. Die Flicken und ausgefransten Aufschläge sind nur Blendwerk. Die Kleider sind ausgezeichnet verarbeitet und werden Jahrhunderte halten.«

»Konntest du dir keine passenden Schuhe leisten?«

»Ich wollte keine passenden Schuhe *haben*. Ich will wie ein abgerissener Vagabund aussehen.«

»Meiner unmaßgeblichen Meinung nach übertrifft das Ergebnis deine kühnsten Träume. Es ist also eine Verkleidung, richtig?«

»Natürlich ist es das. Die Leute schenken umherziehenden Landstreichern keine besondere Beachtung. Wenn ich das hier trage, kann ich durch eine Stadt oder ein Dorf gehen, und einen Tag später wird sich niemand mehr an mich erinnern.«

»Verläßt du eigentlich *je* die Bühne?«

»Es macht mich *noch* interessanter.« Er ließ die Bemerkung mit der für ihn typischen Großspurigkeit fallen. »Mein wahrer Charakter ist ziemlich langweilig. Ich könnte aber auch einen Herzog mimen, wenn Euch das besser gefallen würde, Euer Gnaden.«

»Verschone mich bitte damit.«

»Warum hast du sie so genannt, Großvater?« fragte Gelane. »›Euer Gnaden‹, meine ich.«

»Schon wieder Geheimnisse, Pol?« seufzte Vater. »Du und deine Geheimnisse!« Dann maß er Gelane, offenbar eingedenk der selbstbeweihräuchernden Ansprache des jungen Mannes am Lagerfeuer, mit einem taxierenden Blick. »Euer Majestät«, sprach er mit pompöser Feierlichkeit, »darf ich Euch Ihro Gnaden, die Herzogin von Erat, vorstellen?«

Gelane blinzelte und starrte mich dann an. »Das bist du *nicht*!« rief er aus.

»Doch, Liebes, ich war es. Aber das ist schon lange her.«

»Du bist die berühmteste Gestalt der sendarischen Geschichte!«

»Das hört man gerne.«

»Warum hast du mir das nicht erzählt? Meine Manieren waren schrecklich, Tante Pol. Du hättest es mir erzählen sollen!«

»Damit du mich in aller Öffentlichkeit mit Kratzfüßen

und Verbeugungen belästigt hättest? Du hast noch einen langen Weg vor dir, Gelane. Wir *möchten* nichts Besonderes sein, erinnerst du dich noch? Das ist der Grund, warum du ein Küfer und kein Landgraf oder Ratsvorsitzender bist.« Ich erspähte eine Gelegenheit und ergriff sie, ohne zu zögern. »Der Adel hat zwei Seiten, Gelane. Die meisten Menschen sehen nur die prächtigen Häuser, die schönen Kleider und all die Verbeugungen und Kratzfüße des niederen Adels. Die andere Seite ist aber ungleich wichtiger und viel einfacher. Pflicht, Gelane, Pflicht. Vergiß das nie. Du bist der rivanische König – oder du könntest es sein. Mit diesem Amt wären vielfältige Pflichten verbunden, aber so, wie die Dinge jetzt stehen, ist deine einzige Pflicht die Fortsetzung der Blutslinie. Diese Pflicht erfüllst du, indem du am Leben bleibst, obwohl es eine Menge Leute auf der Welt gibt, die dich umbringen wollen, ehe du einen Sohn gezeugt hast.«

»Ich fürchte, das habe ich aus den Augen verloren, Tante Pol«, gestand er. »Als dieser Chamdar mich König von Riva nannte, stieg mir das zu Kopf. Ich dachte, ich wäre wichtig.«

»Du *bist* wichtig, Gelane«, eröffnete ich ihm mit großer Bestimmtheit. »Du und deine Frau seid vermutlich im Augenblick die wichtigsten Menschen auf der Welt. Das bedeutet, daß auf deinen Schultern auch die schwerste Bürde der ganzen Welt lastet. Man kann es in einem einzigen Wort zusammenfassen: verstecken. Wo immer du hingehst, versteck dich. Bleib unauffällig. Und die beste Art, das zu erreichen, ist gewöhnlich zu sein.«

»Du solltest auf sie hören, Gelane«, riet Vater ihm. »Oh, noch ein Wort von einem alten Fuchs. Laß dich nicht von dieser ›Ich-habe-ein-Geheimnis-Masche‹ hinreißen. Tu so, als wärst du dumm, wenn es sein muß.« Dann warf der alte Gauner mir einen verschlagenen Blick zu. »Hättest du gerne, daß ich ihm ein bißchen Schauspielunterricht erteile, Pol?«

»Nun, wo du es erwähnst … Ja, ich denke, das kann nicht schaden, Vater.«

Sein konsternierter Blick war der Höhepunkt meines Abends.

Vater führte jede Menge fadenscheiniger Argumente ins Feld für seine vermutlich aus dem Stegreif getroffene Entscheidung, uns nach Cherek zu bringen. Das ist ein weiterer Beweis für die Unterschiedlichkeit von Männern und Frauen. Ein Mann verspürt stets das Bedürfnis, seine Entscheidungen mit logischen Argumenten zu begründen, dabei hat Logik, rein äußerlich betrachtet, nicht das geringste mit wichtigen Entscheidungen zu tun. Unser Geist ist viel zu vielschichtig, als daß wir auf diese Weise unsere Wahl treffen würden. Frauen wissen das, aber die Männer scheinen an dem Tag, als dieses Thema in der Schule behandelt wurde, alle geschwänzt zu haben.

Enalla und ich setzten das bereits bekannte Märchen vom ›familiären Notfall‹ in Umlauf, wobei wir diesmal Muros als unseren Herkunftsort angaben. Dann veräußerte Gelane sein Geschäft, packte sein Werkzeug zusammen und kaufte einen Wagen und ein Pferdegespann.

Wir reisten ungefähr dreißig Meilen südostwärts, um das Muros-Märchen zu untermauern, aber dann verließen wir die kaiserliche Landstraße und nahmen eine Nebenstraße in die Hauptstadt Sendar. Während Vater sich unten am Hafen nach einem cherekischen Kapitän umhörte, der uns nach Val Alorn bringen konnte, begab ich mich in König Ormiks Palast, um mein Geld zu besuchen. Ich staunte nicht schlecht darüber, wie mein Vermögen seit meiner letzten Geldentnahme gewachsen war. Wenn man Geld in Ruhe läßt, vermehrt es sich fast so schnell wie Kaninchen. Wie dem auch sei, ich entnahm meinen Rücklagen fünfunddreißig Pfund in Goldmünzen und gesellte mich anschließend wieder zu Gelane, Enalla und Aravina, die in einem ruhigen Gasthof Unterkunft gefunden hatten. Ich machte kein Aufhebens von meiner kleinen Besorgung. Geld hat manchmal die seltsamsten Auswirkungen auf die Menschen.

Vater hatte einen stämmigen, bärtigen und vermutlich unzuverlässigen cherekischen Kapitän aufgetan, und am nächsten Morgen stachen wir mit Kurs auf Val Alorn in See.

Der Schlüssel zum Wohlstand Chereks und Drasniens ist stets die cherekische Meerenge gewesen, jener furchteinflößende Gezeitenmahlstrom, der die schmale Wasserstraße zwischen dem nördlichen Zipfel Sendariens und dem südlichen Zipfel der cherekischen Halbinsel nahezu unpassierbar macht. Die Chereker finden eine Fahrt durch die Meerenge erfrischend. Ich nicht. Warum belassen wir es nicht dabei?

Es war Herbst, als wir den Hafen von Val Alorn erreichten, und Vater brachte uns in einer gediegenen Herberge unter, die weit genug vom Hafen entfernt lag, daß wir nicht mit den rauheren Vierteln der Stadt konfrontiert wurden. Nachdem wir uns eingerichtet hatten, nahm Vater mich beiseite. »Ich gehe jetzt und rede mit Eldrig«, ließ er mich wissen. »Wir sollten Gelane diesmal vom Palast fernhalten. Er scheint sich mit seinem Leben abzufinden. Laß uns trotzdem keine schlafenden Hunde wecken, indem wir ihn in Kontakt mit Thronsälen und anderem königlichem Spielzeug bringen.«

»Gut gesagt«, murmelte ich.

Vater erzählte mir nie, mit welchen furchtbaren Drohungen er König Eldrig dazu brachte zuzulassen, daß sein königlicher Besucher Val Alorn in Richtung Hinterland verließ, ohne seinen Besuch in Cherek zu einem geschichtsträchtigen Ereignis zu machen. Eldrig selbst mußte von unserer Anwesenheit in seinem Land wissen, sonst niemand.

Wir verließen Val Alorn am nächsten Morgen und folgten einer Straße, die sich in äußerst schlechtem Zustand befand, in die Vorberge des cherekischen Gebirges bis zu einem Dorf namens Emgaard, welches etliche Meilen westlich der Hauptstadt lag.

»Hast du schon mal geangelt?« erkundigte Vater sich auf der Reise beiläufig.

»Hin und wieder, Großvater«, antwortete Gelane. »Seline liegt unmittelbar am Seeufer, aber mir persönlich hat es nie besonders Spaß gemacht. Wenn ich Fisch essen will, kaufe ich ihn auf dem Markt. Im Regen in einem lecken Boot zu sitzen und darauf zu warten, daß irgend wo ein Schuppentier Hunger bekommt, ist nicht sehr aufregend. Schließlich bin ich Unternehmer und habe Wichtigeres zu tun.«

»Zwischen dem Angeln auf einem See und dem Angeln in einem Bach liegen Welten, Gelane«, ließ Vater ihn wissen. »Du hast recht, Seeangeln kann sehr langweilig sein. In einem Bergflüßchen die Rute auszuwerfen, ist dagegen etwas ganz anderes. Wenn wir in Emgaard sind, versuchen wir es einmal. Ich glaube, es könnte dir gefallen.« Was führte Vater jetzt schon wieder im Schilde?«

Emgaard war eins jener malerischen Bergdörfer mit Häusern, die aussahen, als wären sie einem Bilderbuch entsprungen. Es hatte steile Dächer, kunstvoll aufgerollte Dachtraufen und reinliche Höfe, auf denen die Hausziege für gleichbleibend niedrigen Graswuchs sorgte. Ziegen sind in einem Land, dessen Müllbeseitigung zu wünschen übrig läßt, das ideale Haustier.

Als wir uns der kleinen Ansiedlung näherten, eröffnete Vater uns, König Eldrig habe ihm versichert, daß hier keine Veteranen der Schlacht von Vo Mimbre wohnten. Wir würden also aller Wahrscheinlichkeit nach nicht über ehemalige Waffenbrüder stolpern. Wir mieteten Zimmer im Dorfgasthof, und noch bevor wir richtig ausgepackt hatten, nahm Vater Gelane mit nach draußen, wo sie sich eine Reihe Angelruten schnitten.

»Angeln, Vater?« fragte ich. »Ist das deine neue Freizeitbeschäftigung? Bis jetzt hast du nie großes Interesse dafür gezeigt.«

»Oh, Angeln ist wirklich nicht übel, Pol. Man muß sich dabei nicht sehr anstrengen. Eldrig hat mir erzählt, die meisten Einheimischen hier wären ganz versessen darauf. Es ist also eine Gelegenheit für Gelane, Zugang zu den hiesigen Kreisen zu erlangen. Die Gegend ist berühmt für ihre Forellen, und ein richtiger Angler würde von überallher anreisen, um seiner Liebhaberei zu frönen. Das würde erklären, warum er aus Sendarien weggezogen ist. Von einem Fanatiker erwartet niemand vernünftiges Benehmen.«

Meine Bedenken waren noch nicht ganz ausgeräumt. »Du hast doch gehört, was er auf der Reise gesagt hat, Vater. *So* brennend interessiert ihn die Angelei nicht.«

Vater grinste mich an. »*Das* kann ich ändern, Pol«, versicherte er mir. »Gelane hat kein Interesse, weil er noch nie einen richtig Großen gefangen hat. Ich sorge dafür, daß er heute nachmittag eine Riesenforelle fängt, und dann zappelt er genauso am Haken wie der Fisch. Vom heutigen Tag an wird er so versessen aufs Forellenangeln sein, daß er von nichts anderem mehr redet – und an nichts anderes mehr denkt. Er wird an den Bärenkult oder seinen ererbten Thron keinen Gedanken mehr verschwenden. Hast du viel Geld?«

»Genug.« Ich habe die Erfahrung gemacht, daß es keine gute Idee ist, exakte Zahlen zu nennen, wenn man sich mit meinem Vater über Geld unterhält.

»Dann kannst du ihm ja einen Laden kaufen – außerdem wirst du ein Haus brauchen, wo ihr leben könnt. Aber erwarte nicht von ihm, daß er sich besonders emsig ums Geschäft kümmert.«

»Ein einziger Fisch wird über Nacht auch keinen völlig neuen Menschen aus ihm machen.«

»Es wird *zwei* Fische geben, Pol – den großen, den er fängt, und den viel, viel größeren, der ihm entwischt. Ich gebe dir Brief und Siegel darauf, daß er diesem Fisch den Rest seines Lebens hinterherjagen wird. Ich könnte mir vorstellen, daß er vor Ablauf eines Jahres alles, was in Seline geschehen ist, vollständig vergessen hat.«

»Du bist klüger, als du aussiehst, Vater.«

»Ich weiß«, antwortete er mit einem gemeinen Grinsen. »Das ist nur eine meiner zahllosen Begabungen.«

Dem Ausdruck enttäuschter Sehnsucht auf Gelanes

Gesicht an jenem Abend entnahm ich, daß ›der, der ihm entwischt war‹, gigantische Ausmaße gehabt haben mußte. Das schloß ich auch aus der Tatsache, daß ›der, den er gefangen hatte‹ – von ihm abwertend als Elritze tituliert – die gesamte Gästeschar unserer Herberge zwei Tage lang ernährte.

»Er zappelt am Haken«, raunte Vater mir selbstgefällig ins Ohr, während Gelane seinen Fang im Gastraum herumzeigte.

»Das ist mir nicht entgangen«, entgegnete ich. »War der andere Fisch wirklich so groß?«

»Der größte, den ich in jenem Abschnitt des Bachs finden konnte. Ich bin nicht in sein Bewußtsein eingedrungen, aber ich gewann den Eindruck, daß ihm dieser große Tümpel am Fuße eines Wasserfalls gehörte. Fische sind schon seltsam. Sie essen nicht, weil sie Hunger haben, sondern weil sie verhindern wollen, daß andere Fische die ganze Nahrung bekommen. Das war der Grund, warum dieser Riese nach Gelanes Köder gebissen hat.«

»Hast du Gelanes Angelschnur zerrissen?«

»Nein. Das hat der Fisch ganz ohne meine Hilfe besorgt. Er war ein gerissener alter Bursche, und er hat schon viele Male am Haken gehangen. Er wußte genau, was er tun mußte. Er sprang nur ein einziges Mal, und er ist länger als Gelanes Bein. Mach dich auf etwas gefaßt, Pol. Über diesen Fisch wirst du noch eine Menge zu hören kriegen.«

»Du *bist* dir doch darüber im klaren, daß deine Handlungsweise schrecklich unaufrichtig ist, Vater, oder?«

»Wann hat mich das je gestört, Pol? Aufrichtigkeit ist eine nette Sache, vermute ich, aber wenn ich mit etwas Wichtigem beschäftigt war, habe ich nie zugelassen, daß sie mir in die Quere kommt. Dieser kapitale Bursche am anderen Ende von Gelanes Leine und der Anblick jenes Ungeheuers, das aus den Tiefen des Tümpels emporstieg, wird Gelane für den Rest seines Lebens davon abhalten, noch einmal Dummheiten zu machen. Und darum ging es mir. Ich bleibe noch ein paar Monate in der Gegend, obwohl ich nicht glaube, daß es nötig ist. Kauf ihm den Laden, mit dem er seinen Lebensunterhalt verdienen kann, aber erwarte nicht allzu viel Einsatz von ihm, wenn die Fische beißen.«

Ich hegte meine Zweifel bezüglich Vaters kleinem Komplott, aber die Jahre bewiesen, daß er recht gehabt hatte. Sonderbarerweise habe ich einen Mann geheiratet, der in puncto Angeln nicht minder besessen ist, als Gelane es war. Ich bin mir allerdings ziemlich sicher, daß ›der Riese‹ meinem Durnik nicht mehr vom Haken gehüpft wäre.

Ein Möbeltischler in Emgaard war in der Woche vor unserer Ankunft gestorben, und ich besuchte die untröstliche Witwe, ehe die Geier das Aas gewittert hatten. Ich kaufte ihr den Laden und die dazugehörige Wohnung ab, ehe sie Gelegenheit erhielten, die Frau zu übervorteilen. Der Preis, den ich ihr zahlte, war nicht nur angemessen, sondern großzügig. Eulen *sind* schließlich auch nettere Vögel als Geier. Die Möbeltischlerei war nicht groß, aber groß genug für einen Küfer, der häufig das Schild ›Bin Angeln‹ vor die Tür hängte.

Der Winter zog ins Land, und Vater sagte uns Lebewohl und verließ uns. Er wollte versuchen, Chamdar ausfindig zu machen. Gelane stellte tagsüber Fässer und abends Fischköder her. Enalla war nicht *allzu* froh über die neue Liebhaberei ihres Mannes. Ihre Miene hellte sich jedoch auf, als ich sie darauf hinwies, daß Männer, die die ganze Zeit an Fische denken, sich wahrscheinlich nicht mit anderen Frauen einlassen.

Aravina starb eines Nachts im folgenden Frühjahr im Schlaf. Ich vermochte die Todesursache nicht genau zu bestimmen. Vermutlich starb sie, pathetisch ausgedrückt, »an gebrochenem Herzen«, aber vom rein medizinischen Standpunkt ist das abwegig. Aber abwegig oder nicht, ich konnte die Vermutung nicht von der Hand weisen, daß ihre periodischen Anfälle von Depression tatsächlich entscheidend zu ihrem Tod beigetragen hatten.

Gelane und Enalla betrauerten sie natürlich, aber das Leben ging weiter. Gelane war als Küfer so gut, daß seine Kunden sich in Nachsicht übten, wenn die Fische bissen. Da Erngaard ziemlich abgelegen ist und die Forellenbäche der Umgebung nicht stark befischt wurden, war Gelane nicht der *einzige* Geschäftsmann, dessen ›Bin-Angeln‹-Schild häufig vor der Ladentür hing. Sie trafen sich immer nach Sonnenuntergang in der örtlichen Schenke und sprachen stundenlang über ihre Freizeitbeschäftigung. Der Textilienladen war der Schenke angeschlossen und so war ich eines Abends zufällig in jenem Teil des Gasthofs, während Gelane im Schankraum saß und Tips aufzuschnappen versuchte, wie man Forellen überlistet. Die hiesigen Angler saßen im Halbkreis um den Kamin, die Füße auf dem Herdstein, und flunkerten, daß sich die Balken bogen. »Ich habe das alte Schiefmaul heute morgen auf dem Schwanz über diesen Tümpel laufen sehen«, verkündete einer von ihnen. »Er scheint recht gut durch den Winter gekommen zu sein.«

»Das ist doch nichts Neues«, merkte ein anderer Angler an. »In diesem Biberteich, wo er lebt, gibt's 'ne Menge Nahrung. Nicht genügend Strömung, um sie wegzuspülen.«

»Wer ist Schiefmaul?« fragte Gelane ein bißchen schüchtern. Er saß auf einem Stuhl ein Stück weit weg vom Kamin und wollte sich den Veteranen offenbar nicht aufdrängen.

»Das ist eine riesige alte Forelle, die offenbar einen dummen Fehler begangen hat, als sie kaum größer als eine Elritze war«, antwortete ihm der erste Angler. »Biß bei irgendeinem Grafen an, der wirklich nicht viel Ahnung vom Angeln hatte. Na ja, soweit man das im Nachhinein beurteilen kann, muß der Graf eine Spur zu heftig an der Leine geruckt haben, und das hat dem jungen Fisch den Kiefer gebrochen. Damit hatte der Fisch seinen Namen weg. Sein Unterkiefer ist völlig schief. Soweit wir wissen, hat Schiefmaul die ganze Zeit, während sein Kiefer zusammenheilte, über seinen Fehler nachgedacht. Glaub mir, junger Mann, es braucht schon einen *sehr* guten Köder, damit Schiefmaul auch nur einen Blick drauf wirft. Er macht fast *nie* Fehler.«

»Haben alle Fische hier Namen?« erkundigte sich Gelane.

»Nee«, lachte ein anderer Angler. »Nur die richtig großen, die zu clever sind, sich fang'n zu lass'n, die hab'n Namen.«

»Ich hatte mal einen ziemlich großen in diesem Tümpel unter dem Wasserfall kurz außerhalb des Dorfs an der Angel, als ich den ersten Tag hier war«, äußerte Gelane bescheiden. »Aber er blieb nicht lange dran – und von meiner Angelschnur war nicht mehr viel übrig, nachdem er sich losgerissen hatte. Ich glaube, er hat die Hälfte mitgenommen.«

»Ach, das war der alte Wickler«, identifizierte ein anderer ergrauter Angler Gelanes Fisch. »Dieser Tümpel da ist sein Privatbesitz. Und er sammelt Angelschnüre.«

Gelane sah ihn verständnislos an.

»Alle Großen hier in der Gegend haben ihre bevorzugten Tümpel«, führte ein anderer alter Angler aus. »Schiefmaul lebt in diesem Biberteich, Wickler lebt in diesem Tümpel unter dem Wasserfall, und der Hochspringer lebt in dem flachen Teilstück weiter unten am Bach.« Mit einer unausgesprochenen Frage in den Augen sah er reihum die anderen Angler an, und sie nickten alle. »Warum rückst du deinen Stuhl nicht ein bißchen näher ans Feuer, junger Mann?« schlug der Alte vor. »Ich krieg noch 'nen Knick in meinen Hals, wenn ich mit mit jemandem unterhalten muß, der in meinem Rücken sitzt.«

Und das war der Moment, als Gelane in die hiesige Bruderschaft aufgenommen wurde. Er zog seinen Stuhl in die Lücke, die die anderen Angler für ihn öffneten, und dann ergriff er, natürlich in aller Bescheidenheit, das Wort. »Ich habe nicht ganz verstanden, was Ihr damit gemeint habt, daß Wickler Angelschnüre sammelt«, wandte er sich an den ergrauten Mann, der besagten Fisch identifiziert hatte.

»Das ist sein Trick«, erläuterte der. »Ich glaube, Wickler hat empfindliche Lippen und mag es nicht, wie der Angelhaken sich durch sie bohrt. Also dreht er sich im Wasser wieder und wieder um die eigene Achse und wickelt sich die Angelschnur um den Körper. Dann, wenn er deine Schnur vollständig aufgewickelt hat, schwimmt er mit einer Geschwindigkeit von einer Meile pro Minute flußabwärts. Na ja, Wickler ist ein schwerer alter Gauner, und wenn er die Schnur straff gespannt hat, zerreißt er sie wie Spinnweben. Ja, so ist das.«

»Dann war es Wickler, den ich an der Angel hatte«, erklärte Gelane aufgeregt. »Genau das hat er auch mit mir gemacht.« Ein verträumter Ausdruck trat in seine Augen. »Aber ich kriege ihn«, prophezeite er. »Eines Tages kriege ich ihn.«

»Ich wünsche dir alles Glück der Welt, mein Freund«, sagte ein Angler mit sich lichtendem Haupthaar. »Der alte Wickler hat mich fast in den Ruin getrieben, weil ich jedesmal Meilen neuer Angelschnur kaufen muß, wenn ich zu seinem Tümpel gehe.«

Der ›Anglerklub‹ bestand größtenteils aus ortsansässigen Geschäftsleuten, und als Gelane bescheiden verlauten ließ, er habe sich gerade als Küfer niedergelassen, wurde er sogleich als verwandte Seele aufgenommen – man ging also davon aus, Fässer seien nur das Zweitwichtigste in seinem Leben. Mein Vater ist gerissen, das gestehe ich ihm zu. Nichts hätte Gelane in Emgaard so schnell gesellschaftliche Akzeptanz verschafft wie seine Angelrute.

Als der Herbst schließlich näher rückte und die Angelsaison langsam ihrem Ende entgegenging, gab sich Gelane wieder ans Fässermachen und andere häusliche Pflichten. Den alten Wickler hatte er nicht erwischt, aber er *erwischte* Enalla zum richtigen Zeitpunkt. Zu Erastide war sie sichtlich schwanger.

Es ist eine Besonderheit des Dorflebens, daß nichts

die Stellung einer Familie in der Gemeinschaft so sehr festigt wie die erste Schwangerschaft der Frau. Auf eine seltsame Weise wird der künftige Erdenbürger zum Gemeinbesitz des ganzen Dorfs. Die Damen schauen alle vorbei, um – meist schlechte – Ratschläge zu erteilen, und die Männer verbringen Stunden damit, dem werdenden Vater zu gratulieren. Wir wohnten erst seit ungefähr eineinhalb Jahren in Emgaard, hatten aber in den Augen unserer Mitbürger bereits den Status von Alteingesessenen erlangt. Wir waren ein Teil der Dorfgemeinschaft geworden, und es gibt keinen besseren Weg, um unsichtbar zu sein.

Im Frühsommer des Jahres 4899 setzten bei Enalla die Wehen ein. Es wurde eine leichte Geburt. Enalla sah das anders, aber es war, wie ich sagte. Das Kind war natürlich ein Junge. Aus einer Reihe guter Gründe, von denen Vererbung nur einer ist, war das im rivanischen Geschlecht stets der Fall.

Gelane bestand darauf, seinen Sohn zu Ehren seines Vaters Garel zu nennen. Ich hatte nichts dagegen einzuwenden. Es war zwar kein cherekischer Name, klang aber hinreichend alornisch, um keinen Verdacht zu erregen. Am Abend jenes ereignisreichen Tages, als Enalla schlief und Gelane und ich am Kamin saßen, er mit seinem kleinen Sohn und ich mit meiner Näharbeit, schaute er versonnen in die Flammen. »Weißt du was, Tante Pol?« sagte er ruhig.

»Was, Liebes?«

»Ich bin wirklich froh, wie alles sich gefügt hat. In Sendarien gefiel es mir wirklich nicht besonders.«

»Ach?«

»Damals während des Krieges, als ich noch auf der Feste lebte, kam ich mir sehr wichtig vor. Ich gehörte zu König Cho-Rams Familie, und alle liefen herum und nannten mich ›Euer Hoheit‹. Nach Vo Mimbre hast du uns dann nach Seline gebracht und mich lernen lassen, wie man hölzerne Fässer macht. Weißt du, daran fand ich auch keinen sonderlichen Gefallen. Ich hielt es für unter meiner Würde. So fiel ich Chamdar in die Hände. Diese Geschichte mit dem rivanischen König war nichts anderes als ein Köder, dem ich dem alten Wickler vor die Nase halte. Wenn ich das täte, könnte der alte Wickler nicht anders; er müßte nach meinem Köder schnappen. Hat Chamdar jemals die Angel ausgeworfen, Tante Pol? Falls ja, wäre er wahrscheinlich sehr gut darin. Mich hat er jedenfalls ganz leicht drangekriegt.« Dann lachte er eine Spur wehmütig. »Natürlich bin ich auch nicht ansatzweise so gerissen wie der alte Wickler.«

»Aber wir haben Chamdars Angelschnur zerrissen«, warf ich ein.

»Du meinst, *du* hast sie zerrissen. Wenn du seine Gedanken nicht hörbar gemacht hättest, hätte er mich zum Abendessen verspeist. Jedenfalls bin ich froh, daß wir nach Cherek gezogen sind. Die Leute hier in Emgaard sind nicht ganz so bierernst wie die Sendarer in Seline. Verstößt es in Sendarien eigentlich gegen das Gesetz, wenn man mal lacht? Die Sendarer scheinen sich nie ihres Lebens zu freuen. Hätte ich damals in Seline mein ›Bin Angeln‹-Schild an die Tür meiner Küferwerkstatt gehängt, hätte man mindestens ein Jahr lang über mich geredet. Hier in Emgaard zucken sie nur mit der Schulter und lassen Belar einen guten Mann sein. Weißt du, ich denke wochenlang nicht an Kronen und Throne und all diesen Unfug. Ich habe gute Freunde hier, und jetzt habe ich einen Sohn. Ich liebe das Leben hier, Tante Pol, ehrlich. Alles, was ich möchte, ist hier.«

»Den alten Wickler eingeschlossen«, fügte ich hinzu, während ich ihm ein liebevolles Lächeln schenkte.

»O ja«, stimmte er mir zu. »Der alte Wickler und ich haben eine Verabredung. Eines Tages *werde* ich ihn fangen, Tante Pol, aber du brauchst deine Pfanne erst gar nicht zu scheuern. Ich werde ihn nämlich wieder freilassen, sobald ich ihn an der Angel habe.«

Also *das* warf mich wirklich um. »Du wirst was tun?« staunte ich.

»Ich nehme ihn wieder vom Haken, wickle meine Angelschnur wieder von ihm ab und werfe ihn in den Bach zurück.«

»Warum fängst du ihn erst, wenn du ihn sowieso wieder freilassen willst?«

Er grinste breit. »Um des Vergnügens willen, ihn zu fangen, Tante Pol. Und wenn ich ihn laufen lasse, kann ich ihn natürlich noch einmal fangen.«

Männer!

Während Enallas Schwangerschaft zog mein Vater nach Gar og Nadrak, um einen dieser bewußt vagen Hinweise im Darinekodex zu verfolgen. Im Verlauf seines Aufenthalts dort schloß er Freundschaft mit einem nadrakischen Goldsucher namens Rablek – und ob ihr es glaubt oder nicht, sie stießen tatsächlich auf eine ergiebige Goldader. Ich habe den Goldbarrenvorrat meines Vaters gesehen, und obwohl er nicht *ganz* so reich ist wie ich, muß ich mir jetzt wenigstens keine Sorgen mehr machen, daß er mir jedesmal in die Tasche greift, wenn er ein paar Pfennige für Bier braucht.

Ich benachrichtigte ihn von Garels Geburt, und in jenem Herbst schaute er bei uns vorbei, um seinen neuen Enkel kennenzulernen. Dann ergriffen wir die Gelegenheit zu einem Gespräch. »Wie ist die Sache mit dem Angeln ausgegangen?« fragte er mich.

»Vermutlich besser, als du es dir vorgestellt hast«, antwortete ich. »Jeder Mann in Emgaard läßt sofort alles stehen und liegen, sobald die Fische zu beißen beginnen. Sie haben Gelane in ihre Bruderschaft aufgenommen, sobald er ihnen vom alten Wickler erzählte.«

»Wer ist der alte Wickler?«

»Dieser große Fisch, der Gelane am Tag unserer Ankunft entwischt ist.«

»Die Fische hier haben Namen?«

»Eine merkwürdige Gepflogenheit hier in Emgaard. Gibt es Neuigkeiten von Chamdar?«

»Keine. Ich glaube, er hat sich irgendwo in einem Loch versteckt.«

»Ich kann auf seine Gesellschaft verzichten.«

»Keine Sorge, Pol. Eines Tages kriege ich ihn.«

»Jetzt hörst du dich an wie Gelane. Dasselbe behauptet er vom alten Wickler. Mit einem Unterschied: Gelane will den alten Wickler fangen, dann aber wieder laufen lassen.«

»Wozu?«

»Damit er ihn erneut fangen kann.«

»Das ist doch lächerlich.«

»Ich weiß. Aber das hat er vor. Richte den Zwillingen meine besten Grüße aus. Bleibst du zum Abendessen?«

»Was gibt's?«

»Fisch. Was sonst?«

»Ich glaube, ich muß weiter, Pol. Ich habe heute abend Lust auf gebratenen Schinken.«

»Dieser Fisch hatte keinen Namen, Vater. Es ist nicht, als ob wir einen alten Freund essen würden.«

»Trotzdem danke, Pol. Laß von dir hören.« Und fort war er.

Unser Leben in Emgaard verlief ruhig und ereignislos. Als Gelane sein Hobby besser beherrschte, fing er den alten Wickler mindestens einmal pro Jahr, und während der Wintermonate ging er regelmäßig zu dem lauschigen kleinen Tümpel an dem rasch dahinschießenden Gebirgsbach, um seinen alten Freund zu füttern. Ich bin sicher, der alte Wickler wußte das zu schätzen und vermutlich war es eines Tages tatsächlich so weit, daß er seinen Wohltäter tatsächlich erkannte – am Geruch sicherlich, vielleicht sogar am Aussehen.

Enalla bekam in rascher Folge zwei weitere Kinder, beides Mädchen, und so hatte ich immer genügend Babies, mit denen ich spielen konnte.

Der alte Wickler starb, vermutlich eines natürlichen Todes, im Winter 4801, und angesichts der großen Zahl von Raubtieren und Aasfressern am Ufer eines jeden Gebirgsflüßchens war es wirklich ein unerhörter Zufall, daß ausgerechnet mein Neffe ihn fand. Gelanes Miene war betrübt, ja ihm standen sogar Tränen in den Augen, als er die mächtige Forelle heimbrachte. Er lehnte seine Angelrute an die Hauswand, und ich glaube, er hat sie nie wieder angerührt. Dann begrub er seinen Freund traurig an der Steinmauer in meinem Garten und verpflanzte zwei Rosenbüsche, um die Stelle zu markieren. Ihr würdet es nicht glauben, wie diese Rosenbüsche wuchsen und wie wunderschön die Rosen waren! Vielleicht war das auf merkwürdige Weise der Dank, den der alte Wickler Gelane für die vielen Fütterungen im Winter abstattete.

Im Spätsommer des Jahres 4902 geriet irgend etwas in den Bach, der unser Dorf mit Trinkwasser versorgte. Ich glaube nicht, daß es ein totes Tier war, denn die Seuche, die Emgaard heimsuchte, zeigte nicht die entsprechenden Symptome. Trotz all meiner Anstrengungen starben viele Menschen, und Gelane war einer von ihnen. Meine Trauerzeit verschob ich auf später, denn unter den Kranken gab es solche, die gerettet werden konnten. Nachdem die Krankheit erloschen war, widmete ich mich lange der Suche nach ihrer Ursache. Ich fand sie jedoch nicht.

Enalla und die Kinder erkrankten nicht, aber die Auswirkungen des Todes meines Neffen waren verheerender, als eine am eigenen Leib erlittene Krankheit es je hätte sein können. Zu jener Zeit gab es in Emgaard nur einen echten Geier. Mit der aufgesetzten Miene falschen Mitleids und einem empörend niedrigen Angebot für Gelanes Geschäft sprach er Enalla an. »Warum läßt du mich nicht mit ihm verhandeln, Liebes?« erbot ich mich.

»Oh, würdest du das tun, Tante Pol? Ich weiß nicht, wie ich mich entscheiden soll.«

»Aber ich, Liebes«, sagte ich und ließ meinen Worten Taten folgen. An jenem Abend suchte ich die Dorfschenke auf, setzte die Bruderschaft der Angler von dem

Angebot in Kenntnis und verschwieg ihnen nicht, *wie* unverschämt ich den Burschen fand, der es Enalla unterbreitet hatte. Sie erledigten die Sache für mich, und unser Unternehmer verließ das Dorf noch am nächsten Morgen – unmittelbar nachdem ich eine Reihe von Schürfwunden und Prellungen behandelt und seinen gebrochenen rechten Arm wieder eingerenkt hatte. Offenbar war er eine Treppe heruntergefallen – mehrmals. Ich kam zu dem Ergebnis, daß Rechtsempfinden und Gerechtigkeit in kleinen Gemeinschaften eine ausgesprochen geradlinige Angelegenheit sind.

Wir hätten danach wieder umziehen können, aber Enalla widerstrebte es, Gelanes Grab zurückzulassen, und außerdem hatte sie viele Freunde hier. Garel und seine Schwestern wuchsen also in Emgaard auf, und als der Junge sechzehn war, läutete wieder die vertraute Glocke in meinem Kopf. Seine Auserwählte war ein temperamentvolles, blondes cherekisches Mädchen namens Merel, und wir brachten das glückliche Paar innerhalb kurzer Frist unter die Haube. In Emgaard gab es keine Gitterstäbe vor den Fenstern, und das Dorf war von dichtem Wald umgeben, wo es für meinen Geschmack in Anbetracht des unvermeidlichen Forschungsdrangs von Heranwachsenden viel zu viel Unterholz und lauschige Gebüsche gab. Merel war eins jener unerhört fruchtbaren cherekischen Mädchen, die fast ständig in anderen Umständen zu sein scheinen. Alle paar Jahre baute Garel, der inzwischen der Zimmermann des Dorfes war, neue Räumlichkeiten an unser Haus an, aber irgendwie genügte es nie. Sein ältester Sohn, Darion, hatte am Ende dreizehn Brüder und Schwestern.

Ich ließ die Familie länger in Emgaard, als wir an irgendeinem anderen Ort geblieben waren, seit ich Arendien verlassen hatte. Schließlich gab es keinen einzigen Angarakaner in Cherek, und die Leute in Emgaard taten meine Langlebigkeit mit einem Achselzucken und der Erklärung ab: »Schließlich ist sie Ärztin, und jeder weiß, daß Ärzte wissen, wie man Hunderte von Jahren alt wird. Sie machen es nur mit diesen geheimen Kräutern, glaubt mir.« Dieser Aberglaube – oder die maßlose Überschätzung der ärztlichen Zunft – ermöglichte es mir, mit den Nachkommen von Gelane und Enalla so lange in Emgaard zu bleiben. Ich wußte, daß ich eine der Grundregeln brach, aber in Cherek kann man das ungestraft tun, weil jedermann in Cherek die Regeln bricht, wenn er Gelegenheit dazu erhält.

Wir waren dort alle glücklich, und die Jahrhunderte zogen gemessenen Schritts und beinah unbeachtet ins Land. Ich verlor sogar aus den Augen, in welchem Jahr wir uns gerade befanden, obwohl ich für gewöhnlich sehr genau mit diesen Dingen bin. Ich glaube, es war 5250 – vielleicht aber auch 51 –, als Vater uns einen seiner seltenen Besuche abstattete. Diesmal war es ihm jedoch nicht primär um unsere Gesellschaft zu tun. »Die Zwillinge haben dem Mrin ein paar Hinweise abgerungen, daß wir dem Göttertöter näher kommen, Pol«, erklärte er mit großem Ernst.

»Ist es schon bald, Vater?«

»Nun, nein, so schnell nicht, aber gewiß im Verlauf des nächsten Jahrhunderts oder so.«

»Dann denke ich wohl besser über einen Umzug zurück nach Sendarien nach, oder?«

Er warf mir einen unergründlichen Blick zu.

»Ich kenne den Mrin und den Darine genauso gut wie du, Vater«, erklärte ich ihm spitz. »Ich weiß, wo der Göttertöter zur Welt kommen soll.«

»Übereile nichts, Pol. Die Zwillinge finden unter Umständen noch einen genaueren Zeitpunkt heraus, mit dem wir besser arbeiten können. Ich möchte nicht, daß du in Sendarien umherirrst, während ich Chamdars Aufenthaltsort noch nicht ausfindig gemacht habe. Wer ist der derzeitige Erbe?«

»Er heißt Geran, Vater. Aus einigen sehr persönlichen Gründen liegt mir daran, daß dieser Name nicht in Vergessenheit gerät. Er hat gerade geheiratet, deshalb denke ich nicht, daß sein Sohn derjenige ist, auf den wir warten.«

»Ach? Warum nicht?«

»Seine junge Frau ist Cherekerin, Vater, und bei einem cherekischen Mädchen reicht ein freundlicher Blick, und sie ist schwanger. Sie wird wahrscheinlich einen Erben gebären, bevor ich Zeit finde, zu packen und nach Sendarien zu ziehen.«

»Sind Chereker wirklich *so* fruchtbar?«

»Warum, glaubst du, haben sie wohl alle diese großen Familien?«

»Ich dachte, es hätte etwas mit dem Klima zu tun.«

»Was sollte denn das Klima damit zu tun haben?«

»Na ja, du hast all diese langen, kalten Winter und nichts zu tun und dann –« Er unterbrach sich abrupt.

»Ja, Vater?« fragte ich mit zuckersüßer Stimme. »Bitte fahre fort. Ich finde deine wissenschaftlichen Spekulationen absolut faszinierend.«

Er wurde tatsächlich rot.

Kapitel 36

Nicht lange nach Vaters Besuch schaute auch Mutter bei mir vorbei – bildlich gesprochen natürlich. *»Pol«*, erreichte mich ihre Stimme.

»Ja, Mutter?« antwortete ich und setzte den Topf ab, den ich gerade gescheuert hatte.

»Du wirst nach Nyissa gehen müssen. Ctuchik versucht, Salmissra auf seine Seite zu ziehen. Irgend jemand muß ihr den Kopf wieder geraderücken.«

»Warum ich?« Selbstverständlich meinte ich es nicht ernst.

Eine lange Pause trat ein, und dann lachte Mutter auf. *»Weil ich es sage, Pol. Was ist in dich gefahren, mir so eine blöde Frage zu stellen?«*

»Das liegt in der Familie, Mutter. Ich muß mir diese Frage nun seit mehr als zwölf Jahrhunderten von kleinen blonden Jungen anhören. Sag selbst, treibt einen das nicht zur Weißglut?«

»Wie reagierst du für gewöhnlich darauf?«

»Etwa so wie du vorhin. Ich rede mit den Zwillingen und bitte sie, mich hier kurzfristig zu vertreten. Dann unterhalte ich mich mit der Schlangenfrau. Verführt Ctuchik sie persönlich?«

»Nein. Ctuchik verläßt Rak Cthol fast nie. Er hat Chamdar beauftragt, sich darum zu kümmern.«

»Ah, das erklärt, warum Vater ihn nicht finden kann.«

»Wie geht es ihm?«

Ich zuckte die Schulter.

»Immer das Gleiche – leider. Du kennst doch Vater.«

»Sei nett zu ihm.« Und fort war sie.

Ich schickte einen Gedanken zu den Zwillingen aus, und sie flogen ungefähr zwei Tage später ein.

»Ich glaube, es wäre mir lieber, wenn Vater nicht weiß, wohin ich gehe«, teilte ich ihnen kurz vor meiner Abreise mit. »Er wirbelt immer so viel Staub auf, wenn er seine Nase in Dinge steckt, um die ich mich kümmere.«

»Du solltest nicht so über deinen Vater reden, Pol«, tadelte Beltira mich sanft.

»Nun, tut er es oder tut er es nicht?«

»Ja, schon gut, du hast vermutlich recht, aber es ist nicht sehr nett, es so offen auszusprechen, nicht wahr?«

Ich mußte lachen und stellte sie dann meiner kleinen Familie vor. Was den Grund meiner Geschäftsreise anging, hielt ich sie bewußt im unklaren. Dann begab ich mich in den angrenzenden Wald und nahm die Gestalt des Falken an. Ich hätte vermutlich auch einen Adler wählen können, aber Adler sind nach meinem Empfinden ein wenig zu sehr von sich selbst eingenommen. In gewisser Weise sind die Adler die Arender der Vogelwelt. Falken sind viel aufmerksamer und haben eine Leidenschaft fürs schnelle Fliegen. Jedesmal, wenn zwei Falken sich begegnen, veranstalten sie ein spontanes Wettfliegen, eine Neigung, die während der Brunstzeit zu gewissen Schwierigkeiten führt.

Auf schnellen Schwingen verfolgte ich also meinen Weg über die cherekische Meerenge und diesen Flickenteppich aus verschiedenen Braun- und Grüntönen, der Sendarien heißt. Von meiner hohen Warte mehrere Tausend Fuß über dem Boden konnte ich sehen, wie ordentlich und sauber Sendarien wirklich war, eine Tatsache, die ich von Herzen billigte. Ordnungsliebe ist vielleicht keine Kardinaltugend, aber sie *ist* wichtig.

Für die Nacht ließ ich mich auf einem Baum im asturischen Wald südlich des Camaarflusses nieder. Mit dem ersten Tageslicht am nächsten Morgen schwang ich mich wieder in die Lüfte. Ich überquerte ganz Mimbre und einen Teil von Tolnedra, bevor ich die nächste Rast einlegte.

Kommt schon, sprecht es ruhig aus. Ja, es ist eine sattsam bekannte Tatsache, daß zwischen Val Alorn und Sthiss Tor mehr als tausend Meilen liegen, eine Entfernung, die kein Vogel unter der Sonne in drei Tagen zurücklegen kann. Also habe ich gemogelt. Ist eure Frage damit beantwortet?

Es war feucht in Sthiss Tor, und ich hasse Gegenden, wo die Luft so schwül ist. Ich landete auf einem Baum außerhalb der schreiend bunten Mauern der Stadt des Schlangenvolks und erwog mein weiteres Vorgehen. Den Gedanken an meine bevorzugte Alternativgestalt verwarf ich umgehend, da es in Nyissa nun wirklich keine Schnee-Eulen gibt und weiße Vögel zudem im Dunkeln aufzufallen pflegen. Die Lösung war natürlich ziemlich einfach, lag mir aber nicht sonderlich. Fledermäuse sind sicher hart arbeitende, fleißige Tiere, die ihre Mütter lieben, aber aus irgendeinem Grund habe ich stets eine Art grundloses Vorurteil gegen sie gehegt. Sie haben ja so *häßliche* Gesichter! Ich knirschte mit dem Schnabel und wechselte meine Gestalt.

Man muß sich erst daran gewöhnen, so viel steht fest. Der Flug einer Fledermaus gleicht in nichts dem eines Vogels. Federn sind manchmal unpraktisch, aber das Fliegen erleichtern sie enorm. Eine Fledermaus muß sich ihren Weg durch die Luft im wahrsten Sinne des Wortes mit Klauen bahnen. *Das* gelang mir nach einer Weile ganz gut, mich hingegen an das Steuern nach Echos zu gewöhnen, dauerte ein Weilchen länger. Wußtet ihr, daß Fledermäuse das tun? Glaubt mir, sie quieken nicht aus purem Vergnügen. Ihr *glaubt* es nicht, wie scharf ihre Ohren sind. In dieser Gestalt konnte ich das Surren eines Moskitos auf dreihundert Schritt Entfernung hören.

Ich flitzte hoch in die Luft, überquerte die ekelerregend bunte Stadtmauer und flog dann kreuz und quer durch die stinkenden Gassen auf den grotesken Palast zu, der den Mittelpunkt von Sthiss Tor bildete. Dann flog ich über die Palastmauer und hängte mich mit dem Kopf nach unten an die abstoßende Statue eines Geschöpfes, das nur der kranken Phantasie eines mit Drogen vollgepumpten Bildhauers entsprungen sein konnte. Ich beobachtete, wie mehrere Würdenträger durch ein breites Tor aus und ein gingen. Sie waren alle ein wenig feist und hatten nicht ein einziges Barthaar. Ich habe nie ganz den Grund für jenen nyissanischen Brauch eingesehen, warum alle Diener der Schlangenkönigin unbedingt Eunuchen sein müssen. In Anbetracht des berüchtigten sexuellen Appetits dieser langen Reihe von Salmissras erschien mir dieses Vorgehen immer als Verschwendung, um es gelinde auszudrücken. In diesem Augenblick begann ich meine Abneigung gegen Fledermäuse zu überdenken. Das Gesicht einer Fledermaus mag häßlich, ihre Flügel mögen plump sein, aber ihre Ohren machen diese Nachteile mehr als wett. Ich vermochte jedes einzelne Wort zu verstehen, das die Palasteunuchen sagten. Ich konnte sogar das trockene Schuppenrascheln der Schlangen hören, die in den dunklen Ecken des Palastes umherglitten. *Das* bereitete mir Unbehagen. Schließlich *ist* die Fledermaus ein Nagetier, und Nagetiere haben ihren festen Platz auf dem Speisezettel von Schlangen.

»Es ist absolut lachhaft, Rissus«, sagte einer der kahlgeschorenen Eunuchen soeben zu seinem Gefährten. »Kann sie nicht einmal *lesen*?« Er sprach mit einer klangvollen Altstimme.

»Ich bin mir sicher, sie kann es, Salas«, entgegnete Rissus, »aber ihr Verstand – oder was davon noch übrig ist – beschäftigt sich mit anderen Dingen.«

»Man sollte meinen, ihre Lehrer hätten sie gewarnt, daß die Angarakaner das schon einmal versucht haben. Wie kann sie nur so leichtgläubig sein? Nie würde ein Gott sie zur Frau nehmen!«

»Sie ist in dem Glauben erzogen worden, daß Issa sie zur Frau nehmen wird, Salas. Wenn sich ein Gott nach ihrer Gesellschaft sehnt, warum dann nicht auch ein anderer?«

»Jeder weiß, was das letzte Mal passierte, als eine unserer Königinnen in die angarkanische Falle ging«, ärgerte sich Salas. »Dieser Bursche, dieser Asharak, führt sie auf genau denselben Weg, und genau dasselbe wie damals wird passieren. Wenn das so weitergeht, haben wir im Handumdrehen wieder balkenschwingende Alorner hier.«

»Meldest *du* dich als Freiwilliger, um es ihr zu sagen?«

»Nein, ich nicht. Ihre Schmuseschlange ist gerade in der Häutung und *sehr* ungehalten. *So* möchte ich nicht sterben.«

Rissus zuckte mit den Schultern. »Die Antwort liegt vor unseren Augen, Salas. Irgendwann wird Asharak schließlich etwas essen oder trinken müssen.« Er schüttelte den Kopf. »Das ist es, was mich so verblüfft. Ich habe jede Mahlzeit und jeden Weinkrug, die man ihm angeboten hat, mit genügend Sarka versetzt, um eine ganze Legion zu töten, aber er weigert sich beharrlich, etwas zu sich zu nehmen.«

»Was ist mit Odek?« schlug Salas vor. »Das würde er unmittelbar durch die Haut aufnehmen.«

»Er zieht nie seine Handschuhe aus! Wie soll ich jemanden umbringen, der so unkooperativ ist?«

»Warum jagst du ihm nicht einfach ein Messer zwischen die Rippen?«

»Er ist Murgo, Salas. Ich werde mich doch nicht auf einen Messerkampf mit einem Murgo einlassen! Meiner Meinung nach müssen wir einen professionellen Meuchelmörder dingen.«

»Aber sie sind furchtbar teuer, Rissus.«

»Betrachte es als deine Pflicht als Patriot, alter Knabe. Ich kann die Zahlen in meinen Rechnungsbüchern fälschen, so daß wir unser Geld wieder zurückbekommen. Laß uns in den Thronsaal gehen. Asharak besucht die Königin stets um Mitternacht – zwischen ihren anderen gesellschaftlichen Verpflichtungen.«

Dann entfernten sich die beiden in den Palast.

Obwohl ich kopfunter gehangen hatte, fand ich das Gespräch äußerst faszinierend. Ich entnahm ihm, daß die Diener der derzeitigen Salmissra ihre Herrscherin nicht sonderlich schätzten. Offenbar verfügte sie über keine großen Geistesgaben, und selbst die waren durch das Rauschmittel, das sie unter den Dutzenden verfügbaren bevorzugte, vernebelt. Dennoch enttäuschte mich Chamdar. Konnten sich die Angarakaner denn nichts Originelleres ausdenken als Zedars abgedroschenen alten Plan? Die Bemerkung, die Rissus beim Betreten des Palastes fallengelassen hatte, bot mir jedoch eine Gelegenheit, die ich nicht verstreichen lassen durfte. Falls Chamdar noch immer Asharak den Murgo mimte *und* eine mehr oder weniger feste mitternächtliche Verabredung mit Salmissra hatte, konnte ich mich um beide gleichzeitig kümmern und alle Probleme auf einen Schlag erledigen. Sparsamkeit der Mittel ist ebenso eine Tugend wie Ordnungsliebe. Sie *ist* wichtig, gilt aber gemeinhin nicht viel.

Von meinem letzten Besuch in Sthiss Tor mit Vater vor der Schlacht von Vo Mimbre erinnerte ich mich noch daran, daß Salmissras Palast nicht sonderlich gut beleuchtet war. Deshalb behielt ich meine Gestalt bei und flog durch das breite Portal hinein. Die Decken waren hoch und in tiefe Schatten getaucht, und ich war nicht die einzige Fledermaus unter den Dachbalken. Ich flitzte durch den gewölbten Gang, der zum Thronsaal führte, und als Salas und sein Freund diesen betraten, konnte ich hoch über ihren Köpfen hineinschlüpfen, bevor sie die Tür hinter sich schlossen. Dann flog ich in Spiralen nach oben und hockte mich – was für eine Fledermaus eine schwierige Verrichtung ist – auf die Schulter der gigantischen Statue des Schlangengottes Issa, die sich hinter dem Podest erhob, auf welchem Salmissras Thron stand.

Die Schlangenkönigin war nicht zugegen, und die Eunuchen rekelten sich auf dem blankpolierten Fußboden, in müßiges Geplauder vertieft. Mehrere von ihnen befanden sich, wie mir auffiel, in halb bewußtlosem Zustand. Ich fragte mich, was wirklich schlimmer sei, Bier oder die zahllosen Rauschgifte, die die Nyissaner so unterhaltsam fanden. Ich vermute, daß mein Widerwillen gegen Bier, Wein und höherprozentige Getränke hauptsächlich in dem damit verbundenen Lärm – und Geruch - begründet liegt. Ein betrunkener Mann pflegt wie ein Ochse zu brüllen, und er stinkt fürchterlich. Ein von Kräutern berauschter Mann schläft einfach ein, und für gewöhnlich stinkt er nicht. Meiner Ansicht nach dürfte es eher eine Frage der Ästhetik sein. Dann erwog ich die Frage, wie genau ich mich Chamdar nähern sollte. Flüchtig kam mir der Gedanke, die Gestalt eines scheunengroßen Adlers anzunehmen. Ich könnte ihn mit meinen Klauen ergreifen, mit ihm bis zu einer Höhe von vier oder fünf Meilen aufsteigen und ihn dann fallenlassen.

»Nein, Pol«, untersagte mir Mutters Stimme entschlossen. *»Wir brauchen ihn später noch.«*

»Spielverderberin!« beschwerte ich mich in meiner hohen, schrillen Fledermausstimme. *»Kannst du nicht anklopfen, Mutter? Ich weiß nie genau, ob du nun da bist oder nicht.«*

»Geh einfach davon aus, daß ich immer da bin, Pol. Das kommt der Wahrheit schon recht nah. Erinnerst du dich noch an Gräfin Asrana?«

»Wie könnte ich sie je vergessen?«

»Vielleicht stellst du dir einmal vor, wie sie mit Chamdar verfahren würde.«

Ich folgte dem Ratschlag meiner Mutter, und kurz darauf wäre ich fast in lautes Gelächter ausgebrochen. *»O Mutter!«* freute ich mich. *»Das wäre ja wirklich gemein!«*

»Aber gut«, fügte sie hinzu.

Je länger ich darüber nachdachte, desto mehr sagte mir Mutters Vorschlag zu. Die muntere, leichtlebige Asrana hätte den humorlosen Grolim absolut wild gemacht, und wilde Grolims neigen zu Fehlern, Fehlern, die so offensichtlich waren, daß selbst eine berauschte und nicht sehr helle Salmissra sie bemerken würde.

Dann glitt die Schlangenkönigin träge in ihren Thronsaal, und ihre Eunuchen nahmen ihre traditionelle kriechende Stellung ein. Die Königin hätte genausogut dieselbe sein können, mit der Vater und ich vor der Schlacht von Vo Mimbre gesprochen hatten. Daran ist nichts Ungewöhnliches, denn weitgehende äußerliche Ähnlichkeit mit der ursprünglichen Salmissra war die Grundbedingung für jede ihrer Nachfolgerinnen. Mit wellenförmigen Bewegungen schlängelte sie sich über den blankpolierten Boden zu ihrer Thronliege, nahm Platz und begann sich in ihrem Spiegel zu bewundern. Ganz behutsam erforschte ich ihren Geist – was für ein Chaos! Sie war bis unter die Haarwurzeln mit mehreren unterschiedlich wirkenden Rauschgiften vollgepumpt, die sie schließlich in einen Zustand ekstatischer Verzückung versetzten. In dieser Verfassung hätte sie vermutlich auch geglaubt, der Himmel fiele ihr auf den Kopf, wenn man ihr das erzählte. Das erklärte vermutlich Chamdars mangelnden Einfallsreichtum. Er mußte sich gar nichts Neues einfallen lassen. Zedars langweiliges altes Märchen tat es auch.

Dann, Salmissra hatte sich kaum hingesetzt, schwang das Tor zum Thronsaal erneut auf, und Chamdar höchstpersönlich wurde hereingeleitet. Er hatte sich den zotteligen Bart abrasiert, den er in Seline getragen hatte, so daß ich jetzt sein vernarbtes Murgogesicht sehen konnte.

Der Türsteher klopfte mit dem unteren Ende seines Amtsstabs auf den Boden und verkündete: »Der Abgesandte Ctuchiks von Rak Cthol erbittet eine Audienz bei Ihrer Göttlichen Majestät!« Sein Tonfall klang etwas gelangweilt.

»Der Gesandte nähert sich der Göttlichen Salmissra«, intonierten die Eunuchen im Chor. Auch sie machten keinen sonderlich interessierten Eindruck.

»Aha«, sagte Salmissra mit fast leiernder Stimme, »nett von Euch, vorbeizuschauen, Asharak.«

»Ich stehe Eurer Majestät stets zu Diensten«, erwiderte er mit scharf akzentuierter Stimme. Ich kam zu dem Schluß, daß diese abgehackte Redeweise Teil von Chamdars Verkleidung war, denn in Seline hatte er ganz anders geredet.

Ich ließ mich auf dem Rücken der Statue herunterfallen und flatterte so geräuschlos, wie ich konnte, auf den Boden hinter dem Abbild des Schlangengottes. Dann nahm ich meine eigene Gestalt an, wobei ich sorgfältig jedes dabei auftretende Geräusch dämpfte.

»Bist du gekommen, um mir in Erinnerung zu rufen, wie sehr der Drachengott mich bewundert, Asharak?« fragte Salmissra mit aufreizend kokettem Gebaren.

Asharak antwortete ihr, während ich gemächlich um die massive Statue herumschlenderte. »Die ganze Welt hält den Atem an ob Eurer unvergleichlichen Schönheit, Eure Majestät. Meine armseligen Worte vermögen nicht die Tiefe des Verlangens wiederzugeben, die mein Gott –« Er hielt unvermittelt inne und starrte mich verdutzt an. »Was –« stieß er mit belegter Stimme hervor.

»Aber, aber, mein liebes Chammiechen«, sagte ich in einer recht gelungenen Nachahmung von Asranas Stimme und Art, »nett, Euch hier zu treffen! Was für eine angenehme Überraschung!« Dann sah ich der Schlangenkönigin unmittelbar in die Augen. »Ah, da seid Ihr ja, Sally. Wo zum Henker habt Ihr gesteckt? Ich suche Euch schon überall!« Die kleine Rede war original Asrana.

»Was tut *Ihr* hier?« verlangte Chamdar zu wissen.

»Ich habe nur mal reingeschaut, um unserer Sally guten Tag zu sagen«, entgegnete ich. »Es wäre nicht höflich, durch Sthiss Tor zu reisen, ohne ihr meine Aufwartung zu machen, wißt Ihr. Wo habt Ihr gesteckt, alter Knabe? Mein Vater sucht Euch händeringend. Ihr habt Euch doch nicht schon wieder vor ihm versteckt? Böses, böses Chammiechen! Er wird *schrecklich* garstig zu

Euch sein, wißt Ihr. Vater kann wirklich gemein werden, wenn er sich gekränkt fühlt.«

»Wer ist das?« fragte Salmissra. »Und warum nennt sie Euch so?«

»Tischt Ihr uns schon wieder dieses abgedroschene alte Märchen auf, Chammiechen? Wie langweilig. ›Asharak der Murgo‹? *Ehrlich,* Chammiechen, ich bin sehr enttäuscht von Euch.« Ich schaute zu der verwirrt wirkenden Königin von Nyissa herüber. »Hat er Euch wieder angelogen, Sally? Ihr habt ihm doch nicht etwa *geglaubt,* oder? ›Asharak der Murgo‹, ich bitte Euch! So stellt er sich in beinahe jedem Ort der zivilisierten Welt vor. Jedermann weiß, daß er in Wirklichkeit Chamdar heißt und Ctuchiks bevorzugter Speichellecker ist. Chammiechen hier ernährt sich seit Äonen nur noch vom Speichel seines Meisters!«

»Wer *seid* Ihr?« fragte Salmissra. »Und wie *könnt* Ihr es wagen, mich mit diesem lächerlichen Namen anzusprechen?«

»Ich heiße Polgara, Sally, und ich nenne Euch so, wie es mir verdammt noch mal paßt.« Ich ließ den leichtfertigen Tonfall fallen und verlieh meiner letzten Bemerkung eine Spitze aus Stahl.

Ich konnte förmlich spüren, wie die Rauschmittel sich aus ihrem Blut verflüchtigten. *»Polgara?«* rief sie aus.

»Sie lügt!« erklärte Chamdar, dessen Stimme plötzlich ziemlich schrill klang. In seine Augen trat ein wilder Blick.

»O Chammiechen, woher solltet *Ihr* das wohl wissen, hm? Du suchst mich jetzt schon seit über tausend Jahren und hast mich noch kein einziges Mal zu Gesicht bekommen. Wenn du das Beste bist, womit Ctuchik aufwarten kann, dann hat Vater die Gefahr maßlos übertrieben. *Dich* könnte ich vernichten, ohne den Finger zu krümmen.« Ich weiß, es war heillos übertrieben, aber ich konnte nicht anders: Ich zeigte mit ausgestrecktem Finger auf einen Fleck unmittelbar neben ihm und verwandelte eine polierte Fußbodenfliese mit einem zischenden Donnerschlag zu Staub. Ich habe so etwas selten gemacht, darum fiel es wahrscheinlich ein bißchen zu dramatisch aus. Die Splitter, scharfkantig und glühend heiß, gingen über den kriechenden Eunuchen nieder, die nun nicht mehr gelangweilt wirkten. Sie spritzten davon, quiekend wie verängstigte Mäuse.

»Hoppla«, entschuldigte ich mich. »Unter Umständen ein *wenig* zu aufwendig. Tut mir leid wegen der Fliese, Sally. Nun, wo war ich stehengeblieben? Ach ja, jetzt fällt es mir wieder ein.« Und ich ließ mehrere weitere Fliesen vor Chamdars Füßen in Stücke springen.

Er begann wild umherzuhüpfen. »Da habt Ihr es, Sally«, schmollte ich. »Murgos können doch tanzen. Sie brauchen nur ein bißchen Ermutigung.«

»Seid Ihr gekommen, um mich zu töten?« jammerte Salmissra.

»Euch töten? Gütiger Himmel, nein, meine liebe Sally. Wir beide wissen doch, daß ich das *nie* tun würde.« Ich vollführte eine kaum merkliche Bewegung mit einem einzigen Finger und setzte meinen Willen frei. Schließlich wirkte ich nur eine Illusion, so daß ich nicht wild mit beiden Armen herumfuchteln mußte. »Seht in Euren Spiegel, Sally. *Das* werde ich derjenigen Salmissra antun, die das Pech hat, mich zu erzürnen.«

Salmissra – irgendeiner Salmissra – zu sagen, sie solle in ihren Spiegel blicken, war vermutlich dasselbe, wie Wasser zu sagen, es solle bergab fließen. Sie warf einen Blick in den großen Spiegel neben ihrem Thron und kreischte in tödlichem Entsetzen auf. Das Bild einer mächtigen, gefleckten Schlange mit starrem Blick und vorschnellender Zunge sah sie aus dem Spiegel an. »Nein!« schrie die Schlangenkönigin, während sie mit fliegenden Händen ihr Gesicht, ihr Haar und ihren Körper betastete, um sich verzweifelt zu vergewissern, daß das abstoßende Spiegelbild nicht ihren wahren Zustand wiedergab. »Macht, daß es verschwindet!« winselte sie.

»Noch nicht, Sally, meine Beste«, sagte ich kühl. »Ich möchte, daß es Euch in immerwährender Erinnerung bleibt. Also, hat unser Chammiechen hier versucht, Euch sein abgedroschenes Versprechen aufzudrängen? Ihr habt doch nicht *wirklich* geglaubt, Torak würde Euch heiraten?«

»Er hat es mir versprochen!« erklärte Salmissra und zeigte anklagend auf den zitternden Grolim.

»O Chammiechen, Chammiechen, Chammiechen!« schalt ich ihn. »Was soll ich nur mit dir machen? Du *weißt* doch, daß das gelogen war. Du weißt ganz genau, daß Toraks Herz einer anderen gehört.« Ich bluffte natürlich. Ich war mir nicht völlig sicher, ob Chamdar in Vo Mimbre gewesen war.

»Wen liebt Torak denn?« wollte Salmissra mit betroffener Stimme wissen. Bis zu diesem Zeitpunkt muß sie, wie ich annehme, sich noch Hoffnungen gemacht haben.

»Wen?« antwortete ich. »Na, mich selbstverständlich, Sally. Ich dachte, jeder wüßte das. Er hat mir sogar einen Antrag gemacht und war schrecklich geknickt, als ich ihm einen Korb gab. Um bei der Wahrheit zu bleiben, das war der Grund, warum er den Zweikampf gegen Brand vor Vo Mimbre verloren hat. Der Arme hat doch nur ein Auge, und das war so voll von Tränen der Enttäuschung, daß er Brands Schwert nicht kommen sah. Ist es nicht *hinreißend*, wenn deine Verehrer sich um dich schlagen, um dir ihre Liebe zu beweisen? Es ist ja so romantisch, das ganze Blut spritzen zu sehen. Ich habe am ganzen Leib gezittert, als Torak da stand mit diesem Schwert durch den Kopf, oh!«

Ich vernahm ein unterdrücktes Schluchzen und warf einen raschen Blick zu Chamdar herüber. Der Murgo weinte doch tatsächlich! Nun ja, schließlich *war* Torak sein Gott.

»Also dann, Sally, ich denke, Ihr erkundigt Euch am besten bei diesem Salas danach, was der Salmissra widerfuhr, die den Mord an dem rivanischen König in Auftrag gab. Wenn Ihr Chammiechens Lügen weiterhin Glauben schenkt, geht Ihr denselben Weg. Wenn die

Alorner Euch in die Finger bekommen, verbrennen sie Euch auf dem Scheiterhaufen. Denkt darüber nach, und dann werft noch einen Blick in den Spiegel. Scheiterhaufen oder Schlange, Ihr habt die Qual der Wahl, Sally.« Dann richtete ich den wohlbekannten ›stählernen Blick‹ auf den noch immer rotäugigen Chamdar. »Chammiechen, du böser, böser Junge! Jetzt verlaß sofort diesen Raum und geh zurück nach Rak Cthol. Sag Ctuchik, er soll sich etwas Neues einfallen lassen. Oh, und richte ihm bitte meine Empfehlungen aus, ja? Sag ihm, ich brenne darauf, ihn zu sehen.«

»Aber –«, wollte er einwenden.

»Ihr habt gehört, was sie gesagt hat, Chamdar!« fuhr Salmissra ihn an. »Geht mir aus den Augen. Und sputet Euch. Eure diplomatische Immunität endet in genau einer halben Stunde, und nach Ablauf dieser Frist werde ich einen Preis auf Euren Kopf aussetzen. Und jetzt hinaus!«

Chamdar floh.

»Nett gesagt«, lobte ich Salmissra.

»Kann ich das wirklich tun, Pol?« wollte sie in ungläubigem Tonfall von mir wissen.

»Es ist Euer Königreich, meine Liebe«, bestätigte ich ihr. »Ihr könnt tun, was immer euch beliebt.«

»Können wir nicht Freunde sein, Ihr und ich?« meinte sie.

»Ich denke, das sind wir bereits«, versetzte ich lächelnd.

»Könntet Ihr dann wohl *bitte* diese gräßliche Schlange aus meinem Spiegel nehmen?«

Ich blieb noch mehrere Monate in Sthiss Tor und reinigte Salmissras Blut allmählich von den Rückständen der Rauschmittel, bis sie wieder zusammenhängend denken konnte. Sie war kein Geistesriese, aber nachdem sie erst einmal diesen giftigen Nebel durchdrungen hatte, begann sie vernünftig zu denken. Die Eunuchen, denen die tatsächliche Regierung oblag, waren über meine Einmischung mehr als nur ein wenig aufgebracht. Deshalb schickte ich eines Abends, nachdem Salmissra sanft eingeschlummert war, nach Rissus, der vermutlich mehr Macht besaß als irgendeiner seiner Genossen – genug Macht jedenfalls, daß er die üblichen Vorkehrungen gegen ihre Giftanschläge ergreifen mußte. Er wirkte ein bißchen ängstlich und sehr vorsichtig, als er die grellbunten Privatgemächer der Schlangenkönigin betrat. »Ihr wünschtet mich zu sprechen, Lady Polgara?« begann er in seinem Eunuchenalt.

»Ja, Rissus«, erwiderte ich. »Ich dachte, wir beide müßten einmal miteinander plaudern.«

»Natürlich, Lady Polgara.«

»Ihr habt gewiß die Veränderung bemerkt, die in Eurer Königin vorgegangen ist.«

»Wie könnte ich sie übersehen? Ihr habt sie vollständig unter Kontrolle. Wie *habt* Ihr das nur so schnell geschafft?«

»Ich habe ihr meine Freundschaft angeboten, Rissus. Wißt Ihr, sie ist ein sehr einsamer Mensch.«

»Wie kann sie denn einsam sein? Sie hat doch einen ganzen Stall hübscher Jungen zu ihrer Unterhaltung.«

»Salmissra braucht einen Freund, Rissus, und den findet sie nicht bei ihren Kapriolen mit hübschen Jungen. Selbst unter Aufbietung aller Phantasie könnte man sie nicht brillant nennen, aber sie ist klug genug, um hier die Herrschaft auszuüben, wenn Ihr und Salas und ein paar der anderen Eunuchen ihr zur Seite stehen. Fühlt Ihr Euch zum Staatsmann berufen, Rissus? Könntet Ihr Eure kleinen Intrigen und die gelegentlichen Giftmorde an Euren Rivalen vergessen und Eure Bemühungen statt dessen auf eine funktionierende Regierung richten?«

»Was für ein merkwürdiges Ansinnen«, murmelte er.

»Schockierend, nicht wahr?« pflichtete ich ihm bei. »Und so werden wir es machen: Ich habe im Verlauf meines Lebens in den verschiedensten Machtpositionen einen beträchtlichen Erfahrungsschatz angehäuft, und das alles werde ich mir ins Gedächtnis rufen – und Salmissra Geschichten darüber erzählen, wie ich diese und jene Krise bewältigt habe, wie man einflußreiche Adlige verhätschelt, die Steuererlasse so gestaltet, daß es nicht zum sofortigen Aufstand kommt und dergleichen langweilige Regierungsangelegenheiten mehr. Der alleinige Zweck des Ganzen ist es, Salmissras Interesse für Politik zu wecken. Dann, wenn sie Fragen zu stellen beginnt, werde ich vorgeben, mich in nyissanischen Gepflogenheiten nicht auszukennen, und vorschlagen, daß sie Euch hinzuzieht. Salmissra soll so behutsam an den Punkt geführt werden, an dem sie zur brauchbaren Herrscherin wird. Dann lassen wir sie ihre eigenen Entscheidungen treffen.«

Er warf mir einen verschlagenen Blick zu. »Wo ist der Haken, Lady Polgara?« fragte er mich. »Was springt dabei für Euch heraus?«

»Mir liegt an stabilen Zuständen hier in Nyissa, Rissus. Es sind Dinge im Gange, von denen Ihr keine Ahnung habt, Dinge von titanischem Ausmaß. Ich will nicht, daß Ctuchik die nyissanische Politik diktiert.«

»Ihr werdet keine Einwände von mir hören, Polgara.«

»Gut. Also, ich habe sie von einigen der schädlichsten Gifte entwöhnt, aber wir sollten auch die Dosen der übrigen Mittel reduzieren. Ich weiß, daß es bestimmte Kräutermischungen gibt, die sie regelmäßig einnehmen muß, damit sie nicht sichtlich altert, aber laßt uns ihre Dosis auf das absolut Notwendige herabsetzen. Wer ist ihr Apotheker?«

»Ist zur Stelle!« antwortete er mit einem schwachen Lächeln.

»Tatsächlich? Es ist sehr ungewöhnlich, daß ein Pharmakologe eine Machtposition in der Regierung einnimmt.«

»Nicht in Nyissa, Polgara. Hier in Sthiss Tor ist der Schlüssel zum Drogenschränkchen der Schlüssel zur Macht. Es mag unbescheiden klingen, aber ich bin der beste Pharmakologe in ganz Nyissa. In einem Land von Süchtigen hat der Apotheker das Sagen, aber es läuft natürlich alles unter der Hand. Es könnte nett sein, auf die offizielle Seite zu wechseln.«

»Dann nehmen wir also unsere Salmissra unter unsere Fittiche und machen eine echte Königin aus ihr, Rissus?«

»Das könnte nett werden. Eine echte Königin wäre etwas Neues. Wir würden die von Euch gewünschten stabilen Verhältnisse schaffen – strenge Richtlinien für die Vergiftung politischer Gegner entwerfen, den Einsatz gedungener Mörder einschränken und so weiter.« Er lehnte sich nachdenklich zurück. »In Nyissa herrscht nun seit etwa einem Jahrhundert das Chaos«, merkte er an. »Möglicherweise ist es an der Zeit, ein paar Regeln aufzustellen, und hier im Land beachtet niemand Regeln, solange sie nicht unmittelbar vom Thron kommen. Ja, ich erkläre mich mit Eurem Vorschlag einverstanden. An die Arbeit! Machen wir eine echte Königin aus Salmissra!«

Und genau das taten wir auch. Von frühester Kindheit an hatte Salmissra nie einen wirklichen Freund gehabt. Beim ersten Anzeichen einer aufkeimenden Neigung zu einem Menschen aus ihrer Umgebung hatte das Geräusch, das entsteht, wenn alle die Stöpsel aus ihren Giftfläschchen zogen, die Fenster rappeln lassen. Sie war furchtbar einsam und mehr als nur ein bißchen verschüchtert. Ich versicherte ihr, daß niemand, der noch bei Verstand sei, *mich* zu vergiften versuchen würde, und danach öffnete sie mir ihr Herz mit nahezu kindlichem Vertrauen. Ja, ich gebe es zu, es war ziemlich ergreifend. Unter all dem Königinnen-Firlefanz entdeckte ich ein unkompliziertes kleines Mädchen. Ich gewann sie richtig lieb.

Das widerfährt mir beizeiten. Die unmöglichste Freundschaft, die ich je entwickelt habe, ist die zu Zakath. *Diese* Freundschaft hätte eigentlich die Sonne in ihrem Lauf anhalten sollen. Meine Zuneigung zu Salmissra war damit nicht zu vergleichen.

Für die nyissanische Pharmakologie hegte ich schon

aus beruflichen Gründen Interesse. Wir beide, Salmissra und ich, machten dem armen Rissus zu schaffen. Wenn er *ihr* keinen Unterricht in praktischer Politik – nyissanischen Stils – erteilte, führte er mich in die exotische Welt der nyissanischen Kräuter ein. Erstaunlicherweise wachsen in den feuchten Urwäldern Nyissas sogar einige Wurzeln, Beeren und Blätter, die wohltätige Wirkungen haben – natürlich innerhalb streng zu beachtender Regeln.

Nachdem ich etwa ein halbes Jahr in Nyissa geweilt hatte, teilten die Zwillinge mir mit, Vater habe in Emgaard vorbeigeschaut und wünsche mich zu sprechen. Salmissra weinte, als ich ihr sagte, ich müsse sie bald verlassen. Aber ich hatte unauffällig dafür gesorgt, daß auch Rissus und Salas einen Platz in ihrem Herzen gefunden hatten, und war sicher, sie würden nach meinem Weggang die entstandene Lücke im Leben ihrer Königin füllen. Um sicherzustellen, daß sie ihr kindliches Vertrauen nie verrieten, hatte ich ihnen erzählt, falls sie es doch täten, würde ich zurückkommen und sie den Blutegeln zum Fraß vorwerfen, die den Fluß der Schlange verseuchten. Ihr *glaubt* ja nicht, wie eifrig sie mir nach *diesem* kleinen Gedankenaustausch Wohlverhalten versprachen.

Dann begab ich mich in den Thronsaal und sagte der Schlangenkönigin Lebewohl. Sie weinte und klammerte sich an mich, aber ich löste sachte ihre Arme von meinem Hals, küßte sie auf die Wange und überließ sie der Obhut von Rissus und Salas. Dann brach ich auf.

Es war im frühen Winter, als ich das Tal erreichte. Der Schnee am Fuße von Vaters Turm türmte sich hoch auf. Ich flog herein, nahm meine eigene Gestalt an und machte mich auf etwas gefaßt.

»Nun, Pol«, begrüßte er mich, als ich die Treppe hochkam. »Ich habe mich schon gefragt, ob du noch den ganzen Winter in Nyissa bleiben willst.«

»Dann ist da unten Regenzeit, Vater«, rief ich ihm ins Gedächtnis. »Sthiss Tor ist auch ohne stetige Regengüsse schlimm genug. Du wolltest mich sehen?«

»Ich möchte dich stets sehen, Pol. Ich sehne mich allzeit nach deiner Gesellschaft.«

»Bitte«, winkte ich ab. »Verschone mich damit. Was hast du für Sorgen?«

»Bist du schon einmal auf die Idee gekommen, mich wissen zu lassen, was du so treibst?«

»Nein, um ehrlich zu sein, nicht. Es gab nichts, mit dem ich nicht fertig geworden wäre, Vater.«

»Ich bin aber immer ganz gerne auf dem laufenden.«

»Es gäbe keine Schwierigkeiten, wenn du dich damit zufriedengeben würdest, Vater, aber du bist ein übler Schnüffler.«

»Pol!« empörte er sich.

»Aber das bist du, Vater, und du weißt es auch. Oh, ich habe Chamdar da unten getroffen. Ich glaube nicht, daß er unsere Begegnung sehr genossen hat, aber *ich* habe es ganz bestimmt genossen.«

»Atmete er noch, als du ihn das letzte Mal sahst?«

»Ich glaube, er spuckte sogar Feuer, Vater. Ich habe seine Verschwörung vor Salmissra aufgedeckt und ihn entlarvt. Denk dir nur, sie hat einen Preis auf seinen Kopf ausgesetzt!«

»Geschickt, geschickt«, lobte er mich.

»Mir gefiel es auch recht gut. Hast du irgendwas zu essen im Haus? Ich sterbe vor Hunger.«

»In dem Topf da drüben müßte noch etwas sein. Ich habe vergessen, was.«

Ich ging zum Herd und hob den Deckel hoch. »War es vielleicht Erbsensuppe?«

»Ich glaube nicht.«

»Dann werfen wir es wohl besser weg.«

»Warum?«

»Weil es grün ist, Vater. Ich glaube, du hast es ein *bißchen* zu lange aufbewahrt. Geh in die Vorratskammer und hol uns einen Schinken. Ich mache uns etwas zu essen und erzähle dir derweil, was Salmissra und ich dem armen alten Chammiechen angetan haben.«

Vater lachte dröhnend, als ich ihm einen nur ganz

leicht ausgeschmückten Bericht meines Abenteuers im Lande des Schlangenvolks gab.

»Ausgezeichnete Arbeit, Pol«, drückte er mir sein Lob aus, nachdem ich geendet hatte. »Aber hast du Salmissra *wirklich* so liebgewonnen?«

»Sie war überhaupt nicht so wie die meisten anderen, Vater«, erzählte ich ihm ein wenig betrübt. »Ich glaube, sie ist ein wenig so wie diejenige, die Gorek ermorden ließ. Ich glaube, ich empfand für sie etwa dasselbe wie du damals für die andere. Sie ist sehr verletzlich, und nachdem ich ihr meine Freundschaft einmal bewiesen hatte, war sie sehr lieb. Sie hat sogar beim Abschied geweint.«

»Ich wußte nicht, daß jemand mit dem Namen Salmissra überhaupt weinen kann.«

»Da irrst du dich, Vater. Sie können es alle. Sie haben nur gelernt, es nicht zu zeigen. Oh, eh ich's vergesse, ich habe auf dem Rückweg Bewegungen auf der südlichen Karawanenstraße beobachtet.«

»Ja. Die Murgos haben den Handel mit Tolnedra wieder aufgenommen. Für uns bedeutet das, daß wir wieder jedesmal, wenn wir uns umdrehen, Spione zu sehen bekommen. Du gehst am besten nach Cherek und schickst die Zwillinge heim, damit sie sich erneut im Mrin vergraben können. Wenn irgend jemand dem Kodex etwas Sinnvolles entnehmen kann, dann sie.«

»Sofort morgen früh, Vater«, versprach ich. »Ach übrigens, dieses undefinierbare Zeug in deinem Kochtopf befindet sich jetzt in dem Mülleimer auf dem oberen Treppenabsatz. Wenn ich du wäre, würde ich es rausbringen und begraben. Es war nahe dran, lebendig zu werden. Ich glaube nicht, daß es dir gefallen würde, wenn es in dein Bett gekrochen käme.«

Und so kehrte ich nach Emgaard zurück, um meine Aufgabe weiter zu erfüllen, und die Zwillinge flogen ins Tal zurück, um dasselbe mit der ihren zu tun. Mein Aufenthalt in Nyissa war fast ein Urlaub gewesen, aber schließlich geht jeder Urlaub zu Ende. Es tat gut, wieder an die Arbeit zu gehen.

Dann, im Jahre 5300, gelang den Zwillingen ein weiterer Durchbruch, und sie verkündeten zuversichtlich, daß wir uns im Jahrhundert des Göttertöters befanden. Ich führte ein langes Gespräch mit Geran, der schon in die Jahre gekommen war, und mit seinem Sohn Darion, einem Steinmetz. Geran war, wie ich schon erwähnte, alt geworden, und wirkte ein bißchen geistesabwesend. Ich glaube nicht, daß er richtig begriffen hat, daß wir nach Sendarien umziehen mußten.

»Ich denke, es wäre gnädiger, ihn hier zu lassen, Tante Pol«, meinte Darion zu mir. »Er wird Mutters Grab sowieso nicht verlassen, und ich glaube nicht, daß er die Notwendigkeit dieses Umzugs einsehen würde. Warum sagen wir nicht einfach, wir gingen auf eine Reise, und belassen es dabei? Nach einem Monat oder so wird er sich vermutlich nicht mehr an uns erinnern. Ich werde mich um jemanden kümmern, der hier bei ihm bleibt und ihn versorgt. Es wird ihm an nichts mangeln.«

Die Idee gefiel mir nicht, aber Darion hatte wohl recht. Geran hatte die Grenze zur Senilität erreicht, und es hätte sicher keinen schnelleren Weg gegeben, ihn umzubringen, als ihn in diesem Alter noch einmal zu verpflanzen.

Darion, seine Frau Esena und ihr zehnjähriger Sohn Darral zogen mit mir nach Val Alorn, wo wir ein Schiff nach Darine bestiegen und dann weiter nach Medalia gingen, wo ich uns ein Haus kaufte und Darion ein Geschäft als Steinmetz einrichtete. Die Erzeugnisse seiner Hände Arbeit waren fast ausschließlich Grabsteine, und das ist ein ziemlich trübseliges Gewerbe. Darral lernte das Handwerk von seinem Vater, und im Alter von ungefähr sechzehn Jahren heiratete er Alara, die Tochter des hiesigen Stoffhändlers.

Vater belästigte uns fast ständig, bis Alara 5329 endlich einem Sohn das Leben schenkte. Vaters Gesichtszüge entgleisten, als er den Kleinen, Geran, das erstemal sah. »Er ist nicht derjenige, Pol«, erklärte er.

»Das ist nicht meine Schuld, Vater«, gab ich zurück.

»Oh, nebenbei bemerkt, in wenigen Jahren werde ich mit Darral und seiner Familie umziehen.«

»So?«

»Medalia liegt mitten an der Hauptverbindungsstraße von Darine nach Muros, und für mein Empfinden sind in letzter Zeit ein paar Fremde zuviel durch die Stadt gekommen. Ich möchte uns einen etwas abgeschiedeneren Wohnort suchen.«

»Ach? Wozu hast du dich entschieden?«

»Ein kleines Dorf oben im Gebirge.«

»Wie heißt es?«

»Annath, Vater. Es liegt in unmittelbarer Nähe zur algarischen Grenze, und es gibt dort einen riesigen Steinbruch. Darral sollte also eine Arbeit finden können, die nichts mit Grabsteinen zu tun hat.«

KAPITEL 37

Habt ihr vielleicht bemerkt, daß meine Erklärung für den Entschluß, meine kleine Familie nach Annath umzusiedeln, nicht ganz aufrichtig war? Dachte ich's mir doch, daß euch das aufgefallen ist. Ich habe im Laufe der Jahre die Erfahrung gemacht, daß es wirklich keine gute Idee ist, meinem Vater *zu* viele Informationen zu geben. Vater hat einen unwiderstehlichen Drang, seine Nase in anderer Leute Angelegenheiten zu stecken, und das führt manchmal zu katastrophalen Folgen. Ich vermute, mein Vater hält sich selbst für einen Künstler, nur daß meine und seine Kunstauffassung Welten auseinander liegen.

In Wahrheit kannte ich Annath überhaupt nicht, und meine Entscheidung für den Umzug dorthin beruhte nahezu ausschließlich auf der Nähe zur algarischen Grenze. Mutter hatte mir eröffnet, daß es Geran bestimmt sei, ein algarisches Mädchen namens Ildera zu heiraten, und ich hielt es für eine nette Idee, wenn die beiden in derselben Gegend aufwachsen würden.

Wie sich dann jedoch herausstellte, wurde unser Umzug durch die letzte Krankheit des alten Darion hinausgezögert, die sich leider in die Länge zog. Schleichende Krankheiten verabscheue ich womöglich noch mehr als plötzliche Herzstillstände. Eine anständige Krankheit dauert nicht länger als sieben oder zehn Tage, nach denen der Patient gesundet oder stirbt. Der Tod besitzt wenig Würde, wenn er zu rasch oder zu langsam eintritt. Wie dem auch sei, Darion schleppte sich noch bis ins Jahr 5334, und nach seinem Begräbnis erschien uns eine Ortsveränderung als das einzig

Wahre. In Medalia erinnerte uns nur alles an den erlittenen Verlust.

Darral verkaufte seine Steinmetzwerkstatt und unser Haus. Wir verstauten die wenigen Besitztümer, die wir mitnehmen wollten, auf zwei Wagen und verließen Medalia an einem Sommermorgen in aller Frühe. Darral fuhr den einen, ich den anderen Wagen.

Ja, ihr dürft ruhig staunen, ich *verstehe* ein Pferdegespann zu lenken. Warum stellt ihr dauernd diese dummen Zwischenfragen? Wir kommen nie an ein Ende, wenn ihr mich immer so unterbrecht.

Es war Sommer, wie ich mich entsinne, und der Sommer ist eine ideale Zeit für Reisen im Gebirge. Nichts drängte uns, also ließen wir uns Zeit. Einmal zügelte Darral sein Gespann und schaute versonnen zu einem Gebirgsbächlein hinüber, das munter über glattgeschliffene runde Steine plätscherte und in tiefe, ruhige Tümpel sprudelte. »Was meinst du, Tante Pol?« rief er zu mir zurück. »Wäre das nicht ein nettes Plätzchen für ein Nachtlager? Außerdem sollten wir den Pferden wirklich eine Rast gönnen.«

»Es ist doch erst Mittag, Darral«, wandte Alara ein.

»Na ja, der Platz ist gut, und wir *haben* die Pferde ziemlich angestrengt. Der Weg ging beständig bergauf.« Seine Besorgnis um das Wohlergehen der Pferde klang echt, und er schien sich eifrig zu bemühen, nicht in Richtung des Bächleins zu gucken. Ich kannte die Symptome natürlich. Damals in Emgaard hatte ich sie oft genug gesehen. Ich schlang die Zügel meines Gespanns um die Handbremse am Kutschbock und kletterte herunter. »Da drüben«, sagte ich und zeigte auf ein moosbedecktes lauschiges Plätzchen unter niedrighängenden Zedernzweigen. »Bevor du loslegst, schirr die Pferde ab, gib ihnen Wasser und pflock sie da drüben auf der

Wiese an. Dann heb eine Feuergrube aus und sammel genug Feuerholz für Mittag- *und* Abendessen.«

»Ich dachte, ich –«

»Dessen bin ich gewiß, Liebes. *Erst* die Arbeit, dann das Spiel.«

Er warf mir einen ziemlichen verwirrten Blick zu und stürzte sich förmlich in die Arbeit.

»Was hast du damit gemeint, Tante Pol?« wollte Alara von mir wissen. »Darral ist ein erwachsener Mann. Er spielt nicht mehr.«

»Ach, *wirklich*? Du mußt noch viel lernen, Alara. Sieh dir einmal das Gesicht deines Mannes an. Diesen Ausdruck hatte er nicht mehr, seit er neun war.«

»Was wird er tun?«

»Er wird vorschlagen, uns das Abendessen zu besorgen, Liebes.«

»Aber wir haben doch Trockenfleisch und Mehl und Erbsen hinten in deinem Wagen.«

»Ja, ich weiß. Er wird behaupten, er habe dieselben alten Sachen jeden Abend satt.«

»Und warum sollte er?«

»Er will angeln gehen, Alara. Dieses kleine Gebirgsbächlein verführt ihn nach allen Regeln der Kunst, aber sein Widerstand ist auch nicht allzu heftig.«

»Er kann doch nicht an einem einzigen Nachmittag genügend Fische fangen, daß wir alle satt werden.«

»Nun, die Möglichkeit besteht, und außerdem ist morgen ja auch noch ein Tag.«

»Morgen?« Ihr Gesicht nahm einen abweisenden Ausdruck an. »Das ist doch absurd! Wir kommen nie nach Annath, wenn er an jedem kleinen Bach halt macht!«

»Du solltest dich lieber daran gewöhnen, Alara. Ich denke, es liegt in der Familie. Morgen früh wird eins der Pferde lahmen, oder vielleicht muß auch ein Wagenrad geschmiert werden – und natürlich wird es zu spät zum Aufbruch sein, wenn er damit fertig ist.«

»Wie lange wird das anhalten?«

»Das hängt ganz davon ab, wie die Fische beißen. Ich

gehe fürs erste von drei Tagen aus – es sei denn, der alte Wickler hat Verwandte hier in den Bergen.«

»Wer ist der alte Wickler?«

Derweil also Darral wie wild Feuerholz hackte, erzählte ich ihr von Gelanes jahrelangem Kreuzzug gegen jenen arglistigen Forellenveteran in dem Flüßchen außerhalb von Emgaard. Es vertrieb uns die Zeit und besserte Alaras Laune erheblich. Alara war eine ernsthafte junge Dame, die Lachen bitter nötig hatte. Darral war mit dem Holzhacken fertig, schnitt sich und seinem Sohn in Ermangelung einer Angel ein paar Weidenruten ab und verschwand, um die Fische zu unterhalten. »Oh, eins noch«, riet ich Alara. »Greif nie, ich wiederhole, *nie* nach einem Messer, wenn sie wider Erwarten doch einen Fisch heimbringen sollten.«

»Warum sollte ich denn nach einem Messer greifen, Tante Pol?«

»Du sagst es. Das ist die fundamentale Regel, die du nie aus dem Auge verlieren darfst. Du mußt es von Anfang an klarstellen.«

»Ich verstehe immer noch nicht.«

»Sieh ihnen unverwandt in die Augen, verschränke deine Arme vor der Brust und sprich wie folgt: ›Du hast sie gefangen, deshalb nimmst du sie auch aus.‹ Davon weichst du keinen Deut ab, selbst wenn er sich den Arm gebrochen haben sollte. *Er* nimmt den Fisch aus. Nicht du. Vielleicht schmollt er, aber werde nie schwach. Wenn du auch nur ein einziges Mal nachgibst, verrätst du all deine Geschlechtsgenossinnen.«

Sie lachte. »Du machst Scherze, Tante Pol, nicht wahr?«

»Nicht im geringsten. Nimm *nie* einen Fisch aus. Erzähl ihm, es verstoße gegen deine religiösen Überzeugungen oder so etwas. Glaub mir, Liebes, wenn du auch nur einen einzigen Fisch ausnimmst, tust du es für den Rest deines Lebens.«

Darral und sein kleiner Sohn Geran fingen tatsächlich Fische in jenem kleinen Bächlein – genug jedenfalls, um jenes Verlangen fürs erste zu stillen, das beinahe jeden Mann überkommt, wenn er über rasch dahinschießendes Wasser stolpert. Sie brauchten zwei Tage, was eine verhältnismäßig normale Zeitspanne dafür ist. Dann brachen wir wieder auf und zogen weiter durch die Berge zu unserem Bestimmungsort.

Die Gebirgsschlucht, in der Annath lag, verlief von Norden nach Süden. Am Spätnachmittag eines prachtvollen Sommertages langten wir dort an. Ich staunte über die Ähnlichkeit mit Emgaard. Gebirgsdörfer ziehen sich meist an den Ufern eines Flüßchens entlang, was bedeutet, daß sie im Talgrund liegen. Ich vermute, man *könnte* ein Dorf auch auf einem Berggipfel erbauen. Die Erbauer wären aber wahrscheinlich nicht sehr beliebt bei den Frauen des Dorfes, da die mühselige Aufgabe des Wasserholens stets den Frauen zufällt. Frauen wohnen gerne nah an einem Flüßchen, ja die meisten Frauen wären froh, wenn das Flüßchen mitten durch ihre Küche fließen würde.

Das Dorf gefiel mir, und trotzdem überlief mich ein ahnungsvoller kalter Schauer, als unser Blick zum erstenmal auf die Ansiedlung fiel. Etwas Schreckliches würde hier in Annath geschehen.

Fast niemand blieb in den Häusern, als unsere Wagen über die einzige Dorfstraße rumpelten. So ist das nun mal in kleinen Dörfern.

»Wohin soll's denn geh'n, Fremd'r?« wollte ein grauhaariger alter Kauz mit einem hinterwäldlerischen Akzent von Darral wissen.

»Genau hierher, Freund«, antwortete Darral, »und das ›Fremder‹ laßt Ihr mal besser sein. Meine Familie und ich wollen uns hier dauerhaft niederlassen. Wir werden also Gelegenheit haben, uns gut kennenzulernen.«

»Un' wie is' Eu'r Name?«

Darral grinste ihn an. »Na ja, er *könnte* ›Belgarath‹ oder ›Kal Torak‹ lauten. Würdet Ihr mir glauben, wenn ich Euch das erzählte?«

»Nee, woll nich'«, gluckste der alte Kauz.

»Gut«, seufzte Darral. »Es war den Versuch wert. In Wirklichkeit heiße ich aber Darral, und das ist meine Frau Alara. Die Dame, die den anderen Wagen fährt, ist meine Tante Pol, und der kleine Junge, der neben ihr schläft, mein Sohn Geran.«

»Bin stolz, Eure Bekanntschaft zu mach'n, Darral«, sagte der Alte. »Ich bin Farnstal, un' ich bin meist'ns der, der Fremde begrüßt – hauptsächlich, weil ich sonne neugier'ge alte Haut bin. Der Gasthof issen Stück weiter die Straße runter, da könnt Ihr Euch 'nen Zim'r nehm'n, bis Ihr was auf Dau'r gefund'n habt. Was habt Ihr denn so gelernt, Darral?«

»Ich bin Steinmetz – aus der Nähe von Sulturn. Ich habe die ganze Zeit Grabsteine angefertigt, aber das ist eine trübsinnige Arbeit, und deshalb habe ich mich entschlossen, etwas Fröhlicheres zu machen.«

»Wenn Ihr Euch auskennt mit Hamm'r un' Meiß'l, seid Ihr hier richtig, Darral. Die Mannsbild'r hier ham schon drei Woch'n, bevor die Erde gemacht wurde, Steinblöcke aussem Berg da drüben gekloppt un' werd'n wahrscheinlich noch Monate nach ihrem Untergang weiterklopp'n. Warum geh'n wa nich' weiter zum Gasthof da drüben un' besorg'n Euch 'nen Zimm'r? Dann könn' wa uns alle bekanntmach'n.«

Darral war sehr geschickt, wie ihr bemerkt haben werdet. Seine umgängliche Art sorgte dafür, daß wir ohne den geringsten Widerstand in die Gemeinschaft von Annath aufgenommen wurden. Desgleichen werdet ihr bemerkt haben, daß er sich bezüglich unseres Herkunftsortes eine kleine Ungenauigkeit erlaubte, die man aber kaum als glatte Lüge bezeichnen kann. Medalia und Sulturn sind nicht *allzu* weit voneinander entfernt – allerhöchstens neunzig Meilen –, so daß man sagen könnte, Darral war nur neunzig Meilen von der Wahrheit entfernt.

Wir fuhren also weiter bis zu dem winzigen Dorfgasthof, mit nahezu dem gesamten Dorf im Schlepptau. Kleine Dörfer sind fast immer so. Wir mieteten Zimmer, und mehrere der Dörfler halfen Darral beim Abschirren der Pferde. Die Frauen stürzten sich natürlich auf Alara und mich, und die Kinder vereinnahmten Geran. Als die Sonne unterging, waren wir keine Fremden mehr.

Der Berg, in dem sich der hiesige Steinbruch befand, hatte keinen Besitzer, so daß die Dorfbewohner ein jedem zu gleichen Teilen gehörendes Gemeinschaftsunternehmen gegründet hatten, um die Granitblöcke aus der Bergflanke zu meißeln. Farnstal ließ Darral wissen, daß »'son Steinmetz aus Muros jed'n Herbst hier hochkommt un' se uns abnimmt – was verhindert, daß der Hauf'n zu groß wird un' wa drüber stolpern. So müss'n wa nich' Wag'n kauf'n un' Ochs'n füttern, um se in die Tzivilisation und uns aussen Füß'n zu schaff'n. Also ich persönlich hab nie 'ne enge Bindung zu 'nem Ochs'n gehabt.«

»Wißt Ihr, das geht mir ganz ähnlich«, gestand Darral. »Meiner Ansicht nach gehört ein Ochse in die Suppenschüssel.«

»Da stimm ich voll un' ganz mit Euch überein.«

Darral nahm am nächsten Morgen sein Werkzeug mit in den Steinbruch und begann Steinblöcke aus dem Fels zu schlagen, als habe er sein Leben lang nichts anderes getan. Die Frauen nahmen Alara und mich mit ans andere Ende der einzigen Dorfstraße und zeigte uns ein leerstehendes, sehr vernachlässigtes Haus.

»Wem gehört es?« fragte ich eine dicke Dame mit Namen Elna.

»Na, wahrscheinlich dem, der einzieht und das Dach repariert«, versetzte Elna. »Die ganze Familie, der es gehörte, starb vor zehn Jahren an den Pocken, und seitdem steht es leer.«

»Es gibt wirklich keinen Besitzer, Pol«, versicherte mir eine andere Matrone. »Ich wohne zwei Häuser weiter, und das Gebäude ist ein Schandfleck für das ganze Dorf. Wir haben unsere Männer schon gebeten, es abzureißen, aber Ihr wißt ja, wie die Männer sind. Das Höchste, was wir aus ihnen rausbekommen haben, war ein ›wir kümmern uns drum – irgendwann‹. Also ich halte nicht gerade die Luft an.«

»Aber wir können doch nicht einfach einziehen«, wand Alara ein.

»Warum nicht?« meinte Elna. »Ihr braucht ein Haus, und wir brauchen Nachbarn. Die Antwort steht vor uns und setzt Moos an.« Sie sah reihum die anderen Damen an. Ich gewann den nachhaltigen Eindruck, daß sie hier stets für die anderen Damen sprach. »Warum reden wir nicht alle heute abend mit unseren Männern, meine Damen? Wenn unsere Alara hier eine förmliche Erlaubnis braucht, um einzuziehen, bitten wir einfach unsere Männer, die Entscheidung zu treffen – und lassen sie wissen, daß sie die nächsten Jahre gekochte Kutteln zu essen bekommen, wenn sie die falsche treffen.«

Alle lachten wissend. Unterschätzt nie die Macht einer Frau, die Herrin der Küche ist.

Wir hatten Sommer und es war lange hell abends, daher brauchten Darral – und die übrigen Dorfbewohner – nur etwa eine Woche, um Dach, Türen und Fenster zu erneuern. Dann halfen die Damen des Ortes Alara und mir einen Tag lang energisch das Haus zu putzen, und alles war bereit. Wir waren zu Hause, und das ist immer eine feine Sache.

Ich weiß nicht, ob ich je ein Dorf kennengelernt habe, das netter als Annath gewesen wäre. Jeder dort überschlug sich geradezu, uns die Eingewöhnung zu erleichtern, und ständig schaute jemand ›auf einen kleinen Schwatz‹ vorbei. Ein Großteil dieser Freundlichkeit ließ sich natürlich auf die Abgelegenheit des Ortes und den Hunger nach Neuigkeiten – irgendwelchen Neuigkeiten – aus der großen weiten Welt zurückführen. Doch als Darral erwähnte, daß ich Ärztin sei, war unser Platz in der Gemeinschaft endgültig gesichert. Es hatte noch nie einen Arzt in dem Dorf gegeben, und jetzt konnten die Dörfler endlich krank werden, ohne befürchten zu müssen, daß man ihnen gräßliche Hausmittel in den Schlund schüttete. Eine Menge Hausmittel *wirken* tatsächlich, aber etwas, das ihnen allen gemeinsam ist – ob sie nun wirken oder nicht –, ist ihr entsetzlicher Geschmack. Ich habe nie ganz verstanden, woher der Spruch ›wenn es schlecht schmeckt, ist es gut für dich‹ stammt. Einige *meiner* Arzneien schmecken nämlich geradezu köstlich.

Den Steinmetz aus Muros, der diesen Herbst mit einer langen Reihe leerer Wagen ankam, mochte ich nicht sonderlich. Er benahm sich, als täte er uns einen Gefallen damit, daß er unsere Steinblöcke wegschleppte. Ich habe im Laufe meines Lebens viele Geschäftsleute kennengelernt, und ein Geschäftsmann tut *nie* etwas, was sich für ihn nicht auszahlt. Er setzte eine gelangweilte Miene auf und warf einen verächtlichen Blick auf die säuberlich aufgestapelten Steinblöcke am Eingang zum Steinbruch. Dann unterbreitete er uns sein Angebot in einer Art, die keinen Widerspruch zu dulden schien.

Darral, der selbst über einige geschäftliche Erfahrung verfügte, war klug genug, den Mund zu halten, bis der Bursche mit seiner Beute abgezogen war. »Ist das sein übliches Angebot?« fragte er die anderen.

»Das is' so in etwa das, wasser imm'r zahlt, Darral«, antwortete Farnstal. »Als er das erstemal hier war, erschien es uns 'nen bißchen wenig, aber er jammert immer so, wieviel es kostet, all das Zeug nach Muros zu schaff'n, un' dann sagt er ›friß oder stirb‹, un' hier gibt's keine and'ren Käuf'r, und so haben we's genomm'n. Jetzt isses halt so, denk ich. Krieg ich das richtig mit, daß du denkst, we hätt'n uns übers Ohr hau'n lass'n?«

»Ich habe schon Granitblöcke gekauft, Farnstal, und das war nicht der Preis, den *ich* zahlen mußte.« Darral schaute zur Decke hoch. »Brechen wir im Winter Steine?« fragte er.

»Das wär kaum 'ne gute Idee, Darral«, entgegnete Farnstal. »Da am ober'n Ende vom Steinbruch liegt der Schnee gräßlich hoch, un' es braucht nur 'nen kräftig'n Nies'r, um ihn zu lockern. 'nen Bursche, der da an sein'm Seil am Fels hängt, kriegt 'ne Lawine zwisch'n die Zähne, wenn's jemand nur in der Nase juckt!«

»Also gut«, sagte Darral, »wenn der Winter kommt, werde ich wohl eine kleine Reise ins Tiefland unternehmen und mich wegen des aktuellen Preises für Granitblöcke umhören. Wir brechen hier sehr hochwertige Steine, meine Herren. Sind die anderen Felswände von derselben Qualität?«

»In der Nähe der oberen Kante an der Ostwand gibt es eine Lage Schiefer«, polterte ein riesenhafter Steinhauer namens Wilg mit tiefer Stimme. »Damit vergeuden wir nicht unsere Zeit, aber der Mann aus Muros ist gut genug dafür, um sie für uns wegzuschaffen.«

»O ja, da bin ich mir sicher«, sagte Darral sarkastisch. »Und er berechnet uns ja auch gar nichts für den Abtransport, nicht wahr?«

»Nicht einen Pfennig«, freute sich Wilg.

»Wie gütig von ihm. Ich denke, ich nehme einen kleinen Block von unserem Granit und ein paar Schieferplatten mit, wenn ich gehe. Und dann mache ich meine Runde. Möglicherweise wird es im Jahr darauf zwei oder drei Aufkäufer mehr geben. Ein wenig Wettbewerb könnte unseren Mann aus Muros lehren, in Zukunft aufrichtiger zu seinen Mitmenschen zu sein.«

»Glaubst du, er hat uns mit dem Preis für unseren Granit betrogen?« grollte Wilg drohend.

»Es geht nicht nur um den Granit, Wilg«, erwiderte Darral. »Bist du je in einer größeren Stadt gewesen?«

»In Medalia einmal.«

»Woraus bestanden die Dächer der meisten Häuser?«

»Aus Schiefer, glaube ich.« Wilg verstummte schlagartig. Seine Augen wurden erst groß, und dann verengten sie sich gefährlich. »Wir haben ihm diesen Schiefer ganz umsonst gelassen, und wenn er in Muros ist, verkauft er ihn, nicht wahr?«

»Das denke ich wohl«, meinte Darral.

»Ob ich ihn wohl noch einholen würde?« murmelte

Wilg grimmig, während seine gewaltigen Fäuste sich ballten und wieder öffneten.

»Zerbrich dir nich den Kopf dadrüber, Wilg«, empfahl Farnstal. »Er zieht uns jetzt schon seit Jahr'n das Fell über die Ohr'n. Ich versprech dir, er kommt nächsten Herbst wied'r wie jedes Jahr mit sein'm scharf'n Mess'r fürs Fell – ihr wißt schon. Dann hab'n we noch imm'r Zeit, ihm 'nen paar Kratz'r zuzufüg'n. Er wird aus Stell'n blut'n, von den'n er gar nich' weiß, daß es sie gibt.« Er zwinkerte meinem Neffen zu. »Is' 'ne praktische Sache, dich da zu hab'n, Darral«, sagte er. »Wir hier ob'n in den Berg'n sind so zurückgeblieb'n, daß wir gar nich' mehr wiss'n, wie tzivilisierte Mensch'n sich benehm'n.« Er schüttelte traurig den Kopf. »Sieht so aus, als wär Ehrlichkeit in der tzivilisierten Welt ausser Mode gekomm'n. Aber eins sag ich dir.«

»Ach? Was?«

»Nächst'n Somm'r wird *ein* Kerl aus Muros 'ne kostenlose Lektion in Ehrlichkeit krieg'n. Nachdem uns'r Wilg hier ihn auffem Bod'n festhält un' ich 'ne Stunde oder so auf sein'm Bauch rumspringe, wird er so ehrlich sein, daß man ihn nich' mehr anguck'n kann.«

»Ich kann es kaum erwarten«, antwortete Darral mit breitem Grinsen.

Darral unternahm in jenem Winter eine rasche Rundreise durch mehrere Dörfer und Städte Sendariens, und im nächsten Sommer quoll der Gasthof über von eifrigen Aufkäufern, die uns alle ein Angebot machen wollten. Entgegen seinen Einwänden wurde mein Neffe durch einfache Akklamation zum Verhandlungsführer gewählt, und das Dorf Annath schwamm plötzlich im Geld. Unser hiesiger Granit war, wie sich herausgestellt hatte, von überragender Qualität, und der Schiefer, den die Dorfbewohner bislang im wahrsten Sinne des Wortes weggeworfen hatten, war sogar noch besser. Darral dachte sich für unsere potentiellen Käufer das denkbar einfachste Verfahren aus. Er veranstaltete eine Auktion – »Wieviel bietet man mir für diese Lage Blöcke?« und so weiter. Jeder Käufer verließ uns glücklich und mit ächzenden Wagen.

Der Mann aus Muros war dieses Jahr etwas spät dran. Er verpaßte die ganze Aufregung *und* den Anblick der Rückseiten all jener Wagen, die in die Stadt zurückrollten. »Wo ist der Granit?« fragte er. »Ihr erwartet doch nicht, daß ich und meine Fuhrleute die Blöcke selbst aufladen, oder?«

»Ich fürchte, dieses Jahr haben wir gar nichts für Euch aufzuladen, mein Freund«, erklärte ihm Darral mit freundlicher Miene.

»Was willst du damit sagen, ihr habt nichts?« Die Stimme des Steinmetzes wurde schrill. »Habt ihr euch etwa auf die faule Haut gelegt? Warum habt ihr mir nicht mitgeteilt, daß ihr keine Steine für mich habt? Ich habe die Fahrt ganz umsonst gemacht. Das wird euch nächstes Jahr teuer zu stehen kommen. Vielleicht mache ich mir nächstes Jahr nicht einmal mehr die Mühe.«

»Wir werden Euch vermissen«, murmelte Darral. »Nicht sehr, aber immerhin. Hier in Annath geht es jetzt anders zu, Freund. Wir veranstalten jetzt eine Auktion.«

»Wer würde schon für diesen drittklassigen Stein hier herauf kommen?«

»Oh, es waren etwa ein Dutzend, nicht wahr?« wandte Darral sich an die anderen Steinhauer. »Ich habe beim Bieten ein bißchen den Überblick verloren.«

»Das könnt ihr mir nicht antun!« kreischte der Steinmetz aus Muros. »Wir haben einen Vertrag. Dafür bringe ich euch vor Gericht!«

»Was für einen Vertrag?«

»Einen mündlichen Vertrag.«

»Ach? Mit wem denn?«

»Es war Merlo, ja genau.«

Die Steinhauer von Annath brachen in schallendes Gelächter aus. »Merlo ist seit über fünf Jahren tot«, sagte einer von ihnen, »und er war vierundneunzig, als er starb. Merlo hätte alles gesagt, was man von ihm hören wollte, vorausgesetzt, man spendierte ihm einen Krug

Bier. Er war der Trunkenbold des Dorfes, und sein Wort war nicht mehr wert als der Preis des letzten Bierkrugs. Wenn Ihr das einem Anwalt vortragen wollt, bitte sehr. Alles, was Ihr dabei gewinnt, ist eine Lektion in *richtigem* Schwindeln. Von uns bekommt Ihr nichts, aber dieser Anwalt wird Euch ausnehmen wie eine Gans.«

Der Blick des Steinmetzes wurde verzweifelt. »Was ist mit all diesem wertlosen Schiefer, den ich immer für Euch weggeschafft habe?« fragte er. »Ich nehme ihn mit, wenn ihr nichts anderes habt.« Seine Augen verengten sich zu einem verschlagenen Ausdruck. »Aber ich werde euch etwas dafür berechnen müssen, daß ich ihn wegschaffe. Vorher habe ich das aus purer Freundlichkeit getan.«

»Komische Sache, das mit dem Schiefer«, meinte Darral. »Ein Mann aus Darine sah ihn sich an und hat alle anderen überboten. Wir bekommen genauso viel für den Schiefer wie für den Granit. Ist das nicht merkwürdig? Oh, nebenbei bemerkt, ein paar meiner Nachbarn würden sich gerne mal mit Euch unterhalten.« Er blickte sich über die Schulter nach den anderen um. »Hat irgend jemand Wilg oder Farnstal gesehen?« fragte er mit sanfter Stimme.

»Ich glaube, sie warten an der Straße kurz vor der Stadt, Darral«, antwortete einer der Steinbrucharbeiter mit einem gehässigen Grinsen. »Sie wollen sich wohl ganz privat mit unserem Freund hier unterhalten.«

Wilg und Farnstal hörten wir nicht im Verlauf der folgenden Unterhaltung, den Mann aus Muros dafür um so lauter. Vermutlich hörte man ihn selbst in Muros.

»Ist er jetzt ehrlich?« wollte Darral von dem boshaft grinsenden Pärchen hören, als Wilg und Farnstal eine geraume Weile später ins Dorf zurückkamen.

»Er is' so ehrlich wie 'nen neugebor'nes Lamm«, erwiderte Farnstal. »Ich glaub, er wurde ganz religiös bei uns'rem klein'n Plausch.«

»Religiös?«

»Er hat 'ne Menge gebetet geg'n Ende, nich', Wilg?«

»Für mich hat es sich jedenfalls wie Beten angehört«, bekräftigte Wilg.

Die Feier an jenem Abend in Annath war länger und lärmender als die nach der Auktion. Geld ist eine nette Sache, aber manchmal ist es noch netter, es jemandem heimzuzahlen.

Darral war danach der Held von Annath, und nun waren wir fest integriert. Nirgendwo habe ich mich sicherer gefühlt als in den Jahren dort. Bildhaft gesprochen, hatte ich endlich meine ›Höhle im Gebirge‹ gefunden.

5338, nachdem wir vier Jahre in Annath gewohnt hatten, stattete mir Mutter einen weiteren Besuch ab. *»Du mußt noch einmal nach Nyissa gehen, Pol«*, eröffnete sie mir.

»Wieso denn nun schon wieder?« murrte ich. *»Ich dachte, ich hätte da unten alles geregelt.«*

»Auf dem Thron sitzt eine neue Salmissra, Pol, und die Angarakaner versuchen mit ihr noch einmal ihr Glück.«

»Ich glaube, ich fliege nach Rak Cthol rüber und verwandele Ctuchik in eine Kröte«, knurrte ich gereizt.

»Es ist nicht Ctuchik. Diesmal ist es Zedar. Ich glaube, Ctuchik und Zedar spielen irgendein finsteres Spielchen miteinander, und wer von ihnen Salmissra zum Verrat am Westen verleitet, gewinnt.«

»Wie langweilig. Ich rufe Vater, damit er mich hier vertritt. Dann fliege ich nach Nyissa und schaffe das Problem ein für allemal aus der Welt. Ich habe es jetzt langsam satt.«

Ich war nicht besonders höflich zu meinem Vater, als er bei uns ankam. Ich überging seine Einwände, weigerte mich, seine Fragen zu beantworten, und teilte ihm in kurzen Worten mit, was er zu tun hatte. Vermutlich war ich ein bißchen unwirsch. Wenn ich mich recht entsinne, schwang so etwas wie: ›Sitz! Platz!‹ in meinem Tonfall mit.

Als ich Sthiss Tor erreichte, machte ich mir nicht die Mühe mit Fledermäusen oder dergleichen. Ich baute mich einfach vor dem Palasttor auf, verkündete, wer ich war, und teilte ihnen mit, daß ich Salmissra sehen *würde*. Mehrere Eunuchen versuchten mir den Weg zu versperren, ließen es jedoch bleiben, als ich sie in verschiedene Richtungen versetzte. Manche fanden sich an Dachbalken in luftiger Höhe geklammert wieder, andere weilten plötzlich im angrenzenden Urwald, ohne zu wissen, wie sie dahin gekommen waren. Dann verwandelte ich mich in die Gestalt jener Ogerin, die mir weiland auf einem Waldweg in Sendarien so gute Dienste geleistet hatte, und war mit einemmal ganz allein in dem zum Thronsaal führenden Gang. Ich verwandelte mich zurück und schritt weiter.

Zedar befand sich bei der augenblicklichen Salmissra, als ich den Saal betrat, und er sah wirklich fürchterlich aus. Er wirkte schäbig und abgerissen, und sein Blick wirkte gehetzt. Die fünf Jahrhunderte, die er damit verbracht hatte, in jener Höhle zu hocken und seinem Meister beim Schimmeln zuzusehen, waren ihm nicht gut bekommen. Er glotzte mich an, und ein Funken der Erkenntnis dämmerte in seinen Augen. *»Polgara!«* rief er mit entsetzter Stimme aus. Offenkundig hatte ihm irgend jemand eine Beschreibung von mir geliefert. »Bist du das wirklich?«

»Wie schön, dich wiederzusehen, alter Junge«, log ich. »Wer paßt derweil auf Toraks Kadaver auf? Ctuchik vielleicht?«

»Mach dich nicht lächerlich.« Er runzelte die Stirn und zog fragend eine Augenbraue hoch. »Du scheinst mich zu kennen«, sagte er, »aber ich kann mich nicht daran erinnern, daß wir uns schon begegnet wären.«

»Wir wurden einander nicht offiziell vorgestellt, mein lieber Junge, aber ich hatte das Vergnügen – wenn man es so nennen kann –, damals während deiner Gespräche mit dem Einäugigen vor Vo Mimbre zugegen zu sein.«

»Das ist unmöglich! Ich hätte deine Anwesenheit gespürt!«

»Nein, um ehrlich zu sein, du hattest nicht die geringste Chance, es zu bemerken. Und jetzt erzähl mir bitte nicht, du wüßtest nicht, wie. Dein Meister hat sich bei deiner Ausbildung große Lücken erlaubt, alter Knabe. Sollen wir jetzt zur Sache kommen, ja? Ich bin viel zu beschäftigt, um jede Generation einmal in diese stinkenden Sümpfe zu reisen und alles wieder ins Lot zu bringen.« Dann sah ich der Schlangenkönigin ins Gesicht. Natürlich besaß sie große Ähnlichkeit mit Sally, aber es gab doch ein paar feine Unterschiede. Zum einen hatte sie nichts von Sallys rührender Verletzlichkeit. *Diese* Salmissra war aus Stahl. »Ich werde keine Zeit verschwenden, Salmissra. Du *weißt*, was ich dir antue, wenn du dich dem Göttertöter in den Weg stellst, ja? Du hast deine Möglichkeiten, in die Zukunft zu schauen, also weißt du genau, was geschehen wird.«

Ihre Augen wurden zu Schlitzen. »Drohungen, Polgara? Ihr bedroht mich in meinem eigenen Thronsaal?«

»Das ist keine Drohung, Salmissra. Ich stelle hier nur eine Tatsache fest. Das nächste Mal, wenn du mich zu Gesicht bekommst, *wird* es geschehen.«

»Issa wird mich beschützen.«

»Wenn er zufällig wach ist. Darauf würde ich es allerdings nicht ankommen lassen. Du sehnst dich nach Unsterblichkeit, Salmissra. Das kann ich arrangieren. Es wird dir nicht sehr gefallen, aber ich werde dafür sorgen, daß du ewig lebst. Der Blick in den Spiegel wird dir allerdings *keine* große Freude mehr bereiten, wie ich mir denken könnte. Zedar und Ctuchik – und vermutlich auch Urvon – werden dir Torak vor die Nase halten, bis du alt und klapprig bist, aber ich würde ihnen nicht glauben, Liebes. Torak liebt nur sich selbst. In seinem Herzen ist kein Platz für ein anderes Wesen – außer natürlich für mich. Und wenn du der Sache auf den Grund gehst, liebt er wahrscheinlich nicht einmal mich. Er will mich nur beherrschen und dazu bringen, daß ich ihn anbete. Darum hat er in Vo Mimbre verloren.« Ich schenkte Zedar ein dünnes Lächeln. »So war es doch,

Zedar, nicht wahr? Torak wußte genau, daß er an jenem dritten Tag nicht gewinnen konnte, oder? Aber er zog trotzdem in den Kampf. Und deshalb liegt er jetzt in dieser Höhle in Cthol Murgos und wird mit jeder Stunde einen Hauch modriger. Du hast dich einem Krüppel und Versager verschrieben, Zedar, und am Ende wirst du die Konsequenzen tragen müssen.«

Da überkam mich eine gräßliche Vorahnung, und ich wußte genau, was das Schicksal für meines Vaters ehemaligen Bruder bereithielt. Es war über alle Maßen schrecklich. Und im selben Augenblick wußte ich auch, daß Zedar auserkoren war, schließlich denjenigen zu finden, der Torak ersetzen würde. Da verstand ich die Notwendigkeit von Zedars Existenz. Es war ihm bestimmt, der Menschheit das größte Geschenk zu geben, das sie je erhalten würde, und alles, was ihn im Austausch dafür erwartete, war lebendig begraben zu sein.

Ich vermute, Zedar selbst erhielt in jenem Moment eine flüchtige Andeutung meiner Vorahnung, denn sein Gesicht wurde totenbleich.

Ich wandte mich wieder der Schlangenkönigin zu. »Nimm meinen Rat an, Salmissra«, sagte ich. »Laß dich nicht in dieses abartige Spiel hineinziehen, das Ctuchik und Zedar mit dir spielen. Ganz gleich, wieviel sie dir versprechen, keiner von ihnen kann dir Toraks Zuneigung verschaffen. Sie haben keinerlei Macht über Torak. Es ist vielmehr anders herum, und wenn du es genau betrachtest, schätzt Torak nicht einmal seine Jünger sonderlich. Zedar mußte das vor Vo Mimbre erfahren, nicht wahr, Zedar? Die Vorstellung, du könntest bei deinem Regelverstoß zu einem Staubwölkchen verpuffen, war Torak recht gleichgültig, oder? Du hast die Liebe eines Gottes für die Gleichgültigkeit eines anderen aufgegeben. Eine schlechte Wahl, alter Knabe.«

Da zog ein Ausdruck unendlichen Bedauerns über sein Gesicht, begleitet von grenzenloser Hoffnungslosigkeit. Es war so unverhüllt, daß ich mich beinahe schämte.

»Ich bin ja so froh, daß wir drei Gelegenheit zu diesem kleinen Schwätzchen hatten«, ließ ich sie zum Abschluß wissen. »Ich hoffe, das hat die Luft gereinigt. Jetzt wißt ihr beide ganz genau, was ich euch antun werde, wenn ihr euch weiterhin in Angelegenheiten mischt, die euch wirklich nichts angehen. Hört auf mich, meine edlen Freunde, denn solltet Ihr auf Eurem verderblichen Weg beharren, wird unsere nächste Begegnung *höchst* unangenehm sein.«

Mir war einfach danach. Es hatte so etwas berückend Archaisches. Offensichtlich hat mein Vater mehr auf mich abgefärbt, als man meinen möchte, denn auch ich verspüre oft diesen überwältigenden Drang zur Melodramatik. Eine Art Erbkrankheit, vermute ich.

Dann verließ ich Sthiss Tor, kehrte jedoch nicht umgehend nach Annath zurück. Ich verbrachte mehrere Wochen hoch oben in den sendarischen Bergen und sann über jene plötzliche Offenbarung nach, die mich in Salmissras Thronsaal überkommen hatte. Ich wußte, daß Zedar derjenige war, der Eriond *finden* würde, obwohl ich zum damaligen Zeitpunkt nicht einmal Erionds Namen kannte. Je länger ich darüber nachdachte, desto mehr roch es für mich nach ›Einmischung‹. Es gab allerdings einen Unterschied. Wenn Mutter sich einmischt, fühlt sich das anders an – oder ›riecht‹ anders, wenn ihr so wollt –, als wenn UL oder die Notwendigkeit sich einmischen. Diesmal fühlte es sich *ganz* anders an. Ich kannte die Hand, die dahintersteckte, nicht, und das machte mich ein klein wenig ärgerlich. Offenkundig hatte ein neuer Spieler am Tisch Platz genommen. Jetzt kenne ich ihn selbstverständlich. Nun ja, das sollte ich wohl auch, da ich den neuen Spieler von Kindesbeinen an in eben dieser Hütte aufgezogen habe.

Ich denke, ich sollte dieser Tage einmal mit Eriond darüber sprechen. Ich glaube, ich möchte wirklich wissen, was es mit diesen kleinen Heimsuchungen auf sich hatte. Wenn es einen Grund dafür gab, kann ich mich damit abfinden. Aber wenn es nur aus Spaß war, dann werde ich jemandem gehörig die Meinung sagen!

Außerdem war ich *sehr* unglücklich mit dem, was ich, wie sich immer deutlicher abzeichnete, Salmissra würde antun müssen. Sie und ich wußten beide, daß es passieren würde, aber offenbar hatte jemand sie davon überzeugt, daß es mir letztendlich nicht gelingen würde. Mein einziger Trost liegt darin, daß sie sich mittlerweile daran gewöhnt hat und nicht mehr richtig unglücklich darüber ist. Und außerdem ist Nyissa mit ihr in ihrer derzeitigen Gestalt auf dem Thron wesentlich besser dran.

Ganz gleich, wie ich es drehte und wendete, ich konnte nichts tun, um das zu verhindern, was bereits vorherbestimmt war. Schließlich gab ich es auf und kehrte nach Annath zurück.

Nachdem der Winter vorüber war, packte Vater erneut die Wanderlust. Er verließ uns und zog wieder hinaus, um sich die weite Welt anzusehen. Ich hätte ihm sagen können, daß sie noch immer da war, aber er mußte sich wohl mit eigenen Augen davon überzeugen.

Ich ging hinüber nach Algarien und knüpfte Beziehungen zu dem Klan, in dem Ildera, das Mädchen, das Geran heiraten würde, zur Welt gekommen war. Ich führte ein Gespräch unter vier Augen mit ihrem Vater, dem Klanhäuptling, und gegen Mittsommer trieb der Klan seine Herden herüber nach Sendarien und errichtete ein mehr oder weniger dauerhaftes Lager in der Nähe der Grenze zu Annath. Das Wort ›Grenze‹ besagt hier oben allerdings nicht viel. Wenn ihr euch umschaut und Bäume seht, seid ihr in Sendarien, wenn ihr Gras seht, in Algarien. Natürlich gab es einen lebhaften Verkehr über diese eher theoretische Grenze, und eines

Tages traf der neunjährige Geran die siebenjährige Ildera. Ich war nicht zugegen, hörte die Glocke aber trotzdem läuten. Alles verlief nach Plan.

Als Geran etwa zwölf war, nahm sein Vater ihn in den Steinbruch mit, um seine Ausbildung als Steinhauer in Angriff zu nehmen. Zunächst bekam er die unvermeidlichen Blasen, Muskelschmerzen und Zerrungen, doch mit der Zeit härteten sich seine Muskeln, und er wurde geschickter in der Ausübung des Familiengewerbes.

Das Leben in Annath verlief ruhig. In den abgelegenen Bergdörfern von Sendarien ist es üblich, daß die Bewohner den Namen des derzeitigen Königs nicht kennen und der Tod einer Kuh ein ganzes Jahr lang zum Hauptgesprächsstoff wird.

Im Jahre 5345 dann kamen Vater und die Zwillinge nach Annath. »Du solltest ein paar Leute kennenlernen, Pol«, teilte Vater mir mit. »Beltira und Belkira können dich hier vertreten, während ich dich mitnehme und ein paar Leuten vorstelle, von denen du die letzten dreitausend Jahre im Mrinkodex gelesen hast.«

Ich hatte wirklich nichts dagegen. Fürs erste hatte ich genug von ländlicher Abgeschiedenheit.

Wir überquerten die algarische Grenze, und ich begegnete dem grimmig dreinblickenden kleinen Jungen namens Hettar. »Ich glaube, der wird uns Schwierigkeiten machen, Vater«, prophezeite ich, als wir aus König Cho-Rams Lager fortritten.

»Möglich, Pol«, stimmte er mir zu.

»Wahrscheinlich müssen wir ihn an einen Pfahl ketten, wenn er erwachsen wird. Ich habe für Murgos ja auch nicht viel übrig, aber Hettar macht fast so etwas wie eine Religion daraus.«

»Die Murgos *haben* seine Eltern getötet, Pol.«

»Ja. Er erzählte es mir. Aber er wird eines Tages König der Algarer sein, und dieser glühende Haß wird uns noch etliche Schwierigkeiten bereiten.«

»Ich komme schon mit ihm zurecht, Pol«, meinte Vater zuversichtlich.

»*Natürlich,* Vater«, erwiderte ich. »Wohin reiten wir als nächstes?«

»Boktor. Mach dich auf etwas gefaßt, Pol. Prinz Kheldar ist ein aalglatter junger Mann.«

»Er ist doch erst zehn, Vater.«

»Ich weiß, aber sieh selbst.«

Kheldar erwies sich sogar als noch schlüpfriger als dieser Fisch. Er war charmant, von ausgesuchter Höflichkeit und völlig skrupellos. Seltsamerweise mochte ich ihn.

Dann gingen Vater und ich nach Trellheim in Cherek, um Barak und seinen Vetter, Kronprinz Anheg, zu treffen. Als ich die beiden das erstemal sah, hatte ich eine dieser sonderbaren Anwandlungen, die uns manchmal überkommen. Es war beinah, als sei Anrak, Eisenfausts Vetter, von den Toten auferstanden. Barak und Anheg waren beide Chereker bis ins Mark, und ihr wißt, was das heißt. Sie waren dennoch außergewöhnlich intelligent, was sie aber gut zu verbergen verstanden.

Mittlerweile war es Spätherbst geworden, und Vater brachte mich nach Annath zurück. »Mit den anderen können wir nächsten Sommer sprechen, Pol«, sagte er. »Ich wollte, daß du zuerst die Alorner kennenlernst. Sie dürften am ehesten Probleme machen.«

»Ich dachte, du magst die Alorner, Vater.«

»Wie kommst du denn darauf?«

»Du verbringst eine Menge Zeit mit ihnen.«

»Ich *muß* eine Menge Zeit mit ihnen verbringen, Pol. Jeder Alorner ist eine potentielle Katastrophe. Der Meister hat mir vor ungefähr fünftausend Jahren den Auftrag erteilt, ein Auge auf die Alorner zu haben, und das hat sich zu einer lebensfüllenden Aufgabe ausgewachsen. Er sagte, ich solle es tun, also tue ich es. Gefallen muß es mir allerdings nicht.«

»Du bist ja *so* ein braver Junge, Vater.«

Im folgenden Frühjahr erklang wieder Mutters Stimme in meinem Kopf. *»Es ist Zeit für dich, wieder die Schulbank zu drücken, Pol«,* verkündete sie.

»Aha?«

»Es gibt da eine Reihe Dinge, die du ziemlich bald beherrschen mußt.«

»Zum Beispiel?«

»Du wirst wissen müssen, wie man mit den Erinnerungen der Menschen spielt.«

»Würdest du bitte ›spielen‹ etwas näher erklären, Mutter?«

»Ich möchte, daß du übst, wie man Leute Dinge vergessen läßt, so wie damals, als wir mit deiner Ausbildung angefangen haben. Und dann wirst du lernen, wie man diese Erinnerungen mit den Abbildern von Ereignissen ersetzt, die sich gar nicht zugetragen haben.«

»Können wir das wirklich tun?«

»Ja, das können wir. Die Menschen tun es übrigens auch die ganze Zeit selbst. Es ist eine Möglichkeit, die Realität zu ändern. Der Fisch, der dir entwischt ist, wird mit der Zeit immer größer.«

»Weißt du, das ist mir auch schon aufgefallen. Wie gehe ich vor?«

Ihre Erläuterung war recht rätselhaft, da es um eine besondere Eigenheit des menschlichen Gedächtnisses ging. Wenn man es recht betrachtet, entspricht nur etwa die Hälfte unserer Erinnerungen realen Geschehnissen. Wir neigen dazu, das Vergangene abzuändern, damit wir vor uns und unseren Mitmenschen besser dastehen. Wenn unser Tun nicht sehr bewundernswert war, haben wir den Hang, es einfach zu vergessen. Der Wirklichkeitssinn eines durchschnittlichen menschlichen Wesens ist bestenfalls dürftig. Unser Leben ist in unserer Erinnerung meist viel netter.

Um zu üben, pfuschte ich – am Rande – in den Erinnerungen einiger Bewohner von Annath herum. Es war wirklich recht leicht.

»Warum lerne ich das, Mutter?« fragte ich nach ein paar Wochen.

»Im Mrin werden – wenn auch nur am Rande – eine Reihe von Menschen erwähnt. Ich denke, wir sollten sie

uns einmal ansehen, um sicherzustellen, daß sie auch wirklich auf unserer Seite stehen werden.«

»Jeder in den Königreichen des Westens wird auf unserer Seite stehen, Mutter.«

»Darum geht es, Pol. Diese Menschen stammen nicht aus dem Westen. Sie leben in Gar og Nadrak.«

KAPITEL 38

Diese Kleider kann ich unmöglich in der Öffentlichkeit tragen, Mutter!«

»Sie stehen dir aber sehr gut. Damit zeigst du eben Figur.«

»Das kann ich auch, wenn ich gar nichts anhabe! Ich zeige mich nicht in der Öffentlichkeit mit etwas, das so eng anliegt wie eine zweite Haut!«

»Es scheint mir aber in der Tat noch etwas zu fehlen.«

»Aha. Du hast es also doch bemerkt.«

»Sei lieb. Ah, jetzt fällt es mir ein. Wir haben die Dolche vergessen.«

»Dolche?«

»Vier für gewöhnlich – zwei an deinem Gürtel und zwei in deinen Stiefelstulpen.«

»Warum so viele?«

»Das ist eine nadrakische Sitte, Pol. So lassen nadrakische Frauen die Männer wissen, daß Anschauen in Ordnung geht, Anfassen ihnen aber Ärger einbringt.«

Die Zwillinge vertraten mich in Annath bis zu Vaters Eintreffen, und Mutter hatte mich in den Wald mitgenommen, um mich mit einigen Besonderheiten der nadrakischen Bräuche und Bekleidung vertraut zu machen. Die Kleidung, die sie für mich ausgesucht hatte, bestand aus schwarzen Lederstiefeln, einer eng anliegenden schwarzen Lederhose und einer noch enger anliegenden schwarzen Weste. Die bloße Aufzählung mag männlich klingen, aber als ich sie angezogen hatte, sah ich, daß niemand bezüglich meines Geschlechts im unklaren bleiben würde. Ich erkannte augenblicklich, wozu nadrakische Frauen Dolche benötigten – *viele* Dolche. *»Sind die nadrakischen Männer sich darüber im klaren, was die Dolche bedeuten?«* fragte ich.

»Für gewöhnlich, ja – wenn sie nüchtern sind. Aber hin und wieder packt sie der Spieltrieb, und dann muß man ihnen auf die Finger klopfen. Ein paar Schnitte und Stiche überzeugen sie meist.«

»Versuchst du witzig zu sein?«

»Das würde ich doch nie tun!«

Ich erschuf mit meinem Willen vier ulgonische Messer. Wenn ihr jemanden einschüchtern wollt, zeigt ihm ein ulgonisches Messer. Der Anblick gebogener Spitzen und gezähnter Klingen bereitet den meisten Menschen Übelkeit.

»Die sind ja grauenvoll, Pol!«

»Nicht wahr? Ich möchte sicherstellen, daß niemand so betrunken ist, daß er Risiken eingeht.«

»Du weißt aber, daß das deinen Preis drücken wird, nicht wahr?«

»Meinen Preis?«

»Nadrakische Frauen sind Eigentum eines Mannes, Pol. Das weiß doch jeder.«

»O ja. Das hatte ich ganz vergessen. Gibt es noch etwas, was du mir zu erzählen vergessen hast?«

»Du wirst ein Halsband tragen müssen – geschmackvoll mit Edelsteinen besetzt, wenn du teuer bist. Mach dir aber wegen der Kette keine Gedanken. Nadrakische Frauen legen die Kette nur bei offiziellen Anlässen an. Irgendwo auf unserem Weg nach Yar Nadrak werden wir anhalten, damit du eine Nadrakerin tanzen siehst. Das wirst du auch lernen müssen.«

»Ich kann bereits tanzen, Mutter.«

»Nicht so, wie man es in Gar og Nadrak gerne sieht. Wenn eine nadrakische Frau tanzt, fordert sie jeden anwesenden Mann heraus. Das ist der Hauptgrund für die Dolche.«

»Warum tanzen sie so, wenn sie solche Schwierigkeiten deswegen bekommen?«

»Wahrscheinlich, weil es Spaß macht, Pol. Es macht die nadrakischen Männer absolut verrückt.«

Mir wurde klar, daß die Nadrakerinnen die Freizeitbeschäftigung des ›Herzenbrechens‹ zum Äußersten getrieben hatten. Dieser kleine Ausflug ließ sich interessanter als erwartet an.

Dann verschmolzen Mutter und ich in die Gestalt eines Falken und flogen nach Nordosten ins Land der Nadraker. Die beiden Männer, die wir suchten, hielten sich in der Hauptstadt Yar Nadrak auf, aber Mutter schlug vor, daß wir zuerst in einer namenlosen Siedlung in den endlosen Wäldern von Gar og Nadrak haltmachten, um die Darbietung einer nadrakischen Tänzerin namens Ayalla zu verfolgen.

Die Siedlung hatte diese schludrige, ›das-ist-gut-genug‹-Aura an sich, die in Gar og Nadrak üblich zu sein scheint. Die Gebäude bestanden aus Holz und Segeltuch, und keins von ihnen war auch nur ansatzweise gerade oder massiv. Sie sackten und kippten stets in alle Richtungen weg, doch das schien die Fallensteller und Goldsucher nicht zu stören, die von Zeit zu Zeit, wenn die Sehnsucht nach der Zivilisation sie überkam, ihre Wälder verließen. Mutter und ich flogen näher und ließen uns auf dem Sims eines unverglasten Fensters hoch oben in der Rückwand der Dorfschenke nieder.

»Ayallas Besitzer heißt Kablek, Pol«, ließ Mutter mich wissen. *»Ihm gehört diese Schenke, und Ayalla ist so etwas wie der Aktivposten seines Geschäfts. Sie tanzt jede Nacht hier, und das lockt all die Kunden an. Sie macht Kablek reich. Er verwässert sein Bier so sehr, daß es schon gar nicht mehr schäumt, und verlangt auch noch einen unerhörten Preis dafür.«*

»Hört sich an, als sei er Tolnedrer.«

»Ja, so ähnlich – nur fehlt ihm der Schliff.«

Die Gesellschaft in Kableks Schenke war rauh, aber eine Reihe bulliger Kerle mit schweren Keulen gingen umher, um Ordnung zu schaffen. Sie beendeten die Messerstechereien, übersahen jedoch die meisten Faustkämpfe – vorausgesetzt, die Teilnehmer demolierten nicht die Einrichtung.

Kablek und seine Kellner verkauften bis gegen Mitte der Nacht Bier zu wahnwitzigen Preisen, und dann begannen die Gäste »Ayalla, Ayalla, Ayalla!« zu brüllen, mit den Füßen zu stampfen und mit den Fäusten auf die grob gezimmerten Tische zu hauen. Kablek ließ das ein paar Minuten so gehen, während er immer weiter Bier ausschenkte, was das Zeug hielt, und dann stieg er auf die lange Theke an der Rückwand seines Etablissements und bellte: »Letzte Bestellung, meine Herren! Holt euch jetzt euer Bier! Während Ayallas Tanz schenken wir keines mehr aus.«

Dieser Ankündigung folgte ein Ansturm auf die Theke. Als Kablek dann sah, daß jeder einen vollen Humpen vor sich stehen hatte, gebot er mit erhobener Hand Schweigen. »Das ist der Rhythmus!« erklärte er und begann in seine schwieligen Hände zu klatschen – drei langsame Klatscher, gefolgt von vier Stakkatoklatschern. »Kommt mir ja nicht aus dem Takt, Männer! Ayalla mag das gar nicht, und sie ist sehr flink mit ihren Messern.«

Ihr Gelächter klang leicht nervös. Ein Künstler will immer sein Publikum fesseln – aber mit einem Messer?

Dann legte Ayalla einen gekonnt dramatischen Auftritt in der gut ausgeleuchteten Tür zum Hinterzimmer hin. Ich mußte zugeben, daß sie betörend schön war mit ihrem blauschwarzen Haar, den glitzernden schwarzen Augen und dem sinnlichen Mund. Theoretisch betrachtet war sie eine Sklavin, ein Stück Besitz, aber ihr herrisches Gebaren übertraf das eines jeden tolnedrischen Kaisers. Sklavin oder nicht, Ayalla gehörte im wahrsten Sinne des Wortes alles – und jeder –, worauf ihr Blick fiel. Ihr Kleid, wenn man etwas so Durchsichtiges ein Kleid nennen konnte, bestand aus blasser, hauchdünner malloreanischer Seide, die bei jeder Bewegung knisterte. Es ließ ihre Arme nackt bis zu den Schultern und endete unmittelbar über ihren weichen Lederstiefeln, aus denen die juwelenbesetzten Griffe ihrer Dolche ihre Zuschauer neckisch anfunkelten.

Das Publikum johlte, aber Ayalla wirkte eher gelangweilt. Ihre Miene änderte sich jedoch, als ihre Zuschauer den mitreißenden Rhythmus zu klatschen begannen. Ihr Gesicht nahm einen entschlossenen Ausdruck an, und die pure Kraft ihrer starken Persönlichkeit schlug die Zuschauer in ihren Bann. Ihr Tanz begann langsam, fast träge, aber dann wurden ihre Bewegungen schneller. Ihre Füße schienen fast über den Boden zu fliegen, als sie zu dem zündenden Rhythmus durch den Raum wirbelte.

»Ausatmen, Pol!« Mutters Stimme klang gepreßt. *»Ich sehe schon schwarze Flecken vor unseren Augen!«*

Mit aller Kraft atmete ich aus. Ich hatte unbewußt die Luft angehalten. Ayallas Darbietung hatte selbst mich gefesselt. *»Sie ist recht begabt, nicht wahr?«* untertrieb ich.

Ayalla wurde langsamer und ließ ihren Tanz mit einer unerhört sinnlichen Pose ausklingen, die jeden Mann im Raum herausforderte. Der Griff ihrer Hände um die Dolche, während sie sich anzubieten schien, ließ jedoch keinen Zweifel daran aufkommen, was sie mit demjenigen anstellen würde, der so töricht wäre, ihr ›Angebot‹ wahrzunehmen.

Gütige Götter! Das sah nach einer Menge Spaß aus!

»Nun, Pol?« fragte mich Mutter. *»Glaubst du, das könntest du auch?«*

»Es erfordert vielleicht ein bißchen Übung«, räumte ich ein, *»aber nicht allzu viel. Ich weiß genau, was sie tut. Sie ist sehr stolz darauf, eine Frau zu sein, nicht wahr?«*

»O ja. Das ist sie.«

»Darum geht es eigentlich bei ihrem Tanz, und mit dem Teil komme ich ganz gut zurande. Die Schritte sind nicht schwierig. Es ist ihre Haltung, die zählt, und da

habe ich auch etwas zu bieten. Laß mir eine Woche Zeit, Mutter, und ich bin eine bessere Tänzerin als sie.«

»Oh, haben wir aber Selbstvertrauen!«

»Vertrau mir. Wohin jetzt?«

»Nach Yar Nadrak, der Hauptstadt. Du wirst dir einen Besitzer aussuchen müssen, und dann kann es losgehen.«

Die meisten von euch sind vermutlich nicht mit den Besonderheiten der nadrakischen Gesellschaft vertraut. Frauen gelten bei den Nadrakern als Eigentum, aber nicht auf dieselbe Weise wie Pferde, Stiefel oder Wagen es sind. Nadrakische Frauen *erwählen* ihren Besitzer, und falls der Glückliche nicht ihren Anforderungen entspricht, kann sie jederzeit zu ihren Dolchen Zuflucht nehmen, um ihn davon zu überzeugen, daß er sie besser an jemanden verkauft, den sie lieber mag – und jedesmal erhält sie die Hälfte des Kaufpreises. Eine Nadrakerin, die sich aufs Geschäft versteht, kann als reiche Frau sterben, wenn sie es darauf anlegt.

Yar Nadrak ist eine mückenverseuchte, nach Teer stinkende Stadt, errichtet auf einer sumpfigen Landzunge. Die angrenzenden Wälder sind der Brandrodung zum Opfer gefallen – soweit die Vorzüge.

Es gab keinen Grund, sich länger davor zu drücken. Also nahm ich wieder meine eigene Gestalt an und schlüpfte in die Lederkleidung, die Mutter mir besorgt hatte. Als ich durchs Stadttor stolzierte, fiel mir die blankpolierte Stahlmaske Toraks auf, die auf mich herunterstarrte. Die Existenz dieser gräßlichen Mahnung hat möglicherweise etwas mit dem zu tun, was anschließend geschah.

»Nicht so eilig, Liebchen«, lallte einer der halbbetrunkenen Torwachen, grinste mich lüstern an und hielt mich am Arm fest. Ich entschloß mich, hier und jetzt ein paar grundlegende Dinge zu klären. Ich trat ihm gegen die Kniescheibe, und er knickte ein und fiel zu Boden. Dann warf ich mich auf ihn, während ich mein Knie in seine Magengrube stieß. Ich zog meine ulgonischen Messer und hielt sie ihm mit der gezähnten Klinge an die Kehle. »Irgendwelche letzten Worte?« fragte ich.

»Was *machst* du da?« winselte er.

»Ich schneide dir deine Kehle durch«, erklärte ich geduldig. »Du hast mich angefaßt, und niemand überlebt es, Polanna angefaßt zu haben. Jeder weiß das. Mach dich bereit. Es ist vorbei, bevor du es merkst.«

»Es war ein Versehen!« quiekte er. »Ich wollte dich nicht anfassen!«

»Tut mir leid. Das wußte ich nicht. Du hättest besser aufpassen sollen.«

»Du vergibst mir also?«

»Natürlich vergebe ich dir, du dummer Junge. Ich muß dir zwar trotzdem die Kehle durchschneiden, aber ich werde es wirklich bedauern. Bleib einfach still liegen. Es dauert nur eine Minute.«

Und was sollte ich *jetzt* tun? Ich war mir sicher, daß jeder der Umstehenden über die Maßen beeindruckt war, aber wie würde ich hier herauskommen, ohne diesen Tölpel wirklich umbringen zu müssen?

»Polanna! Laß ihn laufen!« Die Stimme war tief und männlich und schien von irgendwo hinter mir zu kommen. Sie *kam* aber nicht von hinten, und der Besitzer der Stimme war auch kein Mann. Mutter war zu meiner Rettung erschienen.

»Aber er hat mich angefaßt!« wand ich ein.

»Ein Irrtum. Laß ihn los.«

»Ich bin beleidigt worden. Das kann ich ihm nicht durchgehen lassen.«

»Wir haben keine Zeit dafür, Polanna. Ritz ihn an, und laß es dabei bewenden. Ein bißchen Blut wäscht die Beleidigung ab. Wegen eines Versehens mußt du nicht die gesamte Kanalisation damit füllen.«

»Schon gut.« Ich gab nach. Ich fügte meinem zu Tode verängstigten Opfer einen kleinen Schnitt am Kinn zu, erhob mich und schob meine Dolche wieder in ihre Scheiden. Dann schritt ich durch das Tor. Ich glaube nicht, daß irgend jemandem auffiel, daß ich scheinbar alleine war.

»Ein bißchen zu dick aufgetragen, Pol.« Mutters Tonfall war beißend.

» Die Sache ist außer Kontrolle geraten, schätze ich.«

»Polanna? Wo hast du denn das her?«

»Ist mir soeben eingefallen. Ich dachte, es klänge nadraksch.«

»Nadraksch?«

»Laß es dabei bewenden, Mutter. Wir sollten jetzt einkaufen gehen und mir einen Besitzer suchen.«

Ich war noch nie einen Besitzer einkaufen gegangen. Es ist nicht ganz dasselbe, wie ein Paar Schuhe oder einen Rinderbraten einkaufen zu gehen. Wir einigten uns schließlich auf einen reichen Pelzhändler mit Namen Gallak. Er war reich genug, um über die nötigen Beziehungen zu verfügen *und* nicht in einem Loch zu wohnen. Wie die meisten Nadraker war er ein hagerer Mann mit scharfen Augen. Das einzige Problem, das wir mit ihm hatte, bestand darin, daß er weit mehr an Geld als an den schönen Dingen des Lebens interessiert war – Frauen eingeschlossen. Aufgrund seiner Engstirnigkeit kostete es uns mehr Mühe als erwartet, ihm einige Erinnerungen einzupflanzen, aber Mutter und ich umgingen das, indem wir seine Habgier reizten. Wir rieben ihm die verlockende Vorstellung unter die Nase, welchen Gewinn er erzielen würde, wenn er mich erfolgreich weiterverkaufte. Das brachte den Durchbruch.

Spät eines Nachts schlich ich mich in sein Haus, während er schlief, verstreute ein paar meiner Habseligkeiten im Haus und konzentrierte mich auf einen seiner leerstehenden Räume, damit es aussah wie mein persönliches Schlafzimmer. Dann, es dämmerte gerade, machte ich Feuer in seiner Küche und begann zu kochen. Als alles soweit war, ging ich in sein Schlafzimmer und rüttelte ihn wach. »Dein Frühstück ist fertig, Gallak«, ließ ich ihn wissen. »Steh auf.«

Er reckte sich und gähnte. »Guten Morgen, Polanna«,

sagte er ruhig. »Hast du gut geschlafen?« Er erinnerte sich glasklar daran, mich vor sechs Wochen in einer hinterwäldlerischen Schenke gekauft zu haben, und in seinen Erinnerungen war ich schon lange genug um ihn, daß er mich hatte kennenlernen können.

Er verschlang sein Frühstück und machte mir ein Kompliment über meine Kochkünste – was er seinen Erinnerungen zufolge stets tat, wenn ich für ihn gekocht hatte. Dann überprüfte er mein Halsband, um sich zu vergewissern, daß der Verschluß noch intakt war, und ging zur Arbeit. Soweit er wußte, war ich ein fester Bestandteil seines Lebens geworden. Er hatte keinerlei Möglichkeit herauszufinden, daß er mich an diesem Morgen das erstemal in seinem Leben gesehen hatte.

Na also«, sagte Mutter, nachdem er gegangen war. *»Jetzt wollen wir einen Mann namens Yarblek aufsuchen. Er wird später ziemlich wichtig werden. Wir sollten ihn also kennenlernen.«*

»Meine Bewegungsfreiheit dürfte wohl ein bißchen eingeschränkt sein, Mutter«, rief ich ihr ins Gedächtnis.

»Wer hat dich auf die Idee gebracht?«

»Ich bin eine Sklavin, Mutter. Ich kann doch nicht einfach nach Lust und Laune in den Straßen umherwandern, oder?«

»Du übersiehst das Wichtigste, Pol. Gallak ist dein Besitzer, nicht dein Herr. Du bist sein Eigentum, nicht seine Sklavin.«

»Gibt es da einen Unterschied?«

»Eine ganze Welt von Unterschieden, Pol. Dein Halsband verschafft dir absolute Freiheit, und es zeigt jedem, daß Gallak ihn töten läßt, wenn er dich belästigt. Du hast hier größere Freiheiten als damals als Herzogin von Erat. Du kannst hingehen, wo du willst, und du mußt nichts tun, was du nicht willst. Nadrakische Frauen sind freier als alle anderen weiblichen Wesen auf dieser Welt – abgesehen von Wölfen natürlich.«

»Was für eine faszinierende Vorstellung.«

Trotz der Tatsache, daß Yarblek zum damaligen Zeitpunkt erst um die fünfzehn war, war er in Yar Nadrak bereits so etwas wie eine Berühmtheit. Aber berühmt oder nicht, Yarblek war ein wenig schwer zu finden, und meine Suche nach ihm führte mich in die Elendsviertel der Stadt. Offenbar hatte sich die Neuigkeit von dem Vorfall am Stadttor bereits herumgesprochen, denn alle möglichen übel aussehenden Schurken beeilten sich, mir aus dem Weg zu gehen. Scheinbar hatte eine Beschreibung meiner Person die Geschichten begleitet, so daß die Verbrecher von Yar Nadrak mich erkannten. Es ist allerdings schwer, Informationen zu sammeln, wenn niemand mit einem reden will, und so suchte ich mir einen schmuddeligen Kerl aus und zeigte mit dem Finger auf ihn. »Du«, befahl ich gebieterisch. »Komm her!«

»Ich habe doch gar nichts getan«, widersprach er.

»Das habe ich ja auch nicht behauptet. Komm her.«

»Muß ich?«

»Ja.« Ich zeigte auf die Straße vor mir. »Hierher«, kommandierte ich. »Jetzt.«

»Ja, Polanna. Sofort.« Er rannte fast über die Straße, und als er auf dem Fleck stehenblieb, auf den ich gezeigt hatte, nahm er vorsichtig die Hände auf den Rücken, um etwaigen Mißverständnissen vorzubeugen.

»Ich suche einen jungen Burschen namens Yarblek. Kennst du ihn?«

»Jeder kennt Yarblek, Polanna.«

»Gut. Wo finde ich ihn?«

»Er verbringt seine Zeit normalerweise im Rattennest – das ist eine Schenke drüben am Osttor. Wenn er da nicht ist, müßte der Schankwirt wissen, wo er steckt.«

»Danke. Siehst du? Es hat doch gar nicht weh getan, oder?«

»Ich scheine nicht zu bluten – noch nicht.« Dann trat ein neugieriger Blick in seine Augen. »Hast du diesem Torwächter *wirklich* den Kopf mit diesen Sägen abgeschnitten, die du statt Dolchen trägst?«

»Natürlich nicht. Ich habe ihn nur ein ganz klein wenig angeritzt.«

»Ich dachte mir schon, daß es ein bißchen übertrieben wäre. Du wirkst nicht besonders blutrünstig auf mich.« Dann zwinkerte er mir zu. »Ich werd's aber niemandem weitererzählen. Du hast die ganze Diebesgilde in Angst und Schrecken versetzt, und ich *liebe* es, wenn all diese Halsabschneider in ihren Stiefeln zittern.«

»Du bist ein netter Junge«, lobte ich ihn und tätschelte ihm die Wange. Dann nahm ich die schlammbedeckte Straße zum Osttor.

Das Rattennest trug seinen Namen zu Recht. Den Platz der Vorhänge nahmen Spinnweben von entsprechendem Umfang ein, und der Boden war schon seit mehreren Monaten nicht mehr gefegt worden. Ich stellte mich an die wacklige, verschrammte Theke. »Welcher dieser betrunkenen Halunken ist Yarblek?« verlangte ich von dem Burschen auf der anderen Seite der Theke zu wissen.

»Der in der Ecke da drüben – der junge Kerl, der seinen Rausch von gestern abend auszuschlafen versucht. Wirst du ihn töten?«

»Wie kommst du denn auf die Idee?«

»Du bist doch die, die sie Polanna nennen, nicht wahr? Es heißt, du würdest Leute umbringen, nur weil sie dich angeguckt haben.«

»Unsinn. Ich habe heute noch keinen einzigen Menschen getötet – bislang. Aber jetzt entschuldige mich bitte, ich gehe dort rüber und wechsele ein paar Worte mit dem jungen Mann.«

Es bedurfte nicht viel, um Yarblek zu wecken – ein einzige knarrende Bodendiele, um genau zu sein. Bevor er die Augen aufschlug, fuhr seine Hand an sein Messer. Dann schaute er mich kühn an. »Nimm Platz, Liebchen«, lud er mich ein, indem er mir mit dem Fuß einen Stuhl hinschob. »Du bist neu in der Gegend, nicht wahr? Ich glaube nicht, daß ich dich hier schon mal gesehen habe. Soll ich dir etwas zu trinken bestellen?«

»Seid Ihr nicht ein bißchen jung, um Stammgast in üblen Spelunken zu sein, Meister Yarblek?« fragte ich ihn, während ich auf dem hingeschobenen Stuhl Platz nahm.

»Ich bin nie jung gewesen, Liebchen«, tat er sich wichtig. »Ich war schon erwachsen, als ich zur Welt kam. Ich wurde mit Starkbier aufgezogen und habe mit sieben meinen ersten Mann getötet.« Und er redete weiter – und weiter und weiter, brüstete sich damit, wieviel er trinken konnte, wie viele Männer er auf dem Gewissen hatte und daß ihm keine Frau widerstehen könne. Seine Miene und sein schnelles, leichtes Lachen schienen mir allerdings zu verstehen zu geben, ich müsse nicht alles glauben, was er erzählte, und er versuche mich nur zu unterhalten. Alles in allem hielt ich ihn für einen schäbigen, prahlerischen Halbstarken, aber ich bekam ein paar Hinweise darauf mit, daß er viel klüger war, als es den Anschein hatte. Außerdem war ich mir ziemlich sicher, daß er, vorausgesetzt, ihm unterliefen keine schwerwiegenden Fehler, tatsächlich alt genug werden würde, um erwachsen zu werden. Und in diesem Fall wäre er allem gewachsen, was man von ihm erwartete.

Ich gestehe, der Gedanke, er könne eine Geschäftsverbindung mit Prinz Kheldar eingehen und einer der reichsten Männer der Welt werden, kam mir nicht.

Nach einer Weile hatte ich seine Selbstbeweihräucherung satt. »Du siehst müde aus«, legte ich ihm nahe.

»Ich werde nie müde, wenn ich mich mit schönen Frauen unterhalte«, sagte er. Dann fielen ihm die Augen zu, und er begann zu schnarchen.

In Anbetracht seines Zustandes war es wahrscheinlich überflüssig, aber um wirklich sicherzugehen, löschte ich seine Erinnerung an unsere Begegnung – und die des Mannes hinter der Theke gleich mit.

»Mutter«, schickte ich meine Gedanken nach ihr aus, als ich das Rattennest verließ.

»Ja, Pol?«

»Ich habe Yarblek gefunden. Er ist noch ziemlich jung, wirkt aber recht vielversprechend – falls er bei seinem Lebenswandel alt wird.«

»Ich habe es aus verläßlicher Quelle, daß dem so ist, Pol. Können wir ihm vertrauen?«

»Vermutlich sollten wir es nicht, aber ich habe das Gefühl, wir könnten es wagen.«

»Wir bleiben noch eine Weile hier. Du kannst ja von Zeit zu Zeit nach ihm schauen und sehen, wie er sich entwickelt.«

»Wer ist der andere, den wir kennenlernen müssen?«

»Der neue König, Drosta lek Thun.«

»Wie neu?«

»Er wurde 5342 gekrönt. Jetzt dürfte er ungefähr zwanzig sein.«

»Wir erwarten Hilfe von dem König eines angarakanischen Volkes?«

»Ich bin nicht diejenige, die die Entscheidungen trifft, Pol. Du sollst dich mit ihm unterhalten und herausfinden, was ihn dazu bewegen könnte, die Seiten zu wechseln.«

»Es könnte sich als schwierig erweisen, in seinen Palast zu gelangen.«

»Ich glaube, Gallak kann uns dabei behilflich sein.«

»Möglich. Ich rede heute abend mit ihm und horche ihn aus.«

Meine Eingewöhnung in Gallaks Haushalt verlief vermutlich schwieriger als Gallaks Gewöhnung an mich. Ich mußte mir ständig ins Gedächtnis rufen, daß er glaubte, er lebte seit nunmehr sechs Wochen unter seinem Dach, und er sei an mich gewöhnt. »Wie war dein Tag, Polanna?« fragte er mich nach dem Abendessen freundlich.

»Wie immer«, erwiderte ich. »Ich bin auf den Basar gegangen und habe mir einige der Geschäfte angesehen, die ich noch nicht kannte. Ich habe aber nichts gekauft.«

»Brauchst du Geld?«

»Nein, danke. Bist du je König Drosta begegnet?«

»Ein paarmal, ja. Warum?«

»Reine Neugier. Was ist er für ein Mann?«

»Jung. Vielleicht wird er eines Tages erwachsen – hoffentlich vor seinem achtzigsten Geburtstag.«

»Das verstehe ich nicht ganz.«

»Seine Majestät liebt die Frauen.« Gallaks Mißbilligung war nicht zu überhören.

»Ich vermag daran nichts Falsches zu entdecken.«

»Ich schon – wenn ein Mann an nichts anderes mehr denken kann. Und so scheint es unserem König zu gehen. Ich bezweifle, daß er auch nur die Namen seiner wichtigsten Berater kennt.«

»Wie dumm.«

»Richtig dumm ist er nicht, Polanna. Um genau zu sein, ist er sogar ziemlich gescheit – auf eine etwas sprunghafte Weise –, aber sein Verstand schaltet sich völlig ab, wenn eine Frau zu tanzen beginnt. Versteh mich nicht falsch. Ich genieße die Darbietung einer guten Tänzerin genauso wie jeder andere Mann, aber Drosta bekommt schon glasige Augen, ehe die Tänzerin auch nur den Raum betreten hat, außerdem läuft ihm das Wasser im Mund zusammen – und hinaus. Er ist ein häßlicher junger Mann, und all die Speichelfäden machen ihn nicht attraktiver. Drasnien wird bald einen neuen König bekommen, und Drosta sollte sich dafür einsetzen, neue Handelsverträge mit ihm abzuschließen. Aber seine Berater können ihn nicht lange genug aus dem Puff holen, daß er die drasnischen Gesandten empfängt.«

»Schockierend«, murmelte ich.

»Genau meine Meinung. Können wir über etwas anderes reden? Mir wird schon beim bloßen Gedanken an diesen Lüstling schlecht.«

Das brachte mich auf eine Idee. Am nächsten Morgen, nachdem Gallak das Haus verlassen hatte, um ein paar Leute übers Ohr zu hauen, fing ich mit den Tanzübungen an. Ich benötigte keinen Raum voller Männer, die mir mit ihrem Klatschen den Takt vorgaben. Den hatte ich im Kopf. Ich räumte ein paar Möbelstücke aus dem Zimmer und verspiegelte die eine Wand mit meinem

Willen. Dann machte ich mich an die Arbeit. Wie ich bereits herausgefunden hatte, als ich Ayalla beim Tanzen zugesehen hatte, lag der Schlüssel zu einer wahrhaft herausragenden Tanzdarbietung nicht in den Schritten, sondern in der Haltung. Am späten Nachmittag konnte ich es annähernd.

Zwei Wochen lang übte ich fleißig. Das größte Problem, mit dem ich zu kämpfen hatte, hing mit der Zurschaustellung zusammen. Einige der Bewegungen des nadrakischen Tanzes waren mir schlicht peinlich, und ich wußte, ich müßte diese innere Verlegenheit überwinden, um die Art von Darbietung zu erreichen, die mir vorschwebte. Merkwürdigerweise fand ich heraus, daß es beim Zurschaustellen half, wenn ich meine Dolche ganz fest umklammert hielt. Wenn ich den Griff meiner ulgonischen Dolche in der Handfläche spürte, konnte ich mich den Blicken der Männer auf eine Weise darbieten, von der Ayalla nur träumen konnte. Dann mußte ich mir nur noch etwas einfallen lassen, um mein Erröten zu verbergen. Meine Tanzvorführung schockierte sogar mich. Nun, das war wohl auch der Sinn des Ganzen.

Der Winter kam und ging vorüber, und Gallak und ich richteten uns in unserer nadrakischen Häuslichkeit ein. Er verbrachte seine Tage damit, seine Kunden zu betrügen, und ich vervollkommnete meine Tanzkunst.

Nein, ich tanzte nicht aus reinem Vergnügen. Gallaks Einschätzung von König Drostas Persönlichkeit hatte mir den perfekten Weg gezeigt, dem nadrakischen König so nah zu kommen, daß ich seine Gedanken erforschen konnte. Im Frühling war mir klar, daß Drosta – selbst wenn ich nur halb so gut wäre, wie ich dachte – ganze Kübel vollsabbern würde, ehe ich auch nur die Hälfte meines Tanzes absolviert hätte.

Als der Schnee in den Straßen von Yar Nadrak zu schmelzen begann, schützte ich Ruhelosigkeit vor. Gallak und ich *waren* den Winter über ziemlich häuslich gewesen, und er stimmte mir bereitwillig zu, daß uns ein bißchen Gesellschaft gut tun würde.

Das gesellschaftliche Leben in Gar og Nadrak ist nicht sonderlich abwechslungsreich, da man nicht viel anderes tun kann, als Schenken zu besuchen. Ich persönlich konnte Schenken nicht viel abgewinnen, aber hier ging es ums Geschäft. Bevor wir das Haus verließen, zog ich mich um. Ich vermute, ich *hätte* auch in Leder tanzen können, aber die Wirkung wäre wohl nicht ganz dieselbe gewesen.

Ich saß mit Gallak an einem Tisch in einer Kneipe namens ›Der Wilde Eber‹. ich trank sogar ein paar Becher des fruchtig schmeckenden nadrakischen Bieres. Ich war tatsächlich ein bißchen nervös. Die anderen Leute in der Schenke wurden zusehends beschwipster, und zu fortgeschrittener Stunde wurde eine junge Frau, die das Eigentum eines Konkurrenten Gallaks war, von ihrem Besitzer dazu gedrängt, uns mit einem Tanz zu erfreuen. Die Gäste begannen rhythmisch zu klatschen, und die junge Frau tanzte. Sie war, obwohl kein Vergleich mit Ayalla, eigentlich nicht schlecht. Am Ende ihres Vortrags erhielt sie donnernden Applaus.

Lautlos und verstohlen, ohne ihn auch nur anzusehen, stachelte ich das Ego meines Besitzers ein bißchen an. »Meine Polanna kann besser tanzen«, verkündete er daraufhin großspurig.

»Das ist Gallak, wie er leibt und lebt«, schnaubte der Besitzer der Tänzerin. »Er meint, alle übertrumpfen zu müssen.«

»Schlage ihm eine Wette vor«, flüsterte ich Gallak ins Ohr.

»Kannst du denn wirklich tanzen?« flüsterte er ein wenig ängstlich zurück.

»Bei mir kriegt jeder Mann weiche Knie«, versicherte ich ihm.

»Na, dann versuch's.« Er klang nicht allzu überzeugt. »Also gut, Rasak«, sagte er zu seinem Herausforderer. »Möchtest du vielleicht eine kleine Wette darauf abschließen?« Er griff nach seinem Geldbeutel. »Ich habe hier zehn Goldstücke, und die setze ich darauf, daß Polanna besser ist als Eyana. Wir lassen unsere Freunde hier entscheiden.«

»Zehn? Du hörst dich ja an, als wärst du ungeheuer von dir selbst überzeugt, Gallak.«

»Genug, um mein Geld darauf zu verwetten. Höre ich da etwa Bedenken, Rasak?«

»Also zehn. Die Wette gilt.«

Die Menge grölte und trampelte mit den Füßen. Dann nahmen sie mit ihrem Klatschen jenen zündenden Rhythmus auf.

Ich holte einmal tief Luft, erhob mich und ließ meinen Umhang von den Schultern gleiten. Mein Tanzkostüm glich dem das Ayalla in jenem Gasthof im tiefen Wald getragen hatte. Ich sah aus dem Augenwinkel, daß Rasaks Gesicht beim Anblick des blauen Nichts von einem Kleid ziemlich blaß wurde.

Schon gut, laßt uns keinen Aufstand darum machen. Über knochige Knie und jungmädchenhafte Schlaksigkeit war ich längst hinaus. Außerdem tanzte ich seit sechs Monaten täglich, was meine Figur sozusagen in Kampfbereitschaft versetzte – bildlich gesprochen natürlich.

Tut mir leid wegen des Wortspiels. Es war ein Versehen.

Und so tanzte ich also für sie. Die Aussicht, in der Öffentlichkeit zu tanzen, hatte mich ein bißchen nervös gemacht – ich glaube, die professionellen Künstler nennen es Lampenfieber –, aber als ich erst einmal zu tanzen begonnen hatte, verwandelte sich die Nervosität in hochgespannte Erregung, und ich tanzte besser, als ich es je allein vor dem Spiegel getan hatte. Es geht eben nichts über ein Publikum, um zu Höchstleistungen zu gelangen. Mag sein, daß nicht alle Zuschauer weiche Knie bekommen haben, aber einige ganz gewiß.

Gebannte Stille trat ein, als ich meine Darbietung mit jener atemberaubend aufreizenden Pose schloß. Das Publikum gehörte mir! Der Applaus und der Jubel waren so ohrenbetäubend, daß Rasak sich gar nicht erst die Mühe machte, eine Abstimmung zu fordern. Er beglich seine Wettschulden, ohne mit der Wimper zu zucken.

Danach tanzte ich ziemlich häufig. Gallak, der immer seinen Vorteil im Auge behielt, gedachte mein Talent bei seinen geschäftlichen Unternehmungen zu nutzen. »Warum lassen wir nicht Polanna für uns tanzen, während du über mein Angebot nachdenkst?« war eine Frage, die während wichtiger Handelsabschlüsse immer häufiger fiel.

Da meine Vorführungen fast ausschließlich in Schenken stattfanden, war es nur eine Frage der Zeit, wann ich einem Zuschauer, der seine Hände nicht bei sich behalten konnte, beweisen mußte, daß ich auch mit Messern umzugehen verstand. Gallak hatte mit einem schielenden Burschen namens Kreblar verhandelt, und ihr Feilschen war in eine Sackgasse geraten. In dieser verfahrenen Situation griff Gallak zu seiner wichtigsten Waffe – zu mir. Er war mittlerweile überaus geschickt darin, mich in seine Verhandlungen einzubeziehen. Er ließ also seinen Vorschlag, ich solle für sie und die übrigen Gäste der Schenke tanzen, elegant in die Unterhaltung einfließen. Kreblar hatte bereits ein paar Krüge zuviel von dem gehaltvollen nadrakischen Bier getrunken und schien anzunehmen, ich tanze für ihn allein.

Nach Abschluß meiner Darbietung, als ich zu dem Tisch zurückstolzierte, an dem wir drei saßen, überschritt er die unsichtbare Grenze. Sein schielendes rechtes Auge starrte etwa in Richtung der Rückwand, während er mich grob am Arm packte. »Braves Mädchen!«

grölte er. »Komm schon, gib mir einen Kuß!« Er begann nach mir zu grabschen.

In diesem Augenblick kam mir meine Erfahrung als Ärztin zugute. Ich riß mein Knie hoch und traf ihn an der Kinnspitze, während ich gleichzeitig das Messer aus meinem Stiefel zog. Sein Kopf schnellte zurück, doch ich ignorierte seine dargebotene Kehle und zog ihm das Messer statt dessen einmal quer über die Brust. Seine Rippen würden schon verhindern, daß meine Klinge zu tief eindrang.

Sein Kreischen war durchdringend, und er glotzte voller Entsetzen auf das Blut, das aus dem sauberen Schnitt hervorquoll, mit dem ich soeben sein Hemd durchtrennt hatte. »Du solltest dich besser benehmen!« schimpfte ich ihn aus, ohne die Stimme zu erheben. Ich wischte mein Messer an seinem Kragen ab, steckte es wieder in meinen Stiefel und ließ den Blick über die übrigen Gäste wandern. »Hat hier irgend jemand zufällig Nadel und Faden?« fragte ich sie. »Wir waten bald alle knöcheltief im Blut, wenn ich den armen Kreblar nicht wieder zusammenflicke.«

Ein Schneider überreichte mir das Gewünschte, und ich hieß Gallak und vier Gäste Kreblar mit dem Rücken auf den Tisch drücken und festhalten. Dann nähte ich, leise vor mich hinsummend, Kreblars von Armbeuge zu Armbeuge verlaufende Wunde mit sauberen kleinen Stichen wieder zusammen. Sein beständiges Winseln überhörte ich einfach.

Ich weiß nicht genau, warum, aber ich bin der festen Überzeugung, daß das Nähen der Wunde das heiße Blut der Zuschauer weit mehr abkühlte als der Messerschnitt selbst. Die Menschen sind manchmal schon komisch.

Mit der Zeit verbreitete sich mein Ruhm in Yar Nadrak, und schließlich erhielt Gallak, wie ich ohnehin schon erwartet hatte, eine Einladung, ›im Palast vorzusprechen und Polanna mitzubringen‹. Endlich hatten sich das Üben und die vielen Darbietungen in den Schenken gelohnt.

König Drostas Palast befand sich im Zentrum von Yar Nadrak, und soweit ich feststellen konnte, war er das einzige Steingebäude in der gesamten Stadt. Nadraker verstehen sich allerdings nicht sonderlich gut auf das Bauen mit Steinen, und so war der Palast nicht minder schief als alle anderen Gebäude. Als Gallak und ich den Thronsaal betraten, erblickte ich dort den einzigen Grolim, der mir während meines ganzen Aufenthalts in Yar Nadrak begegnete. Behutsam schickte ich einen prüfenden Gedanken nach seinem Geist und fand dort rein gar nichts vor. Er war ein Grolim, das schon, aber kaum talentiert, und soweit ich es beurteilen konnte, hatte er die letzten zehn Jahre lang keinen nüchternen Atemzug mehr getan. Toraks Kontrolle über die Nadraker war verbesserungsbedürftig, um es gelinde auszudrücken.

König Drosta wirkte eigentlich zu jung, um eine Krone zu tragen, und schien wohl der Auffassung, seine vornehmste Herrscherpflicht bestehe darin, sich zu amüsieren. Er war dünn, fast mager, sein Gesicht übersät mit rot entzündetem Ausschlag und tiefen Narben. Sein Haar war struppig, schwarz und ziemlich spärlich, seine teure gelbe Kleidung nicht allzu reinlich.

Da eine Vorstellung bei Hof ein förmlicher Anlaß ist, trug ich meine Kette, und Gallak führte mich auf eine gesellschaftlich akzeptable Weise an ihr herum. Ich trug mein Tanzkleid, und darüber ein blaues Obergewand. Gallak führte mich vor die Stufen des Throns und verbeugte sich vor seinem König. »Ich bin Gallak, Majestät«, sagte er. »Ihr habt mich rufen lassen?«

»Ah, da bist du ja, Gallak«, entgegnete Drosta mit schriller, fast hysterischer Stimme. »Wir haben schon auf dich gewartet.« Dann musterte er mich von Kopf bis Fuß mit einem Blick, der unverschämt eindeutig war. »Das ist also die berühmte Polanna«, fuhr er fort. »Sie ist ein hübsches Mädchen, nicht wahr?« Er kicherte nervös. »Würdest du sie verkaufen, Gallak?«

»Äh – nein, Euer Majestät«, erwiderte Gallak. »Ich glaube nicht.« Ich hielt das für eine weise Entscheidung, denn Gallak befand sich nur eine Kettenlänge von meinen Dolchen entfernt.

»Vielleicht möchtest du sie mir dann leihen.« Drosta schien das komisch zu finden, denn er begann dröhnend zu lachen.

»Das wäre wohl *meine* Entscheidung, Drosta«, gab ich in kühlen Tonfall zurück, »und ich bezweifle, daß Ihr genug Geld dafür hättet.«

»Nicht eben bescheiden, oder?« sagte er.

»Ich weiß, was ich wert bin«, antwortete ich achselzuckend.

»Man erzählte mir, du seist Tänzerin.«

»Man hat sich nicht geirrt.«

»Bist du eine gute Tänzerin?«

»Die beste, die Ihr je gesehen habt.« Bescheidenheit war keine nadrakische Tugend, aber diese Behauptung schien sogar die übliche nadrakische Prahlsucht in den Schatten zu stellen. »Das wirst du mir beweisen müssen, Polanna.«

»Wann immer Ihr es wünscht, Drosta. Bevor wir jedoch anfangen, sollten wir einen Blick auf diese hier werfen.« Ich griff unter mein Obergewand, zog meine Messer hervor und zeigte sie ihm.

»Du drohst mir?« staunte er, und die Augen quollen ihm aus dem Kopf.

»Es war nicht als Drohung gemeint, Drosta – ich wollte Euch lediglich Tatsachen vor Augen halten. Das blüht Euch, wenn Ihr Euch von Eurer Wertschätzung für meine Person hinreißen laßt.«

»Ich glaube nicht, daß ich schon einmal ein Messer mit einem Haken an der Spitze gesehen habe. Wozu ist der da?«

»Der Widerhaken zieht Dinge heraus – Dinge, die die meisten Menschen lieber in ihrem Innern behalten.« Ich betrachtete die Messer liebevoll. »Sind sie nicht hinreißend?« sagte ich. »Sie sind so gefertigt, daß sie beim Austreten mehr Schaden anrichten als beim Eindringen.«

Er wurde grün im Gesicht und schauderte. »Was für

eine schreckliche Frau, Gallak«, wandte er sich an meinen Besitzer. »Wie hältst du es nur in ihrer Nähe aus?«

»Zu mir ist sie nett, Euer Majestät«, entgegnete Gallak. »Sie bringt mir Manieren bei. Und damit nicht genug, ist sie auch noch die beste Köchin von Gar og Nadrak.«

»Der Welt, um genau zu sein, Gallak«, berichtigte ich ihn. »Nun, Drosta«, fuhr ich dann fort, »was soll es sein? Soll ich für Euch tanzen, oder hättet Ihr lieber ein Abendessen?«

»Zuerst tanzst du«, gierte er. »Mal sehen, ob dein Tanz mir Appetit macht.« Dann ließ er den Blick durch seinen überfüllten Thronsaal wandern. »Räumt den Boden frei!« befahl er. »Macht dem Mädchen hier Platz! Laßt uns sehen, ob sie so gut ist, wie sie denkt.«

Ich faßte das als Herausforderung auf, und deshalb überwand ich meine gewohnte Zurückhaltung und fügte meiner Tanzdarbietung einige Elemente hinzu, die ich noch nie zuvor in der Öffentlichkeit gezeigt hatte.

Nein, ich werde sie hier nicht eingehender beschreiben – die Kinder, ihr wißt schon.

König Drosta zitterte heftig, als ich zurückstolzierte und mein Obergewand wieder aufhob. Auf seinem Gesicht lag ein nahezu ehrfürchtiger Ausdruck. »Bei Toraks Zähnen!« fluchte er. »So etwas habe ich noch *nie* gesehen!«

»Ich sagte Euch, daß ich die beste bin, Drosta«, erinnerte ich ihn.

»Bist du dir sicher, daß du sie nicht verkaufen willst, Gallak?« bettelte Drosta.

»Ich halte es für meine Pflicht als Patriot, es nicht zu tun, Euer Majestät«, ließ mein Besitzer ihn wissen. »Ihr seid als leicht erregbar bekannt und könntet eines Tages hinweggerafft werden. Ich darf Euch Polanna nicht guten Gewissens verkaufen, da es noch keinen Thronerben gibt.«

»Du würdest mich doch nicht *wirklich* töten, Polanna, oder?« wollte Drosta hoffnungsvoll von mir wissen.

»Ich würde es furchtbar bedauern, Drosta, aber Regeln *sind* Regeln, Ihr versteht. Selbstverständlich würde ich mich bemühen, es so schmerzlos wie möglich zu gestalten, bin jedoch sicher, daß gewisse Unannehmlichkeiten nicht zu vermeiden wären. Meine Messer sind nicht für Schnelligkeit geschaffen – oder für Sauberkeit. Der Vorgang ist für gewöhnlich *sehr* schmutzig.«

»Du bist eine grausame Frau, Polanna. Du hältst mir etwas Unwiderstehliches unter die Nase, und dann erzählst du mir, du würdest mir sechzig Fuß meiner Gedärme herausreißen, wenn ich die Hand danach ausstrecke.«

»Das habt Ihr schon gesagt, Majestät. Was hätten Euer Majestät gern zum Abendessen?«

Gallak, Drosta und ich begaben uns in die Palastküche, wo ich ihnen eine Abendmahlzeit zubereitete.

»Wir stecken in Schwierigkeiten, Gallak«, sagte Drosta nachdenklich, als er sich auf einen Stuhl an dem langen Tisch lümmelte.

»Ach?« meinte Gallak.

»Wie gut sind deine Kontakte in Drasnien?«

»Ich bin nie persönlich über die Grenze gekommen, aber ich habe Beziehungen zu Boktor.«

»Sie werden in Kürze einen neuen König dort bekommen, nicht?«

Gallak nickte. »Der alte siecht dahin. Der Kronprinz heißt Rhodar. Er ist fett, hat aber einen flinken Verstand.«

»Ich sollte wohl Kontakte zu ihm knüpfen. Ich habe ein Problem, bei dem er mir womöglich helfen könnte.«

»So? Was für ein Problem wäre das denn?«

»Es trägt den Namen Taur Urgas und sitzt auf dem Thron in Rak Goska.«

»Die Murgos, meint Ihr?«

»Es sind immer die Murgos, Gallak. Die Welt wäre ohne Murgos ein wesentlich netterer Ort. Taur Urgas ist ein Wahnsinniger. Das ist natürlich nichts Außergewöhnliches in Cthol Murgos. Die Murgos sind ein Volk von Wahnsinnigen, aber Taur Urgas treibt den Wahn zur Vollendung. Zur Zeit versuche ich, mit Zakath in Mallorea in Verbindung zu treten. Er ist Kronprinz und scheint ein halbwegs zivilisierter Mensch zu sein. Ich baue darauf, daß er den Vorteil erkennt, einen Verbündeten auf dem westlichen Kontinent zu haben. Früher oder später wird Taur Urgas versuchen, die westlichen Angarakaner zu vereinen, und ich ziehe es vor, nicht den Nacken vor einem wahnsinnigen Murgo beugen zu müssen.«

»Würde ein Bündnis mit Zakath nicht Taur Urgas beleidigen?«

»Das stört mich nicht. Wenn ich Mallorea auf meiner Seite habe, sind ihm die Hände gebunden. Ich habe ein großes Staatsgebiet, Gallak, aber nicht allzu viele Menschen. Wenn die Murgos nach Norden marschieren, schlucken sie uns einfach! Ich *muß* mit *irgend jemandem* ein Bündnis schließen!« Er hieb die Faust auf den Tisch.

»Wollt Ihr deshalb auch mit Rhodar in Verbindung treten?« mischte ich mich ein.

»Selbstverständlich. Ich würde mich selbst mit den Morindim verbünden, wenn ich einen Nutzen darin sähe. Kennst du jemanden, dem wir trauen könnten? Um Rhodar meine Botschaften zu übermitteln, Gallak?«

»Niemand, dem ich *so* weit vertrauen würde, Euer Majestät.«

Plötzlich hatte ich einen Geistesblitz. Ich hege meine Vermutungen über seinen Ursprung. »Es gibt hier in der Stadt einen jungen Mann, der, wie ich hörte, sehr geschickt ist – obwohl er sich noch nicht regelmäßig den Bart schert. Er ist wohl noch ein wenig ungehobelt, und Ihr werdet ihn einarbeiten müssen, aber er ist flink und lernt rasch. Er hat noch nicht genügend Zeit gehabt, sich einen Ruf zu machen. Mit ein bißchen Einweisung gäbe er vermutlich den perfekten Boten ab. Er ist schnell, intelligent und verhältnismäßig unbekannt.«

»Wie lautet sein Name?« erkundigte sich Drosta.

»Yarblek.«

»Ach, der«, sagte Gallak. »Von dem habe ich auch schon gehört. Er gibt an, daß sich die Balken biegen, aber er scheint nicht zu erwarten, daß man ihm seine Angeberei wirklich abnimmt.« Er überlegte. »Wißt Ihr, er könnte sich ganz gut machen – wenn wir ihn unter unsere Fittiche nehmen. Ich kann ohne Aufsehen zu erregen nach Boktor gelangen, da ich mehrmals pro Jahr Karawanen dorthin schicke. Yarblek kann als Ochsentreiber mitreisen.« Dann schnippte er mit den Fingern. »Mir kommt da ein Gedanke«, fügte er hinzu. »Ich kenne in der drasnischen Botschaft einen Burschen namens Javelin. Er soll als Schreiber oder ähnliches arbeiten, vermutlich aber ist er ein Spion. Ich könnte ihn überreden, Boktor zu benachrichtigen, daß Yarblek eine Botschaft von Euch für Rhodar bringt. Ihr solltet Yarblek in den Palast rufen lassen.«

Drosta kaute auf seinen Fingernägeln. »Ich muß ihn mir erst ansehen«, entschied er. »Aber wenn er so gut ist, wie ihr beide zu glauben scheint, könnte er die Lösung meines Problems sein. Wo finde ich ihn?«

»Er ist Stammkunde in einer Schenke namens Rattennest, Euer Majestät«, ergriff ich das Wort. »Sie liegt im Diebesviertel in der Nähe des Osttors.«

»Ich lasse nach ihm schicken.« Er sah mich an. »Wie alt sagtest du doch gleich, daß er sei, Polanna?«

»Ich sagte nichts dergleichen«, antwortete ich. »Um die fünfzehn, soweit ich gehört habe.«

»Das ist aber schrecklich jung.«

»Das hängt von der jeweiligen Person ab, Drosta«, widersprach ich ihm. »Und Ihr *werdet* Zeit haben, ihn anzulernen. Taur Urgas hat seine Truppen noch nicht in Marsch gesetzt, also bleibt Euch noch ein wenig Zeit zum Spielen.«

»Da ist was dran«, räumte Drosta ein, »und die Jungen sind noch leichter zu formen als die Alten, die schon festgefahren sind.«

»Und sie arbeiten für gewöhnlich für weniger Geld«, fügte Gallak hinzu. »Wenn Ihr ihm einen Titel verleiht – ›Sonderbotschafter‹ oder etwas ähnliches –, macht er es womöglich umsonst.«

»Was für eine wundervolle Idee«, sagte Drosta begeistert.

Ich hatte angenommen, Mutter habe mich lediglich nach Gar og Nadrak geschickt, um die Charaktere von Yarblek und Drosta einschätzen zu lernen, aber offenbar war ich ein bißchen weiter gegangen. Ich hatte sie nicht nur kennengelernt, sondern auch zusammengebracht, und das war der wahre Zweck meiner Reise gewesen. Drosta war zu Anfang Feuer und Flamme für Yarblek, doch ich glaube, seine Begeisterung ließ etwas nach, nachdem Yarblek herausgefunden hatte, was seine Dienste für den König tatsächlich wert waren. Ich möchte es nicht beschwören, aber ich vermute stark, daß Yarbleks Preise in die Höhe zu schnellen begannen, nachdem er Silks Bekanntschaft gemacht hatte.

»Das war ein ereignisreicher Abend«, erklärte Drosta überschwenglich. »Ich durfte die beste Tänzerin in meinem Königreich bewundern, und dann hilft sie mir auch noch ein Problem zu lösen, über das ich mir schon seit meiner Thronbesteigung den Kopf zermartere. Ja, wahrhaftig ein ereignisreicher Abend.«

»Und Ihr habt Euer Abendessen noch nicht angerührt«, fügte ich hinzu.

»Ist es so gut wie der übrige Abend?«

»Vermutlich besser«, versprach ich ihm.

KAPITEL 39

Habe ich deine Erwartungen erfüllt, Mutter?« schickte ich meinen Gedanken aus, nachdem Gallak und ich nach Hause gegangen waren.

»In etwa, ja. Du warst schnell, Pol. Die beiden zusammenzubringen, war ein Geniestreich.«

»Danke, ich fand es auch recht gelungen. Wenn wir sie schon irgendwann in der Zukunft brauchen werden, dachte ich mir, es sei praktischer, wenn sie ohnehin zusammenarbeiten. Ist mein Auftrag hier erledigt?«

»Ich glaube, du hast deine Aufgabe voll und ganz erfüllt.«

»Die nächste Frage wäre also, wie ich wieder aus der Stadt herauskomme, so daß wir gemeinsam nach Annath zurückfliegen können. Die Erinnerungen eines jeden auszulöschen, der mir in Yar Nadrak begegnet ist, könnte sich als echte Herausforderung erweisen.«

»Warum rufst du deinen Vater nicht her? Er tut im Augenblick nichts Sinnvolles und besitzt diesen riesigen Haufen Goldbarren, der in seinem Turm nur Staub ansetzt. Sag ihm, er soll herkommen und dich Gallak abkaufen. Er braucht ohnehin noch ein bißchen Übung, und für meinen Geschmack hängt er ein klein wenig zu sehr an diesem Gold, meinst du nicht auch?«

»Das ist ja furchtbar, Mutter!« Ich brauchte meine ganze Selbstbeherrschung, um nicht laut loszulachen.

»Freut mich, daß du einer Meinung mit mir bist«, erwiderte sie selbstgefällig.

Ich wartete noch ein paar Wochen und beobachtete, wie mein ›Yarblek-Komplott‹ sich entwickelte. Dann, als sich abzeichnete, daß alles in die richtige Richtung lief, ging ich zur drasnischen Botschaft, um mit Markgraf Khendon zu sprechen, dem Mann, den man als Javelin kennt. Ein Schreiber überbrachte ihm meinen Namen, und ich wurde unverzüglich in sein Arbeitszimmer gebeten.

»Polanna«, begrüßte er mich mit höflichem Kopfnicken, »ich fühle mich geehrt durch Euren Besuch. Kann ich etwas für Euch tun?«

»Ihr kennt vermutlich meinen Vater, Markgraf«, sagte ich, während ich mich vorsichtig umschaute, ob es irgendwelche Gucklöcher oder Horchposten in dem Raum gab. Spionieren *ist* schließlich Drasniens Nationalgewerbe.

»Ich glaube nicht, Polanna. Ich bin noch nicht sehr lange in Yar Nadrak und kenne deshalb auch nicht allzu viele Nadraker.«

»Mein Vater ist auch kein Nadraker, Markgraf. Welcher Volksgruppe er entstammt, haben wir nie mit letzter Sicherheit bestimmen können. Wie dem auch sei, im Moment hält er sich in einem sendarischen Gebirgsdorf namens Annath auf, und ich muß ihm eine Nachricht übermitteln. Die Angelegenheit ist ein wenig heikel, so daß ich sofort an Euch dachte. Der drasnische Geheimdienst ist berühmt dafür, Geheimnisse bewahren zu können.«

»Und aufzudecken«, fügte er hinzu, während er mich mit einem sehr direkten Blick musterte. »Wie kommt es nur, daß mich das Gefühl beschleicht, Ihr wärt keine gewöhnliche nadrakische Tänzerin, Polanna?«

»Nun, das bin ich auch nicht. Ich bin besser als die anderen.«

»Das war nicht ganz das, was ich gemeint hatte. Jedenfalls seid Ihr keine Nadrakerin. Eure Augen haben nicht die richtige Form.«

»Darüber können wir uns bei Gelegenheit unterhalten. Nun denn, ich möchte, daß Ihr meinem Vater in Annath eine Nachricht zukommen laßt. Sagt ihm, ich hätte hier in Yar Nadrak das Erforderliche getan und möchte, daß er herkommt und mich meinem Besitzer, einem Pelzhändler namens Gallak, abkauft.«

»Äh – es könnte sinnvoll sein, mir den Namen Eures Vaters zu nennen, Polanna. Ich bin zwar sicher, ich könnte ihn letztendlich finden, aber mit seinem Namen ließe sich der Ablauf enorm beschleunigen.«

»Wie dumm von mir. Tut mir leid, Khendon.« Dann warf ich ihm einen verschlagenen Seitenblick zu. »Vielleicht solltet Ihr noch einmal auf die Akademie zurückgehen und einen kleinen Auffrischungskurs belegen. Es kränkt mich schon ein wenig, daß Ihr mich nicht gleich bei meinem Eintreten erkannt habt.«

Dann musterte er mich eingehend, wobei er die Lederbekleidung und die Dolche außer acht ließ. Dann blinzelte er und erhob sich rasch. »Euer Gnaden«, sagte er mit einer formvollendeten Verbeugung. »Das Haus erzittert in seinen Grundfesten ob Eurer hoheitsvollen Gegenwart.«

»Eure Botschaft wurde von nadrakischen Bauleuten errichtet, Khendon. Schon ein herzhafter Nieser würde sie zum Einsturz bringen.«

»Die nadrakische Bauweise *ist* ein bißchen nachlässig, nicht wahr?« stimmte er mir zu. Seine Augen verengten sich, und in seiner rechten Wange begann ein Muskel zu zucken. »Jetzt fügt sich so einiges zusammen«, bemerkte er. »Diese Geschichte mit Yarblek war Eure Idee, nicht?«

»Wie scharfsinnig beobachtet, Markgraf. All das hängt mit Dingen zusammen, die sich in der Zukunft abspielen werden. Ich mußte eine Verbindung zwischen Yarblek und König Drosta herstellen – *und* zwischen Drosta und Prinz Rhodar. Es wird großen Einfluß auf etwas ziemlich Bedeutendes haben. Stellt keine Fragen, Javelin, denn Ihr werdet keine Antworten erhalten. Ich habe schon genug damit zu tun, meinen Vater davon abzuhalten, sich an der Zukunft zu schaffen zu machen – da kann ich es nicht gebrauchen, daß auch *Ihr* noch Staub aufwirbelt.« Ich schob die Botschaft, die ich an diesem

Morgen geschrieben und versiegelt hatte, über den Tisch. »Sorgt einfach dafür, daß mein Vater dies hier erhält. Für ihn erklärt es alles. Spart Euch die Mühe, es heimlich zu öffnen. Es steht nur drin, daß er herkommen und mich Gallak abkaufen soll. Die ABSICHT des Universums wird Euch diesen Dienst nie vergessen.«

»Ihr wißt ja, daß Ihr mir damit fast den ganzen Spaß verderbt«, beschwerte er sich.

»Tut, was man Euch gesagt hat, und stellt keine Fragen, Javelin. Zur gegebenen Zeit werdet Ihr über alles aufgeklärt.« Das warf ich einfach so in den Raum.

Javelin stürzte sich sofort darauf. »Ich lasse mich vollständig von Eurer Weisheit leiten, Euer Gnaden«, erwiderte er hochtrabend. »Ich werde allerdings, ob es Euch gefällt oder nicht, einige Vermutungen anstellen.«

»Vermutet, was Euch beliebt, lieber Junge, aber mischt Euch nicht in die Sache ein.« Ich erhob mich von meinem Platz. »Es war phantastisch, mit Euch zu plaudern, alter Knabe«, fügte ich in leichtfertigem Tonfall hinzu. »Oh, nebenbei bemerkt, erinnert meinen Vater noch einmal daran, *haufenweise* Geld mitzubringen, wenn er nach Yar Nadrak kommt. Ich glaube, es wird ihn ein wenig überraschen zu erfahren, wie *viel* ich tatsächlich wert bin.«

Javelin ließ seine Alltagsgeschäfte liegen und unternahm die Reise nach Annath persönlich. Schließlich *war* ich nichts Geringeres als eine lebende Legende. Manchmal kann es zwar lästig sein, aber es *sind* auch ein paar Vorteile damit verbunden, nehme ich an.

Vater ließ sich natürlich Zeit, nach Yar Nadrak zu kommen. Vater läßt sich mit fast allem Zeit. Nachdem man siebentausend oder ein paar mehr Jahre gelebt hat, verliert Zeit wohl ein wenig an Bedeutung, vermute ich. Andererseits mußte er vielleicht auch einen schweren Entschluß bezüglich meines ›Freikaufs‹ fassen. Er hing sehr an dem Gold, das er und Yarbleks Vorfahr aus diesem Bachbett nahe dem Land der Morindim geschürft hatten. Sich von ihm zu trennen, bereitete ihm vermutlich gewisse Schwierigkeiten.

Zu guter Letzt jedoch bestand er die Prüfung – ja, daran besteht kein Zweifel, es *war* eine Prüfung – er kam nach Yar Nadrak mit einer Satteltasche voller Gold. Ich schien ihm also doch etwas wert zu sein.

Ich fühlte seine Anwesenheit, als er einige Meilen außerhalb der Stadt ankam, und begleitete an jenem Morgen Gallak dorthin, wo er seine Geschäfte tätigte. Natürlich besaß Gallak ein Warenlager, aber seine meisten Geschäfte schloß er in einer Schenke ab. Wo sonst?

Ich wartete, bis der alte Vagabund etwa drei Türen von der Schenke entfernt war, und dann ließ ich Gallak wissen, mir stehe der Sinn nach Tanzen. Ich hielt es für eine nette Art, Vater in Yar Nadrak willkommen zu heißen – *und* ihm zu zeigen, daß er etwas für sein Geld bekam.

Er schlüpfte unauffällig durch die Tür. Vater ist sehr gut in Unauffälligkeit. Er wirkte ein bißchen erstaunt, als er sah, was ich gerade trieb. Aber ich hatte auf der Stelle seine ungeteilte Aufmerksamkeit. Um ihn zu unterhalten, übertrieb ich es bei dieser Darbietung ein wenig. Die Gäste begannen zu johlen und zu grölen, und Vaters Augen verengten sich zu einem Blick besitzergreifender Streitsucht. Was war er doch für ein lieber Mann! Er sorgte sich noch immer so um mich wie damals vor Beldarans Hochzeit. Vor dreitausend Jahren war ich sechzehn, und er benahm sich noch immer wie zu dieser Zeit. Ich hatte ihn noch genauso gut im Griff.

Unter ohrenbetäubendem Applaus beendete ich meinen Tanz und stolzierte an Gallaks Tisch zurück. Vater schob sich durch die Menge, wobei er sein Bestes gab, seine Streitlust zu verbergen. »Nicht übel, die junge Frau, die du da hast«, bemerkte er zu Gallak. »Verkaufst du sie?«

Sie tauschten ein paar müde Artigkeiten aus, bevor sie ernsthaft um meinen Preis zu feilschen begannen.

Vater stieg mit einem beleidigend niedrigen Angebot ein, woraufhin ich mich einmischte und ein abwegig hohes dagegenhielt. Daraufhin erhöhte Vater sein Angebot, und Gallak ging mit dem Preis ein Stückchen herunter. Ich wurde langsam wirklich zornig, denn Vater weigerte sich beharrlich, höher als zehn Goldbarren zu gehen. Was *haben* die Männer nur mit der Zahl zehn? Es ist doch nichts Religiöses, oder?

Gegen Ende der Verhandlungen erhob ich noch einmal meine Stimme zur Unterstützung Gallaks. Der Endpreis war gar nicht so wichtig. Mir lag nur daran, Vater über diese Zehnergrenze zu treiben. Elf hätten mir genügt, aber Gallak übertraf all meine Erwartungen, und er und Vater einigten sich schließlich auf zwölf. Das ist gewiß ein ansehnlicher Preis. Vaters Goldbarren wiegen jeder zehn Unzen, und einhundertzwanzig Unzen Gold – von denen sechzig mir gehörten –, sind meines Erachtens nicht übel.

Es war Spätsommer, als Vater und ich Yar Nadrak wieder verließen. Wir zogen in Vaters gewohnter Reisegeschwindigkeit – von einem gemächlichen Schlendern zum völligen Stillstand – nach Westen, so daß es Herbst wurde, bis wir jenen hohen Gebirgszug erreichten, der das Rückgrat des Kontinents bildet. Vater warf einen Blick auf das sich färbende Laub und die vor uns liegenden Berge und beschleunigte seinen Schritt ein wenig. Natürlich war es bereits zu spät. Seit Äonen wird Vater nun schon vom Winter überrascht, und immer wieder scheint er es als eine Art persönlicher Kränkung zu empfinden.

Der Schneesturm, in den wir am Osthang der Berge gerieten, war recht schlimm. Drei Tage lang toste er um unseren provisorischen Unterstand. Ich bin ziemlich stolz auf mich, daß mir während all unserer Gespräche in jenen drei Tagen nicht einmal die Worte ›vertrödeln‹ oder ›bummeln‹ über die Lippen kamen.

Dann brachen wir wieder auf, kamen aber nicht viel weiter. Der Schnee lag ungefähr vier Fuß hoch, die Schneewehen waren noch höher. »Uns bleibt keine Wahl, Vater«, teilte ich ihm mit. »Wir müssen die Gestalt wechseln und wegfliegen.«

Seine Weigerung überraschte mich ein wenig, und

seine Ausrede – »Es könnten Grolims in der Nähe sein« – war wirklich ziemlich fadenscheinig. Wenn wir ›den Falken gaben‹, würden wir längst über Drasnien kreisen, bevor irgendein Grolim auch nur im Umkreis von fünf Meilen um unseren derzeitigen Standort auftauchen würde. Also stapften wir mühsam durch den Schnee. Wir hatten sage und schreibe schon eine Meile zurückgelegt, als uns der Vetter des ersten Schneesturms erwischte und zwang, ein zweites Mal Unterschlupf zu suchen.

Der Wind heulte die ganze Nacht lang, und gegen Mittag des nächsten Tages machte sich jemand vor unserer provisorischen kleinen Hütte bemerkbar. »Hallo, ihr da drinnen«, rief eine Stimme von draußen. »Ich komme herein. Keine Aufregung.«

Er war alt. Vater ist alt, scheint es aber zu ignorieren. Dieser in Pelze gehüllte Bursche dagegen schien auf eine eigenartige Weise selbst darüber hinausgewachsen zu sein. Haar und Bart waren von jenem seltenen silberweißen, fast leuchtenden Farbton, seine Augen von einem tiefen Blau. Mich überkam das seltsame Gefühl, er sehe alles. Sein Gesicht war tief in einem Pelzkragen verborgen, und seine flauschige Pelzmütze wirkte geradezu verwegen. »Sieht aus, als wärt ihr beide in Schwierigkeiten geraten, nicht?« meinte er humorvoll, als er unseren Zelteingang zurückschlug.

»Wir dachten, wir könnten ihm noch entgehen«, entgegnete Vater ziemlich resigniert.

»Da hättet ihr kaum eine Chance gehabt. Der Schnee ist hier im Gebirge zu Hause. Er wohnt hier. Wohin wollten wir denn?«

»Nach Drasnien«, gab Vater zurück.

»Ich würde mal sagen, da seid ihr aber spät losgezogen – zu spät. Nach Drasnien kommt ihr in diesem Winter nicht mehr.« Er seufzte. »Na ja, ich nehme an, es läßt sich nicht ändern. Ihr verbringt den Winter besser bei mir. Etwa eine Meile von hier habe ich eine Höhle. Packt eure Habseligkeiten zusammen und nehmt die Pferde mit. Ich denke, ich kann mich mit Gesellschaft den Winter über abfinden.«

Vater nahm die Einladung für meinen Begriff ein bißchen zu schnell an. »Wir haben wirklich keine Wahl, Pol«, raunte er mir zu, als wir unsere Sachen zu Bündeln zusammenpackten, die wir an unsere Sättel hängen konnten.

Ich entschied, kein Aufheben darum zu machen, aber wir *hatten* eine Wahl – dieselbe, die wir schon die ganze Zeit seit unserem Weggang aus Yar Nadrak gehabt hatten. Entweder schlug Vater diese Möglichkeit mit voller Absicht in den Wind, oder er wurde dazu angehalten. Ich grübelte den ganzen Winter darüber nach, welche der beiden Möglichkeiten zutreffen mochte.

Der Alte nannte uns nie seinen Namen. Soweit ich das beurteilen konnte, hatte er ihn wohl vergessen. Er erzählte uns, er habe sein Leben auf der Suche nach Gold hier oben in den Bergen verbracht, aber er wirkte nicht, als sei er besessen davon. Er liebte nur einfach die Berge.

Seine Höhle war wirklich behaglich. Sie war ziemlich geräumig, und er hielt sie sauber und ordentlich. Als wir durch die schmale Öffnung traten, schürte er das Feuer und sagte uns, wo wir die Pferde unterstellen konnten. Sein Esel stand auch da, und nach einer Weile freundeten sich sein Esel und unsere Pferde an. Der Esel schien für ihn indes mehr ein Hund als ein Lasttier zu sein. Der alte Goldsucher gestattete ihm, ja, er ermutigte ihn geradezu, nach Lust und Laune durch die Höhle zu wandern, was mir in jenem Winter eine Menge Probleme bereitete. Der Esel war ein neugieriges kleines Vieh und stand mir stets im Weg herum. Er *mußte* unbedingt sehen, was ich gerade tat. Ich glaube, er mochte mich, weil er ständig zärtlich an mir knabberte oder mich sanft mit seinem Kopf anstieß. Er liebte es, wenn man ihm die Ohren kraulte. Ich mochte ihn ja auch, aber ich mochte es überhaupt nicht, jeden Morgen durch ein warmes Pusten in meinem Nacken geweckt zu werden. Was mich aber am meisten störte, war sein Beharren darauf, mir beim Baden zuzusehen. Ich wußte, daß es lächerlich war, aber ich empfand seinen Blick aus irgendeinem Grund als peinlich.

Vater und der Alte verbrachten den Winter mit Gesprächen, ohne wirklich etwas zu *sagen*. Sie konnten sich offensichtlich gut leiden, obwohl sie kaum etwas gemeinsam hatten. Nach einer Weile verdichtete sich in mir eine Ahnung, daß hier ›herumgepfuscht‹ wurde. Ich glaube nicht, daß es irgend etwas Weltbewegendes war, aber aus unerfindlichen Gründen *sollten* Vater und ich einige Zeit mit diesem alten Burschen verbringen. Was mich daran am meisten beeindruckte, war die Erkenntnis, daß es wahrscheinlich auf der ganzen weiten Welt niemand gab, der freier war als dieser einsame alte Mann in den Bergen.

Hin und wieder, wenn mein Leben zu hektisch wird, denke ich an jenen verschneiten Winter zurück, und ein tiefer Frieden umfängt mich. Vielleicht war das der Grund für unseren Aufenthalt dort. Es *hat* mir des öfteren dabei geholfen, nicht dem Wahnsinn zu verfallen.

Schließlich hielt der Frühling auch im Gebirge Einzug, und Vater und ich setzten unseren Weg wieder fort. »Hast du einen Sinn in dem Ganzen erkannt, Vater?« fragte ich ihn, als wir ein paar Minuten marschiert waren.

»Was meinst du, Pol?« fragte er zurück, und sein Gesicht strahlte förmlich vor freundlichem Unverständnis.

Ich gab es auf. Ganz offensichtlich hatte er nicht die leiseste Ahnung, wovon ich sprach. »Vergiß es«, seufzte ich.

Eine Woche später erreichten wir Boktor. Über der Stadt lag noch immer eine Aura von Furcht und Vorsicht. Eine Seuche hatte im vorangegangenen Sommer das Land heimgesucht – eine dieser hochansteckenden Krankheiten, die ohne Vorwarnung zuschlagen, ein Drittel der Bevölkerung töten und dann so schnell, wie sie aufgetaucht sind, wieder verschwinden. Hätte ich nicht so darauf gebrannt, nach Annath zurückzukommen, hätte ich vermutlich in der Hoffnung, ein Heilmittel zu finden, Nachforschungen angestellt. Die Mehrheit der Menschheit fällt der einen oder anderen Krankheit zum Opfer, und als Ärztin empfinde ich das immer als persönliche Kränkung. Philosophisch betrachtet muß ich allerdings zugeben, wie praktisch sie sind. In Anbetracht der menschlichen Fruchtbarkeit muß es irgendein Mittel der Bevölkerungskontrolle geben; und auf lange Sicht sind Krankheiten humaner als Krieg oder Hungersnöte.

Du liebe Güte, was für ein düsterer Gedanke!

Wie dem auch sei, diese Seuche hatte große Mengen Drasnier hinweggerafft, auch ihren König. Vater und ich blieben lange genug, um der Krönung Kronprinz Rhodars beizuwohnen. Ich fragte den dicken König beiläufig und fand erfreut heraus, daß er in der Tat Besuch von einem abgerissen wirkenden jungen Mann namens Yarblek erhalten hatte.

Nach Rhodars Krönung traf Vater einen einsamen Entschluß, den ich nicht gutheißen konnte. Er verkaufte unsere Pferde und erstand ein Ruderboot. »Wir fahren durch die Sümpfe weiter«, verkündete er in jenem aufreizend befehlsgewohnten Ton, den er manchmal anschlägt.

»Wie bitte?«

Ich denke, *mein* Tonfall verriet meine Empfindungen über Vaters Entschluß. »Zu dieser Jahreszeit benutzen viele Leute die Große Nordstraße, Pol«, erklärte er, als er sich in die Ecke gedrängt sah. »Und in dieser Menge könnten sich ein paar feindliche Augenpaare verstecken.« Er weigerte sich noch *immer*, die vernünftigste Alternative in Betracht zu ziehen! Obwohl es Frühling war und die Zugvögel den Himmel bedeckten, hätte es auch für uns noch ein Plätzchen da oben gegeben.

Und so stakte er uns durch diesen stinkenden Sumpf. Die Moskitos, dessen bin ich mir sicher, freuten sich sehr, unsere Bekanntschaft zu erneuern. Meine Laune hatte bereits nach der ersten Meile ihren Tiefpunkt erreicht.

Die Moskitos waren nicht die einzigen Sumpfbewohner. Die Schildkröten sahen uns mit teilnahmslosen Reptilienaugen vorbeigleiten, aber die Fennlinge, jene kleinen, entfernt mit den Ottern verwandten Wassertiere spielten und tollten übermütig um unser Boot, und ihr ausgelassenes Keckern klang fast wie Kichern. Augenscheinlich fanden die Fennlinge die Vorstellung von Menschen, die blöd genug waren, um freiwillig in die ausgedehnten Marschen zu kommen, außerordentlich erheiternd.

Es regnete, als Vater uns um eine Biegung des träge und in großen Schleifen dahinfließenden Wasserlaufs stakte, auf dem wir die Marschen durchquerten. Wir erblickten die saubere, reetgedeckte Hütte, die das Heim Vordais war, der Hexe der Marschen.

Geschichten über Vordai tauchten nun schon seit drei Jahrhunderten überall auf dem westlichen Kontinent auf, wüste Übertreibungen, wie sich herausstellte. Hexen befassen sich mit Geistern – und mit dem Wetter natürlich. Wir tun so etwas nicht. Der Unterschied zwischen uns läßt sich wohl am besten so ausdrücken, daß Hexen sich spezialisiert haben, während unsere Interessen eher universal sind. Das ist natürlich über Gebühr vereinfacht, aber was ist das heutzutage nicht?

Die Fennlinge hatten Vordai unser Kommen angekündigt, so daß sie uns in ihrer Tür erwartete, als Vater die Spitze unseres Boots auf den schlammigen Ufergrund ihrer baumbestandenen kleinen Insel lenkte. Ihre Begrüßung konnte man nicht eben herzlich nennen. »Wenn ihr schon hier seid, könnt ihr auch reinkommen«, sagte sie ohne sichtliche Gemütsbewegung, »jedenfalls bis der Regen aufhört.«

Vater und ich stiegen aus dem Boot und gingen den

Fußweg zu ihrem Haus hoch. »Du bist also Vordai«, sagte ich zu der betagten, aber immer noch schönen Frau in der Tür.

»Und du bist Polgara«, erwiderte sie.

»Ihr kennt euch?« Vater klang überrascht.

»Dem Namen nach, alter Wolf«, ließ ich ihn wissen. »Man nennt Vordai die ›Hexe der Marschen‹. Sie ist eine Ausgestoßene, und dies ist der einzige Ort in Drasnien, an dem sie ungefährdet leben kann.«

»Vermutlich, weil das Holz hier überall zu naß ist, um problemlos Scheiterhaufen daraus aufzuschichten«, fügte sie hinzu. »Kommt aus dem Regen raus.«

Das Innere der Hütte war peinlich sauber und ordentlich, im Kamin brannte ein Feuer, und auf dem Tisch stand eine Vase mit Wildblumen. Ihr braunes Kleid erinnerte mich an das, was Mutter getragen hatte, als ich sie in Fleisch und Blut in den Höhlen von Ulgo getroffen hatte. Vordai hinkte indes, was Mutter nicht tat.

Wortlos nahm sie unsere nassen Kleider und hängte sie in der Nähe des Feuers auf, damit sie trockneten. Dann gab sie uns Decken, in die wir uns wickeln konnten. »Setzt euch«, sagte sie und zeigte auf den Tisch. »Im Topf sollte genug für uns alle sein.« Der aus dem Topf aufsteigende Duft sagte uns, daß sie eine köstlich gewürzte Fischsuppe zubereitet hatte. Vordai war mit Sicherheit eine hervorragende Köchin.

»Du wußtest, daß wir kamen, nicht wahr?« wollte ich von ihr wissen.

»Selbstverständlich. Schließlich *bin* ich eine Hexe.«

Dann hüpfte einer der Fennlinge ins Haus und erzählte etwas mit dieser aufgeregten, keckernden Stimme.

»Ja«, antwortete Vordai dem glatten kleinen Tier, »ich weiß.«

»Es stimmt also«, sagte ich. Ich hatte einige wilde Gerüchte über Vordais Fähigkeit gehört, sich mit den Lebewesen des Sumpfes zu verständigen. »Du hättest nicht an ihnen herumpfuschen sollen, weißt du.«

»Ich habe ihnen keinen Schaden zugefügt«, entgegnete sie achselzuckend, »und ich unterhalte mich wesentlich lieber mit ihnen als mit Menschen.«

Diese schöne alte Frau strahlte eine Verletzlichkeit aus, die ich mir nicht genau erklären konnte. Das Leben hatte es nicht gut mit ihr gemeint, so viel stand fest, aber da war noch etwas anderes, was ich nicht ausmachen konnte. Sie verwirrte mich mehr, als ich sagen kann. Außerdem forderte sie die Ärztin in mir heraus. Ärzte richten Dinge, die falsch gelaufen sind, aber mein Problem hier bestand darin, daß ich nicht genau wußte, was falsch gelaufen war. Und so entschloß ich mich, es herauszubekommen. Ich bin nicht die Frau, eine Herausforderung auszuschlagen – das ist euch vielleicht schon aufgefallen, oder?

Nachdem wir gegessen hatten, schickte ich meinem Vater eine lautlose, nicht zu subtile Botschaft. *Geh raus«*, lautete sie.

»Was?«

»Geh nach draußen. Ich muß mit Vordai allein sein. Geh. Jetzt.«

Sein Gesicht nahm plötzlich einen beleidigten Ausdruck an. »Ich gehe nach draußen, um das Boot umzudrehen«, erklärte er. »Es wäre nicht günstig, wenn es mit Regen volliefe.« Dann stand er auf und ging. Er sah ein bißchen lächerlich aus mit dieser Decke.

»Ich helfe dir beim Abwasch«, teilte ich unserer Gastgeberin mit. Diese kleinen häuslichen Verrichtungen, die wir miteinander teilen, bringen Frauen einander näher, aber Vordai weigerte sich hartnäckig, mir ihr Herz zu öffnen – also machte ich es auf die andere Art. Ich schickte einen behutsam tastenden Gedanken aus, und nachdem ich ihren Verteidigungswall durchbrochen hatte, entdeckte ich die Ursache ihrer lebenslangen Verbitterung. Natürlich war es ein Mann. Der Grund für die Probleme einer Frau ist fast immer ein Mann. Es war eine ziemlich alltägliche Geschichte. Als Vordai etwa fünfzehn gewesen war, hatte sie sich unsterblich – und heimlich – verliebt. Der Mann war etwas älter als sie gewesen, und, einfach ausgedrückt, dumm wie die Nacht. Sie hatten in einem schlammigen kleinen Dorf am Rand der Sümpfe gewohnt. Vordais Bemühungen, das Herz dieses begriffsstutzigen Klotzes zu erobern, waren recht unkonventionell gewesen. Sie hatte ihre Gaben benutzt, um den Nachbarn zu helfen. Unglücklicherweise war ihr Angebeteter religiös – auf die denkbar schlimmste Weise. In den Tiefen seiner stumpfen kleinen Seele gierte er danach, ›das Greuel der Hexerei mit Stumpf und Stiel auszurotten‹. *Er* war es gewesen, der den Mob angeführt hatte, der sie auf den Scheiterhaufen hatte bringen wollen. Sie hatte in die Marschen fliehen müssen und hatte jegliche Hoffnung auf Liebe, Ehe und Kinder fahren lassen. Und das war der Grund, warum sie – noch nach dreihundert langen, einsamen Jahren – hier draußen im Sumpf lebte und all ihre grenzenlose Liebe den Fennlingen angedeihen ließ. Ihr gehörte eine kleine Geschichte von einer tiefen, aber an den Falschen verschwendeten Liebe, die noch immer in ihrem Herzen brannte.

»O Liebes«, sagte ich, und meine Augen füllten sich plötzlich mit Tränen.

Sie warf mir einen verblüfften Blick zu, und dann wurde ihr klar, daß ich in ihren Geist eingedrungen war. Zuerst reagierte sie mit Unmut auf mein unerwünschtes Eindringen, aber dann erkannte sie, daß ich es aus Mitgefühl getan hatte. Schließlich war ich eine Zauberin und hatte nichts gegen Hexerei einzuwenden. Die Mauer, die sie um sich errichtet hatte, brach zusammen, und sie jammerte »O Polgara!« Sie begann zu weinen, und ich nahm sie in die Arme und hielt sie ziemlich lange fest, während ich ihr übers Haar streichelte und ihr leise Trost zusprach. Das war das einzige, was ich tun konnte. Ich wußte jetzt, was nicht in Ordnung war, konnte aber nichts dagegen tun.

Der Regen ließ nach, und Vater und ich zogen unsere inzwischen getrockneten Kleider an und setzten unsere

Fahrt fort. Ich verbrachte viel Zeit damit, über diese beiden Begegnungen nachzudenken, während Vater uns durch den Sumpf stakte. Sowohl in den nadrakischen Bergen als auch hier in Boktor hatte Vater ziemlich lahme Ausreden dafür vorgebracht, warum wir nicht nach Annath fliegen sollten. Vater dachte sich die unmöglichsten Ausreden aus, um Unannehmlichkeiten aus dem Weg zu gehen. Aber in diesem Fall hatten die Ausreden sie ihm gerade erst *eingebracht*, und das war so ungewöhnlich, daß es geradezu nach meiner Aufmerksamkeit schrie. Aus irgendeinem Grund hatten wir den alten Mann in den nadrakischen Bergen und Vordai in den Marschen treffen *müssen*. Zu guter Letzt gab ich es auf. Schließlich *waren* Vater und ich nicht der Bauchnabel des Universums, und vielleicht hatten sich diese Begegnungen zum Besten von jemanden *anderem* ereignet.

Gut, *jetzt* weiß ich natürlich, wozu sie gut waren. Vordai und der Goldsucher sollten ein Teil von *Garions* Erziehung werden. Vater und ich waren kaum mehr als Zuschauer. Es ist so offensichtlich! Ich wundere mich wirklich, daß euch das entgangen ist.

Wir erreichten Aldurford und setzten unsere Reise entlang der östlichen Vorberge des senarischen Gebirges fort, bis wir auf den wenig benutzten kleinen Abzweig hinauf nach Annath trafen. Der Nachmittag war schon fortgeschritten, als wir zum Steinbruch gelangten, und Geran, der derzeitige Erbe, erwartete uns dort. Geran war bei meinem Weggang nach Gar og Nadrak ein schlaksiger Halbwüchsiger gewesen, aber jetzt war er ein junger Mann. Das passiert oft, wißt ihr. Manchmal passiert es sogar über Nacht. Anders als die meisten jungen Männer, die ich aufgezogen habe, hatte Geran dunkle, fast schwarze Haare und Augen von einem sehr,

sehr tiefen Blau. Er war nicht ganz so groß, sah aber fast jeden Zoll aus wie Eisenfaust persönlich. »Tante Pol!« rief er mit sichtlicher Erleichterung aus. »Ich hatte schon Angst, du würdest nicht mehr rechtzeitig zur Hochzeit zurückkommen!«

»Welche Hochzeit, Lieber?« Ich weiß nicht, warum ich das sagen mußte. Ich *wußte*, über welche Hochzeit er redete.

»Meine eigene selbstverständlich«, antwortete er. »Ildera und ich heiraten nächste Woche.«

»Tsa tsa«, machte ich, »was sagt man dazu.«

Zu Dorfhochzeiten kommen normalerweise Dorfbewohner – insbesondere Braut und Bräutigam. Nicht selten sind sie Nachbarn und zusammen aufgewachsen. Diesmal hingegen stammten sie nicht nur aus verschiedenen Dörfern, sondern gehörten sogar verschiedenen Völkern an. Die daraus erwachsenen Probleme betrafen aber diesmal nicht das Brautpaar selbst, sondern ihre Mütter, Gerans Mutter Alara und Ilderas Mutter Olane. Sie haßten sich inbrünstig. Ilderas Vater Grettan war der Häuptling seines Klans, und das schien Olane zu Kopf gestiegen zu sein. Sie machte kein Geheimnis aus ihrer Auffassung, Ildera heirate unter ihrem Stand. In Alaras Augen war Geran jedoch der Kronprinz von Riva, so daß Olanes Herablassung ihr wirklich auf die Nerven ging. Ich mußte sie ständig im Auge behalten, damit sie nicht lauthals verkündete, wie wichtig *ihr* Sohn sei. Es war eine äußerst quälende Zeit für mich.

Wenn ich während der letzten Phasen der Verlobung zugegen gewesen wäre, hätte ich die Wogen der Erregung möglicherweise glätten können, aber jetzt war es zu spät. Die Entwicklung hatte einen Punkt erreicht, wo Braut und Bräutigam zweitrangig geworden waren. Die persönliche Abneigung zwischen Alara und Olane hatte Wellen geschlagen, so daß die einheimischen Sendarer und die Klanangehörigen aus Algarien sich wie feindliche Heerlager gegenüberstanden.

»Nun gut, meine Herren«, wandte ich mich eines

Abends an Vater und Darral, »wir haben ein Problem. Ich kann verhindern, daß Alara und Olane sich an die Kehle gehen, aber *ihr* beiden werdet für Ruhe in den Straßen – und der Schenke – sorgen müssen. Ich will kein Blutvergießen vor der Zeremonie haben. Wenn diese Schwachköpfe es auf eine Massenschlägerei anlegen, dann sollen sie es *nach* der Feier tun. Und es ist eure Aufgabe, dafür zu sorgen.«

»Ich könnte mit Knapp sprechen, dem Schankwirt«, überlegte Darral zweifelnd. »Vielleicht kann ich ihn überreden, wegen Instandsetzungsarbeiten oder etwas ähnlichem zu schließen. Mag sein, daß er mir zustimmt. Eine Massenschlägerei wäre für die Einrichtung seiner Schenke vermutlich das Ende.«

Vater schüttelte den Kopf. »Die Stimmung ist ohnehin schon gereizt«, gab er zu bedenken. »Die Schenke zu schließen, würde alles nur verschlimmern.«

»Die Grenze dichtmachen vielleicht?« Darral griff nach Strohhalmen. »Grettan erklärt sich möglicherweise dazu bereit. Wir könnten auch ihre Rinderherden auseinandertreiben. Dann wären die Algarer eine Weile beschäftigt.«

»Es ist mir wirklich gleichgültig, wie ihr das bewerkstelligt, meine Herren«, eröffnete ich ihnen. »Aber haltet Frieden. Das ist ein Befehl – solltet ihr das noch nicht bemerkt haben.«

Geran und Ildera schienen blind für den noch nicht erklärten Krieg zwischen ihren Müttern zu sein. Sie hatten jenen glücklichen Zustand gedankenloser Selbstvergessenheit erreicht, der für gewöhnlich das Vorspiel für eine glückliche Ehe ist. Natürlich erlebte ich das nicht das erstemal. Jener Nachmittag in Camaar fällt mir dazu ein. Er fällt mir immer ein, denn schließlich war das der Tag, an dem ich meine Schwester verlor. Geran und Ildera waren nicht ganz so schlimm wie Beldaran und Riva damals, aber einen großen Unterschied konnte ich nicht entdecken.

Die Feindschaft zwischen Alara und Olane äußerte

sich nicht in nackter Gewalt, sondern im Wettstreit. Sie versuchten sich bei jeder kleinen Einzelheit bezüglich der Feierlichkeit gegenseitig auszustechen. Mit einem falschen, eingefrorenem Lächeln auf dem Gesicht zankten sie darüber, wer von ihnen die Blumen bereitstellen würde. *Das* Problem entschärfte ich, indem ich erklärte, *ich* würde mich darum kümmern, »da die beiden Damen ja so viel anderes zu tun haben. Außerdem kann ich es preiswerter als eine von euch machen«. Ich schützte sogar Sparsamkeit vor, nur um den drohenden Waffengang zu vereiteln.

Dann prahlte Olane selbstgefällig mit Ilderas Hochzeitskleid, und Alara wurde grün vor Neid. Sie nahm halb Annath auf der Suche nach einem passenden Gewand für ihren Geran auseinander, bis sie schließlich ein altmodisches und schlechtsitzendes Wams für Geran auftrieb. Der purpurne Stoff war verblichen, und es sah auch nicht sehr gut aus, aber sie zwängte ihren widerstrebenden Sohn in das gute Stück und ließ ihn mit einem gehässigen kleinen Lächeln um die Mundwinkel vor Olena auf und ab stolzieren. Ich wog Hochzeitskleid und Wams gegeneinander ab und kam zu dem Ergebnis, daß dieser Waffengang mit einem Unentschieden ausgegangen war. Aber kein Streithals gibt sich mit einem Unentschieden zufrieden. Das gemeinsam zubereitete Hochzeitsmahl ergab einen klaren Sieg für Olane. Schließlich hatte sie unbeschränkten Zugriff auf Rindfleisch. Die Runde bezüglich des Priesters, der die Zeremonie abhalten sollte, ging jedoch klar an Alara. Olanes Kandidat war der Klanpriester des Belar, Alaras der hiesige Gottesmann der Sendarer. Sendarische Priester sind übertrieben ökumenisch, so daß dieser Priester den Segen aller sieben Götter auf die Neuvermählten herabbeschwören konnte. Ich erwähnte UL mit keinem Wort, da ich fürchtete, Alara könnte die Hochzeit verschieben, bis sie mit dem Gorim von Ulgo in Verbindung getreten wäre. Alara und Olane stritten sich unablässig. Ihre Mienen waren zu jenem frostigen Lächeln erstarrt, das förmlich nach aufgesetzter Höflichkeit stinkt. Sie meinten ihre wahren Gefühle zu verbergen, konnten jedoch nicht einmal den gutmütigsten Trottel täuschen. Die Scheingefechte wegen der beiden Priester wollten kein Ende nehmen, bis wir alle knietief in logischen Trugschlüssen wateten. »Beide!« entschied ich schließlich, um der Angelegenheit ein Ende zu bereiten.

»Ich vermag dir nicht ganz zu folgen, Pol«, flötete Alara mit honigsüßer Stimme.

»Beide Priester werden die Feier abhalten.«

»Aber –«

»Kein aber. Beide Priester, meine Damen, und damit Schluß.« Während jenes schwelenden Krieges mußte ich ziemlich oft ein Machtwort sprechen.

Als der Tag der Hochzeit endlich kam, war ich völlig erschöpft. Sollte ich diesen Tag überstehen, würde ich mir bestimmt Ferien gönnen. Ich meinte, ich würde schreien müssen, sollte ich auch nur noch ein einziges Mal »Aber Olane, meine Liebe –« oder »Aber Alara, Schätzchen –« zu hören bekommen.

Da wir nun zwei miteinander wetteifernde Priester hatten, zogen sich die Feierlichkeiten über zwei Stunden hin, und die Hochzeitsgäste, die sich auf die anschließenden Lustbarkeiten freuten, wurden mit der Zeit unruhig.

Ildera war hinreißend schön, und Geran sah so gut aus, daß die Mädchen von Annath hörbar mit den Zähnen knirschten, weil ihn keine von ihnen bekommen hatte.

Den Hochzeitspredigten hörte ich meist gar nicht zu, aber ich *mußte* schlucken, als der sendarische Priester Toraks Segen auf das Brautpaar herabrief. Dafür war dies entschieden die falsche Hochzeit.

Dann endlich war die Zeremonie vorüber, und Geran und Ildera waren Mann und Frau. Sie ließen das Hochzeitsmahl über sich ergehen, doch es drängte sie offensichtlich, sich in das hübsche kleine Steinhäuschen zurückzuziehen, das Geran und sein Vater am Südende von Annaths einziger Straße errichtet hatten. Sie hatten feste Pläne für den Abend. Vater, Darral und Grettan sorgten dafür, daß während des Mahls Ruhe herrschte, aber länger ließ sich der erzwungene Frieden nicht aufrechterhalten. Scharenweise zogen wir die lange Straße hinunter und begleiteten das frisch gebackene Ehepaar in sein neues Heim, und dann ging ich zurück in Darrals Haus und ließ mich ins Bett fallen. Ich war am Ende meiner Kräfte.

Selbstverständlich waren die Bürger von Annath und die algarischen Klanangehörigen alles zivilisierte Menschen, weshalb die Keilerei auch nicht vor Sonnenuntergang losging.

Kapitel 40

Am nächsten Morgen sprach ich mit Vater, und er unterhielt mich mit einem humorvollen Bericht der nachhochzeitlichen Vergnügungen. Ich betrachte Vaters Schilderungen solcher Ereignisse immer mit Vorbehalt, da er einen tief verwurzelten Hang zu künstlerischer Ausschmückung hat.

»Er hat dem Priester den Kiefer *gebrochen?*«

»So sauber, wie du einen Zweig entzwei brechen würdest«, feixte Vater. »Hat ihn mit der Faust mitten auf die Kinnspitze getroffen. Natürlich rechnete der Priester nicht damit. Drüben in Algarien verpassen die Leute ihren Priestern keine Faustschläge. Er wird jetzt eine Weile keine von diesen langatmigen Predigten mehr halten – jedenfalls so lange, bis sein Kiefer wieder verheilt ist. Dann, kurze Zeit später, versuchte Knapp der Schankwirt, den Kampf nach draußen zu verlagern, und da bongte ihm irgend so ein Wüstling einen Stuhl über den Schädel.«

»Bongte?«

»Ja, das war das Geräusch, das entstand – bong! Genauso. Knapp ging zu Boden wie ein gefällter Ochse, und die Schläger fuhren fort, seine Kneipe auseinanderzunehmen.«

Ich seufzte.

»Was ist los?«

»Ich hatte mich auf einen ruhigen Tag gefreut. Aber ich vermute, ich kümmere mich jetzt besser um die Verletzten.«

»Sie werden's überstehen, Pol. Es war ein Freundschaftskämpfchen. Niemand kam auf die Idee, ein Messer zu ziehen.«

»Gebrochene Knochen müssen gerichtet werden, Vater.«

»Du kannst nicht alles richten, Pol.«

»Wer hat denn *die* Regel aufgestellt? Was hast du vor?«

»Ich glaube, ich gehe ins Tal zurück. Chamdar hält sich augenblicklich in Tolnedra auf, aber ich bin sicher, seine Grolims und Dagashi schnüffeln in Sendarien herum. Ich möchte ihre Aufmerksamkeit nicht auf diesen Ort lenken, und ich bin ziemlich leicht zu erkennen.«

»Ein kluger Entschluß. Grüß die Zwillinge herzlich von mir.«

»Das werde ich.«

Den Rest des Morgens brachte ich mit der Versorgung der zahllosen Schnitte, Prellungen, Abschürfungen und gebrochenen Knochen zu, und dann stattete ich dem jung vermählten Paar einen Besuch ab. Sie behandelten mich natürlich höflich, aber ich gewann doch den Eindruck, daß sie für den weiteren Verlauf des Tages andere Pläne hatten, und so stapfte ich wieder nach Hause und ging zu Bett.

In den folgenden Tagen ordnete Alara in Gedanken die Ereignisse des Hochzeitstages neu an, so daß der Tag zu einem uneingeschränkten Triumph für sie wurde. Na ja, es tat niemandem weh, und wenn es sie glücklich machte –

Die Lage von Gerans Häuschen am Südende des Dorfes war ein bißchen lästig, aber Geran hatte die Entfernung möglicherweise beabsichtigt. Seine Mutter war eine Spur zu besitzergreifend in bezug auf ihn und mehr als nur ein bißchen herrschsüchtig. Wir liebten sie selbstverständlich alle, aber sie neigte zu Launenhaftigkeit. Ich hätte früher darauf achten sollen.

Aber jenseits dieses letzten Hauses in unserem Dorf gab es eine Welt, und sie bewegte sich, ob wir davon Notiz nahmen oder nicht.

Es geschah etwa zur selben Zeit wie die Hochzeit, daß Taur Urgas seinen wahnsinnigen Plan, Kaiser Zakath von Mallorea zu ermorden, in die Tat umsetzte. Auch Zakath' Geliebte wurde in die Verschwörung verwickelt. Sie zählte zu den Toten, als alles aufflog. Nach diesem Ereignis nahm die Vorstellung, die murgosische Rasse auszurotten, von Zakath Besitz – ein löbliches Ziel, nehme ich an, das aber bedeutenderen Ereignissen in die Quere kam. Taur Urgas war jeden Deut so wahnsinnig, wie Drosta es behauptet hatte, Zakath nicht viel besser. Cho-Ram von Algarien heilte später den Wahnsinn von Taur Urgas, und Cyradis, die Seherin von Hell, heilte Zakath von dem seinen. Sie benutzten allerdings völlig verschiedene Methoden.

Ich glaube, mir war nicht bewußt, wie sehr mein abgeschiedenes Leben in Annath mich von den aktuellen Vorgängen entfremdete, bis Vater im Frühling 5349 vorbeischaute und mir von der inneren Zerrissenheit der Angarakaner berichtete. Das ländliche Leben hat einen gewissen Reiz, aber wenn die Welt untergegangen wäre, hätte man es in Annath erst fünfzig Jahre später gemerkt, wie ein bedeutender Staatsmann einmal erwähnte.

Im Herbst desselben Jahres brach eine Tragödie über meine kleine Familie herein. Es war ein ganz gewöhnlicher Herbsttag mit einem kalten Hauch in der Luft. Das Laub der Birken und Espen war ein einziger Farbenrausch. Wie sonst auch gingen Geran und Darral zur Arbeit in den Steinbruch. Da stürzte kurz vor der Mittagspause die Südwand des Steinbruchs ab und begrub meinen Neffen Darral unter sich.

Unfälle wie dieser ereignen sich nur allzu oft, und ein Steinbruch ist auch kein besonders sicherer Arbeitsplatz, aber wie sich hinterher herausstellte, war Darrals Tod keineswegs ein Unfall. Es war der erste Hinweis, daß Chamdar – oder Asharak der Murgo, wenn ihr das lieber habt – uns schließlich gefunden hatte.

Meine Trauer über Darrals Tod setzte mich nahezu außer Gefecht. Vater schaffte es, rechtzeitig zur Beerdigung in Annath zu sein, aber ich ignorierte ihn fast völlig. Ich war nicht in der Stimmung für Plattheiten. Ich blieb zwei Wochen lang auf meinem Zimmer, und als ich schließlich wieder hervorkam, war Vater fort. Alara bewegte sich wie geistesabwesend durch ihre Küche, aber ich schenkte ihr nicht viel Beachtung. Ich begann, meine Mahlzeiten in meinem Zimmer einzunehmen, da ich mit *niemandem* reden wollte, am allerwenigsten mit denen, die meinen Kummer teilten.

Als ich schließlich wieder unter Menschen ging, mußte ich erkennen, daß Alara sich mir entfremdet hatte. Ich war zuversichtlich, diesen Zustand beheben zu können, aber das war ein Irrtum. Kein Arzt kann jemals die Krankheiten seiner eigenen Familie heilen, da Objektivität eine notwendige Voraussetzung für die Ausübung dieser Kunst ist, und wer kann schon objektiv sein, wenn es um die eigene Familie geht? Ich zögerte die Entscheidung hinaus, und als ich endlich zu einer Diagnose gelangte, war es zu spät. Natürlich besteht durchaus die Möglichkeit, daß es von Beginn an zu spät gewesen war, denn Alaras Wahnsinn hatte einen äußeren Grund.

»Was ist denn nur los, Pol?« fragte sie mich eines Nachmittags, ungefähr eine Woche, nachdem ich meine Klausur beendet hatte. Sie hatte mich mit Tränen in den Augen angetroffen. Ihr Tonfall klang besorgt. »Hast du dir weh getan?« Sie wirkte aber nur mäßig interessiert und ein wenig geistesabwesend.

Ich musterte sie scharf. Ihre Miene war sanft und gelassen, und das hätte mich gleich stutzig machen müssen.

»Komm schon, meine Liebe«, sagte sie in beschwichtigendem Ton. »Reiß dich zusammen. Es ist Zeit, daß wir mit den Vorbereitungen fürs Abendessen anfangen. Darral wird bald nach Hause kommen, und du weißt, wie hungrig er dann immer ist.«

Das riß mich auf der Stelle in die Realität zurück. Ich

kannte derartige Wahnvorstellungen, die häufig nach dem Tod eines geliebten Menschen auftreten. Manchmal unternimmt der menschliche Geist seltsame Dinge, um sich zu schützen. Wenn etwas zu schrecklich ist, weigert sich der Geist, es zur Kenntnis zu nehmen. Für Alara lebte Darral noch und würde über kurz oder lang zum Abendessen heimkommen.

Es gibt zwei Wege, dieser nicht seltenen Verwirrung zu begegnen. Der Gefühlsaufruhr in meinem eigenen Inneren verleitete mich, den falschen zu wählen. »Hast du es denn vergessen, Alara?« antwortete ich freundlich. »Darrall mußte doch eine Geschäftsreise unternehmen. Er versucht, noch mehr Bieter für unsere jährliche Auktion zu finden.«

»Warum hat er mir das nicht erzählt?« Sie klang leicht gekränkt.

Ich nahm zu einer Notlüge Zuflucht. ich schlug mir mit der flachen Hand gegen die Stirn. »Es ist meine Schuld, Alara«, schwindelte ich. »Er kam heute morgen nach Hause – als du bei Ildera warst. Er sagte, es gäbe ein paar Baumeister in Erat, mit denen er sprechen wolle, und er bleibe ein paar Wochen fort. Ein paar Wagen, die durch das Dorf kamen, fuhren in dieselbe Richtung, und die Fahrer boten ihm an, ihn mitzunehmen. Er mußte auf der Stelle los. Eine unserer Nachbarinnen ist erkrankt, und ich war so beschäftigt mit ihr, daß ich vergessen habe, es dir zu erzählen. Es tut mir leid, Alara.«

»Oh, das geht schon in Ordnung, Pol«, verzieh sie mir. Dann hellte sich ihre Miene auf. »Was hältst du davon: Jetzt, wo Darral eine Weile außer Haus ist, könnten wir doch mit unserem Herbstputz anfangen. Wenn er heimkommt, haben wir alles strahlend sauber.«

Da wußte ich, daß ich einen Fehler begangen hatte, aber es war zu spät, um ihn zu korrigieren. Die ›Geschäftsreise‹ würde Alaras Wahn nur noch verstärken und auf lange Sicht ihre Heilung erschweren. »Warum machst du uns nicht ein leichtes Abendessen,

Liebes?« schlug ich vor. »Ich muß noch etwas mit Ildera bereden.«

»In Ordnung, Pol. Bleib nicht so lange.«

Ich eilte ans andere Ende des Dorfes zu dem soliden Blockhaus, das Geran für sich und seine Braut gebaut hatte. Geran war ein gewissenhafter Baumeister, der wollte, daß die von ihm geschaffenen Häuser lange hielten, so daß sein Heim Anzeichen einer Festung aufwies. Ich klopfte an die massive Tür.

Ildera, blond und liebreizend, öffnete sie. »Tante Pol«, begrüßte sie mich. Ich sah mich rasch um, um mich zu vergewissern, daß sie auch allein war. »Gibt es etwas Wichtiges?« fragte sie. »Wir haben ein Problem, Ildera«, eröffnete ich ihr.

»Ach?«

»Alaras Verstand hat ausgesetzt.«

»Gütige Götter!«

»Es ist nichts Gefährliches – noch nicht. Sie tobt nicht oder dergleichen, aber sie hat die Erinnerung an Darrals Tod vollständig aus ihrem Gedächtnis verdrängt. Heute nachmittag hat sie mir erzählt, sie erwarte ihn zum Abendessen heim.«

»O Tante Pol!« Ilderas Augen waren ganz groß geworden. »Was können wir tun?«

»Wir belügen sie, Ildera. Ich habe aus dem Stegreif ein Märchen über eine Geschäftsreise erfunden – nur um sie über das Abendessen hinwegzubringen –, und jetzt, fürchte ich, müssen wir dabei bleiben. Weihe Geran ein, wenn er nach Hause kommt. Wir müssen Alara alle dieselbe Geschichte erzählen. Ich habe ihr erzählt, Darral habe eine Mitfahrgelegenheit gefunden und würde nach Erat gehen, um weitere Steinaufkäufer zu finden. Ich bin hergekommen, um sicherzustellen, daß wir ihr alle dieselbe Geschichte erzählen.«

»Aber am Ende *müssen* wir ihr die Wahrheit sagen.«

»Das weiß ich nicht genau, Ildera. Vielleicht verlängert sich Darrals Geschäftsreise.«

»Kannst du nicht –?« Ildera vollführte eine unbestimmte, geheimnisvolle Geste, die verschämt auf Zauberei hinweisen sollte. Das Wissen um mein ›Talent‹ war Bestandteil von Ilderas Belehrung anläßlich der Aufnahme in unsere Familie gewesen. Wie üblich überschätzte sie das, was ich auf dem Wege des ›Talents‹ ausrichten konnte, bei weitem.

»Ich denke nicht, Ildera. Der Verstand ist ein sehr komplizierter Mechanismus. Wenn du den einen Teil in Ordnung bringst, kannst du einen anderen unwiederbringlich schädigen. Ich liebe Alara zu sehr, als daß ich auf diese Weise an ihr herumexperimentieren möchte. Es gibt ein paar Kräutermischungen, die sie ruhig und glücklich machen. Darauf werde ich zurückgreifen, bis ich eine ungefährliche Alternative gefunden habe.«

»Was immer du für das Beste hältst, Tante Pol.« Ildera lachte ein wenig wehmütig. »Die Götter wissen, daß *ich* nicht besonders gut darin wäre. Ich kann mir nicht einmal einen Splitter aus dem eigenen Finger ziehen.« Dann wurde ihre Miene sehr ernst. »Du bist dir ja im klaren darüber, daß das bedeutet, daß wir sie vom Rest des Dorfes fernhalten müssen, nicht wahr? Ein unbedachtes Wort könnte ihren Geist endgültig zerrütten.«

»Ich lasse mir etwas einfallen«, versprach ich ihr. »Weihe Geran ein, und sag ihm, daß *ich* mich darum kümmere. Ich will nicht, daß er seine Nase da hineinsteckt. Dieses unbedachte Wort, von dem du sprachst, könnte ebensogut von ihm wie von einer Klatschbase aus dem Dorf kommen.«

»Ich glaube nicht, daß er dir irgendwelche Schwierigkeiten in dieser Sache macht, Tante Pol. Er untersucht so eifrig jeden Zoll der Südwand des Steinbruchs, um den Fehler zu entdecken, der diesen Steinschlag verursacht hat, daß er kaum an etwas anderes denkt.«

»So lange er mir nicht in die Quere kommt. Oh, mein Vater hat sich angemeldet. Wenn er hier vorbeischaut, bevor er bei uns war, kläre ihn über Alaras Zustand auf und wie wir damit umgehen. Sag ihm, ich reiße ihm all seine Barthaare einzeln aus, wenn er sich einmischt.«

»Tante Pol!«

»Na ja, vielleicht nicht alle. Ich gehe jetzt besser heim. Von jetzt an muß ständig einer von uns auf Alara aufpassen.«

Vater traf zwei Tage später ein, aber ich wollte nicht vor Alara mit ihm reden. »Hinaus mit dir, Vater!« befahl ich. »Ich habe zu tun. Geh und unterhalte dich mit Geran und Ildera. Sie werden dir berichten, was geschehen ist.« Ich zeigte auf die Tür. »Raus!« kommandierte ich.

Vater mißverstand mich natürlich völlig. Er nahm an, mein Zornausbruch sei die Folge meines unbewältigten Kummers. Er irrte sich. Ich mußte mich mit etwas viel Wichtigerem befassen.

Später am Tag schickte ich nach Ildera, damit sie bei ihrer Schwiegermutter bleiben konnte, während ich Vater mit zum Waldrand nahm, wo wir uns ungestört unterhalten konnten.

»Sie ist also vollkommen verrückt?« seufzte Vater, nachdem ich ihn über Alaras geistige Verfassung aufgeklärt hatte.

»Das habe ich nicht behauptet, alter Wolf. Ich habe lediglich gesagt, daß sie die Tatsache ihrer Witwenschaft ausgeblendet hat.«

»Für mich klingt das ziemlich nach Verrücktheit, Pol.«

»Du hast nicht die geringste Ahnung, wovon du sprichst, Vater. Ein Wahn ist selten allumfassend. Alaras Krankheit beschränkt sich auf eine einzige Tatsache. Davon abgesehen ist sie vollkommen normal.«

»Zwischen deiner und meiner Definition von ›vollkommen normal‹ liegen offenbar Welten, Pol. Wie lange hast du vor, dieses Spielchen zu spielen?«

»So lange, wie es nötig ist, Vater. Ich werde Alara *nicht* um eines engstirnigen Begriffs von Realität willen zerstören. Sie sehnt sich nach ihrem Mann, aber weiter reicht ihr Kummer auch nicht. Wenn es sein muß, sorge ich dafür, daß sie den Rest ihres Lebens glücklich ist.«

Er zuckte die Schultern. »Du bist die Expertin, Pol.«

»Es freut mich, daß du das bemerkt hast. Woran arbeitest du zur Zeit?«

»Ich trete auf der Stelle, Pol, so wie jeder andere auch. Das ganze Universum hält den Atem an und wartet darauf, daß Ildera endlich einen dicken Bauch kriegt.«

»Das ist eine sehr unfeine Ausdrucksweise.«

»Ich bin nun mal ein unfeiner Mensch.«

»Du wirst staunen, aber das ist mir auch schon aufgefallen.«

Nachdem Vater ins Tal zurückgereist war, verbreiteten Ildera und ich in Annath, daß Alara ›unpäßlich‹ sei und absolute Ruhe und Frieden brauche – ›der plötzliche Verlust, ihr wißt schon‹. Die Damen von Annath nickten weise mit dem Kopf und gaben sich verständnisvoll, und so hatten wir keine Besucher mehr in unserem Haus am Nordende von Annath. Wir sorgten dafür, daß Alara das Haus nie ohne Begleitung verließ, und Gerans junge Frau entwickelte eine erstaunliche Geschicklichkeit, das Thema zu wechseln, wenn sie und ihre Schwiegermutter jemanden auf der Straße trafen. Sie konnte einem das Wort ›Beileid‹ im Mund abschneiden, bevor es einem über die Lippen kam. Alaras fragile geistige Gesundheit zu erhalten, avancierte zu unserer Hauptbeschäftigung. Wir wurden immer besser darin. Ildera allerdings hatte noch eine andere Aufgabe, und ich machte mir gelegentlich Sorgen darüber, daß sie damit so gar nicht vorankam. Sie half mir weiterhin mit Alara, aber ihre Taille blieb schlank und mädchenhaft.

Im Jahre 5351 stattete Javelin Vater einen Besuch im Tal ab, um ihm zu berichten, daß Asharak der Murgo trotz der größten Anstrengungen des Geheimdienstes, ihn zu überwachen, verschwunden war. Wie sich bald herausstellen sollte, war es Asharak schon mindestens einmal gelungen, den mit seiner Verfolgung Betrauten zu entwischen. Nicht lange nach der Hochzeit von Geran und Ildera war er in die unmittelbare Nähe von Annath gekommen und hatte sich an der Südwand des Steinbruchs zu schaffen gemacht.

Vater begab sich unverzüglich selbst nach Tol Honeth und nahm die Stadt sozusagen Stein um Stein auseinander, um irgendwelche Spuren von Chamdar zu finden, und als er dort keinen Erfolg hatte, weitete er seine Suche auf ganz Tolnedra aus. Diese vergebliche Suche beschäftigte ihn während mehrerer darauffolgender Jahre.

Währenddessen wechselten Ildera und ich uns in Annath mit der Beaufsichtigung Alaras ab. Wenn wir beide erschöpft waren, baten wir Geran, uns zu vertreten. Das ›Tonikum‹, das Alara zweimal am Tag einnahm, sorgte dafür, daß sie nicht mitbekam, wie die Zeit verging. Meine vor kurzem erlernte Fähigkeit, die einen Erinnerungen zu löschen und dafür andere einzupflanzen, erleichterte uns die Kontrolle über Alaras Zeitbegriff. Das war der Schlüssel, um Alara ruhigzustellen. Solange sie nicht wußte, wie lange Darrals ›Geschäftsreise‹ schon dauerte, war sie glücklich. Ich ging sogar soweit, das Haus von Zeit zu Zeit ›einzustauben‹ – für gewöhnlich, während sie schlief oder Ildera am anderen Ende der Stadt besuchte –, so daß wir die nächste Woche wieder mit Hausputz verbringen konnten. Während des Herbstes 5353 machten wir dreimal Hausputz, aber Alara erinnerte sich immer nur an das letzte Mal. Da das Putzen ohnehin eine langweilige und eintönige Tätigkeit ist, gehört die Erinnerung daran nicht zu den Erinnerungen, die sich lange halten.

Ich bin mir sicher, daß es ein paar selbstgerechte Menschen gibt, die sich beim Lesen dieser Seiten darüber empören, wie ich Alara ständig täuschte. Das ist die Art von Leuten, denen es insgeheim Vergnügen bereitet, anderen Menschen ›zu ihrem eigenen Besten‹ weh zu tun. Ich würde es ihnen aber wirklich nicht empfehlen, mich dafür zur Rechenschaft zu ziehen. Möglicherweise käme ich zu dem Ergebnis, es sei gut für sie, wenn ich ihnen den Kopf auf den Rücken drehte.

Ein weiteres Erastide kam und ging, und Annath wurde wie üblich durch schwere Schneefälle von der Außenwelt abgeschnitten. Die Stimmung auf unserer kleinen Familienfeier war gedrückt. Inzwischen wußten alle Dorfbewohner, daß Alara ›ein bißchen seltsam geworden war‹, und respektierten gutmütig die Notwendigkeit, sie so gut es ging von ihrer Umwelt zu isolieren. Das soll jedoch nicht heißen, daß sie gleichgültig waren. Jedesmal, wenn Ildera oder ich ausgingen, erkundigten sie sich nach Alara. Das Beste, was wir ihnen berichten konnten, war ein ›unverändert‹, und dann pflegten sie zu seufzen und betrübt zu nicken. Die Dorfbewohner dieser Welt können wirklich neugierig sein, aber ihre Neugier erwächst aus echter Anteilnahme für ihre Nachbarn.

Mir war mittlerweile klar, daß Alara sich nie mehr erholen würde. Ihr Zustand war unumkehrbar. Es gab kein Heilmittel, aber meine Kombination aus Kräutern und ›Herumpfuschen‹ sorgte dafür, daß sie einigermaßen heiter und manchmal sogar ein bißchen glücklich war. Unter diesen Umständen war es das Beste, was ich erreichen konnte.

Dann, im Frühling 5354, als der Schnee überall zu tauen begann und die Gebirgsbäche Hochwasser führten, kam Ildera eines frühen Morgens mit einem strahlenden Lächeln auf dem Gesicht die schlammbedeckte Hauptstraße von Annath entlang. »Ich glaube, ich bin schwanger, Tante Pol«, verkündete sie.

»Das wurde auch Zeit«, bemerkte ich.

Sie sah leicht gekränkt aus, doch dann lachte ich und umarmte sie. »Ich ziehe dich doch nur auf, Ildera«, sagte ich, während ich sie fest an mich drückte. »Ich freue mich ja so für dich.«

»Ich bin auch ziemlich froh darüber«, antwortete sie. »Was kann ich dagegen tun, daß ich mich jeden Morgen übergeben muß?«

»Etwas essen, Liebes.«

»Wie bitte?«

»Stell dir etwas zu essen auf den Nachttisch, bevor du

ins Bett gehst. Wenn du am Morgen aufwachst, ißt du es, bevor du aufstehst.«

»Und das hilft?«

»Bis jetzt hat es noch immer geholfen. Vertrau mir, Ildera. Das ist ein Gebiet der Medizin, auf dem ich sehr viel Erfahrung habe.« Ich warf einen forschenden Blick auf ihren Bauch. »Man sieht noch nichts.«

Sie verzog wehmütig das Gesicht. »Da geht meine schlanke Figur dahin. Keins meiner Kleider wird mir mehr passen.«

»Ich nähe dir ein paar hübsche Kittel, Ildera.«

»Sollen wir es Alara erzählen?« fragte sie mit einem besorgten Blick in Richtung der Schlafzimmertür ihrer Schwiegermutter.

»Laß mich erst darüber nachdenken.« Dann legte ich meine Hand auf ihren noch mädchenhaft flachen Bauch und schickte einen behutsam tastenden Gedanken aus. »Drei Wochen«, erklärte ich.

»Drei Wochen was? Bitte, Tante Pol, sprich nicht in Rätseln!«

»Du bist seit drei Wochen schwanger.«

»Oh. Dann wird es dieser Schneesturm gewesen sein.«

»Ich vermag dir nicht ganz zu folgen, Liebes.«

»Na ja, draußen schneite es stark, und es gab wirklich nichts anderes zu tun an diesem Nachmittag.« Sie warf mir ein spitzbübisches kleines Lächeln zu. »Soll ich weitererzählen, Tante Pol?«

Diesmal war es an mir, zu erröten. »Nein, Ildera«, winkte ich ab. »Ich glaube, ich kann mir jetzt ein Bild machen.«

»Ich dachte, du wärst vielleicht neugierig – in rein berufsmäßiger Hinsicht natürlich. Bist du wirklich sicher, daß du keine weiteren Einzelheiten hören möchtest?«

»Ildera! Hör *sofort* damit auf!« Mein Gesicht war wohl inzwischen puterrot.

Ihr Gelächter klang silberhell. »Diesmal hab ich dich

erwischt, Tante Pol, nicht wahr?« sagte sie. Was für ein prachtvolles Mädchen sie doch war! Ich *liebte* sie.

In jener Nacht schickte ich meine Gedanken zu den Zwillingen im Tal aus. *»Habt ihr eine vage Idee, wo mein Vater sich herumtreibt?«* fragte ich sie.

»Als wir das letzte Mal mit ihm gesprochen haben, befand er sich in Tolnedra, Pol«, antwortete Belkira. *»Er bleibt nie lange an einem Fleck. Man kann seiner Spur nur schlecht folgen.«*

»Ich muß ihm eine Botschaft übermitteln«, eröffnete ich ihnen. *»Aber da draußen sind ein paar feindliche Lauscher, und deshalb möchte ich nicht zu deutlich werden.«*

»Wenn es dringend ist, kommen wir bei dir vorbei, und dann kannst du ihn selbst suchen«, erbot sich Beltira.

»Nein, danke, so dringend ist es nicht – noch nicht jedenfalls. Es ist nur etwas, was eine ziemlich genau vorhersagbare Zeitspanne beanspruchen wird.« Das, so dachte ich, war nett und rätselhaft. *»Habt ihr in letzter Zeit etwas Neues und Aufregendes im Mrin gefunden?«*

»Nein«, erwiderte Belkira. *»In letzter Zeit scheint alles wie eingefroren zu sein.«*

»Wir haben jetzt Frühling, Onkel«, teilte ich ihnen mit. *»Ist euch schon mal aufgefallen, wie der Frühling alles zum Tauen bringt?«* Ich war mir sicher, den Zwillingen würde die versteckte Bedeutung dieser scheinbar beiläufigen Bemerkung nicht entgehen.

»Oh, ja«, pflichtete Beltira mir bei. *»Jetzt, wo du es erwähnst. Etwas ähnliches haben wir auch schon festgestellt. Wie weit ist denn der Frühling bei euch da oben schon fortgeschritten?«*

»Ungefähr drei Wochen, Onkel. Der Schnee beginnt zu schmelzen, und die Wildblumen sollten über kurz oder lang ihre Köpfe aus der Erde stecken.«

Ich wußte genau, sollte uns zufällig ein Grolim belauschen, wäre er sicher fasziniert von meinem Wetterbericht.

»Ich mochte ja Wildblumen schon immer«, fügte Belkira hinzu.

»Geht mir ganz genauso. Wenn ihr etwas von Vater hört, grüßt ihn von mir, ja?«

»Natürlich, Pol.«

Ich war ziemlich stolz auf mich, wie ich ihnen Ilderas Zustand mitgeteilt hatte, ohne es geradeheraus zu sagen. Wie sich herausstellen sollte, hatte ich Chamdar jedoch mehr als nur ein wenig unterschätzt.

In den Jahren, die auf die Geschehnisse in Annath folgten, haben Vater, meine Onkel und ich Chamdars Züge während des vierten Jahrzehnts des vierundfünfzigsten Jahrhunderts rekonstruiert. Insbesondere Vater war fast besessen von der Vorstellung. Er war es, der mit letzter Sicherheit Chamdars Beteiligung an Darrals ›Unfall‹ bewies. Er stieß zufällig auf einen redseligen alten Burschen in einer dieser üblen Spelunken in Muros, der sich, nachdem Vater seinem Gedächtnis nachgeholfen hatte, an einen beinahe vergessenen Vorfall erinnerte. Ihm fiel wieder ein, daß ein Murgo, auf den Chamdars Steckbrief zutraf, ihn im Jahre 5349 nach dem Weg nach Annath gefragt hatte – »Ich erinner' mich nur, weil im selb'n Jahr Ramm'r, mein oller Ochs, eingegang'n is'. Hab'n Ramm'r genannt, weil er imm'r so sein'n Kopf geg'n mein'n gerammt hat.«

Zu irgendeinem Zeitpunkt in seiner dunklen Vergangenheit hatte Vater den Kunstgriff gelernt, nicht nur Gedanken, sondern auch Bilder aus den Gedanken anderer Menschen herauszusieben. Aus diesem Grund konnte Vater, als der ziemlich beschwipste alte Kerl sich an den Vorfall erinnerte, Chamdar im nebelhaften Gedächtnis seines Informanten erkennen. Chamdar *war* 5349 durch Muros gekommen, und er *hatte* sich kurz vor Darrals Tod nach Annath erkundigt. Aufgrund dieser Beweislage hätte ich zwar nur ungern die Anklage in einem offiziellen Verfahren gegen Chamdar vertreten, aber es war ja auch nie unsere Absicht gewesen, ihn vor Gericht zu bringen. Uns standen schnellere und sicherere Möglichkeiten zur Verfügung, um der Gerechtigkeit Genüge zu tun.

Wie dem auch sei, nachdem ich Ilderas Schwangerschaft bestätigt hatte, besprachen wir die Angelegenheit mit Geran und faßten den Entschluß, es nicht vor seiner Mutter geheimzuhalten. Wie sich zeigte, machte die frohe Neuigkeit, daß sie bald Großmutter würde, Alara sehr glücklich. Wenn sich alles anders entwickelt hätte, hätte sie unter Umständen sogar ihre geistige Gesundheit wiedererlangt.

Es war ruhig in Annath in jenem Frühling und Sommer. Die Männer gingen jeden Morgen zur Arbeit in den Steinbruch, und die Frauen kochten, putzten, wuschen die Wäsche und tauschten Klatsch aus. Ildera blühte auf – langsam natürlich –, äußerte aber recht oft jene ewige Beschwerde jeder Schwangeren »Warum dauert es nur so lange?« Alles in allem war es eine ziemlich unkomplizierte Schwangerschaft.

Im Verlaufe des späten Frühlings und frühen Sommers überdachte ich die Lage häufig und kam zu dem Entschluß, daß unsere kleine Familie nach der Geburt des Erben lieber wieder einmal umziehen sollte. Wir wohnten jetzt seit zwanzig Jahren in Annath, und obwohl der Ort sehr abgeschieden lag, meinte ich, es sei keine gute Idee, noch viel länger dort zu bleiben. Ich ging im Geiste meine Liste aller sendarischen Städte und Dörfer durch und strich alle Orte, an denen ich schon gelebt hatte. In örtlichen Überlieferungen finden sich häufig Erinnerungen an Vorfälle aus längst vergessenen Zeiten. Ich wollte unter keinen Umständen jemandem begegnen, der sich noch an Dinge erinnerte, die vor Generationen stattgefunden hatten. Es hätte nur eines müßigen Schwätzers bedurft, der zu seinen Freunden sagt: ›Ist euch schon aufgefallen, wie sehr sie der Dame ähnelt, von der es heißt, sie hätte vor dreihundert Jahren drüben in Shadylane gelebt?‹ und schon wäre mein Geheimnis entdeckt. Am Ende wählte ich Wala, ein Dorf mehrere Meilen südlich der Hauptstraße zwischen Muros und Camaar. In Südsendarien hatte ich schon seit Jahrhunderten nicht mehr gelebt, und Wala war ein verhältnismäßig junger Ort, der erst vor ungefähr zweihundert Jahren gegründet worden war.

Um jede etwaige Entdeckung zu vermeiden, verließen die Zwillinge und ich uns beim Austausch von Botschaften hauptsächlich auf die Angehörigen von Ilderas Klan. Wenn feindliche Lauscher in der Nähe sind, ist es unklug, sich schreiend zu verständigen – bildlich gesprochen. Es war Spätsommer, als ein in Pferdeleder gewandeter Algarer mir einen Brief der Zwillinge überbrachte, in dem es hieß, sie hätten Vater endlich ausfindig gemacht. Es war wohl Mandorallen, der ihn schließlich aufspürte und ihm die Botschaft übermittelte, daß ›eine Blutsverwandte aus Eurer Sippe guter Hoffnung sei‹. Mandorallen ist der perfekte Überbringer für eine solche Botschaft, da ihm nicht einmal im Traum einfallen würde, der Nachricht auf den Grund zu gehen.

Vater kehrte auf der Stelle ins Tal zurück, entschloß sich aber – klugerweise, wie ich meinte –, *nicht* nach Annath zu kommen. Wir wußten nicht, wo Chamdar steckte, und Vater wollte ihn unter keinen Umständen zu mir und meiner Familie führen. Statt dessen ging Vater nach Zentralsendarien und begann wüst um sich zu schlagen, um Chamdars Aufmerksamkeit auf sich zu lenken.

Es war Spätsommer, als Alaras Zustand sich verschlechterte. Während des Frühlings und Sommers war sie so in der fortschreitenden Schwangerschaft Ilderas aufgegangen, daß sie manchmal fast normal gewirkt hatte. Als das Laub sich aber zu färben begann, entwickelte sie plötzlich die Wahnvorstellung, Darral werde im Gebirge vermißt. Jetzt weiß ich, wer ihr diesen Wahn gesandt hatte, aber damals verblüffte er mich gänzlich.

Ich konnte sie nicht einen Augenblick aus den Augen lassen. Kaum hatte ich ihr den Rücken zugedreht, war sie auch schon fort. Oft fand ich sie – nach stundenlanger Suche – ziellos durch den angrenzenden Wald streifen und klagend den Namen ihres Mannes rufen. Diese mitleiderregenden Schreie zerrissen mir das Herz, und ich brachte es nicht über mich, sie auszuschimpfen.

Rückblickend gebe ich zu, daß Chamdar kein gewöhnlicher Grolim war. Er war außerordentlich geschickt darin, sich zu verbergen. Ich habe nicht ein einziges Mal seine Anwesenheit gespürt oder einen Hinweis auf das entdeckt, was er mit Alaras Gedanken anstellte. Zudem kannte er mich viel besser, als ich bereit war einzuräumen. Er wußte beispielsweise, daß Alara nur wieder weglaufen mußte, und schon würde ich auf der Suche nach ihr alles stehen und liegen lassen. Die meisten Grolims hätten keinerlei Vorstellung von meiner Liebe zu den Mitgliedern meiner Familie gehabt, weil Liebe ihnen völlig fremd ist. Chamdar verstand meine Gefühle nicht nur, sondern benutzte sie auch, um mich im kritischen Augenblick auf äußerst geschickte Weise aus Annath fortzulocken.

Der Winter brach in jenem Jahr früh über uns herein. Die ersten starken Schneefälle zogen über die Berge, bevor die Espen ihr ganzes Laub hatten abwerfen können, und das machte den Waldboden schwer begehbar. Wenn schwerer, nasser Schnee sich auf noch am Ast hängende Blätter legt, brechen die Zweige und werden zu Hindernissen am Boden. Nachdem Alara mir ein paarmal davongelaufen war, erwog ich mehrmals den Gedanken, alle Vorsicht in den Wind zu schreiben und meine Suche nach ihr aus der Luft fortzusetzen. Ich verwarf den Gedanken jedoch entschlossen. Ich durfte nicht trockener Füße wegen Chamdar meinen Aufenthaltsort verraten.

Ich bin mir sicher, Euch ist die Ironie des soeben Gesagten nicht entgangen. Im wesentlichen versuchte ich mich vor jemand zu verstecken, der bereits genau wußte, wo ich mich aufhielt. Chamdar spielte Katz und Maus mit mir. Wenn ich daran denke, fängt mein Blut noch heute an zu kochen. Wenn ich wüßte, wie man das anstellt, würde ich ihn wieder zum Leben erwecken, damit Garion ihn noch einmal verbrennen kann.

Gegen Sonnenuntergang am Erastideabend bekam Ildera Vorwehen. Ich bin mir sicher, daß Chamdar auch das arrangiert hatte. Eine Frau aus dem Dorf überbrachte mir Gerans Bitte zu kommen. Ich schaute schnell in Alaras Zimmer. Sie schien fest zu schlafen, und ich griff behutsam in ihren schlummernden Geist und vertiefte ihren Schlaf. Dann packte ich mein Hebammenbesteck zusammen und eilte zum anderen Dorfende, um das jüngste Mitglied meiner Familie auf die Welt zu holen.

Ilderas Vorwehen hielten mehrere Stunden lang an, doch dann entkrampfte sie sich wieder, und die Schmerzen ließen nach.

»Was ist los, Tante Pol?« wollte Geran wissen. Seine Stimme klang ein wenig schrill.

»Es ist alles in Ordnung, Geran«, beruhigte ich ihn. »Das geschieht häufig. Ildera ist nur noch nicht so weit, das ist alles.«

»Du meinst, sie *übt* nur?«

So hatte ich es noch nie betrachtet. Ich fand seine Ausdrucksweise ungeheuer komisch.

Geran zeigte sich angesichts meines Gelächters jedoch ziemlich beleidigt.

»Ildera geht es gut, Geran«, versicherte ich ihm. »Hebammen nennen das, was wir gerade erlebt haben, Vorwehen. Sieh mal, es kommt so häufig vor, daß es sogar einen Fachbegriff dafür gibt. Morgen oder übermorgen ist es dann wirklich so weit. Sie wird jetzt schlafen, und das solltest du am besten auch tun. In der nächsten Zeit wird ohnehin nichts passieren.«

Dann klappte ich meine Tasche zu und stapfte durch den Schnee zurück zu meinem Haus.

Als ich zurückkam, war Alara nicht mehr da.

Spätestens dann hätte ich erkennen müssen, daß Chamdar meine Kontrolle über Alaras Geist gebrochen hatte. *Niemand*, dem ich zu schlafen befohlen habe, wacht auf, bevor ich es ihm sage.

Es war seit einer Woche ziemlich kalt, aber Neuschnee war nicht gefallen, so daß das Dorf und seine unmittelbare Umgebung mit kreuz und quer verlaufenden Fußspuren übersät waren, die in alle Richtungen führten. Ich konzentrierte meine Suche auf den Norden, die Richtung, die Alara auf ihren bisherigen kleinen Fluchten immer eingeschlagen hatte, und wieder war mir Chamdar einen Schritt voraus. Diesmal war sie nämlich nach Süden gelaufen. Trotz der Gefahr schickte ich flüchtige Suchgedanken aus, konnte sie aber dennoch nicht finden. Das erschien mir sehr merkwürdig. Ich fuhr fort, in großen Bögen den Wald zu durchstreifen, bis ich schließlich eine Lichtung tief im Wald erreichte. Ich fand Hirschspuren, Kaninchenspuren und jede Menge Vogelspuren, aber keine Abdrücke menschlicher Füße. Alara war nicht nach Norden gegangen.

Ich schätzte, daß es fast Mitternacht sein mußte. Es war bitterkalt dort draußen im dunklen Wald. Norden, Nordosten und Nordwesten hatte ich auf meiner systematischen Suche schon abgedeckt. Da Annath auf der Sohle einer tief eingeschnittenen Schlucht lag, riegelten steile Felswände den Zugang nach Osten und Westen ab. Übrig blieb also der Süden, und von dort war ich mindestens fünf Meilen entfernt.

An diesem Punkt schlug ich alle Vorsicht in den Wind und wechselte die Gestalt. Sollte ich Chamdar damit auf meine Spur führen, hatte ich eben Pech. Bei der nun herrschenden Kälte bestand jedoch die unmittelbare

Gefahr, daß Alara noch vor Einbruch der Dämmerung erfror. Ich *mußte* sie einfach finden.

Ich hatte keine Gelegenheit herauszufinden, daß schon bald, nachdem ich mich auf die Suche nach Alara begeben hatte, Ilderas Scheinwehen zu echten Wehen wurden. Geran versuchte verzweifelt, mich zu finden, hatte aber natürlich keinen Erfolg. Die örtliche Hebamme stand Ildera bei der Geburt bei, und Garion erblickte kurz nach Mitternacht das Licht der Welt.

Ich war nicht da, aber die Geburt verlief glücklicherweise ohne Komplikationen. Schließlich war Ildera Alornerin, und alle alornischen Frauen sind zum Gebären geschaffen.

Ich brauchte die ganze Nacht, um Alara zu finden. Ihr Körper lag am Fuße einer hohen Steilklippe sechs oder acht Meilen südlich des Steinbruchs. Das erklärte, warum ich sie mit meinen Suchgedanken nicht hatte finden können. Ihr Leichnam war hart gefroren, ein klarer Beweis dafür, daß sie schon tot war, bevor ich ihr Verschwinden bemerkte.

Ich war zutiefst verzweifelt, als ich sie fand, und ich weinte und raufte mir die Haare und machte mir immer wieder bittere Vorwürfe.

Dann hielt ich plötzlich inne und starrte voller Entsetzen auf die dichte Rauchsäule, die im ersten Dämmerlicht des Erastidemorgens über Annath aufstieg. Irgend etwas in diesem ganz aus Steinen erbauten Dorf brannte!

Ich unterdrückte meine Trauer, und als sie sich etwas legte, spürte ich die Gegenwart meines Vaters. Er befand sich viel näher an dem Feuer als ich. *»Vater!«* Es war fast ein stummer Schrei.

»Komm zurück, Pol!« entgegnete er ausdruckslos. *»Sofort!«*

Ich habe keine Ahnung, wie ich die Meilen zwischen Alaras steifgefrorenem Leichnam und Gerans brennendem Haus zurücklegte. Soweit ich mich erinnern kann, bewegte ich mich mit Hilfe von Translokation fort, was dort in den Bergen eine hochgefährliche Sache ist. Wenn dir zufällig ein Felskegel im Weg steht, gehst du *durch* ihn hindurch, nicht um ihn herum, und damit mache ich nicht gern Experimente.

Vater kniete über einem kleinen, in Decken gehüllten Bündel vor der Tür. Gerans massives Steinhaus war vollständig in Flammen eingehüllt. »Was ist hier geschehen, Vater?« schrie ich ihn mit sich überschlagener Stimme an.

»Es war Chamdar!« brüllte er zurück, und in seinen Augen brannte rachsüchtiger Zorn. »Was hast du dir dabei gedacht, Pol? Warum bist du einfach weggelaufen?«

Die Frage stach wie ein Messer, und selbst jetzt, nach all den Jahren, fühle ich, wie es in mein Herz schneidet.

KAPITEL 41

Ich schaute auf Gerans so vertrautes Steinhaus, das nun von diesen widernatürlichen Flammen verschlungen wurde, und Tränen strömten mir über das Gesicht. »Besteht noch irgendwelche Hoffnung?« fragte ich Vater, obwohl ich wußte, daß dem nicht so war.

»Nicht die geringste«, antwortete er kurzangebunden und wischte sich betont grob mit der Hand über die Augen. »Sie sind beide schon tot.«

Meine ganze Familie war in einer einzigen Nacht vernichtet worden, und wie sehr ich mich auch wand und mich meiner Verantwortung zu entziehen versuchte, wußte ich genau, daß es meine Schuld war. »Ich habe versagt, Vater!« rief ich voller Qual aus. »Ich habe versagt!«

»Dafür ist jetzt keine Zeit, Pol!« fuhr er mich an. »Wir müssen das Baby hier wegschaffen. Chamdar ist mir entkommen. Er kann überall sein.« Vaters gerötete Augen verhärteten sich, als er das Feuer betrachtete, das aus den Steinen selbst schlug. Ganz offensichtlich überlegte er sich ein paar unangenehme Dinge, die er mit Chamdar anstellen wollte.

»Warum hast du ihn entkommen lassen?« fragte ich, als mir klar wurde, daß ich nicht die einzige war, die in dieser Nacht versagt hatte.

»Ich hatte keine Wahl«, erklärte Vater. »Dieser Narr hat mir das Baby zugeworfen. Wir können hier nichts mehr tun, Pol. Laß uns aufbrechen.«

Ich bückte mich und hob den Kleinen zärtlich hoch. Ich schlug die Decke zurück und sah zum erstenmal ins

Gesicht des Göttertöters. Es war ein ziemlich gewöhnliches Gesicht, aber die ganze Welt schien sich zu drehen, als ich in diese verträumten blauen Augen blickte. Eines Tages mochte er einen Gott erschlagen, aber in diesem Augenblick war er nur ein schläfriges Waisenkind. Ich preßte ihn an mein Herz. Ihn würde Chamdar nur über meine Leiche bekommen.

»Ich vermute, wir überlegen uns besser einen Namen für ihn«, sagte Vater. »Die Leute könnten anfangen zu reden, wenn wir ihn ›Göttertöter‹ rufen.«

»Sein Name lautet Garion, Vater. Das haben Ildera und ich schon vor Monaten entschieden.«

»Garion? Nicht schlecht, denke ich. Woher hast du den Namen?«

»Ildera hatte einen Traum. Vermutlich hat jemand von oben seine Hand im Spiel. Sie eröffnete mir, sein wahrer Name werde ›Belgarion‹ lauten, wir sollten ihn aber Garion nennen, bis er groß wäre.« Ich stählte mein Herz. »Chamdar wird sich für eine Menge verantworten müssen, nicht wahr?«

»O ja, das wird er«, antwortete Vater mit steinharter Stimme. »Und ich werde persönlich dafür sorgen, daß er mindestens eine Woche Zeit hat, um sich zu rechtfertigen. Was ist mit Alara?«

»Sie ist auch tot, Vater. Sie stürzte von einer Klippe. Wir müssen sie auf dem Weg aus der Stadt begraben.«

»Ich erhöhe auf *zwei* Wochen!« knirschte er. »Gewiß wird mir etwas einfallen, wie ich ihn so lange am Leben halten kann.«

»Gut!« sagte ich. »Ich bringe Garion in Sicherheit. Du verfolgst Chamdar. Mach dir Notizen, Vater. Ich will jede Menge Einzelheiten hören, wenn du mir Bericht erstattest.« Ich empfand denselben wilden Rachedurst wie mein Vater.

»Nein, Pol«, widersprach Vater bedauernd. »Zuerst muß ich euch beide in Sicherheit bringen. Unsere oberste Pflicht gilt diesem kleinen Bündel. Mit Chamdar befasse ich mich, wenn ich euch beide in Sicherheit weiß.«

Wir ließen das mittlerweile in sich zusammenstürzende Haus hinter uns und folgten der schneebedeckten Straße am Steinbruch entlang, um uns dann durch die Bäume bis zum Fuß jener Klippe durchzuschlagen, von der Alara zu Tode gestürzt war. Wir konnten nichts anderes tun, als Steine über ihr aufzuschichten, ja wir konnten nicht einmal ihr Grab kennzeichnen. Aber ihr Grabstein ist in meinem Herzen, und ich bin sicher, daß er immer dort bleiben wird.

Vater stahl eine Mutterziege von einem einsamen Gehöft, und ich fertigte eine Babyflasche. Die kleine Ammenziege schien Garion zu mögen und hätte vermutlich nichts dagegen gehabt, ihn zu säugen. Ich hätte das aber als ungehörig empfunden. Die Ziege hielt mich wahrscheinlich für dumm, aber über die Jahrhunderte haben Ziegen vermutlich gelernt, mit der Dummheit der Menschen zu leben. Vater und ich blieben auf unserer Reise ins Tiefland im Wald, und er verwischte sorgfältig unsere Spuren im Schnee. Wäre es nach mir gegangen, hätte ich die Spuren im Schnee gelassen und zusätzlich Signalfeuer angezündet, um Chamdar oder einen seiner Grolims anzulocken. Ich war sehr rachsüchtig zu diesem Zeitpunkt und wollte *wirklich* gerne ein paar Grolims töten.

Wir mieden die Straßen und nächtigten in Höhlen oder unter entwurzelten Bäumen. Es dauerte mehrere Tage, bis wir die Vorberge erreichten, dort kamen wir auf eine ziemlich gut befahrene Straße nahe des Dorfes Hintergralt. Wir gingen jedoch nicht in den Ort hinein, sondern zogen weiter zu meinem Haus am Ufer des Eratsees, dem Ort, an dem ich stets Zuflucht suche, wenn meine Welt in Scherben gegangen ist.

Wie immer, wenn ich lange Zeit fort gewesen bin, war das Innere des Hauses kalt und staubig. Ich machte Feuer im Küchenherd, während Vater nach draußen hinter das Rosendickicht ging, um sich mit den Zwillingen zu unterhalten.

Zitternd kam er zurück. Gehorsam stampfte er an der

Tür den Schnee von seinen Füßen und warf einen sehnsüchtigen Blick zu meinem glühenden Herd hinüber.

»Mach dir keine Hoffnungen«, sagte ich zu ihm, »du mußt noch die Ziege melken. Sie ist im Stall. Füttere sie gut.«

»Könnte ich nicht ganz kurz –?«

»Nein, Vater. Jetzt bist du auf und in Bewegung, und ich weiß, wie schwer es dir fällt, dich aufzuraffen, wenn du dich einmal irgendwo niedergelassen hast. Tu erst deine Arbeit, und dann kannst du dich vors Feuer setzen.«

Er seufzte und ging wieder nach draußen. Es gab ein paar Dinge im Haus, die ich mir wieder beschaffen mußte, und so legte ich Garion in eine Schublade, damit ich mich ungehindert auf die Suche begeben konnte. Eine offene Schublade ist ein ausgezeichneter Ablageort für ein Neugeborenes, wußtet ihr das schon?

Irgendwo im Haus fand ich eine Wiege und ein paar Kindersachen. Über die Jahre waren hier nicht wenige Kinder zur Welt gekommen, und ich werfe selten etwas weg, das ich später noch einmal brauchen könnte. Als Vater mit einem Eimer warmer Ziegenmilch zurückkehrte, war Garion schon angezogen und lag in einer achthundert Jahre alten Wiege. In der Hand hielt er eine Rassel, die vor Generationen angefertigt worden war.

»Ich glaube, hier unten ist es kälter als oben in den Bergen«, merkte Vater an, während er seine Hände über dem Herd rieb.

»Das scheint nur so, Vater. Konntest du Kontakt mit den Zwillingen aufnehmen?«

»Oh, ich habe sie erreicht, ja. Ich hoffe nur, sie haben verstanden, was ich ihnen sagen wollte, als ich meinte, wir würden sie im Rosengarten erwarten.«

»Dessen bin ich gewiß.«

»Ich bleibe trotzdem bis zu ihrem Eintreffen hier. *Dann* bringe ich Chamdar zur Strecke und begleiche diese Rechnung ein für allemal. Ich hätte ihn schon vor Jahren töten sollen.«

»Du hörst dich fast wie Onkel Beldin an.«

»Beldins Herangehensweise an Probleme mag simpel sein, Pol, *hat* aber den unerhörten Vorzug, daß sie endgültig ist.« Dann betrachtete er mich düster. »Hast du dich schon entschieden, wohin du den Kleinen bringen willst? Ich sollte den Namen der Stadt wissen.«

»Ich glaube nicht, daß ich in eine Stadt ziehen werde, Vater – diesmal nicht. Städte neigen dazu, Informationen schnell preiszugeben. Ich möchte nicht von der Gnade des geschwätzigsten alten Trunkenbolds in der Stadt abhängig sein. Ich glaube, diesmal probiere ich ein abgelegenes Gehöft aus und werde etwas ganz anderes tun.«

»So? Und das wäre?«

»Ich habe habe immer viel darum gegeben, dem in Frage stehenden jungen Mann zu erzählen, wer er wirklich ist, damit er die Notwendigkeit begreift, gewöhnlich zu sein.«

»Was ist falsch daran?«

»Einige von ihnen sind keine besonders guten Schauspieler gewesen. Manchmal lassen sie sich hinreißen – wahrscheinlich, weil sie mit dir verwandt sind.«

»Was soll das schon wieder heißen?«

»Du überspielst, Vater. Tut mir leid, aber so ist es. Du fällst immer gleich von einem Extrem in das andere. Ich biege es so hin, daß Garion nicht schauspielern *muß*.«

»Und wie willst du das hinbekommen?«

»Nichts leichter als das, Vater. Ich erzähle ihm einfach nicht, wer er ist. Ich lasse es ihn selbst herausfinden. Ich ziehe ihn wie einen ganz gewöhnlichen Bauernjungen groß, und er wird *glauben*, daß er ein ganz gewöhnlicher Bauernjunge ist. Schauspielerei wird also überflüssig. Er muß nur er selbst sein.«

»Das könnte meiner Meinung nach ziemlich gefährlich werden, Pol. Er wird irgendwann herausfinden, wer *du* bist. Du verrätst dich ein Dutzend Mal am Tag.«

»Dann werde ich wohl lernen müssen, mich besser in der Gewalt zu haben, nicht wahr?«

Er schüttelte stur den Kopf. »Es wird nicht gehen. Es

gibt Dutzende von Büchern, die dich von Kopf bis Fuß beschreiben.«

»Sie werden ihm nicht viel sagen, wenn er nicht lesen kann, oder?«

»Pol! Er wird König sein! Du kannst doch nicht einen Analphabeten auf den Thron setzen!«

»Dras Stiernacken hat das auch geschafft, wenn ich mich recht entsinne.«

»Das war vor dreitausend Jahren, Pol. Die Welt hat sich verändert.«

»So sehr nun auch nicht, Vater. Wenn dir aber so viel daran liegt, darfst du ihm Lesen und Schreiben beibringen, sobald er auf dem Thron sitzt.«

»Ich? warum ich?«

Ich schenkte ihm ein selbstgefälliges kleines Lächeln, das Bände sprach, und ließ es dabei bewenden.

Die Zwillinge trafen am nächsten Morgen ein, um Vaters Wächterpflichten zu übernehmen, und mein rachsüchtiger Erzeuger machte sich auf die Suche nach Asharak dem Murgo.

Ich verbrachte den Rest jenes Winters mit Garion in der Küche – und mit demjenigen der Zwillinge, der gerade nicht Wache hielt. Ich hatte vor, abzureisen, sobald das Wetter umschlug, und sah deshalb nicht viel Sinn darin, das ganze Haus zu heizen. Aus diesem Grund hielt ich die Küchentüren stets geschlossen. Die Küche hatte einen großen Eisenherd, was mir sehr entgegenkam. Die anderen Räume besaßen Kamine, die zwar hübsch aussahen, aber weniger Wärme abgaben.

Garion und ich kamen einander in diesen endlosen Monaten sehr nah. Er war ein reizendes Baby, und wegen meines furchtbaren Versagens in Annath schuldete ich ihm sehr viel. Sein Geist war kaum erwacht, aber behutsames Nachforschen vermittelte mir ein paar Hinweise darauf, wer er einmal sein würde, und noch mehr Hinweise darauf, wie viel Mühe es mir bereiten würde, ihn aufzuziehen, ohne den Verstand zu verlieren. Dieser Junge würde eine Herausforderung werden.

Schließlich zog der Frühling ein, und nachdem der Schlamm auf den hiesigen Landstraßen getrocknet war, legte ich ein paar meiner unauffälligsten Kleider sowie einige Dinge für Garion auf einen Haufen und schlug alles mit Hilfe einer schon etwas fadenscheinigen Decke zu einem Bündel zusammen. Dann sagte ich den Zwillingen Lebewohl und machte mich auf den Weg, mein Bündel über den Rücken geschlungen, Garion auf dem Arm und die Ziege im Schlepptau.

Am späten Nachmittag erreichte ich das Dorf Obergralt, das ganz anders war als Hintergralt. Ich betrat den heruntergekommenen Dorfgasthof und handelte den Preis für ein Zimmer für diese Nacht herunter. Ich wollte den Eindruck erwecken, fast mittellos zu sein. Nachdem ich Garion gefüttert und ins Bett gebracht hatte, ging ich nach unten, um ein Wort mit dem Schankwirt zu wechseln. »Ich suche Arbeit«, erklärte ich.

»Tut mir leid, aber ich stelle im Moment niemanden ein«, antwortete er.

»Das hatte ich auch nicht gemeint«, versetzte ich. »Kennt Ihr irgendeinen Bauern oder Gutsbesitzer in der Nähe, der vielleicht eine gute Köchin oder Haushälterin braucht?«

Er runzelte die Stirn und kratzte sich ausgiebig die Wange. »Versucht's mal bei Faldor«, schlug er vor. »Einige seiner Knechte waren letzte Nacht hier, und sie erzählten, daß Faldors Köchin ziemlich nachlässig wäre. Sie wird alt und langsam. Faldors Männer haben sich beschwert, daß das Essen immer zu spät auf den Tisch käme und nur halb gar sei. Es geht auf die Pflanzzeit zu, und wenn die Küche zur Pflanzzeit oder Ernte ausfällt, suchen die Landarbeiter sich woanders Arbeit. Faldor hat einen großen Bauernhof, und er kann nicht alles allein pflanzen. Wenn es jetzt noch keine freie Stelle für eine Köchin gibt, dann bestimmt in ein paar Wochen.«

»Wo liegt der Bauernhof?«

»Etwa eine Tagesreise nach Westen. Faldor ist ein gutmütiger Bursche, und selbst wenn er nicht sofort eine

Anstellung für Euch hat, wird er dafür sorgen, daß Ihr und das Baby nicht hungrig wieder weggeht. Folgt einfach der Straße, die von hier nach Westen verläuft und zur Hauptstraße nach Medalia führt. Faldors Hof ist der einzige südlich der Straße. Ihr könnt ihn nicht verfehlen.«

»Ich finde ihn schon«, versicherte ich ihm. »Ich danke Euch für den Hinweis.« Dann sah ich noch einmal im Stall nach meiner Ziege, stieg die Treppe hoch, ging zu Bett, und drückte Garion fest an mich.

Der nächste Morgen dämmerte strahlend hell. Ich fütterte Garion, und kaum daß die Sonne über den Horizont lugte, waren wir auf der nach Westen führenden Straße. Nun kannte ich mein Ziel, und ich und meine Ziege schritten entschlossen aus.

Es war am späten Nachmittag, als wir eine kleine Anhöhe erstiegen und ungefähr eine halbe Meile südlich der Straße im nächsten Tal ein großes Gehöft liegen sahen. Es wirkte beinah, als sei es von Schutzmauern umgeben, aber dem war nicht so. Die Hofgebäude bildeten ein Quadrat. Im Erdgeschoß lagen Scheunen, Ställe und Werkstätten, die Schlafzimmer des Gesindes lagen an der Außenseite im ersten Stock. Sämtliche Gebäude zeigten nach innen auf einen großen offenen Hof, und alles bildete eine Einheit. Das größte Gebäude stand gegenüber dem Eingangstor im Rücken des Innenhofs. Es war sauber, ordentlich und praktisch.

Alles, was ich sah, fand meine Zustimmung, obwohl es natürlich möglich ist, daß es von vornherein so angelegt wurde, daß es mir nur gefallen *konnte*. Ich ging die Anhöhe hinunter und wollte gerade den Innenhof betreten, als mich etwas verblüffte, was sich ganz ähnlich wie eine in regelmäßigen Abständen erklingende Glocke anhörte.

Sobald ich hineinging, erkannte ich, daß ich keine Glocke, sondern das Hämmern eines Schmiedes gehört hatte, der in seiner nach vorne offenen Schmiede ein rotglühendes Hufeisen bearbeitete.

Das erklärt natürlich, warum ich das Läuten jener persönlichen Glocke in meinem Kopf überhörte. Es verbarg sich geschickt im Lärm des Hämmerns auf jenem Stahlamboß.

Das Hämmern des Schmiedes hatte einen beständigen, nüchternen Rhythmus, der verkündete, daß man es mit einem Mann zu tun hatte, der seine Arbeit ernst nahm. Er war ein recht unscheinbar wirkender junger Mann von ungefähr fünfundzwanzig Jahren, durchschnittlicher Körpergröße und – scheinbar – durchschnittlicher Statur. Aber das schwere Geräusch seines Hammers sprach Bände über seine wahre Stärke. Er trug eine gewöhnliche Tunika und eine mit Brandflecken übersäte Lederschürze. Das erschien nur sinnvoll. Wenn man mit weißglühendem Metall hantiert, sollte man etwas Robustes zwischen seiner Haut und seiner Arbeit haben.

Ich wartete, bis der Schmied sich umdrehte und das Hufeisen in das Wasserfaß neben dem Amboß tauchte. Eine Dampfwolke stieg auf. »Verzeiht, Meister Schmied«, sprach ich ihn höflich an und nahm Garion auf den anderen Arm, »wißt Ihr, wo ich Bauer Faldor finden kann?«

Dann drehte er sich vollends um und sah mich an. Sein offenes, ehrliches Gesicht gefiel mir. »Zu dieser Tageszeit ist er vermutlich in seinem Kontor, Herrin«, antwortete er freundlich und mit angenehmer Stimme.

»Danke«, entgegnete ich mit einem leichten Kopfnicken. »Und nun kommen wir zu den eher technischen Fragen. Wo genau *ist* Bauer Faldors Kontor?«

Er lachte, und mir fiel auf, daß er sehr ebenmäßige, weiße Zähne hatte. Sein Lachen war offen und ehrlich. Ich war sofort von diesem Mann eingenommen und wußte instinktiv, daß er ein sehr guter Freund werden konnte. »Warum zeige ich Euch nicht einfach den Weg, Herrin?« erbot er sich, während er seinen Hammer niederlegte. »Ich bin übrigens Durnik.«

»Und ich heiße Pol.« Ich deutete einen Knicks an. »Es freut mich, Eure Bekanntschaft zu machen, Meister Durnik.«

»Die Freude ist ganz auf meiner Seite«, erwiderte er und neigte leicht seinen Kopf zu einer Art von Verbeugung. »Kommt, ich bringe Euch zu Faldor. Wir können nur hoffen, daß er beim Zusammenzählen seiner Zahlenreihen zweimal zum selben Ergebnis kommt.«

»Hat er denn Probleme damit?«

»Ständig, Frau Pol. Ständig. Faldor ist ein ausgezeichneter Bauer und der beste Herr in dieser Gegend von Sendarien, aber Arithmetik gehört nicht zu seinen Stärken. Er bekommt immer sehr schlechte Laune, wenn es nicht klappt.« Durnik zeigte auf das Hauptgebäude. »Seine Wohnung liegt oben über der Küche und dem Eßzimmer. Ich beneide ihn nicht darum. Die Gerüche, die in letzter Zeit aus der Küche aufsteigen, sind alles andere als verlockend.«

»Darüber möchte ich mit ihm reden, guter Mann.«

»Seid Ihr etwa Köchin?« Ein hoffnungsvoller Ausdruck trat in seine braunen Augen.

»Ich kann Wasser zum Kochen bringen, ohne daß es anbrennt, wenn Ihr das meint.«

»Den Göttern sei Dank«, versetzte er inbrünstig. »Die arme Nala schafft selbst das nicht mehr. Könnt Ihr Euch vorstellen, wie angebranntes Wasser riecht?«

Wir lachten beide, als wir den Hof überquerten und die große Küchentür durchschritten. »Warte hier«, wies ich meine Ziege an. Ich wußte, daß ich mir die Worte hätte sparen können. Sie würde auf Entdeckungsreise gehen, kaum daß ich außer Sicht wäre. Aber ich wußte, daß ich sie wiederfinden würde.

Die Kücheneinrichtung war zweckmäßig, wie ich auf den ersten Blick sah, mit Arbeitstischen und Schneidebrettern in der Mitte, Öfen und Herden an der Wand und Speisekammer und Stellagen im rückwärtigen Teil. Es herrschte jedoch ein ziemliches Durcheinander. Messer und Pfannen lagen wild verstreut auf den Tischen und

Schneideflächen, anstatt ordentlich an der Wand zu hängen, wo sie hingehörten. Hier gab es eindeutig ein Problem, und es befand sich in einem Sessel neben dem Herd und schnarchte. Obwohl der Nachmittag schon recht weit fortgeschritten war, hatte man die Vorbereitungen fürs Abendessen nicht einmal ansatzweise in Angriff genommen. Die Küche war ein einziges Chaos. Die Hilfsköche wanderten ziellos umher, während die Oberköchin schlief. Es lag auf der Hand, daß Frau Nala ihre Arbeit nicht mehr sehr ernst nahm.

Bauer Faldor war ein großer, hagerer Mann mit Pferdegesicht, einer langen Nase und einem noch längeren Kinn. Wie ich bald herausfinden sollte, war er ein zutiefst frommer Mann, der es für seine Pflicht hielt, sich um das leibliche wie seelische Wohl seiner Angestellten zu kümmern. Als ich ihn das erstemal sah, plagte er sich mit einer Zahlenkolonne ab. Ein einziger Blick offenbarte mir, wo sein Fehler lag, aber ich hielt es für unklug, ihn zu belehren, bevor ich ihn nicht ein bißchen besser kennengelernt hatte.

»Das ist Frau Pol, Faldor«, stellte Durnik mich vor. »Sie möchte mit dir über eine Anstellung in der Küche sprechen.«

»Frau Pol«, begrüßte mich Faldor und erhob sich höflich.

»Bauer Faldor«, antwortete ich mit einem kleinen Knicks.

»Habt Ihr viel Erfahrung mit Küchenarbeit?«

»O ja«, entgegnete ich, »eine Menge Erfahrung.«

»Unsere Küche braucht eine neue Frau, so viel steht fest«, sagte er wehmütig. »Nala war einmal sehr gut, aber sie ist alt geworden – und fett. Das macht sie langsam. Sie scheint einfach nicht mehr mit ihrer Arbeit fertig zu werden.«

»Das ist eine Art Berufsrisiko, Meister Faldor. Es hängt mit dem Abschmecken zusammen.«

»Ich vermag Euch nicht ganz zu folgen, Frau Pol.«

»Eine gute Köchin muß die Güte der von ihr zubereiteten Speisen ständig überprüfen. Die einzige Möglichkeit, das zu tun, ist zu probieren. Wenn eine Köchin nicht aufpaßt, setzt jeder Löffel Suppe und jedes Bratenstückchen sofort an. Wie viele Mäuler habt Ihr zur Zeit zu stopfen?«

»Dreiundfünfzig im Augenblick«, gab er zur Antwort. »Aber wenn es ans Pflanzen geht, werden es noch mehr. Glaubt Ihr, Ihr könntet mit einer so großen Küche zurechtkommen?«

»Nichts leichter als das, Meister Faldor. Aber warum warten wir nicht das Abendessen ab, bis wir irgendwelche bindenden Vereinbarungen treffen? Vielleicht schmeckt Euch meine Küche ja nicht. Es ist nur gerecht, die Ware vor dem Kauf zu prüfen.«

»Das klingt vernünftig, Frau Pol«, stimmte er mir zu.

In dem Augenblick begann Garion ein wenig zu quengeln. Ich legte ihn an meine Schulter und klopfte ihm sanft auf den Rücken, damit er sein Bäuerchen machte.

»Euer Kind, Frau Pol?« fragte Faldor.

»Mein Neffe«, gab ich betrübt zurück. »Seine Eltern sind gestorben.«

Faldor seufzte. »Tragisch«, sagte er leise.

»Ja. Ich werde Rücksicht auf Frau Nala nehmen, Meister Faldor«, versprach ich. »Nach dem, was ich gehört habe, hat sie Euch gut und treu gedient. Es wäre nicht recht, sie einfach beiseite zu schieben.«

»Ich bin froh, daß Ihr das so seht, Frau Pol«, erklärte er ernst.

»Immer vorausgesetzt, daß nicht allen bei meinem Essen schlecht wird«, ergänzte ich mit einem leichten Lächeln. »Wie viele Küchenhilfen gibt es?«

»Sechs – Nala eingeschlossen. Ist das genug?«

»Mehr als genug, Meister Faldor. Kann ich meine Habseligkeiten irgendwo ablegen? Es ist schon recht spät. Wenn wir nicht erst um Mitternacht essen wollen, bereite ich jetzt besser das Abendessen vor.«

»Warum zeigst du ihr nicht diesen leerstehenden

Raum im Westflügel, Durnik?« schlug Faldor vor. Dann seufzte er resigniert. »Und ich setze mich besser wieder an meine Zahlenkolonnen. Es stimmt hinten und vorne nicht.«

»Würde es Euch weiterhelfen, wenn ich sagte, daß zwölf und neun nicht zweiundzwanzig, sondern einundzwanzig ergeben?« fragte ich bescheiden.

Er sah auf seine Zahlen hinunter und zählte es sorgfältig an den Fingern ab. »Na so was, ich glaube wirklich, Ihr habt recht, Frau Pol«, staunte er. »Es funktioniert, nicht wahr?«

»Es funktioniert immer.« Dann wandten Durnik und ich uns zum Gehen.

»Ist er immer so nachgiebig?« wollte ich von Durnik erfahren, als wir die Treppe hinuntergingen.

»Ich kann Euch nicht ganz folgen, Frau Pol.«

»Er hat mich nicht gefragt, wo ich vorher gearbeitet habe, er hat nicht wirklich gefragt, ob ich überhaupt etwas vom Kochen verstehe, und er hat nicht einmal wissen wollen, wo ich herkomme.«

»Frau Pol«, sagte Durnik, »die Küche hier ist eine einzige Katastrophe – etwa wie ein Feuer in der Scheune oder eine Kuhpockenepidemie. Faldor ist weniger nachgiebig als verzweifelt. Faldor würde ohne mit der Wimper zu zucken Torak persönlich einstellen, würde er hier auftauchen und behaupten, er könnte kochen.«

»Verstehe. Nun gut, ich denke, das muß ich in Ordnung bringen.«

Ich ließ mein Bündel in dem Raum fallen, den Durnik mir zeigte, bat ihn, meine Ziege einzufangen und in den Stall zu stellen, und dann kehrte ich in die Küche zurück. Nala schlief noch immer, und die anderen Küchenhelfer überlegten gerade ziellos, daß sie jetzt wirklich bald mit den Vorbereitungen anfangen müßten. »Ich bin die neue Küchenhilfe, meine Damen«, eröffnete ich ihnen. »Mein Name ist Pol, und ich glaube, wir machen uns jetzt besser ans Abendessen, oder nicht?«

»Das können wir nicht, bis Frau Nala aufwacht, Frau

Pol«, ließ ein dünnes, blasses Mädchen mit laufender Nase mich schniefend wissen. »Sonst ist sie beleidigt.«

»Wir treffen ja nur ein paar Vorbereitungen«, log ich, »Ihr wißt schon, Möhren schrappen, Gemüse putzen, Wasser aufsetzen – solche Sachen.«

»Oh«, sagte sie und wischte sich die Nase am Ärmel ab. »Das kann nichts schaden, vermute ich.« Ich erkannte auf der Stelle, daß hier eine Aufgabe vor mir lag. Nalas halbkomatöser Zustand hatte der Betriebsamkeit in der Küche das Wasser abgegraben.

Ich entschied, daß für diesen Abend ein Eintopf genügen müßte. Für etwas Aufwendigeres blieb wahrlich keine Zeit mehr. Die anderen Küchenhilfen ging ich indirekt an. Nachdem ich Garion in einem leeren Gemüsekorb verstaut hatte, begann ich ›Vorschläge‹ zu machen, die für gewöhnlich mit einem ›würdet Ihr vielleicht‹, einem ›hättet Ihr etwas dagegen, wenn‹ oder einem ›wir sollten vermutlich‹ eingeleitet wurden. Dann, als ich sie alle beschäftigt hatte, ging ich in die Speisekammer und inspizierte unseren Gewürzvorrat. Noch bevor ich damit fertig war, murrte ich schon finster vor mich hin. Die Gewürzkrüge waren alle vorhanden, aber die Hälfte von ihnen war leer. Verstohlen sah ich mich um, um sicherzustellen, daß mich niemand beobachtete, und dann mogelte ich ein wenig.

Nala wachte auf, als wir das Fleisch für den Eintopf anbrieten. »Was geht hier vor sich?« verlangte sie zu wissen.

»Wir treffen nur ein paar Vorbereitungen, damit wir mit dem Abendessen beginnen können, Nala«, berichtete das Mädchen mit der laufenden Nase pflichtschuldig. »Frau Pol hier meinte, das sei eine gute Idee. Ihr wißt doch, wie Faldor ist, wenn das Abendessen nicht pünktlich auf dem Tisch steht.«

»Frau Pol?« fragte Nala und musterte mich mit einem argwöhnischen Blick.

»Ich bin heute nachmittag eingestellt worden, um in der Küche zu helfen, Frau Nala«, sagte ich mit einem angedeuteten Knicks. »Enna hier meinte, Ihr fühltet Euch ein wenig unpäßlich.« Ich legte dem rotnäsigen Mädchen vertraulich den Arm um die Schulter. »Ich hielt es für besser, Euch nicht zu stören. Was meint Ihr? Wäre ein schöner Eintopf heute das Richtige?«

Nala tat so, als dächte sie darüber nach. »Wie Ihr meint, Frau Pol«, erteilte sie ihre Zustimmung. Sie zuckte leicht mit den Achseln. Was hätte sie auch sagen sollen? Alles war fertig, man mußte es nur noch in den Kessel werfen.

Ich betrachtete sie eingehend. »Ihr seht nicht gut aus, Frau Nala«, sagte ich mit gespielter Besorgnis. Dann legte ich ihr die Hand auf die Stirn. »Ihr habt Fieber«, eröffnete ich ihr. »Wir müssen etwas dagegen tun, sobald der Eintopf köchelt und die Plätzchen im Ofen sind.«

»Ich fühle mich wirklich ein bißchen fiebrig, Frau Pol«, gab sie zu.

Natürlich fühlte sie sich fiebrig. Schließlich hatte ich gerade mit dem Handrücken ihre Temperatur erhöht. Ich *wollte* diese Stelle wirklich.

Das Gemüse und das angebratene Fleisch wanderten in die riesigen blubbernden Kessel, und dann mischte ich einen Trank aus gewöhnlichen Küchenkräutern zusammen, um Nalas ›Fieber‹ zu kurieren. Danach wachte ich mit meiner Gewürzmischung über meine Eintopfkessel.

Der Eintopf, der an diesem Abend auf den Tisch kam, war in meinen Augen gerade mal annehmbar, aber Faldor und seine Knechte machten sich darüber her wie Verhungernde. Einige von ihnen verstiegen sich sogar dazu, die letzten Saucenreste über die Plätzchen zu schütten.

»O je«, sagte Faldor, stöhnte und legte die Hände auf seinen Bauch. »Ich glaube, ich habe zu viel gegessen.«

»Da bist du nicht der einzige«, meinte Durnik und

stöhnte ebenfalls. Dann wies er auf mich, die ich mit Garion auf dem Arm in der Tür stand. »Ich denke, wir sollten sie behalten, oder?«

»Hm«, machte Faldor. »Ich sag dir was, Durnik. Sobald du dich wieder bewegen kannst, geh doch mal rüber und verriegel das Tor. Wir dürfen sie nicht mehr weglassen, nicht wahr?«

Und so kochte ich mich in eine ständige Anstellung auf Faldors Hof. Wie ich bereits erwähnte, war dieser Eintopf alles andere als berauschend, aber er war immer noch um Klassen besser als alles, was Nala je auf den Tisch gebracht hatte.

Sobald das Essen vorbei war, winkte ich Enna, das blasse blonde Ding mit der laufenden Nase, zu mir. »Ja, Frau Pol?« sagte sie und trabte gehorsam herbei.

Ich streckte die Hand aus und berührte ihre Nase. »Wie lange hast du das schon?« fragte ich sie.

»Seit Wochen«, gab sie zurück und verdrehte die Augen zur Decke.

»Das dachte ich mir.«

»Es ist keine Erkältung, Frau Pol«, fuhr sie fort. »Ich fühle mich nicht schlapp und habe kein Fieber.«

»Nein, es ist keine Erkältung. Es ist der Frühling, Enna, und im Frühling fliegen kleine Dinge durch die Luft, die du einfach nicht verträgst. Laß uns das sofort aus der Welt schaffen.«

»Seid Ihr Ärztin, Frau Pol?«

»Soweit würde ich nicht gehen, Enna«, entgegnete ich. »Ich kenne ein paar Hausmittelchen, das ist alles. Laß uns deine Nase trockenlegen. Schließlich arbeiten wir mit Nahrungsmitteln, und – nun, ich bin sicher, du hast mich verstanden.«

Sie kicherte, und dann nieste sie.

Obwohl wir alle so taten, als unterständen wir noch immer Nalas Oberhoheit, wurden ihre Anweisungen zunehmend vager. Vor Ablauf einer Woche führte ich praktisch die Küche, brachte ihr aber noch immer gelegentlich einen Löffel von dem, was wir gerade zubereiteten, damit sie ihre Zustimmung bekunden konnte. Es störte mich nicht, also bekam sie weiter ihr Löffelchen.

Innerhalb eines Monats hatten sich die Ziege und Garion und ich gut eingelebt, und ich bin mir sicher, daß es Faldor, Durnik und den anderen Landarbeitern so vorkam, als sei ich schon immer dagewesen. Ich putzte unser kleines Schlafzimmer und schaffte Ordnung, aber Garion schlief ohnehin immer in dem leeren Gemüsekorb. So wußte ich immer genau, wo er steckte, auch wenn ich ihm den Rücken zukehrte.

Ich fühlte mich sehr wohl auf Faldors Hof. Diese Leute waren Sendarer bis ins Mark, und schließlich hatte ich die Sendarer in gewisser Weise erst geschaffen. Für mich war es daher wie eine Heimkehr.

Es war gegen Mittsommer, als Onkel Beltira vorbeischaute, angeblich, um sich nach dem Weg nach Obergralt zu erkundigen. Ich führte ihn vors Tor und tat so, als wiese ich ihm den Weg, während wir uns unterhielten.

»Wir haben in diesem Teil von Sendarien das Unterste zuoberst gekehrt, um dich zu finden, Pol«, beschwerte er sich. »Ich wäre fast vorbeimarschiert, wenn ich deine Ziege nicht gesehen hätte. Warum hast du keine Verbindung mit uns aufgenommen?«

»Ich versuche, unsichtbar zu bleiben, bis Vater Chamdar zur Strecke gebracht hat. Hat er schon Glück damit gehabt?«

»Davon hat er uns noch nichts berichtet. Er ist im Augenblick in Tolnedra. Als er das letztemal mit uns sprach, waren er und dieser junge Prinz Kheldar Asharak dem Murgo dicht auf den Fersen. Die Verbindung ist aber seit einigen Wochen abgerissen, so daß wir nicht wissen, ob er Erfolg gehabt hat oder nicht.«

»Nun gut, dann bleibe ich lieber noch in meinem Versteck und warte, bis sie ihn aufspüren und stückchenweise an Ctuchik zurückschicken. Setzt Vater von meinem neuen Aufenthaltsort in Kenntnis, aber laßt die Botschaft vom drasnischen Geheimdienst überbringen.

Solange Chamdar noch in einem Stück existiert, möchte ich vermeiden, daß die Spatzen von den Dächern pfeifen, wo ich mich befinde.«

Er nickte. »Du scheinst hier richtig glücklich zu sein, Pol«, äußerte er.

»Ich mag meine Arbeit, und ich mag die Menschen hier auf dem Hof. Ich würde dennoch nicht behaupten, daß ich glücklich bin. Das könnte sich allerdings ändern, wenn Vater und Silk Chamdar erledigt haben.«

»Wer ist Silk?«

»Prinz Kheldar. Es war sein Spitzname auf der Akademie. Ich muß jetzt wieder in die Küche. Meine Hilfen haben die besten Absichten, aber man muß sie ständig im Auge behalten. Grüß Onkel Belkira recht herzlich von mir.«

»Das werde ich, Pol. Wir lieben dich, das weißt du ja.«

»Ja, ich weiß – und ich liebe euch auch. Und jetzt ab mit dir!«

»Jawohl, Ma'am!« Wir lachten beide.

Kurz nach Beltiras Besuch begann Garion zu krabbeln, und mein Leben wurde schlagartig um einiges interessanter. Er *war* schließlich in einer Küche, und ein Krabbelkind auf dem Boden unter all diesen Messern, Hackbeilen, Töpfen mit kochendem Wasser und umherhastenden Küchenhilfen verlieh meinem Leben eine gewisse Würze. Ich konnte mir nie sicher sein, wo genau er steckte. Gütige Götter, dieser kleine Junge war *schnell*! Ich erlangte bald eine gewisse Geschicklichkeit darin, ihn mit den Füßen zu hüten. Gewiß sah ich manchmal wie eine Akrobatin aus – mit der einen Hand eine Pastete balancierend, mit der anderen eine Schüssel mit Salatsauce würzend und mit dem Fuß einen äußerst aktiven kleinen Jungen aus dem Weg der Gefahr schubsend. Garion fand das alles sehr spaßig, ich dagegen weniger. Ich wagte kaum an den Tag zu denken, an dem er laufen lernen würde, und zog ernsthaft die Anschaffung einer Leine in Erwägung.

Die Erntezeit ist der arbeitsreichste Teil des Jahres auf

einem Bauernhof, und meine Küche machte da keine Ausnahme. Bitte nehmt zur Kenntnis, daß ich sie jetzt *meine* Küche nennen konnte. Frau Nalas Beine wollten nicht mehr, und so verließ sie uns und verlebte den Rest ihrer Tage bei ihrer jüngsten Tochter am Nordufer des Medaliasees. Wie dem auch sei, Faldors Landarbeiter brauchten während der Ernte vier Mahlzeiten am Tag, was mich und meine Helferinnen vom ersten Tageslicht bis mehrere Stunden nach Sonnenuntergang auf Trab hielt. Ich glaube, alle hier waren froh, als der letzte hoch mit Rüben beladene Wagen von den Feldern auf den Hof rollte.

Und dann, nachdem die Ernte eingebracht war und das Laub von den Bäumen zu fallen begann, kam ein umherziehender Geschichtenerzähler auf den Hof, um ein paar Mahlzeiten aus Faldor herauszuholen. Er war ein schäbig gekleideter alter Halunke mit geflickten Schuhen und einem Hanfstrick anstelle eines Gürtels. Haar und Bart waren weiß und kurz geschoren, und er hatte Leim an den Fingern. Er *muß* Leim an den Fingern gehabt haben, denn alles, was er anfaßte, blieb an seinen Händen kleben und verschwand. Natürlich hatte ich gewußt, daß er kam, da ich seine vertraute Präsenz schon gespürt hatte, als er noch fünf Meilen von Faldors Hof entfernt war.

Nein, ich habe *nicht* mit dem Gedanken gespielt, das Tor zu verriegeln. Nun ja, jedenfalls nicht ernsthaft.

Meine Ziege erkannte ihn natürlich sofort und sprang leichtfüßig über ihr Stallgatter, um ihn mit heftig wackelndem Schwanz zu begrüßen. Er lächelte und kraulte ihr die Ohren, und dann fragte er Durnik den Schmied, wo er ›den Besitzer dieses feinen Hofs‹ finden könne.

Er stellte sich Faldor als ›größter Geschichtenerzähler

von Sendarien‹ vor, was, wie ich heute meine, durchaus der Wahrheit entsprochen haben mag, und dann zog ihn meine Küche mit all ihren Speisen und Getränken magisch an. Er ließ seinen nicht zu unterschätzenden Charme spielen und unterhielt meine Gehilfinnen, während wir das Essen vorbereiteten. Er bemühte sich den Eindruck zu erwecken, als versuche er sich bei mir einzuschmeicheln, indem er mit Garion spielte und dazu seine beiläufigen Diebereien vorübergehend sein ließ. Ich achtete darauf, ihn nicht *zu* offensichtlich zu beobachten, erhaschte aber doch einen flüchtigen Blick auf die Tränen, die ihm ein- oder zweimal in die Augen traten, als er seine ›Kille-kille, hihihi‹-Spielchen mit dem Kleinen trieb. Meine Gefühle für den alten Wolf wurden an diesem Punkt merklich sanfter. Obwohl er es nicht zu zeigen versucht, *hat* Vater eine sentimentale Ader.

Er bezahlte für sein Abendessen an jenem Tag, indem er uns nach der Mahlzeit Geschichten erzählte. Den lautesten Beifall erhielt die Geschichte mit dem Titel ›Wie Belgarath und seine vier Gefährten den Orb Aldurs vom Einäugigen Gott der Angarakaner zurückstahlen‹. Die Landarbeiter gerieten völlig aus dem Häuschen bei dieser Mär. »Mein Freund«, sagte Faldor am Ende der Geschichte, »das war über die Maßen erstaunlich! Ihr habt die Geschichte beinahe erzählt, als wärt Ihr selbst dabeigewesen.«

Ich hatte in dem Moment gewisse Probleme, eine ernste Miene zu bewahren. Ich gebe jedoch zu, daß Vater, wenn er es wirklich darauf anlegt, ein Publikum stundenlang in seinen Bann schlagen kann. Er wird es scheinbar nie müde, den Klang seiner eigenen Stimme zu hören.

Dann, nachdem Feldor und seine Knechte zu Bett gegangen waren und ich meine Küchengehilfinnen ins Bett gescheucht hatte, waren Vater, Garion und ich alleine in der Küche. Ich blies die Lampen bis auf eine aus, die meine Küche in ein warmes Dämmerlicht tauchte. Ich legte ein paar Sachen für das morgige Frühstück heraus, und Vater saß in einer Ecke und hielt den schlafenden kleinen Jungen auf dem Schoß.

Ich bekam eine flüchtige Bewegung an der Küchentür mit und drehte mich rasch um. Es war meine kleine Ammenziege, und ihre goldenen Augen glühten im Dunkeln. »Du«, befahl ich ihr, »geh wieder in den Stall, wo du hingehörst.«

»Ach, laß sie doch, Pol«, verteidigte Vater sie. »Sie ist doch gewissermaßen ein Familienmitglied.«

»Seltsame Vorstellung«, murmelte ich. Dann schaute ich ihm unverwandt ins Gesicht. »Also, alter Wolf«, sagte ich mit ruhiger Stimme, »hast du Chamdar endlich zur Strecke gebracht?«

»Wir sind nicht mal in seine Nähe gekommen, Pol«, gestand er und schlug entgegen seinem Naturell einen sehr ernsten Tonfall an. »Ich habe schon den Gedanken erwogen, nach Rak Cthol herunterzufliegen und Ctuchik persönlich die Leber rauszureißen.«

»Interessante Idee. Was hat er sich in jüngster Zeit zuschulden kommen lassen, daß du ihm so zürnst?«

»Er schickt Chamdar-Doppelgänger in den Westen.«

»Würdest du mir das bitte näher erläutern?«

»Er hat ein paar ganz normale Murgos – Grolims, wenn ich mich nicht irre – so verändert, daß sie genau wie Asharak der Murgo aussehen. Das legt den gesamten drasnischen Geheimdienst lahm. Silk regte sich furchtbar auf, als er erfuhr, daß er die ganze Zeit dem falschen Mann gefolgt war. Sonst ist bei der ganzen Sache nichts herausgekommen.«

»Das ging mir jetzt ein bißchen zu schnell, Vater.«

»Unser Prinz Kheldar ist schrecklich von sich eingenommen, Pol. Er brauchte dringend eine größere Dosis Demut. Ihm ist fast das Gesicht entgleist, als ich ihm eröffnete, daß er einem Schwindel aufgesessen ist.«

»Dann hast du also nicht die leiseste Ahnung, wo der echte Chamdar stecken könnte?«

»Ich habe nicht den blassesten Schimmer, Pol. Nicht den blassesten Schimmer. Das Klügste, was ich tun kann, um ihn abzulenken, ist, hoch in die alornischen Berge zu gehen und mich bemerkbar zu machen, indem ich Krach schlage und Gerüchte ausstreue. Chamdar hat Zugriff auf eine Menge Gold, mit dem er zahllose Spione anwerben kann, ganz zu schweigen von den Dagashi, die vermutlich an jeder Kreuzung von Val Alorn bis Sthiss Tor lauern. Der meiner Meinung nach erfolgversprechendste Weg, seine Dagashi und hausgemachten Spione von euch abzulenken, ist, wild mit den Armen zu fuchteln und dafür zu sorgen, daß jede Menge Alorner über ›diesen komischen alten Mann, der Geschichten erzählt‹ reden.' Das dürfte der einfachere Teil sein. Es braucht nur zwei Bierhumpen, um einen Alorner zum Reden, und etwa zwei Dutzend, um ihn wieder zum Aufhören zu bringen.« Er sah mich bekümmert an. »Es ist nicht viel, Pol, aber das Beste, womit ich im Moment dienen kann. Du lebst hier schrecklich exponiert, weißt du. Vielleicht solltest du besser in dein Haus am Eratsee zurückgehen.«

»Nein, Vater, ich werde genau hier bleiben. Mein Landsitz ist mir ein bißchen zu abgeschieden. Es ist äußerst wichtig für Garion, daß er Menschen um sich hat, während er größer wird. Ein Einsiedler würde keinen besonders guten König abgeben.«

»Und außerdem gefällt es dir hier wirklich, nicht wahr, Pol?« fragte er hinterhältig.

»Der Ort ist so gut wie jeder andere, Vater. Ich tue etwas, was mir Spaß macht, und nur sehr wenige Leute kommen hier vorbei. Ich mag diese Menschen, und sie mögen mich. Ich bin hier so glücklich wie anderswo, vermute ich. Nebenbei bemerkt, wenn Garion hier aufwächst, wird er wenigstens ein ehrlicher Mensch werden, und Ehrlichkeit ist auf den Thronen dieser Welt eine seltene Tugend, wie mir aufgefallen ist.«

»Willst du dich wirklich mit Haut und Haaren ins Landleben stürzen, Pol?«

»Ich denke, das werde ich womöglich tun, Vater. Mir blutet immer noch das Herz wegen dem, was in Annath geschehen ist, und regelmäßige Arbeit und eine ruhige Umgebung tragen dazu bei, daß solche Wunden verheilen.«

»Es *ist* allerdings ein gesellschaftlicher Abstieg, Pol. Angefangen hast du als Herzogin von Erat, die über ein ganzes Herzogtum herrschte, und jetzt bist du die Oberköchin auf einem Einödhof. Bist du sicher, daß du Garion nicht lieber nach Sulturn oder Muros bringst und ihm eine Lehrstelle kaufst, so wie du es mit den anderen gemacht hast?«

»Nein, Vater. Garion ist nicht wie die anderen. Er wird das Kind des Lichtes sein – wenn er es nicht schon ist –, und ich möchte ihm nicht den Kopf mit Einbauschränken, Grabsteinen oder Schusterahlen vollstopfen. Ich will, daß er einen guten, wachen Verstand hat, aber einen, der noch ungeprägt und unvorbelastet ist. Das ist meiner Ansicht nach die beste Art, ihn auf einige der Überraschungen vorzubereiten, die sich auf seinem Weg auftun werden.«

»Ich sehe partout nicht ein, wie man ihn dadurch, daß man ihn dumm hält, auf sein Schicksal vorbereiten soll.«

»Wie alt warst du, als du in jener Schneenacht vor gut siebentausend Jahren über den Turm des Meisters gestolpert bist?«

»Nicht sehr alt. Fünfzehn oder sechzehn höchstens, nehme ich an.«

»Du hast dich ja auch ganz gut gemacht – von ein paar schlechten Gewohnheiten abgesehen –, und du warst vermutlich viel dümmer, als Garion es je sein wird. Dafür sorge ich persönlich.«

»Dann bleibst du also hier?«

»Ich glaube, das sollte ich, Vater. Ich habe das im Gefühl. Dies ist der Ort, an dem Garion aufwachsen soll. Es ist kein feiner Ort, daher wird Garion hier niemand Besonderer sein, aber dies ist der richtige Ort. Ich wußte das vom ersten Augenblick an. Es mag ein bißchen abgeschieden und furchtbar provinziell sein, aber hier leben Menschen, die Garion unbedingt kennenlernen muß. Ich werde tun, was gut für Garion ist, ohne Rücksicht darauf, was es mich kostet.«

Vater hob den dösenden Kleinen hoch und kitzelte mit seiner stachligen Wange die Nase des Jungen. Garion giggelte, und Vater lachte. »Garion, mein Junge«, sagte er überschwenglich, »du mußt der glücklichste Bursche auf der Welt sein, weil deine Tante Pol sich um dich kümmert.« Dann warf der alte Gauner mir einen verschlagenen Blick zu und zwinkerte. »Natürlich mit Ausnahme von mir. Um mich kümmert sie sich schließlich schon länger, als ich denken kann. Ich schätze, das macht uns beide zu glücklichen Männern, was meinst du?«

Garion giggelte wieder.

Ich bedachte den abgerissenen alten Mann und das kichernde Baby mit einem liebevollen Blick und erinnerte mich an etwas, was Onkel Beltira vor langer Zeit gesagt hatte. Er hatte das unausgesprochene Spiel erklärt, das Vater und ich nun schon seit Jahrhunderten miteinander spielen. Er hatte dem jungen Prinzen erläutert, daß unsere oft gehässig klingenden Bemerkungen nicht das waren, was sie oberflächlich betrachtet zu sein schienen. Der sanfte Zwilling hatte gelächelt und gesagt: »Es ist ihre Art, zu vermeiden, daß sie sich ihre Zuneigung offen eingestehen müssen, Geran. Sie würden beide in tödliche Verlegenheit geraten, wenn sie zugeben müßten, daß sie sich wirklich lieben, und so spielen sie statt dessen dieses kleine Spiel. Es ist ihre ganz persönliche Art, immer und immer wieder ›ich liebe dich‹ zu sagen. Möglicherweise sind sie selbst sich dessen gar nicht bewußt, aber sie sagen es einander bei jeder Begegnung.«

Reumütig mußte ich eingestehen, daß die Zwillinge und Beldin unsere kleine Ausrede stets durchschauten – auch wenn Vater und ich es nicht bemerkt hatten. Ich mußte dreitausend Jahre und älter werden, um dieses schlichte Eingeständnis machen zu können, aber zu guter Letzt war es mir so eindeutig, daß ich mich wunderte, warum ich erst jetzt darauf kam. Ich liebte meinen Vater. So einfach war das. Ich liebte ihn trotz all seiner Fehler und üblen Gewohnheiten. Diese überwältigende Einsicht ließ mir die Tränen in die Augen steigen und mein Herz vor Liebe überfließen.

»Na also«, erklang Mutters Gedanke selbstgefällig in meinem Gehirn. *»So schwer war es doch gar nicht, oder?«* Diesmal jedoch klang die vertraute körperlose Stimme eine Spur anders. Sie schien von der Küchentür zu kommen. Ich drehte mich abrupt um und starrte ungläubig die kleine Ammenziege an, die dort stand und mich mit ihren boshaft funkelnden goldenen Augen eindringlich ansah.

»Jemand mußte das Baby ernähren, Pol«, führte Mutters Stimme aus. *»Ich hielt es für besser, wenn es in der Familie blieb.«*

An diesem Punkt gab ich es auf und brach in ein leicht wehmütiges Gelächter aus.

»Was ist daran so komisch, Pol?« fragte Vater mich verwundert.

»Nichts, Vater«, antwortete ich. »Überhaupt nichts.«

Epilog

Es war ein grauer, düsterer Wintertag auf der Insel der Winde. Seine Hoheit, Kronprinz Geran von Riva, verbrachte den Tag auf den Wehrgängen über der Halle des rivanischen Königs mit der Herstellung von Schneemännern – oder, um genau zu sein, Schneesoldaten. Wolf war, wie immer, bei ihm. Wolf trug nichts Wesentlicheres zu dem Projekt bei, als kritisch die Geschehnisse zu verfolgen, die Schnauze auf die gekreuzten Pfoten gelegt. Es gab eine Menge Dinge in der Halle des rivanischen Königs, die Wolf nicht verstand, aber er war höflich genug, kein Aufhebens davon zu machen.

Es war gegen Mittag, als eine von Mutters Hofdamen Gerans vierjährige Schwester Beldaran auf die Wehrgänge brachte. »Ihre Majestät sagt, die Kleine brauche ein bißchen frische Luft, Euer Hoheit«, ließ die Gräfin – oder was immer sie war – Geran wissen. »Ihr sollt auf sie aufpassen.«

Prinz Geran seufzte. Es war nicht so, daß er seine kleine Schwester nicht gemocht hätte, aber er schuf gerade ein Kunstwerk, und kein Künstler hat es gerne, wenn man ihn während eines Anflugs von Kreativität stört. Prinzessin Beldaran war so dick in Pelze eingemummt, daß sie kaum die Ärmchen bewegen konnte. Auch Beldaran trug nichts Wesentliches zum Meisterwerk ihres Bruders bei. Sie machte statt dessen Schneebälle, begutachtete jeden mit ernster Miene, sobald er fertig war, wischte mit der behandschuhten Faust ein paar vorwitzige Grate weg und warf ihn dann ohne ersichtliche Regung in Richtung ihres Bruders. Sie traf ihn nicht sehr oft, aber oft genug, um ihn aus seiner Konzentration zu reißen. Er biß die Zähne zusammen und ignorierte sie. Er liebte sie, ignorierte sie aber meist. Er hatte die Erfahrung gemacht, daß er so ein ruhigeres Leben hatte. Beldarans Stimme glich der ihrer Mutter. ›Ausdrucksstark‹ nannte sein Vater sie. Geran fielen noch ein paar andere Worte ein, um die durchdringende Stimme seiner Schwester zu beschreiben, aber er achtete peinlich genau darauf, sie nicht in Gegenwart von Mutter zu äußern.

Er war sehr erleichtert, als die Gräfin – oder was auch immer – nach einer guten Stunde wieder heraufkam und Beldaran mitnahm. Er kam zu den letzten Feinheiten seines Kunstwerks und konnte jetzt wirklich keine Störung gebrauchen. Nach eingehender Überlegung gelangte er zu dem Entschluß, daß die Möhren, die er als Nasen benutzt hatte, zu komisch aussahen, und nahm statt dessen Rüben. Das war *wesentlich* besser, entschied er. Er hatte jetzt seit einer Woche an den Schneeskulpturen gearbeitet und war gut vorangekommen. Sieben wilde, wenn auch etwas kuglige weiße Soldaten säumten bereits die Zinnen und schauten finster auf den Hafen hinunter. Prinz Geran war zuversichtlich, ein ganzes Regiment zustande zu bringen, falls das winterliche Wetter lange genug anhielt.

»Ist der nicht bärenstark, Wolf?« fragte Geran seinen Gefährten, nachdem er die letzten Handgriffe an dem siebten Wachposten ausgeführt hatte.

»Man sieht den Sinn dafür nicht ganz ein«, äußerte Wolf höflich. Geran meinte einen Hauch von Kritik in der Bemerkung seines Freundes zu entdecken. Wölfe sind manchmal schrecklich vernünftig.

An diesem Punkt griff Prinz Geran auf einen Ratschlag seines Großvaters zurück. »Es ist ein Brauch«, erläuterte er.

»Oh«, meinte Wolf, »dann ist es in Ordnung. Bräuche müssen keinen Sinn haben.«

Großvater hatte Geran im Verlauf jenes Sommers, den der Junge im Tal verbracht hatte, die Sprache der Wölfe beigebracht. Das war damals ein Gebot der Notwendigkeit gewesen, da Großvater und Großmutter sich hauptsächlich in Wölfisch unterhielten. Geran war ziemlich stolz auf seine Sprachkenntnisse, obwohl Wolf ihm manchmal seltsame Blicke zuwarf. Ohrbewegungen spielen eine recht wichtige Rolle in der wölfischen Sprache, und da Geran nicht mit den Ohren wackeln konnte, bewegte er sie statt dessen mit den Fingern. Wolf schien das ein klein wenig sonderbar zu finden.

Geran war sehr stolz auf Wolf. Die anderen Jungen auf der Insel der Winde hatten Hunde, die sie ›Haustiere‹ nannten. Wolf dagegen war Gerans Gefährte, und sie redeten die ganze Zeit miteinander. Wolf besaß, wie Geran mehrfach aufgefallen war, einige merkwürdige Eigenarten. Manchmal mußte man ihn behandeln wie ein rohes Ei, um ihn nicht zu kränken. Geran wußte, daß Wölfe spielen, aber das wölfische Spiel ist eher eine Art freundschaftliche Balgerei. Die komplizierte Natur des menschlichen Spiels konnte Wolf nicht begreifen, so daß Geran ziemlich oft erklären mußte, es handle sich um ›Bräuche‹.

Geran dachte selten über Wolfs Herkunft nach. Großmutter hatte Wolf als elternlosen Welpen im Wald in der Nähe von Kell in Mallorea gefunden, und Geran gab sich große Mühe, alle Erinnerungen an das, was in Mallorea passiert war, aus seinem Gedächtnis zu verbannen. Er *hatte* indes noch gelegentlich Alpträume wegen Zandramas, in denen die winzigen Lichtpünktchen, die unter ihrer Haut gefunkelt hatten, eine tragende Rolle spielten. Doch diese Alpträume wurden immer seltener, und Geran hoffte zuversichtlich, daß sie schließlich ganz verschwinden würden, wenn er sich nur standhaft weigerte, daran zu denken. Entschlossen unterdrückte er die flüchtigen Gedanken und widmete sich wieder seinen Schneewächtern.

Der Abend zog hoch über den Zinnen der Stadt Riva herauf, als Vater hochkam, um seinen Sohn und Wolf zu holen. Geran wußte, daß Vater der rivanische König und der ›Oberste Herr des Westens‹ war, aber in Gerans Augen waren das lediglich Titel. Vater war einfach ›Vater‹, egal, wie andere ihn nennen mochten. Vaters Gesicht war ziemlich gewöhnlich – es sei denn, es passierte irgendein Notfall. *Dann* war Vaters Gesicht das am wenigsten gewöhnliche auf der ganzen Welt. Diese seltenen Notfälle zwangen Vater manchmal, sein Schwert zu holen, und wenn *das* geschah, suchten die meisten vernünftigen Leute Deckung.

In der einbrechenden Dämmerung begutachtete Vater das Werk seines Sohnes mit ernster Miene. »Nette Soldaten«, urteilte er.

»Sie würden noch viel besser aussehen, wenn du mir erlauben würdest, ein paar Sachen aus der Waffenkammer zu borgen«, sagte Geran hoffnungsvoll.

»Das wäre wahrscheinlich keine gute Idee, Geran«, entgegnete Vater. »Es sei denn, du möchtest den ganzen Sommer damit zubringen, den Rost wieder abzuschleifen.«

»Oh, daran hatte ich nicht gedacht«, gestand Geran.

»Man ist neugierig zu erfahren, wie dein Tag gewesen ist«, wandte Vater sich höflich an Wolf.

»Er war zufriedenstellend«, antwortete Wolf.

»Man ist erfreut, daß du es so empfunden hast.«

Vater und Geran achteten sorgfältig darauf, in Mutters Beisein nicht Wölfisch zu sprechen. Mutter mochte keine ›Geheimsprachen‹. Sie schien immer der Meinung zu sein, daß Leute, die sich in fremden Sprachen unterhielten, über *sie* reden würden. Geran mußte zugeben, daß ihr Verdacht recht häufig zutraf. Die Leute *redeten* viel über Mutter, und Geheimsprachen wie Wölfisch oder die drasnische Fingersprache hatten den Vorteil, den Geräuschpegel auf der Insel der Winde niedrig zu halten. Geran liebte Mutter, aber sie *war* leicht erregbar.

»Hattest du einen schönen Tag, mein Liebling?« fragte Mutter, als Geran und Vater die königlichen Gemächer betraten, nicht ohne sich zuvor pflichtschuldig im Gang draußen die Füße abgetreten zu haben. Von Wolf und seinen Pfoten konnte man das natürlich nicht verlangen, aber er hatte sich schon mit Zähnen und Zunge das Eis zwischen den Klauen herausgeholt, so daß er wirklich nicht *viel* Wasser hereinbrachte.

»Es war einfach bärenstark, Mutter«, gab Geran zur Antwort. Alle Jungen, die Prinz Geran kannte, benutzten bei jeder Gelegenheit das Wort ›bärenstark‹, und da Geran sehr modebewußt war, schmückte er seine Rede mit jeder Menge ›bärenstarks‹. Was wollte man, es war schließlich modern.

»Dein Bad ist fertig, Geran«, teilte Mutter ihm mit.

»Ich bin eigentlich gar nicht schmutzig, Mutter«, erwiderte er ohne nachzudenken. Dann biß er sich auf die Zunge. Warum plapperte er nur so drauflos, ohne vorher an die Folgen zu denken?

»Es ist mir egal, ob du das glaubst!« erklärte Mutter mit einer Stimme, die um mehrere Oktaven anstieg. »Ich habe dir gesagt, du sollst baden gehen! Und jetzt ab mit dir!«

»Ja, Mutter.«

Mit einigen kaum erkennbaren Fingerbewegungen riet Vater Geran: »Tu besser, was sie sagt. Sonst gibt's Ärger.«

Geran seufzte und nickte. Er war inzwischen fast so groß wie Mutter, aber in seinem Bewußtsein ragte sie noch immer turmhoch und drohend über ihm auf. Prinz Geran war sieben Jahre alt, und Wolf betrachtete ihn als Erwachsenen. Geran meinte, diese Reife gebe ihm das Recht auf ein bißchen Respekt, aber von Mutter bekam er nicht viel davon. Er fand das wirklich nicht fair.

In einem Haus mit Mutter zu leben, war ein ständiges Abenteuer. Geran hatte längst herausgefunden, daß der beste Weg, die Aufregung in Grenzen zu halten, darin bestand, genau das zu tun, was sie ihm sagte. Prinz Geran war zu der Einsicht gelangt, daß er nicht der einzige war, der diese Erfahrung gemacht hatte. Das unausgesprochene Motto der ganzen Burg – wahrscheinlich der ganzen Insel der Winde – lautete: »Verärgert bloß die

Königin nicht!« Die Rivaner verehrten ihre winzige Königin aber nichtsdestotrotz, und *so* viel Mühe bereitete es ja auch nicht, genau das zu tun, was sie sagte. Für Königin Ce'Nedras Zufriedenheit zu sorgen, war eine Art nationale Notwendigkeit, und auch dem Letzten die Wichtigkeit dieser Aufgabe vor Augen zu führen eine der Hauptaufgaben von Kail, dem rivanischen Wächter.

Nachdem Prinz Geran ein ziemlich flüchtiges Bad genommen hatte, schloß er sich dem Rest der Familie im Speisesaal der königlichen Gemächer an. Er *hatte* allerdings dafür gesorgt, daß seine Ohrmuscheln noch ein wenig feucht waren. Mutter legte großen Wert auf saubere Ohren. Prinz Geran war der Auffassung, solange er noch hören konnte, wären seine Ohren auch sauber genug, aber er tauchte stets am Ende eines Bades seinen Kopf noch einmal unter Wasser, nur damit Mutter glücklich war.

Er gesellte sich zu seiner bereits um die Tafel versammelten Familie. Ein Serviermädchen trug das Essen auf. Heute abend gab es Schinken, und Geran liebte Schinken. Schinken hatte nur einen Nachteil: Er wurde stets mit Spinat serviert. Bei seinem Leben konnte Geran nicht verstehen, warum nach Mutters Ansicht Schinken und Spinat untrennbar zusammengehörten. Geran persönlich glaubte, daß Spinat zu rein gar nichts paßte. Um es noch schlimmer zu machen, mochte auch Wolf keinen Spinat, so daß Geran das furchtbare Zeug nicht löffelweise heimlich unter den Tisch zu seinem Freund schaffen konnte, so wie er es immer mit dem gebratenen Ziegenfleisch machte, das die Küche regelmäßig auf den königlichen Tisch brachte. Geran mochte auch keine Ziege, aber sie rangierte auf seiner Beliebtheitsskala doch deutlich über Spinat.

»Wie schmeckt es dir heute, mein Liebling?« erkundigte sich Mutter.

»Bärenstark, Mutter«, erwiderte er schnell. »Echt bärenstark.«

Sie verdrehte die Augen angesichts seiner Ausdrucksweise. Geran meinte, daß Mutter wirklich keinen sonderlich hoch entwickelten Sinn für Stil habe.

»Was hatte Kapitän Greldik zu sagen?« wollte Mutter von Vater wissen.

Geran kannte Greldik, den unsteten cherekischen Schiffskapitän, und er mochte ihn ziemlich gern. Mutters Zustimmung hingegen fand Kapitän Greldik nicht. Soweit Geran wußte, gab es kein weibliches Wesen, in dessen Augen Kapitän Greldik Gnade gefunden hätte. Sie schienen alle der Überzeugung anzuhängen, daß Kapitän Greldik ein paar üble Angewohnheiten zuviel hatte. Und was noch schlimmer war, all die geballte weibliche Mißbilligung scherte ihn keinen Deut.

»Oh«, antwortete Vater, »gut, daß du mich daran erinnerst. Er sagt, Sammet erwarte ein Kind.«

»Silk wird *Vater!*« rief Mutter aus.

»Das behauptet jedenfalls Greldik.«

»Ich glaube, jetzt müssen wir den Begriff Elternschaft neu definieren«, lachte Mutter.

»Mit Silk und Sammet als Eltern *weiß* man jedenfalls, welchen Beruf das Kind einmal ergreifen wird«, fügte Vater hinzu.

Geran bekam diesen Teil der Unterhaltung nicht so recht mit, da er genau in diesem Augenblick ein strategisches Dilemma überdachte. Er hatte nach seinem Bad einen Morgenrock angezogen, und Morgenröcke haben Taschen – schöne tiefe Taschen, die gewiß groß genug waren, um den gesamten Spinat auf seinem Teller aufzunehmen, bis er Gelegenheit fand, sich des gräßlichen Zeugs zu entledigen. Das Problem bestand in Mutters unseliger Angewohnheit, ohne Vorwarnung Durchsuchungen seiner Taschen durchzuführen. Auf diese Weise hatte Geran an einem Tag im letzten Sommer eine ganze Tasche voller nützlicher Angelwürmer eingebüßt. Er war sich ziemlich sicher, daß das Gekreische, das sie ausgestoßen hatte, als sie in die Würmer gegriffen hatte, noch heute irgendwo da oben zwischen den Dachbalken hing. Nachdem er zu dem Entschluß gekommen war, es sei zu gefährlich, die Taschen als Spinataufbewahrungsort zu mißbrauchen, würgte Geran das eklige Gemüse widerwillig herunter. Zu wiederholtem Male schwor er sich, sein erster Erlaß als neuer König werde ein allgemeines und ewig gültiges Spinatverbot im ganzen Reich sein.

Prinz Geran hätte auch die Möglichkeit wählen können, Mutter in der Spinatsache auszusitzen, indem er stur bis zur Dämmerung oder später am Tisch geblieben wäre, aber das kam nicht in Frage, da sich nun mit raschen Schritten der Höhepunkt seines Tages näherte. Die letzten Monate über hatte Mutter ihm noch im Bett vorgelesen. Und es war kein gewöhnliches Buch, was sie ihm da vorlas. Seine eigene Tante hatte es geschrieben, und er kannte die meisten Leute, die auf den letzten Seiten vorkamen. Er kannte Barak und Silk, Lelldorin und Mandorallen, Durnik und Königin Porenn, Hettar und Adara. Tante Pols Buch war fast so etwas wie ein Familientreffen.

»Hast du aufgegessen?« fragte Mutter ihn, als er seine Gabel hingelegt hatte.

»Ja, Mutter.«

»Bist du heute auch ein braver Junge gewesen?« Geran fragte sich, was Mutter wohl sagen würde, wenn er jetzt mit Nein antwortete.

Klugerweise entschied er sich gegen diese Möglichkeit. »Sehr brav, Mutter«, antwortete er statt dessen. »Ich habe nichts kaputt gemacht.«

»Erstaunlich«, meinte sie. »Dann nehme ich an, du möchtest, daß ich dir weiter vorlese.«

»Wenn es dir nicht zuviel Umstände bereitet, Mutter.« Geran kannte den Nutzen von Höflichkeit, wenn man etwas wollte.

»Also gut«, erwiderte Mutter. »Du gehst jetzt hurtig ins Bett, und ich komme zu dir, sobald ich Beldaran bettfein gemacht habe.«

Geran stand auf, gab seinem Vater einen Gutenachtkuß und suchte sein Schlafzimmer auf. Er stellte die

Kerze auf den kleinen Nachttisch und unterzog sein Zimmer einer raschen Präventivuntersuchung. Es sah nicht *allzu* schlimm aus, aber um ganz sicherzugehen, beförderte er alles, was noch herumlag, mit gezielten Tritten unters Bett.

»Man wüßte gerne, warum du das jeden Abend tust«, wollte Wolf wissen.

»Das ist ein neuer Brauch«, antwortete Geran, während er die Stellung seiner Ohrmuscheln mit den Fingern veränderte. »Man glaubt, wenn die Mutter nicht sieht, was auf dem Boden des Baus herumliegt, wird sie auch nicht darüber reden.«

Wolf ließ die Zunge heraushängen, die wölfische Variante des Lachens. »Man bemerkt, daß du schnell lernst«, sagte er. Dann sprang er mühelos aufs Bett, gähnte und rollte sich zu einem Pelzknäuel zusammen, wie er es stets tat.

Prinz Geran ließ noch einmal den Blick durchs Zimmer schweifen und kam zu dem Ergebnis, daß es vermutlich hinreichend aufgeräumt sei. Manchmal wurde Geran seiner ›Sachen‹ nicht mehr Herr. Der einzige Nachteil an den abendlichen Vorlesestunden war, daß sie Mutter Gelegenheit zu täglicher Inspektion seines Zimmers gaben. Geran wollte es scheinen, als sei Mutter von einem unseligen Hang zur Ordnung besessen. Er hatte ihr wiederholt zu erklären versucht, daß er unter den scheinbar wahllos auf dem Boden verstreuten ›Sachen‹ sofort das finden konnte, was er gerade suchte, daß es ihn hingegen, wenn er alles wegräumte, wie sie es verlangte, *Stunden* kostete, um das Gewünschte zu finden, und daß im Verlauf dieser Suchaktion ohnehin alles wieder auf dem Boden landete. Sie hatte ihm jedesmal geduldig zugehört, um dann den sattsam bekannten Befehl »Räum den Schweinestall auf!« zu wiederholen. Einmal – genau ein einziges Mal – hatte er vorgeschlagen, einer der Bediensteten könne doch für ihn aufräumen, da diese Arbeit unter seiner Würde sei. Es schauderte ihn noch immer, wenn er an ihre Reaktion auf *diesen* Vorschlag dachte. Er war der festen Überzeugung, man hätte Mutters kleine Rede im sendarischen Wald hören können, wenn der Wind *etwas* günstiger gestanden hätte.

Er kletterte auf sein Bett und türmte ein paar Kissen auf der Seite neben der Kerze auf, so daß Mutter sich beim Vorlesen aufstützen konnte. Ihn leitete dabei kühle Berechnung. Wenn sie bequem läge, würde sie auch länger lesen. Dann kuschelte er sich unter die Decke und schob seine Füße in mühevoller Kleinarbeit unter Wolf. Das wirklich Tolle an Wolf war, daß er das Bett so warm machte. Geran bekam nie kalte Füße.

Nach einer kleinen Weile kam Mutter mit Tante Pols Buch unter dem Arm in sein Zimmer. Abwesend kraulte sie Wolf hinter den Ohren. Wolfs goldene Augen öffneten sich kurz, und er wedelte ein paarmal mit dem Schwanz, um seine Zustimmung zu bekunden. Dann schlossen sich seine Augen wieder. Wolf hatte Geran einmal wissen lassen, er habe Mutter recht gern, zeigte es aber nie offen, da er das für unwürdig erachtet hätte.

Mutter stieg ins Bett, schüttelte die Kissen auf, die Geran für sie aufgebaut hatte, und steckte ihre Füße unter die Decke. »Hast du es auch schön warm?« fragte sie.

»Ja, Mutter. Alles ist bärenstark.«

Sie schlug das Buch auf ihrem Schoß auf. »Wo waren wir stehengeblieben?« fragte sie.

»Tante Pol suchte die verrückte Dame im Schnee«, antwortete Geran. »Da waren wir zumindest, als ich einschlief.« Dann ergriff ihn ein schlimmer Verdacht. »Du hast doch nicht ohne mich weitergemacht, oder?«

Sie lachte. »Geran, Liebes, das ist ein Buch. Es läuft nicht weg oder löst sich in Luft auf, wenn man es gelesen hat. Oh, wo wir gerade davon sprechen, wie kommst du mit dem Lernen voran?«

Er seufzte. »Gut, nehme ich an. Das Buch, das mein Lehrer mich lesen läßt, ist allerdings nicht sehr interessant. Es ist ein Geschichtsbuch. Warum muß ich einen tolnedrischen Lehrer haben, Mutter? Warum kann ich nicht einen alornischen haben?«

»Weil Tolnedrer bessere Lehrer als Alorner sind, mein Liebling.« Mutter *hatte* Vorurteile, das ließ sich nicht leugnen.

Sie blätterte durch das letzte Drittel von Tante Pols Buch. »Aha«, sagte sie, »ich hab's.«

»Bevor wir anfangen, Mutter, darf ich etwas fragen?«

»Natürlich.«

»Tante Pol kann Magie machen, nicht wahr?«

»Sie mag aber dieses Wort nicht, Geran, und dein Großvater mag es genauso wenig.«

»Dann werde ich das Wort nicht in ihrer Gegenwart benutzen. Wenn sie magische Sachen machen kann, warum hat sie dann nicht einfach mit dem Finger geschnippt und die verrückte Dame wieder gesund gemacht?«

»Ich glaube, es gibt ein paar Dinge, die auch Magie nicht heilen kann.«

Das war eine schreckliche Enttäuschung für Prinz Geran. Er war schon vor langer Zeit zu der Überzeugung gelangt, ein bißchen Übung in Magie könne sehr nützlich sein, wenn er einmal König wäre. Die Leute in Vaters Regierung schienen sich ständig den Kopf über Geld zu zerbrechen, aber wenn der König mit einer einfachen Handbewegung den ganzen Raum damit füllen konnte, könnten sie alle den Rest des Tages angeln gehen oder sonst etwas Sinnvolles tun.

Mutter nahm den Faden der Erzählung bei Tante Pols Suche nach der wahnsinnigen Alara auf, und Geran wollte es scheinen, als könne er das eiskalte Gebirge und die dunklen Wälder um Annath, in denen Tante Pol ihre verzweifelte Suche fortsetzte, ganz deutlich sehen. Er wagte kaum mehr zu atmen, als könne er so den furchtbaren Teil abwenden, der nun zu folgen drohte. Er konnte es natürlich nicht.

»Ich hasse es, wenn eine Geschichte das macht«, erklärte er.

»Es ist eigentlich keine Geschichte, Geran«, führte Mutter aus. »Das ist wirklich so passiert, wie Tante Pol es erzählt.«

»Kommen denn irgendwann noch mal fröhlichere Teile?«

»Warum hörst du nicht endlich mit dem Fragen auf und wartest es ab?«

Geran fand ihre Bemerkung völlig unpassend.

Mutter las weiter, und nach einigen Minuten hob Geran leicht die Hand, als sei er in der Schule. »Darf ich noch eine einzige Frage stellen, Mutter?«

»Wenn es sein muß.«

»Woher *wußte* Großvater, daß Chamdar das Haus niederbrannte?«

»Dein Großvater weiß alles mögliche, Geran – sogar Dinge, die er eigentlich nicht wissen sollte. In diesem Fall denke ich aber, daß diese Stimme, die er in seinem Kopf hat, es ihm mitgeteilt hat.«

»Ich wünschte, ich hätte eine Stimme in *meinem* Kopf, die mir alles vorsagen würde. Das könnte mir eine Menge Ärger ersparen.«

»Bei den Göttern!« stimmte Mutter ihm aus tiefem Herzen zu. Dann las sie weiter.

Als sie zu der Stelle mit Tante Pols Haus am Ufer des Eratsees kam, unterbrach Geran sie erneut, ohne nachzudenken. »Warst du je da, Mutter? In Tante Pols Haus, meine ich.«

»Mehrfach«, gab Mutter zurück.

»Ist es wirklich so groß, wie sie schreibt?«

»Vermutlich größer. Vielleicht nimmt sie dich eines Tages mit, und dann kannst du es selbst sehen.«

»Das wäre bärenstark, Mutter!« sagte er aufgeregt.

»Was hat nur dieses dauernde ›bärenstark‹ zu bedeuten?«

»Alle Jungen in meinem Alter sagen es. Es bedeutet ›sehr, sehr nett‹. Es ist ein richtig gutes Wort. Alle Welt benutzt es.«

»Oh, so ein Wort. Das geht vorüber – am Ende.«

»Was?«

»Vergiß es.« Dann wandte sich Mutter wieder dem Buch zu.

Prinz Gerans Augenlider wurden *sehr* schwer, als sie bei Faldors Hof angelangt waren. Dieser Teil der Geschichte war wirklich nicht sehr aufregend, und irgendwo bei der endlosen Beschreibung, wie man einen Eintopf zubereitet, schlummerte der Kronprinz von Riva ein.

Die regelmäßigen Atemzüge ihres Sohnes sagten Königin Ce'Nedra, daß sie ihr Publikum verloren hatte. Sie legte ein Stück Papier zwischen die Buchseiten und lehnte sich gedankenversunken zurück.

Tante Pols Buch hatte die Lücken gefüllt, die Ce'Nedra in Belgaraths Buch entdeckt hatte – und mehr als das. Der Reichtum der Charaktere, viele von ihnen große Gestalten aus der Legende, erfüllten die rivanische Königin fast mit Ehrfurcht. Hier war Riva Eisenfaust, dort Brand, der Mann, der einen Gott niedergestreckt hatte. Da war Beldaran, die schönste Frau der Geschichte. Asrana und Ontrose hatten Ce'Nedra fast das Herz gebrochen. Tante Pols Buch hatte beinahe die ganze Bibliothek des Historischen Instituts der Universität von Tolnedra obsolet gemacht und durch das ersetzt, was *wirklich* geschehen war.

Hier wehte der Atem der Geschichte, direkt auf dem Schoß der rivanischen Königin. Sie schlug das Buch erneut auf und las ihre Lieblingspassage, die beschauliche kleine Szene in der Küche von Faldors Hof, als Polgara nicht mehr die Herzogin von Erat, sondern nur noch eine Köchin auf einem abgelegenen sendarischen Bauernhof war. Gesellschaftlicher Rang zählte dort überhaupt nicht. Was *wirklich* zählte, war Polgaras liebevolle Einsicht, daß sie ihren Vagabund von Vater liebte – trotz all seiner Fehler und obwohl er ihre Mutter vor Beldarans und ihrer Geburt scheinbar im Stich gelassen hatte.

Die Feindschaft, an der sie all die Jahrhunderte über so leidenschaftlich festgehalten hatte, hatte sich fast unbemerkt in Luft aufgelöst.

Das unterschwellige kleine Spiel, das Tante Pol und ihr Vater über die Jahrhunderte hinweg miteinander gespielt hatten, hatte einen Überraschungsgewinner hervorgebracht, einen Gewinner, von dem sie gar nicht gewußt hatten, daß er überhaupt an dem Spiel teilnahm. Dreitausend Jahre lang hatten sie in diesem halb ernsthaft, halb spaßhaft gemeinten Spiel gegeneinander gestichelt, und die ganze Zeit hatte die Wölfin Poledra ihnen beim Spielen zugesehen und geduldig gewartet, bis sie genau da standen, wo sie sie haben wollte – und dann hatte sie zugeschlagen.

»Du würdest das verstehen, nicht wahr, Wolf?« flüsterte sie dem Gefährten ihres Sohnes zu.

Wolf schlug seine goldenen Augen auf und klopfte einmal zustimmend mit dem Schwanz auf die Decke.

Das überraschte Ce'Nedra ein kleines bißchen. Wolf schien genau zu wissen, was sie dachte. Wer *war* Wolf überhaupt? *Den* Gedanken verbannte sie ganz schnell in die hinterste Ecke ihrer Gedanken. Ce'Nedra war im Augenblick nicht bereit, die Möglichkeit in Betracht zu ziehen, Wolf könne nicht der – oder das – sein, der oder das er zu sein schien. Für diesen Abend genügte ihr die Erkenntnis, daß Poledra das Spiel gewonnen hatte.

Widerstrebend oder nicht, es gab *eine* Erkenntnis, die mit Macht über die rivanische Königin hereinbrach. Die Familie ihres Ehemannes hatte es schon gegeben, bevor die Welt zerbrochen wurde. An der Tatsache, daß es die wichtigste Familie der menschlichen Geschichte war, war nicht zu rütteln. Als Ce'Nedra Garion zum ersten Mal begegnet war, hatte sie ihn verächtlich als einen ungebildeten sendarischen Küchenjungen ohne Familie abgetan. Heute mußte sie sich eingestehen, daß sie sich in jedem einzelnen Punkt geirrt hatte. Sie selbst hatte Garion das Lesen beigebracht, aber sie mußte zugeben, daß sie ihm nur das Buch hatte aufschlagen müssen. Sie war kaum noch mitgekommen, nachdem er einmal das Alphabet beherrschte. Garion war auch kein Sendarer, wie sich herausstellte. Er hatte den einen oder anderen Topf und die eine oder andere Pfanne in Faldors Küche gescheuert, aber er war ein König, kein Küchenjunge. Und er war eigentlich alles andere als elternlos, denn seine Familie reichte bis zum Ursprung der Zeiten selbst zurück. Ce'Nedra hatte sich Sorgen darüber gemacht, daß ihr Ehemann einen höheren gesellschaftlichen Rang als sie einnehmen könnte, aber er stand so hoch über ihr, daß diese Dinge an Bedeutung verloren. *Daran* hatte die rivanische Königin hart zu schlucken gehabt.

Sie seufzte. Ein ganzer Haufen unangenehmer Einsichten drängte sich Ce'Nedra auf. Sie betrachtete ihr Bild in dem verschmierten Spiegel im Zimmer ihres Sohnes und berührte leicht ihre dunkelroten Haare mit den Fingern. »Nun ja«, schnaufte sie, »zumindest bin ich hübscher als er.«

Dann wurde ihr bewußt, wie lächerlich diese letzte Einrede war, und mußte wider Willen lachen. Mit erhobenen Armen gestand sie ihre Niederlage ein. »Ich gebe es auf«, sagte sie, noch immer lachend.

Dann schlüpfte sie aus dem Bett, schob das Kissen unter Gerans Kinn und hauchte ihm einen Kuß auf die Wange. »Schlaf gut, mein lieber kleiner Prinz«, flüsterte sie.

Dann streichelte sie Wolfs Kopf, ohne genau zu wissen, warum. »Du auch, lieber Freund«, sagte sie leise zu ihm. »Paß auf unseren kleinen Jungen auf.«

Der Wolf sah sie gelassen aus seinen goldenen Augen an, und dann machte er etwas völlig Unerwartetes. Er leckte einmal kurz und naß mit seiner langen Zunge über ihre Wange.

Ce'Nedra mußte wider Willen kichern und versuchte, sich die Wange abzuwischen. Sie schlang die Arme um Wolfs massigen Kopf und drückte ihn.

Dann blies die rivanische Königin die Kerze aus, verließ auf Zehenspitzen das Zimmer und zog leise die Tür hinter sich zu.

Wolf lag am Fußende von Gerans Bett und sah noch recht lange mit diesen goldenen Augen ins ausbrennende Kaminfeuer. Alles schien so zu sein, wie es sein sollte, und so seufzte Wolf genüßlich, steckte seine Schnauze unter seine Vorderpfoten und schlief wieder ein.

ENDE